Staread
星 文 文 化

风行水云间 著

FENG
XING
SHUI
YUN
JIAN

WORKS

保卫国师大人

[壹]

浙江文艺出版社
Zhejiang Literature & Art Publishing House

目录

楔子

浩黎历六百二十七年隆冬，腊月十五，皇都应水城。

恼人的大雪已经下足三天，积雪能覆到成人膝盖，好在这一晚终于停了。

人人面上不喜反惧，只因目光所及的一切都被镀上了浓厚而黏腻的红光，城垛、屋舍、棚栏……处处都透着浓墨重彩的不祥。城民坐在屋中，望着亲人同样被镀得通红的脸，忧恐不安。

再抬头，天上一轮红月，其圆如盘，猩赤如血。

平素车马喧嚣的街巷空无一人，连狗吠鸡鸣都不再有。能留在街上往来巡守的，只有铠甲森然的军队。

慢慢到了亥时，血月越发红艳，就像整座应水城都浸到了颜料桶里。来自天空的光芒逐渐黯淡，城中人呆坐屋里伸着脖子望天，不安的眼神很快就被更大的恐惧填满。

天空中布满丝丝缕缕的红烟，在同色月光中原是不显眼的，只是规模越发庞大，竟将照向应水城的光线都挡去了大半。幸好城池上方不知何时支起了一层透明的罩子，将红烟都挡在外头。普通人本不应看到，然而红烟仿佛有生命，盘旋扭曲着直往罩子里钻，像是要找出一处破洞来。

目力好的，还能在罩子上望见一张张红烟幻化成的脸，有狰狞的，有美艳的，有头上长角的，有青面獠牙的，各不相同，却都是噩梦里才会出现的脸谱，或笑，或嗔，或怒，或哭。光怪陆离，如堕炼狱。

百姓们上下牙关打架，咯咯作响几下才颤声道："天、天魔！"

预言成真。

这时哪怕是最执拗的人，也不得不掐断最后一丝怀疑，佩服圣上的未卜先知。

好在这层透明的罩子也实在给力，无论红烟怎样钻营也依旧是密不透风。天空中又有黑白两色云雾飘来，和红烟纠缠在一起的形态莫名让人想起一个词——不死不休。

红烟冲撞透明罩子的举动越发明显，力量似乎也越来越大。它们怒吼着，前仆后继，暴虐而又疯狂。到得后来，几乎每一下都令整座应水城为之震颤不已，每一下都像一记闷锤，重重砸在所有城民心上。

瞬息如年。

幸好，那一层透明的结界看似单薄，又时常摇摇欲坠，却奇迹般坚持到了最后也没被攻破。

时间终会流逝。就在众人的苦苦煎熬中，子时到了。

"当——"，代表三更天的钟声刚刚响起，应水城上空忽然整肃一清。

红烟没有了，人脸没有了，震颤也没有了。

紧接着月光褪去了血红，重新变得清亮如水，给劫后余生的都城镀上了一层温暖的光晕。

静谧、安详，一如既往。

方才众人经历的种种异象仿佛从未存在过。

天地清明，乾坤朗朗。

这便是说，天魔退却，浩黎国……保住了？

此时还不能出门，却不妨碍欣喜若狂的城民点上几挂鞭炮庆祝，空气中渐渐弥漫硝烟的气味，比起年关犹有过之。

死里逃生，可喜可贺。

也就在这阵喧哗当中，白石大街上有车行辘辘，由远及近，却是一辆漆黑大车堂而皇之奔向城门。戍守城门的兵卫飞快地迎上前去，抬眼望见车身上的印记，犹豫一下仍然抬手道："城门已落，此道不通，贵人请回！"

车帘子掀起，一名锦衣少年露出脸来，生得细皮嫩肉、眉清目秀，然而双眼红肿。他扯着嗓子高声道："开门，我有急务出城！"

城门郎大步奔来，向他行礼后道："宵禁未过，请寅时五刻晨钟敲响后再来。"

"你欺我不懂？天魔袭城已过，还有甚危险可言？"这少年瞬间变脸，手里却亮出一块黑色令牌，"快开城门，误了我的大事，要你这奴才拿狗头谢罪！"

城门郎见到令牌，呆了一下，面露难色。不过这会儿边上已经快马奔来几人，当先那位开口就将一个"哦"字吊得百转千回："是什么大事，能抵得过当今圣令？"

连那锦衣少年望见来人，亦收起了骄纵之色，大声道："蔡公公，我曾祖母在城外庄子上休养，前日就传来噩讯，说她老人家身体不大好了……天魔袭城已过，我得赶去看她！"

"前日得的消息吗？"蔡公公磔磔一笑，"这会儿怕是……"他年纪很大了，脸上干皱如树皮，这一笑倒像裂开了条缝，瞧起来非但不温和，反倒平添两分诡异。

"你、你！"料不到他出言不逊，锦衣少年实打实呆住，接着才是勃然色变，"你好大胆，敢对我们相府口出恶言！她老人家可是梅妃的……"

"她也是梅妃的曾祖母，我知道。"蔡公公打断他的话，"应水城对外封锁七日，你是怎么拿到消息的？"

锦衣少年一怔，面现踌躇："这、这个……"

"罢了，你是为尽孝道而已，都说法理不外乎人情。"蔡公公慢条斯理打了个响指，"好，我这就送你去见她。"

锦衣少年这才面色稍霁："那还不快些开……"

"门"字还未出口，眼前一片雪亮。却是蔡公公身畔的护卫一剑刺出，不声不响斩下他半边脑袋！

"罔顾圣令，嘿嘿！"蔡公公哼了一声，这才露出满面不屑，"膏粱纨绔！到死都不知道自己被当枪使了。"

数九寒冬，城门郎却觉得背上噌噌直冒虚汗，只恨不得自己眼瞎，目光却忍不住在蔡公公身畔侍卫抱着的金剑上打转。

见金切玉剑，如圣上亲至，这才是蔡公公最大的倚仗。

这里发生的事夺人眼球，加之夜色昏暗，谁也没注意到贴在城门上的一张纸符突然微动，有一缕淡得几不可见的红烟趁机从门缝里钻了进来，紧贴着墙根儿逸走，不出一息就消失不见了。

"把这里清理干净。"蔡公公拂了拂袖子，转向城门郎，"都站好了，我看看阵结封印！"

除了城门郎外，镇守城门的兵卫共一十八人，错落有致，每个站位都有讲究，都不能动弹。这些人都是精挑细选过的，生辰八字过硬，血烈之气喷薄欲出，手上还拿着特制的法器，这才能成为镇住结界的钉铆。

蔡公公挨个儿观察过去，见他们神志清明、目光有神，这才点了点头，去检查封住城门的纸符。

虽名为"纸"，实则是祭炼过的精铜片。上面的篆文都以特殊的涂材书写，如果靠近，甚至可以嗅到很淡的血腥气息。

封门的纸符共有九张，每一张都在原来的位置上，方正妥当，甚至散发着淡淡的黄光。方才天魔袭城造成的震动虽大，却没有撼动它们一分一毫。

蔡公公满意了，紧绷的脸皮终于松动。他刻意叮嘱几句，转身上马去巡查其他地方了。

待蔡公公走远，才有人过来将方才那一场血案的马车和死者搬走，再将血迹清理干净。

城门前的兵卫这时略显放松。天魔袭城的危机已过，大伙儿虽还不能动弹，却已经有说有笑，有人就打趣道："石头，你家小石头生下来没？"

被称作石头的大汉愁眉苦脸："我赶过来时，婆娘就在使劲了，稳婆来不了，我还搭了把手……也不知这会儿怎样了。"

站在前头的城门郎眼皮一跳，转头瞪着石头："你给婆娘接生？"

他脸色难看，额上青筋跳个不停，像是凭空见了鬼。石头被他吓了一跳，讷讷道："啊，才、才一刻钟，我就被叫过来了。我小时候给牛羊顺过崽儿，不难……"

城门郎厉声打断他："上头严令，守门时不许我们触碰秽物，你全当耳边风？"

石头顿时吱声不得，脸上却写满委屈。

城门郎心底也明白时机非常："万幸大阵无碍，否则我们就是千古罪人，会拖累这城中两百余万城民！"所幸门前再无旁人，他心中下了个决断，目光从手下脸上一一扫过，沉声道，"你们听好了，这事必要烂在肚子里，从今往后谁也不许再上酒馆买醉。但凡有一字走漏，在场所有人连我在内，举家都要受连坐之刑！"

众兵卫的脸色在寒风中更显发青发白，轰然一声应"是"。

然而都城居民的欢庆没能延续多久。仅仅两天之后，浩黎国突然宣布：有天魔混入城中。

为防其附体，这一日出生在应水城的婴孩，无论男女，统统杀之！

大喜变作大惊，举国哗然。兵丁搜家入户查找婴孩，整个都城哀号四起，与官兵冲突而遭屠戮者，一万二千余人。又因王廷下令，奖励街坊互相揭发，一时间也不知道造成多少冤假错案。

此后天灾频至，旱涝不断，各地异象频现，浩黎国镇压不止，常用酷吏。有心者以此为端，借机起事而逐鹿中土，天下从此风云变幻，王权不稳。

复十五年，浩黎国亡。

沉舟侧畔，总有千帆竞过。时光荏苒，一转眼又是三百余年。

第一章

雨夜机缘

天上连续滚过两记震天响雷，将她从沉睡中敲醒，紧接着脸上点滴沁凉，竟有雨水当头浇下。

还未睁眼，四肢百骸就传来剧烈痛楚，像是被大石磨狠狠碾过几轮，五脏六腑都险些移位。

这一下痛得泪水哗哗，她心底却不惊恐，反而涌上一阵狂喜——还活着，还能感受到疼痛。

而后，她才捕捉到周遭传来的奇异动静——

有沙沙声，似是枝叶在暴风雨中摇曳，但近在耳边；她能感受到劲风刮过被雨水打湿的肌肤，毫不留情地夺走仅剩无几的热量，让身体在寒冷中簌簌发抖。

她蓦地睁眼，费力地左右观望，发现自己好似挂在某棵大树上，上方乌云密布，天幕漆黑好比墨盘。

雨点簌簌而下，如天落银针，她就是这么硬生生被浇醒的。

眼前这只白白嫩嫩的小手，是她的？

五指依从她心意，张开又合上。

还真是她的。

而后，记忆如潮水般涌来，瞬间塞进她的头脑里，却因为有些单薄而不能将她的意识尽数占满。她喘着气，犹有余力观望四周陌生的环境，企图理出一个头绪来。

冯妙君——她的名字，是个只有十一岁的女童。

举目四顾，自己好似掉进了一个不规则的天坑当中。往上看，四壁森然，把天空定格成暗沉的色调；往下望去，脚底下黑黢黢的，深不见底，四周峭壁近乎九十度。

看起来她是从上方悬崖掉下来的，万幸岩壁的缝隙中有几棵树顽强生长，而她被最粗壮的一棵挂住了，才没有摔一个粉身碎骨。

她心有余悸，拍拍身下的树枝以示感谢，而后开始发愁怎么攀出去。以自己现在这副小身板，爬不上两丈就会掉下来吧？

她这里坐困绝境，正愁着插翅难飞，天坑深处忽然传出一记震耳欲聋的长啸，啸声中充斥着愤怒和仇恨。

恰好一记霹雳划过，照亮天地，也照亮了下方的深渊，她赶紧低头望去。

天坑如深桶，她就挂在桶壁的大树上，再往下十余丈也就到底了。底部是一口深潭，潭水幽幽，不知其深几许。而那潭水中有个巨大的身影，正在狂躁扑腾！

此物身长八丈有余，头似驼、角似鹿、眼似兔、耳似牛，身披金鳞，背上有鳍，身后散尾甩得水花四溅，赫然是只龙首鱼身的怪物。

她只觉心脏"怦怦"跳个不停，赶忙一把按住自己胸膛，跌坐在树枝上，却在此时又捕捉到一个细小的白影。

白影的动作太快，她瞪大双眼瞬也不瞬地盯紧，才发现这身影大概是个活人，竟似在独斗龙首鱼身的怪物。

那个人悄无声息，她只能听见龙首怪物掀起的巨大响动，还有震天的怒吼。慢慢地，那吼声越来越悲愤，却也越来越绝望，她心里只觉古怪：莫不是那个人要赢了？

黑暗中的战斗也不知持续了多久，怪物的声响戛然而止。

一片长久的静默过后，接连几记闪电劈过，照亮了深渊中的场景——

怪物肚皮朝上浮在水面，再不动弹。那人半跪在它喉部，手里举着长剑从它耳中刺入，一顿挖凿，也不知剖出来什么东西，任雨水冲刷了几息才放到嘴边，一口吞了下去！

这人就在怪物的肚皮上垂首坐下，休息了好一会儿才跨步跃到潭边，往上攀去。攀到离大树六七丈开外，恰一块突出的坚岩，便停下来休息。

现下两人离得近了，她终于看清了这人的模样。长眉入鬓，眼尾向上微挑，竟是好标准的一双桃花眼，笑起来不晓得要叫多少姑娘心神荡漾，不过方才的恶斗带出的杀气未褪，现在他眼中可没有温情脉脉。唇形如弓，偏薄了些，又失了血色，紧紧抿起来就显得寡情而高傲。雨珠从他额上落下，滑过眼角，淌过薄唇，她下意识吞了下口水。就在此时，那人调匀了气息，目光一扫，忽然向她这里看来。

那眼神像鹰、像狼，更像剔骨的钢刀，刺得她浑身鸡皮疙瘩都爬了起来，双手更是止不住地颤抖。

好可怕的眼神，好浓烈的杀意！

好在此刻风大雨急、树影幢幢，他恶战之后待在这样的环境里也很不舒服，只一眼便收回目光，继续往上攀去。她眼睁睁看他攀到峭壁尽头，而后一个闪身，连最后一抹衣角都消失不见。

那人走掉了。

她这才放松下来，找了一处最茂密的枝叶，将自己蜷成小小一团避雨，也尽量保住身体那一点微小热量不再流失。风很大雨很凉，树叶的沙沙声又单调得很，像是能持续万年。她又冷又饿，听着听着不觉睡去。

这一觉睡得格外香甜，像是永远都不必醒来。

不知何时，有个蛮横的声音忽然在她耳边响起："喂，醒醒！还要再睡多久？再不醒，你就要死了！"

她对"死"字格外敏感，这时就挣扎着撑开眼皮，却见一抹影子在眼前飘来荡去。

这是个小小男童，看面貌不到十岁，身形却是虚的。

或许是这半天见到的怪事太多，又或许因为头脑昏沉眼皮发烫，她居然不太吃惊，只木讷地问他："你又是谁？"

这男童往潭底一指："那是我的真身。"

潭底黑乎乎一片，只有一头翻着白肚皮的怪物尸首载浮载沉。她往后缩了缩，发现自己实在没力气害怕："你是那头怪物？"

"你才是怪物！"男童气愤道，"你连鳌鱼都不认得吗？"

"哦。"原来龙首鱼身的怪物叫作鳌鱼，她的确不认得，"喊我有事？"鳌鱼这是死了……吧？那么飘在半空中的男童就是它的魂魄？

"你这人类太弱小。"鳌鱼魂魄的形体虽然很淡，但眼里的不屑还是清晰可见，"你撑不过两天。"

她闻言来了精神："你能帮我上到悬崖顶端去？"

"不能，我已经死了。"鳌鱼看她的眼神像在看傻子，"再说，我为什么要帮你上去？"

她耷拉下眼皮："那你要干吗？"

"你下去。"

"神经病！"她毫不客气地开骂。

他又指了指黑乎乎的深潭："你下去，就可以活。"

"凭什么？"

"你挂在树上也只能等死。"鳌鱼不知哪里生出两分耐心，"你下去了，我有手段让你活着。"

他说得轻松。

"底下有什么能帮我活命？"她转了转眼珠子，"鳌鱼的肉吗？"

他满面怒容："我的龙珠！"

他又进一步解说："服了我的龙珠，你就能得到我剩余的生命力，可以活很久很久。"

雨早就停了，天空微亮，像是曙光将出。她将信将疑："我怎知道你没骗我？"

"骗你有甚用？就算我活着想吃你，你还不够我塞牙缝！"

想想鳌鱼的体形，再想想她自个儿的娇小，这话也真没错。

"怎么下去？"留在这里，一样是死，不如下去找活路。

"跳下去呗。"也就十来丈，底下还是深水，跳不死她！

底下暗沉沉的，她还是决定再等等，横竖天也快大亮了："那人杀了你，你怎么还能……"对着他比画一下，"还能出来？"

鳌鱼咬牙切齿："我不敌他，被他剜去了龙珠。不过他也错估了我的道行，不知道我能元魂出窍。可是肉身已死，我这样也坚持不了太久了。"

人有一死，鱼也不例外。她现在自身难保，也没工夫替他难过："那人是谁？"

"云嵝。"

只得一个名字？"身份呢？"

"不知道。"

他死得可真冤。"他也是人类？"

鳌鱼沉默了一会儿："或许吧。"

"他要你的龙珠做什么？"

这句话触到了鳌鱼的怒点，让他面露狰狞："自然是想截取我的道行和生命力，活得长长久久！"

"我积潜多年，原本趁着今日这场风雨就要化龙而出，结果他来截杀！"他看向她的目光都变得恶狠狠的，"你们人类命短，不比我们生命力强大，所以总要千方百计来延寿！"

"不过他错估了我的道行！"鳌鱼冷笑，"我年过四百岁以后，就能再凝出第二枚龙珠。他只取走了一枚。"

她在瑟瑟发抖中问出重点，知道自己快撑不住了："你为什么救我？"

鳌鱼咧嘴，露出了得意的神情："你活下去，就能替我报仇了。"

"这龙珠吃了，能让我也有……道行？"

"你想得倒美，他的本事在人类里面是很厉害的，你在他面前算哪棵葱？"鳌鱼嗤笑一声，"可是你服下这颗龙珠，和他就是同生共死的状态了！你死，他也活不了！"

想到欢喜处，他不由得纵声大笑。空谷中回荡着童子尖厉的笑声，别提有多么瘆人了。

她赶紧安抚自己手臂上的鸡皮疙瘩，惊奇道："意思是我活他也活，我死他也死？"

"对！"鳌鱼得意扬扬，"反过来也一样！这便是我临终前下的诅咒。可是他先死的机会不大。只要你服下龙珠以后死掉，就算是给我报了仇！"

"……"

"下去吧。"鳌鱼笑嘻嘻的，显得心情舒畅，"你该不会想不开，不吃龙珠吧？"

"吃，我吃！"她没好气地瞥他一眼。鳌鱼把自己的伎俩和盘托出，就是算准了她拒绝不得。

这时天色已亮，她终于能看清潭底的景象，于是瞅准了落脚点，睁着眼就往下跳。

耳畔风声呼呼，她瞄得很准，落脚点就在庞大的鳌鱼身上。这生物的肚皮极其柔韧，弹簧床一般将她反弹进水里，得一个安然无恙。

掉进潭里，她才发现水下盘踞着大小数个鱼群，其中每一条都张嘴摆尾状似疯狂，把平静的潭水给搅成了滚粥一般。

"它们在抢食我的血液。"鳌鱼看出她的疑问，气闷道，"我也是龙属，流出来的血于它们来说都是大补，假以时日说不定能成精化妖。"

她费力地爬上鳌鱼的尸首，平心静气地问："怎么取珠？"

"第二颗龙珠在咽喉底部的嗉囊里。"

"……"这意味着自己必须爬进鳌鱼锐齿森然的大嘴里。幸好那云嵋下手狠辣，倒是无意中替她打开了一条通道，她只要钻进创口就行了。

这一路的黏腻腥臊就不用多说了。

龙珠一旦取出，周围的鱼群就像疯了一般要往她身上扑。眼看自己就要被无数尖牙分尸，她急中生智，将珠子直接甩到了岸上的乱石堆里。

果然，鱼群又回去抢食鳌血，不理她了。

她松一口气，这才游回岸边，拣出龙珠。

这珠子入手圆润，有珍珠的光泽。鳌鱼的魂魄跟在她身边，不停催促："快吞下去！"

她拿在手里端详半天，却摇了摇头："不吞。"

"为什么！"鳌鱼急了，"你不要命了？"

"有这珠子，我就饿不死了。"她轻笑一声，将珠子凑近潭水。

"哗啦！"一条大鱼冲出水面，张嘴朝它吞来。她将珠子一抬，这尾倒霉的鱼就掉在无水的石滩上，空自扑腾不已。

她举起石片，几下就将鱼头剁了下来，再切割出几条鱼肉，放在嘴里细细啃嚼。

"这潭里的鱼可真不少，看来十天半月内是饿不死我了。"她淡淡道，鳌鱼这才注意到她脸蛋上原本不正常的红晕也消退了下去。

话说回来，她方才好像也喝了好几口鳌鱼的鲜血。这东西是大补，不仅仅对潭里的游鱼而言，也同样能增强她的体质，补充她的体力，倒让她退了高烧。

"你、你……"鳌鱼魂魄指着她话不成句，"你要怎样才肯吞下龙珠？"

她敛起笑容："只怕我刚吃下去，你下一步就要计划着弄死我了。"

鳌鱼盯着她，不说话。

她忽然又道："这样吧，只要你替我想出离开天坑寒潭、重返外界的办法，我就吃下龙珠。"

鳌鱼森然道："你要挟我，还想离开这里？天底下哪有这种美事！"

"不然怎么办？"她两手一摊，"我就算吃下龙珠，光待在这里也死不了，你怎么能如愿报仇呢？"

"……"

鳌鱼魂魄的表情，有一瞬间的炸裂。

"我送你出去！可是你须立誓，一定会吞下龙珠！"

"好。"她也不矫情，做了个手势，狠狠发了个毒誓。

鳌鱼这才道："我会将魂魄附在最大一条鱼身上，操纵它载你游入暗河。你只管抓住它的鳍别滑脱就行！"

她看看潭中的大鱼，再看看浮在空中的魂魄，不语。鳌鱼知道她在想什么，无力道："你是人，万物灵长，我只剩一缕残魂，并无力量控制你的躯体，放心吧！"

听到这话，她才解下腰带，不慌不忙将想要的东西都随身捆好，再用剥下来的鱼皮把龙珠包起，然后外面再裹上她脱下来的外衣，如此包起好几层。再把吃剩的残鱼都踢进水里，看岸上干干净净一点痕迹都没有，这才放心跃到鳌鱼魂魄附身的大鱼身上。

她拿石片扎进它的后背作为支撑，而后深吸一口气，随它一起潜入水底。

十几个呼吸的工夫后，大鱼"哗啦"一声蹿出水面。目力所及，青天白日，河道两岸绿草幽幽。

她逃出生天了。

她从鱼背上翻下来，刚踏上实地就觉腿脚一软，瘫在草丛中喘息不已。

"你的承诺！"鳌鱼魂魄紧盯着她，经过这一番折腾，魂体已经淡得像是随时都会消亡。

她掏出龙珠，一口吞了下去。这东西入口软滑，还带着淡淡的甜味，居然并不难吃。

鳌鱼看她不似作伪，终于松一口气。却听她忽然问道："我什么时候掉进天坑的？"

"……"笑声顿时就卡在了他嗓子眼里，"云嵷到来前半天。"

她哦了一声。

经过这么一打岔，鳌鱼魂魄更不成了。他恶狠狠地说了一句："快点死！"

她忍不住哈哈两声，心情畅快："我走出这里就去找云嵷。他和我性命相连，怎样也该护着我、保我平安。"

鳌鱼斜眼看着她，像听到了天大的笑话："嘿嘿，他要是找到你，你想死都不容易，你看看我……"他忽然放声大笑，"就怕到时候你恨不得一死！你若不信，尽管去试！"

笑声未完，它的身影就缓缓消散，终至不见。

载她过来的那条大鱼不再受控制，飞快游走，水面很快恢复了平静。

此地是一片向阳的山谷，无风无浪，溪水流速缓慢，她低头凑近，借着水中倒影基本看清了自己的模样。

眼睛圆而大，眸色深黑，像白瓷匙里养着两丸黑水晶。鼻子嘴唇都是小而翘，两颊粉嫩得像是可以掐出水来，活脱脱一个美人坯子，长大了十有八九会出落得花容月貌。

一阵风吹过，她裹紧了身上的衣物，却得不到多少温暖。衣物早在潜渡暗河时湿透了，她这大半天来连番受惊吓，又只啃了几口生鱼肉，晨风挟带着的寒气顺势侵入身体，若非刚吞下鳌鱼龙珠，她早就再度病倒。

唯今之计，要赶紧找个避风的地方弄干身上衣物，再弄几口热食，否则她坚持不了多久。

看看天色，她信步向东行去，与水流同向。她随身带有一个荷包，里面其实有火折子，但是浸了水就不能用了。翻掏物件时，有样东西掉出来，"叮"的一声在地上凿起两点火花。

是鳌鱼的一枚断牙，有她巴掌大，边缘布满细锯，这是鳌鱼死前恶斗时磕掉的，她当作锐器信手收起，这会儿倒成了意外之喜。她想起洞口不远处的两棵木棉结出的果实都落在地上，不由得笑了起来。

木棉果实里柔软的绒絮是最好的引火材料，她举着鳌鱼断牙在坚石上"当当"撞击了几十下，果然有几点火星再度蹦出，幸运地引燃了棉絮。

火堆终于燃起，驱散了周身的湿寒。她把衣物脱下来晾起，又抓出寒潭里带出来的鱼肉，架在树枝上炙烤。

烤鱼期间，她从荷包里掏出一只小巧木雕。这雕的是某种鹰隼，刀工不错，栩栩如生。她走出洞外，将木雕举在唇边，把一个名字反复念诵了三遍，这才振臂一抛！木雕被甩到空中，忽然扑腾起翅膀，旋而身形放大，变作了一只真正的鹰隼！

它在空中盘旋一圈，清唳两声，就朝着东方飞去了，十几息后身影消匿于高空之中。

她目送鹰隼离去，而后回洞里吃鱼。

没有调味料，鱼肉就没有咸淡。可是带着烟火气息的肉食落进肚里，那种饱腹和惬意真是幸福得让人想要哭出声来！

她去捡柴时，林间的树桩上还长着各式各样的小蘑菇，看着就觉美味，可惜她不敢贸然采摘食用，免得随时翘辫子。

衣服烘干了，她取下来一件件重新穿好。套在最外的是一件小羔裘，烘干以后格外保暖，穿在里头的衣料滑软轻薄，是上等的缎子制成。

"从今往后，我就叫冯妙君了。"她凝视着火堆，郑重其事地对自己道。

昨日种种譬如昨日死，从前的自己叫什么、做过什么都不重要。自今日起，她就是冯妙君，冯妙君就是她。

其实冯妙君原先不叫这个名字，她本是安夏国国君的幼女，小名安安，封长乐公主，两年前被送出王宫，挂在王后的远亲名下抚养，从此随养父母姓冯。

冯氏夫妇的亲生女儿也是在两年前没的，后来收了这个养女，也就移情到她身上，对她视若己出。

可惜好景不长，约莫一年前冯老爷在外经商感染了疫疾，强提最后一口气到家就没了，后面就剩她和养母徐氏相依为命。

冯妙君是两年前被送出宫的，九岁的童子已能记事，她贵为公主，接触到的秘密要比普通孩子更多一些，也更可靠些。

古籍记载，这片浩瀚广袤的中土世界原本有妖、魔相争，最后的胜者却是人族。

后来人族建立起统一的大帝国，即浩黎国，它空前强大也空前繁荣，将妖怪都逼进了深山大川，也庇护着人族在阳光照耀之地繁衍生息。

不过同样顺应"合久必分"的道理，浩黎国在立国六百年后也尽了气数，轰然解体，天下群雄并起，至今中土也有六大王国和许多诸侯小国并存——嗯，不算安夏。

想到这里，她的脑海里不知怎的浮起一张盛世美颜来。

那个叫作云嵘的男子带给她的直觉，是与外表不符的极度危险！

抱着大鱼潜入水底时，她抬眼恰好望见鳌鱼尾部锁着一条粗大的链子——它是被人困养在潭底的。

无论养鳌鱼的人是不是云嵘，他都很可能在事后重新折回来察看。她若还停留在那里，届时就是瓮中的鳖任人宰割了。

早在天坑中她就已经打定主意，吞下龙珠以后就退避天涯，离这位狠人越远越妙，最好此生别再相见。

反正她向鳌鱼立下的誓言里，并没有自行送死这一条。

她冯妙君要好好地活下去，活得有滋有味，才不枉到这世上走这一遭。

吃饱穿暖，困意上涌。这具身躯毕竟年幼，她终是敌不过瞌睡虫的包抄，抱膝沉沉睡去。

……

冯妙君不知道，她的决定很正确。

在她离开的第二天，就有个影子踏足天坑。

见着鳌鱼浮尸，忍不住纵声长啸，啸声中充满愤怒。而后又在周围细细探查，将鱼尸处置一番，这才离去。

接下来两天，哪怕冯妙君再心焦如焚，也都留在原地，没有前行。

她在等人，也在赌运气。希望越来越渺茫，如果再过五个时辰还没能等来，她就要在天亮后另做打算了。

幸好在这天傍晚，山洞外有影子一闪，前几天放出去的鹰隼居然飞了回来，落地就重新变成了木雕。它后面跟着一个瘦削男子，眼中精光四射，先将她从头到脚察看一遍，确定她安然无恙，这才"扑通"一声跪了下来："蓬拜来迟，请小姐降罪！"

"起来。"她向他伸手，"可有吃食？"

"啊？"蓬拜不由得一怔，"有、有的！"不假思索解下干粮，临递去才想起腊鹿肉硬得像木柴，眼前这娇贵人儿怎能吃得？

冯妙君早饿得前胸贴后背，哪里还会挑食，接过来就啃。她吞下龙珠后饭量大增，所幸牙口似乎也因此变得锋利，成年男子都觉能磕掉大牙的鹿肉干，她嚼起来却不费劲，几息内就吃掉了巴掌大的一块鹿肉。

蓬拜这才如梦方醒，赶紧将水囊递过来："喝点水，小心别噎着。"

她接过来咕嘟几口，一转头，就在蓬拜脸上看到了痛惜和心酸。

他的确要老泪纵横了——我的小公主，这几天到底受了多大苦！

肚里有料，冯妙君终于缓过劲儿来，擦了擦手道："带我回去吧。"

"是！"蓬拜从包裹里取出毛毡将她包住，小心翼翼地将她抱出山洞，跨到马背上一路往东。

离那天坑越远，她心情就越好。这么多天来，冯妙君终于能完全放松下来，舒舒服服地窝在手下怀里打哈欠："这是哪里？"

"升龙山。"蓬拜驾马行得又快又稳，回答小主人的话，"离家约二百里。"

蓬拜是安夏王后派给冯妙君的侍卫，七年来长伴在她身侧，身手了得，忠心耿耿。冯妙君方才见到他眼底有着暗青，显然接到飞讯后并无停顿，日夜兼程赶来，心中对他的一点疑虑也消散了。

她心里正转念头，就听到蓬拜问她："小姐，您怎么到了这里？"公主出宫后他就改口称小姐，免得露馅。

"我也不晓得呢。"她幽幽道，"我只记得那一日听闻仆妇出言不逊，怒推了她一把就跑出来，又在河边吹了风，头脑昏昏沉沉的，不知怎的……醒来就到了这里。"

她说的全是实话。

安夏国两年前被灭，长乐公主在国破前夕被偷送出来。当时安夏王后怕她哭闹动静太大，亲手喂她吃了蒙汗药。因此长乐公主醒来时已经出了王城，只见到城池方向火光冲天，并未见到宫内的惨状。

九岁的孩子记忆力不错，安夏国难成为她的心头刺。几天前她在自家庄子里玩耍，无意中听到一个粗使婆子与人闲聊，言语中轻慢安夏国，也侮辱了她的双亲。她气不过，趁婆子跨出门槛时将她用力推搡在地，自己负气跑出了庄子。

偏巧当时蓬拜出门给她买东西去了，她无人倾诉，干脆出去散心。外头是大片大片的田野，她沿着河岸走，不一会儿就被冷风吹得头重脚轻，后来脚边一滑，再然后——

蓬拜攥紧了拳头，恨恨道："爱嚼舌根的狗奴才！"出去一趟回来，小主人就走丢了。

冯妙君听到的消息并不连贯，这时就要找他求证："父王和母后……从前我一直不敢细问，现在你把这事跟我说清楚了！"

蓬拜刚张开口，她又抢先补充一句："不准有半点疏漏隐瞒，否则我再不要你！"

小姑娘声调软糯，但那双黑白分明的大眼睛里写满了斩钉截铁，显然不容他糊弄过去。

蓬拜心里难过，叹了口气才将原委道来。

两年前敌军攻入王都，安夏王自刎而亡，临死前恐妻女落入敌手受辱，赐饮毒酒。安夏王后早知大势已去，舍不得爱女还未来得及绽放就先凋零，遂按照事先做好的布置，提早一步将长乐公主送出宫去，自己则在谕旨下来后追随丈夫于九泉之下。

她给冯妙君留下的遗言就是：莫要报仇，好好活着。

安夏王后不愿女儿再背负国仇家恨，只希望长乐公主能平安到老，像个普通姑娘一样成长、嫁人、生子，顺遂一生。

这是一位母亲对爱女最后的庇护和祝福。

冯妙君不由得动容，心中微妙难言。

"老太婆说，我父王都被人斩头换了军功，是真是假？"

蓬拜默了默，目光沉重，于是冯妙君懂了，冷笑道："魏国连最后的尊严也不给他？"

"兵荒马乱。"蓬拜叹了口气，安夏灭亡时他已经护着幼主逃出，没有亲见那一幕。

乱局当中，什么变数都有。

"您长大了，这些旧事我也不再瞒着您。"他也不知是欣慰还是难过，"魏王许诺，会重赏第一支攻破宫门的军队，因此魏军都是如狼似虎。我王虽是自刎以谢江山，却被抢先入宫的魏人斩首献功。不过最后入殓时身首复原，同王后一起下葬，魏王还亲自写了悼词。"

魏王此举，或许出于对另一名君王的敬重，又或许是做给天下人看的，看自己的胸怀。

所以那老太婆其实并没有说错，只是言语间带着战胜国特有的傲慢。

冯妙君长久不语，蓬拜以为她难过得说不出话，出声安慰道："王后必不愿见小姐这般难过。我这趟能寻到您，想来也是托了她的福气。"

冯妙君笑了笑："我没事，哭了几回已经好多啦。"

蓬拜看她虽有戚戚，神情却很镇定，心头不由得奇怪，暗想小姐经此变故，莫非连性子也改了？该不会被什么山怪幽鬼给附了身？可是看她言谈清晏，还能问起从前之事，显然是她本尊无疑。

冯妙君见他脸上异色渐去，方才开口："那个婆子，你怎么处置她的？"

蓬拜哼了一声："我已经给您出了气！"

冯妙君摇头，神色平和："我不气她，只是我推倒她后还踢过一脚，骂了一句'你算什么东西，也敢说我父王母后的坏话！老妖婆，你的狗头连军功都不配去换'，就怕她到处乱传这话，有心人听到了，会给我们招来麻烦。"

蓬拜只觉小公主今日带给自己的惊奇太多，他吐出一口浊气："小姐放心，那婆子姓王，再不会开口说三道四了。离得最近的厨娘是我们的人，除了她，旁人都听不清你对她说了什么。"

冯妙君轻轻啊了一声："你杀了……"她噎了一下，勉强出声，"杀了几个？"

"不敢，只设计做掉了王婆子，其他人不能动。"

见她不吱声，蓬拜当即反应过来——自己说得太血腥直接了，小姑娘怎么受得了？可待他要引开话题补救几句，却听冯妙君打了个哈欠："我困了，睡会儿。用饭时喊醒我。"

蓬拜中途换了马，冯妙君回到淄县聚萍乡用了三天。

养母徐氏早接到消息赶到庄上，待两人进屋就一把抱住冯妙君不松手，边哭边道："吓死我了！要是连安安都没了，我可怎么是好！"

她身体打战，眼底黑青，显见对冯妙君是真心爱护。想到从前的苦难，徐氏更是哭得情难自己，冯妙君低声道："我好饿好累，还想沐浴。"

"好，好！"徐氏赶紧擦擦眼睛，吩咐下人摆饭烧水。冯家没有食不语的规矩，徐氏在饭桌上竹筒倒豆子一般提问，冯妙君一一都答了，一张嘴动个不停，就是没机会吃饭。

徐氏听罢，恨恨道："老虔婆该死，果然有其子必有其母！"

王婆的儿子？冯妙君一转念就明白了："他来挑事？"

徐氏边给她夹菜边道："王婆回家，隔天就不见了。众人去找，最后在她家后头的河下游找到了。"徐氏顿了顿，"她儿子赵大召找仵作来验尸，发现王婆掌心破了皮，膝盖被撞得瘀紫，肘关节错位肿起。赵大召一口咬定是你推骂王婆，她才羞愤难平，投水自尽。"徐氏气恼道，"你失踪这几天他来了三次，次次都坐在庄子门口哭天号地，最后一回还往门上泼了污物！"

"要钱？"冯妙君抬头看着养母，"您给了？"

徐氏叹了口气："他整日上门来闹,对冯家的名声不好,于是便给了五十两银子,打发他走了。"冯家毕竟是乡绅,做生意要门面,被赵大召这么一闹,传出去名声不好听。

冯妙君皱起细眉:"听起来赵大召不老实。"

"乡里有名的泼皮无赖。"徐氏冷笑一声,"据传他拿钱第二日就钻赌坊了。"

冯妙君目光闪动。对上这样的人,光给钱似乎不是好办法。

徐氏自己消了气,转眼将一盘茶油煎鱼推到她面前:"我记得安安最爱吃鱼,怎么不动?这是新打上来的禾花鱼,味儿鲜得紧。"

冯妙君一抬眼,盘里的鱼果然很新鲜,眼珠子都是鼓的,直勾勾地瞪着她。过去几天她都以生鱼片果腹,现在闻着鱼味儿都反胃。

"我不爱吃了。"她快快道,"我改吃肉!"

徐氏一怔,伸向鱼盘的筷子顿时转向酱牛肉,给养女夹上几大片:"吃肉好,长得快。"

冯妙君忍不住笑了,真心的。

饭后,冯妙君泡在大木桶里,舒舒服服地享受热水澡,心下盘算不已。

头发才刚擦干,她不顾夜色已深,将蓬拜招了过来:"我推倒王婆子时,离我最近的厨娘是你的人?"

"是……"蓬拜总觉得这话问得怪异,"是王后派给您的人,在您及笄前暂时归我调派而已。"

"好,你将她唤来,跟我对口供。"

"您是担心?"蓬拜懂了。

"防人之心不可无。"冯妙君心里总有些忐忑,好似后头有事等着她,不让她安享太平,"你怎么处理王婆子的,细说一遍,莫要遗漏。"

蓬拜只得将当时的情况和盘托出。

冯妙君听罢,眉心微蹙,暗道这事情其实处理得不大好。蓬拜看懂了她的表情,解释道:"那会儿我着急出去找您下落,事情就交给手下去办了,太仓促了些,他们办得不够细致。"

考虑到这个忠心耿耿的护卫当时的心境,冯妙君也不追究了,又问他:"蓬拜,你的功夫有多强?"

蓬拜想了想:"如是军中百练之兵,我能以一挑十二。"

"你有十二人之力啊。"她若有所思,"这在人族当中算厉害吗?"

她眼里写满了好奇,蓬拜觉得这时的公主终于又有了懵懂孩童的可爱,不由得笑道:"与庭卫相当。"

庭卫是王前近侍,武力值远超一般武士。她侧着脑袋,眼中流露求知的光芒:"那么,和妖怪相比呢？"

"妖怪也分很多很多种，最弱的不比虎狼厉害。"

"最强的呢？"

"最强的，曾有翻山倒海之能。"蓬拜笑道，"公主也知道，这世界上有过许多通天彻地的大妖怪，人类中只有少数强者才能抗衡。直到人类结成国邦，倾一国之气运以盖之，这才赢过了妖怪，它们不是被杀灭就是迁进深山大泽，鲜少露面。"

"如果是龙，或者……"她一点一点问最终目标，"或者龙属呢？"

"那就不是单个人力可以抗衡的了。"蓬拜赶紧摇头，"那至少也要动用州郡之力。"

"是吗？"她的小脸垮了下去，仿佛看到了自己黯淡的未来。她可是在天坑观看了云嵝单枪匹马独斗鳌鱼的全过程！

她原本还想着，如果云嵝的本事和蓬拜相差无几，她就不必担惊受怕了。现在看来，果然还是她太天真了。

蓬拜感受到小主人身畔出现的低迷气压，一脸莫名地退下了。

好在冯妙君的低落来得快，去得也不慢，第二天清早就将这份担忧暂时抛到脑后。她唤来厨娘，细谈了一小会儿。冯妙君的身份很敏感，为避风险，她来聚萍乡的庄子上只带了蓬拜一人，平日又不喜到处走动，因此这么多天过去，居然没有多少人知道她消失又出现。

接下来两天风平浪静，徐氏心悸于冯妙君的遭遇，有心补偿她，因此抛下亟待打理的事务，住在庄上专心陪了她两天。

出过这场意外，养女好像在短短几天内突然开了窍，谈吐有条有理，人也变得聪明机巧，又和养母亲昵了许多，这让徐氏喜出望外。

对冯妙君来说，能享受到久违的亲情，她倍加珍惜，不过这两天眼皮直跳，总觉得眼前的日子不会一直这样顺遂下去。

傍晚，赤霞漫天。淄县的官道上，有十余骑簇拥着一辆马车缓缓前进。

这是辆黑檀木大车，外饰平凡无奇，连响銮也不缀一个，不过是略显宽敞，外人绝不知里边别有洞天。

车厢四壁包以软皮，地面铺着大块云丝绒毯。除此之外，这车上还有博古架、五斗柜和小小的酒架，住、行用具一应俱全。车内置软榻，上覆矮几，几上摆着一只貔貅香炉、一副玉石棋盘，正有两人执子手谈。

其中一名青衣文士面貌俊雅，双目精光四射，这时盯着棋盘左右为难。对方信手拈来，他却愁眉苦脸，越下越慢，最后将棋子丢回钵中，长叹一声："早知如此，何必当初！"

他对面那人低低一笑："你不应在此，从一开始就走错了。"声音如玉石棋子相击，清亮悠长，说不出的悦耳，仿佛能在这局促的车厢中袅袅回荡。

"那可未必。"青衣文士抱臂往后一靠，"我来此接你，乃是得了父王的恩准。"

"哦？他让你来？"这人似乎有些惊奇，"这可是个稀罕事。"

青衣文士笑了，正要再说什么，外头忽然传来"咚"的一声，紧接着马匹嘶嘶长啸，连带整架马车都一个急刹，停了下来。

震荡剧烈，他对面那人忍不住轻咳一声，青衣文士已经怒声道："驾车不长眼了？"

却听外头似有人呼号，而后又有自己护卫的斥骂声，长随靠到外头窗边，快速道："公子，前头有人拦车喊冤，称安夏国余孽杀人。"

安夏国余孽？青衣文士目光微亮，瞥了对面人一眼，却斥道："有冤就去找县里报案，敢在这里冲撞贵人，定不能饶！"

他对面那人却抬手虚虚一按："无妨，我也想在淄县多盘桓几天。"

他居然要管这闲事？青衣文士看过来的眼神顿时充满了不可思议，不过他还是高声道："召。"

不一会儿外头响起杂乱的脚步声，有人"扑通"一下跪在车前，颤声道："小人赵大召，老母被安夏国余孽害死，小人申诉无门，只得拦车喊冤，求好心的贵人给我家讨回公道！"

青衣文士哼了一声："何谓申诉无门？"

"害我母亲的那一家子是聚萍乡的富绅，乡官都与他家交好，不肯给我公道！"

青衣文士看对面那人点头，这才轻嗤一声："那就送县里审吧，你这案子我接了。不过你敢拦车告状，冲撞了我的贵客……"

话未说完，他的"贵客"就替他接了下去："按律该受十刀剐刑。"

外头那乡民啊了一声，大惊，显然不知道拦车告状还要承担这等后果。不过大魏国确有律令，敢私拦王亲车驾申冤者，要先受严刑。

青衣文士厉声道："你还想告吗？"

乡民期期艾艾，打起了退堂鼓："那、那小人就不……"

"想告就告，想撤就撤，哪有这样的美事？"青衣文士对面那人不疾不徐，却偏偏能打断他的话，"这案子已接，刑罚不可免。念你快要上堂，改作二十鞭吧。"声音慵懒，却带着不可抗渎的威严。

淄县县令接下王婆案，两日后开审的消息传来时，冯家人正在吃饭。徐氏听到消息，指尖一颤，饭碗险些掉到地上："岂有此理！"

冯妙君伸箸，一下挡住了她的碗："水来土掩。"声音镇定，心里却是微微一沉。

传讯人是乡里的啬夫派来的，收了徐氏二两碎银子即低声道："我听说有贵人路经淄县，赵大召半道儿拦车，自己先受了二十记鞭子，这状才告成了。"

徐氏听了怔怔道："哪位贵人？"他们这小地方，来个大官儿都很不得了。人家愿意替赵大召"申冤"，这让她心里满满都是不安。

"不知，我们都不晓得，只听说身份尊贵得很。"

送走了传讯人，徐氏才慢慢坐回椅上，吩咐侍女："唤蓬拜过来！"

话音未落，冯妙君已经拽着她的衣袖道："蓬拜出去办事了，明日下午才回来。清者自清，您怕什么？"

冯妙君嘴角弯起："反正这事情与我们无关，县令老爷怎么审都不能给我们定罪，您别怕！"她笃定的笑容很有感染力，徐氏看着看着，心里慢慢沉静下来。

"收拾东西，准备进淄县。"

两日后，淄县县衙开审王婆溺水案。

苦主是王婆的独子赵大召。他原本就生得瘦小，挨了二十鞭子之后身形摇摇欲坠，那架势看起来是风一吹就倒，脸也白得像死人。冯妙君不错眼地盯着他，暗暗奇怪。

这种泼皮一瞧便是贪生怕死之流，报仇心志不诚，又怎么肯去挨上二十鞭子告状？

难道是她看错了这个人？

赵大召一上来就跪在堂前，先诉母子二人相依为命之不易，而后将王婆在冯家庄子上的遭遇添油加醋地说了，最后道："冯家小姐听完安夏国旧事以后大发雷霆，推搡我母亲，不久就后悔了，杀我老母灭口！"

徐氏在一边气得冷笑连连："胡说八道，我女儿才多大年纪，能杀人？"

县令姓许，横了她一眼，语带警告："没轮到你说话。"转向赵大召，"即使她打骂了王氏，也没有杀人灭口的理由吧？"这种证据明显不足的案子，若非沾上了"安夏余孽"这几个字，又有贵人授意办理，他平时怎肯理会？

赵大召咬牙，强忍后背上火辣辣的疼痛。两天了，背上的鞭痕还没有消退的迹象。"那就要听听她推倒我娘亲以后，还说了什么。在厨房帮忙的吴婶听得分明，回来告诉了我，我才……才晓得这冯氏一家是安夏国的余孽，冯小姐听到我母亲的议论才会那般狂躁！"

冯妙君目光一凝。许县令皱眉："吴氏呢，上前来。你怎会听到那两人说话？"

即有一名肤色黝黑的妇人走入堂中行礼，而后道："天井里种着一棵玉兰树很是高大，枝叶伸到楼上去。冯夫人想吃油炸玉兰片，我就爬到二楼摘花，才摘了几朵，没料到底下就起了纠纷。我躲在二楼，先听见扑通一声，王婆哎哟叫唤，然后冯小姐恶狠狠地说……"

冯妙君气鼓鼓的声音响了起来，带着小姑娘特有的尖厉打断了她："当时所有人我都见着了，就没见到你。你说你在二楼，有谁看到啊？你怎不说你飞在天上，抻着顺风耳什么都听得见？"

她说话又清又脆，又快又急，连珠炮一般放完了，外头的百姓都笑了起来。许县令冲她一瞪眼，斥道："住口！徐氏，好好管住你女儿的嘴！"

冯妙君往后缩进养母怀里嘟起嘴，小脸上写满委屈，眼底却有微光流转。吴婶赶紧分辩道："冯小姐说出来的话吓人得紧，我没敢往下张望。后来冯小姐哭着跑出去了，我也悄悄下了楼，不敢让人知道。"

果然，许县令长呼出一口气："她说什么了？"

"冯小姐说……"

冯妙君将脑袋埋在养母怀里，眼珠子骨碌转个不停，正要想法子再打个岔，外头忽然有人抢先她一步。

"且慢！"

这声音听着年纪不大，却有淡淡威严。紧接着人群随声分立，有两人一前一后越众而出。

当前一人身着锦袍，天庭饱满，剑眉朗目，走进这里就如鹤立鸡群，自有凛然威风，是一枚少见的美男子，但与身后那人相比，竟是一下就黯然失色。

如今已是春夏交接，虽然早晚微凉，但眼下近午时分已现暑热，然而这人却披着一袭雪白轻裘，翻领处是闪着光毫的白獭皮。他的面色苍白得几乎透明，额头更是光洁一片，不见半点汗珠。

全场忽然鸦雀无声。无论是谁，望见他的面庞都移不开目光，哪里还有闲暇去笑话他？

什么玉树临风，什么画里谪仙，用来形容他似乎都有不足。平头百姓搜肠刮肚翻墨水，最后还是放弃了，打心底只用一个字来形容他：俊。

他的目光秀致如春潭，乍一看清澈明净、平静无波，可若想要一探究竟，却再也辨不清深浅，反而把自己深深沉溺，再移不开眼。也就是这双眼，让他即便长得再好看也没人敢错认了他的性别。

他的目光从场中扫过，被他望见的人都忍不住垂首，自惭形秽。

堂上的徐氏自然也不敢多看，刚要移开目光，却觉钻在自己怀里的养女突然发抖。她低头一看，冯妙君的脸色也如后头走进来那俊美郎君一般苍白。

见到他，别人都觉得满庭生辉，冯妙君眼前倒像是"咔嚓"闪过一记霹雳，险些将没有一点点防备的她劈得魂飞天外。

就算昔日只是惊鸿一瞥，可这人就算烧成了灰，她也绝不会认错。

云崺！

谁能告诉她，这家伙怎么突然出现在淄县，突然出现在她面前！

冯妙君缓缓地、不动声色地深吸一口气，强迫自己放松下来。

没事的，尽管两人曾经相隔十丈不到，可他在深潭里并没有发现她。当时没见着，现在对她当然没有印象。

这时许县令也回过神，站起来冲着锦袍男子一揖到底："王子衍驾到，有失远迎！"

观瞻的人群中顿时引出一阵骚动。魏王萧平章有三子，其二名衍。他们今日居然有幸看到了王子！

萧衍摆了摆手："我只带贵客凑个热闹，你们该干吗还干吗。"

许县令边上摆起两张椅子，萧衍做了个手势，竟要引身后人坐去上首位置！

众人面面相觑，冯妙君亦眉头直跳。

只见云嵝大剌剌坐了下来，笑而不语，连一句谦辞也没有。最妙的是萧衍端起衙差奉上来的茶就喝，居然也没有介绍他的背景，好像是认为在场之人压根儿没有资格知道云嵝的身份！

许县令的面色变得微妙起来。原本他就觉得奇怪，王子怎么会管地方上的小事？原来不是萧衍要管，而是这位贵客想管？

他正要开口，就见到云嵝扫了萧衍一眼，后者赶紧咽下茶水："是了，且慢……当时听清这个小姑娘——"他朝着冯妙君一指，"和死者争执对话的人，还有谁？"

"还有民妇胡萍。"冯家庄的厨娘上前一步行礼，"民妇负责两位女主人的每日膳食，当天恰好凑得近，听见冯小姐对王婆说……"

"怎么也是这个毛病？"萧衍摆手打断，"别在这儿说。"转头对许县令笑眯眯道，"要防这两人串供。我越俎代庖，倒有一法。"

许县令当然只能笑脸相迎："请说。"

"将这两人都带去暗室里，分别问讯。"

许县令道一声"妙"，就交差去办了。

在这期间，大伙儿只能等了。冯妙君站在养母身侧，带着十一岁小姑娘的好奇扫视全场，余光瞥向云嵝好几回，见这人仿若病中，那一身凌厉都无影无踪。人要是长得好，就连病时都可以是美的，尤其他捂着胸口咳嗽几声，苍白如冰玉的面庞飞起几丝晕红，不知看呆了多少少女。

他的声音有些沙哑，萧衍转过头关切道："国……身体未愈，不若回去休息？"

云嵝展颜一笑："无妨，我撑得住。再给我添些热茶，越烫越好。"

萧衍也不强求，唤人过来给他换茶，果然热气腾腾，冯妙君站在几丈开外都看得额上冒汗，云嵝却面不改色地啜了几口，仿佛对这温度很是满意。

只有身罹虚寒之症者，才会在暑天里裹裘袄、喝滚茶。想起这人在天坑中战力爆表的模样，冯妙君决不信他病了，只好奇他玩的是什么把戏。

这时，吴婶和胡萍在暗室分别说出的供词都抄出来了，呈到许县令案上。他接过来看了几眼，传给萧衍、云嵯。

这几人面色不变，但冯妙君知道，供词内容必定完全不同。胡萍是她的人，这么一搅场子，吴婶作为人证的可信度是要直线下降的。

随后许县令点了她的名："冯妙君，你推倒王婆以后说了什么？"

她小嘴一噘，眼中迅速浮起盈盈泪光："县令大人，我推倒王婆不是故意的！"

"哦？"

"她走在前面，我穿过半月门时被门槛绊住了，不小心将她推倒！"

赵大召猛地抬头："你胡说！不是这样……"

许县令一拍惊堂木："安静！你要藐视公堂？"

冯妙君扁着嘴沮丧道："那个门槛真是太高了。"

"既然你是不小心绊倒，为何又踢打王婆？"

"我没有！"她一张小脸上全是委屈，"我摔在她身上，努力想爬起来，这当中或许不小心碰到了王婆，但绝非故意踢她！"

许县令沉默了一会儿，召目击证人上前问讯。冯家庄里人少，当时在场看见这一幕的，包括胡萍在内也只有三个人，可他们都没看清她到底是踢打王婆还是挣扎爬起。

也就是说，"冯妙君听到王婆调侃安夏国所以失态推打她"的控诉，当事人全盘否认了。

云嵯坐在这里听市井小事原是百无聊赖，这会儿嘴角倒是弯起一个几不可见的弧度来。"安夏余孽"这几个字是谁沾包谁倒霉，小姑娘倒也不笨，着急和它撇清干系。

冯妙君大声道："我无意推骂王婆，更不想杀她！我愿意起誓，若有一字虚言，教我这罪魂当场灰飞烟灭。"

场外的蓬拜听见她的毒誓，吓得险些肝胆俱裂，冯妙君却镇定无比。

她好好儿站在当场，许县令只得道："那么，你对王婆说了什么，为何又要哭着跑出去？"

"我想扶王婆起来，可她太重了，嘴里还叨咕'小丧门星'，反复说了两三回。"冯妙君咬唇道，"我知道她说的是我，心里难过，再不想扶她，就跑出去了。"

赵大召和吴婶都瞪圆了眼珠子，没想到这小蹄子瞎话一箩筐接着一箩筐。王婆已死，冯妙君往她身上泼多少污水都不会被揭举。吴婶指着她，手都抖了："你、你信口雌……"一转眼见许县令阴着脸要发作，赶紧闭了嘴。

许县令一口气叹得老长。他审到现在，怎不知这桩案子已经说不清楚了？只是现在两个大人物都在堂上看着，他审出这种结果也实在是……

他这里暗自发愁，萧衍忽然道："其实还有一法，或可干脆利落地定案。"

许县令一喜："请公子指教！"

"让王婆回魂指证。"

许县令紧接着一愁："回魂秘术只在传说中听闻，本乡哪里有那等人才？"

萧衍笑了，目光往云嵂那里瞟去："别人办不成，不代表没人能办到。"

许县令闻言大喜："烦请公子……"转身向云嵂作礼，"请贵人援手！"

云嵂斜睨了萧衍一眼，哂然道："你倒是懂得指使人干活。"

萧衍道："这儿不是您要来的？"接下这案子既是云嵂授意，他不出点力怎么行？

冯妙君乖巧地垂着眼，心里却因这句话炸起万丈波涛：审讯现场是云嵂自己要求旁听的？难道云嵂察觉出不对劲了？

"好，我向地府借魂。"云嵂微微一笑，总算是应承下来，"将王婆尸首运来这里。今晚，我召她回来作证。"

许县令喜出望外，命人快车去聚萍乡运来王婆尸首后就宣布退堂，四个时辰后重开夜审。

云嵂接着道："我精力有些不济，须休憩蓄元，请为我安排住处。"

他脸色确实不好，许县令连声道："应该的，请随我来。"说着，亲自领着他和萧衍下堂去了后头。

这一等，就是漫长的四个时辰。

云嵂正在淄县县令为他准备的精舍里闭目养神，入夜以后有人来禀："升龙潭那里发来消息，鳌鱼被人解过，少了双目、心脏、背鳍和三丈来长的一截椎骨。"

"哦？"云嵂面上微显讶色，"被搬走了这么多？"

"是。"

云嵂目光闪动，陷入沉思。门外人很识趣地悄然退下。

第二章

搬山移形

在众人翘首以盼中，亥时终于到了。

衙门里摆棺材，阴森森的，别提有多吓人。

白天堂上的各色人等又已经就位，云嵬缓缓睁眼，低声道："时辰到了。"

昏暗的灯光下，他的面色更显黯淡，连说出来的话都带着三分阴气，让人不寒而栗。

他捂着胸口咳了几声，取出一截粗短的白烛交给差役："在白灯笼上写王婆的本名，点亮，站去衙门口；等灯笼里的蜡烛蓝焰暴涨，你再提着它回来。记着，动作要慢。"

这差役领命去了，云嵬才向众人解释道："蜡烛熄灭之前都可以庇护王婆魂魄，令她能够走入官家的威煞之地。"

果然，过不多时，差役就回来了，手中的灯笼却散发出诡异的蓝光。他腰板挺得笔直，手背上青筋都浮了起来，显然用着全身力气。

纸糊的灯笼倒似重逾千钧。可想而知，王婆的魂魄是蜷缩在这里了。

走到停棺的衙堂，忽然有一股怪风回旋，揪着周围的树木频频摆头。只见云嵬指着棺木一声轻喝："咄！我只借出你两刻钟，还不进去？"

灯笼里的蓝焰闻声而落，又变回了黄晕的光芒。

紧接着，棺木里就传来了抓挠之声。

两个胆大的差役去移开了棺盖，于是大伙儿就见到棺材里直挺挺立起一人，双目紧闭！

王婆子回魂了。

不过这季节里尸首不能久放，王婆已经死了九天，尸体膨胀发腐，原本干瘪瘪的老太婆浑身发肿，连五官都被挤变了形。

夜风吹来，尸臭顺势飘出十余丈。

冯妙君生平从未见过这样可怖的景象，躲在养母怀里簌簌发抖。

她平素再胆大，毕竟还只是个姑娘，从未想过自己能见到这么刺激的一幕。

徐氏同样吓得面白如纸。

只有云嵂和萧衍神态自若，仿佛见不着王婆的恶状，闻不着尸首的恶臭。云嵂一声"出来"，王婆就跃出棺材，站到了场地正中。

她的膝盖不曾弯曲，浑身僵直，像是僵尸。

"可以点头，不能摇头，只能回答最简单的问题。"云嵂转向许县令，"她勉强记得死前半个时辰内发生的事，这一点未变。现在，你可以问了。"

许县令当了这么多年官，审死尸却当真没几回，这时就咽了下口水，指了指冯妙君："可是她杀了你？"

王婆静静站着，没有反应。

有王子衍在此，许县令迅速平心静气，又抛出第二个问题："冯家庄的所有人都在这里，你看看，这里面可有凶手？"接到淄县县衙的消息，徐氏将全庄上下近十口人都带了过来。

王婆蓦地转身朝向冯家人，眼睛仍闭着，却似在阴狠瞪人。

旁观者骇然惊呼，冯妙君也觉头皮发炸，险些尖叫出声。

这回，换作徐氏颤抖不停了。

好在王婆站定以后就不动了，也不点头。

这时云嵂轻呵一声："那么换个问法，凶手可在今日场中？"

他言下之意……

众人在琢磨这句话，赫然就见到王婆点头了！

她的颈骨只能做小范围抬动，但多数人敢用自己的脚趾打赌，她的的确确点了两下脑袋。

萧衍紧接着问道："他是谁，指给我们看！"说着指了指一名差役，"去帮她抬手。"

这名倒霉的差役面如土色，却也只能战战兢兢上前，替王婆抬起胳膊，与肩齐平。

王婆豁然转身，肿胀的指尖直直指向了——赵大召！

尽皆骇然，现场一片抽气声。

这一下子，不仅赵大召"扑通"一声跌倒在地，连萧衍面色都微微一愕。许县令扶着帽子定了定神，看向萧衍："这，这请来的魂魄当真是王婆本人？"

萧衍呵呵一笑："如说这世上还有一人能拘来王婆魂魄，那么一定是他了。"侧了侧身，在许县令耳边低语两句。

冯妙君听不见耳语，只能见到许县令脸色一变，赶忙向云嵂抱拳道："不知是……

下官冒犯了，请恕罪！"

云嶂只说了六字："无妨，如假包换。"而后对着王婆很随意地挥了挥手，"好了，你可以回去了。"

话音刚落，王婆就跳回棺中，砰的一下躺倒，再也没有动静了。衙役仍举着灯笼走出县衙。

这边的许县令像吃了定心丸，厉声道："王婆本人已经指认凶手，人证确凿。赵大召，你还有什么话说！"

被指住以后，赵大召就蒙了半天，这时闻声回神，跪地大呼道："冤枉啊，我怎么会杀我老母！有人陷害我！"

"那就要由你来告诉我了。"许县令哼了一声，接下来的话说得行云流水，"来啊，将这个杀母凶手收入狱中，重找线索。"

徐氏借机上前一步："说到陷害，赵大召在王婆死后第二天就到我庄前，连着哭闹了三天。我给了他五十两，没想到几天之后他竟将我告到了县里。"

"哦？"许县令目光一凝，"先要钱，后告状？"

随即抖了抖手上两份供词："吴氏言行有异，一同带下去，再审！"

冯家无罪，不再追究。接下来的审讯事宜，就与徐氏母女无关了。

冯妙君被徐氏带离县衙之前，最后看了云嶂一眼。这人目光沉静，倒似在思索什么。现场看他的人很多，可他一抬眼就往这里扫了过来。她赶紧低头，不敢再看了。哪知云嶂忽然走了过来，在她面前站定："小姑娘，我有事问你。"

她面上露出懵懂之色，左右顾盼一下才指着自己："我？"他一靠近，她后背寒毛都竖了起来。

云嶂笑得好看，在她看来却不输洪水猛兽："是。我想知道，那天你跑出冯庄以后，又去了哪里？"

"去了哪里……"真是怕什么来什么！她心里一寒，做出思忖之态，想了几息才道，"没去哪里。本想往庄子后头的桃林去散心，可是走到一半想起来，我才是冯家的小姐，凭什么是我出去？"

"你又回去了？"

"嗯！"她用力点头。

"好，没事了。"他退开两步，果然不再提问。

冯妙君随着徐氏走了，头也不回。

云嶂不会无的放矢，他突然关心自己离庄后去了哪里，可是发现了什么端倪？

其实她早就知道——动手杀掉王婆的人是赵大召。

这是她手下人的手笔。

安夏王后为她准备的人才当中，有一个精擅迷魂之术，能操控旁人按自己心意行事。赵大召受了控制，待母亲经过河边就将她脑袋按在水中溺毙，而后抛尸。王婆回魂以后只记得生前最后半个时辰发生的事，当然也认得赵大召是杀她的凶手。

说起来，这回云嵝是无意中帮了冯妙君一把。

就在她们从淄县返回聚萍乡的第二天，冯家就有不速之客上门。

"奉茶。"冯妙君在自家客厅招待了萧公子。

萧衍啜了一口茶，看眼前十一岁的小姑娘直挺挺站着，小脸僵硬，肩膀端直，遂笑道："放松些，我又不吃人，我们随便聊聊。"

她眨巴着眼："可以随便说吗，您不会怪罪我？"

"童言无忌。"以王子衍的胸怀，怎么会和一个小姑娘计较？何况他此来还有盘算，"你只管说，我出门就忘，绝不责怪于你。"

"哦，好。"她当即收起小心翼翼的神色。

"徐夫人呢？"

"您来得不巧，我娘一早就出门了。"她一笑，露出小虎牙，"她忙得很，一天也没有多少闲工夫。"

嗬，含沙射影讽刺他是闲人？萧衍也不生气："那她何时回来？"

冯妙君忽然不说话了，将他从头看到脚，那双水灵灵的眸子里，打量的意味太浓，萧衍忍不住摸了摸鼻子："我好看吗？"

"还行。"她满面诚恳，"不如前几天你边上那人好看。"

萧衍的神情顿时垮了下来，谁能和那种妖孽比？

"所以，那个人是谁？"冯妙君接着问道，云嵝没一同出现，这是打探他身份的机会。

萧衍没好气道："他的身份，你问不起。"

她失望了："问问也不可以？"

"他不想说，你便不可以知道。"萧衍懒懒道，"怎么，小姑娘瞧上人家了？"

"他长得好看，还比您厉害。"

萧衍脸皮一抽："你怎知他比我厉害？"

"不然您为什么怕他，连他的事也不敢说？"

萧衍明白了，不由得啼笑皆非："丫头片子，你就是使了激将法我也不能说。相信我，这是为你好。那厮性情阴晴不定，上一刻还笑脸相迎，下一刻就翻脸无情，断不是你能招惹的。"

"那不提他了。"她只是小做试探，也没认为萧衍会说。

萧衍直起身子，想要夺回这场交谈的主导权，不意冯妙君又抢先道："咱们来交换吧。我答您一个问题，您也答回我一个——不提那个人了。"

"好。"他还是很有风度，"你先来。"

"这世上哪里藏书最丰、学问最多？"

"学问最多？"他抚着下巴沉吟。

"就是看过那里的书以后，我便能通晓世界上所有的秘密。"她眼里闪着好奇的光，"有没有这样的地方？"

"天下知名的藏书阁不少，但若像你要求的那般，大概烟海楼最是符合。"他顿了一下，"'浩若烟海'的'烟海'。"

"那里有世上一切学问？"

"怎么可能？"萧衍被她的稚气逗笑了，"这世上知识如瀚海汪洋，任谁毕生都无法穷尽，又怎么可能全数收录？只是烟海楼原为浩黎国开国大帝的私人书阁，里面珍藏了许多史前秘录、王朝异闻。浩黎国灭之后，烟海楼几经易主，却未毁于战火，反在后世屡有增补。去那里皓首穷经，就能知人所不知。"他最后补充一句，"现在嘛，它归晋国所有。"那里也是晋国禁地，进出须得晋王谕令，常人一辈子都无法企及。

冯妙君的眼睛却亮了。

鳌鱼的诅咒就像一枚不定时的炸弹，她做梦都想解开它，可这事情又不能拿出来跟人讲。最可靠的途径大概还是查找秘卷异闻。浩黎国的开国高祖是个牛人，他收藏的孤本想必能助她一臂之力。

她很爽快："好啦，现在轮到我回答问题了。"

原本绕在嘴边的话，他突然没兴趣问了，于是改成了这个："我问你，你推倒王婆后说的话，当真是县衙上交代的那几句？"

"那是当然。"冯妙君瞪大了眼惊诧道，"我对县令老爷不打诳语的。"她明知道那套说辞不能令人信服也必须一口咬死了，绝不能反水。

"那就没事了。"萧衍自嘲地笑了一笑，自己这话问得大失水准，七岁小儿都知道不能翻供。

冯妙君眨着眼问他："您是不是想当我后爹？"

徐氏今年也不过二十七岁，风华正茂，满身都是成熟妇人的风韵。萧衍此来，的确存着一亲芳泽的意思，不过被冯妙君说破，反倒皱了皱眉："你可愿意？"

"当然愿意。"她眼里满是惊喜，"听说上都比我们这地方繁华千倍，我想去见见世面，我娘还可以在那里买大宅子，来往的都是贵人，还能请来好多的仆役服侍我，我看哪个不顺眼就炒了他！"

听她絮絮憧憬，萧衍更不悦了。冯妙君空有一副美人胚子的外表，却少了应有的教化，由此可以推断徐氏本人的教养了。

终归是，上不得台面啊。

这么想着，他心里那一点热切也就化了，淡淡道："说笑而已，不必当真。"说完站起来就往外走。

冯妙君满面可惜地送他出了大门，一转头嘴角就挂上了笑容。

傍晚，徐氏归来，冯妙君将此事说完才问她："您想不想跟着他？"

"我不愿。"徐氏想也不想就摇头，"对我、对冯记或有益处，可是安安怎么办？我不能为一己之私，将你置于危险当中。再说，王子衍那样的人物注定飞在天上，实非我等良配。"

冯妙君喉间微噎，好半晌才笑了："您放心，他不会再来找您了。"

养母能看清其中利害，那真是极好，不必她再费唇舌。

"安安这么自信？"

"那是当然。"她知道，有一种女子总是最招男人讨厌——咄咄逼人的。

其实，这天午后冯妙君如果出庄门重走事故那天经过的老路，当会发现沿河二里外的一截废堤上站着熟人。

河水十来年前改了道，这一段堤坝荒废已久，坍塌多处，连荒草都长得比人要高了。

随从们正在忙碌，云嶂脚下的陡坡已被清理出五丈见方，露出底下布设的一个阵法来。

这阵法是很规整的圆形，线条繁复，文字玄奥，皆以锐器入石三分，不见一丝紊乱。阵法四个方位上分别凿有小小凹槽，这会儿都是空的。

走出冯家庄的萧衍踱了过来，蹲在地上仔细观察："穷乡僻壤还有这等玄机，怪不得你要赶来。这阵法之繁复，是我平生仅见，作何用处？"

云嶂凝视着它，一边答道："这是搬山阵。"

"搬山阵？"萧衍大讶，"传说中能让人一步迈出千里之外的搬山阵，这就是？"

"没有那般夸张，但几百里总是有的。"

萧衍啧啧称奇："不是早就失传，怎么会出现在聚萍乡？"

"它最后一次出现是在四十年前。阵法纵然难绘，可是灵石难得才是它失传的主因。"云嶂也半蹲下来，伸手顺着石缝摸索到凹槽，"灵石就嵌在这里。搬山阵每启动一次，就需要消耗四块紫色灵石。"

"这么贵！"萧衍咝了一声，"天地灵力褪减，已经很难再寻到高品质的灵石了。能一口气拿出四块紫色灵石，这种人世上寥寥。"这可是有价无市的好东西，连他都搞不到。

他看了云嶂一眼："你已经知道这人是谁，想干什么了？"

"莫提准。"

这名字一经说出，萧衍面色当即沉凝下来："莫提准？晋国的莫提准？"

云嵷嘴角弯起，笑意终达眼中："他想截个和，没想到掐错了时间。只怕这回是竹篮打水一场空。"还赔进去四块紫色灵石。

萧衍怔怔道："他想截谁的和？"以莫提准的身份，能被他截和的人也是非同小可。

云嵷笑得更灿烂了："我的。"

萧衍不明所以，云嵷却站起来拍拍手上的泥土："你方才去了冯家庄？"

萧衍点了点头。

"你看中那个寡妇了？"

萧衍微微吃惊："这你都知道？"真不愧是……揣度人心的本事厉害。

"你要带她上路？"

"罢了。"萧衍却摇头，兴味索然，"送你返都才是我的正事。再带个女人回去，父王不知怎样看我。"

云嵷也不多说："好了，此间事了，我们上路吧。"

事实已经很清楚了。莫提准身为晋国国师，此前也发现了升龙潭里的鳌鱼，他打的算盘和云嵷一样，也想趁着它化龙之际摘取龙珠。但这里是魏国境内，升龙潭附近又被云嵷动过手脚，莫提准自己也是杂务缠身，不好频繁往返，因此在聚萍乡设了个搬山阵，想着鳌鱼升龙那一天就直接由这里传送到升龙潭去。

他这阵法布下去已有些时日了，因此坡上重新长满了野草，将阵法掩盖得严严实实，加上这里原本就人迹罕至，也就无人发觉。

至于那一日莫提准为何没有及时赶到，反而被云嵷从容地斩杀了鳌鱼，云嵷只能推测他看错了鳌鱼的道行，也算错了它化龙的时间。

毕竟这个错误云嵷自己也犯过，这头鳌鱼的体征看起来比实际年龄要小些，据此做出来的推断也容易出错。

不过这个错误实是太美妙了些。莫提准动用了灵石赶到升龙潭，却发现鳌鱼的龙珠早被人捷足先登，当时他脸上的神情一定很精彩。

这一刻，云嵷面上的笑容发自真心，不过很快就又淡去。

他还是隐约觉得，总有一处不对劲。

萧衍派人清理堤坡的动静很大。他们原也不打算瞒天过海，因此附近的乡邻很快就知道了，一传十，十传百，贵人离开以后这里就迎来了一拨又一拨访客。

冯妙君听说以后，心中不由得一动，带上蓬拜也去凑个热闹。

果然堤上站着十来个路人，大家的注意力都被地上奇怪的线条吸引，看上一会儿就有人嚷嚷头晕。冯妙君深有同感，仿佛凝神投进去，地上的线条都像蛇一般游动起来，几息的工夫就绕得人眼花缭乱。她回头瞅了蓬拜一眼，见他微不可见地点头，于是退出人群。

他们都未留意到，长草丛里有个身影一闪而过。

回到冯庄，蓬拜面上的古怪之色都还未褪去："小姐，那是个阵法。"

"作甚用的？"

"不清楚。"蓬拜有点惭愧，"我用过不少阵法，但繁复如此还是头一遭见。以我的本事，解不开。布阵者必是高手中的高手。"

冯妙君嗯了一声，兀自沉浸在思绪当中。记忆中，推骂王婆以后她就沿河而行，跑到了那里去。这段坡道滑陡难行，杂草阻碍了视线，她当时眼里又噙满泪水模糊了视野，因此走不上几步就滑倒了。

她滑到了那个古怪的图案上去？

呃，她隐约明白自己为什么会出现在寒潭当中了，十有八九就是这个阵法捣的鬼。

蓬拜眼中慢慢露出明了之色，大惊道："小姐，那天、那天您莫不是……"

"嘘，安静！"冯妙君正在心念电转中，嫌他太吵。

蓬拜闭上了嘴，安静如鸡。

冯妙君却觉头疼。她本就奇怪这具身体怎么会出现在寒潭，现在谜团反倒越滚越大，最重要的一个无非是——阵法是谁画的？

不是云嵘。绘制阵法者另有其人，云嵘望见阵法以后，认为传送去寒潭的也应是另一位大人物。所以那天她好像抢行了人家的快捷通道！

冯妙君猛然站起来，在室中来回踱步。聚萍乡这地方，真是不能再待了。

在这不知名的敌人找上门之前，她必须先一步离开此地。

次日上午，徐氏母女合桌用饭。

一碗薏米粥还没喝完，王婆案的审讯结果就传过来了。

赵大召果然是受人指点才去告官的。这人通过吴婶对他说，告赢了冯家能得很大一笔钱财。

这个人，就是同乡的郑大户。

郑家原本是地方上的富户，和冯家一样做粮食买卖，商铺遍及五乡，规模不小。但冯家老爷经营有方，抢走他不少生意，郑家作为地头蛇自然不服。冯老爷过世一年，他们没少给冯记添堵，这回更想借着赵大召下狠手，打冯家一个翻不得身。

许县令顺藤摸瓜，把郑富户摸了出来。一顿板子下来，再坐两年大牢，郑家面子里子都给丢了大半，元气大伤不说，还被冯家挣得了生息的机会。

徐氏听完，又是欢喜又是解气。但冯妙君对郑富户的下场没兴趣，因为她已不打算在聚萍乡，甚至在淄县久留。

饭毕，她将蓬拜叫到自己小院里。

"您想搬离淄县？"蓬拜微微一惊问道。

"难不成在这乡下地方住一辈子？那阵法被我用了，它的主人早晚要找到这里来。我们不搬，难道等着被收拾？"

能被派到冯妙君身边，蓬拜忠诚却不刻板，这时也想通了其中利害，点头道："小姐说得是。"递过来一枚鱼形玉符，"王后为您留了铺面、田产若干，在魏国、晋国都有，一直由专人打理。这是信物，您收好了。人员名册都记在我脑中，不落于纸笔。"说罢，与她细细道来。

这一谈就谈到了日上三竿，冯妙君如愿以偿，很是满意。蓬拜正要告退，两人眼前蓦地一暗，有劲风扑面。

蓬拜一步跨到她身前挡住，厉声道："小心！"

她的视线被蓬拜挡住，见不着前方事，只隐约觉出是个人。而后就是"砰砰"两声响，蓬拜急声道："小姐快……"

话未说完，就是一记闷哼。

冯妙君头也不回，拔腿就往院门跑。不过还未跑到院门边上，侍卫偌大的身板从后方打横飞过来，先她一步重重砸在院墙上，滑下来时哗啦啦打碎了一大片种花的瓦盆，又挡住了大半扇门。

冯妙君眼前一花，门前就多了个不速之客，呵呵沉笑两声："哪里去？"

这人一身劲装，个子高得吓人，微敞的前领隐约可见鼓起的古铜色胸肌。国字脸，年纪在三旬左右，两颊上还有络腮胡。

他的眼睛很亮，冯妙君与他方一对视，就觉寒气似从对方眼里侵袭过来，刺得她脑海剧痛，不由得尖叫一声弯下了腰。

她不知道这是气势和实力上的压制，却体会到这人毫不掩饰的恶意！

这人大步前进的动作忽然顿住了，抓起地上的蓬拜扔在她脚边："冯妙君？"

蓬拜挣了几下，愣是没能爬起，显然身受重伤。冯妙君小脸苍白，瞪着壮汉道："你是谁！"对方都找到她的小院来了，她再否认身份也没用。

这壮汉的眼神像要吃人，却不复先前的刺痛人心："我的搬山阵是被你用了？"

这话就如一柄利刃，直接扎在了冯妙君的心口上！

　　真是怕什么来什么，她正忧惧暗中的敌人，他就找上门来了。饶是她向来镇定，这一下也怕得狠了，一颗心高高提起，就要疯狂跳动。但她强压下翻滚不休的诸般念头，摆出怔忡之色："什么？"

　　"别装了，十一天前你推倒那个老婆子以后就跑出家门，沿着河边一路去了废堤，由搬山阵传进四百里外的升龙潭中。"

　　"什么升龙潭，我干吗去那里？"她颤声道，"你是谁，为何闯进我的住处！是要钱吗，我娘亲有钱，可以给你拿钱，你别伤我！"

　　壮汉脸色黑沉，"咔嚓"一声扭折了蓬拜的臂骨。后者猝不及防，惨呼出声！

　　冯妙君小小的身子跟着一抖。她从前的经历算不得一帆风顺，但从未有人在她面前受过这样的伤害。

　　壮汉就见到眼前的小姑娘哇的一声哭了出来："不要伤害他，你要什么我都给你！"

　　以他的身份，要挟小女孩也是头一遭儿，心里同样不自在："我要真相！"

　　冯妙君哭得直抽气："可是我听不懂你在说什么。"

　　壮汉冷冷道："那天，田里有人见到你沿着河下游跑了。"

　　她出声辩解："可是我哭完就回庄了啊。"

　　"是吗？"壮汉斜眼望着她，声音里像聚起了冰碴子，"我怎么听说你好几天都没回来？"

　　她一下连哭都忘了，呆呆道："你听谁说的？"

　　"你家的厨娘，胡萍。"

　　"她为甚这样说？"冯妙君一脸懵懂模样，心里念头不知道转过了多少个。胡萍是安夏王后派给她的人，而且蓬拜对她甚是信任，显然胡萍的嘴很牢靠，忠诚度不须怀疑。壮汉这时提起她，要么是诈一诈冯妙君，要么是对胡萍动了刑，拿到了自己想要的线索。

　　冯妙君迅速冷静下来，气呼呼道："她胡说八道，你喊她来跟我对质！"

　　壮汉望着她的眼神带上了幽幽之意："你推脱得这么干净，端的是让人寒心。"

　　冯妙君咬唇道："我没做过的事，你也不能硬栽到我头上。县令老爷审案还要事理分明呢。你说我去了那个……什么潭，有证据吗？"

　　要能拿到直接物证，他还会对她这么客气？

　　他冷笑："胡萍就是人证。"

　　冯妙君盯着他道："那你把她喊出来做证，我要她亲口对我说！"

　　"小小年纪，嘴还很硬。"壮汉幽幽道，"我倒想看看，是不是比他的骨头硬。"话音刚落，"咔吧"一声又拗折了蓬拜的另一只手臂！

　　这回蓬拜有心理准备，咬住牙一声不哼，却痛得目眦尽裂。冯妙君看懂了他的眼神，扑过来拽着壮汉的手臂尖叫道："你杀他有什么用，你想要的东西我都不知道。"

"杀他没用？"壮汉点了点头，"那么徐氏呢？"他见冯妙君眼中露出恐惧之色，暗道一句"这才对"。小姑娘又是哭泣又是尖叫，他却没从她眼中看出多少恐惧，直到现在被他抓住了软肋。

"你说不出我想听的，我就杀了徐氏。"壮汉一字一句道，"她就住在庄子东头，我走过去不用十息时间。"

冯妙君的眼泪忽然不流了。

她瞬也不瞬地看着他，然后拿袖子擦了擦脸，凝声道："我要先知道，你是谁。"

这壮汉脸一沉，正要放话，她却已抢先道："你敢翻墙进来威胁妇孺，却没胆子报上名号吗？我的见闻要是对小人说了又给传出去，我们娘俩还是没命，死前又要受许多苦！倒不如被你一掌拍死在这里。"

这么说来，让他自报家门还是她看得起他？壮汉今日盛怒而来，到现在反觉事件进展荒谬得令人想笑。

他抬起拇指，轻轻戳了自己胸口两下："大晋，莫提准。"言简意赅。

他只自报了国别和姓名，冯妙君还是一头雾水，却听仰在地上的蓬拜一口冷气抽得老长，声音里满满都是震惊："你真是莫提准？你竟是莫提准！"

壮汉轻蔑地哼了一声，没言语，但谁都知道答案了。

蓬拜不等她提问就转头过来："小姐，莫提准是晋国的国师大人！"

国师？

顶着这么端庄大气称号的人，竟然是一副大碗喝酒大块吃肉的草莽形象？

她上下打量壮汉几眼，口气里充满怀疑："是吗，你说你是莫提准，有证据？"

壮汉抽了抽嘴角，拿出一块黑铁令牌在她面前一晃："看清楚了。"

牌子呈长条形，上头以她辨认不出的古怪兽首为吞口，除了黑底金边，牌子上没有其他纹饰，只简单写着四个大字：奉天承运。

她面无表情："看不懂。"

壮汉强压下亲手捏死她的冲动："堤坡上的传送阵法为我亲手布设，称作'搬山阵'，可送单人最远至数百里外，只能使用一次。"顿了一下，再度补充，"当世之中能绘制搬山阵的，总共不超过三人。"

"当今世上有几位国师？"

"六位，一国仅有一人。"

"也就是说，多数国师都不会喽？"

"……"

"那么，那个漂亮哥哥看到阵法以后，就猜到你是谁了？"

壮汉不吱声，默认了。

蓬拜在一边低声道："莫大国师立过誓，此生绝不打杀孩童。这事儿有名，四海皆知。"

所以，尽管这个人凶神恶煞却没有碰她一根头发，乃是因为立誓不伤孩童？

她也安静了几秒钟，而后道："所以，莫大国师特地跑来我家威胁幼童？"

莫提准黝黑的面庞慢慢发红，他扯起一个扭曲的笑容，捏紧的指关节发出咯啦几声脆响："我真希望自己从未发过那个誓！"

下一秒冯妙君就正色道："莫大国师能保证我说的话不会被第四人听见？"

莫提准轻嗤一声："我进来之前就布好了结界，院中发生的一切，外人都不知晓。"

"罢了。"冯妙君咬了咬唇，似是下定决心，"我就说与你听——"

"其实，你杀错了人。"

莫提准眯起眼，听她接下去道："那天我和王婆起了冲突，气得跑出庄门，胡萍怕我出事，追了出来，在废堤附近将我拦住了，要我随她回去。我不肯，情急中推了她一下，就、就……"

莫提准厉声道："就怎样？"

"她没站稳，从坡上滑了下去，然后就、就不见啦！"冯妙君吞吞吐吐，"我下去拨开草丛，却找不见她的影子。我还以为她掉下堤坡了，在附近找了很久都没找到。哪知过了几日，她又出现了。"

"然后？"

"她跟我说起，自己滚进深潭里去了，费了很大力气才出来。"她怯生生抬眼去看莫提准，"所以你要找的正主儿是她，你反倒把她杀了。"

莫提准不动声色地听完，忽然反手，砰的一下将院门拍成了碎片："骗三岁孩子的话，你指望我能信？"

她细声细气："我说的是事实，你不信也无法。"

莫提准忽然一笑，自怀中抓出一枚红色核桃摊在掌心："对着它发誓你方才所言全是真话，我就信你。"

她警惕地盯着核桃，发现它色泽鲜艳如血，上面还布满了无数细小的孔洞："这是什么？"

"蚁巢。"莫提准敲了敲核桃，于是小洞里面就钻出了十来只小蚁，每一只都细小如尘埃，却长着跟身体不成比例的嘴钳，差不多占到了身长的一半，"这叫噬心蚁。别看它们小，吃光一个成年人的心脏也不过是五六息的工夫，你这样的小孩……"他打量了冯妙君一眼，"最多只用两息吧。"

"我不伤孩童，但若你违了誓，自有这些小东西代天收拾你。那就与我无关了。"莫提准咧嘴，一口白牙闪着寒光，"发个誓，你今晚就算过关了，如何？"

她的嘴闭得比蚌壳还要紧，神情有点儿蔫。最后只得颓然垂首："行了，你赢了。"

莫提准抱臂好整以暇，就听她道："那天我出了庄子，心情不佳，走到堤坡上就摔了下去……"

他脸皮抽动："正好摔到搬山阵上，就被传到四百里外了？"

她特别无辜："你都知道了还问我。"

莫提准怒极反笑："你以为我那么随意，花费巨万布置的搬山阵是个人就能传过去？"

冯妙君听他说完，脸上波澜不惊："你是说，我先打开了你的传送……嗯，搬山阵，然后把自己传送到四百里外？请问，知道方法的人有多少个？"

"不超过……三个。"这话是从他牙缝里迸出来的。

"我一醒来就看到水底有个大怪物，龙头鱼身……"冯妙君道，顺便将她在寒潭的见闻掐头去尾地说了一遍。她话里的惊心动魄其实很有说服力，莫提准考究了几个细节，她不假思索就能答上，格外流利。

听到云嶂劈开鳌鱼脑壳挖走龙珠，他沉默良久才道："你看得仔细，他有吞下珠子？"

"有。"

"那珠子是何模样？"

"隔得远了，看不真切，被雨水洗一会儿就灰里透亮，有些儿像珍珠。"她想了想，伸手比画一下，"这么大。"

莫提准的肩膀顿时垮了下去，冯妙君却能感受到他散发出来的沮丧。他双目发直，随口问道："你怎么离开的升龙潭？"

"我是跳下潭去的。升龙潭看似封闭，底下水道却与外界相连。"她方才就打好了腹稿，这时回答得眼都不眨，"潭里的大鱼都围着龙头怪物转，没空理我。我水性不错，就从水道逃出来了。"

他此刻心不在焉，也不细想，只是指了指桌上的蚁巢："立誓。"

冯妙君立刻对着那一窝子满脸凶相的红蚁起誓："我冯妙君对天起誓，方才对莫大国师所言都是真的，绝无一字虚假。如违此誓，教我被噬心而死。"

说罢，她瞬也不瞬盯着蚂蚁。

蚂蚁没扑到她身上，说明她没说假话。

莫提准眼里最后一点希冀的光也淡了下来，直起身子。冯妙君忽然明白了："原来你是想确认，珠子是不是被漂亮哥哥吞掉了？"

莫提准没有否认。云嶂已经吞掉了龙珠，他没机会了。

莫提准喃喃道："为什么……他还要回来？"云嶂吃掉龙珠就算大功告成，为什么还要来到聚萍乡，还要兴师动众掘出他埋在堤坡上的搬山阵法？

云嶂还在寻找什么东西吗？与龙珠有没有关联？

冯妙君蓦地出声，打断了他的思路："原来你害怕漂亮哥哥，不敢惹他，才来找我麻烦！"见着莫提准聚精会神的模样，她也心虚，不愿他在这里深想，于是出声打岔。

莫提准果然猛一瞪眼："我不敢招惹云嵝？哪个告诉你的！"

冯妙君冷笑道："前几天你俩都在这里，你为何不直接向他求证，反要偷偷摸摸地杀我厨娘、伤我护卫，又胁迫于我来弄清真相？"

莫提准顿时噎住。

他对云嵝的确深深忌惮。再说，即便他是威能强大的国师，潜入魏国的地盘和这等强敌公开较劲也不是明智之举，甚至可能挑起两国冲突。

可是这其中复杂已极的利害关系，他要怎么跟个十一岁的小姑娘说清？

莫提准一脸的意兴阑珊："何必跟你多费唇舌？"迈开腿正待离开，不意外头突然有个清朗的声音响起。

"莫兄既来我国做客，何不知会云嵝？实在也太见外。"

这声音时远时近，乍听之下近在耳边，仔细辨究却像是回荡在整个聚萍乡上空，她和莫提准都是心中一凛。

云嵝的声线独特，她在县衙里听过一回就再也不会忘掉。

莫提准嘿嘿两声，大步走了出去。

他不愿和云嵝正面冲突，可是对方找到他头上来，他自夷然不惧！

莫提准这么一走，小院里的冯妙君顿时长长舒一口气，坐倒在地上，只觉后背都湿透了。

她抹掉额前冷汗，才爬到蓬拜身边道："我去喊人，你再忍忍。"

蓬拜一直怔怔发呆，听她开口才回过神来，勉力抬身靠在树上："我还能走，您别担心……方才莫提准说起了'云嵝'这个名字？"他眼里带着伤患不该有的明亮。

"对。"冯妙君在心头默念这个名字，一如既往的不舒服，"他刚才进冯家庄了？"要是云嵝能精准地找上冯家庄来堵截莫提准，那么她真的死定了！

"不。"蓬拜摇头，"听起来很近，实则云嵝……云嵝不知道在哪里。他只是借用这项神通向莫提准宣战。"

像是印证他的话，远处传来几下闷雷也似的响声，连带地面都震动不休。她侧耳细辨，似乎发生在七八里外，那就和冯家庄万万扯不上关系了。冯妙君真正将一颗心放回了肚子里，四肢总算恢复了一点力气。

她奔出院子，一路畅行无阻，显然结界因为莫提准的离去而消失了。她随手抓住一个冯家庄的下人命他连夜去请跌打大夫，又迅速返回自己的院落，问出了最关心的话题："云嵝……是什么人？"能让莫提准这样满身傲气的大国师也视若劲敌。

"他就是魏国的国师。"

"这么年轻就能当上国师？我还以为这位子要由更……更德高望重的人来坐。"

蓬拜满面肃容："五年前，魏国突然任命云嵋为护国国师，在此之前谁也没注意过有这号人物。不过他上任后很是做了些惊天动地的大事，最有名的一件即是……"说到这里，他咽喉微哽，咽了下口水才道，"即是挑战我安夏国的国师温泊扬，并正面击杀之！"

冯妙君脑海中浮起安夏国国师的面貌，一张苍老的面庞，五官已很模糊，只能勉强辨出轮廓。原来这人是死在云嵋手里的。

"国师护持一国之国运。温泊扬身殒，安夏国势急转而下，越见衰微。后来……"说到这里，蓬拜住口不语。

后来发生的事，她都知道了。安夏王、后双双殉国，安夏国被魏国吞并，从头到尾整个过程中，云嵋恐怕都没少出力气。

她蹙眉："五年前？当时云嵋才几岁来着？"看云嵋的外貌，仿佛不到弱冠，竟能护持一国之运势了？

"不知。"蓬拜的面色因疼痛而越发苍白，"温泊扬的弟子从前见过他，当时惊为天人，这么多年过去，他好像也没什么变化。"

"这人打哪儿冒出来的，该不会是精怪变的吧？"

"国师之职非常人能任，魏王应该探清了他的底细才敢重用。"

说得也是。她压下心头诸多疑虑，去倒水给蓬拜喝。过不多时大夫赶到，给蓬拜接骨上药，又开了方子。冯妙君恳求他替蓬拜的伤势保密，他欣然同意，这才拿着冯小姐给的大银走了。

随大夫一起过来的还有养母徐氏。冯妙君趁机劝道："此地不宜久留，我们走吧。"

蓬拜经过一番安顿，状态有所好转，这时也帮腔："小姐既然卷入了云嵋和莫提准的纠纷中，还是要及早离开淄县的好。"

徐氏抿着唇不置可否。她何尝不知养女所言有理，可是冯氏祖业在此，几代人努力经营才打开现在的局面。让她抛下亡夫最看重的根基流亡他乡，她实在舍不得。

冯妙君这几日来对她的性格已经有所了解，遂低声提醒她："冯记在这里吃过官司，人人都知道了。这几天的生意不好做吧？"

徐氏抬头，细细观看养女眉眼，忽然叹道："是我糊涂了，只想守着冯家的生意，却忘了你越来越大了。"

"……"冯妙君表示一头雾水。

"这地方的男人，怎么配得上我家安安？"徐氏笑了，面上倒有一种自我开解的释然，"能娶到安安的，也该是神仙一般的男子。我看这位云大国师的风姿仪态倒是很不错呀，只可惜身子骨不太好，要是给我当了女婿后有个三长两短，我家安安可怎么办……"说到后来，居然面带愁容。

"不过无论如何，你的夫婿也绝不该是乡野鄙夫、布衣商贾。"

"你说得对，我们该换个好地方。"

"咦？"冯妙君微愕，未料到养母能从全家的生死存亡一下子跳转到她的终身大事上。不过只要能说动养母，她可以厚着脸皮认了，"娘亲说得极对，这里的男人根本配不上我！"

被晾在一边的蓬拜："……"

徐氏却怔住了："你，你喊我什么？"她没听错吧，长乐公主认她为养母两年来，就算有侍仆在场也不喊她娘亲，私底下更是最多一句"徐夫人"。她没想过冯妙君有一天能改口。

"娘亲呀。"冯妙君的神态自然，趁她愕立当场的机会飞快地抱了抱她，一触即放，"我饿了，好似闻到晚饭的香气了。"

徐氏对她极好，改口也是应当的。

徐氏美眸中有水光闪动，她匆匆转身走出去，道："我去看看，晚饭得做得丰盛些……"穿过回廊，不小心还被木柱刮了一下。

次日一早，徐氏就赶回县里的冯家老宅去做些布置。她不敢找人搬家，唯恐动静太大，只指挥几个忠心的奴婢收拾细软和重要物件，准备轻车简装出发，装作出游模样先去聚萍乡捎上养女，再顺向去往数十里之外的姚城，而后再往东辗转。

冯妙君早就打点完毕，许多漂亮但繁缛的衣服丢了不要，随身的物什全装进包袱里，一只手就能提动。

三日之后，徐氏母女就到了姚城。这里是大魏国最东边的隘口了，再往东行就是峣国国境。商队在姚城稍做安顿，就继续东行跨过边境，又花了一天半的工夫走到了甜水。这就进入了峣国最靠西的城池。

与其说是城，甜水其实只有县镇的规模，但是峣国在此驻军，又是往来商旅的必经之地。魏、峣两国在此设立榷场以供货运交易，拥地利之便，因此也很是繁华。

冯家车队走在大街上，冯妙君见这里人头攒动，车马举步维艰，不由得瞪大了眼睛四处张望。越往东走，地气越热，从聚萍乡到这里翻过了两座大山，倒仿佛是一步入夏，连衫子换成薄丝以后，她坐在车里还觉额上冒汗。

甜水城民风倒也开放，路上行走的男子常见赤膊，年长者喜留胡髭，处处风俗都与魏国不同。他们来得凑巧，再过两天就要举办"水节"。这在当地是很有分量的节日，十里八乡的居民和商贾都要赶来，因此大小旅舍通通爆满。

他们一行走了几家都没有客房，最后只好往城中心去，找进一家门脸儿相当大气的甘露栈才听说有房。冯家的管事赶紧要了两间上房，正要掏钱付定金，边上有人强行挤过来，将他推到角落里去，一边道："我们何大少要五间上房，快点！"

掌柜小心翼翼："这不刚被订走两间，上房只剩两间了，中铺倒还……"

这人往侧边一努嘴："拿不出五间上房，你这差事也别干了。"目光一扫冯家管事，冷笑道，"他不还没付定金吗，不能算定。"

管事气恼道："你这人怎不知先来后到？我先要的房……"

掌柜见到边上站着几个身锦富贵之人，其中一个满面不愉的正是何大少，只得对着冯家管事苦笑道："我们也是小本生意，只得委屈您了。正好还没付上定金，求您别让我们为难。"

冯家管事哪里肯让，恰好徐氏挽着冯妙君的手走了进来，美目一扫就大概明白了始末，遂出声道："让便让吧，我们走。"

冯妙君戴着帽帷，身段却是姣好的，一张小脸还有几分婴儿肥，嫩得像刚出炉的精白面包子，一双乌玉眼清澈透亮得没有半点杂质。只消再过几年长开了，就是大美人一枚。

那几名阔少里走出一个身材颀长的，微弯下腰对冯妙君笑道："把房让给你们一间如何？我与何兄秉烛夜谈正好。"

他长得眉清目秀，衣裳得体，气质温文，尤其眼睛很亮，看起来是那四五个人里最出挑的。

冯妙君哼了一声："不用你的。"拉着徐氏的手晃了晃，"娘，这地方乱糟糟的，什么讨厌鬼都有，我不要住这里！"

小公主嫌弃，徐氏自然就往外走："嗯，不住。"

身后那几人也没把这小插曲当回事，继续谈笑晏晏。她就听到何大少对方才想让房给她们的少年道："女人都小家子气惯了，莫理会。子遥兄，晚上我带你去个好地方，那边的姐儿们就热情多了。"

竟把她们和那种女子相提并论？冯妙君皱起眉，就听到那位"子遥兄"笑道："不急，先看看你带来的'果王'，据说早就是今年水节夺冠的热门。"

冯妙君最后听到的，是何少得意扬扬地夸他一句："有眼光。左丘家什么奇珍异宝没有，但小弟敢担保，这比人还高还大的果子，子遥兄一定是没见过的！"

从大路拐进小道，冯家车队最后在城西的角落里找到一家客栈安顿下来，这里位置偏僻，条件自然远不如中央主街，价格却没便宜多少。

徐氏还是想让养女住得舒服些，单独给冯妙君开了一间客房。人员安顿好之后，冯妙君在养母那边沐浴边聊天，直到秀发半干才回到自己房间。

天上的云很厚，时常遮住了月光。甜水城又起了风，满庄的树木被吹得哗啦作响，冯妙君翻来覆去，睡得不甚踏实。

也不知过了多久，外头窗棂"咯"的一响，冯妙君揉揉惺忪的睡眼，忽然望见床边的木椅被一个硕大的、黑乎乎的影子占住！

黑暗中，一双明亮的眼睛正盯着她瞧。

有贼人入户！眯成缝的眼睛一下瞪大，她不假思索地尖叫出声，身体往斜后方急缩，就要从床尾跳下去。

那黑影前一倾，伸手捂住了她的嘴，抢先一步将她的尖叫堵了回去。他手掌宽厚，指尖顺势内扣，扼住了她颈上的大动脉。只要轻按这里，她就会头昏脑涨。

黑影另一手伸指在自己唇前，轻轻嘘了一声："是我。"

莫提准！

莫大国师该不会有恋童癖？想到他不伤孩童的誓言，她身上掠过一阵恶寒。

莫提准不知道自己在她心目中的形象已经被扭曲得面目狰狞，只低声道："你莫叫喊，我就放手。"

冯妙君翻了个白眼给他，点了点头。

莫提准将手挪开，一指放在桌上的包袱："你要逃去哪里？"

她摇头："娘亲带我出去踏青。"

他咧了咧嘴："你出门踏个青还要藏金子？"

冯妙君板着脸："男女授受不亲，莫大国师半夜潜进来有何指教？"

莫提准往后靠在椅背上："我要在你这儿待上几天。"

"什么？"冯妙君吃了一惊，"不行！"

莫提准顿时沉下脸来。

冯妙君也意识到这一点，干笑道："莫国师日理万机，怎么能在我这里浪费时间？"

莫提准哼了一声："今回算我有求于你。此事过后，必有重谢。"

听他话里，怎有一股虎落平阳的味道？冯妙君眼角余光在他身上来回扫个不停，终于发现他肋下有一大块濡湿，只不过衣服是灰褐色的，方才她没瞧出来。

再一细嗅，空气中仿佛飘着淡淡的血腥气味。

"受伤了？"她手边就有止血药，却不打算狗腿地替他包扎，"你果然打不过云嵷！"

"胡说八道！"莫提准瞪圆了虎目，"你又没见到云嵷，怎知他没有损伤？"

冯妙君才发觉他的面容黯淡如今晚月色，印堂发黑，眼角却爬满了淡淡的红丝，倒像还生了病，或者是……毒？

她偏了偏头："他的伤有你重？"原来云嵷还用毒？

他终于明白这小姑娘为什么不招人喜欢了，她字字句句都能往人心口捅刀子。

"我是受了点伤，也有快速痊愈的办法，但运行涅槃术期间会失去六感，不言不动，形如活死人，直到二十个时辰后一身修为恢复如初。"

　　冯妙君面色怪异："你随便在荒野挖个地洞自埋两天不行吗？挖深一点。"

　　他轻轻摇头："不成的，有山精水灵追踪我的下落，把我在野外的举动上报。"

　　所谓山精水灵，就是土地公、溪河水神。原本都是有道行在身的小妖怪，后遇机缘被点化，可以享受人间香火，但要护庇于地方。冯家庄后方的山上就有山神庙，冯妙君也听过不少传说，可到今晚才知道国师居然也能指挥山精水灵。

　　所以，莫提准对上云嵰，竟然是这般狼狈吗？

　　冯妙君却快要气疯了。她好不容易躲出百余里，以为从此天高任鸟飞，哪知道莫提准又把云大魔头给引到她面前来了！

　　"你是干了什么伤天害理的事，让云嵰非得穷追你不舍！"

　　莫提准摸了摸鼻子，自顾自道："我们这两天缠斗已经奔出二百余里，他绝料不到我掉头返回。再说他自己也伤得不轻，至少三天内，他都不会追到这里来。"

　　他的话可没让冯妙君安心多少："你该不会是走回这里的吧？"

　　"我夺了一辆游商马车赶来的，从头至尾并未暴露于野。"他知道她在怕什么，"这么巧，刚进城就看到你了。"

　　冯妙君目光闪动。

　　莫提准不疾不徐竖起食指："我先前说了，你替我护法二十个时辰，我必还以重谢。可由你任提一个条件，在我力所能及的范畴内。"

　　冯妙君目光微动："就一个？感觉不太够用呢。"

　　"小姑娘，莫要得寸进尺。"莫提准声音沙哑，眼里闪着狼一样的光，"我们现在是一根线上的蚱蜢。"

　　她白白嫩嫩的指尖在桌上轻轻磕了三下："三个，不然鱼死网破。"

　　莫提准的目光冰寒彻骨，她看得清楚："被我这样的小小女童胁迫，你就算能守诺也不甘心，我要留一个条件自保。"

　　她对他的不信任真是毫不掩饰。莫提准沉默了很久，才低声道："两个，这是底线。"不然，就鱼死网破。

　　"好，成交。"冯妙君沉默了几息又道，"你现在就要睡着吗？"

　　"越快越好。"

　　她侧头："云嵰知道你伤得有多重？"

　　"嗯。"

　　"那他知道你会这个……涅槃术吗？"

　　"应该不知。"这是他压箱底的保命技，怎么能轻易透露给别人知道？

　　"最后一个问题。"她向他伸出手，"为防意外，你得给我一个保命的宝贝。"

莫提准望着她，吃不准她是思虑周全还是想敲竹杠，又或者二者兼备。不过随着时间推移，伤势越发沉重，他亟需休眠，于是顺手从怀里掏出那枚蚁巢，轻轻摩挲。而后，将蚁巢扔到桌上："滴上你的血，蚁后就认你为主，此后听命于你。"

这些小东西出击时迅若闪电，她心中大骇，遂赶紧咬破指尖。这时蚁巢中冒出一个肥肥白白的身影，虽然在她看来还是小不点，但对比其他噬心蚁已经有十余倍之巨了，正是蚁后。

她下了床走到桌边，拿指尖血喂给蚁后吃下，随即心底就多了一丝奇怪的感应。

就好像她和蚁后共享了视界和感受，虽然它脑海里一片空白，不存在喜怒哀乐。

她心念一动，蚁后即遵照她的要求，拿脑袋拱了拱她的手指。

果然很听话。

她玩得不亦乐乎，莫提准看得人累心也累，忍不住打了个哈欠翻身趴床："睡了。"

几息以后，就没了动静。

第三章

拜师远走

　　第二天清晨，冯妙君就将昨晚的事悄悄知会了蓬拜和徐氏。三人商议之后，决定还是在甜水多待两天直至莫提准醒来。

　　冯妙君被鸠占鹊巢却还要替人守门，以免莫提准的行踪泄露。好在外头虽然熙熙攘攘，却没发生什么大麻烦，时间慢慢推移，转眼就到了第三天午后，这时离莫提准醒来的规定时间已不足两个时辰。

　　眼看莫提准就要顺利欠下自己人情债，冯妙君正觉满意，不意外房门忽然被人敲响，两长两短。

　　这是她和手下们约定的暗号。她先将床前的帷幕放下两层，确保里面的人被遮得严实，这才开了门。

　　一脸严肃的蓬拜站在门外，边上还站着一个十六七岁的少年。

　　"进来说话。"

　　蓬拜胳膊没好，但不妨碍走路，进来先关上门："这也是咱们的人，叫陈大昌，我派他在外头探察风声动向。"

　　那少年陈大昌向她行了一礼，自顾接了下去："甜水忽然来了大批军卫，先把城封了不让进出，再兵分几路搜查住家和驿站。据说城里混进了逆贼，在附近的大城刺死了县令以后流窜到这里，驻扎城郊的兵营就把人都派进来了，对照着画像挨家挨户搜查。"

　　冯妙君心里"咯噔"一下，运气不会这么差吧："你可见过画像？"

　　"见过，如今城内大小街巷上都在张贴。"陈大昌显然记性不错，"年约四旬，圆眼睛，额角有颗痣，满面络腮胡，长得粗犷。"

　　运气果然很差。这画像就是照着莫提准绘的吧？样样全中！

　　"还有多久能搜到这里？"

"兵卫分了几个方向，往这里的……"陈大昌估算了一下时间，"现在在主街东头，最多一个时辰就能到咱这儿了。"

一个时辰、一个时辰，怎么算都不够啊，莫提准醒来还得两个时辰，这可如何是好？向来好事多磨，她就知道国师的人情不好拿！

见她蹙眉苦思，蓬拜往窗外看了一眼："城里水井多，客栈后头就有一口。"

陈大昌插了句嘴："他们也搜井，有水没水都派人下去。"

连井都不放过？蓬拜和冯妙君的脸色都不好看了。难道就这样束手待擒？

冯妙君抓着椅背喃喃道："还有两个时辰，只剩两个时辰……"要能熬过两个时辰，莫提准醒来自能应付眼下的困境。可她要怎样才能做到？

陈大昌低声道："不若我去制造事端，将他们引开？"

"不成的。"蓬拜摇头，"他们也知道这是引兵之计，不会上当。"

"那可未必，只要我们引得恰当！"冯妙君的眸子却慢慢亮了，"往这个方向搜查的兵卫只有一队，只要将他们拖住两个时辰，就算我们过关。"

她对蓬拜道："咱手下里，可有原本就长胡子的？越浓密越好。对了，人得灵巧些，跑得快。"

蓬拜和陈大昌互视一眼："有，他原本是山贼出身。但胡子可没长到腮边……"时人多蓄美髯，找个胡子哥不难。

冯妙君将下午逛街买回来的小玩意儿一股脑儿倒在桌上，翻拣几下，找出两样东西，其一是罐透明的软胶。这东西叫雀儿胶，原产自一种树身，黏性很好，但是遇水则脱，当地人常用它来捕鸟，冯妙君也想买一点来试试，现在却有了别的用途。

蓬拜看懂了她的企图，犹疑道："上哪里再给他弄胡子去？用头发裁的话，时间不够……"

冯妙君笑了，露出洁白的八颗小牙："找什么头发，这不有现成的？"

在蓬拜呆滞的目光中，冯妙君亲自动手，在莫提准的下巴和两腮均匀地刷上一层软胶，基本覆盖了这一嘴大胡子。

尊贵的莫大国师无知无觉，任她摆布。

再等上一小会儿，胶就干透了。她反身去问陈大昌："带匕首没？让我看看你的刀工……"

陈大昌哪里管那个无知无觉的人是谁，他果然抽出匕首，仔仔细细地给莫大国师刮胡子。

等到胡子刮完，软胶也变成了一张透明的软皮，上面粘满了浓密的胡子。蓬拜把那山贼手下叫过来，将假胡子分作几块补他脸上，再稍事修剪，居然真的变作了一脸络腮胡。冯妙君比照着本尊，拿出朱砂帮假大胡子点在额角，再用墨刷成黑色。

乍一看，这人和莫提准还真有几分神似。

"现在兵卫走到哪儿了？"

陈大昌默算了一下："快到街心了吧？"

于是冯妙君对大胡子吩咐几句，这人点点头，戴着帽帷，拎上水囊就出门了。

城里来往客商多，戴着帷帽的人不少，他也不算显眼。

蓬拜留在客栈，冯妙君对陈大昌道："走，我们去看个热闹。"呆坐在这里空自心慌，不如出去随机应变，有事也好想对策。

陈大昌领着她就往主街而去，目的地正是甜水城主大街上的甘露栈。

冯妙君先进去要了一碗甘草水果，找个靠窗的位置坐下来慢慢吃，陈大昌则是捂着肚皮去了后边儿。

本地的井水特别适宜浸泡瓜果，除了保鲜之外还能提鲜，若加甘草等四五味药料煮成汁，腌入水果，就得酸、甜、咸之巧味。冯妙君特地多交六文钱额外加了两小块冰，在酷暑天吃起来愈显清凉沁润，仿佛把周身火气都打压了下去。

冯妙君尝过之后就赞不绝口，忍不住多要了一碗。这时陈大昌的身影在窗边一晃，冯妙君抬头，见他朝她飞快地挤了挤眼就转身走掉，不由得微笑起来，心里的大石稍微放落。

第二碗甘草水果才吃掉一小半，街上就起了骚动，有人声嘶力竭地高喊："逆贼！逆贼在这里！"

紧接着杂乱踢踏的脚步声往这里而来。冯妙君往窗外瞥了一眼，恰好见到假胡子蛮横地撞开人群，大步流星冲向甘露栈门口。

哨声此起彼伏，响自四面八方，长短不一的同时也越来越近了，显然大胡子的行径惊动了该惊动的人。

他回首望了一眼，保证周身三百六十度让附近的所有人看清，这才绕过前厅，一箭步冲向甘露栈的后堂！

也就在他背影消失之时，一队衣甲鲜明的兵卫自远处排众而来，队长挥了挥手，二十余名手下散开来将甘露栈团团包围，他才带人踏入前厅，朗声道："本营奉令缉拿逆贼，客栈封闭，人员不得进出，阻挠公务者同罪并罚！"说完，将令牌按在柜上，让掌柜看个仔细，"老刘，得罪了！"

掌柜的脸都苦了，却不敢有违，只能打发几名小二："陪军爷们一起去，好好给客人解释！"

甘露栈里闹成一团，许多客人也无心午憩，打着哈欠下楼找位置。冯妙君看见何大少面色不愉，和那位"子遥兄"一同走了下来，招手要了一壶柑橘茶。

冯妙君缩在角落里老神在在，她这样的小姑娘第一时间被排除在嫌疑人外，是现场最轻松的看客了。

那位"子遥兄"品茶的模样很悠闲，抬眼看门口时扫过冯妙君。两人四目相对，他对她微微一笑，显然还记得她。

冯妙君却皱了皱眉，露出厌色，而后移开目光。

时间一点一点推移，逆贼还是下落全无，兵卫队长不甘心，带队搜过了前厅就亲自往后堂而去，一处一处细细翻找。最后搜到驿廊的时候，忽然指着上锁的一间道："这间怎么回事？"

队长横了手下一眼："方才没检查？"

"查过了，那时门是开着的。"

杂间有小窗，只两个巴掌大。他趴在窗边往里看，偏巧这时院中光线已暗，他只能模糊看到一个硕大的、黑乎乎的影子，不由得凝重道："这里面是什么！"

"是我家的果王，水节上参赛之用！"手下没答上，反被另一个声音插话了。队长皱着眉转身，望见何大少站在他身后。

"打开。"

这是廊驿最宽敞的一个杂间了，放两辆四驾马车并排进来都绰绰有余。现在这里只有一部特制的货车，车上摆一巨瓜，几乎就把杂间填满了。

空间都被堆满了，莫说是个人，就算再挤条狗进来都会被看得一清二楚。

队长心事重重，见着这瓜也不由得吃了一惊："这么大？比人都高！"

何大少眉眼都笑开了："可不是吗，今年我家必能夺魁！"

哪知队长下一句就是："这么大的瓜，别说一个人了，就是两个三个也塞得进去。"挥了挥手，"来啊，把瓜给我破开！"

何大少没有蒙太久，扑上来拽住他的胳膊："左丘渊也来观赏水节，就与我同行，就在这甘露栈里……他能为我作保，这瓜是清白的，求您网开一面！"

"左丘渊？"队长一愣，"哪个左丘渊？"

何大少挺直了腰板："大峣国能有几个左丘渊？"

"是吗，也在这里？"

"就在前厅饮茶。"

队长微一思忖："我守在这儿，你去请来一见。"上峰的命令固然重要，可是左丘渊也不是他、甚至他的上级得罪得起的。

冯妙君眼见得兵卫头子接到手下汇报就匆匆赶去后堂，又过不久，何大少也带着自己的人赶了过去。这时，有个中年男子靠过来，满面堆笑，想要坐到她对面的椅子上："小姑娘，你在等谁呢？"

"等……"她一抬头，乌眸放亮，笑嘻嘻道，"叔叔！"

这小姑娘警惕性倒是很高，是要让他知难而退？中年男子还是坐了下去："叔叔一会儿给你买糖……"

"吃"字还未说出来，屁股上突然挨了一脚，先扑到地上摔了个狗吃屎。

后面阴他这人用力极大，他跳起来怒道："谁敢……"一回头，见到一人狠狠盯着他，个头不高，身板却壮实，望过来的眼神带着可怖的杀气。中年男子腿颤了两下，便头也不回地溜进自己座位。

冯妙君却笑得舒畅："去得有些久了，你还好吗？"

他点了点头。

这自然就是她的山贼手下了，不过此时他已经揭去伪装，恢复本来面目，连额角的假痣也没忘了洗掉。看到他的第一眼，冯妙君就真正放松下来，知道此计已成。

离莫提准的二十时辰之约，只有不到两刻钟了。兵卫队在这里耽搁太久，已不可能在他苏醒前抓住他。

她目光偶然瞥过全场，忽然发现有些不对。

少了个人。

坐在何大少那一桌的"子遥兄"不见了。

这人方才还坐在那里悠闲品茶，她竟然不知他是何时离座的。桌上的四色果品都被吃光了，并且——桌上只剩下一个茶盏、一副碗箸。

过了一会儿，何大少被两个兵卫带回，一见自己的桌子就傻了眼："子、子遥兄，哪儿去了？"

兵卫不耐烦道："哪里有人？"

"他原本就坐在这里！"何大少不死心，带着俩兵卫回到上房找寻一遍，甚至茅房也去了，就是不见他的"子遥兄"。

俩兵卫被他带着白绕了大半圈，一无所获。恰好看到边上的冯妙君，便低头问她："小姑娘，可见到那张桌子上坐过两个人？"

冯妙君顺他手指的方向眺望一下，又想了想才摇头："没太注意，那里坐过两人吗？我好像只见到这位大少爷。"

兵卫的脸立刻沉了下来。何大少也认出她了，指着她的鼻子气急败坏："你报复我！不对，这些是不是都跟你有关系，小小年纪心肠这么毒辣……"

没等他扑上来掐她，兵卫就把他拖走了。见他频频回头，怨毒地望着自己，冯妙君冲他挤了挤眼，笑得好不天真。

这个时候，最后一丝阳光也消失在对街的屋顶上。

时间到了。大国师这会儿该醒了。

冯妙君将最后一块点心塞进嘴里，然后站起来拍了拍裙子："走，回去用饭。今晚要大吃一顿。"

她回到下榻的客栈时，莫提准已经不见了踪影。

蓬拜说，这人准时醒来，然后发了一通脾气就走了。

发脾气？她不懂了："我救了他，他还发什么脾气？"

蓬拜下意识摸了摸腮帮子，提醒她："他胡子没了。"

他永远不会忘记莫提准醒来以后摸到自己脸颊的神情，那真是……一言难尽啊。

危机过去，大伙儿心情都好。

待月上中天，冯妙君听见窗棂被敲了两下，而后有人翻窗而入。

她忍不住揉了揉眼："我睡太晚会长不高的！"

莫提准身上残留的那一点杀气顿时泄得无影无踪，沉声道："我来回奔驰了一百三十里，才能漏夜赶回来。"

他身上果然带着长途跋涉特有的微寒气息，她一竖大拇指："莫大国师真乃信人也。"然后很有眼力见儿地撤下残羹冷炙，另换一套席面上来。

莫提准奔波一夜，闻到香气就觉饥肠辘辘，于是不客气地扶起木箸开吃，心里倒佩服冯妙君对他的口味抓得很准，这桌上样式不多，却都能令他胃口大开。

冯妙君托着腮帮子看他风卷残云。莫提准看起来神完气足，坐得近了，还能感受到他全身气血鼓荡，丝毫不见长途奔波的劳顿，一双眼睛又变作了头一次见面时那般明亮。显然涅槃术的确起效，能令他恢复如初。

莫提准将牛肉吃掉一小半就问他："开出你要的报酬。"

她成功地护他二十个时辰。现在，该轮到他了。

"可要想好了。"他慢慢道，"你若求财，我可以给你十辈子也花不完的金银财宝；你若求官，晋国也有女官，我可以在朝堂上给你寻个位置，未必重要，但肯定安稳，足以荫庇冯家。"

冯妙君轻叹一口气。

莫提准只见这小姑娘的眼中有光华流转，某一瞬间亮得惊人。

然后他就有了不祥的预感。

冯妙君对他笑了笑："我想好了。"

"你要什么？"

"我听说，世间一切疑问都可以在烟海楼找到答案？"

他嗤笑一声："肤浅，哪个傻子告诉你的？"

"魏国二王子萧衍。"

莫提准没好气道："要真能解决一切疑问，晋国早就一统天下，重现浩黎风采了。"

她悻悻道："帝王心术，我不关心。"

他想了想："奇门左道，轶闻野史，倒是记载不少。"

"好，那么我的条件就是——我要进烟海楼看书。"冯妙君顿了一下，再作补充，"你要保证我有随时进入烟海楼阅读的权利。"

听到这条件，连莫提准都有罕见的失神："什么？"

"无论何时，只要我想进烟海楼看书，就能进去。"她重复一遍，"莫大国师办得到吗？"

"你想找什么？"他不明所以，"我替你取出来不就完事了？"

"听说烟海楼揽尽世间一切学识，而我什么都想知道。"她露出最诚恳的眼神，"所以我想自己看。"

莫提准看她的眼神就像在看神经病："烟海楼藏书超过一千七百万册，否则怎么对得起'烟海'之名？在里面找书并不容易。"

"我会尽我所能。"寻到自救之法，寻到斩断她和云崕这一段孽缘的办法。

莫提准长长地、长长地呼出一口气，面现郁闷。他就知道这小姑娘极尽刁钻，提出来的条件必定没有简单的。

莫提准不可能让白丁之身进出烟海楼——烟海楼的准入门槛高得吓人，每次进入都要"奉旨"！可是晋王怎么会给普通人特批一个长期的通行令？

冯妙君也瞪大了眼看他，眸中满是无邪和信任。

莫提准将坛子里最后一口烈酒灌进肚里，打了个饱嗝："你知道我刚刚做什么去了？"

"杀人。"他方才进来时，身上带着浓浓的狠戾之气，她从云崕身上也体会过。

"嗯。"

冯妙君慢慢敛起笑容："追杀你、让你这么狼狈的人，并不是云崕，我说得可对？"

"你看出来了。"莫提准手上动作一顿，玩味一笑，"的确不是他。他与我一战之后再未追来。魏国现在还不愿与我们为敌，没好处的事他怎么会做？"

冯妙君露出气恼之色："你利用我！"

若非他说追兵是云崕，她怎么会管他死活？早早就将他扔在原地自己跑了。

莫提准一脸的心安理得："我从未说过追在我身后的人是他，你想左了，我没有纠正而已。"

毕竟还是个孩子，思虑怎及成人长远？她嫩嘟嘟的小脸气得鼓鼓的，让人很想伸手掐上一把。莫提准看着，心情都无端好了几分。

她转而问他："追杀你的人，今晚被你反杀了？"

"呵，这小兔崽子被我逮住后还想抵赖，被我剁了双手双脚才一五一十招供了。我割了他的声带，将他扔在黑军蚁的蚁巢边上。他要是运气好，兴许能在蚂蚁把他吃光之前流尽鲜血死掉。"莫提准森然道，"对了，这个叛徒就是我的三徒弟。"

客房的温度好像突然下降了，冯妙君搓了搓胳膊觉得好冷。她赶紧转移了话题："弑师可是大罪，他是受人指使了吧？"以下犯上，人所不容。若非为了报仇，就是要追求更高的利益。

"我的对头。"

冯妙君瞪圆了眼，满满都是不可思议："我还以为你权倾朝野了，原来还有对头！"

"怎么能没有对头？"他哂然一笑。

他又接着道："你以为云嵫在魏国就能一手遮天？即便他为大魏刺探天机成了病秧子，还是有许多人看不惯他，争着想参他一本。"

她想起云嵫苍白的脸色："他得了什么病？"

"心疾，据说是药石难愈了。"

冯妙君眼前一黑，下意识屏住了呼吸。不、不要啊！

莫提准当然不会忽略她难看的脸色："你到底是怕他还是喜欢他？"

"那他还能撑多久？"她还没活够，还不想死！

"能撑很久。"莫提准嘿嘿冷笑一声，"鳌鱼可是龙属，他吃下龙珠，心疾应该好了大半。"

"你竟然担心他的死活？"莫提准一脸古怪，"你不是安夏国遗民吗？"

"谁让他长得好！"她信口胡诌，"好好色、恶恶臭，岂非人之常情？与我身份无关，与我立场无关。"

莫提准居然点头赞同："有理。我见过的亡国遗民都为仇恨蔽目，你能看清这一点也是不易。"

冯妙君心虚地摸了摸鼻子。莫提准紧跟着话锋一转："你想进烟海楼看书，就要与我沾亲带故。无论你目的为何，势必卷入大晋某些纠葛之中。其中利弊得失，你能算得明白？"

她没有犹豫，点了点头："我要进烟海楼。"

"好。"莫提准也是言简意赅。利害都剖析给她听了，她一意孤行，他也不拦着。那就只剩最后一个问题了。

"你到底是谁？"莫提准目光深邃，"你不是普通的安夏遗民。"她身边有忠诚的护卫，自己有冷静的头脑和绝佳的决断力。纵然民间也有可能卧虎藏龙，但他更偏向于认为她身世曾经显赫。

"当然不是。"冯妙君早就想过这个问题，这时就很自然地张了口。

在莫提准的注视下，她一字一句道："我是长乐公主。"既然下定主意要去晋国，要托庇于莫提准，那么首先就要取得他的信任。

莫提准蓦然动容，目不转睛地盯住她很久才道："安夏国破之日，王后抱女饮毒而死。"

他纵览七国形势，对各国王室当然了若指掌，冯妙君只提"长乐公主"，他就明白了她的身世。

"死的只是替身，不是我。"她依旧淡定，"母后早早将我送出宫中，由冯家抚养。"

"证据呢？"他笑了，"口说无凭，怎能为公主？"

她从腰上取下一尾青玉小鱼，将鱼嘴拧开，莫提准看到鱼身上印着"长乐"二字。

"就这样？"萝卜章谁都能刻。

冯妙君将鱼头安回去，在两侧鱼眼的位置同时按下，才再次拧开鱼嘴，找了张白纸盖了个印。

印文当然还是"长乐"二字，颜色却是青里透着金，细看又变作红色。

这是安夏国宫特有的印泥，称作青里金。提炼过程极其特殊，外间仿制不得，莫提准也见过以它落章的文书。

冯妙君低声道："这是我个人的私印，用来证明身份足够了吧？"

莫提准沉吟良久，才问她："你想报国仇家恨？"

这话很有诱导性，她却连眼都不眨："或许。"

冯妙君的平淡如水终令莫提准满意，他忽然拊掌大笑："好，好极！妙，妙极！"

"我原先还在烦恼给你安插个什么身份才能带进晋王宫。"他伸了个懒腰，"现在好了，有什么身份能比亡国公主更妥当！"

她淡淡道："你看着办就好。"

秘密并不是藏得越深越好，有时候，它会是最有用的武器、最有力的凭恃。只有让他觉得在她身上有利可图，他才会尽心尽力保住她。

"你可以开始考虑第二个条件了。"他懒洋洋道，"该睡了，明天启程回晋。"

她走出去找养母了，认命地把房间留给他。

为了让养母睡个好觉，她选择第二天才告知这项决定，只不过撒了个小谎，说莫提准主动看上了她……的天赋，非要收她为弟子不可。

徐氏闻言泪下如雨，连绵不绝，却又无计可施。

冯妙君万般头疼，连连叹气道："我把蓬拜留给您用好不好，莫哭了！"

徐氏哭声一顿："我、我要他干吗？我只要我的好女儿！"

冯妙君说了一堆好话，好容易劝慰住徐氏，这才得以抽身去找蓬拜。

蓬拜的反对之激烈，不下于徐氏。毕竟安夏王后给他下过的死命令就是保护长乐公主的安危，留在冯记给徐氏打下手是什么意思？

可是冯妙君只用一句话就让他哑口无言："如果莫提准都护不住我，你能管什么用？"

"……"蓬拜嗫嚅。

"不独与冯记。大后方需要由你来坐镇，我只信任你。这样，进可攻，退可守，与我做好往来应合。"冯妙君再度压低了声量，"陈大昌人也机灵，我会带他同去晋国。"

"他的功夫不错，也有些修为在身。"蓬拜隐约明白她做下的决定再难更改，只得无可奈何道，"我修书一封给您，里面有暗号。以书信为凭，我们留在晋国的力量会奉您为主，听您号令。"顿了一顿，"我既要待在峣国，身边只留几人做事便好，余下的我会令他们潜入晋国，为您助力。"

冯妙君望着远处徐氏忙碌的身影，轻轻道："养母就拜托你了，替我照顾好她。"

"是。"

启程前，甜水城风声鹤唳的气氛已经消失不见。

他们用早饭时，听说逆贼昨夜出现在六十里外另一个县城，所以追兵都赶去了那里。她看了莫提准一眼，见他面色如常地灌下一大口豆浆，好像什么也没听到。他的胡子刮得干净，额角的痣也神奇地不见了，不晓得用了什么障眼法，现在看来只是个俊朗汉子。

饭毕，冯记买的两匹快马也到了。

分离的时刻终于到来，徐氏抓着冯妙君的手，哭得情难自已。

莫提准瞥了她们一眼，翻身上马，道一声"走了"，即往东行去。

陈大昌扶着冯妙君一同上马，她俯首在徐氏额上软软糯糯地亲了一口，低声道："娘亲放心，等我书信。"

在这世上，她终于也有了一丝舍不下的羁绊，冯妙君只觉眼睛微涩，赶紧合眸道："走吧。"

陈大昌当即转过马头，朝着莫提准离去的方向喊了一声："驾！"

马儿放蹄前行，扰动风声呼呼。在徐氏依依惜别的目光中，冯妙君没有再回头。

恰逢日出东方，前方一片金辉灼灼而来，将这世界映得生机勃勃。

奔出去三十里左右，莫提准带着两人从官道拐进小路，越走越是荒僻，到最后前方就是一片荒野，连车马辙印都没有了。

也不知他怎样辨认的方向，九拐十八弯以后在林间找到一间猎户废弃的小木屋，屋门用千斤大石顶住。

他搬开巨石就像拂开稻草一般轻松，而后推门进去。里面的地上半躺着一人，伤痕累累，流出的血都打湿了地面，四肢都以不正常的角度扭曲着。听见开门声，他望向莫提准的眼神中充满了愤恨，恨不得将他千刀万剐一般。

莫提准轻笑一声："这一晚上就恢复精神了，年轻真是好，不耽误赶路。"

这人口中模糊不清地说了几声，冯妙君才发现他下颌有点问题，似是被卸掉了下巴。莫提准不紧不慢地从怀里取出药丸，强迫他吞下，再一回头，发现冯妙君正要往外走，于是问她："你就不好奇这人是谁？"

"你的俘虏呗。"她摇了摇头，"其他的，我都不好奇。"

她这是不想沾包儿，莫提准心里明白，却叹了口气："我犹豫了一晚，要不要将他杀了，到现在都拿不定主意。"

冯妙君摇了摇头："堂堂大国师都举棋不定，我这样的小姑娘能有什么办法？"

莫提准也不绕圈子了，直截了当道："你想不想在晋都过得舒服点？"

"……想。"

莫提准指着这人道："他已经看过你了。"

所以她再想置身事外也是不能了。冯妙君闷闷道："他是你那三弟子的同党？"

"何止！"莫提准嘿嘿两声，这回是冷笑了，"他就是乔装打扮后杀掉县令、嫁祸给我的人，大晋右相李师龙的第三子，李元伐。这件事归根结底，是李家想要算计我。"

冯妙君长长地哦了一声，不过她不明白莫提准为什么犹豫："你要将他带回去当人证？"

"有此设想。"莫提准沉沉道，"可无论是他，还是我的三弟子，都算不得人证。他们之间没有留下可用作证据的通讯或文书。"目光在李元伐身上转了两圈，随即一把将他提出屋外，扔到马背上。李元伐想要挣扎，手脚却软绵绵的，没有半点力气。

"时间紧迫，先上路吧。"

到这天夜里，他们已经跑出了四百多里，中间几乎没有停歇，除了换马。

路遇大城，莫提准重新买了两匹好马，一刻不停地继续往东北方向而行。全程快马加鞭，结果奔到此时，马儿周身汗气蒸腾，连呼哧声都越来越响，疲态尽显。

莫提准本人面色如常，跟没事儿似的；陈大昌有功底在身，也勉强可以支撑。冯妙君却有些吃不消了。她原是娇生惯养的小女孩，哪里吃过这样马背上连续颠簸六七个时辰的罪？

连干粮都是在马背上吃的，颠得她险些吐出来。

陈大昌让她将坐姿改为侧坐，底下加铺了两层软垫，希望她能舒服一些。可是走一趟这样的长途，她还是累得面色铁青，神情恹恹。

陈大昌好几次想出声请求莫提准停下歇息，都被冯妙君拦住了。

她知道莫提准这么玩命往回赶的用意——他要赶在对头接获暗杀失败的消息前，抵达晋都。

时间，就变成双方角力的第一要素。

老实说，莫提准昨晚明明已经追出来数十里了，结果又折返回去找冯妙君履行承诺，一直等她到日出才出发，可算是仁至义尽，她不能要求更多。

至于李元伐，莫提准没要了他的命就算客气了，这一整天也不管他死活。脱臼的手脚虽被接回去了，但伤口没处理，在马上颠了这么久，裂了又合，合了又裂，昏死过去不知道几多次。

冯妙君忽然动了动小瑶鼻："前面有水。"空气很潮湿，带着岸边特有的泥土和青草气息，可以推断前面的水源地一定很丰沛。

莫提准再度带着三人走上一条山路，地势越来越高："过了湖就是晋国了，不能带着他。"

陈大昌转头去看李元伐，见他悠悠自昏迷中醒来，恰巧听到这句话，面色略显黯然。

两骑走到半山腰时，望见前面出现一栋山庄。

莫提准道："这是我在峣置下的庄子。"

闻得马蹄声近，庄内走出几人，向莫提准行礼。

莫提准将李元伐丢下去："看好他，别让他跑了，也别让他死了，这个人很重要。"同时递了两瓶药丸，"软筋丸，两天让他吃一粒，他不会有抬手的力气。"

说罢也不逗留，带着冯妙君、陈大昌两人掉头走了。

接下来又跑了两个时辰，冯妙君的坐骑突然马失前蹄，狠狠滑摔出去！

在冯妙君的惊呼声中，陈大昌扶着她中途跳出，这才没有一同摔地。

此时天还未放亮，四周黑沉，道路又湿滑，实在不适宜再骑马了。

摔倒的枣红马前腿断了，口鼻溢血，已被活活累倒。莫提准返回来看了一眼道："骑不成了，好在已到湖边。"他也弃马步行。

这种荒郊野外，夜里时常有虎狼行走。陈大昌将枣红马的脑袋一掌拍烂，才背着冯妙君往前飞奔。

钻出一片矮树林，豁然开阔。

眼前，一片波光粼粼，数十里烟波浩淼。冯妙君坐到木桩上深深吸了一口气，让水汽浸润自己满是灰霾的肺部："好大的湖！"

这一坐下，她浑身的酸痛都涌了上来，四肢好像不是自己的了，每一根骨头都在咯吱作响。

莫提准好像看不见她的狼狈，也没有一丝怜悯。她是自己要跟上来的，吃不住苦就自己滚回去好了。

"这是白象湖，一半在峣国境内，一半在晋国境内。"

也就是说，过湖就到了晋国。她就听莫提准接下去道："走旱路要绕远，得多走一千二百里，我们抄水道更快。"

她在来路上粗略听陈大昌描述了峣国和晋国的地形，知道这两国交界处就是高耸入云的白象山，山上终年风雪交加，飞鸟难渡，再往南则是辽阔的白象湖。多数人是爬不了山的，而要走旱路基本就得绕湖环行小半圈。

湖岸线可是非常曲折的。

夜色下的湖面很平也很静，湖边的栈桥上系着几只木舟，空无一人。冯妙君皱眉："现在没有摆渡人，我们自己划？"

莫提准嗤笑一声："湖中暗流无数，这种小船根本走不去湖心，只能在岸边转转。"他走到栈桥上俯下身来，将一物探入水中。

那是一根纯白色的号角，但比一般的牛角尖而细，反倒有几分像指挥棒。莫提准对准细的那一头鼓劲儿吹了起来，可岸上两人都未听到半点声音。

莫提准收起白角，站直。

良久，湖面上一片祥和安宁。

除了湖水咕嘟拍岸，什么异样也没有。

歇了快一个时辰，冯妙君终于缓过气来，不确定道："你在找人帮忙？"方才那阵音波显然是走在水下。

莫提准笑了笑："不是人。"

"哗啦——"语音方落，湖面水花乍现，一个庞大的身影跃出水面，将投射向众人的月光都挡住了。

待它落回水里，又是一阵推波助澜，冯妙君但觉脸上细细落雨，都是它溅出的水点。

这东西出现以后就不再潜回深处，只静静浮在水面上，让人一窥它的全貌。

冯妙君却惊得瞪圆了眼，伸手指着它道："湖里怎么会有这个！"

此物身长三丈，宽度却达到了五丈！背部光滑呈墨绿色，中心拱起，覆有细小的白点。冯妙君和陈大昌都找不见这东西的眼睛长在哪里，却看见它拖着一条长长的尾巴，细得跟鞭子似的，和庞大的身形完全不成比例，看起来有两分滑稽。

方才它跳出水面，她注意到它的肚皮雪白。

这形象太特别，冯妙君其实不陌生——鲼鳐。

它静静停在莫提准跟前，后者拍了拍它的脑袋，扔了一块毡毯到它隆起的背部，自己先跃上去，而后对二人道："上来吧，小心滑倒。"

好高级的摆渡工具，冯妙君啧啧称奇。陈大昌背起她正要跳上去，鲼鳐忽然往后一撤，溅起大片水花，一副受了惊吓的模样。

莫提准也很惊讶，伸手轻拍它的背部，示意它少安毋躁。

待它平静下来，陈大昌作势欲登，结果鲲鳁又让开了。

三人："……"

莫提准又是一阵安抚，这回打量两人的目光充满怀疑："你们身上带着什么物事，让小白这样害怕？"

冯妙君和陈大昌面面相觑，都摇了摇头。其实冯妙君从刚才起就发觉小腹微热，其中分出一股暖流游走四肢百骸，热乎乎的，好不舒适，周身的疲惫也因此稍解。见莫提准起了怀疑，她心里有些着急，那股热流像是感知到她的心意，蓦地缩了回去。

于是陈大昌第三度登背，鲲鳁准了。

三人坐好，这毯子一般的巨大生物就缓缓开动，向着对岸游去。

冯妙君暗自松了口气。鲲鳁怕她，大概是她吃掉了龙珠之故。鳌鱼身为龙属，对水族或有震慑作用，这头鲲鳁能长这么大多半也是成精成怪，对龙的气息格外敏感，因此惧怕。

她就庆幸莫提准听不见这头怪物的心声，毕竟他知道她去过升龙潭。

她正思忖间，莫提准扭头上下看了她几眼，道："它怕的是你。"

"我？"她一脸惊奇无邪，"它块头这么大，为什么怕我？"

"这就得问你了。"莫提准沉沉道，"你在升龙潭还动过什么？"

冯妙君心念电转，脸上却作苦苦思索状："没什么呀，我掉进潭里喝了几口水，然后又爬到岸边……"说到这里露出厌恶之色，"是因为我喝过那条怪鱼的血吗？它的血把大半潭水都染红了，好腥。"

莫提准这才面色稍霁，显然也想到了鳌鱼的来历，点了点头："是你的一点机缘。吃了鳌鱼血，你今后都不容易生病。"

"这么好？"她先是惊喜，而后扼腕，"早知道我就忍腥多吃块肉了，说不定这辈子就无病无灾。"

"想得倒美，你能啃下它一块肉就怪了。"

此时鲲鳁已游在大湖中央，四面八方都是平滑如缎的湖水，远眺能望见远山连绵，好似怪兽伏地。清凉的月光照在山峦，白雪将银辉折向湖面，少了气势，多了柔光，一派含情脉脉。

"这东西不是生长在海里吗，怎么会在白象湖？"

"白象湖有水体与其他大河相连，最后入海。"莫提准低声道，"一旦有了道行，这世界对你便宽容了。"

最后一句话，好巧不巧说中了她的心事。冯妙君终于小心翼翼地开了口："我能不能，也有道行？"

莫提准睁眼看向她："你想拜我为师？这是你的第二个条件？"

"我就是问问。"她干笑一声，"还没想好呢。"

莫提准哼了一声："即便你有道行，也还要争取元力加身。你是不是也还未想好，要不要加入晋国？"

她喃喃道："元力？"

"你贵为公主，安夏居然没有教授你这些常识？"

她难得赧然一次："大概是有吧？但我幼时不慧，光顾着玩耍了，没留下多少印象。"

莫提准神色古怪地看了她一眼："天地灵气日渐凋零以后，无论是人还是妖怪都再没有搬山移海的能力。就单体力量而言，人更加弱小，最后却堂而皇之占据了最富饶的土地，反将妖怪都赶回了深山大泽里。这其中起关键作用的，就是元力。

"人结成了国，也就将无数人的力量集结在一处，称作元力。以元力对抗妖物，就是倾举国之力，妖物多半无以抗衡。久而久之，国家越发庞大，妖物则越见弱小，很快遁入深山，再不得出。"

"原来这便是元力。"她听得怔然无法回神，"普通人大概运用不了？"

"当然不成。"此时三人泛行于湖上，也没别的事可做，莫提准心情不错，也就不介意为她讲讲，"元力的调度和安排都由国师来完成，借此再分配下去。越是强大而忠心为国者，分配到的元力也就越丰厚。你原本若有一分道行，再得一分元力，那么最后能释放出来的威力就超过了三分。"

也就是说，元力对于个人的加持作用是一加一大于二。她打量着莫提准，像是头一次见到他："没料到莫大国师的权力这么大！"

他哼了一声："你以为元力可以随便乱分？自有一套守则，国师必须遵守。"顿了顿，又对她道，"修行难，分取元力更难，这条路没有你想见的那么风光。安夏国灭，你再想争得元力，势必要加入其他国家，或许……"

"或许你能让安夏复国。"

这话是告诫还是试探呢？冯妙君避而不答："我还有一事不明。你是掌管着一国之力的国师，为什么晋国还有人敢杀你？他们不害怕元力从此由强转衰吗？"

莫提准轻笑出声："国师这位子，多的是人想顶上来。"

"可是安夏国就是国师为云嵝所杀，后面才……"

"彼时安夏国运衰减，已是无力回天。这个'力'，也指元力。"莫提准悠悠道，"国家和人一样，想要否极泰来，哪有那么容易？"

冯妙君不说话了，盯着水面怔怔出神。

湖面空旷，风力呼呼。陈大昌拿了件披风替她围挡，这动作却将她从沉思中唤回神来，转头见到莫提准双眉紧蹙，目光却没有焦距，显然也是满腹心事。

莫提准敏锐，察觉到她的目光，眼神就瞥了过来。

"这么个蠢笨的李元伐，是不是让你好生为难？"

莫提准嘴角一抽："你若能解决这个麻烦，我就让你在晋都过得舒舒服服的，享公主礼遇。"

冯妙君苦着脸道："你把你的烦恼说说，我看何以解忧。"

"徒弟和李元伐合起来算计我，可是将他们全拎到王上面前，也不能证明李家想要对付我。"莫提准哼了一声，"甚至不能证明李元伐对我下手了。"

冯妙君偏了偏头："你是国师，就不能念个咒画个符什么的，咒他全家？"

"照你这么说，整个王廷谁与我作对，我都能轻易用神术害了他全家性命？"莫提准看她的眼神可以说是很奇异了，"违纲乱纪，我便失去国师资格了。"

好吧，她把注意力从歪门斜道上拉回来："李师龙的性格怎样？"

"老奸巨猾。"他冷冷道，"老成稳重。"

"李元伐在家里得宠？"

"李师龙有一女三子，长女已嫁，次子几年前死了。所以，没错，他很疼爱剩下的两个儿子。"

她点了点头："若是不告，又会怎样？"

"什么？"莫提准没听明白。

"你若不去御前告状，李府会如何？"

"不会如何……"他吃了亏，怎能让李府跟没事人一样？

"你以为就你吃了亏，李师龙丢了儿子不着急？"冯妙君看透了他的想法，"我想，李元伐出手偷袭你之前，必定往家里寄出秘讯交代过了。"

莫提准脑海里顿时有灵光一闪，他是个聪明人，一点就透，不由得失声道："明白了！"

是了，是了，他总想着回去要怎样先下手为强对付李家，却忘了自己手里同样握着让李师龙忌惮不已的筹码——李元伐。他只要按兵不动，得不到儿子音讯的李丞相就会越来越急躁，越来越想弄清他是生是死。

莫提准笑得很开怀。

只要想通了这一点，后面的事他自能安排。

冯妙君看了他一眼："我在晋国的吃喝玩乐，各项用度都要最好的。"

"好。"莫提准答应得很爽快。

三个时辰后，鳎鳞终于抵达湖对岸，这里已是晋国境内，莫提准顺手征用了驿站的快马奔进城里，在这里换得两只异兽，名为独尾狰。

独尾狰跑起来腾云驾雾，比凡马不知道快多少倍，也不知舒服多少倍。这样再走上三个时辰，就能到晋都采星城。

冯妙君再也撑不住了，昏昏睡去。

这一觉睡得既深且甜，醒来时，正好看到外间的小丫鬟拂帐进来。冯妙君定了定神："这是哪里？我睡了多久？"

"您在国师府上，已经昏睡了四个时辰。"

她一骨碌爬了起来："莫国师呢？"

"奴婢不知呢。"

冯妙君知道她不过是个小丫鬟，莫提准的下落怎会透露给她知晓。当下伸了个懒腰："有东西吃吗，我好饿呢。"忽然又想起一人，"我那护卫呢，也叫来。"

两刻钟以后，美味佳肴就陆续摆上了桌。冯妙君大快朵颐的同时也见到了陈大昌，她挥退了下人问道："莫提准去哪儿了？"

陈大昌面上残留委顿之色，还未从长途跋涉的劳累中恢复过来："莫国师命人将我们送到府上，自己不知去了哪里。"

还能去哪儿？莫提准这么日夜兼程地赶回晋都，不就为了抢在对头前做些安排，这会儿九成已经见过晋王了。

"你先去休息吧，接下来这十天半月都不要在街上溜达，有什么事，放着以后再说。"

第二天清早，莫提准邀她用饭。

这人神完气足，目透精光，好似每一根头发丝都精神奕奕。

冯妙君道："看来你昨晚王宫之行很顺利。"

莫提准干咳一声，点点头："准备一下，今日随我进宫。"

冯妙君也不意外，点头应了声"好"。昨日莫提准将手头要务办完，就开始履行对她的承诺了，效率不可谓不快。

王宫很大，建筑一派端庄大气，却没有她想象的花团锦簇、亭台楼阁，她所走这一路只能望到高屋黑檐。走了一个半时辰，直到晌午过后，她才在晋王的书房见到了这位王者。

她这辈子头一次觐见君王，还是活生生的，不由得多看了两眼。

眼前这位看上去还不到三十，却有不怒自威的气场，目带精光。

莫提准事先向她介绍过，晋王十五岁即位，执政超过二十年，经验丰富。他昨日就听莫提准提过长乐公主，今日唤过来问了几句场面话就笑得格外亲切："你帮了寡人的国师，就是帮了寡人大忙，论功当赏。但国师提议，暂时将你的身份继续保密。你在晋都的身份……"他望了莫提准一眼，"就是国师新收的弟子了。"

接着，晋王笑了笑："那么我便来锦上添个花，赐你宅邸一套，就在国师府边上，另赐黄金百两，明珠十斛，冰丝两匹，蓝白狐裘各一领。"

冯妙君口中恭敬谢过，心里却暗叹一声，自己终是被架上了莫提准的船。

晋王要她隐瞒身份留在晋国，是因为她"安夏亡国公主"的身份。毕竟安夏才灭国两年，其国土虽为魏国吞并，但诸多子民仍称自己为安夏人。在她的身份公之于众之前，他会为她提供庇护。

晋王又赐了一块玉牌给她："这是去往烟海楼的通关令，在我收回之前，你可以一直使用。记着，你若想进去，一定要在曹德焕的带领下。"说着拍了两下巴掌，立即有个眉清目秀的小太监从外头进来跪地。

"这是曹德焕，专司烟海楼进出事宜。"晋王对曹德焕也交代两句，让他今后照应冯妙君。

晋王和莫提准还有事要议，冯妙君很识相地告退了。

她走出来，刚好和曹德焕一起出宫，后者笑眯眯地和她打招呼："冯姑娘，想进烟海楼就请到城西小孤山，把令牌给山脚下的哨卫验看即可上来。"

烟海楼之事进行顺利，晋王答应得痛快，冯妙君心情也自开朗，笑着问曹德焕："曹公公，小孤山离王都还有些距离？"

"约有四十里。"曹德焕知道她是外乡来的，对本地不熟，"山路崎岖，可要注意安全。"

冯妙君笑着谢过。

宫女将他俩送出去，马车就候在宫门不远处等着。冯妙君上车之前，往宫中回望了最后一眼。

第二天清早，冯妙君从小门出了国师府，轻车简装往城西小孤山而去。随行的除了陈大昌以外，还有莫提准派给她的侍卫。

小孤山得名不虚，王城附近一马平川，只有西边立着这么个小山包，高度不过一百丈，却派了一个营的兵力来把守。

晋王给冯妙君的那块牌子，就是这里的通关令。

一块令牌，一个人。所以陈大昌等人只能在山脚下的茶铺里候着。

山下就是官道，车马往来如梭，山上却清寂幽静，唯有风声鸟鸣。冯妙君攀上半山腰，就看到一栋红墙小楼。兵卫指了指楼前拴着的一枚铜铃，转身走了。

她上前摇了摇铃，楼门打开，曹德焕迎了出来："冯姑娘起得真早。"

"辗转反侧，整夜难眠，就想一睹烟海楼风采。"她很诚恳地张嘴说瞎话，手里却塞了一尾小金鱼过去。曹德焕得晋王信任，这以后三天两头要打交道，小钱该花还是得花。

曹德焕接了，微笑这才发自内心："随我来。"抓着一个篮子往楼后走去。

冯妙君这才发现，小楼后的山坳里居然藏着个山洞。洞口上方镌刻着密密麻麻的符文，似乎自成一个阵法，而后她随曹德焕走了进去。

洞壁嵌着一排小灯，个头比桃子略大，里面盛满了暗红色的鬼木腊，燃出的火焰苍白而明亮。岩壁湿漉漉的，地缝里还有苔藓。这个山洞越走越幽深，越走越宽广，周围一片死寂，她心里七上八下，怀疑晋王要把她弄来这里杀了。

好在这时前头的曹德焕终于停下了脚步："到了。"

说完，曹德焕往前两步，执起一根棒槌，轻敲身边的黄铜大钟。

在这样几乎封闭的环境，钟声一遍又一遍回荡，震得她脚下的地面都有些颤动。

不过她很快确认，颤动不仅源于声波，因为正前方的地面"抬"了起来。

冯妙君忽然打了个寒噤，倒退两步。

他们踏的哪里是平地，分明是一头长相奇特的怪物！

两人先前看到的"地面"，其实是怪物的额部。它宽而扁平，像一面四方形的巨铲，只有抬起来时才能看见底下左五右五共十只眼睛对称排列。其四肢修长，交叠在身侧，却长着一个圆而鼓的大肚皮。

这家伙看起来就像蟾蜍和扁头鲨的结合体。冯妙君从没见过这种怪物，不由得色变："这是什么妖物！"

曹德焕解释道："这不是妖怪，而是魔物。它的名字就叫'膨胀'。"

随即转过去朗声对魔物道："这个小姑娘最近都会进烟海楼看书，你认清她的脸，别随便把她吃了。"

"膨胀"闻声大喘气，像是把自己身体当中的所有空气又挤了出来，庞大的身躯重新变作了紧贴地面的干瘪地毯。

最后，它将大嘴完全张开，不动了。

冯妙君正不明所以，只见曹德焕笑得促狭，开口道："欢迎来到烟海楼。"

"等等，等等！"冯妙君面色发白，连连摇头，"你该不是告诉我，烟海楼在它嘴里吧！"

"不是。"冯妙君神情一松，却听曹德焕接下去道，"在它肚子里。"

"……"

曹德焕肃容，催促她道："烟海楼最多开放五个时辰，你此刻不进去，它也在计时。"

"到时我怎么出来？"

"它会把你赶出来的。"曹德焕的耐心用完了，"你到底进不进去？"

把自己送进一张吃人的大嘴，实在太需要勇气。冯妙君硬着头皮走上前，两眼一闭，跳了进去。魔物的大嘴蓦地合上，这里又变成了一片空旷的平地。

曹德焕打了个哈欠往回走，决定睡一个回笼觉。

短暂的黑暗过后，眼前景象大变。一排又一排整齐的书架，纵然穷尽目力也看不到尽头。每排都有三层楼那么高，上面琳琅满目都是卷籍。浩若烟海，果非虚言。

就在此时，有个声音忽然响起："你找什么？"

她循声看去，却没见到活人，只瞧见身后的红木大桌上有一只巴掌大的镇纸。镇纸的形状就是魔物"膨胀"。

冯妙君不由得好奇："这里每本书的位置，你都记得？"

"是。"它的声音木讷呆板，不似生命体。

"能帮我找到？"

"能。"

冯妙君大喜："那么便麻烦你帮我找找国师的由来吧？"

云崿是国师，莫提准是国师，她对这职衔好奇不已，不知他们到底拥有多大权力。

"国师吗？"魔物没有停顿，"第一百一十二区，三百三十七排，第三层。记着，这里的书不能带到外界，看完要放回原位。"

这排书架很远很远，她千辛万苦走过去，沿着木梯爬上三层，然后傻了眼："哪一本？"这一层又分作三格，目测每格都超过五十本书，她该怎么选？

"这些都是。"魔物阴恻恻的声音从她背后响起。

"……"

好吧。她认命地拣起最薄的一本看了起来。

和莫提准先前所说差不多，在纪元之前，这片大陆上灵气充沛，有强大已极的妖怪和异族横行人间，人类当中也出现了强大的修行者可与之对抗。三者之间相争不休、不见止境，终于天地再不能容。天崩地裂的一场浩劫过后，异族消失，强大的天魔出现，三方依旧争斗不休，甚至威胁到整个世界的秩序，终于惊动了神明。

没有人知道那一战的经过。从那以后，天魔被封印，而神明也不见了踪影。

人类和妖怪自然也没能讨得了好，世界再度被撕裂，使得灵气锐减，依赖灵气生存的强者即便能苟延残喘，其子孙的道行也是一代不如一代。

直到数百年前，天地之间的震荡才基本消停，灵气也不再快速消减——可这时候，它已经很稀薄了。世上的妖族与人类争夺稀缺的灵气，一时间妖物横行人间、为祸四方。直到人类无意中找到了对付妖族的全新办法，那就是集结为国，倾一国之力以拒之。

元力这种东西，是由全体国民的精、气、神以及信仰构成，汇聚在一处就会形成极其强大的力量。国泰民安、百姓富足，则元力蒸蒸日上，渐趋鼎盛；反过来说，天灾横行，战乱不断，则元力衰减颓败，愈显凋敝。

最重要的是，人们还发觉元力与天地灵气之间并不相悖，反而互促互融。对修行者而言，元力可以大幅度强化修为；对军队而言，元力可以短时间内大范围提高战斗力；对一国之疆土而言，元力可促进风调雨顺、五谷丰登，俱有大用。

元力的调配与使用，对一国而言至关重要，国师一职，也因此应运而生。国师最重要的权责，就是负责元力的分配。

这摸不着看不见的国之重器，轻易便可以决定百万人、千万人的安危存亡。

看到这里，冯妙君不由得摇头，这责任太大，也太考验人了。

既然利弊同样骇人，那么操纵和把控元力之人必然经过了精挑细选，重重考验，并且还要受到诸多限制。同时国师在上体天心的时候往往免不了要窥伺天机，从而损了自身气运和寿命。有好事者统计，从浩黎开国至今，出现过的国师逾百人，能得善终者却不超过三分之一。

冯妙君想起了云嶂的心疾，那是不是他为了国师之位所付出的代价？

这一番徜徉书海不知时日，直到双眼发涩，魔物才提醒她："你该走了。"

这么快便过去了五个时辰？

冯妙君将书卷归回原位，转身时发现，所有书架正中那张红木桌不见了，取而代之的是一排黑黝黝的台阶，仿佛通往地下室。

她拾级而下，从黑暗走到光明，而后就发觉自己又站在地洞当中，再回首，身后的地面依旧平坦。

这里静悄悄的，但她知道魔物"膨胀"就伪装在侧。

走出山洞之时，天都暗了。

她好言好语谢过曹德焕，就下山寻自己的护卫回府了。

这天傍晚云霞漫天，李丞相回府后就待在书房里。四子李元裴见书房里并未掌灯，摸黑进来一看，老父坐在窗边，一语不发。

"父亲还在担心三哥？"

李师龙默然。

接到三儿子的密函，他心里就直打突。莫提准负伤，李元伐抓到的机会千载难逢。错过了，或许就再没有了。不过，他最挂怀的依旧是儿子的安危。

结果，莫提准回来了，神完气足，看着和没事人一样，反倒是想要行刺他的李元伐不知所终。

李元裴安慰父亲："或许三哥审时度势，临时收手，消息一时还未寄回？"

"都这么多天了。"李丞相声音很低，"我今天从宫里知道的消息，王石浩失手了，被莫提准所杀！"

李元裴顿时瞪大了眼。

王石浩是莫提准的三徒弟，也是他们费尽心机，早早安插在国师身边的人，一向很得莫提准青睐。现在莫提准却杀掉了他。

李元裴喉咙一紧，旋即道："父亲莫忧，莫国师若是发现三哥暗算他，也不会直接害他性命。

"这样做对他半点好处也没有。他必定将三哥押回王都告状，哪里会是现在这样？"

这些道理他何尝不懂，可是儿子下落不明，哪个老子能淡定？李师龙胸膛起伏，把心头闷气缓缓吐出。

第四章

浩如烟海

第二天，冯妙君起得更早，依旧乘着那架平平无奇的马车去往小孤山。曹德焕打着哈欠帮她开启了烟海楼。

当今世上，仍有许多奇特生物藏匿在深山大泽、人迹罕至之处，纪元之前更不必说了，那是珍禽异兽满地跑的年代。这一回，冯妙君想要习得的知识就是关于这些珍禽异兽的。

她一本一本翻看下来，终于在细纲里看到了鳌鱼的名字，心里微微一跳。

这才是支撑她在烟海楼里孜孜不倦的真正原因。

鳌鱼，龙属，过三九天劫蜕变为龙，遨游九天。一身道行都凝结在龙珠当中，相当于妖怪的内丹。冯妙君眨了眨眼，没漏看里面的量词"一颗"。

她不由得想起鳌鱼魂魄说过的话："云嵼错估了我的道行。我年过四百岁以后，就能再凝出第二枚龙珠。他只取走了一枚。"可是看完书上所说，冯妙君心里浮起深深的疑问——鳌鱼真会凝出第二颗龙珠吗？可是书上这些常识连她都能查到，云嵼会不懂吗？他都能推算出鳌鱼化龙的精确时间，又怎会错估它的道行？

如果龙珠真的只有一颗，且已经归云嵼所有的话……那她吞下去的，到底是个什么东西！

鳌鱼魂魄骗她吃下那颗珠子，目的在于让两人共享生命，这样弄死她也就弄死了云嵼。也就是说，她吞下的珠子里包含了诅咒的力量？

想到这里，冯妙君不禁满心沮丧，索性将思绪放空，暂时丢到一边去，开始了新一轮的阅读。

走过昨晚那排书架，她目光无意中又扫向了玉简区，色泽、形状、大小各不相同的美玉莹莹生光，看得人眼花缭乱。但这么一来，也就将其中一物衬托得更加格格不入。

那是一本薄薄的小册子，不到一指厚，外皮像是用某种动物的皮料制成，闪着淡淡的银光，表面光滑如洗，居然不落尘埃。里面的纸页色作乳白，看起来崭新。封面不经任何设计，只有龙飞凤舞的五个大字——"凡人步仙诀"。

取下翻开，扉页上赫然又是一排小字，看字迹与封面出于同一人之手。

聆玄天圣音四十九日，灵台清明有所得，乃增补步仙诀以导引世人、顺应天命。习此诀者，步步登仙。

落款人并未手写全名，而是盖了个大红印章，至今看起来也是鲜艳如血。

"膨胀，你知道这本书是谁人所著？"

"当然。你见到的印鉴，即为浩黎大帝所留。"

冯妙君呼吸微顿。这本册子竟然是浩黎国的开国大帝所著，这么一本小小册子在她心目中的分量，一下子增加了十倍不止。

浩黎大帝说得很清楚了，他把自己的心得都写在书里，来引导平民一步一步修成仙人，并且把这作为顺应天命的利民举措之一。

读懂这本书就能修成神仙吗？她轻吸一口气，翻开了后面几页。却见每页上都绘着一人，姿势各不相同，边上落着密密麻麻的小字注释，想来是口诀。从前往后翻，就会发现图中人物所做的动作越来越难，关节和四肢拧起的程度匪夷所思。

那么，要试着学上一学吗？

好在这副身躯虽然没有功底，但自幼在安夏王宫中浸泡过许多秘药，筋骨柔韧超过常人，兼之年纪尚小，骨骼还远未长成，她一连试做了几个初始动作尚不觉难。但是配合小字注解中的呼吸法门，却有些手忙脚乱了。

仅仅几息工夫，浑身就热了起来，四肢百骸有热气汩汩流动，好不舒服。

再想模仿后面的动作，立刻就心跳如鼓，汗如雨下，不一会儿头晕目眩。她立刻停下，知道这些超过了自己身体极限，只能日后徐徐图之，强求不得。

信手再往后翻上一页，忽觉有些不对。

这一页的字迹与前图相比，完全不同，分明是两个人的笔迹。

再往后翻，有时隔着七八页，有时隔着三四页，有时隔着十来页，又会出现浩黎大帝的图著和文字。

原来扉页中所说的"增补"是这个意思吗？《凡人步仙诀》原就存在，浩黎大帝对它做了补充？

她闭了闭眼，忽然问"膨胀"："浩黎大帝创作过别的修行著述吗？"

"有，除了你手里这本以外，还有七部绝学是他一人独创。"魔物答道，"论创作时长，哪一部也不及《凡人步仙诀》，浩黎大帝用了四十九年才完成。"

这本书的珍贵之处，可见一斑了。浩黎大帝肯在它身上花去将近五十年工夫，说明他真的相信它可以导引世人修成正果。

这也更坚定了她好好研习的决心。

人在全神贯注的时候，时间都过得飞快。在冯妙君而言，似是一眨眼的工夫，五个时辰又过完了。

如此过了五天。

这一日回到晋都，天色已晚。

冯妙君从后门悄悄进到国师府，没多久，总管就给她送了清单过来。她好奇地接过来一看，不由得直了眼。

这赫然是张礼单，罗列得密密麻麻，上面的东西绝对都价值不菲。

"这是什么？"

"晋都勋贵恭贺国师大人收得爱徒，也就是小姐您。"总管微笑道，"明后两日应该还有，国师令我先将这批礼物保管在库房里，待您的宅邸过几天收拾下来了，再给您送过去。"

冯妙君一时笑逐颜开："多谢国师大人。"把礼单看了两遍，仔仔细细收好。

总管又递过来一张描金请柬："随礼一并送来这个。"

她打开来，瞧见落款人写着"眠花夫人"，不由得皱了皱眉。再看内容，却是眠花夫人两日后要办安洛雅集，也邀请国师的新徒儿参加。

总管知道她初来乍到，特地给她解释："所谓雅集，即是骚人墨客讨论学问的集会。眠花夫人是狼突将军的遗孀，素有才学，好风雅，每年筹办的安洛雅集都是晋都盛事。狼突将军生前备受敬重，两年前不幸为国捐躯……"

莫提准正好从外头走进来，接腔道："其他人或多或少都会卖眠花夫人一个面子。"

冯妙君抬头看他："你去吗？"

莫提准嘿了一声："半个月前她就递柬给我了，算是礼数，因我从不参加。"

冯妙君笑道："好大架子。"

莫提准也是一笑："不能不大。"

她慢慢敛起笑容："半个月前就发了请柬？"她又看了看请柬，尽管其中言辞端整让人挑不出半点错处，冯妙君还是犹豫了一下，问莫提准："我能去吗？"

"随你。"

"我去。"她眼珠子转了转，"但你得找人保护我。"

"小事，就怕暗箭易躲，明枪难防。"莫提准抬了抬脖子发出咔咔两声，想起一事，对总管道，"去吩咐厨房，做一碗冰糖燕窝。"

说完，接到冯妙君投来的复杂眼神，他忍不住摸了摸鼻子："看什么，又不是我要吃……对了，在烟海楼找到你想看的东西没？"

她摇头，面露沮丧："还没有，倒是找见一份浩黎大帝的手笔，称作《凡人步仙诀》。我看了大半天。"

莫提准哦了一声："那是个孤本，与民间流传的版本不同。"

她奇道："民间也有流传？"

"自然是有。不独是晋国，整片中土习用最广的就是《凡人步仙诀》。"

"它是修行的入门功法，温和且有强身健体之效，众多平民武者习之，也有许多修行者选它作为基础法门。"

她一字一句听得认真："我也能练？"

"能。"她脸上方露出一点喜色，莫提准就给她浇了一盆凉水，"不过光练它，你是没办法真正修行的。"

她果然被打击到了："为何？"

"你的体质和多数凡人一样，不亲灵气。光练习《凡人步仙诀》，你依旧无法接引天地灵气入体，形成自己的内丹。修行者用它打好基础后，也要另外选择合适的法门才行。"莫提准倒是不厌其烦地给她普及这些常识，"你可知内丹的重要性？没有它，灵气无处安放，从哪里来又回哪里去，不能在你身体当中贮存、驯化、温养，也就不能为你所用。"

她现在的心情，已经不能用沮丧来形容了。莫提准倒很欣赏她生无可恋的神情，有两分好奇："你练到第几页了？"

她沉浸在自己的苦恼当中，顺口答："第五页。"

"都练熟了？"

"嗯。"

莫提准点了点头。那卷孤本他也看过、也记得，仅用这么几天的工夫就练到了第五式，小姑娘的天分和勤奋都值得赞赏。可惜《凡人步仙诀》后面的部分只会越来越难，身体当中倘若没有灵气支撑，根本难以完成。

冯妙君却有些茫然。她不愿接受自己依旧不能修行的事实。

已经辛苦了五天，在获知了真相以后，她还要继续练下去吗？她这样独自在黑暗中摸索，何时才能摸到门道呢？

她慢慢调整心态，问莫提准："对了，我们在峣国卸下的'货'，还安全吗？"

"今天才来了消息。"莫提准扯开一抹懒洋洋的笑，"一切如常。"

虽说无论是查找诅咒的解除之法，还是寻找修行之途，她好像都撞到了死胡同里，可是最近也无事可做，干脆还是去烟海楼饱览群书打发时间。

至于《凡人步仙诀》，冯妙君也没有放弃。就算它不能将她引向修行之途，但强健肌体的作用却是毋庸置疑的，只要她锻炼得身手灵活、反应机敏，也就有了自保之力。

朝阳两度东升，雅集就在安洛河中央举办。

安洛河流到晋都北郊，河面就骤然开阔，常年雾气弥漫。河上有诸岛零星分布，最有名的称作双鱼岛，形如太极，双鱼头尾相衔，中间含一口内湖，水色莹蓝，与外河截然不同，蔚为奇观。

晋人在岛上遍种花树花田，精心养护，每年从春到秋专供贵族上岛赏玩。

往河心岛去的办法，当然只有乘船。

冯妙君带上陈大昌和莫提准指派给她的两名护卫，登上主办方配给的船只，渡过一片烟波浩渺后就上了岛。

岛中湖畔已经有丽人穿梭，彩衣云鬓，比花解语，又有许多文士三两聚合，谈笑声顺着风传进了冯妙君耳里。

小厮领着她进来，就有迎宾唱了句喏："国师高徒，冯妙君到。"

周围一静，无数双眼睛看了过来，冯妙君微微昂首，维持着笑容不减半分，跟着小厮往游廊走去。

湖边的游廊连着凉亭和冰室，是最凉爽的地方。八角亭中有个体态丰满的美妇盈盈走出，笑道："原来这就是冯姑娘，半个采星城都等着见你一面呢。"

不消说，这就是雅集的主办人了。冯妙君也笑得好生灿烂："眠花夫人好。"

眠花夫人亲热地拉着她的手，给她介绍亭中坐着的贵女："这位是晗月公主，雅集终于有幸集到了公主的题词。"

冯妙君低头一看，果然亭中案上的白宣上写着"观澜"二字，墨迹未干，笔力秀致中隐见挺拔，看来就是这位晗月公主的手书。晗月公主排行第三，今年十三岁，是王后所出，身份尊贵，晋王视她为掌上明珠，格外宠爱。

十三岁的姑娘面貌已经渐渐长开，晗月公主果然不负晗月之名，生得花容月貌，肌肤微显杏色，一双大眼睛顾盼之间愈显明快。

冯妙君当然不会缺了礼数，随后眠花夫人又给她介绍了几位贵女。

侍女纷纷呈上刚刚采洗好的樱桃，玛瑙一般的果子快赶上铜钱大了，上头还挂着晶莹的水珠，卖相可不是一般的诱人。双鱼岛种了几十棵樱桃树，结出来的果子滋味竟是出奇的好，每年也要特供给王宫，上岛的普通贵族可未必吃得到。

果子才上桌，不远处就响起了笑声："好啊，这里在偷吃樱桃，也不叫上我等。"

却是一群文士走了过来，有十来岁的翩翩少年郎，也有长髯宽袍的长者，倒都沾得一个雅字。先前开声的是个青衣男子，眉目深邃有英气，冯妙君瞧着莫名有两分眼熟。

眠花夫人正好向她介绍："这位是李丞相家的老四，李元裴。"

李师龙的第四子，李元伐的弟弟！

冯妙君心里微微一凛，暗道一声："终于来了！"

李元伐落进莫提准手里将近十天了，李府那里音讯全无，想必急得跟热锅上的蚂蚁似的。不过李丞相没法子去找莫提准质问，就把主意打到她身上来了。

她向着李元裴甜甜一笑："久仰。"

李元裴果然接着她的话道："哦，久仰？冯妹妹在哪里听说过我？"

冯妙君笑容半点不打折扣，一口小牙白晃晃的："我来晋都不久，就听说李府四公子学识过人，我师父也说丞相家里净出人才。"

小姑娘有点意思。

李元裴摸了摸下巴道："我们都很感兴趣，莫大国师可是铁石心肠，轻易不收徒弟，冯妹妹是怎么打动他的？"

这话替很多人问出了心底谜团，投向她的目光更多了。

冯妙君敛起脸上笑容，肃然道："家师路过甜水城时夜宿我家，见我还算是可造之才，于是收我为徒，给我改了名字带我晋都。"

众人还在等着她的下文，等来等去见她小嘴紧闭，才有人道："这就完啦？"

"啊。"她点点头。

眠花夫人眼露失望："我们还以为这过程离奇曲折呢。"

晗月公主眼珠子一转："国师与你家里可是旧识？"

冯妙君很认真地想了想，摇头："我家里只做小本生意，应是不认得国师。"

原来是商贾之女。不少人眼里闪过一丝鄙夷，可是转眼就消失不见。

"你家在甜水？做的什么生意？"这回是李元裴开口。

"粮食和首饰。"她张口就来。这些对答早在她见过晋王以后就拟好了，就算李家派人去查，也无济于事。

李元裴当然不会死心，还待再问，不远处忽然响起侍者的声音："大峣国左丘渊到！"

冯妙君正想着在哪里听过这三个字，人群里已经嗡嗡开了："左丘？峣国只有一家左丘吧？"

眠花夫人拊掌笑道："这便要给你们一个惊喜，左丘渊前日才到晋都，就应了我的邀请前来。"

显然左丘渊这人很有分量，李元裴深深看了冯妙君一眼，也不得不撇下她，与众人一起向外迎去。

冯妙君信手拈了一枚樱桃入口，暗赞一声"好甜"，酸甜适度，充满了浆果的清香。这是外头买不到的好东西，她捞着机会多尝了几颗，抬眼恰见一名白衣男子在众人的簇拥下走进来，风度翩翩，俊秀斐然，望向旁人的眼里总是充满了温和的笑意。

她去拿樱桃的手不由得微微一顿。

巧了，这个人她真的见过。

就在甜水，她藏匿重伤的莫提准、作弄何大少当天，这人也在甘露栈里！此人当时的确被何大少称作"左丘兄"，后来兵卫搜查甘露栈的时候，他却消失无踪，留下何大少在那里吃哑巴亏。

她边观望边思忖，边上即有女子笑道："左丘风采过人，冯妹妹年纪这么小都看得呆住了。"

冯妙君闻言嘻嘻一笑："是很好看呀。"

她的目光清澈纯净，充满了孩童的好奇，这时对面那位左丘渊目光扫向凉亭，恰好与她对了个正着。

冯妙君就见他脸上微见错愕，显然也认出了她，不过这丝异色转瞬即逝，他又与周围人谈笑晏晏了。

这时晗月公主却哼了一声："都说左丘渊风华过人，我看不过就这样。"

边上有贵女笑道："是，是，谁能跟您心目中的云嵫云大国师相比？"

云嵫？冯妙君没料到站在安洛河的正中央也能听到这个名字，不由得转头望去，只见公主面色微红，嘴角却微微翘起，显然被打趣后心情反而更好。

少女怀春的模样，大略都是如此。

她侧了侧身："云大国师是谁？长得更好看吗？"

"那是魏国的国师，我们公主两年前见过他一面。惊为天人，吾等亦有同感。"

冯妙君想起自己初见云嵫的那一幕："国师都必须长得好看吗？"

众女"噗"的一声笑了，有人道："谁说的，你是没见过安夏国的国师，那一大把白发白胡子。"

"还有，我们的莫国师也是一把大胡子。"

冯妙君一本正经道："家师这回剃了胡子，已经是标准的美男子了，不信你们到廷上看。"

众女笑声中，晗月公主抿着嘴道："听说云嵫身体欠妥，近来深居简出。想再见他一面，恐怕越发难了。"

身体欠妥、深居简出？冯妙君想起云嵫在人迹罕至的大山深潭中挥剑斩杀鳌鱼的模样，感慨小姑娘真是太好骗了。

晗月公主又冷笑道："又有人要挑战他了，时间定在半个月后。这些人可真不要脸，只懂得落井下石！"

冯妙君呆呆道："挑战……国师？"

不远处那群男人正在高谈阔论，说的都是天下大势。她耳力有长进，如果风向正确，也能听个七七八八。神游物外间，赫然有一人神秘道："你们可知，安夏公主或许未死？"

冯妙君刚好要吃一颗硕大樱桃，冷不防被吓了一跳，樱桃忽然卡在喉咙。

她一下咳得惊天动地，连那帮子男人都转头看她。

冯妙君赶紧背转过身，装作取水，一边竖起耳朵听下文。

不一会儿，那人又接着道："据闻安夏公主假死以逃过一劫，如今已被她表兄傅灵川接走，他们都在燕国。"

听众都道："这就有趣了。"又有人趁机请教左丘渊的看法。

冯妙君听到这里，一颗心放了回去。原来"安夏公主"已经被找到并带去燕国了啊。有那个放在明面上的靶子在，她今后的行动可以更加自在。

把目光扫向场中，她这才知道左丘渊是峣国钦天监监正的独子，修为和品性都很出众，早被视作监正的接班人。

峣国的钦天监原本是观测星象、推算节气的官署，后来经过改动，其首领监正只比国师低半级，名义上是国师的左右手，实际上起监视和掣肘作用。钦天监监正与国君的关系更加亲密，左丘渊作为接班人，在峣国内当然炙手可热。

他目光几度扫过来，不待与冯妙君有眼神上的交流就移开了。

她心底那种怪异的感觉更浓烈了。

时间过得不紧不慢，岛中湖的雾气更浓了，连大风都吹不散。身后的陈大昌凑近一步，低声道："小姐，再不走雾就更浓了。"

这岛上建有精美的馆舍，并且看起来多数贵族也打算在这里过夜，因为据说夜里的双鱼岛另有一番美态。不过冯妙君并没有这个心思。她站起来向眠花夫人和公主辞行。眠花夫人刚回了礼，却有一只彩羽灵鸟不知自哪里飞来，停在晗月公主肩上亲昵地拱了拱她的脖颈。晗月公主当即往后头的花林走去。

冯妙君不以为意，向众贵女打了个招呼，带着身后三人走了。

穿过密林来到岸边，才发现河面上白汽沼沼，视距已不到五十丈。

"这么浓的雾。"她若有所思。

三人很快走到渡口。坞很小，数十只船都挤在这里，一眼望去密密匝匝排出去很远。陈大昌上前，对坐在那里打盹的船老大道："我们小姐要回去了，解一艘船出来。"

"哪一位小姐？"

"国师府的。"

冯妙君指着最外侧的小船道："解那艘吧，比较容易些。"

"哎哟，这可不成。"船老大赶紧道，"贵人们的等级不同，乘的船也都是定好了的，哪艘船来就哪艘船回去，可不能乱了套，不然我们要挨板子。"

冯妙君侧了侧头："那我的船是哪一艘？"

船老大拿出记录看了看，指着远处："那一艘，我找人给您解出来。"

光是解船就解了一刻多钟，河上的雾气更浓了。冯妙君看着划水的船夫道："给我配的船夫也得一样才是，我记得来时不是这个人。"

船老大一怔："这……只剩他了，其他人都被派去了湖边。"

冯妙君在岸边拴船的木桩上坐了下来："无妨，我可以等。"

船老大呃了一声："那您等会儿，我这就找人去。"

冯妙君待要说"好"，林中忽然转出一行人匆匆往这里赶来，打头的正是晗月公主。

她面色肃穆，周身都透露出一股沉重，不似先前雅集中的轻松惬意。不待走到近前，她身后的近卫就赶上前喝道："公主要赶回都城，速速开船！"

船老大一呆："公、公主的画舫在岛中湖，还未开回来……"

晗月公主柳眉直竖："开去那里作甚！"

她言语中带着煞气，船老大战战兢兢地答道："应公主您的要求去……去收取湖中的金砂。"

晗月公主一时语塞。双鱼岛湖中的细砂洁白细腻，隐现金芒，在阳光下熠熠生辉，被称作金砂。她的确要求手下载些回去布置自己的静心池。

晗月公主目光一转瞧见冯妙君，于是指着她跟前那艘船道："这船是你的？"

冯妙君应了声是。

晗月公主对船老大道："不用那画舫了。"转头向着冯妙君，"我跟你一起走。"

她的话不容商榷，冯妙君摸了摸鼻子，也不坚持换船夫了："遵命。"

眼看连公主带侍卫七八号人麻利地登上了冯妙君的船，岸上的船老大傻了眼："这、这个，公主……"这于礼不合啊。

晗月公主冷笑："怎么，这船我乘不得？"

"能、能的！"船老大回过神来，赶紧解开系岸的缆绳。船夫将船撑离岸边，缓缓向河对岸驶去。

河面上的风不知何时停了，只有水声汩汩，越见静谧。浓白如浆的雾气令小舫更显遗世独立，仿佛天地间只剩这一艘孤舟。

晗月公主盯着河面，目光却闪烁不停，偶尔咬住红唇，显然心神不宁。冯妙君也不开口，只倚在船里闭目养神，并不像其他贵女那般对公主嘘寒问暖。

晗月公主几次欲言又止，最后还是忍不住道："国师的三徒弟是怎么死的，我不信他会暴亡！还有，国师为什么收你为徒？"

她前不久还见过王石浩，此人正当年富力强，听说一身本事尽得国师真传，怎么会突然暴死在异国他乡？

　　其实冯妙君那几句谎言本来就是忽悠外人的，晗月公主真想知道自会去打探，只不过探听来的消息不晓得是第几手了。与其如此，索性从她这里出。

　　冯妙君眨了眨眼："好，我也不瞒公主了。王石浩中途叛变，偷袭师父，被反杀。师父到我家里来养伤，才收我做了徒弟。"

　　三言两语说完，晗月公主一时没反应过来，呆了一下才拔高声量："你说，王石浩想杀国师？！"

　　"不是想，而是已经付诸行动，未能得手而已。"

　　晗月公主还在消化这个讯息："为什么？"

　　冯妙君双手一摊："非我能知，我只是个新人。"

　　这消息虽然惊骇，却比莫提准的理由更站得住脚。晗月公主怔怔看了她好一会儿，嘴角一撇："你运气可真好。"能被国师收作徒弟，这是多少王亲贵戚想都不敢想的机缘。

　　冯妙君眼里有无奈一闪而过。运气好吗？个中艰辛，只有她自己才清楚。

　　正说话间，晗月公主的侍卫忽然匆匆奔进来道："公主，不好了，船底进水，船舱被淹了大半。"

　　这可是在河心，晗月公主立刻站起："来人，下船底看仔细些！"

　　话音刚落，陈大昌也奔了进来，满身是水，手里抓着一块板子："船底被人锯开好大一个洞，用胶堵着。大概是船走动起来，胶都溶了，船底就开始进水。"

　　"堵不上？"

　　陈大昌摇头："太大，再说龙骨都被动了手脚。"

　　冯妙君指着木榻道："拆了，能堵多少算多少，争取多坚持一会儿。我们几时能靠岸？"

　　船老大高声道："还得半个时辰。"

　　走到甲板上低头一看，河水已经填掉了小半船舱，再吃水进来，船可就要沉了。

　　"照这样下去，哪能再坚持半个时辰？"晗月公主怒道，"冯妙君，你敢连累我！"漫天大雾，这里离岸还不知多远，她纵然会水也游不回去。

　　冯妙君长叹道："借我十个胆子我也不敢，可事已至此，还是先想想怎么逃生。"陈大昌等人刚好搬出一个大木桶，呼啦啦从船舱里往外舀水，她指着桶道，"万一船真的沉了，公主就坐进去吧。"

　　晗月公主脸都绿了，瞪着自家护卫道："快些呼救啊！"河上船来船往，指不定有救兵呢？

　　她一声令下，侍卫们就扯开嗓子呼救。雾气虽浓，也挡不住男人们浑厚的声音四下飘荡。

可惜，晗月公主运气不好，半天也没等来过往的船只。

哪怕尽力堵截，河水依旧漫到了甲板上，吃水这么深，船是划不动了。晗月公主和冯妙君小心翼翼蹲坐在船舷上，晗月公主恨恨道："你到底得罪了谁，才会这么死无葬身之地！"

"我初来乍到，能得罪谁？"冯妙君挽起打湿的袖子，"多半是我师父的仇家。"她看了晗月公主一眼，"我师父的对头多吗？"

"……不少吧？"她母后说过，国师那个位置很得罪人。

"这人知道我来安洛雅集，又清楚我坐哪条船回去，看样子也在雅集上。"冯妙君轻声道，"公主莫怕，一会儿必有人来。"

大概是她终于时来运转，河水漫过鞋底的时候，浓雾里忽然飞出一只巨大的蝙蝠，一下趴在船帆上，动也不动，唯一双小眼睛闪着红光。大伙儿正觉奇怪，雾里又蹿出一叶轻舟，往这里驶来。

众人喜极大呼。

小舟点水而来，驶近以后众人才看清，这是一艘薄底快船，最大载人量也不会超过十二三名，此刻上面已经坐了四人，都是目透精光的汉子。

冯妙君不动声色地透了口气。她没有料错，的确会有人来，当然目的不仅是救人这么单纯。溺死她没有任何意义，对方要的是活口。

雾气浓厚阻挡视线，对方也是驶近才发现船舷上居然有这么多人，皆是一怔。即有人对首领道："人数不对。"

首领看了看蝙蝠，肯定道："就是这艘船。"蝙蝠负责追踪，他们负责追着蝙蝠。上头交代他们，把船上一名小女孩带回去。可现在看来，那船上有两个女娃娃！

他索性一挥手："两个女娃都带走！"男的就留河里喂王八吧，横竖船里坐不下这么多人。

与此同时，即将沉没的船上，侍卫对公主道："那船太小，我们不能全上。"

晗月公主忍不住皱眉。怎么办，难道……

冯妙君忽然伸手一指："来者不善，公主不必烦心了。"

两船即将相碰，对方纷纷亮出兵器，目露凶光，晗月公主一看，不由得大喜："来啊，把船给我夺过来！"

她身后侍卫顿时扑上前去，与对方打作一团。冯妙君一招手，两个护卫也加入战斗，只有陈大昌护着她们，以防流矢暗器。

这一架莫名其妙就到了生死存亡的关头，谁也不敢留情，很快河水里就见了红。

晗月公主急道："快些！"她裙边都湿了！

　　陈大昌护主的同时，眼角余光忽见水下冒出一团黑影。他来不及细想，迅速张臂将两个女娃扑倒在地："小心！"话音未落，船舷边水花蓦地炸开，一个庞大的身影冲了出来，直扑上船身。

　　赫然是一条灰皮巨鲨，从头到尾长两丈有余，一张血盆大口张开来，装下两个冯妙君都绰绰有余！

　　陈大昌顶开两女，自身却毫无防备地暴露在鲨口下。巨鲨大嘴一合，数十颗獠牙钉子一般扎入他半边身体！

　　冯妙君两人只听得陈大昌半声惨呼，便连鲨带人都扑进了船里。

　　这船已被淹掉大半，再压上鲨鱼几千斤的重量，一下子加速往下沉落。水浪席卷而入，把晗月公主的尖叫声都压回了嗓子眼里。

　　安洛河段离海洋有万里之远，怎么会冒出鲨鱼？冯妙君后背都炸出一片冰凉，双腿如同灌铅，却没像晗月公主那样吓得呆掉。陈大昌为救她们二人，生死未卜，她不能抛他于不顾。

　　这一刹那她脑海中空白一片，连恐惧都丢到了九霄云外，恍惚间记得鲨鱼浑身坚皮铁骨，只有眼睛最是脆弱。

　　眼看它就要退出船体，她想也不想，扑上去抠它黑沉沉的眼珠子。

　　她甚至不记得自己练了几天《凡人步仙诀》，双手十指却在无意中钩起如爪，狠狠顺着鲨鱼眼眶插了下去。

　　几乎与此同时，一股狂暴已极的气机自丹田处升起，顺着经脉冲刷过双臂，汇聚于指尖。

　　细白柔嫩的十指突然变得有如钢钎，戳豆腐一般扎碎了鲨鱼的眼眶。近在咫尺的晗月公主甚至听到"噗"的一声脆响，像是气球被打爆了。

　　她怔怔地看着冯妙君戳破了鲨鱼眼兀自余势未消，连双臂都探入了原本坚硬的颅骨当中，没至大臂。

　　那双手已经往鲨鱼脑袋里探进了十寸之多，而后狠狠一抓！

　　灰鲨疯狂抽搐起来，就像活鱼被丢进了滚沸的油锅。它力量奇大无比，冯妙君当即被甩飞出去，恰好她的护卫察觉不妙回身来救，将她接个正着。

　　晗月公主也被人救起，爬上了小艇。巨鲨此时已经退出了沉船，大嘴松开，陈大昌即被浮力托了起来。它又抽搐两下，不一会儿白肚皮朝上翻起，再也不动了。

　　轻舟上的敌人被杀掉了三个，只余下一人重伤成了俘虏。冯妙君被巨鲨撞飞后吐了口血，先是五脏六腑火烧火燎仿佛被烫得起泡，继而又像沉入了冰水当中，连骨髓都要冻僵。

周围的惊呼声、怒吼声，还有晗月公主的尖叫声，仿佛一下子消失了。陷入黑暗的前一秒，她感觉到那股古怪的力量原路返回，重新钻入她小腹当中。

不知道是不是错觉，它好像比原来还壮大了一丁点儿。

与此同时，魏国王宫。

将军赫连甲洪亮的声音向来可以绕梁三日："姚洪远发回战报，南岐山边境上的匪徒与外敌勾结，隐藏了一万人，此时增兵已然不及，他请求派发元力以提振全军战力……"

话未说完，"啪嗒"一下，云嵝手中的狼毫笔忽然应声而断。

魏王顿时投去关注目光："怎么，可有不妥？"

云嵝的目光闪动一下，摇头："无妨，可以派发。"他收起脸上的异色，重新变得云淡风轻。

就在方才，他的灵力好像凭空消失了一丁点儿。

三人又议了一会儿，魏王轻咳一声："那便这样安排。对了，龙虎金丹到月底就会用完，云卿你看……"

云嵝放下手中笔："两个月前才进的丹药，王上您就……"龙虎金丹，他手下的药公每三月给魏王炼制一批，结果魏王不到两个月就用光了？

魏王忍不住捋了捋颔下长须。他今年五十有二了，年轻时四方征战，老来怎样保养也是体力大不如前。服食多年丹药，只有龙虎金丹能令他须发返黑，连颔下稀疏的胡子也变得浓密乌亮，每每低头见了，心里总是舒坦。

"桐国刚送来美人十个，国色天香。"魏王斜睨着国师，"云卿可有兴趣？寡人送你两个。"

王赐美人，堪称洪福。云嵝捂着胸口，唉声叹气："无福消受。"

"你手下能人炼得出龙虎金丹，却治不好你的心疾。"瞧着他那连女人都羡慕不已的俊俏皮囊，魏王纵声长笑，好不得意，"可惜，可叹！"

边上赫连甲用力咳了一声，云嵝瞥他一眼，对魏王道："我请药公再炼一批，月中即可奉上。不过……"他目光在魏王身上反复打量，后者却不计较他的无礼，"金丹虽好，王上用量却要有节制，须知过犹不及。"

魏王摆了摆手："寡人自有分寸。"言下尽是敷衍。

云嵝知道他们另外有事要议，知机告退。

冯妙君恍惚觉得，自己睡了很久却很不舒服，胸口像压着一块大石，几欲不能呼吸。

最后她用力咳嗽几声，醒了。

睁开眼，正上方是熟悉的青色帐帷，帐顶垂下来一串彩贝。

这是她的卧房。晋王赐下来的宅子在三天前就已拾掇好了，国师府临时借给她一些人手，比如现在陪在床边的丫鬟。

听见响动，小丫鬟喜道："小姐，您终于醒了！"

"水。"她嗓子眼像着了火，这是睡了多久？

小丫鬟赶紧服侍她喝了水，冯妙君才有气无力道："陈大昌和公主呢，可救回来了？"

丫鬟答道："国师吩咐过，待您醒来就告诉您，一切安好。"

看来晗月公主没事。冯妙君犹记得自己昏过去之前，公主除了受惊之外并未有损伤。相比之下，冯妙君更关心的是："陈大昌的情况？"

"您的护卫受伤很重，但国师说，他不会有性命之忧。"

冯妙君真正松了口气，一转眼又沉沉睡去。

再睁眼，就是晚上了，从窗口望出去能见着满天星斗。

真是个好天气。

帐外有人影闪动，莫提准沉稳的声音传了进来："醒了？"

她费力地抬手抚额："我睡了多久？"

"安洛雅集已是五天前的事了。"

她大吃一惊："我睡了五天！"

"你差一点就没命了。"莫提准在帐外的檀木椅上坐了下来，"你被巨鲨击飞后受了极重的内伤，筋脉都断了几根。我费了好大力气，还用掉了几颗丹药，否则你现在已成废人，终生不能直立。"

差点儿她就成残废了？冯妙君这才知道后怕，喃喃道："什么鲨鱼，能那么厉害？"

"那是一条鲨妖，有一百多年道行了。"

她瞪圆了眼："果然是妖怪？"她就说那鲨鱼大得异乎寻常，又能在淡水里出现，原来是成了气候的妖怪。

冯妙君打了个寒噤。若要重来一次，她都不知道自己还有没有勇气再扑上去。

"我还以为晋都这地方不会有妖怪。"这可是晋国的心脏地带。

"也有些妖怪混在凡间，他们化出神智以后也需要进入红尘历练本心，尤其是有人容留的话。"

她轻轻吸了一口气："陈大昌的伤势怎么样了？"

"肺、肾、肠、胃都被刺穿出血，脊椎有穿孔，肋骨、大腿骨折断，不过避开了头部、心脏和命根子没有受损。"他顿了一下，"我找来手下最好的方士救他，也用了促进生长的药物。"

冯妙君听得一颗心沉了下去。

"你这护卫本身也是练家子，肌肉和骨骼的硬度超过常人许多，生机又很旺盛。只要伤情不反复，三个月内应该可以下地行走。"

冯妙君长长透出一口气，心下稍安。莫提准又道："再说说你。晗月公主很肯定，她看到你直接用手击穿了鲨妖的颅骨。"

她也清楚，自己在危急关头的表现太异常，闻言嗯了一声："我也不知道怎么回事。当时怕得很，又想把陈大昌救出来，就去抠它的眼珠子……"

"鲨鱼周身只有软骨，硬度与其他妖怪不可同日而语。但是常人再怎样发狠，也不可能徒手打穿鲨鱼头骨。"莫提准微微一哂，"我施救时曾检查你周身经脉，与常人并无不同，并无灵气踪影。"不出所料，她的丹田当中并没有结丹的迹象，那么，她的力量源自哪里？

冯妙君第一时间想起的却是自己吞下的鳌鱼珠子，不由得有些心虚："那，我到底怎么了？"

莫提准沉默好一会儿，才低声道："说不好，需仔细研究。"

给他充足时间，或许就能弄清其中玄机。

冯妙君最害怕的正是这几个字，她是个有秘密的人，不喜欢别人过多关注自己。

当时从丹田升起的那股子力量庞沛已极，她自个儿的力气与之相较，就像大象边上爬着的小蚂蚁。力量的来源只可能有两个，一是她吞下去的鳌珠，二是……

其实她有个疯狂又无稽的猜想：它会不会来源于云嵝呢？

他已经和她共享了生命，如果说鳌鱼诅咒的威力不止于此呢？

可惜，没人能帮她诊断。

她先将这乱麻一般的思绪丢到一边，轻声道："我这一次历险，让你逮着丞相府的马脚没？"

原来她回过味来了。莫提准轻笑一声："逮着一个活口，回来后没熬住刑，供认了丞相府。

"更妙的是，晗月公主遇险惹来王上大怒，着廷尉提去亲审，于是拔出萝卜带出泥，把前后那点儿事都牵连出来了。过去的两天里，王上分别传唤了李师龙和我，要将来龙去脉摸个水落石出。现在，李师龙该是焦头烂额。"

冯妙君看不见他的神情，却能听出他话里满满的快意："这其中也牵涉你。待你伤愈，王上也要传你进宫问话。你是长乐公主，也是人证，从现在起，你说出来的证词有分量了。"

莫提准又拿她当了一回棋子。她平时深居简出，行踪被严格保密，就算是每日去小孤山，也在市集里面悄悄换乘一次，以保后头没有尾巴跟踪。这回她在安洛雅集公开露面，丞相府若想从她口中逼出李元伐的下落，只有趁这机会逮着她。

李元裴的手段也很高明，利用茫茫河水困住她，令她无处躲藏也无法向师尊求救。倘若不是晗月公主临时急着要走，冯妙君这回恐怕有的是苦头要吃。

她沉默了一小会儿，忽然问道："李元伐怎么处理，你会交给王上？"

莫提准脸上的笑容慢慢淡去："王上既知前因后果，自然不会让我继续扣着李元伐。我已将藏犯地点交出，由王上派人去提。"

冯妙君奇异地看他一眼："先前真看不出你这样宽宏大量。"

莫提准一脸肃然："我身为国师，自然事事要替大晋着想，不能只为一己私利。杀李元伐，恐怕暗中还有人要笑歪嘴。我岂能如他们所愿？"

冯妙君轻轻给他鼓了两下掌："佩服。"

不过莫提准又接下去道："王上很快就会对此事做出裁决，李家逃不脱了。"

"所以李元伐还是要倒霉？"

"死罪可免，活罪难逃。"莫提准嘿了一声，"暗杀国师，这罪名他根本担不起，得丞相府来担！"

冯妙君虽然醒了，却暂时起不来床，晋王派人来细细录了她的口供。她将能说的都说了，一五一十。

转眼两天过去了，晋王并没有处理。然后是五天、七天、十天……

冯妙君一边窝在府里养伤，一边质疑晋王是不是施展"拖"字诀来个大事化小、小事化了，莫提准对此嗤之以鼻："你当我是什么！"

又过了半个月，这事情突然有了下文。此时已到盛夏，安洛河进入全汛期，水量一天比一天巨大。结果去年才在下游重新修建的一座大坝突然决堤，水淹数百里，平民死伤无数。

负责修坝的地方官直接革职入狱，李师龙因为督导不力，失察于民，自请官降一级，罚一年俸，并把儿子李元伐也派去灾区。

结果李元伐在救人途中遭遇落石，双腿折断。即便后来被随从找回，也过了医救的最好时段，为防坏死，军医只得切掉他两条腿。

以莫提准的涵养，接到这个消息时还是直接摔烂酒杯，骂了一句："沽名钓誉！"

冯妙君却费好大力气才管住自己的手，不给李师龙鼓掌。借天灾化解自己的困境，丞相这一手玩得实在高明。

自请降职罚俸，让晋王不再为国师被暗杀之事为难；李元伐断腿，也可让国师和晗月公主出口恶气，借着救灾的名头，更是能让群臣无可置喙！

"对了，事情既已过去，丞相府不会再针对你行动了。"在冯妙君的宅子里，莫提准把以上消息说完后就站了起来，"你安全了。"

真相大白，李家再拿捏她也没用。冯妙君本身分量太轻，不值得丞相府出手对付。

这也就意味着，冯妙君可以安全地游逛晋都去了——来这里一个月了，她还没出去逛过街呢。

莫提准离开前，她忽然问了最后一个问题："你为什么立誓不打杀孩子？"

一个人想做什么，不想做什么，心中自持就可以了。宣之于口，还变成了毒誓，一定是因为有些不堪的过往。

莫提准沉默，一动不动。

又过了不知多久，冯妙君都以为他不会再说了，这人却又突然开了口："我从前狠辣，对敌从来都是斩尽杀绝、不留余地。后来女儿生产，不管怎样小心保养，前两胎都滑了，身子也落下了病根。"他长长叹了口气，"我是国师，不难算出这是我杀孽太重，报应反而应在了她身上。

"我的罪孽不能由她来承担，因此立了这个誓言以证心诚，再有仇敌，也是祸不及子孙。"也不知他何时收了颗石子儿在手里，这时顺着水面打出去，"噌噌噌"连跳五下，"在此之后，我才有了孙子。"

"原来这世界还有天理之说？"

莫提准摇摇头，没说话，转身离开了。

就这样过去了半个月。

冯妙君收到原安夏境内暴乱及魏国太子因私藏、私挖灵石矿脉被当廷训斥的消息时，身体已经恢复，又可以活蹦乱跳了。陈大昌年纪轻轻、生命力旺盛，也可以下地行走了，但一时半会儿还不能与人动手。

递情报过来的是莫提准的心腹。国师知道她的真正身份，定期会转发她"敌国"消息。从这一点上，她就知道晋王将她这位亡国公主当成了后备的棋子。

陈大昌在一边看着她，想说什么却又欲言又止。

冯妙君注意到了，瞥他一眼："说不出口的，就别说了。"

陈大昌："……"肚子里的蛔虫都没小姐厉害！他身为安夏人，听到旧国境内不幸，本是满腔悲凉，转而想起王后的遗愿，才硬生生将话都憋了回去。

无论他再怎样不甘和悲愤，小姐只是一介弱质女流，不该背负着家国的仇恨而活。

冯妙君看他神情就知道他想说什么了。但她对复国和复仇都没有兴趣，只专注于眼前的问题："安夏和大魏发生的消息，过了一个多月才传到我们这里来，估计连外头的百姓都知道了。闭塞即是被动，须有个稳妥快捷的情报渠道。"

信息才是最宝贵的资产，可她面临无人可用的窘境。

说到这里，她忽然想起离开甜水城前蓬拜说过的话，转而问陈大昌："我们在晋都的人手，你可打过交道？"

陈大昌摇头。

冯妙君点了点头，心里有了些盘算。

早饭后，下人来报："许先生来了。"

许先生大名许凤年，是莫提准的二徒弟，真实年龄已经三十有九，可是身具修为的好处就体现在这里了——他看起来顶多就是二十出头，唇红齿白。

河鲨事件后，她就厚着脸皮去找莫提准，要这个便宜师父教她些真本事。虽说烟海楼里藏书无数，有大把修行典籍可学，然而她深明一个道理——有师傅，少弯路。

她没有修行的潜质，莫大国师当然不会花费宝贵时间亲自教导，于是把这重任丢给了二弟子许凤年，要教得她有自保之力。

她这个挂名的三徒儿总是笑眯眯地唤许凤年一声"二师兄"，许凤年见她每次唤完都笑得格外讨人喜欢，对她也多有照拂。莫提准原本要求他每四天去指导冯妙君一回，不过许凤年这半年来闲居在都城，冯妙君干脆将他请到自己宅邸里住下，方便就近指导。

在二师兄的建议下，她以《凡人步仙诀》为基础大纲，再习许凤年挑选的两门功法为正统，而后就是从烟海楼里记下的各类杂学了，许凤年笑称其"歪门邪道"。

因为上次妖鲨的事，莫提准对她的体质很感兴趣。因而冯妙君向他讨了个快速强健体魄的办法，并按照他给的方子差人去抓药。莫提准提供的方法不外乎"洗""炼"二字。所谓"洗"，即是药浴，用一十六味药材磨粉泡浴，成分要好，年头要足；所谓"炼"，不是修炼，而是按照莫大国师的秘方取材料以文火熬九个时辰，慢慢提炼出药膏，每日一剂配温水服用。

泡浴和服用都选在午时，这是一天当中阳气最旺的时刻。莫提准提供的秘方就和他本人一样，性子格外霸道，她服膏后泡上十几息就要满头大汗，再坚持下去就是太阳穴突突直跳，心脏怦然作响，仿佛要从胸腔里蹦出来。

一直坚持到血管快要爆裂时，药力达到最盛，她就得从浴桶里出来揩干身子，迅速运行《凡人步仙诀》一遍又一遍，直至满身浮动的气血都归顺下去，这才算把药力打散，不会反伤己身。这么做就称作"淬体"，可以慢慢剔除身体里的杂质，不过能不能坚持下来就看个人的体质和毅力了。

如此坚持了六十日，她终在一天行功完毕之后盘膝坐了下来。冯妙君按照《凡人步仙诀》中的吐纳诀窍试着运行了两个周天，心神慢慢沉静下去，从药材中获取的那一丝灵气在她的千恳万求下亦开始跟着血气游走全身。

再然后，她就"看见"了自己身体当中的情况。那感觉分外奇特，明明不以目力视之，但脏腑的每一次颤动，血管的每一次轻微扩张和收缩，空气在肺里的交换穿行，都能清晰地为她所掌握。

她知道，自己的第一次"内视"成功了。

初学者最重要的一步，就是学会内视，真正掌握自己身体当中的每一点细节、每一处变化。学不好这个，后面的万千变化都是泡影。

这一步对于冯妙君来说，还有更深层次的意义——她要看清，鳌鱼骗她吃下去的珠子到底是个什么东西！

她保持心神宁和，随着灵气潜入丹田。人人此处都辟有气海，是气之海洋，灵力汇聚之所。修行者将吸入体中的灵气贮藏在这里，化作内丹，因此脐下又称丹田。

她在这里"看见"的乃是一片雾蒙蒙的景象，初看小如芥子，细究却又无边无际，仿佛什么都能藏得进去。

可她在这里没有找到内丹的影子，也就是说，当时鳌鱼让她吃下的，根本不是龙珠！

她再作盘桓，好不容易等到雾气飘开，才在应该生长内丹的位置上望见了另外一样东西——是个印记。

这印记呈铁锈色，在暗红的气海中原就暗淡而不起眼。仔细端详才发现，这印记的形状就像一头缩小了千百倍的鳌鱼，只是身形微弯，看起来像是头尾相连，怎奈它不如蛇一般柔软，只能做到头部和尾部相对。这个姿势乍看之下很是怪异，然而多瞧几下却是越看越顺眼、越看越自然，甚至还越看越熟悉。

真是见了鬼了，她在哪里瞧见过呢？

冯妙君光顾着出神，不想那一丝灵气逸出身体，她也从内视状态中退了出来。

这个印记绝不是龙珠，甚至也没包含多少灵力。可她并不气馁，开始练习自己硬背下来的《凡人步仙诀》第二十五页口诀。这一页的"抽丝剥茧"，讲的是如何将内丹当中的力量条分缕析，导出为己用，务求春风化雨，润体无声。

在浩黎大帝的年代，还有无数凶神恶煞的妖兽遍地走，而这式法门就很适合夺下强大妖兽的内丹以后慢慢解析其中的力量为己所用。

冯妙君看到它时，便想到了当日杀掉鲨妖时的那一股子邪力，思来想去，她更倾向于源头是云嵝。假设这个判断成立，那么基本可以确定——云嵝对她来说就相当于妖兽，她如想变强就必须借用他内丹的力量。

所以，接下来她就要通过这个法门学着如何诱导那股子力量，使它既能为她所用，又不至于伤害到她。

她正襟危坐，按照口诀之法从丹田悄然引气，耐心地将剥茧抽丝之法一遍又一遍地练熟。也不知过了多久，心神慢慢沉凝，进入物我两忘之境。

此时《凡人步仙诀》也依旧在缓缓运行。

而后，丹田处传来一点异动。那感觉极是轻微，像是有物撩拨，又仿佛开启了某个门户，容外物进入。而后，一股锋锐而冰冷的力量自她丹田里涌现出来，不消一会儿，又咻溜一下通过印记跑得无影无踪。冯妙君知道，它是又回到了真正的主人那里。

魏国，国师府。

萧衍在这里用过了午饭，正与云嵯谈论今年暴雨可能带来的粮食歉收，忽见这人脸色阴沉下来。

两人正走在后花园里，不知云嵯从哪里弄来一枚石子抖手打出去，草丛里随即传出吱的一声尖叫，而后便安静了。

萧衍不明所以："怎么了？"

"有硕鼠！"云嵯俊面上惯有的云淡风轻不见了，代之以浅浅杀气。

又出现了！从前那一回果然不是错觉。

"……"云大国师又不是猫，干吗见到老鼠就要喊打喊杀？萧衍忍不住挠了挠后脑勺。

云嵯灵力的属性有极强的侵蚀性，轻易就能对她身体造成伤害，因此冯妙君不得不花上好几个月的时间，一点一点适应，终于在十二岁生辰这一天，她成功地引导云嵯的灵力在己身走完了六个周天。

自那以后，随着她的身体越来越强健，经脉越来越稳固，她偷借过来的云嵯灵力也越来越多、越来越驯服，但是距离纯熟使用还有很大差距。

冯妙君知道这事情急也急不来，横竖比起当初不能修行的境况已经是天壤之别。

更重要的是，后来云嵯的灵力在她身体当中游走时，居然也能勾得动外界的灵气进入。不过他的灵力一旦撤退，这些外来客也走了。

她灵机一动，干脆将云嵯的灵力留在自己丹田，然后果然发现外来的灵气也停驻下来，不走了！

冯妙君为此雀跃不已。说不定，说不定她能因此成丹？

不过在她这般尝试了十几个时辰之后，丹田里的诅咒印记突然传来无可抗拒的吸力！

紧接着，属于云嵯的灵力就挣脱了她的束缚，一路狂奔而去再不回头，跟着一起走掉的，还有她好不容易收集的天地灵气！

冯妙君气得跳了起来，怔怔地发了半天的呆，才推断出这么一个尴尬的事实——既然她能偷用云嵯的灵力，那么云嵯也可以从她这里反偷回去。反正，两人不是共用灵力吗？

数千里之遥的魏国师府，静室。

盘膝而坐的云大国师缓缓睁眼，俊面上闪过一丝冷笑。

跟他斗？这小贼真是太嫩了，居然半点儿还手之力都没有。

算算从对方那里吸回来的灵力，总共也只涨回了微不可计的一丝。当作利息都嫌太少！

不过对方敢在太岁头上动土，这可真是太有趣了。他非得查出来这人是谁不可，除了弄清对方施展的神通以外，他还要回送一份大礼！

冯妙君还不知道自己被画小人做记号了。

接下去几天，她特地选在三更半夜运行《凡人步仙诀》，希望云嵲在睡梦中感受不到灵力的流失，可以多给她一点修炼的时间。国师也是人，总归是要睡觉的吧？

有趣的是，这一招还真奏效了，也不晓得他是真的睡着，还是借机观察她的行止。

再后来，她大着胆子在白天行事。云嵲也不急着夺回自己的灵力，反正她每次"借"过去的都只有一星半点，和他丹田里的灵力总量相比，犹如沧海一粟。

她也识趣学乖了，用完之后老老实实给人家"还"回去。

相隔千万里之遥、素昧平生的两个人，不知怎的居然建立起一点奇怪的默契。

这一日再临烟海楼，冯妙君深吸一口气，摩拳擦掌。

多亏了云嵲灵力的支持，就在昨天，她终于修出了神识。从此，烟海楼最珍贵的那一部分书典再也不能向她藏私了。

那些久远的、更接近真实的历史，都记载在这部分古籍当中。所以她一直渴望修出神识以打探当中的信息。现在，她如愿以偿了。

她结合玉简与史书当中斑斓驳杂的记载，终于将她最想探明的一段历史给拼凑了个大概出来。这就是君主和国师的关系。

原来历任国君举行封典仪式、拜祭宗庙和天地，除了向天下昭告自己荣登一国之主，还要从前代或者前朝那里接过元力的传续。

国君在，元力在。而国师的职责，就是为国家调度元力。

从立国之始，元力就是一个国家存续的重要因素之一，所以国师的存在必不可少，一个了不起的国师甚至可以凭借一己之能将元力发挥出额外的威力。

君主与国师的矛盾在于，一方面，君主需要国师；另一方面，君主又要防备国师。因为后者的力量过于强大，所以许多年来对国师的限制也演变得五花八门，不过其中最重要的一条就是，各国都有迫令国师不得不效忠君主的秘法。

看到这里，冯妙君揉了揉酸涩的眼睛，掩卷一声长叹。

国君与国师之争，归根到底是凡人与修行者的博弈。即便受限于元力，以修行者的能力与骄傲，又怎么甘心蜷居于普通人类之下？要真正解决这个矛盾，或许只有等到天地灵气完全衰败的那一天。

第五章

功法初成

斗转星移，时间悄无声息地过去了三年。

冯妙君在晋都的生活过得古井不波，她将大部分时间都花在了找书和修行上。云嶂的灵力到底有多少，又是如何调动，她一概不知，甚至根本探不到底。为了不让对方摸清自己的真实修为，她每日借多少灵力就还回去多少，自己辛苦修得的才留下来——说来也是古怪，她以云嶂灵力为引子弄来的灵气，回他那里走一圈再回来，就变成了他特有的冰火两重天属性。而这种灵力因为诅咒印记之故，会被留在她的丹田里，不至于散逸进空气中。

每天，她将采摘进身体的新鲜灵气送还给他，留下等量的冰火灵力。从第一次云嶂没有以实际行动表示反对开始，她就天天这么干了。三年来，储藏在她丹田当中的灵力越攒越多，从原本的气体慢慢凝出了液态，一滴、两滴……

冯妙君欢喜得好几天都睡不着觉，只因这是成丹的前兆。

成丹的意义对她来说太重大了。有了内丹，牵引天地灵气入体的效率可就远非之前能比。

终于，秋分这一日，她在小孤山调息了整整十个时辰，由晨及夜，而后纵声长啸！

丹成！

那是圆溜溜一粒金丹，表面有仙气氤氲，煞是好看。气海没有边界，也就辨不出它的大小，但在她猜想不会比绿豆大上多少。

金丹缓缓转动，身周灵气如受召唤，欢天喜地扑进她身体当中。冯妙君感受着灵气滋润经脉的舒沁，忍不住热泪盈眶。

天色已黑，已经超过了外人在小孤山的逗留时间，冯妙君谢过曹德焕给她开了方便之门，由陈大昌陪护她返回晋都采星城。

她掀开窗帘眺望远景，心潮如同远方的山影般起伏不定。对其他修行者来说，结丹只是基础；可对她而言，这是空前的、至关重要的一步！

从此以后，她可以不再倚靠云崖的灵力了，转而运用自己的内丹来吸聚和转化灵气。

思绪翻飞间，冷不防车厢顶上突然传来“咕咚”一声闷响，像是有重物撞击。紧接着又是砰砰几声拳脚交击，她就听到陈大昌怒喝一声：“大胆贼子，滚下去！”

铛！金属声起，双方动用武器。冯妙君握紧了袖中的分水刺。这是许凤年送她的防身武器，左右各一，比普通匕首更加袖珍，可以绑在臂上。刀身窄而无光，乃是暗中行凶的利器。

她正想去帮陈大昌，外头忽然有个粗沉的声音响了起来：“我们中了暗算，后有追兵，请载我们一程。进了采星城，吾必重谢！”

此人话音如同破了的风箱。冯妙君听了即扬声道：“大昌，有人受伤？”这人说话像咳了痰，显然肺部有些损伤。

陈大昌当即答道：“两人均有负伤，一轻一重。”

冯妙君心下安定下来，朗声道：“交出武器，亮明身份，不然就下去喂野狼吧。”

说完，另一个声音即道：“姑娘，我们少主……”

先前那粗沉声音一下子打断了他：“我是峣王次子苗奉先，此趟出使大晋路遇伏击。想借姑娘的马车送我进采星城，绝无、绝无恶意！”

冯妙君轻叱一声：“停车！”

车夫听到命令即勒停了马车。那两人跳了下来，其中一个落地时身子摇晃，显然不支，另一人用力撑住他。

此时月光不甚明亮，但足以让她看清眼前。这两个都是精壮的汉子，身上挂伤，被搀住的那个胸口、小腹都有鲜血汩汩流出，看起来就是“少主”了。

陈大昌上前，谨慎伸手。

两人也知要搭这一班顺风车不容易，只得将手中兵器交出。

陈大昌接过，又晃了晃手指。

那侍卫翻了个白眼，自靴筒里抽出一把匕首，满面不甘地交了出来。

冯妙君打开车门：“重伤的上来，轻伤的去前面。大昌，你也去前面。”

陈大昌惊道：“小姐！”对方伤得再重也是个大男人，依旧会对她构成威胁。

冯妙君摆了摆手：“抓紧时间。”她没杀过人，不代表没和人交过手。许凤年就是她喂招的好伙伴。

侍卫见自家主子点头，赶紧将他扶上马车关好门，自己去了前头，与陈大昌挤在一起。

蹄声嘚嘚，马车重新开动起来。

冯妙君伸手拨亮矮几上的铜灯，相对而坐的两人这才看清对方。

她对面这人身材高大，看起来年纪不大，面部线条刚毅，嘴唇微厚，鼻子略显鹰钩，脸色因为失血而苍白。

冯妙君皱了皱眉，车厢里的血腥味儿十分浓重。她看出这人的伤口很深很重，像关不上的水龙头，鲜血把褥皮都打湿了。

"峣国二王子？"

"是，我……"

冯妙君从椅下取出金疮药和布卷放在矮几上："谁追杀你？"

"应是魏国，它想阻止我和晋签下盟约。"他接过来，最重的两处伤，自己都不容易处理。他看了冯妙君一眼，也知道小姑娘不会帮他，只得道一声："得罪了。"说完撕开衣服，费力地给自己包扎。

苗奉先露出肌肉块垒的上半身，足显精壮，冯妙君目光扫过来也不避嫌，盯着他的伤口瞧了好一会儿，直到他自己都有些赧然："追兵很多？"他胸口和小腹的伤口非同一件兵器所为，其他划伤流出来的血微显黑色，却是中了毒。于是她顺手取出一瓶丹药放在桌上，"辟毒丸。"

苗奉先也注意到自己伤口里的毒，望着药瓶子怔了一怔，不明白为何她连解毒丹药都备好了，一时有些犹疑。

冯妙君瞧出了他的疑虑："你若不用，半个时辰后也会毒发身亡。"

苗奉先道了一声"多谢"，伸手取药吃了下去，又将药瓶掷给了前座的侍卫，让他也吞服解毒。

"追兵有七八人，被我们分散在山中剁翻五个，我们也只剩两人了。"他勉强包好了腹部的伤口，胸口却兼顾不到。

冯妙君看了看，忽然扬声道："前面的，进来。"

那侍卫立刻窜了进来，抓紧给他主人收拾伤口。

苗奉先一咧嘴："你不怕我了？"

冯妙君觑他一眼："我怕麻烦会跟着你来，真该将你们赶下去。"她不想招惹这种麻烦，可是苗奉先贵为峣国王子，他要是有命躲过追杀，去晋王那里告她一状就不妙了。她经常来去烟海楼，取道此路，不难联想到她身上……

那侍卫低声道："应该甩远了。"

"离晋都城门不到十五里了。"冯妙君摇头，"敢在这里动手，对方的准备很充分。"

这里可是晋国都城。她刚从山路下来，再往前就是一马平川的开阔地带，走上七里就驶入官道。那里车马往来络绎，通宵达旦，能挤进去就算他们安全了。

苗奉先暗道一声"惭愧"："请教姑娘芳……"

最后一个"名"字还未说出口，车厢猛然一震，如受外力牵引，突然歪斜，侧翻着地。

轰一声震响，车厢擦着地面滑出去二十丈远，在骏马的悲嘶中勉强停了下来。

车夫早早被甩飞出去，发出"哎哟"一声惨叫就没了声息。陈大昌也顺势飞了出去，脚尖在马股上借力一蹬跳开，顺势在地上滚了两圈就站了起来，向着车厢扑过去："小姐！"

事发突然，车厢里面天翻地覆，冯妙君双手一紧，指尖劲道吐出，刺穿厢壁上的软垫。她蜷身缩首护好要害，灵力源源不绝地涌出，助她将自己固定在车厢中。

苗奉先有伤在身，再受这样的猛烈撞击不由得闷哼出声。那侍卫呛了一口血爬起，要去扶他，他却一脚踹开车顶，先跃了出去，捡起散在地上的武器："护好她。"

冯妙君没受伤，秀发却在颠簸中散落下来，看着有两分狼狈。侍卫扶起她从缺口走出去："小姐伤在哪里了？"

冯妙君摇头。

苗奉先立在当场，狼一般瞪视前方。有四个身影自黑暗中缓缓踱出，三名黑衣人俱是黑巾蒙面，只有当先一人无遮无拦，甚至连衣服都没穿。

他个子很高，比苗奉先都高出两个头，身材更加横阔魁伟。遮着天幕的乌云正好飘走了，月光洒下来，将他照得一清二楚。

冯妙君下意识退开一步。

这家伙不是人！它浑身覆着寸许长的灰毛，看起来就像大猩猩，身后也有一条长尾，却长着一张人脸！这张脸细眉细眼，看起来还有些文弱，和身子完全不搭。她在古书中见过这种妖怪，其名为"狃狃"，力大无穷，跑起来比良骥还快，嗅觉也是惊人的灵敏。冯妙君注意到它丢开了手臂上的一条铁链，可见方才拉倒马车是它的杰作。

苗奉先朝它吼了一声："黄秋纬，原来云嵯派了你这走狗来！"

这怪物还有名字？冯妙君稀罕地看它一眼，原来是云嵯的手下。

只见那怪物脸上现出微笑，甚至还露出一口整齐的白牙，口吐人语："何必垂死挣扎，我来给你一个痛快！"

苗奉先分神看了冯妙君一眼，沉声对陈大昌说道："扶着你家小姐，快走。"而后转头对这怪物道，"放她走。此事与她无关，是我截了她的车。"

黄秋纬呵了一声，也不多说，朝着他们冲了过来。它静止时双足直立，一跑起来就不再保持人形，沉重的四肢震得地面砰砰作响。

苗奉先歉疚地看她一眼："我找机会助你离开。"说完抖手扔出个木头雕像，着地后砰一声变作几乎与怪物等高的力士，周身覆青甲，块头不输给它，苗奉先操纵这个青甲力士与黄秋纬缠斗起来。

这厢苗奉先的侍卫已经拦住一个黑衣人，陈大昌将冯妙君拦在身后以一敌二。这三个藏头露尾的黑衣人身形轻灵飘忽，显然无一不是精锐。尤其与陈大昌交手的其中一人，武器上还有寸许长的黝黑罡气吞吐，赫然也是修行者——他想将这对主仆尽快解决，再返回去帮黄秋纬。

冯妙君听这人剑上隐现风雷之声，明白陈大昌应付他必不容易，当下在这忠仆背上轻叩两下，自己尖叫一声，转身就跑。

她是个娇滴滴的小姑娘，看起来慌不择路，可跑得着实不慢。三丈开外就是密林了，两名黑衣人当即分出一个去追她。

天色已暗，冯妙君的裙影消失时，那黑衣人也冲到林边，一头扎了进去。

那黑衣人追着冯妙君进了树林，见到小姑娘披头散发狂奔，模样好不狼狈。他大步流星追上前，手中长刀往她纤细的肩膀斜劈下去。

她看着羸弱，一刀下去说不定连半个身子骨都劈开了。不过这时她脚下似被树根绊住，身体向右斜倒，长刀顿时砍了个空，只劈下她一缕发丝，黑衣人自己反倒露出了肋下空门。他立知不好，待要沉腕反刀，肋下突然钻入一丝凉意，随即胸口疼痛难忍，激得他惨呼出声。

冯妙君却早一步伸手捂住他的嘴，把另一只手转到他背后，袖中露出一截寒芒，鲜血下落如珠。这一截分水刺方才从他肋骨当中斜刺进去，击穿肺部和大动脉，最后止于心脏。

这人晃了两下，扑通倒地。

他脖子被开出个血洞，断气时两眼瞪得滚圆，兀自透着十二分的不敢置信。冯妙君不敢多看，在他衣物上擦掉了分水刺的血迹。然后直起腰，用力做了个深呼吸就往外奔去。

冯妙君的对敌经验空白，方才这一下十足取巧。方才她刺杀黑衣人，分水刺才碰着他衣物就觉出一层阻力，像是扎在皮球上要被反弹。这是对方的护身罡气，寻常武器穿之不透。只不过分水刺上同样贯注了大量灵力，说不好是属于她的还是属于云嵝的，戳破肥皂泡一般洞穿过去，这才一击致命。

直到现在，冯妙君的手都是抖着的。不仅是恐惧，更多源于兴奋。

勤勤恳恳修行三年多，为的不就是祸事临头时有自保之力？现在，她算是迈出了检验成果的第一步。

她快速往林外行去，一边庆幸自己今日没穿碍手碍脚的襦裙。

这厢青甲力士在主人的操纵下合身扑上，一个熊抱死死压住黄秋纬。苗奉先浑身伤口重又裂开飙血，眼前阵阵发黑。他知道自己不能久支，这时拎起手斧，干脆利落地往妖怪脖子剁去。

哪知这一下反倒激起了妖怪凶性，它忽然怒吼一声，体表放出淡淡一层红光，身形再度暴涨。连远处的陈大昌都能望见它肌肉鼓起，皮肤因极速扩张而被撑爆，脸也拉得更长，愈显五官诡异。

它的身体一下子鼓成了原身的两倍大，苗奉先一斧横劈在它胸口。青甲力士困不住它，它抬腿将力士踹向苗奉先，自己跟着暴起，一同扑了过去！

它伸着两只手爪，眼看就要捞住猎物，冷不防斜刺里飞出一块巨石，砸向它的脑袋。

不过这巨石对狴犴来说也就相当于一块磨盘，它正要抬手将其拂走，忽然鼻子里一阵酸软，跟着奇痒无比，忍不住狠狠打了两个喷嚏！

就在这时，巨石直接而粗暴地砸中了它的太阳穴，一下将它带偏了方向。

轰的一声，妖怪落地激起一片尘土飞扬，没有压到青甲力士和苗奉先。它虽没被砸死，却也痛得眼冒金星。晃了晃脑袋爬起来一看，冯妙君就站在它前方不远处，胸口起伏，剧烈喘气。她双手还沾着泥，与巨石上的淤泥同一出处。

巨石是她丢出来的，这个娇滴滴的小姑娘居然也是修行者！

它当下怒吼一声，大步冲上前去，准备一拳将她打扁。可才迈出两步，头脑里突然有一团疼痛猛烈炸开！

那疼痛毫无预兆，却来得尖锐而密集，就好像有千万头蚂蚁同时啃噬它的大脑。狴犴伸出去的手爪下意识收回来，一把捂住了脑袋。

那种痛苦根本不能忍耐。

峣国王子勉强爬起来时，后者正抱着脑袋在地上打滚，一边长声惨嗥。吼声惊天动地，连林子里夜宿的鸟儿都被吓得飞起，在空中撞成一团。

这下转折太突然，峣国王子不禁一呆。但他深知时机难得，提气稍做瞄准，就将手斧掷了出去！

斧子带着淡淡青光，转眼没入妖怪后颅，狴犴无暇躲闪，只是痛苦号叫一声，反倒转了个身飞扑过来！苗奉先能望见它的眼珠子都变作了赤红色，眼角和鼻下都沁出血来，不知道中的是什么厉害暗算，反而将它的狂性都激发了出来。

冯妙君暗咒一声，再不甘愿也只得大步冲向妖怪。她轻吸一口气，浑身灵力都极速运转起来，令她身轻如燕。冯妙君瞅准那妖兽转身的机会，一下跳到它的背上，紧接着一把拔出了扎在它后脑勺上的手斧！

妖怪摇摇晃晃又往前走了四五步，终于倒金山倒玉柱，轰然一声扑地！

这回倒下，再也没有动弹。

苗奉先再支撑不住，双膝一软坐到地上，他勉力抬头，恰与趴在妖怪后背的冯妙君四目相对，均看出了对方的惊恐、喜悦和后怕。

冯妙君喘息未定，伸手在狴犴后脑上按了几下，似是确定它已经死去，这才站起来奔向陈大昌。

见到狴犴倒毙、凶手冯妙君向这里奔来，本来略占上风的修行者忽然打了个呼哨。另一名黑衣人闻声虚晃一剑，转身跟着他撒腿就逃，几个起落之后就消失在茫茫夜色之中。

陈大昌和苗奉先的侍卫互视一眼，都放弃了追击。

那侍卫快步奔向苗奉先，先喂他服了参片，紧接着替他处理伤口。苗奉先重伤在前，力斗巨怪在后，危机刚解除就晕了过去。他脸色白得像死人，身下血流成溪，连呼吸都快要停顿，只靠一片千年老参吊着命。

陈大昌看冯妙君一张小脸也是又青又白，额上布满细细冷汗，不由得担忧道："小姐受伤了？"

"没。峣王子快不行了。"她千辛万苦救下苗奉先，要还让他死在这里，前头那些功夫都白做了，"你去路边拦辆车，不吝重金。"

打发走陈大昌，她又喘息了半天，稍稍平抚一下情绪，然后就发现丹田里的诅咒印记一阵虎吞鲸吸，把她剩下的灵力又抽走大半。

这情形已经很久未出现了，她呆了一呆，才想起是云嶂那里不客气了。怕是她刚才在打斗中运用大量灵力，没留心自己也从他那里抽走了一部分，所以他现在来讨债了……

她气得咬牙切齿："从没见过这么小气的男人！"而后发现他取回去的不多不少，恰好是她方才"借"过来的数量，"简直锱铢必究！"

如果有一天云嶂得知她借走灵力是为残杀他的属下，脸上会是什么表情呢？

她一点儿也不想知道！

这时夜色已经深沉，陈大昌在路边花费重金，果然雇下一驾马车，过来载起三人。一路风驰电掣返回都城，冲到晋宫门口，冯妙君忙不迭给宫里递牌子。

再后面的事，就不归她管了。

反正，峣王子重伤垂危，晋宫里一阵鸡飞狗跳。

知道自己一时走开不得，冯妙君干脆就近找了个行馆对付一晚。

果然，鸡鸣时分未到，宫里就派人来请她了。

到了内宫，晋王身边的大太监李僖笑脸相迎，亲自出来给她引路："冯姑娘这回立了大功呢！"

冯妙君苦着脸道："想不出要什么赏赐才好，又不能加官晋爵。"

李僖打了个哈哈："只要给王上分忧，冯姑娘必定前程无量。"

进了晋王的书房录勤阁，晋王和莫提准都在，比她还要精神抖擞。

晋王眼里攒着血丝，看起来一夜未睡，面色也阴沉得很，但见到冯妙君还是扯开一点笑容："你做得好，很好。苗奉先要是死在晋都，寡人不好跟峣国交代！"

冯妙君向他行礼自谦，而后道："愿为王上解忧。"

莫提准在一边道："将事情经过细说一遍。"

冯妙君也不隐瞒，将自己解救峣国二王子的义行从头到尾阐述一遍。

晋王和莫提准听了面面相觑，没料到那凶恶的大妖竟然死得这么憋屈。最后晋王才拍案大笑："该，活该！这是黄秋纬命不好，是魏国运数不好！"

这时莫提准感叹道："黄秋纬必定还有不少后招没祭出来，就饮恨毙命。只要他能放出来一招，你和苗奉先都不能侥幸。"顿了一顿又道，"从你描述来看，苗奉先的修为超过我们预计，这很好。"否则也不能坚持到遇见冯妙君了。

晋王拊掌，问冯妙君："小福将立了大功，这回想要什么赏赐？"

她很谦虚："王上随便赏吧，我都喜欢。"

给国师门下的赏赐，的确很不好挑选。晋王也沉吟了好一会儿才问她："你用的什么武器？"

这里不允许佩带武器进入，陈僖将她那一对儿分水刺由外间呈进来给晋王看。后者点了点头："凡器。"

分水刺虽然锋利，却不是修行者所用的法器。因此最后取了狌狌性命的不是冯妙君，而是苗奉先的手斧。这对精钢打造的分水刺，连那大妖怪的皮都扎不破。

晋王心里已有计较："既如此，我将'星天锥'赐给你。"

王令传下，星天锥很快呈上。冯妙君行了一个大礼，高声道："谢王上赐宝！"

只见托盘锦垫上躺着一对小巧武器，确与碎冰锥很像，把手呈深咖色，看起来有些陈旧，锥身如同放大了的钢针，与匕首等长。它并不现出普通钢剑的寒光闪闪，倒像涂满墨汁，在这明亮的书房中都不反一点光芒。锥身上，有两道细细的放血槽。除此之外，看不出什么特别了。

这时，外面又有大臣等着面谏王上，莫提准便带着冯妙君谢恩退下。

两人一边往宫外走，莫提准一边笑道："你今回占的便宜可真不小。"

冯妙君正在气恼晋王只用一对武器打发她，闻言抬头："这对星天锥很牛气吗？"看晋王那一副肉疼的模样，连金银珠宝都不舍得再赏她了。

莫提准摸了摸下巴："为师都想要。"

"不给。"她立刻将锥子往袖里一拢。说起来这比她原有的分水刺还要小巧，真是暗中夺人性命的凶器，除此之外她也看不出有什么特别之处。

莫提准也只是说说而已，哪会去抢这名义上徒儿的东西："这是史前传下来的仙人法器，至今都用灵石小心养护，即便是王室的宝库里也没有几件这样的宝贝。"

"史前吗！"冯妙君这才变了脸色，暗中抓紧星天锥，只觉入手并不冰冷，反而有几分热度。史前即是浩黎帝国建立之前，那时还未设朝纪年，人类和妖族里还有仙人，天魔也仍活跃在世界的舞台上。

"收取之后，你再慢慢体会星天锥的特别之处。"莫提准三言两语传了她炼收法器的窍门，而后道，"若非你今日立下大功，王上也不会赏下这样的宝物。"

"苗奉先的命，有这么值钱？"冯妙君斜睨他一眼，"苗奉先出使大晋，为的是？"其实她心里隐约猜到了。

"缔结盟议，顺便提请婚约。"莫提准道，"他若娶了晗月公主，峣晋两国关系更紧密，我大晋也要帮着他们一起抵御魏国进犯。"

她终于恍然："难怪云嵂派人追杀苗奉先，原来是要阻止峣晋结盟。"

峣魏向来不对付，偏又接壤，如果峣国与晋国结盟，邻居的确要寝食难安了。无怪乎云嵂派人千里索命，原是要将这威胁扼杀在萌芽状态。

好嘛，她无意中坏了云嵂的大事，也坏了魏国的大势，恐怕今后要遭人惦记了。

冯妙君捂脸道："云大国师的好事被我搅黄了，他恨死我了吧？"云嵂这番算计本是很成功的，苗奉先都奄奄一息了，结果斜刺里杀出一个她。

"那是当然。"莫提准大笑，轻轻拍了拍她的肩膀，"此人睚眦必报，弄清原委后必然要留意你。"

冯妙君的小脸顿时苦得可以滴下水来。莫提准心里一动，忽然想起三年前她随自己返回晋都时，也曾和云嵂有一段暗中的纠葛。那时候，她就表现出了对云嵂的惧意。

他故意道："莫怕，你好好待在晋都自有我护着你，他的手可伸不到这么长！"

冯妙君用力点头。这会儿，也只有同为国师的莫提准能带给她些许安全感。她仰头去看这大汉，认认真真道："国师大人，您可愿收我为徒？现今我已可以修行了。"

莫提准一怔，笑了："晋都之中，谁不知道你是我三徒弟？"

冯妙君摇头："我是说，真正拜入您门下，三跪九拜，有师徒之实。"

莫提准沉吟不语。

实话实说，这孩子机变灵慧，难得的是还有毅力、有韧性，决不流于浮巧，各方面都很合他的胃口。如若收她为徒，她甚至有继承国师之位的潜力。

莫提准的确意动，却只有短短一瞬。

她不是晋人。

非但不是晋人，甚至还是安夏公主。他莫提准怎能收异国公主为徒？

冯妙君翘首以盼却等不来答案，星眸中的光渐渐黯淡。她忽然道："如果说，这是我提请的第二个条件呢？"她当年救莫提准时，曾要求他答应她两个请求。

第一个请求是助她自由进出烟海楼看书，这一点已经办到。所以，还剩一个要求。

莫提准心中斟酌，低声道："最好不要。"

这四字说完，他就见到冯妙君露出了落寞之色。他下意识想出声安慰，但还是忍住了，轻轻道："在我门下，你只能一辈子当个庶民。何不再觅良机，将来未必不能出将入相？"

他拒绝了。冯妙君心中确是失望已极。

她这样问，就是想知道莫提准是否能真心实意接纳她到自己门下，她可以抛却曾经的身份，成为一名普通的修行者，在晋国好好生活下去。毕竟她是真的喜欢古老而美丽的采星城。

但既然莫提准拒绝了……

冯妙君当即收起情绪，扬起一个绝美的笑容："好吧，不能便不能，也没甚大不了。"

走到宫门外时，她向莫提准作别，爬上了自家马车。蹄声嘚嘚，不久就消失在宫门之外。

莫提准没有动弹。他在石阶上负手而立，望着路面的扬尘出神。好一会儿，心中那点唏嘘和怅然化作一声叹息，袅袅散在空中。

这一场交谈，他没有透露给晋王知道。

回到住所后，冯妙君取出新到手的宝贝星天锥，咬破食指，把血滴在锥柄的木柄上。那里有个很小很小的凹槽，血珠刚落进去就被吸干了，了无痕迹。

如此反复，一共九滴。

莫提准说过，国师想收取星天锥只要一滴心头血，但她功力浅薄，至少要如此施为九天，宝物方能被她收服。

每滴血都以灵力催动，念动口诀，把稳心神，积极与器灵沟通，争取让它早日认主。

果然，收功时一股亲切而温和的悸动从星天锥的木柄流入她心中。不须任何言语，她就明白这把仙人用过的法器已经甘愿认她为主，因为它传递过来的波动虽然不能称之为感情，但是孺慕、顺服，甚至有些雀跃。那是沉寂了漫长岁月后，重新找到主人的欢喜。

冯妙君大喜，将它抱在怀里半天都不松手。现在这锥子再锋利也刺不伤她了，握在手里的感觉与先前已经完全不同。星天锥认主之后就能被收入主人身体当中，以灵气滋养自身。主人愈强，它也会愈强。

与此同时，她也感知到星天锥的特性。比人间的凡剑锋锐百倍，这是最起码的要求。它还自带"身轻如燕"的特性，能使主人的行动速度提高两成。

除此之外，星天锥在刺伤敌人后会施放一个"吸骨敲髓"的诅咒，将对方的生命力源源不绝抽送给持有者，效果可以持续一刻钟左右。

冯妙君扬了扬眉，暗道这诅咒真是邪门得很，此长彼消之下，对敌人是双重打压。

想到这里，炼化法器带来的兴奋感也慢慢消退，疲乏则铺天盖地扑来。

冯妙君翻了个身，睡着了。

几千里外，有个人冷不防打了个寒噤。边上侍者小声道："您受凉了？"

他摆了摆手，神情变幻莫测。

半个月后。

此时刚刚入秋，夏暑未褪，冯妙君虽然修出寒暑不侵的本事，也还是着人备了热水，滴两滴椰油，这才舒舒服服地泡上半个时辰解乏。风从园中穿窗而入，带进栀子花的清香，醺得她昏昏欲睡。

待冯妙君换过衣裳，已到午后，正想甜甜地睡个午觉，下人来报：有客到。

看过了拜帖，她只说了一个字："请。"

来客是苗奉先。

冯妙君将他请进了园中的水榭，这里鸟语花香，水声潺潺，但是有柱无壁，四面兜风，任谁都能一眼看到榭中人。

苗奉先面色已现红润，今日一袭白衣，外罩湖蓝纹金比甲，尽显男儿英朗。被追杀当天有多落魄，他今日就有多光彩。冯妙君看着他道："殿下的伤，看来是大好了。"二王子体质过人，气血旺盛。那样的致命伤放在旁人身上怕不得精养上两个月，他这还不到二十天就开始四处蹦跶了。

苗奉先苦笑道："想见你可真不容易。"他醒来以后就记着冯妙君，抓了几个宫人来问都不知所以然。后来晋王亲自探望，才说出那一晚马车里的姑娘是国师的三弟子。

苗奉先回头看了侍卫一眼，后者小心将手中礼物呈到桌上。

"苗奉先谢过冯小姐救命之恩，区区谢礼，不成敬意。"

"客气了。"她真的只是客套一声，也不推辞，"我就好奇，这一趟怎么由殿下亲任来使？"

苗奉先挠了挠后脑勺，面现赧然："盟约重要，有些条文还待商榷。此外，我也想见一见未婚妻。"

冯妙君笑了："殿下可见过晗月公主了？"

"见过。"约莫三天前，晋王安排他与晗月公主见面。晗月公主的确长得美，无论容貌风范，堪为王妃。娶回去，峣王室必然满意。可是苗奉先看着她的时候，脑海总会浮现马车里那惊艳一瞥，甚至她还与他共过患难。

现在这人就与他隔桌而坐，眉目如画，娴婷静雅，又有豆蔻少女所不具备的从容自适，仿佛那一夜灯下的娇媚婉转只是他的错觉。

冯妙君等了会儿，不见他的下文，便问道："盟约已经谈好？"

"是。"苗奉先肃容道，"此间事了，我三日后就会回国。"

她很好奇："那殿下与晗月公主的婚约？"

苗奉先犹豫一下才道："日子已经选好，十一月廿七在我国完婚。"

还有三个月。并且送亲队伍走起来可比寻常商旅要慢得多，估计路途上都得花掉近二十来天。冯妙君开始盘算，要送晗月什么礼物才好。经过雅集遇险一事之后，晗月公主待她亲近了不少，两人又年纪相仿，自然而然成了朋友。她在这里朋友不多，晗月公主又是远嫁，短期内可能再也见不着了，所以礼物自要精心准备。

苗奉先看着对面的人，那双丹凤眼，心头一热，干脆把话敞亮说开："不知奉先是否有幸，一同迎娶冯小姐？"

冯妙君这回真是猝不及防："啊？"

只听苗奉先一字也不停顿："只要冯姑娘点头，你这里同是明媒正娶，不输晗月公主半点。今后我当尽全力护持你的安全。当日之惊险，只要苗某还有一口气在，必不再现。"

这人说话突然利索起来，竹筒倒豆子一般，倒将她弄蒙了："你为什么突然要娶我，就因为救命之恩？"

"我喜欢你。"苗奉先深深凝视着她，"我们峣国人不喜弯弯绕绕，救命之恩只是锦上添花。"

"哦。"冯妙君点了点头。这年轻的男人还以为她首肯，正要大喜，却听她道："我不嫁你。"

他脸上的笑容都僵住了："为、为何？是因为晗月公主？"

"你为何喜欢我，我就为何不嫁你。"冯妙君慢慢理出头绪，重新笑得从容，"我的姻缘自主，只嫁给喜欢的人。抱歉，我不喜欢你。"

说完，见苗奉先一张俊脸上露出急迫之色，显然不想放弃，只好接着道："妙君于你无意，殿下若还记得我的救命之恩，此话今后再不要提。"她站起来，"公主大方爽朗，值得殿下善待。"

苗奉先细看她眼眸，果然其中只有一片清冷，对他半丝情意也无。他不由得沮丧，站了起来道："冯小姐也该休憩了，我不再打扰。你若改了主意，无论何时，我都欢喜以待。"不想听她再说决绝的话，道一声告辞就转身离去。

可是行到园口，他忽然站定，沉声道："你救过我，就要留心魏人。"

言罢，大步行出。

冯妙君纤指点了点石桌："撤了，换茉莉香片。"

自有婢女上来，换过热气腾腾的新茶，满榭清香。

冯妙君吹散茶上热气，轻轻啜了一口。

算一算时间，魏国也该接到黄秋纬的死讯了。麾下大将被杀，云嵂又会做何反应呢？

冯妙君轻轻叹了口气。这一回，她在明处了。

她料得不错，这一天下午，消息传到峣国渠关。

云嵂正在闭目养神，他的心腹陆茗轻手轻脚走了进来。

云嵂头也不抬："消息呢？"

陆茗敛神答道："苗奉先重伤未死，我们的行动失败了。峣国已经拉拢晋国共同对付我们，晋王近期还要将晗月公主嫁给苗奉先。"

云嵂缓缓睁眼："黄秋纬何在？"如若失败，狌狌就该来找他请罪。他了解这头妖怪的脾性，决不会不告而别。

陆茗顿了顿，还是鼓起勇气道："行动中身死，现在峣晋两国都知道是您出手了。"挥手招进来两个人，见了云嵂长跪不起，"黄大人带了七个人去，只有这两个活着回来。"

云嵂皱起眉头："黄秋纬是死在莫提准手中？"

"莫国师没有露面，是他的三弟子冯妙君路过出手，救下苗奉先，也……"陆茗润了润嗓子，"也杀了黄大人。"

云嵂终于面现异色："莫提准的三弟子？"

"是个小姑娘，今年才十五岁。"陆茗示意身边跪着的那两人。

这两人将追击苗奉先的经过说了，也没漏过最后黄秋纬反被苗、冯二人捕杀的过程。云嵂沉吟了好一会儿才道："莫提准三年半前才换了个徒弟，现在她就能反杀狌狌了？"

有点意思。

陆茗继续道："据情报，她是甜水城人，三年前莫提准的三弟子暴毙，莫国师就收她为徒，带入采星城。"

他伸出修长的手指轻敲桌面，陆茗不敢打扰。只听他喃喃道："冯妙君，这名字有些耳熟，似乎在哪里听说过。"

这话，陆茗自然没办法接。

冯妙君这几年在晋都深居简出，实在没什么存在感，因此关于她的情报也是不多。云嵂思忖片刻还是没有头绪，只得暂时放到一边。

陆茗趁机道："这消息至多再有几天就会传到魏都，您有何打算？"

"打算什么？"云嵂摸着下巴，漫不经心道，"回去吧。"他们要的东西已经拿到了，何不见好就收？

他家主人还是这样任性啊。陆茗苦着脸应了声"是"，又问他道："回去的路线，仍是过甜水入关，再取道聚萍乡吗？"

"暂留一万兵力在边关，以防峣国报复，聚萍乡驻军退守二线，其他各军返回原区……"说到这里，云嵂突然顿住，脑海里有灵光一闪。

聚萍乡？

是了，他先前总觉得"冯妙君"这名字似曾相识，原来是在聚萍乡！

记忆的阀门一旦启动，他脑海中走马灯一般闪过了好几幕场景，升龙潭、淄县县衙、回魂的王婆、聚萍乡土堤上的传送阵法，还有当时他觉出的不对劲……莫提准！

云嵂蓦地睁眼，眸中有冷光一闪。

他想起来了，莫提准在聚萍乡设搬山阵，原是为了趁着鳌鱼升龙之时劫取龙珠，结果没赶上时辰，被他抢了头筹。

难道采星城的冯妙君就是当年莫提准从聚萍乡带走的那个小姑娘？莫提准此举何意，当真只是动了爱才之念？当时那女娃看起来也没甚特别之处，当地小商户独女，父亡母守寡，在淄县衙门里见他还畏首畏尾，连头都不敢抬。

唔，等一下。当年那桩凶案的犯人竟敢当街拦下萧衍的马车告状，由头是——安夏余孽！

云嶂在屋内来回走动几步，总觉得有个念头呼之欲出，可要细究却又无从下手。

他一定有所遗漏。理论上，应该有一条线索能串起这全部事件。

他已经很久没有这样猛烈的心血来潮了，似乎弄清这件事，就能解开一个大秘密，并且这秘密还与他有关。何况，他丹田里还有那么个麻烦在。

如果他找不出线索，那就只有去找——

云嶂停下脚步，转头对陆茗道："撤回魏境以后，我要离开。有人问起，你就说我闭关了。"

"您要去哪儿？"

"散散心。"云嶂笑起来如春风拂岸，在陆茗眼里却充满了狡诈，"这些天忙累不堪，你也知道的，我身子不好，需要时常休憩养神。"

陆茗只能应了声"是"。

苗奉先离开采星城以后，晗月公主来找过冯妙君。

现在正是比拳头还大的蜜桃上市的季节。晗月公主啃着一个咸水桃子问她："他找你作甚？"她不知不觉吃光了一个，正伸手去摸第二个。

冯妙君在她小手上轻轻一拍："这个吃完就不用午饭啦，我家的厨子会感谢你的。"而后将苗奉先的来意说了，没有一字虚言。

这种事儿，坦荡些的好，晗月公主要是因此而怪罪她，她也无法。

果然晗月公主听完呆滞半天，连桃子都丢在了一边，伸手指着她道："你、你……"

冯妙君等着。

"你平时看着挺精明的，为什么突然犯傻！"公主痛心疾首，"这么好的机会，你为何要拒绝！"

"我……为何要拒绝？"这回呆滞的换成冯妙君了。

"是呀，你为何拒绝！"晗月公主气得花容变色，"我千山万水远嫁峤国，连能说话的人都没有。和你玩耍，比起他身边那些女人要好上千倍万倍啊！"

冯妙君不由得失笑。原来晗月公主打的是这个主意，她摇头道："好不容易得了个姻缘自主，我日后可要瞪大了眼，好好挑个自己喜欢的。"

这句话正中晗月公主的要害，让她顿时垮下了脸。好在冯妙君紧接着道："不过，好朋友的婚礼，我很想参加。"

晗月公主的美眸顿时亮了："你陪我去？"

冯妙君欣然点头："只要王上同意，我就陪你同去。"

此去路途迢迢，有好友相伴，能稍解离乡之苦。这么想着，晗月公主再等不得了，一翻身就下了榻："我这就进宫去找父王。"

冯妙君算了算时辰："此时廷议还未结束吧？"公主刚出了她家就去找晋王，晋王能不知道是她怂恿的？

晗月公主一想也是："父王今日下午还有事……罢了，明天再去。"她吃了两个硕大无比的桃子，果然就把胃哄饱了，什么美味珍馐也吃不下，只得起身准备回宫。

冯妙君去送她，顺便提醒了一句："若想我能同去，公主切记，只说这是您的主意，是您非要拖上我不可。"

晋王同意冯妙君与晗月公主同行的消息，是由莫提准带回来给冯妙君的。

莫大国师用审视的目光看她良久，不置可否，最后只道："我的大弟子铁心宁今次也会陪护公主前往峣国，观礼后他会送你回来。"

冯妙君明白，这是晋王的命令。她名义上是国师的弟子，那么就由她的"师兄"来护送她往返，最好不过。

去峣的日子确定下来，她留在晋都的时间就开启了倒计时。冯妙君一天都不浪费，鸡鸣时分必定坐上前往小孤山的马车。

她必须在离开之前，把看中的书都尽可能背下来，远行途中再慢慢参悟。这任务实在艰巨，幸好她如今以神念阅览，看书背念的时间比原本缩短了至少三分之二。

天下大道，殊途同归，她想或许等她修为更深厚、境界更高明、眼界更开阔之时，就可以找到解除与云崱之间牵连的方法。

她的念头刚刚闪过，外头忽然传来砰砰几下，而后似有重物落地，惨叫响起。给她拉车的马儿也发出了聿聿长嘶，声音中充满了恐惧。

冯妙君心神一动，星天锥就从她掌心浮现出来。是魏国还是云崱派人来报复她？

她娇躯一扭即从小窗中钻出去，动作灵巧如水中游鱼。再一闪，就趴在了车厢顶上。举目四顾，视线再无遮挡。

她居然看到一群恶狼追着自己的马车！

群狼数量多达百只，毛色、胖瘦、大小不尽相同，但瞪过来的眼睛里都冒着绿莹莹的光，好像她是香浓味美小点心。

冯妙君重金购买的好马跑得比狼快，这会儿马车走在小孤山下方一条崎岖的山路上，有两头大狼就从左上方的林子里钻出，从上往下直扑车辕。

坐在副驾的陈大昌拔剑，将其中一头直接斩首，另一头爪子才拍到木头上，车厢就散发出淡淡青光，忽然将它弹开，是防御阵法应激开启了。

此时又有几头狼扑上来，试图去咬马腿和马腹，骏马惊嘶两声，带得车厢走歪，于是后头的狼奋不顾身地往车上跳，下半身被车轮卷入绞得血肉模糊也绝不松爪。

车厢虽有阵法保护，拉车的马儿却没有。大车要是被带歪，很容易便倾覆到山谷下。冯妙君皱眉，一抖手甩出星天锥，将伸嘴去咬马腹的灰狼打了个对眼穿才道："这些狼是人为聚起的。"

"未必是人。"马夫突然开了口，拿鞭子打了个呼哨，把凑近的狼卷起来丢进了山谷里。那动作轻松自在得像是从餐盘里夹菜。

说完抬起头，露出一张沾染了风霜、平凡无奇的脸，而后温和一笑："冯妙君，你该喊我——师兄。"

冯妙君咦了一声："大师兄？"

连她在内，莫提准名义上的徒儿只有三个，二弟子许凤年她已经见过了，那么眼前这位"师兄"只可能是铁心宁。

"是我。"

她长舒一口气。莫提准指派大弟子铁心宁护送她往返峣国，可她没想到这位大师兄不显山不露水，居然跑来给她当车夫。

"待会儿再跟您寒暄，大师兄……"冯妙君眨巴着眼，"我不想喂狼！"

车行狼嗥以外，远处还有一种声音格外刺耳，仿若尖笑。

铁心宁咧嘴一笑："好，你等着。"说完拍了拍陈大昌的肩膀，把缰绳递给了他，"你来驾车。"

他跃到车厢顶上站直，显出颀长有力的身形。恰有一片半黄的阔叶飘落车顶，被他接在手里一晃。淡淡青光中，叶片赫然变作了一把长弓！

"射狼先射王。"冯妙君瞪大眼睛去挑，"哪几头是狼王呢？"

铁心宁沉声道："射它没用，这些狼都疯了。"

疯了？她低头瞧去，果然迫近马车的狼瞳孔放得很大，嘴角流出来的都是白沫，再想想它们不顾伤亡的飞扑……趋利避害是本能，就算是狼也绝不会这样胡来。

铁心宁忽然抬手一指："在那里了。"

顺着他手指方向看去，狼群后方果然远远吊着一个奇怪的身影。冯妙君运足目力才勉强看个大概。此物长相与狼相似，但尖嘴瘪腮，满眼狡黠，一双前腿很短。尖厉的笑声就是从它嘴里发出来的，每出一声，狼群就更加卖命奔跑。

陈大昌忽然道："那是狈！我听过狈的笑声。"

"这几头狈已经成精，才能驱使群狼不要命地来攻。"铁心宁说完，顺手从发髻上摘下一支木簪，迎风吹了口气就变作三尺长的箭支，而后弯弓、搭箭、瞄准。

两人离得近，她甚至能望见箭头上有劲风凝聚，如同暴雨前天幕上卷积的乌云，蓄势待发。嗖的一声，箭如流星射出。

那头大狼凑巧向外跳开一步躲避山石，哪知箭矢也跟着拐了个弯，直接射中了它背上的狈精！

左耳进、右耳出，尖厉的笑声猝然中止。

追逐马车的狼群中，有二十余只速度减慢下来，行止徘徊犹豫，最后停下脚步，不追了。

狈精一死，它们就恢复了自主意识，不愿再送死。

铁心宁依法施为，又射下三头狈精。他箭法神准，余下两头怪物见状惊惧不已，尖啸了几声，群狼就抛下了马车，不再追咬。

前方就是山脚下的平原，冯妙君转头，见到余下的狼重新化作零散的几群，没入林中不见。

铁心宁一松手，长弓又变回了树叶，飘落在地。那支射出去后总会返回的长箭又变作不及三寸长的木簪，重新被他插回头上。

旷野幽静，车行辘辘，除了山路上留下几具狼尸狈尸，这里好似什么也没发生过。

冯妙君忽有所感，抬头望向山顶，发现那里伫着一个身影。

可惜夜色太暗，看不清楚。她再要定睛细瞧，人影已经不见了。

再不必早起赶赴烟海楼，冯妙君很想睡个懒觉，但她还是没能睡到自然醒，因为婢女急急忙忙来报：莫国师到！

莫提准的脸色阴沉，铁心宁跟在他身边也是一脸严肃。两人都没有耐心等她梳洗完毕。

莫提准劈头就道："烟海楼出事了。"

冯妙君险些跳了起来："怎么啦？"

"就在昨夜，魔物'膨胀'被人打得奄奄一息，我让心宁赶去看了。"

铁心宁接道："魔物周身有神火灼烧过的痕迹，皮肤溃烂不止，右前肢和左后腿折断，颅上也被开了一道狭长的口子，再深些就能把它的脑袋给切下来。"

冯妙君咬着舌头才没惊叫出声："它……还活着吧？"魔物死了，她也得和烟海楼道声永别。她还罗列了好几份书单没有找齐呢！

"活着，但情况不太乐观。"莫提准面沉如水，"它至少要休养个两三年，这段时间烟海楼都不能再开放。"

冯妙君不由得打了个冷战。

莫提准知道她反应过来了："魔物身皮坚韧，寻常手段伤之不得，否则天魔也不会将它派到战场上了。

"来人不仅出手狠辣，还很快捷。他和魔物的战斗并未持续很久。"

铁心宁补充道："因其自身特性，'膨胀'这种魔物的攻击力不算强，但耐力和生命力却很顽强。出手那人，强横无匹，至少……远远在我之上。"

冯妙君看看他，再看看莫提准："像这样击伤魔物，国师能办到吗？"

莫提准苦笑："能，但你也知道不是我下的手。"

冯妙君只觉背后蹿上来刺骨的寒意："不……不会是云嵂亲自来了吧！"

"八九不离十。"莫提准面色有两分奇异，"魔物还能说话，它告诉心宁，来人其实只拷问了它一个问题。"

冯妙君忽然有种不祥的预感。

莫提准一字一句道："冯妙君在烟海楼里，都做了什么，都看了哪些书？"

冯妙君面无表情，慢慢倒退两步，突然转身就往里走。

铁心宁一晃身挡在她面前："师妹去哪儿？"

"收拾行李。"她头也不回，"我要离开晋都！"

莫提准不满道："你这是认定我护不住你？"

"只有千日做贼，哪有千日防贼的道理？"冯妙君小脸苦得快要滴下水来，"老虎再厉害也有打盹儿的时候，我就怕您一打盹他就溜进来宰了我。"

"许久之前我就觉古怪，你为何怕云嵂怕到这个份上？"莫提准上下打量她，那眼神像是能把她扎成筛子，"原来他对你这般在意。"

他眼里写着"探究"二字："你遇见我时不过十一岁，怎么会和云嵂有瓜葛？除了……聚萍乡那段过往？"他不待冯妙君张口又道，"只因为你的真实身份吗？"

"我离开父母身边才九岁，能和他有什么关系？若不是因为我的身份，还能是什么原因呢？"她昂首直视莫提准，"莫大国师忘了吗，我在淄县还与他对簿公堂。他对我和颜悦色，事后也没找我麻烦，这便说明我本人与他没有任何纠葛。这一幕，不是您亲眼所见？"

莫提准目光闪动："那他现在为何亲自找你？"

她不满道："那人是不是云嵂还未可知吧？"

莫提准和铁心宁互视一眼，均沉吟不语。

冯妙君又道："退一步来说，就算真的是他，为什么过去三年都不找我，现在突然寻上门来？呵，还不就是因为狌狌被杀坏了他大计，所以才想杀我找回场子？"

这话也是有理。但云嵂是什么身份，杀鸡焉用牛刀？

冯妙君自然也想到这一点，无奈道："云嵂意欲何为，我又不是他，我怎么会知道！"

说不定他另有阴谋算计，只是拿我做个幌子。比如说，他的目标会不会是晋王呢？"

铁心宁当即道："不无可能。"

"他当我是摆设？"莫提准冷笑，微微摆手，"魏晋并不接壤，他此举何意？"

"怎不接壤？"冯妙君不以为然，"魏国吞并安夏之后，东南部不就毗邻大晋？"

说完，见莫提准不语，冯妙君摊开手，掌心托着那枚噬心蚁巢穴，对他道："三年前我对它发过誓，应答无一字虚假。莫大国师莫非忘了？"

"您对云嶂不也忌惮得很？否则，您怎不亲自问一问他的来意？"云嶂为何亲临采星城，这不仅是莫提准的疑问，也是她的。

莫提准望着她手里的蚁巢，神色变幻。好一会儿，才缓缓点头："也好。"

"也好"是什么意思？他要亲自会一会云嶂，还是他相信了她的说辞？

"接下来这段时日，你就待在宅邸里莫要出去。"莫提准沉吟道，"我会在你宅子里设置阵法，就算他变作苍蝇都飞不进来。"

"要待上多久？"

"直至云嶂离开为止。"

冯妙君一张小脸顿时垮了下来。换句话说就是遥遥无期，直到晋国抓到云嶂，或者确定他已经返回大魏为止。在那之前，她除了宅在家里练练功以外，哪里都不能去。那和被禁足有什么分别？

铁心宁忽然道："何不用替身？"

莫提准和冯妙君相视一眼："何解？"

"送亲队伍后天便要启程，师妹陪公主前往峣国的消息没几人知道。不若她按原计划随行，放个替身在此，必然出乎云嶂意料。倘若他真的抓着了师妹的替身，也不会削了您和王上的脸面，反而更方便您调度。"她冯妙君在莫提准眼皮底下被抓，是国师丢脸；可如果被抓走的只是个替身，反倒是云嶂中了莫提准的伎俩。

莫提准不由得有些意动。让冯妙君本尊金蝉脱壳，有利于他放开手脚抓捕云嶂，以报聚萍乡之仇。于是他点了点头。

第
六
章

崖
山
地
穴

晗月公主动身这一天，晴空万里。

盛大的仪式上，妆容胜仙的公主拜过上天，拜别了双亲。

吉时到，送亲队伍自南门缓缓而出，采星城百姓夹道欢送，盛况空前。

这支队伍有三千余人，除了晋王特拨的近卫军和三个成都大营以外，仪仗、后勤等各形各色人员也有一千来号，光是晋公主的妆奁就装满了一百六十九车整。

这样一支队伍，行进的速度当然不比骑兵来去如风。巳时出发，向西而行，到第二天的日落时分约莫走了一百二十里，正好就到一处小镇落脚。

这一路走的都是官道，又在晋国腹地，头一晚就披星戴月前行，第二天无论如何也要好生歇一歇了。

镇里住不下这么多人，所以队伍在镇外扎营，只有公主和高官进入镇里最好的客栈住下来，洗漱用饭，歇去车马劳顿。

这儿离采星城已经很远了，公主示意身边一个婢女单独去开个客房。

这婢女原是貌不惊人，可是半个时辰梳洗后走出来，一下子艳惊四座。

即便一身素裳，头上只戴银钗，也仍是娇若春菡，能令蓬壁也生辉。

正是冯妙君。

既已远离了晋都，她就可以褪去伪装。她要陪行峣国的安排，除了晋王、公主和莫提准师徒，以及少数宫人之外，几乎没有旁人知晓，暗中的敌人应该料不到她已经远在晋都百多里之外。

峣晋大婚，原本就是天大的喜事。

这一晚，公主抓着冯妙君在自己的住处剪烛夜谈，奴婢隔着门板还能听见里面传出来欢声笑语。于是隔日午时之前，许多人都知道晗月公主对冯妙君青睐有加。

第三日傍晚，并未找到合适的城邦寄宿。领行的都统干脆找到一处避风的山坳，要求全军驻扎下来，安营休整。

赶了四个晴天的路，晋都已经在三百多里之外。即便是乘千里良驹往回走，也非一日夜能到。再往西，就是延绵万里、巍峨挺拔的白象山脉了。

走到这里，无论是冯妙君还是铁心宁都放松了下来，尤其是后者接到晋都来讯：莫提准放在采星城的冯妙君替身，在送亲队伍离开两日后暴毙家中。

第五日，送嫁队伍抵达狼牙堡。

这地方是晋国进入白象山脉之前的最后一个城市，可称边塞，任何打算西进的队伍都会选择在这里做好充足的补给。

送嫁队伍在这里盘桓的时间最长，整整一个昼夜。侍卫打听过后，领晗月公主和冯妙君找到当地一家饭馆用餐。这馆子门面不是城里最大的，甚至位置还有点儿偏，但是门庭若市，大堂十一二张桌子都坐满了，再来客人只得坐到偏院去。

本地的吃食必定不如晋都精细讲究，但荞麦面条格外弹牙，浇头是炖得香烂的大块羊肉焖脆笋。呼噜一口，从深秋的郊野带进来的寒气就被驱得无影无踪。

最具特色的还是这里的馕饼烤肉，现烤现吃。饼子就贴在滚烫的铁桶里，有客人要，店家就抓一个出来剖口，往里面塞进烤得焦黄喷香的羊肉。本地羊都放养在河滩，以苦地苔为食，肉质格外细甜，咬一口就满嘴流油。

冯妙君忍不住多吃了两个，而后起身去了恭房。

恭房远在十余丈外、两排竹林之后。夜风劲凉，竹子早就掉光了叶片，只余光秃秃的枝干在风中摇摆，夜色中看起来如妖魔张牙舞爪。

冯妙君大步穿过竹林往回走，不经意间一低头，却发现地上有两条人影。

一条是自己的，另一条挨得很近，落后她半步而已！

这一惊真是非同小可，她心跳都漏了半拍。

冯妙君当即往前一个箭步，旋身的同时锥尖往前递出，一边高声喝道："谁！"

只问了半句，声音就卡住了。只因身后那一簇竹子旁边赫然摆着个破破烂烂的稻草人。

它与真人等大，头上缠着布巾，双臂自然张开，在夜风吹动下前后摇晃，乍一看它的影子还真像有人行走。

她神经绷太紧了，结果闹这么个乌龙。冯妙君下意识松了口气，而后又觉不对——此物的作用是驱赶雀鸟，可这里又不是稻谷场，谁会在竹林放个稻草人？

这念头还未转完，背心忽然一凉，像是有莫大凶险来临。冯妙君再不迟疑，放声呼救，同时飞快地往前逃窜。

可是她一步都还未迈出去，背后凭空伸出一只手，按在了她的咽喉上！

这只手很好看，骨节分明，修长如玉，看起来更适合抚琴而非扼人脖子。冯妙君却觉颈上传来的冰寒沁入骨髓，即刻将她咽肌都冻住了，那一声呼救就哑了火。

这只手上的力量大得惊人，生生将她提离地面，转了过来。

而后，她就望进了一双似笑非笑的桃花眼，那里闪动的眸光比月色还要温柔、还要动人。

冯妙君立刻僵住了，浑身肌肉无一丝能够动弹。

离得这样近了，她才发现他很高，比她高出一个头。他一身玄衣，微微垂首，在她耳边低语："冯妙君？"

这三个字从他口中说出来，简直就是最深沉的噩梦。她眼露惊惶，不顾自己咽喉被掐，疯狂摇头。

"幸会。"他似无所觉，自顾自道，"我叫云嵯，你还记得我吗？"声音柔和得像情人间的喁喁私语。

她又要摇头，不过这时竹林外传来了脚步声。有人来了。

云嵯笑道："我们换个地方说话。"伸手在她颈间一拽，将那条链子扯下来，扔到了稻草人身上。而后抓着她腾空而起，在林梢上两个起落，远远去了。

冯妙君耳边风声呼呼，眼前景致应接不暇，她无法判断此人速度。

不一会儿，云嵯停了下来，把她带入一间民房。

四壁简陋但屋里干净，桌上甚至还点着半截烛灯，可主人却不知去了哪里。

云嵯把她丢在桌边的木椅上，仍旧重复那个问题："还记得我吗？"

他制住她全身修为后，就放开了手。也不晓得他施了什么邪法，她依旧动弹不得，咽部倒是松快了。

转不动脑袋，她只能低声道："记得，我们在聚萍乡见过。"他既能直呼她的姓名，又提出这种问题，那就是记起她了。她再否认，不过是多吃苦头。

云嵯点了点头，伸手在她脸上摸索，又在四周轻捏两下。

结果令他满意。看来，这应该是冯妙君本尊无误，不再是替身了。

"听说，是你杀了我的手下黄秋纬？"

她很没义气地供认道："是苗奉先杀的，我、我只是辅助。"替狴狳脑瓜子开瓢的手斧是苗奉先的。

"他本来必死，你改变了战局。"云嵯深深望进她的眼底，"我的人只回来几个，他们说，你丢出一块巨石，狴狳偏又狂性大发，这才被苗奉先捡了便宜。"

她茫然道："我不知道妖怪为什么发狂。"

"三年前，鲨妖受李元装指使来袭击你，结果被你打碎了颅骨。"云嵯一字一句，"再算上力举千斤巨石，以你的修为，要如何才能办到这两件事？"

他眼底有抑不住的寒光闪动。

自己丹田里出现的两次灵力异常，算起来或许都与冯妙君有关系。并且他不会忘记，自己初遇冯妙君是在聚萍乡，那件事里搅进了鳌鱼，搅进了莫提准。

他的直觉一向如野兽般精准。这个小姑娘身上到底藏着什么秘密？

冯妙君张着小嘴，好半天才费力道："那不是我自己的力量，师……师父曾给我救命的法器，关键时刻能用出巨力。"

"原来是这样。"云嵝恍然。

冯妙君从他脸上看不出信与不信，可是他笑眯眯的眼底没有半点温度，她不禁打了个寒噤。

云嵝忽然伸出两指，按在她的脉搏上，灵力由此侵入，顺着经脉往她丹田里钻去！

就见冯妙君漂亮的脸蛋因痛苦扭曲，一会儿面红如火、汗珠滚滚，一会儿眉挂冰霜、呵气成冰。而后，她"噗"的吐出一口鲜血。血落到桌面上，先是结成了薄霜，而后忽然无火自燃！

云嵝却失望地叹了口气。这女子的灵力，与他既不同源，也不相容。

难道，与他共享灵力的那人真不是她？

"还有最后一个问题。"他轻抿薄唇，眼中难得流露两分不甘，"昔年在淄县衙门，我问过你什么来着？"

冯妙君咽了一下口水。这人太多疑，摸过她的脸之后还是不死心，还要确认她的身份。

"嗯？"他只追问这一个字，千回百转里藏着无限杀意。

"你、你问我……"她抖得语不成声，"推倒王婆以后还去了哪里？"

那双桃花眼微微眯起："你的回答？"

"我说，我在外面逛了一圈就回庄了。"

话音刚落，屋外忽然灯火通明。亮光照起来，把云嵝的眸子映得几乎透明。

然后，有一个屋中两人都很熟悉的声音大笑道："云嵝，这回我看你往哪里逃！快出来，三年前的架还没打完！"

是莫提准！

救星到了，冯妙君面上终难掩狂喜之色。

云嵝却好像没听见。他坐直身子，长长叹出一口气，失望之情溢于言表："看来，我要找的人不是你。"言下竟有三分寂寥。

冯妙君还未来得及松口气，云嵝就扣住了她纤细的脖颈，微一用力。

"咔嚓"一声，脖子断了。

冯妙君难以置信地瞪着他，张了张嘴似是有话想说，可是眼中神光渐渐黯淡，最终什么也说不出口。

云嵫拍了拍手，轻轻替她合上了双眼。

就算她不是他要找的人，可是狴狴的仇还是要报。

他在她天灵盖上一拍，就有一股淡青色的烟气从她七窍涌出，还未聚合起来就被他抓在手里。紧接着，他掌心冒出一小簇红色火焰。青烟接触火焰，顿时发出了尖锐的啸声，像是痛苦难当。

杀人灭魂！

这时民居的木门突然碎成百片，和它们一起冲进来的，是莫提准。

可是他冲进来时，屋子里竟没有活人，尽管门窗紧闭。

他居然扑了个空。

正中央那张木桌已经被挪到旁边，露出地面上绘制的一个血红色的阵法。

铁心宁也自外面奔了进来，顾盼两下望见阵法，不由得失声道："这，这是小搬山阵！"

莫提准面色难看，只说了三个字"石之血"，一闪身就不见了。

桌子还在燃烧。铁心宁转头，望见青衣姑娘躺在地上，双目闭起。火光将她的脸色映红，若非她的脖子呈现奇怪的角度，看起来就像陷入了沉睡。

室内卷进一阵风，莫提准又回来了，摇头道："没人见到过他。"这周围布下了天罗地网，还有莫提准亲设的阵法。云嵫若是从屋内逃出，尽管晋人不一定拦得下他，但总能看见他的身影。

然而，并没有。

可见此人的确通过小搬山阵逃走了。

莫提准嘘了口气，满肚子的恼火："这人生性乖张，行事却谨慎。"

铁心宁却看着冯妙君的尸首笑道："他没赢，我们也不算输。"

这时桌上的火焰已经吞噬窗布，引燃了堆在墙角的杂物。明亮的火光中，两人都望见"冯妙君"的面庞正在发生改变。挺翘的鼻子微塌下去一点，眼睛也变长一点，下颌收圆……不出几息，她居然变了一张脸，根本不是冯妙君。

紧接着，从她口中钻出一只透明的、圆头圆脑的小虫，它滚落下来，正好掉在莫提准掌心，于是缩成一丸小球，再也不动了。

莫提准惋惜道："功败垂成。"将这东西收了起来。

此物名为易形蛊，经驯养后可以由人吃下。它会入驻膏肓之间，帮助宿主改换容貌。

它与易容术不同，不流于表面，可以重塑面部的骨骼与肌肉。从这角度来说，这张脸就是真的，不似易容药物可以被剥除。

莫提准来得快，云嵫溜得也早，没看到"冯妙君"死后的变化，否则就会知道他杀错了人。

铁心宁不无艳羡道："两年前，博合城也发卖了一对易形蛊。我赶去时，已经被人拍走了。"这东西很稀有，多的是人要。就是莫提准手里这几只，也是送亲队伍出发前晋王的特赏。

莫提准冲着火的木窗吹了口气。这一下不啻火上浇油，火舌呼啦一下蹿起半天高。

两人这才走出去。再回头去看，木屋已经烧掉一半。

附近的客人闻声过来看热闹，晗月公主站在远处眺望两眼，反倒是转身走了。

回到大营，公主身边又有一个婢女走去了铁心宁的住处，对坐在主位上的莫提准行了个礼，声音清脆："多谢大国师援手。"抬袖挡在眼前。再放下手，那张脸就变作了娇柔灵妩，是沉鱼落雁一般的容貌。

她伸手，掌中蜷着一只小小的易形蛊。莫提准却摆手不接："经此一事，云嵂应该不会再来了。但为安全起见，你再多扮演几日。我这就回去，你好自为之。"说罢，自去向公主辞行。

走了几百里没抓着云嵂的现行，只给这小丫头解了燃眉之危，他心里憋气得很。可是走出去的时候，他心里只剩凛然。

浩黎帝国建立之前，就有许多阵法失传，小搬山阵即是其中之一。莫提准是机缘巧合才得了远古仙人的传承，却不想云嵂居然也会布这个阵法。

其他四国的国师，他都打过交道，即便强大也能让他心中有数，只有云嵂，他始终看不透深浅。两人的底牌越掏越多，都兜不到底。

冯妙君却是真心实意地谢他。

这一场围捕，两位国师各显神通，只便宜了她这个渔翁。

从现在开始，她又能隐身于暗处，不再被他注意。只要莫提准的"三徒弟"别再活过来就行。

……

经过了这么杀机暗藏的一晚，她以为自己会辗转难眠。

然而，并没有。

这居然是旅途开始之后她睡得最香最沉的三个时辰，从头到尾连个梦都没做过。

或许是因为一直以来潜藏的危机终于过去了。

昨晚观星使者就说今日是大晴天，所以众人起得比鸡早，开始收整拾掇，半个时辰后就开拔出发。

冯妙君收拾妥当走出去，却看见两位婢女立在一驾马车前，面上有焦急之色。

这驾车她也认得，当下走过去道："怎么啦？"

"上头已经下令前进，我们来确认贵人们都已上车。"婢女道，"我们往返两回，车上这位怎么敲门都不应呢。"

冯妙君冲着不远处努了努嘴："瞧，那不是来了？"

原来正说话间，铁心宁大步奔了过来。他还是昨晚那一袭青袍，却有多处褶皱，手里还提溜个硕大的酒葫芦。他奔回马车边，目光往周边一扫，爬上车后砰的一声闭紧了车门。

时下已入深秋，本不是取道白象山脉的最好时机，怎奈两国急着结盟，再说白象山深处也有特异之处，送亲队伍才敢从这里经过。

越往山区走，森林越来越茂密，也越来越安静，最后没了人烟，四周只有单调的黑白两色——前不久才下过雪，地面松软的积雪能埋没马蹄。

这时候，众人就用摩隆多巨兽打头阵开路，它们的足底很宽平，所过之处浮雪被掠走，露出了黑色的岩底，马和骡子可以轻松踏行。

这种巨兽其实没有想象中那么笨拙。它们生下来就有"轻身"的天赋，空气对它们产生的浮力就如水对鱼儿，有强大的托举作用。否则这样庞大的血肉之躯走起来对四足都是沉重负担，更莫说跋山涉水了。也正因如此，摩隆多就算一脚踏空都不会摔倒，还能从容检查出脚下的断岩和陷阱。

冯妙君坐在骡车中，能觉出队伍总体上是沿着山路往上而行，海拔越来越高，气温越来越低，到最后呵气成冰，边上的奴婢们都冻得脸色发青，双手直搓。

这一天，人人都精疲力竭也才走了四十里山路。还没到太阳下山，都统就下令进驻一处背风的山谷，扎好营寨后开始埋锅造饭。山里不同于外头，天黑以后危险重重，决不可贪功冒进，营地周围设置了行军用的大型阵法，有警戒和初步御敌之用，同时出动了明暗哨兵，爬到附近的山头上站岗放哨。

时人一天要吃早午两餐，不过这几天晌午都用来登山了，第二餐一般延到傍晚。才安顿妥当，晗月公主就招过冯妙君道："桃子，往后铁先生的起居就由你服侍。"

没错，她自走进这支队伍起就伪装作晗月公主身边的侍女桃子，自然就要履行侍女的职责。

此时已然走近白象山脉腹地，空气越发寒冷，天上又开始飘雪，入夜之后滴水成冰，谁也不愿在帐外站着。众人白天走得疲惫不堪，回帐之后倒头就睡，冯妙君也不例外。

她现在既然是"桃子"，也就和其他侍女睡在一起，没能享受特权，以免旁人生疑。晗月公主对这一点尤其坚持，冯妙君很确定她那时脸上憋着坏笑。

出门在外，奴婢都集中睡在几个大帐里，二三十人同帐。莫看白天个个立在主人身边都是衣鬓整齐的小仙女，一到卸了妆睡觉，磨牙、打呼、梦游，什么模样的都有。

次日晨起，婢女银杏就凑了过来，一脸神秘："昨晚闹鬼了。"

大活人最怕的就是这个，何况大伙儿身处莽荒当中，这种雪崩圣地每年不知道要夺走多少人的性命，有那么千八百个孤魂野鬼岂非再正常不过？

有侍女赶忙问究竟。银杏压低了声量："昨个半夜睡得迷糊，结果一睁眼望见那地方站着个黑影。"

冯妙君顺着她手指的方向看去，心里也有点儿发毛。只因银杏正好指向了她昨日睡的通铺方向！

"什么样的？"

"黑乎乎一团。"

"没高矮胖瘦？长獠牙了吗？"旁人气结，看不清形状你跟我们说个槌子？

银杏接着又道："那动作很像伏在床头，吸人精气！我当时害怕，闭了闭眼，再睁开就没见着它了。"

冯妙君心里一动："你觉得，它在吸谁的精气？"

银杏看看她，再看看她边上的侍女李子："你俩挨得近，都有可能。"

李子吓得脸色发白，冯妙君暗自运气感受一番，好像并没甚不妥之处，就连精力也是旺盛的。

方才她还多吃了一个馒头呢。

如果真有东西潜入，无论是人是鬼，外头那许多守卫怎会视而不见？再说，大营周围的阵法难道是摆设？

多半还是银杏睡糊涂了。

第二日，平安无事。

有时峰回路转，冯妙君能眺望到山谷和矮坡上的雪兔、岩羊和白豹，还有许多样貌古怪的生物。其中有一种集群行动，体形比寻常狗熊还大，皮毛棕色，尾长嘴尖，看到人类时小眼泛绿光，显然平时的菜单里是有这些两足动物的。但送亲队伍庞大，有精兵悍将护着，一看就不是好惹的。

这天夜里，都统没再下令找避风处扎营，只因前面就是白象山脉久负盛名的奇景之一——崖山地穴。

前面就是地穴的入口。

队伍一路下坡，首先走入一个形状古怪的巨大地穴，仰头看，壁顶呈拱形向上凸起，千疮百孔，阳光自上面的孔洞照进来，落下斑驳交错的阴影。

地面很干净。大清早刚下过一场大雪，洞里却不见半点残雪的影子，地面铺着暗绿而浓密的苔藓，格外干净——进入雪山之后，她这还是头一次看见绿色。

无数冰挂自上方的孔洞边缘垂悬下来，密者如瀑布，细者如柳枝，晶莹剔透。阳光照耀着，在洞壁上散射出七彩的虹光。

队伍中多数人初入此地，赞叹声此起彼伏，不绝于耳。冯妙君第一眼惊艳过后，就抬头往上看，只见十余丈高处的孔洞上其实蒙着无数层细纱，雪被纱挡在洞外，待太阳升起后被晒化成水，结果没滴到洞底就重新结成了冰，这才形成了一道又一道的冰挂奇观。

并且受这细纱影响，风雪吹不进来，洞底的温度只有零下几度，和外头的冰天雪地相比可以算作身在天堂了。

这个地方怎么会有纱？她盯看几眼，蓦然发现细纱上面有灰褐色的影子晃动，可惜在层层叠叠之上，看不清楚。

"那是雪洞蛛妖。"铁心宁的声音忽然在耳边响起。

她一转头，望见大师兄不知何时站在自己身后，离她不过一拳的距离。这一段路是大下坡，无人可以乘在车马上，都得下来步行。

铁心宁指了指洞顶上方的孔洞道："蛛妖将这些窟窿都用蛛丝织网封住，改善地穴的环境。每一个孔洞都封了三百多层蛛网，风雪进不来，但阳光和空气通行无碍。"

"三百多层！"她忍不住咋舌，这些蛛妖的丝线不知得轻薄成什么样儿，"比普通蛛丝还细？"

"对，仅有普通蛛丝十分之一粗细，强韧度却超过百倍，是修行者制作法器的好材料。"因此无论外头风雪多么猛烈，都吹不断这数百层蛛网。等到晴天到来，蛛妖还会出来修补大网，就如冯妙君抬头所见。

她喃喃道："我们这是到了蜘蛛巢穴了。"

能让蛛妖费这么大力气维护的，当然只有自己的老巢。冯妙君事先做过功课，知道这整座崖山内部中空，就是一个庞大的蛛妖巢穴！

当然，这支队伍里绝大多数人都清楚这一点，却还是走进来了，只因众人都相信这条路很安全。

借助孔洞照进来的光，队伍花了一刻钟时间终于走到底。从这里开始进入崖山腹地，天光不再，但是壁上种着珠光草，这种小草生长在黑暗环境中，只需要一点点水土就能提供持续的照明，虽然不太明亮，但足以照清脚下的路。先头部队走到第一株珠光草旁边，头顶上即垂下一根丝线，线上吊着一只硕大的蜘蛛："通行令？"

这头蛛妖比磨盘还大，从脑门儿到背上长着十六只眼睛，除此之外和普通蜘蛛并没甚不同。当然，它还会说话。

都统将一面黑色令牌交出，又送出一块青滢滢的灵石。

蛛妖勘验无误即道："随我来。"把灵石衔在嘴里，转身往前爬去。

旁人看明白了，公主的送亲队伍从这里过，居然也要交买路钱！

浩浩荡荡一群人就跟在它后头，走进更幽深的洞穴。

走出小半里，冯妙君震惊，终于明白为何队伍需要蛛妖领路——这里的岔道交错纵横，并且有路往上、有路向下，甚至还有垂直上下的窟窿。

走进来想不迷路，难比登天。她啧啧称奇："怪了，蛛妖是怎么记路的？"

铁心宁拍了拍岩壁："看到路口的蛛网了吗？在我们看来没有任何区别的蛛网，其角度、大小、形状、数量在蛛妖眼里都不相同，也将整个地穴标注为无数区间。它们就以此为暗码，分辨和定位自己所在的位置。"他笑了笑，"就算外人知道原理，也没有它们辨识的天赋。"

冯妙君却道："您是这里的常客？"即便如此，蛛妖也不会随便透露自己的秘密吧？

"我曾救过这里的一头蛛妖，它们才将秘密分享与我。"铁心宁说完这句，话锋一转，"你们可知这地穴的由来？"

银杏抢先道："听说蛛王率子民挖空了大山，专门捕食来往人类。后来我晋国先王将其折服，与它们做下约定，对执有令牌者网开一面，允许他们自由通行蛛巢，这才打通了连起晋、峣两国的最短通道。"

铁心宁笑了笑："后半句说对了，前半句却是附会美化。"

冯妙君忽然道："地底很热。"众人已经走在崖山山腹，这是白象山脉中段最高大巍峨的一段，山峰高耸入云，飞鸟难渡。按理说，洞隙里应该寒冷阴潮，冻得人瑟瑟发抖才对。毕竟即便在盛夏，地底洞穴的气温也能冻得人跳脚。

然而，并不是。

众人反而觉得脚底发烫，空气温热。高层的雪化成了往低流的水，因此身边常有地下河陪伴，一路水声潺潺。

铁心宁点了点头："不错，崖山是座火山。我们走在山腹里，当然觉得热了。"

冯妙君摸摸岩壁，果然触手生温，不见丝毫冰冷："不会再度喷发？"

"这一带火山非常稳定。"铁心宁低声道，"传说千余年前天地剧变，崖山正在喷发，天神降下神物，将岩浆中的热量吸走，从而封印了火山。因此这一处火山的喷发是不完全的，我们现在行走的山洞，都是当初地心的岩浆要从山腹中突围而打穿的通道。"

两女长长地哦了一声，啧啧称奇。原来崖山当年的喷发并没有完全发作，而是憋在自己腹部，偏它的海拔又格外惊人，岩浆攀不到顶端时又降了回去，倒把整座山腐蚀得千疮百孔。

山体都有杂质，耐不住侵蚀。等岩浆流出去或者冷却，崖山内部就开辟出了极其复杂的一个迷宫，于其他生灵来说却是福音。

事实上崖山地穴作为沟通白象山脉东、西两侧的关卡，位置是如此重要，以至于这片土地上先后存在的几个势力都争抢不休。直到峣、晋先后建立并忙于内战，疏忽了对这里的管控。

不久之后，人类才愕然发现这里被道行精深的蛛王所盘踞。

这种蛛妖虽然生长在极寒之地，但蛛卵孵化却需要热量，最好还是恒温。繁衍之地很不好找，崖山地穴再理想不过。

"从此，峣、晋两国都与这窝子妖怪定下契约，由它们来把守崖山地穴，允许它们在这里向来往的生物收取买路钱。唯一的要求，就是得守土有责，不允许任何大军通行。"他笑了笑，"当然，这最后一条不须他们明说，蛛妖也会捍卫自己的老巢。"

队伍在地底高高低低穿行了很久，路过一间又一间大小不一的石窟，常见里面有人歇憩在干草堆上，或坐或卧，甚至还能烧火做饭。

行进了两个时辰之后，队伍终于从一条巷洞出来，眼前豁然开朗，大伙儿齐刷刷一愣，不由得停步。

前方二十丈，竟是断崖。再向前就没路了，只有一个大得离谱的巨窟。

这巨窟呈不规则形，从众人脚下到对岸，悬空距离至少有十里。风不知从哪里吹来，到这开阔之处就变得格外强劲，掀得人摇摇欲坠。

这深渊如此庞大，几乎不可能是人力或者蛛妖开凿出的，而是昔年火山岩浆的升降通道！

也只有火热澎湃成可以毁灭一切的奔腾熔岩，才能以无上伟力铸出这一幕。

前方领路的蛛妖洪声道："跟我来，贴墙走！"

它往侧边而行，众人才发现深渊边缘经过了平整，已经修出路来，众人走在山路上，有人踢一脚碎石滚落悬崖，约莫数息后才听到"扑通"一声。再探头看，都大惊失色——

巨窟底下，赫然织着一张庞硕无匹的丝网。而巨网正中，正有一头蜘蛛踞在这里，一动不动，似是假寐。

这巨蛛身高超过十丈，六条腿半屈在身侧，每一条看起来都有宫殿的梁柱那么粗。

纯黑的身体并不反光，因为通体覆盖着长达一丈的刚毛，又黑又硬，扎谁都是透心凉。

十六只眼睛倒是闪着红光，在深渊的雾霭里若隐若现，更添诡异。

冯妙君涩声道："这就是……"

"崖山蛛王。"铁心宁声色如常，显然见过不止一次了，"每巢仅有一只，独踞在深渊织巢。"

蛛王吐出来的丝网也比寻常蛛网粗壮，每根线直径都抵得过拳头。但它织得同样密集，冯妙君探头只看到一片惨白，看不见蛛网底下的情形。

"蛛网下方又是哪里？"蛛王看起来懒洋洋的，但她一眼就能看出，它好像守护着什么东西。否则地宫这么大，它哪里不能安身？

铁心宁看出她眼中的好奇："想知道？"

"你知道？"那底下是蛛穴的禁区吧，铁心宁怎么会知晓？

铁心宁脸上突然浮起一丝奇异的笑容："不如试一试？"

他始终一副光风霁月的兄长模样，这个笑容却令她毛骨悚然、后背发凉。冯妙君心中刚有警铃大作，就见铁心宁抬腿，直接将身边一头摩隆多巨兽踹下了悬崖！

他这动作行云流水般潇洒，甚至不忘一振衣摆，可速度快得冯妙君都来不及反应，那头可怜的摩隆多连同身后拖着的货物就一齐坠入了深渊当中！

也不知他到底用了多大力气，巨兽眨眼间就撞在了蛛王的网中央！

落下又弹起，摩隆多巨兽加上货物的重量，再算上铁心宁这一腿的力道，撞击力惊人，居然将蛛网刺啦啦绷断了三层！原本正在假扮化石的蛛王立即被惊动，挥动六条腿迅速扑过去。

冯妙君一颗心如坠冰窖："你……"到了这时候，她怎会还天真地以为眼前男人是她的"大师兄"？

"铁心宁"的手却已按在她肩上，微一用力，她就动弹不得。这人带着她大步往前飞奔，一闪身就掠出百余丈，伸掌蒙住她的眼睛笑道："接下来这一幕，还是别看为妙。"

摩隆多四脚朝天掉到网上，本能地挣扎不休。蛛王前足挠动、口里吐丝，粗笨的巨兽在它爪下如面团一般滚动，转眼就被缠缚成一枚巨茧。眼看就要缚好最后一层，摩隆多突然爆炸了。

爆炸掀起的白光强度极大，这个长年幽暗密闭的深渊仿佛突然间被端到太阳底下烤着，一下灼得通透。蛛王甚至来不及回防，被强光刺伤了眼，发出"吱呀"一声嘶叫，蓦地往后退出十余丈，而后微微抬首，赫然向着摩隆多掉下来的方向吐出一蓬蛛丝！

冯妙君的视线被一只温热的手掌挡住，只听到惊雷一般的巨响，有狂暴的气浪从耳边冲过，紧接着周边尖叫惨呼声不绝于耳，有人哀号着："我的眼睛！"

下一瞬，"铁心宁"放开手，她才望见队伍里的人倒下去三分之一，在地上呼号辗转。

在他们脸上，原来长着眼睛的位置只剩下两个黑洞，鲜血吱吱直冒。

整座大山都在爆炸的威力下簌簌发抖，大大小小的岩石纷纷掉落。

冯妙君没有亲见爆裂的场景，她被"铁心宁"护着，除了双耳和脑海都被震得嗡鸣一片以外，尚称安然无恙。她一睁眼，就望见深渊底下又是另一番场景。

原本覆盖了整片深渊的密集蛛网，正中央被炸开一个宽达数十丈的破口，终于露出了底下的物事——一座小岛。

岛不大也不高，最尖端比水面只高出一两丈。它的奇特之处在于，整座小岛都呈现朦胧而迷离的透明，仿佛是冰块凝结而成。然而这种透明之中，又带有淡淡的粉红，像是血液被稀释之后溶入了晶体之中。除此之外，小岛上空无一物。

这种光芒……冯妙君眯起眼，难以置信：钻石？

冯妙君不知道蛛王为何守着这座小岛，但她已意识到这同样是"铁心宁"的目标。只见这人从头上取下发簪化作长箭，又不知从何处变出一把大弓，对准底下的破洞弯弓搭箭时，冯妙君飞快转身，猛地扑在他执弓的胳膊上。

她有预感，这人的行为要带来弥天大祸！

没料到他这一射竟然是连珠箭，"嗖、嗖、嗖"三声脆响，三支箭都稳稳扎在了透明的小岛上！

"铁心宁"原本瞄准的是岛尖，哪知半秒前的爆炸反倒在岛屿外围凿出一个小坑，紧接着"咔咔"两声轻响，丝丝缕缕的裂缝蔓延开去。

他三箭射出，冯妙君就急速后退，要往人群里去。哪知"铁心宁"动作比她更快三分，一伸手就捞住了她的脖子，阴着脸道："你再试试？"

他右手执着的长弓又不见了，然而臂膊上扎着一只尖锥，锥体几乎全没入进去。

这就是她方才一扑的成果，若非对方臂肌紧实，突然夹紧了锥尖，罡气层又柔韧难破，星天锥本应扎透他的胳膊才对，或许，还可以顺势刺入他的肋间。

这小姑娘可不是绵羊，而是一头会摇尾巴的小母狼。他稍有松懈，她立刻就能乘虚而入，比如他掐住她脖子的同时，她另一只锥子也探了出来，直指他心口位置。

只不过她终是慢了一筹。

听他放话威胁，冯妙君乖乖收起了星天锥。

"铁心宁"真想一手拧断她脖子，可是她还有用。只能忍下这口恶气，抓着她往前冲去。

一系列变故骤发，晗月公主立刻被卫队层层围护在最中央。她佩戴在身上的护符释放阵法，吸收掉危及主人性命的震波。

这时她身前已挡着数十护卫，在这样狭窄的过道上，"铁心宁"想穿过人墙抓到她也非易事。

他一下就站住了，距离最前方的护卫只有五丈之远，一手扣着冯妙君的脖颈，一边对晗月公主勾了勾手指："过来，否则我把她扔下去。"

他钳力惊人，想挣脱出来，却是不能。她眼角余光望见晗月公主面白如纸，怒声道："你是谁！放她下来，我饶你一命！"

"铁心宁"笑道："少说废话，不然她必死无疑。"

晗月公主惊疑不定地上前一步，却被身旁一名侍卫伸手拦下："不要靠近。"

奇怪的是，明明深渊当中的爆炸声震耳欲聋，冯妙君却好像能将他的话听得一字不漏。

这个声音，她再熟悉不过了。

"铁心宁"凑到她耳边，口中热气呵得她后颈发痒："你那便宜师父，好像不太在意你的死活呢。"

的确，这侍卫身着轻甲，头面虽被挡着，她却认得那双明亮的眼睛。

那是莫提准。

原来莫大国师上一次的匆匆离开只是做个样子，他依旧混迹于送亲队伍，就护在公主身侧。他在忌讳什么，他在准备什么，冯妙君一下就明白了。

莫提准又拿她当了一回诱饵。

"铁心宁"带着满满恶意的轻笑声回荡在她耳边："所谓情谊，不过如此。"

冯妙君从牙缝里挤出一句话："关你屁事！"

眼见"铁心宁"不再靠近，莫提准明白自己已被认出，干脆将头盔摘下来扔到一边："云嵯，晋国与大魏素无仇怨，你为何步步紧迫？"从最开始的追杀冯妙君，一直到现在的大闹崖山、谋夺公主，云嵯的行径都让人看不透。

看不透，自然就不好预测。莫提准承认这的确是云嵯最难对付的一点。所以冯妙君的替身在狼牙堡被杀之后，他还是多留了一个心眼儿继续潜伏在队伍里。

果然，云嵯没有放弃，现在甚至认出了冯妙君。

"铁心宁"奇道："谁？师父你太让人心寒了，我们只不过想叛出师门而已……乖乖把公主交出来，别想用缓兵之计。"

莫提准眼中流露出暴怒之色。

不过就在这时，深渊当中忽然"哧"的一声冒出狂暴的蒸气！

乳白色的烟汽顺着岩浆原本的上升通道一路飙进，以迅雷不及掩耳之势冲上三四百丈！立在悬崖边上的生物无一幸免，崖山地穴里那许多迂回曲折的巷道迷宫也被波及大半。

莫提准眼中露出惊骇之色，大喝一声："你疯了！"

方才那三箭将蛛网下方的钻石岛轰碎，深渊里的湖水一下子倒灌进去，而稍微知道一点崖山历史的人都能猜到，这底下，是岩浆。液态的、流动的、不曾凝固的岩浆。

云嵯费了这么大功夫，几乎打烂整座崖山，原来是为了打穿地底、捣出岩浆吗？莫提准怒吼："那东西还要一百年才能成熟！"

就在这时，晗月公主的视线正好朝着深渊，突然放声惊呼："火灵，是火灵出来了！"

"铁心宁"打破钻石岛，灌进去的是湖水，钻出来的不仅有大股大股的水蒸气，还有另一样古怪而可怖的物事———一团火灵。

它周身泛着白焰，初看上去似是人形，刚从裂口中钻出来时体表的烈焰都被水汽带没了，露出黑色的底质。莫提准带着公主和几位修行者，飞快攀上岩壁，往上方被震裂的豁口而去。一转眸却已怔住——"铁心宁"不知何时不见了踪影，随他一起消失的还有冯妙君。

"铁心宁"抓着冯妙君悄悄溜下悬崖，借助乳白雾气的掩护，无人注意到他的行踪。

冯妙君眼看着自己离钻石岛中央，也就是火灵爬出来的裂口越来越近，不由得害怕道："你该不会想跳下去吧！"

湖水涌进去，就变成了蒸气出来。如果是他们这样的血肉之躯呢？

她不想陪着云嶂这疯子一起死啊！

他快速潜近，居然还能笑出声："你猜？"

她不管不顾地尖叫道："你放我下来，我保证从此消失，再不出现在云大国师面前，再不去帮莫提准！"

"那不成。"云嶂抓着她后颈位置，令她使不出灵力。十五岁姑娘的小嫩爪子推了他两下，就跟蚍蜉撼树似的，纹丝不动，他身材看起来并不壮硕，其实硬得像铁板，反硌得她手疼。行走在水与火之间，云嶂泰然自若地告诉她："我有一事要你帮忙。办得好，我就饶你一命。否则——"

他指了指水面，那里浮着一具残尸，已经被烈焰烧得面目全非："你就去跟他做伴。"

"要我帮忙可以，你要保证我的人身安全。"

他轻笑一声："我尽量。"说完就带着她从钻石岛的裂口中跳了下去。

耳边风声呼呼，周身热气滚滚，底下血色一片，光是那样的红就能灼伤人眼……她闭起眼，大声尖叫！两人身体几乎贴在一处，冯妙君在他耳边呐喊。云嶂耳力灵敏，一下就觉魔音穿脑，震得每根神经如受针扎，好不难过。

他忍不住捂住她的嘴，没好气道："叫什么！没死呢。"

冯妙君睁睁看着他带自己跳进了熔岩之海——

但没有死。下来之后，她才发现熔岩之海上居然还有一片岛屿随波逐流，二人恰好就落在这座岛上。

落地后，云嶂就将她拖到一片矮岩背后，这才放开对她的钳制。

冯妙君轻吸两口气，发现周围虽然灼热，但比起深渊里居然还要凉快一点，并且熔岩明明该散发出无尽毒气，让生物活不过五秒的，谁知居然有空气，并且还相当清新。

"这是哪儿？"接触到新鲜空气，她头脑顿时为之一清，脸上依旧保持茫然，"你想做什么？"

云嶂不答话，出手如风，捏着她下颌往她嘴里投进一样东西。冯妙君大骇，待要吐出来，他抢先伸出指尖在她咽喉轻轻一点。她刚刚感受到他指尖的温度，就不由自主把那异物给吞下去了！

她恶狠狠地瞪着他："你给我吃了什么！"

"让你好好听话的东西。"他露出笑容，在她双耳边各打一记响指，"乖，去给我取件宝贝回来。"

冯妙君反倒后退两步，警惕地盯着他："要什么就自己去，别拿我送死！"

云嵯大奇："咦，居然没有生效？"说着伸手往她腹部摸来。

冯妙君又惧又疑，见他还敢伸手碰她，星天锥立即从袖中滑出，毫不客气直往他手背扎去。

她知道自己修为和云嵯不能相提并论，可她决不能这般任他摆布。

星天锥还未扎中目标，云嵯就缩回了手，面带沉吟之色，似是没看见她眼中的怒火。

不过是两息工夫，他脸上就露出恍然之色："原来如此。"他怎么老忘了这小姑娘身上的特异之处？那法子，对她不会生效的。

不过他没打算开口解释，只对她道："这地方有样东西，我要你帮我取来。"

他说得那么理所当然，冯妙君冷笑："我若不同意呢？"

"死。出了这地方，我还会将你家人杀掉。"他一副没得商量的语气。

冯妙君想起自己和他的纠葛，暗道为保小命起见，最坏的打算就是亮出底牌了。她死了，他也活不成。云嵯要是知道这其中关联，大概不会把她当作弃子用掉吧？

正思忖间，云嵯淡淡道："你的母亲姓徐，如今在峣国经营冯氏，我说得有错？"

横竖她今日还要仰仗他走出这里。

"可以，但你得保证我的安全，否则我不去。你拿谁威胁我都没用。"冯妙君用力抓着他，口齿清楚地重申，"发毒誓，让我平平安安的，身上不能少任何一个零件，也——"她咽下唾沫又补充一句，"也不要变作行尸走肉！"

云嵯看她的眼神都有些怪异了。他素来不喜旁人与他讨价还价："要么帮我，要么立死，二选一。"

他眼中又透出凌厉的光芒，与冯妙君昔年在升龙潭感受到的一模一样，并且这回距离还这么近，即便她身处地火包围之境，后背都忍不住发凉。

可她还得硬着头皮道："反正都是死，你杀了我吧，看现在还有谁能帮你做事！"

云嵯反而笑了，口中说出的每一个字都凝结着杀气："你以为，我非你不可？"

"我以为，你就非我不可！"她把心一横，大声道，"否则把我大老远带过来作甚！若是我死了，你就算能活着出去，想拿的东西也带不走！"她伸手指了指上边，"你布局这么久，就是想让莫提准帮你拖住火灵，你好下来盗取什么宝贝吧？再多拖一点时间，等火灵回来，你还走得了吗？这里可是它的地盘。"

云嵯沉默了，眼中光芒闪动。

只看他眼里的不怀好意，冯妙君就明白他果然是想推她去送死的。这人为了布个局引诱火灵出去，不惜拖整个崖山地穴的生灵来陪葬，心肠和手段都好生狠辣，怎么能指望他对她网开一面？

活路，只能靠她自己走出来。

此事还需她自愿配合，上不得刑。这种争分夺秒的时候，云嶂也只思绪了几息时间就道："好，若我办不到，叫我身殒道消。现在我们换个计划——看到岸边的那棵树没？"往矮石丛外指了指。

她一眼看去，结结实实吃了一惊："这地方还能长树！"

若说熔岩是无尽的红海，这片窄小的陆地就是海中的孤岛，云嶂所指的那棵树很瘦很小，高度基本与她相平，悄立在海岛一隅，是以她一开始没望见。可它的树干和枝叶却呈现鲜艳已极的火红色，仿佛燃烧不息的火焰。

它就立在岛屿边缘，从她的角度看去，仿佛它位于礁面和岩浆的分割线上，甚至还有大把树根垂到熔岩海中。

树冠上开着银白色的小花。

火树银花？莫提准话中的"还有一百年才成熟"，莫不指的就是这棵树？

它现在只到开花阶段，还未结果，的确不到采摘的时候。

"我要你做的事，就是把那棵树连根刨起，装进这里。"云嶂不知从哪里掏出一只透明的小瓶递给她，"其他的，你不用管。"

"装？"她接过来仔细端详，好奇不已。瓶子应该是水晶所制，圆溜溜的，但顶上用木塞堵住。瓶中有个小小木屋，屋前篱笆为墙，屋后挖有池塘，还有一丛修竹、几棵葱茏大树，每一处都似点睛之笔。

他让她把树装进去，也就是说——这是个法器，里面能装活物！

不愧是国师，手里有这样的宝物。

云嶂不等她震惊完毕就又递给她一只小小银勺，看那尺寸就是三岁幼童拿来吃饭都嫌小了。

"用这个挖，别拿手刨。"

冯妙君朝天翻了个白眼。这里可是熔岩世界，地面到处都在袅袅冒青烟，每隔几步就是个岩浆池子，一看就知温度惊人。就站这么十几息的工夫，她鞋面都已经滚烫。在这种地方，她得疯了才会用手刨树吧？

云嶂低声道："这两件宝物，我花了很大力气才让它们认主。"说着，急速念了一段口诀出来，又传了收取之法，紧接着道："听会没？"

冯妙君嘴里跟着念念有词，闻言瞪他一眼："慢点，我记性可没有你好！"

云嶂往上方缺口一指："我等得了，它也等不了。"

火灵暴怒的吼声越来越近。莫提准不是傻子，在摸清云嵯的意图后，更不情愿被他当枪使，这会儿就引着火灵往缺口处来。留给他们两人的时间不多了。

云嵯弯起嘴角，露出一口白牙："准备好了？"

"还……"

"没有"两字未出口，他已经将她举高高，然后猛力掷向火树！

她见识过莫提准的臂力，没想到云嵯也绝不输他。耳畔风声呼呼，她还没来得及眨眼，人就已经飞到了树下。

云嵯用力奇巧，这一掷看似凶猛，她落地时却已经卸尽力道，站稳脚跟。

冯妙君无可奈何地祭出银勺，在手中轻晃两下，它就变成了长达五尺的金钟铲，那铲头似钟形而平扁，柄粗寸余。这么个大家伙，几乎和她身量等高，看起来又是精铁打造，处处显着笨重。

可是冯妙君将它执在手里，竟感轻无一物，以之铲地，一下就入寸许。

叮——不仅有金属相击声，还有火花迸出。

这块土地能存在于熔岩之海，除了小树的荫庇之外，必定也被地心真火千锤百炼，强度远远超过了金刚石。若没有云嵯丢给她的这柄金钟铲，她都没把握能拿星天锥在地上打出个洞来，更不必说手刨了。

刚开始刨，她心里就蹦出疑问：这明明是云嵯的法器，为何她也能用？难道云嵯已经知晓两人的灵力相通、属性相同了？他能容忍她活到现在，大概是为了利用她来驱使他的法器！

既然已经被看破，冯妙君也没有再掩饰的必要。她咬了咬牙，大剌剌地运起灵力，狠狠一铲下去。

这一下，挖进了尺许。

几乎与此同时，树边的熔岩海突然炸开一片火花。

岩浆四溅中，有个赤红色的庞大身影钻了出来，冲着冯妙君怒吼一声。

赫然又是一头火灵！

这东西上半身像人，下半身沉在火海里，甫一出现，强劲的冲击波就以它为圆心，瞬间推送四面八方，在这无边无际的岩浆世界里卷起了惊涛骇浪，正面朝着陆地狠狠拍下！

莫说冯妙君了，就是云嵯被火海包围，也逃不过个魂飞魄散的下场。好在这人早有准备，不知何时丢出了三十六个圆盘形的法器，每个都自取方位，牢牢钉入地面，形成了一个圆弧形的、散发淡淡红光的阵法。

阵法将她和云嵯都囊括在内，火海波涛当头砸下，正正儿击在阵法结成的法界上，到底是挡住了。

战器！冯妙君只觉今日真是大开了眼界。云嵂放出来的成组法器乃是行军布阵时专用，称作战器。威力比起一般法器要强大许多，动辄可御千人、万人。云嵂祭出这样的大杀器，足以说明他对火灵绝不敢掉以轻心。

果然这头怪物望见罪魁祸首并未被消灭掉，冯妙君甚至还举着金钟铲去铲第三下，它再也忍耐不住，直接幻出巨大的拳头重重砸在法界上。

砰！又一声震响。

她这里看得目瞪口呆，云嵂头也不回道："快点挖，莫停下。"边说足尖边在地面轻轻一点，燕子般掠向火灵。后者伸掌向他抓来，这人也不知怎的，身形在半空中一折，轻轻巧巧避了开去，反手奉还五只冰凌。

这物事水晶般透明，乃是取自极寒深洋中的水之精元炼制而成，两种属性互为克制，冰凌刚刚触到火灵，二话不说就释放出极寒之力，居然将火灵瞬间冻结！

冯妙君呵出一口白汽。站在这等炙热之地，她居然感受到了数九寒冬的冰凉。

能有这等威力，也不知云嵂提炼了多久，花费了多大力气。这时他闪身立到火灵胸前，长剑狠狠刺入！

剑长不过三尺，锋刃上的罡气陡然暴涨，长达七尺。如此一丈有余，应是可以够得到火灵的心脏了。

冯妙君正对着这一幕，心惊肉跳的同时也没忘了运铲如飞。短短三两息时间，树下的坚土已被她刨去一大半，已可看见露出来的根须。

冯妙君忽然咒骂一声。就看火树那病恹恹的模样，谁能料到这底下盘根错节，其深不知几许。她甚至怀疑根须穿透岩底，直接伸入地火中汲取灵气。都说树老根多，此言不虚啊。

冯妙君大声喝问："树根太多太深，如何是好！"

云嵂激斗正酣，想也不想道："切断，带走！"

"种不活可莫怪我！"她有言在先。

"少废话！"云嵂连回头瞪她的时间都没有，"尽快装好。上面那头火灵不出十息就要下来！"

冯妙君心一横，金钟铲直接挥断了几十条根须，真真就要将小树断根铲起。不过铲子切割到一半，"当"一声脆响，像是撞到了某种金属。她也来不及细想，往下一把挖起，继续运铲如飞。

她放开了手脚，几秒内将自己的灵力泄得一干二净不说，还通过印记从云嵂那里源源不绝地大量抽取。

就连不远处的云崕都微微吃惊，没料到她居然能一下“借”过去那么多灵力。要知道他的力量属性为寒火双重，恰到两个极端，以之伤敌，就连莫提准这样的高手都忌惮不已。对她的评估，必须重来一次。但就目前而言，这是天大的好事。浮岛土地的强度远超出他的预料，冯妙君挖得越快，他们所承受的压力就越小。

冯妙君哪有空管他心里的想法？不知是不是她的错觉，火树好似在簌簌发抖，状甚痛苦，而被切断的树根里流出了鲜红的液体，乍看之下和血液像极，又带着黏腻而浓重的腥臭，流到岩石上反而无声无息凝成红色的坚冰，寒气迫人。

那种寒意不同于单纯的极冻，而是由说不出的邪异和诡秘带来。

这棵树，好像没有第一眼看起来那么美好。

不过她是没有机会问出口了，因为云崕的长剑刺入火灵胸口只到一半，后者体表的冰晶就被震作了粉末，而火灵的形体也发生了巨大变化。

它从原本的人形陡然切换姿态，变成了一条巨鲸！

火灵本就是天生地养的灵物，不归于生灵之属，也根本没有固定形态。

冯妙君不声不响地加快了挖掘速度，她有种古怪的感觉，好似这棵火树一直在传递无形的波动。

问题是，传给谁呢？

火海中不知何时翻滚起一个巨大的旋涡。也就在她一铲子戳断最粗、最深的那条老根时，旋涡里面跃出一个长长的身影，往孤岛扑了过来，越近越显其庞硕。

赫然是一条火焰巨蟒！

它的身形几乎比另外两只火灵加在一起的总和还大，张开的大嘴能够直接将整个岛屿吞下。

冯妙君再镇定，这会儿也惊得心如擂鼓，头皮发麻。

天杀的，这片火海当中，居然有三头火灵！

即便是云崕也判断失误了。

最大的这一头平素大概沉眠在深处，这回被火树传出的求救波动召唤，才冲出来救场。

生死当前，冯妙君也顾不上任何矜持，放声尖叫：“云崕救我！”

天底下，她是唯一可以理直气壮这么要求的人，救她就是在救他自己。

只见天空中那一抹青衣干脆利落地掉转了方向，以迅雷不及掩耳之势撞向火蟒。

连人带剑，仿佛飞坠的流星。

火灵没有实质性的身体，没有皮肤肌肉血管筋膜，而是由最凝实的火之精元构成。所以他这一下本不该撞着实体，并且有九成可能令自己陷入地火的包围当中。

就算冯妙君明白他为的不是救她一命，而是夺取即将被挖出来的火树，而是实现对她的誓言，可是在火蟒的血盆大口即将占据她全部视野，她再也无依无靠的时候，这个男人的义无反顾和光华璀璨，还是令她震撼得头脑一片空白。

目眩神移，心志都为其所夺。

偌大的巨蛇居然直接被他撞飞，随后他连人带剑径直撞向了巨蟒的心脏部位！

火灵的元核在此，这就是驱使它行动的全部力量来源。可这里也是火灵全身温度最高的部位，谁敢接近这里都等于是送死。

云嵯却撞开了这颗元核，因此整条火蟒也跟着拐了方向，重新坠入火海之中。

冯妙君压根儿看不到云嵯如何了，因为火蟒的前半身虽被推开，但它后半身一个大甩尾，抽陀螺一般将浮岛斜着抽飞出去！

受此巨力，浮岛险些翻倒过来。

一时之间，天翻地倾，冯妙君一个踉跄，险些掉入火海。所幸她一铲扎入地下，牢牢固定住自己。周围火浪汹涌，一波一波打在法界上。

每挺过一次，法界的光芒就暗淡几分。

眼看着，它就要不行了。

这本就是为了对付特定敌人而发明的阵法，并不是用来对抗天地之威的。

浮岛摇晃得像暴风雨中的小船，冯妙君一翻身爬起来，以神通将自己定在地上，挥铲接着挖起来。

她甚至没有抬头去寻云嵯的身影。

她还活着，就证明这人没死。

他果然神通广大。

在这个争分夺秒的时刻，她忘了眼前的敌人，忘了自己身处的危局，也忘了去质疑云嵯要如何带她从这里逃脱出去。

她将生死都置之度外，一心一意只做自己力所能及之事——用力挖，死命挖！

早一步将它挖起，他们就早一步掌握主动。

火树只剩几条树根还与土地相连。

这个时候，冯妙君耳边突然响起了云嵯的声音："留一根完好！"

再强悍的树也还是树，有它天生的弱点，这株火树烂了全部根系就不能活。可是树根依旧纠缠在一起，光用铲子根本分不开。

冯妙君想也不想，抛下金钟铲，直接伸手去剥！

只有仰赖人手的灵活，才能完整无损地将这根浅而短的细根剥离出来。

这块土地始终冒烟，其温度比起燃烧的木炭不知要高出多少倍。她这么细皮嫩肉的一双手，哪怕运起灵力相护，碰上去也是刺心的烫，扎心的痛！

可是冯妙君吭都不吭一声，十指穿梭，飞快地将细根上的土壤清出，又将它一点一点绕出主根系。

她无意间一抬头，望见巨鲸和长蟒追着一个发亮的光点。

她能肯定那就是云嶂，旁人谁也激不起火灵这么大仇恨。不过他周身都笼罩在熊熊火光之中，也不知道他是不是安然无恙。

就在这时，她听到了第三声怒吼。

紧接着，一个巨大的身影从上空直接跳入火海，再度激起惊涛骇浪。

浮岛漂到了裂口的正下方，深渊中的火灵低头望见这里的景象，当即冲了回来，要找两个窃贼算账了！

不过这时候，已经有个渺小的人影及时而坚定地挡住了它的去路。

冯妙君的神经因为绷得太紧，现下反而麻木了，只抬头看它一眼就低首继续手上的工作。

横竖她一个也对付不了。罢了，听天由命吧。

唔不对，是听云嶂，由命。

毕竟，从现在起，他要力斗三大火灵了。

无论战斗有多激烈，近处的怒吼有多震耳欲聋，浮岛颠簸得有多厉害，她同样头都不抬。

既还活着，就有希望。但云嶂就算有通天手段，也绝无可能与三大火灵抗衡到底。

他能拖延到的每一秒，都万金难求。

现在两人命悬一线，而她手中这份活计，最终会决定彼此的生死。

冯妙君知道自己的指尖八成已经被烫熟了，但危难之际纯然忘了疼痛，剥起树根来反而更容易。

终于，她从地上一跃而起，高声喝道："完成了！"与此同时，她默运好不容易背熟的口诀，一手抓着火树往方寸瓶里塞，果然瓶口传出一阵吸力，与她等高的火树就被"吸"了进去。她再定睛一瞧，"方寸瓶"的布景里，屋舍前方赫然多出来一棵小树，那形貌与火树如出一辙，只不过体形缩小了，打横躺在地上。

这棵树被她收取，不远处三头火灵就像是被人踩中了痛脚，不约而同地转头往这里冲来！

冯妙君这时候已经不知什么叫作怕了。

半空中云嶂扔下一只沙盘，迎风见长，落到地面上就形成了一个阵法。

这个阵法，她只瞅一眼就觉好生眼熟。

搬山阵？

这就是云嶂的后着吗？可是阵法只容一人通行，也就是说——他原本果然没打算带她出去吧？！

生死关头，冯妙君也不明白自己为何心头涌上一股子狂怒。而后她就听到云嶂少见的怒吼："你进瓶里去，快！"

她也……投进瓶子里去？这后果太难预料，哪怕危在旦夕，冯妙君也免不了犹豫。

云嵯却在生死搏杀的间隙犹能第一时间看穿她的顾虑，他豁出全部力量拦着三头火灵，毫不停顿地喝道："我保你安全出来！"

冯妙君也知拖延下去的后果，听他如此承诺，终于再度念动口诀，自己朝着瓶口一头栽下。

这个瞬间，连她自己也未意识到，她居然能这样毫不犹豫地信任他。

信任他能逃离这里，信任他能放她出去。

而后，方寸瓶将她吸了进去。

冯妙君注意到瓶身是透明的，从里面也能望见外头的景象，只不过自己缩小之后，看什么都是超巨型。第一眼，她就看到浮岛终于承受不住火灵的暴怒，四分五裂。

然后，眼前只余一片血红。

不等她担忧，血红忽又褪去，她望见一只手捞起方寸瓶。

那是云嵯。

在他身后，火灵又变出了新的形状，是她从未见过的怪兽，四爪尖细，锋锐带钩，狠狠地向他刺来。

而后，光线被挡去，外界的一切都看不见了。

第
七
章

方
寸
世
界

冯妙君在瓶中感受不到静止或颠簸。

相比外界的天翻地覆，这里就像避世的桃花源，虽然光线昏暗但是静谧一片，于是她暂且丢下心头一块大石，在这木屋前后走动起来。

她先前没有看错，屋子不大，前方的空地用竹篱笆围起，墙角原有堆过物什的痕迹，但现在空无一物，只有青苔悄悄攀附。

屋边的枣树下有青石桌椅，看得出表面原本只有简单的凿平，但桌面和椅面都被磨得光滑，似是经过了长期的使用。桌面上除了半青不红的几颗落枣之外，还刻着一副棋盘，棋子是用鹅卵石打磨而成，有些还布满花纹。虽然用料简陋，但磨得很精细，看得出物主的用心。

屋后有座小山，此时徒闻空山鸟语。她漫步其中，胖嘟嘟的锦雉和野兔见了人都跑不动，还有各色不知名的雀鸟叽喳。

然后，便是一口水塘。水面的睡莲开了两朵，引来蜻蜓伫立。莲叶间能见鱼儿嬉戏，除了两尾招摇的花鲤，其他都是乌不溜秋的鲢鱼和草鱼等常见品种，正拣着塘底的水藻和螺蛳吃。

她又走入屋中看了两眼，这是很规整的格局。进门的正房为厅，左右各一小小厢房，铺盖整齐。屋后则是灶厨。各处都被打扫得一尘不染，连灶上的锅盖都擦得油光锃亮。

眼前这一幕实在太祥和了，祥和得像是乡村随处可见的农家小院，为什么会出现在堂堂国师的方寸瓶中？

这个小小的方寸世界光线很暗，看不见外边的情况，想来是云嶂将瓶子藏了起来。现在急也无用，她干脆坐进屋里点起油灯，开始处理双手的烫伤。

要说这屋子里还有什么不一样的地方，那大概就是右厢房里的五斗柜里收着各式药物。事实上，这个房间里收纳的物什奇多，有她认得的，也有根本辨不出用途的玩意儿，但都整整齐齐地分门别类。

方才在紧要关头，她果断放开金钟铲伸手刨地，将灵力都贯注在指尖上，因此十指都逃不过被烫得皮开肉绽的下场，最深处见了骨。

冯妙君不抱怨双手鲜血淋漓，那种极端情况下没被生生烫熟就说明她从前修行刻苦，神通练得很到家。能在地火的间接烧灼下挖走小树，对她来说是了不起的成就。

她从斗柜里取出止血生肌防溃烂的药物抹好，又扯了干净的棉纱给自己包扎。

还好指头没有坏死，否则就要切除了。虽说修行者生机强大，但她可没把握自己还能像壁虎那样断肢重生。

包扎好手上的伤，她又驱动灵力运行了几个周天，来回检查几遍都查不出身体里面有什么异常。

也不知崖山地宫怎样了，云嵲逃出去没有？

她假寐了片刻，还不见外头有什么动静，肚皮就开始咕咕直叫了。

幸好这个时候，四下里突然变亮，而后天外传来了熟悉的声音："出来吧，安全了。"

紧接着，有一股莫可抵御的力量将她从瓶中摄了出来。

冯妙君再睁眼，恰好望见夕阳西下，橙红的光从林间的树枝间隙里透进来，给冰雪世界镀上了难得的暖色。

周围依旧呵气成冰，看样子他们还未走出大雪山地界。白象山脉那般宽广，云嵲逃出来也没过多久，哪有可能就离开它的范围？

冯妙君一抬头，就发现自己站在一个山洞入口，背光的石壁上倚着一人，还未出声就给她巨大的压迫感。

方寸瓶就摆在他脚边。

她不必看清对方的脸，就知道这人必是云嵲，不由得后退两步，满心戒备。

在熔岩火海，他们是一条线上的两个蚂蚱，非得同进退、共生死不可；其实现在也一样，可是云嵲并不知道啊。

外患既去，他会不会动动手指将她直接捏死？

结果这人笑了笑，声音沙哑："我有这样可怕？"

说罢，云嵲咳了一声，缓缓坐直身体。

他的动作似是很吃力。这会儿冯妙君的眼睛也适应了微光的环境，望见他的状况不由得吃了一惊："你伤得这样重！"

云嵲原本整齐束在脑后的乌发披散下来，贴在血迹斑斑的面颊、前胸和后背上。外衣和中裳大概都是法器，但现在已被烧烂，他干脆就将外衣剥下来，系在腰腹间当作止血带。

这也让冯妙君更清楚地看清了他的伤势。

他的腹部、肋下、大腿和手臂都被严重烧伤，红肿起水泡不说，伤处还有细小的红痕游离。冯妙君明白，那是火灵之力犹在他身上作祟，不令他伤口康复。

最重的伤在胸口中央偏右一点，被开出了球形大小的洞，已经伤及肺部，并且差一点点就伤到心脉了。

伤口都草草上了点药，但云嵝大概是全力奔跑过，药物又被血流冲开。

他的状态很糟糕，连呼吸都很费力，面色呈现惊人的惨白，周身皮肤却是红的——被烫红的。

冯妙君紧盯着他，一步一步往后退开："我能走了吗？"

"恐怕不能。"他居然还有心情冲她微笑，"我在外面设置了阵法，只能由我亲手解除。擅闯之人，会亲尝五雷轰顶。"

冯妙君脸色微垮，着急道："你说过，我帮你大忙，你就不难为我！"

"我说过，保你平安走出崖山。"云嵝指了指洞口，"我做到了，这里是缪吉山，离崖山已有二十里远。"

她分出眼角余光去看，果然远处天边的群山之上还有一座峰峦，白雪皑皑，正是崖山。

他们果然离开崖山了，只是没出白象山脉范围，云嵝不算食言。

才这么一小会儿工夫，他就走出二十里了？冯妙君咬唇道："你放我走，我保证不将你的下落告诉师父，我可以发誓。"

"你师父？"云嵝轻嗤一声，"莫提准早被我甩去了后头。他还要护送晗月公主出山，早放弃了你往一个方向离开，你就是去追都未必追得上。"

冯妙君扁了扁嘴。云嵝此人真是狡诈，临到这种时候都不忘说几句诛心之言。好在她根本不是莫提准的徒弟，也不会因此而伤心。

只是有点失落而已，就一点点。

她只得细声细气道："你要我如何？"云嵝做事目的性很强，留她不杀必有理由，先前是，现在也是。

云嵝一动，脚边的方寸瓶磕在石上发出"叮"的一声，把冯妙君吓得又后退一步。

这小姑娘怕他至此？云嵝有些奇怪，却更放心了些：恐惧，才会令人更加听话。"你腹里被我种下了蛊虫。不听话，它就会咬破你的肚肠。"

哪知冯妙君眨了眨眼："就是熔岩海里你偷喂我吃下的东西吗？"她目光一闪，"当时没生效，你确定现在就有用？"

云嵝又咳了一下，顺手擦掉嘴边的血迹："我也不清楚。不然，我们试试？"

"别！"冯妙君立刻服软，她绝不拿自己的性命开玩笑，"我乖乖听话就是，你别伤我杀我。"

"过来。"她太磨叽，他的体力流失更快了，再这样下去可不成。

冯妙君心里抗拒万分，几乎是一点一点地挪过来。

"快点！"蚂蚁都爬得比她快。见她满脸委屈，云嵝莫名的无奈。为何她看他就像吃人的恶鬼？

她没奈何，只得多迈出两步——其实两人的距离也就这么近。

他提起方寸瓶，塞进她手里："进去帮我取几样东西出来。"

两人肌肤相触，他的指尖很凉。

冯妙君微惊，看见他脸色更不济了，这才开始害怕他会死掉——这几年来，云嵝一直都是她心头梦魇，她将恐惧都养成了习惯，眼下两人挨得这么近，她总是很难克制转身就逃的冲动。

可是观察他的伤势，他的脸色，冯妙君突然间意识到：云嵝也不是铁打的，尽管他先前以一人之力独斗三大火灵的场面实在震撼。

伤得这么重再不好好处理，就算他再神通广大也会流血而死吧？

他可千万不能死啊！

于是她仔细听了他的要求，边听还边点头，这才念动口诀钻进方寸瓶里。

过不多时，她从方寸瓶里出来，除了带出他交代的东西，手里还抓着一只锦雉。

"你这是要……？"他素来不喜别人胡乱动他的东西，于是脸色就不太好。

他的脸色本就难看，冯妙君也看不出有什么不同，于是理所当然道："晚饭啊。"掂了掂锦雉的分量，"锦雉养得这么肥，难道不是囤来吃的？"

"……"云嵝嘴角一撇，却也没说什么，"吃吧。"这是锦雉吗！谁家锦雉能开屏啊？

这分明是名为"句芒"的异种，头顶白凤冠，身具七彩羽，开屏有虹光，乃是洪涂国进贡的吉祥鸟，食膏土之后能吐出比黄豆还大的珍珠！

"先帮我上药。"她进入方寸瓶期间，他也快速处理了身上的伤口，可有些地方自己够不着。

说罢，他身体微微前倾，离开后方大石。

冯妙君要绕到他背后去，云嵝却一把捏住了她的手腕："听好，不要耍花样，否则你一定死在我前面。"

他的手指修长，力量却大得惊人。冯妙君并不挣脱，平静道："你死了，我也不能独活。"

这会儿，她好似又不怕他了？云嵝此时头脑晕眩，连睁眼都是强撑的，也没去细想这句话有哪里不对："你知道就好。"

冯妙君这才去关注他背部，一眼瞟过，倒抽一口冷气。

他的后背才真个叫作血肉模糊！皮肉要么焦黑，要么红肿扭曲如蜈蚣，几条肌腱都被看得清清楚楚，多处伤可见骨。她想起掉入方寸瓶时看见的最后一眼，那时火灵从他背后冲来，云嵲却要紧着去捞掉入岩浆的瓶子，是不是硬生生吃了那一击呢？

那个贯穿胸背的创口，就是从背后刺入的，至今圆孔周围残留的火痕也最多。

"先拔火毒。"火灵的力量还残留在他伤口中冥顽不去，不处理干净，伤势不能自愈。

她依着他的指导，先戴上鹿皮手套，再从匣中取出一粒纯白的圆珠。这珠子有鹌鹑蛋那么大，甫一取出就散发着袅袅白烟，那是周围的水汽凝成了雾霜，整个山洞气温更是下降了十度不止，可见温度之低。

哪怕她戴着手套也觉冰冻彻骨。眼看这只上好的鹿皮手套飞快地结霜、硬化，她赶紧在它被冻碎之前，将珠子放到云嵲的伤口当中。

珠子刚一接触，他的皮肉蓦地一紧，正在附近大肆破坏的红痕就像闻着血腥味的鲨群，飞快往这里游蹿过来，扑到圆珠上头。冯妙君看见珠体表面不断多出一道又一道红丝，而后像墨汁滴进水里，渐渐晕散不见。

待一处火毒拔尽，她赶紧再换下一处。

如此，直至所有伤口都处理完毕，圆珠的温度也上升不少，不再那么寒气凛冽。

"这是什么宝贝？"她好奇得很，但看云嵲正在闭目养神，也没指望他回答。

哪知他眼皮也不抬，答一句："亚鲲丹。"

冯妙君一噎，惊呼道："鲲？！"云嵲手里，居然有鲲的内丹？

她惊讶归惊讶，手里依旧有条不紊地给他擦去伤口血水。云嵲轻声道："不是鲲，而是亚鲲。真正的鲲早不知所终，我拿到的只是带有鲲血脉的妖怪内丹。"

冯妙君看了看匣中的圆珠。即便是这样，它能拔除地心火灵的火毒，也足见那头亚鲲的强大，绝不似云嵲说的这般轻描淡写。

话说回来，这人手里的宝贝真多，不愧是花费一国之力武装起来的国师，羡慕忌妒恨！

火毒拔除，云嵲的伤口依旧狰狞可怖，亟待处理。但她发觉破口边缘的肌肤微有收缩，连血泡都消去一点，竟然是肌体已经在努力恢复了。

接下来，她就在云嵲的指导下配药。

她从方寸瓶的温室药棚里取出所需的草药捣碎，发出毕剥的脆响，听得人有些毛骨悚然。云嵲明明闭着眼，却好似能看到她的表情，轻笑一声："一株草药而已，你怕什么？"

调配好药粉，她"哗啦"一下都倒在他后背上。

冯妙君原本喜滋滋地等着他扯开嗓子惨呼，哪知他只是闷哼出声，在磁性声线的衬托下听起来居然十足销魂。

云嵲一把攥住了她的手腕，厉声道："你故意的！"

那一下激痛令他连薄唇都咬出了血，额上冷汗更是滚滚直落。

冯妙君轻叫一声，只觉自己像被虎钳摁夹，腕骨都快碎了。她赶紧服软："我手抖，没仔细倒多了！"他掌心好烫。

云嶂定定地盯着她，那眸光中的杀气都懒得掩饰了。冯妙君低头，不敢跟他对视，实则心里明白，他还需要她帮忙，不会下手杀她。

暂时不会。

小姑娘花容失色、目光怯懦，云嶂慢慢松了手，怒气同时收起，淡淡道："继续。"

收拾好伤口，云嶂取过干净衣裳穿上，对她道："打些水来。出洞往东走六百步，就有小溪。"

冯妙君左右看了看，寻不到合适的工具，她又没有木匠的巧手，只得回方寸瓶里取了水桶出来。

要不要趁着取水的机会偷溜呢？

云嶂好似看穿了她的想法："你若不怕蛊毒发作，尽可以溜走。"

冯妙君嘿嘿干笑两声："哪能呢？"没有十足的把握认定蛊毒不会发作，她暂时待在这煞神身边好了。走出两步，她忽然又道，"对了，你不撤掉阵法，我怎么出去？"

他眼皮都不抬，似是要入寐了："你只管出去。"

冯妙君将地上的锦雉一把抓起，走得小心翼翼，唯恐一头撞在结界上。不过走出去数百丈都安然无恙，她才不禁气恼：自己竟被云嶂的空城计骗了，他哪里布过什么阵法？

说起来，还是她太惧怕他的缘故。

走出数百步，果然前方就是一条欢快流淌的小河，径流虽小却没有结冰，清澈见底。她先打满一桶水，观附近无人，随手布了个简单阵法就除去衣物，涉入溪中洗了个冷水澡。

手指还伤着不能沾水，她也只能随便冲泡一下，随后便穿好衣物，想办法料理那只锦雉。

冯妙君早看清楚了，现在自己就是个打杂的。

她现在十指都缠了纱布，不能精细地去除羽毛，只能拔去大羽、掏掉内脏，取岸边的湿泥将它裹好，就带回山洞里了。

洞里，云嶂已经升起火堆，正自闭目调息。冯妙君把柴火拨开，将泥球埋在底下，这才开始烧水。

叫花鸡，这是她听说过的最简便的料理之法。

"一只鸡怕不够两人吃，我再去外面打些猎物？"

修行者的食量都比较惊人，这只锦雉就算比同类大上一圈，也不够两人分而食之。

云嶂闭着眼道："不用，你只管坐着休息。"

他既然要她"休息"，那么她就不能去往别处。

冯妙君无法，一边做事，一边偷眼去看云嶂。他方才已经取水擦过头面了，顺便卸掉了面部的伪装，重新恢复了让人惊艳的俊秀玉容。乌发则剪去烧焦的部分，重新拢起，以一支金簪斜绾在脑后。随意，却显风流。

他面色如古井无波，似是已经入定，呼吸也悠长绵延，只是略显沉重，显然免不去伤痛的折磨。不过打瞌睡的老虎也还是老虎，永远不会变成猫，冯妙君不敢轻易动弹。

"莫提准为何收你为徒？"许久的沉默后，云崕冷不防抛出问题。

冯妙君噎了一下："我救过师父一命，他就收我为徒喽。"

"甜水乡？"云崕以手支颐，细细打量着她，"只因为这样？"

"什么叫作'只'？"她嘟囔一声，"解救国师的机会，有几个人能遇到？"

"你对他，可不怎么恭敬。"云崕眼中有着令她极不自在的探究，"有趣的是，莫提准那种老古板好似也不以为意。"

冯妙君搓了搓手："我年纪最小，师父对我更纵容些。"

"是吗？"云崕无谓道，"可在我看来，他对你可没什么师徒情分。否则，你的道行怎会仅止于此？他的独门秘技和成名至宝，你更是一样也使不出来。"

他的目光太毒辣了，冯妙君沉默不语。

"再说你。"他把矛头放回她身上，"你对他的情分也冷淡得很。"见到小姑娘一双黑白分明的眼睛里闪着诧异，他毫不留情地点破，"从熔岩火海至今，你根本不曾主动提起过他，不曾问过他的下落。"

冯妙君被他问得哑口无言。

这是硬伤，她承认。她和莫提准之间，只有一层假的师徒关系，经不起火眼金睛的洞察。她咬着唇，好半天才低声道："是，师父认定我资质太差，不能修行，本不愿收我为徒。是我挟恩图报，非要拜师不可。他心里不痛快，也就不肯认真教导我。"

"资质太差？"云崕像是第一次见到她般细细端详，"你已凝出内丹，怎能说太差？"

"原本是没有的，灵气不能久贮于身，很快就会挥发掉。"冯妙君偷偷看他一眼，"是后来，嗯，才凝出来的。"

后来？云崕听出其中含义，长眉越挑越高，眼中也露出兴致盎然，伸手指了指自己道："是因为我？"

"……是。"她万分不愿意在他面前承认，可是事实如此不做辩驳，"你的灵力不会走丢，我就以此为基底，凝出了内丹。"

她说出的每一个字，云崕都听在耳里，细细思索。好一会儿，他才拊掌道："有趣，大大有趣！"对冯妙君招了招手，笑吟吟地，"过来，让我看看。"

她动也不动，双足像生根长在地上一样。

"怕什么？"他轻嗤一声，"我若要杀你，离开一丈和十丈有区别吗？"

是没有，再说他现在看起来心情很不错。冯妙君强忍着拔腿就跑的冲动慢慢凑近他，忽然听他道："卸了伪装。"

她只能发指令给易形蛊，把自己的脸变回了原貌。

果然是这张脸。云嵝依旧伸指在她面上摩挲两下，动作轻柔得像情人间的爱抚。

"易形蛊？"云嵝轻笑，"莫提准还真舍得投下血本。"

离得这么近，冯妙君好像首度发现他的眸色很浅，不似她这样黑白分明，但一笑起来就雾气沼沼，仿佛含烟带水，格外撩人。

她定了定神，不敢再看，任他将手指搭在她腕脉上。

而后，一股熟悉已极的力量传递过来。

这是云嵝的灵力，也是她的。在互未谋面之时，它就流转于两人的丹田之中。

云嵝心里虽然早有准备，这一探明，仍然惊叹不已："世间竟有这等奇事！"他的灵力在冯妙君的经脉中运行，处处都显得"自来熟"，根本不需要他刻意催动，它们就知道该往哪里走。

云嵝突然加大了输送过去的灵力。

这一下如洪水暴涨，事先半点预兆都没有，已经不啻发起一次进攻了。然而，他的力量渡过去之后就像洪水分流进百川，纵然湍急，纵然张牙舞爪，却也掀不起什么风浪。

这就好似他自己经脉的延伸，却生长在另一个人身上。

冯妙君吓了一跳，下意识缩回，却被他伸手一把抓住了臂腕："莫急。"

他的掌心灼热，烫得她的肌肤都快燃烧起来。

而对云嵝来说，小姑娘白嫩嫩的胳膊纤细得好像一掰就折了。他皱了皱眉，更加狂暴的灵力从丹田升起，以五倍之势冲向她的经脉。

冯妙君当即尖叫一声，用力挣脱。这回云嵝没再抓牢，任她噌噌一连后退数步。

她只觉从云嵝那里涌来的灵力空前丰沛，仿佛要将她活活撑爆！

这就是她和云嵝之间巨大的差距，现在她终于有了亲身的体会。

好在这人也只是试探，一发现她受不住就松回劲道。但她依旧肌肉胀痛，经脉疼得几欲裂开。

云嵝也闷哼一声，额头沁出汗珠。

重伤之身，本不该如此。

两人相对无言，都歇了好一会儿，云嵝才忽然开口："你为什么怕我？"

冯妙君忍不住咬牙："你一出手就是生灵涂炭，哪个敢不怕你？"

"就算我不来，那座火山近期也会喷发，对他们来说不过是早死和晚死的区别，有那么重要吗？"云嵝重新给自己找了个舒服的姿势靠坐下来，"至于你，你对我的惧怕还在聚萍乡见面之前，我说得可对？

"你很早就知道我是谁，也知道我们之间存在这种奇怪的……"他停下来寻找合适的词语，“……联系，是吗？”

再次见到冯妙君，许久之前就留存在他心底的那种不对劲终于找到了答案。三年多前，荒草丛生的堤坝里刻着的搬山阵、莫提准的出现、王婆的命案，看似毫无关联，却有一条主线将它们全部串在一起。

那就是冯妙君的存在。

他的一时疏忽，让她从他指缝里悄悄溜走。可是命运这样奇妙，居然又再次将她送回到他的面前。

他嘴角微勾，山洞中的气氛却变得肃杀，显然她再有一字虚言，就见不着明日升起的太阳了。对于他的杀意，冯妙君有着野兽般的精准直觉，这会儿决计不敢再糊弄他了，只得老老实实道：“在那之前，我已经见过你了。”

“嗯？”他等着下文，并不惊讶，因为早有预感。

“那天我推倒王婆后从庄子里跑出来散心，走到旧堤上滑了一跤，结果掉到莫提准布的阵法里了，不知怎的启动了它，结果被传送到遥远的升龙潭里。”

“你坑了莫提准一把，他事后没杀掉你真是奇迹。”云崕嘴角的笑意在扩大。莫怪乎他独斗鳌鱼的时候，莫提准并没有出现，原来阵法被她抢先用掉了，仓促间莫提准也没有时间再布一次阵。

这样说来，小姑娘无意中还帮了他的忙。

冯妙君道：“我在甜水乡救过他一命，恩怨互抵，两不相欠。”

“你在升龙潭看见了什么？”

“你，还有鳌鱼。”她据实以告，“你们在打架。我就挂在山壁的树冠上，不敢出声。”

云崕微一凝神，想起自己杀鳌取珠后离开天坑之前，曾有所感，仿佛有人盯着自己看。只不过那时候他也神疲力乏，四周并无异常，因此也没多作计较就走了。

“原来树上那人是你。然后呢？”

冯妙君一口气说完不敢停顿：“后来我又冷又饿，看见底下有鱼就跳进了水里。不料有好多大鱼争抢什么东西，反而将它顶到我嘴里了。我、我怕得要命，又被它们撞了好几下呛了水，一吸气就把它吞进去了……圆圆的，好像是颗珠子。好在我吃掉它以后就能在水底呼吸了，否则当场就要溺死。”

云崕微微变色。

这样说来，鳌鱼产了两珠？据古书记载，同一只妖怪有极小概率产出两枚以上的内丹，尽管从来没人能够确认。这些内丹之间，很可能会有些奇妙的联系。冯妙君和他共享灵力，是不是这个原因呢？

“是吗？”云崕不置可否，“你既是往下跳，后来又是怎么离开升龙潭的？”

“潭底是活水，与外界有水道相连，所以我……”

不待她说完，云嵯已经打断她："你怎么知道潭底直通外界？"

他步步紧逼，冯妙君知道自己必须表现得更加坦然镇定，不然难逃杀身之祸。

"我看到有条鱼嘴上挂个钩子。鳌鱼栖身的深潭不可能有渔人垂钓，所以那条鱼必定是外头游进来的。也就是说，水潭与外界暗通。"

他点头，算她过关："然后你就游出去了？"

"是。"

"你怎么离开森林返回家乡的？"他目光闪动，"我记得时隔几天之后，你就出现在县衙公堂。"

"我爬出来后就往太阳升起的方向走，白天赶路，晚上睡觉。这样走了三天，就在林中遇到了猎户，我许他重金，他就将我送出去了。"

云嵯侧了侧头："你运气可真好，升龙潭往东南是聚萍乡，往西北就深入大山，更无人烟。但凡一步走错，今日就不能坐在这里。"

"是呀。"她感叹道，"我别的能耐没有，却是福将一名。"

云嵯薄唇微微扬起："可是，我怎么验证你说的都是真话？"

"验证不了，那都是三年前的事了。"她回道，"可重点不是在于，我吞下龙珠之后发生的灵力共享吗？还是你要我起誓？"她眼都不眨一下，实则心中紧张。

云嵯看着她好一会儿，似在权衡，最后才意兴阑珊："不必了，什么誓言都有漏洞。起个誓也并不能说明你讲的全是事实。"

小姑娘说得对，重点还在于她吞下龙珠后发生的变化。

冯妙君眼巴巴地望着他："您神通广大，依您之见，这种连接能不能打断？"

他随意地点了点头："可以，很简单。"见他答得这样干脆，冯妙君心底反而一沉，有不祥预感，果然听他接着道："我杀了你即可。"

她苦着脸道："有没有咱俩都活着的解法？"

"那就要好生研究了。"他看她的目光灼灼，"而且，我为何要舍易就难？"

"咱这样的例子极其珍罕，随便断了多可惜呀？"到了生死攸关的时刻，冯妙君知道早晚躲不过，干脆趁着他心情好尽量游说，"再说我道行不高，从您那里抽取的灵力最多也就是九牛一毛而已；并且我现在已经凝出内丹，日后修为越发精深，也不必再动用您的灵力了，此后都可以相安无事！"

云嵯支着下巴，笑眯眯地对她道："继续。"

"杀了我，对您有什么好处？"冯妙君咬牙，为自己的小命而继续努力，"您不好奇这其中的机理吗？说不定由此还能再创立一门神通；再说，您当然神通广大万事不求人，可是一个篱笆还要有三个桩不是？万一又遇上熔岩之火那种情况，我还能帮点忙嘛。"

"真不幸。"云嵯慢吞吞地开了口，"杀了你，其实对我的好处很大。"

冯妙君心头一缩，吃惊道：“怎么会？”

"你见过我的真容了。"他抬指轻轻敲了敲自己的脸，“只要你回到晋国，回到莫提准那里，就是个活生生的人证。到得那时——"他一字一句，"晋国就有理由联手峣国，对魏开战了。"

冯妙君忽然出了一身冷汗。

云嵼这趟潜入晋国伤烟海楼、杀冯妙君，以及后来的暗算晗月公主的送亲队伍、打破崖山地宫，这一系列行为足以堪称是无法无天了。

晋王和莫提准当然都认定是他所为，可是没有真凭实据，而冯妙君看见了云嵼的脸，只要她回到晋国，就是这一系列事件最有力的人证。晋国就有理由与魏交恶，有理由派军协助峣国攻魏——原本这两国结为亲家，就让魏烦恼不已。

于公于私，云嵼怎么能放她活着离开呢？

"我必定守口如瓶……"

听到这几字，云嵼笑了，而她的声音也小了下去。此话连她自己都说服不了，云嵼又怎么会轻信？

最后她轻叹一口气：“你若想杀我，怕不是早就动手了？说吧，我要怎样才能活命？"云嵼就算伤重，要杀她应也不难，拖到现在还未动手，大概心里另有计较？

"说得是。"这小妮子很敏锐啊，“你我同进熔岩火海偷过血树，也算是共过患难。共享灵力这件事又那么有趣，值得好好揣摩，杀了你很有些可惜。"他顿了顿，见她点头如捣蒜，这才慢悠悠接下去，“可我也不想冒着与晋国开战的风险，唔，这倒有些难办了。"

生机就在这里！冯妙君飞快表态，唯恐错过良机：“我不回晋了，反正烟海楼已经关闭，短期内都不会再开放，我留晋的理由已经消失。"

云嵼奇道：“你是为了烟海楼留在晋国？"

"是呀。"她很懊恼，“我想找到切断灵力共享之法，也想修行，这才要求进烟海楼看书。"

"你没告诉莫提准？"

"没有。"她摇了摇头，“我怕他利用我来对付你。"

云嵼脸上露出一个完美笑容：“哦？你竟是这样替我着想？"

他笑，当然不是因为感动。冯妙君也是脸都不红一下：“我怕他把什么稀奇古怪的神通都在我身上试用，让我生不如死。"

云嵼一语不发地盯她好半天，看得她后背寒毛直竖才轻轻道：“你和他还真是离心离德。"

冯妙君苦笑一声：“我首先要替自己小命着想，留在他身边并无实惠，反而有风险。

所以你放心，这次我也不回莫提准身边去了。"

"是吗？"他审视着她，"你要怎么取信于我？"

冯妙君轻吸一口气："请国师大人示下。"

他淡淡道："我身边正好缺个侍女。"

"侍女……"冯妙君呆滞，万万没想到这神来一笔。当他的侍女，岂非还要陪他回魏国？！

"怎么，不愿意？"他笑眯眯的，冯妙君总觉得他是笑里藏刀。

她小心翼翼："我粗手笨脚，从未伺候过人，怕您不能满意……"

"那就罢了。"云嶂叹一口气，"难得遇到这么机灵可人的小姑娘，可惜，可惜啊。"

他的眼神里，哪有"可惜"这种神色，满满的都是杀气！

冯妙君打了个寒噤，露出个比哭还难看的笑容："不、不，我当然愿意！只要您不嫌弃。"

他斜睨她一眼："我嫌弃。"

"……"

"你得尽快让我满意。"后面的"否则"，他不说，她也清楚。

他这一番连恐带吓，不觉过去许多时间。云嶂真正对她动过杀心，她很清楚这一点。幸好这危机过去了。

不过是暂时的。

云嶂在重伤过后又要使计收服她，这时已然有些疲惫，指了指方寸瓶对她道："进去。"

待冯妙君进了瓶子，他才背倚大石，沉沉睡去。

冯妙君知道他是对她不放心，才将她赶进瓶子里，再塞上盖子她就出不去了——她也不急着出去服侍人，恬然自适地在方寸瓶中沉沉睡去。

一觉过后就到第二日，天还未亮。

冯妙君从瓶子里出来时还在打哈欠，秀发只随便编了个大辫子垂在脑后。云嶂见她得了一宿好眠，连气色都好起来，总觉有些碍眼。他绷着脸道："去打水。"

冯妙君提起木桶，正要去往河边，却见这人忽又做了个手势："慢！"

见他面色微凝，她当即停下脚步，侧耳倾听。初时什么也未听闻，她不明所以去看云嶂，却听他低声道："你不觉得，太安静了吗？"

冯妙君也觉出不对了。这是个美好的清晨，本该有鸟语花香虫鸣兽叫，怎么周围静得落针可闻，只有风声沙沙？

不对，那不是风声。

冯妙君慢慢转头望向洞口，只见外头地面铺上了一层棕褐色的"地毯"，并且还能往前齐齐推进。再定睛细瞧，哪里是什么地毯，分明是密密麻麻、不同品种不同型号不同大小的蜘蛛集结在一起，共同前进！

好在蜘蛛们撞到洞前的结界就毫不犹豫地绕了过去，有些甚至从结界上爬了过去。

她转睛，望见云嶂冲她摇了摇头。那是不要轻举妄动的意思。

两人静静站在原地，一动不动。

约莫过了二十息，蜘蛛大军才通过完毕，去搜寻下一片区域了。

为保险起见，冯妙君又在原地站了一小会儿，才低声道："这是蛛王派来的？"

他眼里闪过一丝嘲讽："看来，它气得不轻。"

他凿穿崖山地宫，将蛛王打伤不说，还将它的徒子徒孙给蒸死过半，又引火灵打烂蛛妖巢穴，还把它们做了几百年的通关生意搅黄了——

她不放心："它们还会回来吗？"

"几个时辰后还会再来。"云嶂看她一眼，"昨晚你睡得正香时，它们就已经来过一回了。蛛王有一项天赋，能与这些东西共享视界感官。"只要小蜘蛛们"感应"到祸首就在附近，那么蛛王很可能亲自追到。

他眼神有些幽怨，看得她打了个寒噤，连忙应是。

看来，云嶂昨晚没睡好呢。

等到四下里重新有了鸟鸣啾啾，她才将石洞顺手打扫一番，而后提起木桶，去小溪里打水了。

蜘蛛大军扫荡一遍的后果，就是附近的动物全被惊走。她不得不跨溪往外多走了数里，才遇见一群贪吃草叶露水的大角鹿。

冯妙君拿石子儿打晕一头，其他鹿一哄而散。她原期待搬回去能有一顿鹿肉大餐，哪知道无意中摸到母鹿胀鼓鼓的肚皮，发现它有孕在身。

看来今儿没那口福了。

想起鹿肉的鲜甜，她叹了口气，将母鹿拍醒，任它蹦入了丛林当中。

好在后面她又遇到两只笨头笨脑的大山鸡，倒也不算一无所获。

她还没到辟谷境界，云嶂虽然平日不一定用饭，但伤后需要更多营养和元气，进补血食是最好的手段。

回到暂时的住处，东方正好露出第一线曙光，云嶂坐在洞中，正对着太阳升起的方向吐息。每一次呼吸的频率都不快，但周身笼着淡淡红雾，吸气时则从五官钻入，半点不剩在外，呼气时再从五官析出。如此反复，雾气越浓。

冯妙君看得好生羡慕，赶紧坐下来依法施为。这是修行者每天重要的功课之一，也称作"餐霞"。日月精华都是最凝实的天地灵气，可是日之精华强横霸道，道行不足者强摄反伤己身，也只有太阳刚刚升起这短暂的十几息时间可以痛饮之。

冯妙君也只坚持了七八秒就觉经脉火热胀痛，知道不能再强求，只得赶紧收了功。一转头，云嵝却还在调息，周身的雾气已经鲜艳得有如朝阳。

旭日东升的速度总是特别快，阳光越发猛烈，云嵝才徐徐收功睁开眼睛。也不知是不是阳光照射的关系，俊面上终于有了一丝血色。

冯妙君很佩服他，能承受太阳真火烘烤的人凤毛麟角。什么时候自己才能修成这样的本事呢？

"换药。"

听到他的指令，冯妙君才解除神游状态，云嵝已经走到洞外洗漱完毕又回来，正冲着她挑眉。

"噢。"

她赶紧将药匣取出来，待云嵝背对她坐好，就扒了他的上半身衣物看伤情。这家伙肯定有洁癖，或许昨晚趁她进方寸瓶之后打水拭过了全身，将血污全部擦去，连衣服都换过了一套。

他脱了上衣弓身坐着，虽然伤痕累累，但她仍能直观看出云嵝的身材比例极好，线条优美，该有的不该有的肌线，他好像都有。

"好看吗？"有人问她。

"好……"冯妙君顺口答上一字，猛地回过神来，发现自己正毫无廉耻地盯着人家的关键部位。她赶紧抬眼，正对上云嵝似笑非笑的眼神。

被抓现行了。反正她脸皮厚，干脆把心一横，笑嘻嘻道："跟在大人身边真是好福利，恐怕以后全王都的女子都要羡慕我。"

云嵝也未料到她小小年纪这般厚颜，嘴角的微笑却加深了："谁说我要带你回王都？"

她大惊失色："您昨儿个明明说了，留我不杀！"

"我也说过，除非让我满意。"他目光在药匣上一扫，冯妙君脸上的笑容立刻灿烂了三分，格外殷勤地给他换药。

摘下紧贴伤口的药布，原本深褐色的药糊已经变浅，照目前情况来说，云嵝的肌体将大部分药力全部吸收了，可谓是十分理想。

至于创口，早不复昨日的狰狞。那许多燎伤的大血泡已经瘪下去，部分开始硬化，眼见得再有一段时间就会结痂。昨日她用的药材称作千魔之眼，状似眼球，虽然丑陋不堪，但于化脓消疮却真有奇效，并且可以隔除伤口最讨厌的感染。冯妙君啧啧赞叹，云嵝却笑了笑："凡事不能只看表面。"

"它不是先天生成的，而是后天调制。"

冯妙君吃了一惊："您这么厉害！"这人不但法术强悍，武力爆表，还精通药理学？

"不是我。"他倒不贪功，"一位友人意外所得。"

他的生机虽然强大，但是胸口上的破洞仍然是最麻烦的。伤口有收止的迹象，却不太明显，并且肺部受伤令他咳嗽加剧，更不利于愈合。

这里，就只能交给时间了。

她一边换药，一边试探道："从前见您的身体……似乎不太好？"冷静了一个晚上，她也想通了。既然接下来这段时间必须和他待在一起，不妨趁此机会更多地了解他。

冯妙君记得，在公堂上见到他的第一眼，这人甚至在秋老虎当道的时候还裹着狐裘喝热茶。加上后来的观察，冯妙君确定他的确有恙在身。

他是魏国国师，什么天材地宝弄不到？她就好奇是什么毛病，能纠缠云嵝这么久？

"嗯，这几年已经好多了。"他似乎不愿多谈，话锋一转，"你的吐纳诀窍是什么？"

咦？冯妙君赶紧将口诀念一遍给他听，丝毫没有敝帚自珍的觉悟——也不需要有。她曾经从烟海楼里选了六七种调息吐纳的口诀，许凤年帮她挑中了这一种。

他听完之后微微一哂。

"不好？"

"平淡无奇，就是过错。"他斜睨她一眼，"你可愿随我修习餐霞诀？"

冯妙君大喜，一下笑靥如花，答得又清脆、又响亮："愿意，当然愿意！"

她终有一次笑容发自真心，竟如昙花夜开，娇妍华盛不可方物。连云嵝都看得一怔，下意识移开目光才道："你若能尽心本分，每三天可以找一修行疑难寻我解答。"

冯妙君笑吟吟地应了声"是"。云嵝慧眼如炬，一下就看出她目前急需的不是多而博杂的知识，而是明师的指点。

"您竟肯教我！"

修行是个系统工程，大国师若能亲自出手点拨一二，给她在茫茫学海中指明一个方向，便可轻灵迅快地直达彼岸。

他眼里掠过一丝不屑："莫提准只知墨守成规，胸无大志。他的神通，你不学也罢。"

有了这般动力，冯妙君待云嵝果然就不一样了，原来是提线木偶，现在却是呵护备至，立刻就祭出洗剥干净的两只肥鸡，做了一顿元气满满的早饭。

日子飞快地过去了三天，云嵝的伤情一天比一天好转，冯妙君面对他的身体也越来越坦然，连忸怩都懒得装了。

第四天清晨换药时，冯妙君发现火伤处结的紫痂已经掉了，新长出来的皮肤嫩红嫩红，显见得再有两三天时间就能复原如初。

最重要的是，看样子连一点疤痕都不会留。

相比之下，他胸口上的伤就恢复得慢一些了。内伤最需要的，是长时间的调养。并且冯妙君给他换药多次总有一种感觉，似是他心肺要比其他机能更弱些，因此表现出来的生机也没有那般强大。

他从前大概是受过什么伤？这世上有许多特殊的属性之力，如火灵的火毒，不拔尽是会一直缠绵，阻碍人体自愈的。想来困扰云嵲的伤病一定很厉害，甚至要强过火灵。

云嵲果然很诚信地教会她餐霞诀。独门秘诀和记载在古书上的大路货果然不可同日而语，聚引灵气入体的速度要快上三成不止。这三天内，云嵲甚至替她解答过一个修行上的疑难，她曾百思不通，他只稍做点拨，冯妙君就茅塞顿开。

明师的作用，就在于此。

蛛王的小探子们后面又来过七八次，频次越来越少，间隔时间也越来越长，显然随着时间推移，蛛王对于抓到元凶也渐渐放弃了。

冯妙君倒是想起过崖山地宫："地宫与火海之间的壁障被打穿，也不知道蛛王现在可安好？"出了这种大事，他们拔腿能跑，蛛王老巢却正好建在火海上方，也不知道它和火灵，这两位终日不得见的街坊能不能好好相处？

云嵲闷笑几声："恐怕不大好。我估计它只能把地宫让给火灵。"

正说话间，远处忽然传来巨响，震耳欲聋。

与此同时，足下山摇地动，山洞落石簌簌，大有顷刻就要坍塌的架势。

云嵲和她大步走出，望见左前方的地面噼里啪啦裂出了蛛网般的缝隙。

灌木丛中的动物们疯狂逃窜，从两人身边飞奔而过。冯妙君骇然回头，望见天边被火柱和烈焰染红。

那是崖山方向。

原本清白的天空转眼间就被晕染成黑灰，浓烟滚滚蒸腾天际，甚至云层间也有暗红闪动，那是雷暴正在聚集。很明显，这是……火山喷发吧？！

"走吧。"云嵲看了一眼就转身，"火山灰很快会飘过来，此处不能久留。"

冯妙君二话不说，冲入山洞中将物什收起，就与云嵲往外行去。恰好此时有一个鹿群从身边奔过，其中一头雄鹿格外高大，鹿角高耸，非常壮观。云嵲一掌拍在它脑门儿上，将它击得头晕目眩，再爬起来时身上已经多了一个人。

这鹿很是强壮，驮动两人仍显轻松，云嵲拍了拍身后位置："上来。"

这家伙倒是无时无刻都想省点力气啊。冯妙君毫不犹豫地跳到他身后坐好，云嵲双腿轻夹，雄鹿乖乖蹿了出去，偏还跑得格外平稳，让冯妙群啧啧称奇："这鹿好通人性，居然肯载我们跑路。"

云嵲笑而不语。

冯妙君见他不说话，接着问："火山突然喷发，是因为那棵树被我们拔走了？"

云嵝唔了一声："崖山本就是活火山，有赖于血树汲地热维生，这才保持千年沉默。我们将树挖走，又炸坏了地壳，它不爆发就怪了。"

炸坏地壳的可不是"我们"！她心里暗骂，面上却惊讶道："血树竟然这样厉害！"能镇住地心真火的生物，本来就很不寻常。"可是莫……提准说它还要百年才能成熟，大人为何现在取它出来？"

"他算错了。"

理由竟然是这么简单粗暴吗？

他微微偏头，于是冯妙君收获了一个完美的侧颜。

"你也听说过血树？"

"《龙嘉图志》里面提及。"冯妙君自然而然道，"我在烟海楼里看过这本书。"

"没在别处看过吧？"

她想了好一会儿："没有呢。"

"只有这本图志记载血树，其他奇物志上都没有。不过嘛，这出处有些问题。"他轻笑一声，"它将血树果实成熟的时间，晚算了一百年。"

冯妙君奇道："要是世间只有《龙嘉图志》记载，您是怎么知道它出错了？"

"血树五百年生根发芽、五百年抽枝长叶、五百年开花结果，其实算起来最后一个阶段也就在这时候了。"云嵝嗤笑一声，"可是被埋没在地下的血树，怎么可能自行结果？"

自行结果？冯妙君先是不明所以，想了半天才长长地咦了一声，面色古怪："这树居然是要授粉的吗？！"

云嵝点了点头。

冯妙君万万没想到他炸伤蛛王、刨开地宫、独斗火灵，还把整座崖山给变回了活火山，居然是因为这么一个扯淡的理由——

血树开了花却没授粉，结不了果……

她摸了摸鼻子，一时不知做何反应。

"再说，你以为它的果实最重要吗？"

不然呢？

"血树的果实有剧毒，连……"说到这里云嵝心中一凛，忽然改了口，"生灵不能食用。"

冯妙君暗中冷笑，面上只作不知。他本来是不是想说连自己都挨不过，却忌惮被她听见？却不知她是这世上最不可能谋害他性命之人，也是最希望他活得长长久久之人。

"那您处心积虑将它弄出来是为了……"

"血树果实不能用，但花粉却是大补。服之可固本清源，补亏益损。"植物的伟大之处，本就是将霸道的太阳真火变作了滋生万物的营养；血树所为，不过是汲取更加浓烈而霸道的地心真火，凝成了特殊而珍贵的养分。

"修行者在习练神通的过程中，虽然想方设法培元，但多少都有亏耗，比如每日引太阳真火入体，就会损伤经脉，经年累月，不容轻视。"他一口气说到这里，稍事一顿又道，"此物以炀药法稀释十倍给凡人使用，可延年驻颜。"

她轻轻哦了一声，心中一动。

在升龙潭中，鳌鱼自述龙珠能令人获得龙属强大的道行和生命力，如今云嵂还打着血树花粉的主意。他追求的这两样东西都是补益活力的，所以说……他对生命力到底是有多么渴望？

云嵂接着道："算起来它的花季应该还有数年之久，以后你每日清晨都要去采集血树的花粉和露水，以作酿酒之用。"

这听起来的确像是侍女该做的活计，她赶紧应了。不消说，这是个肥差。连云嵂都觊觎不已的宝贝，对她能没有功效吗？

此时灰云已经向外扩散，未来七八天，方圆千里都会被黑暗和阴霾笼罩。好在两人乘鹿向着森林边缘奔去，至多两天的工夫就能走出白象山脉地界。

她看着远处的异象叹了口气。

也不知道晗月公主此刻身处何方，莫提准应该早就将她安全带离了白象山脉才对。蛛王栖身的巢穴被毁了，她不认为它会死在火山里，所以这头满腔怒火的大妖后面何去何从呢？

雄鹿越奔越远，火山和天上的灰云也从她视野当中消失了。

第八章

仁主忠仆

远离崖山，雪中的白象山脉又恢复了宁静。

森林在溪边止步不前，前方是宽广的平原。冯妙君手搭凉棚远眺，不由得欢呼一声："有人了！"

好像有几栋屋舍远在天边，但炊烟袅袅。

快到饭点儿了。

云嵫忽然道："今后你要以这副面貌出现吗？"

"啊？"她摸了摸自己的脸，很嫩很滑呀，有什么不好？

"若被人知道，我收你为侍女，那么……"

他话未说完，冯妙君就反应过来了："我有易形蛊！"她赶紧召唤蛊虫，给自己换了一副面貌。也是十六七岁的少女，瓜子脸、大眼睛，虽然不如她真容那般倾城丽色，但配着双垂髻也是清秀可人，乌眸转动间，另有一股灵秀。

云嵫捏着她的下巴左看右看，勉勉强强道："差强人意。"

那头雄鹿陪他们跋涉了两天，不知为何连雪地里的地衣也不好好吃，平白消瘦了一大圈。冯妙君念在它有苦劳，没将它变作干粮，而是在靠近小镇之后拍拍鹿屁股放生了。

看它撒蹄狂奔、头也不回的模样，冯妙君叹了口气："公的就是薄情。"

云嵫斜睨她一眼："你本想把它做成肉脯，让它长相陪伴的吧？"

她眨眨眼，一脸无辜："怎么会？"

这镇子不大，最多就是一两千人规模，但该有的设施一应俱全，两人不费什么力气就混了进去。

冯妙君挑了一家烫金招牌的客栈休息，云嵫当然不会拒绝，开了两间相邻的上房。

在野外奔波数日，她早就疲惫不堪，云嵘有伤在身，也需要适度调养。

不多时，伙计送了热水过来，冯妙君终于泡上了个把月来第一次热水澡。热力渗透到四肢百骸，仿佛要将体内的每一分疲乏都驱赶出去。她闭着眼，迷迷糊糊地睡着了。

吱呀——

门开了，冯妙君一下子醒了，哗啦一下从水里坐起来厉声道："谁！滚出去！"

外间传来呵的一声低笑。

那是云嵘的声音。

"大人，您怎么来了？"话音刚落，她打了个喷嚏。

他不紧不慢道："两个时辰了。我来看看你腌熟了没有，能不能下酒。"

呀，这么久了？难怪洗澡水都凉了。她赶紧打了个哈哈："不小心睡着了，这就起来，您能不能，呃，回避一下？"

烛光把他的影子映在屏风上，因此冯妙君知道他和自己只有一屏之隔。

云嵘好笑道："有什么好遮的？乏善可陈。"

冯妙君把银牙咬得略吱作响。好在云嵘虽然挖苦一句，却也转身往外行去，给她坦然穿衣的空间。

冯妙君匆匆拭干身子穿好衣物，把湿答答的秀发松松绾在脑后就赶紧绕出屏风。这祖宗脾气大，伺候时手脚慢一点儿就不高兴了。

果然云嵘见到她就哼了一声："我还以为你穿衣也要半年。"

冯妙君面上堆笑，决定不跟他计较："怎么好让您亲自过来？"

所谓伸手不打笑脸人，云嵘面色也和缓了一些："换药。"

"好好。"

云嵘环视四周，嫌榆木椅子太硬，干脆坐到床上去。

冯妙君咬咬牙，忍了，从桌上拿起药匣子，开始每日必做的功课。

她低头处理他后背上的伤，犹带湿气的发丝垂下，透着淡淡幽香，就像冬墙上忽然冒出的一点蜡梅。

云嵘突然低声道："除了小苍兰还有什么？"

"啊？"她微微一怔，好一会儿才反应过来，他问她用的是什么香，"还有一点松香。"

云嵘点了点头："不错，调一些放到方寸瓶的厢房里。"

能得他一句夸奖，可是了不得的事。冯妙君呆了一下才应了，心里不知怎的有两分忸怩。这是她贴身所用的香，他拿去放在自己的熏炉里是什么意思？

冯妙君正想着，就听云嵘道："晗月公主的大婚，你想不想去观礼？"

他眼皮都不眨一下，又说得平淡如水，冯妙君却蓦地抬头盯住他好看的侧颜，研究了半天才给出一个字的答案："想！"

这回轮到云嵂挑起长眉，侧首看她："你不怕我杀了你的好朋友？"

"你没有杀她的必要，就不会担这无谓的风险出手。"冯妙君已经转到他正面来上药，嫩白的手指在他胸膛流连，明明是这么暧昧的动作，她却专注得眼都不眨。

这个妮子一直曲意奉承，骨子里嘛，却像她所用的香，很有几分硬气。云嵂觉得有趣："没有必要？何出此言？"

"火山喷发，崖山地宫毁去，峣晋之间的最短通道就被斩断，您的目的已经达成。"她头也不抬，声色平和，"杀不杀晗月公主，都不会改变政局。"

"嗯？"这一声上扬像带着小钩子，钩得人心痒痒。

"您真的要带我去观礼吗？"她实话实说，"峣都卧虎藏龙，四面皆敌，您伤势又没好全。遇上莫提准，又是一场大战。"

"放松些，你当我无时无刻都爱打架吗？"他笑吟吟道，"只是借道而已。我们要返回魏国，最近的一条路势必要直穿过峣都。"

有这么简单？她眼里满是怀疑。

"你不信任我呢，妙君？"云嵂叹了口气，"好教我伤心。"

她的反应是打了个寒噤，抖落一地鸡皮疙瘩。

云嵂看她两眼，忽然改作正色："你可有化名或者小名？冯妙君这名字，最好不让人听去。"

他说得有理，冯妙君顺口道："我幼名安安。"

"安安？"

"……嗯。"好有磁性的声音，她从未想过这么普通的名字从他口中说出来，竟能变得十足旖旎，引人遐想。

冯妙君莫名其妙红了一下脸，好在灯光微弱，很不明显。

胸口伤情恢复得不错，她估摸着再有两天他就能跑能跳了。待上好药，云嵂站了起来，正色道："明早就动身。"

次日清晨。

冯妙君天不亮就起身洗漱完毕，然后走到云嵂房间门口，她先在左门框上轻敲一下，右门框上轻敲两下，空气中就浮起一面八卦盘。她在震位、艮位、离位各按一记，八卦盘便不见了。

随后，她敲了敲门，一重两轻，这是和云嵂约定的表明身份的暗语。

里面静悄悄的。

冯妙君皱眉，又敲了两下。

还是无人应答。

她想了想，往后退开两步，默默站定，不再敲门，也并未推门而入。

约莫过了一刻钟，门才"吱呀"一声，开了。

云嵝站在门内，静静望着她。

冯妙君扬起笑容："大人，天不早了。"

她笑得胸无城府，云嵝却问她："方才怎不进来唤我？"

"您想起来时，自会起来。"实则是她相信他没出意外。冯妙君口里答着，见他穿着中衣，脸色微显红润，发丝散乱披下，显然刚刚睡醒不久，眼中的迷离将往日的锋芒都掩盖掉。

他伸手捂嘴，打了个哈欠，一边往屋里走一边道："进来给我束发。"

她要干的杂活真是越来越多了。冯妙君撇了撇嘴，拿着篦子比了比，嘴里哼哼唧唧道："太高了，梳不着头顶。"

她矮，他高，手都够不着人家脑门儿。

云嵝二话不说，坐到镜前，任她用手指打散发结。

她的动作，灵巧而轻柔。

云嵝的发丝乌黑、坚韧、顺滑又有光泽，抓在手里是种享受。冯妙君只觉古怪，头发的好坏，和身体的好坏紧密相关。云嵝如果体况不佳，怎么会有这样的外在表现？

冯妙君一边思索，见他双目微阖，还在游离状态，不由得伸指轻挤按他的太阳穴。

手才触及，云嵝蓦地睁眼，目光如电，扫了一眼镜中冯妙君的倒影。

她微微一惊，停住了，暗骂自己怎么敢去动他要害。

不过云嵝又眯起了眼，懒洋洋道："继续。"

她轻轻给他按摩起来，力道恰到好处。云嵝虽然没有吭声，看模样也是舒服的，连方才那一点气势都收了起来，全心享受她的服务。

他的神情就像壁炉边打盹的猫，惬意而放松。

男子的发式比起女式要简单得多。冯妙君将他的长发理得一丝不苟，以白玉冠束好，一枚神采奕奕的美男子就出炉了。

云嵝再睁眼，哪里还有一丝睡意？

他站起来正要走出去，忽然转身抬起了冯妙君的下颌，细细打量。

冯妙君心里忐忑，她能见到半尺之内云嵝的目光微微闪动，若有所思，指尖也在她喉间轻轻滑动，痒得很。她只能忍住。

许久后，他轻笑一声松了手："这里是峣国地界，后面莫要再唤我大人。"

冯妙君不动声色地松了一口气，赶紧应了一声："是，公子！"

一路向西，人烟开始密集，所经城乡也越发繁华。峣国地气比魏、晋普遍偏热，离白象山脉越远，气候就越发暖和。入冬时节，她没再在户外见着一片雪花。

路上行人也不须穿着笨重的大棉袄二棉裤，尤其富家子弟，衣裳依旧靓丽如秋季斑斓。冯妙君看得出，本地居民喜欢颜色鲜亮的服饰，这与晋的素雅、魏的朴实很不相同。

云嵯走到哪里都是个发光体，能够牢牢吸引别人的目光，这回也不例外。

两人走了七天，就有五六拨人马上前打探，想要结交于他。

冯妙君还记得第一次有人找上来时，他们刚刚在镇里换了马。还没走出西市，就有一名膀大腰圆、豪仆打扮的男子走过来作揖道："这位郎君，我家公子有请！"

顺着他手指的方向，冯妙君看到十余丈外的茶馆里坐着四五人，被拥在中间的也是个魁伟大汉，粗眉方颔，正冲着云嵯咧嘴。

冯妙君瞪大了眼，莫名地想笑。云嵯却只当未听见，迈步继续往前行去。

主人就在不远处盯着，健仆哪里肯让他走，一抬腿就拦在他面前："站着，乖乖随我走一趟，我就不难为你……"

云嵯瞥了冯妙君一眼，后者立刻收起了看热闹的心态，不笑了。冯妙君伸出食、中二指交替摆动，模拟人腿行进，口中轻喝一声："滚回去！"

那豪仆不由自主一个转身，往茶馆走去。他眼中露出惊骇神色，大叫道："放开我！"

他嗓门粗大，这一吼吸引了不少路人。冯妙君也嫌他动静大，伸手在小嘴前一划拉，这豪仆跟着就紧闭双唇，一个字也说不出来，只喉底呜咽有声。

云嵯看也未看一眼就走了。

那豪仆走回主人身边，"公子"看向这里的神情带上了怒容，忽然向左右使了个眼色。

就有两名汉子站了起来，向这里走来。

显然人家咽不下这口气。

冯妙君暗暗叹了口气，今儿天色很好，她心情也好，不想杀人。

云嵯忽然轻哼一声："心慈手软麻烦多。"言罢，袖口微微一动。

就见大步往这里而来的两个壮汉忽然晃了两下身子，"砰砰"两声接连倒地，眼睛兀自圆睁，七窍却已经流出血来。

冯妙君惊得小口微张。连她都只看见云嵯打出两道细而淡的黄光，一闪而逝，快得肉眼无法捕捉。

这也太、太嚣张了！

四周行人尖叫躲避，先前若视云嵯为谪仙，现在看他只如恶鬼。坐在茶馆里的公子哥呆呆出神，动也不动。

云嵯却不理他，只翻身上马，往镇外奔行。冯妙君往茶馆里看了一眼，赶紧策马跟上。

几十息后两人已经出了小镇，身后才传来衙役的呼哨声。

茶馆里余下的两三人这才松了口气，一转头见自家公子正襟危坐、面色如常，不由得为自己的失态而惭愧。

"公子？"

没反应。

"公子，这接下来……"衙门的人都快到了，怎生应对？

还是没反应。

家仆急了，轻轻晃了晃他的肩膀。

这人顺势倒下，还维持着方才那副神情。

竟是不知何时，已经毙命。

这一路走下来，冯妙君就怀疑到底能不能遇上云嵝看得顺眼的人。

事实告诉她，有的。

这一天到了决明城，再有人过来搭讪，云嵝居然没有拒绝。

这是一支浩浩荡荡三十余人的车队，多数人脸上有风尘之色，不难看出在外奔波有段时日了。为首的锦衣男子个头高挑，面目俊朗，见到云嵝先是双目一亮，接着就上前抱拳笑道："兄台好风采，怎么称呼？"

出乎冯妙君意料，云嵝笑了笑，露出一口白牙："四方山，倪焕之。"

四方山是什么地方？在烟海楼熟读经史的冯妙君不知道，这男子大概同样不晓得。但他仍然笑道："吾乃琅瑜国御书郎迟辙，奉王命至峳都观礼峳晋联姻。"男子往河边酒楼一指，"不若一叙？"

云嵝欣然应了一声"好"。

迟辙身后立着一名美婢，也对冯妙君一笑。

随从都在底下大堂落座，只有迟辙、云嵝四人被伙计请去了雅间。云嵝先开了口："琅瑜国到此有数月路途，迟先生来得好快。"

琅瑜国位于西海，坐拥四个群岛，加起来有三百多个岛屿，与陆地并无接壤，所以迟辙要前往峳国不仅得乘车，还得渡船。

迟辙摆手："我王既有指示，那便要尽善尽美。哪知白象山脉剧变，公主下落不明，也不知峳晋最后要怎么交代这桩联姻？"

晗月公主下落不明？冯妙君的目光不由得瞟向云嵝。

她如今只是个婢女，没有插嘴的份儿。只听云嵝"叹息"道："崖山喷发时，晗月公主竟然在山里？那可太不幸！那等天威面前，即便公主身边有高手随护，怕是也难逃此劫。"

迟辙目光微凝："倪兄见识过？"

"崖山喷发前我们刚刚进山，结果被火山爆发的威力吓回来了。"云嵋惭愧摇头，"山摇地动间，飞禽走兽争相逃命，始知人力弗可御天。"

"传说中，上古仙人有搬山移海的手段，盖平一座火山并不是难事……物是人非矣。"迟辙目中露出向往，不过随即回过神来，"恕迟某寡闻，四方山何在？"

"峣国南部海岸以外六百里有群岛谓之四方山。"

迟辙一下子就大感亲切："原来倪兄同样来自海上仙山，难怪风度出尘，与旁人都不同。"

这世道不晓得有多少高人世家隐在名山大川，为人所不谙。迟辙哪里料得到自己有这运气，随便结交的一个路人甲就是魏国国师。两人相谈甚欢，大有相见恨晚之意。最后云嵋轻叹一声："听起来峣都在婚礼前夕应是风云际会，各路英杰毕至，也不知有无机会瞻其风采。"

迟辙大笑举杯："这一次各国都派了使节，其中几多风流人物，但我观倪兄并不输与他们。"

迟辙很热情，邀云嵋同行，后者婉拒两次，终于盛情难却。

如此，又过五天。

云嵋的见识非凡人能比，迟辙与他相处多日，渐渐诚服。冯妙君冷眼旁观，见云嵋一点一点将对方老底都掏了出来。

云嵋想做什么呢？她心里好像有点儿谱了。

现在一行人已经走到了峣国腹地，从这里继续往西南，地势开始平坦，路也好走了，再跋涉小半个月就能到峣国都城。

复两日，云嵋忽然找个理由作别。迟辙连呼惋惜，但是怎么挽留都没用，只得摆酒替他钱行。

冯妙君真正佩服云嵋，这酒他都喝得下去，不会戳得心慌？

很显然，并没有。他不仅喝了，还喝得声情并茂，让迟辙险些痛哭流涕。

御书郎的差使就是常伴君王左右，迟辙也不是少年，本不该这样不更事。可是云嵋此人有个本事，说话常能直指人心，再灌几斤黄汤下肚，也不知怎就引得迟辙悲喜无定，在酒席上吐露了许多心事。

宴散，主仆二人驱马出来，云嵋瞟了她一眼："你方才叹气四回，有甚郁结？"

觥筹交错间，他还能来记她叹过几回气？冯妙君暗中一凛，口中却道："迟公子待您真诚，我们还要暗算他吗？"

云嵋微微一笑："所以，我改变主意了。"

"咦？"她眨了眨眼，这人居然还有良心？

"事后他可以活命。"

好吧，他没有。

这天夜里迟辙连做几个噩梦，惊坐而起，望见月光如水从窗中照进，分外安柔。

可是……他目光紧接着凝住，这木窗虽然洁净却有些简陋，断不是他安睡的那间雅室！

迟辙一翻身坐了起来，不意脚下踩到个软绵绵的东西。

是个人，无声无息。他赶紧将之翻过来一看，低呼道："红云！"

他的贴身美婢红云睡得正香，被他摇醒后揉眼道："大人，您怎么醒了……咦，这是哪里！"

两人想奔出户外，结果走到门槛前就被弹了回来。

眼前是一堵无形屏障，他们居然被困在方寸斗室之内。

迟辙扒门大呼："来人啊，有没有人！"外头无人应答。

红云忽然扯了扯他的袖子，抖着声音道："大人，看窗外！"

从窗外看出去，两人不仅看到了草木扶疏的小院，看到了清冷的月光，还看到了……

迟辙眼珠子都快凸出来了："那、那是又一扇窗吗？"

小院外头，本该是天空的部分被两扇木窗占据，窗棂上挂着一只如意护符。

如意护符是他的，有祛邪之力，每晚睡前都由红云挂在窗上。

现在木窗放大了，连如意符上的纹理都清晰可见。

迟辙忽然意识到一点："不是窗户放大，而是我们缩小了！"

像是有风吹来，巨窗轻晃，于是有人走过来关窗。她背对着两人，红云睁大了眼睛，待她转过来，可怜的女婢颤声道："是，是我！大人，有人冒用了我的脸！"

这婢女的脸庞，居然和她一模一样！

迟辙慢慢退到床边坐了下来，忽然苦笑："恐怕这些人冒用的，不只是你的脸。"

谁也不知道正牌被关进了方寸瓶，"迟辙"和"红云"主仆依旧在琅瑜国的使节队伍里，慢慢走向峣都。

离原定的婚典日期还有月余，但现在公主杳无音讯，谁也不清楚这场大婚要怎么收场，峣国并没有发布消息，所以来自四面八方的各路观礼使节队伍仍按计划、原方向前进。

这一日抵达名为"牙都"的小镇，全队盘桓休整。

镇上最好的旅店只有两家，他们大队人马就几乎包下了整间旅店。随着云嵘走进房间，冯妙君关上门，随手布了个阵法才细声道："公子，你今日多吃了两口青梅。迟辙本尊可不喜酸食。"

他二人分别扮作迟辙主仆，云嵘和这位御书郎结交数日，不仅是为套人底细，还要观摩他的行为举止，这才不易露出破绽。

云嵲知道自己这张脸太招摇，此去又是峣国，万一给人认出魏国国师的身份，只怕虎落平阳要倒霉，所以还是老老实实偷了个身份来。迟辙身高体型与他相仿，喜着锦衣，为人豪爽大方不阴沉，外在很容易仿冒；再说御书郎是个不大不小的官儿，要说职权吧，真没大权在握，来了峣都也不会受人巴结；说他官儿太小吧，好歹是君王身边的人，有近水楼台的先发优势，所以别人也不会太看轻。

这就给云嵲留下了充足的活动空间。而红云本就是颐指气使的丫头，冯妙君要学她的做派更简单。

云嵲幽怨地看她一眼："可是梅子酒里的梅子好吃。"

她笑吟吟地从怀中取出一只小巧的酒壶："我省得，所以这酒您还是关起门来喝要好些。"晃了一晃，"我只说是我要吃的，加了两倍的梅子。"

云嵲面现喜色，而后目光在她胸口打转："藏在这里，果然最不被人注意。"

冯妙君一秒钟收起笑容沉下脸："不喝拉倒。"说着，捂着酒壶转身要走。

眼前一花，云嵲已经闪身拦在她面前，一手抓过酒壶，一手托着她的下巴微笑："说哪里话来，还是安安最懂我。"

他眼中果然深情款款。冯妙君脸皮一抽："公子，你现在顶着迟辙的脸。"

他连眼神都没变，只挑了挑眉："所以？"

"暗送秋波没有用。"

云嵲长长哦了一声，眼里有笑意："原来安安喜欢我的本来模样。"

她避重就轻："谁不喜欢？"轻轻将他手指拨开，"伤未痊愈，酒莫贪杯。"

对上她毫无波动的双眸，云嵲显然有些不满意。不过还不等他开口，外头忽然传来一声怒叱："滚开，别拦我！"

这声音！冯妙君万万没料到会在此时此地听到这一声，身体不由得一僵。

这动作虽细微，云嵲却正好盯着她，又怎么会漏看？他微微眯起了眼："那是谁？"

冯妙君眨了两下眼，任她千灵百巧，这会儿却不知如何是好。

那是晗月公主的声音！

冯妙君心念电转。要不要把实话告诉云嵲？

待嫁的晋国公主落入魏国国师手里，会有什么后果？冯妙君不敢想象。

"谁？"云嵲又追问一句。

她是非答不可了。

说不说实话？冯妙君从未陷入这样两难的境地。

"是……"她开腔拖长了声音，也希望拖延点时间，心头有千百个念头转过。

幸好就在这当口儿，她望见楼下的回廊里有个身影一闪而过。

她看得清楚，那是个男人，身材高壮，虎背熊腰，哪怕只瞥见背影，也知道那副身躯里必定充满了爆炸性的力量——正是莫提准。

她的心忽然安定，咽了下唾沫，期期艾艾道："是，是晗月公主。"

说完她眼里就浮起泪花，在云嶂视野里的最后一秒滚落面颊。

他看她一眼，走到窗边往下眺望。

小园里有个面生的年轻女子正冲着侍卫发火，挺起胸膛就往外迈步。后者想拦，却不敢触碰她的身体。

这时又有高个男人闪身而至，一把抓着她的胳膊道："莫胡闹，有事回去说！"

也没见他使多大劲儿，女子就被他抓住，不由自主往二楼的雅间而去。

有莫提准在这里，冯妙君才敢放心大胆地指认晗月公主，给自己争点筹码。有莫大国师守着，云嶂想杀公主并不容易。

云嶂见她站在屋中没精打采，遂问她："那就是晗月公主？"

她点了点头，小声道："她既然活着却没去峣都，显然是不想嫁。这岂非正中魏国下怀？你不会伤她吧？"

女孩儿泪水洗过的眸子黑白分明，里面写满了希冀。被她这样看着的男人，有几个能不心软？

云嶂也微微一笑："放心吧，我要她的命作甚？"

"真的？"她长长舒一口气，"那就好。"

呵呵，她一个字也不信！云嶂怕是认出了莫提准，没把握杀掉公主才这样说的吧？

云嶂伸手轻轻抚着她的头顶，温声道："乖女孩，以后好好跟着我。"

冯妙君将下唇咬得快要出血，点了点头低声道："我出去了。"她的声音还有点失落。

她转头要走，云嶂却伸手一拦："慢着，不把戏看完吗？"

戏？她看了看紧闭的门窗，知道他见着了晗月公主和莫提准还不甘心，想要再套点情报。只见云嶂敲了敲桌子，即有一只肚皮瘪瘪的蜘蛛爬到桌面上。

冯妙君吃了一惊，见这蜘蛛有人拳头大小，色作赤红，背上天然长着个鬼脸图案。六肢长而纤细，足上布满了细而密的刚毛。正是云嶂养在方寸瓶暗室中的鬼面巢蛛。

之所以叫作巢蛛，不是它喜欢窝在巢里不出来，而是它看起来格外累赘的腹部其实是中空的，方便将幼仔一个不剩全装进去——它本身就是个移动的巢穴，甚至卵袋也不产在外头，而是直接关在肚皮里孵化。

它一次能产下百来只小蜘蛛，冯妙君见过这些小东西，对它们的习性也有所了解，这会儿见到母蛛露面，心里就有些恍然：云嶂莫不是想？

果然，这母蛛擦了擦自己的大眼睛，突然口吐人言："我不信，父王一向疼我，绝不会命我强嫁！"

母蛛发出的声音当然与人声完全不同，可是冯妙君明白，这是它在模仿晗月公主。

不过莫提准在房间里布下了结界，声音是传不出来的，鬼面巢蛛怎么能听见？

"王上的御笔，你可认得？王上的私章，你可认得？"这应该是莫提准的话了，"从崖山逃出，公主恳求我暂不通知峣国，先求王上定夺，我做到了；这一路行来，你也听见四下议论纷纷，都在讨论两国结盟。如今王命批复，公主又欲何为？"

听到这几句，云嶂和冯妙君都是恍然大悟：晗月公主生了悔婚的念头！

晗月公主却道："崖山通道已毁，晋国的援军过不来了，峣国恐要陷入战乱。我知道父王都不看好峣国，不认为它能打赢魏国，却还执意要我去做一个亡国王妃吗？"

原本她虽不愿外嫁，心中却揣着崇高的使命感，知道自己的婚事会令两国关系更加巩固，会令晋国得到强大的盟友，可是崖山火山喷发之后，时局立变。晋国和峣国之间的最短通道被摧毁，这种情况下，她嫁过去还有什么意义？

对于晗月公主的愤怒质问，莫提准只问了她一句话："公主可是要抗命不遵？"

晗月公主久久不能言语。

"我王对公主来说是君父。君父者，先是君，才是父。"莫提准顿了一顿，接着道，"倘若公主抗旨不遵，我只能以术法将你定住，直至大婚结束。"

晗月公主绝望呜咽："父王为何这般对我！"

"晋国和峣国，可以不为友，却不可以为敌！公主，你的姻缘依旧意义重大，能令峣国安心，能令魏国死心。"

"可是……"

"再说，就算没了崖山地宫，峣晋两国未必就不能再联手抗敌。"

此话一出，莫说晗月公主猛地抬头，安坐这一边静室的云嶂也微睁双眼，有神光如电。

莫提准犹豫一下才道："崖山通道确是最短，但从晋到峣并不止一条路能走。"

晗月公主失望了："可是，取道南部的白象平原也要走两月有余……"

"不！"莫提准打断她，"还有一条路可走，绕过白象山脉北端，行经赤嵌森林再进入峣国地界！"

晗月公主呆怔了好一会儿，好半天才奇道："赤嵌森林，那里原是安夏国的地盘，现在好似已经在、在魏国境内？"

莫提准没回话，冯妙君猜测他是点了点头，因为晗月公主又接下去道："咱们大军要是从那里走，一旦被魏国发现，岂非变作宣战之举？"

未经东道国允许而擅自发兵踏入其疆域，等同于宣战。晋国要是敢私自借道魏国领土，那恐怕要惹来许多麻烦。

莫提准却道："这就不需要公主担心，我王已有计策。"说罢轻轻叹息一声，"可惜了。"

晗月公主心中思索，顺口问："可惜什么？"

"可惜我三徒儿冯妙君没能逃出来。"否则劝说公主这种吃力不讨好的活儿，冯妙君一定能胜任。

晗月公主沉默良久，才道："是我非要拉着她来峣国观礼，不然她也不会遭此意外。可是那一日死不见尸，说不定她还活着。"

莫提准轻轻叹气："她比我另外两个徒儿加在一起都机灵，我也希望她能安好，不过魏国国师恨她入骨，恐怕不会放她生路。"说到这里话锋一转，"公主请在峣都安心待嫁，新的妆奁已经加紧运往这里，大婚前应该可以送抵。"妆奁是给新娘子撑场面的，堂堂晋国公主大婚，那可不能寒碜了排场，这是最起码的礼节！

而后，鬼面巢蛛就安静下来，不再学舌。想来是莫提准离开了雅舍。

冯妙君心中一动，没料到自己会被提起。

昔日在崖山地宫里，莫提准毫不犹豫地带着公主离开，任"三徒儿"陷在云崿手中。对这位名义上师尊的做法，冯妙君完全能理解。在肩负重任的晗月公主和假徒弟之间，莫提准作为晋国国师当然会选择保住前者。

可是理解归理解，她心中却无法不怨怼，毕竟他真的扔下她等死。

她这里正在沉思，云崿轻轻拍了拍她的肩膀："晗月公主与你的交情倒是不浅。"

这话很有技巧，明明是莫提准首先提起她的，云崿却只说晗月公主，如果冯妙君这时还沉浸在难过当中，难免又会生出对莫提准的怨恨之情。

她很配合地低下头，咬了咬红唇道："我出去了。"

她看起来蔫蔫的，像霜打过的茄子。云崿猜想她心里五味杂陈，笑道："你今日表现很好，值得嘉奖。"

有奖励？她下意识抬起头来。

"从今往后，允许你从我这里调用灵力。"

他眼看她的神情从呆滞到震惊，再到喜出望外，声音都提高了五度："真的？！"

云崿微笑着点头。

冯妙君张了张口，想问他"随便调，可劲儿调吗"，不过最后还是强行将这两个疑问吞了回去，只笑逐颜开道："公子慷慨，必定洪福齐天！"

云崿微微一哂："就只是嘴上说说？"

"咦？"他还想提什么非分要求吗？

"我还道，你要为我万死不辞、肝脑涂地。"

她干笑两声："公子，这个，有点太狠了吧，这不是要给我奖赏吗？"

云崿轻哼一声，似是对她的耍滑有些不满，却也不再多说，而是从怀里取出一只玉佩："这个也赏给你。"

能被国师戴在身上的，当然是好东西。冯妙君一把接过，唯恐他改了主意。

细看之下，玉佩的款式很有些特别，乃是用紫玺雕作一连串的紫红葡萄，看起来晶莹欲滴，用双色玺雕成，构图奇巧，每一根线条都很完美，必不是凡物。

果然他指点道："这件玉佩上施了神通，能保你免受一次致死攻击。"微微一顿，"即便是莫提准出手，也要不走你的命。"

冯妙君把玩着手中玉佩，再瞟一瞟他，眼珠子微转："如果是您出手呢，挡得住吗？"

云嵯笑了。

"你可以试试。"

冯妙君将玉佩换了丝线挂到自己颈间："我怎么舍得，这可是能救命的宝贝！"

她肤色如雪，玉佩落在颈间，更显脖颈细长、锁骨微凸，美人线条尽显无遗。这玉佩本是云嵯送出手的，自己看过它无数次，却哪回也不像今日这样，晶莹饱满得令他特别想咬上一口。

他自然不会做这么没品的事，只是搓了搓自己的指尖："难道不因为是我送出手的？"

"一个意思呀。"冯妙君拿黑白分明的眼睛好奇地瞄他，"公子时常这样送东西给姑娘家吗？"

这话有些越界了，换在从前她肯定问不出口，现在不知怎的，突然想知道答案。

云嵯斜倚在榻上，笑得慵懒："你猜？"

她呶了呶嘴："公子是个大方的人。"

"就这样，也换不来你的死心塌地。"云嵯摇着头轻叹一声。

冯妙君只当作没听见，所以云嵯往窗边一指："去，给我煮茶。"

"是。"她得了宝贝也就格外勤快，手上动作不停，一边飞快地烧水煮茶，一边问道，"对啦，您怎么能复原晗月公主和莫提准的对话？"

"这家旅馆的上房基本被琅瑜国的使团包场，只有三间租给了外客。"云嵯看着她动作娴熟地煮水煎茶，"往三个房间放出鬼面幼蛛，并非难事。"

也就是说，在莫提准返回房间布下结界之前，他早就往其他客房安插了鬼面幼蛛，以监听整座旅馆的风吹草动。这人的深沉和谨慎可见一斑。

云嵯喜欢把周围的一切都牢牢掌控在自己手里，其中也包括她。

这可真不是什么好习惯呢。

次日，云嵯又睡到日上三竿才起身。若非冯妙君前一天才见识过云嵯的手段，当真会以为他对晗月公主和莫提准两人毫不在意。

现在她明白了，反正大家殊途同归，都要去峣都，早一步晚一步有甚关系？

她不得不对琅瑜国使团的其他成员道："主人微感风寒，这才起得晚了。"

"散漫，太散漫了！"她痛心疾首，"再这样下去，您非露出马脚不可！"迟辙是侍在国君身边的人，必要严于自律，怎么可能这么畅快地睡懒觉？

"自律有甚用？"云嵸的声音带着睡意，分外有磁性，"还不是服侍人的命？"

她怎么觉得自己膝盖中了一箭？

冯妙君叹着气，认命地服侍他洗漱，而后取来粉蜜膏，配着温开水让他服下。

水温要不冷不热，刚刚好。

喝下了这个，他才稍微涨了点精神，也舍得睁开眼睛了："那两人走了？"

"正要结账离店。"不用他交代，她都会关注莫提准二人的行踪。方才下楼还看见走出客房的晗月公主双眼红肿，显然哭了一个晚上。

冯妙君心里也不好过。身为王女不得不嫁到异国他乡，从此永别亲人。

如果全程平安无事地走完婚典也就算了，她会认命，可是崖山火山的爆发，让她看到了一丝返回大晋的曙光。一回头，这点儿亮光又被她最爱的父王亲手掐灭。

冯妙君怜惜她，却知自己帮不了她。

云嵸见她站着发呆，不由得在她脑门儿上打了个栗暴："没睡饱？"一指自己的床榻，眼里隐有笑意，"借你再猫会儿？"

"不、不用了。"她回过神来，赶紧拒绝。方才替他取过衣物，褥上犹有余温。

"走吧。"云嵸伸了个懒腰，"我们也上路，别耽误了。"

她忍不住翻了个白眼。谁耽误的时间，自己心里没点儿数？天都快黑了！

从这里去峣都，一条官道长又直。一路过去，风平浪静。瞅着大婚的日子将近，赶着进都的队伍这么多，也没有什么不开眼的贼人敢拦道阻截。

这天，众人行经清源镇，再往西北赶一天路就能抵达峣都了。

小镇客房有限，有几支队伍干脆到清源湖边找了个开阔的地方安营。在云嵸的带队下，琅瑜国的队伍也加入其中。

冯妙君倒是很喜欢这个地方，清源湖与其说是湖，不若说是大片相连的沙洲。现在流速缓慢的湖水结了冰，放眼看去湖天一色。这里的沙子细腻纯白，如在春夏配着绿树蓝天碧水，不知有多么美好。

沙滩上架起篝火，众人席地而坐，谈论天南地北。

晗月公主也在这里。莫提准接获晋王消息之后，收起易形蛊，他和公主都恢复原貌，只是这里无人认得他们。

冯妙君站在云嵸身后半步，目光几次扫过，都见晗月公主望着火焰怔怔出神，也不知心里在盘算什么，纤细的身影在火光中更显寂寥。

酒不过三巡，气氛已然火热。决明宗的副宗主蔚文喜仰头闷了一口烧酒，而后道：

"方才我还在镇上见着一位稀罕人物。"

稀罕人物？聚在这里的人都来自天南海北，真有什么人能说得上稀罕？

众人但笑不语。

蔚文喜也不吊众人胃口，直接道："那便是原安夏国的长乐公主！"

话音刚落，云嵯目光微凝，作为正主，冯妙君则和其他人一样显出惊讶之色，抬头望向蔚文喜。

有人忍不住道："长乐公主真的来了？"

大抵喜嚼舌根之人都喜欢旁人的关注，蔚文喜就笑道："还能有假？两年前我就在燕国见过她。现在她就跟在燕国的队伍里。对了，她那远房表兄傅灵川也一起来峣都观礼。"

长乐公主来了，傅灵川也来了，还是堂而皇之待在燕国的队伍里，难道说他们此行得到了燕王的许可，甚至是指派？

冯妙君大感兴趣。

蔚文喜说，那个冒牌的长乐公主就在清源镇上，换言之离湖畔不到五里地。从数年前听说"长乐公主"活跃在燕国以来，冯妙君就一直好奇她的面貌和真实身份，现在真假长乐公主相距不到数里，她就动了前去一观的念头。

冯妙君的目光放回云嵯身上。对于这个亡国公主，云大国师想必也是感兴趣的。只是，她要怎么开口呢？

云嵯感受到她的注视，向她抬起了手中酒杯："倒酒。"

冯妙君的神情变化只在一瞬间，现在早就恢复如初，谁也没看出端倪。就在她给云嵯倒酒的同时，有个小国使者笑道："不知面貌如何？安夏王后昔年艳冠北疆，名声一直传到我们这里来。"

男人饮酒方酣之时，话题怎么少得了女人，尤其是漂亮女人？

蔚文喜哈哈两声："长乐公主也是美人，据说燕国属意她的权贵很多，只是燕王一力荫庇之，她到现在都还未觅得如意郎君。"

就有人问道："魏国虽然吞掉了安夏，但这几年安夏疆界，尤其东部疆界很不太平，这里头，就跟长乐公主有关吧？"

"魏国镇压了多次，杀足了三四万人，起义反而愈演愈烈。我听说魏王几次苛责太子镇压不力，对他已生不满。"蔚文喜呵了一声，"要我说，魏国吃掉了安夏却管控不住，又在那几年侵战中打得民穷财尽，直到现在都未完全恢复过来。"

另外有人也附和道："安夏国也真是了得，宗祠都被拆了，还有那么多遗民力挺。"

安夏虽小，国民却似有铮铮铁骨，哪怕安夏王宫已经长满萋萋荒草，反抗魏国的斗争却从未停止。"长乐公主"这个名字如今就是安夏遗民心目中的一面旗帜，或者说，最后一根稻草。只要她活着，起义运动恐怕不会停止，魏国也很难真正掌握安夏地区。

冯妙君理清了这些线索中的脉络，再转眸去偷瞄云嶂，只见他神色恬淡如水，仿佛根本不曾听闻。反倒是几丈开外的莫提准浓眉紧锁，面色有两分沉郁。

蔚文喜噫了一声："相比之下，蒲国质子的运气可就没那么好了。生为男子，最后竟然受尽羞辱而亡，啧啧，真是给蒲国丢脸。"

蒲国王子多年前入燕为质，不久前死在自己府中，传为不堪平渊侯之辱自缢而亡。

这种带着污秽和血光的传闻一向都是人们最爱消遣的八卦。不过就在大伙儿笑得最欢畅也最猥琐时，有个清朗的声音突然自外头响了起来："蔚先生说话须谨慎，小心祸从口出。"

众人闻声看去，有一男一女联袂而来，身后几名侍从合力抬着四头洗剥干净的肥羊，小心翼翼穿过人群。

其中那女子身材窈窕，明眸皓齿，外罩桃红缂丝的银鼠袄，里面一件齐膝的粉白裙子，小腰用软银带子勒出，看起来好生利落。

火光下，她的脸蛋红扑扑的，像晕了胭脂，果真是美人。

身边那男子比她高一个头，剪裁合身的蓝袍外头再套一件披风，就能衬出他高大英伟，轩眉朗目，鼻子直得像尺子量过，端的是一表人才。

蔚文喜被这男子拿话一堵，本来面带不悦，转头看到是他，不禁有些讪讪："长乐公主和傅公子来了。"

营火边顿时起了一阵小小的骚动。

云嶂微微侧首，见自己的侍女紧紧盯着长乐公主一瞬不瞬，不由得低笑："我还道你更喜欢看美男子。"

冯妙君喃喃道："她真漂亮。"

"是吗？"云嶂自然也将长乐公主看了满眼，却低低回她一句，"不及你。"

冯妙君瞪大了眼看他，嘴角不由自主一翘。

弧度很小，转瞬即逝，但云嶂捕捉到了，懒洋洋道："实话。"

云嶂见过冯妙君真容，那是连他都无法忽视的绝色。这长乐公主虽美，较安安相比却少了惊心动魄。就如桔梗之于芍药，不见灼灼华盛。

这厢傅灵川正在说话："蒲国质子之死，在场无人亲见。以此为笑料谈资，是对死者之大不敬。若再传进蒲、燕两国国君耳中，怕要给决明宗招灾。"

蔚文喜吃酒吃到微醺，言谈才有些肆意，被他这么正气凛然地压话，一时竟不好作答。

傅灵川见到四周的空气突然安静，马上就接下去暖场："因此我另外给大家送了下酒料过来。这四头滩羊都是从镇上买来的，不超过一岁半，肉嫩得很。"说罢一挥手，身后的侍从就把净羊抬到火边，熟练地穿叉抹油，架烤起来。

吃人的嘴短，他既有这份心意，营火边的气氛很快就重新热烈。有人给傅灵川递了酒，一边笑道："您二位怎么来了？"

傅灵川和"长乐公主"相视一眼："故土难离，我们想着到峣国观礼之后，顺道再回故国看看。"

他言语平淡，话中却透出眷恋之意。天下也没太平几年，人人都有过物是人非的慨叹，这时不免被勾动了情怀，笑容也淡了些。那人又问："两位这几年都待在燕国，这可是说，燕国会扶长乐公主复国？"

这的确就是天下关心的问题，观众立刻竖起耳朵想听答案，其中也包括冯妙君。

傅灵川一边扶着"长乐公主"坐下，一边道："自然有此意向，否则燕王怎会派我等使峣？"

这话就像丢进池塘的石子儿，瞬间激起层层涟漪，周围响起嗡嗡声一片。

燕国国君为什么让长乐公主出使峣国？那当然只有一个理由：要她和峣、晋两国商谈，最好能结成盟友，煽动安夏地区共御魏国。

这时"长乐公主"也开了口，声若娇莺："魏国多行不义，竟然侵我安夏，早晚要遭天谴。我能从国难中逃出一命，这便是上天要我去报国仇家恨！"

这是她首度发声，却字字带恨。

冯妙君侧头望着她，不明白她苦大仇深为哪般。傅灵川大概是不知安夏王后当年使的手段，不知真正的长乐公主还活在世间。

晗月公主啜了一口酒，突然发声："魏国入侵哪个国家，才不算作多行不义？"

"长乐公主"不料有人诘问，微微一怔，目光扫了过来："什么？"

"公主方才说，魏国灭安夏而遭天谴。"晗月公主耐心地重复一遍，"那么请问公主，它转向哪一个国家才不会遭天谴？"

"长乐公主"小嘴微张，蹙眉道："吞并劫掠之举，本就要遭天谴。"

"一百四十年前，安夏吞并缪食国，才将西部的疆域扩展到了海边。"晗月公主轻笑，"照公主这样说，安夏也遭了天谴，方招来灭国之灾。"

"长乐公主"柳眉竖了起来，不过未等她斥责，傅灵川已经开了口："这位是？"目光如电，对着晗月公主扫视不已。

晗月公主等人一下变作观众瞩目的焦点，莫提准赶紧道："我们并非使团，只是路过借个宿头。她还天真，常有稚言，你们莫要理会就是。"说罢，看了晗月公主一眼。

"几位有所不知。安夏百余年前取下缪食国，乃是缪食国投诚、安夏国受降，从头至尾双方死伤不过数千，可谓厚德。"这声音朗朗回响在营地上空，却不是傅灵川，而是云嶂的！

冯妙君赶紧低头，遮去自己一脸"见鬼了"的表情。

云嶂居然会替傅灵川、替安夏说话。

他侃侃陈词："魏国灭安夏，却致生灵涂炭，百姓流离，连王宫都被一把火焚尽！至今，反抗魏国暴政者此起彼伏，从无间断。"

只见云嵫神态坚毅，目光炯炯，言谈条晰理明，立时得到周围人不少好感，傅灵川和长乐公主也为之侧目。

"多谢阁下仗义执言。"傅灵川向他抱了抱拳，"敢问……"

云嵫将手中酒杯一举："琅瑜国御书郎，迟辙。"

莫提准脸上已经沉积着怒气，对晗月公主道："莫再惹事。"

晗月公主斜瞥他一眼，嗤了一声："现在你连我说话都要管了？"一转头对"长乐公主"道，"我们确是不解本地民情，便想知道，傅公子和长乐公主此行使峣，是代表安夏还是代表燕国呢？"

若非众目睽睽，冯妙君真想给她竖起大拇指：真毒！

"长乐公主"和傅灵川随着燕国使团前往峣国，立场其实有一点尴尬。若说他们代表安夏，那混在燕国的队伍里作甚？如果说他们代表燕国，那么他们凭什么去招徕安夏地区的人马，凭什么要求人家跟他们并肩奋战？

无论怎样解释，都不能改变他们流亡异国、寄人篱下的本质。

"长乐公主"果然柳眉倒竖，冷笑道："与你这乡间小民有何关联？"

傅灵川眼中有怒气一闪而过，望着晗月公主的目光也带上深深的探究。但在摸清对方底细之前，傅灵川不想轻易开罪。他依旧道："我们代表安夏人而来。安夏与峣国世代睦邻、祖先共同，理应同气连枝。"

"原来如此。"晗月公主叹了口气，"看来天下又要不太平了。"

傅灵川暗暗恚怒："姑娘操心的事可真不少。"

晗月公主还要再说，转头望见莫提准瞪她的眼神如猛虎，不由得打个哈欠，站了起来："无趣得很，回去睡觉了。"

她这么一走，莫提准也举步往回。

待他们一行走远，云嵫才嘀咕一句："这是哪一家的娇蛮千金？"

傅灵川转过头来，向他一笑："这几个人不简单。"

边上的"长乐公主"哼了一声，薄怒未褪。

云嵫和傅灵川不约而同地摇了摇头，云嵫向傅灵川举了举杯子："这酒不错，乃是取西海灵泉酿造而成，傅公子何不试试西域风味？"

他方才替"长乐公主"说话，傅灵川对他就有几分好感，心中也生结交之意，遂走过来坐下："倒要尝尝。"

云嵫即笑吟吟地对冯妙君道："还不取杯斟酒？"

看他这么一本正经，冯妙君脸皮一抖，险些破功。

什么"西海灵泉",不就是方寸瓶里的几瓮酒坛里兑出来的?这厮当真是说起谎来眼都不眨一下。

冯妙君赶紧找出两个杯子,分别斟上酒呈给傅灵川和"长乐公主"。

两个男人很快攀谈起来。傅灵川笑道:"迟兄身在海外,不想对中土历史如此熟悉。"他对安夏旧事都能随口道来。

"牵一发而动全身哪,这世道谁敢偏安一隅?"云嵘叹了口气,"老实说,时局较前些年有点儿紧张了,吾王很关心魏、峣会不会打起来,早做相应准备。如今听傅公子所言,连安夏也要加入战团。方才那个小姑娘说得不错,天下不太平了。"

傅灵川目光微凛:"琅瑜位于海上,战火也烧不到迟兄家里,做什么准备?"

蔚文喜在边上插嘴道:"傅公子有所不知,琅瑜国盛产各种海底金属,魏国造甲所用的海底青金主要就购自琅瑜国。"

傅灵川嘴角微勾:"原来贵国同魏做军武生意。"琅瑜国位于魏境以西的海面上,所谓近水楼台先得月,两家互通有无倒也是常理。

"何止?"云嵘冲他眨了眨眼,"我琅瑜物产丰饶,做的是全天下的买卖,物美价廉。再说了——"他嘿了一声,"魏怎么会只从我们一家进货?"

傅灵川看他一眼,也动了念头。迟辙看来既是使节,也是生意人。琅瑜国确实有诸多特产为大陆乏匮,他和"长乐公主"后面要举事,少不得要用上大量资源。

这迟辙,倒是可以结交。

傅灵川对他更亲热了。这时羊肉已经烤好,侍卫端过来的是一大条羊前腿,傅灵川亲自取银刀给云嵘切了一大块,连筋带肉,金黄喷香。

两人喝酒吃肉好不快意,云嵘才不经意问起:"我知傅公子有复国之志,可是怎到现在才北上?"

傅灵川闷了一口酒,叹气道:"这番事业,不是一腔热血便可以完成的。"

云嵘轻笑:"看来傅公子的机缘终于来了。如需助力,莫忘来找我们。"手里切了一块带皮羊肉,递给身侧的冯妙君,"你也尝尝傅公子的心意。"

傅灵川微微一凛,暗道这人好机敏的心思,自己说得隐晦,他居然能听出其中深意。当下连声谢过,旋即把话题岔开。

"长乐公主"坐在边上,许多使节上来攀谈,她被围在中间,谈笑自若。只看她的谈吐和风度,倒真有公主的派头。冯妙君有几分好奇,傅灵川当初到底从哪里寻来这位"公主"?

第
九
章

故国旧事

不知不觉，夜色渐深。篝火烧尽，众人也吃饱喝足，于是相互道别散去。

琅瑜国的帐篷扎得远，云嵬就打发了其他人，自己带着冯妙君从岸边一路游逛回去，只说要散步消食。

天上明月如盘，将这个银白世界更扩出两分凄清。

两人走在一片沙滩上，冯妙君瞅瞅四下空旷无人，才小声道："我还以为公子要在酒里下毒，哪知道他俩到最后都安然无恙。"

云嵬不满道："在你眼里，我就是这种人？"

"唔……"她自动忽略了这句话，"不是毒，难道是蛊？"

他俯身摘了一片长草叶，放在口中嚼着："我杀他俩有什么好处？"

冯妙君瞪大了眼："那不是长乐公主吗？"

"嗯。"

"她活着，安夏境内就不安生呀。"她一直很想知道，云嵬打算怎样处置安夏的亡国公主。

"所以？"

"您不想先下手为强？"

"杀了她，安夏地区就能太平？"

她仔细思忖："或许不能……但至少反抗会减弱许多吧？"长乐公主是安夏王室正统的延续，她活着，安夏的反抗者们就有精神支柱。云嵬难道不想把这根主心骨打断？

"呵，不必。"

云嵬负手而行，晚风吹动他额前垂下来的碎发，令他看起来惬意得很，"想不到安安这样替我操心。"

"您好，我才好啊。"说出这种话，她脸都不会红一下，"一荣共荣，我不得巴望着您事事顺意啊？"

"真会说话。"他笑眯眯地，"这许多侍女当中，就数你最机灵讨巧。"

"这许多侍女，后来人去哪儿了？"

"大概……"云嵬认真想了想，语气有些不确定，"都没了吧？"

他真是每时每刻不忘恐吓她！冯妙君哭丧着脸："她们平均能活多久？"

"你是最久的一个。"他拍了拍她的肩膀，语重心长地鼓励，"好好干，我怕以后再也找不着像安安这样的可心人儿了。"

冯妙君想，自己脸上的神情一定很僵硬，因为云嵬紧接着问她："是了，我要问你，可愿加入魏国元籍？"

"元籍？"

元籍区别于户籍，只收编为国效力的修行者和妖兽。

要是加入了魏国的元籍，冯妙君的生身父母在九泉之下都会气得跳脚吧？安夏王后再宽容，也只想让女儿过普通人的生活，却不是让她转投敌国。

"你在晋都三年未入元籍，是吗？"

"是的。"冯妙君低声道，"莫提准不当我是弟子。"

"那就好办，不须切断你与旧国的联系，直接加入魏籍就行。"云嵬轻快道，"你可知道，加入元籍之后，才能分享元力？"

"元力！"冯妙君再也掩不住惊叹与羡慕。

这是专由国师调配的国家力量，比黄金还要珍稀万倍，贵重万倍，也是国家笼络修行者的终极手段。

云嵬现在却说，可以将元力分给她？

他似是知道冯妙君心中所想，笑着点了点头。

她既十分惊喜，又明白自己无法当面拒绝，她怕惹得云嵬不悦，疑心她另有所图。

于是她面带惊喜地问："现在就可以加入吗？"

"哪有这样简单？"他不由得失笑，"你得跟我返回魏国，待我将你的名字登入通明宝鉴之后才算是入籍，方可享受元力加持。"

冯妙君深吸一口气，竭力令自己冷静下来。加入元籍对修行者来说，等同于一张投名状，在享有国家给予的福利时，也要承担起相应的责任。比如家底首先要被摸个清楚，而后要完成君王派遣的任务，战争时期还要响应国家的征召上前线……

加入魏国元籍，云嵬就更容易将她掌控在手，这正是冯妙君想尽力避免的。好在从这里返回魏国的路程还远，她有时间慢慢计议，眼下就先答应着吧。

她点头如捣蒜，充分表达了自己的喜悦和感激。云嵬嘴角弯起，心情也无端松快三分。

自从跟了他，这个小姑娘服侍得很尽职，连他这么挑剔的人都挑不出甚错处。然而他心底清楚，她阿谀奉承也好，乖巧听话也罢，都不过是表面功夫，内里依旧是只张牙舞爪的小野猫，从来不肯对他真正交心。

她身上有一种奇特的隐忍和独立，让他反而更想磨平她的爪牙，将她驯化成柔顺的家猫。

云嵘总觉得，冯妙君和他之间似乎还存在另一层羁绊，不仅因为灵力共享。这让他时常下意识地留意她的行为，而不像从前那样将侍女当作空气。

养这样一只小宠物在身边，倒是消郁解压的好办法。

冯妙君敏锐地感知他心情不错，悄悄提问："公子，听说元力最早是神明的专享？"她读过无数史书、杂记、逸闻，总能看见相左的学说，所以这种精尖问题还是得向学识渊博的国师大人求证。

"不错。"三尺外就是平静的冰湖，云嵘拣起一颗石子儿，沿着湖面丢出去，发出"叮叮叮"三记脆响，"所谓'元力'，其实最早称作'愿力'，乃是聚集了百姓的虔诚信仰而得，只有神明可享，就是上古时期的仙人也不敢染指，否则要折损修为。"

"后来天地历经一场剧变，神明从此消失，'愿力'也变成了'元力'。"冯妙君皱眉，"可是关于那场剧变，我几乎没找到任何资料呢，好似历史被人为抹去了。"

"我只在烟海楼里看过一本古籍，唤作《沧海录》，里面点到即止，说神明离开这里之后就前往另一个世界，称作天外天。可是关于'天外天'的一切，它也不作描述。"

她轻叹一口气："要是神明在这世界上留得再久些，或许就没有后来的天魔之祸了。"

云嵘听她推测到这里，破天荒赞了一句："很不错。"又问她，"你以为，是谁抹去了这些史实？"

这问题冯妙君已经想过许多回，不假思索道："一般来说，应是后来者所为。或许是……"她略显迟疑。

"说下去。"云嵘都未察觉自己话中透出的鼓励之意。

"浩黎帝国？"她轻轻吹了声口哨，"如果是近三百年来所为，那么三百年前的书籍上应该有所记载。并且天下混战多年，哪个有闲心去管控舆论？算起来能从源头抓起的，只有立世六百多年的浩黎帝国。"

冯妙君摇摇头道："我只是想不通为什么。听说浩黎帝国还是沐浴着神光而建立的。"得到神宠的浩黎帝国，为什么后面又要抹杀神明的存在？

"为什么？"云嵘低低一笑，"当然是为了元力！元力原为神明独享的愿力，在天地剧变之后，人国发现它也能引为己用。这个时候，神明却已经消失了。"云嵘的声音中带着淡淡讥讽，"你猜，浩黎帝国会怎么做？"

冯妙君轻吸一口凉气，这是人们获知惊天秘闻以后的下意识动作。

"封杀！"

浩黎帝国既然将元力视作镇国之宝，那么必不允许已经消失的神明来分散人间的元力。让百姓遗忘神明的存在其实很容易，只要毁掉神祠，将史书中关于神明的部分篡改、删除，再引导国民信仰帝王就可以了。如此不过百年时间，人间就会遗忘神明。

也可以说，是浩黎帝国封杀了神明。

"这一招釜底抽薪好厉害。"她咋舌，"浩黎帝国也真是翻脸不认人。"

"神明又何尝不是？"云嵀淡淡道，"他们既然选择遗弃这个世界，就不该再享有人间香火。浩黎帝国不过是接收了他们的遗产而已。"

冯妙君总觉得有哪里不对，却又说不上来。最后她放弃了这个念头改道："原本属于神明的力量，为什么后来能被国师所用？"

"应是天地规则发生了改变所致。"

她想了想，还是忍不住道："公子，您可有头绪？关于我们的……"

可是"诅咒"两字还未出口，云嵀忽然竖指在唇前，轻轻嘘了一声。

此时两人已经离开沙滩，走入一片矮林当中。他忽然落足无声，动作轻快。

冯妙君下意识住口，连呼吸都屏住，紧紧跟上。

云嵀前行百余丈就突然站定，站到一大片刺槐树的阴影当中。天上飘过来的云朵挡住了明月，四周光线很暗，若他不言不动，连冯妙君都不易发觉这里有人。

她紧上两步，立在他身后，给自己找了个好位置再凝目看去，不由得微微一惊：前方这一小片不见天的空地里居然有两个人，一躺一坐。

她起先还以为是对情侣，但定睛细瞧，发现两个都是女子，还长得有点儿像。

躺在地上那个双眼紧闭，从呼吸上来判断是没了知觉，就服饰发型而言，大约是名侍女；坐着的那个正在照镜子，一边伸手抚着自己的脸。

菱花镜子清透如水，乃是琉璃打磨，光这质量就不是坊间能够买到的。随着她手指轻轻移动，脸部的肌肉也在变形。

那张脸，看起来跟躺着的女子越来越像。

冯妙君吃了一惊，心逐渐沉了下去。

这女子在做什么，冯妙君清楚得很，只因她先前也这么做过：照影易容，用的还是易形蛊。

易形蛊的使用，初学者要上手是有些难度的。尤其要将自己的脸变作别人的模样，首次需要对着镜子做各种微调，并非一蹴而就。这东西格外珍罕，培育又很艰难，她只在莫提准和云嵀手里见过。小小的清源镇，除了她和云嵀之外，还有谁可能拥有易形蛊呢？

冯妙君认得坐着这女子的耳环——个把时辰前，晗月公主就戴着这副红宝石耳环坐在她对面，虽然现在她已经换过一件浅紫襦裙。

湖边荒林里，晗月公主正在易容为另一个人，理由和目的，冯妙君大概都知道了。

她想悔婚，她想逃走。

易容完毕，晗月公主就飞快扒掉侍女的外衣，而后伸手去解自己颈前的襟绊——脸都换了，当然衣服也要跟着换，而后就是发型和首饰。

冯妙君看到这里有些着急。晗月公主不知道树后隐着一个大男人，可是她知道啊。

再看云嵝，还是那副老神在在的模样，仿佛要欣赏公主脱衣。

这个人真是品行不端！

眼看公主白嫩嫩的肩颈都露出来了，冯妙君不得已，轻轻咳嗽一声。

声音不大，但在万籁俱静的丛林中，在晗月公主的耳中听起来，却仿若惊雷！

她一个旋身望向声音来处，厉喝道："谁！"同时不忘将脱了一半的衣服又火速披回去。

云嵝望了冯妙君一眼，侧了侧头，示意她自己惹出来的麻烦自己扛。

那一眼带着笑意，却不怪冯妙君坏事，于是她知道这家伙就等着她来开腔。这个人真是无聊又黑心！

心里暗骂不已的同时，她也只能硬着头皮走出去，轻声道："姑娘，你惊扰了我家主人。"

她控制咽部肌肉改变了自己的声音，倒不虞被晗月公主听出来。

我家主人！晗月公主被这四字吸引，目光立刻投向冯妙君身边的黑暗，冷声道："出来。"

云嵝被她这么一喊，也只得慢悠悠地走出树影："想不到夜里消食，也能看到这般有趣的演出。"他这侍女也不是省油的灯。

晗月公主对冯妙君伪扮的侍女只是隐约眼熟，直到云嵝走出来才认出这是琅瑜国的特使，也是风马牛不相及的人，算是不幸中的万幸。她赶紧镇定下来，紧声道："一场误会而已。"

云嵝指了指地上昏迷不醒的侍女："你管这个叫作误会？"

晗月公主快速道："你我萍水相逢，何必管这闲……"最后一个"事"字还含在口里，袖中忽有两物电射而出，直取云嵝、冯妙君咽喉！

此物快极，一眨眼的十分之一工夫就能扎穿喉骨，更妙的是晗月公主连手都没抬，并无预发动作，只是此物飞出来之后自行校准了方向。

冯妙君不敢拿星天锥来挡，唯恐被公主看出端倪，只取匕首向来物削出。

哪知这东西中途一个拐弯，避开匕尖，仍取她咽喉！

她明明撑开了护身罡气，此物却似不受影响。

云嵝并没有伸手救护之意。或许在他看来，冯妙君要是连这东西都挡不下来，也不配在他身边为侍了。

冯妙君也不惊慌，待它飞到眼皮底下，忽然檀口微张，吐出一枚小小枣钉，恰好与来物撞在一起，后者被带偏出去，撞在树上发出"唧"的一声轻响，似是痛鸣。

这东西居然是活的。

它是一只样貌古怪的小鸟，喙尖长如针，黄底黑纹，粗看上去像只大黄蜂，却能凭双翅扇动悬停在半空中。冯妙君在烟海楼中熟读各类野史，望见它身上黑黄相间的纹路即轻呼一声："钦原！"

这是赤嵌森林中栖息的一种异鸟，毒性比黄蜂还要猛烈千倍，蜇兽而兽死，蜇树而树亡，只用一照面的工夫，可称见血封喉。

晗月公主并无修行天赋，只练过一些拳脚，钦原之狠厉却能取寻常修行者的性命，想来是她保命的手段之一，平时从不外显，连冯妙君都不知晓。

射向云嵲的另一只钦原自然不可能得逞，被他直接伸手按住了嘴，顺势一拗——

这小东西连惨叫一声都来不及，就被他扭断了脖子！

不过趁着这点儿空隙，晗月公主已经转头跑出了五六丈远。她想得明白，此二人未见过她真容，只要逃进镇里再换一张脸、换一身衣物，保准没人认得她。

只是她算盘打得再响，又怎么逃得出云嵲的掌心？

他低笑一声，不过还未抬手，冯妙君已经越过他直追晗月公主而去！

她的身形又干脆又果断。

因为冯妙君清楚，只要自己动作稍慢一点，晗月公主怕不要身首异处！

云嵲杀掉她，不会比杀死一只蚂蚁更费劲儿。

只有冯妙君表现得积极，晗月公主才能有一线生机。

不过跑在前方的晗月公主一点儿也不领情，抽空回个头就是一蓬银针，针尖蓝汪汪的，无一不抹了剧毒。

这是机栝发出来的，一次有三十九根，力道可以直接打穿小树。

冯妙君这两月来修为大进，身形如风中柳枝，轻摆一下就尽数躲了过去，再迈开两步就赶到了晗月公主身后，一伸手扣住了她的脖颈。

冯妙君按着她动脉，劲道轻轻吐出，晗月公主身上一麻，气力尽失，腿脚都迈不动了。

这时冯妙君忽闻风响，而后就是一股绝大的力量自侧边推来！

"敢尔！"有个愤怒的声音随之而来。

这力量浩荡乎如大江奔涌，人力难以御之。冯妙君大骇，知道自己决计无法对抗，但她不是坐以待毙的性子，反手就要将长剑刺出。

然而就在这时，前方忽然多出一个修长的身影，将她严严实实挡在后头，正面承受那股浩荡之力。就如同江心砥柱，将惊涛骇浪都劈作了斜风细雨。

是云嵘。他始终不疾不徐缀在冯妙君身后，见她遇险，才伸援手。

锵！一声金属交鸣，云嵘手执一根紫金杵连退数步，对方直往晗月公主扑来，却被云嵘两次三番挡住。他看起来左支右绌，不是敌人对手，偏像风中的大树，弯而不折。

冯妙君不知道云嵘是故意示弱还是身上的伤未好全，反正他喝了一声："退后，否则她死！"

这个"她"，指的当然是晗月公主。

冯妙君早就看到，自旁侧来袭这人虎目燕颔，不是莫提准还有谁？电光石火之间，她心头闪过无数念头，又反复权衡利弊，仍是决定暂时站在云嵘这边。

她心里一叹，只有配合云嵘扼住晗月公主的脖子，劲道含而不吐，沉声斥道："退开！你敢伤我家公子一根毫毛，我就杀了她！"

莫提准望过来的眼神如噬人猛虎，让她心慌得很。不过他无把握瞬间出手解救出公主，因此仍是投鼠忌器，依言缓缓后退两步。云嵘则是停在冯妙君身边，气息不稳，却又冷笑："还不死心，想要杀人灭口吗？"

他何曾这般气急败坏过？所以云嵘一开口，冯妙君基本确定他是假装不敌的了，一颗心因此放下。

莫提准厉声道："放下她，饶你们不死！"

云嵘剑尖往林间空地上一指："先把那笔账算了！你们到底是谁，为何暗中偷袭？"

莫提准注意到七八丈外的空地上躺着个侍女，不由得皱起了眉，她的脸与公主易形过后好像。他瞬间明白过来，晗月公主根本没死心，又一次策划了逃婚！只不过她运气不好，改换面貌时被侍女的主人抓了个正着。

原来己方才是理亏的一方，莫提准忍不住瞪了晗月公主一眼，后者咬了咬嘴唇，心有不甘。闹过这么一出，就算莫提准能救她出来，她亦是逃跑无望了。

莫提准在方才的篝火会上也见过这位来自琅瑜国的迟辙，还跟他遥敬过一杯酒，知道他是使节而非盗寇，再弄清了事情原委，面色也舒缓下来："误会，当真是误会。我侄女儿顽劣，实无害人之心……"

话未说完，云嵘下巴朝着边上的小树一努："没有害人之心，嗯？"

树干已经黑了，莫提准还看到树身当中嵌着的点点寒光。那是公主用于护身的牛芒针，中者立死，没有解药。

"……"莫提准有些讪讪。他伸手入怀，取了一枚圆珠出来，摊在掌心，"这是北地毛夔内丹，妖怪被我杀掉时，已有两百年道行。只要阁下将我侄女放回，这就当作给二位的赔礼。"

冯妙君偷眼去看云嵘。

这得是走了多大运，晗月公主才会落在他手里，云嵘会再将她放回吗？

事实证明，她对这妖孽的了解还是不够深刻啊，因为就在她眼皮子底下，云嵝居然笑了，而后很干脆地点了点头："好，就这么办。"说罢，向冯妙君打了个眼色，放人。

她心领神会的同时喜出望外，也不管他怎会这么好说话，只收回了扼在公主颈上的力道："回去！"收手飞快，生怕云嵝又改变了主意。

晗月公主两个箭步奔回了莫提准身边。

云嵝向莫提准勾了勾手指，后者遂将内丹丢了过来，一边道："迟先生宽宏，多谢！"

"迟辙"要是坚决不放开晗月公主，他还要多费一番手脚，如今这个局面最理想。

云嵝还未开口，旁边忽然又有声音传来："这里发生了何事？"

话音未落，林中又有两人踱出。

冯妙君无语看天。今晚月色很好吗，为何大家都忍不住要出来溜达？

新来这两人她也是认得的——傅灵川和他的"长乐公主"。

人越来越多，晗月公主的身份还能不能保密了？莫提准闭了闭眼，才将满腹郁闷强压下去，淡淡道："无事，一场小误会罢了。"

"长乐公主"是从林地走来，先见过了侍女，再望见莫提准身边的晗月，不由得惊奇地咦了一声。这两个女子长得一模一样？

傅灵川更是奇道："俞国使团的侍女怎会躺在这里？"

俞国？莫提准眼角一跳，望向云嵝二人的目光不由得转为凌厉。

他先前在火旁听得清楚，这两人明明是琅瑜国的！原来地上躺着的不是迟辙的侍女？

"谁晓得呢，或许她只是看月色太好，在这里睡着？"云嵝一句胡说八道，掩口打了个哈欠，对傅灵川道，"夜深寒重，我先回去休息，几位自便。"看了晗月公主一眼，转身就走。

冯妙君一瞬也不敢耽搁，跟在他身后走了，头都不回，留下现场四个人面面相觑，神色奇异。

两人行出三十余丈，冯妙君正要开口，云嵝忽然站定："你先回去。"

他要去哪儿？她还未来得及开口，云嵝已经转身，一溜烟循来路返回了。

冯妙君："……"

风度翩翩的国师大人正大光明地去扒墙角了？

她摇了摇头，只得先行返回琅瑜国帐篷。

明天就是十五了，今晚月满八分圆又亮，冯妙君怎能错过这样的好机会，返帐后就调息入定。她的呼吸悠长，每一次间隔都在十息以上，随着每次吸气，月光中都析出很淡很淡一缕白芒，从她口鼻当中钻了进去，化作纯净的灵力，一点一点滋养她的内丹。

如今冯妙君从外界汲取灵气的速度，与从前不可同日而语。今日晚课做完，她丹田中即有一种鼓胀之感。那是内丹内蕴的灵力达到了"充盈将溢"的状态。原本按照她的估算，想炼出这种气感至少还要一年工夫，未料到两个月竟能成功。

取得了阶段性成果，冯妙君愉悦地收工了，一睁眼才发现，云嵯就坐在自己面前的软榻上，一边喝茶一边看书。

"公子回来了。"她探头去看天色，发现月儿已经东渐，竟是快要天亮了。

"你快要溢丹了。"云嵯方才进帐时见到她面上宝光莹润，不须把脉就能掌握她的修行进度，"自明儿起，每日辰时可以兑花粉酒半钱饮用。"

她笑逐颜开："是！"不消说，这是云嵯对她通过又一重考验的嘉奖。

她直面莫提准，尤其是直面晗月公主时做何反应，做何判断？云嵯想知道的，她已经给出了令他基本满意的答案。

云嵯又丢来一物，在空中划了个抛物线。

冯妙君接起一看，莹白如雪，入手冰寒，赫然是方才莫提准给出的那颗夒丹！

"这个就赏给你了。"他漫不经心道，"夒丹比不上鳌珠，但属性极寒，于修行阴魄之力可收事半功倍之效。"冯妙君与他一样，灵力具象为阳魂、阴魄两种，前者阳炎，后者冰寒。

冯妙君捧着珠子，一脸好奇："这样的宝贝，您不留着吗？"

"你比我更需要它。"他微微一笑，"只管收下。"

她这才喜滋滋收了。云嵯哄女孩子的功夫比莫提准强上百倍，她分明晓得这珠子于他已无大用，可是云嵯换个角度说出来，她还是觉得心里熨帖得很。

她看了看云嵯，欲言又止。

"说吧。"他心情好的时候可是相当和善的。

"您为何放过晗月公主？"她问得直截了当。

他挑起一边长眉："我以为你会欢喜。"

"我是很欢喜。"她毫不讳言自己的感受，"但这不是理由。"

"安安真是油盐不进。"云嵯长叹一声，伸手摸了摸脸皮，"看来是这张脸不够俊。"不能将她迷得云里雾里。

"处芝兰之室，久而不觉其芳。"再漂亮的皮囊，看久了也会有……抵抗力的，眼前这家伙就是个能勾人下地狱的魔鬼，她必得战战兢兢，谨守着本心。

"公子，理由。"她再度提醒他。

他嘴角扯起一抹淡笑："晗月公主已经无用，怎配我出手去杀？"

"无用？"她将信将疑，"晗月公主嫁与苗奉先，峣晋就通过联姻巩固了同盟。"

他轻轻呵了一声："她若死了，两国就不结盟了？"

"唔，不会。"

"所以，杀她意义何在？"

冯妙君沉默了。他说得很对，以云大国师的个性，他的确不愿在不相干的物事上花费半点力气。

可是，难道事实仅仅如此简单？他这么轻易就将晗月公主双手交还给莫提准，冯妙君绝不认为他怕麻烦，怕暴露身份。这家伙，葫芦里一定还卖着别的药。她真是将不信任都写在脸上了啊，云嵁抚着下巴等她继续提问。

不过冯妙君并不打算追问他的目的，反正他也不会说。

"是了，关于灵力共享的诅咒研究，您可有进展？"

"嗯——"这一声很长，然后在她眼巴巴的等待中说，"没有。"

冯妙君的肩膀垮了下去："哦。"

"安安就这么不愿与我共享灵力？"他眨了眨眼，一脸受伤。

"怎么会？"她干笑两声，"我只是不愿占用公子的灵力。"

冯妙君有点沮丧，转移话题道："天快亮了，我帮公子换药吧，马上要进都了。"

云嵁身上的伤基本好全，曾经狰狞的烧伤已变作光滑平整的肌肤，连一点痕迹都没留下。至于那道贯穿了肺部的伤口，皮肉也快要长好了，冯妙君不清楚里面的脏器是不是也恢复了。想来以云嵁的体质，康复起来要比常人快上许多倍。

除了衣袍之后的云嵁身体线条优美，没有半丝多余的赘肉。最后给他上的药是玉晔散，有生肌消炎之效，抹在伤口就化成了油状，将他的肌肤沁得如同上好的白玉。

帐内太安静，冯妙君总觉得云嵁垂下的目光在盯着她瞧，瞧得她面上有点发烫，于是轻咳一声："公子打算在峣都待上多久？"

"婚典结束后就走。"他反问她，"你想在峣国久留吗？"

"唔，我随公子行动。"其实冯妙君有意在峣境多待一段时日，养母徐氏和自己的势力都在峣国，她特别想去看看。"离开峣国之后呢，我们要去哪里？"

"自然是返回魏国。"他轻笑一声，"你我这一趟都离开太久了。"身为魏国国师，他任性出走了好几个月，魏王一定急得跳脚了吧？至于冯妙君，她离开魏国的聚萍乡已经快要四年了。

"是。"满心不情愿地回道。

云嵁看着她，慢慢道："我时常在想，鳌鱼恨我入骨，为何会种一个共享灵力的诅咒给我？"

冯妙君的心跳加快了半拍，表面上却镇定如常："公子可有心得？"

"鳌鱼虽蠢，死后总该聪明一回，除非……"他伸手，轻轻将她下颔抬起，目光里全是探究，"除非它能认定，你会给我带来大麻烦。"

她眼里先闪过惊奇，而后是满满的恐惧："公子，我可不能害您，我可以对天立誓！"

"好啊。"他玩味一笑，"发个誓来听听？"

云嵂喜怒无常，刚刚还给出优厚的赏赐，冯妙君却不清楚下一秒他会不会拧断她的脖子。为了自己和他性命无忧，她毫不犹豫伸出食、中二指向天："我冯妙君对天立誓，绝不谋害云嵂大人的性命，如违此誓必遭天打雷劈……"

"好了好了，说着玩的。"他打断她的誓言，"誓言这东西能当真吗？"

冯妙君："……"不能当真？不能当真你等我誓都发完了才开口？

云嵂却打了个哈欠："休息吧，天都要亮了。"

次日午后，琅瑜国的使团终于抵达嶢都印兹古城。

越往嶢都走，大家穿的衣裳越薄。待冯妙君抵达这座古城才发现，这里树木长青。这个冬天，印兹古城不下雪。

一路上看惯了白雪皑皑，突然重回小阳春，紧绷的心境都跟着一松。尤其高大的城墙后面就有成排的山茶花怒放，红白相间。一行人再往城里走，墙根下、庭院里随处可见三色堇，一花即有紫白黄三色，盛开得随心所欲。

嶢都的建筑极有特色，风格与魏、晋迥异。本地人喜白，因此屋舍墙壁多刷作白色。有钱人家还喜欢在墙上加饰浮雕与彩绘。与魏国的庄朴不同，这里崇尚奢丽，权贵之家在镂空的门窗加装彩色琉璃，还喜欢修造华美的屋檐以彰显财富。

冯妙君看得惊叹连连，恨不得多长两只眼，云嵂不喜她这副丢脸模样，轻嗤一声："乡下来的土包子。"不过云嵂紧接着就介绍道，"这里的富豪喜欢建多重檐，身家过百两可建一重飞檐，身家过千两可建两重，身家过五千两者，才可以建三重。"

嶢都民间富庶，物资丰饶，尤其盛产各类瓜果、草药和木材，官方又奖励工商，鼓励边贸，因此货流发达，常见巨富商贾。

嶢王宫就在整座印兹古城的中轴线上，巍峨大气，她离得老远就能望见由黄金熔铸的屋顶在阳光下灼灼辉耀。它足足有五重飞檐，从屋顶向翘角层层推进，仿佛汹涌的波涛。

至于那些繁复的线雕和绘板，同样是黄金熔铸的。她不晓得深宫内院的屋顶是不是也用黄金做成，单只最外围的宫墙和最高大的宫殿，用掉的金子都以吨来计算。

"好奢侈啊！"她差点被那万道金光闪瞎了眼，却又忍不住从指缝里继续瞄，"这么高调地炫富，不怕人家去偷挖？"

云嵂低低一笑："这整座王宫就是一件法器，除非你能将其损毁，否则休想偷走尺椽片瓦。这些年来不知道多少人因盗窃宫殿的金子被判刑剐手，无一成功。"

她还在啧啧感叹："只有土豪才想得出造这种法器。"

"嶢国第三任君主嶢成王励精图治，那些年又得天公作美，保国泰民安，因此国富一时，还占去了八马原的大片领土。"

她咦了一声："八马原，那不是魏国的领地吗？"

"彼时还没有魏国。"云嵯笑道，"正当成王踌躇满志时，却遇到绝世佳人，他竟然一见倾心，非要娶回来不可，哪知这女子却给他提了个要求。"

"什么？"冯妙君听得入神，顺口问了一句。

"她要一座占地五十顷的黄金宫殿。至少，屋顶必须是黄金筑就。"

"黄金屋！"冯妙君不由得瞪大了眼睛。

"成王虽被冲昏了头脑，却也明白世上的黄金加在一起，依旧铸不成这么宏伟的宫殿。所以他想了个取巧的法子，想利用现成的法器来加铸。这座新月神殿原是另一个小国的镇国之宝，传说是上古仙人的洞府，最开始封印在一套卷轴当中。成王硬生生将它重铸过一遍，因为高阶法器大小随心，所以峣国只用了三万六千斤黄金就搞定了这项难比登天的工程。"

"只？"冯妙君喃喃道，"三万六千斤黄金用出去，还是用在这么华而不实的装饰上，峣国臣民能愿意吗？"

"自然是不能的。"云嵯的声音淡然，听不出什么情绪，"怎奈成王那时已经鬼迷心窍，什么忠言都听不进去。并且新月神殿也是他发兵强夺过来的，打仗本就花掉许多钱。待黄金宫造好，民穷财尽，紧接着又逢大旱，钱粮都拨不出来，后果当然是民怨沸腾，边防空虚。周围的小部族趁机起事，两三年内就成燎原之势，后来把八马原都占走了。"

"这便是魏的由来？"

"不错。"云嵯语带不屑，"峣国从此由盛转衰，至今也未能再现当年辉煌。留下这座黄金宫，据说是意在警醒王室后人。"

果然后人的谈资都是前人的眼泪啊。冯妙君啧啧有声："峣成王英明神武，怎么会犯这种糊涂？"

"英雄难过美人关。"云嵯冷冷一笑，"再说他的对手阴险狡诈，挖好了坑专等他来跳。"

"咦，这倒未见记载。"听到这里，她兴头很足。

"彼时成王年过不惑。他不是修行者，身体虽然精壮，终不如弱冠少年。他喜欢的女子却只有碧玉年华，正值妙龄，又是玉檀宫宫主的女儿，自身也很尊贵，因此满心不愿嫁给他，才找了这么个条件来刁难，希望他知难而退。毕竟谁都明白自古至今生产出来的黄金总量最多能盖个黄金小楼，宫殿那是休想了。"

"这不是一个愿打，一个愿挨吗？"冯妙君奇道，"何阴险之有？"

"问题在于，她提出'黄金宫殿'的要求乃是受人蛊惑。"云嵯一字一句道，"隐在暗中这人，便是天魔！"

"天魔？"这当然不是她第一次听到这个名字，关于天魔的传说很多，"动这番手脚，对它们有什么好处？"

"天魔为祸世间，必要令天下动荡不安方能滋长力量。"云嵲声音里带出奇异的意味，"这世界分裂三百余年，民不聊生，天魔真是没少出力。峣成王迷恋玉檀宫主的女儿成痴成狂，未必不是天魔动的手脚。"

"天魔到底是……"她话未问完，不远处锣鼓喧天，一支行容整齐的仪仗队伍自远及近，从主街上经过。

它从王宫的方向而来，其他平民和商队纷纷避让。

队伍正中央，有两人被簇拥着，一前一后往正北门而去。前面那人腰板挺得笔直，面色肃然，红衣上绣着金丝，腰间别一条黄金束带。他生得剑眉星目、宽肩虎背，这般张扬的装扮旁人不易驾驭，却只衬得他更显气宇轩昂。

这个人，冯妙君恰好是认得的——苗奉先。远行数千里，终于又遇见熟人了。

苗奉先身后的大马上坐着一个少年，和他相比要文弱得多，然体态修长，面如冠玉，容貌秀雅恬静，又是另一种俊美。

冯妙君听到周围百姓窃窃私语，都道峣国二王子这位准新郎官要去北郊的宗祠祭天，祈求神明赐福。这也是婚典最重要的前序之一，原本理应由国师高徒来主持，不过苗奉先自己就要当新郎了，所以就由其好友、钦天监监正的独子左丘渊来接手。

听到那个名字，冯妙君蓦地瞪大了眼，直勾勾地盯着那名少年。

"咦？"

许是她一瞬不瞬关注人家的时间太长，那名少年目光扫来，恰好与她对上，于是微微一笑。这一笑，尽显温雅风流。

边上云嵲阴恻恻道："瞧上他了？"

冯妙君张了张小口，要解释的话到嘴边就变成了："瞧上有什么用？够又够不着。"

她话里的遗憾让云嵲微微眯起了眼："旁人自是无法，谁教你跟对了人？"他嘿嘿一笑，"好生求我，我就去把他掳来给你压寨！"

"压寨？我是山大王吗？"她撇了撇嘴，"我充其量就是山大王的侍女！"

"过了这村可就没有这店了。"云嵲忽然有些不耐烦，"干脆些，要不要？"

"不要，谢谢您哪！"她朝天翻了个白眼，不明白他在赌什么气，"我的眼光还要再高些。"

云嵲摸着下巴，终于露出一丝微笑："这才像话。"

冯妙君不理他的自得，心里一阵嘀咕。左丘渊她先前已经见过两次了，一次在甜水城，一次在晋都，但绝不是此刻伴在苗奉先身边之人！

这是怎么回事？

仪仗队终于走完，候在一旁的平民这才走动起来，琅瑜国队伍也继续前往目的地。冯妙君也顺势将这疑问丢到脑后，一心看热闹去了。

王族大婚在即，整个印兹古城热闹非凡，无数宾客、商旅、匠人、演出队伍自四面八方聚拢而来，共襄盛会。

按照安排，琅瑜使团下榻在城西，只给正副使包了上房。队伍的管事就好生不悦，口里念叨不已。因为峣国以北为尊，最重要的外宾都安置在城北。

冯妙君和云崱才安顿好不久，外头就传来天大的好消息：这场大婚的主角之一——晗月公主平安归来，今晨抵达峣都！

次日清早，琅瑜使者进宫，去呈送贺礼。

每国接待外宾都有相应规格，候在宫里等着琅瑜来客的不是峣王，而是峣国左相。

琅瑜国准备的几样礼物都是海岛特产，尤其最后拿出来的一枚水晶球，颜色会随着光线而不停变幻。这礼物看起来平平无奇，左相脸上的微笑仅仅出于客套——谁家没有几个漂亮水晶球？

冯妙君看出他的漫不经心，特意将水晶球捧到他眼皮子底下，清声道："大人请细睹之。"伸指在壁上轻磕一下，水晶球忽然变色，由浅蓝变成了深红。

这哪里是什么水晶球，分明是一只浑圆的鱼缸，里面盛满清水，养着一种特殊的小鱼。

每尾鱼仅有头发丝粗细，长度仅为两分，但身体的颜色却可以自由变幻，从透明一直到七彩，最妙的是这些鱼儿扎堆却不拥挤，哪怕在队列里都排得整整齐齐，仿佛遵守着某种固有的秩序。

王宫里最不缺的就是珍宝，反倒是稀罕物事能得圣人欢颜。

左相开颜道："费心了，这礼物必得峣王和公侯的几位千金喜爱。"

礼物送完了，客套话也讲完了，琅瑜国的使者团就该告辞离宫，等待十天后见证婚典。毕竟，后面等着递礼单的队伍还很长。

这黄金宫殿的内部也是处处彰显奢华，与晋的温雅、魏的庄朴、安夏的粗犷完全不同。她看得入神，不知不觉走在了队伍后头。

不远处又有一个使团经过，由宫人领着，行进的路线却与他们不同。冯妙君微微侧耳，听到琅瑜团窃窃私语："瞧，魏人也来了。"

魏国的使团？冯妙君这才留神去瞧，只见走在最前方的是位三十多岁的男子，面皮微黑。他身后的队伍里，抬着几口箱子。

"魏使来了，峣王怕得亲自接见。"前头有人笑着，"这是不是黄鼠狼给鸡拜年？"

"噫，居然是武温侯的小儿子乔天星带队。"

"嘘，走近了，莫要再说！"

局势越来越复杂了，冯妙君默默收回视线。

又转过一处月门，门上爬满了西番莲，五彩的花儿艳丽无双，竟然还惹得几双粉蝶纷纷绕绕。

她正要抬腿跨过，不意有人忽然扯住了她的袖子，急声道：“你怎么……”

这声音有几分熟悉。

冯妙君一回头，就看见了苗奉先。

峣国二王子目光灼灼望着她，俊朗的面庞带着两分急切。

可是看清她的长相之后，希冀顿时就转为了失望。他放开了她的袖子，低声道：“背影真像。”

“殿下？”她眼中露出迷茫之色，停在原地等着苗奉先的下文，可他只是摇了摇头，转身走了，多一个字都懒得说。

那个高大的背影，无端显出两分萧索。

她心里当然知道他把她错当成了谁。苗奉先的眼力真好，只看背影就能认出冯妙君。

回到驿馆，一行人自去安顿，她给云崖煮茶时，听到这人慢条斯理道：“看来，苗奉先对你念念不忘，比对晗月公主要上心得多。”

她眼皮都不抬一下：“同患难过，印象不免深些。”

他阴森森一笑：“说得是，我怎么忘了黄秋纬是被你和他联手杀掉的。”

“我反击纯出于自保，那种情况，不是狌狌死就是我亡。”这人烦不烦，陈年旧账都要翻出来算，“再说，您答应过既往不咎。”忍不住再提醒他一下。

“你和晗月公主是好友，结果她对面不相识；反倒是苗奉先，只凭一个背影就认出了你。这可真是有趣得紧。”茶煮好了，云崖啜了一口，皱眉，“太烫！”

有什么趣了？冯妙君听不惯他的阴阳怪气，忍不住道：“有甚稀奇？换作是公子你，能认出我来吗？”

“我……”一个“能”字在舌尖转悠，不知为何就是没说出口。

云崖罕见地词穷了，和冯妙君大眼瞪小眼。一阵难堪的沉默。

咕噜——

炉上的滚水又烧开了，好不容易打破了尴尬。

云崖眼波流转，又恢复了原先的疏懒模样：“你就是化成了灰，我也认得。想用易形蛊从我眼皮底下逃走，可没有那么容易呢。”

接下去几日，整个使节团都闲着无事，就等着峣晋大婚。云崖很大方地给冯妙君放了好几天的假，自己除了与外人应酬之外就是神出鬼没，不见踪影。

冯妙君在印兹城游逛了整整两天，确定没人盯她的梢之后，才往城南走。这里是居民区，越往里走，喜庆的气氛越是浅淡。

最后，她停在一家药铺子门口，抬头看了看招牌："仁和堂"。

她往里走，药堂的伙计迎上来："您抓药还是……"

话未说完，冯妙君就打断他："我找胡大夫。"

伙计微微一怔，即道："请跟我来。"带她穿堂入室，进了后院。

药铺后头有个很大的院子，方便晾晒各种药材。不过此刻院中除了一男一女就没有旁人，他们听见声响转过头，眼里却有着戒备和疑惑。

冯妙君才想起来，自己还未卸下伪装。她举起袖子挡在面前，几息后才放下，已经恢复了真容。

那女子顿时泪奔，喊了一声："安安！"

她动作急，步子却小，踉跄一下险些摔倒，边上男子眼疾手快扶了她一把。冯妙君快步奔过去，用力抱住了她，哽咽道："娘！"

这妇人自然就是她的养母徐氏，立在一边的男子形貌更显成熟，还留了短须，但冯妙君一眼就看出来，他是蓬拜。

"我的安安，竟然长这么高了！"徐氏眼泪才淌到嘴角就笑开了，"比娘亲还高，也比娘亲漂亮了！"

这一别就是三年有余，她和养母在甜水城话别时，还只是个不到十二岁的小姑娘，如今个头却比徐氏还高，面貌也已长开，变作了即将二八年华的俏佳人，怎不教徐氏唏嘘？

冯妙君眼眶发热，伸手替她揩掉泪水，低声道："女儿不孝，今日才来。"

"来了就好，来了就好。"徐氏迭声道，"只要让我见到安安，任何时候都不晚。"

冯妙君抱着她好一会儿，才依依不舍地放开手，转向蓬拜："你辅助娘亲将冯记打理得很好。"

蓬拜见着她，眼里也闪着激动的光芒，面色却很平静："愿为东家和小姐分忧。"又伸手向药房内一引，"外头风大，不如进去再叙？"

仁和堂没有大夫姓胡，这么问不过是接头的暗语罢了。冯记这几年顺风顺水，把生意也做到了峄都来。仁和堂明面儿上与冯记并没有什么关联，外人不易追查到徐氏头上。

徐氏迫不及待地问起了养女的近况，冯妙君也不瞒她，如实说了，只略去自己和云嵫被诅咒相连之事。徐氏听得伸手捂嘴，惊叹连连。

"原来安安经历这许多危险。"徐氏不无忧惧，"三年前在淄县见到云嵫，我就料到他和安安之间必有牵扯，果不其然。唉……"她唉声叹气，"跟在这人身边太危险了，安安真要跟他回魏？"

"照目前来看，只能这样。娘亲不必烦恼，我跟在云嵫身边利大于弊。有他指点，我的修为突飞猛进呢。"冯妙君安慰她，"只要我安分守己，便能平安无事。"

冯妙君细看养母两眼，发现徐氏眉目温润、面色匀红，明明年已三旬，竟然比三年前还显年轻。

知道徐氏过得好，她也就放心了。

"若我估计无误，魏国发兵在即，峣国恐怕很快要陷于战火。"她提醒徐氏和蓬拜。

"我们已经知道了。"徐氏闻言，脸上的喜色慢慢收起，"前些日子崖山火山喷发的消息传来，印兹的粮价就应声抬高了一成，茶叶和绢布涨得最凶，一下抬高了两成以上。这一方面是因为崖山商路断了，另一方面，大伙儿也担心要打仗了。"

冯记好不容易在峣国站稳了脚跟，结果大风大浪又要到来。徐氏长长叹了口气："这天底下，就没有一个安稳地方吗？"

冯妙君正色道："世道如此，冯记要早做打算。战事一起，生意必会受到影响。我们发不了战争财，还是把生意做去太平地方，比如晋国或者燕国北部的桃源境。"

徐氏默了默道："我听说过桃源境，相传那里由十余个修仙者的宗门共同打理，不被王豪掌控，乃是商贾天堂。可是从这里过去，要远渡重洋……安安为何还属晋国？"

徐氏没去过晋，冯妙君耐心跟她说："晋国南部气候湿润，中部和北部多山多矿，物资丰饶。晋地位置绝佳，南面、东面都临海，西面又有白象山脉挡住，都是难以逾越的天然屏障。外敌想要进攻，只有自北部安夏地区入侵。您也知道，安夏虽然灭国，但属地不听魏王命令，因此魏军想以此为踏板进攻晋国的可能性很小。"

她顿了一顿，又道："坐拥此地利之便，晋国就不须大量屯兵。女儿想，若去那里扎根，或能避开动乱，将生意做得久长些。"

徐氏久久无语。她虽然一心守着冯记的产业想将它做大做强，却也知道家国命运相连，如果国势将颓，那么覆巢之下焉有完卵？

立在一边的蓬拜忽然站过来，对着冯妙君拜倒："蓬拜有过，请公主责罚。"

冯妙君蹙眉，他已经很久不曾称她为"公主"，忽然改了正式称呼，便是说这一回的"过"不小。

令她惊讶的是，徐氏抿了抿嘴，低声道："你做什么，快起来！"声音有些急躁也有些不悦。

蓬拜没动，还是稳稳跪在地上。冯妙君眼珠子一转，也不急着让他起身："说来听听，你做了什么对不起我的事！"

蓬拜："……"

徐氏不悦道："你这孩子，怎么说话的？"

冯妙君微微眯起了眼，那张漂亮脸蛋沉了下来，她冷淡了语气："给我老实交代！"

蓬拜又行了一礼才道："冯记年前才打入印兹城，徐夫人和我也跟着来了。都城的生意好做，我们就将冯记的本部设在这里。徐夫人掌冯记，时常要在外面抛头露面、接洽人事，时日长了，总会遇上心怀不轨之徒。三月，还有人往她酒中放药。"

冯妙君皱眉："你是吃素的？"

徐氏叹了一声："安安莫要怪他。我没事，并且蓬拜已经替我处理了那人。"

"没留后患？"

蓬拜和徐氏都摇了摇头。

要是处理得不干净，冯记也不会发展得这样好了。冯妙君笑道："倒是比处理王婆长进了。那么你何过之有？"

徐氏依旧抢答："这是我的主意，安安莫要怪他。我一个妇道人家，孤身在峣都做生意不安全，所以……"她双颊绯红，但还是接下去说，"所以我便安排蓬拜顶了远山的名字，做我的、我的假丈夫！"

冯妙君挑起了眉，定定地看着蓬拜，皮笑肉不笑："只是假丈夫，嗯？"她看徐氏方才的模样，心底就有一点模糊预感，现在一听，果不其然！

她也未大惊失色，徐氏心底好受了一些，蓬拜更是正色道："我只在外人面前扮作冯远山，对徐夫人以礼相待，从未有一指加身。若有一字虚言，教我死无全尸！"

他和徐氏之间，清清白白。冯妙君嗯了一声，面色稍霁："还有甚事吗？"

以蓬拜对冯妙君的了解，断然没有这样爽快。他定了定神："有。虽然属下冒作冯远山，能替徐夫人挡去许多麻烦，但一个半月前南城武卫之首、大将徐文凛偶然在宴会上见到徐夫人，当时就说了轻薄之语，后来虽知徐夫人已为冯妇，依旧纠缠不休。"

冯妙君目光微寒："南城武卫？"她来峣这许多天，对印兹的军制也有了解。印兹特设"城武卫"以拱卫都城，南城武卫下又设十二卫，负责城门内外的守卫和门禁，还负责巡夜、救火、编查户籍、禁令、缉捕、断狱等等，权力很大。南城武卫的首领授将军之衔，目前就是徐文凛。

"不错，我冒作冯记家主与他也有接触，他先是遣人送请柬，要冯氏夫妇出席他的府宴。徐夫人托病不去，他就找人知会于我，称徐将军愿给一些助力，令冯记在峣都混得风生水起。"

冯妙君眼中寒光闪动："他给你递了条子？"

"不，徐文凛不会这样轻易落下字证。他是遣人带话，言语倨傲。"

冯妙君问他："你怎样回应？"

"小本买卖，不敢叨将军的光。"

这便是毫不留情地拒绝了，冯妙君轻叹："恐怕他不会善罢甘休。"

"是。"蓬拜面色微黯，"地痞无赖在冯记名下产业偷抢砸不下七次，我们有家旅舍生意不错，突然半夜着火，那时正是客满，险些就出人命。徐夫人见势不对，赶紧关停了名下的一家酒楼，免得被人诬告投毒。不过前些日子，粮食和布料的供应突然断了货源，这会儿还未寻到新的上游渠道。"

冯记的生意，真真切切受了影响。冯妙君摇头："这些都不算什么，最重要的是娘亲的安危。"说完又对他道，"此事我会有定夺，你暂且退下，我和娘亲还有话要说。"

蓬拜应了一声，走出去给她们守门，转身时不忘看徐氏一眼。

这个小动作，冯妙君也是尽收眼底，心里有了点儿数。

冯妙君不言不语，先将徐氏从头到尾打量一遍。徐氏心下有两分忐忑，赶紧道："这只是权宜之计……"

话未说完，冯妙君就打断她："为何不是别人？"

徐氏张着小嘴没来得及合拢："什么？"

"为何不找别人来扮父亲，偏偏是蓬拜？"冯妙君眯眼瞧着她，"就因为他是我的心腹，又熟知冯记的一切？"

"是、是啊。"这本是徐氏的理由，被冯妙君抢先一步拿去说了，她反而有些心虚。

冯妙君正色道："要让徐文凛死心，我看最好的法子就是娘亲另外找一棵大树来撑腰，否则有他在背后盯着，您就算想躲离印兹恐怕都走不出城门，更别说带着冯记字号走。"

徐文凛就是地头蛇的蛇头，连城门都是人家的地盘。

徐氏："啊？"

"娘亲也曾想过的吧？官大一级压死人，当廷还有比徐文凛更强势的大员，冯记只要跟人家挂上关系，徐文凛也不敢拿您怎么了。"

"这个……"徐氏有些犹豫，"倒是也想过，可是冯记有什么能让人看得上眼的？"

冯妙君笑吟吟地："美人啊。"

徐氏本不是个温软性子，只因心虚才一直低声细气到现在。被冯妙君这样一挤对，终于忍不住翻了脸，娇叱一声："安安，你说的什么胡话！你这是耍娘亲把自己当成礼物送人吗？"

冯妙君惊愕道："娘亲说哪里话来？我是说，买个美人去孝敬便好。"

徐氏已知道她在胡说八道，沉下俏脸："娘亲都焦头烂额了，你还有心来取笑！"

"既然焦头烂额，为何一开始不打算告诉我？"冯妙君目光如炬，一眼就能看出徐氏有心瞒住冯记的困窘，却被蓬拜给捅了出来。说到底，蓬拜的效忠对象是长乐公主。

徐氏叹了口气："安安自身处境这般险恶，不应再加忧思。冯记的麻烦，说到底只是账面上的增减。徐文凛要再有更过分的举动，我将商号一关，举身前往他国就好。安安眼下要集中精神应付的，是那魏国的国师。"

字字句句都是慈母的真诚。冯妙君心中感动，不由得敛起笑意，正容道："谨遵娘亲教诲，是我错了。"

"至于徐文凛，我会想办法，冯记暂时维持原状就好。"冯妙君看徐氏要张口反对，又抢先一句，"娘亲可是属意蓬拜？"

徐氏险些岔了气："胡说什么！"她瞪圆了眼，双颊却是红的。

冯妙君言止于此，不再深入，而是站起来道："我得回去了。出来太久，恐云崒生疑。"

徐氏也知道个中利害，赶紧平复了面红心跳，叮嘱她要小心为上，就与蓬拜一起送她到了前厅。

冯妙君重新变了张脸才走出去，到僻静无人处才又换作红云的模样，大摇大摆地离开了。

第十章

祸乱渐起

太阳还没落山，冯妙君就回到了驿馆。可是经过云崿房间，她赫然发现这人已经回来了。

云崿正在品茗看书，一派悠闲模样，榻边还燃着香。她一嗅气味就知道是自己调配的，时人多用伽楠、沉香，怎么会加入小苍兰呢？那种甘甜和煦，并不为潮流接受。

为何云崿就喜欢呢？

这念头只在她脑海里一闪而过，她就见到云崿抬头对她撇了撇嘴，俊面上一层薄薄的不悦："哪里去了，也不顾你家主人还饿着肚子？"

"您不是给我放假了吗？"

他"啪"的一声扔下书："快，陪我用饭去。"

"驿馆的厨房刚做好了山药羊汤……"

"吃什么山药！"他先是不耐烦，而后俊目一亮，"不过羊肉倒真不错。唔，去吃古董羹吧！"

所谓古董羹就是火锅，只是取食物掉入锅中那一声"咕咚"来命名。

"……好。"想起羊肉涮成薄片，入锅烫成卷再蘸点小料的鲜美，她也馋了。冯妙君咽了下口水："我去吩咐备车。"

"不必。"云崿笑吟吟道，"离这里二百丈外就有一家顺东风，那里的羊肉炉很不错。"

冯妙君赶紧取了大氅给他披上。替他整理领口时，云崿忽然低头嗅了嗅："好香，是山梦花？"

她正好微微抬首，他这一下好似要埋到她发间。冯妙君赶紧缩头，嗯了一声。她下午造访的仁和堂药铺外头那一条长街上，的确生长有许多瑞香花，别名即是山梦花。

这家伙是长着狗鼻子吗，低头一嗅就能分辨出来，说这话也不知是有心还是无意。

她咬了咬唇，忽然道："公子仍打算将我带去魏国吗？"

他的声音从头顶传来："你不想去？"

"想。"她敢说不想吗？"可是我怕公子将我抛在印兹城。"

颌下一阵温热，却是云嵯挑起她下巴，迫她与他对视："何出此言？你最近不是玩耍得很愉快吗？"

"公子最近早出晚归，怕不是有惊天动地的谋划？"她是云嵯的贴身侍女，却没能参与其中，可见他的计划里没有她。她知道可有可无之人在他这里极有可能被当作弃子，最好的结果是扔她自生自灭，最坏的结果嘛……不敢想象。

云嵯何等聪明，转眼听明白她的意思，露出一个恍然大悟的神情："原来安安也想加入进来玩耍？"

她咬唇不语，默认。

"办这事儿搞不好要掉脑袋的，你也敢？"云嵯声音温柔如耳语，两人离得又近，这动作在旁观者看来倒似是小情侣互诉衷肠，"我记得安安最怕死了。"

"我是您的侍女，您要出了事，我能独善其身？"冯妙君哀叹一声，"倒不如加入公子的计划，即便是死，也当个明白鬼。"

"安安真是个明白人，只可惜不是我国师府的家生子。"这半道儿上捡来的小野猫还挺可爱的，可是云嵯不会忘记她曾经怎样算计自己，也不会忘记她在熔岩火海中的表现。这姑娘独立而有主见，想让她真正对自己俯首帖耳，难矣。他也轻轻叹息，"用起来，总觉得不是那么放心呢。"

冯妙君很清楚自己的处境，沉静道："怎样才能让公子放心？"云嵯一旦出手，必定搅得天翻地覆。盯上养母的徐文凛有权有势修为深厚，冯妙君一个异乡客怎么应付？如想帮着徐氏摆脱眼下困境，唯搭上云嵯才有一点点机会。

显然云嵯也在思索这个问题。他伸手抚着她的脖颈，拇指在她下颔缓缓摩挲，像在安抚一只小猫。那触感轻柔温暖，教人贪恋，冯妙君却只能有意忽略，屏息等着他的答案。

"除非——"他的目光在她面上流连。两人那么近，以至于冯妙君在他眼中看见了自己的倒影，也看见自己面上写满的渴望和担忧，"安安变作我的人。"

"我原就是……"说到这里，她突然住口，明白了他的真实意图。

他的人？

"将身子给我，我就信你是死心塌地。"他的语气更温柔了，甚至有几分循循善诱。冯妙君像是能透过伪装望见他迷离的眼神。

她的心怦怦急跳，像是要冲出胸腔，但旋即就被自己强行压下。不能慌！

"原来云大国师也不自信，只能用这种法子要走我的忠诚？"她的声音越发冷静，带出毫不掩饰的讥讽。

"这法子是老套了点，但好用。"他嘴角勾起来的笑容，在冯妙君看来惊心动魄，"安安不愿？"

"有什么不愿的？"她看起来满不在乎，"公子姿容绝世，说起来好像还是我占了便宜。"

她一手去扯云嵝腰带，目光在他全身上下乱瞟，一边媚笑道："公子要从哪里开始？"那急切的模样，倒好似要用强的人是她。

云嵝立着不动，任她扯去了腰带，又伸手去脱他外衣……里面就是雪白的中衣了，她手按之处热力惊人，显然云嵝的体温也在急剧升高。

宽大的袖袍也翩然落地，他还垂眸看着她，嘴角含笑。

该解中衣了。冯妙君忽然觉得很热，周围的空气像是被煮开，闷得她两颊发红。

怪哉，她替他换了多少次药就替他解过多少次衣，甚至比这世上多数人都更熟悉他的身体，却没有哪一回像这样紧张。

冯妙君咬紧牙关，去解中衣。

幸好，手指才触到衣料，他忽然捉住了她的柔荑："行了。"

她瞪大眼望向他，不明所以。

"你过关了。"

他指尖在她掌心挠啊挠，那痒意一直蔓到她心底去。冯妙君一时有些头晕，居然脱口而出："公子不继续了？"

说完，她就想扇自己一巴掌。这是向禽兽发出邀请吗？

他呼吸稍稍加重，面色也微显红润，却笑道："你还小，我下不去手。"说到这个"小"字，他目光下移，挪到她颈下位置。

冯妙君顺着他的目光往下看，气得胸口一阵起伏。她用力挣脱出来，红着小脸，每一个字都像从牙缝里挤出来："多谢公子体谅！"

云嵝看她气得吐息不稳，好笑地捏了捏她的腮帮子："先记在账上。"

她压下翻白眼的冲动。只管记吧，她又不打算在云嵝身边待一辈子。

"公子，接下来我要如何行事？"怕他再起色心，她飞快地将话题导向正途。

云嵝似是看破她的用心，却是笑了一笑，也不揭穿："替我着衣，我们出去一趟。"

衣裳方才是她亲手脱的，现在还得由她再一件件替他穿回去。

待她将他衣角都捋直了，云嵝才道："走吧。"

"去哪儿？"她满心期待，想看看他能搅出什么幺蛾子。

"用饭啊。"他理所当然，"再不走，顺东风就没位置了。"

所以他方才没强迫她献身，只是因为怕吃不上饭？

"对了。"他忽然一脸严肃地转过头来，"既然你也要参与我的计划，今晚就要做些牺牲。"

她也跟着凝重起来："请吩咐。"

"晚上的羊肉炉，你怕是吃不着了。"

入夜，峣都繁华的街道依旧车水马龙，顺东风门口更是早早挂起了客满的牌子。

云嵯来得还算早，亮出琅瑜国特使的招牌后就自己踞了一桌。

在大堂坐下没多久，云嵯点的羊肉炉就来了，这也是顺东风响当当的招牌。

云嵯不是第一次来，但每回都要喝上两碗汤才解渴。印兹人爱吃羊，做羊汤的馆子遍布大街小巷，但顺东风能居个中翘楚，手艺可不是盖的。

别处的羊汤就算好吃好喝，那也多少放些药材解膻，唯有顺东风的羊肉里不掺半点儿药味，却鲜得让人一个激灵，浑身上下都通透了。

当然，最最重要的是，这锅汤里含有一丝灵气。

虽然只有那么细细一丝，却对得起那个让人咋舌的价格了。这也是顺东风的羊肉炉真正价值所在，凡人常吃可以延年益寿，修行者就更不必说了。

云嵯涮掉半盘羊肉时，底下就有几名大汉噔噔爬上楼，都穿着轻甲服制，店伙计以超出对待普通客人的殷勤迎上前去，哈腰道："几位爷来了，还是望竹园的包房？"

"知道还啰唆？"

伙计当即领着他们前去西边的雅间，不一会儿，菜肴美酒就流水般端了进去。

楼底下候座的客人不服气了："凭什么他们后来的先排上号，我们还得在这儿候着？"

边上有顺东风的老食客给他科普："不是排上号，而是顺东风的东家和城武卫关系铁着呢，这里长年都留一个包房给城武卫，不管生意多好。"

有这层关系在，别人羡慕也羡慕不来。

云嵯也要了一壶老酒细品，一边凭栏往下眺望。又过片刻，楼下有数人行来，为首的锦衣男子五官端正，皮肤微黑。

冯妙君若在这里，当会认出这就是她在峣王宫里见过的魏国使者，乔天星。

依照惯例，贵客要验明身份才能上楼。可是乔天星亮出自己魏国来使的身份时，却遇上了麻烦。

门口的伙计看过他亮出的令牌和敕书，面色就是一变："您是魏人？"

"是。"乔天星还不知有什么问题，"有人约我在楼上会面，这会儿应该已经到了。"

伙计直起腰板，脸上的笑容淡了下去："请您稍候，我去请示。"

"这是何意？"

哪知这伙计拔腿就往里跑，只回头丢给他一句："您候着就是。"

乔天星眉头一跳，待要举步自行上楼，梯边两条大汉却一左一右围了上来，堵住楼梯。

他想上楼，就得跟这两人动手，他是来会客吃饭，不是来打架砸场子的。

因此这口气，他只得忍了。

不多时，伙计回来了，后头跟着一个紫衣妇人，身形窈窕，年纪不过四旬，长眼睛、尖鼻梁，颧骨很高，嘴唇却很薄，若按相书上说，这就是标准的刻薄相。

边上有人道："姚娘子来了。"

果然这女子站定之后就自我介绍："我姓姚，是顺东风的掌柜。东家早有吩咐，莫说是魏人了，就是魏国一只苍蝇都不许飞进这酒楼里，阁下请吧。"

她话里话外满满都是傲慢，乔天星身为武温侯次子，在魏国从没受过这等冷遇，当下气得黑脸都泛了红："慢着，你一个妇人敢对魏国使节吃五喝六！"

姚娘子嘿了一声："这里是印兹城，不是你们魏都。你有这威风还是带回家耍去吧！"说完抬手往外挥了挥，口里咻咻两声，像在驱赶野狗。

话音落下，周围一片笑声，还有人起哄道："姚娘子厉害！"

乔天星强忍一口气道："我不与你这妇道人家计较，你将顺东风的东家找来。"

"我们东家不在。"姚娘子拍了拍胸口，"这里我说了算。"

人争一口气，乔天星修养再好也终于怒道："我今日偏就要上楼，就不信我能进得了峣王宫，却上不了区区一个顺东风！"

他上前一步冲向姚娘子而来，堵着楼梯的两个大汉就毫不客气地上前。乔天星的侍卫也不是吃素的，立刻就要将这两人推开。

"你想作甚？这里可是法治之地，不似你们魏国那等蛮夷之邦！"姚娘子冷笑的声音又尖又厉，"我警告你，南城武卫的爷们儿就在楼上用饭，你敢擅闯就要吃瓜落！"

话放得虽狠，她人却后退半步，哪知三寸高的鞋底一个踩空，身体立晃。她重心不稳，一把抓住边上大汉的胳膊。

两边正推搡间，这名大汉本就跟儿名侍卫角力，忽然"啊"的大叫一声，向后跌出，重重摔在梯口。

姚娘子倒是站稳了，一下子放开嗓门："魏人行凶啦！"

这个时段客人最多，大汉一声吼，紧跟着姚娘子一声尖叫，楼上的客人都纷纷探头下来看热闹。包厢里那几个城武卫也鱼贯而出，奔下楼去。

不愧是城武卫，对付斗殴滋事是家常便饭，这时冲入人群将两边强行分开，一边呵斥："这里怎么回事！"

乔天星被推开一步，瞪着前面的大汉连连皱眉："我乃魏使，今晚应邀来此赴宴，顺东风居然……"

话未说完，已经被姚娘子抢过话头："几位爷都清楚，顺东风不做魏人生意。"她掉头转向乔天星，"这里不欢迎你们，就别再巴巴地贴上来！瞧瞧，你们打伤我手下，这笔账还没算！"

乔天星也不看她，冷着脸对城武卫道："这妇人实在傲慢，你们要怎生处理？"

出手拦住乔天星等人的，就是这几名城武卫为首的卫长，他轻咳一声："你不知顺东风来历？"

乔天星微怔，摇头。

"我看这事儿就算了吧，印兹城这么大，你再另找地方用饭吧。他家护院受伤，你赔他一些医药费就是，我们不追究你责任了。"

这拉偏架是要偏到天边去了吗？乔天星瞪大了眼，难以置信："就这样？你就任她侮辱外使？"

卫长皮笑肉不笑："这是人家的酒楼，人家愿意做谁生意就做谁生意，不愿意做谁生意就不做谁生意。我们城武卫可管不到这个，不过你要是强行进楼，那我们就有用武之地了。"

论情论理，城武卫都站在顺东风这一边。

乔天星脸色阴沉，指着卫长的鼻子斥道："等着，嵘国必要给我一个说法，怎会养出你们这帮狗眼看人低的蠢货！"他代表魏国使嵘，却遭受这种待遇，也就相当于这些人当面羞辱魏国。

那卫长呵呵两声冷笑："即便你告去王廷，我也是秉公执法！"他琢磨着，回头是不是查清这魏使的下榻之处，夜里摸黑去给他上点眼药？

不过这个念头还未转完，他胸口忽然传出一阵剧痛！

这痛苦来得如此强烈又猝不及防，卫长毫无防备地，"啊"地大叫一声，捂着胸口跟跄两步。这时乔天星已经甩了甩袖子，怒气冲冲地道一声："走！"

他一举步，其他侍从也赶忙跟上，就要分开人群离去。

那卫长却按胸蹲地，痛呼不止。乔天星被他吓了一跳，回头看两眼，嗤了一声："自作孽！"心头解气得很。

其他武城卫赶紧去扶起头目，哪知扶到一半，呼声戛然而止，他们手上也蓦地一沉——卫长不动弹了。

莫说围观的平民，这几名卫兵也傻了眼，其中一人在卫长的颈上按了两下，面色唰一下白了："心跳很弱！"

他将卫长放平在地，众人一看，都骇得退开两步——这人脸色黑如锅底，十指肿得像胡萝卜，整张脸也胀开，五官尤其是眼睛反而被挤成了缝，看上去膨胀又诡异。

边上卫兵不小心按到他肿起的右掌，只听"噗"的一声，食指突然被挤爆，里面喷溅出一股子浓黑的脓水，就像踩到了墨斗鱼。

"毒！"大伙儿都吓呆了，只有两名城武卫强自定了定神，先喂了卫长两颗丹药，不过后者连嘴都张不开，咽喉也肿了起来，药丸哪里吞得下去？

再这样下去，他马上就会窒息。于是一人奔去找大夫，一人排开人群冲出去，厉声喝道："站住！"大步迈开，挡在了乔天星一行人面前。

乔天星不满道："你干什么？"

"你们现在是凶嫌！"这名城武卫眼睛瞪得滚圆，"涉嫌谋害马卫长，不能走！"

乔天星气得笑了："你哪只狗眼看到我杀人了？你怎知凶手不藏在人群里，你怎知凶手不是——"忽然伸手一指，"不是她？"

他手指的方向，正是姚娘子。

姚娘子平时虽然泼辣，却也晓得人命关天，这会儿双手连摆，推脱个干净："我碰都未碰到马卫长，拿什么害他？这里恁多人，只有你们和他推挤了半天！"

乔天星冷笑："胡说八道，要是推两下就能害人，那么这几个城武卫碰卫长的次数比我都多，他们也都是凶嫌！"

其他城武卫也冲过来将他们团团围住，乔天星的侍卫立刻将他护在中间，擎出武器，不让城武卫靠近。

铮铮几声，兵刃出鞘，双方一时剑拔弩张。先前开口喝问的卫兵道："你说到顺东风是应邀，那么邀请你的人是谁，此刻又在哪里？"

"桃源境的使者，檀青霜。"乔天星傲然道，"她此刻应在楼上。"

话音刚落，楼上即有一个女声应道："我在这里。"

而后，有一丽人扶梯快步而下。

这女子乌发雪肤，瓜子脸，柳叶眉，眸中若含一泓春水，即便素着脸只一袭青衣白裙，也掩不去国色天香。

她先取出信物出示给众人观看："我初临贵地，不知顺东风禁忌，确与魏使邀约在此会谈。不想惹来这许多麻烦，青霜有过。若需调查，我会全力配合。"而后快步走到卫长边上，正色问向乔天星："果真不是乔先生所为？如是，请示解药。"

乔天星双手一摊，面露苦笑："我不会用毒。"

檀青霜即道："我粗通药理，可容我一试？"

医者还未赶到，几个卫兵也只得点头。

檀青霜蹲下来，伸出纤指在卫长颈上一探，面色微变，而后轻轻按在他心口处。

好一会儿，她才叹了口气："不成了，他已经去了。"

"什……"城武卫大吃一惊，再去探卫长体征，的确已经心跳停止、脉搏全无。

檀青霜正在马卫长脖颈、胸口、腹部轻触轻按，闻言摇头："一般毒素作用于经络、麻痹肌肉，才能这样医治。可是眼下这毒好厉害，居然将他脏器都溶解了大半，恐怕心脏也不能幸免。"她迟疑了一下才道，"可是溶肌的毒物不该生效这么快！"

溶解！听到这个字眼，众人后背都泛起一股子寒气。

这时人群外头起了骚动，有两人联袂而来，一个身板魁梧，年纪在四旬左右，一个是青衣文士，颔下蓄着花白胡子。他们身后，跟着最开始去求援的那个卫兵。

几名城武卫见到他们面色一松，似乎找到了主心骨："将军！"居然惊动了将军？

"马七怎么了？"来者便是执掌武城卫的将军徐文凛。他恰好就在离此不远的谢军医家中做客，听到顺东风出了事故就一同过来瞧瞧。

他身边的谢军医赶紧蹲身检查，没几息就遗憾道："救不得了。"

徐文凛在路上已经听兵卫说起经过，这时就凝声吩咐军医："查出使毒的手法。"

要查出使毒的手法，就需要验尸，因此选在顺东风一处偏僻的厢房里进行。

趁着这会儿工夫，徐文凛转向乔天星："我乃城武卫将军徐文凛，麻烦乔先生随我来，我要问上几句话。"

峣国廷中大员出现，乔天星反而松了口气，点了点头："好。"

徐文凛转身前瞥见站在一边的姚娘子，顺手一招："你也来。"

三人征用了顺东风的账房，徐文凛问了事情经过，还反复审核了几个细节，这才点了点头。他正沉吟不语，外头亲兵来报："谢军医有请。"

三人踏入临时充当验尸间的厢房里，俱是一惊。就这么不到两刻钟的工夫，马卫长的尸身上居然长出了许多颜色怪异的蘑菇！

徐文凛脚步一顿："这是什么？"

谢军医已将死者胸腔打开，闻声道："惭愧，马卫长浑身上下没有新伤，我找不出毒物入侵的路径，还要檀姑娘帮忙。"

檀青霜就在边上，闻言轻声道："这是落日沼泽的肉毒菇，天生嗜毒，方才我征得谢先生同意，放了肉毒菇的种子在尸首上，现在长出来了。"她伸手往死者胸腹一指，"毒性越剧烈，肉毒菇的颜色越艳、个头越大；伤口附近往往残留的毒素最深，哪怕肉眼难见，用肉毒菇总能测出来。"

"生长在胸口的肉毒菇颜色最深，但表皮上没有破口，哪怕是针孔都不见。因此我还是将马卫长的胸口打开来察看，而后在心瓣里发现了这种东西。"谢军医手里亮出一个小小的琉璃瓶子。

瓶身透明，因此旁人能望见里面装着两只小小蚂蚁！

檀青霜失声道："噬心蚁？"

她见众人目光齐聚过来，遂解释道："噬心蚁虽小，却是极凶悍的洪荒异兽，啃光人的心脏只要十余息。这东西我也只是见过书里记载，没料到有一日能亲睹。"

徐文凛铁青着脸："马卫长是被两只蚂蚁毒死的？"

"周身没有伤口。"谢军医补充道，"蚂蚁或许是衔毒从他耳、口、鼻钻入的。它们比尘埃大不了多少，即便入侵人体也只会引起轻微不适。"

徐文凛冷冷道："总之，有人暗中操纵。"他站了起来，脸色凌厉，"现在封锁顺东风，楼上楼下，包括事发时看热闹的闲人，挨个儿盘查，不能走漏一人！"

这一夜，顺东风鸡飞狗跳，直到东方泛白，在店的客人才算全部核查完毕。

莫说食客们暴躁不安，就是城武卫也焦头烂额。能来这里用饭的非富即贵，现下却都被拦在店里盘查，当然就有许多人不乐意了，把气都撒到城武卫身上。

甚至徐文凛还知道，食客里还有一位尊贵的太子殿下。只不过出了命案之后，太子就被团团护住，旁人想跟他说一句话都是不能了。

不出徐文凛所料，事关太子安危，今晨的廷议上就不免提起，而后所有朝臣都已知悉，争论得面红耳赤。一派坚持要将魏使收押，从严审问，另一派反对大峣与魏国撕破脸皮，要求彻查真相。

死了一名卫长，这桩案子却闹得很大。峣王对他和官署的要求也只有两个字：真相。

十几个时辰连轴转，真正叫作"日理万机"，饶是徐文凛有修为在身，也折腾得够呛。

一眨眼又到傍晚，他好不容易得空坐下来啜一口温茶，亲兵再度急急来报："将军，又有命案！"

"衙门今儿没办公吗？"他满脸不悦，"他们辖下的杀人案，为什么报到我这里来？"

"这个人也涉入马卫长的案子。"亲兵快人快语。

"将军，姚娘子死了。"

徐文凛手一顿，重重将茶盏丢在桌上。

姚娘子双手被缚，就死在自己闺房里，凶手没有伪造自杀的场景，而是用一条白绫活生生将她勒毙。

简单、粗暴，但是现场收拾得很干净，没有留下什么有用的线索。

除了脖颈和手腕之外，姚娘子身上也没有任何伤痕。

想起昨晚自己和姚娘子说过的话，徐文凛额角更疼了。

幸好，他没有透露过有用讯息，凶手从姚娘子这里大概什么也问不到。

云嵬回到驿馆的时候，冯妙君正在狼吞虎咽，面前一个大海碗。

她已经恢复了红云的面貌。

碗里热气腾腾，是汤水清冽、浓香扑鼻的羊汤。冯妙君把黄馍馍撕成小块泡到汤里，泡软方食。于是硬馍吸饱了羊汤的香气，变得软韧可口，怎么吃都不过瘾。

看来驿馆厨房昨晚真做了羊汤。

云嵬笑眯眯地坐到桌边去："姑娘家，也不注意一下吃相。"

冯妙君用力咽下一口羊肉："你要是在顺东风待一晚上却只能闻闻看看不能吃，也会这么饿！"

看得见吃不着，她怨念一晚上了。

左右无人，云嵝笑了笑就单刀直入："为何杀了马卫长？我只要求你在他和魏使之间找碴吧？"

"公子要我办这件事，我就明白，您瞄准的并不是马卫长，而是他身后的人吧？矛盾若不激烈，怎么能惊动那位徐将军？"她虽还是不清楚云嵝好端端跑去顺东风目的何在，但有这家伙出手，事情一定不会小。

云嵝似笑非笑："头一次参与行动，就不愿老实听话办事，嗯？"

冯妙君正色道："老实听话的手下，您已经有死士了。我惯能随机应变。"

"姚娘子与徐文凛有旧，你太过冒险。"

"我知道，否则公子也不会让我去冒充她。"冯妙君低声道，"正因为徐文凛清楚姚娘子底细，昨晚出了那样的事故后，他也没有怀疑到姚娘子身上。"徐文凛喜欢有风韵的妇人，姚娘子虽然姿容比不过养母徐氏，但作风泼辣大胆，也入得徐文凛法眼。

云嵝原本安排了别人去扮作姚娘子，后来冯妙君表明了站队的决心，他才将这差事交给她。这算是云嵝交给她的第一个试炼，冯妙君明白，她想要有资格留在他身边，这次的表现就决不能是平庸而已。

冯妙君从姚娘子本人口中得知，顺东风的幕后大东家其实是鲁太师，这位老先生时年八十有九了，曾是峣王恩师，早就告老返家颐养天年。

云嵝抚着下巴，若有所思："你于男女之事，很熟悉吗？"

冯妙君想也不想："我看书多。"而后低声道，"我听徐文凛道，太子私服出游，当时就在顺东风里用饭。他最开始恨我给他惹来这么个大麻烦，后来却道，未必不是好事，或许能因祸得福。"得赶紧将他的注意力从她自作主张这件事上挪开。

"太子啊？"云嵝面容慢慢变得沉静，显然也在思索当中，"这倒是巧了。"

咦？听他这句话，云嵝莫非不晓得太子去顺东风用饭？冯妙君眨了眨眼。可是，云嵝的目标如果不是太子，那又是谁呢，难道是魏使？云嵝身为魏国国师，为何要设计本国来使？莫非这家伙只是表面潇洒，实际上在国内的日子也不好过？

她思忖中一抬头，望见云嵝抱臂在前，正盯着她瞧，不由得微微一凛。

云嵝轻笑道："安安在想什么？比我还出神。"

"没什么。"她索性大大方方，"我在想，徐文凛这人有什么过人之处，才值得公子出手？"

"过人之处？"云嵝嘴角一扯，"好色算吗？"

前四字咬音很重，冯妙君莫名脸红。

"徐文凛这个守城将军的官儿虽然不大,但权力不小,手握四万城武卫巡视京都重地,奉的还是王令,所以上下九流都要巴结他。"

"您这是打算袭城还是刺杀君王?"她还是不解。

云崺肃容道:"猜得真准,我打算去取峣王的首级,给我魏国大军扫平前路!"

冯妙君瞪着他,一时不确定他是不是认真的。

云崺凝视着她:"这回九死一生,安安可是怕了?"

冯妙君望着他连连点头,毫不掩饰:"怕!"

他面上露出失望之色:"我还道安安可以为我赴汤蹈火,万死不辞。"

她确实可以为他赴汤蹈火的,世界上再没一个人像她这样关心他的死活好吗?冯妙君没好气道:"送死这种活儿,自有死士去替你完成。千金之子,坐不垂堂,如公子这般尊贵的人,怎么会去执行九死一生的任务?"

云崺果然放松下来:"女孩儿家这么聪明,小心今后嫁不出去。"

她微笑道:"谢谢公子夸奖。"

云崺却温声道:"这一次任务,你完成得很好。我会将你平安带回魏国,以示奖励。"冯妙君微微一怔,因他的这一句承诺。莫看他喜怒无常,但国师金口玉言,做出来的保证怎能轻易更改?他说能将她安全带去魏国,那么从现在起,她安全了。

冯妙君长长舒了一口气,忽然觉得前所未有的轻松。

她的神情让云崺都微生怜惜,于是轻轻抚了抚她的秀发:"再看一场好戏,我们就走。"

还有好戏?她眨了眨眼。

云崺看穿了她的担忧,好笑道:"接下来无须出力,你只要看戏就好。"

她松了口气:"好。"那是再好不过。

时间飞快地过去了几天。

冯妙君又恢复了陪侍在国师大人身边的日子,只不过这回云崺除了吃饭游逛之外并无异动,就仿佛真是个出使峣都的海国臣子,却把许多商洽事务都扔给副使去做。

她总觉得,这家伙浑身都是戏。要是有一天国师干不下去了,草台班子里总有他一口饭吃。望着眼前蜷在榻上、漫不经心看书的某人,无所事事的冯妙君忍不住打了个哈欠:"那位魏国来使乔天星,是个什么身份?"

按理说,能代表本国出使异地的,至少是八面玲珑之辈,可她怎么在这位乔天星身上寻不见多少长袖善舞的感觉?相比之下,那位檀青霜反倒更上道儿。

她也发现了?云崺头都不抬:"魏峣战局一触即发,你觉得魏国会往这里派出什么使者?"

冯妙君懂了。只看姚娘子等人的态度，就明白印兹人有多厌恶魏国。乔天星的护卫要是不够强力，搞不好他哪天半夜里就被剁了泄愤。谁能舍得把人才往这里送？

"那么，檀青霜呢？"她眼珠子转了转，"桃源境怎么会邀魏使去顺东风谈事？"

"桃源境的确与魏国互通往来，但檀青霜真正要等的人不是他。"云嵯微微一笑，"和魏使的会晤只是顺便而已，连地点都没有另外换过。"

"檀青霜还有另一桩约见？"冯妙君想问他怎么知道，但话到嘴边忽觉恍然，"她要见的人，是……公子您？"

他点了点头："与我的会面，安排在魏使之后。她明白我在印兹城不宜现出真容。"

"然而见面地点是您定在顺东风的吧？"她望着他，嘴角微微一撇，"顺东风出了那样的事故，把她牵连在内。呃，您就不怕她发现自己被当枪使了？"

云嵯摇摇头："我相信她不会介意的。"

冯妙君不由得盯着他一顿猛瞧，瞧得云嵯摸了摸自己脸皮："看着这张脸也能入迷？"

冯妙君似笑非笑："她被牵连其中都没把您供出来，啧啧，您和这位檀姑娘，关系不一般哪。"且不说云嵯给檀青霜传递了怎样的讯息，冯妙君只抓住关键一点：云嵯亲临印兹城这件事，并没有瞒着檀青霜！

她确切无误地知道魏国国师在这里。假若她起了别的心思，云嵯可就会陷入危险和被动之中。

云嵯是何等机警之人，敢传达出这样的讯号，就说明，他很有把握，檀青霜不会出卖他！

他跟檀青霜绝不仅仅是"认得"而已。得是什么样的交情，让多疑的云嵯都不会去怀疑那一点点可能？

"不过是昔年旧识，她还记得我罢了。"云嵯懒洋洋道，"去买一碗冷元子给我。"

"……没地方买了。"

"驿馆门口斜对面，入口有槐树那条巷子里，不就有一家卖？"

这人的记性要不要这么好？"哦，那家啊？关门儿了。"

"……"

"您最近脸色不好，还是莫吃冰饮了。"印兹地气湿热，夏日高温难耐，这里人喜欢吃些冷饮。冰元子即是这几年都城流行的冰食，原料是炒熟去壳的黄豆碾成沙，加水加蜂蜜拌成小团子，中间再放些细小的果干，而后在冰水里浸上小半天就是爽口解暑的冰品了。只不过时下是隆冬时节，冰元子的销路自然远比不上夏季。

云大国师却很喜欢这样的小食，自住进驿馆以来已经买了不下四五回，可她发现云嵯最近几天的脸色不太好看，那是底子里泛出的苍白，并且咳嗽的次数也明显增加。

那种咳法，她在白象山脉里听过多次，但那个时候的云嵯受了重伤。

现在呢？这是他最近老老实实趴窝不动的原因吗？

冯妙君忽略他脸上的不快，叹了口气，有些忧心忡忡："我请厨房代熬了小米红枣粥，还加了龙眼。昨儿个买到的龙眼干香又甜，您要不要试试？"

云嵂看着她没吭声，好一会儿才勉强道："拿来吧。"

冯妙君手脚飞快，在他改变主意之前已经将金灿灿、热腾腾的粥端了过来。

云嵂又咳了两声，才幽怨地取银匙进碗里搅啊搅，磨叽来磨叽去就是不张嘴。那满面不情愿的模样，让冯妙君很想一巴掌扇在他俊脸上。

最后他还是喝了一口。

看他不置可否的态度，冯妙君就明白这小锅粥应该是熬得恰到火候，浓糯相宜，否则这嘴刁的家伙又要挑剔个没完。

"行了，忙你的去吧。"他又喝了几口才懒洋洋地挥了挥手，"我要睡会儿。"

看他眼都半眯的模样，她轻声道："您慢用。"一个转身，利落地走了。

趁着天光正好，她先去街上逛吃逛吃一圈，确定无人跟踪后就去找养母徐氏。

"嵝魏两国，真会开战？"徐氏一脸惊异地问。

"恐不远矣。"冯妙君跟在云嵂身边，比常人更能感受山雨欲来、暗流汹涌的紧张，"娘亲不妨转移一部分产业到嵝国之外，最近的便是魏、晋两国。魏国这几年国力蒸蒸日上、百业兴旺，但魏王对外扩张的野心不止，恐怕时常还得打仗；晋国国风闲散，生意人都比不上冯记勤快，但那里承平已久，民间富足。"她顿了一顿，"再就是，如果娘亲想去桃源境的话，也需要从晋国乘船渡海，那是最短路径。"

徐氏沉默半晌，才幽幽叹气："天底下，何时才有个太平之地，能让我们安心过活？"握着冯妙君的手低声道，"安安何不趁此机会随娘亲一起走？也好摆脱那位国师大人。"她对政局了解不深，但本能地知道魏国国师在嵝国的都城里危险系数很大，万一连累女儿就不好了。

冯妙君当真动心，可犹豫再三还是摇了摇头。

徐氏又拉着她聊了一会儿家常。

冯妙君道："出来太久，我得走了，天都要黑啦。"

徐氏往她手上缠了一串青玉珠："这是我求来的平安符，传说得自上古仙人的遗迹。有个商人病得快死了，戴上它没两天就痊愈了。你好好佩着，可保平安。"

冯妙君抬腕一看，手串成色很好，一看便知价值不菲，缠在她腕上，更显肌肤白皙如牛乳，并且珠子中间还夹着一颗玉刻的……

"白菜？"

民间匠人倒是喜欢雕白菜，白菜同"百财"嘛。

"嗯，戴上就不许摘下。"其实徐氏也不知道这雕的到底是什么，含糊应了一声。

"很贵吧？"

徐氏挥了挥手，豪气干云："钱银身外物，怎比得上我女儿的平安？"

冯妙君笑了，也从怀里取出一个香囊、一支银钗递给她："都是我做的。钗子是护身法器，佩在头上就好，不需你去驱动，遇上危险会护主；至于这个香囊，可拒邪瘴阴秽于外。"

"是呢，我家安安也是修行者了，做出来的东西有神效。"徐氏边说边将两样都佩戴起来，揽镜顾盼，举手投足之间俱是养出一个好女儿的骄傲。

冯妙君忍不住用力抱了抱养母，心里的喜悦冒着小芽噌噌滋长。只有至亲会这样全心全意、不求回报地记挂她、爱护她。

出了后院，冯妙君想了想，还是决定从前堂出去。

走过晒药场，前堂就是药铺子的门面儿，她弯腰从小门走了进去。

天快黑了，药铺的生意也清淡下来，现在前厅只有一位客人选药。冯妙君本来已到药房，正要往外走，不经意从帘裾间隙瞥出去之后，脚就像生根长在地上，忽然迈不动道儿了。

不仅因为这客人貌若天仙，最重要的是，那芙蓉面、那柳叶眉、那樱桃唇，好生眼熟啊。冯妙君的记性一向很不错，何况这位还是她专门留心过的——檀青霜？

她放缓脚步的同时运起灵力，于是听到檀青霜对仁和堂的掌柜道："这些都不错，包起来，另外我听说这里有支一千二百年份的龙牙戟？"

冯妙君耳朵竖了起来。龙牙戟，还是一千二百年的，养母的药铺子里居然有这种好东西？

掌柜呀了一声，笑眯眯道："那是我们的镇店之宝。"

冯妙君也是生意人，听到这里嘴角微勾。但凡祭出"镇店"两字，就代表这样东西特别贵。但是龙牙戟贵有贵的理由，同属贵重药材，它不像老山参药力强厚可以吊命，而是重在日常温养，每日以酒含服，可以调理心疾。这支龙牙戟有一千二百年份，药效比起同辈可不仅仅是翻个几倍那么简单。老掌柜这一点倒是说得没错，它堪为镇店之宝。

不过嘛，心疾？

想起白天云嶂所言，檀青霜和他从前就有交情，冯妙君眼珠子转了两转，脚尖换了个方向，快速走回小院。

檀青霜在铺子里等了一小会儿，伙计热情斟上来的茶水半点没动。

不久，掌柜走了回来，手里却空空如也，脸上也挂着客套而不失尴尬的微笑："这位客人，真是不好意思……"

"龙牙戟卖掉了？"檀青霜不信，"要加多少钱，你说吧。"

掌柜连连摆手："还未卖掉，我早间不在铺里，不晓得它已经被人下定，对方约在日入时分前来取走。"

檀青霜皱眉："那人花了多少钱买下？"

"这个……"掌柜有些为难，"可不好说。"

"但说无妨，我照着双倍给就是。"

这么大方，老掌柜很心动，但依旧硬撑着："咱做买卖也讲究先来后到，不若您当面和这位客人协调协调？太阳马上就下山了，也就到取货时间了。"

檀青霜望了望天色，而后摇头："我还有事，不能在此久留。不若我用两支千年山参与你交换龙牙戟？它们的续命之力要强过龙牙戟，并且以一换一就足够了，多余的那一支，你们店可以留下。"

"姑娘，这可真不行，一行有一行的规矩，我们收了人家的定金就不能改卖了。"

檀青霜微微抿唇，终于看出他非为抬价。可对于这支龙牙戟，她志在必得。

她张了张口，刚要说话，后头就传来响动。

有人进了铺子，往这里走来。

檀青霜回头，望见一个年轻姑娘，面貌秀美，目光灵动。这小姑娘走到柜边，对老掌柜道："我来取药，这是定金条子。"

掌柜取过来，仔细核对上面的字迹和印鉴："哦？好、好。"

从檀青霜的角度是看不到条子内容的，但她有修为在身，神念一扫而过，就抓住了上面的"龙牙戟"三个字。

檀青霜望了望掌柜："这位就是……"

掌柜支吾两声，于是她就明白了，转向冯妙君道："小妹妹，我跟你做个交易可好？"

冯妙君眨了眨眼："什么？"

"我也急需龙牙戟。你将它转给我，价格必然令你满意。"

冯妙君瞪大了眼，先看看她，再看看掌柜，忽然怒道："竟然将顾客消息泄露出去！仁和堂就是这样做生意的吗？"

掌柜哎呀一声，连连摆手："这位姑娘是自己寻来问询龙牙戟的，我刚说被人订走，您就来了，这，这纯属巧合！"

是巧合就怪了，分明就是她自导自演的。冯妙君一声冷笑："东西拿来！"

掌柜的赶紧钻去后边儿。

趁这工夫，檀青霜对她道："你将龙牙戟转让给我，我出双倍价格。"

冯妙君戒备地望过来："你知道我出多少钱买的，就说两倍？"

"你说。"

"五十灵石。"

檀青霜眉心一动，不仅因为这价格的确高昂——能拿出灵石的，都不是普通人。

"你也是修行者？"

"我看着不像？"冯妙君侧了侧头，"龙牙戟可不是给我用的。"

檀青霜从怀中掏出一只绣工精美的荷包，倒出一块淡红色的灵石呈在掌心："点一下头，这就是你的了。能用到龙牙戟的都不是急性病人，有的是时间慢慢寻觅好药。"

冯妙君大奇："这样说来，你也不着急。"

檀青霜含笑道："我有一故友，多年来心疾难愈。我要将这株龙牙戟带去送他，只因见他一面实在不易。"说着将掌上的灵石向冯妙君推去，"将龙牙戟转让过来，灵石就是你的了。小姑娘，我若是你，必定毫不犹豫。"

一块低阶的绿色灵石如今能抵得三百两银子，而红色灵石又相当于一百块普通灵石。一枚红色灵石，换算下来就是三万两银子！

冯妙君只能在心底暗赞一声有钱任性，面上却有两分不快："有钱很了不起吗？"

"我现在就需要龙牙戟。"檀青霜哪有那个闲情等她，点了点桌面，"再给你五十灵石！过了此刻，后面我也不再需要它。"

冯妙君脸上露出纠结之色，好一会儿才点了点头："好吧，让给你。"

这时掌柜也走了回来，手里抱着一只锦盒。

冯妙君从檀青霜手里接过灵石，将那五十枚绿色灵石搁在柜面上，而后对掌柜道："龙牙戟给她吧。"又望着檀青霜道，"真大方，居然舍得这样送礼。我若是你的朋友，肯定从此抱定你大腿不让走了。"

檀青霜接过锦盒，闻言面色无故一红，却叹气道："都像你这么想就好了，可惜，人家多半不稀罕。"

冯妙君眨了眨眼。知道人家不稀罕还送！不过云嶷自己也不知有多少宝贝，的确不像是会稀罕一株千年份龙牙戟的模样。

檀青霜嗤笑一声，既像笑她无知，又像自嘲："有些人，天生铁石心肠。"

说罢看也不看冯妙君，转身走了。

返回驿馆，云嶷兀自沉睡，只是呼吸加重了一点。

就一点点，除了她，旁人根本分辨不出来。

哪怕在睡梦当中，他也下意识地竭力掩盖自己的异样。

冯妙君看着他的睡颜，心想檀青霜对他可当真不错，被他当枪使了一回，不怨不恼，还记挂着他的心疾，不惜花重金买下龙牙戟送他。

想到这里，她忍不住轻哼一声。

声音细小，云嵲眉头却跟着一动，而后，缓缓睁眼。

他一睁眼，目光就落在她身上，却带着几分懵懂，显然还未清醒。

好一会儿，他才眨了眨眼："什么时辰了？"

声音又酥又哑，然而被冯妙君完全忽视。她下巴朝着窗外一努："太阳正在下山。"今儿有云卷云舒，落日时分就映出霞光万道，瑰丽无匹，"您晚饭想用点什么？"

"外头用吧。"他这才慢吞吞起床，墨发垂下来，盖住了小半边脸。

冯妙君赶紧打来热水服侍他洗漱："换哪一身衣裳？"

他半合着眼，显然还在神游物外："随便。"

冯妙君果然就随意给他选了一身银灰色长袍，系纯黑腰带，再将满头乌发梳得整齐，配上银冠，一个精神利落的海国使节就出现了。

冯妙君替他整了衣冠，看来看去又补充一句："脸色仍未大好呢，公子可愿用脂粉提一提气色？"他连嘴唇都没什么血色，方才着衣时触到他的肌肤更觉滚烫。

这人正在生病，冯妙君推断最大可能是心疾发作，换作普通人大概都卧床不起了，偏他表现得跟没事人似的。

"不必。"云嵲笑了，"安安真是越来越关心我了。"

冯妙君亲眼看他将花粉酒喝了，气色才微微好转。说起来，云嵲最近几天将方寸瓶拿了回去，也不知作甚用处。他吩咐冯妙君去雇马车。

"现在去哪儿？"

云嵲默默看着，本来没打算带她去的，这会儿忽然改变了主意。

"安安想吃酥皮鸽子吗？"

"我？都行。"她的意愿是重点吗？

"那我们便去合满楼。"

第十一章

大礼将成

合满楼的点心最是精细，冯妙君在休假期间就已经把它的花样都吃了个遍。不得不承认，这里的酥皮鸽子真是一绝，赤棕色的鸽皮果真像酥饼一样，其薄如纸，入口即化作一点香美顺喉而下，油而不腻，若再蘸一点酒楼秘制的梅酱就是绝味。

提起这里的好料，冯妙君就偷偷咽口水。不过等她随着云嵯走上二楼包房才知道，她吃不着！

最宽绰的一间包房里坐着个青衣云鬓的美人儿，正凭栏远眺，听见他们二人走进，才转过脸来。

最要紧的是，这可是个熟面孔。

檀青霜。

冯妙君心里微微冷笑。走在前面这家伙方才还好模好样问她想不想吃酥皮鸽子，结果早就跟红颜知己约好了饭局。

檀青霜也一眼看到了她，目光微微一凝："二位是？"

这时候当然轮不到冯妙君说话，云嵯开口唤了一声："小七。"

檀青霜美眸中顿时闪过异彩，面上也有笑容漾开，却抬袖捂着笑："怎么称呼？"

"迟……"云嵯抬步，冯妙君就上前替他拉开了椅子，"琅瑜国来使，迟辙。"

"这身份倒是很恰当。"檀青霜哦了一声，妙目转向冯妙君，"这一位呢？"

"我的侍女，安安。"

檀青霜恍然，不由得失笑："原来她是你的侍女？你又换了个侍女。"

云嵯抬头看了冯妙君一眼，嘴角挂着笑意："没法子，这年头好孩子难找。"

伙计已经斟好茶水，檀青霜转向他道："报菜。"

酒楼的菜单都写在楼下墙面的木牌上，三人在包厢里看不见。再说合满楼这样的大酒楼都要跑堂的伙计将菜单背熟，给贵客一一报唱。

伙计果然流利地背了出来，檀青霜请云崿来点，后者只笑称随意，于是她点了几个，都是酒楼里的招牌，凑起来便是一桌好看的席面。

伙计记好菜名正要退下，却被冯妙君唤住："慢着。胎菊过寒，你给我们公子换一盏姜枣陈皮茶来。"

姜枣陈皮混在一起，那得是多辛辣的味道？云崿皱了皱眉，却没有拦住她的自作主张。

她是为他好，他明白。

冯妙君瞥了瞥他，见他没有反对，于是再添一句："……多加点红糖。"

云崿的眉头舒开了。

伙计离开包房以后，檀青霜看看冯妙君，再看看云崿，不由得笑道："你的丫头倒很贴心。"

"可不是？"云崿懒洋洋地重拾旧话，"什么叫作'原来她是我的侍女'，你们见过？"

来了来了，重头戏来了。冯妙君知道檀青霜必会提起此事，于是低眉顺眼作乖巧状。

果然檀青霜道："闻城南药堂有一株一千二百年的龙牙戟，可治心疾，我寻思正合你用，就想去买了来。结果走到药堂才知已经被人订走……"下巴朝着冯妙君一努，"就是你这侍女。"

"哦？"云崿来了兴趣，"竟有这种巧事？那龙牙戟呢？"

"在我这里。"檀青霜取出龙牙戟放在桌上，推到云崿面前。冯妙君一眼认出，这不是仁和堂配装的原药盒了，而是换成了另一个看似低调实则昂贵的檀木盒子。

"我出了三倍的价格，她转让给我了。"檀青霜抚额长叹一声，"早知道我们要送的是同一个人，我何必多花这笔冤枉钱？"

"竟然这般曲折？让你破费了，当真不好意思。"云崿面露惊讶，随后睃了冯妙君一眼，放沉了语调，"还不收起来？"

冯妙君甜甜地应了一声"是"，赶紧将龙牙戟抱了过来。

檀青霜瞧着云崿并无怪责冯妙君之意，忍不住道："我便是好奇，你这侍女可是知道我买龙牙戟的意图？"

云崿顺着她的目光看向冯妙君，眼中似笑非笑："你知道？"

"我不知啊。"冯妙君满脸茫然，"这印兹城里数十万人，我哪能知道檀仙子要拿龙牙戟送谁。"

檀青霜目光一闪："你跟在云……迟兄身边，也不缺钱，怎么愿意跟我对换？"

她扁了扁嘴："我没钱，五十灵石几乎就是我的全部积蓄了呀。"

听到这话，檀青霜小小地惊讶了一下，而后笑道："看不出你小小年纪，还真有钱。"五十灵石对云崿不多，对常人却是十几辈子也攒不齐的财富。这小丫头却能拿出来给云崦买药，忠诚度很高哇。

云崦也笑着望她一眼："我家安安可是很贴心的，不过你为何又把灵药转让了，嗯？"

他果然在意这个，不过冯妙君早有腹案，这时就望了檀青霜两眼，小声道："檀姑娘修为高过我太多，那时天又快黑了。"

两人愣了一小会儿，方才明白过来。檀青霜樱唇紧抿，哭笑不得，云崦却是很干脆地长笑一声："你怕她劫你的药？"

冯妙君不好意思地垂下了头："那时我还不认得檀仙子，我怕惹恼了她……都怪那药堂子掌柜嘴不牢靠，把我订走龙牙戟的事说了出去，否则药草早就摆在公子案头了。"

她的话有些道理，但檀青霜总不太相信堂堂国师的侍女会将主人的用药拱手让出，不过这时候云崦已经摇头笑道："真是一笔糊涂账。我这侍女有失管教，教小七见笑了，我回去定然严惩！"

檀青霜眸光流转，也不在意了："莫罚了，她也是为你好。这样机灵可人的侍女，怎么我就没有？"她是堂堂凤阳城主之女，她总不能放低身段去为难一个侍女吧？

罢了，那些灵石就当赏给这小妮子吧，反正这事儿说开了就是云崦承她的情。

这时美味佳肴如流水般呈了上来，让人闻着食指大动。

冯妙君也只能闻着，侍女哪有资格与主客同桌？

这厢檀青霜以茶代酒，敬了云崦一杯："迟兄病体未愈，我就不点合满楼最有名的冬蜜酿。"而后担心道，"看你脸色不好，可是最近又发作了？"

"前段时间，出了些力气。"云崦夹了一箸鳝丝，"没有大碍，习惯便好。"

"前段时间……"檀青霜琢磨着这几个字，"崖山突然变作了活火山，崤、晋两国之间的最短通道被炸毁。原本住在地宫里的蛛王发了狂，在晋国边境连屠三城，你可知晓？"

最后这句，冯妙君不知，当下竖起了耳朵。

"竟有此事？"云崦叹了口气，"那蛛王太可怜了些，它盘踞在地宫里数百年，这一下不晓得被烧死多少徒子徒孙。"

若非冯妙君知道他就是始作俑者，险些以为他真的悲天悯人。

檀青霜似笑非笑地望着他："妖王侵城，认定晋国要对付它才引动崖山地下的活火。晋国出动大军，堪堪将混乱平息下去。这头蛛王道行精深，并未战死，而是身负重伤逃进了白象山脉的南部森林，不知后面又会怎样报复晋国。"

"无妄之灾。"云崦啜了姜枣陈皮茶一口，被辣得放下杯子，瞟了冯妙君一眼。

云崦很少正面回答别人的问题，但向檀青霜提问却是直截了当："桃源境只来观礼，还是另有盘算？"

檀青霜笑道："桃源境在北陆的接口只有两个，一是崤国的瞬泉，一是晋国的春嵠湾，如今崖山通道封闭，去往北陆其他地方就不方便了，因此我们也想在峣国多开两埠。"

云嵯眸光变得幽深："桃源境要与峣国合作？"

"有这意向。"檀青霜点了点头，"我们也想过与魏合作，可是隔着这么宽广的海洋，由桃源境到魏地的航线实在太远，你也知道海上行船最多波折。"

云嵯举起陈皮茶又喝了一口，这回好似习惯了它的味道："燕蒲交战，倒给了桃源境不少实惠，他们还从桃源境预订军资吗？"

"订了。"檀青霜笑得眉眼舒展，"我离开之前，燕国还派人来下了一笔巨额订单，具体细节不便透露，不过是重要军备，要我们供货到明年夏天。"

云嵯长长哦了一声，端起陈皮茶："敬大燕国。"

檀青霜与他对敬一杯，笑得彼此心照不宣。

冯妙君杵在云嵯后头当雕塑，心中却在揣测其中利害。云嵯到底想要什么情报呢？

她想来想去，只能想到一条：蒲燕两国打了这么久的仗，常备战略物资应该也打光了，除了加速自产，有些还得仰赖进口，而桃源境作为距离二者都近的中立方就饱纳战争横财。如果燕国向它购买军资，并且订单时间跨度还拖得很长，那么由此可以推断，燕国对战争的预估很可能还有很长一段时间。

如果燕国跟蒲国之间战况这么胶着，那它短时间内很难分心照顾到北陆的局势。

那么对魏国来说……

她这里沉思，这两人也转移了话题，只拣些大陆近期发生的趣闻来说。冯妙君不得不承认，云嵯真是个妙人，常有独到见解，选的角度犀利又冷僻，常说得檀青霜花枝乱颤。

而后檀青霜道："我前日遇见了传说中的长乐公主，傅灵川跟在她身边，也去拜会了峣王。"

云嵯眉也不抬："是吗？"

檀青霜有些好奇："你竟会放任他们在你眼皮底下晃悠？"长乐公主这几年名声大噪，使得安夏地区局势动荡，魏国镇压过几次，效果不甚理想。这么个祸害就在魏国国师面前摆着，他竟然不动杀念？

"不然呢？"云嵯轻声道，"这里是峣都，我不过是个遵纪守法的外使。"

檀青霜低声道："燕国放长乐公主渡海北上的目的，连桃源境都明白。它暂时无暇北顾，就希望长乐公主能联合峣、晋，带动安夏地区反抗魏国。"

云嵯正要回答，忽然转头捂口，就是一连串咳嗽，连背都佝了下去。其实谈了半个多时辰，他的精神已有些委顿。

檀青霜面上露出关切之色："你不要紧吧？不若早些回去休息。"云嵯难见，但她今日已和他聊了小半个晚上，也该知足了。

"公子？"冯妙君轻轻拍着他后背，正要取药出来，云嵯却摆了摆手，"去，吩咐伙计再添两只酥皮鸽、一份小米软糕，包起来。"

"呀？"他没吃饱？冯妙君答了声"好"，依言去了。

见檀青霜也有此疑问，云嵥望着她嘴角一弯："合满楼名不虚传，这两样最好。就让你再破费一点，送我消夜。"

他能喜欢这里的伙食，檀青霜也自开怀："便是再来百顿，我也请得起。你何不多点一些？"

"这便够了。"

合满楼的生意火爆，吊炉鸽子和蒸得香软的米糕都是现成的。冯妙君提回来的食盒底下还贴着两张暖火符，以保盒中佳肴温度不减。

云嵥也起身，转而下楼。冯妙君看到，檀青霜的目光一直追随着他，直到再也见不着为止。

回到驿馆温暖的室内，冯妙君将食盒放到桌上，才踮着脚尖去脱云嵥的披风，一边问他："那两样，您是现在用还是晚些再用？"酥皮放凉就减分了。

"谁说是我要吃？"云嵥解开腰间玉佩放到柜中，"带回来喂猫的。"说完转身，看到她满脸茫然，眼中不由得带上笑意，"小馋猫，给你的。"

竟是给她的？冯妙君瞪圆了眼，听他继续道："我不是说过，要带你吃酥皮鸽子？"

冯妙君欢呼一声，笑眯眯地扑了过去，可是爪子才刚要碰着食盒，云嵥就已经把她拎了起来："没良心的，见到食物就忘了主人！我的茶呢？"

冯妙君只得很狗腿地沏上一杯热气腾腾的桂圆红枣茶，双手端给了他，然后才能去碰自己的鸽子。

房间里一片沉默，只有冯妙君啃骨头的声音。她也有些不好意思，为了缓解尴尬的气氛，轻咳一声："檀姑娘好似很喜欢你。"

云嵥不置可否地看着她："嗯哼？"

"……"气氛好像更尴尬了，"公子却没给回应。"

这回，云嵥一点反应也没有。

长久的沉默之后，还是云嵥先开了口："安安不喜欢她？"

她本想否认，不过话到嘴边却变成了："我喜欢与否重要吗？"她和云嵥不过是简单的雇佣关系，她的喜好有什么要紧？

"当然重要。"他说得一本正经，冯妙君愕然抬头，却见他竖起三指手指："你的喜好，值三万两银子。"

完了，他还没忘掉这一茬，准备秋后算账了。冯妙君嚼着鸽子，忽然觉得它也没有那么香了。

"为什么给檀青霜下套？"

她努起嘴："我想试试她对公子是不是真心实意，毕竟她知道您的真实身份。"

"胡说八道。"云嵑可不会上她的当，"老实交代。鸽子不是那么好吃的。"

她小脸皱在一起，露出个纠结的表情，好半天才讷讷道："我不喜欢她，而且我最近手头紧。"

他想不到是这个回答："手头紧？"

"嗯哪！"冯妙君瞪大了眼看他，"从白象山脉到这里，一路上的开销都是我掏钱呀！吃饭住店差旅，还有您看上啥买啥，方寸瓶里都快堆满了！这样只出不进我也挨不住啊，还不得想点法子弄钱！"

云嵑忍不住摸了摸鼻子："是这样吗？"说起来，好像他的确没给过这丫头一分钱。

"没了为什么不管我要？"他飞快地转移话题，"再说，一株龙牙戟能值五十灵石？"

五十灵石就是一万五千两银子，这妮子分明就是狮子大开口。

"你到底花了多少钱？"

冯妙君眨眼，再眨眼，在他慑人的目光下期期艾艾道："黄金七百两，给的恒元宝钞的金票。"

那就是七千两银子，这价位才正常啊。云嵑不气反笑："小奸商！"

冯妙君侧头看他，眼里写满担忧："您要还回去？"

"不合适。"

冯妙君立时松了一口气。

云嵑看在眼里，暗笑她太天真。修长的手指递到她面前，根根如玉："拿来吧。"

"呃，啥？"她不敢置信，堂堂大国师居然来打劫她？

"见者有份哪。"他悠悠道，"何况你是沾了我的光才赚着这笔钱，难道我不该拿大头？"

一共就这么点，他还要大头？冯妙君慢吞吞地擦净手和嘴，才从怀里掏出灵石，看看他，再看看灵石，一边肝肠寸断一边往他掌心放了块红色灵石。

他不动，只是勾了勾手指。

不够。

冯妙君一张小脸苦得快要滴下水来，只得再塞给他两块绿色灵石。

云嵑收回手，将灵石抛掂几下，笑吟吟道："这才乖。"收起红的，把绿色灵石还给她，"这算是补你来路上的亏空，后头可以直接找我报销。至于你的例钱嘛，"他拿食指轻敲自己下巴，"就按每月二十两来算吧。"

"才二十两！"这家伙到底知不知道自己有多难伺候！冯妙君满脸鄙夷，"我辞工，不干了！"

云崤的笑容无比灿烂："你真的不想干了？"

冯妙君发现他隐藏在笑容底下的杀气，一下想起在自己之前不知多少任被"辞退"的侍女，忽然又厌了。她轻咳一声："不管怎么说，我也是堂堂大国师的贴身侍女。都说宰相门前七品官，我不该有个睥睨苍生的薪水吗？"

"宰相……"云崤目光微动，"有这句话？"

"没，也就是这个意思。"冯妙君干笑一声，"您意下如何呀？"

"说得也对，你的身价不该只有这点。"他走过，拈了块小米糕放进口中。嗯，果然香甜绵软可口，檀青霜晚上没点这个真是失策，"五十两。"

"你知道大魏给事黄门侍郎的俸银，也不过是五十两？"看她小嘴嘟得可以挂油瓶，云崤竖起两根手指摇了摇，"对了，我近来发现花粉酒缺失太多，也不知这里是不是进了耗子……"

冯妙君赶紧举手，打断了他的话："都听您的。"

"好了，下一个问题。"他取白巾子擦了擦手，像是随意问道，"你怎会跑去城南的药堂买龙牙戟？"

可是冯妙君明白，在他这里压根儿不存在什么"随意"。

"前些日子我在药行走动，打听到这里有药堂子入手了一支千余年份的龙牙戟。按理说，这样的东西不该出现在平民药堂子，只是它的原主人急需用钱，以一个相当低廉的价钱把它给卖了。我便想去买来，哪知道取药时遇到了檀仙子想截和。"

说到这里，她看向云崤："既然她买来也是要送你，我就想，何不从中小赚一笔呢？"

他垂首，直到视线与她齐平："也就是说，安安花了七百两黄金，想买来龙牙戟送我？"

"……嗯。"其实她想打探的，无非是檀青霜和云崤的关系罢了。

他眼中闪着探究的光："为什么？"

"哈？"

冯妙君还以为他会像平时那样打趣她，可是他看起来连每一根头发丝都很严肃、很认真："我以为你从心底里惧我怕我，实际恨不得远离我，为何肯花重金为我买药？"

冯妙君呆呆望着他，再一次为他的敏锐震惊。

她张了张口，却发现自己找不着充足的理由。

其实，这一回惹上檀青霜也是冲动而为。她一向最懂得审时度势，那会儿却不知中了什么邪，非要去跟这位凤阳城城主的女儿对上那么一出戏不可。

她真的不该这么干，可她偏就这样做了。

她也说不清那种冲动由何而来。

冯妙君咽了下口水，移开目光道："我是你的侍女，自然盼着你好起来……"

话未说完，云崤已伸指将她的俏面扳回来，依旧四目相对："乖，说实话。"

　　他离她这样近，薄唇距她不过一拳的距离。冯妙君怔怔看着他，好似透过伪装望见了他那双迷离的桃花眼。那里面的光，摄人心魄。

　　她声音细若蚊呐："我也不知道。你怎不问檀青霜为什么去买龙牙戟？"

　　"不用问我也知道，她喜欢我。"他一眼看穿了她的逃避，却穷追猛打，"安安也喜欢我吗？"

　　"我……"她张了张口，终是没能否认。眼下看来，只有这个理由最充分了，否则她怎么解释自己跑去城南药堂买龙牙戟？

　　就让他这么自以为是好了！

　　可是，为何心跳如擂鼓？她在云嶂的眼中也看到了自己的倒影，脸蛋红得要滴血，像是随时能窒息倒地。

　　偏偏他不达目的誓不罢休："嗯？"

　　他的眼中好像泛起一层氤氲，能让人迷失其中。他又低了低头，薄唇好像都能碰上她的脸蛋了。"我有些后悔。"他在她耳边悄声，"不想多等了。"

　　察觉到两人气息交缠摩擦出的火花与危险，冯妙君腿都有些软了，瞪大了眼强撑着道："关于您，檀仙子对我说过一句话。"

　　他都快咬上她的耳朵了，动作却停了下来，似是等待她的下文。

　　冯妙君定了定神："她说，您是铁石心肠。"

　　"是吗？"他开口，热气都沁在她敏感的耳廓上，"那么，安安以为呢？"

　　"我不同意。"她一本正经道，"我觉得您只是心狠手辣。"

　　云嶂忍不住笑了："既然喜欢我，你还怕什么？"

　　她还能怕什么，除了怕死就是怕他本尊了。冯妙君努力板着脸："喜欢您的人太多了，我该去排个队。"

　　"不必，你近水楼台。"

　　看他又要意图不轨，她赶紧道："在我之前还有不少近水楼台的，我不想跟她们一个下场。"

　　云嶂微微眯眼，抬起她的下巴："这是何意？"

　　冯妙君鼓起勇气直视他的双眼："倘若公子不是成天恐吓我、要取我小命，我会更喜欢您一点。"

　　这便是说，她是喜欢他的了？

　　云嶂仔细端详她，小姑娘的目光清澈如春湖水，仿佛一眼可以见底。他瞧着瞧着，心底那一点旖旎也悄然融在她的眼波中，波澜不起。

　　精明的女孩！在别的女子都要沉醉在浓情蜜意的时刻，她还盘算着向他要一个承诺吗，不杀她吓她的承诺？"那可不行。"他轻声细语，眉眼间都是促狭，"不然我乐趣何在？"

她小脸忍不住垮了下来，挣脱他的掌控："小米糕要凉了。"

大概是放凉了，现在再吃就没有先前那么好味了。云崓还想再说点什么，心口的疼痛却忽然加剧。这种痛苦，他已经忍受了太久，以至于神情都没有多大变化，只是退开几步，自去取了书卷阅读。

他偶尔瞥过来若有所思的一眼，冯妙君可以当作没看见，却不能无视这人越发苍白的脸色。

"您……服下龙牙戟试试？"

云崓点了点头。

此物生吃最佳，冯妙君赶紧取它一小截须子打成浆末，和着血树花粉酿成的酒调匀，送他服下。

云崓借机调息，约莫半个时辰以后才缓缓睁眼。冯妙君见他脸色好似稍有回转，也不晓得是心疾发作的时段过了，还是龙牙戟当真起了效用。

这时夜已深沉，该安寝了。冯妙君给他除衣，才发觉他后背都被汗打湿了。

这可是数九寒冬，屋里虽然烧着炭，却也绝称不上热。他得是痛到什么地步才出这一身汗？偏又一声不吭的。

她只得打来一盆热水给他擦拭身子："您这心病是生下来就有？"

他微合着眼，嘴唇终于有了一点血色："不，这是被人所伤。"他伸手在自己心口位置一点，"那一刀几乎把我心脏都剖成两半。"

冯妙君跟着心口一凉，后背发寒。当年那人要是再狠一点就好了，世上若是没有云崓，也轮不到她今日来担惊受怕。

他的心跳奇慢无比，原来给他上药时，冯妙君忙活完都未必能感受到他的心跳一下。

"这人的本事，一定很大。"

他嘴角露出一丝讥讽的笑意："可不是？"

她目光微闪，想趁着他卸下心防时多打听一点："他现在还活着吗？"

"早就死了。"

她呼了一声："那还好。"

云崓眼眸半睁半闭，瞟了她一眼，意味难明。

"你将他杀了？"

"那时我还年幼，没有如今的本事。"他闭着眼呢喃道，"他是自作孽，不可活，天要收他。"

冯妙君不懂什么叫"天要收他"，她从未见过天地亲自出手杀掉一个人。

云崓看穿了她的想法，轻笑一声："你可知，纪元之前的修行者想要飞升去仙界，要先经历天劫的考验？"

"听说过。"

"倘使血孽滔天，度不过自己的劫数，也就烟消云散了，这便是天对付人的办法之一。"

冯妙君眨了眨眼："可是天劫消失很久了。"一边给他换上新的中衣。

"只是打个比方。"说罢，他就不再开口。

冯妙君还是听得云里雾里，依稀明白他这对头不仅是死了，恐怕还死得挺惨。

可是，什么样的伤能纠缠他这么多年？"你的心疾……"她踟躇片刻，还是将最大的疑问给拎了出来，"会致命吗？"

他眼中有冷光闪过："想要我死，可没那么容易。"

对这一点，她也深有同感："那么，能治好？"

她的口吻希冀无限，令云嵘也侧目。

"很难，但是……"他斩钉截铁，"能！"

他的求生欲一点儿也不下于己，冯妙君莫名感到了心安。

是啊，他也想活着，也会为了活下去而无所不用其极。

他们都好好活下去，必然可以长命百岁。

两人相顾无言，半晌。

云嵘大病未愈需要休息，冯妙君替他放下帐子，转身走向门口。

还未触着门，云嵘的声音忽然幽幽传了过来："我救过她。"

冯妙君听不明白，脚步一顿："谁？"

"檀青霜。"他漫不经心道，"许多年前，我救过她一命。"

冯妙君站在原地等了半天也没等来下文，只觉莫名其妙："然后？"

"然后你可以出去了！"他的怒气说来就来，毫无预兆。

冯妙君只觉莫名其妙，赶紧走出去，回身带上了门。

再过几日，印兹古城迎来盛事——峣晋联姻。

在崖山通道毁断之后，晋国晗月公主依旧跨越千山万水嫁来峣国，这已经成为印兹城民和四面八方赶来的贵宾当中津津乐道的一段佳话。

印兹城已为这场盛典做好了准备。此日清晨，一对新人分别到位于印兹城北郊的日潭神殿和南郊的月潭神殿拜祭、沐浴，而后新郎借由红毡毯铺就的道路返回印兹王宫，等候神鸟载着新娘而来。

各国使节在装饰奢华的观礼台上都有一席之地，琅瑜国被安排在观礼台左侧，离边缘不远，与众多小国及宗派势力的使者坐在一起。

云嵘安之若素，冯妙君更无所谓，只瞪大了眼瞧热闹。

只见峣国二王子苗奉先拾级而上，出现在酬神殿大殿正中。

他今日盛装而来，火红袍、金腰带，配合俊朗的仪表、挺拔如山的身姿，尽显泱泱大气。

云嵯微微往后靠，用只有冯妙君听得清楚的声音道："完婚之后，苗奉先就要接受国师试炼，通过之后即继任国师之位。"

这座大殿建在半坡上，向外突出一个巨大的平台，台下就是巨大的广场，此刻广场上人头攒动，挤满了观礼的民众。

时间快到了。

苗奉先转身，面向平台，直视东方。

万里无云的好天气，远方的群山之巅，正绽出第一缕金光。

日出了。

同太阳一起升起的，还有一个小小的黑点。初时尚不起眼，可它在众人视野中越来越大，越来越近，赫然是一头五彩斑斓的大鸟。

已经熟读婚典章程的冯妙君不由得喃喃低语："鸾驾。"

这头彩鸾是峣国的护国神鸟，平时蛰伏于西山，唯有国之重典才能请动它来干活。峣王子大婚，就要请动彩鸾自月潭神殿将新娘子驮过来，与东方红日同时升空，并在阳光普照大地时，将新娘子送到这处圆坛，与王子成婚。

这是峣国婚例的最高规格。

以彩鸾的脚程，其实瞬息可达。但它在整个印兹城上空盘旋了整整九圈，清唳声直入云霄。它自带光环，在阳光的映衬下，三色华光几乎照亮了整个印兹古城。

峣国王室收获着所有百姓和宾朋的惊呼。

冯妙君往主位上看去，峣王年纪在六旬开外，头发已经花白，脸上浮起老人斑，眼皮也耷拉下来，冯妙君看着他，就像看到了一头病弱的老虎——一国之君，终于也到了暮年。

坐在他身边的，就是太子苗奉远。他与苗奉先是一母所出，轮廓、五官都有相似之处，只是身板不如乃弟壮实，面相看起来更加柔和。

而在国君左侧下方坐着的，是峣国的国师，年纪比峣王还大，须发纯白，背部都有些佝偻了，正符合冯妙君最初对国师的猜想：白胡子老头。

彩鸾在印兹城上空飞完了九圈，终于双翅一敛，缓缓落到酬神殿的平台上。而后伏低身子，面对峣王俯下肩背，众人才发现它的背上还有一架红色的玉辇，不大，却极尽华美精致。

礼官高声唱道："请新娘出辇！"这一下动用了神通，台上台下皆可听闻。

与此同时，彩鸾以翅点地，搭起一座羽桥，令新娘子可以借此由它背部走到地面去。

鸾驾金辇，万众瞩目，这是所有未出阁的姑娘梦想中的婚礼。冯妙君也见到了莫提准，他代表晋王坐在主位上，面容肃穆，眼里也有感慨。

在所有人的期待中，玉辇的红帘轻轻动了一下。

并不是有人走出，而是被半山腰的清风吹动。

而后，它就沉寂下去，静静立在彩鸾的背上。

新娘子害羞，不敢出来？

礼官又唱了一声，但这回声音压低，也只有近前二三百丈能够听闻。

玉辇还是静悄悄的，无人走出。

就是再迟钝的人，也觉出异常了。宾客席上开始有嗡嗡议论声传出，从冯妙君这个角度看去，苗奉先的腰板依旧挺得笔直，但垂在身侧的拳头却已经握紧。

他转头，望向峣王。后者点了点头。

于是苗奉先三步并作两步跃上彩鸾前部，一把掀开了辇帘！

玉辇里头，居然空无一人！

晗月公主呢？新娘子哪儿去了？

在众人的惊呼声中，苗奉先忽然一弯腰，从榻上拾起某物。

待他展开来时，冯妙君才发现那好似一封信笺。

她心里忽然闪过不祥的预感。

苗奉先转头，先对彩鸾说了句话，后者摇头，声音洪大："不曾有人进出。"

苗奉先这才展开纸笺，快速阅览起来。

若说他掀开辇帘时的脸色是沉郁，现在简直黑如锅底。

峣王提声问道："这是怎么回事！"

彩鸾扭过长颈，将玉辇衔起，放到了地面上。苗奉先大步奔向主位，将纸笺呈给峣王："父王请看。"

峣王看了儿眼，忽然用力拍了拍椅背，怒声道："岂有此理！"劈手夺过纸笺，拍在莫提准面前，"莫国师，这是怎么回事！"

他似是急怒攻心，紧接着一连串咳嗽。太子赶紧替他拍背顺气。

冯妙君看不到字笺上的内容，只能见到莫提准快速对峣王说了什么，只是声音压得极低，她根本听不着。

被无数双眼睛直勾勾盯着，峣王纵有满腔怒火，但到底强抑住了，也回了两句，而后召来礼官，一字一句道："宣，峣晋大婚暂时中止，择日再办！"

大殿之内，一片哗然。

这短短一刻钟内发生的意外，已经足够众人浮想联翩了。

紧接着，峣王要求各国使节回驿馆休憩，而酬神殿下开始疏散民众。

在众护卫的簇拥中，峣王、峣国国师和百官都站起离场。

冯妙君随着云嶂转身时，回眸看了苗奉先一眼，只见他立在当场微微垂首，不知在想些什么。火红长袍的背影虽然仍像标枪般挺直，此刻看起来却有些荒寂和孤独。

一场普天同庆的大典，不了了之。

这场婚典的前半截有多隆重，后半截就有多怪诞。

新郎峣国二王子苗奉先，成了今日最大的输家，并且可以预料到，未来至少一年内，他都会是整片中土最大的笑柄。

冯妙君已经听到前后左右传来的议论声，说得最多的是这一句："峣国和苗奉先，这回丢人丢大发了。"

她轻叹一声，移开目光不忍再看。可是一转头就对上云嶂的视线，他笑着问她："心疼了？"

冯妙君摇了摇头。那是晗月公主的夫婿，轮不到她来心疼，她最多只有几分同情。

结果这人凑近了低语："小心，有些情爱就从同情开始。"

冯妙君忍不住白了他一眼，都什么时候了，他还有心情开这种玩笑？不过她心里紧接着一凛：这是不是魏国、是不是云嶂动的手脚？

峣晋婚事受阻，最开心最受惠的应该是魏国吧？

云嶂不满道："你那是什么眼神？"

冯妙君没有吭声。

她看见峣国太子走上前去，用力拍了拍兄弟宽阔的肩背，附在他耳边说了几句话。苗奉先没有抬头，却微微侧身，勾住了他的臂膀。这是来自亲人手足的安慰。

从这一刻起，印兹全城戒严。

各国使团是在城武卫的护送下返回驿馆的。名为护送，实为押送，并且冯妙君从客房窗户望出去，很轻易就能分辨底下哪些是平民，哪些是暗卫和暗哨。

晗月公主失踪，外来使团的嫌疑很大。

这种情况下，冯妙君当然不能出去乱逛了，只老实待在驿馆里面。云嶂更不必说，几乎从回到这里就开始倒头大睡，直到黄昏时峣王派人来巡检调查，冯妙君才将云嶂喊起来。琅瑜使团高度配合，有问必答，就和其他众多使团一样——此刻的峣王必定气得七窍生烟，在这节骨眼儿上，谁也不敢耍大牌。

折腾一天，连冯妙君都困了，晚饭后干脆倒头就睡，不管事态如何发酵。

结果，她还是小瞧了这次事件的严重性。

第二天清晨，琅瑜团的副使带了热气腾腾的胡辣汤和葱油饼来找顶头上司时，神秘兮兮道："昨晚又出大事了。"

云嶂眼睛都还半睁着，银匙在碗里搅了半天没下口："什么事？"

副使却是知道迟辙性子疏懒，并不为意："魏国使者死了。"

云嶂还是那副半睡半醒的模样，站他身后的冯妙君却险些跳了起来。

乔天星死了？偏这么巧，在晗月公主失踪以后？

"死就死了，印兹城还能差这么个人……咦，不对。"云嶂好似才回过神来，"魏国使者？他的死难不成跟昨日准王妃的失踪有关？"

副使把声音压得更低："其实昨日婚典中止以后，峣王就把魏使留在了宫中，入夜才放回。结果他回到驿馆以后暴疾倒地，昏迷不醒。魏人几次想出门请医都被守在外头的城武卫拦下，最后城武卫报请了太医过来诊治，却已经回天乏术了。"

冯妙君听得作声不得，这消息真跟闷雷一样，砸得人心里翻滚不停。云嶂也摇了摇头："峣国这下算是接着烫手山芋了。"

冯妙君能猜到晗月公主失踪与魏国使团有关，峣王自然也能。昨晚他将乔天星接进宫去，少不得翻来覆去仔细盘问，至于双方有没有撕破脸、讯问态度好不好，那就不得而知了。

副使道："驿馆内众说纷纭，听闻这件事都十分兴奋。"

云嶂嗯了一声，面带严肃："告诉他们别惹事也别出门，等这波风浪过去再说，我们明哲保身。"

云嶂终于打起精神，三两口将胡辣汤和葱油饼都干掉。冯妙君在一边瞧着，看见他动作爽利干脆，与云嶂本身的温暾优雅完全不同。若非她就跟在这人左右，根本不会将此人与云嶂联系在一起。这等时刻了，他还能将细节贯彻若此，心思实是细腻得可怕。

他将副使打发走后，才转向冯妙君："你猜，峣国这回要怎么收场？"

冯妙君也在思索这问题，良久才揣摩道："难不成照搬燕国的花招，就说魏使被他国人暗杀，他们正在搜捕凶手？反正魏国的仇人满天下，有哪个窜来峣都将乔天星剃了也不稀奇。"

云嶂笑道："他们能将自己撇清？"

冯妙君想了好一会儿，才摇了摇头："不能。这招数被燕国用过一次就不灵了。再说如今各国使者齐聚峣都，哪个不是八面玲珑，他们如想这般搪塞可不是明智之举。这样说来，就只剩一个办法了——抓到凶手，想办法平息即将到来的魏国之怒。"

云嶂啜了一口清茶："你猜到谁是凶手了吗？"

"猜不到。"若说先前她还认定晗月公主的消失与云嶂脱不了干系，那么在魏使暴毙之后，她又不能确定了。

冯妙君站在窗边凭栏眺望，原先觉得这个城市古老而生机勃勃，如今看来，倒好似充满了悬疑和猜忌。

街道上起了骚动，有一队衣甲鲜明的兵马匆匆自闹市中穿行而过，往王宫而去。为首那人她恰好认得，是徐文凛。

徐文凛此时满面肃穆，一副心事重重的模样。

冯妙君看他如此，面上倒是笑开了。

云嵬瞅见这个笑容，探头往街心一瞥，也望见了徐文凛，嘴角也勾了起来："徐文凛现在才真正是焦头烂额。"

"可不就是？"整个印兹城的巡检安全都由城武卫负责，徐文凛身为城武卫的一把手，这些天的任务本来就重，哪知还遇上魏使暴毙。啧啧，原本缉拿凶嫌就在他权职范围内，更别说魏使之死和他的城武卫还有些关系——乔天星临死前，手下想去外头求医，是被城武卫拦下来的。

冯妙君这个局外人看热闹之余，开心事还有另一件：徐文凛陷在这种自身难保的境地里，九成九是再没心情去肖想她的养母徐氏了。

"等着吧，说不定很快水落石出了呢。"云嵬笑了，"我总有预感，这事儿还没完。"

印兹城就在风声鹤唳中过去了两天。

晗月公主依旧不见踪影，杀害魏使的凶手仍然逍遥法外，徐文凛则迎来了人生的最低谷——魏使乔天星和城武卫在顺东风起冲突，随后被城武卫带回讯问之事，不知被谁检举，已经上达天听。加之距离事发已经过去了两天，案情进展仍是一无所获，峣王有些失望，干脆下了徐文凛的城武卫指挥使一职，丢给别人来做。

如今的印兹城，会被一点儿风吹草动撩动最敏感的神经。堂堂城武卫指挥使忽然被免职的消息也不胫而走。

如此，又过了七日。

峣王宫东，律明宫。

太子居住的律明宫，是整个峣王宫东部最宏伟的建筑群。昨儿个是腊月初八，印兹城终于迎来入冬第一场雪。

第二日清早，处处银装素裹，另有一番意趣。

辰时，律明宫的使女来到明漱园里。这是太子最宠爱的赵侧妃居处，窗外就是园景。

不过此刻，屋门紧闭。

她望了望，问守门的护卫："殿下未起？"

"未起。"

太子勤勉，一向起得很早。不过大雪天好睡觉，他昨晚又是宿在赵侧妃这里，多睡一会儿也不奇怪，使女也并未在意。

一个时辰后，大门依旧紧闭，使女上前，轻轻叩了两下："殿下，王上有请。"

里面静悄悄的。

她候了一小会儿，又叩了叩门，这回力道加大："殿下？"

还是无人应答。

她咬了咬牙，推门进去。

内屋帐帷低垂，里面依稀是两人相拥而眠的身影。

她壮着胆子掀起纱帐，果然看见太子与侧妃二人裸身而睡，被褥间一片凌乱。

待她伸手去触太子肩膀——触手冰凉。

太子苗奉远，很早就没了体温。

嵘国国师安汝真被请到明漱园时，嵘王室最重要的几位都在这里了，其他人都被清理出去。这种事情，不可对外人道也。

嵘王就坐在外间的软椅上，沉声道："国师，要借你的火眼金睛，找出加害我儿的凶手！"说完，向安汝真递过去一方金印。

这枚印子状作圆形，印头与众不同，雕作圆顶的宫殿形状，如果细看，当会发现这与嵘王宫的核心建筑是一个模子里刻出来的，只是按比例缩小了。这就是整座黄金城的枢纽，执印人可以借此调动黄金城的大部分神通。

安汝真点了点头："分内之事。"他取印在手，口中默念有词，未几，将它规规整整地盖在了地面上，"昨日种种如我见！"

话音刚落，眼前的空气中蓦地浮起一个又一个人影，有形，有貌，有神情，有衣着，有动作，也有方向。这是过去十二个时辰内，出现在明漱园内的所有景象。

众人先看到的是赵侧妃和这里的奴婢们。女子的宫廷生活乏善可陈，赵侧妃的行止看起来也很正常，而后就是太子苗奉远来了。他看起来心事重重，话也不多，两人只用了一点晚膳就开始办那事儿了。

回看这种闺房秘事，在场众人都有些尴尬，好在此间事情不致外泄。

这次行房格外激烈。尽管外头飘雪，但暖室里有地龙，气温宜人，房中的两人都是大汗淋漓。

"他们这回不大对劲！"在场观众都有这种感觉。

激烈的欢好居然持续了整整一个多时辰，太子一张脸已经变得惨白，赵侧妃则陷入半昏迷状态。结束时两人筋疲力尽，倒在床上就睡着了。

他们连被子都没盖，更不用说像往常那样吩咐使女送进热水、换过被褥了。

两人躺下来是什么姿势，次日清晨使女看到的就是什么姿势，动都不曾动过。区别只在于，原本还在剧烈喘息，转眼胸膛就停止了起伏。

看完之后，苗奉先才涩声道："哥哥的死亡时间和太医的判断相仿佛，在今晨寅时。之后无人进出此间，可见手脚动在两人欢好之前。"

安汝真问他："可测得神通遗存？"

苗奉先得国师真传，在他抵达之前已经勘验过现场，这时就摇头："不曾，并且龙鸣宝玉并未被催动过。"

安汝真站起来道："僭越了。"便走入内间帐里，去检验死者。伤人致死的神通常常会留下痕迹，瞒得过别人，却瞒不了行家。除非对方也是此中高手。

半晌，安汝真才走了出来，沉声道："奉先的验证正确，对方用的恐怕不是神通。"

太子是什么身份，身边无数警戒围绕不说，颈中佩戴的龙鸣宝玉更是上古流传下来的神物，能抗巨力及邪秽攻击。可是在过去这一夜中，龙鸣宝玉根本没被触发。

苗奉先神色一动："莫不是利用男女交合？"

安汝真手执殿印，将此间影像又重新往回多放了数个时辰。

苗奉先忽然伸手一指："这里。"

他们原以为毒物是下在饭菜里，不过这会儿倒是望见一个细节：使女托着一碗汤水点心，赵侧妃接过来就吃下了。

峣王敲了敲桌子："去查，这是什么！"

结果很快就出来了——赵侧妃每日申时都要吃一碗养生粥，这是太医开的食补方子，里面各物有滋补功效，可助她尽快调养身子备孕。

苗奉先抢先道："将经手养生粥的人都找出来，从分抓药材到熬煮、递送，都送去大司察那里查验。"

"不，这是我家里出了问题！"峣王一口回绝，字字咬得分明，"都抓过来，我要亲自审问！"

暗中那些人敢把手伸到黄金城里来，他就要挨个斩断！

第十二章　黄金之城

天下没有不透风的墙，太子死讯的传出只是时间早晚问题，何况这一天峣王宫忽然封闭，八个宫门全部关停，许进不许出。

不久之后，整座印兹城都震惊于这条最新的噩耗。不管是谁都要惊叹一声：多事之秋。

晗月公主失踪和魏使暴毙在前，峣太子离奇身亡在后。前后不到十天工夫，印兹城几乎翻天覆地。

冯妙君接到消息时也愣了好几秒，回头就赶回驿馆，却见云崒手里捧着一碗热腾腾的油茶，边喝边看一张字条。

见冯妙君行色匆匆，他不满道："慌慌张张，成何体统？"

她站直了道："峣太子身故。"她倒要看云崒做何反应。

哪知这人面色平平淡淡："哦。"

"哦？"冯妙君眼里写满怀疑，张口无声道，"您已经知道了？"

云崒看着她，轻嗤一声，手里的纸条子飞了过来："自己看。"

冯妙君将字条抓在手里，展开来，上面赫然写着：

腊月初九寅时，峣太子苗奉远卒于明漱园，疑与侧妃行房后暴毙。至次晨，面色平静，两颊酡红，眼角布满血丝，嘴唇发紫干焦，口中有烧焦气味，但口腔丝毫无伤。肾精亏虚但皮相完好无损，护身法器未被激活，血液骨骼肌肉内脏均未见毒素及催情药物，至今死因不明，凶手不明。

一眼扫过，冯妙君不由得失声："这是……"尸检报告！

云崒竖指在唇前，轻嘘一下，做了个噤声的动作。

峣王宫里竟然还有云大国师的眼线，甚至能在这当口传消息出来。要知道峣太子暴毙之后，整座黄金城必然被严密监控，就是一只苍蝇飞出来都会被发现。这人甘愿担着天大风险往外传消息，并且成功了，说明此人的身份、地位都很不一般。

云嵁问她："好了？"

她记得这上头每一个字，赶紧将字条还给云嵁。后者接过，指尖燃起一小撮真火，呼一下吞噬掉纸条，只剩一点飞灰。

证据销毁掉，他才站起来伸了个懒腰："走，陪我吃碗油泼面去。"

吃面，这个时候？

她下意识替他穿好大氅，云嵁叹了口气："前头那条打铁老街中段，有家油泼面做得最好，还可以加些驴肉。"

打铁街就在前方百丈，以两人慢悠悠的步调，也是不出几十息就到了。

吃过了面，天上又开始下雪了。大马路上的雪自然没有王宫里扫得干净，两人踏着新雪"咯吱咯吱"往回走，云嵁忽然开口："说真的，你觉得凶手是谁？"

"峣太子身故，苗奉先得利最多。"冯妙君也在思索这个问题，"但我总觉得，凶手不是他。"

"你对他了解多少，敢下此判断？"云嵁斜睨她一眼，"就凭那回同车共济、杀退狴狴的情谊？"

"他屡次谈及峣太子，不掩敬爱之情。"

云嵁又在冷笑了："说不定有人天生就爱做戏，任何时刻都能表现得深情款款。"

冯妙君怪异地看他一眼，不大确定这人是不是在说自己。

云嵁又道："我若对你声情并茂，你就能相信我是发自肺腑吗？"

冯妙君想也不想："不能。"糟了！话刚出口，她就知道不妥！

果然云嵁的脸一下子黑了，声音似地狱里吹来的寒风："那苗奉先说了两句，你就信了？"

他是有多讨厌苗奉先？冯妙君回他一句："那您呢，您又怎么断定他是凶手？"

"我从没认定他就是凶手。"云嵁纠正她，"我只是没有那般肤浅，只听了两句好话就将他排除在凶嫌之外。"

"肤浅"的冯妙君摸了摸鼻子赶紧闭嘴，不接他的含枪带棒。

两人正要走到巷口，不意外头响起马蹄嘚嘚声，却是数百名兵卫奔过。

打头那一个，冯妙君和云嵁都认得——徐文凛。

他坐在高头大马上，昂首挺胸，面带威煞之气。前些日子的萎靡好似都不见了踪影。

待队伍走远，冯妙君才摇头："峣王又给这家伙派了差事？"

"不。"云嵁的面色凝重，"他身上所着，还是城武卫指挥使的服色。"

冯妙君动容道："官复原职？"

云嵁缓缓道："你可知，黄金城本身就是一件法器？"

"知道啊。"他说过的，她都记得，"这是峣王室秘传的法器，只给国君执掌。"

"也即是说，进入宫廷的每个人都进入了法器当中，也进入了峣王的掌控。"云嵂缓缓道，"在这种容量巨大的法器中，执有者就是神一般的存在，其他人都不可违抗他的命令。"

"那只是理论上而言吧？"冯妙君却不会被这种规则束缚，"否则峣太子也不会被害死了。"

"峣王是凡人，不会费力去审核进入黄金城的每一个人。但他又想保证宫廷的安全，那便只有一个办法了——"

"发放腰牌，称作攒金令，持佩此令者，方能在黄金城内通行。我们进入王廷时，也佩在身上，你可记得？"云嵂顿了一顿，见冯妙君点头才接下去，"为安全起见，腰牌的有效期只有三日。期限一到，它会化作金粉重新飞返黄金城的屋瓦之上。"

冯妙君哦了一声："也就是说，三天之内，王廷内所有人，包括嫔妃、宫人都要换过新的攒金令，否则……"

"否则他在黄金城内就会寸步难行。"云嵂轻声道，"而发放工作一直是由南、北城武卫共同承担的。"

冯妙君恍然，但下一秒又奇道："然而，这和徐文凛重新上位有什么关系？"

"笨，我的身边人怎能这么笨！"云嵂忽然不耐烦了，两句话打发了她，"自己好好想想，不用跟来了。"

她忍不住道："您去哪儿？"

"买酒。"

冯妙君立在原地，目送他背影离去才返身往驿馆方向，不知自己怎么又得罪他了。

云嵂不在身边，冷风吹在脸上，让她思路再加清晰。

徐文凛是重新上位的，也就是说，那十几天当中担任指挥使的倒霉蛋已经被免职了。怎会这么巧，偏偏让徐文凛躲过了太子出事这段时间？

从表面上来看，徐文凛和太子被杀案应当是一点关联也没有的。然而冯妙君记得，他在顺东风里面表露出来的那一点异常。

彼时他以为马卫长之死只是意外，魏人真正想弄死的是太子，却说了一句"未必不是好事"。难道他已经提前预知太子被杀，才做此布置？这么说来，他十余天前被削职甚至可能是自请免职。

那么能提早知道太子要出事的会是什么人？当然就是凶嫌！

即便徐文凛不是主犯，也必定为下手之人提供了便利。甚至冯妙君敢肯定，那人通行黄金城的攒金令八成是徐文凛给的。

可问题在于，徐文凛十来天前签出去的攒金令怎么还有效力，还能让杀手在七日之后行凶？况且凶手怎么能判断太子何时去赵侧妃那里？

这里面，有很多说不通的地方。云嵝是不是都已经看明白了，才说她"笨"？

若是再将太子遇害案与前面晗月公主的失踪、魏使的暴毙放在一起，这其中的弯弯绕绕想得她脑仁儿都疼了，干脆回驿馆研习一段心法再说。

这一次调息入定，她直到太阳下山才收功醒来。不管外界如何纷扰，驿馆作为外使的集中地，始终是相对平静少干扰，这给她修行提供了很大便利。

摒除杂念之后，她的心思更加空灵，不过这一收功就嗅到巷子里飘来的药味儿，随之而来还有一股子厚重的烟气。

驿馆后边有一家医馆，时常煎熬汤药。只是这烟……她嗅了嗅，听到底下医馆老板中气十足地斥骂小工："哪里弄来的桑枝，水分这么大，烧起来一股子臭味！你是不是拿着我的钱去买劣等货！"

潮湿的柴枝烧起来，确实烟大味儿重。冯妙君摇了摇头，心中忽然一动。

烧焦味儿？

云嵝从嵝王宫里拿到的字条上，清楚地注明死者口中有烟焦气味。嵝国人喜欢抽旱烟的比例高过其他地区，但她觉得吧，苗奉远那晚找赵侧妃前还抽过烟的概率不大。

她记得烟海楼里有本小书记载着一则短小的故事。传说北方的雪顶高原上生活着一种小虫，有蚯蚓那么长，色作纯白，却称作"夕红"。它们生命的前半截，要在积雪掩盖的地面以下生长四十九年，方能发育为成体，在一个积雪化尽的午后钻出地面交尾、繁衍。

"夕红"身躯柔软，没有任何抵御外敌的手段，甚至畏惧严寒。因此它要在前半段幼生期拼命积攒能量，静静等候那一个午后的释放。这种生物看似软弱，实则在地底一刻不停地嚼食植物根茎，尤喜粗大树根，连根系发达的大树都满足不了它的胃口。只要五万只"夕红"群居，几年内就可以啃光一片森林。

不过它们生活在无人居住的雪域高原，一生中又只爬出地面一次，知道它们存在的人寥寥无几。百余年前有个修行者被仇家追杀，慌不择路误入雪顶高原，恰好赶上了四十九年一度的"夕红"交尾季。

他走入的那片空地上，白色小虫密集得无处下脚。这人又冻又饿，抱着最坏不过一死的心态捉了一袋虫子边走边吃，终于在风雪停止后走出了雪顶高原。

重回人间，他就发现不对了。

走出雪顶高原的第五天，他找了个地方庆祝自己劫后余生。做别的倒也罢了，直到去了烟花之地，他顿觉不对。他的身体深处忽然涌现出勃勃生机，可伴随而来的还有强烈而不可自抑的冲动，激得他几欲发狂。

这一夜连御数女，直到第二天累脱了形他才恢复神志。醒来时满嘴烟焦气味，再作内视检查，就发觉自己亏虚过度，非得好好将养一番不可。要知道修行者内炼道心，对于心智的把握要超出常人好几个等阶，这东西却能令他在短时间内理智尽丧，只凭冲动行使那种最原始的本能。

最邪门的是，与他相交的女子同样癫狂，有一个甚至当场猝死。

他手里还握有一些小虫，于是花不少时间对它们做了些研究，终于发现虫体在四十九年里积累的巨大能量，只有在交尾时才会骤然爆发。如果虫体被其他生物吞下，这股能量也是隐而不发，除非新主人正在进行生命繁殖运动。

这股能量，可以在收受双方之间流转，相互影响。

有鉴于此，发现者给它们取名"夕红"，意为它们的生命就像夕阳落山前映染的红霞那么绚烂而短暂。而它们生命的全部能量都会在这场运动中亏耗干净，所以事后怎样检查，也查不出身体里面有药理性残余。

对照嵘太子之死，冯妙君发现细节上确有相似之处。"夕红"的性效在于交合时向对方大量灌输生命力并激发本能冲动，苗奉远身上的龙鸣宝玉虽然强大，毕竟没有灵智，不能判定这种情况需要护主。也不知道凶手提取了多少"夕红"的药力，才令苗奉远经受不起这么强烈的刺激而猝死。

最最关键的是，它的效力可以持续数日之久。凶手可以提前给嵘太子或者赵侧妃投药，反正药效只在共赴巫山时才会发作。此物又不会被判定为毒物，因此平时掺在饮食中也检查不出异常。

冯妙君望向王宫方向，忍不住叹了口气。

嵘王一怒之下封闭了黄金城，却不想害杀长子的凶手早在几天之前就已经潜出王廷了，现在不知道躲在哪个角落里自鸣得意。此时八方宾客齐聚此地，印兹城里卧虎藏龙，有心人完全可以将太子之死推去敌国身上。

果然过不多久，徐文凛将顺东风事件重新翻出来，指证马卫长暴毙时，太子也在楼上。言下之意，魏人要杀的目标正是太子！

他们有心暗杀，第一次失败了，谁晓得会不会有第二次呢？甚至这次行动都可能是为魏使乔天星之死而复仇。

嵘王看到这份呈报，气得手都抖了。他坚决不信苗奉先会弑兄，所以最合理的解释就只剩下一条：魏人所为。偏偏这次暗杀又找不到真凭实据。

时间一天天过去，悲伤过度的嵘王性情越发暴躁，时常迁怒于奴婢。而在外城，城武卫四处搜捕嫌犯，带回去的人就没见着再出来的。整座印兹城，都被一股子暴戾血烈之气笼罩。

这种情况下，驿馆就是个避风港，可保外国来使免受侵扰。但是冯妙君却忧心忡忡——

她担心的是冯记。徐文凛死蛇翻身重新上位，形势突然急转直下，这可怎么是好？

她的焦躁就连云嵬都看出来了："为何心神不宁？"

冯妙君说不了实话，只得道："印兹城全线封锁，我们还能回国吗？"

"前日才见到燕国使者，除非峣国要同时与这许多国家宣战，否则早晚要将我们放回。"云嵬深深看她一眼，"这不是你心焦的理由。"

心焦，这个词用得真好。她嘟起嘴闷闷不乐："那我们何时能离开？"

他意味深长："很快。"

在他的注视下，冯妙君也不敢再搪塞他："我在考虑这几件事之间的联系，以及晗月公主此刻人在何处。"

云嵬笑了："你对她可真心不错。"

冯妙君轻叹一声："即便我与她今后殊途，也不希望她命殒印兹城。"

云嵬破天荒地安慰她："放心吧，你必会如愿以偿。"

这天下午，云嵬又和檀青霜约在酒楼会面。

他们谈了什么，冯妙君并不清楚，她被派出来守门，里头还布置了结界。

冯妙君在大堂要了一壶甜酒、半碟子辣蚕豆，边吃边等，目光无意扫过门口，却发现有个高大而熟悉的身影走了进来。

这人就是烧成了灰，她也不会错认——莫提准！

他到这里来作甚？冯妙君下意识缩了缩脑袋。

莫提准目光巡视全场，而后朝着角落一张桌子走了过去，抬腿坐下。

这张桌子，原本也被一条大汉占着。冯妙君先前没仔细看过这人，直到莫提准坐下，她才觉出这里有些名堂。

大国师在这里，她不敢放出神念扫视，只得在仰脖喝酒的间隙偷瞄两眼。

坐在莫提准对面那男子同样宽肩虎背，胡子修剪得漂亮整齐，将他本来面目都遮盖住了。可那双眼睛明亮有神，冯妙君多看两眼，终于也认出他是谁了——苗奉先。

这两个人居然坐到一桌喝酒？

冯妙君预感接下来的故事会很精彩，赶紧竖起了耳朵。

幸好，那桌离她不远。

莫提准提起酒壶咕嘟喝光，算是先干为敬，而后才道："她是受人挟持，绝非不告而别，此刻不知道在哪里受苦。"

苗奉先笑了，却是冷笑："她还给我留了决绝书，的确不算不告而别。"丢了一粒花生米进口中，"'与君相决绝，今后男婚女嫁，各不相干'，莫国师也读过那封信了，字迹总不是假的吧？"

他摘念了几句，就将冯妙君吓了一大跳。这胆大妄为的公主，真的逃婚了？

莫提准摇头："字迹可以作伪。再说月潭神殿有重兵把守，她一个小姑娘独在异国，怎能在众目睽睽之下逃走？说是被人劫出还差不多。"

"是吗？"苗奉先抱臂在胸前，"我倒听说晗月公主在崖山通道毁掉后就试图逃跑，只不过都被莫国师你拦下来了而已。显然她嫁来峣国也是心不甘、情不愿，有机会就要逃走。"

"你听谁说的？"

苗奉先嘿了一声："你们自外地进峣都，一路上遇到的人总归是不少。"

莫提准恍然："是傅灵川兄妹？"

苗奉先不置可否。

莫提准深吸一口气："晗月公主过完年也只有十七岁，还是爱玩闹的岁数。我与她深谈过后，她已经决定留在峣国安心嫁给你。"

苗奉先冷冷道："你怎知她不会再反悔？"

"她已经对着晋国列位先王立过誓了。"莫提准正色庄容道，"她就是再胡闹，也不敢违背这样的重誓。"

苗奉先深深吸了一口气，将怒意都收敛起来，语气重归于平静："如果晗月公主当真被劫持，只要能救得回，无论遭受过怎样的待遇，她都是我的妻子；如果她是自行逃走，那么……"他顿了顿，一字一句道，"那么她和她所代表的晋国侮辱大峣，两国之间的盟约就到此为止！这是我的意思，也是父王的意思。"

莫提准默然半晌，才沉声道："晋国自会给峣国一个交代，但是眼下，我需要你加派人手。"

苗奉先按了按自己额角："我会叮嘱城武卫划拨更多人手，但现在他们忙碌的重点不在这里……"说罢，深深叹了口气。

莫提准当然知道此话何意，见到苗奉先眼中露出的疲惫，他也颇感同情。

"你我都尽人事，听天命。"莫提准站了起来，"峣晋之好福泽绵延，不应为了这样的意外而中断。"

苗奉先没有回话，敬他一杯，而后一饮而尽。

莫提准话已说尽，转身走了。

苗奉先并未站起，只是抓起酒壶自斟自饮。从冯妙君的角度看去，他的侧影无限萧索。

或许是她的视线在他身上停留的时间过长，苗奉先若有所感，转过头来，恰好与她对视一眼："是你。"

听着他笃定的语气，冯妙君眨了眨眼："你认得我？"她都换了一张脸，苗奉先还能有印象？

果然，他道："王宫中……"忽然摸着自己颔下胡子，自嘲一笑，"算了。"

峣王宫中，他与她有一面之缘，仅凭背影就将她认作了冯妙君。不过他自己蓄了几天胡子，不怪她认不出他。

"方才我俩的谈话，你都听到了？"

冯妙君不知该答有，还是该答没有。

她稍事停顿，苗奉先就明白了，微微一笑。

"怎么独自一人出来了？"他转着手里的杯子，像是朋友之间闲聊，"你们使团里其他人呢？"

冯妙君不知道他为什么对自己感兴趣，不过她眼下最希望避免的就是引起熟人的注意。

她张口欲答，恰好楼上包房的门吱呀一声打开，伪扮成迟辙的云嶂和檀青霜一前一后走了出来。

"……这不就下来了？"她下巴朝着两人一努，对苗奉先道。

苗奉先的眼神望过去，云嶂的目光自然也投注过来，两人互相打了个照面，眼神都是古井不波。

云嶂走下一楼，对冯妙君道："还不起来？该回去了。"

"来了！"她甜甜应了一声，顺势站了起来，对苗奉先道，"再会。"

那厢云嶂向檀青霜笑了笑，就带上冯妙君，头也不回地走了。

走在路上，云嶂问她："你和苗奉先说了什么？"

"什么也没说。"

云嶂见她小嘴微噘，摇头道："不像，他认出你了？"

"没。"

云嶂转头盯着她，直盯到她满身不自在才道："醋了？"

"呃，啥？"

"你是不喜我与檀青霜独处？"他单刀直入。

冯妙君瞪大了眼："那与我何干？"

"桃源境与我订过协议，有些机密不能让第三人听去。"云嶂笑道，"再说，你不喜欢檀青霜，我何必将你与她放在一起？"

你对，你有理。冯妙君一声不吭。

云嶂的笑容淡了些："你看，你不也遇上了苗奉先？焉知非福。"

这人的嘴是真毒！冯妙君想狠狠瞪他一眼，可惜没这胆子。听他又把话题往苗奉先身上引，她无可奈何，只得把方才苗奉先和莫提准的对话复述了一遍。

云嶂听完，嗤笑一声："说得好听。"

"谁？"

"自然是苗奉先。"云嵥好笑道，"都过去这么多天了，晗月公主被找回来的希望越发渺茫，他却说公主如果是被劫持，便会继续认她为妻。这种场面话，恐怕只有莫提准会信。"

这算是场面话？冯妙君也吃不准："峣和晋之间的关系，到底会变作怎样？"

"如无外力，从此恶化。"

冯妙君心底也赞同。晋国这回在大庭广众之下给了峣国狠狠一记耳光，后者就算有心化解矛盾也不能自降身段。这种局面，大概会让魏人笑掉大牙吧？

冯妙君可没有闲心替峣国担忧，现在困扰她的，是养母的安全问题。

要不要趁着印兹城一片混乱的工夫，将徐文凛给做掉？她摸着下巴开始权衡此举的风险。

就这么想了一夜。

次日一早，云嵥看她神情困顿的模样，不由得拍了拍她软嫩的小脸："打起精神来。就要随公子我回国了，还不得高兴些？"

"回国？"她呆了一下，"现在能回去了？"

"各国使节本为观礼而来，纵然出了许多意外，峣国也没理由再扣押我们多久，否则就会变作国际争端。这后果，他们不愿承受，是以今日我们便能动身离开。"

她哦了一声，面无喜色。现在就走？她还没收拾徐文凛呢！

云嵥弯腰跟她对视，挑起一边眉毛："怎么，不想走了？"

她咧出一个难看的笑容："这里瓜果好吃，离开就吃不到了。"

"说得好，我信了。"云嵥拍了拍她的肩膀，"还不快去收拾东西？"

冯妙君也只得心事重重地照办。

琅瑜国使团已经整装待发，冯妙君随云嵥走下楼时，居然在门口又见着了檀青霜。

她看得真切，檀青霜眼里闪过不舍，却笑着对云嵥道："山高水长，后会有期了。"

魏国与桃源境相距千万里，她想再见云嵥一面，不知何年何月。

云嵥向她点了点头，正要错身而过，檀青霜忽然道："回去路上小心，我听说魏国以魏使被杀为由举兵，两天之内推进八十余里，此刻已经越过巴彦郡。"

不独是冯妙君，驿馆里听到这消息的人都骇然抬头。

魏国发兵了！他们终于找到了"正当"理由。听到这个消息的人都明白，魏国这回要大举伐峣了！

这个国家，真是毫不掩饰它的野心和贪婪。

云嵥反倒是云淡风轻地点了点头："多谢告知。"向她拱手作别，而后带着琅瑜使团大步往外行去。

因为印兹接连出大事，平民和客商直至现在都不能出城，使节团虽得峣王特许，出城的手续也是十分烦琐。

好在忙碌了五六个时辰之后，一行人终于离开了印兹。冯妙君坐在马背上，回望这座古城在视线里越来越远，心生感慨。谁能料到，短短个把月内居然发生这许多大事？

这天入夜，琅瑜使团在距离印兹城四十里外一个小镇借宿。云嵑带上冯妙君到镇上的酒馆吃夜宵，而后趁着夜色隐入林中去了。

这里早就备好了两匹马。

她刚要去解缰绳，云嵑忽然摸出方寸瓶丢给她道："归你处理。"

冯妙君明白他意下所指，应了声就钻入方寸瓶里了。

方寸瓶里的厢房总共只有两间，她打开了右厢房的门，对里面的人道："随我来，公子说，你们可以出去了。"

已被困在这里月余的两人闻声站了起来，正是迟辙和侍女红云。

云嵑和冯妙君"借"走人家的脸，倒将正主儿关在方寸瓶中禁闭。现在两人已经离城，可以将囚徒放回去了。

几十天不见天日，迟辙好似还变白了些。

冯妙君默念咒语，将这对主仆带了出去。迟辙看了她和云嵑一眼，二话没说，带上红云转身就走。

能活命，他已经很感恩了，也不想知道这两人是什么路数。

云嵑翻身上马，轻笑道："离此三十里外的湖边有个小镇，鲩鱼丸和银丝鱼面可谓一绝，何不当作明晨头啖？"说着足尖轻磕马腹，一骑绝尘往西而去。

冯妙君朝天翻个白眼，也上马追去。

漏夜前行三十里，冯妙君两人终于在天边露出第一抹鱼肚白之时赶到镇上，吃到了云嵑念念不忘的银丝鱼面。

吃过鱼面不久，云嵑就说困了，在路过的大城选了客栈住下。

他脸色始终都不太好，冯妙君料想他这回心疾发作根本还未结束，只是这人习惯隐忍，又信不过别人，因此很少呼痛。

安顿下来，她就进方寸瓶里继续工作。花粉酒快用完了，而血树最近长得健旺，很欢喜地开出满树大花，采集花粉的工作一下变得繁重起来。冯妙君考虑，要不要引一窝蜂子进来承担采粉酿蜜的工作？

她随手推开了左厢房的门，想进去拿个木盆出来。

门刚打开，就有一个影子带着风声扑至，手握寒光往她胸口捅来！

冯妙君想也不想，往后一退，腿上顺势一勾，把那人绊了个趔趄。那人摔在门槛上，发出一声痛呼。

这声音……很熟悉啊。

冯妙君想捂脸，但她知道这并没有什么用。地上那人一甩秀发，露出嫩生白净的小脸来，额头上被磕出了一道红印子，正是晗月公主！

她一抬眼也望见来人，不由得瞪圆了美眸，不敢置信道："冯妙君，你还活着！"

冯妙君只得摸了摸鼻子苦笑："托福，没死。"

晗月公主也没错过她脸上惊愕的神情，看看她，再看看屋外，忽然道："你不是来救我的。"

冯妙君无言以对，暗中将始作俑者骂了个狗血淋头。

只能低声道："我们身处法器之内。"

晗月公主一双杏眼紧紧盯着她，满脸防备："告诉我，你也是被关在这里！"否则，这就是彻头彻尾的背叛！

冯妙君明白她言外之意，却只能慨然长叹："很抱歉，我不是。"

晗月公主的神情由震惊慢慢转作愤怒，尖声斥道："你竟然伙同外人来对付我！这次婚礼有多重要，你比我还清楚。你、你良心都被狗吃了吗？"

冯妙君静静看着她："我一直以为，你是主动逃婚，否则方才不会那般惊讶。"也不会以本来面目进来了。想来莫提准也作如是想。

晗月公主冷笑道："我向国师立过誓，要安心当苗奉先的新娘子。你以为我是你，背信弃义？"

被她这么一口一个骂着，冯妙君也是不悦："有前科，也难怪别人不信。"

前科？晗月公主一时语塞，不过旋即反应过来："你、你怎么知道？"

"若要人不知，除非己莫为。我真不知你被抓进这里，但事已至此，你有什么打算？"

事到如今，她还能不明白吗？晗月公主在月潭神殿被云嵋劫进方寸瓶，后者还模仿她的笔迹给苗奉先留了一封决绝信，造成她独自逃婚的假象。

"这话得我问你才是吧？"晗月公主怒气未消，"我莫名从月潭神殿被抓到这里，由新娘子变成了阶下囚，也没人给我一个交代！你告诉我，抓我进来的人到底是谁！"

冯妙君犹豫了，在晗月公主的催促声中才道："你还记得，五个月前我们去采星城西郊的龙王庙玩耍，你许了什么愿？"

晗月公主不满："我许过的愿望那么多，怎会记得，是、是……"说到这里，目光微凝，显然是想了起来。

那时她得悉自己快要出嫁，心情很不愉快，遂拖着冯妙君去郊外玩耍，进了龙王庙还许过愿。她也知道婚事是推脱不成了，所以那时她的愿望是——出嫁前，能再见云嵫一面。

晗月公主脸都白了："不、不会吧？"

冯妙君只能看着她，深深叹了口气："你如愿以偿了。"

晗月公主急急反驳："那绝不是云嵫！"

"不是吗？"冯妙君伸手往窗外一指，"不如你再仔细看看？"

晗月公主顺着她手指的方向看去，惊得小口张开，再合不拢了。

云嵫不知何时已经坐到方寸瓶对面，笑吟吟地注视着瓶中一切。那张脸就算被放大了数倍，晗月公主也绝不会认错。

"云、云嵫……"她轻声呢喃，再转向冯妙君，"你居然留在云嵫身边！他看上你了？"

这样的脸蛋、这样的身段，真有男人不动心吗？云嵫是不是看上了冯妙君，才将她留在身边？

冯妙君一眼看穿了她的想法，双手一摊："收起你的奇思妙想。我在崖山地宫就被他挟持，而后掉进火海，连莫提准都救我不得。若不跟着云嵫，我早就化骨扬灰了。"

晗月公主听冯妙君提起崖山地宫之事，面色才好看了些，却依旧道："纵然如此，你也不能背叛师门！"

"我与莫提准之间只有师徒之名，没有师徒之实。"冯妙君摇头，"我与他是各取所需，谁也不欠谁的。这段关系，只不过是个幌子。此事，国君知晓。"

晗月公主张了张口，想反驳却又不知从何说起。冯妙君本来就不是晋国人，如今又否认了跟莫国师的师徒之谊，那她和晋国也没什么关系，谈何背叛？

"峣王以为你在婚典上逃走大发雷霆，要切断峣晋之间的同盟关系；随后魏使无故暴毙，魏国近日以此为由发兵侵峣；峣太子苗奉远几天前突然遇害，凶手还未找到。"冯妙君一口气说到这里，站了起来，满意地看到晗月公主的神情由惊愕直接转为呆滞。

而后她才道："听过这些，你再好好考虑，是不是还打算嫁给苗奉先？"

晗月公主还未回过神来，只是下意识点头。

"你慢慢想着，我出去一趟。"

这一连串重磅消息把晗月公主砸得晕头转向，并没有拦住她。冯妙君一跨步就离开方寸瓶，站到了云嵫面前。他正坐在桌边以手支颐，显然正等着她出来呢。

"你故意的！"

他眨了眨眼："你指什么？"

冯妙君双手按在桌子上："你故意让我毫无防备地跟晗月公主打个照面，故意要让她知道我是绑匪之一！"

云嵫淡淡道："你最近闷闷不乐，岂非是思念公主之故？现在我将她送到你面前来，你反而怪我？"

"为何非要让她对我生恶？"云嵫太久没对她露出狰狞，她都差点忘了这家伙的本性有多阴狠残忍。经此一事，她和晗月公主之间必生芥蒂，再不可能回到从前亲密的关系了。

云嵫这才慢慢敛起了笑容："你是我的侍女，却跟晋公主、峣王妃亲厚。安安，人可不能奢望左右逢源。"

冯妙君咬着牙，一声不吭。云嵫这是强迫她站队，跟晗月公主，跟峣、晋彻底划清界限！

云嵫伸指，轻轻摩挲着她小巧的下颌："放在从前，我不需费这样的工夫，只要将你和晗月公主一起清理掉就好。现在嘛……"现在，他也给自己找了点麻烦呢。

冯妙君胸口一阵起伏，压下自己的火气低声道："魏使也是你杀的，对吗？"

云嵫吃了一惊，连桃花眼都睁圆了："何出此言？"

冯妙君冷静下来："印兹城的仇魏情绪高涨，原本无论是谁杀掉乔天星，我都不会怀疑到魏国国师头上。可是结合此事来看，他是你杀的！"她顿了一顿，"最开始我不太明白，为什么要到顺东风挑起魏使和城武卫的冲突，现在看来，那是你刻意制造的矛盾，这样魏使一旦死去，旁人立刻会对峣廷、峣王起疑。

"至于魏使之死，你也给峣国找了个很不错的出手理由，那就是晗月公主能逃离婚典现场，必定有外力相助，而仇家魏国派来的使者就有重大嫌疑。魏使被峣王留在宫中盘问许久才放回去，出来就变作一具尸体，在谁看来都是峣王派人下的手吧？

"这一套组合拳连消带打，终于给魏国凑够了出兵伐峣的充足理由。您为魏国可真是殚精竭虑。"先前冯妙君也没弄明白这其中的弯弯绕绕，直到魏国出兵，她才恍然大悟。

理由、借口很重要，遮羞布很重要，即便魏王征讨峣国的心情再迫切，也需要有个说法能告诉子民：这场战争势在必行。现在，云嵫帮助魏王找到了这个理由。

云嵫轻轻叹了口气："谁让我是魏国的国师呢？在其位，就要谋其政。"眼眸从她脸上一扫而过，"反倒是你，你不曾投诚，也就举棋不定。"

冯妙君心里憋着一口气，却也只能默默咽下。从云嵫的立场来看，他的确也没做错——纵然用尽手段，也是为了自己的国家。而她马上就要随他入魏了，按理说她也应该向魏投诚才是。但她心底明白，自己根本做不到。

"还想问什么？只管来。"云嵫很大方地勾了勾手指，"安安可是想问我，峣太子是不是我杀的？"

"不。"这回冯妙君倒是很干脆地摇头，"不管旁人怎样认为，我相信凶手不是你，多半也与你无关。"

"哦？"云嵫来了兴趣，稍稍坐直了身子，"怎么说？"

"苗奉远性子绵软，是守成之君，但缺了擅武伐谋的帝心。他继位峣王，比苗奉先更有利于魏国的征讨，你又何必杀他？"她看向云嶂，"现在太子之位落到苗奉先头上，所以这是峣国的内部争斗所致。我不明白的是，徐文凛到底为谁效力？"

云嶂懒洋洋道："除了苗奉先还能有谁？"

冯妙君皱眉："苗奉先若想弑兄，无须费这么大力气吧？苗奉远在峣国王廷内就没有一点政敌？"

云嶂眯着眼，不怀好意："你倒是特别喜欢为他开脱。"

冯妙君奇道："怎的公子就特别厌恶他？就因为他杀了黄秋纬？"

云嶂不说话只冷笑，将她从头打量到脚，接着又哼了一声。

"他将继任峣国国君，单这一条还不够？"

冯妙君哦了一声，总觉得这理由没甚说服力："公子您算无遗策、明察秋毫，一定能看清这案中玄奥吧？如果这事非苗奉先所为，那么魏国背这黑锅可背得冤枉之极，真相更要从此埋没！"

她的两句恭维让云嶂心里受用不少，纵然因为听她又提起苗奉先有些不悦，但终是道："未必是他，但大致与他脱不了干系。别忘了，他还是第一受益人。"

冯妙君嘀咕道："就不可能是个情杀什么的？说不定苗奉远和哪里的女修有瓜葛，人家找上门来……"

"在局势这么敏感的时刻？"云嶂失笑，"你话本子看多了。"

"您就不想弄个水落石出？"她眨巴着漂亮的丹凤眼，"倘若能将幕后主使给逮出来，峣国内部少不得来一波大清洗，对大魏的抵抗力量岂非更弱？"

云嶂抚着下巴思索道："听着好像有几分道理，你还挺为大魏着想嘛。"

她笑嘻嘻地应一声："那是当然，我随您。"

"幕后主使是谁，你都不晓得，怎么逮？"

"逮不着幕后人，但明面儿上不正有一个现成的吗？"冯妙君轻咳一声，"凶手是徐文凛放进城的，他不是主犯也是帮凶，何不从他这里顺藤摸瓜？"

云嶂长眉挑得老高："徐文凛放凶手进城？"

冯妙君当下将"夕红"虫药的效应说了一遍。

云嶂听完，抚掌赞了一声："高明！能想出这法子的，必是个妙人儿。"

别管妙不妙的了，你倒是拍个板儿？冯妙君眼巴巴地望着他，却听他又道："好，就算徐文凛真的参与其中，你我现在离开印兹城数十里之远，又要怎么将这线索递回去？"他瞥了冯妙君一眼，"莫说现在赶回去已没有合适的掩护身份，即便是有，你又要怎样劝服峣王，说他的得力爱将徐文凛密谋太子性命？"

前面铺垫无数，冯妙君等的就是他这一句。她放低身子，轻声细气："我们都办不到，但有人可以。"目光一转，落在方寸瓶上。

瓶中，晗月公主正瞪大了眼盯着他俩。

她听不到外界的声音，却能从两人的举止中看出他们正在商谈某事。

"原来这才是你的目的！"云嵲顺着冯妙君的视线望去，不由得呵的一声笑开了，"你想将她放回去。"

冯妙君早料到他的反应，不慌不忙道："您本来想如何处置她？如不想留活口，一早就已杀掉了。"从婚礼上劫走晗月公主不是件容易的事，如果只是要挑拨峣、晋关系的话，抓走公主以后杀掉就可以了，何必将她养在方寸瓶里？

云嵲笑道："要杀要剐，那都是后事了。"

听了这句，冯妙君就明白他对公主并没有什么特殊安排，只不过行事要留个后手，并不斩尽杀绝。

她心里顿时松快了一半："您原本的布置虽然精妙，效果却因为峣太子暴毙而大打折扣。并且面对魏国的进攻，峣晋之间再有多少不愉快也要暂时放下，此时再扣住晗月公主有甚大用呢？"

云嵲十指在胸前互扣，摆出洗耳恭听的姿态："继续。"

"既然如此，何不让她替我们揭发徐文凛等人？她很快就是峣太子妃了，而苗奉先已向莫提准保证过，只要她是被劫持并非自愿，一旦平安归来就还是他的王妃。我们够不着苗奉先和峣王，但对晗月公主来说，这可是轻而易举！"

云嵲咦了一声，眼中忽然有流光溢彩："他只以为晗月公主再回不去了，才这般慷慨陈词。好男儿最重承诺，我是该帮他履约。"

他眼里的光芒，冯妙君已经很熟悉了，那叫一个不怀好意。

冯妙君将注意力集中到眼下的问题："所以，您意下如何？"

"只有最后一个问题。"云嵲懒懒地向后靠去，"你怎么确定，她一定会返回峣国？她天天都想着悔婚，现在……"他转向方寸瓶，目光和晗月公主对上，"她有天赐良机。"

"晗月公主虽然贪好玩耍，却不会置晋国于不顾。我了解她，我会尽力说服。"冯妙君一字一句道，"反正她已是弃子，即便是赌上一把，风险也不大。"

天边翻起鱼肚白，晗月公主策马离开，取道向东，正好是暖阳升起来的方向。

临出发前，她深深看了云嵲一眼，目光复杂。天寒地冻中，这人裹着狐皮大氅，苍白的脸色依旧掩不去姿容如仙。

晗月公主看看云嵲，又看看冯妙君，竟觉这两人站在一起，无论是样貌、高矮、神情、脾性，甚至连地上拉长的影子都登对已极。

无论远观近看，哪像是主仆，分明就是一对璧人。难道……

她哼了一声，翻身上马："我去哪里都成，对吗？"

云嶂微一点头，冯妙君则是正色道："自然。"

晗月公主眼珠子一转："我若想像你一样，跟在云嶂身边呢？"

冯妙君转头望去，见云嶂眼都不眨一下："你也想给我当侍女？"

晗月公主盯着他："不成吗？"

"不知你能不能活过一天？"云嶂嘴角一勾，"不妨试试？"

他笑得光风霁月，话中却杀气四溢。晗月公主一窒，赶紧道："罢了，还不若回去当我的王妃划算。"又多看了云嶂两眼，忍不住叹气，"今日一别，再见面就是兵戎相见了。"言下无尽不舍。

云嶂面上的笑容不减，却已不再开口。

公主转向冯妙君，语带唏嘘："我们应该也不会再见面了吧？"

冯妙君默然，好一会儿才道："保重。"从今往后，各为其主。

晗月公主目光在她身上逡巡，似是要将她印在自己脑海里，然后嘟哝了一声："我的心愿，倒不如你来完成。"

冯妙君没有听懂："什么？"

晗月公主却是一夹马腹，策骑奔出去七八丈了。

一阵晨风刮过，她忽又停下来掉转马头，对着冯妙君高声道："我当初真该央求父王，也给你封个公主，让你代我出嫁。毕竟，苗奉先喜欢的人是你。"

说完这句话，她又向东而行，这次再不回头。

在她身后的小松林里，冯妙君一脸莫名，离别的难过倒让晗月公主这声呼唤冲淡了不少。

她一回头，正好望进云嶂若有所思的目光里。他此刻的眼神阴森森的，冯妙君站在隆冬的小树林里觉得身上更冷，轻咳两声才道："公子，我们也该走了。"

云嶂嗯了一声，继续慢条斯理地打量她，直到她毛骨悚然才道："我怎么觉得，你这么卖力折腾，好像不仅是想要保住公主的性命？"

冯妙君笑得灿烂已极："当然了，我还要帮着公子成事！"

"帮我？"云嶂语带玩味，不紧不慢地上马坐稳，"呵，那我拭目以待。"

接下去的日复一日，都在赶路中度过。

一路上经过许多关卡，总是轻松过关。但冯妙君能感觉到，越是往西，战争的气氛就越浓郁，人们的心境就越沉抑、越紧张。

离主战场越近，峣国对平民的管控也就越严格，后来干脆就封锁道路，不令通行。

又过两天，他们经过一片丘陵，冯妙君终于见识到了血染黄沙、刺刀见红的战斗场面。

浓厚的血腥气息随风飘出数里，直往人鼻子里钻，天空已有许多兀鹫盘旋，耐心等着即将到来的美餐。

冯妙君侧首望向云嵯，想看看这位魏国国师有甚反应。结果他目光只在战场中一扫而过，就道："晦气，被这些人挡住了去路。"伸手往西南方向指去，"只能绕远路了，我记得那里有个隘口，翻过去就有条大河，顺水而下走半天就能到魏境了。"

这山路已经陡得马匹都无法行走了，好在翻山越岭对两人来说如履平地。麻烦的反倒是翻过大山之后遇到的湍急河流。河道宽数百丈，迂回曲折，顺河往下走，不知要绕多少弯路。

云嵯就问她："莫提准有什么赶水路的法子？"

冯妙君据实以答："我们过白象湖，他招来了有道行的鲲鳀妖载我们涉水而行。"

"倒是个办法。"云嵯低头拍了拍湖岸的土地，"现在这里已经被大魏占据，可以召唤本地水灵了。"

冯妙君就望见他不知从哪里执出长剑，一把插进水里，口中默念有词。语音方落，河中央就激起一个大旋涡。未几，有个巨大的身影从中一跃而出，跳到两人跟前。

冯妙君看得仔细，这原是一条五六丈长的大青鱼，离水时生猛得很，落地后就变作了一个鱼头人身的大汉，双手托着云嵯的长剑，恭敬地举到胸口。它甚至还能口吐人言："国师大人请吩咐。"

冯妙君大感新奇：这便是河神？

云嵯接过自己的长剑，毫不客气地吩咐道："送我去魏境的金浚城。"

鱼妖应了，转身跳入河里，捞了个巨大的龟壳上来："请上座。"

这龟壳比门板还宽大，只是里面长满了水草，显然在河底待了许多年。鱼妖小心地将它清理干净，又在龟壳边缘打了两个洞，系上绳索，才请二人入座。

云嵯带着冯妙君踏进龟壳，盘膝坐好，鱼妖跳入河中变回本相，就咬住绳索拖着龟壳往前游动。

顺着河道飞流直下，可比在岸上翻山越岭要快上不知多少倍。次日日上三竿时，鱼妖拖载着两人抵达了金浚城。

这里已是魏国境内，离前线有八十里远，战火并没有烧到这里来，城池反倒成为战略物资的转运地，因此比平常还要热闹得多。

这一天，恰好是大年初五。

这个年关，冯妙君二人基本在峤国前线度过，那里烽火连天、生灵涂炭，能活命就要千恩万谢，谁有心思过什么年？如今进了魏境，年味儿却浓厚起来。初五正赶上商人祭五路财神，商铺开门做生意，街上人头攒动，无论大人孩子都穿着新衣，欢声笑语。

云嵯让冯妙君递了信物到当地官府，金浚城太守闻讯赶来，将二人奉作上宾。

　　他引两人入住自己府中风景最别致的春源别院，此季推窗也能望见点点寒梅。院中有口暖泉咕嘟不停，带出来热气氤氲，住在此地的贵客可享泉浴。

　　云嵚穿过一处湖石堆砌的假山，忽然笑道："柯太守，你这府上珍珑雅致，不输王都权贵府邸。"

　　柯太守赶紧打了个哈哈："俱是前任太守留下，我也未修改，就是多添了几分野趣。"

　　云嵚笑而不语，冯妙君却想起来路上这人跟自己说过，金浚城的前任太守陋规进出太过，被王廷罢了官。都说三年清知县，十万雪花银，何况本地这样富庶？

　　云嵚无须在地方官面前摆谱，柯太守心想国师大人也没有传说中的那么不好伺候，当下小心翼翼道："国师大驾光临，对金浚城可有指教？"

　　"有。"云嵚点了点头，"我从前就来过这里，今回再至，金浚城的年味儿不足。如此佳节一年也就过上一回，换了个太守，竟然越过越简单了。"

　　"呃？"柯太守哪知两句自谦换来这一顿数落，不由得呆住，好一会儿才小心翼翼道，"是这样，如今战事频繁，王都三番五次下了严令，过年从简……"

　　云嵚呵了一声，大步往前，径直进了春源居，将柯太守晾在外头。

　　柯太守站在原地，满面尴尬，不知如何是好，冯妙君笑着安慰他："我家公子只是说笑，太守不用放在心上，他对这地方满意得很。"山水、花草、灵泉都布置得别具匠心，饶富野趣。如果这真是前任太守的手笔，那么这人除了是个大贪官之外，也真是个妙人儿。

　　话音刚落，春源居里就传出云嵚的呵斥："在外面杵着作甚，还不快进来！"

　　她给了柯太守鼓励的一笑，转身一溜烟儿进去了。

　　拿什么款待云嵚，这问题险些让柯太守挠破头。不过他也是个会来事的，偷偷将冯妙君找来请教，递过来的也不是金银这等俗物，而是一支制工极其精美的钗子。

　　看在他这么有诚意的分上，冯妙君也就指点了柯太守几样，他跟着问道："依冯姑娘看，国师大人可是觉得城里不够热闹？"

　　她想了想："是吧。"

　　"那国师都喜欢什么？戏班子，还是雅集？"他好去安排。

　　"呃，并不是，等我消息吧。"她下意识地觉得云嵚不会喜欢这些，他好像没有这么高雅？"您有何求？"不然何必这么眼巴巴地来讨好国师？

　　柯太守笑开了："去年荞河涨水了，淹掉不少地。你看，能不能请求国师今年往这里多调派些元力，保我们风调雨顺？"

　　冯妙君笑得更开怀："这不是小事一桩吗？"

　　太阳还未下山，晚膳就来了。

云嵘不喜欢与外人一同用饭，所以这一桌子只有两人，其他仆婢也都被赶了出去。

四菜一汤，没什么昂贵物料，颜值担当也不过就是一碗红艳艳的樱桃肉，然而酸甜恰到好处，嗜甜的国师大人连夹了好几箸。

他脸上神色淡淡的，于是冯妙君知道他还算满意。

然后就是一碗川芎白芷鱼头煲、一大盅隔水慢炖的胡椒猪肚汤。都不是什么贵重玩意儿，但吃下去暖心暖胃，活络生血。云嵘喝上热腾腾几口，脸上好像也多了几分血色。

冯妙君知道他旧疾这一回还未好全，正需要些暖身的食物，遂笑道："柯太守看起来真懂得看人下菜，这人在官场有前途啊。"

"是吗？"云嵘瞥她一眼，箸尖指向最后一笸鱼生，"这也是看着我下的菜？"

这可是生鱼身上片下来的薄肉，底部堆着冰，这寒天腊月里看一眼就让人从头冻到脚，跟"暖胃"可没有半点关系。

"呃，马有失蹄嘛，他毕竟不是您肚里的蛔虫。"

云嵘皮笑肉不笑："我看倒像是蛔虫跑去告密了。"

她眨巴眨巴眼，只作不明其意，内里毫不心虚。喜好鱼生的不是云嵘，而是她，柯太守既然问起，本地的鱼生又有讲究，她何不假公济私一番？

这里水道纵横，养着不少大鱼，肉质细腻而少刺。本地人取刚捞出水的活鱼，去皮洗血，细脍为片，只见红肌白理，皆是薄如蝉翼。再佐以姜黄、芹菜、蒜片、粉丝等等，少许蘸酱，张嘴吞下，那感觉就如冰雪消融于口，尽数化为甘脂，实是妙不可言。

她吃了几份，实是满足得住不住叹气。云嵘看她这副德行，哪还不知道这道菜是给谁准备的，笑骂一声"馋猫"，冯妙君只当作没听见。

鱼片虽然又轻又薄，但铺满了整个竹笸，总重也不下七两，足够让她大快朵颐。她正吃得眯眼，云嵘对她道："吃完沐浴。"

春源居后头就有露天的兰汤池，冯妙君特地挑了一口离云嵘最远的池子，正要宽衣走进去，却听到这人长声呼唤："安安，过来。"

她心里有不妙预感，还是快步走去门外轻轻叩了两下："公子，您唤我？"

懒洋洋的声音传出来："进来给我搓背。"

搓背？她杵在当场，脑海里闪过一万个香艳画面，脚底好像生了根。

云嵘听不到回音，不耐烦地又唤一声。

她只得硬着头皮，推门走了进去。

还好，这人已经泡在池里了，她松了口气，也不知道是庆幸还是失落，只作懵懂地走过去："咦，这里的奴婢哪儿去了？"

"遣走了。"

她干笑："我怎及人家专业？"

"她们不够资格。"云嵁背着她哼了一声，"少打马虎眼，快些儿。"

他这么看得起她，她是不是该谢主隆恩啊？冯妙君努力维持脸上笑容不变形，取过竹筐里的软巾打湿，慢慢给他搓背。

云嵁的肌肤如玉石，水洗过后更显细致温润的光泽，女子见了都要羡煞。即便他坐得放松，背部隐现肌理分明、线条优雅，自有雄性的劲削矫健之美。

从白象山脉算起，两人有"肌肤之亲"已不是一天两天了。她眼观鼻、鼻观心地卖力工作，也不知道是不是温泉场热气蒸腾之故，她总觉得浑身冒汗。

擦好了背，云嵁很配合地转过身来，让她搓拭胸颈。

被一个绝世美男子目光灼灼地盯住，其实并不好受。她若垂首，又好像要去瞄人家要害，当真低头也不是，抬头又不好，只得尽量前视。

每过一秒，都像过足了一年那般漫长。

她跪在池边，袖子和裤腿都高高挽起，露出雪白匀称的手和腿，像嫩生生的藕段；小脸是漂亮的苹果红，也不晓得被热气腾的还是羞的。

云嵁见她小巧的鼻尖冒出细密的汗珠，下意识伸手一拭："很热？"

这动作太亲昵，她顿时僵住了，脸色更红，口中模糊地低应一声。

他好整以暇地看着她，忽然道："钗子很漂亮。"

冯妙君一顿，嘴角弯起。这是他头一回正面夸奖，来之不易呀。不过这人心思真是细腻得可怕，她才戴上多久啊，他就发现了。

随着她手上动作起伏，额前发丝顽皮地垂落几缕。云嵁起了玩兴，还要伸手去拂，冯妙君已经抢先一步，将它们都捋到耳后去了："不劳公子动手。"

云嵁笑吟吟道："我看你周身是汗，可要下来洗一洗？这汤池舒服得紧。"

"不，不用！"她怎不知泡汤舒服？要不是这家伙事儿多，现在她早就在享受了，还用得着假惺惺的？"工作使我快乐！"

总算将他的身子擦完，冯妙君呼了一口气，放开巾子："公子，好了。您慢慢洗，我……"说到这里，她才后知后觉地想起来，修行到他这个境界早就是"无垢"之身，皮肤不沾脏物，哪里用得着她来搓洗？

巾子还没放下，他就擒住了她的手腕，沿着胸膛往下，按在紧实的腹部："没擦完呢，还有这里。"

"以及，这里。"他引导着她的手，滑过腹部一直往下……

她指尖不可避免地触抚他的肌肤，光滑而有弹性，而后沾着池水，传回一阵温热。冯妙君再忍不住，猛地抽回手站了起来，退开两步："我、我好着急，要去更衣！"

更衣就是如厕的婉称。云嵁并没有勉强她，顺势放开了手，只看她脸色从苹果红成了樱桃色。

　　冯妙君没等他点头就夺门而出，快步跑远了。

　　身后隐约传来恶劣的笑声，笑得还很愉悦。

　　冯妙君捂脸十几息，把漫天神明的名字挨个儿默念一遍才慢慢平静下来。

　　她回到先前选中的池子，脱衣泡了进去。

　　这会儿她是打死也不再回去伺候他了。

第
十
三
章

悄然情倾

本城居民有种感觉，过完了年，金浚城的节日氛围反倒更浓了。大街小巷挂起了更多的红灯笼，主街地面被一遍又一遍水洗，干净得连块泥巴都找不着。

又过两天，居然有好几个戏班子被请过来，戏台就搭在城王庙前，足足有一层楼高。人们时常能听到他们演练时扯起的花腔，于是这块空地上开始有各种商贩摆摊设点，贩卖零食、点心、烟花和细巧玩具。

按理说，这里距离前线只有八十里，作为一个严肃的物资中转站，金浚城早就进入战备状态，宵禁时间提早半个时辰，并且不贩售酒水。然而从大年初五开始，太守居然下令夜晚不关城门，城池灯火通明，饭铺酒楼的美酒也一并敞开了供应。

一条条一例例，好像俱与王都发下的严令对着干。

到了正月十四这一天，金浚城办起了祈福灯会，城王庙前挂起了各式各样的彩灯，戏台子上锣鼓喧天，好不热闹，就连河水也被映得通明——金浚城民往水中放入无数莲灯，任它们随波逐流漂向远方。在暗处看去，那无数微弱而又橘红的光芒，真像天上的星辰。

这几天，柯太守承受了无数质疑，但他纵然心里打鼓也依旧得这么大操大办，因为——这是云嵲的意思。云大国师，想要过一个热热闹闹的正月十四！

现在云嵲和冯妙君就站在城王庙后头一株大榕树下。庙前人山人海，这里却只有小猫三两只。冯妙君不太明白，这人要的不是热闹吗，为什么不去人气最旺的前头，反而跑来这里看树？

虽然这株榕树的确长势极好，树干至少有二十人合抱粗细。最奇特的是，哪怕在这等天寒地冻的季节，它也依旧华盖亭亭，翠叶遮天。

树枝上挂着无数红封，显然城民是将这株灵异的大树当作了祈愿树，把心愿写进纸条封装起来，挂到树上。

云嵝却取出一壶酒，倒了满满一杯，将它倾在树根下，口中默念有词。

他的神色肃穆，竟是少见的庄重。

如此，共浇下三杯酒水。

他在祭奠什么人？冯妙君不知他为何跑来这里举礼，但想来那人对他而言很重要吧？

她对他的过往，更加好奇了。

三杯酒后，云嵝就把先前神色收起，笑着对她道："你不想许个愿？"

"正有此意。"冯妙君端详着这棵大树，"对着它许什么愿最灵？"

"财运和姻缘。"

冯妙君哦了一声，自去庙里取了纸笔写好。待她走出来，云嵝只见她手里捏着一个红封，不由得好奇："写了什么？"

她好想翻白眼："说出来就不灵了。"

他锲而不舍："求姻缘还是求财，这总能说吧？"

冯妙君没奈何道："求财，大财。"

"这有何难？转眼就能达成。"云嵝摸着下巴，"你何不求一求姻缘？"

"姻缘不靠求来。"她捋着被夜风吹乱的发丝，"我要自己决定。"

"哦？"他似是兴趣很浓，"安安想嫁个什么样的男人？"

"公子要帮我物色吗？"她跃到树上，选了一处东南枝挂好红封，再利落地跳下来，"要长得俊的，身材好的，体力棒的，对我从一而终的，不纳妾不偷吃不在外面拈花惹草的。"

"这个……"他挑起了眉。

话未说完，就有一声长笑传过来打断了他："哈哈，这有何难？包在本……"

紧跟着庙中负手踱出一名锦衣人，身量颀长，剑眉朗目，视年纪在二十八九上下。冯妙君认得，魏王次子，萧衍。

冯妙君原本背着大庙后门，转身与他对视，萧衍的话顿时哽在喉间，他一时移不开眼了。

云嵝面现不悦："你不在家带孩子，跑来这里作甚？"

萧衍也回过神来，笑道："这里闹出的动静太大，父王不高兴，我赶来看一眼。"忍不住又瞟了冯妙君一眼。

"看完了？"云嵝挥了挥手，"你可以走了。"

"好，好，不看了。"萧衍收回目光，再不往冯妙君那里看一眼，"我知道你心头有气才不去冀远，反而跑来这地方找热闹。不过此事也真怪不得王上……"

他这么一说，冯妙君才明白，原来云嵝在金浚城闹出这么大动静并不是自个儿贪图玩乐，而是摆给八十里外的王军看的！

他要让那里的人知道，他已经回到魏境，但是心情极度不爽，不肯回军。

"找热闹？"云嵘却眯起了眼，"你不知道今儿是什么日子？"

正月十四呗，还能是什么日子？不过萧衍想了想，却露出恍然大悟的表情："今儿正月十四了？难怪，难怪，是我过糊涂了。"他叹气道，"战时千头万绪，我竟然把这个忘了。"

冯妙君看看云嵘再看看他，不明白个中又有什么玄机。萧衍轻咳一声："我知道父王突然挥师东进，你心里有气。不过这样千载难逢的机会，他已经等待多年……"

云嵘淡淡道："既如此，他自己将崤国拿下便好，还要你来找我作甚？"

"唯有国师出手，大军方可称百战雄师。"萧衍向着云嵘一揖到底，面色郑重，"金浚城灯会也办了，父王也派我来请你了，只望国师大人赏脸，起驾前往冀远如何？"

气氛突然有些凝重。冯妙君站在一边微微垂首。

好一会儿，云嵘才皱眉道："罢了，走吧。"

毕竟他还是魏国国师，跟君主拿乔到这个程度也就够了。

萧衍顿时开颜，双手互拍两记，即有一辆大车驶了过来。拉车的不是凡马，而是四匹称作"赤尾"的异兽，天生自带风系的轻身神通，速度比骏马还要再快上两倍不止，奔跑起来可谓风驰电掣。

萧衍一摆手："请。"

云嵘却道了一声："慢着。"只身走进庙里。

萧衍和冯妙君面面相觑，都不知道他想干什么。

好在这人很快就出来了，手里还捏着一个红纸封。国师大人也要祈愿？

萧衍的长随上前，想替云嵘挂起红封，后者一抬手拒绝了他，反而向冯妙君看了一眼："你来。"

她知道这人有古怪的洁癖，不许旁人乱碰自己物品，于是接过纸封跃上巨榕，替他找了个好位置挂上，下来时顺手拍了拍自己衣角："公子，这棵树什么来历？"能让他这么上心。

"没什么来历。"云嵘淡淡道，"就是活的年头长些，有四百多岁。"

几人鱼贯上车。冯妙君临登车之前，将外头立着的萧衍的随从招来道："将此物带给柯太守，让他镇在太守府里就成。"

她递过去的是一截树枝，断口还很新鲜，显然是从榕树上现折下来的。这树枝经过云嵘之手，就附上了少许元力。尽管只有极微薄的一丝，也足够调派金浚城一整年的风调雨顺了。

这是国师对于柯太守盛情款待的赏赐。当然，这是私人馈赠，不占用国家调派的份额。

萧衍在车上看得痛心疾首："奢侈！"天下第一等宝贵的元力，就送给了金浚城这种弹丸之地，暴殄天物啊！

云嶂理都不理他，脸上满是"你管得着吗"的纨绔表情。

冯妙君也爬上马车，就坐在云嶂身畔。大车启动时，她也着手烧水煮茶。

萧衍任务目标达成，心里放松下来，欣赏着美人动作轻柔写意："这位是？"

"安安。"这不是冯妙君自报家门，而是云嶂恹恹回了一句。

连姓都没有，不是昵称就是赐名。于是萧衍立刻明白，眼前这倾国倾城的佳丽，居然是跟在云嶂身边的侍女。

他瞪大了眼："是你新收的侍女？"

云嶂眼皮一挑，懒得回答。冯妙君倒是冲着萧衍露齿一笑。

那对丹凤眼微微弯起，这一笑就如云破月出，满厢生辉。萧衍不由得拍掌赞叹道："云大国师厉害，不声不响就下手了。"他游览花丛多年，也没见得有这样的运气。

"我们云大国师从哪里将你找来的？"萧衍瞄向云嶂，笑得像三姑六婆，"莫不是凭着能掐会算的本事？不公平，给我也寻一个这样的美人如何？"

"我从山里带回来的。"云嶂仰起下巴，说不出的倨傲。

"山里？"萧衍奇道，"可是白象山？"

云嶂嗯了一声，就当是含糊应了："我引发崖山重新喷发，自己也受了点伤，幸得她相护才安然出山。"他的目光柔和，"后面她就跟着我了。"

这句话里直接略去细节和纠葛无数，粗听起来倒像是冯妙君对他有救命之恩一样。云嶂这样说，她也很惊讶，忍不住眨了眨眼，却见他投过来的目光饱含深意。那眼神一如既往的迷离难辨，她还是看不懂。

萧衍却一下对她肃然起敬："失敬了，原来安安还对国师伸过援手。"端起她刚刚沏好的茶，"来，我以茶代酒敬你一杯！"

冯妙君不慌不忙给自己也斟了一杯，才举起来回敬，仰颈一饮而尽。

萧衍也学她的样子一口闷下，却被烫得险些喷出来。

冯妙君咬着舌头才忍住笑。她一眼就看出萧衍虽有修为在身，道行也只是平平，较她相差得远了。她能面不改色喝下沸水，萧衍却非被烫破了口舌不可。

云嶂向她投来一个赞赏的眼神。

冯妙君捂着小嘴吃惊道："哎呀，这可是滚茶！大人您烫坏了吧？"

茶是他自己要敬的，沸茶也是他自己一口闷的，萧衍还真怪不了她，只得大着舌头道："无、无妨。"

八宝柜就在身边，冯妙君伸手一阵摸索，居然从里面抓出一只冰盒。盒子其实是内外两层，内层置冰块，夹层贴着寒冰符保温，以保证冰块拿出来时还是硬邦邦的。

萧衍塞了两块冰进嘴时，才露出"得救了"的神色。

他含过冰块之后，云嶂就丢出一瓶膏药给他："用上。"

药膏涂在口腔上，延续清凉之感，疼痛都一下减轻了大半，再过一小会儿，嘴里就重新结出了黏膜表皮。

不过这时云嶂已经问他："王上御驾亲征，这是谁给出的馊主意？"微一凝思，"想来不是太子，他早被派去镇压安夏。"

萧衍还有点儿口齿不清："是父王自己意气。众臣反对，连太子都劝谏了几次，结果父王大发雷霆，我们只得作罢。"魏王五十多岁了，着急在颐养天年之前再给自己添一笔丰功伟绩。

"哦？"云嶂眼中闪过一道寒光，"那要看他是怎么劝谏的了。"

"太子也不愿父王亲征，这样他便可以从安夏回来抢头功。"

冯妙君乖乖垂首坐在云嶂身边，听到"安夏"两字，妙目中微一闪烁，谁也没注意到。

"他那里进展如何？"

"已经越过安夏中部，往东南方向的赤嵌平原进军。"萧衍摇头，"不过大军行进很不顺利，安夏余孽屡屡伏击，这么一个月内已经打了三场仗，就算在他们扎营时，也时常有游骑兵前来袭击。怪哉，往年不曾见他们这样拼命，莫不是这些余孽和峗国达成了什么协议？"

云嶂汲了一口清茶："这回傅灵川带着长乐公主北上，也去参加了峗晋大婚。"

萧衍脸上变色："你是说，峗晋和傅灵川联手了？"

云嶂点了点头："不错。"

傅灵川带着伪长乐公主前往峗国，就是征得了燕王同意。当时魏的野心已经表露无遗，所以峗、晋和傅灵川代表的安夏残部势必要携手抗魏。

萧衍道："看来太子那里有些棘手了。"

云嶂的笑容没有温度："既为太子，就要啃些难下嘴的骨头，否则如何服众？"

关于魏国内部的形势，她曾听莫提准说过大概。魏王三子，老大萧靖、老三萧吾为郑王后所养，关系较亲密；老二萧衍却跟兄长不太对付，可他生母早亡，母族势弱，一直都被郑王后打压，直到他向魏王举荐了云嶂，后者挑战国师之位成功，萧衍的地位才算稳固下来。

这几年，萧衍和国师云嶂走得越来越近，引发了王后与太子的不安，双方私底下都使了些手段。几个兄弟之间你争我夺，魏王却是乐见其成。倘若像峗国王室那样其乐融融、一团和气，他倒觉烦恼了。

崖山通道被毁之后，魏王凭借敏锐的嗅觉，已经预见到晋军要快速支援峗国，会进入安夏旧地，从这里绕过白象山脉北部，由安夏地界南部的赤嵌平原再转入峗国境内。因此才会派太子前往赤嵌平原，堵截赶赴战场的晋国援军。

接下来，两人拂开桌面，蘸了清水在桌面上随手绘制地图，一边讨论。冯妙君安静听了好一会儿，并未通透，反而更糊涂了。

她原本猜测，云嵾放走傅灵川和假长乐公主是与魏国内部倾轧有关，可现在看来，云嵾是什么人，当真会为了魏国内部的党派之争、为了给太子添堵，而把傅灵川这两个心腹大患放回安夏吗？萧靖那里如果没顶住压力，放了大量晋军过来，魏国王军的战争计划一定会受到阻碍。这里面，还有哪些她不清楚的算计呢？

两人聊完了国事，萧衍的嘴又开始疼了，装不得若无其事，云嵾大概觉得罚他也罚够了，于是让冯妙君搬出棋盘，与他对弈。

"喂！"萧衍觉得自己受到了侮辱。

云嵾瞥他一眼，只用了三个字就让他无可争议："我累了。"

萧衍只得幽怨地执起子来。

云嵾合目道："你若能赢了安安，我就任你提个要求。"

萧衍的眼睛顿时亮了："什么要求都可以？！"

"嗯，只要我能力所及。"

萧衍当即喜滋滋地一指冯妙君："好，我若赢了，你将她让给我！"

云嵾掀起眼皮瞅他一眼，而后又接着闭目养神。

这便是默认了？冯妙君嘴角一撇，心里暗自恚怒。

她先前就与云嵾说好，跟在他身边做侍女可以，但他要给予足够尊重，绝不能将她当作货物一样赠人。言犹在耳，他就想反悔了？

她左手在袖中捏握成拳，恨不得给云嵾一记耳光。

萧衍也没眼力见儿，看不出她在生气，笑吟吟道："来，我让你一子。"

冯妙君暗暗运转灵诀才将怒火一点一点压下，这时望着他，嘴角也慢慢弯了起来。

想赢她，呵，哪有这么容易？

这下子，萧衍终于可以静静地闭嘴养伤了。

冯妙君开局就不好，被萧衍围追堵截，连连失利。后者起初看云嵾跟赌，还以为冯妙君棋艺了得，现在总算是放下心。他瞅着她，越看越是开心，仿佛已将这个小美人儿收入囊中："安安你放心，以后跟着我绝不吃亏！"

云嵾闻言睁眼，看了看棋盘："下棋不语真君子。"

萧衍知道他恼火，笑道："大丈夫言而有信！"

云嵾低声对冯妙君道："莫着急，你还有机会赢他。"

冯妙君低头摩挲着手中棋子，将红唇咬得鲜艳欲滴，就是不看他。

云嵾知道她在跟自己赌气，恨他拿她打赌，遂伸手抚着她的背道："这小子棋艺平平，也就上来先声夺人，你只要稳住阵脚，后面他自然余劲不足。"

"喂喂！"萧衍迭声道，"这是我和安安之间的竞争，你插什么手？"

"呵。"云嵘轻笑一声，不说话了。

冯妙君却有些不自在，因为云嵘的手就没从她后背离开过。他的掌心温度很高，熨得她后背一阵暖热，偏偏用力又轻，像是有麻雀在她背后扑扇翅膀，又软又痒。她忍不住动了动，想把他的手挣开。结果云嵘又道："专心些，莫走神，你能赢他。"

他这样毛手毛脚，她怎么专心？！

冯妙君正想狠狠瞪他几眼，忽然又觉不对。

她正要落下一子，目光还在棋局上逡巡，就觉云嵘指尖在她背上轻轻一划，然后点了两下。她被那热度扰得心烦意乱，随手放了一子。

萧衍笑得心花怒放，云嵘凑在她耳边，用恨铁不成钢的语调道："笨！"

萧衍刚下完一子，冯妙君正在思索中，云嵘的指尖又滑动了，方向不同，轻点四下，换个方向又是两下。

冯妙君眉头微不可见地一蹙。

他应该不会这样无聊，所以是——萧衍这一子的左四，下二？

他用这种暗码方式，来告诉她怎么下棋吗？

冯妙君不由得闭了闭眼。堂堂大国师，居然下棋作弊！她下意识转头，瞟了云嵘一眼，发现他一副若无其事、毫不愧疚的模样。

萧衍摊上这样的对手，可真是倒霉。

冯妙君原本气恼之下想给云嵘使个绊子，看他要怎样收场，现在忽然改了主意，按照他的指示，落了一子。

萧衍眉头皱起，云嵘已经抚着下巴，笑吟吟地夸了声："好棋。"

萧衍很快发现，眼前的小美人棋路忽然变了，变得缜密而又细致，攻则凌厉，守则稳重，进退有据，在这方寸之地恬然自适。

下到一半，他就觉得如陷泥淖，处处难行。这感觉并不陌生。

"这还是侍女吗？"他抬头瞪向国师表示不满，"你真的没做手脚？"

云嵘扬起的笑容完美："我的侍女想赢你都不费吹灰之力。"

萧衍还是拿怀疑的目光看着他。

冯妙君忽然道："您若不放心，我们换个位置。"

萧衍一点儿都不客气："好。"

冯妙君毫不留恋地站了起来，也趁机脱离了云嵘的掌控，坐到对面去。

离他太近，身周全是他的气息，这令她紧张。

萧衍将棋盘小心掉了个儿。云嵘单手拄着下巴，目不转睛地盯着她。

冯妙君只作不见，低头下自己的棋。

其实她的棋艺纵不如云嵘，却也着实不差，何况先前国师已经开辟出大好局面，于是最后以二目优势险胜萧衍。

萧衍只手抚额，叹了好一会儿气才重整旗鼓，诚恳道："罢了。不过，安安若是厌倦了这阴阳怪气的家伙，我这里随时欢迎！"

冯妙君知道他嘴花花，但依旧笑着点了点头。

云嵂微微眯眼，忽然道："慢着，愿赌服输，你的赌注呢？"

"我……"萧衍原本窃喜这家伙一开始没管他要赌注，想不到是在这儿等着，"一开始可没谈定！"

"没谈定就想将我侍女骗走？"云嵂斜睨他一眼，"天下有这种好事？"

萧衍轻咳一声："方才没谈好，现在就得防着你狮子大开口。这样吧，折中一下，既是安安赢了我，那么条件就由她来开。"

顿时两个男人的目光都转向她，云嵂点了点头。萧衍能有什么东西让他稀罕？

"我也不知该要什么。"冯妙君也不知道萧衍手里都有什么宝贝，"王爷看着赏吧。"

小姑娘倒是不贪心，萧衍刚要张口，云嵂在一边凉凉道："金银这等俗物就算了，总要拿得出手。"

冯妙君嘴角一撇，他明明知道她最喜欢钱！

萧衍恨恨地瞪他一眼："我是那等俗人？"说着从腰间解下一块玉佩，递给冯妙君，"这是元洪佩，可反射三次强大的外力攻击……"

"你把贴身玉佩送给我侍女是何意？"云嵂板起脸，"就给不出别的？"

"我给的是她，又不是你……"萧衍说着说着声音细小下去。也是，男子送姑娘贴身玉佩，不外乎定情信物，这么干好似在云嵂眼皮底下和他侍女私相授受，于礼不妥。他叹了口气，从袖子里掏出一只小小锦囊，"送你这个吧。"

冯妙均谢了他后才接过，云嵂也有两分好奇："打开来看看。"

冯妙君打开锦囊，里面只有一张发黄的、叠得整整齐齐的纸片，上面仿佛有墨迹。她不由得看了萧衍一眼。难不成是一卷心经？

展开来，才发现这张薄薄的纸还能再摊薄，直至变成了三尺见方，上面有线条也有注释。

"地图？"这纸片每一层都轻薄如无物，摊在几上仿佛透明，能看见底下案几的纹路。

"鲛绡？"这东西勉强还能入云嵂法眼，"还算拿得出手。"

鲛绡出自深海或者大川中的鲛人之手，薄若无物但坚韧无比，水浸火烧都不能伤，乃是炼制法衣的重要材料之一，价格自然也是高到令人咋舌。

萧衍嘘了口气："这幅藏宝图记载了禁忌之海中一处遗迹的位置。我拿在手里很久了，始终没空前去探索，不若给了你。"

禁忌之海即是分开南北两块大陆的海洋，面积虽然不大，但风险浪急，暗礁无数，又有大妖出没，捣毁商船无数，因此这里处处都是禁地，也被称作诅咒之海。

这倒比赏赐金银财宝有趣多了，冯妙君再次谢过，萧衍却道："你这主人成日喜欢往外跑，不如就让他带你前去探险。"

冯妙君保持微笑："不敢劳动国师大驾。"

云嵲看她一眼，没吭声。

萧衍又道："你那亲随陆茗也往冀远赶来，最快明天能到。"

云嵲漫不经心地应了一声，像是刚刚想起还有这么个人。

赤尾拉车，速度比凡马快上不知凡几，就算走的都是官道，要保持车厢平稳，八十多里路程也不过一个时辰就到了。

马车停稳，自有人来开门。主帐地势略高，冯妙君走下来，第一眼望见的就是乌压压的帐篷。他们又回到了峱国地界，这里是魏军驻扎的营地。

云嵲走下来，头也不回地吩咐一句："别乱走，去我帐里候着。"说完就在萧衍的陪伴下，径直往中军大帐去了。

这时夜色已经深沉，魏王却还未歇息，仍在中军主持。

既然国师交代了，边上就有亲兵道："请随我来。"

国师的帐篷搭在半山腰，从位次来说仅低于魏王。冯妙君本以为，以云嵲的个性大概会给自己弄个浮夸的居处，不过事实证明，她好像又一次错估他了。

云嵲的帐篷其实不大，里面空间有限，摆设不多，也就分了里外两间，各放卧具，外间还有一套桌椅和两面大柜、一套沙盘，除此之外就什么也没有了。

若她不知这里主人是谁，大概会以为自己错走进了哪个军官的帐篷。

冯妙君在这里稍事整理，亲兵就将晚饭拎了过来，是一个简单的食盒。

她是国师的贴身侍女，理论上来说除了伺候主人之外，其他活儿都不必做。

"军中将士同食，王上也不例外，除非庆功大宴。每十日供给一次猪肉，今晚刚好就有。按例，国师帐中多供五两。"

冯妙君揭开食盒一看："只有我一人饭食，国师的呢？"

"今晚王上为国师洗尘，他不在这里用。"亲兵说罢，退了出去。

饭菜珍贵，不容浪费。冯妙君吃到见底，这时外头又来报："王上开宴洗尘，国师吩咐你过去伺候。"

今晚是个大晴天，月圆如盘。宴席就摆在半山腰的空地上，魏王占了上座，其次是国师、萧衍和其他首脑人物。也不知席中人说了什么，引发一阵大笑。

冯妙君被人领来站在云嵲后方，他头也不回却知她来了，出声道："倒酒。"

将士打仗时要遵行禁酒令，但今晚是个例外。冯妙君举瓮给云嵹斟酒，只倒七分。魏王拍了拍椅子："满上满上！"

冯妙君微一犹豫，云嵹已经按下瓮口，给自己斟到酒水满溢："来。"

他的掌心就按在她手背上，轻轻压住，大约因为喝酒，热力比往常更盛。

她虽垂首，魏王老眼还未昏花，已经借着火光将她看了个清楚，目光不由得一凝："我们的国师大人上哪里搜罗了这等美人！"

他既提起，众人目光齐刷刷往冯妙君看来。

云嵹微微一笑，向冯妙君伸手："来。"

他盯着谁看时，目光一定是氤氲而动人的，冯妙君来时一肚子火气，这时却也不知道自己中了什么邪，居然在大庭广众之下如受蛊惑，将自己的手递过去给他了。

温和却不容抗拒的力量传来，她被拉得径直坐下，正好就倚着云嵹。紧接着这人手掌移动，揽住了盈盈不堪一握的细腰。

他的躯体火热，烫得她面上发烧。但冯妙君明白，此时她不能任性、不能挣脱，只得按下满身的不自在，乖乖贴在他身上。

"安安原是孤女，我引发崖山重新喷发时受了伤，为她所救护。伤愈之后，我就将她带在身边了。"这段故事云嵹曾对萧衍说过，现在当然要照本宣科再重复一回，不能前后矛盾，否则就是欺君大罪。

众人听完他的话无不动容，魏王失声道："你竟受了伤！"举起酒杯，居然向冯妙君遥遥一敬，声若洪钟，"来，我敬你一杯，多谢你将我的好国师平安救出！"

以他一国之君的身份，居然肯向小小侍女敬酒，冯妙君对这个头发花白、身体精壮的老人印象顿时好了几分。气度如此，难怪包括云嵹在内的那许多人甘愿为他所用。

这里没有备她的酒具，云嵹二话不说将自己的酒杯塞进她手里："还不举杯？"

冯妙君无法，只得举杯回敬，将满杯酒水一饮而尽。

这杯子是云嵹用过的，她还很小心地转动杯口，不想跟他间接亲吻。

魏王扔下杯子，大笑道："崖山通道被毁，峣、晋再难互通有无，国师立此人力不能及之奇功，来，寡人再敬你一杯！"

侍从飞快给他添酒的同时，冯妙君也给云嵹倒好了酒。后者笑着举杯，仰头干了。

透明的酒水化成几缕，顺着他脖子淌下。冯妙君鲜少见他作这等豪迈状，云嵹也不习惯喝急酒，杯子还未放下就抓着白帕，呛得连连咳嗽。

他咳得冠玉般的俊面上都带出病态的红晕，魏王本打算再灌他几杯，这会儿也不得不打消了念头。

这时却有人哼了一声道："国师犹在闭关，居然就能截断崖山地宫，除掉王上的心头大患。这样的关，你要多闭几次才好！"

冯妙君闻声看去，说话这人身板魁梧，面皮赤红，两眼精光四射，只看外表就知道是一员猛将。此人座次在魏王左下首第三位，显然在随王出征的首脑中地位也是很高的。

他这话，明明是在责难云嵯欺君，魏王听了也不动怒，只笑吟吟看着这两人。

云嵯的手放在冯妙君肩上，这时轻轻拍了两下："我也想像赫连将军这么光明磊落，可惜想要毁掉崖山通道不太容易，我若将行踪昭告天下，这会儿王军面对的就是峣、晋的联军了。"

这大将是魏国名将赫连甲，冯妙君对他有些了解。据说此人刚正不阿，和云嵯特别不对付，却又不肯受太子、王后拉拢，算是朝中一股清流。

赫连甲瞪圆了眼还要再反驳几句，魏王已经出声打圆场："好了，云卿此行出自我的授意。他负伤立下奇功，这场仗才好打，在座各位都要承他的情！"

一国之君既开了口，赫连甲也不敢再多说。魏王是个很会暖场的人，几句话又把气氛调动起来，君臣尽欢。

冯妙君看众人注意力已经分散，遂扭了扭身子，想重新站到后面去。身形刚动，云嵯就一把握住了她的细腰，薄唇几乎贴在她耳边道："不想以后添麻烦就别乱动。"

她对外保持温雅神色，口齿微动："还有什么麻烦？"他才是最大的麻烦吧。

"坐在这里的，都是魏国最有权势之人。"云嵯捏了捏她的小腰，"安安长得太好看，你只要与我稍微疏远，他们就能把你吃了。"

猝不及防被夸奖，她下意识咽了下口水。

"魏王最是好色，这把年纪犹能一夜连御数女。如果我不与你亲昵，他就会打你的主意。"云嵯面不改色往自己国君脸上抹黑，顺便解释为何对她动手动脚。

冯妙君想起魏王见到自己时的满眼异色，也不由得信了几分。留在云嵯身边，总好过这个色老头子吧？两害相权取其轻。

不过接下来的事实又向她证明，云嵯的做法有理，因为魏王的目光总是瞟向这里来，带着男人都懂的暧昧意味。酒过三巡之后，他也借着酒劲儿调笑道："我道从前赏赐美女，云卿为何总是不要，原来嫌我送的不好。"

萧衍立时跟腔："国师眼光太高，从未听说有侍女能在你身边陪伴超过十日之久。"

旁人无不凛然，想起云嵯性情古怪，上一秒还能跟人把酒言欢，下一秒就能挥剑斩人首级，那是比君王更难伺候的主儿，更换贴身侍女的速度更是无人可以超越。

魏王指给他的第一名侍女，三天后就死了。后面两名，最多也没能活过十日。好在魏王有容人之能，当时也就一笑而过，没有治他的罪。

冯妙君心里一动。跟着云嵯这么久，知他性情虽然反复无常，却不是暴戾好杀之人，怎会随意弄死这些侍女？

魏王趁着酒意对云嵯道："你这侍女倒有几分眼熟，寡人从前似在哪里见过。"

云嵯举杯轻啜一口，满脸的漫不经心："哦？王上在哪里见过？"

冯妙君一颗心吊了起来。她越长大就与安夏王后越像，后者年轻时艳冠北陆，魏王是不是也见过她的生身母亲？

魏王微微眯眼，想了半天才摇头："想不起来了，只觉这眉眼似曾相识。"

云嵯也不想他把注意力再放在冯妙君身上，便转了个话题，与众人商议起目前局势。

也不知过了多久，魏王取银勺在案上轻敲两下，提声道："国师也来了，酒也喝了，兴也尽了，明日还有大战，诸卿不若安歇？"

众人应声，宴散。

云嵯扶着案几站起，身形晃了两下。冯妙君赶紧扶住，待他站稳就飞快放开了手。

"回帐。"他云眸半闭，好似真有些困了。

幸好从这里到帐中，也就是百步的路程。

冯妙君早在方寸瓶里备好醒酒汤，这时就取来给他喝下，又打湿了巾子给他擦脸。她最开始想将巾子直接扔到他脸上的，却不知怎的，越擦越是轻柔。

云嵯酒意上涌，满面飞红，眼神也变得迷离飘忽。好在他酒品倒还不错，不吵不闹，只是眯着眼任她施为，模样乖巧极了。

"头晕。"他将脑袋搁在她肩膀上，拖长了声音，乍听之下像在撒娇。

但冯妙君知道，那是不可能的，她狠心将他推开："睡吧。"

"安安在生气。"他冲她眨眼，一下，两下，眨得她头都快晕了，"为什么？"

"没有。"她绷紧小脸，"我怎么敢？"

她噘着小嘴的模样哪像是不敢了？云嵯忽然有种冲动，想尝上一尝。

他长长地哦了一声，恍然大悟："我和萧衍打赌，安安生气了？"

看吧，他果然知道！冯妙君忍不住给他一记眼刀，之前装什么装？

她尽量心平气和："我记得公子和我有过约定，绝不将我出让别人。"

"绝不出让。"他忽然又出掌抱住了她的腰，将她一把拖近，脸色也是少有的凝肃，"安安是我的。"

他的一本正经让她心漏跳了一拍，下一句话不经思索就冲了出来："那你还拿我当赌注？"

两人都听清了这句话里的愤怒、斥责和委屈，冯妙君用力咬住了唇，云嵯却低笑出声："他赢不了。"

"万一呢？"

"万一也赢不了。你信吗，我有一百种法子让他败。"他用指尖勾勒她面部纤巧的弧度，"安安是我的，谁也不给。"

最后一句话带着孩子式的赌气，冯妙君一时分不清哪个才是他。她冷冷道："天下事不可能尽如公子意！"

云崻倒没再继续解释，而是道："好，我错啦。以后再也不这样，好吗？"

她趁他酒后好说话，大着胆子问："哪样？"

"再不把你当赌注，也绝不出让给别人。消消气，嗯？"

她盯着他："大丈夫，一言九鼎。"

"嗯，一言九鼎。"说罢，云崻望着她侧了侧头，"别家的侍女都服侍人，只有我家的安安得哄着来。"

冯妙君长长叹了口气，知道自己该适可而止了。

在他这里，她只是个侍女，就是不消气又能如何，她要是再使脸色给云崻看，把他耐性磨光就不好玩了。

云崻只当她心结已经解开了，笑道："我渴了。"

冯妙君当即给他斟了一杯清茶。云崻想吃的不是这个，但依旧接过来一饮而尽。

两人相顾无言，一时都找不到话说。

过了好一会儿，冯妙君见他脑袋慢慢垂下，显是酒力发作得厉害，只好扶着他躺下来。

"为何不用灵力把酒气逼出来？"

云崻指了指胸口，摇头。他心疾这次发作得太久，想趁酒意换一顿好眠。

她低声道："心疾何时能解？"

头一回，她不是从担忧自己的小命出发，而是感慨这风光霁月的男人与她一样，都用世人不能理解的方式挣扎求生。

"等到……"他声音太小，冯妙君不得不凑近了听，"……我的使命完成。"

使命，什么使命？冯妙君一头雾水，待要再问，云崻忽然揽臂将她一把搂住，按到床上，大长腿很霸道地压在她腿上。

冯妙君吃了一惊，双手按在他胸口将自己与他隔开，一边紧促道："放开！"

他不放，下巴反而在她秀发上蹭了两下，好似还深深吸了一口气，像是要确认她的气息。

然后，就没有然后了。冯妙君靠在他胸口，发现他鼻息悠长，已然入睡。

她又僵持了一会儿，才小心搬开他的手脚，自己爬了起来。

待在熟睡的云崻身边是件十分危险的事，冯妙君放下几重帐帷，轻手轻脚走了出去，没望见身后熟睡的云崻眼皮微动两下。

她先封好帐门，而后将睡具抖开，钻进去不一会儿，全身都热乎乎的。

国师大人最近越来越喜欢动手动脚了，这让她有些困扰。眼下两人的关系也变得越来越奇怪，她觉出了其中的危险。云崻就像罂粟，看起来那么美好，靠近了也让人上瘾，可他有毒，能让人沉迷至死而不自知。

冯妙君在黑暗中瞪着眼，直到渐渐乏了，打了几个哈欠便沉沉睡去。

第二天清晨外头人来人往的声响也没能吵醒她，直到有亲兵来报："陆先生来了。"

陆茗是个精明干练的年轻男子，但长着一张讨喜的娃娃脸。冯妙君看着他就想起了陈大昌，不知道他在采星城近况如何。

陆茗也听说主人身边多了个漂亮侍女，但见面时依旧大吃一惊，没料到她能漂亮到这个地步。

"大人还未起身？"他对云嵝的脾性和体质自然十分了解，眼见帷幕低垂，也知道主人又已变身睡神。

她摇头："昨晚多喝了些酒。"

"安安多照顾他，在大人熟睡时能走近他身边的，恐怕只有你。"陆茗苦笑，"等他醒了，请知会我，我有急务上禀。"

直到太阳落山，云嵝才醒过来，脸色已比先前好看许多。

冯妙君请了陆茗来禀报军情，自己避嫌走出去散步。

逛了一个多时辰后，她才回到云嵝帐里，陆茗已经走了，而云大国师俊脸上写着浓浓不满："跑去了哪里玩耍？茶水都没人添。"

烧茶的小炉就放在他手边，她出去前特意将水和炭都放满了。这厮真是懒得出奇，举手之劳都不愿意自己做。但她只能忍气吞声："是我错了。"走上前给他添茶。

"嗯。"见她乖巧，云嵝的脸色才由阴转多云，"陆茗带来的消息里，有一个想必你也愿听。"

她也愿意听的？冯妙君小心翼翼道："晗月公主？"

"对。"他没好气道，"你放走晗月公主，当晚她就抵达了印兹城。你是怎么笃定，她一定会回去的？"

"先前她逃婚，是觉得这桩联姻不过给两国关系锦上添花，有她无她都可，于是向往自由。可是现在魏国入侵，峣、晋离心，她的献身终于有了意义。"冯妙君目光微黯，"其实晗月公主早就明白，这是她的宿命。她要的不过是粉墨登场，让所有人都记住她的贡献。眼下时局如此，她一定会回去当她的峣太子妃。"

"宿命？"云嵝眼中泛起一丝波澜，待她再要细看，却已消逝无踪，"蠢！"

这人嘴里就出不了两句好听话。冯妙君撇嘴不悦，云嵝已经接着道："不过她好歹把话给带到了，苗奉先的动作还是很快的，三天后徐文凛就没去参加廷议，对外只说积劳成疾，将军府大门紧闭，谢绝探访。"

她心下明了："苗奉先不想打草惊蛇？"国有国法，他不采取正大光明的手段处置徐文凛，就说明他不仅采信晗月公主的话，也想到了徐文凛背后一定有人。

不管怎样，冯妙君提心吊胆二十多天，这会儿终于能暗松一口气了。

"想来苗奉先已经暗中审过徐文凛，因为紧跟着峣王就以'讨论战事后勤'的名义，临时召钦天监监正左丘狐进宫，他才见到峣王一面就被直接拿下，除掉衣冠。"

冯妙君轻咦一声："动作这么快？"顿了一顿又道，"外头还在打仗，峣国敢在这个时候大清洗吗？"

"峣王不敢，但苗奉先看来还有些胆量。"他微微一哂，"正因为峣、魏之间的大战开幕，他的缉查和捉拿才要快刀斩乱麻，在造成更大震荡之前收网。"

"这个案子，峣王全权交由苗奉先放手去查，左丘狐被禁住修为，直接打入天牢，并不经过廷议，苗奉先只道战时不用常法，依旧雷厉风行缉拿其余党。"云嶂呵了一声，不无惋惜，"算他运气不错，似乎到目前为止，涉案的武将只有徐文凛一人。如今城武卫的首领位置也换人坐了。"否则峣国遇到的动荡远不止于此。

"所以这幕后主使就是左丘狐？"直到他们离开印兹城为止，这件事她也只揭开了冰山一角，大半真相还沉在水底，"他为什么要暗杀太子？"

"左丘狐被捕时，大呼自己是为峣国前程着想，苗奉远优柔寡断，德行不足以登临帝位；他下狱后三次自尽，都失败了。不过他口口声声为了峣国，咬定自己并无私心，但他暗地里的算盘并不难猜，苗奉先估计也清楚。"

冯妙君呼了一口气："公子你早说呀。我还以为这人已经秉公到把国务当家务了。"

云嶂笑了笑："他的儿子左丘渊与苗奉先交好，便是那日在街上让你看直了眼的男子——"

冯妙君："……"他还记着哪！

"原本苗奉先如果接位国师的话，左丘渊也是钦天监的接班人了，看起来是皆大欢喜，但他的地位其实会变得尴尬。"

"为什……"问出两个字，冯妙君忽然哦了一声，懂了，"钦天监原本的职能是监督国师，在素人任国师时能发挥大用。但若是王子出任国师，他与国君的关系本就亲密无间，还要钦天监作甚？"

所以这职位就算存在，也会被架空，不堪大用。

"不错，偏偏左丘渊修为、德行出众，是块好料子，在这位置上只会埋没了他。"

冯妙君当下轻吸一口凉气："好大胆，他杀太子的理由，竟是想让儿子当上国师？"她连连摇头，"为了儿子前程，他就敢去谋杀太子，这位钦天监的胆子也太大了。"

"太子也只是凡人。"云嶂意味深长地一笑，"在许多修仙者眼里，只有凡人与非凡人的区别。"

这句话一下点醒了冯妙君。左丘狐为什么不顾纲常、敢杀太子？说穿了，他是对人间的帝王并无敬畏之心。

冯妙君细细想了好一会儿："左丘狐会是什么下场，还有他的家人呢？"

"谋杀太子，当诛九族，放在哪个国家都一样。"云嵝忽然拍掌，"左丘狐已经将所有罪名都揽在自己身上，死意坚决，所以四天之前，他和徐文凛一同被拖去校场口受车裂之刑。"

冯妙君忍不住打了个寒噤。

"左丘家人丁稀薄，上下十余口都被绞死。只有左丘渊被父亲事先支往外地，侥幸逃过一劫。在此之后，他也失踪不见。"

这一场血雨腥风，在云嵝口中说来就是轻描淡写。冯妙君听得久久无语，想说的话最后只化作了一声长叹。不过，至少养母和冯记现在都是安全无虞了，他们有充足的时间盘点生意，然后慢慢撤出峻都。

云嵝见她沉思，出声打断她："在想什么？"那副神游物外的模样，莫名令他不喜。

"多谢公子。"

他以手支颐："谢什么？"

"谢你将晗月公主放走。"冯妙君心里明镜儿似的，"你本可以不放的。"

"我那时还不想杀她，更不想好吃好喝供着她。"云嵝站了起来，"我去寻王上，今夜晚归，你不必等我。"

外头已经下起了薄雪，细细点点。她给云嵝披起大氅，看他的背影消失在风雪当中。

他最后那句话，听起来并不像主人对手下的命令。

第二天清晨，全军整装前进，目标冀远城。

大军浩浩荡荡，转眼间就从冯妙君身边经过。

她看着这支杀气冲天的队伍，心境复杂难明。现在，他们要去攻下另一块地盘，要用战火引燃前方那个无辜的城市，她却成了他们之中的一员。

她行事一向有主见，有计划，这会儿却有些茫然了：自己还要不要跟在云嵝身边呢？

跟在他身畔，固然会得到旁人梦寐以求的修行指点、修行资源，却要走进一个又一个修罗场，看着脚下的沃土变作人间地狱。

魏王的雄心不死，战争就不会结束。

晚间时分，大军攻城，冯妙君和云嵝则随辎重部队就地安营扎寨。炭火旺盛，帐里暖意盎然，冯妙君为云嵝宽衣落帐，然后自己走去了外间。

大帐正对着冀远城方向，她在帐帘上扒开一条缝，不知道第几次向那个方向眺望。地平线上火光冲天，似乎还有炮火和呐喊声随风而来。

冯妙君再一次体会到了无力感。虽然她贵为修行者中的一员，但在面对战争和侵略时，却和养母徐氏，和这世间的千千万万普通人一样，只能被动接受，随波逐流。

　　她不知道自己还能做什么，其他修行者也大抵如是。

　　她不会去问云嵖和魏王这样的强人，为什么非要战争不可。这问题太幼稚，云嵖多半还要将自己描述得身不由己。

　　冯妙君走了回来，和衣而卧。

　　帐外静悄悄的，只闻夜鸮啼叫，她却辗转难眠，满腹心事。

　　兴许是转身的动静吵到了云嵖，他低沉的声音从帐内传来："聒噪！"他实是有几分困意，哪知冯妙君翻来覆去，衣被摩擦的每一次窸窣都被他听在耳里。"大半夜不睡觉。"

　　他不也没睡？冯妙君听他语气中并没有多少呵斥之意，终是忍不住问："公子，这场仗要打到何时？"

　　"两日之内。"探子事先已在冀远城摸底，魏军优势明显，没理由拿不下它。

　　"我是说，战争。"她幽幽道，相信他一定能听懂。

　　这回云嵖沉默了许久，声凝如水："长痛不如短痛。"

　　什么意思？她一头雾水。并且这不是她头一回从他口中听到这几个字了。

　　他没有再解释，只沉声道："睡吧。"

　　一夜无话。

　　太阳从东方升起，冯妙君也收了功，缓缓站起。

　　她一夜未眠，干脆起来调息吐纳，这才能做到物我两忘。她走出帐去透气，发现周围的帐篷少了很多，而后勤部队正押运辎重往冀远城而去。

　　"安安姑娘，早。"有个声音跟他打招呼，冯妙君转头一看，是云嵖的亲随陆茗。

　　"打下来了？"比云嵖预计的还快。

　　"一个时辰前就打下来了。"陆茗笑道。

　　"伤亡呢？"

　　"还在统计。"陆茗扬起嘴角，"比起国师到来前要轻得多，无论对我方还是冀远城来说。"

　　战斗结束得越早，这个过程对军队和平民的损伤也就相对越小。相比攻城战动辄要拉锯数天甚至数月，一夜之间拿下冀远城已可算是迅雷不及掩耳的速度了。

　　魏军打了一场大胜仗，也就在冀远城停留一天，稍事休整。毕竟经过一整夜的激烈战斗，将士疲敝，并且还有诸多善后工作要做。

第十四章

卦中命数

冀远城中等规模，但因地理位置优越，人口相当密集。它原先有多繁华，冯妙君并不清楚，因为当她行走在冀远城的街道上，望见的是断瓦残垣，破损而血迹斑斑的城墙，还有萧条的街巷。

魏国的兵卫来回巡逻，路上没有闲杂人等，家家户户大门紧闭，只从窗户里投出或疑惧或仇恨的目光。

冯妙君只觉每一次呼吸嗅到的都是火与血的味道，很是不适，干脆转身往城外行去。不过经过菜场口时，她听到一阵骚动由远及近。

这地方空旷，被征用为临时集合点，这时已经聚集了大量百姓。人人侧头去看，冯妙君也不例外，只见一队魏兵拖着数人走来，俘虏都被锁上镣铐，有男有女，有老有少，清一色平民装束，俱是面如土色。

菜场口已经搭起高台，悬起横梁，架上绞索——这赫然是个绞首架！

奇怪的是，望见这些俘虏被拽进刑场，在场的百姓神情漠然，偶现恻隐，顶多是母亲们掩起孩子双目，不让他们直视残忍一幕，却没有冯妙君先前见到的那般隐忍的、敢怒不敢言的神情。

这时魏军的骑尉走上高台，运气高声道："本城太守曹秉安贪赃渎职，纵容曹、刘两家鱼肉乡里，横行霸道，又造多起冤假错案，罪大恶极！如今曹秉安已经伏法，却在战前偷运家眷自密道出城逃生，被我军从城外截回。"

接着，他一一列举了曹家和刘家的七条罪状。

"吾王审判，曹、刘置本城数十万人于不顾，其罪当诛！即时行刑，以为百姓正视听、断是非、申清明！"

说罢，他一指菜场口的木杆，冯妙君才发现那里挂起个人头，随风飘摇。

那人五十上下年纪，颔下蓄须，两鬓添白，想来就是骑尉所说的冀远太守曹秉安了。

城破时，曹秉安见大势已去，拔剑自刎。冯妙君原想着他做出这等殉城之举，也全了忠义美名，哪晓得在城里风评居然这么差？

骑尉宣布行刑之后，兵卫就将俘虏都带上高台，连瘫倒在地、神志不清的都没放过，一一套上了绞索。

冯妙君转身离去，不想再看。

她经过后台时，正好有阵风吹过，将骑尉与下属的对话吹进她耳中："那小鬼还没抓到？"

"没有。"

"继续找，犄角旮旯也不要放过。曹家人要一个不剩，全部送绞，这是王令。"

看来曹家还有子孙在逃，未被抓获。那骑尉说完，也看到了冯妙君，正要喝问，目光一垂又瞥见她腰间挂着的令牌，当即收了声，反而向她友好一笑。那是云嵝赐下的令牌，代表了魏国最超然的地位。

冯妙君也回以一笑，快步离开了。

往城西走，果然一路上都看到挨家挨户翻箱倒柜的魏兵，想来正在抓紧搜人。

又走出百丈，她看到了太守府。从明日起，这里要换主人了。

她脚步不停，继续往前走，眼角余光却见太守府对面的巷子里跳出个男孩。

他的个头很矮，五六岁的样子，手里还抱着个盖得严实的竹篮，神色惊惶，撞见冯妙君的瞬间满面意外，显然没料到这里站着个人。

他一下呆住了，忽然转身往另一个胡同里跑去。

仅仅几息过后，巷子里就有几名魏军巡逻过来，望见冯妙君的腰牌后很客气地问她："大人可见到一个孩子走过，年龄五岁左右？"

冯妙君神色自若地摇了摇头："不曾。"

这几人也只是例行一问，没抱太大希望，于是转身往太守府去了。

她目不斜视，继续往前走，约莫过了小半盏茶工夫才站定，瞅瞅左右无人才轻喝一声："出来吧。"

此时她经过一户简陋的民宅，大门半掩着。她推门进去，发现里面空无一人，原主人也不知是死在城战中还是被魏兵召集去广场了。

她在小小的院子里站定，门外就有个畏首畏尾的人影闪了进来。

正是那个男孩。他还抱着那个竹篮，警惕地盯着她："你为什么不说见过我？"

冯妙君打量着他："说了对我有甚好处？"

这孩子咬紧下唇。

她叹了口气："你叫什么名字？"她懒得管闲事，却也不想眼看着这么个稚龄孩子因她的指认而被杀。哪知这小子机灵，居然知道要跟上来。

"曹卿河。"小小少年咬牙道，"你能不能带我走？我给你很多钱！"

附近没有脚步声传来，所以冯妙君暂时放心道："钱呢，在篮子里？"

他摇头："这是小白，不是钱。"说着揭开盖布一角，底下露出个毛茸茸的小白脑袋。

这是……雪貂？还是只戴着项圈的貂。

曹卿河从怀里摸出一个绣着小金猪的锦囊，晃了晃："钱在这里。"里面有银钱相击的声音，显然是这娃娃攒下来的零用，"你带我走出去，这些就都是你的。"

对上他机灵却不失天真的眼神，冯妙君抚额道："你知道自己要去哪里？"

他犹豫一下，摇头。城破家毁人亡，莫说是他了，多数成人也不知道该怎么办才好。

冯妙君低声道："你在附近可还有家人，或者值得信赖的长辈？"

曹卿河眨了眨眼，想起来一地："我姥爷家就在前面不远，沿红桐街走到底就是，你带我去？"

姥爷家？那不就是刘家？这会儿刘家人大概都被绞死了，曹卿河再往那里去，同样是羊入虎口。冯妙君对着他扬了扬嘴角："那里已经没人了。"

曹卿河张着小嘴，好半天才道："那，黄岗还有一处庄子也是我家的，看庄子的是我刘叔，看我从小长大，对我可好了。"

冯妙君沉默不语。

黄岗是乡下小县，离这里算不上远，却也有二十来里路程。她若是应允下来，怎么跟云嶂解释她要外出一小段时间呢？

曹卿河见她不吭声，急了："你送我去吧，我曾祖父在那里留有好东西，可以一并给你的。"顿了一下，想起这女子不知道他说的是谁，赶紧又补充道，"我曾祖父叫曹卜道，可有名气了，他会算命，算得特别准，以前很多神仙都要慕名来找他。"

这孩子的曾祖父？她还未接话，冷不防身后有声音响起："你曾祖是曹卜道？"

冯妙君吓得差点原地跳起来，这声音她再熟悉不过了——云嶂。

被云嶂缀行，她是不太可能察觉的。冯妙君转身，赔笑道："公子，您也来啦？"

他瞟她一眼，似笑非笑："我不来，怎么能知道这里有人抗旨不遵，窝藏逃犯？"

她硬着头皮："这么小的孩子能犯什么罪？"

云嶂伸指戳了戳她额头："你知道有个词儿叫'族诛'？"

他骤然现身，曹卿河也吓了一大跳，他怀里的小貂更是浑身白毛都竖了起来，死死盯着云嶂。

冯妙君就见他换上了一副哄小孩的表情道："你的曾祖父生前什么模样，说来我听听，或许我就让你去黄岗。"

曹卿河看看她，再看看云嶂，凭直觉认定他说话更好使，于是按了按自己右边太阳穴道："我曾祖父这里凹进去一大块，据他说年轻时受伤，差点就死了；嘴角还有颗小痣。"

冯妙君想，这大概就是云嵫想听说的那个人，因为他更加和颜悦色了："果然是曹卜道。既是故人子孙，我送你出去。"又转头对冯妙君道，"装瓶。"

装瓶的意思，就是要她将这小家伙装进方寸瓶里带离，神不知鬼不觉。他虽贵为国师，到底不好在明面上跟国君对着干。

冯妙君跟着他大摇大摆走出去，一路上跟无数魏人错肩而过，而后驱车直往黄岗。

"你开头怎么逃过魏人抓捕的？"冯妙君对这个很好奇。

曹卿河幽幽道："昨晚城外有火光，有很大的声响，小白被吓跑了。娘不许我夜里出门，但我怕小白找不着回家的路，所以偷偷从后院的破洞里跑出来了。"他擦擦眼睛，哽咽了，"后来等我找到小白想回去，发现家里好多人都被很多坏人抓着往路上拖。我娘一边哭一边喊我的名字，让我躲起来不要回家。"

冯妙君和云嵫互视一眼，均自了然。昨晚城破之前，曹太守安排家人经密道逃出，偏这孩子偷偷出府找貂，没有和曹家人一起撤退。想来府里有人告密，魏军截住了外逃的曹、刘两家人带回来，数来数去走漏了曹家最小的孩子曹卿河。

两家人都被吊死了，而曹卿河就这么稀里糊涂躲过一劫。

"他的曾祖父是曹卜道，今日的局面就未必是凑巧。"

"曹卜道也是得道高人？"

"嗯。"云嵫懒洋洋地往后一靠，"是个算命的。"

"……"

"但算得挺准。"

"他名气很大，给您算过命？"

云嵫瞟她一眼，笑而不语。

车行辘辘，很快到了黄岗。

曹卜道的山庄名字很有趣，称作"落芽庄"。

来开门的是个佝腰白发的老头子，看岁数比曹秉安还大，还有点耳背，曹卿河得大声说话，他才听得见。冯妙君一眼看出，这就是个普通的小老头。

好在这位曹卿河口中的"刘叔"头脑清醒、思绪明朗，听说了冀远城的变故和曹家的遭遇，久久无语，最后才叹了口气："果然如此。"

冯妙君奇道："曹先生事先已知？"

"先生在世时，就说跋扈难得善终，要子孙养政利民。曹老爷不肯听从，终致今日祸事啊！"

曹老爷就是曹秉安，被斩首的太守。刘叔感慨一番后道："二位冒生死大险，送小小少爷来此，曹先生必定感佩。落芽庄荒废很久了，不复当年风光，这些年也遭贼多次，没留下什么好东西……"

冯妙君侧首，看了云崾一眼。只见云崾已经将面容一整："刘叔说哪里话来？我家得曹先生指过明路，送曹卿河回来，不过是全一份恩义，哪需要什么报酬？"

不得不说，云崾长着一张极易讨人好感的脸，神情又是少见的认真，她差点儿就信了。

刘叔果然很感动，抓着自己的山羊胡子道："曹先生在世是讲究人，我也不能令二位空手而归。不如，卜一卦？"

这下连云崾都有些好奇："曹先生已经故去，如今还能给我们卜卦？"

刘叔笑道："曹先生临去前说，身故后上门的人不多，每位主事人能抽一支签子，再在我这里得一个锦囊解之。"说完笑着引两人去了后庙。

山庄中建着曹氏宗祠，龛前的长案上除了摆着香火和鲜花瓜果之外，就是很不显眼的一个签笼子了。

刘叔抱起了签笼："二位，谁来？"

"只得一人吗？"

"无论同行多少人，都由主事者抽取。"

冯妙君微微摇头，后退一步。

云崾接过签笼，随手甩了两下，就有一支竹签飞出，落地。

冯妙君眼睛尖，一下就望见签上的小字：云开月明照君归。

什么意思？她从前也去庙里抽过签，这不太像会写在签子上的话吧？

云崾俯身拾起，长眉微蹙，看了她一眼才问刘叔："何解？"

刘叔也好似呆住了，云崾连问两声他才回过神来，喃喃道："怎么是这支签子！"忽然转身往屋角去，"请二位稍候！"

接下来，三人就眼睁睁看他在幕后壁角挖下一块方砖。

这砖头是松动的，但大概从来无人取下，表面蒙了厚厚一层泥灰。刘叔拿短锹把它砸开，才看出这是一块空心砖，里面藏着一封书信。

信封上的标题，就是签上那行小字。

"其他解签语都收在锦囊里，只有这支签子不是。"刘叔轻嘘一口气，"五十年前，曹先生当着我的面，亲手将信封塞进砖头里，砌在墙面上。"他指了指签笼，"这么多年来，签子都被抽走了大半，我以为自己等不来开砖的人。"

说完，他也像了却一桩心事，笑眯眯道："你们慢慢看，我去做饭。"挥手召过曹卿河，"小小少爷，可愿意给老头子打个下手？"

曹卿河还未回答，云崾已经道："请稍等，曹先生好似也在信中提起这孩子。"

"这样？那么小小少爷留下吧，我自己做饭便可。"刘叔转身，很快出去了。

云嵬拆信展开，冯妙君立刻凑了上去，被他瞟了一眼。

她厚着脸皮："这孩子是我们一起救的。"

云嵬没吭声，她就当是默认了，蹭在他身边看信。

信纸是好大一张，曹卜道也写得一笔好字。冯妙君看了几眼，忽然道："这不是解签，这就是一封信。"

对的，信上的内容无关占卜吉凶财穷，而是曹卜道正儿八经写下来的一封书信，首四字是"见信如晤"，也没注明收信人是谁。

信上的字句简明扼要："如解此签，我曹氏已遭灭顶之灾。托阁下洪福，保我曹氏一脉尚存，曹某愿以异宝馈谢，聊表心意。"

冯妙君笑吟吟道："这人还挺上道儿的，也猜得挺准，就是小气了些。只说送我们宝贝，却不说宝贝在哪儿，好没诚意！"

云嵬也是微微一笑："这倒未必，说不定他已经送到眼前，只等我们自取而已。"

曹卿河看看他再看看冯妙君，一头雾水，不知道这两人打的什么哑谜。他怀里的竹篮在这时突然一动，原本恹恹窝在里面的白貂一闪而出，往门外蹿去。

它动作快成一道闪电，怎奈迫近门缝时，忽然迎头撞上了一道无形的屏障。它没被撞晕，翻身换了个方向不再找门，径直往灰墙撞去。

这堵墙后面就是刘叔开的菜地。

不过有人比它更快。

白貂才蹿出去一丈远，云嵬手里的绳索就已甩了出来，唰唰将它捆了个紧实。

这小东西落在地上，急得吱吱直叫。

曹卿河如梦方醒，惊叫道："不要欺负我的貂儿！"冲上去就要抱住小貂。

冯妙君却抬手将他轻轻隔开："那不是貂。"

曹卿河刚要开声，却见云嵬掌刀切落，居然将这貂儿从中间剖成了两半！

溜到嘴边的话一下子变成了尖叫。

可是紧接着，白貂不见了。捆仙索捆着一样东西：一个项圈。

这是先前戴在白貂脖子上的项圈，色泽黯淡，像是劣质金属制成。

望见它第一眼时，冯妙君还奇怪小动物为什么要戴个这样沉重的金属圈来着，现在她知道了——白貂无关紧要，不过是个障眼法，重中之重，是这枚项圈。

她俯下身来边观察边惊叹："这东西也能成精？"

云嵬伸足踢了踢项圈："还想变什么模样来唬人，赶紧。"

项圈动也不动，仿佛死物。

"收起来。"云嵂对冯妙君道，"我熔了它，给你做个项链。"

"好。"她喜滋滋的，"给我嵌个鸽血红，要有真鸽子蛋那么大。"

她正要伸手去抓项圈，不意这东西忽然动了一下。

白貂又出现了，项圈依旧戴在它脖子上。它将自己蜷成小小一团，一副了无生趣的模样："你们何时发现的？"

云嵂恍若不闻，给冯妙君介绍道："这是个稀有品种，唤作液金妖怪，我从前也只见过一回。这东西没有固定形体，可以随心而变。你现在看它是项圈模样，回头它可以变作刀枪剑戟，只要是金属即可。"

"能变作金属，也不该是这个模样？"她指着小貂，无限惊奇。

云嵂道："那就要看它本体有甚特别之处了。"

"我有蜃珠，可以千变万化，可以发声，行了吗？"液金妖怪被晾在地上，转身变成了一枚镯子，上头嵌着几颗夜明珠，模样甚是华贵。

"蜃珠，你还有这种好东西！"冯妙君将它抓起，一边欣赏一边惊叹。

液金妖怪望见她快要眼发绿光，赶紧将蜃珠收了起来："它已和我长在一起，变作我的本命元珠，你夺不走的。"

曹卿河怔怔看它许久，忽然号啕大哭。

冯妙君从没哄过孩子，有些手足无措。这时刘叔恰好从外间走来，见状赶紧给他抹眼泪："这是怎么了？"

"我的貂儿没了。"曹卿河指着液金妖怪，"一定是被它吃了！"

以他的阅历，尚不能理解"液金妖怪"是种怎样的存在，只以为这妖怪把他的白貂吃了。

液金妖怪又变回白貂，纽扣大的眼睛里满是无奈："小祖宗，莫要哭了。白貂就是我，我就是白貂。我在你家住了五十多年，只是从今日之后，你我的缘分也尽了。"

曹卿河哭得泣不成声，也不知听没听到。

冯妙君心中不忍，伸手抚着他的头顶道："没事了，哭完就舒服了，好好睡一觉吧。"

随着她轻轻抚摸，曹卿河原本还抽泣不止，声音却慢慢小了下来，神色也平静许多，最后打了个哈欠，伏在刘叔怀里睡着了。

他眼角还挂着两滴泪，却睡得香极。

这是冯妙君饲养的瞌睡虫的功劳。

冯妙君将这灵虫收了回来，再指了指液金妖怪道："这是曹先生在信中送与我们的宝物。"又将云嵂手中书信取过，展给刘叔看。后者逐字逐句读完，眼眶也湿润了。他擦了擦老眼道："多谢姑娘。曹家已经没落，不再需要这样的守护灵，请两位将它带走吧。"

　　他邀请两人用饭，云嵋摇头："出来久了，我们这就要回去。"魏王必定还要找他商量下一步作战计划。

　　刘叔遂将两人送出庄子，诚恳道别。

　　液金妖怪落到云嵋和冯妙君手里，冯妙君拿指尖戳了戳它，仍觉这种存在不可思议。

　　"所以，我们这趟最大的收获就是一只液金妖怪？"她做了个总结。

　　"融合了蜃珠的液金妖怪，可以算作是两件宝物。"云嵋抚着下巴道，"但我总觉得，还遗漏了点什么。"

　　她也觉得，曹庄之行有些意犹未尽。

　　云嵋的指尖轻点桌面："液金难得，该用它做个什么法器才好呢？"

　　他说的是"做"，不是"变"。冯妙君立刻心领神会："不如打一把软鞭？"

　　"也成。"这确实是个好想法，"液金的韧性和延展性远超其他，刚柔有度。"

　　冯妙君抚着小貂浓密的绒毛，语带惋惜："只可惜了这好不容易养出来的灵性。"哪怕知道绒毛这是假的，然而手感一流啊。

　　液金妖怪越听越不对味儿，赶忙道："等下，等一下，我不想死！"

　　冯妙君大奇："液金生命也有'生死'的概念吗？"

　　云嵋老神在在："放心吧，抹去灵识之后，它依旧有液金的特性，可以锻造神兵。"

　　小貂听到这里，浑身软毛都塌贴下去，显得很颓唐："好了，我认输，我认两位为主，莫要杀我！"

　　"你也能认主？"她只听说法器认主，智慧生灵想这么干是件很难的事。

　　"能。"它又变回液金本体，那是水银一般流动的液体金属。它示意两人伸手，在掌心各滴下一颗。液体见风即干，颜色也变得赤金透亮。

　　这是……金豆子？

　　"这是我的投名状。"液金妖怪看起来有些萎靡，想必凝出这两颗金豆子不太容易，"从我的核心分出，对它的伤害都会反映在我本体……啊！"

　　话未说完，云嵋掌心燃起一小撮真火，把金豆烧得通红。

　　液金噌地弹了起来，周身同样放出红光，还能哧哧作响。它大声哀号："别烧了别烧了，我要化了！"

　　它突然变得滚烫，一下把皮榻都烧出个大洞，连一边的冯妙君都感觉到热力四射，仿佛偎在火炉边上，赶紧道："住手，别把车烧烂了。"说着顺手端起桌上茶水，将皮榻上的火苗浇灭。

　　云嵋这才收了真火，把液金抓在手里仔细打量："倒是有效。"这便相当于液金妖怪的命门被捏在他们手里，今后唯有俯首帖耳。

"能变首饰？"

"能。"

"变一对儿耳环，要龙形的。"

液金还是把自己一分为二，乖乖变成了两只耳环，吊坠取银龙在云间隐现之形，殊为精巧。

冯妙君津津有味地坐看，云嶂取了四颗细小的红宝石按到龙眼上，而后对她道："抬头。"

咦？她心里念头还未转完，身体已经跟着他的话将蝤首抬起，还顺便将秀发捋到耳后去。

他小心替她佩戴耳环，难得动作有两分笨拙。她的耳垂小巧红润，云嶂视线顺势往下，能望见曲线优美的脖颈，衣襟内精巧的锁骨。再往下嘛，就被衣物遮挡得很严了，不过那片丘陵似乎隆起了一点点。唔，从什么时候开始长大了呢，他好像一直没注意。

"好了吗？"冯妙君不自在地动了动。他离得太近，男子的气息扑在她敏感的耳廓上，痒得要命。

他手指离开那一片温热，而后垂首与她视线齐平，仔细端详。

他盯得那么认真，冯妙君脸上微微有些发烫，小声道："好看？"

她好像突然中气不足，费好大劲才把声音从喉底挤出来。

"好看。"他脸上是少有的认真，"就当是我送的了。"

冯妙君微愕，扑哧笑出声来。

她原就生得极美，这一笑如百花齐绽，竟让小小的车厢春意撩人，也看得云嶂喉结微微一动。冯妙君自知不妥，赶紧往后靠到车厢上，挺直了腰背，语气清冷道："多谢公子赏赐！"

两人距离飞快拉远。

无论云嶂面上原本是什么神情，这会儿也收了起来，低低嗯了一声，不再开口。

车厢内忽然安静。

变作了耳环的液金妖怪缓缓转头，看看这个再看看那个，总觉得气氛有哪里古怪。

曹家庄。

刘叔目送云嶂的大车离开，缓步走回庄内，先看看小少爷睡得正香，这才去宗祠扫地。

擦拭供桌时，也要把签笼和签子一根根擦净，这是他每天的必修课。

不过把签子放回笼中时，他咦了一声，抽出一支反复摩挲。

"糟了，好似给错了。"他呆了好半天，忽然顿足，"曹先生交代的明明是这一支才对应墙砖里的书信，我怎么就、就记岔了呢？"

这可怎生是好？那两人没留姓名也没留住处，这么一走就是音讯全无，他上哪里去找人？

"唉，糊涂了，人老就是不中用！"

刘叔在屋子里转了半天，最后只想出一个办法：罢了，错了就错了吧，就这样随它去吧！

老人家挠了挠头，心里有些不安。他赶紧给曹先生上了炷香，嘴里告解两句，心里才好受了些。然后，他就举起油灯回去吃饭了。

宗祠木门关闭之前，屋外的夕阳照进一缕，正好打在供桌上。

被他解错的那一支静静躺在签笼里，上头写着几个小字：风云初际会，波澜此中兴。

过了几天，有人来庄上求签，将它给拿走了。

回到冀远城的大营里，云崝脚尖刚刚着地就被魏王请去议事了。

冯妙君带着新的战利品返回帐中，刚用专配的小炉烧起一壶热水，就听液金妖怪在她耳边嘀咕："主人，我有事禀报！"

她手上一顿："嗯？"有话刚才为什么不说？

"我在前些日子受了重伤，方才又被国师大人真火灼烧，已是、已是有些独力难支，再不做些修补，恐怕要陷入沉睡，暂时不能供您驱遣了。"

"要沉睡多久？"

"至少三年。"

"那么我要你何用？倒不如熔了重铸法器。"

"啊，不可！"液金飞快道，"凑巧您身上有样东西正合我用，只要吞了它，我就能大大缩短沉睡时间……"

冯妙君想也不想："免谈！"这东西归顺她才不到半天，就开始肖想侵吞她的财物？

液金妖怪的声音满满都是讨好："这东西是个残破品，放在您身上一点儿用处也没有，倒不如让我用了，今后我必定为您尽心。"顿了一顿又道，"我为还曹卜道人情，就在冀远城守了五十年，护他孙子周全，这样的信誉您还不放心吗？只要您将此物予我，今后我就唯您马首是瞻。"说到这里，声音一下子小了下去，"还要、还要优先于国师大人。"

她皮笑肉不笑："你这就开始左右逢迎了？"

液金妖怪轻咳一声："国师大人将我送给您了，就是要我真正认您为主。"

是这样吗？冯妙君慢慢收敛脸上笑意。

液金妖怪见她沉思半天，有点儿着急："您看……"

"你看上什么了？"

"一块金属，现在应该是残片了，块头应该很小。"它小声道，"我能感受到它的气息，但是非常微弱。"说完急不可待地从她耳垂上跳到腰间，顶了顶藏在那里的荷包，"就在这里。"

她取出荷包一看，从夹层里摸出几样零碎，其中就有一块铜板大小的金属片，颜色漆黑如墨，形状不规则，断面不平整，也不知是从什么物件上掰下来的。

"你要这个？"她想起来了，这不就是她从崖山地心火海带出来的东西吗？当时她忙着刨挖火树，一铲下去正中这块金属。她本来想顺手扔了，不过看火树的根须将它抱得紧紧的，也想过莫不是什么宝贝，便顺手收了起来。

液金妖怪在她腿上来回弹跳，若是有表情，这会儿就该是满脸的春情难耐了："对对，就是它！"

她将这东西放在指间来回晃动，就是不给它："这是什么？"

"我也不知道！"液金妖怪想也不想，"但我知道它对我是大补，吃掉它，我一定能再蜕变！"

就这么小小一块，就算她留在手里也打不出两枚银针，还不如给了液金妖怪去废物利用。不过心里虽然有这个念头了，她口中依旧道："都说无功不受禄，你凭什么得这宝贝？"

这东西在她那里分明就是废物一件，这会儿却改口称宝贝了。液金妖怪无奈，犹豫了一会儿道："我再献一功，您就将它给我吧。"

"说。"她就知道这家伙不实诚。

"您方才拿到的曹老头的信纸，上面另有玄机。"

"哦？阴阳文？"她来了兴趣，"可是方才云峄检查过，并无药水。"

"常规的药水哪里管用？"液金妖怪叽叽一笑，"看我的。"

当下冯妙君将信纸在桌上铺平，液金妖怪跳上去化出本体，摊出了满纸的水银。冯妙君将信纸再拿到油灯上烘烤一下，纸面上果然就浮起了暗红色的字迹。

可是液金妖怪挪开，字迹很快又消失不见。

"这种药水只对金属有反应，还得经过加热。"液金妖怪得意扬扬，"曹老头已经死了，我不说，谁也不晓得。"

冯妙君看它一眼："既如此，曹卜道这信要写给谁看？"

液金妖怪一下子卡壳。

冯妙君也知道这问题暂时无解，遂挑了挑灯芯，沉下心看信去了。越往下看，脸色越是凝重——这封信上同样不是占卜之辞，而是曹卜道的自述。

他在这封信里，记下了一个从未对外人说起的秘密。

曹卜道在信中记叙，他少年得道，心气极高，见不得世间种种苦难，时常一语道破天机，为人消灾解困，自恃道艺高深，不信天道能奈他何。直到年岁渐长，性情开始沉稳，才开始害怕天道降责。

但是报应还是来了。

曹卜道的妻子在生产时突然血崩，最后虽然产下一子，血也勉强止住了，可是打那以后身体每况愈下。曹卜道带她寻访仙医，什么珍贵丹药都吃了，可是得到的回答却是已经耗尽生机，回天乏术。

眼看妻子日渐枯瘦，行将就木，曹卜道在无边痛苦中忽然萌发了一个大胆的念头。生机没有了，那么死路呢？既然妻子活不成了，那么退而求其次，把她的魂魄留在身边又何尝不可？

以曹卜道的本事，在妻子死后取魂安置并不是什么难事。可问题在于，人死之后是要魂归地府的，否则时辰过后就有鬼吏来拘。鬼吏手中的拘魂链代表天地法则，根本不是人力所能抵御的。

因此曹卜道想藏起妻子的魂魄，显然是不太现实的。

就在他快要挠破头皮时，一个狂风暴雨的夜晚，忽然有人找上门来。

这人的模样并不重要，因为曹卜道一眼看穿了它的本质：天魔。

天魔问他："你想不想留下妻子？"

想，当然想，做梦都想！

天魔给出的办法很奇特：调包。既然阴差一定要将死魂带回去，那么……就让他们公事公办好了，但带回去的不是曹卜道的妻子，而是另一个人的魂魄。只要这个魂魄能成功顶替曹卜道之妻的福报和罪孽，就可以代她继续投入轮回当中。这样曹卜道的妻子就可以留在人间，地府也不会再来找他二人的麻烦。

曹卜道听完大感惊奇，潜下心来思索两天，越想越觉得这办法可行！不过令他疑虑的是，天魔并没有提出什么交换条件。

他辗转反侧了几天，仔细琢磨，却都推算不到天魔此举的用意。

然后，他就没有时间了。

妻子油尽灯枯，即将咽下最后一口气。

生离死别关头，天魔提出的任何要求他都拒绝不得，哪怕后头是陷阱、刀山火海，他也非跳进去不可了。

后面的事，自有天魔去安排。这东西对他的要求，就是"不要过问"。

不能旁观，不能打听，不能推卜。

但凡触犯其中一条，这桩交易立刻作废。

最后，天魔成功了，完成了李代桃僵之举。

曹卜道欣喜若狂之余，也好奇天魔用了什么法子糊弄过鬼吏。不过他沉浸在瞒天过海成功的喜悦之中，这事情既已过去，他就没有多想。

在此之后，曹卜道夫妻相伴，又过了十年。

这十年里面的头两年，他们的日子过得和和美美。可是日子一长，曹卜道就觉出不对——妻子的魂魄虽然被他用各种办法尽力养护，但她对他的感情却一天天淡薄。

不独是对曹卜道，事实上，妻子对世间事物的反馈也越来越淡漠，就好像情感正在逐步弱化。他将妻子的魂魄附于人身，也会因为魂体难合，过了数月就要再换躯壳。这么一趟又一趟周折下来，妻子的魂魄越来越弱——每附着一副躯体，她就要分出一部分魂魄之力来固定自己，换得越频繁，魂魄的力量就越微弱。

再这样下去，她很快就会魂飞魄散。

眼见妻子的魂魄日益单薄，曹卜道再启神算，可推来推去唯一的办法居然只有——重入轮回。只有回到地府、投入轮回，妻子的魂魄才能保存下来，获得再世为人的机会。

想当年他苦心孤诣安排妻子逃过轮回，不惜借用天魔之力，如今却又要想尽办法送她回去。

但曹卜道还是想放手一搏——他以自己三十年阳寿为代价，换来一个窥探青冥的机会。

饶是他早做好了心理准备，知晓真相的那一瞬间也是惊呆了——妻子的阴籍，居然已经从地府之中销去了！

在曹卜道想来，最坏的结果无非就是妻子的阴籍被天魔安排的魂魄冒领，可他万万没想到，她的阴籍居然不见了，并且是那样彻底，像是被一笔勾销！

这时候他再想去找天魔，却已是"上穷碧落下黄泉，两处茫茫皆不见"。

这一次，曹卜道终于无力回天，只能坐看妻子的魂魄一日日虚弱下去，最后在他眼前化作一缕青烟，消散在天地之间。

那个时候，他才想起天魔曾对自己说过四个字："祸福莫怨。"

至于曹卜道自己，被克扣了三十年阳寿不说，身体状况也急转直下，就像大河决堤，短短几天内道行退尽，发白齿落，居然就到了油尽灯枯之境，转眼便死到临头。

这是天谴。上天怨怪于他，降下了惩罚。

他拼尽余力，最后一次推算天机，得到的却是"天下大凶"之兆。

临到末了，他并无怨恨，只道世事到头一场空。但他还是留下这封绝笔信，只因他算尽天机，发现犹有一线转机可以渡无边苦厄、挽人间危亡，那就是——消灭天魔。

此事因天魔而起，也要因天魔而灭。亡羊补牢，为时未晚。

冯妙君看到这里，呼出一口气来。

好长啊。敢情这位大师自己惹了祸，想叫别人帮他善后。可是，把这封信交给她是什么意思？曹卜道难道认为她有力挽狂澜的本事？

他知道她是谁，知道她的来历吗？

天魔、大局、浩劫，这些事物都离她太遥远了。她只是个亡国公主，这种任务就交给能人去办吧。

于是次日黎明云嶂自大帐回来，冯妙君就将信交给了他。

这人从头到尾一字不漏地看完，随手就把信纸烧了。

曹卜道留在人间的最后一封绝笔信就在瞬息之间化作飞灰，再也不会有第三个人看到了。

冯妙君问他："您打算怎么办？"

"什么怎么办？"他微微一怔，而后笑了，"曹卜道也没给甚好处，为何我要扔下国家大事去替他追捕天魔？"

说得好有道理！

"那他给你的这封信就白写了？"

云嶂斜睨她一眼："你怎知不是给你的？"

"我？"

"第一个看到阴文内容的人是你。"云嶂道，"你怎知信不是要交给你的？我不过是沾光。"

两人面面相觑，不约而同笑了起来。

云嶂看她一眼，忽然道："耳环呢？"液金妖怪变成的耳环，她并没有戴上。

冯妙君眼也不眨一下："它受伤太重，陷入沉睡了。"

他只顺口一提，也不放在心上："反正它这会儿也派不上什么用场。"她跟在他身边，暂时都不需要用到这些。

冯妙君只能微笑。液金妖怪在吃掉了金属残片之后就蒙头大睡叫不醒，这情形要持续一小段时间。不过她和液金妖怪已经达成默契，不对云嶂提起此事。毕竟，那块残片是她私藏，云嶂并不知晓。

黄岗之行和曹卜道的绝笔信只是个小插曲，冯妙君身在行伍，日子过得飞快。

一转眼过去了十来天，王军势如破竹，打到湑关附近才停下来休整。

这天大军驻在村边，她到井口去洗草莓，无意中听见两女谈话。

她修行多年，脚步轻盈如猫，并没有惊动井边人。

无论她想不想听，前方的声音都传了过来："……长得妖娆，见过的都说好看，也不知是不是真人，听说有些精魅最擅颜色，迷惑人心。"

另外有个女子道："难道国师分辨不出？既然收她在身边，就有降妖的本事。唉，将军知道了又要难过，只是不知道男人为何都喜欢狐媚子？"

冯妙君无意扒墙角，听到这里秀眉一轩，走了过去。

"身在军中不关心家国战事，眼中只有漂亮男人，心里嫉恨其他女子，呵！"冯妙君毫不客气，"什么样的上峰能教出来你们这种没用的下属？"

戍在井边的卫兵见她走近，赶紧取桶替她打水，那脸上的笑容真是殷勤得碍眼。

冯妙君也看清这两个女子身着军装，居然是女兵，很有几分英姿飒爽的味道。只可惜女人嚼起舌根来都是一个模样。

那两个女兵背后说人坏话被正主儿撞见，本有两分尴尬，这时听她冷嘲热讽，不禁羞恼道："你算什么东西，敢编派梅矶将军！"

剩下几字还未出口，突然尖叫一声，手中木盆哐啷落地，水却没洒出来半点——

冯妙君接过卫兵递来的清水，顺手装进方寸瓶里，嗤笑一声："没封上你们的嘴，是我今儿心情好。"说罢转身走了。

拐出去十几丈，有人笑吟吟地迎了上来："安安姑娘好大威风。"

来者是陆茗，冯妙君斜睨他一眼："大军里何时有女兵了？"

陆茗低声道："昨日会师，梅矶将军也来了，王上心情大悦。你遇到的是她的亲兵。"

这名字她不止听过两遍。魏国这些年国运蒸隆，名将扎堆，其中就有一名女将军最为人津津乐道，这就是梅矶将军徐广香。她本就是名门之后，其父为魏国虎将徐胜冶，十二年前不幸在追剿妖怪时阵亡。魏王怜其女尚幼，亲自收养徐广香，赐号梅矶公主。哪知徐广香天赋才情均自不俗，居然投身伍，后面带兵打下大大小小好几回胜仗，于是公主的赐号反而没有将军出名。这回徐广香为靖北军的将军副手，走的是中北路线，自西北向东南行进，最后与王军在此处顺利会合。

"原来是女将军到了。"

陆茗左右看了两眼，道："徐将军对国师大人爱慕已久，她身边的亲兵都知道，因此对你有些成见。"

云嵥的仰慕者真是无处不在啊，冯妙君道："那么，国师大人知道吗？"

"这个……"陆茗挠了挠头，"云嵥大人的心思，谁也看不破。"

嗯，也就是说云嵥分明是知道的。她侧了侧头："你要劝我避其锋芒多多忍让吗？"

陆茗笑道："怎么可能？我早说过你在军中不用看任何人的脸色，除了王上和国师大人。"

冯妙君大悦，分了大半袋草莓给他："来，拿着。"

陆茗掂了掂："这么多？"

冯妙君丹凤眼都笑成了新月："我把国师大人的也分一部分给你。"

"……"啊？"那大人？"

"他用不着吃这么多！"冯妙君嘴一撇，转身走了。

是夜，魏王摆宴，一为庆功，二为靖北军接风洗尘。

云嵝换上一身锦袍，墨发用蓝宝石发箍整齐束在脑后。他心疾暂缓，最近气色略有好转，薄唇不点而朱，哪怕烛火摇曳中也尽显丰神俊秀。冯妙君抿着嘴，在帐中给他整拾衣冠。

她正好给他整理前襟，云嵝见她板着脸活像负气的小仓鼠，不由得捏了捏她滑嫩嫩的脸蛋，好笑道："这是谁惹到我家安安了？"

她撩起眼皮："今日听营里有人非议，说我妖媚惑主。"

"哦？"云嵝闻言抬起她小巧的下颌，目光在她面上来回扫视，"没说错啊。"

她嘴角一弯，赶紧挣开他的手，拿一条玉带给他系在腰上，面色稍霁。

"谁那么有眼光？"冯妙君不答，云嵝仗着身高俯视她，"女人？"

冯妙君轻轻哼了一声。

云嵝笑了。他一笑起来满堂皆春，冯妙君心想，眼前这男人明明比她更容易迷惑人，到底谁更像精魅啊？

"对了，今日送来的草莓好似少了？"

"不少，但是烂的多。"她面不改色地撒谎，"都挑掉了，剩下的就少了。"

"是这样？"他摸了摸鼻子，"陆茗今日请人到他帐中吃莓子。"

"他啊？来者不拒呗，不懂得对人说不，厚着脸皮上门的人就多。"冯妙君皮笑肉不笑，"您要是喜欢莓子，那明儿我把他的口粮夺来给您。"

"我看行。"他面不改色，丝毫没有抢夺下属的愧疚感。

晒谷场上临时开辟了筵席，云嵝姗姗来迟，冯妙君一眼就看到了坐在魏王左侧下首第三位的将军，也是全场唯一入座的女性——梅矶将军。

这位女将军是标准的鹅蛋脸，长眉入鬓，杏眼高鼻。因为常在阳光下驰骋，肌肤是匀亮的蜜色，有女性之中少见的英气飒爽。这不是个传统美人，但一定会有男子欣赏。

冯妙君看了云嵝一眼，他正好向魏王行了一礼，掀袍坐下。

落座以后，徐广香就坐在他斜对面。

人到齐了，魏王即说了些敞亮话，并邀众人举杯同饮。

冯妙君站在云嵝身后微微垂首，却能感觉到徐广香的目光几次扫过来，既观顾了云嵝，也看向了她。

女子看待心上人的眼神，冯妙君大抵是不会错认的，徐广香果然对云嵝有意。她下颌微抬，目光正好与徐广香对上，两人互相审视了一番。

而后，徐广香举起酒杯喝了一口，主动切断了这次对视。

这一席只尽欢愉，不谈国事，众人吃到深夜才结束。

魏王尽兴，酩酊而归。

云嵊走回去已似是不胜酒力，扶着冯妙君肩膀，将大半体重都放给了她。

陆茗要帮忙来扶，云嵊挥了挥手："滚吧。"

陆茗冲冯妙君一笑，果然飞快地跑了。她幽怨地望着陆茗的背影，突然云嵊脚下一个踉跄，臂弯一伸，顺势就勾住了她的脖子。

冯妙君："……"他手掌要是敢乱放，她就将他扔在原地！

好在云嵊并没有借酒胡来。这样走出十几步，灯火渐暗，后面却有人轻喊出声："国师留步。"

这是个女人的声音，她侧头一看，果然是徐广香跟了过来。

云嵊停下脚步，回身看她，一向苍白的俊面因酒意染上红晕，那双桃花眼迷离氤氲。

"梅矶将军？"

她喉间一动，声音微涩："靖北军一路走到这里，中间遇上多次伏击，越是往南，峣军的攻势就越发凶猛，显然不愿意让靖北军赶到这里会合。"

云嵊也不说话，静静等她的下文。

"潲关不能去了，那里地势险要，恐有埋伏。王上固执，也请您多劝说。"

云嵊点头："将军费心了。"

徐广香目光在他身上流连，关切道："国师可有不适？我那里有醒酒汤，一会儿差人送过去。"

"不必。"云嵊抬手抚了抚冯妙君的秀发，"帐里备着呢，是吧？"

冯妙君赶紧点头。

徐广香顺势看向她，那目光幽幽："你这宠姬倒是挺能干。"

她分明知道冯妙君是侍女，却要说成"宠姬"。冯妙君转了转眼珠，知道这场合自己不好吭声，只等云嵊澄清。

哪知云嵊微微一笑，应了声："可不是吗？"他揉了揉太阳穴，"我不胜酒力，先回去了。将军停步。"说完身躯微侧，乖乖由冯妙君扶着往回走，留下徐广香望着他们的背影。

翌日，中军大帐没有开会，但冯妙君明显能感觉到军营的气氛重又变得紧张。她已经随军经历过多场战役，知道军队这是在做开战前的准备。

她记得，这场进攻是徐广香极力反对的，而云嵊似乎也赞同她的意见。

冯妙君取了早饭，正要回帐，却听前方兵甲摩擦的声音传来，而后是沉重而杂乱的脚步声。紧接着，她前头的人迅速左右分立，低头垂手，全副武装的魏王从前方拐角处走了出来。

他原本身板高大，披挂之后更显魁梧，若非两鬓霜白，谁能看出这是年近六旬的老人？

但冯妙君一眼看出他眼角带痂，嘴唇干燥，显然火气很大。

这种时候，谁也不想去触他的霉头，冯妙君随众站好，找了个高个子挡住自己，然后微微垂首。

魏王身后跟着浩浩荡荡的大队人马，萧衍和徐广香都在其中。离得尚远，冯妙君只能听到几句"使不得""王上请三思"的话语，看来是这倔强的老国君又要披挂上阵去打湑关了。

"父王。"徐广香飞快上前一步，对着魏王半膝跪下，也顺便拦住他的去路，"请将这个功劳让给孩儿吧！"

她不劝魏王偃旗，只说自己要争一头功。魏王哼了一声，果然停下脚步："这里终于还有个懂事的。"

边上人见将军跪了，自然跟着呼啦啦跪倒一大片。前头没高个子顶着，冯妙君也只得屈膝。

萧衍赶紧道："探子应该快回来了，父王不若等消息传来再行定夺？"

"探了三四日了，也没探见个人影！"魏王瞪眼道，"这回再是无功而返，直接以贻误军机论斩！"

"是！"老头子正在气头上，他说什么就是什么。

魏王兀自怒气冲冲："再说我们还有国师随队，连一道小小雪谷也翻不过，传出去要笑掉旁人大牙！"

萧衍："……是。"他要没记错，国师也是反对冒进的吧？

徐广香见魏王稍有退意，当即道："父王连早膳都还未用呢，想打仗也要先吃饱了饭。走吧，我陪您用！"

魏王也就借坡下驴，哼了一声，在众人簇拥下往回走。

正当大家伙都松了一口气，魏王像是突然想起来："国师呢？"

萧衍脸上扯笑道："儿臣这就去找他……"

魏王正要转头，眼角余光瞥见一抹青衣，遂问道："你家主人去了哪里？"

他这么伸手一指，所有人目光都跟着转了过来。

冯妙君抬头，恰好望见他指尖正对着她。真背！

她醒来就未见到云嵰，也不知这人一大早溜去了哪里，只好如实交代："国师大人天不亮就出门，并未告知去向。"

"是吗？"魏王向她招了招手，"那跟我来吧。"

跟他过去？冯妙君微微吃惊。

魏王见她犹豫，面色不悦："怎么，我还使不动你了？"

"不敢。"她只得快步跟了过去。

回到王帐，包括萧衍在内的其他人都退下，魏王只留下徐广香和冯妙君，身后还有两个木头一样目不斜视的侍卫。

徐广香替他摘了披风，还要解剩下的盔甲，魏王却摆了摆手，指着冯妙君道："你来！"

冯妙君应了一声，面色平静地上前帮忙。

云嵘没披过战甲，她解起这些粗重的装备就有些生疏。魏王自上而下俯视她，见她面庞白嫩如新剥的鸡蛋，又染浅浅晕红，十指尖尖似初生嫩笋，离近了还能嗅到她身上若有若无的淡雅幽香。他不由得暗赞，真真是个天赐尤物，难怪能跟在云嵘身边那么久。

"国师眼福不浅哪。"

冯妙君手头一顿，若无其事般继续摘他的臂甲。倒是徐广香望了她一眼："是啊。"国师长久以来不近女色，她心里还曾雀跃不已，哪知他也有一般男人的通病。以前不纳，只不过因为眼光太高。

"傻孩子，我说的是眼福。"

徐广香一怔，这才明白过来，惊奇地咦了一声。

"这丫头风情万种，却还真就是个处子。"魏王呵呵一笑，只看冯妙君的体态步伐，他就知道云嵘没和她成过好事。

冯妙君满面通红，一半是臊的，一半是怒气蒸腾。她手一松，臂甲掉到地上，发出"当啷"一声响，两名侍卫侧目，外头的守卫更是高声问道："王上？"

"无事。"魏王回了一句，饶有兴致道，"脾气还不小，你平时对国师也是如此？"

只见她眼中并无畏惧："国师不对我评头论足。"

她行止虽有冒犯，魏王却也没有计较，拍了拍另一边臂甲："继续。"

冯妙君暗暗咽下一口气，继续手头工作，只听魏王对徐广香道："面对这等尤物还能把持得住可并不是什么好事儿，香儿，我看你还是换个人喜欢吧。魏国的好儿郎可以任你挑拣。你再大些，就知道男人光长得俊可没什么用。"

"父王，莫要说了！"这一下轮到徐广香脸若火烧。魏王的意思说得很露骨，云嵘放着个大美人在身边，一连数月都不碰，怕不是有些隐疾。联想大国师身子骨向来不好，这话可不算空穴来风。

这时早膳已由专人端了进来，魏王换回便服就坐下用饭。

冯妙君看他抓着馍馍，夹着肥肉往嘴里送，吃得很香的模样，没有半点嫌弃，她心里也是佩服的。这位老王真正能与兵卒同食，果然魏军战力卓著，必有其内因。

"你可知我第一次见到云嵘的场景？"魏王晃了晃手里的馍馍，"那时我在一个名为成田乡的小地方，吃着的东西和这个差不多。"

咦？怎么和她知道的有出入？

徐广香也出声道："国师不是二王兄引荐给父王的吗？"

"那是又过许多年的事了。"魏王吃得满嘴流油，取白巾擦了擦嘴，"我初见云嵋时都还未成婚，哪来萧衍那小子？"

徐广香瞪圆了眼，冯妙君也是暗暗称奇。但她神色镇定，只是目光微闪，魏王也看不出这消息对她到底有没有震撼效果。

"小姑娘，你今年多大了？"

"马上十六了。"

"我初见云嵋，也差不多是你这个年纪。"他回忆时面带唏嘘，"那时我笃信好男儿志在四方，便只身外出闯荡，却没料到在乡下地方能见着那等风采人物，印象极深。后来衍儿引荐他给我，我已经年过四旬，他却还是当初的模样，一点儿也不见衰老。'物是人非'这几个字，在他身上根本就不适用！"

原来在几十年前，云嵋就已经是现在这副模样了。冯妙君轻轻嘘出一口气，发现自己并没有预想中的震惊。

徐广香也道："修行者驻颜有术，几十年如一日不奇怪吧？"

魏王笑了笑，反问她："那么你知道他在遇见父王之前，又活了多长？"

徐广香答不上来。

"每个国师都有秘密，你们所见到的云嵋，未必就是他现在这般模样。"他语重心长，"从古至今，有几个国师能得善终？迷恋一副完美皮囊，怕是要误了自己终身。"

魏王转向冯妙君："你可知道，他第一次见我就提到，可以助我萧家争得天下，只是时机未至。"

冯妙君脱口而出："时机？"

"对，就是时机。"魏王嘿了一声，"我排行老二，兄长也早早被立为太子。云嵋说，只有我争得王位，证明我有逐鹿天下的本钱和雄心，他才会入世助我。

"那时我就见识过他的本事，却请不到他出手。后来也派出得力手下四处寻他，却寻不到半点蛛丝马迹，好似世上从未有过此人。"魏王往后靠坐在椅上，"直到我夺下这张椅子，他才跟着衍儿来了。可笑衍儿这孩子至今还以为，是他把云嵋引荐给我的。"

徐广香忍不住问："这数十年间，国师都做什么去了？"

"我不清楚。"魏王忽然放低了声音，"但我一直有个猜想，这种神出鬼没、算计人心的本事，倒是很像……"

像什么？徐广香没听到，冯妙君同样没听到，因为就在这时，外头的守卫忽然朗声道："国师到！"

魏王立刻住了口，坐直身体。

帐口光线一暗，有个熟悉的身影走了进来，正是云嵸。他今日只一袭简单的黑袍，腰间挂洒金腰带，将身形衬得玉树临风。

"坐！"魏王一声令下，就有侍从火速搬了张椅子过来置在侧边，请云嵸入座。

徐广香轻声道："国师大人。"

云嵸大方坐下，目光在徐广香身上一扫，回她一句："徐将军好早。"接着对冯妙君轻喝道，"还不过来？"

冯妙君轻巧移步，站到了他身后去，知道从现在起魏王就交给他去应付了。

"你倒是着紧这个侍女！"魏王咬了一口馍馍，"平时找你，哪见过这样爽快就来？"

云嵸微微一笑："再找个这么漂亮的，可不容易。"

话说出来，徐广香不由得攥紧了手，魏王却哼一声引回了正题："我要攻打淆关，这帮人却死命拦着不让！"

"王军拿下淆关易如反掌，难在后面的乌涪雪山。"云嵸也少见地叹了口气，"您知道情况不如预期，这个时候挺进雪山危机重重。"

"情况不如预期？"魏王冷笑一声，"说得轻描淡写，那简直大错特错！五万大军现在滞留淆关，谁来负责？难道大军要耗在这里等到雪化？"魏王重拍桌案，"我们在此浪费时间，燕、蒲之间的战争却已到尾声，我看最多再有半月就能结束。到那时……"到那时燕国已经能抽出手来，吞并峣国的计划一定会受阻。

云嵸却无视他的怒气，平静道："恕我直言，一路打到淆关，已比预期多走了近百里路。就算是止步于此，我们的补给也快要供不上了。"

一边的徐广香也道："此地距离魏境有四百六十里，并且一路山势陡险，补给不可能再从魏地运来。可是眼下才入初春，新打下来的领地都收不上来粮食，峣国又已将附近的粮仓收净。最近后方也不安定，常有小股峣军劫扰辎重，两天前我们才损失了两千石粮草。"

魏国王军能打到这里，也已经迫近自己的极限，接下来要干的事就是稳扎稳打，巩固后方，先安定吃下来的地盘再说。一味孤军深入，后面有的是坑要栽。

魏王铁青着脸道："照你们说来，还是要等？"

徐广香看了云嵸一眼，见他不吭声，只得硬着头皮："只要再候上月余，冬雪怎样也化了……"

"不能等！"魏王厉声道，"今日就要拿下淆关！三日后，我要大军通过乌涪雪山！"

徐广香抿着嘴，云嵸却站了起来，很干脆道："那么我先回去，做些准备。"

魏王重重喘了口气，向外挥了挥手。

云嵸振了振衣袍，正要往外走，魏王忽然又道："丹药不多了，你给我再炼两炉。"

"好。"云嵸应声后走了出去，冯妙君紧随其后。

第十五章

金蝉脱壳

回到帐中，烧水的壶子里还在咕嘟冒泡，冯妙君去给云嵘冲一盏姜茶暖身，帐外却传来人马喧嚣的声响。这动静对于随军多日的冯妙君来说不陌生——攻城在即，人马调动。

她叹了口气，刚要转身，却发现云嵘竟然悄无声息地潜在身后，离她不到两拳距离。

她心里有鬼，顿时吓得一激灵，茶水都险些溅出来。云嵘伸手，连茶碗带她的小手一起扶住，动作快得惊人。

她的手很小，他一伸掌就能全部包住。冯妙君觉得他的掌心比茶水还滚烫，赶紧把自个儿的手撤出来，却听他道："叹什么气？"

"这个季节过雪山，很危险吧？"她也走过白象山脉，知道雪山的无情。

"当然。"云嵘回答得理所当然，通过他三言两语的讲述，冯妙君终于明白了症结之所在。

湑关后方紧挨着乌涪雪山，峣地暖热，二十多年来乌涪雪山都在早春二月消雪，除了几座高峰还顶着白帽子，其他都可以通行。

冯妙君轻咦一声："大雪封山怎么过？"

"这地方往年冬季也是有人进山的。本地人熟知一条小路，不下雪的日子可以穿过山去，但耗时长些，又容易遇上雪崩。"

"那可是个打埋伏的好地点。"冯妙君奇道，"王上难道不知，为何坚持翻山？"

"他怎么不知？"云嵘轻啜一口清茶，"就算他一时糊涂，这许多人连谏带劝，他还能听不明白？"

"那？"

"他着急了。"云嵘语带讥讽，"他今早披挂军甲，无非就是做个样子，向所有人表态：这城非打不可，这雪山也非过不可。"

着急……攻下峣国？值得拿所有人的性命当赌注吗？

云嵘接着道："若只是因为潜在的威胁就畏首畏尾，他也坐不到那个位子上。其实他的做法也算不上错。如能拿下乌浯雪山，群山之后又是一大片富饶盆地，王军立刻就能得到大面积的战略纵深，后面峣国想要再针对我们布防，可就没有那么容易了。"

成功奖赏丰厚，失败代价惨重。

云嵘问她："换作你是王上，你会怎么选？"

冯妙君毫不犹豫道："翻山。"

眼前境况看似可进可退，然而对最高决策者来说，路只有一条，那就是继续前进，否则这次东征就算到头了。设身处地一想，冯妙君顿时就能理解魏王的选择。纵然无奈，也必须一直走下去。

想到这里，她心中一动，轻轻开口："公子，您为何要当魏国国师？"

云嵘挑起眉，好笑道："这还用问，普天之下哪个修行者不想当国师？你拿这问题问过莫提准吗？"

她摇头。的确她问了个傻问题，国师是多少修行者打破头也想捞到手的，还用问"为什么"？可她总觉得云嵘的目的并不单纯，这种感觉在听过魏王的话之后更强烈了。最关键的是，魏王最后没说出来的那句话——他觉得云嵘很像……像什么来着？

"为什么不问？"

"与我无关。"她顺口就答，没经过大脑，然后悔到肠子都青了。

果然云嵘眼里立刻有了光彩："咦，原来安安这么关心我。"

你误会了。她张了张嘴，终究是没胆子实话实说。

不过这时候，轮到云嵘追问她了："魏王找你过去，都说了什么？"

她有点支吾。那个老色胚开头说的话都不堪入耳，偏偏云嵘还端正了脸色告诉她："一字不漏，说。"

"是。"她只挑后半截说了，而后问他，"王上为什么找我过去？"

云嵘一字不漏地听完，摸着下巴好一会儿才道："我身边难得有个新人，老头子想试着拉拢。再者，他也想借你来试探我。"

"试探什么？"

"软肋。"

看她一副不太明白的模样，云嵘捏了捏她的面颊，轻轻叹了口气。

云嵘站得太近，她浑身都不对劲，趁着他叹气的当口赶紧道："我出去看看。"说罢就往外走。

哪知她才迈开一条腿，眼前横过一条手臂，直接按在柱上，也拦下了她的去路。

"等下。"他嘴角弯起，似笑非笑，"着什么急，我话还没问完。"

"啊，您问。"两人离得更近了，他下巴都快抵到她额头上。她只得拼命垂首，恨不得给他一个后脑勺。

他好像在笑："魏王还说了什么？"

她装傻："没啦，方才已经……"

"只说方才那些，何必叫梅矶将军过去？"云嵂轻笑，"他是想用你，令徐广香对我死心？"

她偏头看向别处："徐将军对您痴心一片，连王上都知道。"

他伸指抬起她的下颌："他还说过什么，嗯？"最后一字尾音上挑，已然带着警告意味。

冯妙君很清楚惹怒他的后果，只得一五一十说了。云嵂越听，眉毛挑得越高，最后是长长地哦了一声："原来他觉得我不行啊。"

他看她的眼神，就像猫看着老鼠。冯妙君最怕的就是这个结果，赶紧赔笑道："那是王上的错觉！是您特地给他造成的假象。"

"咦？"他惊奇道，"安安怎么知道我行？"

冯妙君只想破口大骂："您天天服用血树花粉酒，生机比一般人强大许多，怎可能不、不行？"说到这里她才想起来，血树花粉最大的功效就是强固本源、茁壮生机，对男人来说岂非就是利阳精？！

"纸上得来终觉浅，绝知此事要躬行。"他拖长了语调，"不如……"

冯妙君连连摆手："您正需要这样的假象，否则王上更加猜忌了。"

"有理。"他不紧不慢说完，看见她明显松了一口气，忍不住又起坏心，"不过嘛，也不能因噎废食。"说罢，在她耳朵上咬了一口。

他只是临时起意，她的耳朵莹白粉嫩，偶尔轻动一下，像极了猫咪，口感还当真不错，又嫩又脆还香，他舍不得松口，下意识伸舌又舔了一下。

冯妙君只觉耳上一热，第一反应居然是全身僵直，动都不能动，像是要害被猛兽给叼住了。待到那温软滑腻的感觉袭来，后背蹿起一股子酥麻，膝盖又酸又软，险些支撑不住自己。

云嵂见机得快，一把抄住她的腰，正要再凑过去，冯妙君已经回过神来，按着他胸口用力一推！她惊慌失措，不自觉用上了灵力。澎湃劲道油然而起，将他狠狠推开三尺之外！

"公子自重！"她一闪身就到了门口，气呼呼地瞪着他。耳朵上被他咬过的地方依旧又热又麻，那奇异的感觉挥之不去。

她想夺门而出，但理智告诉她不要做出刺激云嵂的举动，他今天已经很不正常了。猛兽都有追逐猎物的冲动，这家伙搞不好也是如此。这里又是魏营，不得他许可她就寸步难行。

她逃得快，云嵘原本有些不悦。可看她小脸涨得通红，眼中还有可疑的水光，他心里就没来由地软了几分："过来。"

她非但没过来，还往外挪了两步。

他咳嗽一声，清了清嗓子："我就是有些饿了，今晨还未吃饭。"

没吃饭，所以来啃她耳朵吗？她看他的眼神越发怪异。

"不动你了，别怕。"他正色道，"我的早饭在哪儿，端来吧，一会儿还要打仗。"

他说得那么轻描淡写，仿佛一会儿要做的并非取人性命首级。冯妙君也知道自己处境，小心溜进帐内，从方寸瓶里取了一小锅熬得金黄喷香的小米粥给他。

云嵘坐下用饭，在他喝掉最后一口小米粥的时候，营地里响起了尖锐的号角声，一下比一下急促。

云嵘满足地放下羹匙，取巾子拭了拭嘴角："走吧，打仗去。"

拿下淆关，魏军只用了七个时辰。但谁都知道，这场胜利仅仅是个开始。

既然魏王独断专行要过乌涪雪山，那么在萧衍的建议下，五万大军分四批通行，魏王降下王旗，悄然跟在第三批之中，这样前面有两万人马探路，尾部有一万人马垫后，最大程度保证了魏王的安全。

此前魏军已往山中派出无数哨探，返回来的消息都是风平浪静，没有发现异常。

可这也是最大的异常。峣国对于王军的抵抗一直偏弱，但若是连这种天险之地都不下手，后面难道真要坐等魏师来灭国吗？

乌涪雪山的景致和普通雪山相仿，都是黑白分明，白雪皑皑下露出黑色坚岩。若说有什么特别之处，就是穿过利刃谷的风太急太硬，将浮雪都吹得干干净净。

那条穿山路横穿几个大峡谷，奇峰异石突起，地形如犬牙交错，给侦察工作带来了绝大难度。这山谷终年大风呼啸，军队从山壁上转过来，忽然就到了风口。四面再无遮挡，有几人立足未稳，被强劲的山风直接吹落谷底，生死不明。

冯妙君跟在云嵘身边，都隐在第三支队伍里，这时正等在淆关。

也不知过了多久，远处的天空中忽然有血色烟火炸响，十分壮观。

那是先头部队已经穿过利刃峡谷，成功抵达乌涪雪山另一侧的讯号。

众人望见，都是下意识放下了一半的心。只要先锋队伍安全通过，就可以在雪山那一侧构筑起安全工事，抵御袭击，接应后续部队。

得了讯号，第二支队伍开始挺进雪山。冯妙君抬头看往雪山方向，总觉得那里平静得令人毛骨悚然。她心底浮起不祥的预感，不知云嵘是不是也有相同的感受。

她下意识举目四望，却看不着那个熟悉的身影。在这种战事紧要关头，大国师当然陪在魏王身边。而这会儿魏王隐在队伍里，除了寥寥几人谁也不晓得他的具体位置。

魏王耐心地又等待了大半个时辰才下令："出发！"

早已整装待发的第三支军队这才迈向大雪山。

可走进去不到两千人，远处的高空忽然炸响一朵红色的烟花！而后，又是一朵。

流离的烟火将天空渲染得格外凄艳而不祥，大军立刻起了骚动。

那是雪山另一侧的先遣部队发出的紧急讯号——敌袭！

峤军终于忍不住出手了，选取的机会也是很精妙，魏军已过雪山的先遣部队只有八千多人，正在横穿利刃峡谷的有一万余人，剩下两万余还在洧关这一侧。兵力已被分散不说，第二部队此时正在大雪山里，支援不了首尾。

那就相当于雪山将魏军分割作三个部分，互相都无法照应。

不过魏军对这情况显然已有预案，先遣部队手里掌握有阵法和军械，其任务就是顶住一波又一波进攻，给后方的同伴争取时间翻越雪山。只要穿过利刃峡谷的魏兵每多一人，魏国的优势就再大一分。

只要第三支部队翻过雪山，胜局基本就稳了。

大军加快了向雪山前进的脚步。

不过就在这时，远方突然传来一声清唳。冯妙君抬头，望见雪山上方厚厚的云团中钻出一头五彩斑斓的巨鸟，毫不停顿地向洧关飞来，一振翅就是数百丈远。

赤身、蓝尾，冯妙君在峤都见过这个鲜艳的色泽——彩鸾！

为了这场截击战，峤国居然派出了护国神鸟，可见其重视程度。

冯妙君耳边传来徐广香的清叱声："放箭，射下来！"

她运起神通，声扬十里，地面上顿时万箭齐发，俱向彩鸾射去。

它怎会惧怕凡人箭支？身周泛起淡淡金光，即便飞箭射上了高空，也穿不透它的护身罡气。不过就在这时，魏军当中摇起几支巨大的弩车，瞄准它砰然发射。

这种巨弩的名字就叫作"铩羽"，是为对付强大妖兽而开发出来的大杀器，被发射出去的特制弩钉尖头附有微弱的元力！

元力对于本国修行者以外的生物，都是杀伤力巨大。

彩鸾终是不敢托大，小心翼翼避开两支弩钉，还是被第三支打中了翅膀，在空中倾斜身影，很快落了下来，恰是冯妙君所在部队的后方十里处。

彩鸾落地，其背上立刻跃下来一人，昂首挺立——苗奉先！

冯妙君不由得停下了脚步。

苗奉先落地之后，拍了拍手掌，身后异状陡起，吸引了所有人的眼球。

在他身后那一片广袤的空地上，忽然海市蜃楼般浮现出一座巨大的城门，城墙不断往后延伸，景物也随之越发清晰。仅仅是三四个呼吸的工夫，那里就矗立起一整座宫殿！

黄金之城！

它本身就是一件容量巨大的法器。

这座峣国先祖留给子孙的遗宝，原就遵守了法器最基本的能力，可大可小。平日上自国君下到奴仆，黄金城里的活动人数至少在五万以上，拿它装下一支军队岂非轻而易举？

望着城门前方那一片黑压压的军队，这边的魏军也感受到了压力，脚步越放越缓。既然对手是一整支森严大军而非单个人，他们也要集结起来，保持阵型的整齐。

峣国的兵甲洪流从苗奉先身边涌过，浩浩荡荡奔向前方，他眯了眯眼，吩咐一声："开始吧。"

话音刚落，魏国大军脚下突然四处开花！

冯妙君只觉骇人的气浪直扑过来，瞬间将她推出去二十余丈远！

饶是她修行有成，在这等爆炸面前依旧像风中飘摇的树叶，没有半点抵抗之力。

她结结实实摔在一辆运粮车上，在这瞬间，她的头脑一片空白，不知自己身处何方。

她努力睁眼，眼前景物模糊，只看见光怪陆离的色块，却分辨不出线条与人物。

这次爆炸的威力太大了，居然将她的感官都炸得暂时罢工。

幸好她丹田的灵力急速运行，令视觉和听觉都快速恢复。

冯妙君甩了甩晕胀的脑袋，仍旧是两耳轰鸣，头重脚轻。鼻下有液体流出，她伸手一摸，流血了。

抬眼望去，她不由得倒抽一口冷气。

方才她所站之处已变作直径七丈、深达两丈的大坑，无论原本还有什么站在上面，现在一概都没了，只剩下斑斑血迹。

以此为中心，方圆三十丈内，却散布着各种残肢断骸！

爆破蛊！

峣军也用上了爆破蛊，就埋在这片区域。亏得她功力深厚，不然早和这些人一个下场。

冯妙君翻身下车，颈上却有物滑落下来，被她接在手里。

是云嵝赠她的葡萄玉佩，这时候却断成了两截。

她记得此物附有云嵝的神通，能免她一次致死打击。如今葡萄玉佩都已经碎了，就说明方才的爆炸威力之强大，足以瞬间取走她的性命。

是这枚玉佩代她受过，否则这时候香消玉殒的就是她本人了。

现在玉佩上的葡萄尚属完好，粉色玉玺雕成的松鼠却裂作两半。冯妙君怔怔看了它一秒，就反手扔在粮车上，头也不回地往外走。

起先脚步还有些踉跄，越走越是坚定有力。

冯妙君双手分执星天锥，大步往战场边缘冲去。她身似鬼魅，冲来的峣兵往往眼前一花，还不等动手，人就已在数丈开外。

不过她的行动也引来了旁人注意。一头黑狼妖刚刚咬死两个魏兵，扭头望见她的身影即咆哮一声，冲了过来。它的身形比雄狮还要大上一圈，脖颈边缘也长着鬃毛，威风凛凛，冲入凡人堆里如入无人之境，普通士兵的武器连它皮毛都打不穿。

冯妙君刚一转身，就见狼头在自己面前张开大嘴，腥风四溢。

她捂着鼻子退开两步，刚好避开那张咔嚓合上的大嘴，而后朗声道："让开，我不跟你打！"

巨狼显然不想放弃眼前这块美貌又美味的小点心，摆过头就跟着扑过来。

冯妙君往远处瞥了一眼，实不想在这里多逗留。狼妖扑来时，她往侧边闪过，险而又险地避过去，鬃发却被劲风撩动。与此同时，她一个手刀直接劈在狼腰上。

她现在力量可以将精铁都掰弯，打在血肉之躯上就险些将这头狼打得肾脏破裂。

这头狼被打得痛嗥一声，斜飞出去两丈，身体也蜷作一团，好几息缓不过来。

跟了云崚之后，她很少再出手，但道行却是与日俱增，连她自己都感觉一天一个样儿。换在数月前，她对付这头巨狼绝对没有这样轻松。

眼看狼妖挣扎着爬起，冯妙君顺手从地上捡起半截被炸断的铁链甩了出去，在狼妖脖子上狠狠缠了两圈，随即一扯链子，借势跃到它背上去了。

冯妙君用力收紧铁链，将巨狼勒得几欲发狂，却拿她无能为力。冯妙君抽出星天锥，抵在它脑门儿上："进山去，否则让你神魂俱灭！"这里不是久留之地。

狼妖能感受到星天锥传递过来的刺骨寒意，当即明白对方手里的神兵能轻易替它开瓢。横竖再在这里停留还要多受伤，它也就放开四足，往远处奔去！

它的速度还是快极，仅仅两个起落之后就跃入了山林之间。

魏军辎重队伍本来就位于大军后方，靠近丛林。两军短兵相接后，峭国仗着自己人多势众，逐渐对魏军形成包围。冯妙君打的小算盘，就是要在包围圈合拢之前冲出去！

这不是她的战争，她可没打算跟这里任意一方同生共死。借助巨狼的速度，她算是险而又险地办到了这一点。

冯妙君走得匆忙，头也不回，自是没望见身后有一双美眸盯着她，眼神复杂。

梅矶将军徐广香，此时就在她北边三十丈外。

徐广香很早就望见了冯妙君，也看着她骑着巨狼远离战场，一路上甩开许多敌人。

她面色复杂，像是原打算跟上去，最后却放弃了，望着一人一狼的身影消失在山林之中。

罢了，由她去。

冲入林间时，巨狼满身是伤，她也躲过了好几记暗算。战场上刀剑无眼，谁也不会特意避开她去打狼。她事先已经看好周边，斜坡底部的这片森林连着幽谷沟壑，地形非常复杂。无论是谁，想在这里追踪一个人都不容易。

她驱着巨狼跳上数里外的山头，才对它道："你我无冤无仇，我放你一条生路，再莫来扰我。"

巨狼吐着舌头哈气，好半天才点了点头。

冯妙君从它背上跳下来，顺手收了链子。巨狼狠狠盯她两眼，也知打她不过，转过身一头扎进丛林当中，再不复见。

听着不远处战场传来的声响，她知道自己时间宝贵，有些事儿非做不可了。

冯妙君从怀里取出药物，分别抹在三支灸针的针尾，取火点燃，而后将灸针分别扎入自己膻中、气海、关元三穴。银针越发滚烫，她觉出自己腹中有物蠢蠢欲动。

又过十几息，喉头发痒。她张了张口，就有一只小小的蛊虫从嘴里掉了出来。

这就是云嶂在崖山地底的熔火之海强喂给她的定心蛊，有定位之能，主人相隔千里之外就能感应到它的大概位置。凭借此物，云嶂可以大致掌握她的所在方位。

冯妙君既然打定主意，就一定要将定心蛊取出。云嶂不知道，自己养在方寸瓶里的蛊虫，每一种她都研究了很久。结合烟海楼所学，她有把握将之驱出。

之前不过是按兵不动，等待良机。

就在这时，她丹田中的鳌鱼印记忽然传来一小股吸力，将她的灵力抽走了一丁点儿。

这动静很小，冯妙君却立刻警觉：云嶂这是在通过灵力互通的方式，确认她的生死！

他已经从连番变故中回过神来，开始关注她了。

她抓起蛊虫，本想一把捏死，但端详了不到半秒又改变主意，特意在它身上施放了一个封眠术。蛊虫轻颤一下，很快就不动了。

封眠期的蛊虫形如死物，也断去了与主人之间的心灵互感。

冯妙君随手将它装入玉瓶，收藏起来，而后运起轻功飞快地逃离了这片区域。她封眠定心蛊，云嶂肯定很快就会知道，趁着他忙于战事，她要赶紧溜之大吉。

云嶂立在魏王身边，峣王宫出现的那一瞬间，金光也第一时间映进了他的眼帘。

"不妙！"他面色一变，"让他们回撤，防守！"

峣国将黄金城投入战场，就说明魏军在这一次战斗失去了所有优势。魏王也想通了其中关键，转头对传令官道："让他们缩回来，不要冒进……"

话未说完，魏军当中突然遍地开花！

爆炸掀起的烟尘就像死亡之花，盛开的同时也夺走了无数人的性命。云嶂面沉如水，挥了挥手，附近百人身上泛起一层浅淡的白光。

也亏得他反应快极，这层结界刚刚搭好，离众人不足六丈开外就是一记爆炸！

大伙儿站在结界中，依旧能感受到天摇地动。附近，一片血雨腥风。

魏王惊怒，命令一个接一个传了下去：

"回撤，呈盾形防御！"

"修行者呢，将随军阵法放出来！"

"发讯号给另两支队伍，让他们回关勤王！"

"……"

排兵发令不是云嵋的分内之事，魏王传令的工夫，他轻轻一跃到车上，极目远眺。

四周都是浓烟滚滚，阻碍了视野。但这么粗略看去，至少有十余枚爆破蛊分散在魏军各处，伺机引爆。

等一下，那个冒浓烟的方向是……辎重部队？

云嵋长眉皱起，就要往那里掠去，不过此时刚刚经历过爆炸的将领也反应过来，指挥人马将魏王的座驾牢牢护在中央。

糟了。

他不得已跃了下来，沉声道："散开，快散开！"

魏王也气得脸红脖子粗："滚开，都给我滚！你们怕姓苗的不知道寡人在此？"

不过，晚了。峣军军旗一挥，过半数人马顿时转头，往这里冲了过来！

密集的爆炸将魏军撕扯得四分五裂，一时未能集结起来。峣军这么猛力一冲，顺顺利利前进百丈，距离魏王的王驾已不到二百丈！

望见这一幕的人，无论敌我，心都悬了起来。

魏军当中"护驾"的喝声此起彼伏，修行者也纷纷回拢，卖力拦截。整支大军都被浓烈的红光笼罩，其中无论是修行者还是兵卒皆是精神大振，力气凭空增长了两分。

正是云嵋飞快地调动元力，运用在己方将士身上。

在战场上，增力两分可是个了不起的优势。

一路势如破竹的峣军虽然余势汹汹，但速度的确是被拖得越来越慢了。

不过就在此时，他们身上同样散发出淡淡青光。

关键时刻，峣国也动用了元力。

只要拿下魏王，不管生擒还是斩首，峣国这场自卫反击立刻就能改写战局。

云嵋见状，吩咐几名道行精深的修行者："护住王上，我去去就来。"说完大步往外奔去。

峣国动用的元力如此充沛，只有一个解释：峣国国师安汝真，也来了！

原本不过是一场阻击战，却因为峣太子和国师的双双加入而摩擦升温，颇有晋、魏大决战的趋势！这一下，其实双方谁都料想不到。

冯妙君并没有走远，只是悄悄绕行外围，换了座险峰爬上去。这里距离战场也有数里之远，无遮无挡，视野独好，只要站在山峰就能望见底下的战况。

其实逃离云嵯这件事，她很早之前就起心动念了，一直苦无良机。的确，跟在云嵯身边能享受说不完的福利，这也是国师能吸引大批修行者为己效忠的本钱之一。但冯妙君明白，自己有不能言说的苦衷。

她是安夏公主，并不是真正的冯家女，她的真名也不叫冯妙君。云嵯如果要将她的名字写入魏国元籍，那是根本行不通的。名字和八字，压根儿合对不上。所以从云嵯提出要将她录入魏国元籍开始，冯妙君就明白，自己一定要在入魏之前离开。

一场混战，正是最好的时机。

无论在谁看来，魏军逾八成要输。云嵯作为魏军的核心之一，殒命在此的概率虽然很小，但两人性命相连，她还是要亲眼看他安全撤离才能放心。

冯妙君抚了抚额，想象云嵯发现自己逃走之后的神情，不由得有些心虚。

她已不像留在晋国的几年间那么恐惧，取而代之的是对云嵯的另一种害怕。

大战开始前，他才咬了她的耳朵，这让两人关系变得越来越复杂。他那样的男人像罂粟，太容易让人沉迷。可是理智告诉她，两人的立场、身份和修为，注定他们不是一路人。

她如果喜欢一个男人，就绝不要以这种方式留在他身边。不对等的身份，只会换来不对等的感情。所以在事情变得一发不可收拾之前，抽身而退吧。

她悄不可闻地叹了口气，连自己都没察觉到。说到底，她还是记挂着云嵯的安危。

而后，她就听见了一个苍老的声音贯穿全场："云嵯何在？大峣安汝真邀战！"

峣国国师邀战魏国国师，就在此时，此地！

这可是绝顶修行者之间的较量，人间难得一见。敌我双方手上都不由得一缓。

魏国国师会应战吗？

冯妙君一颗心也提了起来。

峣军当中，苗奉先也吃了一惊，失声道："师父！"

须发皆白的安汝真从金碧辉煌的城池里一步步走了出来。苗奉先待要阻止，他却抬手截断了他的下文："宜速战速决，我们都耗不起。"

苗奉先凑近他，以两人才能听见的声音道："可您的身体……"

安汝真："你怕我打不过他？"

苗奉先微微一噎："云嵯如日中天。"

"他常年顽疾缠身，又能比我好上多少？"安汝真淡淡道，"再说，黄金城维持时间有限，打赢这场仗却拖垮了整个大峣，同样是得不偿失。"

他微一摆手："好了，不必再说，我自有激发潜能之法。"

魏军中响起一个清朗疏冷的声音，如石上清泉淙淙："安汝真，你是自寻死路！"

听到云崿的声音，众人哗啦一声分开，于是发现他离黄金城其实已经不远了。

对手应战了，苗奉先的面色却微微一黯，低声道："师父！"

旁人都不清楚，可他知道安汝真已进入天人五衰之境，浑身修为都在快速衰退。也正因为安汝真元寿将尽，才着急在苗奉先大婚之后传下国师之位。

安汝真却摆了摆手，神情沉静："这一战甚好，偿我平生夙愿。我会尽我所能，你要抓紧时间。"拍了拍他的肩膀，忽然笑了，笑容里满是如释重负的轻松，"如我败北，今后，运筹一国之力的重任就要拜托你了。"

苗奉先几乎把满口钢牙咬碎，却只能沉沉应一声"是"。

这是一场争分夺秒的计时赛。安汝真以邀战之名将云崿调走，正是要给苗奉先、给峣军创造机会。只要他们能快速拿下魏军，他付出多惨重的代价都是划算的。

他要以病弱之躯，换魏军败北！

"云国师，这里放不开手脚，你敢到城中一战吗？里面有个圆斗场。"安汝真朗声，反手一指峣王宫，"在胜利者走出城门之前，黄金城不会关闭。"

黄金城是峣国的镇国之宝，外人走进去好比掉进瓮里的鳖，不得主人的许可是出不来的。

"哦？"云崿笑了，"当真？"

苗奉先接口道："谨遵师言。我以峣太子之身立誓，如违此诺，天打雷轰。"

"就不知云国师有没有这份胆量？"

"有趣。"云崿懒洋洋的声音传出，随后人群自动分开一条小路，任他走向峣王宫，"我一向敬老让贤，这回让你一次先手。"

他穿过杀气冲天的战场，走向敌人巍峨的宫城，准备迎接生死难卜的挑战。可他的神情却似游览春日小园，一派恬然自适。

两边虽然水火不容，苗奉先却依旧为他这份气度和才智而暗暗心折。

生死谈笑间，公子世无双。

安汝真邀战黄金城，的确占有地利之便。毕竟云崿就算神通广大，对这座镇国神器也绝没有安汝真那般熟悉。

所以他才说，让安汝真一次先手。

潜在岩壁上的冯妙君看得暗暗揪心，手里抓着的树枝"咔嚓"一声，断了。

云崿本已快走到黄金城了，这时如有感应，忽然抬头往这里扫过一眼。

她立刻合目，不敢与他对视，唯恐被他察觉。

这一幕似曾相识。

五年前的升龙潭，她也是这样坐在树影之中，与他遥相对视，又害怕被他发现。

那时与现在有什么不同？他们之间，从来都隔着一整个世界。

过了好一会儿，冯妙君才睁开眼。

战场上，已经没有了云嵀和安汝真的身影。他们已经进入黄金城，进入属于他们的战场。

国师之间的较量不是儿戏，不愿被这许多凡夫俗子一边欣赏一边评头论足。

每一分每一秒，都漫长得像过完了一整年。

战场上的厮杀还在继续，苗奉先不会因为两大国师之战就放松了对魏军的进攻。峣军对魏王所在的队伍发动了最猛烈的攻势。那许多人前仆后继，不论生死，换来的就是峣军的步步为营，鲸吞蚕食。

人数上的差距，尽显无遗。魏军正在一步步缩小防御圈。

到了这个时候，魏王反而冷静下来，指挥军团向外移动，力争破围而出。

他清清楚楚知道，这一战是魏军输了，输在了自己的刚愎和对手的奇谋上。这一战魏军恐怕要损失惨重，除非云嵀凯旋而出。

所有人都在咬牙苦撑。

魏王刚刚发布完一道指令。最近的敌人还在七八十丈外，他骑在马上，依旧中气十足，还未疲惫。可就在这时，他胸口忽然觉出一阵刺骨的冰寒。

那寒气来得突兀，像是数九寒冬忽然裸身站在地里，令他心脏都骤然急缩。

魏王捂着胸口，高大的身躯晃了两下，险些一头栽倒。他的身上蓦地炸开一团光芒，光作金龙，在他身周盘旋一圈，忽然消失不见。那是护身法器被激发而后被攻破的迹象——有人趁乱攻击他！

魏王怒吼一声，声音里带着极度痛楚。他突然反身指向一人："是你！"

站在他身后有四人，他指着的那人，赫然就是其中的一位言官许谊！

许谊也不否认，大笑一声："昏君，你早就该死！"说着，并不向外逃窜，反而和身扑了上来，十指箕张，竟然去掐魏王的脖子。

边上的修行者怎敢坐视不理，一把将他制住。许谊忽然砰然一声，炸作一团血雾！

明眼人一看便知，他自爆了神魂。众人这才望见，魏王胸甲下方流出了细红的血。

大伙儿的心也跟着一下凉了。国君居然在他们面前遇刺！

廷尉吴琛不敢移动魏王，只招来战车将他轻轻抱上去，精擅医术的药公紧跟过来，先给魏王塞了两颗入口即化的吊命丹药，紧接着替他处理伤口。

扒开衣甲，廷尉、药公和闻声赶来的萧衍都是倒抽一口寒气。

魏王心口上居然露出一点点寒芒，那是一截尖细的刃尖！

许谊何时从后方偷袭了魏王，怎的在场众人都无所觉？最古怪的是，魏王身上佩有最强力的护身法器，就算云嵀亲自出手都未必伤得了他，许谊修为有限，又怎么能突破他的防御？

"不能拔，拔了立死。"药公观察伤情，又俯下身轻嗅刃尖，"武器上淬了猛烈的剧毒，五十息致死。"

萧衍大惊道："可能解得？"

药公摇头："剧毒直入心脏，回天乏术，我所能为之，最多吊命三刻。"

"你只管动手。"魏王这时神志仍然清醒，瞪着萧衍道，"国师……出来了吗？"

"还未。"

"盯紧。"魏王伤在要害，气都短了，"你、你去撑着，军心不能散。"

萧衍接过大权，果然一道接一道命令颁布下去。这厢药公急促道："仙人遗方制成的回阳丹，用的都是剧毒之物，却可护您三刻钟时间，然时限过后再无生机，神仙也救不得了。"

魏王扯了扯嘴角："用！你看我现在，就有神仙救得了？"

药公给他服了一颗赤红药丸，口中默算药物起效时间，伸指封住他心口附近穴道，而后一把拔出了匕首！

血如泉涌，颜色已经黑得像墨汁。然而古怪的是，药公一边给他处理伤口，魏王的脸色一边好转，最后居然满面红光，竟显得比平时还要精神。

待包扎完毕，他穿回护甲一跃上马，高声斥道："都慌个什么劲儿，往黄金城去！"

魏王重又露面，人心的浮动立刻就被压下，魏军短暂的混乱过后，重又规整过来。并且此时山中的第二支部队也终于赶回来杀入重围，与王军会合一处。

谁都看得明白，魏军这是准备去接应国师。

藏在山间的冯妙君望见这里的混乱，隐隐觉出不对，心里同样七上八下很不安稳。可是摸着自己的心跳，她就知道正在进行国师决斗的云崭至少还活着。

并且他也没从她这里抽取灵力。所以，一切还好？

就在这时，黄金城的正大门忽然"吱呀"一声，打开了。

那一声仿佛贯彻天地。所有人的目光第一时间聚焦过来，连鏖战双方都暂停了攻势。

是谁赢了，又是谁输了？

在满场屏息以待中，大门里果然有一人缓缓走出。

须发皆白，身形虽然高大却有些佝偻。

冯妙君握紧了拳头，只觉难以置信。

安汝真，走出来的国师赫然是安汝真！云崭呢，云崭败了？

紧接着，崭军欢呼起来，声震九霄！

魏军这里却人人面色惨淡，几乎都要握不稳手中的武器。

魏王瞪圆了眼，忽然指着安汝真怒吼一声："绝不可能！你是不是……"

他气怒之下，什么风度也顾不得了。可是"使诈"两字还未出口，安汝真就已停下脚步，头颅一垂，眼睛一闭，不动了。这个动作很突兀，望见这一幕的人都怔住，觉出了不对劲儿。

果然，安汝真不言不动，鼻下却垂出两道玉筋，缓缓滴在地面上。

苗奉先奔了过来，一把扶住安汝真，悲声道："师父！"安汝真却不再作任何反应。

这时，黄金城内才缓缓踱出第二个人。

见到他出现，冯妙君才把高高悬起的一颗心放回肚子里去。魏人见着了，无不长长嘘出一口气来。

这个人，自然就是云嶂。

他一手捂着右腹，近处的人们能望见他的衣袍被鲜血打湿，脸色也发白。魏国修行者一拥而上，将他护在中央。

这回换作魏人欢呼了，原本哀兵气氛被一扫而空，人人眼中重又有了光彩。峣军人多势众又如何？在这般形势下，云嶂仍然杀了对方的国师！

走出黄金城时，云嶂对苗奉先郑重道："这一战，安汝真求仁得仁。"

师父还要感谢他？苗奉先望着他，眼里都要喷出火来，却怒极反笑："你以为，你们还能走回去？"

魏王策马而至，大笑道："要战便战，哪来恁多废话？"转头冲着魏军大呼，"儿郎们，还敢不敢打？"

"敢！"应者如雷。

"还要不要杀？"

"杀！"短而急促，呼声盈野。

这三万军队头顶上有淡淡杀气蒸腾，仿佛要凝出红雾，这是气运极盛的表现，可见其众志成城。这便是云嶂大胜给己方军队带来的强大鼓舞。

苗奉先眼中杀气愈盛。

太快了，云嶂出来得太快了，这场决斗比安汝真预计的时长要短上很多。

师尊以命相搏，却没能给峣军赢得更多时间。

还是差了那么一点时间，只差一点！

苗奉先辛苦布下此局，安汝真甚至拼上一条性命，却被云嶂给破坏殆尽——在掌权者眼中，这数万大军哪里比得上国师重要？

眼下双方军队气势此消彼长，他见到峣人的脸色都不对了，显然安汝真之死对士气打击极大。更重要的是，国师阵亡，气运暂时就无人可以调节了。而苗奉先要先返回峣都通过了祭天仪式，才能顺利接掌国师之位，调配一国气运。

这一仗，还有必要打下去吗？

苗奉先脸色铁青，好半晌才从牙缝里挤出两个字：“停战！”

冯妙君待在绝壁上，只能望见战斗好像停止了，双方的首脑人物走近，似在商议什么。

她虽听不见对话，却能觉出原本杀气冲天的气氛似乎有所缓和。

再然后，峣军后撤，给对手让出了一条通道，并且彩鸾也扶风而起，向着雪山另一边飞去。它飞得不疾不徐，没有紧迫模样。

于是冯妙君猜到，这场战斗基本是要结束了。

一场声势浩大的狙击堵截战，最后居然是以议停的方式收尾，尽管战场上已经血流成河。

她轻轻嘘出一口气，知道自己该开溜了。

冯妙君咬了咬唇，向万军簇拥的那个身影投去最后一瞥，而后转身跃离树冠，两个起落后就不见了踪影。

云崕，再见了。

从今往后，我们又是桥归桥，路归路了。

一刻钟前还杀得你死我活的两支军队，现在已经壁垒分明，俨然是井水不犯河水的模样。

双方各自后退五里，随后派人打扫战场。

陆茗奔到云崕边上，面现忧色：“大人，我请药公来看看您的伤……”

“不妨事。”云崕摆了摆手，“把她唤来，给我上药。”

“她”是谁，陆茗自然清楚，这会儿面上却现出犹疑之色。

云崕何等精明，见他神情吞吐，不由得皱眉：“出了甚事？”

“我们没找见安安姑娘。”陆茗面色凝重，“方才峣军有一颗爆破蛊就炸在辎重队伍里，离她至多只有几丈，恐怕……”那东西的威力，普通修行者都经受不起。

云崕却摇了摇头：“她活着。”

陆茗不知道他为何这样笃定，但见云崕站起来往事发地点而去，不由得担忧道：“那里还有峣军……”

云崕回身，淡淡看他一眼，陆茗剩下的话就卡在嗓子眼里了。

他信步走到深坑旁边，看了两眼，又信步踱向四周。附近有魏兵也有峣兵，望向他的眼神充满了崇敬。

云崕只吩咐了一声“你们暂且退下”，所有人都放下手中活计，退开数十丈外。

陆茗默默跟着云嵋，见他脚步沉重，偏要东张西望，不由得抚额："您要找什么，交给我来就好……"

云嵋走到一辆大车边上，忽然道："在这里了。"

这里有个死相奇惨的人。严格来说，只有半个，因为下半截不知哪里去了。不过战场上这样的倒霉人很多，云嵋却看他看得格外仔细。

而后，他从草堆上捡起一条项链，一块断掉的粉玺。

陆茗看出链坠子是一串葡萄，云嵋摊在掌心的粉玺是只松鼠的模样。

呀，这不是国师大人原先佩在腰间的宝玉吗，怎么会断在这里？

不过他转念一想就明白了：国师大人把它送给了安安姑娘。

男子将随身宝玉赠给姑娘家，这其中的含义，国师大人到底明不明白？如果他知晓，那么此刻睹物思人，应该是很难过的了。

可是云嵋却阴沉地哼了一声："她故意扔下的。"

这葡萄松鼠佩上的确有一道救命神通，照此看来它方才也的确生效了，不然那小妞儿命都没了。不过他还在上头悄悄施放了寻踪术，只要冯妙君将它带在身上就逃不过他的法眼。

看来，她发现了，才将玉佩弃在这里。

云嵋的脸越来越黑，因为他试着感应种在她身上的定心蛊，那东西本该跟他心灵相通，随时可以报送她的大概位置。可是现在却如泥牛入海，音讯全无。

"她逃走了。"云嵋一字一句，其中的寒气让边上的陆茗忍不住打了个冷噤，也不敢问冯妙君为什么逃。

云嵋眯起眼，嘴角弯起一丝冷笑，想来她计划逃跑已经很久了。

可是他不明白，冯妙君为什么要逃？是他许给她的甜头太少，还是她惧怕他的手腕？

不，都不像。尽管相处的时间不长，但他看出这丫头打得一手好算盘。跟在他身边获益多多，在捞够好处之前，她怎么舍得走？

云嵋一直在怔怔出神，陆茗瞅着他衣袍上的血渍越来越扩大，只得小心翼翼道："您、您现在有何打算？"

听他出声，云嵋才如梦方醒，神情转眼恢复如常，身形却晃了两下："扶我回去，我累了，需要休息。"

"……是。"陆茗赶紧扶住。

云嵋转身时，往不远处的峭壁看了一眼。当年他就是这么错过了安安，今回会不会重蹈覆辙呢？他呼出一口气。该死的小野猫，不，那就是一只养不熟的小白眼狼。

她最好祈祷自己别再被他逮到，否则……

陆茗扶着他往回走，望见他脸上浮起的笑容，后背就一阵阵发寒，赶紧转移话题道：

"怪了，我差人去找药公，他怎么还未过来？"

话音未落，前方卫兵匆匆赶来，向云嵝行了个礼："国师大人，王上有请！"

距离两军商议停战，已经过去了两刻多钟。

大帐还未搭好，魏王就等不及了，把药公扔在外头，随便选了一辆大车将萧衍抓了进去。

"父王。"萧衍眼都红了。魏王的性命全靠回阳丹吊着，而现在药力只剩下不足半炷香时间了。

魏王红润的脸色又灰败下去，眼眶深陷。萧衍看得心中疼痛："我去请国师来，他神通广大，说不定有法子治好您……"

话未说完，魏王已经一把抓住他的胳膊，紧声道："不！他救不了了，神仙来也是一样。"

回阳丹的原料皆是剧毒，一吃下去就会激发他最后的生命力量。

"仔细听好，我要你做几件事。"

萧衍点头如捣蒜。在这关头，魏王提什么要求他都会听从。

"找出凶手，给我报仇。"魏王的声音开始哑了，"我知道，凶手与你无关。但他算计的是我们萧家，你一定要找他出来。"

"是！"萧衍眼中的泪终于淌下，"父王放心，我一定为您报仇！"

"第二，不要跟太子争王位。"魏王捏紧他的胳膊，五指都要陷进他肉里，"他是你哥哥，尽管心胸不宽，但有韬略、有谋断。你尽力辅佐他，大魏必定兴盛，能圆我、圆我遗志！"

萧衍一愣，低声道："父王！"

魏王连连摇头："我知道你因淑贵妃的死而怨恨他们母子、怨恨我，这些年我常怀愧疚，没能保护好你的母亲，也给不了你公道……"

萧衍紧紧咬牙。

"可这些年我也待你不薄，任你胡闹了许多回。"魏王盯着他道，"我不能杀王后，不能废太子，你若在我的位子上，一定能了解！好儿子，这是为了大魏！"

萧衍喉结动了动，依旧一声不吭。

"答应我，答应我！"魏王迭声催促，气息却越来越弱。

萧衍将牙齿咬得嘎吱作响，却禁不住父亲的眼神，只得垂首道："我答应您，只要太子不对我下手，我、我不会首先对他举刀。"

"好，好。"魏王大慰，"这才是我的好儿子！"

"第三，第三……"他眼神都有些涣散了，却强打精神，"你听好了，云嵝……你不要对他言听计从。

"我初遇他时只是少年，那时候他就说过，会助萧家争天下，但要在我夺下国君宝座之后。"魏王长长吸了口气，总觉得心里空落落的，"我怕我死之后，他对你也提这样的要求。这人野心太大，断不会只满足于国师之位，你切记提防着他。如果实在无力控制，你就、你就……"比了个抹颈的手势。

萧衍低声道："儿子省得了。"

恰在此时，外面侍卫禀报："国师大人到。"

魏王不知哪的来的力气，一把揪住萧衍的领子将他拖近，声音压得低而又低："寝宫，床下左边第一个暗格，去看！这是天机，不传人耳。"

最后一字说完，云嵝正好掀帘走进，一同进来的还有药公。

显然药公已经将实情基本告知，云嵝收起一贯的漫不经心。他俯下身，满面肃然："王上只管放心，我会全力辅佐新王。"

魏王低声道："大魏今后的国运，依旧交给你。你说过，要助我萧家争夺天下……"

云嵝点头："此言不改。"

魏王嘿了一声："不要插手他们兄弟的事。否则、否则……"

他嘴角还挂着冷笑，目光却凝固，这句话没有说完。

云嵝微微垂首，后退两步，望向魏王的眼神复杂。萧衍却红了眼，扑在魏王榻前放声痛哭！

云嵝走出车外，长长呼出一口气。

残阳如血，此时已到黄昏。他抬眼，正好望见最后一缕红光消逝在西边的群山之巅。

廷尉吴琛就站在车外，云嵝望他一眼："凶手自爆？"

"是。"他面带羞愧，为自己没能留下活口，"但从他遗物里发现了跟太子的书信往来。"

云嵝眉心微动："密信装在哪里？"

"一枚精金圆筒当中，非常坚固。"

云嵝嘴角勾起一丝冷笑："看来，他也知道自个儿神魂爆炸的威力。"

阳光消失，黑暗已然降临，夜色中的乌涪雪山只剩下一个模糊不清的轮廓，仿佛恶兽蹲伏于地，择人欲噬。

这座大山，今日的确吞掉了许多人的性命，有魏、峣两边的将官将领，有修行者，甚至也有国师，有君王。

是役，魏、峣两国都损失惨重。

药公赶来，找了一架大车替他处理伤势。尽管云嵝在崖山受过的伤已经痊愈，药公仍觉出不对，皱眉道："心力更弱了，主公近来受过重伤？"

"嗯。"云嵝一直合目养神，"崖山斗火灵，受了点伤，后以血树花粉养之。"

"那也不成。"药公眉头都快打结了，"好不容易借由鳌鱼内丹恢复一点元气，您最近再不能与人动手！"他忽然想起来，看着云嶂苍白的脸色，"您今儿还跟安汝真决斗了！不成，后面要好生休息，最好卧床静养！"他太了解云嶂的体质，虽然眼前人看似无所不能，但其实重疾缠身。

云嶂点了点头，吞了两颗丹药，继续休息。又过了好一会儿，魏王的车帘才掀起。

萧衍走了出来，眼眶虽仍红肿，脸上却已擦拭干净："我发急件回都，派人先从许谙的家人查起。"回头见云嶂面色惨白，轻咳一声，"国师也受了重伤，但将军们还等着开会。"

云嶂嗯了一声，招了招手，陆茗即将他扶起："走吧。"

中军大帐内，魏军众高层都到了。

廷尉吴琛将许谙的遗物呈上去，萧衍逐样翻看，重点看过了圆筒里的信件。一共三四封，都是太子来信，询问王师东征的情况，只有一封是许谙的回信，上面仅有寥寥几行，想来还没写完。信里并没有透露一丁点儿关于刺杀的讯息，甚至没有任何露骨言语。

吴琛低声道："七年前，许谙由太子举荐给王上。"

萧衍将信件看完，才传与其他人翻阅。之所以在众将面前拆看证据，是为了表明自己的清白。

可关键问题是，许谙修为低微，怎能弑王？

赫连甲问得最直白："王上采用何种法器护体？"

萧衍回手一招，即有侍卫举着托盘过来，上面置一卷轴。

云嶂走过来，取过卷轴在书案上缓缓打开。原来这是一幅战争画卷，绘就一支大军与妖兽搏斗的场景。这支军队的服制与现有六国都不同，云嶂轻抚他们的战旗，轻声道："浩黎帝国。"这是浩黎帝国的旗帜。

与军队作战的，是十来头体形庞大、样貌凶恶的妖怪。绘者功力极深，精简几笔就画出凶威扑面。与它们相对的人类士兵和修行者，手里执着各式武器，地面已被鲜血染红。

"这是刺龙图。"萧衍缓缓道，"浩黎帝国倾数代王朝之力才战胜妖兽，占据了中土的主导权。这幅画作绘的是当年驱逐妖兽的战斗一幕。而所有妖兽之中最著名的，就是龙。"他指着画卷右上角位置，"这里绘制了屠龙壮举，所以这画就叫《刺龙图》。"

云嶂看着他不说话，只挑了挑眉，奇怪他怎么一清二楚。

魏王的护身法器一直是个秘密，基本无人知道其形制与功效，这也是保证君王安全的手段之一。莫说云嶂不晓，萧衍都不应该知道。

萧衍看出他的眼神，叹了口气道："我见过这幅画，但当时它可不在卷轴上，而是个图案，文遍父王上身！

"方才父王去世，图案才剥离下来，重新还原作卷轴。"

徐广香讶然："刺龙图就是父王的护身法器？"

萧衍眼中露出回忆之色："幼时与父王同沐，他曾指着画中人事为我一一讲解，我至今都还记得。"他指了指自己的心口，脸色越发阴沉，"黑龙的龙头，就绘在父王这个位置。"

龙头？云嵘再低头，果然望见画中人取一匕首扎在龙睛上。他不禁眯起了眼："这匕首好生眼熟！"

药公在一边插口道："这就是刺杀王上的凶器！"

赫连甲大声道："什么意思，那把凶器哪里去了？"

萧衍点了点画中匕首："赫连将军，你正看着它。"

赫连甲脸色都变了："什么！"

"昔年我在父王身上见过的黑龙，眼珠子上可没扎着这支匕首。"萧衍吸了口气道，"屠龙者的手上是空的。当年我还觉得奇怪，特地问过父王。父王开了个玩笑说，只要黑龙活着，他文在身上就能得到龙力加持，所以怎么能杀掉它呢？

"可事实是，方才药公取下匕首之后，它就化作图案，也化于卷轴当中了。"萧衍微微提高音量，"许谙是利用了它回归原图的本性。"

此事实是有些匪夷所思，众人面面相觑。

"这是一件独立的法器，被封在卷轴中而已。"云嵘解释道，"不妨将画卷看成是它的鞘，平时匕首收在鞘中，只不过构图太精妙，不知情者难以发现。"

他在刺青上轻按两下："《刺龙图》本身的防御力强大，许谙只凭自己的真实力量不可能突破，所以才要借助匕首。二者原本就是配套的，《刺龙图》不会拒绝匕首靠近。"

原来，这就是行凶的方式。

"凶手知道《刺龙图》的秘密，还知道它变作刺青文在父王身上。"萧衍按着自己额头，"查出这件法器的来历，查清它怎么落入父王手里，凶手的身份大概就有眉目了。"

接下来，众人商议魏军的去留问题。战场打扫完毕，峣军也已经撤离，接下来王军要何去何从？

这问题其实不难得出统一的结论：撤军回魏。

连魏王都已战死，这一次东征势必戛然而止。接下来他们要做的，就是将魏王遗体运回魏都，准备国葬。至于占下来的领土，估计也要吐回一大半。

后续事宜千头万绪，会议也不开久，很快就结束了。

望着众人背影消失在帐外，萧衍才移开目光，轻叹一口气。

云嵘随手放个结界，隔绝外界窥伺，这才问他："你果真无意王位？"

萧衍默然，好一会儿才道："我方才答应父王，不与太子争位。"

云嵬嘴角微扬，道了一个"好"字就转身向外。

萧衍赶紧唤住他："且慢！你去哪里？"

云嵬好笑道："回帐疗养。我伤得这么重，要安歇几天，二王子无事莫来扰我。"

萧衍面露苦色："我又变回'二王子'了？"

"你意已定，那么以后我继续当我的国师，你做你大魏的王爷。"云嵬意味深长，"走得太近，小心新君猜疑。"

萧衍耷拉下肩膀道："好好，我承认，这就让太子即位，我不甘心，可我已经向父王立了誓。"

云嵬面色不变："大局于你不利。萧靖早被立为太子，他虽然在赤嵌森林带兵，都城里却还有三王子萧吾和郑王后，尤其萧吾得了魏王发兵前的指派，代理都城事务名正言顺。"萧靖是郑王后所生，萧吾是郑王后带大，萧吾和郑王后肯定给太子站队。

萧衍抚着下巴，若有所思："这样说来，我要的是一个出其不意。"

"你还要一个名正言顺。"云嵬淡淡道，"幸运的是，太子也需要。"

"名正言顺？"萧衍眼里有了光彩，"许谙的信件？"

"不止。"云嵬垂眸，眼里有精光一闪而过，"有一样东西他特别想要，不巧如今正好落在你的手里了。"

萧衍长长叹了口气："无论杀害父王的真凶是谁，我们都得顺着他给出的本子往下演，这可真让我不甘心。"

"意气无益于决断，你何不因势利导？"云嵬咳了几声，更显疲惫，于是告辞。

萧衍看着他的背影，缓缓坐了下来。

父王死了，大魏要变天。

魏国天家的王位争夺战即将打响。这一回，要便宜峣人了。

云嵬由陆茗扶着，走出帐外没多久就停下脚步，微微侧身："徐将军？"

徐广香从暗处走出来，微微咬唇："国师可是伤得很重？我这里有父王亲赐的玉蟾膏，于生肌养血有奇效。"

"心领了。"云嵬嘴角扬起一个很小的弧度，"但药公给我开了太多药物，我怕吃不完这许多。玉蟾膏是好东西，梅矶将军留着，日后必有大用。"

徐广香叹了口气，低声说句"你注意身体"，转身要走。不过走出几步，忽然又侧首道："我先前在战场上见到国师的侍女了，她好似受了点伤。"

战后，她就没再在云嵬身边看到冯妙君，想来这其中有蹊跷。

云嵬面色不变，连眼皮都没多眨一下。她看不透这人心事，只得继续道："峣国的狼妖要伤她，反而被她控制着奔进了西北的山林里。"

"所以，你没有差人跟过去？"

徐广香张了张口，却说不出话。云嵫这是在责怪她？

云嵫的不满一闪而逝，快得好像只是她的错觉。他甚至冲着她笑了笑，神情重又变得和煦："我伤重难支，就先回去了。军务繁忙，今晚徐将军也要早些休息。"

徐广香只能应了一个"好"字，而后看着他的背影越来越远。

云嵫回帐，落了软帷，打发了陆茗后自行躺下。

帐内无人，云嵫艰难地翻了个身。他想喝酸梅汤，换在今日之前，只消吩咐一声就有个人进寸瓶给他端出来，要冰镇得恰到好处，有桂花香气，琉璃杯外头挂满细小的水珠，现在……

算了，不喝了！他早入辟谷之境，吃喝不过为了口腹之欲。

夜色深沉，白天与安汝真的决战太耗灵力，最好的休养方式就是美美睡上一觉。他躺下来正好朝向帐外，原本薄薄的纱帷外头应该有人守夜……

现在，那里空荡荡的。

云嵫又翻了个身，面朝里睡。

徐广香说看见她骑着狼妖往西北方向跑了，那么离北边的高山也不过是几里路程。

他邀斗安汝真时，总觉得远处似乎有人紧盯着自己。难道那是安安？

云嵫抿起薄唇。

好，很好，冯妙君你等着！

等他伤愈，料理完魏国这些麻烦，他和这只养不熟的小野猫还会相遇的！

【上册完】

风行水云间 著

保卫国师大人

FENG
XING
SHUI
YUN
JIAN

— WORKS

【贰】

浙江文艺出版社
Zhejiang Literature & Art Publishing House

目录

第十六章

长乐公主

冯妙君接连打了两个喷嚏，心里还有些发毛。这是遭谁惦记了？

转念一想，还能有谁？

眼下她所在的地方又安全、又繁华，风雪吹不着，四季皆如春。云大国师就算派出满山遍野的追兵，也休想将她再逮回去。

她在黄金之城里。

她的计划是重新潜回峣国境内，不过凭一己之力翻过乌涪雪山再单骑走千里，想想也是很累，所以她想了个取巧的法子，想让苗奉先载她一程。

乌涪雪山之战结束以后，峣军收拾了战场，收治了伤员，苗奉先把大军重新装回黄金城里，骑着彩鸾飞返峣都。冯妙君偷偷打晕一个女兵，换了形貌衣着混了进去。

落地之后，大军就要从黄金城疏散出去，冯妙君褪掉衣甲，换回本来的面庞，谁也认不得她了。

站在峣都繁华的大街上，冯妙君心里有一种不真实的感觉。

她逃出来啦？她摆脱云崾了？她又重新恢复了自由？

熟门熟路地穿街过巷，她越走越快，有一种归心似箭的感觉。

一个时辰后，冯妙君就找到了药铺子仁和堂。

她才在那里的静室里慢慢品了两盏热茶，门帘子一掀，有个窈窕的身影带着外头的冷风一起冲了进来。冯妙君刚来得及眨一下眼，就被对方抱了个满怀满脸。

"娘……"

一个"亲"字还被堵在嘴里，养母徐氏已经捧着她漂亮的小脸蛋又揉又捏："我的宝贝安安终于回来了！"说完掐着她的细腰恶狠狠道，"这回还走不走了？"

"不走了。"冯妙君赶紧举旗投降，"这次回来就陪着你们，哪儿也不去了。"

　　徐氏大喜，死死抱着她不肯撒手，美眸又红了。冯妙君看她垂泪欲滴的模样，真是招架不住，只得向一边含笑的蓬拜递去恶狠狠的眼神。后者当即轻咳一声，上来解围："少……安安才刚回来，想必又累又饿，你不想她好好休息了？"

　　徐氏啊了一声，赶紧放手："你说的是。"

　　蓬拜是个武人，这时从冯妙君身上嗅出了血的味道，不由得道："刚和人动过手？"

　　冯妙君摇了摇头："才从战场上回来。魏、峣大军在乌涪雪山决战，杀得血流成河。"说着伸了个懒腰，浑身骨节咔啦作响，"娘，我想沐浴。"

　　徐氏将她带回两条街外的自家宅子，那里早就备下了她的闺房，还有满满一大桶热水。

　　痛痛快快泡个澡，洗去满身的灰尘血气，冯妙君才感觉自己重又活过来了。

　　徐氏在宅中治筵，款待女儿。

　　席间，冯妙君问："你们怎么还在峣都？"按理说，冯记早就该往南方转移才是。

　　"这段时间，峣国实施战时条例，里面就有一条，不许商贾动迁。尤其都城，大小商贾都被严密管控，进出要经审查，各字号的东家一律不得出城。"蓬拜摇了摇头，"大战刚起时，我们的产业基本还在这里，只来得及派出去十几个人前往桃源境，打探那边的情况。"

　　冯妙君果断道："再等上两月，战事不停，峣国不可能一直严加管控。"

　　无论如何，日子在平静中一天天过去。

　　冯妙君过上了自己想要的生活，没有性命之忧，亲人就在身边，成天吃喝玩乐，一门心思修行。倘若没有战争的阴影挥之不去，这小日子惬意极了，只是她修习神通术法时，偶尔会想起云嶂，想起这许多心得和口诀都得自他的传授。

　　只是偶尔。

　　不过云嶂可不是个省心的主儿，怎甘愿被她忘在脑后？

　　她返回峣都第三天，当夜月亮圆又大，她正在对月吐息滋养灵力，忽然丹田里的鳌鱼印记一动，而后就有一股强大无匹的吸力从中传了过来！

　　三下五除二，她的灵力就被吸得一滴不剩！

　　这一下鲸吞太快，冯妙君好半天才反应过来，气得连连跳脚。

　　那个男人真是小气到家了啊！

　　云嶂正是借此表达自己的不满，意在警告她：离开了他，她也别想安生过日子。

　　冯妙君冷笑了半天，忽然又想到，这人还有心情跟她作对，看来在乌涪雪山当中伤得不够重哪，魏军也没甚让他操心的地方吗？

　　如此过了数日。

无论她练得有多勤快，云嶂每天夜里都会抽光她的灵力。她的修为与云嶂相距甚远，被他取走的灵力是倒抽不回来的。不过，也不晓得是她抢夺灵力越来越熟练，还是自个儿的修为这大半年来的确突飞猛进，她给云嶂造成的阻力越来越大。

在她的极力阻挠下，他想抽走她的灵力已经不复先前那么轻松，成为你来我往的一场拉锯战。虽然最后仍以她失败告终，但这过程至少延长了一盏茶的工夫。

这好像反倒刺激了云嶂，他乐此不疲，每天至少都要来搜刮一回。

冯妙君告诉自己，要戒骄戒躁，不可与这人一般见识。

从第七天起，她干脆暂停修行，白天不是帮着徐氏打理商行就是出去玩耍，夜里倒头就睡。

这样又过五日，云嶂忽然停了手。

冯妙君不理会，放空丹田，继续过一个普通人的生活。

如此，又过三日。

这一晚她正要入睡，忽觉气海中的鳌鱼印记又有感应，灵力如泉涌，汩汩自印记冒出来，流入她干涸的丹田，令她的内丹很快充盈起来。这是什么意思，云嶂把灵力又还回来了？他不生气了？

她心里冒出一个荒谬的念头——这家伙该不会以为她出了事，所以特地放点灵力过来看看吧？只要灵力还能往她这里走，她就至少还活着。

冯妙君摇了摇头。

不过从这一天起，云嶂再也没干涉过她的灵力。

又过月余，冯妙君正陪着徐氏在冯记账房里对账，蓬拜忽然匆匆赶来，进门第一句话就是："魏王薨了！"

魏王过世了。他的死讯就像投入池塘的一块巨石，激起的可不仅仅是阵阵涟漪这么简单。

冯妙君推断道："对峣国来说是好事。魏的入侵暂时中止了，我看峣都实行的战时条例很快也会撤销。"冯记的计划可以照常进行了。

她的话很快成了真。

约莫在半个月后，峣廷宣布战争结束。

魏王的死，对国内的影响之深远，甚至还要远超国间。所以在这当口，魏国是没有精力再来对付峣人了。

王军当中自然也有魏太子萧靖的耳目，所以魏王战死的噩耗仅仅四天时间就传到了他手里。萧靖先觉五雷轰顶，而后就急得像热锅上的蚂蚁。

对他来说，这就意味着二弟占了四天的先机。太子原就驻扎在安夏地区东南部的赤嵌森林里，从这儿返回魏都，比起萧衍至少要多上半个月的路程。

回程的一路上，他又接连收到生母郑王后发来的坏消息。

首先就是萧衍扶棺而回，灵堂设在内廷正殿之一的墉和宫。按祖例，大殓之后，先王在这里停灵受奠，时长二十一日。照这日子算，他是赶不上了。

而萧衍返都之后，除了给先王扶灵，还把凶手许谙与太子往来的书信公之于众，引发了爆炸性的效果，一时间群情激愤，骂声一片。

除此之外，萧衍手里，还有一样他最想要的东西——玉玺。

这是大魏历代正统君王的标志，也是受命于天的凭证。国君只有执掌玉玺，国力才会源源不绝地涌现出来。

此等至宝，魏王从来不让第二个人碰。玉玺平时都锁在书房暗格里，远征峻国时就将玉玺随身携带，没想到身故之后便宜了自家老二。

所以魏太子这趟自赤嵌森林返都，本来面临两个问题，一是即位，二是从萧衍手中拿回玉玺。只要他回到都城，就能顺理成章地登上至高权力的宝座，不过想拿回玉玺，恐怕还要费一番工夫，萧衍不会那么轻易就拱手相让。但在太子原先的预想中，只要他回到都城，这都是可以通过手段来摆平的。谁料想，出了眼下这些事情？

他头上扣着弑君的罪名，在王廷那里，继位不再是名正言顺的了。如果他现在返回都城，岂非自投罗网？

于是不顾几名幕僚的死谏，太子忽然转了个方向，往魏国的陪都姜城而去。

姜城位于魏都东北方向二百六十里，更接近安夏。

他在这里驻扎下来，等候自己西返的大军。五日后前锋部队两万余人抵达，他即拥兵自立，宣布萧衍为窃国者，责令其献都献玺，否则大军进击！

太子叛变！

消息传出，魏国内外大哗。

距离冯妙君返峻已过去了好几个月，而峻都在这几个月里也发生了诸多变化。

苗奉先继续追查其兄遇害案，从中又抓出不少钦天监的同党，一应枭首示众，以儆效尤。这里面有不少原本就是支持苗奉先的派系官员，居然也被肃清，百姓拍手称好，都道其兄弟情深又刚正不阿。

晗月公主返回峻都之后，苗奉先果然信守与莫提准的承诺，照认她为太子妃，给予应有的品级和待遇。莫提准终于满意归晋。而苗奉先也在大婚之后接任了国师之位，同时举办盛典以昭告天下。

都说国不可一日无君，但从某种意义上来说，国师的重要性一点也不弱于国君。安汝真被云嵝所杀，峣国就需要推选出新的国师，以打理本国气运。

冯妙君收到魏太子起兵的消息也是一呆，连看了两遍才问："这消息不会有错吧？"

她对面是个白面文士，闻言捋了捋整齐的小胡子："这消息定然无误，最多再有七日就能人尽皆知。但这其中有没有玄机或者疏漏，那就不敢保证。"

冯妙君点头："卢叔收集到的情报，我自是相信的。"

眼前这文士，赫然就是卢传影。他原在晋都采星城经营多年，冯妙君离晋之后，他也将产业交给旁人，自己跟来峣国找冯记落脚。卢传影对时局判断精准、分析到位，这一点是蓬拜等人无法企及的。

冯妙君身边正缺这样的人才，于是对他的到来自然举双手欢迎。

"魏太子这是犯了什么浑，好端端的，突然拥兵自攻魏都？"她秀眉蹙蹙，"虽然许诺是他引荐给魏王的，平时也有书信往来，但这并不能直接证明魏王是太子所杀。他只要照常回都城去主持调查就行，最多受人非议，最后还是能荣登宝座。现在他不敢返回还举兵自立，这不是摆明了心虚，摆明了自己有罪？"

卢传影也道："此事透着蹊跷，魏太子生性张扬却不莽撞，怎会这样自毁城墙？"顿了一顿，"不过我们搜集到的情报未必全面，这其中有许多内幕也未可知。"

"内幕？"她第一时间想到云嵝。原本他就和萧衍走得近，现在魏国发生如此剧变，他怎么舍得不插手？

想起云嵝这个名字，她就隐隐有些头疼。现在两人分明相隔数千里之遥，她却始终无法放松下来。偌大的峣都，不能带给她一点安全感。

冯妙君想，这应该是源于恐惧。

这天傍晚，冯宅刚刚摆好晚饭，外头忽然有人来找她："葛爷有请。"

冯妙君放下箸，换过一身衣服就去了。

葛爷是这一带的地保，官儿不大，消息却灵通，明里暗里都很吃得开。冯妙君平时在他那里没少打点银子，这会儿就很干脆地问他："我这里，有事儿？"

"有。"葛爷上下打量着她，"最近有人四处打听冯记。"

她心里咯噔一响："哪个冯记？"

"不知道。"他咧了咧嘴，"这么大的都城，冯记有十好几家。那些人打听的是做粮食和布匹生意的、东家娘子姓徐的冯记。整个西南寮，也就你家的冯记符合要求吧？"

冯妙君抿紧红唇，心知不妙："都是些什么人来打听？"

"是几个本地人来问。"

冯妙君肃容道："多谢！"又取了一封银子给他。

接下去几天，她吩咐手下留心观察，果然瞄见冯记外头总有人探头探脑。她留在冯宅里，也总有一种被人注视的不适感。果然有人在盯着冯记。

她找来卢传影："侧面来看，魏太子既然在陪都自立，就说明萧衍等人已经将魏国都城把控在手？"

卢传影点头："魏都还有太子党，还有郑王后和三王子萧吾。但以我之见，他们都会被打压。"

"也就是说，魏都那一团乱麻，萧衍已经快要理清了？"

"没有那样简单，但魏国二王子也是个有手段的人。"卢传影沉吟道，"何况他还有魏国国师相助。"

冯妙君顿时苦了脸。

魏都的局势不再那么紧迫，云嵯就有空想起她了。接下来，他是不是也打算处理处理她？

要是被他逮回去，她说不定要被剥掉一层皮。想想都不寒而栗。

卢传影眼睁睁看着她的脸色由红转白，正觉奇怪，就听她道："卢叔，我们三天后动身。"

"去哪儿？"

"桃源境。"相隔数千里还不安全，这回她要再玩一次消失，跟那家伙隔上整整一片海洋！

魏、峣战争结束后，冯记又用了整整三个月时间盘点、变卖，已经万事俱备，随时可以从峣都撤走！

"好。"卢传影搓着胡子，感叹一声，"可惜了，冯记在这里经营得很不错，还能送些贡品进宫。"

冯妙君却摇了摇头："战事稍止，但恐安宁不长久。"

"小姐是指魏国？"卢传影奇道，"魏国内战刚起，不知何时方歇。等到两位王子分出一个胜负，魏国也有损伤，哪能再度大举来犯？"

"您说得在理。"冯妙君苦笑，"然而每思及此，我都心神不宁。长留于此，恐有大祸。"当下简要说了她和云嵯的纠葛。

卢传影恍然："原来你惹到了这一号煞星。不过为长久考虑，确是桃源境更合适些。那里被赞为人间乐土，自然百业兴旺。我跟你们走。"

冯妙君笑着以示感谢，心里却想，安夏王后当年与他到底有怎样深厚的交情，才能令他放弃安逸生活为她女儿这般奔波。可惜，恐怕她是没办法获知答案了。

离开前，她还有一件事要办。

她在离开前，将冯记留给了晗月公主。

冯妙君从国师身边偷溜了？

收到接掌冯记的信物后，晗月公主越想越觉得可能。

那么冯妙君现在又离开了峣都，连下落都不敢让她知道，难道是怕被云崸打探到才不得不逃走？

这样说来，云崸的人应该快到了，或者已经到达峣都了。

冯妙君在这个时候把冯记留给她……

晗月公主想了想，吩咐从晋国便一直跟在身边的嬷嬷："去替我接收峣都西南寮的冯记商行，让所有人知道，现在那里归太子妃所有，别让人动不该动的念头。如若有人鬼祟打探打听，一概抓来给我！"她就再帮冯妙君一个忙，顺便给云大国师添一添堵，算是出一口自己被绑架的恶气。

"是。"

冯记老掌柜将长命锁递到晗月公主手里时，冯妙君等人已离开峣都，前往峣国南部沿海的瞬泉湾。

冯记这几年运营良好，利润颇丰，徐氏和冯妙君设法将其盘出，作为日后入驻桃源境的用项。雇了八辆大车，一行三十余人就往东南沿海进发。

走了两月有余，车队终于到达海边。从这里再搭上大船越过禁忌之海，只要天公作美，不遇上狂风巨浪，就可以直达南陆的桃源境了。

禁忌之海的形状很古怪，就好像有人在大陆上拦腰挖了个大坑，灌进海水，海上多怪风、大浪、迷雾，海底深藏不可知的妖物。传说这片领域在纪元之前曾是泛大陆最繁华兴旺发达的中心地带，但在上古异变之后就沉入了水底。至今，水妖和修为精深的修行者还能在海底找到大片史前遗存。

禁忌之海多迷障，因为这里存在许多遗迹。那是上古仙人留下的府邸，外围常有云雾迷阵相护，不小心走进去，很可能困于其中，至死难出。

天灾面前，人力弗以御之。可是冯妙君明白，这趟非走不可。

好在经过了千百年的试航，前人以血泪教训总结出几条航道来，平素相对安全。又有强大的船队与海妖结契，请求它们在行船时就近护航，以保乘客安全。

冯妙君能做的，就是花重金买安全，选了一支最大、最豪华的船队。它们的护航妖兽是一窝子海鳗。

船队一共有七艘船。

这条航线格外繁忙，冯记花了大价钱也只匀到大船上的两个上等舱房，分别安置了冯妙君和徐氏，以及卢传影和蓬拜。

冯妙君听到其他富商抓着银子想向船老大再多订舱房："拐角紧边上那两间是空的，

外头风景还好。”

船老大脑袋摇得像拨浪鼓：“没了，真没了。有贵人一早就定下了。”

结果候了两天，也没见到“贵人”的影子，船老大只觉压力山大。

好在即将起锚的最后时刻，码头上总算来了一群人，皆是目露精光。冯妙君在军营里待过几个月，一看就知道这都是行伍出身，甚至其中还有两名修行者。

为首是一男一女，男俊女靓如神仙璧人。

巧了，还是冯妙君的老熟人——傅灵川以及伪长乐公主。

傅灵川依旧是风度翩翩、丰神俊朗的模样，“长乐公主”与冯妙君年岁相仿，这大半年面貌又长开了一点，更显美艳。

这群人施施然上船，船队才起锚离岸，开始远航之路。

傅灵川两人走到哪里都很吸睛，冯妙君也大剌剌地盯着他们看，边看边与徐氏评头论足。

徐氏哎哟一声：“想不到能路见这等人物。”又多瞄了两眼，和冯妙君咬耳朵道，“可是看来看去，还是没有我家安安漂亮。”

话未说完，傅灵川就转过来扫了徐氏一眼，想是听到了她的话。紧接着他的目光在冯妙君身上一转，见她外貌只是平平，不由得微微一笑，转回头去。

徐氏赧然，冯妙君却微微一凛。两边隔着不止三丈，还有海风呼啸，傅灵川居然能听到徐氏低语，可见道行着实精深。

对冯妙君来说，傅灵川满身是谜，这位远房表哥不仅扛起光复安夏的大旗，甚至弄了个伪长乐公主游走在燕、晋、峣三国之间，还混得风生水起，本事可见一斑。前一回在峣国乡下相遇，她就觉得这人头脑与心计了得，否则云崕这等眼高于顶的人物怎会与之结交？现在她又发现，傅灵川的修为甚至可能很深厚。

这时“长乐公主”也登上了甲板，环视周围一圈，微微蹙眉。这种漂洋过海的大船可不似湖上画舫那么干净整洁，到处堆放着乱七八糟的物什，她一低头就望见船板烂了一块还未修理。

她伸出嫩生生的小手，扯了扯傅灵川的袖子：“傅哥哥。”

傅灵川冲她笑得很温柔，而后伸手扶着她进了位置和风景都是最好的舱房。

他进去之后不到片刻就出来了，想是把长乐公主安抚好了。

出来之后，傅灵川带好舱门，又施放了一个结界，这才转身走上甲板。

此时船已经离开瞬泉湾，驶向禁忌之海。

群山被甩在身后，眼前是一片烟波浩渺，阳光照在水面，映出一片洒金碎玉。这是独属于海洋的波澜壮阔，任何江海湖泊都无法比拟。

冯妙君深深地吸了一口气——扑面而来的海风微咸而潮湿，透着暌违多年的亲切。

海水太清澈，她趴在船舷往下瞧，一眼就能看到鳗妖庞大的身影游走在船只周围，它们所到之处，鱼儿惊惶逃跃。于是海面上又有许多鸥鸟追船逐浪，音声呖呖。

她在观景，傅灵川也望着水面出神，船上的客人却在偷眼瞄他，尤其是小姑娘们。

冯妙君用过易形盅之后，容貌在这里平平无奇，在旁人看来，除了身材之外没有什么出挑之处。这正是她想要的伪装效果。

傅灵川以本来面目示人，很快就有人上前攀谈。他的风度极好，几乎每一个笑容都无懈可击。冯妙君耳力也极灵敏，又站在下风位置，能将他们的谈话听个大概。

她看了身边的卢传影一眼，见他也在端详傅灵川。这样大名鼎鼎的人物，他在情报中见过无数回名字，今回终于得见真人，卢传影也是有好奇心的。

其实魏太子起兵不久，令世人震惊的另一个消息就从安夏传了出来——长乐公主在赤嵌平原宣布复国，定都泸泊城，定国号为新夏！

众所周知的是，安夏虽在八年前被魏所灭，但安夏人始终不肯臣服，这些年来的反抗和起义可谓风起云涌。此次魏国内乱是千载难逢的良机，傅灵川嗅觉灵敏，趁着魏国无暇东顾的机会抓紧复国，并且一举成功！

这个消息可就太惊人了。

要知道傅灵川这些年打着长乐公主的旗号，在燕国和安夏旧地都如鱼得水。尤其安夏人怀念前朝，长乐公主是王室正统血脉，傅灵川又深谙鼓动之道，很快就得到众人拥戴，这里面甚至还有近百位修行者。其势力已成，趁着魏国内乱时复国本就在情理之中。傅灵川之心，众国上流人士无不知晓。

可是大伙儿最佩服之处，在于他真的敢建国！

要知道这可不是随便在草头上划一块地皮、占两座山头就能称王的时代。想组建部落还是桃源境那样的城邦都容易，但立国后想要生产并拥有元力——那可不是简单的事。

抛开一切烦冗的人员与事务准备，只谈最基本的一点要求：想坐拥元力，就得有稷器。

"稷"原为谷神，自人间出现国度，就以"稷器"来称呼立国之本。这可不是虚幻之物，而是实实在在的一件至宝！全国所有元力首先会聚生于此。

原本安夏也拥有稷器，但国灭之后就被魏国取走了。立国不难，但要守国却不容易。刚刚成立的新夏国，必须拥有元力，这才具备守护国土与臣民的最初阶资格。冯妙君格外好奇，傅灵川和"长乐公主"既然已经立国并且昭告天下，那么是不是也准备好了稷器呢？

接下来几天的航程，风平浪静。

陆地早就消失不见，旅客对海景的观感已经从波澜壮阔变成了千篇一律的单调，偶尔路过几个小小的无人岛，那上头的零星绿意都让人耳目一新。

这天冯妙君上甲板透气，却见卢传影站在船尾，正与一人交谈。

定睛一看，居然是傅灵川！

咦？这两人还一副相谈甚欢的模样。

卢传影正对着她，当即招了招手："小姐，请过来吧。"

看样子，卢传影还是忍不下对傅灵川的好奇。冯妙君笑了笑，走过去道："卢叔。"

卢传影捋着胡子道："这便是我们东家的千金，闺名妙君。我在他们家做了许多年的管家。"转而对冯妙君道，"这位你一定不陌生，船上也就这么一位傅灵川傅公子。"

冯妙君回身，大大方方对着傅灵川问了声好。

傅灵川失笑："能得你这样的人物当管家，看来冯记的东家和小姐也很不一般。"

只看卢传影，就知他与普通人不同，傅灵川对冯妙君自然更要高看一眼。冯妙君明白这是卢传影的用意，也是一笑："过奖，不过是奔波生计罢了。倒是傅公子这般富贵的人物，也需要亲自漂洋过海来冒险？"

她的确对傅灵川的行程很好奇。新夏刚刚建国，百业待兴，他与"长乐公主"不待在泸泊城主持大局，反而不远数千里乘船前往南陆，个中必有深意。

傅灵川叹了口气："操持家业不易，冯小姐想必也有感触。"

国家国家，他是视国如家，回答得倒是巧妙。冯妙君干脆直截了当，露出满面好奇："是何营生，能养出傅公子这等气度？"

"祖上原是官家，落魄之后也只得找些营生。这些年足迹遍及南北两陆，只要不是太偏门的，都拣着做一些。"

卢传影在一边补充道："傅公子一手创办了雁回堂，在桃源境和燕国都有分号。"

他的摊子的确铺得很大，冯妙君当即肃然起敬："原来是名门之后。"转而笑道，"都说百年修得同船渡，我家主做粮食与药材生意，今后不妨多多往来？"

傅灵川笑得露出八颗牙："这是自然。"

看他笑得那么假就知道只是客套，冯妙君却不管，从怀中掏出一只药匣，打开来道："相逢便是有缘，这盒冯记炼制的春阳丹就赠予公子。"

春阳丹不是珍稀物事，而是许多修行者日常用到的辅助药物。行功前服一粒，可提高肌体招聚灵力的效率。

小巧药盒里面，规规整整躺着六粒青色药丸，一揭盖就有芳香扑鼻。不似药香，反倒如醇熟瓜果的清甜气息。傅灵川是识货的，只闻药香就赞了一声："好药。"

丹药既已送出手，冯妙君也不再推销冯记，将话题引向别处。

卢传影借机道："我们在峣、晋都做生意，这趟前往桃源境，就是想将总号建在那里，桃源是自由城邦，条例宽松。"

傅灵川笑了："你们生意做得真不小，普通商贾能横跨几个县市就心满意足了。"

冯妙君点了点头："富贵险中求。偏安一隅，非我等所愿。"

这时"长乐公主"也走上甲板，转眼就倚到傅灵川身边："聊什么呢？"目光在卢、冯二人身上一转，见冯妙君相貌平平，对她和蔼一笑。

卢传影轻咳一声："傅公子说，你们来自北地。其实卢某不才，多年前还见过安夏王后一面。"

这一句话说得傅灵川和"长乐公主"都大感兴趣："哦？"

卢传影停顿一下，吊起两人胃口："我少年时路过安夏南部的骆马站，适逢那里爆发疫疾，我不慎染病。那样的病……你们知道的，能活下来的人不多，我掏出重金，驿馆都不敢收留我。不过他们要将我扔去城郊农庄时，恰好安夏王后带着名医到骆马站来救疾，那药物还是她亲手递给我的，又嘱人照料我。"说到这里长叹一声，"若无她义施援手，哪有今日的卢传影？再造之恩，今生不敢稍忘。"

言辞中透出来的恳切教人不得不信服。冯妙君不知道他这番话里有几分真几分假，或许各掺了一半，但他对安夏王后的怀念却的确发自肺腑。

傅灵川和"长乐公主"互望一眼，前者笑道："卢先生还有这等缘分。"

"我初见安夏王后第一眼，就惊为天人，她当真是人美心善。"卢传影摇头，"走南闯北这么多年，我遇过美人无数，但觉能与她平分秋色的，不过一二之数。"

"长乐公主"眨了眨眼："我要是有幸能见她一面就好啦。"顿了一顿，仍是问出来，"能与安夏王后平分秋色的美人，如今安在？"

她果然对这个更感兴趣，卢传影笑了："峣太子新婚，王妃是晋国公主，她到郊外祈福时我见过一眼，也是倾城之色。"

"长乐公主"唔了一声："确是美人。"

这句话带有品评意味，意思是还没到"惊为天人"的地步，傅灵川笑着看了她一眼。

卢传影也听出来了，摸着胡子道："还有一位，便是长乐公主。"

"长乐公主"冷不防听到自己名号，咦了一下："你见过？"

傅灵川同样瞬也不瞬地盯着卢传影，只听后者道："我还真见过，不过那时长乐公主只有四岁，在望苔原附近的明溪玩耍。都说三岁看大，她生得比庙里的玉童子还要玲珑可爱，长大了必是天仙之姿。"

冯妙君轻轻挑眉，知道卢传影这是在变着法子夸她。傅灵川看起来却有些失望："原来卢先生没见过她的近貌。"

卢传影也很惋惜："据闻长乐公主在北地建国，我们久居印兹城，哪有这等眼福？"

冯妙君当下接过话头："两位也从北地来，可见过长乐公主本人？"

对面两人互视一眼，傅灵川才笑道："自是见过，我们与安夏军还打过交道。"

冯妙君表露出十足兴趣："怎样，可是名不虚传的美人？"

傅灵川抚掌道："确是美人。"

他将刚刚长乐公主的话重复了一遍，长乐公主闻言目光一下微黯，但也明白傅灵川有些不悦。她伸手接在身前："好似下雨了，傅哥哥陪我手谈几局如何？"

"走吧。"傅灵川也不反对，向冯、卢二人告个别就随她离开。

此刻没有旁人，傅灵川就在这里放出结界，摆起棋局，长乐公主噘起了小嘴："傅哥哥谨慎过头了。"

傅灵川抬头望她一眼，长乐公主就抿着唇不敢再说。

他这才道："那两人，说不定就认得我们。"

"认得又如何？"有傅灵川在侧，她不在乎，"这里是茫茫大海，谁这么不开眼敢跟我们动手？"

"那姓卢的不简单，却说自己是冯记的管家。"傅灵川缓缓道，"至于那姓冯的小姑娘，一个劲儿在套我们的话。他们两个，应该都是修行者。"

长乐公主瞥了他一眼："套我们的话？是套你的话吧，八成看你长得俊，没事找事想要套近乎。"

"不像。"傅灵川想起冯妙君看过来的眼神，最多只是有点好奇，并没有爱慕之情。

"会是追来的魏人？"

"也不像。我们此次南行目标没有告诉旁人，魏国就算在新夏安插了探子，也决计打听不到我们的行踪。"

长乐公主笑道："那你怕甚？"

傅灵川自嘲一笑："没什么，你说得对。"

傅灵川两人下完棋，信步回了舱房，没留神屋角的椅缝里、天花板的蛛网上，都停着几只小小蜘蛛。

鬼面蛛将两人的对话原封不动传给了冯妙君和卢传影。

冯妙君听完就道："就如上回相遇，长乐公主只是个花瓶，一切事务都由傅灵川包办。"

卢传影也道："这人真不简单，去哪里弄来一个假公主，倒和安夏王后有两分相像。"

冯妙君吃了一惊："像吗？"说着摸了摸自己的脸蛋。

卢传影笑道："与你不像。你的五官比安夏王后和她都更加……精巧些。"

"莫不是与安夏王后有些渊源？"

"那就不得而知了。"卢传影沉吟道，"傅灵川敢找她来冒充长乐公主，想必心里有谱。"

"卢叔为何去接近傅灵川？"

"想看看这是何方神圣。"卢传影下意识压低声量，"妙君今后要一直待在桃源境经营冯记？"安夏王后的女儿与一般姑娘都不同，从他认识她起，她就没能过过安定日子。现在她虽然随冯记远走桃源境，但卢传影隐隐觉得，她不会偏安一隅。

冯妙君想了想："恐怕后头还要麻烦卢叔，替我多照看冯记。"

卢传影懂了："你还是想复国？"

冯妙君微微一愕，终于明白这才是卢传影接近傅灵川的目的：他以为她不甘于平寂，以为她还想着身为公主的任务，想着恢复安夏旧国的荣光。

冯妙君苦笑。她只想着如何解除自己与云嶷的诅咒，从此逍遥天地间，哪里有考虑这种家国大业？从这点上来说，她不如傅灵川，甚至不如伪长乐公主。

"我……"她本想否认，话到嘴边就拐了个弯，"先静观形势吧。我对傅灵川的新夏国不太看好。"

"为何？"卢传影掰着指头算给她听，"魏国忙于内战，不知几时方休；新夏在燕国的支持下建立，峣、晋都不反对。此时来说，时机最好。

"于你来说，这也是个机会。你才是真正的……"真正的长乐公主！

冯妙君拨了拨桌上的油灯："话虽如此，可我心里不安，总觉得魏国内战很快就要结束，届时掉转刀口来对付新夏的话，傅灵川等人境遇堪忧，我不想和他变成一条绳上的蚂蚱。"

"峣、晋、新夏三国合力，即便拖不垮魏国，让它知难而退总不在话下吧？"卢传影笑了，"恰巧傅灵川就在船上，想必他不会拒绝真正的长乐公主，你何不……"

卢传影劝她趁这机会截和？冯妙君明白他的意思，却摆了摆手："他要的是个傀儡，而我不是。"

她正色道："卢叔，我知道自己在做什么。现在贸然亮出名号，傅灵川指不定要杀我灭口，后面，我们暂时不要与他们再有交集。"

卢传影只给她出谋划策，她既反对，他也就不坚持了。接下来几天，冯记众人果然跟傅灵川保持距离，不再主动搭讪。傅灵川亦复如是。

冯妙君心想，这人骨子里其实格外高傲。

船队在海上航行了七八天，才得一处海岛停靠、补给。

船队第三次停靠的海岛面积很大，还有个很好听的名字叫"螺浮岛"。

从极远处望见它的第一眼，冯妙君就知道它与众不同，因为这与其说是岛，不若说是矗立在海上的山。虽然郁郁葱葱，被茂林所掩盖，但站在船上的人们正好能远眺全景。

徐氏就咋舌道："世上竟然有这样古怪的岛屿！"

她喃喃道："这么大一座岛，真是、真是个螺壳？"

"自然。"冯妙君指着最高处的山峰，"山尖儿上不长树木，您就能看出那是螺尾吧？"

这是一只巨型海螺，上半截尾部露出水面，经年累月长出树木、冲出海滩，于是形成了小岛。但它的下半截还扎在浅处的海床上呢。

露在水面上的一小截，不过是冰山一角。

徐氏抓着冯妙君的手臂道："你先前说过，这是个妖怪？"

"是螺蟹。"冯妙君轻拍她的手背安抚，"您放心吧，它许久之前就已经死了。"

螺蟹长得很像寄居蟹，身上背着厚壳，但有八足可以移动，两只前螯如蟹钳。这只螺蟹妖长成了巨无霸，大概可以轻易撕碎任何它想撕碎的东西。

这东西活着的时候，毫无疑问是海中霸主。幸好，它早就死了，并且死因不明。

船队缓缓靠岸，冯妙君才发现，这个埠头相当繁忙，基本停满了大小船只，空位寥寥。作为一个独立在茫茫大海之中的岛屿，它的访客还真不少。

码头后方就是人头攒动的集市，徐氏看着一个瘦小少年低着头，背着比他还要大上两圈的货物走向埠头，刚想叹口气说他可怜，就见这少年往海里一跳，随即变成了一只大海龟，拖着货物游向深海，两息后就不见了踪影。

徐氏轻轻嘀咕一句："妖怪不可貌相啊。"

冯妙君笑着扶她走下船去。

在船上待久了，总是加倍想念脚踏实地的感觉。何况螺浮岛也的确是个值得探访的地方。这里能如此繁荣，至少有三分之一由妖怪，尤其是海妖创造的。

这是个奇特的，人与妖共同居住而相安无事的城市。

冯妙君笑道："据说下城也对海客开放，我们先租个客栈住，我再陪娘亲去看水下风光，反正这次补给要耗上五天。"

当下冯记找了个岛上的向导，先带众人去寻住处，再饱览岛上风光。向导带着冯妙君、徐氏等人一边游玩，一边笑道："择日不如撞日，几位客人运气不错，大名鼎鼎的'螺浮渔当'就在三日后举行，多数客人都与它无缘。"

渔当？徐氏和蓬拜一脸蒙，冯妙君却挑起了眉。

卢传影解释道："所谓'渔当'，在陆地上的说法就是发卖会。只不过螺浮渔当由海族举行，乃是七海之中重大规模的渔当之一。"

冯妙君也听过螺浮渔当的大名，知道这个海中孤岛的盛会因荟萃了宇内奇珍而闻名遐迩，不由得大感兴趣："怎样才能参加？"她特别想知道有没有能消弭诅咒的宝物。

"门槛不低。"向导道，"每人交二十灵石可入场。没有灵石也可以用银票代替，但只收恒元宝钞、宏晋钱庄、宝丰隆号的银票。"

徐氏倒抽一口冷气："抢钱哪？"

何止不低？二十灵石便是六千两银子！

向导哟了一声："禁忌之海上只有这么一处渔当，三年才开张一回，慕名而来的权贵和修行者不知有多少。那里面的位置紧俏，哪是什么阿猫阿狗都能进去的？"

冯妙君笑了笑："知道了。"心里已经决意要去看看。门槛设得这么高，反而让人更有兴趣了，渔当的幕后老板真会做贵人的生意。

众人逛到螺浮岛上最热闹的一个集市。渔当开张在即，岛上人头攒动，自然人越多的地方商机越大，这些天集市也是一派热火朝天的架势。

渔当门槛太高，不是什么人都能进去，于是集市上就出现了各式各样稀奇古怪的物什，供海客们挑选，小到珍珠海贝，大到法器材料，从吃到用，可以说是应有尽有。

从冯妙君站立之处算起，两里长的街道两侧都摆满了鱼鲜。跟她腿一样长的龙虾随处可见，与碗等大的海胆被养在水里，付二十文钱就可以刨开硬壳生吃。

事实上，生吃才是这里的主流。

冯妙君对着摊上的一条旗鱼赞叹不已，指着它道："来两斤！"

她在品鱼生时，对面走来数人，为首的正是傅灵川和"长乐公主"。看样子，傅灵川是陪自家女王来溜达了，双方都见了面，也不说话，笑了笑就擦肩而过。

冯妙君看到其中一名护卫手里提着个透明水囊，里面养着些奇怪的小东西。

仔细一看，是石蝴。这两人也真懂吃。

尝过了鲜、开过了荤，众人就走进里街了。

这儿卖的，就不是吃食了，而是各种奇巧物玩，法器材料。

冯妙君踱到这里，总觉得像逛进了古董街，真假参半、鱼龙混杂，想在这里拣个大漏的，往往最后上了个大当。

比如她就望见一个年轻的修行者与摊主讨价还价，要买两枚海蛇牙。

道行五百年的海蛇妖，獠牙是好东西，可以打造出精良的法器。这里要价也便宜，才卖八十灵石。

但是冯妙君一看货就笑了。

偏偏摊主向她招手，热情道："小姑娘来瞅瞅，我这里货真价实，童叟无欺！"

冯妙君本不理会，耳边却传来一个声音："看看，女主人，看看！"

久违了啊，她微微一愣，才反应过来居然是液金妖怪发出的声音。这家伙醒了？

冯妙君冷笑着磨了磨后槽牙："你该不会又找着好吃的，这才醒过来吧？"

"您真英明！"液金妖怪有点儿不好意思，"这个摊子上有宝贝。"

它化作耳环，跟她零距离对话，两人声音都压得极低，摊主听不着，依旧热情洋溢地招呼。

冯妙君捏了捏养母的手，走过去一边翻翻拣拣，一边道："都是真货？"

"我能卖假？"摊主一瞪眼，"假一赔百！"

母女俩找了一会儿，徐氏挑中了法螺，冯妙君则挑中了一盆水草，徐氏指着两样东西问摊主："多少钱？"

"五十两。"摊主一看她们挑的是不值钱的玩意儿，热情锐减了三分之二。

那个法螺顶多值三两银子，徐氏嫌弃道："太贵了，二十两！"

摊主一句"买不起别来"憋在嘴边没说出来，只兴致缺缺地翻个白眼，不加理会。

冯妙君笑道："五十便五十，在这里做买卖不容易。"说着掏出大银丢过去，将两样东西抱了过来。

摊主收了钱，徐氏再问什么，他也不理会，只对那个犹豫不决的修行者道："这样的宝贝在陆地上可要卖到三百灵石一对儿！我这也是凑巧得来的，今儿来问的人可真不少。买不买随意，你去逛逛多想想，就怕等你回来时它已经卖掉了。"言罢往外挥了挥手，也是一副不耐烦的模样。

那修行者咬了咬嘴唇，终于下定决心："我买了。"伸手便去怀里取钱袋子。

冯妙君看了摊主一眼，凑近了问："这是什么？"

"海……海蛇牙。"这修行者是个人类小哥，白净脸皮，眉目清秀，"五百年道……道行。"

怪不得方才她就听这摊主滔滔不绝了，却未见这小哥怎么说话，原来是个小结巴。

"我能看看吗？"

小哥要把蛇牙递给她，摊主伸手拦截，一脸嫌弃："喂喂，你又不买，碰它干吗？"

"你怎知道我不买？"冯妙君低头看了蛇牙两眼，"倒真差不多是五百年道行。"

摊主奇道："咦，你还挺有眼光。"转而对小哥道，"看吧，人家也这样说。"

少年看看她，再看看摊主。冯妙君读懂了他的眼神——你们一唱一和，是一伙儿的吧。

这小鬼倒也不笨嘛，她向摊主道："你那里还有没，我也买一对。"

"没、没了。"物以稀为贵。五百年道行的海蛇大牙哪是唾手可得的？

"可惜呢。"她连连摇头，"我还想五灵石也买一对。"

那摊主顿时变了脸色："买不起还胡搅蛮缠什么？去去！"

冯妙君也不纠缠，站起就走，少年听出不对："为……为什么，五灵石？"

摊主急道："你别听她胡说……"

少年却已经站起来，大步往外走了。

到手的肥羊跑了，摊主对冯妙君怒目而视，她只给他一个背影。

她回到冯记众人身边，那少年也跟了过来，很执着地问她："为什么？"

"鲨妖的牙齿，哪怕是五百年也就值这个价。"冯妙君笑了，露齿若编贝，"鲨妖一张嘴就有近百颗牙呢，没事儿还总换！"

"不是蛇牙？"少年怔了，"我看它有毒……毒腺。"

"伪造的。你见过蛇牙上头有锯齿？"那一对儿"蛇牙"顶尖有很细小的锯齿，不注意根本发现不了。

少年气得涨红了脸："奸商！"

冯妙君笑了笑，和众人往外走。少年却诚恳道："谢谢。"再指了指自己，"凤阳城，许……许涣城。"

冯妙君学他的样子指了指自己："冯记，冯妙君。"眼角余光看到几个人，微微一怔，赶紧冲他挥挥手，转身走了。

不远处走来几个男子，混在人群中并不显眼。但其中有一个人，冯妙君在魏国王军当中见过，称作景顺。看来这些都是随军的修行者，听从魏王和云嵋的调遣。

魏人也来了啊。这个小小岛屿上汇聚了各路人马。冯妙君觉得，事情好像越来越有趣了。

集市上人潮涌动，这几人也没法昂首快步前进，只能跟着人流往前亦步亦趋，很快路过冯妙君身边。

她变换了外貌，由倾国倾城变作平平无奇，景顺目不斜视地走过去，没有多看她一眼。

两个时辰后，螺浮下城，幽宫。

这里是鲛人王的居所，也是全族议事的地方，如今景顺等人就站在他面前。鲛人王打量着众人道："一别十二年，魏王无恙？"

他的声音柔得几近中性，但是悠远洪大，绕梁三日。

景顺行了个礼才道："我王不幸于今春仙逝，魏王子萧衍差我等前来，调查先王死因。"

鲛人王一下坐直了身体："调查？他是被人谋害？"

"是。凶手为太子萧靖。"景顺将魏王的死因和盘托出，而后道，"国师查到，三十年前我王在螺浮渔当上买走《刺龙图》。萧靖或许得悉当时情境，才针对《刺龙图》的弱点下手。"

"我记得，当年围绕《刺龙图》的角逐很激烈。"鲛人王点了点头，而后转头吩咐了几句，命人将当年角逐《刺龙图》最激烈的三人资料交给景顺。

听见这三人的名字和身份，景顺也是暗暗吃惊，并且不吝于表现在脸上。

螺浮渔当保留有每一次参会客人的资料，其中的豪客多半不屑于改名换姓。于是景顺抽出这三份资料细细看过。

"再送你一个情报。这三个人，依旧都来参加今年的螺浮渔当。"最后鲛人王道，"现在你已经知道他们身份，渔当的资料不能带出大殿。"

目的已经达到，景顺当即将资料双手奉还，恭恭敬敬行礼道谢。

他告退后要经过一条长长的水廊。虽然因为施放了隔水结界，大殿中央可容人类往来，但结界外头可就都是水族游弋。

景顺才走出几步，就发现有十几条小鱼冲了过来，紧贴着结界亦步亦趋地跟着他。

他没看错，鱼头都是向着他的，并且有两条冲了进来落在地上，还朝着他喷水了："这是？"

边上护送他们的虾精把小鱼捞起来，重新扔回海中："此鱼称作伯老，能射水捕虫。"

捕虫？景顺眉头一皱。他身上干干净净，小鱼想捕什么虫？莫非……

他脚步忽然顿住，脱下披风，又用力抖了抖袖子和下摆。

然后，地上就多了一只小小的蜘蛛。

这玩意儿还比不上蜱子大，若非景顺运足目力，险些就漏看它了。

小蜘蛛落地之后划动八条腿，飞快地逃向远处，速度居然快极。不过景顺既然发现它了，哪能容其逃走？他取过一只琉璃瓶，一把将它扣了进去，封好塞子。

瓶中蜘蛛太小，幸好修行者的视力惊人，这才勉强看到它背上的鬼面。

他和其他魏人互视一眼，都是满面严肃。带路的虾精不明白这是什么套路，不解道："这是做什么？"

景顺冷笑一声："有人想算计我们。"想了想，抬头对虾精道，"请借一根绡丝。"

"啊？"

鲛人善织，最好的鲛绡入水不沉，绡丝可以随风而舞，轻如鸿羽，然而强度却很惊人，水火不侵，神兵难断。

绡丝借来了，每根仅有头发丝的百分之一粗细。景顺费了好大力气才将它绑在蜘蛛身上，而后返回地面："走吧，看看幕后主使是谁。"

他们出来办这趟差事只有萧衍和云嵝知悉，怎么会被人缀上？方才经过鱼龙混杂的集市，指不定是在这里被做了手脚。

他不晓得这小蜘蛛有什么功用，想来不外乎追踪或者盗窃之用。打铁趁热，现在放回去说不定还能带他们找到人。

返回地面，将小蜘蛛放在地上半晌，它才迈动脚步。

景顺发现它果然向着集市的方向飞奔。它的个头太小，若非绑上绡丝，早就无影无踪了，以景顺的目力也跟不上它。

好在这时天色渐暗，集市上人流量已经减少大半。他们跟在飘动的绡丝后面紧追不舍，前方是对峙的两群人。小蜘蛛轻轻一跃，跳到其中一人腿上，顺势往上爬，一直爬进了上衣里。

景顺眼中寒光一闪，摆了摆手，同伴立刻散开，将这群人围在中央。

他垂在身侧的手掌上有白光微闪，一副手套悄然生成。

紧接着，他上前一步，按着那人肩膀将他硬生生掰转过来！

第十七章　螺浮渔当

喧闹的茶棚子里，徐氏看养女已经发了好一会儿呆，不由得拍了拍她的手臂："安安，怎么了？"

卢传影中途离队去游逛了，眼下只有蓬拜陪着母女。冯妙君并不担忧己方的安全，鲛人会负责自己地盘上的治安，再说她可不是一个人作战，液金妖怪白板如今是她的第一号打手。

白板听到自己的新名字时满面茫然。

冯妙君回过神来，笑道："无妨，就是感叹这里生意兴隆。"她今日鬓发垂下，刚好挡住了肩头上一只毛茸茸的蜘蛛，从徐氏的角度看不见这样可怕的生物。

蜘蛛的声音，始终细细切切传到她耳中。

徐氏也道："是啊，这里的东西售去陆地，都能卖到高价。螺浮城由鲛人治理，我听说他们会织鲛绡，那是天下第一等的丝品。可惜，我还从未见过。"冯记是做布料生意的，结果她身为东家却没见识过传说中的鲛绡，由衷可惜。

海族在千余年前的天地异变中同受重创，如鲛人一族繁衍至今，基本都集中在螺浮城。这就使得鲛绡的出产地变得很单一，价格被螺浮城把控，年年抬高。徐氏眼红啊，这要是冯记有路子进货，贩去大陆上得赚多少倍的利润？

冯妙君看出她言外之意，笑了笑道："娘亲想见识一下也不难，三天后与我一起去螺浮渔当吧。这城里的鲛人不过数千，鲛绡也只能'日织一寸'。这等稀罕买卖莫说是冯记，就是达官巨贾也做不起，目前已知与鲛人城合作过的，只有燕国的恒元通号。"

鲛绡在螺浮城被严格管控，只有官方可以公开发卖，鲛人个体都不允许私下出售。

徐氏赶紧摆手："不去，若说能卖些与我们倒也罢了，为看鲛绡一眼多付二十灵石太不值当！"

螺浮渔当的门票要六千两银子，她光是想想就觉得肉疼得紧。

不过她的好女儿是修行者，渔当上指不定有她需要的东西。"省下这笔钱，你去渔当上淘些宝贝。"辗转列国，徐氏也练出了些手腕，冯记生意一贯红火，她还有几分志得意满，哪想到螺浮岛上走一圈，看到的宝贝样样都好、样样都贵。在这里银子好像变成了铜板，在峣都能买下大宅的钱，在这里只能入手几样便宜的小玩物。

初窥修行者的世界，她的第一感觉就是囊中羞涩。

不管何时何地，有钱始终是修行的第一要素。徐氏知道自己于此路无缘，但是女儿很有前途啊，她愿意将每一分钱都花在女儿身上。

冯妙君抓着她的手道："那我就买几块鲛绡回来送您玩儿。"说到这里，脸色微微一变，忽然端起茶水一饮而尽，"咱该走了。"

蓬拜见她眼色，当即站起来会钞。

三人往集市外头走去，冯妙君知道时间紧迫，不免走得快了些。徐氏也不问缘由，只管跟上。

天色已晚，走到集市最后半段没剩几个铺子，来往行人稀疏。路过一株大桂树，枝繁叶茂，冯妙君顺手折了根枝子，肩上的鬼面蛛母借机爬到树上去了。

便在这时，前头忽然转出几人，大喝一声："站住！"

这么快就追来了？

冯妙君心头一跳，一抬眼见到眼前是七只妖怪，为首的细眉小眼，正是方才卖东西给她的仁兄！

这几人脸上明晃晃写着不怀好意。她迈步挡在徐氏面前，面露惊惶道："你们要作甚！"心里却微松一口气。

市井之徒，她还不放在眼里，但这几人耽误了她的时间。

"小娘们儿，你方才做了什么好事，心里没个数儿？"摊主阴恻恻道，"几十灵石的生意，你们说搅黄就搅黄，说走就走，天下有这种便宜事？"

冯妙君退了几步，左手负在身后打个手势，徐氏和蓬拜也就跟着往后退。

他们看着像要转身而逃的模样，摊主等人也就大步追上去。冯妙君忽然开口道："我错了，怎么补救？不要累及我家人。"讲诚信守底线，生意才能做得长久。这几个一看就不是正经买卖人，他们摊上的货怕不也是劫来的赃物？

也不知哪些海上客商倒了大霉，遇到这帮子妖匪。

见她满面惶急，摊主脚下一停，面露冷笑："把那几十灵石补齐，我就放你们一条活路。"见蓬拜目光犹疑，又补了一句，"这里无人可以救你们，不信试试？"

强龙不压地头蛇，周围生意冷清，路人来去匆匆不管闲事，不远处还有一两个摊子，但摊主把他们当成空气，显然不想惹事。

哪有那么多见义勇为之人？

不过他话音刚落，身后忽然伸过一只大手按住他的肩膀，一下把他拉转回去！

摊主没提防，还被扯了个趔趄，不由得大怒："谁敢对我动手动脚！"结果定睛一看，身后站着一排大汉，个个身量魁梧，面目冷峻。

他们做多了打家劫舍的生意，惯有看人的眼色。这几个壮汉一看便是刀口舔血的强横之辈，非对面那一家三口良民可比。

为首的大汉凝声道："自报门路，否则让你生不如死！"说着手下用力，摊主立觉肩骨欲断。

他也是悍匪一名，对方动手反而激起他的血性，大怒道："兄弟们上，打翻这几个杂碎！"己方也有七人，打不过还不能跑吗？这里可是螺浮城，集市有巡管，可不是无主之地！

两边乒乒乓乓打成一团，蓬拜和冯妙君互视一眼，带着徐氏飞快地溜了。

半炷香后，被打得鼻青脸肿的摊主想把他们交代出去，但这儿哪里还有别人？

三人溜出数里，徐氏才拍拍胸口道："好险，没想到这里还有贵人拔刀相助。"

冯妙君笑而不语，蓬拜看她一眼，直觉这事情八成与她有关，却不说破。公主长大了，凡事都有自己的主见。

溜回客栈，蓬拜的客房就只剩下他一人。冯妙君瞅着这是个好机会，赶紧找个理由将徐氏推了过去。徐氏半羞半怒："你这孩子！"却是半推半就地去了。

冯妙君回房关上门，将耳环摘下来往桌上一丢："你听见了吧？"

"听见了。"耳环未落地就变成了小白貂，纽扣一样的小黑眼睛望着她，"魏王被暗杀，当年跟他一起竞拍《刺龙图》的人里，可能就有真凶！"

鬼面巢蛛母复述幽宫里的谈话，它就待在冯妙君耳边，当然听得一清二楚。

冯妙君叹了口气："可惜了我的蛛母。"

蛛母养在方寸瓶里，云嶂一共有五窝，平时都是由她来照料。这东西用来刺探机密格外隐蔽，她就放了一窝在手里玩耍。这次离开云大国师也是伺机行事，她没来得及还回去，就一直养到了现在。

这头蛛母特别听话，方才就趁着夜色从树上落到摊主后背，藏进了下摆里。

她听到幼蛛那里传来的最后几句，知道景顺等人无意中发现自己被监控，一定会顺藤摸瓜循踪而来。她本想将蛛母随便安置到桂树上，就当经由景顺之手还给了云嶂。哪知无良摊主找上门来，那就别怪她驱虎吞狼。

称手的工具，又少了一样啊。

托鬼面蛛传声功能的福，方才景顺与鲛人王在幽宫所言，她听了个十成，连胖头鱼报上来的凶嫌资料都没漏过。知道了这个大秘密，她立刻反应过来——

杀掉魏王的凶手，根本不是魏太子萧靖！

景顺等人既是萧衍派来的，说明魏二王子对这一点也有存疑。但外头太子弑君父的消息传得甚嚣尘上，毋庸置疑也是他放出来的谣言。

这其中的原因，冯妙君用膝盖都能想明白。现在她想知道的是，云嵫是不是也插手了？

他和萧衍走得近，魏太子被陷害又很像他一贯的手笔。莫提准和陆茗都曾有意无意地在她面前提起过云嵫与魏太子不睦，所以这一回国师也参与到王廷的政乱中去了？

云嵫何必掺和这一趟浑水，是为自保？

这可能也是原因之一，但冯妙君总觉得，他另有所图。

但无论如何，她又多知道了萧衍和云嵫的一个大秘密，这让她觉得，自己的脑袋不太安稳啊。

幸好，幸好离开螺浮岛之后，谁也追查不到她的行踪了。

想到这里，她将下午买来的植物摆到桌上："你为什么要我买下它？"

"是它。"小貂伸出爪子，碰了碰养水草的盆子，发出"当当"两声闷响，"值钱的是这个。"

这声响就像敲在了破罐子上，一点也没有金属的清脆悦耳。冯妙君将水草另外找了容器安置，举起盆子细细端详。

小盆只有手掌大，边沿宽厚，粗看上去像敞口酒杯，但底部还有三足。大概是长期沉在海底，表面都变成了暗黑的颜色，足上还沾有两块蛎壳。

总之，它太不起眼，难怪那摊主只拿它做装水容具。"这是什么宝贝？"她也是后来才知道，抓到白板可是捡了个宝贝，身为液金妖怪，它对金属，尤其是异种金属格外敏感。毕竟这些都在它的食谱里。

液金妖怪吃下某种金属法器，就有一定概率继承它的特性。现在，它又想啃掉这个盆子吗？

"待我查探一番。"白板说完，重新化作液金，覆盖到盆子表面去了。

冯妙君不想让它吃掉某种法器时，只能这样探查特性。

不过，这回不到两息工夫它就退了出来，重新跳回桌面上，一边破口大骂："好阴险的鬼东西！我渗透不进去，反而被它吞了灵力！"

咦？这盆子还会主动吞噬灵力？冯妙君这才提起了兴趣。

经过白板一番打磨，盆子表面被抛光，露出本来的色泽。她在盆壁上看到两个小字：洪炉。

谁会给一个盆子起这么高大上的名字？

冯妙君没笑，因为这两个字并非时下通用的文字，而是天魔语！

这东西，曾经是天魔的法器吗？

"有何妙用？"

白板气哼哼道："它什么都吃。"

冯妙君在它额上打了个栗暴："详细解说。"

"你喂什么，它就吃什么。"白板挠了挠脑袋，"放进盆里就默认是它的食物，它会将之吞噬消化，然后变成灵气……液态的。"

"任何东西都行？"

"是。哪怕是一块石头，一根草，它都能压榨出其中的灵气给你。"白板的灵力也被吸走了，此刻犹有余悸，"方才我才蹭了一下盆子，就被吸走十分之一的灵力，这东西真狠！"

冯妙君想了想，从怀里抓出一块灵石扔进盆里。

"当——"一声闷响。

然后，就没有然后了。

灵石躺在盆底，峭然不动。

"不消化？"

"女主人，它还处在休眠期，没醒过来。"白板轻咳一声，"有些高阶法器因为长期闲置，会自动进入休眠期以延长寿命。"这盆子在海底也不晓得沉了多久，平时也没有多少活物游进去喂它。除了白板想以身融之，这才触发它的反噬。

"看来这东西存世很久了。"冯妙君抚着盆子边缘，发现边上有几个小小的凹槽，"边缘有几个槽位，看来炉子原本至少是上下两件，这只是个底儿，还称不得洪炉。"

饶是如此，这东西也是很奇特了，鲜有法器被拆件之后依旧持有法效。从这点看，炉子不一般。

"唔，暂时就唤它聚灵盆吧。"冯妙君轻敲盆身，"怎么唤醒它？"

"这东西沉睡太久了，恐怕胃口奇大。"白板在盆边探头探脑，"最好拿血食来祭盆，并且还是灵力强大的活体，这样，将它催醒的概率才会大一些。"

用活物血祭吗？这法子一听就邪气得紧，不过想想盆身上的铭文，这是天魔出品，本就不同凡响。

白板的描述虽然简单，她却听出其中厉害之处。

这东西的本事在于，压榨出物什身上的所有灵气。要知道天地造物，哪怕是一草一木，多少也都附着了一丝灵气，妖、人这样的高阶生物更不必说。即便是手无缚鸡之力的凡人，上自八十老妪，下至初生婴儿，支撑身体行动的生命力，说到底依旧与灵气有千丝万缕的关联。

聚灵盆的作用，却是反其道而行之，将天地赐予的灵气再剥离出来，给予主人使用。

放在灵气日益衰微的今日，这盆子的妙用之大毋庸置疑。白板方才也说了，它凝出来的是液化的灵气，简称灵液。人体要从空气中吸收游离的灵气很难，修行者天天餐霞饮露，做的就是这份工作，练个几十上百年，也不过初窥修行之门，然后就到了体衰神竭的阶段，不得不饮恨而终。

有了聚灵盆就不一样了，只要舍得往里面砸成本，自有源源不绝的灵液可以供给。

这修行的速度，想想就教人流口水啊。

那妖怪摊主真是身怀异宝而不自知，还要拿着假蛇牙去骗人几十灵石，却不晓得把这聚灵盆送去螺浮渔当能让他十辈子吃喝不愁。

不过，怎么唤醒它？随便的猪啊羊啊还不行呢。白板的意思，最好还是丢个大活妖怪进去，不过冯妙君到底心软。

这要换了云嵝，二话不说就人祭了吧？

怎么又想起他了？冯妙君暗叹一口气，罢了，以后再说。

随着螺浮渔当举办的日期越来越近，埠头的船只也越来越多。当然这都是陆地生物搭乘的船只，还有大批大批的海族根本不需要上岸，直接就从螺浮下城游进去。

螺浮上城这两天倒是风平浪静，景顺、傅灵川等人好似都消失在人海中，一点声响都没有。

这样，冯妙君反而隐隐有些担忧，仿佛这是暴风雨来临前的寂静。

她特地换过一副容貌，又到集市走了一趟，发现无良摊主的位置换了个脸生的妖怪，卖的东西也换过了一批。她问起之前的摊主，对方只道不知。

看来，景顺下手颇狠，真是有其主必有其仆。

冯妙君压下心头疑虑，陪着徐氏玩耍去了。她履行诺言，带养母玩了一趟浮潜。

螺浮渔当这一天清晨，卢传影忽然叩响了冯妙君的房门。

"傅灵川的手下这两天在埠头谈了几艘船。"显然他也没闲着。

冯妙君眉头一蹙："他要做什么？"

"我找船老大旁敲侧击。他要启航，今天就走。"

"不坐我们的船了？"

"看样子是不坐了。"卢传影低声道，"多数海客会等到螺浮盛会结束后再走，这时候启航的船少。不过他出高价包了一条船，这会儿正在启帆。"

冯妙君只觉不解："他现在就走？"傅灵川跟她同船来的，为什么突然赶着离开？

"不，似乎他只是吩咐开船。"卢传影摇头，"他本人和'长乐公主'去了螺浮下城。"

冯妙君抚着下巴道："我们也该出发了。"

螺浮渔当，由卢传影陪她一起去。他年纪不大，阅历却丰富，能给她做不少参谋。

螺浮下城的风格就与上城完全不同。在上城，人们居住在螺壳表面，而在这里，城民的住处就在螺壳当中，也不设城墙，只以五光十色的水草来分隔各自地盘。

交足了进场费，小厮就将他们领到了螺浮渔当的大厅里。液金妖怪变身为耳环，附在冯妙君身上偷渡进去，没有花钱。

这里的东西果然千奇百怪。冯妙君见到拳头那么大的珍珠躺在蚌壳里，散发出来的白光却集成一束，化作了舞女的影子轻歌曼舞，甚至那歌声虚无缥缈，边上还有光化的彩蝶纷飞，如梦似幻。这是富人喜欢的奇物，冯妙君听了一下价格，四十灵石起拍。

谁会花一万多两银子买个无用的玩物呢？

走过几个场地，她也收获了自己想要的东西——煦阳珠。

这是一条双头火蜥留下的内丹。云崤曾赠给她一枚北地毛夔的内丹，属性为冰寒，她握着这东西调息时需要再寻一枚火系内丹以平衡之。双珠并用，效果就不是一加一那么简单了。

接下来，她又走过两个场地。卢传影对这些奇珍只看个新鲜，并无所图。冯妙君倒是又买了两幅鲛绡，每幅还不到一平尺就花去她三十灵石。

她又买了几样珍稀金属，这将是液金妖怪白板的口粮。云崤身上至少有优点是她很赞同的，那就是驭下一定要宽厚，才能让人死心塌地给你办事。

买完这三样，荷包已经瘪了一大半。

不知不觉，白天过完了。螺浮岛是不夜城，渔当还要持续两天，她决意今日离开后就再也不来了。

就在这时，她看到了傅灵川和"长乐公主"。

傅灵川一如既往的温文，但游离的眼神里透出漫不经心，显然对渔当上的宝物都没有多少兴趣，却信步穿行在发卖场中。最奇怪的是，"长乐公主"也没有左顾右盼。

冯妙君对这两人实是好奇得紧，忍不住就跟在了后头。此时傅灵川也走到最后两个场地，这里的拍品噱头很大、起价很高。大厅里坐满了人，都是看热闹的。

这个厅，主拍"上古遗宝"。

简单来说，就是浩黎帝国及纪元之前留存至今的各种奇珍异宝。

傅灵川两人在这里驻足片刻，见自己不再引起别人注意，遂从边门走了。

螺浮下城是个螺旋形的城市，这里是最后一个展厅，边门又通向哪里呢？这两个家伙先是雇了船秘密出海，现在又偷溜出发卖厅，意欲何为？

冯妙君心里斗争几息，终是好奇心占了上风，就决定跟上去。

不过她才刚往门边走去，台上的发卖师又端出一样东西朗声道："天神遗宝，金枝玉露，可度世间咒厄，一共九滴！"

冯妙君脚步顿住，忽然什么也不关心了，脑海里只盘旋着那几个字：可渡世间咒厄！

一切诅咒厄运，都可以解除吗？

她的心跳忽然怦怦加快，什么傅灵川、什么长乐公主、什么正在进行的阴谋诡计，一下全都被她抛去了九霄云外。如果发卖师没有夸大，这岂非就是她一直孜孜以求之物？

跟着她前行的卢传影见她忽然停下，也觉奇怪。他正要开口，冯妙君却做了个手势，他当即噤声不语。

冯妙君一个转身，果然看到台上的发卖师小心翼翼地打开一个黑木匣，里面的锦垫上摆着一只食指长的琉璃瓶。瓶中盛着的透明液体堪堪没底，还浸着一根细嫩的树枝。

那枝子本身是金色的，而上面三片叶子则是通透的帝王绿，叶片上的脉络宛然可见。

上古流传下来的东西虽然珍贵，到底泛大陆各大发卖会上也见得不少了，可是此物的噱头太大，冠以"天神"二字，就知其来头惊人。

嗡嗡的议论声中，发卖师也知成功吸引了众人注意，这才口若悬河地介绍起来。

天地异变之前，这株大树原本生长在天神庙旁。天神发下宏愿，允许信民在叶片上接一滴露水饮下，有病即可祛病，无病亦可消灾，少年服之体壮，老人服之延寿，便是身上有苦厄灾咒者，也能一同解去。随后天地剧变，生灵涂炭，天神庙被大水冲毁，埋在禁忌之海深处。这棵大树当然不能幸免，但是有人及时在它身上采集了最后一点露水，与一小截树枝同时存储。

底下有看客忍不住问："此水当真有用？"

"有用。"发卖师笑眯眯道，"露水原有十一滴左右，螺浮渔当收来之后征得物主同意，取了一滴试验，以证其功效。为保公正真实，如今这里还有一位试验者，为大家现场验效。"

话音刚落，果然有一人走上台去。

摘下帷帽，大伙儿才知是女子，然而半脸娇艳如花，半脸丑恶如鬼，这一美一丑放在同一张脸上，让人打心底冒出寒气。

发卖师大声道："在座许多人大概都认出了，这位是紫罗刹，原本生得貌美无双，可惜十八年前探访遗迹时误中诅咒，才变成了今日这副模样。"

发卖师请她坐好，这才小心翼翼地开瓶，取金枝坠了一滴露水在她丑化的半边脸上。

只听得"哧"的一声轻响，她的肌肤上冒起一股青烟，烟气缭绕半空，凝而不散，化成了一个青面獠牙的怪物形象。

这怪物在空中张牙舞爪，状甚痛苦，但终究只是烟雾，喊不出实质的怒吼。

又过几息，青烟渐渐散逸，众人都嗅到一股子淡淡的烟火气息。

此时再看紫罗刹，那半边丑脸上扭曲的肌肉慢慢僵化、变硬，像是戴着个面具。

她等了一会儿，忍不住伸手摸了摸，然后在众目睽睽底下开始掰起脸来！

那一幕别提多惊悚了，就好像人脸是白水煮蛋的蛋壳，轻易可以剥掉。

不过效果也是立竿见影。鬼面具掰掉之后，底下的肌肤光滑细嫩，哪有半点疤瘢？

不出几秒，显露在众人面前的就是完整的一张沉鱼落雁的娇靥。

紫罗刹化出水镜照了照，饶是有心理准备也忍不住微红了眼眶。

容貌对女子有多重要，即便她是修为高深的修行者也绕不过这个槛。如今困扰她十余载的难题终于解决，紫罗刹遂从怀里掏出一只锦囊，笑吟吟地丢给发卖师道："谈好的价钱！"说罢，翩然离台。

她在海外名声很大，由她来做这试验，倒真没人怀疑这是螺浮渔当安排的假戏。

冯妙君只觉心如猫抓。

一滴，她只要一滴金枝玉露，就能解掉身上诅咒，彻底切断与云嵝的纠葛！

从此之后，天高任鸟飞，互相不拖累。

她深吸一口气，强迫自己镇定下来，因为发卖师已经笑眯眯道："紫仙子已经证明此物有效，那么发卖开始，就以紫仙子购买的价格为起点，按滴起拍——第一滴，八百灵石起！"

果然发卖师话音刚落，叫价声便此起彼伏。

两轮下来，已经到了令人绝望的五千五百灵石。

这个价，冯妙君和其他人一样，只能仰望。她就算倾整个冯记之力也负担不起。

而后她就听到一个声音道："每滴八千五百灵石，九滴全要。"

大厅里一片惊哗，连发卖师都抬起了头。

冯妙君已经压下心底执念，这时不由得佩服道："谁这样高调？"

像是回答她的话，发卖师提高了音量："一百二十五号包厢出价八千五百灵石，还有没有客人加价？"经手这样的巨额发卖，他兴奋得满面红光，声音也变得尖锐。

底下人却议论开了，无非都是好奇："一百二十五号包厢里到底坐着哪位权贵？"

"还有谁？此人便是阳山君！连续三十年，无论他来与不来，螺浮渔当都会给他预留一百二十五号包厢。"

"阳山君"三字甫一入耳，冯妙君就结结实实吃了一惊！

这个名字，她刚刚听过呢。

鲛人王的资料里，当年与魏王竞拍《刺龙图》的三个人里，就有这位"阳山君"！

冯妙君下意识转头一看，巧了，说话之人她居然也认得，就是决明宗的副宗主蔚文喜。

上一次见面还是在清源镇的湖郊。当时云嵝和她伪装成迟辙主仆，听这人纵论天下时事。不想时隔大半年，这天南地北的又见上面了，还是在茫茫大洋的孤岛之中。

可惜，这回她还是易了容，双方依旧是对面不相识。

她看蔚文喜像是常常参加螺浮渔当的老油条，于是虚心请教："我们都是新客，想请教您，这位阳山君是什么人？"

蔚文喜嘿了一声："你们都是北陆过来的吧？"

不少人点头。

"难怪。"蔚文喜笑道："阳山君在南陆大名鼎鼎。听说此人不但修为绝高，本身也富可敌国，但不常在人前露脸，也不加入任何宗派。"

冯妙君心里一动："他是哪国人？"

"燕人。"蔚文喜道，"这次蒲、燕大战，阳山君也出手了，直接在万军之中轻取蒲国大将军王旬首级！蒲国最后兵败，也算他横插了这么一脚所致。"

"就没人见过他的模样？"冯妙君好奇道，"这么喜欢出风头的大拿，总不会连住处都不让人知道吧？"

"怎么没有？他又不是隐于山林。"蔚文喜这个话痨不负她所望，果然神秘一笑，"他在燕都有豪宅，面积比国公府都大。不过他平时喜欢周游四海，就算有人上门拜访，也很难见着他本人。"

边上有人忍不住道："他无官无衔，宅子能大过国公府？"

蔚文喜嘿嘿一声："燕王没吭声，哪个敢有意见？"

卢传影却道："他不在朝堂？"

"明面儿上是不在。"暗地里他和燕国到底是什么关系，那就只有阳山君自己和少数人知道了。冯妙君更是知道，阳山君甚至可能是杀害魏王的真凶！倘若真如蔚文喜所言，他无官无衔，那凭什么要为燕国做到这一步？

他杀魏王，是公仇还是私怨呢？

或许，这也是燕王对他睁一眼闭一眼的原因？

这一瞬间，冯妙君心里涌上来无尽的好奇。不过蔚文喜已经闭上了嘴，因为满场的嗡嗡议论声随着发卖师的落槌三声而消失不见："八千五百灵石，成交！"

他用力清了清嗓子："那么接下来发卖第二滴金枝玉露，八千五百灵石起价！"

当然，除了阳山君外不会有人应答。

接下来的程序就有些沉闷而且无趣了，因为金枝玉露一滴滴发卖，阳山君一滴滴购买，全场只有他和发卖师的声音交替出现。

直到发卖至第七滴，才有某个包厢里的人物出声道："阳山君，我急需这金枝玉露，一滴足矣。"顿了一顿，看阳山君没有反应，这才报了价。

对方先打过招呼，给过面子，阳山君这回倒不再出声了，由他将这一滴金枝玉露拍走。想来这两人是认得的，不知阳山君用了什么方法辨认对方。

冯妙君此时心思却又活络起来。

景顺等人返回魏国之后，萧衍和云嵯肯定就会知道这里发生的事，也清楚阳山君有杀害魏王的重大嫌疑。尤其是萧衍，会不会为父报仇呢？以阳山君的本事，萧衍想对付他，必须请动云嵝才有一试之力吧？

如果二虎相争，她是不是就有机会从中渔利，弄到金枝玉露呢？

如果她不想回到云嵝身边，那么现在需要做的就是——接近阳山君？

不过有心和他套近乎的人不计其数，她得用什么法子才能混个脸熟？她想了想，对卢传影道："卢叔，这里也没甚好看的，我要换场子了。"

卢传影站了起来："去哪儿？"

她没说话，眼神却往上面的包厢方向飘去。

卢传影隐约明白了，一边跟着她往外走，一边皱眉道："你想去……这不太安全。"

冯妙君笑道："我不偷不抢，他还能逮着我不放？"

她的笑容狡黠，卢传影无奈一叹。方才金枝玉露被拍走，他还以为这丫头死心了，哪承想她不达目的誓不罢休，现在不知又想出什么花招。

冯妙君又道："麻烦卢叔回客栈去照看我娘，今晚我心里总是不安，似乎有大事要发生。"

卢传影想了想，也不坚持，叮嘱她一句"多加小心"就转身走了。

冯妙君走向侧门，一闪身就溜了出去。

侧门之后，是一条长长的通道，走出拐角外就有海族守卫。

冯妙君打听过，这条路可以通往上层包厢，但那里是权贵专区，她这种无名之辈不得进入。

迎面正好走来一名托着瓜果的侍女，是个蚌精化成了人形，身形修长，个子比她矮一点儿。对于精擅易容的冯妙君来说，这都不算难事，麻烦在于蚌精道行不深，所以身后还有两块薄壳没有化掉，远远看去像长着一对白玉圆翅。

她再有本事，也变不出那对蚌壳。

她想了想，问液金妖怪："把我变成她，有没有把握？"

它晃了晃脑袋："小菜一碟。"

它的原身莫说没有毛了，连固定形状都没有，依旧能用强大的幻术变成毛团子一样的雪貂。给女主人身后添两块蚌壳算什么难题？

所以十几息后，冯妙君就变成了蚌女。

她又等了一会儿，才顺着通道走了出去。守门的妖卫看她一眼，没吭声。

于是冯妙君顺着螺旋通道往上走。

螺旋空间都分作上、下两层，下层是熙熙攘攘的大厅，上层就是私密性极好的包厢，地面铺着红毡，两边种着奇花异草，每五十步就有一个守卫，每刻钟要走过一拨巡哨。

从蚌精身上搜来的令牌，冯妙君学她的样子挂在腰间，守卫们看到了也就不会上前阻拦。

她默默走过两个螺旋，经过了数十个房间，终于找到了标号一百二十五的包厢。

此刻，包厢大门紧闭，外头还站着两个守卫。

有两个富商打扮的人站在门外，正跟他们交涉，这两个门卫却连眼皮都不眨一下，只作耳旁风。

冯妙君走近一点，即听出这两人是慕名前来拜访阳山君的，哪知对方的架子和名气一样大，见都懒得见他们一眼。最后，这两人也只得怏怏离去。

以阳山君的身份和脾气，不会轻易接见无名之辈。冯妙君默默看着，待两人走远才上前，果然离包厢还有一丈远就被守卫抬手拦下了："你做什么？"

她不慌不忙地欠了欠身子："渔当赠送，每个包厢都派发一份瓜果。"

守卫看了看她的银盘，见到里面果然都是些珍稀果子，道："止步，我拿进去。"

冯妙君微笑着将盘子递给他。

过不多时，那守卫重新走出来，手上已经空了，见她就道："送进去了，你可以走了。"

冯妙君点点头，转身刚要走，包厢门忽然开了，从里面走出两人。

冯妙君目光扫过，呼吸忽然停顿，这两个不是别人，恰恰就是傅灵川和"长乐公主"！

他俩离开大厅，直接就来找阳山君了吗？

这下子是真有趣，她最在意的两拨人原来是有交集的。

不过她转念一想便释然了。傅灵川两人在燕国都城住了那么久，很可能就认得这位大名鼎鼎的阳山君。冯妙君一边转身往外走，一边想着怎样再跟上这两人。这个时候，她忽然听到傅灵川道："请留步。"

门外除了两个守卫以外，好像就只有她了。

冯妙君脚下一顿，简直不敢相信自己的好运气。她转过身，不确定道："公子唤我？"

"是的。"傅灵川笑容可掬，"这位是新夏国长乐女王，我们临时有一件宝物要参拍。"

他要作甚？冯妙君随机应变："一楼便有鉴定室，两位请跟我来。"幸好她逛渔当逛得仔细，一路上经过几间鉴定室，还仔细观察过。

"不。"傅灵川摇头道，"此物贵重，我们想请动天级鉴师。"

螺浮渔当的鉴师也分好几个等阶，从上到下分别为天、地、玄、黄。这两人好大的口气，竟是有天级的宝物要参拍吗？冯妙君的兴趣立刻被勾了起来："公子可否示之？我也好向上禀报。"

傅灵川自怀中掏出一只玉简，在她面前晃了晃："此乃天魔秘术，你想看看吗？"

想，特别想！这可是天魔秘术，好奇死她了！当然无论她内心如何咆哮，表面上也只能微微一怔，而后摆手道："两位请在此稍候，我去禀报上峰，再请鉴师过来。"

傅灵川微微一笑："阳山君准备竞拍今晚的压轴宝物，我们待在这里多有不便。你带我们去找鉴师吧。"

冯妙君只得应了一声"好"。

结果她才走出去几步，"长乐公主"就奇道："咦，玄机室好似不往这里走？"

看来这两人不仅知道高级鉴室的名字，还晓得它在哪个方位。冯妙君立刻意识到他们另有所图，转头笑道："此事还要先向管事禀报，由他为您二位引荐。"

傅灵川对着"长乐公主"也是微微一笑："不急，照着章程办事。"

"长乐公主"微微嘟嘴道："今晚的压轴戏要上场了。"

此时三人正走过水晶长廊，从这里可以直接看到大厅当中的场景。冯妙君一低头，就望见上古遗珍这个厅中的发卖师已经离开，如今站在台上的却是个身高两丈、仪容威严的鲛人。

他头上还戴着缀满宝石的金冠，因此冯妙君料想，这位大概就是鲛人王？

每晚，鲛人王都会亲自发卖一件压轴宝物。

果然他一出场，台下就有掌声雷动。

就在这时，水晶长廊前方有只矮胖的妖怪走了过来，望见冯妙君三人即皱眉道："白嫘，你怎么在这里？"

"白嫘"就是这蚌女的名字，刻在令牌上。冯妙君听出他语带责怪，知道他质疑自己的职责范围，赶紧道："这两位新夏国来的贵客，也是阳山君的座上宾。他们有天魔秘宝参拍，想要交予天级鉴师先做个鉴定。"

"天级吗？"胖妖怪立时恭敬起来，"两位来自安夏？"

"长乐公主"笑道："怎么称呼？"

她笑起来自有一股雍容风度，胖妖怪赶紧回道："称我牛管事就好。"

冯妙君偷看他几眼，这不就是个海蜗牛嘛，倒真会往自己脸上贴金！

"长乐公主"继续道："我乃新夏女王，偶遇大名鼎鼎的螺浮渔当，也想凑个趣儿。"

牛管事长长哦了一声："贵客，贵客！请跟我来。"殷勤招呼两人，往另一个方向去了。冯妙君眨了眨眼，跟在三人身后。

几人离开了水晶长廊，路过一个高达数丈的大门。

大门紧闭，但边上两个小门却是敞开来着。

走到这里，牛管事转向冯妙君道："你是厅内使女，走到这里已经逾矩，还不回去？"

显然这里已经离开蚌精的权责范围之内。冯妙君在来路上已有腹稿，闻言即道："这两位客人最先找上我，将他们带去鉴师那里是我的职责。"

牛管事一瞪眼："胡闹，你……"

冯妙君截口道："也是这里的规矩。"

她和卢传影游逛会场时，曾听见几名使女私下抱怨。原来螺浮渔当为了广开财源，是鼓励在渔当劳作的妖怪们引荐客人去参拍灵宝，如白嬿这样的使女成功募集到拍品的话，是可以根据拍品的价值得到相应奖励的。

冯妙君听见的，却是使女抱怨上峰贪墨她们的奖励。按理说，"白嬿"这次引荐傅灵川两人去找鉴师，如果真是天级宝物并且放入渔当发卖，她可以得到一大笔奖赏。可是牛管事横插一脚，那就要分掉一杯羹。

牛管事大概也没料到她忽然这么硬气，张了张嘴："在客人面前，成何体统……"

见两个低阶妖怪争执，"长乐公主"忍不住道："有甚好争，一起去不就得了？"

贵客发言，牛管事也只得应了声"好"，随后不满地瞪了"白嬿"一眼。

踏入大殿，她保持目不斜视，但心底啧啧赞叹。这座宫殿完全不比陆地各国的大殿逊色啊。穹顶高十五丈，殿内有数根巨柱耸立支撑。巨柱以黑曜石打造，这里不种花草，然而五光十色、形态各异的珊瑚暖化了殿里空旷清冷的氛围。

每隔十余丈都有卫兵看守，她目光一瞥，就精准地计数了这座大殿里至少有守卫十六人。

"长乐公主"咦了一声："这是哪里？"

"这里是我王的议事殿。"牛管事对傅灵川两人道，"玄机室在后面，两位请跟我来。"

长乐公主左顾右盼："为什么玄机室会在大殿后？"

"天级鉴师是两头老龟，年岁太高，行动不便，我王特准他们憩在玄机室。"

长乐公主长长地哦了一声。数人往前数十步，快要走到侧门了，她忽然又指向大殿正中道："那是什么？"

冯妙君顺着"长乐公主"所指的方向，在王座边上看到一个珊瑚架，上面摆着一截巴掌大的……烂木头？木头黑黝黝的，有难看的疖子，表面有不少细孔。

"那个啊。"牛管事打了个哈哈，"那也是一件宝物。"

他的态度明显敷衍，不过越是不说，别人就会越好奇。一路上充当听众的傅灵川忽然插口道："我才想起来，还有一样好东西也可以送拍。"

牛管事："哦？"

冯妙君望着傅灵川温和的笑脸，心里不知怎的忽感不祥。

就见这人抚了抚左手无名指上的戒指，手中就多了一枚圆球！

储物指环！冯妙君盯着他的手指，心里好生羡慕。这就是随身空间，容积不知有多大。可即便比不上方寸瓶，那也是极少人才能拥有的奇珍了。

牛管事盯着那个圆球道："这是什么？"

这是比拳头略大的水晶球，里面仿佛灌满了浓白的云雾，隔着球壁都能看见它们流转的模样。唔，不对，云雾怎么会有脸？

有时候云雾贴在水晶壁上，就显出了一张张人脸，有时却是古怪的妖形。但每一张脸的神情都很木讷，仿佛无痛无觉。

这个水晶球拿出来，就有一股子阴风不知打哪里卷来，整个大殿的气温顿时下降了好几度，珊瑚上似乎也凝起了白霜。

牛管事打了个哆嗦，瞪着它道："这是什么？"

"魂力。"傅灵川放大了音量，每个字都回荡在大殿之中，"这魂力球中贮藏了多达七千一百条魂魄，每一条都抹去意识、洗去因果，成为无主之魂。"

这里面储存的是魂魄，并且是所谓的空白灵魂？

这东西绝不适合正大光明拿到渔当上去发卖，傅灵川为何此时把它拿出来？

冯妙君心知不妥，不动声色地后退两步，落后于三人。

牛管事只是隐有所感，却说不上哪里不对劲："收存这么多魂魄作甚？"

"所谓以形补形，以命补命。"傅灵川一笑，露出满口白牙，"自然也能够以魂补魂！"

补魂？补谁的魂？

这念头刚刚转完，冯妙君就见王座边上那截木头里忽然探出一缕淡蓝色的虚影。

而后，有一个声音回响在大殿之中："你说，这是无主之魂？"

"螯大人！"牛管事大惊失色，殿中守卫也为之侧目。这人手上的魂力球，居然惊动了沉睡中的螯大人！

傅灵川冲着这缕虚影道："不错。但我要求一次不受打扰的对话，这魂力球就可以给你。"他和长乐公主的神情都很平静，甚至带着点儿期待，显然早知道这是哪一位。

牛管事就是再迟钝，这会儿也终于咂摸过味儿来了，厉声喝道："卫兵，拿下他！"

他糊涂了啊，看这两人入得阳山君法眼，又说要鉴定天级的秘宝，就以为一单大生意上门，哪知他们别有所图！冯妙君更是二话不说，往大殿侧门飞掠而去。

就在众守卫围上来时，大殿前后七个门忽然"轰隆"一声，同时关闭！

里面的人出不去了，外头的人也休想进来。

这么大阵仗就不是傅灵川的本事了，牛管事吓得一头冷汗："螯大人，您莫要轻信小人所言……"

那缕虚影化出形体落在木头上，对众人道："闭嘴，都退后。"

它形体虽小，声音中却带着毋庸置疑的威严。

两个守卫相互看了一眼，偷偷前进两步，结果脚边长长的海草忽然发出淡淡蓝光，蛇一般缠上来，将他们绑了个严实。海草上长着锯齿，一动就划得他们一身伤，这两人大声惨呼。

虚影道："再往前，杀无赦。"

听出它动怒了，没人敢再动弹。冯妙君退到门边，缩在两个体格高大的守卫后头。

这时虚影才对傅灵川道："魂力，给我。"

大殿已经封闭，里面的人也不敢动手，正是傅灵川要求的"不受打扰"。

它露出真容，冯妙君才看出这东西背上负着螺壳，凸眼碎嘴，还有两个大螯，螺壳底下，还露出六个爪——居然是个椰子大小的螃蟹虚影。

她脑海中灵光一闪，忽然记起那截烂木头的名称了：养魂木。

这只螃蟹魂魄化出来八足宛然，可见道行还是精深的。冯妙君就不清楚它附在养魂木上多久了。它是什么时候死的呢？

傅灵川走上前去，在养魂木前念念有词，而后将魂力球一把捏碎！

球里的魂魄本来就是饱和状态，束缚一去，顿时循本能四下乱蹿。没有魂力球的支撑，它们就是无序无主的能量，若没人加以捕捉，很快就会消失不见。

不过养魂木上的蟹灵早就虎视眈眈，这时张大了嘴如长鲸吸水，呼的一声将逃跑的魂魄都吸进了嘴里。

也就几息工夫，逃出来的魂魄便被蟹灵一只不剩全吸进了肚里，它满足地闭上嘴，甚至打了个饱嗝。

"好东西。"它凸出的眼睛转向傅灵川，"你总不会平白无故给我送魂力。说出你的请求。"

它的口气居高临下，仿佛在跟渺小的蝼蚁对话，冯妙君听在耳里总觉得别扭。

傅灵川也不浪费时间，将"长乐公主"轻轻推到身前，很干脆道："螯大人，这位是原安夏国公主、如今的新夏女王。新夏初建，需要一件堪当稷器的强大神物。"

螯大人轻嗤一声："我当是什么大事。如今这里不正在办螺浮渔当，你还怕选不到中意的宝物？"

冯妙君却倒吸一口冷气——她知道傅灵川想做什么了。

他想要的稷器是——

"您的螺壳。"傅灵川轻笑一声，眼里却闪动着不加掩饰的野心，"在这件至宝面前，还有什么法器可以称得上是神物？新夏需要最好的稷器！"

蟹灵似乎也被他的话震惊，微微一怔，而后放声大笑："好大的口气，你有什么资格要我做你的稷器！"它这么一笑，整个大殿的地面都在簌簌发抖。

事情进展到这里就明朗了。冯妙君知道自己先前的猜想并没有错——

此刻无数人置身的这个空间、庞大的螺浮上下两城，就是这只蟹灵生前的躯壳！

纪元之前，巨妖的道行和体形成正比。它的身躯可容数十万生灵栖息，那么蟹灵生前是有多么强大？

史前大妖都喜欢将躯体炼成法器。她也佩服傅灵川胆子大、眼光高，这螺壳防御力惊人，螺浮城内外，还有哪一件法器能比它更有资格作为邀天之宠的稷器？

傅灵川待它笑完才道："冒昧问一句，您生前接近神境了吧？"

"嗯。"蟹脸没有表情，但众人都能听出它的不高兴，"只差临门一脚。"

原来这头蟹妖快要变作神明了，冯妙君恍然，难怪它能长到这么大。

此时门外传来了砰砰的轰击声，想是鲛人反应过来，打算武力突入了。

傅灵川提醒这位螯大人道："我们的对话还未结束。"

蟹灵轻哼一声，双螯一动，也不知使了什么手段，大殿外头忽然就一片安静了。

这是它的外壳，即便肉身已经消亡，但它依旧保有对硬壳的一部分控制力。

"我在禁忌之海中自在得很，享受四海供奉，为什么要去你那劳什子新夏国？"

傅灵川面露不屑："被困在螺壳之中，哪里也不能去，千余年来只能勉强保住自己魂体不至消散，这也能叫作'自在'吗？"

"你……"螯大人被戳中痛处，对他怒目而视。

傅灵川这句话说得不好听，却是大实话。庞大的身躯一定要适配强大的魂魄。在天地异变之后，螯大人只剩一缕残魂，根本驱不动这个巨型战争堡垒。螺壳曾是他的荣光、骄傲和城堡，现在却变作了实打实的囚笼。

它的时代早就结束了，这头巨妖的魂魄，一直在苟延残喘。

傅灵川并不想惹怒它，这时就飞快地接下去道："我将是新夏国师。你做了稷器之后，就可以化鼎随我四处走动，看尽天下风光，而不仅仅是被困在茫茫大海中，听这一成不变的潮起潮落。"

的确，在一个地方待上千余年，哪怕对于螯大人这样的巨妖来说，也实在是漫长了些。周围的海，它早就看腻了。

傅灵川紧接着又道："再说元力。螺浮城才有多少人口？连新夏国的百分之一都不到，并且鲛人王要巩固自己的无上权威，能分给你多少元力？呵，恐怕也就保住您不致消亡，否则平时您怎会沉睡在养魂木中？而新夏人口逾数百万，变作稷器之后，每一分元力都储存在您的身躯之中，可以令您的魂魄迅速强大。这是上天给予稷器的独特恩赐，当世能享有的神器，绝不超过七件！"

稷器是超越了神器的存在，它得到上天肯定，可以承载一国之元力与气运，栖居在里面的蟹灵则会变作器灵，享受源源不断的元力滋养。

毫无疑问，螯大人心动了。它瓮声瓮气地问："如果新夏国灭呢？"

"若是不幸真有那么一天，您顶多变回原来模样，大不了还回深海重建螺浮城，又有什么损失？"

他提出来的桩桩件件，都好似为蟹灵考虑周全了。螯大人慢吞吞地想了好一会儿，才道了一个字："好。"

被晾在一边许久的牛管事急了，不得不鼓起勇气道："螯大人，他诓您呢！若真有那种美事，陆地上无数小国早就来找您了。"

"能建国，还要能守国。新夏延续了安夏国的气数，周围又尽多盟友，其他小国断没有这些优势。"傅灵川当然不承认，其他小国是想不到窃取整个螺浮城这种点子。神器一旦变作稷器就不能再置换了，除非国灭，因此它能承载的气运从一开始就有上限。他要择取一件最强大的神器，为今后新夏的越发蓬勃打下坚实基础。

牛管事还要再说，傅灵川甩出一道白光，他立刻就住了嘴。一柄匕首从他嘴里刺入，洞穿后颅出来。脑子被打穿，生机立泯。

其他护卫见了，又惊又怒，执起武器向傅灵川攻去，只望杀掉这个妖言惑主的家伙能令螯大人清醒过来。

眼前两人跑了，冯妙君即移动到一丛高大的珊瑚后头，尽量缩减自己的存在感。

不等傅灵川出手，蟹灵就定住了十多名守卫，道："怎样才可以变作稷器？"

"最重要的一步，就是告命于天。"傅灵川正色道，"南北大陆小国林立，真正得到天道承认的只有寥寥几国，也就是这几国久经风雨而屹立不倒。唯有奉天承运，才能源源不绝地创造元力。您要变作稷器，首先就要取得天道认可。"

"祭天仪式开始后，新夏女王要手按玉玺，念诵三万六千字的祷文，而后取血为印，在天书上盖章。"傅灵川向"长乐公主"看了一眼，"长乐公主亲为，最多只需要五个时辰即可。时间越短，我们压力越小。"

他们跑到鲛人的地盘觊觎人家的神器，鲛人一族定会全力阻止。

蟹灵同样看了长乐公主一眼，瓮声瓮气地问："为什么？"

"安夏虽亡，气数却可以持续十年而不尽。她是王室的末代血脉，依照天规可以继承安夏气运。不是另立新国，这仪式就简单得多。"

眼前这位"长乐公主"也是王室血脉？傅灵川甘冒奇险求取螯神壳为稷器，至少应当有七成把握，这种最基础的事实不该弄错才是。

蟹灵问出了重点："要我做什么？"

"新夏女王将天书献予上苍之后，您会迎来十六记天雷的考验。顺利通过之后，即可晋为稷器，成为我新夏的国之重器！"傅灵川字字有力，"螯大人，您可能办到？"

并不是任何一件法器都有资格承载国之气运的，雷劫就是天道的甄选手段。

躲在门边的冯妙君听得"十六记天雷"这几字，瞳孔骤然一缩。蟹灵却哈哈大笑："天雷？老子也不知经历过多少道了，还怕这区区的十六记？"

它口气虽然狂妄，傅灵川倒是信的，不禁长长舒了一口气："那便只剩最后的难点了——

"既然要办祭天仪式，新夏女王就必须直面天空，不能躲在螺壳当中了。"傅灵川长长呼出一口气，"要在室外将此事办完，这几个时辰内，我们必须护她周全。"

话刚说完，大殿正门外"砰"的一声巨响，震得整座大殿都摇摇欲坠。冯妙君更是看到，紧闭的大门簌簌落灰，显然遭受了强力一击。

而后就有个洪亮而威严的声音响起，带着压制不住的怒意："鳌显，你意欲何为！"

傅灵川动容："鲛人王这么快就追来了。"

蟹灵却笑道："我在这地方待腻了，现在要拆伙走人。"

鲛人王怒气冲冲："你老糊涂了？只剩孤魂一缕，被人夺去螺壳怎么办？你莫要被宵小蛊惑！"

蟹灵放缓了语调："不劳你挂怀。东南七百里外有个岛屿，海面以下也是千岩万穴，适合你鲛人一族栖居。我离开后，你把族人迁去那里吧。"

鲛人王气极反笑："那里不是螺浮岛！"鲛人一族花了千余年时间才将螺浮岛经营得有声有色，若是迁去一个名不见经传的孤岛，谁还记得螺浮渔当？也就是凭着优渥的收入，鲛人一族才从海族中脱颖而出，成为最富有也最兴旺发达的一支。蟹灵要是跑了，鲛人的繁荣从此就没了根基。

蟹灵低声道："我和鲛人族的协议并没有定下时限。我要走，随时都可以走。"

鲛人王一时语塞。的确，鲛人族搬到螺浮岛生活前，和这头蟹灵定下的协议只说各取所需，互助互荣，却没写明期限。鲛人万万没想到它还能跑掉。

他正要再说，忽闻"轰隆"一声巨响，地动山摇。门内门外的双方都怔住了，大殿侧门突然被炸开！

而后，他们就看到了鲛人王，以及他身后的森严卫队。

因为怒气充盈，这位高大的王者浑身已经变成了浅蓝色，类人的面庞因此而显得狰狞。他手里执一把三叉戟，望见傅灵川二人，不由得双眼微眯，竖瞳中透出厉色："竟然是你！"

"长乐公主"却把目光投向门口的珊瑚丛，怒道："那个使女！"

她就觉得遗漏了什么，原来是那个和牛管事争功的使女！傅灵川动手后她就不见了踪影，想是躲起来了。

一个小小蚌精能搅起什么天大风浪？谁也没放在心上，结果她手里竟有这种宝贝，能直接炸开大殿侧门！

傅灵川却依旧顾不上收拾蚌女，只抱起蟹灵栖身的养魂木急切道："送我们走！"说着，一手拉着"长乐公主"，快步往殿后行去。

鲛人王怒极反笑："哪里去！"说罢，大步追向前去。

双方之间相距不过二十丈，以他的脚程本应转眼毕至。哪知奔行十余丈，跟前头两人的距离依旧没有缩短半分，仿佛双方之间的距离可以无限延长。

鲛人王心知这是蟹灵捣的鬼，这到底是人家地盘，蟹灵的力量不足以驱动整个螺壳，但控制局部还是没有问题的。

这时那两人前方的殿墙上凭空开出一个小门，傅灵川再快走两步就能跨过去。鲛人王怒极，抬起手中的三叉戟当作标枪，对准他后心呼地掷了过去！

他的力量之大毋庸置疑，含怒掷出，三叉戟瞬间就刺到了傅灵川的后心。

想象中血光四溅的场景并没有出现，仅有"叮"的一声，眼前这一幕便四分五裂。

这威力无尽的一击，就好像击中了一面镜子，露出后面黑黢黢的破洞。

障眼法！

鲛人王道高人胆大，扬了扬眉就直接从那破洞中钻了进去。

这里却不是大殿了，而是一个五丈见宽的锦屋，布置奢华，有斗柜、有锦榻、有桌椅，还有……床！此刻床上有一男三女正在颠鸾倒凤。鲛人王大步冲进来，带出的风声吹动帷幕，女子惊声尖叫，男子吓得从女人身上直接滚落下来，面如土色："谁、谁！大胆狂徒，竟敢擅闯……"

斗室内的情景一目了然，很显然傅灵川几人不在这里。鲛人王理都不理床上那几人，冷哼一声转身要走，却听一个怯弱的声音道："王、王上，那几人要去螺尾。"

鲛人王定睛一看，来路上的破洞又已不见，眼前是锦室的厚墙，只有六七个守卫和一名使女及时跟着他一起过来了。

"他们去哪儿，你怎么知道？"

这使女快速道："他们说，要把螺浮岛炼成稷器，所以要去星空之下，要找个易守难攻之处。"

"稷器！"鲛人王面色大变。

难怪，难怪傅灵川敢捭掇蟹灵离开海底，难怪蟹灵分明驱不动螺浮岛却还一心要跟着傅灵川走，原来它想当稷器！

鲛人王恨得牙根儿都痒，连门都不用，直接撞开墙走了，斗室里只留下一句话飘飘荡荡："好极，回头有赏！"

其他妖卫赶紧跟上，使女也走了出去，却和他们取道相反方向。

床上那一男三女惊魂甫定，面面相觑，只有鲛人王撞开的墙洞呼呼灌风。

第十八章

告命于天

向鲛人王报信的使女，自然就是冯妙君所扮了。

她溜出锦室之后一溜烟儿往螺浮下城的出口而去，中间路过几个发卖大厅，望见里面基本散场了。

本来鲛人王主持的就是最后一件压轴宝物的发卖，而后今日的渔当就结束了。只不过鲛人王接到警讯中途离开，导致发卖暂时中止。

冯妙君趁乱买了一匹快马，一路狂奔，终于赶回了客栈。

此时月过中天，卢传影正在自己房间调息，蓬拜和徐氏披衣夜谈，正在喁喁私语，冷不防房门砰一声猛地被推开，冯妙君快步冲了进来。

徐氏脸若朝霞："你这孩子怎么冒冒失失……"话未说完，冯妙君已然板着脸道："收拾东西去码头赶船，立刻、马上！"

徐氏大惊："出了什么事？"

蓬拜却是二话不说将衣裳穿好，奔出去吩咐冯记所有人动身出发。卢传影听到声响赶过来，冯妙君当即对他道："傅灵川要收取整个螺浮岛，麻烦卢叔带娘亲和冯记的人立刻出海。他不成功便罢了，万一真的收掉螺浮岛，大家被落在这里可就是天大的麻烦。"

众人都是脸色大变，分头行事。

徐氏记挂着冯妙君："安安呢，你不跟我们一起走？"

"我要给大家多争取点时间。"她拍拍徐氏的肩，阻住了养母的下文，"放心吧，我神通已然大成，这点小灾小难困不住我。"

徐氏神色大变，立知不好。可她也知轻重，眼下正是大伙儿性命攸关的时刻，容不得她再任性。心下纵然惶恐不舍，却也不再纠缠，很爽快地随蓬拜去了，只是一步三回头，频频去看养女背影。

至于冯妙君自己，则要马不停蹄地赶往下一个地点：锥尾山。

这就是螺壳的尾点，也是整座螺浮岛的最尖端。傅灵川要找个地方进行长达五个时辰的祈天仪式，又得在户外操持，螺浮岛最大，他的选择却只有一个，就是在锥尾山。

只有这里，是最接近天空且易守难攻之处。

冯妙君要赶去观战，同时想办法给冯记等人的撤离争取更多时间。

她刚刚牵马出来，路边就有一道白光电射而至，往她面门扑来。

冯妙君看得真切，一把将它抓在手里，甩在肩膀上："怎么回来的？"

这道白影就是液金妖怪。

"方才螺浮下城爆炸连连，阳山君也被惊动离开，我要出来轻而易举。"

冯妙君方才伪装作使女给阳山君的包厢送水果。她事先就做好了进不去的准备，因此盛装水果的银盘是液金妖怪变形而成。侍卫拒绝她进入，但总要把盘子一并端进去吧？

它就这样成功地混进了阳山君的包厢里。

"未被发现就好。"她松了口气，"阳山君何等模样？"

液金妖怪听完变成了人形。这是个高大的锦袍男子，年纪不到四旬，眉眼细长，唇上胡髭修剪得格外整齐。此人身强体壮，目光犀利而阴骛，一看就是久居上位，然而无尽富贵也掩不去他身上浓烈的行伍气息。在冯妙君看来，这人身上不应穿着锦袍，倒好似身披战甲更适合他。

冯妙君翻身上马，一边往锥尾山方向狂奔，一边问它："拿到什么有用线索？"

这时液金妖怪已经重新化作一对耳环挂到冯妙君耳边："螺浮渔当已经将那几滴金枝玉露递到他手里了，我离得虽近，却不敢动手强抢。"说到这里，叹了一声补充一句，"阳山君此人看起来深不可测，我绝不是他对手。"

冯妙君不由得动容："这人权势滔天，竟连修为也这般厉害了？比之云嵝如何？"

"不好说。"它吭哧想了好一会儿，"但就我所觉，恐怕还是、还是阳山君厉害些。毕竟云国师体弱，一直有宿疾未愈。"

她长长叹了口气，想起能解诅咒的金枝玉露就是一阵懊恼。

"女主人？"液金妖怪等了好一会儿，见她不说话，不由得轻唤出声。

冯妙君一边驱马前行，一边继续问："对了，你进去时傅灵川和'长乐公主'也在包厢。他们说了什么？"

"那时两人已经站起来准备走了，傅灵川道：'新夏初建，夹缝中求存，以后还要仰仗君上。'"

"仰仗……君上？"她反复回味这几个字。"长乐公主"再怎样平庸也是新夏女王，阳山君再怎样牛气也是个无宗无派、不为王廷效力的修行者，新夏国建立起来后，为什么傅灵川还要"仰仗"于他？

"阳山君倒是爽朗一笑：'很快就是一家人了，说话何必这样见外？'"

冯妙君一怔："一家人？"

"这我就不晓得了，随后他们两人就走出去了。"

冯妙君将过被风吹乱的秀发："也就是说，傅灵川在动手偷窃螺浮城之前，还特地去拜会了这位阳山君，却不告诉他自己接下来的行动？"

这是为什么呢？

这一瞬间，冯妙君心头涌上无数猜想。

一路沉默，她很快就抵达锥尾山下。再往西十里就是埠头，这里地势高，视野开阔，她转身回望，偶尔雾气消散，就能看见埠头上灯火通明，又有许多红光来回闪动。

那是火把。看来有许多海客深感不安，想要尽快上船。

望见这一幕，冯妙君多少心安了些。想要出岛入海的客人多了，开出去的大船也就能多些。以卢传影和蓬拜之能，定可以带着冯记率先离开。

正前方，鲛人临时设立了卡哨，不许外人入山。冯妙君看到这一幕，就明白傅灵川果然如她所料的那样，在锥尾山尖祭天了。

走到这里就不能再堂而皇之地骑行上去。她找了片林子将马放了，刚要翻潜进去就听到有个妖将对兵卫道："传我王命令，全城抓捕傅灵川同党！还有，去查清他坐哪条船来的，同船的也一律视作同党，抓来细审！"

兵卫得令，麻溜儿去了，树后的冯妙君惊出一身冷汗。

傅灵川可是和他们乘同一条船过来的，上岛时每条船上的乘客都要报关。眼下鲛人要抓同党，只要回去翻翻名册就可以查抓冯记了！

方才她看过海面，还没有大船扬帆启航，可见冯记众人多半还在码头。这里目前还是鲛人地盘，那叫一抓一个准儿！

都说胳膊拧不过大腿，连她带上冯记都拗不过地头蛇。唯今之计，只希望鲛人王快点拿下傅灵川，或者她得想方设法，帮鲛人王一把。

冯妙君悄悄后退，展开身法去追那个传令兵。

她的速度快极，几乎足尖轻点草叶就能顺势前行。

传令兵才拐进山路，肩上就被液金妖怪拍了一记。待他一惊转头，后头空荡无人，两侧太阳穴却遭重重一击！

这种要害受袭，无论是人是妖都会眩晕。

传令兵眼睛一闭昏了过去，被冯妙君提着绑好了手脚，扔到小树林里。

这只是缓兵之计，最多能拖上半个时辰，鲛人发现命令没传下去，依旧会派人继续抓捕傅灵川的同党。

她折返回去，潜过岗哨，直往锥尾山深处而去。

螺浮岛上空的明月不知何时隐去，改换成了乌云密布。从远处看去，云层厚达数百丈，几乎要触到岛上的最高点，也就是锥尾山。黑云压城城欲摧，说的大概就是眼下情境。

冯妙君不再耽误时间，快步向山顶奔去。

走到半山腰处，冯妙君感到下方山崖忽有疾风吹来，她额前的秀发频频拂动。

风吹来的方向有些奇怪，于是冯妙君向前潜行十余丈，贴着岩壁往下看。

底下五丈处是一个小小的山坳，背风。由于螺壳上的纹路很深，锥尾山上到处都是这样的小山坳，一点也不引人注目。

不过原本空白一片的山坳，现在却无故多出了两人，正是傅灵川和"长乐公主"！

眼前青石已被削平，铺着长卷文书。"长乐公主"念念有词，一边在卷上落笔。她的字迹娟秀工整，墨汁鲜红如血，却不像朱砂，并且风是从她那里吹来的，中间夹杂着一丝淡淡甜香。最奇特的是，每字写完最后一笔，它都会从文书上缓缓消失，于是卷面重新归为一片空白。

"长乐公主"似是一直在奋笔疾书，因为看样子长卷已经写完了五分之四，可是冯妙君所见，卷面都是洁白如雪，不落半字。她写的字，都神隐了？

冯妙君立刻想到了先前偷听到的傅灵川与蟹灵的对话。稷器接受天道试炼之前，一国之君要先念诵和手写三万六千字的祷词！

傅灵川就站在她身边为她护法，青石上还放着一截蓝光氤氲的枯木，正是蟹灵栖身的养魂木。

那阵子怪风刚起，傅灵川和蟹灵立刻警觉。

傅灵川原是闭目养神，一睁眼就道："不好！"

他走出两步，屈身伸手往地上一抹，眼中就现出厉色，往四周扫视。

眼看"长乐公主"就要竟功，偏偏这时候出了纰漏，傅灵川也是脸色紧绷，低喝道："谁，出来！"

原来早先以两人为中心，周围的地面上扎入五支须弥针直至没顶，这便组起一个奇特的阵法，称作芥子阵法。顾名思义，这阵法惯能藏须弥于芥子。芥子阵法由两套针组成，分别为扎入地下的须弥针和藏在人身上的芥子针。无论任何生物，只要持芥子针走入阵中，就会被缩小为芝麻粒儿大小。

所以傅灵川等人其实在鲛人王眼皮底下不是隐形了，而是缩小了。

原本布阵的银针扎在地面上，那是连尾端都没露出来，旁人也无从发现。可偏偏冯妙君身上带了一只奇特的液金妖怪，对于珍贵金属格外敏感。

傅灵川伸手去摸，就能发现地底的须弥针被取走了一枚，因此阵法顿告破解！

这阵法的效果匪夷所思，可是弊端也是同样明显，那就是固定之后不能移位，且其中一针被挪动，阵法当即告破。

傅灵川低喝过后，当然就要巡查周围。冯妙君也明白这一点，当即握紧了手中的星天锥，灵力飞快运行于全身。

即便傅灵川没发现她，她也要出手了。无论如何，她都要阻止"长乐公主"继续施法。

就在此时，天地间忽然雪亮，那亮光毫不温柔，而后传来轰隆一声巨响。

声音暴烈洪大，几乎超过了人耳所能承受的极限。冯妙君耳力灵敏，这一瞬间几乎被震得脑海一阵空白，而后耳膜痛不可遏。

她骇然失色，转首望向声音传来的方向——天边。

那里，一道霹雳电光形成的巨型雷柱从天而降，落到了海面上，直径至少达到二十里，外围附着无数游走的电蛇，声威赫赫！

雾霭沉沉的海面，一下亮如白昼。

冯妙君下意识闭目，这才不被强光灼伤眼睛。

如此天地之威，实让人头皮发麻，肃然起敬！

虽只是匆匆一瞥，但她基本可以确认雷柱落下的方位，应是鲛人族追击的那艘商船航行的位置。那艘船上的人做出了什么事，才引动天地震怒，降下如此天罚？

不过她还未来得及思考这个问题，就听到了一声尖锐的惨呼！

冯妙君忍不住探头看向山坳，顿时连呼吸都停顿了半拍，原先一直笔耕不辍的"长乐公主"，手里抓着的一只玉玺落在地上，骨碌两下不知滚去了哪里。她纤细单薄的身体被巨大的三叉戟穿透，就仿佛钢针钉住的蝴蝶！其中一支戟尖，钉进了她的心脏。

冯妙君的视线顺势移动，正好望见鲛人王赫然站在五丈开外，还保持着掷出长戟的手部动作。他的眼中，闪着森寒而快意的光。

冯妙君没有看到，蟹灵支起来的结界如肥皂泡一般被捅破。

他招了招手，三叉戟就飞回他手中，"长乐公主"血如泉涌。

彼时瞬移出去数丈远的傅灵川望见这一幕，不由得怒吼一声，反身冲回来，一把抱住了"长乐公主"。

只一眼，他就看出"长乐公主"回天乏术。她的小手抓着傅灵川的袖子，断断续续唤了两声："表哥，我、我已经写完了……"说不出几字，鲜血就从口角溢出。

傅灵川眼眶都红了，哽咽道："小媛真乖，你先走一步。"

"长乐公主"眼中露出无限眷恋之意，直勾勾地望着他，想说些什么，一口气却再也提不上来，那双小手也垂了下来。

傅灵川怒视鲛人王，每一字都从牙缝里挤出来："无知蠢物！"

鲛人王出手的时机极其巧妙,恰好是天雷贯穿天地、观者无不闭眼的那一瞬间。那时傅灵川也是下意识合目,错过了救援"长乐公主"的最佳时机。

傅灵川暴怒,鲛人王同样连眼珠子都红了。远处天罚突至,那种天地神威能令一切都灰飞烟灭,他派去的数十名鲛人精英,十有七八要被连累。一下损失全族大半精锐,鲛人王只觉心口像被小刀翻搅,痛不可遏!怪不得天地,只能怪眼前的罪魁祸首!

他重新举起三叉戟击出,被傅灵川招架。后者怒极反笑,声音里带着瘆人的寒意:"你害我们都要死在这里,你和你的鲛人族,也都得给我们陪葬!"

场中罡气纵横,才几息工夫,两人就已过手十余招。冯妙君这时才看出傅灵川的修为果然精深,即使面对数百年道行的鲛人王也是毫不怯场。

栖在养魂木上的蟹灵却长叹一声:"不用打了,我们都得死。"

鲛人王从未见过它这样心灰意冷,哪怕满腔盛怒也不由得一顿:"为什么?"

"你以为打断祭天仪式就能阻止生灵涂炭?"蟹灵呵了一声,"太天真了。"

鲛人王一记横刺,戟尖未刺中对手,寸许长的罡气却在傅灵川右臂开了个口子。后者面容荒寂,似是不觉疼痛:"在稷器的祭天仪式上,一旦祷文诵念过半就不能再取消。否则……"他后退两步,指了指远方,那是天雷方才轰击的方向,"那就是前车之鉴。"

青石上的长卷,已经摊开到最后一帧。可见,长乐公主的确已经写完了祷词。这个时候,已经没有反悔的余地了。

傅灵川连眼皮都懒得翻开:"即便稷器在手,我们现在也是死路一条,雷罚转眼即至。"

他脸色破败,看起来不似作伪。

"你杀了她。"蟹灵用巨螯指了指地上的女子,"她是长乐公主,祭文就是以她的名义写就,最后的玉玺也要沾着她的鲜血盖章,这才叫'受命于天'。"

它一字一句:"死人是当不了国君的,这场祭天仪式不得不中断。恭喜你……"傅灵川望着鲛人王,"咱大伙儿要同归于尽了。"

鲛人王不想采信他的话,一个字都不想。可是天罚刚刚就在他眼皮底下降临,那威力连他都惊惧不已。如果天罚真会降临,那么现在他与傅灵川之间的争斗就再没有半点意义了,反正大家要一起死。

"就没有其他法子可想?"蟹灵忽然又问傅灵川,"没有其他人能顶替她?"

"长乐公主要继承安夏气运,这是写入祷词的,没有安夏王室的纯正血脉是做不到这一点的。"

蟹灵:"你不也是安夏王室血脉?"

"我试过了,不成。"傅灵川斜劈出一剑,脸色木然,"我的祖先就不是嫡系,只有她血缘最近。"他的血脉一直就不是承接气运的这一支,继承的安夏王室的血统已经很稀薄。

鲛人王脸色阴晴不定："我怎么知道……"

"怎么知道我说的都是真的？"傅灵川打断他，冷笑连连，"你抬头看看天，不就明白了？"

众人不由自主往天上瞟了一眼，尽皆变色。

不知何时，云团的中心已经移到这里，那个惊人的大旋涡中央探出龙卷，往锥尾山而来。这便是天道聆听祷词的明证。按照正常程序，君主要在天书上盖下印章，而后由龙卷将祭文收走，这才算是"告命于天"，而后开启稷器试炼。

要命的是，方才天边的海船也先出现过这一幕，而后就被天罚给轰得渣都不剩。现在，他们是不是要重走海船的老路？

听起来活路都被堵死了，鲛人王眼睛也红了，忽然刺出一戟，正中傅灵川肩头："你们该死！"无论傅灵川说的是不是真话，这场无边祸事都是他带来的。即便最后难逃一死，鲛人王也要先手刃了他。

"长乐公主"一死，傅灵川就知道自己也没了活路。他还有雄图大业，还有满腔抱负，结果却要被鲛人王这一戟葬送在海中孤岛上。壮志未酬身先死，教他如何不恨，如何不怨？

鲛人王发狂来攻，傅灵川也是冷笑一声，分毫不让。

蟹灵眼看两人将山上的浮土都捅了个窟窿，而后打出了山坳去，也是满心无奈。原先说好了去人间承接气运、安享元力，哪知到头来要落得个连残魂都保不住的下场。

它正有些自怨自艾，视野里忽然多出一个纤细身影——

有个姑娘从岩壁上方跃了下来，立在青石边上，拾起无字天书细细端详。

那上头自然是空白一片，只字未见。

她看了看地上的"长乐公主"，又抬头望了蟹灵一眼："落款没？"

"还不曾……"它脱口而出，而后才想起，"慢着，你是谁？"

这女子生得普通，扔在人群里都找不出来。可是能出现在这里的人物，都不一般。

咻的一声，它收起长卷。

冯妙君不抢不夺，只蹲下身子在草丛里摸了几下，终于拣起一物，形状方方正正。

蟹灵一眼认出，这就是那只滚落在地的宝玺。它由最上等的东山玉制成，上雕一只背生双翅的虎形怪兽。此兽名为穷奇，原是上古恶兽，后随天神征伐有功，人间也开始祭拜，始视为祥瑞。

没打碎就好。她松了口气，将宝玺拿在手里，又有两分犹豫。

真要这么做？这就意味着她孜孜以求的太平、自由和安稳，从此都会离她远去。

可是放弃这个机会，所有人都得死，包括她，包括冯记众人，包括这岛上和周围海域的所有生灵。生命诚可贵啊。首先得活着，才有其他一切。

这时天上隐现风雷之声，乌云中的闪电越发密集，那光芒连云团都遮不住，每一下都引动天地之间一片苍茫。

谁都能一眼看出，那里头正在酝酿一次大杀招。

一记电光闪过，蟹灵就听到眼前这小姑娘对它道："不想被劈得魂飞魄散，就把天书给我。"

湮灭在即，蟹灵也懒得对她动手了，只问："为什么？"

她的回答言简意赅："我身负安夏王室正统血脉。"

"什……"蟹灵赫然变色。魂体由淡蓝直接变作赤红，像是被水煮熟了。就是方才鲛人王刺杀"长乐公主"，它的心神都没有这样荡漾过。

"怎么可能……"天底下哪有这种巧事，茫茫大海中的孤岛上还能蹦出第二个安夏王室血脉！

冯妙君语速又快又急："反正你也是坐以待毙！何不放手一搏？"

是呀，反正试错也是身殒道消，结局不会有任何改变。陌生人又如何，来历不明又怎样？大家都是死到临头，这小姑娘总不会平白无故来消遣它。

蟹灵也是积年老鬼，心思比旁人都通透，这时当机立断，将天书掷还给她。

冯妙君低头去寻笔墨，这两样东西在两强的战斗中被罡风波及，不知被打飞到哪里去了。

她翻了半天才找着一点蛮蛮鸟制成的血墨，足边有物滚来，却是白板找着那支毫笔，将它推过来给她。

接下来就是重新蘸墨。

眼看天空中一团电光越来越亮，几乎可以灼伤人眼，天罚转眼将至，劈下来便是十死无活，蟹灵不由得催促道："快些，快啊！"

它动用魂力快速展开天书，将最后一帧直接捺在她面前："左下角落款盖印，快！"

笔尖吸饱了血墨，冯妙君笔走龙蛇，在全卷左下角飞快题写了自己的名号和年月。

蟹灵全程瞪大眼睛瞧着，这时就惊呼出声："你！"

尽管每写一字就消失，但蟹灵不会错认，那一行里写的是"长乐公主"这四个字。

她居然敢冒用长乐公主的名号，真不怕天打雷劈？

她说她身负安夏王室血脉！也就是说，她同样是安夏王室的继承人，是另一名公主？

冯妙君哪有空管它在风中凌乱，自取星天锥划破掌心，将宝玺沾满鲜血，就要盖到无字天书上。

就在此时，不远处传来一声大吼："你做什么！"

却是傅灵川两人重又奔了回来，望见这一幕错愕不已。两人自忖将死，对彼此都是痛下杀手，傅灵川现在衣鬓凌乱，面色涨红，肩膀和肋下血染重衫，平日的贵公子如今带出满身狼狈。

"在试着救你一命呀——"冯妙君冲他嫣然一笑，"表哥。"

就在此时，四人头顶正上方云层散开，炸出一记轰然巨响，整座螺浮岛都在这等天威下簌簌发抖。到了此时，鲛人王对傅灵川方才的话再无一丝怀疑。

天罚，真要降临了！

他和鲛人一族，死定了！

蟹灵不管不顾，嚎得声嘶力竭："盖印，快啊——！"

它都见到乌云中间蕴含一团光芒四射，转眼就要向下方垂直轰下。

那口径，比起先前轰击海船的雷柱更粗更长，显见得威力还要更上一个台阶。

雷声轰鸣中，冯妙君一度失聪，根本听不见蟹灵的话。但她当然不会漏看天上的异象，只是此刻平心静气，纤手并无一丝颤抖，稳稳地将宝玺摁在了天书上。

就在天罚降下来的前一瞬！

她轻轻抬起玉玺，一个四方周正的血红大印盖在全卷末尾，清晰无误。

也就在这一瞬间，全卷三万六千言忽然一齐显现在天书上，一字不漏，尽数绽放赤红光芒！在场四人的视线黏在这上头，再也挪不开了。

傅灵川难以置信，连声音都在颤抖："成了，居然成了！"只有宝玺盖下的大印生效，天书上写好的文字才会重新显现出来，真正变作祭给上天的祷词！

这就说明，宝玺沾印的鲜血有效，乃是最正宗的安夏王室之血！

也就在祷词生效的那一刻，乌云中的电光忽然消失了。

它来得声势浩大，去得像羚羊挂角，稍纵即逝，再不留一星半点的痕迹。只有一条漫长的龙卷垂下来，大风将青石台上的天书卷上半空，很快消失到云层里去了。

长乐公主按时、按规定交齐了祭天的材料，于是天罚取消。

众人站在半山腰，只能望见云中透出来的红光，那是天书中祷言的光芒兀自未散。

新夏国提请神物"螺浮"为镇国稷器，至此，礼成！

傅灵川额上沁出豆大的冷汗，随便找了棵树倚着，面色中透出疲惫；鲛人王肤色异于人类，旁人只能看出他满脸劫后余生的庆幸；至于蟹灵，直接瘫在了养魂木上，久久说不出一个字来。都以为在劫难逃了，哪知千钧一发之际，居然还捡了条命回来。

三大强者互视良久，均觉心里怦怦直跳，久久不能平复——直到冯妙君放下宝玺。

"锵——"玉石相击之声清脆悦耳，这才将另外三人从各自思绪中唤醒。

傅灵川瞪着她，一字一句："你到底是谁！"方才宝玺盖下，祷词生效，他的目光就死死盯住了全卷落款的那一行小字，那上头清清楚楚写着"长乐公主"！

"你方才没看清？"冯妙君望着他微微一笑，"傅公子借用我的名头多年，现在反而认不出正主儿了吗？"

这话说得浅显，连不知就里的鲛人王、蟹灵都听出了讽刺之意。傅灵川一张俊脸白了又红，红了又白，声音中仍是满满的不可置信："长乐？"

"如假包换。"她取了帕子包扎手掌，"我倒想知道，这冒牌公主如果没死，要在天书上怎样落款？她敢写'长乐公主'的名号，恐怕上天不认吧？"

傅灵川不吭声了。

不过冯妙君也明白，假公主多半不写长乐公主的名讳，只会在天书上落下自己的真实姓名，反正天书只有上天能看到。这活脱脱便是窃国了，从长乐公主手里将正统、将新夏国抢到自己手中，还能名正言顺。

不过现在不是计较这个的时候，她动了动手指，笑得云淡风轻："我救了你们的命，不谢哦。"说罢，转了个方向，迈步要走。

"请留步！"傅灵川一下拦住了她的去路，"祭天仪式还未完成，'螺浮'要经受十六记天雷试炼！"

"那与我有何干系？"

"试炼通过之后，你就是新夏女王，理应随我一起回返，将这喜讯带回新夏！"

冯妙君呵呵一笑："没兴趣。"

傅灵川面色微动，一个闪身站到她面前，伸手往她柔荑扣来，道："我们聊聊。"

冯妙君脸上笑容还未敛起，皓腕一翻，压着一点寒光直挑他臂上动脉，无论速度、角度都妙到巅峰，也没有一点杀气，仿佛就等着他亲自送上门来一样。

傅灵川微惊，一个错步闪身避开，虽然没被她刺中，臂上却被星天锥尖暴涨的罡气划出一道伤口。他改用右手去抓她肩头，却泛起一阵奇特的疲惫感。

她的攻击当中居然附有诅咒。

傅灵川虽不清楚星天锥"敲骨吸髓"的特性，不知道它在刺伤敌人后能将对手的生命力源源不绝输送给冯妙君，却也发现她不似伪长乐公主那般柔弱。

他指尖快要触及对方肩膀，她颈后却突然冒出一条尾指粗细的小蛇，直朝他掌心电射而来，其色彩斑斓，一看就是剧毒，扑近了更是张嘴露出又弯又细的獠牙。

傅灵川本能缩手，可紧接着眼前一花，那小蛇也不见了踪影，冯妙君却欺到他身前，一拳朝他肩膀打去。

她动作不快，傅灵川还来得及伸掌架住。

姑娘家的拳头白皙精巧，不像有甚杀伤力的模样。可是傅灵川和她甫一接触，顿时有股庞沛巨力铺天盖地而来，刹那间将他击出三丈开外！

傅灵川还未站直，眼前人影一闪，她居然又站到眼前，拳风扑面而来！

这回傅灵川可不想再接，勉力一个侧身躲开了，于是她这一拳重重击在了山壁。

在场的都听到一声让人心头压抑的闷响。

并不是她的拳骨开裂，而是石壁在她的劲道下簌簌发抖。不及十息，这面高近十丈的坚岩就爬满了裂纹，紧接着就在众目睽睽下崩解成无数碎片，哗啦啦落下，搅出一片尘土飞扬。

每一块碎片，都比她的拳头还小。

这一击，干脆而霸道，是赤裸裸的武力炫耀。

这一场声势浩大中，她已经闪身站开，望向三人。

余者呆若木鸡，又以傅灵川最有体会。

在场的两个人加一只蟹灵都能看出，她不想取他性命，因此第一击手下留情，第二击打在山壁上才是真实力量，以作警告之用。

照这般说来，她的修为之精深，力量之霸道，实是令人咋舌。

一边的鲛人王原本脚步微动，目光闪烁，见状怔了一下，没再动手。

冯妙君微微抬首，望着他冷笑："傅公子，你忘了君子动口不动手吗？"

冯妙君考虑过了，此时击杀傅灵川弊大于利。她形单影只，一个人根本应对不了后续那许多麻烦。既如此，她对傅灵川就要进行有效震慑，让他死了挟持她的心。

傅灵川心思动得飞快，一指鲛人王："没我相护，你走不出螺浮岛，甚至躲不过接下来的天雷试炼，会和这些倒霉鬼一起化作飞灰。"

冯妙君不语，鲛人王面色铁青："你！"

可自己和族人刚刚死里逃生过一回，斗志已然大减，并且他这会儿已经明白，既然走到这一步了，稷器的天雷试炼就不可避免，无论他能不能杀掉眼前这些人。

他自个儿道行精深，还有那么万分之一的概率能硬扛十六记天雷，可是余下的、还未离开的族人怎么办？

鲛人王恨毒了傅灵川，此时却不得不忍气吞声，望向蟹灵："你与鲛人族互依互存千余年，这时竟然不施援手？"

亚神的躯壳扛住天雷试炼不在话下，可蟹灵是否愿意耗费更多力量救护岛上的其他生命？

到底是千余年相伴的情分还在，蟹灵看着他也觉不忍，遂低声道："这样吧，我能护住鲛人族不受天雷轰击，条件是你与新夏国之间的账要一笔勾销，在他们离开禁忌之海前，你和鲛人族也不得再找他们麻烦！"

他和傅灵川之间的账？是说这家伙算计鲛人族赖以维生的领地、引来天罚杀掉数十鲛人精英，最后还要迫得整个鲛人族失掉螺浮岛，从此无家可归吗？鲛人王将拳头捏得咯吱作响。

一笔勾销？呵呵，他恨不得食其肉、寝其皮！

鲛人王深深地吐出一口气，将满腹恶念强行压下，恨恨道："好，一笔勾销！"

傅灵川看了蟹灵一眼，对他的提议并不反对："既如此，让你的族人躲进下城。新夏女王可以向天祷告，祈求将天雷试炼延到两个时辰以后。"

两个时辰对鲛人来说，倒也足够了。鲛人王看看傅灵川，再看看冯妙君，不发一言，转身要走。

"且慢。"冯妙君却出声道，"救一族也是救，救一岛也是救，你何不将岛上生灵一并救了，算是给自己、给新夏国积点德！"

傅灵川这时已经恢复往日神采，闻言望着她似笑非笑："凭什么？"

"就凭我刚刚救过你们的命。"冯妙君嘴角一弯，"知恩总要图报吧？"

鲛人王脸色一板："我这就去。"说罢施展神通，几息后就不见了踪影。

鲛人王离开后，冯妙君念好祷词，恳请天道在两个时辰后降下试炼。

她立在山腰远眺海面，有两个时辰的缓冲，冯记搭乘的商船应该顺流驶得很远了，天雷降下来也波及不到它。

冯妙君将视线从天边收回，一转身就看见傅灵川牢牢盯着她，一瞬不瞬。

那种目光她很熟悉，在云嵂的眼中也时常出现。

那代表了深思，代表了算计。冯妙君并不意外。

早在她决定接过宝玺，用自己的鲜血为天书盖章时，就做好面对接下来这一切的准备。

此事太过匪夷所思，哪怕有天道为证，傅灵川眼中依旧布满了疑虑："你若真是长乐，不该长得这般……"

她替他接了下去："平庸？"论样貌，安夏王夫妇堪称人中龙凤，生出来的后代不说倾国倾城，至少不该平凡无奇。

傅灵川抿紧薄唇，默认了。

冯妙君伸袖遮着脸，再放下手时，露出的便是真容。

哪怕见惯了美人，傅灵川猝不及防之下还是露出了满眼惊艳。

他张了张口，好一会儿才找到自己的声音："你当年……当年怎么逃出王都的？"

安夏国灭，王室血脉尽数殉国。

冯妙君微微侧首，露出一丝揶揄："倒是与表哥在外宣扬的相差无几，我以为表哥知道，怎还来问我？"

傅灵川俊面微微一红，不自在地轻咳一声。他当年接到情报，安夏嫡系无一逃生，这才去寻找其他王室血脉来冒充长乐公主。现在正主站在他面前翻旧账，任他脸皮再厚也有些难为情。

冯妙君指了指地上的女尸问他："这位长乐公主又是哪里找来的，竟然和我母后有些相像。"

傅灵川轻轻按着尸体肩头，她就不见了，想必是被他收入了储物戒中。

"她的生母就是王后的亲姐姐，生父是安夏的二王爷，也是你父王的胞弟。她长年被养在外头，王爷府中并不知晓。安夏国灭时，她躲过一劫，后来被我寻到，共举复国大业。"

被养在外头……原来是偷情的结晶，难怪不为人知。冯妙君凤眼微眯，想不到死去的伪长乐公主和自己居然真有血缘关系，算起来，这是长乐公主二叔的女儿，是堂姐妹，难怪同样可以继承安夏气运。

傅灵川望着她，面露关心："公主这几年流落何方？"

确认她是长乐公主本尊无误，傅灵川对她的态度立刻变得温和。

"周游列国，见识风物，开了不少眼界。"她从云嶂那里学到一桩本事，那就是说了和没说一个样。

"表妹接下来有何打算？"从方才种种表现来看，这位表妹不是一盏省油的灯，傅灵川干脆有话直说，"你现在鉴证于天，已是名副其实的新夏女王。"

她瞥他一眼，满脸兴致缺缺："没兴趣。我过得逍遥自在，若非被你危及性命，我本不必出来的。"

的确，这次意外差点就要了所有人性命，包括她的。傅灵川摸了摸鼻子，承认道："是我的错，我思虑不周，然而新夏国需要你。"

冯妙君摇了摇头："你能立一个假的新夏女王，就能立第二个。"

傅灵川啼笑皆非："那时我不知你活着，不得已为之；现在公主本尊明明健在，决计不能再这样糊弄了。"

他也知道自己原先的举动是糊弄天下？她眼波流转，另有一种灵黠："这是傅公子的拿手好戏，岂非驾轻就熟？"

傅灵川苦笑道："表妹就别再打趣我了。安夏失国，数百万人都要忍受魏国暴政，苦不堪言！先王先后在世，必不忍心见到。"

冯妙君笑了，拿先父先母来压她？

"母后送我逃出前着意叮嘱，让我隐于民间，再不为国事所累。"

"安夏王后拳拳之心，着实让人感动。"傅灵川动容，但话锋紧接着一转，"可是公主这几年隐在民间，难道人间就真的太平？征战动乱，最苦的是百姓，所谓覆巢之下焉有完卵？"他长叹一声，"想要独善其身，难矣！"

冯妙君似笑非笑："这就不劳傅公子费心了。"

她这般油盐不进，傅灵川也有些无可奈何："公主不妨直说吧，怎样才肯回安夏当这女王？"眼前这一位，明显比假长乐公主更难对付。

从看到天罚消散那一刻起，他就明白，自己一定要将这位真正的安夏公主带回去，不管付出怎样的代价！再说，他不信这位公主没有野心、不曾盘算。

冯妙君微微一哂——早这样摊牌，大家都轻松嘛。

她有两个选择。

一是杀掉傅灵川，拿着试炼成功的稷器跑路。可是这样一来，刚刚建国的新夏怎么办？那毕竟是长乐公主的祖国。况且傅灵川的修为到底有多高，冯妙君现在还没探着底儿。真要跟傅灵川生死决斗的话，她并没有十足的胜算。

于是，就还有一条出路，就是与傅灵川合作。

这是她最痛恨的一个选项，可是……

"首先，我的姻缘自主，我只嫁给想嫁的男子。谁也不得用任何方式、任何手段直接或者间接胁迫我。"

傅灵川以为她会首先要权，没料到提出的居然是这个要求，不由得一怔。

冯妙君看着他的神情："怎么，这第一条就办不到了？"

傅灵川略一犹豫，实话实说："长乐……燕王有心让十九子娶她。"

果然如此！冯妙君微微冷笑："已订婚？"难怪以假长乐公主之美貌，过去几年在燕都那个大染缸都过得好好的，想来燕王不许旁人染指自己儿媳。

"曾有口头约定，我没有瞒她，况且她也并不反对。"傅灵川抿唇，直视冯妙君的双眼，"不过她已经死了，此事也不必再提，你不愿嫁，那么我们回绝便是。"

"能回绝？"

"不能也得能。"傅灵川剑眉微轩，带出一丝傲气，"你是新夏女王，不必听从任何人的命令。"

好大的口气。冯妙君笑了，知道事情肯定没有这样简单，但她有自己的盘算，因此继续开下一个条件："还有，我要一滴金枝玉露。"

"什么？"这又是一个出乎傅灵川意料的条件，"你要那个作甚？"

"这就是我的事了。"冯妙君毫不客气，"我看你与阳山君走得很近，今年螺浮渔当上的金枝玉露基本被他包圆儿了，你可有办法弄一滴来给我？"

"金枝玉露啊……"傅灵川拖长了语调，神色有些奇异，"此物虽然不菲，但以你新夏女王的身份，弄上一滴应该不成问题。"

她的心跳怦怦加快两下，却要保持脸色不变："能，还是不能？"

"能！"

"起誓吧。"冯妙君也很干脆，"以上这两点一定办到，并且越快越好，我就当新夏女王。"

傅灵川有些意外。她要的不是太多，而是太少，也正因为太少，所以才不好完成。

他发了一个恶狠狠的毒誓，冯妙君一字不落地听在耳里，又抓着他反复推敲了几次，直到誓言里没有任何转圜的余地，才转身走回青石台边，收起了宝玺。草丛中的液金妖怪白板顺势钻进她衣裳下摆，无人发觉。方才就是它拔起了芥子阵的须弥针，破去了这个天衣无缝的伪装。

傅灵川则举起了养魂木："螺浮成为祭器后，还要请王上封我做新夏国师！"

"没问题。"冯妙君笑吟吟道，"合作愉快。"

新夏国内，暂时找不出比傅灵川更合适的国师人选了。

"对了。"她忽然站定，"你手里真有天魔秘术？"

"有。"

"拿来吧。"她冲他勾勾手指，"我想看看。"

此物留在他手里也没甚大用，傅灵川想了想，将天魔秘卷交给了她。

两个时辰很快过去。

在海族的安排下，岛上多数智慧生灵都躲进了螺壳当中。在接下来的十六记天雷试炼中，这就是所有人的避风港，暴露在外头、没来得及进入螺浮下城的，都被天雷秒成了飞灰。

两个时辰的时间，足够冯记搭乘的商船溜出很远了，天雷余波影响不了它。冯妙君也就放下心来。

古往今来，这情况也算是格外特殊。至少从来没有哪位新晋国君、国师是待在接受试炼的法器内部的。

在这两个时辰当中，新夏人始终拱卫冯妙君，唯恐鲛人不守信用，潜过来暗杀她。她也不是弱质女流，经历过连番大阵仗后也不需休息，只问阳山君的下落。

"已经乘船离开。"傅灵川告诉她，"多数贵人在下城发生爆炸后，都选择第一时间离开螺浮岛。"

冯妙君轻叹一声，有些可惜，不过随后就道："阳山君去哪儿？返回燕都吗？"

说话间，整个下城都在颤动，并且随着时间推移，震颤得越来越厉害，那是因为整个螺浮岛正在接受天雷试炼之故。越是往后，要挨的天雷越厉害。

"是的。"

"那我们也去燕都。"

傅灵川皱眉："我们刚刚取得稷器，最应返回安夏地界，将这好消息昭告天下……"

冯妙君笑了笑，只说四个字："金枝玉露。"

傅灵川薄唇紧抿。

他也不想在她出任国君第一天就驳了女王面子，暗暗吸了口气才道："好。"

答应她的要求，就会打乱原有计划。他身后一名清秀少年忍不住道："大人，我们还要……"

"住口。"傅灵川一声训斥，"就按王上的要求来办。"这个节骨眼儿上，他不想冯妙君反悔。

冯妙君笑吟吟地望着那名少年。她貌美如仙，这一笑如百花齐绽，看得旁人都有些眼晕，这少年更是面色微红。直到他低下了头，她才轻声道："这位是？"

"这是钦原侯梁书栋之子，梁玉。"

她轻轻哦了一下，柔声道："我有点儿渴了，你给我拿一碗石花蜜粥好吗？"

梁玉不敢看她，听到她的话应了声"是"就夺门而出，走出数十丈，兀自能听到这位新夏女王银铃般的笑声，他的心脏怦怦直跳，脸上一阵火烧。

傅灵川无奈道："淘气。"

冯妙君收敛了笑容，问："天雷试炼结束，岛上的人怎么办？"

试炼过后，整个螺浮岛理所当然都归新夏。可是海族经营千余年来，岛上生灵众多，除了妖怪还有大批人类居住。

傅灵川笑了："我原以为，稷器试炼成功之后，我们会第一时间离开。"

冯妙君明白，他并不打算妥善安置所有人。事实上，他这趟窃走螺壳就是和鲛人结下不共戴天之仇，只会计划怎样全身而退，不令海族追上，哪有替岛上生灵考虑的余地。

"现在呢？"她紧问不放，"时移事易。"

现在他们占了上风，鲛人族妥协了，是不是该把目光放得长远一些？

傅灵川笑道："我王有恻隐之心，是他们的福气。我给鲛人族十二个时辰，着他们带着家当和人口撤离螺浮岛。"说到这里，足尖轻点地面，"螺浮一旦化作稷器，就再也变不回来了。"

冯妙君点头，倒是知道稷器的特殊之处。任何法器神物一旦通过试炼，就可以择机变作稷器，都是小鼎形状。从此以后，除非王国覆灭，否则它是变不回原样了。

他的安排还是妥当的。

"要防海族事后报复。"

傅灵川笑了："王上放心，我有主张。"

这时梁玉果然端着一碗石花蜜粥进来了。冯妙君伸手接过，银匙在里面轻轻舀动，却不饮用，只笑看众人一眼。

傅灵川心领，将其他人都撵了出去："王上有何吩咐？"目光无意落在她手上，见她指若春葱，肤作白玉，果然美人儿无论做什么动作都是赏心悦目的。

冯妙君笑道："进出一趟螺浮岛，长乐公主就变了个样子，你要怎么和外人说起这事？"

假长乐公主在燕都住了几年，后来又去过岷境、安夏，见过她的人不知有多少。这回傅灵川领回去就脱胎换骨，必有一套说辞。

傅灵川唉声叹气："那也无计可施，只能说从前为避开不必要的麻烦，一直都用着易形蛊。"

冯妙君妙目流转，忍不住笑了："恭维得好。"这是夸她长得太漂亮，所以不能以真容示人？理由太薄弱了。

"从前身在客乡，正该韬光养晦。"傅灵川望着她的俏靥，意味深长，"今后，都不同了。"

方才一阵大震之后，很久都没再听见雷声了，外头仿佛风平浪静。冯妙君站了起来："天雷试炼好似结束了？走吧，新夏的大国师该走马上任了。"

国师任命仪式也在露天举行，她和傅灵川就要穿过螺浮下城往上走回地面。螺浮下城虽然拥挤，但人们多半行色匆匆，为撤离做最后的准备。就在这时，冯妙君察觉出一道探究的视线落在自己身上。

她转过头，恰好和景顺四目相对。他身后还跟着两人，都是魏国的修行者。

冯妙君看到他，微感惊讶，不过随后就想起来，螺浮岛发生恁大变故，景顺多半要把这消息打探完毕才返回魏国，上报第一手资料。

那个吃惊的眼神表明，景顺认出了她。

这里的异动，看来是瞒不过魏人和云嵝了。冯妙君心里一叹，目光却从他们身上一扫而过，毫不停留。

国师的册封仪式很简单，不消一刻钟就走完了所有程序。

开国后首任国师由君主直接任命，后面再有交替就需要通过试炼了。

螺浮岛的新主人下了最后通牒，岛上的生灵需得在时限前搬走。坐船来的海客仍然乘船离开，剩下的人就要由海族想办法了。这时就看出鲛人族的家底丰厚，随便拿出来的数百件载人法器如玉舟、玉碗，容量甚巨。海族中又出动数百只巨型海龟，每只身长都在十丈以上。

望着海水中形形色色的载具随波起伏，梁玉忍不住嘀咕一声："可惜。"如果在试炼之后将螺浮岛直接变作稷器带走，这许多宝贝是不是也能由新夏一应收入囊中？

那可是鲛人族积攒了千余年的家业啊，那数不尽的珍玩财宝对任何势力来说，都是一大笔宝藏。

他声音虽小，却也随风飘入冯妙君耳中，她淡淡道："凡事不可做绝，要留一线生机。"

梁玉低下头不敢反驳，傅灵川却深深望了她一眼。

大撤退期间，有两只体形硕大的仙鹤从天边飞来，翩然落在螺浮岛上。傅灵川的手下迎上去，一鸟喂了一块灵石。

冯妙君懂了："来接我们的？"

"是。"傅灵川笑道，"我和西山壁的妖王有些交情，提前打过招呼，他派这两只鹤妖来载我们回返。只不过行程有变，现在要去南岸了，反倒是更近了些。"

难怪傅灵川先前胸有成竹，不惧海族事后报复，原来布好了后手。冯妙君忍不住夸了他一句："算无遗策。"

她认识的能人当中，行事诡谲莫测当属云嶷，而未雨绸缪、滴水不漏的，首推眼前的傅灵川。

不远处的鲛人也望见这一幕，尽管气恨交加，却也无可奈何。

就在一片紧张忙乱中，十二个时辰过了。

白鹤载着两人冲天而起，盘旋了几圈。见傅灵川点头示意，冯妙君低声将口诀念了，于是众目睽睽之下，偌大的螺浮岛冒出袅袅青烟。

转眼间烟气就由少变多，扶摇直上，在傅灵川摊开的掌心里重新积聚起来，最后化作不及巴掌大的一只小鼎。

那只鼎的模样，就与云嶷昔日所用毫无二致，只不过其中翻滚的不是红烟，而是青气。

再看海面上，一片空空荡荡，只余万顷碧波。

新夏国从此有了稷器，禁忌之海上却少了座螺浮岛。

白鹤载着冯妙君和傅灵川二人越飞越高，转眼就穿透云层，飞到万里之上。

此时正逢日出，东边瑞气千条，下方云团滚滚，仿佛是另一片海洋，壮观难言。白鹤在云海中穿行，连翅膀也一起被镀作赤金。

东升的旭日太耀眼，她忍不住微微眯眼，想起这趟旅程的荒谬。

安夏国灭，傅灵川找不到她，才启用了假长乐公主代替她；现在假公主死了，真长乐公主却重新进入傅灵川的视野，重新接过新夏国的权杖。

冯妙君逃离云嶷，是为自由，也为远离俗世纠纷，希望寻到净土，过上与世无争的逍遥日子。哪知阴差阳错，螺浮岛上一番惊心动魄，又将她迫回最初的轨道上去。

真正的长乐公主继承了新夏王位。

从今以后，她不再是自由自在的冯妙君了。从今以后，她要负担的不仅仅是养母，不仅仅是冯记。

那是数百万公里的土地，那是数以百万计的平民。

她接过来的，正是她从前一直躲避的。

这样东西，就叫作责任。

第十九章　新夏立国

从螺浮岛的位置飞去南岸，以鹤妖的速度也要足足四日。

中途休憩时，傅灵川选了个有绿树的海岛落足。白鹤去捕鱼时，他独自去了岛上小山的另一边。半个时辰后，那里就冒出了浓烟，还有些古怪的气味。

那种气味，她在战后闻过不止一次。

冯妙君等了许久才往山后走去，恰好看见沙滩上一个临时搭起的木台子被烧空，傅灵川半跪在地，小心将灰烬往小罐里装。

冯妙君停下脚步，默默看着。她惯不会安慰人，这时也不知该说些什么。

好一会儿，她才打破沉默："她叫什么名字？"

一把火过后，那个顶替她的妙龄少女就化成了灰，冯妙君却连她的名字都不知道。

"她闺名霏媛，但已经很久不用了。"傅灵川幽幽道，"自她七岁起，就时常与我见面，一个是王府的私生女，一个是发配边关的王室远亲，总会有些话说的。"

冯妙君沉默半晌，才问他："为何要复国？"

"为什么不？"傅灵川转头，眼睛还有些红肿，目光却很凌厉，"我是安夏人，祖先辅佐郝家创立浩黎帝国，历三百年战乱而不倒！妹妹，难道你从不以自己纯正的血脉为荣？"

很遗憾，她并不能感同身受。冯妙君静静地望着他，那双丹凤眼清澈如水。

傅灵川读懂了其中不加掩饰的淡漠。他揉了揉眉心，苦笑道："国灭时你还太小。无妨，等你回到安夏就知道了。"

"或许吧。"冯妙君看着他将骨灰瓮收进储物戒，"这个戒指，我能有吗？"

傅灵川哦了一声："自然！这是我疏忽了。"说完从左手尾指退下一枚戒指递给她。

这可是男款戒指，虽然上头嵌着的翡翠很大。

傅灵川及时解释道："你先用着，等回了安夏后我再给你找。我给过霏媛一个，她弄丢了。"

冯妙君谢过，接过来戴在右手食指上。

此时白鹤清唳一声，降落到沙滩上。

"走吧。"歇够了，该上路了。

抵达南陆沿海，鹤妖并未停留，而是继续往南飞行。按冯妙君的要求，两人要取得金枝玉露后才能返回安夏，于是傅灵川干脆以每日三十灵石的价格雇下两头鹤妖，直接飞往燕都太平城，并且预订了返程。

又整整飞行了四日，两人终于抵达太平城。

两头鹤妖在城郊卸客后筋疲力尽，自行觅食去了。

傅灵川带着冯妙君换了快马，终于在天黑之前进了城。

燕国的都城太平城，那是人口破百万的大城。常住人口数量是燕国北部附近三四个小势力相加的总和。冯妙君走在街上，常见门阀子弟鲜衣怒马、笑傲来去，富户以绫罗为衽裳，平民也有细棉布服，妙龄少女曲裾广袖，环佩叮当，服色之鲜艳只有嶀都可比。

只看她们衣着，冯妙君就知道燕人承平已久。

进入燕都之前，她又用易形蛊改换了面貌，扮作那位假长乐公主。这也是傅灵川的建议，为了此行减少纠纷，路上他们打听到阳山君未在城里，只好先回了傅灵川的住所。

傅灵川早就在燕都置办了大宅，称作松岚别院，离王宫不远不近。冯妙君住进去，只觉这宅子当中的布置每多巧思，显然傅灵川胸中有丘壑，也是个妙人儿。

耐心等了三天，没等到阳山君回都，冯妙君反而等来了另一个重磅消息：魏太子兵败身死，魏国平叛结束，内乱终止！

"怎会这样快！"冯妙君失声道，"魏太子有精兵悍将，至少也该撑到明年才分胜负！"魏国离这里有千万里之遥，南北陆中间还隔了个广袤的禁忌之海，魏国的消息要传到这里来至少得走上三个多月。那么也就是说，今年盛夏之前，魏国就已经平叛成功了。

傅灵川同样面色凝重。魏太子兵败如山倒，快得让他措手不及，他恨不得插翅飞回新夏去。

魏国平叛成功，牵制它的力量就消失了，新夏刚刚建国，尚属稚嫩，哪堪魏国讨伐？

她这里怔怔出神，傅灵川也在凝望她。两人坐在小园中，凉风习习，她身后就是怒放的桂花，俏面花颜交相映，美得不似真人。他记得表妹的本来面貌，其容色之盛，比起当年的安夏王后有过之而无不及，今年却仅是二八年华。

但这样的美貌太有欺骗性，让人忙于惊叹她的容颜，却忽略了她人本身。在一起经历了这么多事情后，傅灵川知道，过去几年里他这个表妹绝不像自己所说的那样，是个闲适的升斗小民。在过去几天的接触中，她都有意无意地避开他的试探，除了现有的名字和身份，傅灵川至今没弄清她的过往。

她从哪里来，为什么需要金枝玉露，甚至要抛下国家大事来找阳山君？这些她都咬紧了不说，傅灵川无可奈何。

这位不知过往的表妹，可不是一盏省油的灯啊。

有王如此，新夏国恐怕从此要平添许多变数。

又过三日。

冯妙君这时都有些佩服傅灵川了。明明他心忧新夏，明明他不满冯妙君因私忘公，明明他们每天待在太平城里，付给鹤妖的灵石还在哗哗流出……可他压根儿不说，甚至不曾流露半点不满，每日陪伴在她左右，依旧让人觉得如沐春风。

这人心性深沉，也更有涵养，比云崺那个阴阳怪气的家伙好多了。

傅灵川陪她出门游逛，走近城北就听到炮仗声，冯妙君望向那个方向，奇道："哪家在办喜事？"

这里可是太平城的富人区，遍地豪宅，主人非富即贵，其中权贵数量占了绝对上风，光有钱还住不进来。

傅灵川笑道："是高将军家乔迁了。"

"哪个高将军？"

"还能有哪位？高贵妃的亲哥哥，风头正劲的高大将军。"傅灵川悠悠道，"他搬进了平渊侯的大宅，然后广撒请柬，也发了一份给你。"

冯妙君一怔，然后冷笑："所以我们现在在给他家贺喜的路上？"

"正是。"傅灵川道，"贺礼都备好了。"

今日的高家实是宾客云集，热闹非凡。傅灵川在这里遇到许多当朝大员，借着谈话之机，不动声色地给冯妙君一一引见。

冯妙君最后见到了高将军，这位大将军因为妹妹受宠，也因为战功赫赫，近十年来风光无限，这时饮了几杯酒，更是满脸红光。

冯妙君在一边看着，低声问道："当红大员乔迁，燕王不来？"

"不来。"傅灵川声音更低，"燕王从不参与臣子活动，除了邢太师的寿筵。"

无论燕王修为和地位有多高，邢太师始终是他岳父，他就要遵从世俗礼法，这一点直到老头去世都不会改变。而对邢太师来说，这就是国君独宠邢家的有力表证。

逛过园子，冯妙君就告辞了，高家也没有多作挽留。

天色尚早，傅灵川就陪着冯妙君去东市走一走。

她没买着什么称意的玩意儿，倒是听到街头巷尾都在热议一事。

原来，燕国在两个月前出兵讨伐西南和西南部的三个小势力，其中两个小国，一个宗派。最近捷报频传，百姓都津津乐道于燕军的强大，肃清之如秋风扫落叶。

对于冯妙君和傅灵川这样一叶知秋的人来说，这几个捷报却传递出更深层次的讯号。

"燕国忍不住了，终于动手了。"傅灵川分析道，"燕国承平一百多年，偶尔只有局部的小灾小疫，国富运强。就好像雄狮养得膘肥体壮，只为了在争斗中置敌于死地。"

冯妙君想想南陆的地理："接下来它的主要目标是哪个，蒲国还是熙国？"

"都有可能。"傅灵川看得明白，"扫清这些小势力，只是为了往西大举进攻做准备。"

西边最大的两个国家，不是熙国就是蒲国了。至于燕国中北部的桃源境，与燕国一直都是睦邻，双方撕破脸皮的可能性很小。

冯妙君喃喃道："战事频传，我看燕都的城民不以为惧，反而跃跃欲试？"

傅灵川嗤笑一声："太平久了，早不知道战争可怖，只引为谈资。他们若是生在安夏，见过破败，识过艰辛，当会祈祷这天底下再也不要有连绵不休的争战。再说了……"他笑得饶有深意，"这偌大的国家里，有多少人指着对外扩战来争抢军功、升官晋爵？"

包厢外正有一群少年慷慨激昂，都在讨论建功立业。傅灵川也抿了一口酒，面带怜悯："无知。"

第二天，终于有下人来报，阳山君回都了。

傅灵川老早差人在他家门房那里投了拜帖，冯妙君发现他与阳山君果然交情匪浅，因为后者当天下午就邀他上门了。

阳山君的宅子位置极佳，占地面积也是大得惊人，冯妙君径直穿过了六七个大小花园，才走进阳山君专门接待贵客的织雨厅。

踏入厅中，就见主位上坐着一人，长眉厚唇，鼻子略显鹰钩，眼中精光四射。他唇上颌下的胡子都修剪得格外整齐，却不给人文质彬彬之感。整个人锋利得像出鞘的神兵，旁人看一眼都容易被割伤！

他的修为，实是深不可测。

见傅灵川两人进来，阳山君也不起身。眼前堆着小山一样的蚝。他拿着镶金玉柄的小刀刺进蚝壳，熟练地一翻，雪白的蚝肉就露出来，被他抠出来丢进嘴里，嚼一个汁水四溢。

美貌侍女上前，引两人入座下首。

傅灵川毫不介意地坐了下来，他面上看不出一点愠意，甚至还笑道："这不是千里迢迢跑来谢罪吗，阳山君息怒。"

阳山君又撬一个生蚝入口："你们真是好样的，收了螺浮岛，也就彻底阉了螺浮渔当。鲛人族每年都付我一大笔分润，今后这笔钱叫我从哪里找补回来？"

"我也有份子，因此知道螺浮渔当的生意一年不如一年，分成也会越来越少。不过阳山君的损失，我是该弥补。"傅灵川早有准备，抬了抬手，带来的下人就捧上一个锦盒，献在阳山君面前，"这是给你的赔礼，足以填补至少三届渔当的损失。"

阳山君取丝巾揩了揩手，顺手打开盒盖，目光不由得一凝："咦？"

盒子中央，躺着一只小小的沙漏，正是螺浮渔当上由鲛人王亲自发卖的压轴宝物——时光沙漏？

傅灵川微笑道："这件东西，就是我送去发卖的。"

原来如此，冯妙君恍然，阳山君眯起了眼："好算计。"

只有这样的宝物，才有资格让鲛人王亲自下场发卖，而远离自己的老巢，傅灵川才有乘虚而入、接触蟹灵的机会。

傅灵川叹了口气："没法子，打仗缺钱，不得不变卖一点家当。"

阳山君呵了一声，不置可否，脸色却好看了些。

望见阳山君面色转晴，傅灵川打铁趁热："是了，此次前来是要向阳山君求购一滴金枝玉露，我有急用。"

阳山君奇异地看他一眼："你要用，为何渔当上不出价？"

"哄抬物价，又是何必？"傅灵川微笑满分，"不若事后来你这里求购。"

阳山君懒洋洋道："不用买了，我送你一滴就是。"

其实在场三人心底都清楚，傅灵川送出的时光沙漏价值远远大过了金枝玉露。当下他从储物戒中取出金枝玉露，分了一滴给傅灵川，后者示意冯妙君收起。

终于入手！冯妙君凝望瓶中那颗露珠般的神水，心潮澎湃不已，解诅有望了！

傅灵川适时将话题引到北陆的形势上去："我昨儿才接到消息。萧靖误信赫连甲，被斩了脑袋，我们也有麻烦；魏国内乱平息，重新统一，我和长乐要尽快北回以稳定民心。"

就在此时，阳山君忽然转头望了她一眼："长乐气色不错。"

冯妙君顶着假长乐公主的面貌，笑了笑，缓声道："托福，尚可。"

这几个字说出来，阳山君眼皮一掀，傅灵川笑容微僵。阳山君鼓掌两下，呵呵笑道："长乐当上国君，果然不同了！"

他笑了两声，紧接着脸皮一板："言归正传，长乐考虑好了吗，你什么时候嫁给我儿子？"

嫁给他儿子？

哪怕早有预料，冯妙君脑海里依旧掀起了惊涛骇浪，险些维持不住脸上平静的假面。

他问得那么理所当然，显然这事情早就向长乐公主和傅灵川提了。电光石火间，她想起傅灵川在锥尾山上对她说过的话："长乐……燕王有心让儿子娶她。"

难道、难道……

她掩饰得虽好，阳山君何等眼力，依旧从她眸中看出惊骇之色，当下就有几分不满："怎么？你没告诉她？"这最后一句话，是对傅灵川说的。

冯妙君没忍住，一记眼刀狠狠剜向傅灵川。拜会阳山君之前，他居然没告诉她，阳山君就是燕王！

难怪阳山君可以目中无人，难怪他在螺浮渔当地位超然，难怪傅灵川对他恭敬有加，难怪他不把新夏女王放在眼里。只因他是这天底下强大的国君之一！

傅灵川也接收到她的怒意，笑得露出满口白牙："长乐她脸皮薄，我还没跟她提过呢。"

冯妙君微微低头，运转灵力催动气血，在燕王看来就是晕生双颊，像是姑娘家的娇羞。他不由得笑道："男大当婚，女大当嫁，这有什么不能提？允儿悦你，新夏和燕国也该结同好了。"

冯妙君咬着唇忽然站起，低声道："这事儿有些突然，我、我要回去再想想。"说罢，瞪了傅灵川一眼。

傅灵川摸了摸鼻子，也站了起来："是我的错，没和我王提起。此事，要好好商办。"

燕王嗯了一声，也不站起来相送："你们去吧。"说罢将小刀扔在盛蚝的金盘上，发出"锵嘟"一声脆响。

傅灵川当即带着冯妙君告退。

走出阳山君的宅子，冯妙君心底暗暗松了口气，紧接着就雀跃了——金枝玉露到手！

傅灵川和她登上了马车往松岚别院行去："你要的东西已经拿到，收拾一下，我们一个时辰后就离开。"

冯妙君一怔："这么赶？"

"燕王也不傻，看出我们想用拖字诀。恐怕亲事没订下来之前，不会容我们北回。甚至……"他看了冯妙君一眼，掐断下文。

甚至想生米煮成熟饭？

马车驶回松岚别院后，傅灵川去部署脱身之法，冯妙君则奔回住处，遣散奴仆，又命液金妖怪和噬魂蚁出来扫视一圈，确定自己不曾被监控，于是亲手再布一个结界，才强抑住满心狂喜，从储物戒中取出一个小瓶。

里面只有一滴液体，连瓶底都盖不住，冯妙君看它的眼神却无比炙热。

这就是得自燕王手中的金枝玉露，经过了天神赐福，只一滴可解天下厄咒。

喝下这一滴，她和云崿之间那一点孽缘就算彻底斩断了，从此，各自安好。

冯妙君小心翼翼地打开瓶塞，仰头将瓶中玉露滴进口中！

顿时有一点清凉顺喉而下，拂过五脏六腑，将肌体由内向外涤净一遍。

这力量纯净透彻，在不容拒绝中带着温和柔婉。冯妙君算是终于领教到什么是"润物细无声"。

良久，她才睁开眼睛。

液金妖怪化成的小貂直立在桌上，跟她四目相对。

"方才我身上可有异象？"

它茫然摇头。

"没有烟气升起？"

"没有。"

冯妙君一颗心沉了下去。她暗中吸一口气，而后将注意力放到丹田那个印记上……

等等，印记怎么还在！

她仔细观察，发现印记的大小、形状还是没变，线条都没有转淡一点。

她忍不住试了试，通过印记抽取一点点云崺的灵力，然后——成功了！

冯妙君霍然站起，一手抓着桌上瓷杯掷了出去。

一声脆响，瓷杯粉身碎骨。

解不掉！冯妙君满脑子只有这四个字：怎么可能！

经过天神赐福、能解一切困厄的露水怎么可能解不去鳌鱼的诅咒？

冯妙君的定力一向很好，液金妖怪很少见她如此发作。现在她又抱臂伏在桌面上，将螓首深埋进去。它看着有些儿担心："女主人？"

"别说话。"冯妙君头也不抬，"让我静静。"

到底哪里出了差错，难道是螺浮渔当误将哪种灵液当作金枝玉露拍卖了？可是螺浮渔当专注发卖数百年，怎么可能出现这种纰漏？

正烦恼间，印记那里传来一股吸力，将她"借"过来的灵力统统收了回去，顺道又多刮走不少。云崺那个小气鬼！

想到自己和这人的纠葛还要没完没了下去，她的心情别提有多么恶劣了。更糟糕的是，她为了金枝玉露而出任新夏的国君，现在金枝玉露对她无效，这个国君却不能不当。

赔了夫人又折兵。

她揉揉胀痛的额角，唉声叹气。

冯妙君的家当一般都带在身上，也没甚可收拾的，这时就用了小半个时辰的时间来整理心情，以免在傅灵川面前显出颓态来。果然傅灵川很快就来寻她了。

"我们分头离开，在城外西郊会合。"他取出个只有棋盘大小的迷你沙盘，一阵波动后，上面就化出太平城的大概形貌，包括各城门位置也是清清楚楚。

"对我们的推托，燕王不悦，必会找人盯住我们。"傅灵川道，"一会儿我先乘车去龙门汤馆，你用易形蛊跟宅里下人换脸，轻易就可以出去。"

龙门汤馆？冯妙君在太平城待过多日，知道那里是男人们泡温泉的地方，里面有私密的包间供贵人专用，盯住他的暗梢最多在包间外头等着。

她挑了挑眉："芥子阵法？"

傅灵川点了点头。他会在包间里布置芥子阵法，暗梢等上几个时辰等不到他出来，必会进来查看。只要进来找不到人，必会以为他已经悄然离开。那时暗梢要么追出去，要么回禀燕王，傅灵川就能甩掉这个尾巴，趁着那段空当遁走。

这么短时间内，燕王不可能立刻安排人手去城门查堵，傅灵川可以安然出城，跟冯妙君会合后乘鹤离开。

计划一定，两个人顺利地混出城去，在郊区招来鹤妖，往北飞返。

从此刻起，天高任鸟飞。

冯妙君和傅灵川一到安夏境内，就改陆行走了数百里路，以亲自勘探这里的民情。

安夏原本富足，九年前灭国后因为反抗激烈，魏国对这里实行高压管控，一方面攫取财富，一方面推行教化。但这本来就是水磨功夫，长期以来收效甚微，再说这片宽阔的土地上反抗势力纵横来去，又爆发过多次起义，后来就连魏太子萧靖都放弃拉拢安夏人了，对这里也只一味地盘剥。

曾经压在安夏人头上的萧靖死了，又因为内乱，魏国对安夏的控制力大减，新夏才见机建立。可是大军走后，留下的只有满目疮痍的城市。活下来的城民无粮可吃，还有一点力气的就进山碰个运气，老弱病残只能刨树皮、吃草根。

她和傅灵川走在街上，发现所有商户都缩在门内做买卖，没人敢把东西摆在外头，包括摊贩也是，不然就要被人抢走。

傅灵川："边城小镇生活最苦，往西边人口渐多，新夏首先治理六十余个大城，已有起色，希望以此为据点，慢慢福荫周围。"

"钱从哪儿来？"百业待兴，还要武装军备，冯妙君想知道他从哪里弄来的钱。

傅灵川苦笑一声："你以为，我为什么去螺浮渔当发卖宝物？"

"不是为了窃占螺浮岛当稷器？"

"我在各大发卖行都是贵宾身份，每年都要发卖出去不少宝物，以援建国内。"

冯妙君斜眼睨他："你哪来那么多宝贝，家传的？"

"有一部分家传。我家原本镇守安夏北部，杀掉许多大妖，有法器和材料进账。有道行的妖怪浑身是宝。"

"还有呢？"

"还有一部分……"他睁大眼看冯妙君，难得有两分吞吞吐吐，"来自安夏的宝库。"

她眼中有精光一闪："安夏还有宝库！"

"安夏的祖先曾经陪着浩黎大帝打天下，因此我们是大陆上所有王室中血脉传承最悠久的一支。这一千多年，王室攒下不少宝物。安夏灭国太快，许多还来不及处理。"他轻咳一声，"不过打了这许多年仗，也用得、用得差不多了。"

冯妙君满脸鄙夷："你私拿我的东西去当钱，现在才想起来要告诉我？"

傅灵川也知道这事情有些尴尬，摸了摸鼻子道："实是无奈之举，反抗魏国、组织起义、治理城池，都需要消耗大量钱财。"

冯妙君摇头："那几十个大城，还收不上来什么税钱吧？"

"勉强可以维持运行，倒有七八个城市初见繁荣。"傅灵川道，"陆行太慢，你看够了人间疾苦，我们就乘鹤西归吧。"

驾鹤西归不是骂人的话吗？冯妙君瞪他一眼，把他瞪得莫名其妙才问："终点在哪儿？"

"泸泊城。"傅灵川的声音醇厚，"也是我们的都城。"

泸泊城数百年来都是安夏国都，冯妙君轻咦一声："王宫不是被魏国烧毁？"

"重建了。"傅灵川望着她道，"专为迎接你的归来。之前长乐公主登基，就是在泸泊王宫举行。"

冯妙君垂下眼帘："从这里往西，还有人流聚集之城吗？"

"有的。"傅灵川想了想，"被称作明珠之城的乌塞尔城就在西边六十里外，方圆数百里内没有比它更大规模的城池了。"

"人口多少？"

"常住约三十万人。"

魏、晋、峣的都城，人口都过一百三十万，大燕都城太平城，人口更是达到了惊人的二百余万。乌塞尔城就是人家的零头都不到。

"好，我们就去乌塞尔城。"她平静道，"我记得，那是三江交汇之地。"

"王上，我们还要赶回都城。"傅灵川蹙眉。

"我要看看城里人的日子。"她下巴微抬，拿出女王的气派，"反正，离这儿也不远。"这一瞬，她看见傅灵川握紧了拳头。

她猜想傅灵川此刻很想攥紧她的脖子，但他最后还是忍气吞声道："好！"

魏都王庭内，派去螺浮渔当的景顺等人已经从禁忌之海返回，也将那里的变故上报。萧衍不难推断杀害老魏王的凶手是阳山君。

而阳山君的真正身份，云嵂是知道的。

萧衍冷冷一笑："父王的仇，我早晚要和燕王清算。"

说完他转头看了云嵝一眼，只见他以手支颐，似在发呆。

这位国师向来不按理出牌，但萧衍还是觉得他近来沉默过头了，好像从景顺回禀了螺浮渔当事件之后，心绪一直不佳。

他忍不住就想八卦一下："云大国师，讨论国家大事时，你可是在想安安？"

云嵝抬了抬眼皮："我在想新夏女王。景顺在螺浮岛上看过安安，当时傅灵川就陪在她身边……"景顺没有眼花，因为他随后带回来一只鬼面巢母蛛。那东西就是得自安安身上。

所以，当时她在偷听景顺和鲛人王的对话。

萧衍咦了一声："说不定是她陪在傅灵川身边……"云嵝眸中有寒光一闪，萧衍顿时觉得身周好冷，赶紧干笑一声，"……好，好，我错了，是傅灵川陪在她身边，你继续。"

"可是景顺在那一大群人当中，并未看到长乐公主。"

萧衍搓着下巴道："或许长乐公主在舱房里休息？"

云嵝摇了摇头："当时螺浮山已被傅灵川收取为燕国的稷器，鲛人族犹有一线希望可以夺回，那就是杀掉新夏国君。傅灵川不会不知道其中危险，怎么能在这种关键时刻离开长乐公主？"

萧衍啊了一声，脸上写满不可思议："不会吧，你的意思……不会是我想的那样吧？"

云嵝斜睨他一眼："你想的是哪样？"

萧衍把头摇得像拨浪鼓："你想说，傅灵川让安安冒充了长乐公主？这是行不通的！"他越说越是正色，"新夏要继承原来安夏国的气运，最重要的一点就是新国君必须也是安夏王室血脉！"

"正是！"云嵝嘴角微微一勾，"并且在建国之初，长乐公主的名字就要作为新夏元祖，写进新建起的宗庙之中。她要是死了，在新君继位之前，没有人能封傅灵川为国师。"

萧衍的思绪成功被他搅成了一团死结："那这到底怎么回事！长乐公主和你的安安是什么关系？"

云嵝不说话了，好一会儿才幽幽道："傅灵川、长乐公主和安安三人都在螺浮渔当，长乐公主消失，安安出现，这事情本身就不寻常。"他望向萧衍，"后来前往燕都搅出满城风雨的新夏女王，你觉得她是谁呢，长乐公主，还是安安？"

萧衍张口，却答不上话。

可供推敲的玄机也太多了，他总觉得这里面有精彩故事："新夏女王不是已经回到安夏了吗，派人去看一眼就知道她是谁了。"话刚出口，他就想狠狠掴自己一耳光。

果然，云嵝立刻笑吟吟地接了下去："正有此意！我也休养了数月，正想出去散散心……"

萧衍板着脸道："你不能走！国内最近休养生息，正需元力调顺风雨。"

"已经完成了。"云崟站起来拍了拍他的肩膀，"新夏立国，各国都派使者道贺。你想好派谁去了吗？"

这人根本不理会他的意见啊，萧衍满脸不悦："安夏复辟，我道什么贺？"

云崟悠悠道："至少我该送些礼物给她吧？"

那双桃花眼眯起，透出深思之色。现在国师大人脸上哪里还有先前的百无聊赖？萧衍想，果然这人是早就下好了套，在这里等着他自己跳吧？

"你决定就好。"反正没他什么事。

云崟笑了，一口好牙白得发光："既是大礼，那得让她印象深刻才行。"

看着他的笑容，萧衍暗中打了个冷战。

"你身体无恙了？"看他最近不大咳嗽也不大抚胸了，病弱之态消去许多。

"差强人意。"云崟唔了一声，"赶几天路还是没问题的，但我要先走一趟金浚城。"

萧衍从他的笑意里看出了跃跃欲试，就像雄狮初醒伸了个懒腰，虽然动作迟缓，依旧要教旁人胆战心惊。

"是了，日期将近。"那也就是说，"过年又不在都城？"

"嗯。"

万里之外，新夏乌塞尔城。

冯妙君打了个寒噤，正逢一阵小风吹过，送来缥缈花香的同时也有嗖嗖凉意，立在一边的使女当即道："王上，该添衣了。"

她正躺在花园的吊床上闭目假寐，闻言摆了摆手："不用，退下吧。"她的肌体寒暑不侵，多半是有人在背地里悄悄咒她。

冯妙君和傅灵川在五天前抵达乌塞尔城。两只鹤妖得了足额灵石果然尽心尽力，翅膀都快扇秃噜了，终于日夜兼程将贵客送到目的地。

鉴于它们格外敬业，冯妙君盛情挽留两只鹤妖留在新夏。此地水草丰美、鱼虾无数，新夏国又肯供养它们，两只鹤妖商量过后就决定愉快地住下。

眼下两只鹤妖就在离她不远的江边徜徉，一边捞点鱼虾当零食嘎巴嘴，一边给她当守卫。禽妖不喜欢变作人形，这两只体形也就是比寻常仙鹤大上一圈，很少有人认得出是妖怪。

江畔小风习习，她舒服得几乎又要睡去，这时却有人从远处走来，特地放重了脚步声。

而后，傅灵川的声音响了起来："王上。"

她哼了一声，眼都未睁开："又要劝我回泸泊城？不去！"

傅灵川干咳一声："晋国使者到了。"

"哦？"她这才伸臂撑起身子，"那就让他候着，我要梳发。"

乌塞尔城原是安夏王室的夏宫，也可作陪都，因此建制齐全。在冯妙君入住之前的几个月，这里薅了杂草补种花树，又重新做了些修缮，如今光看门脸儿也很过得去了。接待重要外宾有专门的小厅，称回龙厅。

她在使女的簇拥下走进来时，晋国使者已在这里用茶，闻环佩香风，他一回头就呆住了。

冯妙君今回梳的随云髻。宝髻松松绾就，铅华淡淡妆成，明明只用一支明珠金步摇，却让人觉得她美不可言，高不可攀。

晋国使者睁圆了眼说不出话，就见新夏女王轻启朱唇，向他微微一笑："李元伐，好久不见。"

晋国派来的使者，居然是左相李元龙的第三子，李元伐。

冯妙君见他兀自发呆，轻咳一声接着道："你的腿，看来是大好了。"

此话一出，李元伐立刻想起自己当年为算计莫提准断掉的腿，回了神，起身行了一礼，恭声道："李元伐见过……王上！"

"免礼，坐。"冯妙君移到主位上，自行坐了，端茶轻啜一口，一边还能感觉到这少年目光闪烁，小心翼翼从她身上扫过。

"我的身份，晋王和莫提准都清楚。"她眼帘低垂，"在晋都……不过是个幌子。"

他再度站起，对着冯妙君一揖到底，肃声道："这一礼，元伐谢王上当年回护之情！"

这少年心思倒是活络，懂得拿当年的交情来说事儿，冯妙君欣然笑道："好，我受了。"

接着李元伐奉上贺礼，又传达了晋王的合作之意。

冯妙君了解晋王，知道此人不喜生事，只要新夏和平发展，他多半不做干预。因此和晋国的往来，新夏还是沿袭原安夏的旧制，只是在税率方面又有下调。税官会出具清单。但这是个善意的讯号，李元伐接到后就完成了自己的任务，告辞回去向晋王复命了。

她返回安夏这几天，几乎没有一日清闲。

螺浮岛通过上天核准，被定为新夏稷器的那一瞬间，忽然有莹蒙蒙的青光从万里之外的新夏国土上横扫而过，连一寸土地都没有略过。

神迹！

这是上苍降予新夏的祝福，只有奠定了稷器的国家才能享有。从此之后，新夏的土地在供养国民的同时，本身也得到元力的反馈，会变得更加肥沃。

这么大的动静自然瞒不过别人。各国、各势力听说新夏女王奠定稷器，纷纷派来使者道贺。需要她亲自会见的至少有十几个，真是笑得她脸都僵了。

当然，作为刚刚建国的女王，她的烦恼远不止这么点儿。冯妙君往池里扔了一把鱼食，看着那里面普通的几尾锦鲤，幽幽叹了口气。

就在这时，外头传来使女的惊呼声："将军，将军您不能擅闯，不可惊动圣驾！"

有人沉喝道："聒噪！"

紧接着是一阵沉重的脚步声传来，几息后就到了厅门外。脚步不停，笔直朝她走来。

冯妙君还未回首，侧门里已经闪出来一人挡在门口，腰间长剑银铛一声出鞘："站住！再近一步，格杀勿论！"

这是个身材劲瘦、皮肤黝黑的少年——陈大昌。

靠近那人哼了一声："无知小儿，我戍卫安夏边疆时，你还不知道在哪里吃奶！"

冯妙君转身，朝着这人微微一笑："红将军的脾气，一如既往啊。"

来者是个身高七尺的大汉，宽额方脸，虎目环颌，浑身肌肉鼓胀，只有鬓须一点花白稍微出卖了他的真实年纪。正是令魏人闻风丧胆的赵红印将军。他是前朝大将，安夏灭亡后依旧带领老部下转战安夏中部山区，与萧靖周旋，一直忠于安夏，功劳赫赫。

赵红印今年一百一十岁了，随身战甲是件至宝，在他猎杀的六只大妖血液中浸泡过，有刀枪不入之效，也因此被染作赤红，所以他才得了个"红将军"的绰号。

她向着陈大昌微一点头，这少年才收剑退开，走到她背后站好。

她落地之后就发消息往晋都，将留在那里的二十余名好手都招来乌塞尔城。陈大昌之前在晋都，除了看守她留下的产业之外就是勤奋修行。他的天赋着实不错，道行也是进展神速，尤擅于精刺之道，可为她护卫。

赵红印说道："女王不肯见我，但我非要来问一问不可……咦，你是谁！"

"小声些。"冯妙君捂着耳朵，面露不满，"你闯到我殿里来，反而不知道我是谁？"

他是来找女王的，可是眼前这位和他从前见过的，分明不是同一个人！

赵红印惊疑不定："这是怎么回事！"

冯妙君掌心有金光一闪，一根黄金杵缓缓浮现出来，长六尺，比她的人还高。

她举着杵，底端在地面上轻轻一敲，就听一声脆响悠远回荡，明明这只是个小厅，却萦绕出声传十里的效果。

"吾乃长乐，新夏之主。"她持着黄金杵，眼帘微垂，"红将军可是忘了礼数？"

赵红印眼中有惊愕还有迷茫，但频频看向黄金杵后还是推金山、倒玉柱，单膝跪了下来，沉声道："叩见王上！"

这根黄金杵是安夏高祖所用法器，只有他的后裔直系血脉才可以拿起。冯妙君能将它掌握在手，正是毫无争议的王室纯正血统。

他这么一跪，来势汹汹的势头戛然而止，冯妙君也觉满意，这才放软了声音："请起。"

赵红印站起来，目光仍在她脸上逡巡，只是经过这么一出，原本诘难的话就问不出口了，只道："这，这是怎么回事？"

冯妙君故意叹道："从前在燕国寄人篱下，不敢以真容示人。直至奠定稷器、册封国师，长乐始能素颜以对将军。"她轻轻碰了碰自己的脸庞，"红将军见过我父母，我和母后长得可像？"

"像，像极。"她的面貌的确与故去的安夏王后有六七分相似，只凭这张脸，他也基本就能认定她是长乐公主。赵红印平复了一下心绪，"听闻王上不愿去泸泊城？"

冯妙君只回了他一个字："是！"

赵红印一噎："为什么！泸泊城可是您的祖先世代立都之所，是天神赐福之地！"

冯妙君敛起脸上笑容，一字一句道："如果真有天神赐福，为什么安夏还有国破城亡的那一天？为什么我父王仁厚宽爱，死后却连具全尸都落不着？我娘亲美貌聪颖，最后却是吞毒而亡？"她直视赵红印，幽幽道，"城破那日，红将军在哪里了，有没有见过我所见过的？我至今记得战火冲天、城破国灭的场景，午夜噩梦中还有魏兵挥刀杀人！你们为何非要我住去那个悲伤之地，住到我父母命殒的王宫里去！"

赵红印动了动嘴皮，却不知说什么好。

"乌塞尔城是个好地方，我想迁都于此。"

"国师大人可知道这件事？"赵红印脸色一寒，"或者是他鼓动王上迁都？"

冯妙君惊讶地看他一眼："鼓动我迁都，对国师有甚好处？"

"有，怎会没有！"赵红印怒气冲冲，"为一己私欲，不以大局为重。王上且在这里候着，待我去痛骂他一顿！"

"慢着，不是他的意思。只是傅国师应该能察觉到我的意图。"冯妙君道，"再说他是国师，我才是国君，决定是我下的。"

赵红印只觉吸进嘴里的都是凉气。

冯妙君抱臂问他："红将军认为，泸泊城有甚优势可言？昔年魏军入侵安夏西北，从边境打到国都，这条线上的城乡破坏殆尽，无论城防还是民宅。现今要重修起来得花费多少力气？国库偏又空虚。除了路是修好现成的，有哪一样比赤嵌草原和乌塞尔城强？"她顿了一顿，"萧靖在乌塞尔城住过几年，把这地方经营得不错，底子很好。"

她的话，有条不紊。赵红印嚼出几分道理，却依旧觉得她异想天开："王上，您在乌塞尔城，我们护卫不了您的安全。"

"何须'我们'？"冯妙君笑了，颇有几分意味深长，"有红将军就足够了。"

望见她的笑容，赵红印忽然反应过来，她不是胡闹，这位傅灵川一手扶植起来的新夏女王也许比众人想象的更加精明。

　　赵红印是下午离开的，这天傍晚，傅灵川就找上门来，冠玉般的面庞上难得挂起两分不加掩饰的气恼："你和红将军说，要迁都乌塞尔？你知道这么做的后果吗？"

　　使女刚刚摆好了晚膳，冯妙君笑着问他："国师用过饭没，要不要一起？"

　　她的样子太气人。傅灵川暗暗吸了一口气，也陪她顾左右而言他："好。"

　　冯妙君命使女再添一副碗箸，给自己顺手夹了一箸生吃牛肉入口。

　　傅灵川重重嘘了口气，问她："王上为何不返回泸泊城？"

　　她头也不抬，说得没心没肺："那地方不好。"

　　他冷笑，逐字逐句："那是你安身立命之所在！"

　　"哦？"她这才侧头看着他，"谁替我安的身，谁替我立的命？"

　　"去了泸泊城，就连表哥也要瞻前顾后，哪比得上乌塞尔城可以大展拳脚？"

　　她巧笑嫣然，傅灵川却目光闪动，沉声道："这是何意？"

　　"抗魏九年，将军们和镇关史都出了力，更不必提其他势力。"冯妙君缓缓道，"我看过安夏的沙盘。九位将军驻于西南、西北，恰好以泸泊城为核心；而东部和中部仅有四位，包括红将军在内，还多半是因为峣、魏、安夏三家联手与萧靖交锋才留下的。这还不算其他高门大阀、前朝遗老。"

　　"所以？"他大概知道她的下文，却惊讶于她的敏锐，她这么快就看透了安夏的时局和自身的处境？

　　"表哥也猜出我想说什么了吧？"冯妙君端正脸色，不再绕圈子，"你在泸泊城也做不到只手遮天，我们回去了要处处受掣肘，倒不如留在乌塞尔城。"

　　在现有格局下，泸泊城就位于各个势力中央，女王被所有人同时盯住，说好听些叫作拱卫，说得直白些叫看管。这等情况下，无论冯妙君还是傅灵川，想做什么小动作，想施行什么政令，都得权衡再三，都得考虑各方意愿。那是何等的束手束脚？

　　傅灵川很认真地在思索这个问题。

　　"如今东部，尤其是东南部的人口已经很不少了。"冯妙君笑道，"以乌塞尔城至迷陀城这一条线上的四个大城为中心，平民十有六七集中在这里。"

　　傅灵川命人取了沙盘来推演，将这四个城池连在一起。

　　"如今的赤嵌草原地广人却不少，土地肥沃，气候条件恰宜，适合耕种；此地离峣、晋两国又近，方便商路铺设。"冯妙君白嫩细长的手指在沙盘上轻点，傅灵川眼观鼻，鼻观心，正色听取。

　　"只要在赤嵌平原奖励耕种，在各个大城鼓励商贸，乌塞尔会是名副其实的明珠之城。"冯妙君笑道，"趁着这里还没有大军进驻，表哥和红将军要不要来抢个头筹？迁都可是千古盛事，这般八辈子难求的好机会，先来的吃肉，后来的只能喝汤了。"

　　傅灵川被她说得怦然心动，但还有问题。

"国都设在东部，怎么指挥军民抵御魏国的进攻？"魏国可是在安夏西部，他在沙盘上往边疆一点，"从东到西，王令至快也要走上两个月时间。"

冯妙君笑道："那就是表哥和诸位将军的问题了，不归我这弱质女流操心。"她把挑子一摆，"反过来看，乌塞尔城离峣、晋都更近了，万一与这两个国家交恶，我们的反应速度也能更快。"

傅灵川忍不住笑了："有理。"

"再说，我们现在和魏国交恶，说不定以后反成了盟友呢。"说到这里，云嵂的身影忽然毫无预兆地浮现在她脑海，"唔，我是说，魏国未必就会再与我们为敌。"

傅灵川凝视着她："你怎知道？"

"新夏成立之后，从魏国平定太子反叛到现在也过了小半年吧，不见魏国对安夏有甚动作。"

她想了想，还是决定如实托出。

"还记得在清远河边，你和霏媛遇到的琅瑜国御书郎迟辙主仆？"

傅灵川想了两息，记起来了："确有此事，你怎知道？"

"迟辙就是魏国国师云嵂伪扮的。"

傅灵川这才结结实实吃了一惊："什么，你怎能肯定！"

她摸了摸鼻子："因为，扮作他侍女的就是我。"在傅灵川惊骇奇异的目光中，她压低了声音道，"我跟他身边学过神通，后来在乌涪雪山战役时离开了。"

傅灵川的眼神变得好生奇特："你怎会遇上他？"又是怎么活下来的？

"与此题无关。"冯妙君毫不客气地拒绝了他打探八卦的意图，"最重要的是，他明知你和霏媛的真实身份，却未暗下杀手，还在与晗月公主的争论中给你说过好话。"

傅灵川一脸"见鬼了"的表情。

"我问过，为何不动手。他的回答是'不必'。"

"这个'不必'又是几个意思？"傅灵川闷哼一声，为自己被瞧扁而气恼，"都说此人鬼祟怪诞，果不其然！"

冯妙君瞪他一眼，也不知怎的有些不悦："他若不这般鬼祟怪诞，表哥今日好不好站在这里呢？"

"你是想说，魏国不会再侵安夏？"

"我曾听闻，百战百胜，非善之善者也。还是国师大人自己决断吧。"

傅灵川想了想便道："我会和红将军再仔细商量。"

冯妙君摆了摆手："我累了，要回去歇着，你们慢慢讨论吧。"说罢起身走出去，将这地方留给他。

果然不久后，傅灵川就有所行动，他对外宣称女王长途跋涉身体疲弱，走到乌塞尔城就病倒了，要在这里调养数月。

他并没有直接宣布迁都，而是表现出了相当的柔性，并不锐化彼此矛盾。

势力在旧都的豪族即使有异议的声音，也被傅灵川压下了。

赵红印等几个老臣首先过来了，而后中部、西部的门阀也陆续有当家人赶到。

贵人云集的乌塞尔城开始热闹起来，大小酒楼、会馆在月余内连开了一百多家，商铺也渐渐兴旺。

果然都城在哪里，权贵在哪里，哪里就开始兴旺发达。这时王廷也照常运转起来，前期女王和国师都不在，积压了太多事务，现在要逐件筛审商议，傅灵川最长一回连续处理了四十八个时辰的政务，下廷时眼角都爬满了血丝。

傅灵川与冯妙君商议，陆续颁布实施了各项有利于民生发展的政策。距离新夏建国已经过去了一年，百业恢复，人民逐渐安居。傅灵川被册封为国师之后，开始主理国家气运，这时就将元力都分出一大部分去调和天时地利，以促五谷丰登。

冯妙君见识过傅灵川的施政手段后也是好生佩服，这人最擅长的就是有条不紊，百法百令都能梳理得井井有条。她最缺的，就是这种死磕到底的耐性。

所幸过去的一年里老天爷也是很赏脸，全年雨水丰沛，没有降下天灾，因而此时的新夏就如初生的小苗茁壮成长，最直观的体现就是傅灵川手中那口小鼎里蕴藏的元力越来越多了。

国富、民强，则元力充裕、气运冲天，这是一个良性循环。

第二十章　故人入梦

　　时间，就在新夏人的无限忙碌中过去了两个月。

　　春暖花开之时，新夏女王的生辰到了。按照旧安夏国的记载，长乐公主的生日在三月十五，新夏将之定为"承天节"，从长乐元年就开始庆祝了，今年是第二年。

　　按照冯妙君自己的意愿，新夏立国不久，钱袋子还紧巴巴的，不宜大操大办，因此只打算宴请廷臣，民间百姓也得实惠，在生辰前后一个月内至长乐女王生祠内，行三磕九拜大礼者，可以免去当月赋税。

　　傅灵川和众豪族都明白冯妙君这一手的用意，是要让自己在民间树立名望。她是新夏国名义上的最高统治者，安夏王室的直系后裔，办起这事名正言顺，无人可以反对。

　　正统，大义，就是她最好的武器。

　　不过令冯妙君有些惊讶的是，生辰前居然有各国嘉宾陆续赶到。

　　新夏承袭了安夏的底蕴，初期发展良好，与它建交的小国和小宗派多半是首领亲至以显尊重，大国如峣、晋也都派了王室重要成员为使者，携带贺礼前来。

　　出乎所有人意料，魏国居然也前来致贺，并且派出的使者，冯妙君居然还认得。

　　在会客厅中，当她和徐广香面面相觑时，都吃了一惊。

　　徐广香是老魏王养女，被封为公主，是有实权在手的人物。魏国居然派出这位女将军出使新夏，侧面说明对新夏女王的敬重。

　　然而徐广香受到的惊吓，比冯妙君还要严重许多倍。她一眼就认出了那张面庞——安安。

　　云嵝云国师的贴身侍女！

　　她的目光中写满惊讶，冯妙君当然明白她受到的震撼，当下轻咳一声："这位……"

　　边上侍官赶紧提醒她："徐广香将军，也是魏国梅矶公主。"

"徐将军？"她笑吟吟的，话尾上扬，带出质询之意。

徐广香回过神来，想起自己面对的可是一国之君，当即行了个大礼以全礼数，而后命人呈上礼物。

周围新夏人仇恨的眼神，她权当没望见："我王希望魏国与新夏尽弃前嫌，结为同盟，今后守望互助，同进同退！"

礼物中规中矩。

大国送来的贺礼反而没有小国贵重，但意义不同。即便魏国再多送来一倍以上的奇珍异宝，也只代表了萧衍想要修复两国关系的意向。

冯妙君笑吟吟的，完美又矜持。

"魏王有心了，请转告我的谢意。"女王轻抬皓腕，就有内侍上前，恭敬地接收礼物，"礼尚往来，听闻六月是郑太后寿辰，新夏也会备上薄礼，届时还请魏王笑纳。"

徐广香面色微变，随即道："广香一定将原话转告吾王，一字不漏！"

郑太后是原魏太子萧靖的生母，儿子起兵反叛，她派人暗杀过萧衍，两边直接撕破了脸皮。萧衍加冕后不想担一个弑母的罪名，就将她送去静心殿，名为供养，实则囚禁于深宫，不许外臣探视。

同室操戈，说出去总是不光彩，何况他的确软禁了太后。这是国君心里一块疮疤，一个不痛快。

当然冯妙君只作一个小小回敬，却不想立刻与魏国翻脸，因此微微颔首："有劳徐将军了。宴会五日后举行，乌塞尔城风光绝美，我命专人陪同徐将军游览可好？"

"有劳王上费心。"徐广香的外交礼节也十分完美，不卑不亢，"我们自行游逛便是。"

这次会面也就结束了。徐广香基本确定这位高居王位上的女子就是安安——连娇软的声线都是一模一样，她也只能带着满腹疑云退下，推想云国师得悉此事后的反应。

徐广香前脚刚离开，立在边上的典客王远就跨出一步对冯妙君道："王上，魏国贺礼……"魏使来得突然，傅灵川恰好不在宫中，这一回就变作女王说了算。

"收下。"冯妙君淡淡道，"人家千里迢迢送礼过来，你们不想收，是打算开战吗？"

魏王差徐广香送礼，本身就是一种试探。

几名廷臣也在场，有一人终忍不住道："吾王，新夏与魏之间有血海深仇，您收下这份贺礼，先王在天之灵恐怕都要降怒新夏！"

她目光低垂："照你说来，要拒收礼物？"

一旁的参赞徐陵海立刻站了出来，朗声道："魏国送礼，不过是承认新夏立国，今后再不能随意举兵入境。各位求王拒收，是要魏国也反悔这个决定吗？"

安夏国灭，领土当然被魏国据为己有。新夏立国后得天道赐福，魏国却是始终不承认的。现在萧衍派人送礼，岂非就是明白无误地昭告世人，魏国承认了新夏的独立，承认新夏在这片领土上享有主权？

无论他的送礼是不是出于真心，至少短时间内困扰新夏的最大威胁暂时消失了。魏国今后再想入侵新夏，可要再找一个恰当的理由才行。

众臣听得面面相觑，先后都想通了这个道理，先前那位犹豫道："可是，魏国想与我们结为友邦……"

话未说完，徐陵海就冷笑一声："我王可答应了？"

长乐女王的确没有点头同意，只是收下贺礼罢了。

"结盟哪是那么简单之事，要商议，要签字盖章，要互换协约，只送一份礼物就能全部替代吗？"冯妙君适时开嗓，声音有一份镇定人心的熨帖，"我的臣子怎会这样天真？"

她的叹气声中仿佛有一种恨铁不成钢，底下的臣子反倒有些脸红了。冯妙君意兴阑珊地挥手说"都退下"的时候，他们便行礼离开了。

徐陵海是最后一个退下的，转身前和她对了一个眼色。

冯妙君满意一笑。

王廷中，她就缺徐陵海这等为她卖命的人物，议事时与她一唱一和，毕竟有些话实不该由女王亲自来说。

冯妙君就是新夏国君这个事实很快就会进入所有熟人的视野，包括晋王，包括莫提准，包括苗奉先和晗月公主，当然也包括……云嵝。

好在，她现在已经不怕他了。

外头春光明媚，冯妙君原本最喜欢睡个慵懒舒适的午觉，不过最近可抽不出时间。

现在有专人为她汇报过去两个月内迷陀四城的情况，冯妙君眉开眼笑，因为有明确的报表和数据显示，这几个城池在六十日内的财政收入直接翻了七倍之多！

当然，那是因为基数太低不值一提。可这样的增长速度也就表明，她对迷陀城的判断和措施是行之有效的。并且随着设施的完善，后面的钱财还会源源不绝。

收上来的钱只有一小部分流入国库，其他继续投入基础设施建设之中。

受到区域经济辐射影响，乌塞尔城也变得越发热闹。反过来，"承天节"的临近、各国嘉宾的汇聚，也让离此不远的迷陀四城经济更加振奋。

一切似乎都在朝着美好的方向发展，连魏国也表明了和平之意——尽管冯妙君和新夏人对此深表疑虑，但这至少是个好的表象。

傍晚，傅灵川赶回宫中陪她用晚膳。冯妙君见他风尘仆仆，衣襟上还沾着一点花瓣，遂道："表哥忙碌，不必专程来陪我吃饭了。"傅灵川为她的寿宴忙得脚不沾地，尽管知道这人有手段，尽管知道他的目的并不仅是给她过生日这么单纯，冯妙君还是承认，自己有些儿感动。

傅灵川办事的那种执着和认真，在普通人身上很难找到。也难怪复国这么宏大而缥缈的理想，居然真的被他实现了。

"再忙也得来。"他理所当然道，"陪王上用饭是何等殊荣。"

谁听到好话都会高兴，冯妙君也是嘴角微扬。傅灵川顿了顿道："可是我身上烟土味儿太大？失礼了。下回我沐浴后再来。"

冯妙君失笑："你在螺浮岛上放毒烟我都不惧，可莫把我当作霏媛那般千金娇小姐。"

"你不是千金小姐，你是一国之君，身份还要尊贵百倍千倍。"

冯妙君奇了，停箸道："怪了，今儿怎么好话连珠，夸起人来不要钱了？"

他夸人何时要钱？傅灵川轻咳一声："魏使之事，你处理得极好。"

"哦？"她的笑容淡了一点。

"徐广香来得突兀，本该由我应付的。"傅灵川望着她道，"我还担忧你心急报仇，不肯收下魏国贺礼。如今看来，长乐的思虑也很深远。"

"魏国可恨，魏国有狼子野心，与我们还有深仇大恨。可目前，我们不宜与它交恶。"他顿了一顿，正色道，"它想打，我们奉陪到底；它想和，我们也暂且按兵不动。"

冯妙君目光微动。傅灵川所说的，她都明白。和平和发展才是硬道理，打仗最伤元气、最伤国力。新夏立国后的第一目标，不应该是复仇。

她已经吃好了，举着金杯轻啜果子露。

从傅灵川的角度看去，即将十七岁的女王侧颜清雅，线条柔美得令人想要抬腕去抚。小手在金杯的映衬下越发纤细白皙，又显出一点无助。

她的美貌和际遇，实是很像养在笼里的金丝雀。

傅灵川和她同桌用饭至少一百回了，尽管努力克制，心中仍有一个念头越发清晰。趁着眼下氛围轻松，他斟酌好一会儿才低声道："长乐，我有一事问你。"

"嗯？"冯妙君注意到他身体微微前倾，这是傅灵川全神贯注的表现，但她依旧笑道，"表哥有话便说。"

不知怎的，他居然有两分紧张，暗中吸了一口气才问她："你可有意中人？"

这问题有些出乎意料，冯妙君丹凤眼眨了两下才咦了一声："我们有言在先，我的姻缘自主。"

傅灵川抚额道："只是问一问罢了。"

意中人啊？她举杯轻啜一口，脑海里忽然闪现一个身影，那张俊俏到妖孽的脸出现在她的脑海里。

这能是她的意中人？不，不！冯妙君吓得连连摇头。

傅灵川见着她这动作，只当她是否认，心中一喜，柔声道："长乐，我喜欢你。"

她微微瞪眼，有一瞬间的呆滞："啊？"

"我心悦你久矣。"傅灵川声音放得更软，像是怕吓着她，"你心里若无旁人，就请下嫁于我？"

冯妙君从惊讶中恢复过来，这时侧了侧头，忽然笑道："表哥不想要燕国的支援了？"

燕王一心想让她嫁给自己的儿子，以掌控新夏。傅灵川要是监守自盗娶了女王，那就是公然和燕王撕破脸皮。

"从我们潜出太平城那一刻起，我就没指望燕国今后再出手相助。"傅灵川面色平静，"为了长乐，值得。"

她坐直了身体，正色道："可是，我对表哥并无男女之情。"

她说这话时目光清澈，神色坚定，没有一丝一毫的动摇和迷茫。傅灵川喉间发干，张了张口，一时竟然没说出话。平生头一次被喜欢的姑娘拒绝，滋味很不好受。

不过他很快就找着了自己的声音："当真一点儿也未动心？"

她摇头，斩钉截铁："抱歉，不曾。"

傅灵川长长吐出一口气，毫不掩饰内心的沮丧。但他仍然打起精神道："无妨，只要长乐没有意中人，我就还有机会。"说着将杯中酒一饮而尽，站了起来，"还要处理政务，我就先行一步。"说罢，离席而去。

冯妙君也不站起相送，仍坐着将壶中果子露一点一点喝完，这才返殿。

傅灵川又回去办自己的公务了，只是速度慢了许多，偶尔搁笔长叹一声。

他有个心腹名为王乾，今晚陪他议政，听过七八次嘘叹之后终是忍不住道："国师为何烦恼？"

傅灵川摇头不语。

王乾想了想："可是因为女王？"

傅灵川看他一眼。王乾知道自己料中了："女王心气高傲，自有一番主张。国师何不、何不求娶？我们都道，您与女王是天作之合。"

傅灵川摇头，低声道："她拒绝了。"

王乾一时怔忡。傅灵川声音中透出失落之意，王乾赶紧道："女王有心上人？"

"不知。"傅灵川呵呵一笑，"但她明说，于我无意。"

王乾低声道："女王年纪尚小，或许不谙男女之情。国师近水楼台，早晚可以擒获芳心。"

王乾往书房外看了几眼，声音压得更低："下官有一句话，不知当讲不当讲？"

傅灵川顺手布了个结界："说吧。"

"近来廷议，女王常抒己见，廷中拥戴者渐多。"王乾缓缓道，"长此以往，或于国师不利。"

冯妙君的真实个性，傅灵川早在螺浮岛上就见识过了，那绝不是一盏省油的灯。正因如此，傅灵川对她的控制力一直太弱。

王乾像是看出他的烦恼，轻轻咳了一下："下官妄议，女王如此硬气，或因修为不凡。不如……"

傅灵川眯起眼看着他："不如什么？"

他说得没错，冯妙君之所以喜欢跟傅灵川分庭抗礼，底气就源于实力。她是修行者，并且道行精深。王乾的嗓子眼儿有些发干，他下意识舔了舔嘴唇道："不若用些抑制修为的灵药，不伤身体……"去了女王的凭仗，也就去了她的傲骨。

傅灵川一下变了脸色，冷冷道："出去！"

王乾大惊，扑通跪下来："国师大人！"

"滚出去！"傅灵川一字一句，眼中全是杀意，"再敢说出这种话，我就将你五马分尸！"

王乾不敢多留，向他行了一礼，爬起来飞快地走了。

书房内重又恢复了平静。

傅灵川又批了几封文书，就放下狼毫，凝视窗外星空，怔怔出神。

越临近生辰越忙，偏偏第二天来了个连冯妙君也无法拒绝的邀约——燕国十九王子赵允到了，并且邀她到天元香舍用饭，与他一起的还有峣国使者鲁平。

冯妙君与傅灵川一同到场，四人相互见完礼，便开始天南地北地聊天。冯妙君多数时候含笑旁听，不太发言，不多时就将三个男子的特点看清，傅灵川不必说了，温润内敛，赵允身为燕王爱子，离开太平城后才展现些许锋芒；鲁平却是见多识广，常有妙语，若非他饮多酒后总是往她这里瞟，她应该会再高看他两眼的。

他的目光有些深邃，还有两分说不清也道不明的意味。这感觉似有些熟悉，但她一时想不起来。

不知不觉，天色渐暗，乌云密布。

看样子，竟是要下雨了。

傅灵川抬头望天，而后笑道："天下无不散之筵席，看老天爷的脸色，今儿只能到这里了。"

天元香舍是个赏花饮酒吃点心看美人的好地方，却挨不起雨浇的。

于是筵散，众人走出香舍。

冯、傅的马车就停在眼前。二人简装出行，这马车没有王室标识，规格充其量和普通贵族相符。

天变一时，水珠哗啦啦兜头砸下。

傅灵川伸手替她拉开车门，温声道："上去吧，雨大。"

冯妙君正要伸足，见鲁平始终站在身后，不由得奇道："鲁公子，你的马车呢？"

他轻咳一声："乌塞尔城风景太妙，我自驿馆一路走来的。"

也就是说，没车喽。冯妙君自己进了马车，才探头对他道："上来吧，我们载你一程。"

鲁平眉眼都笑开了："多谢。"一步就跳上来，坐到了傅灵川身边。

车行辘辘，冯妙君自八宝柜中取出茶具。这马车虽然貌不惊人，但内里一应俱全，吃用样样都是上品，连热瓶里的水都滚烫得像刚刚烧开的。

喝了大半个下午的酒，她想喝点清茶解渴，不过茶具刚刚拿上来，鲁平就伸手接过，道："怎敢让王上动手？便由在下代劳吧。"

他接得快，掌心就熨着了她的指尖。

冯妙君微不可见地皱眉，缩回了手。

鲁平也没有任何异状，仿佛根本未注意到方才的肌肤接触。煮、沏、焖，他的动作行云流水，可见是此道高手。

冯妙君终于注意到他的肌肤温润，手指修长而稳定，像是饱蕴了力量却含而不发。

"请。"盏中汤色青碧，芽香扑鼻。

傅灵川端了一盏，尝一口就赞道："好。"

"过奖。"鲁平微微一笑，目光却停留在他抬起来的左手上。

先前在天元香舍，傅灵川用右手提杯喝酒；这会儿在车里，他右前方就是一组八宝箱，因此取茶用的是左手。

左手上戴着一只戒指。

鲁平目光从他指上一扫而过，就转去了冯妙君那里。

她低头饮茶，右手托在盏下，食指上的宝石散发着莹润的光泽，更衬得手指纤细。

不过那戒指和宝石的形状，却分明是男子所佩，与傅灵川的款式相近。

冯妙君刚喝进一口热茶，就觉周身蓦地一寒，像是有人恶狠狠地盯着她。

那感觉，就像是被恶狼盯上。

她一惊抬头，对面的鲁平正对着她微笑，那笑容和煦而灿烂。

她不明所以："怎么？"

"您的钗子很漂亮。"他眼里写满认真，"别出心裁。"

冯妙君一怔，顺口回了一声谢。对面的鲁平似乎只是随口一问，又回头与傅灵川谈话了。

冯妙君看着他，一瞬不瞬。

她盯着人看的时间有点长，长得傅灵川都微微皱眉，鲁平更是转头笑道："王上似是有话要说？"

她点了点头："顺东风怎么样了？"

"嗯？"这问题有些突兀了，鲁平一时没听明白，"顺东风？"

"是呵。"冯妙君笑得有些感慨，"我在顺东风吃过羊肉炉，果真天下一绝。可惜，前年摊上那件事儿，不知现今如何了？"

峣国印兹城的顺东风是知名老字号，云嶂曾经要冯妙君扮作它的掌柜姚娘子，挑起城武卫首领徐文凛和魏使之间的争吵，后来魏使与姚娘子双双毙命。她之所以问起，乃是因为顺东风的真正东家，就是鲁太师！眼前这人，不应该不清楚顺东风的情况。

鲁平想了想，哦了一声："还开着呢，生意反倒比从前更好了。"

"有趣，为何？"

"城里都说顺东风这楼有灵气，其他贵客都安然无恙，唯独魏人走上去就会暴毙。穿凿附会的人多了，慕名而来的客人也就更多了。"

冯妙君奇道："怪了，当时魏使不是死在楼下吗，连台阶都未踏上去。"

"消息一来二去，总会变副模样。"鲁平眼都不眨望着她，"王上似是对当年事件很熟悉，连这种细节都清楚？"

"这就要夸到我们国师大人情报精准了。"她懒洋洋地将傅灵川推出来挡刀。

傅灵川当然不会否认，只莞尔一笑。只是长乐对这位峣国来使的态度，好似有些奇怪？

好在，驿馆很快就到了。

鲁平彬彬有礼向二人道谢，而后就下了车。

他离开以后，车厢立刻就显得宽松起来，不复先前逼仄。傅灵川望着她道："长乐像是很关注这位鲁公子？"

"总觉得似曾相识，兴许是错觉。"冯妙君揉着太阳穴答道。

马车回到宫里。冯妙君今日喝了两杯，现在头脑有些昏沉。她很久不曾得一顿好眠，干脆连晚膳也不用就卸了衣妆，直接睡觉去了。

这一觉睡得很香很浓，积攒多日的疲惫都被一扫而空。

冯妙君揉了揉惺忪的睡眼，撩开帷帐往外行去。窗外黑沉沉的，还是深夜，庭园里传来雨打芭蕉的簌簌声，节奏固定而空洞。

她有些渴，拢了拢散发，想去桌上取水。

身上秘密太多，她平时不留侍女伺候，所以深夜的大殿内理所当然没有别人。

她拎起了银壶，咦，居然是空的。

要不要去窗外接点雨水？冯妙君正这样想着，眼前忽然多了一只青瓷杯，杯中盛满热气腾腾的清茶。

汤色青碧，茶香袅袅。举杯的手，稳定而白皙，手指修长有力。

冯妙君一惊，不假思索地一步横跨出去，就要远离。

这里竟有别人！

可她步伐还未迈出，左臂突被握住。那人力气极大，抓着她的手掌仿佛钢钳，冯妙君提气，用力一挣——没挣开，那人连手指都纹丝不动。

她吓得脸都白了，不仅是挣不脱，更可怕的是，她的丹田里空空荡荡，竟然抽不出一丝灵力！

星天锥呢？她召唤了几次，这件本该与她血脉相连的宝物，居然也无影无踪。

赤手空拳又没有灵力，她就只是个普通人，充其量身手敏捷一些。

她右臂向后猛撞，一个肘击去攻对方肋下，同时抬足狠狠向后踩下！

"啪"一声响，肘击撞入另一只手掌。对方像是早就预料到她的攻击，特地等在这里，随后五指收拢，顺势扣住她的右臂。

她底下那一踩，却是落空了。

冯妙君深吸一口气，手臂忽然变得柔若无骨，令那人拿捏不住，掌中如握游鱼，滑不留手。她正要将双手撤出，冷不防臂上一紧，有个冰冷而柔软的东西缠了上来，随后手腕一下僵硬，失去了知觉。

对方用的什么法器！她大骇，用力挣扎，那物却越缠越紧。

紧接着，身后那人从容不迫地揽住她的小蛮腰，将她一把拉进怀里！

有人紧贴在她鬓边低语，热气都呵在她耳朵上，痒得很："小没良心的，这回还想往哪儿跑？"

冯妙君突然不动了，浑身血液一下凉透。两人一阵纠缠，正好面对着梳妆台，擦得锃亮的银华镜就照出了相互依偎的两个人。

他们看起来那么亲昵，他动了动，将下巴搁在她百会穴上，含着笑看过来。

镜中立刻映出一双桃花眼，湿润迷蒙如三月春雨。

冯妙君呆呆地望着镜中的他，不是因为迷醉，而是恐惧如潮水一般扑来，瞬间没顶。

一年多来的梦魇，突然成真了？

看着她这副神情，云嵘笑了，状甚愉悦。冯妙君却是猛地醒转过来，赶紧闭上了眼，努力平复自己情绪。

在这个大魔头面前，她不能将所有心事都写在脸上。

云嵘也不催促，只静静将她抱住，她的身躯柔软，手感好似更妙了，青丝间有他熟悉的香气。他还能听到她的心跳，怦怦怦，比平时至少加快了两倍。

小猫还是很怕他嘛，他心情很好。

两个呼吸间，冯妙君就迅速调整好自己，重新睁开眼，凝视着镜子中的他："你怎么进来的？"

这里可是新夏王宫，女王寝殿外头至少有七重阵法保护，含结界、神通和诅咒，入夜后她还会遣散奴仆，所以即便有人能闯进来，也不可能完全躲过每一重阵法，让它们连示警都不能。他是如何办到的？

"喝口茶？"他好心将茶盏推到她嘴边。

冯妙君不想理会，可茶盏已经斜倾，里面的茶水怕是要淋在她胸口了。

在湿身和饮茶之间，她无奈选择了后者。

云嵘似是很有耐心，喂猫般一点一点喂完才笑道："走进来的。"

"寝殿其他人呢？"

"你猜？"他将她耳后散发拨开，露出精巧白皙的耳朵。上回，他不过就在这上头咬了一口，她就落荒而逃，今回呢？

冯妙君感受到他眼神里的热力，忍不住偏头，却被他一手捏着下颌，轻轻转了回来。

好有趣，在他的注视下，她的耳朵慢慢变红了。

"只要我想，这世上还有我进不去的地方吗？"

"大言不惭。"冯妙君冷笑，"你怎不闯进燕王宫试试？"

"我对燕王没兴趣。"他毫不理会她的讥讽，"还是找我的安安更有意思。"

"哦，这个称呼好似已经不妥。"他拖长了语调，"我该唤你作'长乐公主'呢，还是'新夏女王'？"

怪不得她要逃，怪不得她不肯随他返魏，原来她是安夏公主！

她连名字都是假的，根本不能写入魏国元籍，所以她必定要在入魏之前逃离，否则就要穿帮。可笑他还以为她会心甘情愿留下来，哪知这个没良心的小东西，心是石头做的，根本焐不热！

冯妙君只觉他五指突然收紧，扼住了她的喉管。她一下胸闷气短，本能地用力挣扎。

云嵘这才回过神来，收了力道，手指却沿着她的下颌轻轻摩挲。她的肌肤吹弹可破，让他爱不释手。

冯妙君用力喘了几口气，小脸写满恼怒："你既知我是一国之君，还不快些放开！"

云嵘觉得，她看起来就像一只愤怒踢腿的小鹌鹑，他却嗅到了她藏在愤怒之下的恐惧，好整以暇："我就好奇，你是怎么说服傅灵川让你当上女王的？原来的长乐公主，去了哪里？"

她和这人相处过数月之久，也了解他的脾气，知道他达到目的之前不会放手，只得应道："我才是长乐公主，傅灵川找来的，是假的。"

"你才是……"云嵷口中喃喃，思绪在电光石火中回到了许多年前，王婆的儿子当街拦住他的马车那一幕。这个目不识丁的乡下人当时喊出来的，就是"安夏余孽"！

他忽然笑了。真是有趣呵，世事如棋，兜兜转转之间居然真被那泥腿子歪打正着，说中了真相。他们这些人枉负聪明，都被这小妮子摆了一道。

"想窃一国为己有。"他的声音里很有两分惊讶，"傅灵川居然有这种胆色？"

如果不曾遇上冯妙君，傅灵川的建国完完全全就是一套骗术，骗走了原本安夏国的气数，也蒙骗了整个安夏地区的军民。

冯妙君知道他的本事，对于他说话间就想通了来龙去脉毫不惊讶，听他又问道："那个假公主呢，你把她杀了？"

"我杀她作甚？傅灵川收取螺浮岛时，她被鲛人王所杀。"冯妙君也看透了他的用意，"想拿这个威胁我和傅灵川是没用的，她的尸首早就火化成灰。"

"你和傅灵川？"他的桃花眼眯了起来，声音重新又变得危险。

身后好像变作一团低气压，冯妙君不知自己又哪里惹恼到他了，只听云嵷慢声慢气道："你们好似关系很不错？"

跟他有关系吗？这人一向不着调，冯妙君无奈道："放开我，我不再是你的侍女了。"

"哦？"他嘴角挂起冷笑，"飞上枝头就要翻脸不认人了？"

拎起她对他来说犹如拎一把稻草。云嵷走到床头坐下，将她置于自己膝上。冯妙君想踢他，却在他警告的眼神中缩了缩腿。

她侧对着他而坐，蝼首就靠在他胸口，听见他心跳的声音依旧缓缓。

冯妙君忍气，试图与他说理："我们在白象山脉交换的条件是，我做侍女，你传授神通与我。但这桩交易并没有规定期限，对吗？"

他想也不想："没有期限，岂非就是无限执行？"

她快要被他的赖皮气得笑出声："没有期限，那便是条件不足时自动取消。我在乌涪雪山离开，我们之间的约定也就破除了，这是最起码的契约精神。"

"是吗？"他眼都不眨一下，"经过我同意了吗？"

"你……"她一时气短，没留意到他的目光低垂，放在她一张一合的红唇上。

"好，就假定你有理。"云嵷目光闪烁，"你携款私逃又怎么算？"

"携……我拿你什么东西了？"

"我的定心蛊，是不是你带走了？"

冯妙君呵了一声，气不打一处来。定心蛊是他强行喂给她的蛊虫，用于控制和定位。她带着走，也算携卷他的财物吗？！

他看出她的不满，抬眉一笑接着道："还有，鬼面巢蛛是不是你拿走的？"

冯妙君一下哑了火。

是哦，鬼面巢蛛太好用，她随身带了一窝，结果匆忙外逃之前没来得及还给他。

她嘟哝一声："不就是一窝蜘蛛？"

"你去过螺浮渔当，应该知道一窝鬼面巢蛛的价格吧？"云嵂不紧不慢道，"你带走的还是有八十年道行的母蛛，能与饲主心智相通，那就更昂贵了。"

"我交给你的手下了。"在螺浮城，她就将鬼面巢母蛛还给景顺了。

"对了……"他自顾自继续往下说，"你逃跑时，穿着的那套衣衫也是我的，我出银子买的，面料挺不错哪。"说罢，扯了扯她的衣襟。

她当时还能脱了不成？冯妙君做了个深呼吸，才能低声道："都还给你，加倍还！"

这人小气到清新脱俗的境界了，一件衣服也跟她计较。不过说来奇怪，殿外一点声响都没有，宫人是睡死过去了？

"那怎么成？"他满面肃然，"偷了东西再还回去，难道就能平安无事？倘真如此，纲乱纪坏，国将不国。"

"你到底想怎样？"国将不国都出来了，这帽子扣得好大。冯妙君知道这人现在猫戏老鼠一样，想好好逗弄。

"按魏律，偷钱百文者剁指，偷钱一贯者剁手。你算算你卷走了价值多少银两的财物？"他真的掰着指头算给她看。

冯妙君不看，只问他："要判刑斩首吗？"这人胡搅蛮缠，她就看他到底要作甚。

"其刑可免，其罚难饶。"看她红唇一开一合，惑人而不自觉，还想据理力争，他再忍不住，终于将酝酿已久的想法付诸行动。

云嵂垂首，吻住了她的唇。

那一点温热濡湿传来，冯妙君脑海中忽然一阵眩晕。不过她随即惊醒，用力扭头，想挣开他的侵犯。

云嵂一手按在她颅后，令她不能摆头，一手揽着她细腰，不许她扭动，这才咬着她的唇，细细探索。

从他这角度看去，她菱唇小巧、唇珠饱满，再经过茶水的沁润，真像挂着水珠的樱桃，始终诱惑他亲自品尝。

这种冲动，一年前便有了。

现在他终于如愿以偿，但是她的味道不像樱桃，反而是掺着草莓的冰酪，丝滑柔软中藏着一点可口的奶香，让他越啃越觉香甜。

冯妙君干脆吓得呆住，视野被云嵂放大的俊颜占满，她莫名注意到他的睫毛很长、很翘，他的眼中氤氲一片，又如春潭，能将她的视线都吸进去，深溺于其中。

她的心跳澎湃又杂乱，应该连他都听到了吧？

云嵂忽然闭目，将她的神志也从九天之外唤了回来。察觉到他的意图，冯妙君牙关紧咬，坚决谢客。

云嵂试了几回都不成功，呼吸也粗重起来，在她唇上一阵轻噬道："松口！"浅尝辄止怎行，他想要的更多。

她理都不理，闭着眼不去看他。

云嵂笑了，威胁她："听话，否则我在你嘴唇上咬破几个口子。唔，你明天要上朝吗？"说罢，在她唇上轻轻咬了一口。

两人唇齿相依，他说话就模糊不清。可神奇的是，冯妙君每个字都听明白了。

王廷议事，她必须在场，再说承天节转眼将至，要是女王嘴破了，不知多少人会浮想联翩。最最要命的是，她知道这人说到做到！

无可奈何，她将贝齿微启，悄悄开了一点儿缝。

在外盘踞的猛兽毫不客气地破关而入，在自己的新领地上四处巡视。她躲着他，他就偏偏要逮住她、缠着她。她想求饶，小嘴却被紧紧堵住，只能发出呜呜哀鸣，让他更加热血沸腾。

他吮吸得那样卖力，像是要把她整个人都吃下去。

先前那种温情脉脉不见了，她被男子的气息搅得头昏脑涨。也不知是不是缺氧，她竟觉身上有些飘然，似是酒后微醺，连意识都渐渐沉沦。

也不知过了多久，身上忽有异样传来，一片温热从小腹摩挲到细腰——

冯妙君一下瞪圆了眼，扭转身子抗拒他："不要！"

云嵂还堵着她的小嘴，这两字就变得含糊不清。他手上揉捏的力道却加重了，猖狂而肆意。

她急了，一条腿竖直抬起，飞快撞向他的肩膀。

云嵂只得抽出手去，摁下她的腿，并且顺势抚了上去。

冯妙君恨他轻薄，上下牙咬紧。

云嵂极是警觉，灵蛇一般后退，没被她咬坏舌头。两人唇齿终于分开，都在微微喘息。

她气急道："把你的手拿开！"

云嵂这才恋恋不舍地缩回了手，但过程极是缓慢，指尖从她敏感的肌肤上掠过，轻如鸿羽，让她的娇躯都为之发抖。

"安安，你好像长大了。"他贴着她的耳朵呢喃，声音还带着未褪去的激情。真后悔，早知她这么合他胃口，早前就应该好好品尝。

冯妙君扭开蛮首，声音都哑了："放开我！"

她的面庞娇艳如清晨的玫瑰，带着露珠的那种，云嵂见到她眼中泛起可疑的水光，泫泪欲滴，于是低头去亲她眼睛。咸的，还有点涩。

他意犹未尽，又卷了颗泪珠继续品。冯妙君吓得闭眼，只觉这人温热的唇舌在她眼上来回移动。

她一扭头，怒道："你做什么！"

"我尝尝，你的眼泪好似不苦呢。"他若有所思。

她瞪着他的眼神，似乎恨不得在他身上咬下一块肉来。

"为什么哭？"他低声道，"我亲得不好？"他承认，亲到后来自己也失控了，满心只想多吃一点。看着她的唇瓣都被吻肿，莹莹水润，想到其中美妙滋味，他又有些跃跃欲试。

他还是不肯放开她。冯妙君扭头，不愿跟他对话。

"哦……"他恍然大悟，"莫非是我亲得太好？那，再来？"

眼看他又要轻薄，她不得不转过来瞪着他，一边怒道："再胡来，我咬断你的舌头！"

她凤眼圆睁的模样，就像小猫乍毛。云嶂知道怎样给她顺毛，立刻抱着她坐正了，让步道："好，好，我们把正事儿先说了。"

其实他是来找她算账的，可是算着算着，账好像算歪了。憋在肚子里一年多的怒火，好像转成了另一种火气。反正，都不好受。

他喉结动了动，才问她："为什么逃走？"

"你知道理由了。"她余怒未息，抿着唇，"我不能随你返魏。"

"还有呢，你为什么害怕？"云嶂目光炯炯，盯住了她，"怕我，还是怕你自己？"

冯妙君抬高了下巴："你冒险潜入我的寝殿，就为了这个问题？"其实她怕他，也怕她自己。

两人之间总有些说不清道不明的奇怪张力，她怕自己彻底沉沦下去，变成他网中的一个小小猎物。

他替她将一缕散发拨到耳后去，才悠悠道："这个问题，不重要吗？两情相悦，又有什么不好？"

相……悦？冯妙君的心跳忽然漏了一拍，却冷冷一笑："哪来的两情？充其量不过是国师大人戏弄自己的侍女取乐。"

云嶂皱起长眉："这是何意？"

冯妙君目光在他俊面上一扫，见他当真诧异，心头怒火更甚："你现在这般对我，还不是戏弄？"她放缓了语调，"云嶂，我是新夏女王。你若不想重掀两国战事，最好现在就放开我。"

云嶂露出恍然之色，似是刚刚明白这一点，而后，薄唇一点一点扬起："拿下你，好像就可以轻松控制整个新夏了呢。"

冯妙君心中一紧，旋又摇头："你不会的。"

"为什么？"

"先前你见过傅灵川和假公主，也没有动手。"冯妙君看着他完美无缺的侧脸，这张脸上的神情又恢复了疏懒，显然那个最难对付的云嵦又回来了，"你对安夏没有兴趣。"

"可是现在，我对安安有兴趣。"他低声道，"怎么办呢？"

冯妙君冷静道："至多天亮，这里就有人进来，你不可能一直将我抓在手里。"她一字一句道，"我不再是你的侍女了。你的兴趣，对我毫无意义。"

"谁的兴趣对你有意义？"他的桃花眼眯起，里面闪着危险的光，"傅灵川？"

傅灵川看待她的眼神，带有男人看待女人的欣赏与热情，她难道不知？

"他是新夏国师，而你……"冯妙君与他对视，毫不退让，"是魏国国师。你觉得，谁对我、对新夏更重要？"

她应该是惹恼他了，因为她分明见到云嵦眼中波澜变幻，怒气似要集结成海啸。跟过他那么久，她好像从未见过他发这么大火。

但是下一秒，云嵦就闭上了眼睛，呼吸也重新变得悠长。他在平心敛气。

几息之后，他缓缓睁眼，目中已经恢复了往日的平静。

"是了，你是新夏女王了。"云嵦幽幽道，"你以后有何打算？拿自己当筹码，给新夏谋一个强大的盟友吗？"

冯妙君咬着唇："与你无关。"

他伸指将她下颌抬起，强迫她与他对视："那么，想不想与魏国结盟，嗯？"

魏国？冯妙君失笑："不想，我对萧衍没兴趣。"

云嵦目光一暗，就要低头再来罚她。冯妙君赶紧道："慢、慢着，我的姻缘自主，绝不拿来当作结盟的条件！"

殿外忽然刮进一阵大风，打断了他的话。

这风来得好生猛烈，吹得帷幕飘扬。云嵦忽然道："夜深了，你该睡了。我们还会再见面的。"

他还要来？冯妙君毛骨悚然。只不过这句话还未说出口，云嵦就伸掌从她脑后拂过，她就慢慢闭上眼，难敌涌来的困意。

周围的一切，渐渐变得模糊起来。

冯妙君再睁眼，天光已亮。

雨不知何时停了，甚至有一只蜂鸟误打误撞闯入帐中，却找不着出去的路。翅膀以肉眼难见的频率，扇动微凉的风。

冯妙君猛地坐起，第一时间看向自己的双手。

好好儿的，莫说没被绑缚，就连半点儿红印都不曾有。她顺手掀开帐子，蜂鸟啾啾飞走了。

外头的奴婢听到响动，略微抬声道："王上，您醒了。"

"进来。"冯妙君第一时间将她喊了进来，"昨晚你在哪儿？"

"就、就在天青池外。今晨阵法按时解除，奴婢才进来的。"

冯妙君闻言皱了皱眉："阵法没被破去？"

"不曾。七重阵法都运行良好。"

那么这事情就蹊跷了，云崲既未暴力破解，那么他是怎样绕过七重阵法的看守，钻进内殿来的？冯妙君目光往四下里一扫，忽然想起一事，对地上那婢女道："下去吧。"

婢女退开之后，她才自床头抓起一对耳环，没好气道："昨晚怎不示警？"

液金妖怪也刚从调息中醒来，扭了扭身子迷茫道："示什么警？女主人身体可有不适？"

冯妙君顿时听出不对："慢着，昨晚你没见过云崲？"

液金妖怪噌地跳了起来："男主人来过？"

冯妙君把它拎在手里晃了两晃："你俩该不会串通好了逗我玩耍吧？"

"冤枉啊！"液金妖怪把身体都抻直了，"您这宫闱重地夜里要开多少道阵法，就算我想去做内应也不知道解法啊，怎么能把云崲大人迎进来？"

"你夜里走神没？"

"不曾。"液金妖怪就差指天发誓，"夜雨不到亥时就停了，后面月儿出来，我修行了整晚呢，盹都没打一个。您这殿里莫说有人，就是鬼都没来一个！"

那她昨儿个见到的云崲哪来的？这厮几乎不可能绕过廷卫和重重阵法的守护，在不惊动任何人包括液金妖怪的情况下潜到她身边。难不成是幻象？

不，不对。那触感太真实了，再说一个幻象怎么可能将她绑起来，还肆无忌惮地轻薄她？

冯妙君下意识摸了摸自己唇瓣，仿佛那人温度犹存。

液金妖怪嘿嘿两声："您这是日有所思，夜有所梦？"

不过没等它问出口，女主人一个响指就将耳环弹了出去，液金妖怪贴着墙滑了下来，讪讪溜回床头。不承认就不承认吧，何必拿它出气呢？

冯妙君却被它的话点醒了。

是了，昨晚这殿里除了她和云崲再没第二个活物，如果液金妖怪没说谎，那便只有一个解释了——她是在梦里见到了云崲！

冯妙君闭上眼，想起她在烟海楼里见到的记载。

那是用天魔文写就的古书，扔在烟海楼最角落的书架上蒙尘。里头提到，除了阴间之外，人间还有另一个青冥界存在。当人类这样的智慧生物大量群居于一处，其精、气、神就会催生出另一个虚无世界。这个世界的最通俗唤法，就叫作梦境。

她就说云嵝哪来那么大胆子独闯王宫，原来他根本亲身未至，只是偷偷潜入她的梦境来胡作非为罢了——他说的话、做的事，都不是她能凭空臆想出来的，所以必定是他动的手脚。

这厮神通广大，通晓的术法也不知有几多种，能潜入梦乡并不奇怪。可是冯妙君也记得书里提过，想要进入指定对象的梦境，那么两人在现实里要越近越好，成功的概率才会越高；其次，彼此之间最好通过直接接触建立特殊的纽带，能引导人寻到指定的梦乡。

这两个条件真让她毛骨悚然。也就是说，云嵝本人已在乌塞尔城，并且大概离王宫也不远；甚至，他和她在近期有过直接的接触。

那家伙走在人群中都是个发光体，真要与她接触了，她不可能想不起来。所以最佳解释，就是他又扮作了什么人来接近她吧？

想想就后怕。冯妙君揉了揉太阳穴，头疼不已。岁宴前见过的客人实在太多，让她怎么指认哪一个是云嵝？

天色渐亮，她爬起来洗漱梳妆，而后入廷议事，一切都跟平时没什么两样。

岁宴近在眼前，各项安排布置都要讨论。

这些事都不需冯妙君自己做主，她听得心不在焉，思绪慢慢飘飞，又回想起昨晚那几幕。

这时城防守军提到，魏使下榻处被百姓围攻，有人泼狗血、扔臭蛋。徐广香不忿，右相国好言安抚，但是安排她住在哪儿却成了个难题。

大伙儿罗列了几处地点，正议论间，冯妙君悠悠开腔："本王大度，让魏使进宫住吧。"

众人一下收声，都道这是个好办法。普通新夏人进不了王宫，徐广香的安全也有了保障。

峤、魏之战结束后，哪个国家都很着紧他国使者的性命，以免重蹈那一场覆辙。

冯妙君却有自己的想法。云嵝会不会混在魏使的队伍里？倘真如此，这一下就能将魏人都监控起来。

这一日天晴，可称万里无云。

四周一片红粉，冯妙君立在桃林中望见月光如水，给她身边那人打上了一层朦胧的光晕，就如下了凡的谪仙。

他居高临下，低头望向她："十二个时辰不见，安安想念我吗？"

冯妙君不复昨日惊慌，反而冲他莞尔一笑："你呢？"

月光下，她的笑颜清艳绝俗，竟连近在咫尺的桃花都失了颜色。云嵝也看得微微失神，不觉脱口而出："想，想念得紧。"

过去年余，他每次想起这只逃跑的野猫就咬牙切齿，说不准是更气还是更恨。然而他心底明白，无论是气是恨，终归是把她放在心底了。

他游戏人间多年，从不曾为一人这般牵肠挂肚。

那双桃花眼中流露出来的真情，教冯妙君不由得动容。她得闭上眼才能摆脱突如其来的头晕目眩。

他这么看人，是犯规吧？

云嵝见她嫩生生的小手伸上来，先在他面庞上好奇地摸了两下，而后就勾住他的脖颈慢慢往下拉。这小人儿的红唇越来越近。他昨天尝过了，知道它的味道有多香甜，今儿不由得跃跃欲试。

不过他未亲上去，颈上就抵着一点冰冷，那是锐器的触感。

云嵝的动作停住了，冯妙君指缝里露出一截锥尖，直顶着他颈部大动脉。

她脸上的笑容也不见了，声音转冷："谁许你随意进出我的梦境？"

一旦她知道云嵝接近自己的方式，他身上就没了神秘感。

云嵝的目光在她手上一扫，不由得夸赞道："了不起，这么快就掌握了梦中使力之法。"

梦中世界的规则与现实截然不同。现实里的法器、灵力和神通，在这里都不能生效。是以冯妙君昨夜才会发觉自己丹田空空如也，只因灵力积存于身躯之中，带不进梦中。

可是梦中人如果魂力足够凝练，或者对梦境和力量的理解足够深刻，就可以在这里具象出各式各样的神通、法器，一句话概括，就是没有做不到，只有想不到。

冯妙君具象出了自己的法器星天锥，这就说明她不仅意识到自己的处境，也适应得很好。

仅仅过了一个晚上，进步如此神速，真不愧是安安。

见他镇定自若，冯妙君没好气道："你以为我下不了手？"

"嗯……"他做思考状，却越来越低头，仿佛要将颈部往锥上扎，"下不了。"

感受到锥尖传来的压力，的确他再下压两度，星天锥就要刺破他的大动脉了。冯妙君对他怒目而视，却不得不悄悄后退两步。

她并非下不了手，而是现在刺伤他没有任何意义。

"相伴而行那么久，你要下手早有无数机会，何必等到今日？"云嵝嘴角含笑，"安安不会伤我。"

他要去揽她细腰，冯妙君却往外横跨一步，顺便也收起了星天锥，满面戒备看着他："有话好好说，莫要动手动脚。"

他奇道："从前不也是这般互诉衷肠？"说话间，他握紧在身后侧的左拳这才悄然放开，面上却笑得越来越灿烂。

谁跟他互诉过衷肠，难道不是他一直单方面地逗弄她、戏耍她？冯妙君决定拉回话题："你到乌塞尔城来做什么？"

"找你啊。"云嵀说得理所当然，"自你不告而别，我就常常夜不能寐，得了消息还不匆匆赶来？"

她两眼都写满怀疑："没有阴谋？"

"自然没有。"他敛起笑容，正色道，"新夏女王，无论如何我都要来会一会的。"

在他的深情凝视下，冯妙君只觉嘴里发干——梦境真是个奇妙的地方，人在这里的五感与现实高度相似，她居然还会心如鹿撞，还会胸闷气短。

冯妙君暗自咽下口水，移开目光："你既然隐在暗处，让徐广香当魏使，为何又要闯入梦乡，暴露你在乌塞尔城？"

云嵀笑了："既然来了，就要让安安知道，可是公开露面，我又担心给你惹来麻烦。"

让她知道？明明是让她惊吓吧？不过她也明白，云嵀确实不适合在乌塞尔城公开露面。一个徐广香当魏使就能引来新夏人围攻，要是魏国国师敢在这里招摇过市，恐怕针对他的暗杀就会层出不穷，那时就是新夏护责不力。所以云嵀此言，是不想让她太难办吧。

冯妙君咬着唇，眼中的光芒也柔和了些："你在乌塞尔城不会搅事？"

"这个嘛……"他抚着下巴，桃花眼中有笑意荡漾，"就要取决于安安了。"

"说吧，你又有甚坏主意？"冯妙君微微抬首，心下却有些苦恼。现在她这情形，就叫跑得了和尚跑不了庙。

"萧衍有意与新夏结盟。"云嵀一本正经，"徐广香应该将这句话带到了，不过傅灵川等人应该都不同意吧？"

"嗯。"冯妙君斜睨他一眼，"想打就打，想占就占，想和就和，萧衍未免太不把新夏人当回事。"

"昨日种种譬如昨日死，今日种种譬如今日生。"云嵀笑道，"人是如此，国复如是。"

"你说得未免太简单。"冯妙君淡淡道，"国破家亡，新夏有多少人苦难深重，是你轻飘飘一句话可以揭过的？"

"为人上者，岂不闻太上忘情？"云嵀端详着她面上神情，"忘情方能至公。"

他说的道理很浅显，身为一个国家的掌舵人，如果不能泯去恩仇，却像平民那般沉溺于旧恨，那么执政决策必有偏差谬误，轻易就能将这个国家拉下深渊。

"新夏现今与魏国寻仇结怨，又有什么好处？"

对冯妙君来说，没有。

云嵀柔声道："傅灵川要将魏国立作敌人，方能团结那些安夏遗老为他卖命。你年纪还小，莫要被他所挟持。"

冯妙君长长透出一口气，看着他似笑非笑："领教了，果真是三寸不烂之舌。萧衍也是这样被你劝拢，夺了萧靖的王位吧？"

"他若无心，我怎样劝也是无用；同理，你若不动心，我的提点也不会生效。"云嵯也不着恼，"好了，且不提这个。你有没有兴趣去看看旁人的梦境？"

咦，还可以这样？

云嵯只见她眼里的亮光，就知道她是感兴趣的。这只猫儿最好奇了。

他执起她的手："跟我来。"

他的掌心滚烫，一如既往。冯妙君微微一挣，云嵯即道："挣开了就会掉落在别人梦境，无路可回，那时莫怪我寻不着你。"

冯妙君将信将疑，却只好让他继续牵着。

那小手柔若无骨，他掌中不由得一紧，牵起她大步往林外而行，不多时走到桃林尽头，从门里一脚跨了出去。冯妙君一瞬间被强光晃晕了眼。她方才久处黑暗当中，现下忽然置身光明，自要有一番适应。

好一会儿她才抬眼，只见前方景色已然大变。

粉嫩桃林不见了，落英缤纷不见了，两人赫然站在大街上，天色很亮，阳光将地上的影子拉得老长，街道两侧商铺林立，行人如织。

这条街上的景物，她居然很熟悉："丹阳街？"这是乌塞尔城繁华的主街之一，她也经常微服来逛。

"这是谁的梦境？"

"是乌塞尔人的。"云嵯带她穿行于人潮之中，"这座城是现实在梦境的投影，普通人在这里继续现实里的生活而不自知。"

路上行人熙攘，果然大部分都着新夏服饰，有老有少，做买卖的，逛街的，吃饭的，果然与现实里并没有很大区别，只是铺面看着不大一样。显然梦境并不完全照搬现实。

两人走过一条小巷，却闻里面传出阵阵哭骂声。

冯妙君转头看去，黑漆漆的巷子里有几人扭在一起，被围在中央受欺负的是个二十出头的少妇，另外三名男子有高有瘦，嘿笑不绝。

古怪的是，从冯妙君两人身边走过的行人直视前方，好似看不见也听不见暗巷里的异常。云嵯看出她的疑惑，解释道："凡人通常望不见别人的梦境，他们只能看见自己想见的，或者……不想见的。"

修行者的魂力远比普通人凝实，视域也就更宽广。

冯妙君转身往暗巷而去，云嵯轻按她肩膀道："再想想，多管闲事可能身陷别人的梦境，再也出不来了。"

冯妙君回眸看向他："这不是有你在吗？"

这话取悦了他。云嵂嘴角一弯，收回了手，再不紧不慢跟着她走了进去。

巷子越走越暗，也越走越深。站在大街上往巷里探视时，离暴行的发生地似乎只有十余丈远，可现在两人足足走出二里，冯妙君才站到那几人跟前。

地上的小娘子哭得梨花带雨，衣衫被剥去大半，露出雪白的身子。有个男子已经骑在她身上起伏不停，另外两人帮忙按住女子手脚，方便他行凶。

哪怕这是梦中，冯妙君也看得勃然大怒，手底寒光一闪，星天锥飞出，直接洞穿了正在行恶的男子胸口。那人倒地抽搐两下就不动了，身形缓缓模糊，最后消失不见。另外两个见状回头，瞪向冯妙君。

这两个家伙倒是让她吃了一惊：一个满嘴狼一样的利齿，眼如铜铃；一个舌头长长地吐在外边，还能分叉，脖子上长着细鳞。若说有什么共同点，就是样貌丑陋。

不过她惊讶归惊讶，星天锥重返手中，抬起对准了这两个怪物。

受她催动，锥尖散发出淡淡青光。

这两头怪物忽然不龇牙也不咧嘴了，呆呆看她几眼，脸上忽然露出畏惧神色。而后，它们做出一个连云嵂也想不到的举动：一个转身，脚底抹油逃跑了。

"……"冯妙君怔在当场，而后转头望向云嵂，"它们怕的是你？"

云嵂就站在她身后，周身被月华镀上一层微光，在黑暗中仿佛神圣不可侵犯。

他也不否认："或许。"仔细打量她两眼，依旧轻轻执起她的手，"走吧，不要过多干涉旁人的梦境。"

地上那少妇爬起来，一边抽泣一边往外走。冯妙君看着她消失在黑暗中："她会记得我们吗？"

"不好说。"云嵂步伐迈得很大，"多数人会遗忘梦境中的遭遇，保留下来的记忆不足一成，并且一般只是零散片段，因此最好不要干扰他们的梦境。如果他们被梦魔吸走的精力过多，白天醒来会觉身心俱疲。"

"那三个怪物就是梦魔？我看书上说，它们原本也是人类精魂。"

"现实中的悲喜嗔怒同样会带进这里，可是人在梦境中能够肆无忌惮，久而久之放纵太过，即被恶念占满，不愿再返现实，逐渐就成了梦魔。"云嵂解释道，"现实里道貌岸然的，在这里可能就露出了豺狼相貌，这就叫相由心生。"

这话说完，他就觉冯妙君仰头望着他，好半天也不移开视线。

"怎么了？"

"我想看你几时才会变出青面獠牙。"她不满地嘀咕，"怎么还是这副道貌岸然？看来相由心生之说都是骗人的。"

她这是变着法儿骂他是禽兽吗？云嵂笑道："明心见性，可见我表里如一。"

冯妙君早就习惯了他的厚脸皮。不知哪里来的夜风吹动他的衣袍，他偏着头对她笑，月光好像都晕在他浅淡的眸色里。

　　她移开眼，不敢再跟云嵫对视。通道黑沉而安静，走在这里就是与世隔绝，身边只剩下这么一个人，只剩下这么一份掌心传来的温度。

　　他的手稳定有力，那温度也熨帖得教她安心。

　　每迈开一步，她都像踩着自己心跳的节拍。

　　"我们去见个人。"说罢，云嵫就推开了暗巷中的一扇门。

第二十一章　梦中乾坤

一步跨入，冯妙君就望见墙顶上即将下沉的夕阳，在这个人的梦境里，时近黄昏。

两人身处一片竹园当中，竹子一丛丛新老簇生，又浓又密，划出一个个幽深的角落。

前方一堵半月门，紧挨着门内几栋建筑，似有人声。

"来。"云嵝压低了声音，领着她往门后走。这里生长的竹子粗如水桶，一簇就有几十根，光线被挡在竹叶外头，根本照不进这个角落。

靠到墙边，从小窗望出去，对面的屋子窗户大开，冯妙君能见到里面摆着的檀木桌、文房四宝和博古架，显然是个书房。

书房里站着两人，一高一矮，高个儿吩咐，矮个儿连连点头。

冯妙君见着高个子的面貌，微微惊异，居然是燕国来使、十九王子赵允！

她下意识看向云嵝，却见他冲她挑了挑眉，竖起一根指头拦在唇前，做了个噤声的动作。

矮个子似是赵允的心腹，冯妙君偷听到的第一句话，就让她悚然动容。赵允说的是："即刻传讯回去，确认新夏女王已经换人。我试着催动父王下在她身上的禁制，并未生效。"

冯妙君顿觉后背微凉。

原来燕王在霏媛身上放了禁制，难怪从前给钱给物，大方赞助傅灵川复国，敢情是留了这一手。傅灵川从未提起过这一点，或许连他也被蒙在鼓里。

矮个子应了一声"是"，却道："王上的意思，是给她重下一遍禁制？"

赵允在书房里来回踱了两圈，犹豫不决："能成功自是最好；可若是被傅灵川发觉，只怕立刻就有理由与我大燕断交。这事情，风险太大。"

"父王要我审时度势、自行决断。"赵允仍然举棋不定，"那就见机行事吧，唉。"

"你不是问我来意？"云嶂做了个标准的"俯首帖耳"的姿势，音量低得只有冯妙君能勉强听见。热气都要灌到她耳朵里了，痒得很，她却顾不得扭头，因为他的下一句话让她结结实实吃了一惊，"我要做掉他！"说罢站直身体。

冯妙君不及细想，一把抓着他手腕低喝道："住手！"

云嶂俊面上满是殷勤之意："他想暗算你，我杀了他给你出气，好不好？"

"不好。"她瞪着他，"他死在梦中，现实里就成了没有意识的行尸走肉。燕国王子竟然在乌塞尔城出事，你是怕我的生日宴不够热闹吗？"

云嶂轻笑道："这就叫死罪可免，活罪难饶。他敢觊觎你，就要做好受死的准备。"

"你是非要动手不可？"冯妙君正盘算自己有几分把握能拦下他，忽然望见他眼底狡黠的光。那双桃花眼惯有的迷离不见了，余下的全是精明计较。

在印兹城、在崖山，他要算计一个人、一座城、一个国家时，常常就露出这样的眼神！

冯妙君微微一呆，突然醒悟过来，云嶂哪里是要给她出气！他早就有备而来打算对付赵允，现时所见所闻不过是个意外。难怪云嶂坦言此行来乌塞尔的目标就是赵允，他没说谎，可是后果却要新夏来承受。

她这里无数念头飞转即逝，云嶂目光一闪，却悠悠道："其实，我可以不杀他。"

可以……不杀？冯妙君紧紧盯着他："条件？"这两字说得咬牙切齿。

"还是安安懂我。"云嶂轻轻一叹，附在她耳边低声道，"亲我一下，我就饶他不杀。"

"什么？"冯妙君还以为自己听错了，一时未反应过来。

云嶂抑住亲她的冲动，这回要让她自己来。他伸指指着自己的薄唇："亲在这儿，我就放过他。"

冯妙君面如火烧，她指着云嶂的指尖都抖了："国家大事也能这般儿戏？！"

"何谓国家大事，何谓儿戏？安安，在我心里，他的命连你一根发丝儿都比不上。"云嶂深情款款，伸手替她将鬓边一缕发丝拂到耳后去。这动作亲昵，然而她呆若木鸡，陷在深深的震惊当中，一时忘了理会。

他在表白吗，在说他喜欢她？冯妙君张了张口，想问，却没胆子问出来。

她从心底恐惧那个答案。

"你到底想做什么？"她退开两步，习惯性地想落荒而逃。然而这一回，她再不能逃走。

云嶂并不伸手拦下她，只是重复了一遍："一个吻换赵允一条命，划算吗？"

冯妙君都快找不着自己的声音了："你真想杀他？"

"不信？"他微微一笑，"我杀给你看？"

赵允的生死关她什么事！只是眼前这人胆大包天，当真什么事都干得出来，她相信自己要敢摇头，云嶂下一秒就会出手。

"信。"她两只小爪子握得死紧，想象手下攥着的是云嶂的脖子。

云嶷憋着笑提醒她："这里不过是梦境，亲一亲有什么打紧？现实里你我都未碰着对方一根头发，君子得不能再君子了。"

冯妙君眨了眨眼，如梦方醒。春梦了无痕，明早天亮醒来，她都可以翻脸无情、矢口否认的。

"好！"她咬了咬牙，"亲就亲，有甚了不起？"

云嶷怨艾地看着她，幽幽叹道："安安实在不愿就算了，我也不会强人所难。"

冯妙君默默在心底从一数到十，才稳住气息："不勉强。"

云嶷见好就收，勾了勾手指："来，速战速决。否则赵允要是走出来，我可不保证不起杀心。"她走上两步，头顶只到他脖颈，更显娇小。云嶷眼中笑意盈盈，特地弯了弯腰，方便她亲他。

冯妙君强抑住心如擂鼓，抬首缓缓凑了过去。距离越近，越觉出他唇形如弓，光泽诱人。她舔了舔唇，嘴里发干，忽然停了下来："你保证在新夏境内不寻他麻烦？"

云嶷低低应了声"是"。

冯妙君又凑近了些，两人不到四指距离，她又道："你、你闭上眼。"

云嶷见她面若朝霞，那艳光连夜色都遮不住，本不想移开目光，可她声音都有些儿颤抖，透着一股子哀求味道，让他向来冷硬的心一下软化。

他依言闭眼，不言不动，精致的五官仿佛是巧手匠人的得意之作。

冯妙君终于鼓起勇气，在他唇间落下一吻。

这个吻并非一触即收，也没有他想象的敷衍。云嶷能察觉出她的犹疑和不安，但她依旧坚定而温柔地吻住他。

看来她重视两人之间的约定，要亲就好好亲，很有诚信。云嶷心中如被软羽轻拂，原先的逗弄之章节都化作了一点痒意、一点温柔。

她往后退去，要结束这个吻。云嶷哪里肯放过她，毫不犹豫地追过去，噙着她的唇，撬开细细贝齿，再一次巡视昨日刚刚开发过的领地。

她的吻轻盈柔软，他的却凶狠又充满了占有欲，像是猛兽追逐自己的猎物，要令她无路可逃。

冯妙君本能地挣扎一下，被他伸手托住后颈不得闪避，倒也软了下来，任他亲吻。

云嶷就像沙漠中饥渴多日的旅人终于寻到了水源，非要好好痛饮一番不可。昏昏沉沉间，她依稀感觉到云嶷将她按在墙上，立觉不好，刚伸手去推，却发现这家伙整个人都贴了上来，势大力沉，将她紧紧压住。

得寸进尺！冯妙君气极，星天锥抵在他腰间，压力透体而入。那意思很明显了，再不松手就扎穿他的腰窝。云嶷这才恋恋不舍地放开了她。

冯妙君见他脸上晕红一片，眼中情动如火，想来自己也好不了多少。她很想开口斥骂他，怎奈舌头都麻了，好半天说不出一字。

云嵯却竖指在她唇前，做了个无声的口型：嘘！

紧接着有细碎声音传来，这回赫然是在竹园中了，离他们只有一堵墙之隔！

冯妙君立刻屏住了呼吸。

她听出这是书房里的两人正在向外行来，都是修行者，走路基本无声，只是地面落叶被踩踏才发出细碎的沙沙声。

她方才太投入，也不清楚赵允和心腹又说过什么，惭愧。不过赵允走到半月门就停了下来，沉声道："采自北地的那块石心已经拿下，应水城的资料也整理好了，就放在书案上，你一并送去给父王。"

"是。"

他叹了口气："第五次勘察应水城了，依旧没找到天魔域的线索，父王是不是寻错了方向？"

这话心腹不好接，只得道："或许王上另有计较？"

赵允摇了摇头，却不好非议君父。心腹跟着他穿过半月门，走过婆娑的竹林，很快离开了园子。

确定他已经离开，冯妙君一把推开云嵯，顺便送他几记眼刀。

云嵯舔了舔唇，遗憾道："安安真是翻脸无情。"

冯妙君决定不理他，转身穿过半月门，遁入了赵允的书房当中。

赵允的案头功夫不错，檀木案上的物件摆放得十分整齐，冯妙君几乎是第一眼就望见了他提及的那份"资料"。"应水城""天魔域"这几个字眼，将她的全部注意力都吸走了。

冯妙君翻开这份资料，才望见第一页，目光就凝住了。

那上面没有文字，只绘了个图案。

最重要的是，这个图案她也见过，并且次数还相当频繁。

冯妙君拉下自己袖口，跟进来的云嵯就见到她腕上戴着一串玉珠，成色很好。

正中央那颗珠子雕成的形状，与资料中的图案一模一样。

仿佛是棵植物，有分枝但看起来很抽象。

她伸手轻抚玉珠，喃喃道："这是什么？"

"天神徽记。"云嵯适时出声，"原本浩黎帝国境内处处可见神庙，这徽记就刻在大庙的门楣或者窗镂上。但到了后期，浩黎帝国抹去神迹，推倒神庙，这种印记也就跟着消失了……你从哪里得来的玉珠？"

"娘亲买来的，说是得自上古遗迹。"冯妙君也是满心疑惑。这串玉珠乃是养母徐氏买来赠给她的，来源是"上古遗迹"。徐氏是个凡人，身无半点灵力，这一点是确凿无误的。

云嵘像是知道她心中所想："今人探寻遗迹，其中物件因此面世也属寻常。"

冯妙君嗯了一声，往后翻页。这一细看，越发惊奇。

赵允差人送给燕王的，原来是一份密报，里面详细记述了他派人在应水城秘密进行的发掘和搜寻工作。结合十九王子方才所言，这已经是第五次勘察了，可见燕王对这一行动的重视。

浩黎帝国的兴衰破灭一直都是后人研究的重点，冯妙君在烟海楼里读过大量史料，知道应水城在浩黎帝国分崩十年前就已没落，百业颓败，人口迁出。最要命的是，浩黎帝国灭亡后，应水城先后被四个势力占领过，而每一个都明白自己没本事长治久安，因此只存了打秋风的念头，在城里大肆搜刮。

这么来回被刮上四回，就算应水城原本再富庶也只落得个民穷财尽。最后再也没人将它当作都城，又因为这里经历过太多战乱，发生过太多悲惨故事，人类也不愿继续居住。久而久之，繁华一时的应水城变作了废都，渐渐埋没在长草荒林中，无人拜访。

"应水城的位置，离这里倒是不远，也就是三百余里。"冯妙君沉吟道，"这里荒废了三百多年，燕王却三番五次派人发掘。应水城和天魔域真有关联？"

最后一句，是问向云嵘的。

他目光也在密报上逡巡："这就要看你对浩黎帝国和天魔的往事了解多少了。"

这个梦境的主人随时会回转，冯妙君也就捺下满腹疑云，先将密报内容速读一遍，记在脑中。

"走吧。"

两人刚回竹林，赵允的心腹就回来了，收走书案上的密报。

云嵘领着她，神不知鬼不觉地穿过竹园的小门。

两人又站在落英缤纷的桃花林中。

"这是我的梦境？"月光下的桃林静谧安详，偶有小虫呢喃。

云嵘点头。

冯妙君眨了眨眼，桃林中忽然就飘出许多祈天灯，乘着热力飞向天空。

桃林粉红，天灯金黄，抬眼看去，仿佛天上星河降临人间。

云嵘轻轻鼓掌："精彩！"她昨天才知自己身入梦乡，今天就能尝试操纵梦境，其神魂之凝练当真教他刮目相看。

冯妙君没有留意到云嵘看她的目光闪烁，她的注意力集中到另一个方向："你能自由进出旁人梦境？"

云嵝看出了她的担忧，也就笑得格外狡猾："这就是我的秘密了。安安若是真想知道——"他拖长了语调，视线投向她的红唇。

那目光如有实质，其中的含义冯妙君再了解不过。她立刻板起脸："不说就算了。"

云嵝视线不离她面庞，开口应道："不必担心，须有媒介我才能进入他人梦境。"

媒介？冯妙君眼珠子一转："你能带我去梅矶公主的梦境里吗？"

这要求突兀，云嵝都微一皱眉："为什么？"

"我想看看她平时做的是什么梦。"

云嵝摇了摇头："首先，我不能确认她正在调息或已入梦乡；其次，我与她没有关联，不能潜入她的梦境。"

他又提到了媒介。所谓的媒介到底是什么？

云嵝看她若有所思，心下也不由得苦笑。这丫头心思缜密，他只要给出只言片语，她就能推敲出许多线索。

有些秘密，他还是保留的好。因此他一下将话题带开了："现在你弄清赵允来乌塞尔城的真正原因了？"

"除了给我贺岁之外，还要搜集天魔域的情报，还要寻些干涉新夏内政的办法。"她缓缓道，"比如说，对付我。"

"不。"云嵝伸手折了一枝桃花，"是控制你，对付傅灵川。"

冯妙君轻咳一声："是啊，我有内忧外患，连表面上的盟友都要算计我。"

云嵝目光在她面上细细打量："安安好似不觉忧愁。"

她轻哼一声："坐困愁城就有用吗？"人要放眼未来，也要活在当下。

"我为安安分忧可好？"

他说这句话时，眉眼间俱是可以溺毙人的温柔，冯妙君反而提起了十分警惕："怎么说？"

"你可以变外患为助力，解决内忧。"云嵝走上两步，从枝上摘下一朵桃花，轻轻戴在她鬓边，"傅灵川和其他豪族不好对付，安安势单力薄，何不与我为盟，立得强援？"

冯妙群微微仰头看向他："怎么结盟？"

"与魏结盟，免去外患，我可全力助你。"她眼里映着点点灯光，云嵝忍不住低头，想要一亲芳泽。她的滋味太好，尝过一次就会上瘾。

冯妙君却一把捂着他的嘴，将他轻轻推开："那才叫与虎谋皮！"

可她清醒着呢，不会被这具美好的皮相所惑。

这人阴险毒辣，从本质上说，他和傅灵川、和赵允有什么区别？

他们都要算计她。

"想结盟？"她眼里也有精光闪动，"拿出诚意来。"

他问她："我的诚意，要怎样才能让安安看见？"

冯妙君挑眉，笑吟吟道："办法就要国师大人自己想了，这才显得有诚意。"

云嵝的目光中有些道不明的意味，最后他点了点头："好，必要让安安看见我的诚意。"

桃花娇艳，祈天灯暖，玉郎眼中情深一片。不知怎的，此境此情此景越发暧昧，冯妙君只觉手脚都不自在，只得轻咳一声："对于天魔，你了解多少？"

云嵝目光微凝："你问这个作甚？"

"天魔到底是一个人，还是一个种族？"

云嵝垂眸，似在思索。良久，他才沉声道："天魔不是异族。在纪元之前，异族被称作蛮族，也诞生出天神，能与妖族和人类分庭抗礼，还隐然胜之。这三者矛盾日渐加深，最后终于爆发了席卷整片大陆的神战，天神都陨落许多，更不必说仙圣。我们看到的禁忌之海原本是这片大陆最繁庶之地，烈火烹油一般的盛世光景，却因为是天神的主战场，才被大神通凿作了如今模样。"

冯妙君小口微张合不拢来："原来禁忌之海的传说竟是真的。"

"安安也觉生不逢时？"云嵝笑了，"没有亲历那样多姿多彩的神魔时代，是我辈之憾。"

"神战之后，这个世界被破坏得千疮百孔。天神终于明白自己不应再与凡人混居，于是幸存下来的神仙都去往其他世界，妖族、人类与蛮族的强者自此从人间消失。"

原来，这才是神仙们离开的真相？冯妙君搜索自己看过的史书，倒有几部与云嵝的说法相符，却没有他这样肯定确凿。但有一点："他们都离开了，那天魔又打哪儿出来？"

"天魔存世的时间很短。说起来，这还是天神惹的祸，却要人间来承担。"以云嵝的城府，都忍不住叹息一声，"神战中，由于天神打破了世界的规则，万亿生灵遭受灭顶之灾；到战后，能活下来的生灵万不存一。这样数量庞大的死亡破坏了原有的轮回秩序，打破了世间平衡。于是在新秩序建立起来之前，有一个种族应运而生，这就是天魔。"

她领会了重点："天魔既是战后出现，那么与大面积的死亡有关？"

"我家安安真是聪明。"云嵝夸她一句才接着道，"万亿生灵一朝消亡，地府不可能全盘接走。事实上，地狱道因此险些崩溃，天地震荡破坏了原有的因果链条，海量死灵入不了地府，从此只能游荡人间，于是世界鬼蜮横行。谁也说不清这种死灵有多少，也许十万万，也许百万万，连地府都算不清楚。那时谁也没料到，数量这般庞大的死灵忽然开始互相吞噬，短短数十年间，数量就锐减为原来的百分之一。"

"恐怕这不是好事？"

"不错，剩下的鬼灵数量越少，力量就越强大，心智也越开明。其中又有些生前就是强大的异族、妖怪和强大的人修，死后神魂力量也远胜于同类。等到数量稳定下来之后，可以说，它已经比这世上绝大多数人都要聪明了。最可怕的是——"云嵝指了指自己的太阳穴，"它们有共感之能。"

冯妙君大奇："什么是共感？"

"它们的交流不需要言语，只要距离够近，就可以互生感应，喜怒哀乐、知识见解，瞬息间即可互相分享。"云嶂低声道，"上古曾有'闻心术'，能浅听旁人心声，但说起一整个种族都精擅此道，唯天魔耳。"

冯妙君倒吸一口凉气，并不掩饰自己的震惊。

共感意味着什么？所有知识、神通都可以共享。她难以置信，连连摇头："这样的怪物，谁能打得过！"

"正是。"云嶂苦笑，"他们成气候时，神仙已经离开这个世界。余下的妖族和人类都还弱小，即便结成同盟也不是天魔对手。只不过天魔日益猖獗，这个世界还未从神战的打击中恢复过来，就又被它们祸害得摇摇欲坠。最后是界神不得不亲自出手，将它们封印。传说，天魔被封印之地，就叫作天魔域。"

"界神？"这不是一个新名词，冯妙君记得自己曾在哪本书里见过，"唔，传说修行者前往另一个世界之前，要经过界神的考验，合格后方能离开这里？"

"不错，这个过程就叫作飞升，负责这项考验的就是镇守本界的天神。"

她满心好奇："这是留在世上的唯一天神？"

云嶂笑了笑："除了天神自己，谁知道呢？"

经他这一番话，冯妙君就将过往读过的许多线索联系在一起："飞升上界之途在许多年前就已经关闭，这与天魔也有关联吧？"

"不错。"云嶂抬了抬手，天上就有一盏小灯晃晃悠悠飘进了他手里，"天魔虽被封印，界神也从此不知所终。没人来主持飞升仪式，自然人间就再也无人可以去往上界了。"

"那一战，莫不是两败俱伤？"她咂咕一声，"我若是天魔，就绝不会去招惹天神。"

他眼里仿佛有光闪动："明知不可而为之，这事情并不只有人类做得出来。"

冯妙君神往之余又想起来："是了，天魔与浩黎帝国又有什么关联？为何燕王要到应水城去寻天魔域的线索？"

"浩黎立国以后，天魔才成了气候。为保疆域子民，浩黎帝国不得不与妖族联手，对抗天魔。后来天魔被封印，却还蠢蠢欲动，屡次冲击封印想要重返人间。浩黎帝国便在封印上修造了首都应水城，以一国之气运镇压之。

"那时的浩黎帝国有亿万人口，国运日渐昌隆，镇压天魔不成问题。但后来数百年间随着天地灵气锐减，浩黎帝国自身又由盛转衰，渐渐也压不住那个封印了。"云嶂眸光深沉，"你也听说过史上最著名的那一次天魔袭城吧？就发生在浩黎帝国末期。"

"是。"她老老实实答道，"有些书上说浩黎帝国成功了，镇住了封印；有些却说失败了，还是被天魔逃出。似乎都有理据，不知听谁的好。"

"这一回，倒是谁都没说错。"云嵘声音里有两分慨叹，"应水城严阵以待，绝大多数天魔依旧被镇在域中，但是封印也有了一丝松动。只有后来者才看得明白，当时的确有天魔逃逸出来了。"

冯妙君想起曹卜道的绝笔信，那里面就清清楚楚提到了天魔。

"既如此，燕王要寻找天魔域做什么？"

"那就只有他自己知晓了。"云嵘伸了个懒腰，"天快亮了，我得回去了，过两天再来看你。"

冯妙君没好气道："不用了，我想好好做个梦！"

他莞尔一笑，冲她摆手，而后施施然走了。

冯妙君睁眼，慢慢坐了起来，但觉神完气足。

这一觉，睡得好生踏实。

接下去两个晚上，她都勤于修行，不再入睡。

手里握着冰火两种属性的元珠，她的修行比从前要快上许多，近来又有水到渠成之感，似是离自己下一个境界的突破不远了。

处在她如今的位置上，自身强大一分，对局势的掌控之力就能再大上一分。是以她返回新夏后的修行不仅没有懈怠，反而加倍努力。

当上国君的好处之一，是修行所需的天材地宝多半不再匮乏，她想攒齐什么材料，只要写个单子丢下，自有人会配好了送上来。

她在修行路上越走越远，早年于烟海楼中看过的许多心诀秘技，也渐渐可以触类旁通，与自身功法相融。这时就看出浩黎大帝手书的《凡人步仙诀》原版有多牛气，作为基础心法，它就像最强壮的树干，允许其他神通嫁接抽枝、开花结果，却几乎没有排异反应。

越明日是三月十五，新夏女王办岁宴的好日子。

举国上下，一同狂欢。

这一天新夏民间热闹非凡，直追过年。安夏人渡过了风雨飘摇、受尽欺侮的十年，好不容易迎来新夏复国。新的王廷奉行休养生息之策，只这一年时间，民间生机开始复苏，人们脸上也有了笑容。

而在乌塞尔城，节日气氛更加浓烈，早在五天前就开始欢腾。

宫中，国君设下廷宴，隆重招待百官与外使。

新夏女王盛妆出席，缓缓自花榭中走出的那一刻，收获惊叹和抽气声无数。

宣词结束后，众人举杯、用宴，赵允上前三度祝酒，之后便因为不胜酒力早早退席。

又过三巡，徐广香来敬冯妙君："愿王上岁岁胜今朝，魏夏永结盟好！"

冯妙君总觉得这位梅矶公主今晚面色有异，自饮时经常瞬也不瞬地盯着她瞧，那目光里有不解、有怒气，还有别的复杂意味，冯妙君解析不出来，这时也只得温声回一句"承徐将军吉言"，把酒喝了。

便在这时，外头有侍卫匆匆奔进，附在傅灵川耳边说了句话，后者目光顿时为之一凝。

他微一犹豫，才转向冯妙君低声道："魏国师来了，此刻已在廷外。"

云嵬来了！冯妙君瞳孔骤缩，心里不知转过多少念头，好一会儿才道："以礼待之，请进来。"

徐广香既为魏使，他还来做什么！

于是司礼一声高唱："魏国师到——"

席上顿时安静，偶有叮当两声，是杯盏相碰。

众人齐刷刷转头看向门口，果见一人施施然走来，衣袂翻飞，俊美如仙。

头戴白玉冠，一袭绯红袍，这人虽然含笑而入，气场却铺排张扬，仿佛他才是今日宴场主角。

冯妙君下意识按了按额角。是云嵬本尊无误了，这种做派旁人想仿也仿不来。

场中目光都聚在云嵬身上，他却目不斜视。那双桃花眼今日看来清亮又有神，只盯紧了她一个。今日这宴场中不下千人，他却连一眼都懒得分给别人。

两人四目相对，冯妙君望见了他眼中不加掩饰的狂傲、意气、惊艳，以及……情愫。

他是为她而来吗？还是又有阴谋？

她强压下心头乱麻，温声道："云国师来了，请入座。"

云嵬含笑坐去了魏使那一席，就坐在徐广香身边。后者抬头望他一眼，神色难明，又飞快地垂下头去。

冯妙君忽然明白了。大概是云嵬事先已经知会过徐广香，后者以为他是为了新夏女王才赴宴，甚至暴露本来面貌，冒着巨大风险。

冯妙君很想感动一把，但她心底却泛起更深的忧惧。在场所有人都亲睹云嵬出现，不出三日，魏国师进入乌塞尔城的消息就会传遍全城。

届时，有多少新夏人恨他入骨，云嵬的安全就会受到多大妨害。所谓明枪易躲、暗箭难防，他给自己安排了一个隆重的出场，可别累得她给他陪葬！

对上她明显担忧的眼神，云嵬目光微亮，笑得更欢了。

傅灵川的目光却在她和云嵬之间切换，也将两人的对视看在眼里，心中深深不安。他长笑一声："云国师来晚了，当罚酒三杯。"

云嵬也不推托，痛快应了个"好"字，就着侍者端来的酒水仰头连饮三大杯。

淡红的酒液从杯口溢下，顺着玉色的肌肤淌过脖颈，流经上下移动的喉结，竟是说不出的赏心悦目。徐广香坐在边上，看得怔怔出神。

那杯子每个都能装半斤酒，他这么接连喝下一斤半桃花酒，才将杯子丢回托盘上，随手拭去唇边酒水："自罚三杯，必让王上看见我的诚意。"

他灌得太猛，双颊染上薄晕，更显俊美不可方物，一双眼睛却越发明亮。冯妙君与他的灼灼目光对上，心里微微一惊："诚意？他这是来表诚意的？"

几天前在梦中她就说过，要他拿出确实可见的诚意来，她才会考虑与魏国合作。如今云嵘就是为此脱下伪装，露出真面目来赴宴吗？

她张了张口，一时竟不知要说什么好。

傅灵川的脸色越发阴沉了，嘴角扬起："魏国竟派出两位使节，云国师还亲自担纲，真让我们惊喜。"

云嵘却从容道："傅国师有所不知，我是正使，徐将军为副使，只是我中途赶去处理些急务，才让徐将军先行进宫。新夏女王的岁宴，无论如何我也是要赶来的。"说到最后一句转向冯妙君，声音放软不少。

冯妙君有意为难他，不疾不徐道："云国师中途去处理了什么急务，孤好奇得紧。"

他既说自己是正使，那么最重要的任务就是出使新夏。事分轻重缓急，他还拐去先办私事后迟到是什么意思，不把新夏王放在眼里吗？

"这个……"云嵘果然面露难色。

冯妙君以手支颐，想看他还有什么说辞。

云嵘沉吟道："杀伐之事，说起来有些败兴，又恐冲撞了王上的岁宴，不提也罢。"

冯妙君笑眯眯地，很大度地说了声"无妨"。

云嵘这才端正了脸色："实不相瞒，我去为王上置办另一件礼物了，这才花了些时间。"

她这回是真好奇了，上下打量着他："礼物何在？"这厮分明是空着两只手来的！

"那物带血腥之气，不宜拿到岁宴上来。"云嵘从怀中掏出一只铜符，交给侍者，"就以此物代替吧。"

此符以黄铜制成狮子形状，但尾巴长着倒钩，连毒囊的形状都雕了出来，非常醒目。这东西大概经常被人拿捏，表面被蹭得光滑非常，几乎起了一层包浆，冯妙君也托在掌心端详："这是……兵符？"

"这是普灵国红云部落大帅廖木西的兵符。"云嵘好整以暇，"我路过新夏境内，听闻普灵骑兵围城，就专程走了一趟将他脑袋摘下，想着这礼物王上必定喜欢。"只不过这里是冯妙君的岁宴，他呈颗血淋淋的人头上来大煞光景，因此才用廖木西从不离身的兵符代替。

闻者无不动容，新夏群臣都面带喜色。红云部落是普灵国入侵新夏南部州府的急先锋，廖木西更是先后与安夏王、魏太子萧靖都交过手的人物，运兵如神，手下一支劲旅如狼似虎，这回也给新夏南部施加了巨大压力，搅得边防军焦头烂额。这样的人物，居然折在云嵘手里？

云嵷也不说万军丛中取主帅要费多大气力，周围嗡嗡声一片，他充耳不闻，只问冯妙君："这件礼物，可能入得王上法眼？"

冯妙君却识得他的眼神，说的分明是：可能讨得你的欢心？

"云国师何时斩下廖木西首级？"

他微微一笑，牙很白："前日夜里。"

冯妙君抿起红唇。旁人不知，难道她还不晓得吗？这人能遁入她的梦中，说明三天前还在乌塞尔城！为了取廖木西首级，他从乌塞尔城飞赴大西南前线，这一来一回，路途何止数千里？如此，的确可见诚意。

冯妙君亲自取酒，向他敬了一杯，庄容道："礼物贵重，正是新夏亟须，云国师费心了。"

"这份礼物不过是聊表诚意。"云嵷轻笑一声，"吾王欲与新夏结为盟好，只要女王点头，普灵之患，便由魏国代劳了。"

听闻这话，一旁的傅灵川长笑一声："魏王好意，新夏心领。不过结盟一事关系重大，我廷还要仔细讨论才可定夺。"

魏国抛出了橄榄枝，可惜，他不能接。

云嵷轻轻将酒盏放到桌上，悠悠道："傅国师，女王还未摇头，你不觉太心急了吗？"

傅灵川的目光下意识从冯妙君面上扫过，望见她眼里幽幽的冷光，心下微微一惊。今日是她岁宴，于情于理他都该顾全她的面子，只是他一向代她决定惯了，一时失察，不意却被这妖人钻了空子。

可莫要让长乐被他诱导了去！傅灵川转向冯妙君，一揖到底，肃容道："望我王深思熟虑，以民情为重！"

话音刚落，云嵷即道："傅国师游学多年，或不知摄政当以大局为重。"

所谓"游学"，无非讽刺傅灵川在燕国游说多年，却没有执政的本事。

傅灵川待要反唇相讥，冯妙君打断了两人的针锋相对，她抚着手中蝎尾狮符印道："好了，这份礼物我很满意，亦感魏王诚意，因此结盟之事我会慎重考虑，再开廷内公议。"她向云嵷微微一笑，"诚如傅国师所言，事关重大非同儿戏，也非一日所能决断。"

云嵷对这样的结果并不吃惊，只是笑眯眯道："有女王这句话，我便安心等着好消息了。是了，如若新夏与魏结盟，魏国当交付五千万两银子，作为过往侵扰新夏的赔礼！"

五千万两！新夏过去八年的财政收入都没到这个数儿！

席间顿时泛起嗡嗡声一片。

这是赤裸裸的以利诱之。五千万入账，对于现今才白手起家的新夏国来说，是雪中送炭，是能用在刀刃上的好钢！

云嵷面不改色："这是赔礼。魏人拿出了诚意，就看新夏是否愿意接受我们的诚意。

当然，决定权在女王手中。"

他如此说，旁人只得闭上了嘴。宴席于是照常进行。

这一顿岁宴吃到酉时方才散去，宾主尽欢。

冯妙君忙了一整天，这时就脱冠卸妆、入泉沐浴，好好放松身心。

在她享受温泉水滑洗凝脂的时候，魏使也回到下榻之处。由于身份特殊，女王特拨华音殿给他们居住。不过冯妙君要是事先知道云嵝也来了，那就绝不会动这个念头。

进了华音殿，自有下人引两位使者分别往住处歇息。

徐广香从宴席上一直沉默到现在，见云嵝转身要走，终忍不住道："国师大人！"

云嵝转过来，给她一个询问的眼神："徐将军？"

徐广香总觉得，他分明知道她的情意，却从来吝于点头："您何必赶来新夏，是为了安安？"

云嵝笑了，薄唇中吐出来的那一个字却令她心都要碎了："是。"

徐广香险些将下唇咬出血："王兄已经派我出使新夏！"

"我来补送礼物，与你的使命并不冲突。"云嵝仿佛没看见她的神情，"她要诚意，我就给她诚意。"

他笑得灿烂，徐广香却知道他的笑容不为自己而发，心中像堵着一块大石，下意识就道："您、您中意她，可是新夏与魏国之间仇深似海。我怕她以此为鳌，诱您深入，妨害了、妨害了您的性命！"

云嵝笑了。安安诱他深入？他倒是想啊。

"多谢徐将军好意。"他不咸不淡应了一句，"我自有分寸。"

他的笑容冷了下来，徐广香心里也转凉几分，还是鼓起勇气道："她如今已是国君！"不再是您的侍女安安了！

身份，就是这两人之间跨不过去的鸿沟。

云嵝意味深长地看了她一眼："你也知道，她是新夏女王了。"

徐广香胸口起伏两下，很干脆道："她不是好人，根本不值得您为她冒此奇险！"

"她若能要走我的命，那也是种本事。"云嵝轻笑一声，转身就走。

他累了，不想扯些无聊心事。三天之内来回奔波数千里，即便道行精深如他，现下最需要的也是好好睡上一觉。

直至他背影消失，徐广香狠狠劈出一剑，砍在身边碗口粗细的小树身上。

寒光一闪，树倒叶落，瑟瑟满天。

这个春日夜晚，她心中却感觉到了无边寒意。

岁宴已过，就有外使接二连三来辞行回国了。三天后，外使基本离开，只有少数逗留乌塞尔城，这其中就包括魏国使团。

徐广香当然一秒也不想在乌塞尔城逗留，怎奈魏国的那位"正使"并没有回国的打算。

这人难得老老实实走外交渠道求见女王大人，不过王廷被傅灵川把持，他一连六七回请求都只走到半路就无疾而终了，根本没递到冯妙君那里去。

云嵂得到的回执，永远是王上"忙碌"或者"疲惫"，总之无暇接见他。

徐广香忍不住道："她这般傲慢，大人还理会她作甚？不如启程回国，为王兄分忧。"

云嵂倒是老神在在："无妨，想要魏夏关系破冰，哪有这般简单？"

他只是想缓和魏国与新夏的关系吗？徐广香暗暗咬牙，他是想给自己和安安的关系升升温吧？

冯妙君真不知道云嵂的会面请求被拒了吗？不，她都知道。

即便身边的奴婢都是傅灵川的人，她还有陈大昌等心腹活跃在宫中，随时将各种小道消息传递给她。

魏使求见国君，并且还是一而再再而三，连着六次被拒，这种事想瞒都瞒不住。每天傍晚，陈大昌都会跟她汇报一回。

冯妙君总是微笑着听完，说一声"知道了"，就没有然后了。

她该做什么就接着做什么，除了听议朝政，还要花大把时间修行。

在液金妖怪看来，这几乎是她最悠闲的时期。它憋了几天，终是气鼓鼓道："傅灵川那无胆小人想将您瞒在鼓里，可要我去云嵂那里走一趟，为您传递消息？"

"不必。"冯妙君轻声道，"我不想见他。"

液金妖怪心里连道几声不妙，女主人现在连见都不想见到男主人了吗？

"为何？"

"他若真想见我，自会寻到办法。"冯妙君微微一笑，"否则，如何叫作'有诚意'？"

他轻慢过她，戏弄过她，现在她就要他尝尝被冷落的滋味。

第
二
十
二
章

以
情
盟
约

　　这天傍晚，她在园中散步，陈大昌健步来报："云国师今日再度求见女王，这讯息再度被截走。"

　　冯妙君瞅他一眼："今儿来晚了，你中途有事吗？"

　　陈大昌摇头："没有。"

　　"以后这消息不必再报给我了。"她踱进一个六角小亭坐下，挥退奴仆，布了个结界才问他，"对了，南边儿还没有消息过来？"

　　宫里人多口杂，她用"南边儿"当作桃源境的代语，这几个字出口，心腹就明白她问的是定居南大陆桃源境的冯记众人。

　　自螺浮岛匆匆一别，又过去数月有余，她和养母天各一方，中间隔着千山万水，想靠鸿雁传书都不容易。何况她也不敢暴露自己和冯记的关系，如今她应付傅灵川等人游刃有余，正是因为后者拿捏不住她的把柄和弱点。

　　陈大昌摇头："没有。"

　　她轻轻叹了一口气。

　　陈大昌低声道："要不，我再催一催？"

　　"不必。"她倚到美人靠上，"安全第一，等着吧。"

　　"是。"

　　冯妙君微微合目，感受扑面而来的花草香气。陈大昌望着她，忽然道："王上可是很久没有睡好了？"

　　"嗯？"她眼皮动了动，"看得出？"

　　"脸色不如前些天。"

　　正说话间，外头分花拂柳走来一人，素白衣裳，天蓝比甲，身材挺拔，在满园苜蓿的衬托下更显英姿俊朗。他还未走近，冯妙君就睁开眼，顺手收了结界，一边轻笑："表哥今日好有闲情。"

傅灵川在她身边坐下，两人相距不足一尺半。他呼出一口气："最近怠慢长乐了，我特来赔礼道歉。"

"礼呢？"她微微偏头看向他，"口说无凭，怎么能显出心诚？"

"在这里了。"他从储物戒中取出一只锦盒，递过来给她，"长乐一定喜欢。"岁宴之后，他和冯妙君的关系有了明显改善，是以傅灵川的面色如沐春风，显出心情愉悦。

冯妙君顺手将垂下的鬓发拨到耳后，才轻轻打开盒盖，望见里面的锦垫上躺着一枚色泽黯淡的玉简，其貌不扬。可是能被傅灵川珍而重之藏在锦盒里的，又怎么会有凡品？她知道这人眼界，连时光沙漏都能送去发卖。

她拿起玉简，心神沉入进去，紧接着就是轻咦一声，美眸果然亮了："这是……"

这赫然又是一卷天魔秘术！

"这套秘录分作上、下两卷，下卷我很早就已得到，在螺浮岛交给了你。"见她欢喜如孩童，傅灵川也开颜道，"上卷嘛，我抵达乌塞尔城就差人去寻了，昨日才找到。长乐先看上几日，你有甚喜欢的，我可以再去寻来。"

冯妙君抚着那枚玉简爱不释手："这就够我读上一段时间了，多谢国师大人！"

她的笑容是真心还是假意，傅灵川自能一眼看出，心里竟也微觉满足。这时冯妙君问他："这套秘录，想来你是烂熟于胸？"

"看过其中不少神通。"毕竟下卷在他手里也有些年头了，"但世道变了，多数都不合用，最后只作孤本珍藏。长乐对天魔这样感兴趣？"

"是呢。"她眨了眨眼，"它只活在传说里吧，我一只都未见过。"

他不由得失笑："见过一只还得了？"低头见她手边还放着一本书，书名是《应水秘史》，倒是想到讨好她的一个办法，"应水城离此不远，长乐想不想去看看？"

果然她美眸一亮："是浩黎帝国旧都，应水城？"

"不错。"傅灵川微笑，"偏巧它离乌塞尔城约莫三百里，快车往返只需几日时间，长乐可以去散心，也不耽误朝政。"

"何时出发？"

傅灵川目光从陈大昌面上一扫而过，见是她心腹也不在意："本月之内？"

她连连点头，任谁都看出她的欢喜。

傅灵川趁势道："好不容易送对了礼，女王大人可否赏光跟我用顿饭？"

"行。"她眨了眨眼，很大方道，"明天午膳时见。"

她指尖摩挲玉简，目光游移不定，傅灵川知道她心急看书，也就站起来道辞了。

两人谈话期间，陈大昌一直站在亭边候着，悄无声息。直到傅灵川离开以后，他才重新走入亭中，站在她面前。

冯妙君将心神从书中拔出来问他："还有事？"

陈大昌眼神不离她面庞，追问一句："为何不须再禀报？"

他的语气有些僵硬，冯妙君不太明白："什么？"

他又重复了一遍："为何魏使的消息不必再禀报与你？"

冯妙君神色微动，缓缓抬头打量着他，好一会儿才道："是你！"

陈大昌眯了眯眼，眼里有她熟悉的光。

她抬头观望四周，随手又布了个结界："陈大昌呢，你把我的人弄去了哪里？"

眼前这张脸还是陈大昌的脸，眼神却不一样了。

"丢方寸瓶里了。"云崃板着脸道，"你明知傅灵川动的手脚却不阻止，我想见你，只能略施小计。回答我的问题，为何不见我？"她这两天根本没有安眠，他就算进入梦乡都找不着她。

"我是女王，想见谁就见谁。"冯妙君笑了，连她都不知自己心情为何突然好转。她摩挲着手里的玉简，傲慢道，"想不见谁就不见谁。"

她神采飞扬，一张小脸上净是嘚瑟，只差写上"我就是要刁难你"。云崃只觉又好气又好笑。他闷闷道："这些人，就不能打发得再远一些？"

"不能，再远就令人起疑了。"

她点了点面前的小圆桌子，下巴一抬："沏茶，我渴了。"派头十足。

云崃定定看了她几息，这才走上前，开始烧水煮茶。

他有意站近，离她也不足二尺，不过不能像傅灵川那样大剌剌地坐到她身边去，只能站着烧茶。这让他有些儿不爽。

他是茶道高手，冯妙君微微前倾，拄着下巴观看。只见修长的手指按在青玉瓷上，动作如行云流水，赏心悦目。

"为何躲着我？"他神情专注，说出来的话却不是那么回事，"你怕我？"

冯妙君挑起了眉："连我的心腹都能伪装，在宫中来去自如，有几人敢不怕你？"

云崃就当恭维听了，轻声道："我想你想得紧，再危险也要来见上一面。"

冯妙君手指一抖，看着他，扑哧笑出声来。

云崃："……"他说的话很好笑吗？

看着他迅速黑下去的脸色，冯妙君捂着嘴："你顶着陈大昌的脸……"

云崃出了口长气，也有几分无奈。看她笑得花枝乱颤，他只想将她薅过来狠狠亲上几口才解恨，可惜，只能想想罢了。他手上动作不停，清茶终于沏好，他双手奉上："请！"

盏中汤色青碧，白烟袅袅，带出清香四溢。冯妙君举盏轻啜一口，品了品，如实赞了一个"好"字。

想当年她随侍云嵝身边，端茶倒水的活计全落在她头上，这人连指头都不用动弹一下，遑论给她沏茶了。如今她居然能享受到他的悉心服务，啧啧，真是风水轮流转。

云嵝好似知道她在想什么，温声道："你若肯见我，我天天过来沏茶都成。"

她垂眸望着盏中清茶，嘴角轻扬："云大国师真是敬业，为了两国盟议，甘愿这般委屈自己。"

云嵝下颌微微一紧："不委屈。"单只为了盟议，他何必亲自走这一趟？这丫头是真不知还是假不知？

茶也喝了，礼也赔了，她也该见好就收。冯妙君坐直了身体，正色道："说吧，为什么魏国非要与安夏结盟不可？"

"这对安夏只有好处。"

"我知道。可是对魏国又有什么好处？"

云嵝往远处瞥了一眼："燕国急攻熙国，如今已到青澜江畔，待入夏之后高山融雪减少，燕国渡江的阻力也会大减，况且它实际上兵分四路入侵熙国，另外几路都有斩获。"他顿了一顿，"青澜江是第一道天堑，熙国水网纵横，给燕国增加了不小难度。但熙王刚愎残暴，国内又是矛盾重重，如果放任不管，燕国吞并熙国只是时间迟早问题。"

冯妙君举一反三："魏国要出兵援熙？"

"是。"云嵝这回给了很确定的答案，"燕王要效仿浩黎大帝统一天下，过去百余年基本肃清了周围小国，现在终于对熙国下手。若是坐视不理，它的下一个目标就是大魏。"

"熙国虽然喜欢出尔反尔，时常言而无信，但熙王欺软怕硬，怎样都比燕国好对付得多。"他淡淡道，"我们更不愿意换个燕国这样的恶邻。"

"吞并天下，这几个字听起来好生耳熟。"冯妙君好整以暇，"咦，这不也是魏王的雄心壮志？"她在魏军待过一段时间，暗中观察众高层尤其是魏王，发现人若是有野心，那是遮也遮不住的。

"萧平章有野心，萧衍也有。"云嵝却不替这两人开脱，"正因如此，安夏才应该缔结这份盟约，在接下来的乱世中独善其身。"

她定定看他一眼，缓缓啜茶："下一步，魏国打算怎么办？"

"援熙抗燕。"云嵝负手而立，"魏熙签下秘密协议，魏国已经出兵，接下来还有颇多援助。"

"秘密……协议？"她面色怪异，"那你还大刺刺地说出来？"

"为了显示诚意。"他替她再斟一杯茶，脸色一板，"安安，与魏结盟，对你本人更加有利。"

他鲜少这样严肃，冯妙君更加好奇了："怎么说？"

"你虽是安夏女王，但我看傅灵川只想大权在握，把你当作摆设吧？"

她偏了偏头，不置可否。

"可是你和他原来扶植起来的那个傀儡不同，你不会任凭他摆布。不过傅灵川这人有些本事，他想挟女王以令豪强，你也要用他制衡各地的贵族门阀。目前来说，你们算是各取所需，我说得可对？"

"盟约对我的好处在哪儿？"这家伙太精明了，安夏王廷深处的矛盾都能被他挖出剖开。的确，她刚刚坐上王位就察觉傅灵川的野心，也想过扳倒他，取其位代之。毕竟有燕王的例子在前，只要精力充沛，国君和国师可以是同一个人。

然而现实永远没有那么简单。傅灵川背后站着安夏的所有力量，尤其是分散各地、手握军权的门阀。少了傅灵川，手中没有军队的女王更无法与这些人抗衡，到时，好不容易复国的安夏恐怕又要陷入新一轮的混乱。

云嶂笑了，往前微微倾身："盟约立定，安夏西疆常年太平，也就不再需要大量屯兵了。你也知道养兵最耗钱，戍兵只要减少一半，每年至少可以节省数百万两银子。"他目光紧盯着她，不放过她脸上任何细微的神情，"以及，西疆不打仗了，地方贵族门阀就没有理由再坐拥庞大军队。这对一国之君而言，只有好处。"

他说得既轻且慢，却不啻在冯妙君心头扔下一颗爆破蛊。

她的眼中，顿时有精光一闪。

是了，安夏西部和西南部集中着大量贵族门阀，都坐拥原先抗击魏国入侵的强大武力。他们继续驻扎在当地、操练军队，最重要的理由就是防范魏国再度入侵。如果魏国不再来犯，他们大量持军的理由也就消失了，国君就有机会下发"削军令"，裁军裁员。

云嶂看她眼神，就知她已经意动，遂打铁趁热："安安如想缔结这份盟约，傅灵川必会全力阻挠。届时你势单力薄，不若让我助你一臂之力？"

冯妙君笑了："你可是觉得，我身陷囹圄？"

"你不是弱质女流。"云嶂目光如炬，"但在这深宫之中也得不到多少助力，这与你的修为无关。"人间的权势，才是关键，"你可曾觉出，自己处境不妙？"

"哦？怎么说？"她还真不觉得。

"傅灵川当上国师还把持朝政，其实极为尴尬。"冯妙君以手支颐，指头纤细柔长，云嶂就觉她食指上的男式戒指特别扎眼，不由得皱眉，"你该换个戒指了。"

她不明所以，指尖轻轻摩挲戒面："不好看吗，倒是很实用。"

云嶂嘴角一撇："傅灵川所赠？"

她嗯了一声，把话题拉回去："你刚说到，我这位表哥地位尴尬？"

"国师越权，任何国家都忌惮得很。他若想免于非议，便只有一个办法——"云嶂再盯那戒指几眼，一字一句道，"迎娶女王，从此名正言顺地治理安夏。我不知道他会用什么法子迫你就范，不过眼前这些麻烦解决之后，他一定会下手！"

冯妙君忽然笑了："其实，解决这些内患的办法还有一个，也是最简单的一个。"

云嵝挑眉，等着她的下文。

"那就是嫁给傅灵川。"她笑吟吟道，"如此一来，我要的权力，他要的名分，岂非都有了？"

话音未落，手上一紧，却是云嵝一把抓住她的手腕，凝声道："你想嫁给他？"

他的声音里，爆出满满的怒气。

冯妙君吃了一惊，挣了一下道："放手！"这四下里人多眼杂，他还敢对她动手动脚？

云嵝非但不放，力量又加大一倍："他非良配！"

"那么谁又是？"冯妙君忽然笑了，"是赵允，还是你呢？"

望着她如花笑靥中的讽刺，云嵝要使尽全力才能克制住将她一把抱起的冲动。他闭眼暗暗吸气，反而放开了她的手："你若嫁与傅灵川，他得到他想要的，你只会更不自由！"

冯妙君眨了眨眼："那我嫁给谁好呢？难道要嫁给你？"

听见最后那三个字，云嵝的心跳忽然怦怦加快，撞得胸口都有些儿疼了。那久违的痛感太熟悉，让他下意识捂住了心口。

"……"这是什么意思，她吓到他了？冯妙君险些翻个白眼，"镇定！我不过是说笑，云大国师您千万保重金躯！"

云嵝却一瞬不瞬盯紧了她，眼中不知多少情绪翻滚。

她都以为他下一秒就要病发了，哪知他突然沉声问道："安安呢，你想不想嫁给我？"

嫁、嫁给他？

她有点蒙，张了张口，好半天才应了一个字："啊？"

安夏女王和魏国国师……他是怎么想出来的？

云嵝的脸色一下就像雷雨将至的天空："你没想过？"

"呃……"冯妙君缩了缩身子，不知为何在他的目光下有两分心虚，"你是敌国国师，与安夏人仇深似海，我怎会想过？"

他接下来每个字都像从牙缝里挤出来的："可你想过要嫁傅灵川！"

面对他的控诉，她不自在地扭头，轻咳一声："他也没甚不好。"

恰在这时，外头传来脚步声，廷卫来巡视花园了。望见那七八个衣甲鲜明的兵卫转出花丛朝这里走来，冯妙君转了转眼珠子，顺手撤了结界，趁机提高音量："好了，我都知道了，你退下吧。"

云嵝放在身侧的手顿时紧握成拳，指关节发出嘎巴两声。

冯妙君看到也听到了，却向他挑了挑眉："还不走？回头把陈大昌给我放回来。"他现在借用的身份，可是陈大昌呢。

云嵝背对着那几人，朗声道："请王上三思！"抬起头，定定看了她一眼。

他想起一个问题：去年，她为何会出现在螺浮岛？

是想避他越远越好，竟至于漂洋过海吗？还是说……

这一眼中的怒气已然消泯，换上的情愫复杂而奇异，有怨艾，有不满，竟然还有兴趣盎然。冯妙君心下一沉，他这样的眼神，很像从前二人玩猫鼠游戏时他的态度。她该不会是恰好激发了云大国师的恶劣本性吧？

这时"陈大昌"又恭恭敬敬向她行了一礼，后退三步，这才转身快步而去，恰与那一排兵卫擦身而过。

下午有政务要加急处理。她回到寝殿已是深夜，窗外月儿如钩，夜风频送花香。

好想念大床温柔的触感。她唉声叹气两下，照例拿起天魔秘术研摩一会儿，就老实地盘起打坐了，不一会儿渐入物我两忘之境。

冯妙君今晚头一次将两卷天魔秘术对照着修炼，许多不解之处一下融会贯通，渐入佳境。月上中天之时，她脑中轰然一声轻响，只觉灵台突然大放光明，虽然闭着眼，自己却好像能"看见"外头的景物，看见被风吹过的纱幔，看见园中的昙花独自静开，看见远处湖中的鱼儿升上水面吐泡，甚至还望见九曲回廊中来回巡视的宫人……

雀跃过后，她再潜心修行，立刻就觉出了不同。心念微动，灵力运行更加自如，并且能进行极度精微的操控。从这一刻起，她终于明白古人为何时时强调要"明心见性"了，实是心性与肉身修炼相辅相成，缺一不可。

她明白，自己的修为从此以后将会一步千里。

第二天，冯妙君却没有和傅灵川一起用膳，后面也没能如愿前往浩黎帝国旧都应水城。倒不是傅灵川食言，而是王廷接到的坏消息接二连三，他和女王都走不开。

西南前线战事不利，折了一个大帅在云嵯手里，普灵国反而被激起报复心理，这些天在安夏境内疯狂地杀人劫掠。麻烦的是，有了普灵先例，安夏在军力上的短板暴露，其他边陲小国都蠢蠢欲动，也想打打秋风分一杯羹。

而在乌塞尔城，魏国盟议之事屡遭辩驳，众廷臣激昂国之大义，声称对仇敌绝不姑息，并趁机重提女王返回泸泊城坐镇之事以稳定民心、鼓励士气。这一条，傅灵川当场驳回，君臣之间闹得很不愉快。

冯妙君闲暇时也召见了心腹徐陵海。

对于眼下朝堂上的僵局，徐陵海有自己的看法："普灵之祸，单凭安夏也迟早都能解决，但为此耗去的军力、财物、物力巨大，国库经不起这样的亏耗，并且这么打仗下去，不晓得要填进多少人命，有多少边城遭遇烧杀掳掠。"他低声道，"最重要的是，王上您的威信刚刚建起，转眼就会因普灵而大降，元力也会锐减。届时，农田灌溉生产、百姓通商货流，都要受到巨大影响。"

冯妙君苦笑一声："安夏刚刚复国不久，众元老手中即便有精锐，大部分兵员也是刚刚征来的新兵，操练不足数月就要上场与来去如风的普灵骑兵对抗，实是有些强人所难。"

徐陵海微微一怔，赞道："王上坐镇数千里之外，依旧能洞烛军情，实是难得。"

冯妙君懒懒一挥手："有话直说。"

徐陵海讪讪道："眼下就有个解决边患的法子，现成儿的，便捷简单，省时省力。"

冯妙君按着自己的太阳穴："你说的该不会是魏使的提议吧？"

"正是！"

冯妙君没有呵斥，只问他："说来听听。"徐陵海这人最擅识别风吹草动，从傅灵川到百官，整个王廷对于云嵬拿出的协约都是抗拒的。可徐陵海却还要提起，一定有他的道理。

"王上可是担忧，一旦与魏国结盟就会失了民心？"

"这不仅是我的担忧。"民心这东西，一旦散失了就很难再挽回，"安夏人与魏国仇深似海，即便我是为了安夏长远打算，他们也不会理解我的苦心。"

"仇深似海？"徐陵海却呵呵一声，"真是如此吗？"

冯妙君侧头看向他，来了兴趣："这是何意？"

徐陵海居然不客气道："王上能洞悉千里之外的前线战局，却未必就了解足下这块土地上城民的想法。"他一字一句道，"王上若有机会，不妨出宫打探一下民情，看看百姓对于'太平'二字的渴望。"

太平？听着这两个字，冯妙君如有所悟，心中依稀浮现一点希望。

次日正午，冯妙君用易形蛊改换了面貌，悄悄溜出王宫，在乌塞尔城的主街上游荡。她不想让任何人知道自己的行踪，这样微服私访出来的才是真正的民心民情。

第二日，冯妙君去了市坊。

第三日，她走得更远，到迷陀城走了一圈儿才回来。

通过这几日的观察发现，民众对魏人的态度，始终是愤怒而抗拒的，冯妙君能理解。赤嵌平原上的原住民不多，如今的人口，十有六七是魏、夏战争中陆续逃难来的，本就因为战争家破人亡，有切肤之痛，因此对魏人苦大仇深。

这些，她早就知道。那么，徐陵海要她看的"民心"又是什么呢？

回来之后，她就抓着徐陵海磋谈了大半天。

隔日，又有坏消息传来：南部的边陲小国乌鲁、库坦陀效仿普灵国，三天内先后举兵入侵新夏。春季农田刚刚播种，收不上来粮食，而人家的目的也不在于粮食，而是抢占土地。

它们与普灵国是邻居，连打秋风占地盘都能互相守望。新夏莫说是消灭它们，连驱逐难度都进一步加大了。

战报频传，傅灵川焦头烂额，即便面对冯妙君，脸上的笑容也有些勉强，但他仍要致歉道："这几日公务缠身走不开，要耽误你的应水城之行了。"

这会儿廷议刚刚结束，冯妙君看着他叹了口气，忽然道："不若考虑一下魏国的提议吧。"

傅灵川的面色微微一僵，待到抬眸时，她的身影已在数丈开外，正走过一株开得正艳的桃花，宽大的袍服遮不住娉婷婀娜，美好如画中人。

晓风吹来，裹着很淡一缕幽香。

傅灵川驻足，望着她的背影重新陷入沉思。

第二天午后，乌塞尔城南大街上忽然发生一起爆炸，惊天动地。

陈大昌匆匆来报："魏使遇袭！"

冯妙君正捧卷细读，闻言一惊抬头："哪位魏使？"

"国师云嵝。"

云嵝出事了！冯妙君下意识捂住自己胸口，感觉到心脏跳动依旧稳定有力，这才轻嘘一口气："怎么回事？"

"云国师乘车去鹤满西楼用饭，返程时马车突然炸开，事后勘验，凶手用的至少是三枚爆破蛊，威力奇大。"

"三枚。"她沉吟一下，"无妨，炸不死他。可有缺胳膊断腿？"

"……没、没有。国师正好下车买东西，似乎伤得不重。"陈大昌微汗，"傅国师已经下令严查，抓捕凶手，魏使受、受惊过剧，求见王上。"

按理说，国都内发生了这样的大事件，还是针对外使的，搞不好就会变作两国开战的导火索，她身为国君，的确有义务去好好安抚一下受害者。

她把书卷扔开，嘿了一声："走吧，带本王去安慰一下受害人。"

云嵝出现以后，魏使团就被迁去华音殿住。这里位置沿溪，风景独好。冯妙君走进华音殿，发现傅灵川、云嵝、徐广香及几位重臣都已到齐，就差她自个儿了。

"这是怎么回事？"她还不及坐下就关切地看向云嵝，"云国师伤势如何？"

云嵝缓缓抬腕，宽袖滑落，冯妙君才望见他小臂经过了几重包扎，仍有血渍渗了出来："侧腰与腿上的伤都做了处理。"他脸色很白，苦笑一声，"贵地的民风还真是彪悍。"

原来他真的受伤了。冯妙君歉意道："我那里还有些好药，这就差人送来。"说完温声道，"是我们疏忽了，这件事，必定给魏使一个交代！"

傅灵川适时接口："已在排查，相信很快便有下文。"

从她走进伊始，云嵫的目光就放在她身上一瞬不瞬，那炙热的眼神连其他大臣都感受到了。他似乎不太精神，那双桃花眼看起来就更加雨雾蒙蒙。只有冯妙君发现其中的控诉之意，他在抱怨她太久不肯见他吗？

她不觉有些心浮气躁，正要开口，云嵫已经提声道："此事不能这样算了。"

"我们一定抓到真凶……"

傅灵川还未说完，云嵫已经哼了一声："我在新夏都城受了暗算重伤，若还不得女王关怀，我王必定不悦。"

他这话话外满满都是威胁，其他新夏臣子正要驳斥，冯妙君摆了摆手："要怎样关怀才算备至？"

他嘴角浮起笑容："至少也须每日亲来慰问，方显诚意。"

冯妙君不经犹豫就点了点头："好，此乃分内之务。"

"王上真是亲厚仁和。"他懒洋洋地向旁边众人看去一眼，"我还有些话要说。"

傅灵川今日出奇沉默，这时就对众臣使了个眼色，后者鱼贯而出，给他们留下谈话空间。

于是，殿中就只剩下冯妙君、傅灵川和云嵫、徐广香四人。

云嵫这才低声问道："盟议之事，两位考虑得如何？"

冯妙君扬起秀眉："经过这次爆炸，云国师心里没数吗？新夏人不愿与魏结盟。"

云嵫也不生气："新夏如今内忧外患，却还要死守过去的仇恨吗？"他微微前倾，"我们说得直白些，定了盟议，就是要钱有钱，要太平有太平；不定盟议，难道新夏还能反攻魏？"

傅灵川苦笑一声："签了这个协议，我们再无法取信于民。"

冯妙君忽然轻咳一下："国民的信念都可以引导，但若是与魏结盟，我们面临的麻烦可不止来自国内。"她顿了一顿，"燕国可不希望看到这份盟约。"

徐广香凝声道："燕国远在天边，还能管着女王大人的手不让签不成？"

"那倒不是。"冯妙君笑吟吟地，"不过燕王已经通过十九王子传话，愿意为新夏抗击外侮出一份力。"

"他开了什么条件？"

冯妙君看了傅灵川一眼，后者会意："燕国和新夏原本有些……协定，如今可以暂缓。"

协定？暂缓？这是什么意思？

徐广香还未听明白，云嵘已经笑道："那不过是暂缓，怎比得上魏国直接拿钱赎罪来得有诚意？莫忘了，只要王上点头，新夏的西南边患问题也一并交给我们就好。燕国再强横，手也伸不到这里来。"

冯妙君接过话头："我们与魏结盟，必要承受燕国的怒火，这就不是银子可以解决的问题。"

"王上是怕燕国先灭熙再灭魏，于是便可以伸手惩治新夏的自作主张了？"云嵘笑了几声，又忍不住咳嗽，"你未免想得太长远了。大魏若是被吞并，无论新夏和魏结盟与否，燕国恐怕都不会放过你们。"说到这里，云嵘又加了一条，"这样吧，为表诚意，魏国的赔礼再加一千万两银子。"

一千万两！冯妙君瞪着他。魏国的实力当真雄厚。

冯妙君不得不承认，这种一掷千金，直接往人脸上甩钱的无礼行为真是太……太有效了。

立国刚满一年的新夏，最缺的就是钱！

她看了傅灵川一眼，也从他眼中看到了心动。

"此事……"傅灵川沉声道，"我们会慎重决议。"

这话，冯妙君之前在岁宴上也说过。可是这回从傅灵川口中说出，才真正有了分量。

云嵘往后倚到靠背，懒洋洋地道了一句："我等新夏给我的好消息。"

次日，依旧是个阳光明媚的好天气。

冯妙君换了身鹅黄裙子，去了魏国使团的住处。她才跨过门槛，就见太医大步行来，走路虎虎生风，见到她先是一怔，赶忙行礼。

"免了，里面什么情况？"

"下官奉命前来为云国师疗伤换药。"太医脸上犹有怒气，"伤者不肯配合！"

云嵘不肯让他换药？冯妙君想了想，笑道："我知道了，不用管他就是，你回去吧。"

太医告退，冯妙君在侍者引导下进了云嵘的寝房。寝房分内外两间，云嵘伤在全身需要卧床，憩在里间。

冯妙君走进去，当即有人给她搬了锦凳，落座床边。

床前蒙着一层纱幔，她能隐约望见里面的人影，当然里面的云嵘同样知道外头有人来了，抱怨道："这都日上三竿了，你才过来！"他一早就等着她，躺在床上真是无聊透了！

"我还要理政。"冯妙君不以为忤，"你不让太医近身，是伤势快要好全？"

"我怕他额外给我加料。"云嵘懒洋洋地坐起身，"要是再拖上一两个月才好，那就太叨扰王上了。"

冯妙君感觉到他的吃力，看来伤势的确还未痊愈。

"王太医品行端正，不会对你下黑手的。"

云嵝嗯哼一声，不置可否。冯妙君懒得理会，他不想用太医便不想用吧，又不是身边没人。她站了起来："看来你精神不错，康复指日可待，我就先……"

"伤口疼。"他嘴一撇，给她一个楚楚可怜的表情，"并且越来越痒了。"

"昨天谁帮你处理的伤口？"

"我自己草草包扎了几下。"他悻悻道，"等旁人慢吞吞地再来救援，我怕早就失血而亡了。"

冯妙君道："云国师既然信不过新夏的太医，那么再自行换药就是，或者你使团中随从众多。"她轻咳一声，"徐将军估计也是愿意的。"

"她此刻不在殿中。"云嵝低声道，"我侧腰上的伤口需要精细清理，自己做不来。"

他的脸色确实苍白，薄唇也没有血色，乌发散落在雪白的中衣上，掩不去半截精致锁骨。襟口敞开，露出一点紧实肌肤。美色撩人，整一派我见犹怜。

冯妙君移开目光，很想撒手走人，但腿却杵在原地一动不动。

她看了他好一会儿，若有所思。

云嵝很坦然地睁着桃花眼和她对视。

她眨了两下眼，轻叹一口气："你怕太医，就不怕我？"

"你舍得吗？"他眸光闪动，其中似有无限情意。

她微微一哂："我还不想惹麻烦上身。"她是最不希望他出事的人了。

他柔声道："我不麻烦。"

她没忍住，朝天翻了个白眼："行了，让我看看伤口。"

他想脱衣裳，动到手臂，不由得闷哼一声。

装得还真像。冯妙君起身走到床沿，弯下腰，指尖还未碰到他，云嵝就提醒她："放下纱帐。"

那就把二人与外界隔开，太亲昵了，于礼不合。她微一犹豫，云嵝幽幽道："我的身子，不能让旁人看见。"

听到这话，冯妙君从指尖到头皮一下子全麻了。她是不是还该感谢云嵝，允许她欣赏他的千金玉体？她吩咐边上的宫人："打一盆净水，再烧几壶备用。"

然后往手上倒了些烈酒消毒，再去不远处的金盆洗净，这时宫人也端来了清水。

冯妙君待她放下以后，才吩咐一声："放下帷帐。"

一直跟在她身后的使女急了："王上，这、这于礼不合。"

"哦？"冯妙君瞥她一眼，似笑非笑，"要我自己来？"

使女一噎，只得快步上前放下纱帐，却见帐后的女王径自脱了裙子，露出细束的小腰，朦胧中有十分诱惑之意。

云嵝见冯妙君一言不合就脱衣，喉结也下意识动了动，目不转睛。

冯妙君哪管他在想什么，凑近说了一声："希望你还有备用衣物。"

说完伸手抓着他领口，刺啦一声脆响，他身上的中衣被她撕成了两半。

云嵝赧然："你、你好着急？"

冯妙君哼了一声："谁耐烦给你脱衣。"血痂都黏在中衣上了，这衣服脱起来麻烦，干脆除掉。这时再看他伤势，她不由得挑了挑细眉。被爆炸波及的伤口，她在军中见过很多了，不以为意。云嵝的伤势乍看之下的确有些骇人，翻开的红肉中还渗出一点黄水。可在她看来，这家伙只受了些皮肉外伤，不日就能痊愈。为了验证自己的看法，她伸出指尖，在伤口附近轻按几下，一点微弱的灵力渡过去，飞快地走遍他全身经脉，探查伤势。

由于两人灵力相通，他的身体总给她亲切之感。

嗯，果然没有内伤。

她露出"果然如此"的神情，正要缩手，不意这人忽然一抬手，捉住了她的皓腕。

她的腕很细，她的手很小，柔若无骨，能被他整个儿包住。云嵝顺着她莹白的肌肤往上看，视线经过袖子、肩膀、锁骨，最后聚焦在她的俏靥上。

他的掌心滚烫，一如既往，目光灼热，如有实质。冯妙君也不挣脱，静静等着，看他还有什么惊人之语。这里是新夏王宫，他再胡来也是有限，她不怕他。

她的眼神镇定而清明，浑没有普通少女见到他的忐忑不安。云嵝嘴角微扬，赞道："裙子很漂亮，穿在你身上，好看。"

冯妙君唇角微不可见地轻扬，旋即又淡去，如微风拂起的涟漪。她抽回手腕，声音中没有一丝波动："用谁的药，你的还是我的？"

在她耳垂上扭成金龙的液金妖怪悄悄转头，对着云嵝拼命眨眼。

云嵝目光只在它身上停留不到一息，也不知能不能领会到它的邀功之意，只笑道："用安安的药吧。"

冯妙君嗯了一声，取药出来。云嵝看着，低声道："你都把药带在身上？"

"是。"她头也不抬，"怎么？"

"辛苦你了。"他喟然一叹。她可是女王，本该集万千宠爱于一身，却随身带着这些药物，可见她的处境令她缺乏安全感，并没有表面看上去那么光鲜。

冯妙君不太明白随身带着药物有什么辛苦的，她一边全神贯注地替他清理伤口，一边道："既知辛苦，就别加重我的负担。"

他的伤口看着吓人，一洗就是大半盆血水。宫人一连换了三四盆清水，冯妙君才将脓水污物祛净，而后取出消毒的药液："忍着点。"

纱帐将一间房隔作里外两个世界，帐外的人只能听见国师大人长长一声呻吟，带着十二分婉转："嘶……你、你轻些儿，我受不住……"

那声音撩人，外头无论男女，抑或非男非女，都听得面红耳赤。

"叫什么？"冯妙君没好气道，"你有本事自称个'奴家'试试？"

快手快脚给他敷好药，冯妙君轻轻给他扎上药带。从前给他处理过无数次伤口，早就是驾轻就熟。

药带要绕过他后背，她就不可避免地贴近过去。云崸目光下移，恰见她小巧的耳垂变成了漂亮的粉红色，就像屋外开不败的桃花。

帐外的侍女只能模糊望见床上两人似乎抱在了一起，不由得额上冒汗，手心也汗涔涔的。

好在冯妙君很快直起了身子："行了，接下来两天不用换药，待药效过后再说。"帐子放下来密不透风，闷得她脸上发热，"国师好生休养，本王还有事，后日再来看你。"

她脚步一动，外头侍女就赶紧替她撩开纱帐。

冯妙君才迈开两步，身后云崸又道："王上受累了，晚上回去，好生睡一觉吧。"

他的声音里暗藏一种渴望，已经不满足于这种程度的亲近。

冯妙君仿若未闻，径直走了出去。

望着她背影消失在门外，云崸目光幽深。

这丫头对他果然有意，只是死不承认而已。

新夏国君岁宴过后没多久，有两个消息传遍天下，速度快得超乎寻常：

一是魏国求盟，并且愿赔偿六千万两，同时许诺出兵助新夏打退西南方的入侵者。

二是新夏国君大怒，将魏使赶出国境，并且迅速关闭了魏与新夏边境上的商路、榷场，同时严禁新夏人与魏通商，走私者一旦被捕立刻入狱。

此时做客新夏的十九王子赵允十分满意，以辞行为由坚决求见女王。

冯妙君以正式规格接见，全程有大小官员二十余位作陪。她高高在上，赵允想要一近芳泽都难。这会儿他就是再愚钝，也看出冯妙君对他的冷漠疏离。不过他还有急务，况且阻止魏、夏结盟这件头等大事已经办妥，所以他和冯妙君寒暄一会儿就告辞离去。

燕国王子走掉以后，无论冯妙君还是傅灵川，均觉如释重负。

消息传到民间，国民都觉得很解恨，街头巷尾热议不断。流言传到最后，变作魏国使者觍着脸苦苦哀求，要将数千万两银子双手奉上，但女王弃之如敝屣，坚守立场，没有令国民心寒。也有少数人为错过了巨额赔款而感到惋惜，毕竟那是六千万两银子。

不过这样的言论一旦说出来，立刻就会被其他新夏人愤怒唾弃，以"国贼"骂之。

此时第三个消息来了：西南边疆战况胶着，局势不断恶化。

与此同时，城乡小吏们开始入户，挨家挨户摸底人口、家财。不久后新夏女王颁布了第一个指令：为壮大军武、筹备军饷，包括乌塞尔城、泸泊城在内的三十七座大城，将税率提高至之前的五倍，半年内全部执行。

就在外界闹得满国风雨时，冯妙君又来探望据说已经被"赶出国境"的魏使。

云嵥的伤势修复良好，这人居然也耐得住性子没有往外溜达。冯妙君过来时，徐广香正拖着他在园子里下棋。

冯妙君屏退侍从，以手托腮，坐到一边观战。

云嵥觑她一眼，没说什么。自头一回换药之后，徐广香得知自己外出期间居然被冯妙君乘虚而入，大大不爽，从此守着云嵥嘘寒问暖。冯妙君后头又来探望云大国师两趟，徐广香都在一边盯着，坚决不给两人独处的机会。

云嵥自然有办法对付她，可问题在于，冯妙君倒是很乐意徐广香在场，这样云嵥也不敢公然调戏她，她面对云嵥的压力反而减小许多。

徐广香见着她心情就不好，一分神下错几子，顿时被逼到绝路，不由得冷冷道："时局至此，王上还有闲心观棋？"

冯妙君也不以为意，笑得温和："莫说未到绝境，便是进了死路，也有置之死地而后生之法。"

徐广香又被吞了两子，但眼见云嵥目不转睛盯着棋局，一眼也不分给冯妙君，心里反而欢喜。

"王上看来豪气冲天，智珠在握呢。"

她说的反话，冯妙君却应道："事在人为。"

她微微一窒，再看棋局，已经回天乏术，不由得叹道："国师厉害，我甘拜下风。"

云嵥微微一笑："识时务者为俊杰，莫要撞了南墙还不知回头。"

话里有话，但冯妙君不接腔，只从使女端上来的金盆里取樱桃吃。

云嵥眼见她纤指再度探向果盘，也伸手了，后发而先至，抓向她选中的樱桃……还有小手。

冯妙君一惊缩手，那颗又大又饱满的樱桃就被他夺走吃掉了。

接下来，这一幕就循环上演，她能吃进嘴里的不过两三颗，剩下的都被抢走了。

冯妙君抬手招来使女："再洗三盘樱桃过来。"看谁还抢她的！

这厢徐广香是已经兵败如山倒，终于丢子认输。

云嵥终是望了冯妙君一眼："来一盘？"

"不了。"她在徐广香的注视中笑吟吟道，"我棋力不佳，徒惹笑话。"

她倒有些自知之明，徐广香正要再邀战云嵥，后者却对冯妙君道："你赢一局，我就捐给新夏五十万两银子；平一局，我给十万两；如果你能接着这个残局胜过我——"

他轻敲棋盘，发出叮叮两声脆响，“一百万两。”

不止徐广香呆住，冯妙君都咋舌道：“你竟这样有钱！”

“小有积蓄。”他难得谦虚一下，“怎样，来不来？”

赌注对她极有吸引力。新夏是她的，新夏缺钱，也就是堂堂女王缺钱。云崕盯紧了这一点，才设局邀她。

冯妙君却不轻易上当，天上不会平白掉馅饼：“先说好，我输了怎么办？”

“王上如果输了……”他轻描淡写，“就请我吃顿饭吧。”

“一言为定。”一顿饭她还是请得起的，“徐将军？”

徐广香咬了咬唇，不情不愿地让出位置。

云崕轻点棋盘：“想不想先赚一笔大的？”

这年头，撑死胆大的，饿死胆小的。冯妙君既然坐到他对面了也不谦让，直接自钵中取子，上来就是一个高挂。

她的棋路这样大胆，另外两人都皱起眉头。

徐广香留下的残局大不利于己方，想要反败为胜无异于痴人说梦，冯妙君干脆放弃守势，全力进攻。

云崕占据优势，自然不想跟她以命搏命，居然渐渐被她打开一片活路。

这局棋持续了个把时辰，最后还是以冯妙君败倒告终。冯妙君长长嘘出一口气：“我输了。今晚就由我做东？”

云崕下棋下得兴起：“欠着，再来。”

于是重新开局，都推拒晚饭。

这回从零开始，冯妙君劣势不再，终于能在开场就与云崕斗得旗鼓相当。

云崕随手落子，漫不经心道：“王上推行的新政，很大胆哪。”

冯妙君神色如常：“富贵险中求。”

云崕很是好奇：“傅灵川素来老成持重，这回居然会陪你一起翻天搅海。”

她微微一笑：“我说服他了。”

她的笑容很轻盈，云崕眯起了眼，很想知道她是怎么办到的。傅灵川肯听她的话，是她给出了什么好处？想到傅灵川一直努力追求她，云崕心里有无名火起，闷闷的，越烧越旺。

表现在棋路上，就是杀气盎然，越发纵横睥睨。

云崕的声音也冷下来：“他还真听话，就不怕此事一发不可收拾？”

冯妙君却是见招拆招，必要时还舍了几枚棋子、两片疆域企稳。

“不破不立。”她奇怪地瞥他一眼，“这么做也是为了两国好，云国师缘何不悦？”

的确，她和傅灵川眼下所为都是有的放矢。云崕薄唇微抿：“我怕你们弄巧成拙。”

她微微一笑："云国师有心了。"

接下来云嵸也不再说话，两人沉默对弈。

这局一直下到子时初，冯妙君才以一目半的微弱优势险胜云嵸。

冯妙君殚精竭虑三个多时辰，有些儿乏了，转动脖子就发出咔的一声响："今儿就到这里，请云国师着手筹备五十万两吧，新夏人民感谢你的无私馈赠。"说罢站了起来。

徐广香忽然道："对了，都过去这样久了，暗算我们国师的刺客还未抓到？"

冯妙君满怀歉意："已经责成两次，过三日就应该有结果了。届时我会差人通知二位。"

这个案子，她和傅灵川都下令严查。但是到目前为止，并未发现有用的线索，连嫌疑人都没有。其实她心底怀疑，能将爆破蛊的发作时间算得这样精准的人必定离马车很近，说不定就坐在车里呢？是不是正在下棋的那个家伙施展的苦肉计？

这么想着，她面上丝毫不显，径自向两人道别，施施然离场。

她的背影消失在花廊中，云嵸视线兀自投向那个方位，怔然不语。

宫人提着灯笼开道在前，冯妙君没走出二里，就在溪畔停了下来。

溪水上、柳梢头，都有一闪一闪绿光荧荧，仿佛天上星河坠落人间。可是微风拂过，星子们还会四下流散。

"我要在萤园待一会儿。"她举步踱近水边，"都退下。"

众人得令，退出她的视线。

乌塞尔城多水，宫中也引入两条小溪，清冽见底。偏巧这一处溪湾芦苇荡漾，植被丰满，每年都有萤火虫飞舞。本地的萤火虫与别处不同，繁殖季在四五月份，因此这一片岸边小园又被称作"萤园"，是时令很强的观景胜地。

当然，外人无缘一见。

岸边几块大石被打磨得光可鉴人，冯妙君随选一块坐下，抱膝观赏眼前的美景。

溪上的萤火，水中的倒影，美得如梦似幻。

溪水流到这里速度放缓，几乎听不见水声，偶有咕嘟几下，是水里的鱼儿吐着泡泡，除此之外，就是夏虫细细切切的呢喃。

冯妙君侧耳倾听片刻，忽然说了句："再不出来，我可就回去了。"

几息之后，她身边的卧石上也有人坐下，悠悠然道："你要是肯好好睡一觉也成。"

冯妙君侧头，望见萤光照得他眸光幽深，五官如绘，不是云嵸还有何人？

她抬头往周围看了两眼，故意道："徐将军呢，怎么没来？"

"她观棋太久，神乏体倦，回去歇着了。"

他坐得实是很近，冯妙君穿着的夏衫又薄，几乎能感受到他的体温。

"你把她哄睡了？"这话说完，她就想咬住自己舌头。

果然他笑了，声音低沉悦耳："举手之劳，不比有些人那般难哄。"

冯妙君腾地站起："那你回去哄着，别来溪边吹风，免得染了风寒还要赖在我身上。"

她才起身一半，边上那人就伸臂揽住她细腰，一把带进了怀里！

"那可不成。"他的声音和热气一起呵进她耳中，痒得很，酥得很，"我在宫中日也盼、夜也盼，好不容易等到女王大人的召宠，可不得召之即来？"

话是这样说，他将她按坐在自己腿上，手臂稳稳箍住她的腰，哪有半点恭敬之意？

初夏的晚风还有些凉意，他的怀抱暖和得紧。冯妙君偏头不让他逗弄自己，却没有卖力挣扎，只低声道："你让我一局，那五十万两不必给我。"

她果然知道，聪明的姑娘。云崿嘴角弯起："怎不觉是你棋力大进？"

冯妙君白他一眼："人贵有自知之明。你不想让我输给徐广香看吧？"

"君子一言。"云崿的指尖下意识摩挲，隔着一层薄衫，他都能感觉到她的肌肤滑腻、腰线紧窄。

冯妙君不自在地扭了扭腰，总觉得有种奇怪的感觉从他指尖传来，让她心跳加快，这时又听他道："再说，惹恼了燕国这个靠山，新夏后头会很缺钱吧？"

冯妙君安静下来，敛容庄重道："我有事与你商量。"

云崿微微一哂，自嘲道："你都避我唯恐不及，若非有事，怎会到溪边等我？"

这时两只萤火虫飞过他的鬓边，于是冯妙君借着光亮，将他眼中隐藏了一个晚上的愠怒看得清清楚楚。他还在气她的避而不见。

可现在她人都在他怀里，还跑得掉吗？

冯妙君既然来了，就没打算跑。感受到腰间承受的握力忽然加大，她反而放松了身体："魏国提出的协约，我想做些修改。"

"哦？"她说起正事，云崿一下收起怒气，恢复了平静，"说来听听。"

冯妙微微仰首，以更低的声量说了几句。

她说得很快，而后就接着道："你也知道，两国宿怨太深，新夏百姓恨魏人入骨。做此修改，协议更容易被国民接受。"

云崿却轻笑一声："不愧是安安，你还想左右逢源？"

"唔？"她眨了眨眼。

"燕王那人心胸和修为不成正比。"云崿话中不无讥讽，"你摆了他这一道，燕国轻易不会揭过这个梁子。"

"和我们撕破脸，他更不划算。"冯妙君正色道，"新夏立国，燕国的确出了力气，但新夏可不会对他言听计从。"

"何况，我为什么要费劲？"他的目光在她的俏靥上逡巡，"可知无利不起早？"

她绽开笑容，如月下海棠："我可以行贿。"

他挑起眉，不说话，等着。一双欺霜赛雪的玉臂缠上脖颈，将他压得低下头去，怀中小人儿凑上来，噙住了他的唇。

柔软、芳馥，还带着一丝樱桃的甜味儿。

她这样直接，云嶂也是微微一愣。要命的是她还很主动，不知死活地想钻进去。

冯妙君在梦里丢了初吻，现实里可不想那般被动了。再说他的味道真的很好，只尝过两次她就喜欢上了这种唇齿相依的感觉。

哪个气血方刚的男人受得了这个？云嶂立刻反攻回去，压着她雀儿一般柔软的身躯去吮雀舌。

情火忽然蔓延，如同开闸泻出的洪水，连当事双方都猝不及防。云嶂又去咬她的耳朵，这回终于如愿以偿。

她没有再躲，只在他怀里簌簌发抖，娇躯像是化成了水。

她比梦境里更香甜。云嶂顺着她颈后一路吻下去，一边悄悄去解她衣襟。平素按诀杀人从无迟疑的手指，却在她衣纽这里磕磕绊绊。

好在她意乱情迷，并未注意到他的异常。衣纽终是解开了，他一低头攻向那一片雪白……

扑噜噜——水面上忽然传来振翅声，也不知哪只鸟儿受了惊吓，忽然飞出。

冯妙君一惊，忽然清醒，按着他的嘴："停下！"

云嶂充耳未闻，迷离的桃花眼中情潮未退，他在她掌心舔了两口。

她一缩手，他就低头继续使坏。

冯妙君急了，两手抱着他俊脸往外推："不成！"

她的动作和话音都格外坚决，丹凤眸中虽还潋滟一片，目光却亮了起来。云嶂何等精明，神志回笼之后就不再继续，缓缓抬首。

两人四目相对，都在喘息，却觉空气中有些暧昧的余韵未散。

冯妙君见他眼神总往自己脖颈以下瞟，一低头，不由得面红耳赤。她抖着手将衣襟整好，声音还在发颤："别、别看！"

"今晚为什么找我？"他抵着她的额头，嗓音带着两分嘶哑，"不怕我了，嗯？"

她躲了他整整一个月！今晚却主动送上香吻，不是她转性了，而是她有所求。

有求于他就好。

"怕。"她下意识嗫嘴，见他忽然凑近，赶紧把蛱首埋在他胸口，"可是这盘棋，只有你能帮我圆了。此事，你能不能做主？"

他的回答就一个字，干脆利落："能。"他是国师，却能代王决政。

"可是协议改过之后，好处都是新夏的。"他用指腹轻抚她细嫩的脸蛋，亲昵似情人低喁，讨论的却是国家大事，"于我大魏，有何增益？"

冯妙君知道今夜最大的难关在这里了，抬头直视他的眸子："魏国求盟新夏的理由，无非是面对燕国时不想腹背受敌。你我都明白，那一天或许不远。燕王有志于魏，否则何必在数十年前就开始布局谋害老魏王？"

云嵂轻轻哦了一声，目光闪烁："原来你已经知道了。"

她淡淡道："螺浮岛一行，收获不小。"

云嵂手掌轻捏住她纤细的脖颈，柔声道："按理说，这个时候我就该杀人灭口了。"

她把眼一闭："大人饶命！"一副我为鱼肉的模样。

云嵂笑道："死罪可免，活罪难饶。"终是心痒难耐，低头又去咬她的红唇。

两人又是耳鬓厮磨一阵，抵不过有正事要谈，艰难放开。

"燕王扶植新夏，就是希望魏、夏两国继续冲突，无论是魏国主动来攻，还是届时与它燕国左右夹击魏国，都是如意算盘。"她拉回正题，面色依旧红如芙蓉，"这应该便是魏国最关注的问题。协议虽做改动，却也同样可以解决魏国的后顾之忧。"

"还有呢？"

"盟约中提到的'守望互助'，现阶段来说是不可能的。"冯妙君苦笑，"仇恨的淡化，需要更多缓冲时间。与其那般，不如走一步看一步。

"魏国也急着撤掉新夏这个潜在的敌人，这份协议已经可以满足我们现今的各自需求。"她轻吸一口气，"即便是这样，新夏也要冒着开罪原有盟友的风险。"

云嵂眼帘低垂，似是陷入沉思，好半晌才道："似乎有些道理。"

"凡事不可一蹴而就。"

"最后一点，也要再做改动。"他低头，轻轻在她耳边说了。

冯妙君听完一皱眉："这个……"

"这也是协议重点。"他轻声细语，语气却不容置疑，"新夏平白得这么多钱，总不能一点付出都没有。"

她面露难色，云嵂就见她目光转动，显然是悉心思考。他也不催促，就耐心等候，无论让谁来做这个决定，都是加倍艰难。

许久，她才点了点头："依你。"

他嘴角轻扬："好，那么我们来讨论第二个问题。"

"嗯？"

"签下这份协议，对我有什么好处？"

他？冯妙君茫然几息，而后才反应过来："你要什么好处？"

他目光微凝，盯着她，许久才吐出一个字："你！"

她的心跳忽然怦怦加快。

云嵫从前喜欢逗弄她，但从来没拿家国大事与她开过玩笑。这回呢？

她嗓子有些发干，咽了下才道："我不再是你的侍女了。一国之君，你可不能说要就要。"

他眼都不眨一下："我知道。"

"云嵫——"冯妙君唤着他的名字，指尖轻抚他的侧颜，"你想求娶？"

她知道他的心动，也感受到两人之间莫可名状的张力。可是，他对她的喜爱已经诚挚到非她不可的地步了吗？他太会骗人了，她无从判断。

云嵫眼中似有微光闪过，反问她："安安想嫁给我吗？"

"你先回答。云国师想过怎样……要我？"

这话里暧昧和暗示太多，她能感觉到云嵫身躯忽然一紧："若我求娶，安安会嫁？"

"以什么身份，魏国国师吗？"她慢条斯理，"不会。"

无视他身上忽然涌起的怒气，冯妙君继续道："新夏女王嫁给魏国国师，引发的可不仅是轩然大波，我要为国人考虑。"

云嵫目光转冷："就没有解决之法？"

"自然是有的。"她徐徐道，"你若肯卸掉国师之职，与新夏也没有私仇了……"

他漂亮的眼中闪过一丝玩味："我辞去国师之职，你就肯嫁了？"

冯妙君细声细气："成婚自然没有问题，但我现在已是新夏国君，招的乃是王夫。"

云嵫眯起眼："什么意思？"

他已现不悦，但冯妙君依旧道："我是女王，招来的丈夫自然要入赘。"她叹了一口气，"并且王夫还要随我定居新夏。"

她每多说一个条件，他的脸色就黑上一分，现在已经像锅底了："你果然不愿嫁我！"

"你也娶不了。"冯妙君心里没来由地涌出两分沮丧，但她努力不表现在脸上，"所以，云国师还是换个条件吧。"

他充耳不闻，依旧满面不愉："这些条件，你都是给谁准备的，傅灵川吗？"她身边只有傅灵川满足这些个条件。

冯妙君坐直了身体："与他无关。"

"可他对你有意。你与他周旋不了多久，他就会失掉耐性。你独居深宫，身边又没有帮手，就不怕着了他的道儿？"

冯妙君笑了，露出齿若编贝："我不是手无缚鸡之力的弱女子，除了自己的神通，我还有你……的灵力。"

他哼了一声："不借。"

"那可怎么办是好？"她幽幽一叹，眼中露出猫儿般的狡黠，"万一他对我下手……"

"不若我们私下另立个约定？"云嵫捉着她的小手在掌中把玩，方才的怒气又不知哪里去了，"我助你对付傅灵川，揽下新夏国大权如何？"

他果然一眼看穿了她的困境。冯妙君心里一震："要怎么办到？你又不能长留新夏。"

"我派些人手与你，用好即有奇效。"他眼里的光，勾魂夺魄，冯妙君竟然不敢多看，"我也会时常过来。"

"既是约定，你想要我做什么？"

"时机成熟时，除去傅灵川就好，至少也要拿掉他手里的大权。"他正色道，"你不拿下他，他也会对付你。安安，傅灵川是国师，只有与你完婚才能名正言顺地独揽新夏大权。"

"留给你的时间，其实不多了。"他的声音中带着说不出的劝诱之意，"早一步下手将他除去，你才是名副其实的新夏女王。"

冯妙君侧头看着他："你当年是不是也这样劝说老魏王和萧衍夺位？"这家伙蛊惑人心很有一套，连她都有些意动。

他眼里光芒一闪："差不多吧。"

她垂下眼眸，不置可否："我要再想想。"

这时不远处传来了脚步声，有宫人道："王上？"

她在水边停留太久了。冯妙君站起，轻声道："我先行一步。"妙目最后瞟他一眼，分花拂柳而去，像是走进了星河深处。

云嶂留在原地未动，望着她的背影消失不见，目光幽深。

第
二
十
三
章

暗
潮
涌
动

　　新法的实施，很快遭遇汹涌的民怨。

　　田税收得高昂，连乡绅和土豪们也坐不住了，频频去州、府请愿，希望王廷能降低税率，以免激起哗变。可是得到的答复简单粗暴：国库空虚，打仗缺钱，税不能减。

　　这个时候，有人开始记起魏国开出的条件了。新夏只要接过这笔赔款，就能抵得过十年苛税民间的收入！

　　于是在迷陀城等七座大城，当地极有名望的乡老、豪绅甚至是望族，率先向署衙递交了请愿书，恳请女王重新考虑魏国的赔偿事宜。随即这场请愿活动也陆续有平民相应参与，就这样声势浩大起来。

　　不久以后，各地将百姓请愿情况汇报过来。签字支持的人数之庞大，连冯妙君见到都轻吸一口凉气。请愿者，逾四十万人！

　　民心所向，谁也不愿、不能拂逆。

　　这种情况下，新夏王廷重新将魏使"请"回乌塞尔，再度谈判。

　　很快，双方达成协议的消息就广为流传：魏国与新夏建交，从此互不侵犯、互不干涉内政，不支持和鼓动对方国内的叛变，不支援对方敌国的军事行动。魏国将向新夏赔偿六千万两银子，三年内还清。

　　消息刚刚公布，徐广香就找上了云崃，难以置信道："这样的协约，居然、居然也答应？"

　　精舍中香气扑鼻，云崃正在试吃宫中送来的杏仁芝麻糊，闻言放下碗道："为何不能签？我们只要新夏不与魏国为敌，不扯魏国后腿，目的就算达成。"

　　徐广香面色涨红，终是忍不住了："你竟擅作主张，不用先与王兄商议吗？"

云嵝淡淡道："此次议和，王上要我事急从权。徐将军若有疑义，可以返都询圣。"他懒得向她解释。

徐广香咬着唇，反身便走。

走至一半发现厅中还站有一人，长身玉立，居然是个俊秀的美少年。她不由得微讪，却听这少年道："在下是钦原侯梁书栋之子梁玉，奉傅国师之命前来。"说罢，看了看左右。

徐广香也不怕他行凶，当即挥手："都下去。"

待众人都退下之后，梁玉顺手布了个结界，这才含笑道："傅国师观徐将军有些烦恼，特遣我前来。"

徐广香将他从头看到脚，呵了一声："派你来做什么？"

"将军可是为云国师烦恼？"

她微微一哂："有话直说。"傅灵川倒有些本事，能打探到她与云嵝的关系。

"我们国师道，这不是难事，只需令云国师离开乌塞尔城、返回魏都即可。"

徐广香目光一亮："他可没那样听话。"

"如今协议已经达成，云国师本无理由在乌塞尔城久留不去。我们国师倒有一法，简便易行。"

"请说。"

"徐将军称病就好。"梁玉笑道，"您是副使，也是堂堂公主。您要是旧疾发作，需要返回魏国治疗，云国师也必须护送您回去。"

"旧疾吗？"她明白梁玉的话意。如是普通病症，她留在乌塞尔医治就可以了，反而会成为云嵝留下来的借口。

梁玉接着道："您若是仓促间寻不到法子，傅国师这里倒有一味药……"

徐广香赶紧摆手："不需要，我自有主意。"她斜睨梁玉一眼，"看来，贵方国师也很不愿见云国师留在乌塞尔。是傅灵川也对女王有意吗？"

梁玉微笑："在下不敢妄度上意。"说罢告辞。

次日，徐广香卧病不起，派人去请云嵝，就说胸口旧疾发作，需要魏廷太医特制的一味药膏缓解。

她的伤处尴尬，云嵝自然不能替她细诊，这时候新夏又派宫廷太医给她看病，然后说这类战场上受伤留下的旧创不易除根。徐广香神情困顿，借机要求返回魏都。

出乎徐广香意料，云嵝居然一口应了下来，神色轻松没有半点不情愿的模样，并且决定次日就启程返魏。

她喜出望外，忍不住问他："你、你当真愿意这就离开？"

云嵝好笑道："此间事了，本就该回去了。"

可惜的是，这一夜女王没有入睡，因此直到魏国使团离开时，两人也未在梦中相别。

那个势利的妖女。云嵘想起来还是咬牙切齿。协议的目的达到之后，她又不肯让他去梦里再占便宜了。

他的提议，冯妙君一直都没有回应。

魏国送来的首批两千万两赔偿金到位，新夏立即扩充军备。此时南下的大军也打到了边境，红将军得令加入战团。经过重新武装之后，新夏军实力大涨，四天之内就夺回了两座大城。

又过两月，新夏反攻普灵国，终于迫其投诚认降。

好消息传回，举国欢腾。

自然，此事的结果并非皆大欢喜。

晋国、峣国都不太高兴。燕王更是异常暴怒，发檄怒斥新夏国无义。

新夏国自此协议后，就不再成为他掌中棋子，不再成为制衡魏国的武器。

燕王重重一拳击在书案上，把这张坚固的五百年檀木制成的桌子打得支离破碎："傅灵川背信弃义，定要他好看！"

这时他已经接到赵允上报，新夏女王的确换人了，不再是从前居于燕都三年的长乐公主，那就意味着燕国挟制新夏的最有力武器失效了。

"这厮也是狠毒，从哪里又换来安夏血脉直接替换掉长乐公主？"也让他设在长乐公主身上的禁制一并失效。

"恐怕从前留在燕都的长乐公主，是假的。"军机阁首座杜衡飞悄声道，"从鲛人族那里传过来消息，鲛人王分明在稷器仪式上杀了长乐公主，结果又有一名女子前来，接下玉玺盖印，落款也是长乐公主。看来傅灵川从前带在身边的是个假公主，却把真公主藏起来，免受王上制挟。"

"好，好算计！"燕王不怒反笑，"他想戏弄我大燕，就要付出代价！"

"以及……"杜衡飞接着道，"这位真正的长乐公主，倒像有些手腕。"

"一个小姑娘能翻出什么风浪？"燕王不在意地挥了挥手，虎目眯了起来，"把持朝堂的是傅灵川。"

南北大陆上风云变幻，徐广香这些天却过得很愉快。

国师果然随使团西返，不离不弃，对她也和善友好，并无怨懑。

直到离开乌塞尔城十余天后，云嵘忽然要使团转向西南，进入峣境。

徐广香大奇："为什么？"

"刚接到重要消息，要去椤沙城查证一番。"云嵯笑道，"我看公主最近身子已然大好，如不愿前往，可直接先返都城。"

"我们同去，横竖椤沙城也不远。"徐广香并不怎么犹豫，"不过我们是魏人，不能堂而皇之进入峣境。"

云嵯从怀中取出一份文书，上面还盖着鲜红的印章："着使团改换标识。从现在起，我们是翻越赤嵌森林而来的晋商。"

只是绕个远路，再说魏国最近又无战事，太平得很，徐广香自然不会有意见，于是整个使团再度精简，拨出十余人扮作东边儿来的晋商，由新夏刚开辟不久的"黄金商道"入峣。

椤沙城离边境不远，使团只花上一天半就抵达。

众人忙着安顿，徐广香想找云嵯去城中用饭，哪知扑了个空，他已经离开客栈。

天色未晚，云嵯就已经站在珍珑阁前，举步迈了进去。

珍珑阁是椤沙城内最大的古物店，就在主街上，门脸儿不仅气派，而且很新。

在两年前，珍珑阁还只是一家三流小店，卖的货色三成真、七成假，想来这里挑宝贝得有好眼力，自然口碑也不太好。不过这家店去年突然声名鹊起，因为它弄进了不少上古遗宝。禁忌之海的螺浮岛去年被傅灵川收走，云嵯就接到消息说，鲛人族搬家后处理掉大量宝物，因此这一年来陆上的发卖会格外热闹，有不少海族珍藏出现。珍珑阁也是弄到了进货的渠道，加上椤沙城地理位置又好，因此它的名声才渐渐大了起来。

以他的外貌气度，珍珑阁的掌柜自然不敢怠慢他，挥退了伙计亲自迎上来。

他还未开口，云嵯就问他："听说珍珑阁新得了镇店之宝，是个烛台，重八千余斤？"

"啊，是！"

"也是海里送来的？"云嵯保持着一掷千金的本色，"带我看货，价格不是问题。"

"不不，这是我们东家的秘藏，原是天神遗珍。"掌柜接话很流利，"最近来看它的人真不少，但是前天已经售出，对不住贵客了啊。"

"卖了？"云嵯很是惊讶，"多少钱卖掉的？"

"三百块红灵石。"

三百红灵石，那便是九百万两银子了，寻常人根本拿不出的巨款。云嵯沉吟道："这烛台有甚特别之处？"

"这个，尚无人知晓。"掌柜笑眯眯地，"但它曾被供奉于应水城，这是千真万确，应水城的古画中就绘其形状，可供考证。"

"连古画中都有？"云嵯摸了摸下巴，"莫不是照着仿的？"

"贵客说笑了。"掌柜赶紧道，"这宝贝不过一人高，却能重达八千斤。就算有人能做假，这分量要怎么生造出来？"

的确，样子仿得再好，重量总骗不了人。除了天神重宝，哪有一人高的法器能重达八千斤？云嵬好似被劝服，掌柜满面红光："我们店里也还有其他秘宝，贵客不妨看看？"

云嵬点头，随掌柜去了款待贵客专用的香室，就有人呈上一件又一件宝物。

他火眼金睛，看出好东西倒真不少，顺手买了几样，掌柜老脸都笑开了花。不过在随侍的伙计去倒茶的间隙，云嵬的袖子从掌柜面前拂过，他的笑容就不见了，眼神也变得呆滞。

"买走镇店之宝的烛台的人是谁？"

掌柜老老实实答道："那贵客姓胡，单名一个苏字。"

"胡苏？"云嵬微微皱眉，"没听说过。"

"他留下的就是这个名字。"

"长得何种模样？"

"高大英朗，唇上留两撇小胡子，这里——"掌柜指了指自己脖子右侧，"有一颗小痣。"

这时外面又传来脚步声，伙计回来了。

不待他走近，云嵬打了个响指，掌柜即恢复了清醒。

他似乎根本不知自己方才的异状，依旧热情地招待云嵬。

徐广香在椤沙城逛了一大圈回来。

进门不久，外头就渐渐沥沥下起了雨。亲兵关上木窗，徐广香正要吩咐打水沐浴，神色忽然一动："谁？"随即冷笑一声，取出几十枚红豆随手撒出。

这些豆子落地之后如有生命，在一片细小的沙沙声中飞快滚向四面八方，滑去屋中每一个角落。这是撒豆成兵的另一种用法。

豆子经过的每个角落，看起来都很正常，除了窗边的屋角，它们一靠近就突然消失。

不须徐广香吩咐，亲兵即挥剑刺了过去。

叮一声轻响，她的剑如入无物，却被什么东西挡住了。紧接着眼前光线扭曲，屋角忽然凭空多出一个人来。

这是个年轻男子，五官格外俊秀但面色苍白，竟有一种羸弱之美，左手按着腹部，那里衣衫濡湿，有血渗出。他右手执一柄玉尺，挡住了亲兵的武器，视线却望向徐广香："这位姑娘，借贵地避险，请恕在下唐突之罪！"

徐广香目光凌厉："你是谁？追你的又是谁？"

"我姓左丘，追我的乃是峣人郎将金沛延。"男子语速很快，神色却从容，"姑娘救我，必厚报之。"

左丘？这在峣国曾经是个位高权重的姓氏。现在在逃的左丘只有一个人了。徐广香面色微动："左丘渊？你要如何证明？"

他苦笑道："还用证明吗，有谁会冒充一个亡命之徒、在逃钦犯？"

这时外头似有喧哗声传来，左丘渊的脸色更白了。

这屋中实是没有藏人的地方，左丘渊环顾四周，苦笑道："竟来得这样快！罢了，我这就走，不会连累姑娘。"说罢，他就手按窗户。

徐广香眼露犹豫，见他正打算跳出去，赶紧道："慢着，我可以救你。"说着从怀中取出一只白瓶，倒出一颗青色药丸，"这是我父、父亲所赐。原只是玩物，现在倒可以应急。吃下去，保准他们认不出你。"

左丘渊一怔，这回轮到他犹豫了。

徐广香微微一哂，就要缩手："不要就算了。"

"多谢姑娘赐药！"左丘渊伸手接过药丸，闻了闻，无味。听得喧哗声越来越近，他一仰头，吞下药丸。

丸子入喉即化作一股苦浆，还有些腥臭味道，紧接着脚下的地面在视野里忽然变近，而眼前两个女子则是越来越显高大了。左丘渊低头，看到一身光滑的鳞片，还有白肚皮和五个细小尖利的足趾。

"东海的小岛上有一种蜥怪，最擅变形。用其血肉制成的变形丸，吃下去反而可以变作它，药效持续半刻钟。"

外头传开了砰砰的砸门声，那是追兵正在排查前边儿的屋子，还有一组脚步声往这里而来。徐广香对他招了招手："来。"

左丘渊身体变形，神志仍在，于是小四脚蛇飞快地蹿进她掌中，被她收到袖里去了。

才刚收妥，屋门就咣咣直响，是官兵特有的粗暴："开门，追拿凶犯！"

亲兵开了门，几个五大三粗的峣兵走进来，见到徐广香，狂放的态度有所收敛："我们捉拿要犯，你们可见到陌生面孔？"

徐广香笑道："我们从赤嵌平原过来，这里个个都是生面孔。"

原来是外客，这几个峣兵也不多说，四下搜寻起来。屋子就这么点儿大地方，搜过了柜子、床下、窗外、屋顶，都没有藏人，也就基本判定这儿干净了。

不过这时，又有个峣兵牵着细犬进来。

这狗生得矮小，肚皮都快贴到了地上，显见得爬楼梯也是十足吃力，不过它进来后就左嗅右闻，忽然奔向窗边去了。徐广香的心，一下子提到嗓子眼儿。

左丘渊方才站立于此，还受了伤，能瞒得过这只小狗的鼻头吗？

这小犬嗅了两下，就直接奔到窗边，在左丘渊方才站立的位置转了两个圈，正要得意扬扬地大叫几声……

就在这时，有个声音冷冷响起："这是怎么回事？"

众人回头，望见门边不知何时倚着个俊逸郎君，那脸庞漂亮得不似真人。

他双手环抱胸前，目光从屋中众人脸上一一扫过，最后定格在小狗身上，脸色一沉。

"嗷！"小狗像是被人踩了一脚，屁股蹾地，突然屙了泡屎在地上。

众峣兵："……"

徐广香也不知是该喜还是该气："公子回来了！"站在门边的，除了云嶂还有谁？

他一回来，徐广香顿时松了一口气："这几位兵爷说是抓捕重犯，要搜房。"

"搜完了吗？"

峣兵抱起地上的狗，见它呆若木鸡，不由得又惊又怒："你们动了什么手脚？"

"我们好端端站在这里，还能对你的狗动手不成？"徐广香的亲兵气道，"倒是你的狗把我们小姐的闺房都弄脏了，这笔账要怎么算？"

那狗被人抱起，转眼就回了魂，又恢复活泼。峣兵问它："这里可有线索？"

它汪汪叫了两声，又摇尾巴。

旁人猜想这意思是"没有"，因为峣兵看了看徐广香等人就走了出去。那狗被抱着，临去前最后一眼瞟向云嶂，犹带惊惧。

徐广香对云嶂道："借一步说话。"

"到我屋中来，他们已经搜过了。"云嶂转身便走，徐广香连忙跟上。

云嶂的屋子在二楼，里面果然空无一人。他生性谨慎，先扫视一圈，确实不被监听，又随手布了个结界才问她："你包庇逃犯？"

"那几个峣人带出来的是金腰细犬，赤嵌森林里的异种，嗅觉比普通犬还灵敏数倍，再经训练，几乎百无一错。"若非他把那狗吓蒙过去，现在楼里应该热闹极了。

徐广香把四脚蛇放出来，讪讪道："果然神通广大。"

四脚蛇落在地上，仰首和云嶂四目相对，状甚奇异。后者长眉微蹙，看出了端倪："变形丸？"

"你知道？"徐广香奇道，"这是父亲从前送我的玩物。"

"自然知道，这是我亲手炼制。"云嶂说着，站到窗边往下望去。

峣人排查完最后一排上房后即退了出去，这时已走出客栈大门去搜别处。他回首，从怀里掏出一只小小玉盒，以指甲挑了些粉末，撒在四脚蛇身上。

哧一声轻响，四脚蛇变回了人形。

云嶂见着这人才露出惊讶之色："左丘渊？"

左丘渊神色比方才更加委顿，却强撑着没有倒下，脸上挤出一丝苦笑："在这里竟能遇见云国师，我真是福大命大！"

原来这两人互相认得。徐广香正觉奇异，云嶂已经转头问她："左丘家弑太子获罪，这人现在是峣国第一逃犯，你怎会救他？”

徐广香面色整肃："敌人的敌人，或许有营救的价值？"

左丘渊也捂着伤口道："我对苗峣极为了解，愿从此报效魏国。"

"何求？"

"复仇！"他眼中燃起熊熊怒火，"但凡我有一口气在，必取苗敬项上人头，以慰我左丘家在天之灵！"

苗敬就是当今峣王的全名。

云嵯静静看他一会儿，才对徐广香道："给他治伤，别让他死了。"

徐广香不愿在他面前与别的男人有触碰，当下唤了亲兵进来，为左丘渊处理伤口。

左丘渊伤得不轻，敌人刀口再深一厘就要切进他的肾脏了。

云嵯坐了下来："峣太子真是你父亲所杀？"

左丘渊微一迟疑，应了句"是"。

"那他该死。"云嵯淡淡道，"以下犯上，罪诛九族，在魏也是一样。"

"苗敬不仁！"左丘渊因亲兵的动作而频吸凉气，"事发时我在外地，闻讯赶回印兹城，左丘满门都被抄斩。"他将一口白牙咬得咯吱作响，"还有我那恩师！他不过怜我无辜，收容我几日，也不知事后谁去告密，峣王竟然下令将他绞杀！

"我不恨峣国，但我与苗敬不共戴天！"

徐广香插口道："听闻你与苗奉先私交不错？"

"大仇当前，从此是生死之敌了。"左丘渊嘿了一声，"我左丘满门被斩时，也没见他给我家求过情。"

"你的名头不小，但于大魏是否可用？"云嵯目光中闪着审视，"证明给我看。"

左丘渊面皮微有些抽搐，显然伤口处理起来十分疼痛，但他依旧咬牙道："云国师出现在这里，是为了珍珑阁那件重得惊人的宝物而来？"

"哦？"云嵯面无表情，"何以见得？"

"为它而来的人很多。"左丘渊低声道，"我就是听说最近时常有修行者出现在椤沙城，才来这里避祸的。珍珑阁那件宝物我也花了点时间了解，听说这东西最早出现在应水城，城破后躲过了好几次烧杀掠掳，只因它实在太重，不像普通财宝珍玩可以直接带走。直到最后一次洗劫全城的势力进来，发现战利品已经被前辈们搜刮干净，实在拿不着什么油水，不得已才将这只烛台给运走。

"这些年来，与应水城有关的物事都是热门，何况此物见诸古画之中。"

说到这里，云嵯忽然打断他："你见过那只烛台了？"

"见过，我充作买家进过珍珑阁。通体金黄，约莫是一人高，下柄细长，上部分叉，烛头各雕为一龙一凤，相对而立。

"我走出珍珑阁时，恰好遇见一人。"他一字一句道，"次日就传来烛台被买走的消息。据我推断，应该就是这个人出手了。"

云嵂目光一凝："你知道他是谁？"

"当然。"左丘渊点头，"我绝不会看错，这人便是燕国十九王子，赵允！"

真是踏破铁鞋无觅处，得来全不费功夫。云嵂嘴角勾起一丝玩味的微笑："哦，原来是赵允。"卖家在珍珑阁登记的名字是胡苏，一看就是个化名。

"云国师想追上他，应是不难。"左丘渊分析道，"他离开椤沙城往北去了，八千斤的物事，任谁带着它都走不快。"

"追他作甚，将烛台抢回来？"云嵂好笑，"他运不动的玩意儿，难道我们就好装卸了？"

眼前的魏国国师不打算将宝物抢过来？左丘渊微微一怔，摸不准他的意思。云嵂却已经换了个话题："我们更需要的是内应，你却已被峣国通缉在逃。"

左丘渊胸有成竹："内应不过是棋子，魏王和国师手下多的是，不缺这一两人。我对峣国内政外事、军力排布，乃至君臣性情，都了若指掌。这些，恐怕才是魏王所需。"

"内政外事？好，我问你，最近新夏变法，你怎么看？"

左丘渊人在峣国内逃亡，东躲西藏，失去了往日的人脉和情报，云嵂还要他分析新近发生的外国政事，实是有些强人所难。

左丘渊却毫不犹豫："看似兵行险招，实则有惊无险。"

"怎么说？"

"敢动国之根本要有大魄力，一着不慎就是民心背弃、元力大跌。"左丘渊道，"但掌权者根本没打算真正实施，不过是为新夏与魏国签协议打下民心基础而已，加上西南战事正是改税良机，这才一举功成。"

"嗯。"云嵂面色如常，"还有吗？"

"此举也有弊端。"左丘渊知道自己的答案将决定自己去留，"施政者要失人心。"

左丘渊道："无论这一次改政的结果有多么理想，终究是偷奸耍滑，用上了胁迫的花招。百姓质朴，又得了实惠，或许转眼就忘，但是有人会牢牢记得自己被愚弄了，比如王廷的权臣、西部的门阀，当然还有燕、峣、晋三国。"

"所谓现世报，来得快。"他顿了一顿，"换作我是傅灵川，一下得罪这么多人，今后当真要寝食难安了。"

"是傅灵川吗？"云嵂低低咕哝一声，"原来她打着这个主意。"声音中似有笑意。

左丘渊没听清："您说什么？"

"没什么。"云嵂笑吟吟的，"我也觉得傅灵川后头要倒大霉。"他亲手斟了一杯茶水，递给左丘渊，"喝吧。"

"不敢当。"左丘渊恭敬接了。只不过他嘴唇才刚碰着杯沿，就听云嵋悠悠道："这里放了点蛊，还有点儿毒，能确保你对大魏忠心不贰。否则，穿心烂腹而死，痛苦无比。"

左丘渊动作一顿，随后在云嵋和徐广香的注视下仰脖一饮而尽，正色道："甘之如饴！"

"好，好极！"云嵋轻轻鼓掌两下，"我王就喜欢你这样的人物。"

新夏国内接二连三的风波终于渐渐平息，重金入库、税率回调、边患解除。虽说生活只是回到正常轨道，但人人都感觉到长长松了一口气。

平静而安稳的生活，着实来之不易。

待得此事尘埃落定，傅灵川和冯妙君坐下来同饮一壶庆功酒的时候，也忍不住感慨道："此事顺利，多亏了你的主意。"

冯妙君轻晃杯中美酒，笑而不语。

"长乐，你的胆子真大。"他也不由得感叹，"就不怕中途生变，形势急转直下？"两人这一次冒着天下之大不韪，中途其实处处是坑，稍有不慎踩歪，可能就要溅得一身污秽狼狈。

冯妙君嘻嘻笑道："新夏建国伊始，再差还能差到哪里去呢？大不了重新化作一盘散沙，那就要麻烦表哥再次建国了。"

傅灵川无奈摇头："胡闹！你可知道我先后接到好几封密报，言指西北、西南有几位将军极度不满，不排除趁机举事的可能。"

"举事？"冯妙君敛起笑容，挟了一箸芙蓉套蟹来吃，"往哪里举？峣、晋都与新夏结盟，魏国也已示好，谁能为他们助力？想要造反，他们没有那样的条件。"

新政的推行看似冒险，但冯妙君和提出盟议的云嵋都觉得，逼不出造反。她也明白傅灵川的担忧，新政涉及的人数太多，变数也就太多，指不定引发什么无法预控的结果。

傅灵川也跟着一笑，眼中神色复杂。她只是胆大妄为、一厢情愿，还是真的算无遗策、料中了所有结果？

新夏这半年来大动作频频，晗月公主时常差人来信，嘘寒问暖，冯妙君明白，这是得了苗奉先的授意。

魏国使团则已经返回都城，云嵋却没有来讯，冯妙君不知道他在做什么，忙碌间隙，偶尔也会想起。

时间很快走到了秋季。

秋粮入库以后，平稳运行了数月有余的王廷又有了全新的大动作。女王一个命令就震动朝野：裁军。

新夏豪族原以西部和西北部分布最广、势力最强，只因那里是新夏的门户位置，是抗击魏国的前线地带。但在新夏与魏国达成协议之后，各大军镇的地位就变得很尴尬了。两国既然已经互不侵犯、互不滋扰，西部少了虎视眈眈的强敌，也就没有必要再保持大规模的军队建制。这一回，王廷实实在在占了个理字。

消息传到魏国，萧衍忍不住啧啧称奇："傅灵川的胆气可真不小，脚跟还未站稳，就敢动这些跟他一起举事的老部下了。"

傅灵川能扶持长乐公主立国，少不了这些豪门的支持。现在傅灵川自己羽翼刚刚丰满，就开始对这些昔日的老战友收缴武力，是不是太迫不及待了些？

云嶂正在看书，闻言道："夜长梦多，他要是再等下去，待这些豪族养得膘肥体壮，他更不好连根拔起。"

"依你看，这些人会如何应对？"萧衍啜了一口清茶，"新夏这七个月来大小动作不断，国势却相当平稳，真有些出人意料。看新夏这么倒腾，连我都想在魏国搞一场变革了。"

"大魏不能。"云嶂轻呵一声，"新夏不过一张白纸，可以任傅灵川自由写意；魏国立世近二百年，各路关系早就根深蒂固，只能抽丝剥茧，慢慢润化。"

"新夏西部那些个豪门，他们能甘心裁军削权？"

"我在乌塞尔城见过众多新贵，但超过两成的大宅都是被各地赶来的豪族买走的，他们在国都开设酒楼茶座、金楼绸庄、赌坊青楼，可说是百行百业背后都有他们的身影。趁机到中南部来分一杯羹，才是聪明人的做法。至于那些冥顽不化、固守本地的——"他微微一哂，"不交权，就得造反。不过眼下的新夏已经没有他们造反的机会了。王廷太有钱，傅灵川太有钱，新夏女王也……太有钱。"

"咦，新夏女王？"萧衍满面好奇，"这关你的安安，哦我是说长乐女王什么事？"

"新夏这大半年来行事风格大胆，每次出手都有雷霆万钧之效，不像傅灵川一贯的做派。"云嶂对他拙劣的演技嗤之以鼻，"旨令虽由女王发布，但朝政由他把持，因此所有人接到情报都会以为这一切是他的布局。不独是我们，峣、晋，甚至远在南陆的燕王也作此想。"

萧衍当然听得明白："你是说，这里头也有新夏女王的功劳？"

"我了解安安，她决不甘心做傅灵川的傀儡。"云嶂玩味道，"就是不知，她在其中发挥了多少作用。"

"如果她真是那般聪颖又有才略，傅灵川一定更希望娶她为妻吧？如此他的权势才能巩固。"萧衍摸着下巴，满脸的不怀好意，"他近水楼台，指不定何时就成功了呢？"

"说得极对。"云嶂伸了个懒腰，"我得赶紧去盯紧她，免得被傅灵川拐跑了。"

萧衍一怔，连连摇手："国师大人，你可别再甩下这一大摊子跑了！"

"如今国内歌舞升平，外头又无边患，和熙国联手一战还打退了燕军。"云崓恹恹地提不起劲头，"连一点天灾人祸都没有，太平又无趣，我待在这里作甚？"

这家伙说的还是人话吗？萧衍苦笑，他终于体会到父王当年面对国师的无奈了："好吧，你想去就去，但别忘了正事！"

云崓懒洋洋地："省得。"

"有道是英雄难过美人关，我看你……"该不会最后新夏女王把他的国师给拐跑了吧？

不过他转头一看，云崓以手支颐，笑意自桃花眼里一波一波晕开，竟要教人醉在里头。

"王上最近是太闲了吗，居然跑到我这里来唠家常？"这位国君不在他的王宫里待着，偏要跑来国师府蹭茶喝，就不怕都城里各国暗探横行，哪一个成功刺杀掉他？

萧衍也转换心情，轻咳一声："这不是有人托我来探望你？"

"谁？"

他这么聪明，萧衍就不信他猜不着，但依旧老实道："还能有谁？不就是我那王妹梅矶公主。"接着叹了口气，"她年纪也老大不小了，满国俊彦一个也看不上眼。"

"哦。"云崓连话都懒得说，只差在俊脸上写四个大字：与我何干？

萧衍幽幽道："她倾慕你多年，虽然有个公主名号，但本身不是王室血脉。你若愿意娶她，梅矶必定乐于恢复平民身份，这样也不算违反王室不得与国师通婚的规定……"

云崓不待他说完："不愿意。"

"那你想娶谁！你的安安吗？"

云崓不说话。

"你真想娶她！"萧衍一个脑袋快要变成两个大了，"她可是新夏女王，不再是你的侍女了！"

"所以？"

"即便我大魏与新夏有协约，新夏人还是恨我们入骨，怎会允许自己的女王跟你成亲？"萧衍还是觉得不可思议，云崓孑然一身多少年了，怎的现在突然想要成婚？"她有什么好，区区一个美人怎能与宏图霸业相比！"

云崓双手在面前交握："她身份特殊，婚事必然受到世间权势的关注。如果她与燕、晋甚至哪个国家的王室成亲，对我们难道就是好消息？"

当然不是，魏国跟这几国的关系可都不太好。萧衍苦恼道："你娶得到？"

云崓盯着他："你不会反对吧？"

萧衍呵呵一笑："当然不！你要能娶到她，对大魏有利无害，我乐见其成。"

"王廷里若是有人反对呢？"

"眼皮子那么浅的，自有我帮你挡着。"萧衍打了个哈哈，"国师尽管出手。"

"那我就勉为其难了。"云崲抚着自己下巴，笑得极是邪气，"就算娶不到，她也别想嫁给别人。"

一转眼，小雪纷至。

今年第一场雪飘下来的时候，早晨的廷议也临近尾声。

新夏成立以后，平民连续两年可以安心种地生产，流寇、妖怪，都由官府出面派人围剿、驱赶，加上轻徭薄赋之政的继续推行，人们口袋里有粮有钱，脸上也开始有了笑容。

对平民来说，衣食足而知荣辱，对王廷官员来说，既然粮食生产、疆域都暂时不愁了，那么他们就开始为另一件要务发愁：女王的终身大事。

来年三月，新夏女王可就十八岁整了。

安夏王室血脉，流传至今只剩下两个人。对王国而言，没有子嗣可是一个巨大的隐患。傅灵川的血统还特别稀薄，所以繁衍正统后裔的任务当然就落在了长乐女王头上。

所以这天廷议最后一项安排说完，冯妙君正要宣布下廷，礼监部侍郎杜琨就站出来，恭恭敬敬地提请此事。

百官能站在这里，都因为安夏血脉有了传承，因此在他慷慨陈词了小半刻钟之后，就有两位官员也站出来附议。

这些人，真是咸吃萝卜淡操心。冯妙君哼了一声："那么照杜卿看来，王夫可有合适人选？"

杜琨当即道："傅国师为新夏鞠躬尽瘁，为我王保驾护位，有相随相伴相知之情，金石不换。杜琨以为，傅国师可为王夫！"

冯妙君顺势望向傅灵川，他就立于她右下首位置，这时也抬头看过来。英俊偶傥，是少女梦想中的模样，更难得目光灼灼，眼中的渴望不加掩饰。

他对她的情意，与日俱增。冯妙君收回目光："还有其他人吗？"

杜琨嚅嗫。

"人选人选，那就得有人让孤挑选。杜卿，还有你们，真是为孤着想吗？"

众人连忙称是。

"那好，再列几个人选出来，挑中满意的，孤自然会说。"这话出来，大伙儿面面相觑。女王言下之意就是对傅国师不满意喽？真是太不给傅灵川面子了。

傅灵川紧紧抿唇，垂下的右手抓握成拳。尽管一早知道长乐于他无意，可是大庭广众之下公开表示不想嫁他，也着实让他气恼。

冯妙君看也不看他，又道："对了，过去这一年杂事繁忙，孤都忘了过问后宫体例，也不见礼监部上过奏疏。既想让我新夏王室开枝散叶，怎不见你们拿出这份体例？"

后宫！众臣惊怔，连傅灵川都不敢相信自己所闻。难道女王也想设三宫六院，大伙儿去给她网罗天底下的美男子吗？

"杜卿，"女王笑吟吟地红唇轻启，"这可是礼监部分内之事。"

这么寒冷的天气，杜琨额上突然淌下豆大的汗珠。

这个时候，傅灵川终于开了口："好了，杜侍郎的提议太过草率，女王不过薄施惩戒。此事压后，再议吧。"

冯妙君借势挥了挥手："行了，下廷。"

廷下众人擦擦汗，赶紧散了。

过了几日，王廷上陆续多出不少新面孔。

按照傅灵川之前给全国各地豪族发下的通牒，腊月十五之前所有豪族都要裁减军员，而后进都述职。

短短六天之内，有二十三地豪族觐见了长乐女王，得她好言安抚，并且得了封号和赏赐。长乐女王热情地邀请他们到乌塞尔城置宅落户，虽然没提出强制要求，但这代表了天家意向。

最好这些头目都长留乌塞尔，地方上的不安定隐患也就消除了。

这是以兵权换来的待遇，没有人能爽利。可是新夏女王已经得了民心，谁会愿意跟随他们举事？最重要的是，王廷强大而富有，容易令人生出归顺之心。

不过大伙儿也注意到一个有趣现象：

许多豪门族长是带着自己的得意后生前来述职的，有的英气非凡，有的硬朗坚毅，有的唇红齿白，有的风度翩翩。总而言之，都是一表人才。

就连冯妙君都称赞新夏果然钟毓神秀出人才，下廷后还对傅灵川笑侃一句："人数是够了。"美人养眼。谁见着这些美男子心情会不愉悦？

傅国师当场就黑了脸。

这些门阀消息倒是灵通，女王当廷流露出一点不满婚娶之意，他们就送子弟入都！这是希望自家儿郎能入得了长乐法眼，从此平步青云，给家族重新带来至高权力。

她还真能添乱子！

一夜簌簌雪落，次晨却风和日丽，是个少见的大晴天。

冯妙君刚用过早膳，使女来禀："虞史长之子、画师虞琳琅已到，等候王上召见。"

冯妙君才记起这事，点了点头："去东青阁。"

她入主新夏年余，也该造像立册了。几天前进都面圣的西北镇关史虞庚庆听闻，立刻举荐自己的小儿子虞琳琅入宫，为女王造像，并称虞琳琅是丹青圣手，造诣远胜于宫廷画师。

看他自信满满，冯妙君也差人探听。原来虞琳琅今年不过十七岁，却是少年成名，有人评价他"艺近乎道"，一手画工在旧都泸泊城独领风骚。

她刚在东青阁的锦榻上坐下，使女就领着一个少年走了进来。

见着虞琳琅的第一眼，冯妙君就明白虞父为何一力荐之。

这虞琳琅的确是个唇红齿白、芝兰玉树般的美少年，眼有慧光，肌肤如瓷，身上又有一股文质彬彬的清雅之气。乌塞尔城如今美少年如云，形貌比他出众的并非没有，但论起气韵，他却很独特。

虞琳琅仔细跪拜行礼。

冯妙君挥了挥手："省了，给孤好好画像就是。"又问他，"就在这里画吗？"

东青阁是她的书楼。虽然藏书颇丰，但这里专供女王使用，布置得精巧温馨，断不似男子书房那样冷硬。

"园中景致更好，不过天冷……"虞琳琅环顾四周，想了想，"还是在这里吧。"外头虽然晴了，气温却低，要是他撺掇女王去花园取景，万一人家的万金之躯染了风寒，他可要倒大霉了。

冯妙君取了书卷在手："行，画吧。"他画他的，她看她的。

虞琳琅犹豫了一下，小声道："您、您可要换一套妆容？"

冯妙君摸了摸自己的脸："不好看？"

"好、好看得紧。"少年局促一笑，"就是您的发鬓有些儿……素了。"

冯妙君笑了："你只管画就是。孤说过只画这一回吗？"她懒得动弹。

虞琳琅应声"是"，果然收回注意力，摆起画架，磨墨展卷，自做自的去了。

给国君绘像是件十分精细的活计，至少也是三个时辰起画，冯妙君也得配合他。

转眼一个时辰过去，她看完了两本书，正要差人去取第三本，外头陈大昌报："傅国师来了。"

傅灵川走进来，目光先在虞琳琅脸上身上扫荡一番，后者全身心都投入绘画当中，也不向他行礼。傅灵川并不怨怪，只笑着对冯妙君道："听说你要绘像，我来凑个热闹。"说罢，走到画架边上瞭了几眼，"嗯，不错，望能画出你一成美貌。"

冯妙君掩着口打了个哈欠："就是耗时太长，我都有些困了。"

她说得散漫随意，似是将他当作最亲近的人，前两日的针锋相对不知去了哪里。傅灵川反而微微一凛：她越来越会隐藏心事了，连情绪都收放自如。

但他面上依旧笑道："不如走一盘？"

她放下书卷奇道："国师日理万机，竟有时间找我下棋？"

"要陪王上，什么大事都得靠边放。"傅灵川在榻尾落座，自有使女捧上案几，放上棋盘，再端来清茶果品。

这一对弈，就是两个时辰。

傅灵川的棋路绵密，心思隐蔽，冯妙君却是率性直为，左冲右突，最后每每能杀出重围。

傅灵川笑道："长乐的棋艺越来越了得了。"两人上一次对弈还是刚刚抵达乌塞尔城，那时她下手就很凌厉，却不似今日这般灵巧。

冯妙君哼了一声："过奖，可惜还赢不了你。"黑子往钵中一丢，"我认输。"

傅灵川点头夸她："果然识时务者为俊杰。"她丢了大片领地，僵持到最后也仍是这个结果，还不如早早认输节省时间。

"我不是俊杰。"她抿了一口清茶，"我是女王。"

"再来一盘？"

"不了。"她瞟了一眼窗外，见天色正午，"下棋没劲儿，该用午饭了。"

傅灵川这才拣子回钵，一边道："王上在揽秀园下棋，可不止这么点儿时间。"

看来，她和云崿、徐广香的举动没有瞒过傅灵川的耳目。冯妙君也在拣子，手都没停一下："我不多下会儿棋，能谈成协议吗？"

傅灵川望着她的眼神越发古怪了："当日那几局，输赢如何？"

"一负，一胜。"

"看来，长乐的棋力与云国师不相伯仲呢。"

"不。"她很诚实，"他顾全国君颜面，故意让给我了。"

傅灵川今日却没有让。他眉头微微一皱，旋即松开："云国师也大方，为博长乐一笑，愿意一掷五十万银两。"

他连两人当时的赌注都清楚呢。冯妙君抬头一笑："像这样？"

傅灵川移开视线，轻咳一声："画好了吗？"

那边的虞琳琅已经很久没有动作了，似在出神。傅灵川重复问了一句，他才如梦方醒，懊恼道："远未完成，请王上和国师恕罪。"

怎么？傅灵川才一皱眉，虞琳琅已经赧然道："确难捕捉王上神韵十一，请允琳琅带回去雕琢三日，再行奉上！"

"行。"冯妙君站起来挥了挥手，"下去吧。"

待虞琳琅离开，冯妙君才瞟了傅灵川一眼："还有五家未来投诚，你打算怎么办？"

"离期限还剩最后二十天。"傅灵川阴沉一笑，"逾期不至，就以违令谋逆论处！"

那么王廷大军就师出有名了。如今各地门阀都削了军，四海安定，新夏就更有底气对付这几家钉子户了。顺便也让朝野上下见识见识王廷的雷霆手段。

结果，三天后又有一家族长赶到。几乎在同时，长乐女王接到魏国发来的一封信函。

信上的字龙飞凤舞，仿佛还是刚刚落墨时的酣畅淋漓：

允州章氏秋末叛逃，出新夏，往周边列屿。家眷前后三批，共二百六十七人，现有半数扣押于普灵国以西九十里坠龙谷。吾奉之为礼，且为安安宽心解忧，请自取之，不日相见。

落款就一个字：嵁。

没盖章，但她识得云嵁的字。

信上说得很清楚了，门阀章氏率军叛逃，事先送出三拨家眷，结果有半数都被魏军截获。魏人谨守约定，不支持新夏国内叛党，因此将他们逮住，要交给新夏处理，权当是送给女王的见面礼，因为云嵁很快就会过来。

傅灵川看过这封信，面沉如水。

云嵁此举，不仅是向长乐示好，也是向他示威——新夏搞不定的，他能搞定。

"章氏已不足虑。那么，就还剩三家。"冯妙君轻声道，"收回他们手中兵权，我们才能高枕无忧。"

傅灵川点了点头："已去调动兵马。此举，不掩人知。"

王廷准备调集军队，给不听话的豪门一个深刻教训。傅灵川不仅不掩饰这次行动，还要将之昭告天下，最好一口气震慑之，能省掉不少麻烦。

次日，虞琳琅如期进宫送画儿，宫人将他引至东青阁。

新夏女王仍如前一回倚在美人榻上，品一盏茉莉香茶。

她今日同样不施脂粉，然而外罩的深衣是嫩青渐变撒金，绘纹枝花鸟，栩栩如生；头上珠翠亦是青、金二色，配上额间一点翠钿，嫩得仿佛是三月新芽。

虞琳琅抱卷而入，向她行了一礼，再将画卷转给使女，由后者呈给女王阅看。

冯妙君瞟了两眼，轻嗤一声："嘴太小，眼角太高，这便是西北丹青圣手的水准吗？"

虞琳琅蓦地抬头，定定看着她，目射奇光。

这行为实在无礼，女王身畔的使女顿时喝道："放肆！"

冯妙君抬手阻住，看看眼前这人有何话说。

"宫廷造像确非虞某所长。"他慢慢道，"只作君主立像，实是辜负了王上的容貌。"他的目光顺势往前，正好望向她胸口，"王上今日精心装扮，但好似还少一件首饰。"

"哦？"

"请容我献上。"

冯妙君微一颔首，他才缓缓从怀中取出一只锦囊。使女待要上前接过，冯妙君已经先一步抓过锦囊，倾倒在手心。

那是一条项链，坠子是串葡萄，雕工很好，边缘还被精心打磨过。葡萄上趴着一只小松鼠，是漂亮的粉玺。

冯妙君望着它，瞳孔微缩。

良久，她才将坠子对光举起。借着窗外透进来的阳光运足目力，才能看出松鼠身上有一条细不可见的缝隙，显是断后重合。

最后还是虞琳琅出了声："王上？"

她喃喃道："拿一条残次品给孤，你就不怕掉脑袋？"

"见仁见智。"他低声道，"在旁人那里只是残次品，在我而言，却是无价珍宝。"

冯妙君目光闪动，好一会儿才道："收下了。"遂将项链拢入袖中。

他的目光盯在她胸口，几近无礼："王上何不戴起试试？"

冯妙君微微一哂："虞琳琅，你逾矩了。"说完她目光流转，向周围使女道："都退下。"

周围的宫人听令后快速离开。

她们一走，冯妙君就拉下了脸色："老实交代，你把孤的画师弄去了哪里？"

他一脸诚恳："方寸瓶。"

这一下，他原本的声线暴露无遗。

她怀疑地打量着他："你什么时候顶替了他的身份？"

"昨日。"他笑了。

"所以，这幅画还是虞琳琅画的？"

"是。他在方寸瓶里将剩余的部分画完了。"

她忍不住嗤了一声："我就知道，你没那本事。"

他嘴角扬起："我的本事，安安试了便知。"

这家伙真是随时随地都能调戏她。冯妙君忍不住冷笑："你好大胆子，当我这王宫能够来去自如？"

"我今日应女王召见而来，怎能说是来去自如？"说到这里，他神色微变，以两人才能听见的微弱声音快速道，"傅灵川来了，在三十步外。"

傅灵川来了？上一回他就不放心她跟这俊秀画师独处，特意要来盯着。冯妙君眼珠子一转，计上心头："借你一用，不许动！"说完就抬起他的下颌，一个吻盖了下来。

这一瞬间，两人都是怦然心动。

云嵂错愕不已，那双唇上柔软的触感让他的神志暂时陷入懵懂，身体却忠诚地第一时间做出反应。

根本不管她"不许动"的命令，他双臂一抱，将她牢牢箍住。

她生气地挣了两下，他却千辛万苦挤出两个字："来了。"

傅灵川已到门外。

　　罢了，既然要演就演足全套。她一下停止挣扎，反手抱着他的脸，丁香暗渡，亲得更加起劲了。

　　倒不全是做戏。夜深人静的时候，她偶尔也会想起两人唇齿相依的感觉，那种面红心跳，那种抵死的缠绵。

　　真的只是偶尔，但不妨碍她现在舒舒服服地享受一把。

　　哪怕知道傅灵川马上露面，她仍伸出小手环绕上他的脖颈，紧紧抱住。

　　她越用力，"虞琳琅"越放松，干脆将自己的手收了回来。

　　于是傅灵川踏入阁中见到的第一幕，就是她居高临下，抱着虞庚庆的小儿子亲得难解难分，后者反倒有些手足无措，连手都不知道往哪里放。

　　仿佛兜头一盆冰水浇下，滋上来的却是蓬勃的怒气。在傅灵川神志反应过来之前，自个儿已经一个箭步冲过去，伸手要将他们分开。

　　"长乐！"这一声暴喝，震得杯中的水面晃荡不已。

　　冯妙君却依依不舍地松开郎君，傅灵川甚至能听到他们双唇分开，发出"啵"的一声。她往后退一步，避开傅灵川的手掌，娇颜上犹有红晕："国师大人，你这是要跟孤动手？"

　　"你、你怎可……"傅灵川不敢再看她，只恐自己盛怒之下忍不住出手。他蓦地瞪向"虞琳琅"，目光仿佛可以吃人，"滚下去！"

　　"虞琳琅"往外一步，冯妙君却抓住了他的胳膊，曼声道："怕什么，乖乖听话，自有你的好处。"

　　话语间，极尽轻佻。

　　傅灵川目眦尽裂："长乐莫要胡闹，你是一国之君……"

　　"孤乃一国之君，宠幸个男人怎么了？"她嗤之以鼻，"还有三宫六院要填满呢。"

　　傅灵川气怒如狂，再忍不住，一剑刺向"虞琳琅"。

　　他不能伤女王，但杀掉她看上眼的男人倒不是难事。

　　他暴怒之下，剑罡伸出三尺有余，足够将"虞琳琅"开膛破腹的了。不过冯妙君岂会坐视不理，大袖中探出星天锥，一下将他攻击荡开，另一锥直指他颈部动脉。

　　转眼间，两人交手七记。斗室内剑气纵横，壁上的挂轴都被割坏。

　　陈大昌不知从哪里奔进来，挡在冯妙君身前。

　　这时但闻"当"的一声悠响，傅灵川退开两步，冯妙君负锥而立。

　　陈大昌低喝一声："傅国师，你敢对国君动手！"

　　冯妙君下巴微抬，满面都是倨傲："注意你的身份，国师大人！"

　　逼人的寒气从她站立之处向四面延伸，不出几息工夫，温暖如春的室内就变成了冰窖，墙壁、桌椅，乃至墙角的花枝上都结出了厚厚一层白霜。

　　"虞琳琅"也呵出了白气。

　　被这寒气一激，傅灵川忽然清醒过来。他在做什么，跟女王动手吗？

　　这要是传扬出去，可是会招来天下声讨的把柄！

　　他一下泄了气，退开两步，咬着牙道："王上宽宏，是我逾矩了。"

　　冯妙君眼里闪过失望之色，半秒而逝："朝政由你把持，我的生活可轮不到你来管。你敢插手，我就把你的手剁了！"这几句声色俱厉，但她转头对着"虞琳琅"一笑，却如春风化雨，"宫中无趣，你陪我去观雪，我知道有个地方挺不错哪。"宫里全是傅灵川的耳目和阵法，她要找个清静之处跟他商量。

　　"虞琳琅"应了声"是"，扶着她转身往外行去。

　　他不必回头就知傅灵川紧盯住他后背，目光如刀如剑，恨不得戳他几个窟窿出来。

君
臣
博
弈

飞瀑山庄在乌塞尔城以东四十里外，依着一个瀑布群而建。

这里可是有大大小小十二座瀑布，或壮观，或精致，或一涧飞流，或气象万千。

春夏秋时，这里可赏花海竹林，飞珠溅玉；到了冬天，水结成了冰，瀑布还保有水流奔腾的模样，就像将最壮观的一瞬间凝结在了时间的夹缝之中，供人赏玩。

飞瀑山庄是王族的产业，外人无权进入。风景最好的精舍就建在山崖上，眼前是瀑布，足底是深潭，坐在回廊上即可赏冰瀑美景。

外头数九寒冬，精舍中却是暖意融融，有暗香浮动。

两人分乘两辆车过来。进这暖室，自有使女替两人除了大氅，端来果品与暖炉，冯妙君即挥了挥手："下去。"

下人退出去帮他们掩了门。一直站在她身后、状甚恭敬的"虞琳琅"一秒也不浪费，上前一步，伸手来揽她的细腰。

她早有准备，一个错步就在四尺开外。

不过她刚刚站定，眼前一花。那人竟然如影随形跟过来，猿臂轻舒，那双手的目标不变。

冯妙君柳眉竖起，轻喝一声："让开。"同时一拳冲他面门而去。

她带他来，是要谈正经事的。

拳劲凶猛，若真是打实了，那张俊脸非被打成肉饼不可。

这人侧头躲过，叹了口气："真狠心。"她生得虽美，却是带刺的玫瑰，不曾剪爪的小猫。每次亲近之前都要先把她的武装卸了，也不知算不算一种情趣。

一推手将她粉拳包住，他去捏她脖颈，结果底部微风飒起，却是她毫不犹像抬足来踢。

她还算留了几分情面，没瞄准他的要害，只踢膝关节处。

云崟不得不退开一步。

冯妙君微松一口气，站定道："不许动手动脚，我有话……"

"说"还未出口，一股充沛的力道就从他掌心传来，透过她的拳头入侵奇经八脉。

那力量气势汹汹，却无比熟悉。与此同时，丹田的鳌鱼印记传来惊人吸力，要将她的灵力全部抽吸干净。

冯妙君哼了一声，毫不犹豫地提气反击回去，同时守稳丹田，再催动印记反吸。

同样的灼寒两极属性，同样的澎湃滔滔如江河。所不同的是，两人之间的较量就像雄狮与小虎，雄狮虽然力大无穷，但小虎也露出狰狞爪牙，腾挪扑跃间更显灵活。

他毫不掩饰脸上的惊讶。灵力比拼最作不得伪，分别不到一年，冯妙君就隐约初显与他分庭抗礼的架势。并且她第一次反攻回对方肌体之中，就分兵三十余路，躲过主人家的追捕，专找最僻涩的经脉攻击，并且每一路的劲道都不相同。

精微、刁钻，准确、凶狠，显出她对灵力不可思议的控制力。这就不单是修为深厚才可了，只有神念极其强大方可办到。

僵持不到一小会儿，他就咦了一声，忽然缩腕一个闪身，绕到她身后去，依旧是双手抱她腰部。

这家伙真跟牛皮糖似的。冯妙君气极，转身一掌朝他胸口拍去。

她力量强横，这一下若是拍实了，金石可裂，何况人身？

然而这一下他竟然不闪不避，依旧很执着地去抄她的小蛮腰，留下胸前空门大露，令她可以轻易将他击成重伤。

冯妙君那一击，果然准准儿印在了他的胸口上，但这人却没有口吐鲜血、倒飞出去。

因为她在最后一瞬卸去力道，变作了不痛不痒的一推。

她还是下不了手。

他已经抱住了她，这会儿就带着她后退两步，一个旋身，恰好将她抵在大柱上，让她退无可退。

冯妙君瞪着他，戳了戳他的胸口，指尖传回硬邦邦的触感："放肆，我要砍了你的脑袋！"

他低着头，两人气息交缠："王上带我来此，不就是要宠幸我？"

说话间，他周身传来咯咯的细微骨响，而后身形变得高大，个更高、肩更宽、胸更阔。这才是冯妙君熟识的体型。

虞琳琅比他更瘦弱细长，难为他用上缩骨功委屈自己。

她臂上寒毛竖起，没好气道："只是找个安静说话的地方，你退开，我有话与你说。"

"只是说话？"他幽幽一叹，声音细若蚊蚋，"安安利用我气完了傅灵川，就要将我抛开一边吗？好没良心。"

他看出来了，她带他出门不过是给傅灵川火上浇油罢了。冯妙君心中一凛，他却已经接着道："我从来不做赔本买卖，这会儿要收点报酬。"说罢用身体挤着她，手上也不闲着，不知何时拉开她的腰带，很灵巧地从下摆探了进去，绕过小衣，摸得一手细密软腻。

腹部突然被大掌贴住，她下意识惊呼一声，双手去推他胳膊。云嵝借机低头，一口噙住了她的唇，另一只手固定住她的小脸，不许她躲避。

"放……唔……"这个吻可比东青阁里的狂暴多了，她张口想骂，却被堵得只能唔唔几声，深觉自己快要被他囫囵吞下。

云嵝方才被她撩得心头火起，东青阁里那一记吻对他来说不过开胃菜，她的滋味太美好，这回又加进一点点茉莉花的香气，让他浑身每个细胞都充满了渴望。

冯妙君好不容易避开他的唇，一时气短，用力拍了他两下："滚开，你不是嫌我的嘴太大！"

"刚好适合我亲。"

"做戏要做足，你是不是想激得傅灵川沉不住气？"他声音很低，只有彼此听得见，"门外站的，不是你的人吧？"

她咬了咬唇："不是。"

"那便让他们好好听一听。"说罢，他又低头，这次的目标却不是她的嘴了，而是她小巧的耳垂。

麻痒袭来，她打了个寒噤，下意识又想推他，这回却没将他推动。

冯妙君娇吟一声，在他的热情中软了身子，小手却慢慢抚过他精巧的锁骨，抱住了他的脖颈。她从不承认，自己一直想念他，也想念他给予的销魂滋味。

云嵝这个名字，从很久很久前就刻进她的心底，让她不敢有一日稍忘。

她的半推半就，激得他热血沸腾。但他依旧极尽克制，没将她的衣衫尽数撕掉。冯妙君昏沉中还保有一线清明，抓着自己襟口摇头："不，不成！"

"别怕。"他一边亲她，一边哄她，"今回我不会真要了你。"

"当真？"她不安地扭动身子，避开他的手，"发个誓来听听！"

这也要发誓？云嵝一怔。他向来最讨厌立誓，但这会儿情急之下也不得不应着景儿发了个毒誓，特别毒的那种。

他的誓言让她莫名安心，终于放下手闭上眼，一副任君采撷的模样。下一瞬，她身体一轻，居然被他从柱边抱起，一下压到了门上。

结实的木门被他的粗暴惊得嘎吱一声悠响。他终于剥开阻碍，一低头，埋进了衣衫翻飞露出的那一片玉雪玲珑之中。守在外头、仅有一门之隔的宫人听到门里传来奇怪而暧昧的声响，还有他们尊贵的女王抑制不住的娇吟。

那动静初如莺声呖呖，还有两分脆生生的笑意，后头却渐转甜腻，像是熬煮好久、浓得化不开的蜜糖。再然后就是一声声的哀求，一声声的告饶，听得人骨头都要酥软，却没有半点作用，只让趴在身上那人更想欺负她了。

站在外头守门的，个个面红耳赤，心如猫抓。

冯妙君从一片茫然中回过神来，半天才找到焦距。

云嵘的确信守承诺，没将她真正吃掉，不过他现在正专心致志啃咬着她浑圆的肩膀，给她在麻痒中带来一丝轻微已极的刺痛。

"你做什么？"她的声音都哑了。

他松开口，满意地点点头："做记号。"

冯妙君对他这么孩子气的举动哭笑不得。想将他推开，哪知这人推金山、倒玉柱一般瘫在她身上，嘴里嘟哝道："安安，我好难过。"

一句"哪里难过"到了嘴边，硬生生被她憋回去了。因为他狠狠拱了她两下，让她真切地体会到他哪里难过。是个男人都会难过。

她满面红晕，下意识扭了一下："起开。"

"别动！"她想要他的命吗？云嵘口干舌燥，贴着她耳朵低低说了一句。

冯妙君如被蜂蜇，一下扭开头啐道："不要！"

"没良心！"他声音里是说不尽的幽怨，"点了火却不帮灭！"

她毫无同情心："你自找的……啊！"

他在她颈上咬了一口，毫不留情。

冯妙君凤眼圆睁："你是狗吗！"待要挣开，他一把将她紧紧抱住，蹭了两下，"乖乖让我抱一会儿，不然我让你也一同难过。"

他的确可以让她很"难过"。冯妙君身子还是软绵绵地使不上劲儿，这下听进了威胁，果然一动不动。

云嵘换了个姿势从后头抱着她，脸颊埋在她肩颈，呼出的气息烘得她灵敏的耳朵一阵滚烫。

"别动，乖乖的，别动。"他声音紧促，把她箍得更紧，这会儿根本意识不到自己用力奇大，普通女子怕不早被他箍碎了胸骨。

冯妙君猫儿一样蜷在他怀里，果然乖巧地一动不动。

也不知过了多久，他身体不再紧绷，热度渐渐消退，手臂的力道也放松下来，指尖无意识摩挲着她的小腹，痒意轻如鸿羽。

冯妙君这才转过头看。

"这样会折寿！"他蹭了蹭她的脸，"下次……"

下次也不成。她心里想着，赶紧整理好衣物，免得再刺激这人狂性大发。

云嵘一瞬不瞬地瞧着，忽然将她转了回来："好了，我们还有一笔账要算。"说到这里，他的脸色忽然沉了下来，"女王大人要建后宫是怎么回事？"

她眨了眨眼，满脸无辜："我说过这话？"

"你要礼监部重修后宫章程，全乌塞尔城都知道了！"

后面这几个字，说得咬牙切齿。

冯妙君面对傅灵川的质问很是坦然，可在即将喷火的云国师面前不知怎的，竟有两分心虚。她摸了摸鼻子："只是修改体例，毕竟我是女王，从前的后宫规定都是专给男性君主的。"

"是吗？"他眯着眼，"你想改成什么样，用各色美男子将后宫填满吗？"

冯妙君哼了一声："有何不可？哪个王上没有满宫嫔妃，怎么到我就不行？"

云嵫定定地看着她，冯妙君亦毫不退让与他对视。结果这家伙最开始还是满眼怒火，越是看她，后面神色反而越发平和，嘴角甚至微微一翘："你不会。"

云嵫懒洋洋道："你都不敢与我共赴极乐，其他男人远逊于我，你又怎么看得上？我家安安眼界高，宁缺毋滥。"心里却打定了主意，她再瞧上哪个，他就杀掉哪个。

她红着脸，呸了一声。他绕个圈子，最后把自己好一顿夸。

冯妙君正了正脸色道："不过是找个逼迫傅灵川的理由，等这次风波过完，理由也就用不上了。"

云嵫心里其实还有两分憋气。可她现在贵为女王，的确有招纳王夫的权力。

他撇了撇嘴，忽然道："项链呢？"

冯妙君一伸手，拣出那条葡萄松鼠链。

云嵫接过，挪到她背后，替她换上。

她的颈很细，曲线优美如天鹅，肤质细腻如白瓷，偏偏上头又布满了他留下的印记，云嵫看得喉结上下一动，直想再亲下去。不过为自己着想，只得忍住！

"好了。"一阵窸窸窣窣过后，项链换好了。云嵫目光紧紧盯过来，"果然还是这项链好看。"

"谁补好的坠子？"她把玩着胸前的链坠子。

他顿了顿才道："陆茗。"

"补得真好。"冯妙君细看那只松鼠，啧啧赞叹，"想不到他的手那么巧，心那么细。"

她今日涂了粉甲，更显十指软嫩柔滑，抚着松鼠的模样像是抚着珍宝。云嵫忽然不爽，凭什么被夸的是陆茗，他干吗把功劳无故让给别人？

他扁了扁嘴，毫不脸红："是我补的。"

他尝试了好几个晚上，才勉强把松鼠拼合好。这种精细活儿，任他空有满身神通也是半丝儿都用不上，吃的都是水磨工夫。

冯妙君心里受用，却要给他一个白眼："小气，都舍不得送我一条新的。"

"我可以送你别的礼物。"

"什么好东西？"

他笑着摁了摁她身上的吻痕。

冯妙君一把将狼爪子打开："你的心疾最近好似没有发作？"

"嗯，不怎么复发了。"他将她的小手贴在自己胸口，"血树花粉效力强大，有调养之功。"否则他也不必花恁大力气去崖山地底抢夺血树，"不过病根还在，我不能长时间与同阶大能动手。"

"这么多年，就寻不到除根之法？"

"寻到了。"他长叹一口气，"可是做不到。"

"你是中了诅咒吗？"她眨了眨眼，"燕王得了金枝玉露，饮下可解世上一切咒厄。你可以去试着弄一滴来。"

云嵫摇头："如是诅咒，我早就解掉了，这是夙愿。"

夙愿？冯妙君听不出他说的是夙愿还是宿怨，见他不想再说下去，也就没有继续追问。既然都来了这里，两人索性放开心事，在雪原冰瀑上好好玩耍一番。侍卫远远在后头跟着，他们只当不见。

傍晚，新夏女王才重新返回乌塞尔城。

临行前，云嵫再一次正色道："我帮你对付傅灵川，你把婚事压后等着我，可成？"

冯妙君默然，许久才问他："为何定要娶我？"她做过什么，让云嵫能够情根深种？

"我想娶，定然就要娶这世间最好的。"他眼中绽出深情，抬起她的小手亲了一口。

冯妙君嘴角轻扬，可惜这不是她最想听到的答案。

"无论你有何算盘，莫伤傅灵川性命，他为新夏鞠躬尽瘁，并无贰心。"她与傅灵川之间并无恩怨，只是权力争夺，得饶人处且饶人。

云嵫抿了抿唇，不悦溢于言表："政事凶险，时局千变万化，我现在应了也作不得准。"打蛇不死，反随棍上！

冯妙君看他一眼，知道他恨不得傅灵川死。心中另有计较，她即时转了个话题："虞琳琅还活着吗？"

"还没死。"云嵫淡淡道，"还未到他死时。"

冯妙君神色一动："你要杀了他？"

"他也只有这点儿用处。"云嵫目光不善，"怎么，你心疼了？"

"他与人无争，没有必死之理。"冯妙君摇头，这人造的杀孽太重，当年为了一株血树就让崖山里面数万生灵灰飞烟灭。这里是她的王国、子民，可不能再任由他胡作非为。

"妇人之仁。"云嵝轻哼一声,但很快就道,"我尽量。还有,不许垂青其他男子!"话到这里,还是忍不住流露醋意。

现在人人都知女王要礼监部重修后宫条例了,虽知这是她应对傅灵川的手段之一,云嵝依旧气恼。这个先例一开,再加上她青睐虞琳琅的风言风语很快也会传开去,后面追逐她的男子必定像闻着香气的苍蝇,赶都赶不跑,杀都杀不完。

女王回了宫,云嵝也仍化作虞琳琅的模样返回虞府。

用过晚饭,他就遵从正牌虞琳琅的习惯缩回书房。

不过身在异地,仿的又是高官子弟,他自然会提起心神留意外头动向。神念扩展开来,监视着府邸里的风吹草动。

修行者的耳目太灵敏,尤其到他这个境界,每分每秒传入耳中的声音不下千百种,分辨起来也煞费功夫。

入夜不久,他就听到离书房不到二十丈远的后厨传来下人的闲唠。

婢女嗑着瓜子道:"三少爷这几天回府都是大门不出,紧关书房。"

小厮:"三少爷给王上绘像,当然要全心全意,不能有闪失吧?"

"话是这样说,可他连墨彻也没问起。"婢女道,"从前他跟墨彻形影不离,老爷要杀掉墨彻,三少爷还拼死拦着,不惜以命相胁。结果这才跟墨彻分开几天,他就连提一嘴都不曾。"

小厮道:"三少爷以后要娶妻生子,墨彻跟不了他一世。我看墨彻聪明些儿就该自行离开,兴许老爷还能留他一命。"

另一人道:"老爷说要还了他的契,再给他纹银一百两,就这样墨彻都不肯走。我听马夫说,现在他被打个半死扔在那农庄上,老爷交代不给医药,就算他能熬得住,以后也是个残疾。嘿,少爷会要一个残疾不?"

话音刚落,厨门吱呀一声响。

三人回头一看,三少爷站在身后,面无表情:"墨彻在哪儿?"

次日,城郊农庄。紧锁的草料房被打开,云嵝站在门口,望见这阴暗的角落里蜷着一人,血迹斑斑。

那人趴在草料堆上,闻声抬起头来,却是个细眉长眼、异常秀美的少年,年纪在十四五岁。

他望见来人,满面都是喜色,挣了两下却站不起来,口中只低低道:"琳琅!"

这一声若小兽呜咽。

云嵝看得额上青筋一跳,接着却笑了:"甚好,看来你还能救心上人一命。"

直到第二天廷议，冯妙君才见到了傅灵川。这人面色如霜，眼角都是血丝，连处理政务时也显得暴躁易怒，王廷弥漫着一股低气压，连一向最没眼力见儿的红将军也不想触他的晦气。

冯妙君明白，那些个宫人必然将她在飞瀑山庄的荒唐事报给了傅灵川知晓。她也是佩服他，气怒交加之下还能秉公办事，将廷务梳理顺畅，一如既往。

果真是公私分明好涵养，冯妙君都有些不忍心对付他了。

冯妙君安静候了几天，都不见傅灵川出招，不由得暗自佩服这人的隐忍功夫。她倒也没闲着，陆续接见和安抚了许多门阀，对他们带来的自家后辈也是和颜悦色。

这日冯妙君接见的是呼延家。

呼延家是西部大族，光是常备军就有十三万，且素质与军备都远远高于其他军阀，也是历年来抗击魏国的主力。

与长乐女王寒暄家常的正是呼延氏的家主呼延备。傅灵川也在场，以示重视。

两人说了些场面话，而后呼延备就介绍起站在自己身后的孙子呼延隆了。

呼延隆今年刚满二十岁，遗传了家族的好相貌，猿臂蜂腰，长眉修目，更难的是俊美中还带着武将的英气勃勃，比起傅灵川也不遑多让。他看起来也甚是稳重，除了望见女王的第一眼露出意外神色，后面就敛眉垂目，不曾再抬眼看她。

直到祖父向女王引荐他，他才推金山、倒玉柱般地跪了下去，行动有风。

“起来吧。”冯妙君笑吟吟地打量着他，暗道这人身上竟有几分苗奉先的英雄气度。

呼延备见她望着自家孙子的神色柔和，心里欢喜，即道：“臣甫临乌塞尔还有些事务要办，恐不能时常聆听圣音。隆儿久慕王上圣颜，平日里可以代我陪您多说几句话儿。”

“好啊。”冯妙君目光在呼延隆身上一转，嫣然一笑。

旁边的傅灵川暗自握紧了铁拳：“王上最近忙于会见，形容都有些憔悴，还是要多休息为妙。”

后面高官子弟再要求见王上，傅灵川一概代为拒绝。

冯妙君在宫中待了两日，甚感无聊，想要去郊外玩耍，可是一行人未出宫门就被守卫拦下，言王上近来疲敝不宜走动，国师大人请女王静养身体。

这是要将她隔绝在深宫当中，并且也不允下臣来见了。冯妙君也不气恼，笑吟吟地转身回去了。

这天下午，陈大昌也没有出现——他也被拦在了宫外，不得与冯妙君相见。

傅灵川打算彻底孤立她，斩断她与宫外的一切联络吗？

冯妙君也不去将他找来痛骂一顿。看在傅国师劳苦功高的分上，她让他一次先手。要是他只有这点儿力度，那后头就真别怨她。

她给过他机会了。

没过两日，傅灵川就接到线报：女王出游白马湖，呼延隆作陪。

傅灵川大怒，拍案而起："谁领她出去的？"

"宫人不知。"侍卫跪地不起，"女王自行出宫，不曾通过内侍监。是白马湖边有贵族亲眼见到女王，跪拜行礼，这才传出消息。"

傅灵川薄唇紧抿。他对她，果然还是手段太温和了。呼延家手握重兵，又非傅灵川一党，傅灵川最忌惮的，就是呼延家与女王接触，现在倒好，怕什么来什么。

这是她逼他的，后头莫要怪他心狠！

他正要更衣赶去，外头却传来了第二个消息。

这个消息更劲爆，连傅灵川一时都忘了白马湖之行，变色道："什么！"

与此同时，消息也通过陈大昌之口转给了冯妙君："虞史长之子虞琳琅遇刺！"

边上的呼延隆就见到一直矜持微笑的女王大人花容变色，大惊道："死了？"

她那么关心虞琳琅？他皱起了眉。

"活着，但是身受重伤。"

呵，她怎么忘了，那人是死是活她应该最清楚不过。冯妙君稍微放心，仍正色道："起驾，去虞府，再给我彻查此事。"

虞琳琅参加完雅集之后，在回府路上遇刺。随行的两个小厮死了一个，是飞身挡在主子面前，结果被直接腰斩；另一个被刺穿了肺叶，但他的呼声惊动了路人围观，凶手逃走。

虞琳琅本人同样身受重伤，右腹与左腿均被洞穿，动脉出血，肾脏都伤了一个。

国君的御驾摆到虞府时，太医已在里面抢救，但奴婢从房间里端出来的血水一盆又一盆，显见得伤势危急。

冯妙君看得头皮发麻、背心冒汗，不顾臣子连声"使不得"的劝阻，一掀帘闯了进去。在看清其人后心底微微一松。

不是云嵯。

这个躺在床上面无人色、生死不知的男子，不是那该死的妖孽。

她为云嵯疗伤换药无数回了，世上大概再无第二人像她这样了解他的身体，只消一眼，她就能看出这不是云嵯。所以，那是谁？

她面上一派关切："虞琳琅怎样，可有性命之忧？"

"血堪堪止住。"太医也是满头大汗，"肾脏受损严重，但他年轻，生命力旺盛，后期如能用上专供王室的几味秘药小心调养，或有转机。"

冯妙君点头："准了，去取来用上。"

她稍稍放心，也就转身走了出去，刚到中庭，恰好与赶来的傅灵川打了个照面。

傅灵川面色阴沉得快要滴下水来，见冯妙君在这里，嘴唇快要抿成一条直线："王上来得好快。"他接到消息后还处理了些事务才过来，可是冯妙君的速度不慢哪。

冯妙君却是面凝寒霜，凤眼含威："国师却来得好慢，中途有什么事耽搁了？"

她对这虞琳琅是有多爱护，竟然凭此指责他？傅灵川一双长眉拧起，好一会儿才缓缓回落："下令抓捕凶手去了。"

这倒是正事。冯妙君面色稍霁："那个重伤的随从还活着吗？"

边上即有人答："活着，正在处理伤势。他神志清楚，因此缉警司正在录问凶嫌形貌。"

冯妙君点了点头："此事要严查到底。另外，发讯通知虞庚庆，准他返都。"

她是国君，到臣子府上稍做慰问就该回去了。不过冯妙君离开之前还添了一句："陈大昌，你留下守着。"

"是。"陈大昌自然不会有任何异议，可是傅灵川目光一下转冷。

她为什么令自己心腹留守于此，是恩宠虞琳琅太过，还是信不过谁呢？

这时女王又悠悠补上一句："以免凶手再转回来灭口！"

在场的人听了，都是神色各异。

这场刺杀案的现场，几乎找不到什么有用的线索，凶手办事利落，来去无踪，自己甚至没有受伤。

留下的两名活口，虞琳琅的小厮当天就录了口供，但依此画出的人像很是抽象。想按图索骥，在几十万人的大城里几乎是不可能的。

只能等虞琳琅醒来再作处理。

在太医的努力下，虞琳琅的命是保住了，转作高烧不退，神志昏沉。

三天之后，虞庚庆从外地马不停蹄赶回乌塞尔，看过儿子之后就扑进宫里，跪在女王面前求一个公道。

冯妙君也是肃声正容宽慰之，并且力保一定严查不贷，直到揪出凶手为止。

虞琳琅也是争气，次日就醒了。

他花了半天时间恢复神志，进食米汤，而后就一语惊人。

凶手蒙面而来，但被他扯落面巾。露出来的那张脸，虞琳琅是认得的。

这个人，叫作石章青。

消息传出去，满城轰动。那不仅是因为凶手的身份终于浮出水面，更在于"石章青"此人，乃是在傅灵川手下办差的修行者！

这可是一记震天雷，闻者无不骇然。

傅灵川第一个接到消息赶来，在国君召见大臣的便殿，虞庚庆已经控诉了两刻多钟，见他进来，眼中顿时射出刻骨的仇恨。

冯妙君放下奏疏合在桌上，对傅灵川点头："国师来了。"三言两语将虞庚庆的参奏说了，没有添油也没有加醋，只问傅灵川，"你怎么看？"

傅灵川为冯妙君出奇和蔼的态度而微感吃惊，而后道："当日我已将虞琳琅调离都城，前去帮助虞史长，石章青和他并无私怨，也没有刺杀他的理由。"

虞庚庆冷笑："调走？或许先放个调令出来再将他杀害，旁人就不会疑心了。"

傅灵川看也不看他一眼，只对冯妙君道："不过石章青作为唯一嫌犯，我不护短，必会将他交出审查。"

"想必国师事先已经审过了。"冯妙君指头在案上轻点两下，"他此刻何在？"

"封住修为，送到刑部了。"

"将虞琳琅的小厮也抬来。"冯妙君站起，缓缓道，"我要亲审。"

刑部的讯室并不是一个能让人很愉快的地方，四壁上总有些可疑的色块，连气味儿都让人毛骨悚然。

王上亲临，这里本要先打扫一番，冯妙君却没那个耐性，直接让人把虞琳琅的小厮给抬了进来。

"带进来。"她一声令下，小门打开，有七名囚犯被拖了进来，每人手脚上都挂着镣铐。

冯妙君令这七人都面向她，拨发、抬头，站立不动。而后她问那勉强坐起的少年："你来辨认，哪个是凶手？"

讯室的桐油灯点得很亮，这几名囚犯的面貌清晰可见。

小厮目光从他们脸上一一扫过，忽然打了个寒噤，指着第五人大声道："就是他，就是这人！他化作灰我都认得！"

冯妙君伸手一拂，其他六人都被带了下去，只有小厮指住的这个人留下了。

此人左脸上有三道血痕，瞧着有些吓人。他还死死盯住小厮，像是恨不得将其噬杀。

她懒洋洋道："名字？"

"石……"他嗓子干，咽了下口水才接下去，"石章青！"

"果然他认出是你。"冯妙君举起桌上的清茶，啜了一口，"你有何话说？"

"子虚乌有！"石章青大声道，"石某已和国师申辩，从未见过这人，当天晚上、当天晚上有些蹊跷！"

"石某？"冯妙君抚着自己指尖，若有所思。

立在一边的傅灵川沉下脸："在王上面前，也敢这样放肆？"

石章青这才抬头看了冯妙君一眼，沉声道："小人记得当晚在家安寝，一夜都未曾外出。除非我……除非小人能梦游出去杀人，否则与这对主仆毫无瓜葛！"

他是修行者，眼前的女王虽然身居高位，却是不折不扣的凡人，又被傅国师掌控着，他心底对她生不出敬畏。冯妙君自然也听出来了，毫不客气地道："你在家中过夜，谁能证明？"

"家中仆妇……"

冯妙君一抬手："你家的下人，自有人去提审；可还有旁人能给你作证？比如当晚有人在你家中饮酒、夜谈？"

石章青一怔："没有了。"

冯妙君细细打量着他："那么你脸上的血痕，是睡出来的？"

石章青下意识摸了摸脸："这便是蹊跷所在。睡前还没有，醒来却多了三道血口子。当时摸着疼，睡时却无感觉。"他提声道，"小人认为，这是有人故意栽赃陷害于我！"

边上虞庚庆冷笑着想要开口，冯妙君冲他摆了摆手，才叹了口气："也就是说，虞琳琅主仆遇害当天，你只是在家睡了一晚，醒来脸上多了三道血痕，还不知从何而来。是吗？"

"是……"

话未说完，冯妙君已经拿出虞庚庆的奏疏，在他面前一晃："根据虞琳琅自己描述，搏斗中恰好抓下凶手的面巾，也在那人脸上，唔，左脸上留下抓痕。"她慢条斯理，在石章青愤怒的目光中继续道，"正巧，也是三道呢。"

石章青打了个寒噤，大声道："这便是栽赃陷害，绝非小人所为！"

"你认为，是谁栽赃给你？"

这问题，石章青已经想了个把时辰，这时就凝声答道："这城中有许多人对国师不满，或许是他们……"

"或许？"虞庚庆再忍不住讥讽，"你这里罪证确凿，还敢狡辩有人'或许'栽赃？"

石章青扑通一声跪到地上："求王上、求国师明察，还我清白！"

傅灵川轻轻吐出一口气，才对冯妙君道："将他带下去严审，王上以为如何？"他也不信石章青会袭杀虞琳琅，其中必然还有玄机。可是眼下人证物证俱在，石章青百口莫辩，而傅灵川自己也即将遇上大麻烦。

这些天，他派人去暗杀地点查探过不下七八回，都没找到任何有用的线索。

天快亮了。

他一转头，望见虞庚庆不加掩饰的仇恨眼神，当即明白：明日的廷议，必定是好生热闹。

"国师大人。"虞庚庆冷冷开口，"我们两个时辰后再会！"

　　冯妙君觉得，自从打败普灵国以来，王廷上很久都没有这样热闹过了。

　　经过一场夜审，虞庚庆回去只用了一个时辰就写好了新的奏本，声情并茂，并且恳求王廷抓捕幕后真凶，绝不姑息纵容。

　　谁都知道石章青是傅灵川手下，他这一闹，等若直接把傅国师给告了。

　　傅灵川当然不会坐以待毙，冯妙君还未出声，他就已经道："此案尚在调查中，证据不明朗，不可妄下定论。虞史长不必忧急，王廷会还令郎一个公道。"

　　"不明朗？"虞庚庆冷笑，"凶手落网，脸上凶痕与我儿子所述一致，人证物证俱全，傅国师还想要怎样的证据，能给石章青开罪的吗？"

　　傅灵川手下一名大臣上前半步，呵斥道："虞史长，尊卑有序，不得妄言！"

　　虞庚庆仿若未闻："小儿出事那日，国师就着人查探，到现在可有一点线索？"

　　傅灵川面沉如水："案发不足一个时辰，我手下方士就行寻踪觅影之术，可惜凶手狡猾，用神术匿去了自身气息。"

　　虞庚庆冷冷道："是吗？亦即是说，傅国师主持追凶毫无进展，还要等我孩儿醒来指认凶手，国师却又拒不承认。"

　　就在这时，徐陵海突然也走出来，面向冯妙君先恭敬行礼，再高声开口："禀王上。"

　　在这一团乱糟中，他是礼数最周全的一个。冯妙君露出一个鼓励的笑容："徐卿道来。"

　　"当日那巷子里没有其他目击者，只有虞小公子主仆三人和凶手知道事情经过。如今虞小公子两人都认定石章青，后者矢口否认，症结在此。"徐陵海沉声道，"幸好死者还未过头七，当时搏斗激烈，凶手也无暇消灭他的魂魄。臣有一请，何不施回魂之法，招冤魂前来指认？"

　　招魂认凶！众人面面相觑，均觉可行。

　　傅灵川长眉皱起："回魂术至今失传，仓促间哪里去寻这样的人才？"

　　虞庚庆呵呵一声："国师也不会吗？"

　　"由我施放，虞史长能放心？"一句话就堵得虞庚庆哑口无言。

　　他说得有理，堂上有不少臣子本身就是修行者，这时就站出来表示支持。

　　冯妙君冷眼旁观，直到殿内声浪平复，她才不紧不慢道："招魂认凶是个办法。凑巧，我还真认得一人，不仅精擅此道，并且就在这王宫当中。"

　　傅灵川沉声道："是谁？"

　　万众瞩目中，冯妙君缓缓站了起来，红唇中只吐出一个字："我。"

　　廷内顿时嗡嗡声起，比方才更响。

　　谁都料不到，女王想要亲自出手。最关键的是，众人都道她从小便没有灵力天赋，是无法修行的凡人。可是傅灵川方才也说了，想要招魂认凶，不仅修为要精深，连魂力都要异常强大。现世的修行者，道行能逐日加深就不错了，有多少人能兼顾魂力？

冯妙君掌心有金光一闪，比她还要高出一个头的黄金杵已然在握。此时正逢旭日初升，大殿正对东方，黄金杵似乎也在闪闪发光。

她举着杵，高高抬起，轻轻落下。

嘟——这一声悠远回响如黄钟大吕，满大殿可闻。

众臣下意识住口。冯妙君的目光从众人脸上一一扫过，之后声音平和地道："来人，将死者和石章青都带进宫，我们要他当廷指认。"

冯妙君先唤来狼毫朱砂，写满金笺一张，还加盖了自己的私章，这才执杵向外行去："都跟孤来吧。"众人随即跟着她来到宫中一口泉水旁。

待众人站定，冯妙君催动术法，不多时，凶嫌和死者几乎同时带到。

冯妙君不避秽气，命人将二者都置到空地上，之后默念口诀。

约莫过了小半刻钟，泉里有了动静：有个模糊的白影从里面冒了出来，飘飘忽忽，像是随时会散架。泉边站着的人太多，它不过是个新亡的鬼魂，天生畏惧旺盛的人气，因此甫一出现就本能地想要逃遁。

只是它身形刚动，冯妙君就向着棺材一指："时间宝贵，还不进去？"

这声对魂魄而言反倒如指路明灯。那一缕白影绕着棺材转了两圈，像是在打量，又像在权衡，而后就一头栽了进去。

"打开吧。"

冯妙君一声令下，宫人就去揭开棺盖。

在场官员只听过虞琳琅遇刺，却没见过案子里的死人，这会儿一伸脖子就见里头躺着个面色白里泛紫的少年，他伸出双手直向前扑腾，却无法跳出来。

这动静实令人头皮发麻，偏偏冯妙君还要道："他是被腰斩的，椎骨断了站不起来，你们去帮他一把。"说着随手指着边上两名侍卫。

这两人接令，同样面无人色，可是圣命难违，也只得硬着头皮上前，把尸首硬生生从棺中架出来，面向凶嫌石章青。

冯妙君又用那奇异的声音道："辨清楚，是不是眼前这人杀了你？"

刚下地府的新魂连意识都很模糊，是不会说谎的。

众人忍不住屏息。

那死尸似乎也在用心分辨，而后在众目睽睽之下，点了点头！

虞琳琅遇刺案的苦主，也是最后一名目击证人，同样指认石章青为凶手！

官员们反而没了声响，看看石章青，再看看傅灵川，个个面色奇异。

这一回，算是铁证如山了吧？

两活人一死尸，都认定石章青是凶手，傅灵川还能怎么给他翻案？

王乾忽然从傅灵川身后走出，先向冯妙君行了一礼才道："王上恕罪，小人有一事不明。"

冯妙君看向他的目光中有深意："说吧。"

"我们怎知，招来的孤魂就一定是苦主本人？"

冯妙君微微一哂："王乾，你胆子真大。"

她直呼其名，王乾微微一惊。他很少进宫，没想到女王一眼就能认出自己。看来她对傅灵川身边之人，并非一无所知。

"小人该死，王上息怒，不过事关重大，还是、还是……"

他话未说完，冯妙君就出声打断："好，那便验证一回。你是该死，无论结果如何，孤都要你一条右臂！"说罢，从储物戒中取出三支细香，吩咐陈大昌点上。

冯妙君对死尸招了招手："还不出来？时辰到了。"

死者毫无反应，依旧双目紧闭，立在原地不动。

若不是魂魄已经散逸，就是它不愿出来。

冯妙君叹了口气，忽然快步走了过去，抬掌向着死者额头一推！

一道白影被推了出去——她推出了占据躯体的魂魄。

白影在空中飘荡两下，身形就有了四散的趋势。冯妙君向着安息香一指："去吧，有你的好处。"

它立刻飘到香上，绞着烟气飞快吞吸。

吸得越多，它的身影也越凝实，越来越像人形了。

到三支香都快要燃尽时，这道白影终于显出了本来面貌——一个十四五岁的少年，细眼、扁鼻、方颔。

不须冯妙君再提醒，谁都能看出魂魄的面貌与立在一边、双目紧闭的死者是完全一致的！

"还有疑问？"冯妙君转眸，看向傅灵川和王乾。

傅灵川面沉如水，王乾额上却冒出了冷汗。

她冷笑一声，向着白影拂袖道："此间事了，你回地府去吧。"

白影闻声而起，投入泉眼中的旋涡。

紧接着，旋涡也慢慢消失，阴泉又恢复了往日的平静。

冯妙君缓缓转头，目光却放在王乾身上，眼底有少见的煞气："该你了。"此人是傅灵川心腹，她少不得给他一个教训。

王乾也知无可逃避，后退两步拔剑。寒光一闪，他斩下了自己右臂！

吧嗒，断臂落地，鲜血喷溅。

冯妙君眼睁睁瞧着，面色如常，连细眉都不动一下。王乾自行点了几个穴道止血，而后拾起断臂跪了下来："小人冒犯，请王上开恩！"

冯妙君定定看着他好一会儿，才慢条斯理地道："知道自己犯了何过？"

"是！"

"胆敢再犯，孤砍了你的脑袋！"她这才拂了拂手，"下去吧。"

王乾向她和傅灵川都行了一礼，这才快步退下，设法处理伤口去了。

空气中弥漫着血腥气味儿。众臣看到这里，也是久久无语，竟不敢上犯天威。

就在一片鸦雀无声中，呼延备忽然站了出来，朗声道："公道自在人心！石章青与虞家小公子往日无怨、近日无仇，突然痛下杀手，不外乎受人指使。虞琳琅初到都城不久，为人和善，深居简出，又不曾在这里与人争执闹事。若说他招来杀身之祸的因由，似乎也只有一个了——"

呼延备一字一句道："他得到王上赏识，入宫四次为王上作画！这就碍了某些人的眼，唯恐他得了……"说到这里，他抬头看了冯妙君一眼，微有犹豫，但最后依旧道，"得了圣眷！"

在场谁人不知，他这番话所指正是傅灵川。

傅灵川不怒反笑："呼延备，你说这些可是有凭有据？"

呼延备呵呵一笑："这几日各家子弟想要进宫面圣，都被拦下。我孙儿连续两日求见王上，都得不到半点回响。最后还要劳烦王上亲自前往白马湖，隆儿才有幸一见。"他顿了一顿，"傅国师，此事廷内各家族长都很清楚，您还要什么证据？"

傅灵川呵呵冷笑："我和长乐辛辛苦苦创立新夏国，你们跟着水涨船高，一方面拿够了好处，另一方面却又要恩将仇报！嘿，是真不知道'羞耻'二字怎么写吗？"

呼延备针锋相对："我看，是傅国师不知'公义'二字怎么写了。便是昔年的安夏先祖，也不敢将这等不世功业独揽到自己身上！"

这话说到了众人心坎儿上，不下七八名大员纷纷走出附议。抗击魏国，建立新夏，这里所有人都付出了代价，那些将军和镇关史，谁家没有一本子可歌可泣的血泪史？

女王揉着额角，忽然出声："够了！两方都有道理。但是此事立案不足七日，虞琳琅醒来也才一天工夫，或有线索遗漏，国师说得对，不该仓促定论。孤会着刑部仔细审理，十日之内，孤要这个案子水落石出！"

此话一出，呼延备目光闪动，傅灵川却有两分意外。她竟然向着他说话？

虞庚庆急道："王上！"

冯妙君转头看去，凤眼中有威仪无限："虞史长，你不是要孤秉公量审？"她一字一句，"现在，孤就是给你公道！"

此刻她柳眉倒竖，有先前难显的威势，虞庚庆竟然作声不得。其他官员却都面面相觑，默默交换眼神。

冯妙君又叹了口气："为示公允，这段时间孤会到白马湖小住一段时日，每日廷议照常。"

此话一出，众人都是一愕，傅灵川更是大惊，心中涌起的那一丝欢喜转瞬无影无踪——她是要摆脱他的管控！

"王上不必如此！"他强压着火气，"是我该避嫌！我明日就搬出宫去。"

冯妙君笑道："孤看白马湖那里风景很好，温度适宜，早就有心去住。只是这么一去，却要霸占一方好景了。众卿若是有空，不妨过来陪孤说说话儿。"

白马湖边有一排精舍，本就是供达官贵人憩息，布设雅致，用来住人是绝无问题的。但她要是住去白马湖，为她安全起见，这地方少不得会被圈起来，不许外人入内。

若在从前，傅灵川轻易就能推翻她的决定，但此时此地，文武百官面前，他竟然失去了说一不二的武断。

他自然不愿放她离宫，摇头道："那里无宫墙闱门，又时常有闲杂人等，王上不可以圣体亲身涉险。"

"白马湖也曾是安夏王室的疗养之地，旧有的设施启用就是。"冯妙君当然志在必行，"再带上侍卫，布上阵法，便是万无一失。"

还有官员想要劝说，她凤眼眯了起来："怎么，孤去白马湖休憩几日也不行了？"

傅灵川铁青着脸："连虞琳琅都遭遇暗杀，凶手还逍遥法外，此时都城形势复杂，王上不可外住！"放她住出去，纵虎归山，那还得了？

无视他的脸色，冯妙君冲着傅灵川莞尔一笑："孤意已决，国师要阻拦吗？"

"王上的安全，才是新夏之根本！"傅灵川向前一步，气势外放，"恕我不能同意！"

"原来我的安危去留，都掌握在国师手里。"冯妙君气得笑了，一字一句，"孤今日便要看看，谁敢拦我！"

这话可就诛心了，傅灵川脸色一时难看无比。眼看女王执杵迈步，向外行去，众人都是面面相觑。傅灵川一句"来人"卡在喉底，就是吐不出来。

就在此时，相国王渊站了出来："王上息怒！傅国师为社稷着想，也是一番好意。"他才和了一句稀泥，紧接着说，"就算王上想搬过去，白马湖久不住人，也要先打扫一番才能恭迎圣驾！"

王渊年近半百，微有发福，面相团圆很是讨喜。他平时在廷上听傅灵川高谈阔论，甚少辩驳，最常说的一句便是"臣附议"，常有人认定他庸碌无为。

今日，他的出声倒教冯妙君有些惊喜。

紧接着便是呼延备大声应道："臣附议王相国！臣就不信了，这都城里有人敢对王上动手，来一个臣杀一个，来一双臣杀一双！"

这时众多豪门已经反应过来，纷纷效仿，都出言支持冯妙君外搬。女工住去白马湖，以后要觐见可就方便多了，于他们只有好处！

　　这和公开叫板也相差无几了。傅灵川长眉险些倒竖，冯妙君都能看到他脖子上青筋冒起，仿佛目眦尽裂。最好这人当真上前，武力阻拦，这样她和傅灵川就是事实上的公开决裂了。这才是她想见到的。

　　可惜，这一幕始终没有出现，因为傅灵川虽然把拳头捏得咔吧作响，最后竟然还是默默咽下了这口气："王上顽皮，要住便去住吧。我会派人加强白马湖的安防，决不让宵小潜入！"

　　"白马湖气候宜人、风景优美，是越冬首选。"呼延备当即道，"王上好生休养，过几日老臣还要去寻王上对弈一局。"

　　冯妙君看看他们，笑道："如此甚好。"再瞥了傅灵川一眼，转身往外行去，"今日廷议就到这里，诸卿请回。"

　　见她脚步轻快，状甚愉悦，傅灵川知道她要指派宫人整理行囊、收拾白马湖的精舍去，不由得心中郁结。

第二十五章 欲擒故纵

冯妙君的心情很好。

几乎她这里命令才下达，陈大昌就领了她的手谕去白马湖办差，只用了个把时辰就把湖畔精舍收拾完毕，将冯妙君迎了进去。

冯妙君徜徉山谷，但见白鸟渚青沙，奇石藏林间，缺月挂疏桐，好一派清幽自在。

冯妙君信步踢走一块小石子儿，心想只消迈过眼前这一道坎，她就还有大把时间可以像今日湖畔这般闲惬。

只是念头还未转完，前方阴影里骨碌碌滚回一块石子儿，就停在她的脚下。

正是她刚刚踢飞的那块。

"谁！"冯妙君低喝。

树后转出来一人，长身玉立，树叶间漏下来的白月光只照清了半边脸，阴影反倒衬托出五官的精致与深邃——云崟。

冯妙君对他的到来并不意外，只是好奇："这些天，你躲在哪儿？"

"醉生梦死。"他轻叹，"见不着你，总要找机会借酒浇愁吧？"

云崟背对着月光，可冯妙君却能看出他的眸子很亮，像是能在夜里发光。他凑过来，自背后取出一朵芍药，轻轻别在她鬓间，"你这园里，开得最好的就是这朵了。"

冯妙君微微嘬嘴："辣手摧花。"

"你错了。"他一本正经，"这才叫辣手摧花！"

说罢，他一低头就攫住了她的唇，好好做了一遍示范。

湖畔这一处小小的花林之中，终于真正有了诗情画意的模样。

也不知过了多久，似是树上的雏鸟唧唧叫了几声，树下的人儿才分开来，气息却依旧交缠着，她雪嫩嫩一截藕臂还挂在他脖颈上。

冯妙君靠在他胸口，调匀气息才道："虞琳琅受伤一事，你怎不提前知会我？"

他捉着她的小手，与他的十指交握："临时起意。"

"遇袭之后送回府中的，是虞琳琅本人？"

冯妙君想不通，云嵝原本打算杀掉虞琳琅，后来怎么改了主意？而虞琳琅又怎么肯配合他？

"你把他揍失忆了？"这念头一起，她看向云嵝的眼神都有些警惕。

"你那是什么眼神？"云嵝表示不满，"我答应过虞琳琅，只要他演好这场戏，后头定能如愿以偿。"

"他的愿望是？"

"有情人终成眷属。"

她看他的眼神已经不能用吃惊来形容了。云嵝狠狠在她眼皮上亲了两口，在她脑门儿上屈指一弹："满脑子什么龌龊念头！"

她好生委屈："你要是不跟我想一块儿去了，怎知我的念头龌龊？"

云嵝作势要捏她软滑的腮帮子，她低头往他怀里就躲。

他一把抱住了，在她格外敏感的小腰上轻轻挠几下，她尖叫着要躲，却躲不过，只好丢盔弃甲举白旗了。

两人嬉闹一阵，她才喘着气问："到底为什么？"

他看着她迷蒙的凤眼、湿润的红唇："什么为什么？"

她在他腰上狠狠捏了一把，云嵝重重哟了一声，这才像回了魂："哦，虞琳琅啊。"

"虞琳琅有个情人，就是他的贴身小厮墨彻。"

这一句话就让冯妙君瞪圆了凤眼："哈？"

"墨彻十三岁跟了他，但两人行事隐秘，虞庚庆也是到日前才发现这桩奸情，于是将墨彻打个半死关了起来。他要取墨彻性命易如反掌，但虞琳琅很有傲骨，先前又不肯入宫作画。因为画名在外，于是虞庚庆拿墨彻性命相胁，让他讨好你。"

"我找到墨彻时，这小厮只剩下半条命，下肢也废了。"云嵝脸上也露出别扭的神情，"我本想放任他自生自灭，哪知虞琳琅在方寸瓶里哭得天昏地暗，求我救墨彻一命，为此是什么代价也肯付出的。我用你女王的名义和他做了交易，又说事成之后可以让他和墨彻双宿双飞，虞府也会因为他的忠君之举而荣华满门。他没犹豫多久就答应了。"

她不由得道："你就不怕他只是敷衍应付，出来反而坏事？"

"没人可以敷衍我。"云嵝浑不在意，"总之，后来我让人假扮石章青重伤虞琳琅，又返回去在石章青脸上相同位置也添三道血印，这就嫁祸成功。"

"臣子当中尽多聪明人，能看出石章青是无辜的。"

他温文一笑："既是聪明人，那自当明白，只要找不着真正凶手，这顶帽子就永远要扣在石章青和傅灵川头上！"

"你能嫁祸给傅灵川，他自然也可以甩给别人。"

"所以，我们的动作要加快，在他转嫁祸给哪个倒霉鬼之前。"他眼里有精光闪动，"不如给呼延备父子制造些机会。"

这倒和冯妙君的构想不谋而合。不过，云嵝现在是在给她出主意吗？她垂下眼帘，挡住里面闪动的微光："那也是明日之事。此情此景，只提公务岂非可惜？"

云嵝桃花眼一亮，喜滋滋道："难道安安想做些风月之事？"揽住她细腰的手第一时间下滑……

"啪！"她一把拍开他的狼爪子，"正经些！前次你都带我去了旁人梦里，今回——"她侧了侧头，"我想看看你的梦境。"

他的？云嵝凝视她的目光一下变得深沉："今晚我的梦，可没有你这里诗情画意，不太适合观赏呢。"

窥视梦境是观察一个人最有效的途径之一。然而有趣的是，他来了好几趟，在她这里也没发现什么有用的讯息。是她的梦境太单纯，还是……

"难道那是一片人间炼狱？"其实她自一开始就知道，自己已在梦中。月下的白马湖，只不过又是一场梦境，一场对现实的投影。

冯妙君的话打断了云嵝的思绪，他答道："差不多。"

"那更要看了。"她微微仰头，眼里全是任性，"尸山血海，我也不知见过多少。"

他在她的眼中看到了自己的倒影，微笑道："好，这是你主动要看的。那就抱紧我。"

她面色微微一红，还是伸出雪臂揽住了他的脖子。

他更干脆，一把将她抱起，足尖在巨石上轻轻一点，举身跃入湖中！

扑通之声方入耳，湖水特有的冰凉就裹住了身体。

冯妙君瞪大了眼瞧着，发现上方那人也一瞬不瞬紧盯着她，那双桃花眼因为背光而更显氤氲，她却看不清他的眼神。

这一瞬间，世界好似孤独得只剩下他们两个人。

不过紧接着眼前朱红一片，湖水却从身边退走，底下反倒传出了声音："砰砰砰！"

像是敲门声，很急、很沉，而且杀气凛凛。

这是已经转到云嵝的梦境了？

冯妙君瞳孔飞快聚焦，才发现自己望着的居然是一片屋顶，宽阔、气派，原来两人此刻容身之地，正是一片宏伟非常的宫殿。

"这是哪儿？"其实这殿里人声鼎沸，无数人类在底下快速奔跑，但是谁也没心情抬头往上看。有大批人马堵在殿门口——宫殿在外力的震击下簌簌发抖，像是下一秒就要被攻入。

似乎外面还有一支军队，正在攻打殿门，想要往里闯呢。

冯妙君皱眉："这是什么地方？"

"神庙。"他指了指底下的神像，"那便是此地供奉的界神神像。"

冯妙君一惊，顿时低头凝目望去。

她记得云嵝上回说过，界神即是守护一界的天神，可是很早就已经销声匿迹。为什么这座大殿里还保留着它的神像？

她转头盯着云嵝，一字一句："我们身处何方！现世没有这样宏伟的大殿，也不会有这种神像！"

"你错了。"她站稳后，云嵝就缓缓抱臂，"都还在，只不过……不是你现在见到的这番景象。"

冯妙君依稀听见外头好似有惨叫声传来，她偏头，通过大殿高高的气窗向外看，赫然望见外头是一片血与火的世界。

这地方正在打仗，外头许多房屋已经燃起熊熊大火，平民奔跑呼号，双方士兵杀得正狠，然而胜负基本快要分出来了。

大殿里外所有人的服饰，她都不曾见过，包括军队铠甲武器的规格。

"可是浩黎帝国之后，哪个国家也不曾再修建神殿了。"她缓缓坐了下来，"云嵝，这里是不是应水城？"

"是。"他的声音从背后悠悠传来，这回可没有犹豫了。

她骇然回头。应水城的确还存在于大陆上，甚至就在新夏国内，现在却已变作了废都。眼下这番景象，应该是许多、许多年前了。

她只觉不可思议："这是你构想出来的场景，或者根本就是你亲历过？"

"不过是我自己的臆想。"云嵝面色淡然，"我从未亲历神殿被攻破的这一战，然而看过的记述多而完整，时常就会梦见。你也知道……"他悠悠道，"梦境并不总能反映真实，它照见的，多半是你心底的愿望。"

殿门外传来了连续爆炸声。

来犯者居然用到了震山蛊，并且还不止一枚！它的威力可比爆破蛊还要大上数倍呢。普通的宫门都要应声而开，这座神殿的大门却能坚守这么久，已经足够让人惊讶了。

然而它也的确被轰到了极限。

倘若它也被攻破，大概里面所有人都难逃一劫吧？

到了这会儿，她就望见底下的百姓反身奔入大殿，面对神像边哭边拜。

起先只有七八人如此，然而悲恐情绪最会感染，引来效仿者纷纷。

不出十几息，整个界神大殿已经跪满了平民，许多人连脑袋也磕破出血。

也大概就在这时，冯妙君望见殿门覆上了一层黑光。只是这光芒黯淡，大门本身也是黑色，若非她眼力过人，险些要漏过。但是底下的军民却发出一声欢呼！

"天神显灵了！"

冯妙君喃喃道："那是愿力？"

"是愿力，也是元力。"云崟握住了她的手，"还要留下来看到最后吗？结局你已经知道。"

冯妙君目光从殿内各处一一扫过，这才摇了摇头。

应水城的下场，后世所有人都知道，不会因为眼前这小小一场振奋而改变。她留下来，看到的也不过是悲惨的至暗时刻。

既然已成往事，她什么也改变不了，不若眼不见为净的好。

"我说过，今晚我的梦境不宜观赏，还是回到你那里吧。"说罢，带着她从梁上一跃而下。周围景象一花，她眨了眨眼，发现两人又站在白马湖畔，两丈外就是湖水。

这等穿梭梦境的本事，她好生羡慕。

云崟正在对她道："天快亮了。明日，我来寻你如何？"她在这里过得自由，要见他也容易多了。

"云崟——"她却有些犹豫。

"嗯？"这一声低沉悦耳，尤其在水波轻柔拍打的湖畔听来。

"我和傅灵川的恩怨，也是新夏国内政。"微一停顿，她终是说了出来，"你不参与为妙。"他的提议，她想过很久，最后还是决定不接受。

她最该做的事，就是让他抽身离开。

云崟微愕，紧接着满面不愉："你要孤军作战？"

"莫要小看我，我这里人手基本够用。"冯妙君斟酌着词句，"你是魏国国师，不应蹚这一潭浑水。"

于公于私，她都不该让魏国的国师插手新夏的内政。眼下乌塞尔的局势已经很复杂，她不想再多应付一个难缠的云崟。

"怎么？"他冰雪聪明，一点就透，无论她说得有多委婉，他也都一眼看出了她的真实意图。云崟冷笑，伸指托起她精巧的下颌，"大事还未办成，就想将我甩开？这可不够明智！"

怒气从他眼底清晰浮起，无论冯妙君心里作何想法，口头上只能轻声安抚："谁要甩开你？新夏是我的责任，这些事原本就该由我来完成，我不该拖你下水。"

"好，好！"云崟连道两个"好"字，缓缓立直身子，居高临下看向她，"女王有令，云某敢不遵从？这就告退，女王好自为之！"

他面凝寒霜，心底涌起连自己也莫名的暴怒，转身就要离开。

可他没走出两步，冯妙君忽然又叫住了他："云崟！"

他没有回头，但足下停住了。

"这一回，你为什么来乌塞尔？"

他微微偏头，于是冯妙君看到了他完美的侧脸。

"为了你。"说罢，他就消失在风声树影之中。

四周又恢复了静谧一片，唯湖边小虫唧唧叫唤。

冯妙君心里不上不下，空落落一片，好似很不舒服。

她在湖边呆立半晌，才坐回大石上，缓缓闭目。

从明日起，可就不会这样太平喽。

对于虞琳琅案，傅灵川投以高度重视，不放过任何微小细节。这是豪门对抗他最有力的武器，唯有替石章青平反了、翻供了，傅灵川才能重新掌握主动。

接下去几日的朝堂形势都可以用狂风骤雨来形容，从前那一点暗流汹涌简直不能相提并论。冯妙君高居朝堂之上，前些天的锋芒又已收起，时常任底下两派激扬不休。在她看来，此刻的王廷俨然分作截然对立的两派，一派是以傅灵川为首的本地官僚，另一派由豪门组团，基本唯呼延备马首是瞻。

白马湖地气暖热，山花常开，入冬之后，风景这里独好。冯妙君此时所在之地是一片狭长的山谷，入口很窄。傅灵川信步就往里走，却被两个奴婢拦了下来。

这可真是破天荒头一遭儿。傅灵川嘿了一声："你们不知我是谁？"

"不知，这里进出的贵人太多。"奴婢老实道，"我们才跟过来守门，也不认得几个。"

他微微一哂，只见陈大昌从不远处赶了过来，向他行礼："国师恕罪，这两个下人不知您的身份。"

"那不都多亏了你的教导吗？"傅灵川不想跟几个下人一般见识，"王上呢？"

陈大昌倒是不拦他："请随我来。"

走过小径通幽，前方豁然开朗，正是良辰美景。

冯妙君正坐在栀子花旁，与呼延备最看好的孙子呼延隆下棋。

傅灵川定了定神，走过去温声道："二位真是好兴致。"

呼延隆礼数周全，站起来向他行礼。冯妙君动也不动，只抬头笑道："国师好久才来。"

这一局，傅灵川静静观战，当了观棋不语的真君子。

冯妙君既已不想再韬光养晦，在棋盘上就放开了手脚，那一番纵横睥睨，将呼延隆杀得冷汗涔涔，最后败以十目。

"王上厉害！"这一句是真心话。

冯妙君懒懒地向树身一靠，傅灵川却道："见猎心喜，下一盘便由我来吧。"

国师发话，呼延隆只得起身让座。

傅灵川坐到他方才的位置上，取出白子："长乐先手。"

"不，这一次表哥来。"冯妙君缓缓道，"你从来都让着我。现下该你主动一回了。"

傅灵川也不再推拒，将黑棋钵子拿到边上："好，我先。"

这一盘棋下起来，可就是旷日持久，到中盘双方每下一步都要思索良久。

呼延隆枯坐两个时辰，实是耗不住了，只得起身告辞离去。

待他走后，傅灵川才对冯妙君道："我有可靠情报，呼延家与燕国互相勾结，想取代我重新控制长乐与新夏，实为谋逆。"

冯妙君柳眉微微一蹙，旋又冷笑："也要他们有这本事！"说完抿唇，"你今日专程来白马湖，就是跟我说这些？"

"呼延家谋逆，他们的目标是你。"傅灵川沉声道，"万一给呼延备得手，你想姻缘自主都不可能。他必然要将你嫁给赵允。"

冯妙君手捏棋子，在充当桌子的青石上"叮叮"敲了两下："你们双方是不是都忘了一件重要事情？"

"什么？"

"我不会轻易任你们摆布。你逼迫不了我，呼延备也同样不能迫我嫁给燕王子。"她微微一笑，"无论你们谁输谁赢，我还是新夏女王。"

傅灵川薄唇紧抿。

"再说，这些都只是推论，还做不得证据。"她冷静分析，"想要呈堂为供，你得有实打实的证据，才能将呼延家定罪下狱！"

"快了。"傅灵川长眉拧起，"至多再有十日时间，从呼延家的属地搜来的证据就能送到乌塞尔！"

十日？冯妙君目光微闪——太久了。

此时棋盘上的局势已经明朗，傅灵川叹了口气："上回果然是长乐让着我。"

"侥幸而已。互有胜负，岂非再正常不过？"她赢了，以两目半的优势。冯妙君以手支颐，认真落下最后一子，"都说人生如棋，我是不赞同的。"

"哦？"傅灵川果然追问，"为什么？"

"下棋无论输赢，都可以重来。"她缓缓道，"现实里却不行。成王败寇，机会只有一次！"

傅灵川盯着她，目透精光："长乐想说什么？"

"一念天堂，一念地狱。"冯妙君轻声细语，每个字却重逾千斤，"表哥劳苦功高，智计过人，倘若可以辅弼于朝堂，则新夏之兴盛指日可待，否则……"她低叹一口气，"我们之间这点儿兄妹情分都没有了。"

长乐要他交权！傅灵川呵呵一笑，脸上已有愤恨："长乐看不清眼下局势吗？真正威胁新夏的是乌塞尔城中那些其心可诛的门阀！你却兀自顾着与我相争，就不怕开门揖盗？"

她往后，坐直了身子："言尽于此，表哥走吧。"

傅灵川瞬也不瞬地瞧她好久，才站了起来，拂袖而去。

走出白马湖，傅灵川还未登上马车，就听不远处蹄声嘚嘚，一骑奔至近前，骑士下马向他行礼，将一封密笺双手奉上："大人！虞琳琅案的消息，方主事着我立即送来。"

他拆开信笺，上面只有寥寥几句话，傅灵川看完却面色大变，拳头越捏越紧，最后干脆一拳拍碎了身边的车辕！

"是她！"傅灵川蓦地抬头，额上青筋暴起，眼中布满红丝，"刺杀虞琳琅是她主使的！是她要对付我！"

身边的骑兵后退一步，问："大人，可要我回营禀报，召集人马？"

傅灵川目眦尽裂，瞪过来的眼神满满都是杀气："滚！"

骑士不敢逗留，飞快地上马跑了。

傅灵川留在原地，俊面都已经扭曲。使人刺杀虞琳琅的，最可能是长乐！

这虞琳琅有断袖之癖！长乐是不是发现了虞琳琅喜欢男人，一气之下使人杀他？

以她的智谋，泄愤的同时还有其他算计——诱使傅灵川醋劲大发，在众人看来，他刺杀虞琳琅的可能性更大。

想起长乐得知虞琳琅遇刺，特地从白马湖赶去虞府看望，满面还俱是关切之色，傅灵川心底就微生凉意。她就那么想将他扳倒，不惜栽赃他，陷害他！枉他、枉他还一直倾慕她、爱护她，不愿出手对付她！

傅灵川蓦然回首。他还未离开，从他现在站立之处，可以望见白马湖的粼粼水波。

她也在那里。

想起那个轻颦浅笑就能将他玩弄于股掌之中的女人，他的眼珠子慢慢变红了。

后厨炖好了糖水，冯妙君吃了小半碗，使女就进来禀报："国师大人又来求见。"

"宣。"

不一会儿，傅灵川就随着使女走进精舍。

外头正逢腊月，天寒地冻，可是白马湖夜风微凉，好不沁爽。

"国师怎又返回了？"冯妙君笑吟吟地，"今日红薯不错，你可要来上一碗？"

傅灵川想也不想就点头："好。"

冯妙君吩咐使女："你再去打一碗来。"

使女离开，傅灵川则道："我离去未久，呼延家通燕的证据就送了过来。这等大事不能耽误，我还是即刻取来面圣为好。"说罢，自怀中取出一封信递了过去。

冯妙君看他一眼，倒是边上的侍从上前一步，接了过来，在主子面前打开。

傅灵川微微垂眸，掩去其中寒芒。

侍从拆了信，恭恭敬敬地摊给冯妙君看。

她一眼扫过，黛眉紧紧蹙起："虞琳琅有断袖之癖，这与呼延家通燕有什么关联？"

傅灵川嘴角扬起："没有关联。"

他笑容中满满都是恶意，眼中却有寒光闪动。冯妙君忽然懂了，一边高声斥道"拦住他"，一边快速后退。

她的动作也是轻巧灵动，几乎一步就迈到墙边。这里空间狭小腾挪不开，她又见傅灵川笑容诡异，恐怕还有后手，因此脱出精舍，在开阔之处应敌最为稳妥。

只不过她刚要有所动作，忽然身体一僵，脚步硬生生停住了！

冯妙君大惊，发觉自己竟然缓缓站直，面向傅灵川，双手也放了下来。

那感觉就好像身体已经不是自己的了，没了指挥权。

她又惊又怒："傅灵川，你敢对我动手！"

傅灵川躲开桌子，一步走了过来，语气森然："王上玉体欠安，还是回宫中好生休息吧。"言毕晃了晃左手，冯妙君才看到他手里抓着一块黑色木牌，不知什么材质制成，表面纹理粗糙，却闪着淡淡红光。

"这是什么？"她高声斥道，"你用了甚鬼蜮伎俩！"

"傀木令。"他另一手抓出微光萦绕的镣铐，想给她佩在脖子上，"王上博学，可知南陆的千丝森林有两种奇特的生物，唤作千丝虫和傀木？我手里这一块，就是傀木制成。"

冯妙君目光一凝，脸上终于露出惧色："你什么时候动的手脚！"

她记得烟海楼里的杂记曾提过，南陆的修行者循古法取千丝森林中的千丝虫与傀木一同祭炼，得到虫粉与傀木令，只要将高度提纯的虫粉洒在生物身上，就能以傀木令控制其行动。

边上的侍卫也反应过来，冲上前救驾。傅灵川一边打发他，一边笑道："你从宫里搬到这里，连奴婢和食物都不敢带，以为这样就万无一失了？"

冯妙君眼睛连眨几下。的确，她迁来白马湖后只用自己的一套人马，连食物也是陈大昌等亲信亲自前去采购，为何她还会中招？

"可惜，你总要穿衣服的！衣服总得从宫里带出来！"傅灵川长笑，终不掩快意，"我让浣衣局往你衣物中混入千丝虫粉，此物可历数月，清洗不掉！"

侍卫抵不住几招，就被傅灵川一拳击在胸口，血溅五步。

好在终是赢得这么片刻之机，冯妙君的指尖忽然动弹一下，星天锥照着傅灵川胸口射去。她选的时机刁钻，恰是侍卫被击飞一瞬。他的身体挡住了傅灵川的视线，等见着星天锥从侍卫肋下空当钻出时，它已经射至傅灵川胸前。

他知此物专破护身罡气，不敢再追，猛一侧身，星天锥紧贴着他的胸腔飞出，尖端沾染一滴血珠。

他低头，望见衣襟被扎穿，里面护身的宝衣露出，也被破开一条口子。

她这法器，好生厉害。

傅灵川眉头一皱，顿觉身体也像被扎穿了一个口子，生命力汩汩而出，不知流到哪里去了。与此同时，身体深处开始泛出疲惫，甚至连骨头也是酸的……

这是长乐的神通，还是法器的特效？他顾不得了，右手用力一捏傀木令，这块木牌上红光大炽，显然控傀的邪术被他催发至最强。

这会儿，冯妙君就连一根手指也动弹不得了，幸好这时陈大昌破窗而入，掌中剑直取傅灵川面门。

他的修为比侍卫高出许多。冯妙君定定地望着傅灵川："原来你也早就想对付我。"

傅灵川嗤笑一声："彼此，彼此！"

陈大昌跟在冯妙君身边年余，得她私传不少身法神通，可在怒气勃发的傅灵川面前依旧吃力，就仿佛人独力面对一头狂狮，分分钟险象环生，随时可能被撕成碎片。

冯妙君恨恨道："住手！我才是新夏女王，你敢这般对我……"

傅灵川怒极反笑："既是女王就乖乖待在宫中，待你诞下子嗣，自有清福可享！"

听到这话，无论冯妙君还是陈大昌，心底都泛出一股寒气。原来傅灵川打的是这个主意，先废了她的修为，等她生下孩儿，新夏王室的血脉得以流传，她就没用了吧？

冯妙君轻吸一口气，忽然提高了几个音阶："听也听够了，再不出手就等死吧。"

这时陈大昌怒吼一声，捂着肩膀踉跄两步，终被傅灵川一剑刺伤。

幸好这时，墙后射出两道寒光，第一道将傅灵川的长剑荡开，第二道直取他面门。傅灵川矮身冲过，指尖都快要够着冯妙君的衣裳了，眼前却突然多了个高近七尺的大汉！

这个人，傅灵川也认得，赫然就是红将军。他瞳孔一缩，剑尖斜斜向上去挑对方心脏位置，口中喝道："让开！"

"当——"一声震响，整座精舍都为之一震。赵红印手中一把熟铜棍将长剑挥开，钵大的拳头顺势直取傅灵川面门，大喝一声："傅国师，你敢犯上作乱！"

雷霆般的怒吼，乘着夜风远远传播开去。

傅灵川呵了一声："长乐好算计！"

事到如今，他怎会看不出赵红印是长乐事先布下的棋子，只等他首先出手攻击国君，就坐实了"欺君谋逆"的罪名。

与此同时，众人置身的这处精舍起了变化，原本的白墙消失，替换成另一处偏厅，摆设挂饰一应俱全。最重要的是，偏厅中还坐着三人，是包括相国王渊在内的当廷大员！

这几人面前摆着茶水，却都直勾勾地盯着战局，目不转睛，脸上写满了一言难尽。傅灵川目光堪堪与他们相交，就气得想要呕出一口血来。

幻境！

平时傅灵川把持朝政、呼风唤雨虽是事实，但搁到眼下这个微妙的局势当中，他的言行就变作了某些人"清君侧"的最好理由，就比如从他背后刺出一剑的呼延备——

此时这人一脸冷笑看着他，眼里满是嘚瑟。

原来，长乐真是与呼延家联手对付他了！傅灵川蓦然回头，盯着冯妙君的眼里都有了红丝："好算计！"他说得咬牙切齿。

这时呼延备一边攻来，一边笑道："弃剑磕几个响头，王上宽宏大量，说不定会放你一马！"

傅灵川面色铁青，剑尖朝着三人虚点，一边低喝："承天之命，收！"

话音刚落，赵红印、呼延备和陈大昌身上的淡淡青光就消失不见。

傅灵川身为国师，可以调配新夏的气运与元力，既可予之，也可夺之。眼下他就是动用这项权力，夺走了三人身上的元力。

傅灵川一抬手，左手掌心躺着一口青色小鼎。

冯妙君急急道："别让他用出！"

赵红印与呼延备都是身经百战，不待她说完就扑了上去，不给对方出手的机会。然而傅灵川冲着小鼎吹了口气，里面就有一缕青烟冒出来，眨眼间变作一头巨虎、两只巨狳狳。

巨兽凶猛，在场的谁也不愿正面迎击，甚至还要护着女王。偏厅几位官员也不淡定了，站起来就奔向偏厅门口。

傅灵川可不打算让他们出去，心念微动，元力化成的巨狳狳就分出一头拦截官员，呼噜一下滚过去堵住了门口。想出去，除非挨得过它比镰刀还长的尖爪！

王渊拉着其他两人节节后退，忽然朝窗外掷出一物，高声道："转头！"

另外两人当即转头，只听门外轰隆一声巨响，扬起的气流狂暴，将三位大官的须发都吹歪了形状！

爆破蛊。

冯妙君身不由己，兀自分心观察这里，见状也吃了一惊，未料到老好人一般的相国会随身携带爆破蛊这么危险的东西。方才他将此物掷去窗外空地，爆炸的威力让堵门的巨狳狳首当其冲，一下被炸回原形，重化青烟，袅袅飞向傅灵川。精舍当中仍旧硝烟弥漫，三个凡人借机钻出破洞，自由地奔向了远方。

傅灵川被几大修行者缠住，脱不开身，这时厉喝一声"去"。

猛虎立刻掉头，朝着三人追去。

有元力具现出来的妖怪相助，傅灵川应付三人攻击就从容许多。呼延备本尊刚刚躲过犰狳爪一击，就听身后女王惊呼一声："小心！"

声音刚刚入耳，背心就是一凉。呼延备吃痛，背肌夹紧，身躯侧滑，后方袭来的锐器刺入他肺里，后进前出，扎了个对穿。

好险没捅着心脏。

他道是又有敌人，痛呼一声，毫不犹豫地挥剑回击，却被赵红印挥棍挡了下来："女王被控制了！"

呼延备眼角余光往后一瞟，果然望见女王咬紧红唇，手中的锥尖兀自滴血，却又向着他面门刺来，速度快极。

她被傅灵川以傀木令控制，行动身不由己，虽未用上灵力，可是星天锥何等锋锐，轻而易举就突破了呼延备的罡气而重伤之。

她口中低喝"让开"，锥尖却不离两人要害左右。赵红印和呼延备气得要吐血，却不敢当真伤到她，战斗一下变得被动。

这时，外头也传来马蹄声、嘶鸣声，还有猛虎的咆哮声——有大队人马飞快逼近。

会是哪一方调来的援军？

冯妙君忽然道："两位坚持，傅灵川快要顶不住了。"

傅灵川虽然愈战愈勇，可是看他脸庞却是青中透白，连嘴唇都没了血色。冯妙君明白那是星天锥"敲骨吸髓"的特性持续生效中，正源源不绝将傅灵川的生命力抽取过来。

赵红印大喝一声："外头何人，报上名来！"

精舍外遥相呼应，声音划破夜空，让赵红印等人喜上眉梢，傅灵川一颗心却沉入海底："徐陵率军前来救驾！"

竟然是长乐公主的人马，而不是傅灵川手下的城卫军！

这一瞬间，傅灵川想起给自己传递密报的那个骑兵，想起长乐事先布在这里的幻境。怎会那么凑巧，他刚折返回来动手，偏厅里就坐着一群大臣，正好逮他一个逼宫谋逆的现行！

这都是她早就设下的局，就等着他忍无可忍爆发的这一刻！

这一瞬间，傅灵川对她终于恨到刻骨铭心，真想不管不顾，跟她同归于尽才好。

可是……

青烟化成的犰狳伤痕累累，这时也被呼延备一剑刺瞎眼睛，战力大减。傅灵川以一敌三，还有个冯妙君不断暗中抽取他的生命力，他终非铁人，也觉步履越来越沉重。

他反手给自己喂了一颗灵药，眼中厉光闪烁，径自向冯妙君扑了过去。

他还有最后一个机会：只要拿下她，就算结束了今日这一场混战。

赵红印和呼延备两人将冯妙君挡在身后，这时当然毫不留情地招呼他。不过地上的狻猊忽然重化青光，贴去他身上，在棍、剑落下来的前一秒，忽然变作了覆盖全身的坚甲！

"当——"甚至三者相击还有金铁交鸣之声。

可是青甲毕竟挡住了，未被扎穿。

它卸去了大部分力道，可是两大武将的余劲也叫人消受不起。傅灵川胸腹如遇巨锤轰击，喉头忍不住腥甜，喷出一口鲜血。

可是与此同时，他的指尖也触到了冯妙君的衣襟，而后一伸手，扣住她的肩膀！

"都退下！"他一击得手，立刻将她拉在自己身前挡住，厉喝一声，"否则我要她的命！"

对面两人果然都停下攻势，满面懊恼之色，呼延备大口喘气："你敢弑君，自己也活不了！"

傅灵川呵呵一笑："不如试试？"说着扯开灵索，将那副镣铐锁在冯妙君手上，再将她抓着往前走，果然他前进一步，那三人就要后退一步。

"外头都是官兵，你挟持我走出去，就有千百人看见国师的谋逆之举。"冯妙君幽幽道，"你何必负隅顽抗？从进门动手开始，这一局你就已经输了。"

傅灵川附在她耳边，气息不稳："不过千来号人，了不起都杀了！"

"你疯了吗？"冯妙君微微闭眼，语带失望，"原来傅灵川不过是个输不起的孬种。"用力挣扎两下，银铐发出"当啷"两声。看来，千丝虫粉的药效过去了。

事到如今，傅灵川也不愿再多费唇舌，冷冷道："都让开。"他衣袍上多处渗血，自有一股惨烈气势，又是新夏第一人，长久以来身居高位，对眼前这支军队依旧震慑力十足。

赵红印也赶了出来，大声道："看你今后还有何颜面在王廷立足！"

傅灵川还能扬起笑容："日后与从前，也不会有甚不同，只要……"

"只要什么？"

人群中忽然传出一个悦耳柔美的女声，却让傅灵川的笑容当场凝固。

随后军队中分，让出一条路，有个人缓缓走了出来，手执黄金杵，姿容胜仙。

傅灵川仿佛被一盆冰水兜头浇下。

冯妙君，这赫然又是一个冯妙君！

她微抬下巴，以胜利者的骄傲姿态望着他，红唇中吐出来的每个字似乎都在他耳边无限回放："傅国师，你输了。"

他输了？"不对！"傅灵川紧盯着她，忽然用力扣紧眼前的"冯妙君"，怒声道，"那她又是……"

"谁"字还卡在喉间，他身前的"冯妙君"猛地双手外分。

这一下全身灵力骤然爆发，丹田印记甚至从云嵫那里还"借"来了海量灵力，二者汇作一处，一齐集中去到手腕位置。

汇聚而来的灵力之充沛前所未有，如同大潮浊浪排空，连她如今经过了高强度训练拓展的经脉都被冲刷得疼痛欲裂，像是下一秒就会爆开。

这已经达到她经脉和身体的容纳极限。

叮的一声轻响，那具银铐被巨力撕扯，很干脆地断作两截。

她指尖紧接着隐着一点寒光，以迅雷不及掩耳之势向后刺去。彼时傅灵川心神震荡，全副注意力又全在对面，待觉不好，腹中已被刺入一截锋芒！

他忍不住发出一声怒吼，一手抓着锥体，一手去扼她咽喉，周身青光大作。

可她翻腕抓着他的手，用力往外推去。

这便是一番角力。

但在傅灵川而言，他只觉自己箍住的像是一头人形恶龙，力气实是霸道得惊人，他反而快到强弩之末，只能看着自己的手被一寸一寸推开，那种无力感深入骨髓。

趁着两人僵持良机，呼延备大步上前，照着他脖颈挥剑斩去！

眼看傅灵川就要被一剑授首，冯妙君忽然松开了左手。

寒光都已经削下他额前散落的发丝，傅灵川来不及细想，抬手用护臂挡下了这一击。

这时，冯妙君左手才执出星天锥，从从容容将锥顶到他下颌上，对呼延备下令："撒手，退下！"

呼延备一顿，缓缓收起长剑，往后退开。哪怕满心不甘，他也不能在千余人眼皮底下公然违抗圣令。

傅灵川的目光一直放在人群当中，站在那里的"冯妙君"正在悄然消失，还原为一个模糊的虚影，而后，消失不见。

幻象。他呵了一声，似是自嘲。

原来人群里的长乐才是假的，他又被她骗过一次。她能随心所欲变换外表，这一点他在螺浮岛就领教过了，因此看到人群中出现长乐女王，第一个念头就是自己手里的是假货。

毕竟，有哪位国君喜欢将自己置于险境，安安心心站在外围看戏不好吗?

冯妙君偏偏利用了他这种心理，一次反击成功。

傅灵川闭起眼，脸上全是心灰意冷："好，我认输。"

冯妙君却摇了摇头："我不杀你。"

傅灵川自忖必死，这时反而微微一怔："什么?"

"你欺君谋位，有大过；但新夏也是你一手建起，有大功。"冯妙君缓缓道来，声音传入在场每一个人耳中，"功过不尽相抵，然则你罪不至死。"

傅灵川垂着眼，声音苦涩："你想怎样？"

"交出稷器。"她悠悠道，"你卸去国师之职，不再掌管兵马，我就许你仍立于王廷之中。"

此言一出，莫说是傅灵川，身后众人也是一阵骚动。呼延备和赵红印都忍不住出声："王上！万万不可！"

冯妙君微一摆手，阻住所有人出声。

傅灵川呆立半晌，才用难以置信的眼神看着她："这是何意？"

"表哥有大才，我岂能不用？"她笑了笑道，"你心心念念都放不下新夏，何不为它继续效力！如今内忧外患未去，我也还是女王，这两点始终没变，和从前又有什么分别？"

傅灵川嘿嘿冷笑两声："我若不肯呢？"

"放心，你若不肯，我还是饶你一命。不过，新夏会将你逐出国门，宣布你是叛贼，人人可唾！"冯妙君轻声道，"表哥回心转意，就还有流芳百世的机会。否则——"

她一字一句："你心爱的新夏，从此就要恨你入骨！"

傅灵川身躯一震。他将毕生精力都用于复国，一生梦想就是匡扶大业，又怎么能忍受被驱离祖国、被国民痛恨的耻辱与痛苦！

她循循善诱："前路多阻且艰，表哥既离不得新夏，何不留下来共襄盛举？"

傅灵川一瞬不瞬望着她，目光复杂，却没了先前的戾光。良久后，终于长长地、长长地叹了口气："罢了。"

这两字说出来，他意兴阑珊，忽然一转眼老了十岁。

"你要让谁接手稷器？"

他问的其实是：谁来继任国师之职？毕竟国师拥有的，乃是至高无上的权力。

冯妙君却笑了："我。"

旁人无不动容。赵红印忍不住道："王上！您兼任国师恐怕操劳过甚……"

此时傅灵川却点了点头："交给你，确是最好。"于公，她是一国之君，最无私心；于私，两人同为安夏王室在人间的最后一点血脉，交给她自然比其他人更放心。

傅灵川伸出手，掌心有青光汇聚成一口小鼎。他的声音带着说不出的落寞与萧索："余傅灵川有愧天恩，难承稷器之鼎盛。今归还我王，祈有德者居之，助新夏……气运昌隆！"

这便是稷器交割最特殊的一种方式了：国师自请下台，就要交出稷器。

他交出的第二样东西，就是虬龙金符。此物象征军权，有了它，国君才能掌控新夏境内兵马。比起稷器，傅灵川交出金符的神情要沉重得多。从此，军政大权离他远去。

而拿它在手，冯妙君心底一块大石才终于落地。都城及周边驻有数万大军，只听傅灵川之命，这一直是他独断专行的底气，也是令冯妙君从前不敢轻举妄动的原因之一。

她接过收好，才微微一笑："这里还要善后，表哥请先回去养伤，我们很快会再见面。"

当下有人上来，想将傅灵川搀下，毕竟他也伤得不轻。然而傅灵川甩手拂开，自行转身走了。

脚步踉跄而消沉，却拒绝旁人扶持。成王败寇，可他余威犹在，军队沉默着分开一条路，任他通过。

冯妙君已经收回星天锥敲骨吸髓的特效，因此傅灵川的伤看着骇人，以他体质却是不日就可以康复。

望着傅灵川背影走远，赵红印有些不安："王上，就这样让他走了？"刚才杀得天昏地暗，转头就这么云淡风轻地放了，毕竟傅灵川手下党羽众多，万一他再去纠结余党造反……

"红将军多虑了。"冯妙君笑了笑，"傅灵川不会造反。"

冯妙君说完，抬步往后走去。

此次御前救驾的三人奖赏十分丰厚，除银两、明珠、灵石和绸缎外，真正让众人动容的，是冯妙君封赵红印为威德大将军，封呼延备为定远大将军，并提陈大昌为廷尉，协理王廷御林军。

三人被女王叫到这里亲历一场大战，又见识到傅灵川的逼宫阴谋、王权的更迭，也知道君主意图，谢恩时就对女王重新表了忠心。

该夺权的夺权，该封赏的封赏，这场风波就算过去了。

女王挥了挥手，皆大欢喜。军队就此撤离白马湖，奴婢们迅速出来收拾残局。这里的屋舍被打得稀巴烂，外头绿地上又是血渍斑斑，哪里还能住人？

女王就移住湖对岸的另一排精舍对付几日，直到王宫重新整顿完毕。

如今傅灵川已经垮台，不仅宫内原有的阵法、神通要重置一遍，宫人也要全部撤换，女王用起来才能放心。

人都散去，白马湖畔又恢复了惯有的宁静。冯妙君这时也有些疲惫，目光却在附近的绿林中来来回回扫视许多回。

她的灵觉今非昔比，总觉得丛中有人窥探，那目光总放在她身上，却不带恶意。

想一想，大概也知道那是谁。

原来他一直未曾远离，哪怕先前负气而去。想到这一点，冯妙君的心底冒出那么一丝丝暖意。方才她以身涉险并非全无凭恃，至少有六成的把握能令傅灵川制不住她。不过知道有个人与她互为守望，始终关注她的安危，这感觉……也挺不错呢。

忙忙碌碌，时间飞快地过去了十天。

冯妙君已经搬回王宫居住，太阳照常从东边升起，廷议每日也照常进行。

若说有什么不一样，大概就是傅灵川不再出现，有权在这里说一不二的人变成了女王。

白马湖畔那场政变，通过在场几位老臣武将，通过救驾的千余御林军，飞快传遍了整个乌塞尔的上流圈子，大家都知道傅灵川失势，而女王重掌大权——除了平民。

自然世上没有不透风的墙，上层的消息也慢慢渗进市井之中，变作了各式各样的传说。

乌塞尔城，变天了。

而在流言的中心，冯妙君也刚刚坐稳了权力的宝座。这位女王韬光养晦年余，一出手就拿下了傅灵川，多数人至此才知道她修为精深，竟然不下于国师。

事实上，她在收回大权的第三天就通过试炼，以新夏国师的身份顺利拿到了稷器。

只是大权终于在握，新夏女王却未感觉到多么风光，摆在眼前的永远都只有无尽的公务。并且最近求见的门阀络绎不绝，她已经回绝好多回了，心知不能永远将人拒于门外。

毕竟，在眼下的乌塞尔，她还有个麻烦没能解决呢。

此外，自那日扳倒傅灵川之后，云嵝也消失不见。冯妙君安心睡了几觉都没见他入梦作祟，因此料想他是离开乌塞尔返回魏国了。她最近空前忙碌，也鲜有功夫能想起他。

乌塞尔城南郊的松溪别院，面朝清溪，背靠大山，是修身养性的好地方。

往日门庭时常有外客求见，一候就是大半天，不过这些日子以来，宽阔的庭院只见寒梅落雪，倒是松鼠常来常往，跃下地面拣食松子。

如今院子里就有一人赏雪，红氅白衣，雪肤花貌。她握着一把榛子想逗逗小动物，袖口却钻出一只小貂，黑纽扣似的眼睛左右瞟了两下，地上的松鼠就吓得钻回树上，再不敢出现。

"胡闹。"

小貂舔了舔爪子。

这时，后头传来一道声音："女王大驾光临，我这小院蓬荜生辉。"

白影转过来，笑容越发明艳，可不就是冯妙君？

她笑吟吟地望着踏阶而下的那人："表哥的伤，恢复得如何了？"

松溪别院的主人，正是傅灵川。此刻他一身青衣，面色有几分苍白，不见从前的神采飞扬、意气风发。

"托女王洪福，已无大碍。"他慢慢道，"就不知我王日理万机，怎会有空来我这穷乡僻壤？"

他失权之后就搬离王宫，住到松溪别院来养伤。冯妙君直接派两名太医进驻这里，每日照料他的伤势，以示关怀。

冯妙君顺手折了一朵小花："这里比白马湖还清静，表哥好会享福。我那里政务堆积如山，就是不眠不休也处理不完，干脆到这里偷几天懒，寻些自在。"

傅灵川微微一哂："长乐说笑了，你这几天动作频频，群臣无不震慑，便是我亲为也不可能做得比你更好，谈何偷懒？"

冯妙君轻咳一声："表哥今后有何打算？"

"我现在是平头布衣，既然不再立于朝堂之上，今后自然一心问道潜修。"他看向冯妙君的眼神很谨慎。她是忌惮他继续留在乌塞尔？"如果王上不喜，我可以马上搬离。"

"说哪里话来？"冯妙君这时移步厅内，接过管家递来的清茶轻抿一口，"表哥这样的人物，怎可以闲置于江湖之中？"

这是何意？傅灵川眉头微蹙。

"咱兄妹间也不说客套话。"冯妙君在他疑惑的目光中轻声道，"我想请表哥出任佐政大臣，为我打理新夏王廷政务。"

傅灵川何等精明，一下愕然："我？"

"不错。"冯妙君低声道，"甚至我外出时，你还要行代政之职。"言罢微微一笑，"只是政权。"

傅灵川听到这话，有些吃惊，没料到她还敢用他。

见他沉默不语，冯妙君叹了口气："这几天可把我忙坏了。术业有专攻，我最擅吃喝玩乐，还是不耐烦应付这些个廷臣和政务，急需表哥为我分忧。"

傅灵川把持朝政时，她虽然有名无权，日子却过得悠闲，与现在恰成鲜明反比。都说能者多劳，但是凡事亲力亲为，最后的下场大概是被活活累死。为人上者，应该最擅于选贤用能，而非亲手做事。傅灵川有施政之才，就此埋没实属可惜。

傅灵川却看得明白："只怕不止如此吧？"

"总还有人暗中蠢蠢欲动。"冯妙君也不讳言，"祖宗传下来的江山，还是要由家人守着更安心。"

现在，他又是她的家人了？

冯妙君身体微微前倾，诚恳道："既然同为安夏后裔，那便应该互相守望。"

傅灵川沉默半晌，才问她："呼延备不好对付？"

"老奸巨猾。"她点了点头，"呼延家居功自傲，风头还隐隐盖过了赵红印。我看，呼延备想走你的老路。"

傅灵川面沉如水："有甚关系？你怎么对付我，就能怎么对付他。"

"你我相争，都是手下留情，不伤新夏筋骨。"她轻声细语，"呼延备可就不一定了。"

她和傅灵川之间的争斗，彼此都留了体面，没下死手。呼延家的主力在西北，万一作起乱来，即便最后被镇压下去，那也会祸及百万平民。

傅灵川在原地站了好一会儿，冯妙君几乎能感受到他内心的挣扎。

然后，他大步往外行去。

冯妙君也不着急，吃些糕饼果子等着。

约莫是一刻钟后，傅灵川才走了回来，手里拿着一摞卷宗，放到冯妙君的案几上："你要的东西。"

他虽然失了权势，但手下还有能人，还有自己的一套情报网络。

冯妙君拿起来翻动几下，心道果然如此，傅灵川果然将这事情办完了。她正色道："表哥果然人在郊野，心系新夏。长乐诚心邀约，望你重返王廷！"

傅灵川不语。

冯妙君站了起来，微笑道："请君慎思。"

第
二
十
六
章

北
陆
战
起

呼延家这几天过得很风光。家主救驾有功，女王的赏赐一批接一批抬进邸里，明里暗里多少双眼睛都看见了。便是府里下人走出去，也个个挺胸抬头。

一日，外头有人来报："宫里有请。"

呼延备进宫面圣，内侍接引他去御书房。

冯妙君就在书案后方，正襟危坐，待呼延备行礼完毕，她将案上厚厚一摞资料向前一推："拿去看。"

内侍赶紧抱起，递到呼延备面前。后者翻开最上面一本花名册，看了几页，脸色慢慢变了。他又抽出一卷，上面密密麻麻都是蝇头小字。

冯妙君看呼延备头上冒出细密的汗珠，遂问他："呼延将军，你怎么说？"

呼延备合上册页，紧声道："敢问王上，这些从何得来？"

冯妙君瞅着他，声音又轻又缓："自然是孤指人搜集而来。怎么，呼延将军有疑虑？"

"不敢。"呼延备低了低头，"只是傅灵川先前就经手这些资料。他与臣素来不睦，兴许……"

冯妙君以手支颐："你想说，这些资料都是傅灵川为了构陷你而伪造的了？"

"人心难测，不能排除这样的可能。"话是这样说，呼延备的心却沉入了谷底。他原以为傅灵川掌握的线索会随着这人的失势而埋没，却没料到傅灵川居然直接呈给了女王！

冯妙君笑道："孤就知道你会这样说。"

她从案头又抽出一封信笺，着内侍拿给呼延备看。

呼延备瞧见头两句就面色如土，却还咬着牙坚持看完，直到最后的落款。

字都是血字，末了还有签字和血手印。

这里面是厚厚一封招供书，出自他留在西北的一名心腹之手。此人详细交代了呼延家在裁军令上的阳奉阴违，指认呼延家在豢养私军、扩充军备等事务上的银钱来路不正，同时在赋税、矿场等方面也动过手脚。

若说呼延备方才心里沉甸甸的，这会儿五脏六腑都像结了冰，一口气都快透不出。

冯妙君悠悠道："呼延将军，你养私军、换军备的钱花得可真不少，光是这里头账簿里记下来的一星半点，都让孤看得着实眼红。"说到这里，声音渐渐转厉，"看来，燕王对你可是真大方！"

"燕王"这两字甫一入耳，呼延备扑通一声跪倒："臣不敢！"

"不敢？"她微微一笑，"去年孤岁宴之后，燕王子赵允就上呼延家密谈去了，也没见你不敢啊？"

呼延备抬头，恰与冯妙君的目光撞在一处，顿时望见她眼底的冰冷和讥讽。

她是不是就等着他出手，好将呼延家连根拔起，就如同她对付傅灵川那样？

呼延备暗暗捏紧拳头，却不得不诚惶诚恐："臣有罪！"

"私通燕国、抗令不遵、豢养私军、结党营私、辱灭王权……"冯妙君每个字都渗着透骨的寒气，"呼延备，你胆子好大！"她抓起桌上一份密报，直接砸在他跟前，"你说，你有几个脑袋能让孤砍！"

纸页散落在地，呼延备只看了一眼，上面明确记载了赵允离开乌塞尔城以后的行踪，确与呼延备知悉的相差无几。

到了这时，呼延备心中再无侥幸，知道冯妙君今日就要跟他清算总账。他以头点地，颓然道："臣死罪！然祸不及家人，请王上开恩！"

"光是第一条私通外国，就值一个满门抄斩。"冯妙君森然道，"你倒是告诉孤，凭什么少砍三百个脑袋？"

呼延备小心道："燕王给予呼延家的资助……"他抬头望见国君凤眼微眯，立刻改口，"不，是贿赂，呼延家尽数上缴，分文不留。"

他也是人精，国君口风有变，他当即就发现此事还有转机。

冯妙君气得笑了："本来就要充公之物，你敢拿来与孤讨价还价？"

呼延备低声道："臣还有一献。"

"说。"

"前几日才接到消息，普灵国以北一百七十里的狐隐山或有灵石矿，勘探认为蕴量颇丰。"呼延备这时也不敢藏私，"臣愿意遣人挖掘，献予王廷。"

灵石矿？这可是有钱都买不到的好东西，市面上的一等硬通货。冯妙君想了想："那个位置……岂非在魏国境内？"

"恰在我国与魏国交界处。"呼延备赶紧道，"恐怕矿脉主体还是在我国境内。倒是魏国那里似乎也得了风声，已经派人来抢挖。"

冯妙君盯了他一眼，阴恻恻道："这条矿脉，你原本打算怎么处置来着？"

呼延备头一低，不吱声了。

这厮是债多不愁，冯妙君懒得追究他的欺君之罪，轻哼一声："呼延家险些误国，只献一条灵矿脉就想抵罪，未免单薄。"

这是还有下文了，呼延备虚心请教："还请我王示下。"

"北部的黎家、西南部的乌家，家主迟迟不进都城，暗中却有兵马调动。你可知道怎么回事？"

"臣不知。"呼延备当然知道。女王安在他身上"结党营私"的罪名也不是白来的，乌、黎两家势大，自然不愿将军权上交。他们与呼延家同气连枝，就等着呼延备进都之后发回消息，好伺机而动。

"无妨。"冯妙君倒是和颜悦色起来，"你想戴罪立功，这两家就交给你了。无论是说服也好，打服也好，总之你给我把黎、乌两家的兵权收回。否则……"

见呼延备顿时脸色一苦，冯妙君阴恻恻地跟了一句："怎么，办不到？"

"办得到！"呼延备也不愧是人杰，拍拍胸口道，"此事就包在老臣身上，必为我王分忧！"

"好。"冯妙君微微一笑，"这两家都驻在边地，王廷派军路途太远，就由呼延家就近吧。"

呼延备心里沉甸甸的，满嘴苦涩："是。"

"那就交给呼延将军了。"冯妙君以手支颐，"莫要令孤失望。"

呼延备应了，冯妙君就挥手令他退下。

时间推移，寒冬终于过去，天气一天天转暖，日子也再无什么波澜。

直到一日她在宫中接到急报："魏国侵峣！"

冯妙君心里咯噔一沉。

这两国要掐架简直不需要再找借口了，萧衍只消一句"为君父报仇"就理直气壮。魏国在两年前的乌涪雪山战役中吃了大亏，连国君都牺牲了，臣民一直引以为耻。偏巧两年来风调雨顺，国力又盛，这回几乎不需要怎样动员，请战情绪就异常高涨。

但对魏军来说，这可是一场攻坚战，想打去峣国王都，一路上要拔起的钉子不知道有多少颗。以冯妙君对萧衍的了解，他应该不是下夯功夫的人，怎会选择这种吃力不讨好的打法？

对此，各国也是议论纷纷。

果然又过半月，最新消息传来，令人瞠目结舌：峣都西北部的眠沙岭忽然遭魏军突入！

这支队伍足足有七万人，由魏王萧衍亲自率领，只用了三天工夫就翻越眠沙岭、渡过白沙河，直接冲入了中部平原！

举世震惊。

消息传到乌塞尔，王廷上下也是与峣人同样吃惊。一向老成持重如相国王渊，也惊得失声道："他们怎能走过眠沙岭！"

眠沙岭是位于峣国西北部的三百里流沙绝域，此处地形极度复杂，水沼和浮沙组成了不计其数的流沙陷阱。每年也不知有多少生灵葬身流沙陷阱，当地人将这种流沙称作"眠沙"，意即是暂时沉睡的沙子，一旦醒来就会吞噬性命。

眠沙岭离峣国边境不远，由此组成了天然的屏障。这里绝不是任何军队入侵峣国的首选路线，因为每下过一场雨，流沙的位置都可能改变，所以无法绘出固定的行进路线。况且军队还有后勤辎重，一旦掉入陷阱，后果不堪设想。

神志健全的首领，绝不会带着军队走上这条路。

傅灵川凝重道："也正因如此，峣国从未想过敌军能从这里突入，边镇上毫无防范。魏军轻而易举就渡过了白沙河。"他指着沙盘，"再往东南偏东方向走上九百里，就是峣国首都印兹城了。这回，魏军可是抄了个捷径。峣国还没组织起像样的拦截，他们走得很快。"兵贵神速，好不容易赢来的优势，魏军当然要好好把握。

"也即是说，魏军能翻越眠沙岭，如有神助。"冯妙君缓缓道，"萧衍敢亲自上场，说明他对横穿流沙阵极有把握。"

众臣点头。

傅灵川道："魏军这一路攻城略地，都是迅雷不及掩耳，像是对当地环境、地形、人口、驻军数量都了若指掌，可见情报十分周全。"

峣廷被杀一个措手不及，此时忙得人仰马翻。其实和情报几乎同时抵达冯妙君这里的，还有峣太子妃晗月公主的亲笔信。她祈求新夏出兵，协助峣国阻挡魏人的脚步！

魏人今次从峣国西北境突袭，从地理位置来看，盟友晋国是远水解不了近火，唯有北部的新夏和几个小国能够尝试阻截魏军。晗月公主只得向自己昔日的闺中密友求助，言辞格外恳切。

冯妙君接到这封求援信，只觉左右为难。

新夏与魏国的协议有天道证效，她只要敢从国内派兵出去援峣，必遭天谴，甚至不需要魏人动手。

可是，难道就这样坐视魏人侵峣而不理会？新夏和峣国一直是睦邻友好，新夏成立、普灵国入侵，峣国也都搭了把手，尽管魏夏协议之后关系一度有些僵持。

更要紧的是，峣国一旦被吞并，新夏从此单独直面魏国，二者之间少了战略缓冲。

冯妙君深知唇亡齿寒的道理，与不安分的魏国当邻居，要十二万分小心。

最后她还是把傅灵川唤来："你怎么看？"

"只要我们出手相助，无论是否触犯协议，魏国都会大怒。"

几天后，陆续有峣、晋的使者求见冯妙君，峣期盼新夏可以出兵驰援，晋国则希望本国大军可以从新夏借道。冯妙君俱是不见，只让傅灵川去回绝了。

魏夏合约说得很清楚，新夏不能支援魏国对手的军事行动。这个时候，她再一次体验到云嵝来寻她定下契约的险恶用心。

这是一石二鸟之计，不仅挡住了新夏出手，还把峣、晋之间的最快运兵通道给锁死了，拖延了来自晋国的援兵！

可气的是，这一道关卡却是由新夏来把守。

论深谋远虑，她比起云嵝还是差远了啊。他简直要把她、把新夏架到火上去烤。

由于新夏的袖手旁观，从今往后，晋、峣与它的关系都不会太好，再加上傅灵川先前又得罪了燕国，新夏好似也只剩下亲近魏国一途了。

想起云嵝在乌塞尔与她花前月下，脑中想的却是这些算计，她就恨得牙根儿都痒！

冯妙君思索片刻，又下发一条命令："今夏陶虹国即将交付的一千三百匹良马毛色不佳、体膘不壮，着边检驿都司拒收。"

当下有专人记录，火速传令出去。相国王渊赞道："王上一片苦心。"

陶虹国恰在普灵国以西，草原辽阔，坐拥优良马场。新夏与之建交后，每年都要从这里购买大量良马。但是这里距离峣国边境很近，峣军在附近建有军镇，常备军规模四千人，骑兵不足千人。此刻驻扎此地的峣军必定也要赶向中部截击魏人，可惜脚程不快。新夏国这里拒收了陶虹国的马匹，对方就只有转卖出去，峣军得消息去买，机动性自然大大加强。

冯妙君脸上却没有笑容："这一场仗，怕是峣人不好打了。"

是夜，月光如水。

冯妙君盘膝而坐，对月调息，周身都笼罩在一层浓浓的白气当中。

从前她羡慕云嵝调息有此异象，如今她自个儿也能做到了。

直至月过中天，她才缓缓收功，额上不知何时覆了一层薄汗，面上却有笑容。

她站了起来，向着窗外走去。

寝殿的木窗很高，离地至少四尺。冯妙君前两步还踏在方砖上，后面居然离地而起，越走越高。她迈步很慢，走得却很稳，仿佛在花园中散步，仿佛脚下踩着的不是空气，而是鹅卵石小径。

而后，她穿窗而出，慢慢走去了屋檐。

离地越远，拉坠感越是强烈。在脚下猛地一沉之前，她伸手捞住檐角借势而起，翻身站到了高高的屋顶。

这里离地面已有四丈之遥。

气机圆融，百脉调和。这一刻，她心境舒畅，只想放声长啸。

《凡人步仙诀》的最后一式，终于练成了。

浩黎大帝亲笔补著的《凡人步仙诀》，一式比一式难，从十三岁拿到这部口诀以来，冯妙君就勤学不辍，练倒数第二式用了大半年时间，而这最后一式，整整花去了两年之久！

直至今日、今时，她才终于迎来了一个水到渠成。

自此刻起，冯妙君气机流转不息，再也没有半点滞涩淤堵，更难得经脉在长年累月的冲刷下已经拓展得格外宽广而坚固。冯妙君可以毫不自谦地说，此刻即便她将云嵝的所有灵力都借来，也不会像从前那样伤及己身了。

同时，她也感受到丹田充盈得向外鼓胀，如同杯子里面装满了水，再多添一丝就要溢杯。当然丹田本身不是实物，可是这也意味着她到达了瓶颈，只有将身体里面这只杯子换作大瓮，才能继续牵引外界灵气入体、炼化，继续修行。

看来，有必要出去寻找机缘。

冯妙君望着天上明月，又一次起心动念。外头天大地大，战争如火如荼，她却留在这方寸之地，腾挪不出。也该出去走一走了，横竖新夏国内政局稳定，乱象早消，民众安居乐业，一切井井有条。而她就算在这里每日继续勤奋修行，也未必能突破瓶颈，晋入下一层级。

修行此事，玄而又玄。冯妙君想要的机缘，恐怕在大千世界之中。

她需要更多实战、更多感悟，来突破，来晋升。直到此时，她才明白燕王以堂堂国君之尊，为何不老实待在深宫，反而时不时要以阳山君的名号去闯荡天下了。

说到底，他们还是修行者，本能地会将"修身"摆在齐家治国平天下之上。

第三日，一条急报送至王廷。

这条急报被标注为十万火急，是最高一级的急报，以飞讯送之，而不走地面传输。虽然成本高昂，但它的内容也足以令人震惊：魏人奇袭印兹城！

众臣还惊得目瞪口呆，冯妙君已经拍案而起，失声道："该死！"

从前线赶回的探子急禀道："魏国师率二百修行者潜入印兹城和临时宫廷，而后发动突袭。那里虽然有重重阵法保护，但至小人赶回为止，结界阵法已被攻破多重。"

魏国师！冯妙君不觉捏紧了扶手："印兹城的守军呢，难道就看他二百人在城中直捣黄龙？"

"城守和禁军都赶去了，但这二百修行者好生厉害，硬是扛下所有攻击。"探子答得很快，"再者，印兹城守军不到半数，精锐不足。"

"是了。"冯妙君忽然明白过来，喃喃道，"大部分人手都被峣太子抽调，去截击西北魏军了。"此时的印兹城城防最为空虚，云嵂就是瞅准这机会乘虚而入。

不，不止是城守空虚，冯妙君下意识捂住了额头："还有黄金城！"

为了运输大军，苗奉先将黄金城再一次派上了用场。那也即是说，王室要暂时从黄金城里搬出来，住到外头去。否则苗奉先万一战败失利，整个峣王室也将被人一锅端掉。

现在可好，黄金城被苗奉先带走了，峣王室住在印兹。即便他们的居所还有无数重阵法保护，终究比不上黄金城那么强固保险。

此时云嵂想对付他们，就不必去啃黄金城这个难啃的龟壳了。

呼延备沉声道："此时峣太子率军在西北，与魏军胶着于战事。即便他接到消息冲回印兹城，恐怕……"他顿了顿，"再说他要是扔下西北战事返回，那里军心浮动，更不是魏军对手了。"

相国王渊也赞叹不已："魏国这计策好生精巧，先布一重疑兵在西南，吸引峣国火力，再由魏王亲率大军突入眠沙岭，分走印兹城的守备，以及最重要的黄金城。这是两重调虎离山之计，掩盖了魏人最底下的算盘。峣国危矣！"

冯妙君目光闪动："这是昨日的情报吗？"

"前夜发生。"

这会儿是午后了，飞行禽妖的速度再快，从印兹城全速飞来也还需要不少时间。

冯妙君又揉了揉额头，有些儿没精打采："行，孤知道了。料想后续战报源源不绝，诸卿且去养精蓄锐。"

冯妙君的预感无误，这一日深夜，发自峣都的最新战报果然又递到了她的案头来。

一目十行扫过，以女王的定力，捏住情报的指尖都不由得微微一颤。

这封战报比上一封要具体得多：魏人在国师云嵂率领下，仅仅用了一整夜的工夫就突破宫中阵法禁制，擒下峣王，拿住了王室所有成员！

在这过程中，峣都几乎没有遭受破坏，因为突袭在王宫当中爆发，修行者威力巨大的神通并没有损坏到宫外的建筑街道和人群。

峣王宫自然也布下了层层阵法，并有重兵把守。然而这处临时宫邸是王室园林，里面的草木扶疏虽美，建造目的却不是抵御敌人，与黄金城的防御能力根本不能相提并论。并且阵法和守卫也是临时加上去的，远不如黄金城里严密。

情报上又提到，城守军将整个宫邸团团围住，但碍于云嵂手中人质分量太重，他们并不敢轻举妄动。

也就是说，云嵦抓到嶢王室成员后并未离去，而是老神在在留在了嶢都。

他手里抓着王牌，的确不必急着突围而去，待在印兹城可以更方便无碍地与嶢太子苗奉先谈判。不过，冯妙君总觉得这里面还有其他因由。

但无论如何，魏人的指令已经传递出去了，着苗奉先立刻率军投降，否则老嶢王必死，嶢太子妃母子必死！

看到这里，冯妙君顿时如坐针毡，沉声喝道："都退下！"

服侍在书房里的宫人立刻鱼贯而出。

待到这里无人，冯妙君立刻脱掉宽大袍服，换上一身劲装。缠在她耳上的液金妖怪结结巴巴道："女主人，您这是要、要半夜外出？"

她嗯了一声，接着取走头上珠翠。

"要走一趟长途。"

液金妖怪立刻明白过来，失声道："您想去嶢都！为什么？"

"很吃惊吗？"她换上一根木簪，绾起满头青丝。

"嶢国的事，与您没有关系呀。"

"怎么没有关系？"她换上薄底快靴，这些早都收在储物戒中，"现在云嵦手里捏着嶢王室来迫降嶢太子，你觉得苗奉先会做何反应？"

"苗奉先的反应？"

"如果他依言率军投降，则云嵦将他上下三代一锅端了，嶢国很可能灭亡。"冯妙君分析得客观冷静，"如果他不降，魏人或许将他父亲妻子都杀掉，但苗奉先本身就是嶢国正统继承人，他完全可以在任何地方加冕为王，届时率军反扑云嵦，还可以来个瓮中捉鳖。"她呼出一口气，"到得那时，强弱之势可不好说。"

液金妖怪瞪目："竟有这些门道。"

冯妙君从镜中看了它一眼："换作你是苗奉先，降还是不降？"

液金妖怪老老实实回复："我不知道。"

"我也不知道。"冯妙君面色凝重，"所以我要亲自走一趟。"

其实它还是不明白，苗奉先降与不降，跟她有什么关系？想来想去，大概只有这一个理由了：她担心云嵦？

"男主人若知道您这么关心他的安危，一定会很感动的！"

冯妙君手上动作顿了一下，才苦笑道："我自己也很感动。"

苗奉先要是决定放弃魏人手中的人质，那么云嵦可就有危险了。

印兹城有数不清的机关和阵法，云嵦再强大，在嶢都也是孤立无援。一两百名修行者，放在一国之都数十万人面前，实在渺小得不值一提。

一旦他失败了，那后果冯妙君想起来都不寒而栗。

云嵯这家伙，就不能安安分分地好好活着吗！

快手快脚收拾完毕，冯妙君唤上陈大昌，抬腿就去了花园，这里有一片湿地，毗邻着小溪。冯妙君先打了个呼哨。哨声嘹亮，还在夜空回响，两头雪白大鹤就翩跹而至，降落在她和陈大昌面前。

"大黑。"她拍了拍一头白鹤的长颈，"今回你们要卖力了，立刻载我们去印兹城。"

大黑长唳一声，三花晃了晃长喙。

白鹤排空直上，罡风凛冽如刮骨钢刀，冯妙君却觉神清气爽。俯瞰云下的大好山河，她都有放声长啸的冲动。

鹤妖振翅所向，正是峗都。

两只鹤妖感受到她的急迫心情，加上这一天的高空气流方向正好，竟比平时早上两个时辰赶到了目的地。这会儿正是次日凌晨，还未到鸡鸣时分。

仍在夜色笼罩下的印兹城不复往日安宁，从高空看下去就是灯火通明，显然多数军民都清醒着。她命鹤妖飞到十余里之外的郊外落地，而后才和陈大昌赶往印兹城。

印兹全城戒严，户外早被清场，现在街上一名行人也没有，往来的都是满面肃穆的兵卫。王室花园在城东北角，占地面积不小。不过眼下冯妙君是进不去的，因为这地方已被重兵把守着，沿途三步一岗，五步一哨，互为守望，还安置监察伪装和幻阵的法器，连蚊子都飞不进一只。

冯妙君也不着急，沿着外围游走。峗国的王室花园是整片北陆中最大的，就算骑上快马，绕外围跑一圈也要三五个时辰。峗人想要全线布防，以都城的现有兵力来说是不现实的，她总能找到薄弱之处。

就在此时，远处轰隆一声，竟然是震天的炮响。

在安静的印兹城里，这一声犹如惊天霹雳，也震得冯妙君心里一紧。

竟然已经开战了？

后面又是接连几声巨响，地面都震颤不已。

这对于云嵯和她来说，可是个糟糕的消息。

彤心殿。

远处的炮声和喊杀声，越来越近了。

云嵯在这里已经站了小半个时辰，似在搜寻某物。陆茗一直不敢打扰，这会儿却忍不住道："大人，该撤了。"

这里将是峗人进攻的重点，国师大人纵然神勇，陷入重重包围也是大麻烦。

云嵯唔了一声，迈动脚步，却不往大门走，反而靠近檐下的花架。那上头种着清一色的花草。

草木不知人间仇杀，仍是一派欣欣向荣。

而后云嵝说了声："不对。"

不对？陆茗也凑上前来细细看了几眼，除了花儿娇艳之外，并未看出什么不对："莫不是有毒？"

话音刚落，云嵝望过来，一脸嫌弃："你看不出来？这花架上的花，次序都乱了。恐怕第二层原本摆着某种植物，突然被人取走，留下空位又觉不妥，这才搬了一盆大丽花填上。"说到这里，他突然蹲下身子，就有一只甲壳虫抱着样东西从架子底下钻出来，爬到他手心里。

它抱着的是一颗粉白的珍珠，圆滚滚的，原该色泽光亮，但现在沾染了不少泥土。

云嵝将珠子捏起，对着月光看了两眼，道一声："果然如此。"一回头望向陆茗，"这是喂水丸，服下后能在水中呼吸一刻钟时间。"

这架子上原本养着一盆喂水丸。"此间主人怕我们发现，才将它收起，用大丽花填格子？"陆茗想不通，"如果真在水中，我们也派鱼妖搜了两天，并无发现。"

云嵝好笑："她能有这种头脑？八成是有人替她善后。"顿了一顿，"我让你找来的人呢？"

"这就带到。"陆茗办事一向牢靠，"吴嬷嬷在花园服侍王室四十载，是这里的老人了。"

吴嬷嬷五十多岁了，被带过来时面白如纸。云嵝安慰她道："我只问几个小问题，你答上了，立刻就能离开。"

他的声音自有镇定人心的力量，吴嬷嬷手抖得不是那么厉害了。

"服侍在彤心殿的下人呢？"

"死了。"吴嬷嬷小心回答，"被您手下的大爷们杀了。"

"一个不剩？"

吴嬷嬷点头。

"倒是巧。"云嵝换了个话题，"我见映月潭边立有一块方碑，记载此地重修过？"

"是。"吴嬷对这园中果然了若指掌，"那里地势低，原是一座假山迷宫。十三年前国君改园修景，深挖下去，再放水将这里变作了映月深潭。"

云嵝目光闪动："说一说这假山迷宫。"

都是多年前的旧事了，也只有吴嬷嬷这样的园中老人记忆犹新。

"从外头看不出端倪，但假山是按照八卦修成，常人不易走出。据说从前修这迷宫也是为了锻炼王室子弟的阵法造诣，因此迷宫中有一练功室，就修在瀑布之下。"

"瀑布下的练功室？"云嵝随手挥退吴嬷嬷，对陆茗道："去办，尽快。"

陆茗在一边都听得真切,应了一声就飞快奔了出去。

云嵝转身,施施然往后头的宫殿去了。

过不多时,峣人就冲进来,重新占领了这里。

这边,冯妙君已经成功潜入王家园林。

她身处园林东侧,听闻前方传来兵刃相击和呼喝之声,还有几名将领和大臣站在那里,看似指点园林,但以冯妙君的耳力能听出,他们正在争吵。

她站去几人身边的大树后方,仔细听去,发现这群人七嘴八舌,居然都在指责一人:

"赵汝山,你失心疯了,王上还陷在里面!"

"你敢发军攻打,王上若有三长两短,那是诛九族的大罪!"

"……"

被指的那人方脸狮鼻,披起军甲更是壮硕如半截铁塔。冯妙君在印兹城待过一段时间,知道这位是将军赵汝山,战功赫赫。与一般耿直大将不同,他用兵屡有奇谋。

面对众人,他大手一挥:"吵什么!命令是我下的,这里数我职衔最高,后果也由我一应负责,不需你们承担!"

此话一出,冯妙君便明白过来。原来,苗奉先还未赶回都城!

众臣依旧怒道:"与担责何关?王上陷在宫中,你不顾他安危攻打,到底是何居心!"

赵汝山冷笑:"你们围而不攻,坐等太子赶到,却要他做何抉择?"

众人互望一眼,都知道苗奉先赶到以后,立刻就要直面两难抉择,家、国不能两全,无论舍弃哪个都是万般痛苦。

"无论太子怎样抉择,都要被千夫所指!"赵汝山厉声道,"与其如此,不若由我来替他接下骂名!攻园的命令是我下的,有什么后果,都由我来承担!"

其他人一起骇然,连冯妙君都为之动容。

这里兵来将往,人声鼎沸,赵汝山不好明说,但在场的人精都听出来了:趁着苗奉先还未抵达峣都,他抢先下令攻园,如果救出国君和太子妻儿,那么皆大欢喜;如果救不出……

如果救不出,反而惹恼了魏人,将人质一起杀掉,那么这虽然是大峣的"国难",但在如今形势下却并非不可以接受!

太子至孝,若他被魏贼要挟,献国而降,那么大峣可是直接灭亡了!他们这些文臣武官,又有何地自处?与其这般,倒不如置诸死地而后生,干脆让太子无牵无挂地加冕为王。

就连隐在树后的冯妙君,都要道一声赵汝山此人好狠的心肠,不仅对旁人狠,对自己更狠。贸然发兵,置王于死地,这可是诛九族的大罪!

听完赵汝山所言，其他将臣脸上神色各异，有犹豫不决的，有不敢苟同的，但赵汝山无暇再理他们，说句"失陪了"就随军大步冲入御花园之中。

冯妙君自然不会放过这样的好机会，同样趁乱混了进去。

陈大昌也换上峣人军装，找了个机会上街。

他很快发现，离御花园不到二百丈处有一座官邸同样重兵把守，题为乌家楼，大概是哪个大官或者富商的宅院，临时被征用作对敌指挥所。

他来往两次，发现时常有衣甲鲜明的将领和兵卫自门口进出这里，神色匆匆，似乎印兹城守军和高阶将领都集中在此，商讨对策。

正沉吟间，街角忽然又转出一队兵卫，中间簇拥着几人往这里行来。他定睛一看，不由得吃了一惊。被簇拥在最中央那人，浓眉大眼，轮廓坚毅，正是峣太子苗奉先！

看他行色匆匆的模样，应该也是刚刚赶到印兹城。

只见苗奉先还未走到乌家楼前，众官员和将领已经抢出，迎着他低头就拜。

苗奉先摆手："都起来，告诉我花园里的情况。"

说罢，向着御花园大步迈去。

当下就有将领道："整座园子都被魏贼占领，禁卫当天就被遣出来了，里面设了阵法禁制。"

"那这是怎么回事！"苗奉先向着前方一指。临时王宫门口的异状当然瞒不过他，况且这里还有兵员大量进出，怎么看也不像是防守模样。

"赵汝山将军坚持进攻，我们的人马已经快要压到主殿群了……"

"岂有此理！"苗奉先先是一惊，继而大怒，"传我令，停止攻击！将赵汝山召来！"

自有传令官翻身上马，飞快地去了。

苗奉先转头问众人："父王可有消息？"

"魏贼提过两次，不退兵就杀人。可是赵、赵将军并不理会。"

苗奉先咬牙，下颌肌肉绷紧，随即翻身上了随从牵过来的坐骑，直往主殿群奔去。

待他奔到主殿前，赵汝山也接到消息匆匆赶到，还未来得及行礼，苗奉先已经一拳将他打飞出去。

赵汝山被打得吐血，刚翻身坐起，苗奉先已经揪着领子将他提起，咬牙切齿道："你是不是想被凌迟处死！"

赵汝山喘了两口气才低下头去："臣有罪！"

苗奉先狠狠盯了他几眼，一把将他推开。

其实以他之聪慧，大致也能猜到赵汝山的动机。可是他身为太子，绝不能坐视君父受辱被杀而漠视之！

太子令下，峣人的攻势已经停止。再往前百丈就是主宫殿群前的绿坪了，军队已将这里团团围住。

苗奉先深吸了一口气道："走，先去和魏贼谈谈。"

他一人当先，众臣跟着前行。

前方就是宫邸大门。

苗奉先站定，向着紧紧关闭的朱红大门扬声道："吾乃太子苗奉先，云国师何在，请出来一叙！"

声音中掺入了灵力，在夜空中传遍整座花园。

里面静悄悄的。

苗奉先面不改色，又重复了两遍。

直到这时，园中才有人悠悠道："太子好悠闲，现在才来。"

这声音不是云嵕，但苗奉先反而格外熟悉，其中还带着淡淡嘲意，讽刺苗奉先不顾君父性命，拖延至今才回返印兹城。

"左丘渊，你竟有胆子回来。"苗奉先强压下满腔怒火，"未知我父王安好？"

左丘渊凉凉道："你再晚来些，他就不好了。"

苗奉先暗自咬牙："魏人要求我已知晓，我要先见过父王与妻儿，方可决断！"

确定人质安危，这是合理请求。因此左丘渊道："红角楼，别要花样。"

王室花园的东南部有个高达六丈的角楼，与围场的高墙连成一片，站在这里可以俯瞰园内美景，也作哨兵警戒之用。它本身形式优美如飞鸟展翼，也是园中景点之一。此时此刻，东方已经泛出了鱼肚白，峻立的红角楼在晨曦中露出优美的形态。

苗奉先快马飞奔而去。

他奔到墙外楼下，一勒缰绳，高声喝道："苗奉先在此！"

话音刚落，角楼上的小门打开，两人一先一后走到围廊上。

走在前面那人身材高壮，天庭开阔，然而须发半白，精神有几分委顿，正是峣国的老国君。然而他面白如纸，双目有些涣散，可见是受了折磨，不再像从前那样神态矍铄。

苗奉先见他头发凌乱，脸色难看，不由得唤了声："父王，他们可是苛待于您？"

"我很好。"老峣王摇头，声音却出奇地洪亮，"先儿，我传位于你，从此你就是大峣之……"最后一个"主"字还未出口，立在边上的人就一指封了他的哑穴。

到底是晚了，峣王的话，跟来这里的权臣们都听得清清楚楚。

老王要让位于太子！

金口玉言，斩钉截铁。

此话一出，人群中顿时一阵骚动。

"父王！"苗奉先一转眼望向峣王身后那人，恨恨道，"叛贼！昔日我就不该对你心软！"

押着峣王走出来的那位，眉目清秀，唇红齿白，正是苗奉先的昔日好友，钦天监之子左丘渊。

底下众峣人见到他，脸上都露出仇恨和鄙夷之色。此人有大才，于峣国内政外交、军事民情了若指掌。不消说，眠沙岭的三百里流沙阵必定是他带着魏军通过的，并且他从前可以自由出入宫廷，对于黄金城的了解大概远胜于云嵝。

这次魏国使出的奇谋，或许他也贡献了聪明才智。

左丘渊笑了，露出一口白牙："是，你和你父亲不同。他不该杀我全家，你呢，你却是不该对我网开一面。"他叹了口气，"我亏欠你，但对这老贼，我必杀之而后快！"说到最后几字，话声转厉，而后一把抓起老峣王的双手。

于是众人看到，老国君腕上铐着一副银镣，双手却都只有四指，在原本大拇指的位置只剩下一个血洞！

这左丘渊好狠，居然将他两手拇指都剁了下来。

"你迟来一天，我剁他一个拇指。"

苗奉先目眦尽裂，咬着牙道："左丘渊，我不杀你，誓不为人！"

"那都是后话了。"左丘渊面色不变，晃了晃老峣王手上镣铐，看后者脸上露出痛楚之色，"不若我们先谈谈条件？你再拖延半天，我怕自己忍不住要剁下他的脑袋。"

苗奉先目光转动，强迫自己冷静下来："云嵝呢？"

"这里全权由我负责。"左丘渊笑道，"还用不着云国师出面。好了，废话少说，你现在认降就还能得到一个活蹦乱跳的父王。"

苗奉先显然早就设想过这种场景，当即收起怒气谈判："如果我说不呢？"

"那么峣太子就是不把国君的命放在心上了。你放心，你既然不在意他，我也不会马上要了他的命。"左丘渊淡淡道，"不过，我们倒可以试试其他人在峣太子心目中的分量，比如，这老家伙的宝贝孙子。"

苗奉先呼吸顿时为之一窒。

峣王的孙子，也即是苗奉先与晗月公主的儿子！

夫妻情深、父子天性，他心中着急："他们母子何在！"

"很安全，还没人动他们一根寒毛。"左丘渊悠悠道，"不过从现在算起，两个时辰内你若是不降，我就剁掉我儿子一只手。每超过一个时辰，我就再送他身上一个部位给你。"他嘴角微微一勾，"希望你好生考虑，不要超过十个时辰，否则我也不知道还有什么部位可以卸了。"

苗奉先气息一下变得粗重，左丘渊则是向他一笑，而后拉着老峣王返回角楼里面。

始终沉默无言、垂首站在一边的老国君忽然用力一低头，猛地撞向门边的立柱！

这一下，他豁出了全身的劲道。

红角楼的立柱离他不过一尺，峣王这两天来一直很老实，谁也料不到他会猝然寻死。苗奉先大惊，想也不想，下意识扑了上去。可是角楼的禁制被触发，顿时有一道结界将他挡了下来。

左丘渊同样震惊，一把揪住领子将老峣王拉回来，可惜终究是迟了一步，后者脑袋已经狠狠磕在石上！

砰的一声闷响，像是西瓜被砸烂，听在众人耳中却是一阵寒意。

老峣王脑浆迸裂，红白之物溅得四处都是。

这峥嵘半生的君王，最后的结局竟是一头撞死在自家花园的门柱上。

苗奉先眼睛都红了："父王！"气怒攻心之下，什么也管不得了，什么也顾不得了，反手抽出长刀强行破阵。

他接任国师之职以后，对元力和天道的理解越发透彻，这时出手与数年前已不可同日而语。那把宝刀得他元力狂暴贯注，顿时亮光大炽，刀尖的罡气冒出三尺有余。

魏人费了好大力气设在园墙上的结界用于群战，防御能力极为出众，居然也被这森罗万象的一刀给硬生生破去两重。

刀气如霜，幸好攻到第三重结界时终于用老。红角楼保住了，却抖得像马上要坍塌。

左丘渊见势不妙，一个闪身跃下楼去，直往园中奔去，只留下一句话悠悠荡荡："你不要妻儿性命了吗？"

苗奉先满身气血都冲到头部，只觉脑中嗡嗡作响，哪里能听清这人说了什么！他落回地面，埋头几刀劈在墙上，迅猛如狂风骤雨，竟是硬生生砸开一处结界。

轰隆！墙面被他硬生生凿开一个大洞。

这一下变生肘腋，谁也始料未及。

老峣王殉国，还留下一句传位的遗诏，魏人手里最大的王牌也就没了。太子身上束缚尽去，再不必承担道义责任。身为峣国最高掌权者，苗奉先可以开始为父亲报仇雪恨了！

苗奉先胸口起伏几下，两眼通红，恶狠狠一声大吼："进攻！"

一声令下，炮火连天。

峣人都下意识握紧了手中的武器。

苗奉先站在最前，手挽长刀，眼里倒映着熊熊火光的光芒。

这一回，他们有满腔的仇恨。

这一回，他们要云嵯为首的魏人血债血偿，要左丘渊那个叛徒不得好死！

短兵相接的时刻，即将再一次到来。魏国修行者近一半都在这里了，甚至包括魏国的国师，只要将他们都灭在这里，魏国高阶战力大减，便再也无力东侵，更挡不住峣人进攻了。

今后成败，在此一战！

就在这群情燃沸之际，后方忽然响起一声嘹亮的禀告："报——晋国国师到！"

转头看去，果然有数骑奔至，为首的正是莫提准。苗奉先浑身的杀气不由得一挫。是了，此乱局之中，晗月公主与小王子还未找到，此时进攻，魏军很可能会以两人作为人质相要挟，情势将变得十分被动，若晗月公主母子真有什么闪失，对同盟的晋国也无法交代。

果然，莫提准翻身下马，还未走到他身前即大声道："峣太子，晗月公主何在！"

苗奉先沉默，只将目光投向了正被峣人狠命攻击的主殿群。

这没什么好瞒的，也瞒不住。

莫提准眼神一下转厉，狠狠诘问："晗月公主贤良淑德，又为你诞下大子，你如今莫非要置她母子性命于不顾！"

边上赵汝山接口道："莫国师，国君刚刚薨了，被左丘渊那叛徒所害！"说罢，指了指红角楼。

峣失国君，这可是眼下头等大事。莫提准闻言也愕然道："什么！"目光扫到红角楼上的异状，随即语气和缓下来，"贼人还在殿中，请太子节哀，以待杀贼报仇之时。"说到这里话锋一转，"然晗月公主母子失陷于其中，太子已失至亲，深知其苦，今晚是断断不可再失去妻儿！"

苗奉先深知晗月公主对于峣晋两国的关系有至关重要的影响，况且她嫁入峣国后褪去少女时的任性，温淑合仪，可没出过半点错处，于情于理都不该成为这场战争的牺牲品。

苗奉先闭着眼缓缓平复胸中气血，好一会儿才道："传令下去，停手。"

随即对莫提准道："莫国师，借一步说话。"

后方二里开外就有两所大屋，大战中只损了外墙。两人穿过树林缓缓往那里踱去，苗奉先沉声道："莫国师有何高见？"

"峣王遇难，魏人必定也措手不及。"莫提准轻咳一声，"恕我不敬，如今他们要挟太子的最大筹码已失，原计划已不可行，当会变通。"

苗奉先浓眉一轩："莫国师认为？"

"灭峣已不可为。"老峣王既死，苗奉先随时可以继位，魏人手里只剩下太子妃母子这个筹码，想以之要挟整个峣王廷太单薄了些。"我和云嵂打交道多年，他最擅于利导形势，不会看不清这点。因此他们这会儿谋划的，应是要全身而退。"

苗奉先眼中透出仇恨："全身而退？想得倒好！"

莫提准脸皮一扯："倒不完全靠想，云嵂能潜入你的御花园，就有很大概率带着他的部下溜走，顺便再裹挟太子妃母子。"

苗奉先微微一惊："怎样办到？"

"他能绘制小搬山阵。"莫提准凝声道，"那是上古遗留下来的秘法，能将阵中人传到数十里外。从御花园到印兹城外，一个阵法足矣！"

"那可不妙。"得了这个新情报，苗奉先的脸色阴沉得快要滴下水来，"既然潜入峣都的任务已经失败，他何必还留在这里？"

"那就不知了。"莫提准摇了摇头，"或许还想用晗月母子试探你的底线。既如此，你何不与他们虚与委蛇一番？或许还能借机救回妻儿。"

"谈判？"苗奉先目光闪动。与杀父仇人谈判，从情感上就令他无法接受。可是妻儿在对方手中，他终是投鼠忌器。

"如能借机毁去魏人后路，或许还有机会将他们全歼。"莫提准压低音量，一字一句，"为峣王复仇！"

苗奉先下颌收紧："小搬山阵？"

两人已经走到大屋附近，莫提准顺手折了根枝子，在地面上盘画两下，而后环顾左右。苗奉先会意，将侍卫和其他修行者都挥退。

莫提准抄着树枝，一边绘制，一边道："云崿此人诡计多端，前方殿中说不定安置了多个假阵法以示迷惑，而将真的隐藏起来。你想派进去的人，必须熟记这个阵法，以免误判。"

树枝易折，在他手里倒像削铁如泥的宝剑，每一下都是入地三分，不可磨灭。他动作娴熟而灵巧，小搬山阵在他手下快速成型。一刻多钟后，莫提准直起身子，长嘘出一口气。

"好了？"似有不足。

莫提准摇头，指着阵中一处留白："那里该绘入法阵目标，才能启动传送。"他问苗奉先，"你想好了吗，要传去哪里？"

苗奉先目光转动，朝着主殿方向看去。这会儿天色已亮，峣国建筑特有的金顶反射着阳光，洒出一片辉煌灿烂。

他朝着那个方向，努了努下巴。借助阵法之力，己方可以悄无声息地潜入宫殿当中。甚至他还觉着如果时间宽裕，可以将左丘渊那个叛徒一并杀掉！

"好想法。"莫提准赞了一声，将树枝丢给他，"目标何不由你来填？"

苗奉先接了，靠前两步，矮身动起手来。

对他们这样的修行者来说，绘制阵法是必学功课，苗奉先眼力悟性俱佳，方才观摩了那么久也有心得，虽然是头一回参与绘制小搬山阵，却不觉生涩。

就连站在一边观看的莫提准也觉得，此子日后必成大器，只要他顺利即位。

两败俱伤

御花园很大，曾经是草木幽深，现今却已经面目全非。

周围人挤人、人撞人，冯妙君干脆躲在一个幽僻之地守株待兔，直到有个瘦小兵丁经过，才将他一把抓进去打晕，然后从这可怜虫身上剥了装备，套到自己身上。

换上衣服后，她悄悄溜出这个阴暗的角落，融入了夜色和杀戮当中。

当务之急，是要找到云嶂。

不过让她意外的是，竟然在路上遇见了被人挟持，找寻自己孩儿的晗月公主！

晗月公主毕竟是她的密友，实在不能见死不救，冯妙君此时伪装成小兵，正好方便行事。于是便顺手将人救下，安置在较为安全的地方。不过时间有限，她顾不得帮晗月公主找寻孩子，也未来得及交代什么，便身形一闪，遁入了林中。

御花园外，又有数骑飞奔而至，守门的卫兵按例拦下。

被拱卫在中间那人撩开防风的帽帷，露出一张英朗而棱角分明的脸，门口的峣人立刻看得呆住。这张脸，他们分明在不久前就已经见过了！

这人浓眉一轩，沉声道："晋国国师莫提准，求见峣太子！"

又是一个莫提准！

守卫咽了下口水："可有、可有证明？"

莫提准将一份文书掷到他胸口："这是晋王的亲笔信，加印玉玺。"

穿过园门，莫提准面凝寒霜。

从不远处奔来的峣国郎将已经把峣人的疑虑说与他知。

"园中有第二个莫提准"——这事已让他冷笑连连："你带我去，看我抓一个现行！"

郎将正要应声，莫提准忽然又道，"是了，晗月公主还失陷在魏人手里吗？"

他得晋王委托，来这里营救晗月公主，即便气恼，也还分得清主次。

"是。"郎将答道，"我王薨，晗月公主仍被魏人控制。"

莫提准失声："峣王竟然过世了！"

"事起突然。"郎将苦涩道，"谁也没能料到。"

他陪着莫提准策马往宫殿群方向疾驰，斜刺里忽然奔出一队峣兵，其中簇拥着一人。

莫提准何等眼力，目光略一扫过就勒停了缰绳，长声道："晗月！"

身披毡毯、众星拱月一般被围在峣人中央的女子，正是晗月公主！

她获救了？

她怀里还抱着幼儿，闻声抬起头来，见到莫提准顿时啊了一声，又惊又喜："莫国师！"

冯妙君离开时，特意将她放在峣军的必经之路上，是以峣军很快就接应到她，并按照她的指示追杀敌人，找回了孩儿。

包括郎将在内，一众峣人尽都跪倒。

莫提准确定晗月母子的安危后，便觉松了一口气。一通问安之后便问道："峣王薨，你可知？"

晗月公主骇了一跳："什么！"她刚获救，急着找夫君，竟然无人告知她这个噩耗。"奉先呢？"

"有生命危险。"莫提准答道。那贼人扮作他的模样潜入御花园，总不是为了赏花吧？

晗月公主立刻抱紧儿子："快，我们快去寻他！"

太子与晋国师走去一边商量对策，留下峣国臣子窃窃私语。

有人就问赵汝山："赵将军，你看太子还会发动强攻吗？"

赵汝山面色凝重，低声道："不知。"换作其他君王，危急关头是可以舍掉妻儿的。继承人虽然宝贵，苗奉先却还很年轻，有的是机会诞子；天下公主何其多，少一个晗月公主，新国君当然还可以再娶。如今老峣王既然故去，苗奉先就该一鼓作气冲入前方，杀魏人一个措手不及！

唉，可惜他们太子有妇人之仁。

这话却没法宣之于口，赵汝山只得憋闷道："太子至孝，不会置大仇于不顾。"

正说话间，外头有快马奔来，却是守在花园门口的卫兵进来禀报："太子妃与晋国师到！"

"晋……"听到这消息的臣子都是一怔。莫提准不是早就来了吗，还阻止峣人进攻。

如果刚刚抵达御花园的才是莫提准，那么留在太子身边商量对策的又是谁？

"不好！"众人当即反应过来，拔腿就往大屋处狂奔而去！

赵汝山更是高声大喝："太子，那莫提准是假的！"

啪！才绘了两画，苗奉先手中树枝的前半截就断了。他只得矮了矮身，用剩下的枝子继续勾画。这一弯腰，脖颈就低了下去。

他身边的莫提准见此，拢在袖中的手轻轻一捏，苗奉先正上方的空气中就具现一把薄刃，对准他颈椎第二节斩了下去！

此刃薄如蝉翼，宽不及一掌，透明如水晶打造。这是利用上古法器具形而出的风刃，称"风丸"，有形无质，最可怕的是利刃加颈也全无声息，连一丝微风都带不起，令对手无知无觉。

苗奉先正低着头，颈上露出一点空门，就被他抓住了机会。

从这里斩下，就算大罗金仙也要掉脑袋的。

风刃果然不负重任，一下没入了苗奉先颈中去！

一击竟功！"莫提准"嘴角微弯，不敢相信事情这样顺利。

不过这一丝笑意并没有绽放出来，因为苗奉先的脑袋非但没被切下，连一点鲜血都没喷溅出来！

不，应该说，他连一点儿外伤都未留下。

"莫提准"目光一闪，左手微抬，又一记风刃直击苗奉先面门，身形也似鬼蜮，一步迈出就已逼到太子面前，右袖内一点寒光直冲苗奉先脖子抹去。

苗奉先侧头避过风刃，弯刀锃一下架住对方长剑，望向"莫提准"的目光带着雄狮的凶狠："堂堂云大国师，竟也干下三烂勾当！"他方才用出的，是峣廷交给国师的一件极珍贵的护身法器，能吸收一次重伤。只是这东西也只能生效一回。

刀剑相击，两人均觉对方力沉。云嵝既已暴露身份，索性长笑一声，剑走龙蛇。

两人在电光石火间拆解了十余招，不分胜负，只见云嵝周身气势蓦然一变，由原先的诡谲莫测一下变作了锋芒毕露，仿佛是刚刚出鞘的名剑，寒光四溢，凛冽生威！

这才是魏国国师的本来面貌。四周被惊动而聚拢过来的峣人甚至不敢直视，否则就要被这一剑的锋锐割伤眼睛。

苗奉先首当其冲自不好受。对方长剑还未加身，暴涨两尺的剑罡已在他胸口入肉三分。生死攸关时，他只得勉力外侧，胸前浮起一面圆盾。

此盾形如龟甲，浑圆无疵，自泛金光，出现得又很及时，正正好挡住了云嵝那一剑。

只听"噗"一声轻响，仿佛金属与皮革相击，甲盾碎裂、消散，苗奉先也被这一击推出数丈，落地时面白如纸，吐出一口鲜血。

这面龟盾乃峣国宝库里珍藏的上古遗珍，从苗奉先继承国师之位以来，他就着力以心血温养，是为本命法器之一，不料却在云嵝惊天一剑下化为乌有。

苗奉先一下就被反噬之力伤得不轻。

云嵝长眉轩起，口中却道："我扮莫提准扮得不像？"

他周身杀气凛然，平日的慵懒散漫早抛去九霄云外。苗奉先但觉他攻势忽而凌厉，忽而飘忽，让人难以适应，更有一种奇怪感觉，仿佛吐丝不绝，将周围的空气都层层缠裹，让身处其中之人行动越发艰涩。

这种憋闷到让人吐血的感觉越发强烈，苗奉先发觉，自己的行动果然是慢了下来，空有一身修为，竟然无从施展。

"像。"就这么短短十几息时间，他身上就多了四五处伤口，有深有浅，都是间不容发之际躲过。

幸好周围的峣人这时都已围了上来，其中不乏修行者，神通都往云嵝身上招呼。

远处更是传来赵汝山的一声大吼："太子，那莫提准是假的！"

废话，苗奉先当然知道，问题是他连分神呼喊的心力都没有，就已连番遇险。

赵汝山话音刚落，即有一人分光掠影而来，手中一柄重锤兜头朝着云嵝砸下！

这锤子见风即长，大如磨盘，带动风声呼呼、光线昏暗，似是能将大地都劈作两半。

这一记就连云嵝都不敢轻撄，闪身避了过去。

眼看巨锤要砸地敲出个大窟窿，这人反手变向，重逾泰山的一击顿时改向，执在他手里仿若无物，依旧追着云嵝而去。

这一下举重若轻，对力量的掌控更是妙到巅峰。

不消说，莫提准到了。

他和云嵝是老对手了，都知道对方大半根底，这一交上手，战斗似乎立刻就进入了白热化。

两人气势狂暴冲撞，周围的修行者纷纷避让，不想被他们连累。

苗奉先终于缓过劲来，长长吸了两口气，大步扑上前加入战局，口中道一句："你太久没露面了。"

魏人潜入峣都两天以来，云嵝鲜少露面，就连峣王这样重要的人质也是左丘渊押送出来的，他这位大国师反而不见踪影。

莫提准上一次与云嵝动手，双方都受了伤，不过他伤势更重些，这一点让他耿耿于怀数年，今日就抱定了一雪前耻的念头。他左手暗捏了几个诀，云嵝身后顿时就多出两个莫提准，同时抡着磨盘大的锤子直击他上、中两路。

这是他上回战斗中没施展出来的分身术，与普通镜像不同，每个分身都具有他三分之一的力量，并且操纵随心。尽管其时效只能维持短短的十息，却已经成为左右战局的压箱底大招！

对付云嵂这种人，一定要快准狠，决不能留给他再施诡计的时间！

这时苗奉先杀到，他禀赋和修为俱佳，首度与莫提准配合就已天衣无缝，两大强者的气息交缠在一起，几乎能对其他任何人形成反制。

云嵂身处战局之中，想必也极不舒服，不得已转攻为守，将一身轻灵飘忽的功夫都用到闪避袭击上。可是莫提准放出大招，他就相当于同时面对四大高手进攻，无论怎样缜密防守，终有一疏，被分身举锤击在左胸，踉跄两步。

这一瞬间，他身上闪出红白两道光芒，旋即不见。

两件护身法器同时被打爆，可见莫提准的进攻有多么凶猛。

其余势未消，以云嵂之修为本该能硬生生扛下，但他却忍不住闷哼一声，喉头发甜。

莫提准看出端倪，暴喝一声："他心疾未愈，攻他胸口。"

峣军中立刻杀出第三个人，手中一根熟铜棍直往云嵂胸前杵去。

正是赵汝山出手了。

各国领军大将中尽多修行者，赵汝山不仅是虎将，同样也是道艺精深的修行者，并擅土系神通，带出的每一击都有后土之力，八百多斤的棒子打在人身上，就有近万斤之效。

云嵂胸口被牵连得隐隐作痛，也不愿硬接，伸指如拂琴，将它直接拨到了一边去。

不过此时峣军中已经扑出更多修行者加入战斗。

云嵂身似鬼魅，同时面对这许多对手而不倒。苗奉先和莫提准互望一眼，均望见了对方眼里的决心：趁着今日今时，必要将云嵂的命留下不可。

对云嵂而言，用"身陷重围"这个词来形容，简直不能再贴切。

但他也不气馁，一剑将莫提准迫得后退两步，忽然疾退三丈之外。仔细看去，其所立之地正是先前他与苗奉先所绘的小搬山阵。

云嵂自怀中掏出两块红色灵石，飞快填入阵法的阴阳阵眼之中。

这家伙要开溜了！

莫提准面色一沉，巨锤脱手砸将过去。小搬山阵只能传送一人，只要默运口诀，谁先站进阵里谁就能被传走。他刚赶到这里就发现地上绘有阵法，只希望现在破坏还来得及。

不过阵法的光芒才亮起一下，旋即暗淡，像是刚刚经历过大风的蜡烛，飘摇两下就熄灭了。

阵法失灵了？

云嵂目光在阵法上一扫，这里的线条成千上万，要检查出哪里不对劲需要时间，需要静心。偏巧这两样，现在条件都不具备。

苗奉先也伤得不轻，这时却嘿了一声："既知你是云嵂，我怎会放任阵法完好无缺？"

抬了抬脚，于是云崿知道他方才趁着莫提准迎敌，竟然悄悄抹掉了地上的线条。

小搬山阵精细已极，一两根线条出错，整个阵法就不能运行。

这里距离主殿还有二里多路程，没了小搬山阵，云崿想在重兵包围下冲回去，那几乎是不可能完成的任务。

莫提准也看出他的处境，心怀舒畅，终是放声大笑："云崿，我看这回你还能往哪里逃！"这趟来峣国本为解救公主，此刻能将这毕生强敌放倒，那真是意外之喜。

云崿倒未显出沮丧，嘴角一扯："那你就瞪大眼睛好生看着！"

话音未落，不知从哪里变出两枚黑色圆球，每个都有李子大小，然后对着莫提准和另一名修行者砸去。

两人不敢硬接，一闪身避过。哪知这东西根本不须触地，在空气中就爆将开来，里面释出大股大股墨绿色的烟雾！随即不过两个呼吸的工夫，烟雾就填满方圆十丈内的空间。外围的峣兵被圈入其中，无不发出惨呼，衣物腐蚀，肌肤溃烂，血肉融解。

身处浓雾正中的修行者当然更不好受，虽有罡气护体，可是这玩意儿连罡气都可以腐蚀，不消半时就让人痛呼连连。

最糟糕的是，雾色深重，待在里面伸手不见五指，甚至神念都扩展不出去。所以峣国众修行者只得纷纷后退，在身受重伤之前撤出浓雾笼罩的范围。

雾气弥漫开来那一瞬间，云崿就朝着苗奉先扑了过去。这么短短三四息，两人交手不下百记，竟比方才还要激烈得多，苗奉先身上多出七道伤口。他咬牙撑了两息，终忍不住道："莫国师！"

雾气隔绝视觉与神念，却不阻断声音的传播。

莫提准的嗓音顿时由远而近："来了！"

话音刚落，苗奉先顿觉周身压力小了许多，云崿虚过两招，便无声无息地向外退去。

事不可为，他也没有留在这里的理由。现下他最重要的任务，已经变作带领魏国修行者逃离峣都，否则魏国这次袭杀计划才真叫偷鸡不成反蚀把米。

此时，就连云崿都感觉有些不济：他身上伤口不少，尤其后腰上也中了苗奉先一刀，深达一寸，刀口上附着的苗奉先的灵力钻入后腰肆虐，大出血而不止，哪怕敷上灵丹妙药也无济于事。

可这伤口的位置不便于自我诊疗，何况他还同时面对这许多敌人，根本腾不出手来自护。浓雾外，是严阵以待的数千峣军将士组成的人肉城墙，连他都难以逾越。

眼下最好的办法，莫过于换张面孔，趁乱逃出这个包围圈，再借机去接应其他魏国修行者。就在这时，身畔似有微风拂动，云崿知道，那是有人凑近了。

他在浓雾中虽不会受伤，然而它也是上古仙人留下的宝物之一，连他都不能视物。在这样伸手不见五指的环境里，有人靠近当然是先出手放倒再说。

不过云嵝方自提气，附近就有个细弱的声音道："是我！快跟我走。"

似是很笃定，云嵝一定能认得。

云嵝的确第一时间就认出了这个声音，接着就有些怔忡：是冯妙君？

她不在新夏当她的逍遥女王，怎么跑到这里来了？

最古怪的是，浓雾中隔绝任何人的神念，她是怎么准确定位到他的？

云嵝心中还有疑虑，手中劲道不泄。毕竟修行者中每多异人，哪一个学冯妙君说话惟妙惟肖都不奇怪，这种环境下引他上当，再容易不过了。

可是紧接着他就听到："液金妖怪认出你的武器了。"

她好似知道他的疑问，一开口就答到了点子上。

冯妙君伸过手来，云嵝毫不犹豫地一把握住。她的手很软也很暖，掌中却有一样硬物。

那物带着金属特有的冰冷，细而长，一端尖锐，像是……簪子？

"听我指令。"

冯妙君的声音细如蚊蚋，却有不容置疑的自信："把它戴上！"

云嵝轻轻捏了捏她的手，意会。

至此时浓雾已经持续了十息，行将散去。莫提准这时已经冲出雾气范围，也知它不能长久，提气喝了一声："列阵，不能让他逃了！"

外围的兵士一阵攒动，防护得更加严密了。

这一次对手空前强大，乃魏国国师，谁心里不是惴惴难安，谁手掌不是冷汗涔涔？

不过云嵝始终没有现身，反倒是三颗细小的圆球从雾中飞了出来，直往嵝军中落下。

苗奉先眼力极佳，第一时间看清此物，不由得大吼："闪开，都闪开！"

那是爆破蛊，其威力绝非凡人血肉之躯可以承受。

它们落下那处的嵝军闻风而散，附近的修行者纷纷支起结界，以对抗即将到来的冲击波。

轰隆三连响，地面陷下去几个大坑，嵝军原本紧密的包围圈被硬生生炸出一个出口。

硝烟袅袅，莫提准第一时间冲到这个缺口堵住，却不见有人遁出，于是大吼："看好浓雾，他们还未出来！"

两息之后，雾散了。

除了爆破蛊硝烟未尽，十来个大能混战之地已经清明一片，再无一物遮挡视野。

这里空空如也。

那个惹来众怒的魏国国师，不见了。

赵汝山大步蹿前，在这片空地上踱了两个来回，确认这里当真没有幻阵伪装，才沉声道："这厮跑了！"

那云嵂也不知用了什么法子，从包围圈中脱身而去。

这时，外头奔进一人，快速向莫提准行了一礼。要是冯妙君仍在这里，多半能认出这是莫提准带来的随从。莫提准见到手下，面色微松，冷笑一声："多亏我有备而来。"

他向这手下点了点头，后者往地上一伏，赫然变作一头妖怪，浑身赤红，有豹子大小，铜铃眼，满嘴獠牙，鼻子却很大。

"这是火戎，嗅觉比最灵敏的猎犬还要强上十倍。"

苗奉先当然知道该怎么做，伸出刀口，让这只妖怪辨识刃口上的血气。

火戎记住以后，又在几位大能刚刚战斗过的地面嗅了几圈，忽然口吐人言："他伤得很重。"而后，它就认准了一个方向撒腿奔去。

"追。"众人精神一振。

云嵂这回听话得很，冯妙君一个指令，他也不管三七二十一，直接将手中那物扎到了头发上。

在这过程中，冯妙君扯着他一直往外奔去。

周围昏暗一片，什么也看不见。这世界上仿佛只剩下两人，唯有双手相牵，才不会走失了彼此。云嵂下意识握紧她的手，然后再握紧，心里不知是什么滋味。

她居然来了。

若被发现，连她也吃不了兜着走。他始终以为，她更要紧自己的小命呢。

冯妙君却有些心焦。云嵂的掌心没有往常炙热了，反倒带着两分凉意。

她知道，这是失血过多的表现。

他再强悍，身躯终究不是铁打的，她必须尽快带他突出重围，疗伤止损，绝不能危及性命。

紧接着眼前一亮，他们从浓雾中大步奔出。

众目睽睽之下，这么做无异于自杀，云嵂却没有阻止，甚至没有迟疑，就那么跟着她迈步出去。

这一刹那，他根本也没去想这丫头是不是有意害他。

她敢如此为之，必有她的道理。

外面天光明亮，当然还有人山人海的峣兵。可是云嵂突然发现，每样物事都变得好生巨大，几乎都能占满他的整个视野。

正惊讶间，上头一只半新不旧的铜泡钉军靴踩了下来，对他和冯妙君而言竟如泰山压顶。

两人自然不会被踩中，闪身避过，继续向前奔行。

这里每一个峣兵在他们看来都如参天大树，而他们此刻就躲进了树林。这里数以千计的峣兵，反而成了奔逃的两人最好的掩护。

他们速度极快，就算此时恰好有士兵低头，可是凡人肉眼根本跟踪不上他们，就好像人类看不清跳蚤的轨迹。

就在苗奉先等众人愣怔之际，冯妙君和云嵬已经奔出人群，往昏暗幽深的密林而去。

幸好这里是御花园，树多草多，峣人又崇尚自然，不会将花草剪得像燕人喜欢的那种横平竖直，否则两人此刻还真不好躲藏。

云嵬看着她，眼神格外奇异。冯妙君摸了摸自己的脸，才想起自个儿现下还是峣人小兵装扮。

进了林子，也就脱离了芥子阵法的范围，两人又变回原身大小。还未歇上一口气，云嵬回望来路一眼："追来了，那妖怪嗅觉灵敏。"

冯妙君借着树影一探头，发现峣军中，一头妖怪向这里疾速奔来。最糟糕的是，后头还跟着两位国师。

"是火戎，你有法子甩掉它吗？"她在烟海楼中见过这种妖怪的介绍，心下立觉不妙。

"原本没有。"云嵬直勾勾地盯着她，"现在说不定有了。"

他的第一选择当然是借用易形蛊之力，趁乱逃出。

人越多，这法子越好用。但是这回莫提准是有备而来。

那两大国师可不是好招惹的，若被他们发现她也在此，新夏今后真的不用混了。冯妙君连白他一眼的时间都没有，当机立断道："方寸瓶呢？"

云嵬掏出圆瓶交给她，自己毫不犹豫地跃进瓶中。他的伤口还在淌血，太容易引来追兵。

这个大活人原地消失，冯妙君把瓶子一收，展开身法，飞快向着林中深处遁去。自从修习神通以来，她从未跑得这样快过。苦修多年，这一次终是到了检验成果的时候。

莫说足不沾地了，就连树叶都没惊扰几片。

在追踪的高手眼里，这也是线索，她要尽力避免。

她这里前脚刚离开，不过五息之后，火戎就带着追兵赶了过来。它凑近大树嗅了几下，又转了几个圈子，才晃了晃脑袋道："气味到此中断！"

它是循血腥味儿一路追来的，苗奉先指着树干沉声道："这里还有一点血渍。"

莫提准皱眉："中断了？"

火戎确定道："忽然消失，附近不再出现。"

"难道有人接应？"莫提准想都不曾多想，"这里可还有别人的气息？"

"没有。"火戎瓮声瓮气，"什么也嗅不到。"

苗奉先凝声道："不若用他的血液追踪？"

随即取出一个水晶皿，将云嵦的血液滴入其中，合上盖子，再念几句口诀。依托法器之能，这滴血液将滚向云嵦所在的方位。

可是无论他怎样催动口诀，血液也是静止不动。

连这一招也失效了。苗奉先和莫提准互视一眼，均看到对方目光里浓浓的不甘。

冯妙君收起方寸瓶，左顾右盼，一猫腰从林子里钻了出去，很快混进了往来队伍之中。

她这身装束，谁也没有起疑，御花园里军队调动又很频繁，她先后换过几支队伍，很快就接近了映月潭。潭边有密林，有精舍。

此地原就幽僻，又遇上非常时期，精舍里多半没有人。

她瞅了个无人留意的空当，悄然离队，在林木的掩护下悄悄打开一座精舍大门，溜了进去。

小楼不大，她上下转了两圈，果然空无一人。

冯妙君随手先施放一个结界，隔绝声音与气息，才重返阁楼，取出方寸瓶，拿在手里掂了两下，云嵦走出瓶中小屋，冲着她挥了挥手。

冯妙君将他放了出来。

云嵦已经封闭了几处重要穴窍，以减缓鲜血流出。冯妙君祛了伪装露出本来面目，一转头看他俊脸发青，不免惊疑：“服药了？”

“服了。”他进入方寸瓶之后，就连服数枚丹药，生肌补血祛毒益气一起来。

冯妙君也知自己问得傻气，这人身上的药物比她还多，轮得到她操这份心？既然他看起来没有生命危险，冯妙君就想起他此行目的，脸色不由得沉了下来。

“放着，我来。”她夺过他手上纱布，只说了一个字，“脱！”

云嵦定定地瞧她一眼，见她脸色难看，乖乖将上衣脱了，露出结实而匀称的上半身。

“每回见了你，我都得脱衣。”

冯妙君抿了抿唇，利落地处理起来。他身上血渍斑斑，看起来有些吓人，但她实际检查后发现，多数还是皮肉伤。这人想方设法避过了要害，可见在方才那样的混战中犹有余力。

不过他身上依旧有两道重要伤口，一在左胸，由莫提准重锤击中，一在后腰，苗奉先挟刀所刺。这两处相当严重，云嵦自出方寸瓶以来，咳了不下两次，都见了血，显然内伤很重。

“伤到了心脉？”

他点了点头：“还断了两根肋骨。”

难怪他后面力量不济了。冯妙君咬着下唇，忽略心底突然涌上来的刺痛感：“被两大国师外加七八个修行者围殴，没死算你命大。”

"死不了。"他嘴角刚刚勾起，转眼又咳上了，好半晌才勉强止住。

冯妙君按着他的肩膀将人往下压，去处理后腰的伤口。这一下牵动胸前断骨，云嵲痛得低吟一声。

冯妙君充耳不闻，只道："别动。"纤指按在伤口附近，一点灵力游进去，细细打探。

这姿势压迫胸口，让本就有伤的云嵲更是难受。他低声问："生气了？"

冯妙君不语。

"哪里惹到我家安安了？说出来，我一定改。"

冯妙君手上忙活，头也不抬："云大国师智计百出，从不犯错，哪里用得着改？"

云嵲轻轻一拍巴掌："你是因峣王之事气我？"

身后传来的娇软女声这回像是带着冰碴子："你只想杀掉峣王？"

当然不是了，云嵲又咳了两声。他的目的是把整个峣王室一锅端了。

冯妙君哼了一声："峣王父子都是英雄，你对付他们竟用这等手段！"

云嵲皱了皱眉："苗奉先那小子，在你心中也算得上英雄？恐怕是因为你对他有好感吧？"他语气淡淡道，"峣与魏不能两立，迟早要决一胜负，不是魏吞掉峣，就是峣联合燕国灭掉魏。我的作为，不过加快那一天到来罢了。"

见冯妙君不语，云嵲又道："你不忍苗家父子英雄早亡，可他们若是不死，这场战争就不知拖到何时才能结束，这过程中又要死去多少将士与平民。"他轻叹一口气，"死去两人即能换回数十万条命，安安，换作是你，会怎么选？"

冯妙君冷冷道："这是悖论！"

她伸手去拿药，云嵲轻轻握住了她的手腕："抛开那许多道义、情谊的拘束，你知道这才是顺天而为。安安，你我本就是同一类人。"

冯妙君甩开他的手。

她心中到底不舒服，赶紧切换了话题："伤口里附着灵力，你我配合，将它一起驱出。"

苗奉先这一刀扎得好深，伤及肾脏，其灵力又顽强阻挠云嵲肌体的自愈，不将之驱赶出来，伤口就不能愈合。

直到现在，也还有血水滴出。冯妙君可是知道云嵲的生机有多强大，即便如此，也还压制不住这附骨之疽般的力量。

他的修为着实不凡，可是这么凶险万分一场大战下来，还能剩下多少灵力？

说罢，她拨动丹田中的鳌鱼印记，轻轻吸了一口气。而后，就有澎湃的灵力通过印记源源不断传入云嵲的丹田之中。

她真是从未想过，自己还有反向支援云嵲灵力的一天。

他也微微侧头，奇异地看了她一眼。她首度赠送灵力与他，竟是在这种情况下。并且她还很慷慨，充沛绵然，并无停下的迹象。

与此同时，云嵝的灵力也从丹田升起。同源同质的两股灵力立刻融在一处，如大河交汇，再也不分彼此，气势汹汹直奔伤处而去。

冯妙君伸手穿过他肋下，轻轻按住其气海穴，神念随着新进入的灵力一起沉浸，顿时就能"看见"灵力在他躯体当中的运行情况。

以他身躯为战场，两股灵力互相攻击，而云嵝本人也吃尽了苦头，尽管一声不吭，可额上汗珠滚滚而落，泄露了他的痛苦。

好在那股来自苗奉先的灵力失了主人支援，虽然难缠，但在强大的对手面前只得节节败退，最后再无容身之处，从伤口逸出，变成一道淡淡红雾，消散在空气当中。

几乎在它离开的同时，云嵝的伤口就停止了渗血。他的自愈能力开始工作，想来再过不久，就连脏器的损伤也能修复。

冯妙君这才松了口气，要缩回手。不意手上微凉，却是这人大掌又覆盖上来，昵声道："大夫，你看我这伤可会落下病根？"

她一怔："什么？"

"我可不能像虞琳琅。"云嵝叹了口气，"今后它的任务还很重。"

它？冯妙君目光顺势下移，望见他后腰上的伤口。

一秒、两秒……她忽然明白过来，一下缩回手，恨不得啐他一脸："无耻！"虞庚庆三子虞琳琅也曾被刺伤肾脏，后面于那事儿上想必有些不爽利了。肾主骨，生髓化精，精血同源，所以云嵝才这般问她。

"对男人来说，这可是大事。"因为身体前倾，云嵝的声音有些儿闷，冯妙君辨不出他是不是在窃笑。这厮成天以调戏她为乐，即便重伤之时也是死性不改！

依她看来，这家伙体质大异于常人，伤又治得及时，应该不会有这种隐忧。

"你若从此不能举事，那才叫报应。"

云嵝就觉出，她虽然气息有些儿不顺，但给他治伤敷药的动作却依旧轻柔。

他心底一阵柔软，口中却叹口气："我可不能连累了你。"

冯妙君恨不得一把捏死他。

要是没有共生诅咒，她有一千种办法可以把他摧残至死！

冯妙君默默咽下这口气，快手快脚包扎好伤口，随口道："躺平。"

云嵝笑了笑，果真向后倒去。

这张锦床打扫得很干净，冯妙君还是取了一件大氅给他垫着，这会儿眼疾手快，扶着他后背助他躺好。

"又是脱衣，又是躺平。"云嵝幽幽道，"女王大人，过了今日，你可要对我负责。"

冯妙君闻言望向他，却见这人眼底氤氲，教人看不清他的真情实感。她嘴角一撇："那可要看你的表现了。"伸手在他胸前按了两下，以确定伤势。云嵲痛得直皱眉，剧烈地连咳几下，溜到嘴边的话就没说出来。

呵，现在他还不是任她摆布？耍嘴皮子是要吃苦头的。

不过紧接着她就倒抽一口寒气："伤得这样重！"

她分出一丝儿灵力进去察看，才发觉断掉的胸骨少了一小截骨片，她竟遍寻不着！

哪儿去了？她有不祥的预感。

云嵲低声道："扎进心脏了。"

这句话说出来，吓得冯妙君自个儿心脏都停跳了两下："你怎么不早说！"

"死不了。"云嵲微合着眼，实际上却在观察她的神情，"没扎透。"

"那还好。"冯妙君顿时松了一口气。那截骨片应该比针粗不了多少，暂时没有性命之忧。但此物很可能被挤压着刺入心房，眼前这人也就一命呜呼了。

"得替你将骨片取出来。"

"今日来不及了，改天再说。"他额上冷汗未干，"你先替我将断骨接好，我就感激不尽了。"

云嵲见她全神贯注地治伤，目光一暖："安安，你为什么来？"

"来？"她随口接道，"来哪儿？"

"为什么从新夏赶来？"她正在给他抚顺推拿，以化解胸中积存的血肿。这法子很有效，却也令伤者很痛苦，她手法再好也减轻不了多少。云嵲忍得满头是汗，却还一字一句道，"你本可以置身事外的。"

冯妙君手上动作一顿，见他目光灼灼望着自己，不知怎的不敢与他对视，只低了低头："当然是……"

他挑眉，隐隐有些期待。

"为了晗月。"当然为了自己的小命啊，她都快憋屈死了！可偏偏她还得说，"你突袭临时王宫，她又是苗奉先的正妃，你会放过她才怪。"

云嵲眼中的光芒顿时暗淡下去，嘴角一抿："你对她可是真不错。"他在她心里，连个女人都比不上吗？"不过我家安安就是嘴硬。你实则担忧我的安危，可对？"

说到最后一句，他又是笑吟吟的了。

今回的嵲都凶险万分，她的立场又尴尬，实不宜出现在这里。

可她到底是来了，俏生生站到他面前不说，方才还助他脱离险境。

她心底的确有他，即便对他袭嵲不满也依旧要救他。

云嵲早在漫长的岁月中练就了铁石心肠，可是雾中听到她声音的那一瞬，牵着她柔荑的那几息时间，心里竟有大欢喜油然而生。

直到那时，他才明白"心花怒放"这个词的真正含义。

看他痛并微笑着，冯妙君都替他觉得累，他怎就不能闭嘴休息一会儿。她板着脸道："你就自作多情吧。"

冯妙君从方寸瓶里找了木片来给他当夹板，用布条固定时不可避免地俯下身。结果他抬起右手揽着她脖子，将她拉低下来。

这下子，两人就四目相对了。冯妙君不悦，说了声"放开"却不敢使力挣脱，唯恐撑裂了他的伤口。

云嵯给了她一个深情凝视："安安，我好想你。"

他的睫毛浓密，长而微卷，冯妙君的心跳又忍不住加快了，但随后就抑制下来，皮笑肉不笑："是吗？没看出来。我只见你忙着来峣国杀人了。"随即转移话题，"接下来你打算怎么办？"顺便将他胳膊挪开，好让自己离他远一点儿。

照眼前这局势，苗奉先夫妇是安全了，她由担忧晗月公主改成了担忧云嵯。这家伙伤得再重，应该也有办法溜出去，然而他这回并不是孤身前来。那几十个魏国修行者是他的助力，同样也是他的责任。

果然云嵯低声道："将他们带出城去。"

冯妙君蛾眉微蹙："你还要回去？"

"是。"云嵯目光闪动，"我在主殿中绘了一个小搬山阵法，可以带他们离去。你……"他咳了两声才继续："你跟我一起去吗？"

冯妙君毫不犹豫地摇头。

她在峣都的处境极其尴尬，在无人认出她时，最好赶紧远离这趟浑水。

横竖他也脱离险境了。

"你还不抓紧？"她催促道，"这会儿峣人应该在进攻主殿群了。没有晗月公主为质，你那些手下能顶多久？"

云嵯伸手在地上一撑，要勉力支起身子。冯妙君抬手一拦："你做什么！"

"绘小搬山阵。"云嵯也疼得咬牙，"主殿群外有重兵把守，我也必须传送进去。方才丢在阵法里的灵石，可惜了。"

方才他动念想撤回大殿内，所以才往地上的阵眼嵌入灵石，哪知苗奉先粗中有细，早一步破坏了阵法。后面连番恶战，他哪还有空去回收？

冯妙君嘴角一撇，掌心一翻，居然露出两块灵石——红得发紫的两块。

云嵯忍不住笑了："原来被你收了起来。"

"哪能那么败家？"她一缩手，灵石就不见了，"你财大气粗，这两块就当作是雇我出手的报酬吧。"

他的命可值钱多了。"给你了。"云嵯很豪爽，"放谁那里不都一样？"

谁跟他一样了？冯妙君暗自翻了个白眼，将室中桌椅搬走，随手取出星天锥，开始在地面上绘制小搬山阵。

云嶂兴致勃勃地看她绘制，待她画了十几画，不由得咦了一声："你也会？"小搬山阵的绘制可是深奥学问，即便是阵法师，没有浸淫多年的功力也绘不出来。

她哼了一声："就许你和莫提准会？"

对于一切逃命的技能，她都格外感兴趣，又怎会放着小搬山阵不仔细研究？

云嶂乐得偷懒，也不爬起来了，偶尔出言指点。

冯妙君一点就透，几乎不出差池，小搬山阵很快绘制完毕。待云嶂检查过后，冯妙君就将红灵石嵌入阵眼当中。

这里离主殿群的距离更远，足有十里，所以不仅是阵法要微调，甚至还需要用上三颗红色灵石。

云嶂已经强撑起来，换过一身衣裳，这时又催动气血，让脸色看起来不显那般苍白。

只看他现在长身玉立，不仅腰板挺得笔直，连袍上都没有半点褶皱，满头乌发更是整整齐齐理在脑后。若是忽略他胸前夹板，谁能相信他一刻钟前还身负重伤，伤口里的血不要钱一般往外流淌？

冯妙君看他这般，细眉蹙起："你还有一场硬仗要打吗？"他要是回去之后还打算实施别的计划，还要跟人动手，那为了他的小命着想，她得把他扣下来才是。

"不，我只带他们出城！"云嶂冲她露齿一笑，"安安若是信不过，我可以起誓。"

她翻个白眼："行了，滚吧。"

云嶂默念口诀，迈两步走入阵法中站好，忽然对她眨了眨眼："我怎么觉得，只要跟你在一起，运气总能特别好？"

这是真话。从崖山地底采血树、对抗火灵到现在，只要有她在身边，他行事总是特别顺利呢。

冯妙君板着脸："我的感觉，正好相反。"

云嶂一笑，不再言语。这时阵法亮起一片红光，朦胧得像少女脸上的胭脂。冯妙君刚眯了一下眼，下一瞬就发现阵里非但没有了光，同时也没有了人。

云嶂既然已经返回主殿，冯妙君也将药物收起，重新易容为峣国小兵，潜出这座精舍。接下来的目标，仍是悄然返回主殿群去。

其实目的地与云嶂相同，但她不随云嶂同行，是为了避免无谓的麻烦，再说他还要借用小搬山阵出城，那就要把所有人都装进方寸瓶里——对她而言，这意味着要将自己的生死和自由都交托给云嶂。万一他失败了、被捕了呢，她不也一同落网？又或者这人能够成功逃走，可他心思向来难懂，万一他不放她出来，非要把她扣押在瓶里怎么办？

冯妙君下意识叹了口气。

可是刚出精舍，她就听到马蹄声嘚嘚急响，竟是有数十骑往这里奔来，速度快极！

追兵？

她闪身躲入树林当中，才刚刚藏好，三四十骑就从林边冲过，往南而去，路过映月潭但脚步不停。他们前往的方向是……御花园门口？

冯妙君在林中待了小半刻钟，在这期间映月潭边奔过了四队骑兵，还有一整支身披坚甲的步兵，有四五百人之多。她要是没认错衣甲，这支队伍方才也参与了围攻云嶂，这会儿却往外调派了。

就她躲进精舍为云嶂疗伤这短短时间里，外头发生了什么大事？

冯妙君眯了眯眼，也不急着出去，找了个密林的拐角蹲伏。这里是一处断崖，来往必须绕行，视线就被树林挡住。

又过一会儿，有单骑奔来。冯妙君认得他的服饰是峣军里的传令兵，当即从枝头跃下，犹如老鹰扑兔。

这传令兵眼角余光倒似看见一抹影子闪过，还未来得及反应，颈上一痛，眼前就黑了。

等他再醒来，人已被拖进林中深处，有个小兵正在轻拍他的脸："发生了什么事，为何大家都往外跑？"

他拍得很慢但是很有节奏。

此人虽然貌不惊人，但眸光却很幽深，传令兵本想喝骂于他，但和他四目相对后不知怎的，怒气迅速就平复下去，反而心底越发安宁，头脑昏沉舒适，似是进入了无识无想的空冥状态。

暗算他的自然就是冯妙君。

她这回用出的是天魔秘卷上的神术"迷魂大法"。

等这传令兵双眼发直，她又重复了一遍问题，这人果然就毫无保留地答了。

原来他接了将军赵汝山的命令，要发讯给驻扎在城西南门内的军队，让他们立刻赶去支援北部的峣国宗庙！只是听他说完原因，冯妙君骇然变色："什么！"

变生肘腋

主殿群前，魏国师在浓雾中消失的同时，莫提准当机立断，掐着神诀施放了一个二百余丈的结界。云嵋如果躲在人群中，这会儿向外冲出必定会惊动结界。

可是，这种情况并未发生。

苗奉先皱眉："放狼烟。"

立即有人去办。城中主烽台上可以施放狼烟示警，远郊的守军望见，便会提高警惕。

此时人群中分，奔出一个手抱婴孩的女子，直往苗奉先这里而来。

正是晗月公主母子。

见着夫婿平安无恙，晗月公主连人带孩子直接冲入了丈夫的怀抱，呜呜哭泣："还以为我们母子再见不着太子了！"

苗奉先抱住这一大一小，在她额上亲了一口，关切问道："你受苦了，可有受伤？魏贼可曾为难你？"

晗月公主拼命摇头："孩儿受凉病了，多亏莫国师的药，这会儿已经退烧。"

苗奉先低头，果然见到儿子胖嘟嘟的小脸气色尚可，就是眼睛半开半闭，显是困极。

"待我回头谢过莫国师。"

晗月公主将孩儿交给边上凑过来的乳母，扯着苗奉先的袖子低声道："我在路上听说，父王、父王薨了？"

这一句话勾起苗奉先的伤心事，铁铮铮的汉子眼眶都红了。他喉结动了几下，强忍眼中热意，点了一下头。

晗月公主轻轻呼出一口气，伸臂抱住了他的脖子，柔声道："一切都会好的。"

过了几息，苗奉先才又点了一下头。

就在这时，有军官上来报告："禀太子，赵将军已经核查完毕，没有发现魏贼。"

苗奉先暗叹了口气，正想将晗月公主劝去休息，他还有许多事务要处理。

可他才要低头，后颈上突然传来一阵刺痛！

那痛苦非常尖锐，带着渗骨的寒意从玉枕穴穿透颅骨，直达脑部。苗奉先一声大吼，捏着晗月公主的肩膀，将她直接甩出两丈开外！

晗月公主的肩膀瞬间被他捏碎，但她忍着剧痛爬了起来，居然冲着苗奉先露齿一笑："那么想念你爹，就下去跟他做伴好啦。"

变生肘腋，众人都是措手不及，连赵汝山都是呆了一呆，这才大步冲上前来，一把扶住苗奉先："太子！"

就这么不到半个呼吸的工夫，苗奉先精壮的身躯已经推金山、倒玉柱般倾颓下去，居然连站都站不稳了。赵汝山往他脑后一看，不由得目眦尽裂——

他后颅玉枕穴上，赫然扎着尾指粗细的一根褐针。针尖有弧度，针尾有毒囊。这是妖怪蝎尾狮的尾针，以之祭炼法器，有专破护身罡气之能。

苗奉先经此大战与妻儿重逢，心情激荡，有那么几息时间疏于防备，居然被她偷袭成功。毒液是红色的，他的脸色却很灰败，只有血管一根根浮了起来，密如蛛网，看着吓人无比。

周围崒将一拥而上，要将晗月公主拿下，这女子却纵声大笑，状甚疯狂。莫提准抓着她手腕抬起来一看，鲜血淋漓。众兵将见到她脸上也如苗奉先一般浮起红丝，才知道她同样用毒尾针刺破了自己的腕部动脉。

未几，笑声一停，她人就倒了下去，生机全无。

她也知道自己刺杀崒太子是弥天大罪，被捕不知道要吃多少苦，干脆自裁以得清净。

莫提准略事检查即沉声道："死了。"

苗奉先修为比她深厚，还能坚持得再久些，这时一把抓着赵汝山的胳膊，吃力道："基石……"毒性发作，连咽喉都肿起，下面的话就说不出来了。

赵汝山泪如雨下，连连点头："我省得，这就派人去宗庙！"

话音未落，结界被扰动，当即惊动了莫提准。他闪身跃出，回来时手里却还挟着一人，放落地上。赫然又是一位晗月公主！

她见着场中情景，大骇，奔到苗奉先身边咚的跪了下去，抱着他的肩膀哭道："夫君！"

这才是真正的晗月公主。

她还活着。苗奉先见到她，眼中稍露宽慰之色，可惜口里说不出话，只能勉强挑动指尖，往孩子的方向点了两下。

这意思，是要她好好抚养孩儿。晗月公主摇头，珠泪纷落，有两颗就掉在他脸上："不成不成，没有你，我一个人带不好！"她转头望向莫提准，犹如抓住救命稻草，"你快救他！"

莫提准惋惜地摇了摇头："此毒凶猛，来源未知，我也、我也解不了。"

"怎可能！"晗月公主尖声呵斥，"你可是国师！区区毒素怎能解救不了！"

莫提准默然。苗奉先伤在脑部，毒素直接侵入，回天乏术了。

晗月公主看回丈夫，却发现苗奉先的目光已经凝固。

这毒素居然凶猛如斯，一旦入脑，以苗奉先的修为也撑不到二十息。

她放声痛哭，周围窸窸窣窣中，数千臣民也面向这里齐齐跪倒，脸色哀恸。

一天之内，峣国竟然接连失去了国君和太子。

最糟糕的是，眼下王室唯一的继承人还不到两岁大！

晗月公主哭得天昏地暗。

赵汝山虽也是老泪纵横，却擦了擦眼睛道："太子临终前提醒，要我们护好基石。"

像是回应她的哭声，几缕金光从苗奉先七窍飞出，在空中重新凝成一团，变作了不及巴掌大的小人，其面貌也清晰可见，与躺在地上的苗奉先一模一样！

魂魄出窍。

人死之后，了无生机的躯体再也容纳不下神魂，因此后者会被赶出生前寓所。凡人的魂魄格外孱弱，出体后浑浑噩噩不能见光，也不为其他生者所见所感，但是修行者神魂凝实，死后可以第一时间主动离体，犹能记得生前之事。

莫提准目睹这一幕，扼腕叹息。苗奉先年纪轻轻，神魂就已经修成了小人形状，前途不可限量，可惜居然为宵小所乘，止步于此。

紧接着，苗奉先身上又飞出一道金光，直往北边而去。这光芒不算耀眼，飞行的速度也不快，却不会被任何人所拦截。

当然，也没有人会拦截它。因为这就是苗奉先身上的稷器。

国家尚在，但国师已死，死前还没有传承，稷器就会自动返回宗庙，直到下一位国师登位，才可以使用它。

观者无不难过。

莫提准自怀里抽出一截黑漆漆的木头递给晗月公主，对苗奉先的神魂道："这是养魂木，可暂时供你栖身。"

小金人点了点头，却不进去，而是面向北边伸手一指，而后看向赵汝山。

后者正瞪大眼睛看着这一幕，见状会意，赶紧擦了擦眼睛，高声道："来人，命王师向北，守护宗庙！"

在场将士得令，当即列队掉转方向，往北而去。又有数十传令兵翻身上马，去传递太子的最后一个指令。

　　苗奉先的魂魄这才沉入了养魂木中。晗月公主目光从儿子身上扫过，眼泪又止不住了。她死死攥着养魂木："奉先可能陪在我们母子身边？"

　　莫提准望见她眼中的希冀，却只能叹息一声："怕是不能。天地规则与千余年前不同了，死者魂魄一律会被勾回地府，重入轮回。胆敢阻挠拖延者，必受天道降罚。"

　　"从无意外？"晗月公主不信，"你们这些大能就没有躲过天道侦测的法子？"

　　"如是风雨如晦、电闪雷鸣之时，或许还有万分之一的机会，偏太子过世时乾坤朗朗，天地皆知。现在再想瞒过去，难了。"

　　晗月公主冷笑不止："这样说来，还要奉先死得其时？"

　　莫提准知她伤心过度，难免偏激，也不接话。

　　原来这才是云嵝留下的后手。众人都以为他会花更多精力给自己安排退路，哪知他做的竟是如此打算，自己刺杀不成，还要派人上来补刀。

　　利用娇妻稚子让苗奉先疏于防范，这厮揣摩人心的本事，实在是太厉害了。莫提准暗暗握紧了拳头。

　　适逢赵汝山道："魏贼害死太子，下一步或要对宗庙下手，我们都要赶去，也请莫国师援手！"

　　苗奉先既任太子，也是国师。现在他既身殒，现场能与云嵝等人抗衡的同阶大能就只有莫提准了。虽然他是外人，赵汝山也不得不开口求助。

　　莫提准却是想也不想便拒绝了："我受晋王委托而来，救护晗月公主母子。眼下主殿中危险未除，我不可离公主左右。"

　　"是吗？"晗月公主擦了擦眼泪，"那我也去宗庙，请莫国师在保护我们母子的同时，'顺便'护住宗庙吧！"

　　莫提准望了她一眼，意味深长，而后才指着地面道："此物或可利用。"

　　他指着的，是先前云嵝刻在地上的小搬山阵。

　　莫提准伸足将地上碎乱的线条抹平，随手取过一柄长剑，重新补绘："云嵝方才说过，主殿中也设了小搬山阵以便他们逃脱。这话可能是真的，不过现在看来，他绘阵的目的不在于逃走，而是潜入宗庙，盗取基石！"

　　听者无不变色："若他们提早一步，岂非……"

　　从前建宗立派、现今建国，都必须在成立之初将基石埋入地下，以示崇德于地，再告之于天，宗才成其为宗，国才成其为国。基石就是立国之本。

　　基石一旦埋入地下就要承一国气运，因此与大地融为一体，没有任何外力可以将它挖出。除非君主薨亡，一国气运无从镇压之，基石才会从地下浮起，这时便可由外力操作。敌人只要将它强行取走，这个国家也就亡了。

　　所以现在就是一场时间赛跑，比谁更早一步抵达宗庙。云嵋早在御花园的主殿中绘好了小搬山阵，只需启动就能传送过去，那不是比在场所有人都来得快捷？

　　有大臣即道："魏人如能够载人的储物空间在手，就极有可能兵分两路，由云嵋吸引我等注意力，其他人通过阵法传送去宗庙山下，伺机挖取基石。那里虽有重兵把守，却不知道能不能拦住这妖人？"

　　这么一听，大家都是心急火燎。

　　莫提准全神贯注地绘阵，口中道："是这个理儿没错，但可装活物的储物空间凤毛麟角，存世数量一只手就数完了，云嵋手中同时掌握两件的可能性极小。"他也相信，云嵋绝不放心将这等至宝交到其他人手里，必然随身带着，那么魏人仍被困在主宫殿群里的可能性很大。

　　"我建议你们立即开始强攻，这般双管齐下，或许还能争取一点主动权。"

　　眼下危局是火烧眉毛，不消他再多说，峣军自去攻打主殿群。现在那里面只有几十个魏国修行者，既没云嵋领导，也没人质在手，峣军早没了顾忌，大可以放手开炮，将他们往死里轰。

　　安静不过片刻的御花园里又响起震天的炮响，仔细听去，每一声都是戾气十足。

　　莫提准绘了大半，直至有将士飞马来禀："报，我们打通了主殿西南围墙！"

　　魏贼的防御圈被打破了？莫提准当即收剑："攻破了？"

　　旁边的赵汝山大喝一声："快，快冲进去！"时机稍纵即逝，失不再来！

　　主殿群西南角，峣军蝗虫一般从破损的围墙冲进来。

　　这里的建筑，防御能力与印兹城墙不可同日而语，全靠阵法挡人。峣军能从这里攻入，说明整个西南角的防御工事被撕开了要命的缺口。

　　神通的光芒在青天白日之下，也显得很微弱。形势越发危急，陆茗指挥魏修且战且退，额上汗珠直淌。

　　这数十名修行者一起出手的威力极大，何况有云大国师传授的战阵，峣军一时间根本攻不进来。可大家是血肉之躯，灵力会枯涸，身体会疲惫，对面的峣人却是毫无顾忌地动用了巨炮。这是峣军特有的战器，以灵石为驱动，威力惊人，陆茗并无坚持下去的把握。

　　更何况，峣国的修行者也随军大量涌入，他们带着刻骨仇恨而来，攻击不遗余力。

　　这群放到外头呼风唤雨的魏国修行者，在这里反而要变成瓮中的鱼鳖。

　　陆茗等人现在退在青芽殿。

　　这里的环廊依水而建，曲折有致，又有小半掩映绿树之中，远望有入画之美。不过现在水中的游鱼被连天的炮声所扰，惊得四下乱窜，再没有平日的悠闲散漫。

左丘渊从外头大步奔进来，手里倒提宝剑，同样有些气喘："罗音殿陷落，我们死了三个人。"

罗音殿离这里不远。每个修行者都是国家的宝贵资产，平时若一下死了仨，连国君都会震怒。算起来，他们已经折损七人了，陆茗咬牙道："再坚持片刻，国师很快就到！"

两刻钟前，他就是这么说的。

可是大伙儿纵然知道，也不去挑他的理。此时此刻，说什么都是无用。

左丘渊凑近两步，用只有陆茗才能听到的低声道："不若换装出去？现在冲进来的峣人很多，趁乱潜出也有机会。"

"那这许多人怎么办？"换装易容，能溜出去的毕竟是少数，剩下的修行者不是束手就擒就是被刺死当场。陆茗的娃娃脸少见的阴沉，"国师既委任于我，我就绝不能中途落跑。"

左丘渊叹了口气："那好吧。"

陆茗侧头看他一眼："陪我们死，你能甘心？"

"甘心，怎么不甘心？"左丘渊果然笑得欢畅，"反正大仇得报，交付此身终了，有甚不好？"

陆茗扯了扯嘴角："你这样心急报仇……"

话未说完，轰隆一声巨响，原是一发流弹打来，在结界上炸开了花。那一重结界瞬间裂开，近处的亭台、远处的草木都被炸得七零八落。

这一下就有两人负伤，好在修行者都有罡气护体，没被直接要了命去。陆茗晃了晃脑袋，发觉腮边有液体流下。他伸手一抹，竟然是耳朵眼里淌血了。他正想咒骂一句，廊前空地上有光芒一闪，有个人影从此徐徐浮出。

守在此地的其他魏修握紧法器先是一惊，继而欢呼起来："国师大人，您回来了！"

这人身如青松，丰神隽秀，不是云嵬还能有谁？

最后关头，他终是赶回来了。

国师的存在，就是所有人的定心丸。哪怕外头战火连天，自己身心俱疲，魏修也突然有了干劲。

陆茗和左丘渊也要上前见礼，云嵬摆了摆手："不必。时间紧迫，阵法可还完好？"

陆茗赶忙称"是"，再一抬眼，才发现国师身上绑着护板，行动不似平常利索。

"都随我进青芽殿。"云嵬事先绘制的小搬山阵，就在青芽殿里。他从方寸瓶中取出一套十八只铜盘战器，交代手下将盘子按方位埋在青芽殿周围，错落有致。

最后一只盘子就位，就与其他盘子一起泛出光，而后支起一个金色结界。

神通与炮火都轰在这上面了，除了前面短兵相接的战斗，众人都觉身上压力骤减。

一边行往青芽殿内，云嵬一边问道："苗敬怎么会死？"

　　苗敬就是老峣王。若非他一头撞死在红角楼的石柱上，现在魏国修行者还能挟天子以令朝臣、令太子，能安安全全地守在御花园里，怎会落至眼下这般危急万分的境地？若非云嵝变通及时，魏国这次偷袭计划就要以失败告终，自己死无葬身之地。

　　左丘渊苦笑道："这都怪我。他被抓后一直对我破口大骂，丝毫不露寻死意向，我疏忽了。"

　　云嵝微微一哂，却不多说。

　　眼下，不是追究这些的时候。

　　走入青芽殿内，陆茗抢先一步揭开地上毡毯，露出底下的阵法。

　　云嵝低头，仔细检查一遍，确认它完好无损，才露出满意之色："笔呢？"

　　现在，只需要填入传送的目标地址了。

　　陆茗已在一旁书桌上将狼毫蘸饱了朱砂，这时恭恭敬敬献上来，云嵝却不接过："你来。"

　　由他来写？陆茗微愕，却不询问，只应了声"是"就走了过去："我们去哪儿？"

　　"我看来时的乌凛镇挺不错。"

　　于是陆茗认认真真落笔了。

　　"这？"站在一边的左丘渊奇道，"国师大人，按计划，我们不是该去宗庙吗？"左丘渊目光在他身上悄悄扫了个来回，是有难言之隐，还是方才大战中受了重伤？

　　云嵝斜睨他一眼，意味深长："按计划，苗敬也不该死。"

　　左丘渊心里蓦地一寒。

　　云嵝紧接着就道："峣国烧起了狼烟，已经引起北边的注意，又往宗庙加派了军队。我回来晚了，此时再强行进攻已无意义，恐怕徒增损耗。就此收手吧。"

　　他放弃了，居然在这个节骨眼儿上放弃了！左丘渊心中一震。魏国的暗杀计划进行到目前为止，虽然波折横生，但总体来说还算顺利，原定目的也都一一达到。眼看着杀入宗庙、夺取基石的最后目标就在眼前，咫尺可触，云嵝居然要收手？

　　换作其他任何人都会不甘心、不情愿吧，都会想方设法要搏上一把吧？

　　在他印象中，魏国国师不是这样缩手缩脚的人哪。

　　"明知不可而为之。"趁着陆茗忙碌，云嵝还有闲心给自己斟了杯茶，懒洋洋道，"那不是一往无前，那是愚不可及！"

　　听他的口气，倒似是宗庙之行必败无疑，所以才不去。

　　正说话间，陆茗放笔报告道："绘好！"

　　云嵝目光一扫，夸了句"不错"，而后道："唤他们都进来。"随手将方寸瓶放到地上。

　　魏国修行者受令，大步进殿，毫不犹豫地往瓶子里逐一栽下。

　　魏修一个接一个进瓶，还在外头坚守岗位的也跳了进去。他们一撤，结界的压力顿时大增，眼看金光越来越淡，随时都有爆裂的可能。

陆茗也不敢多说，转身进了方寸瓶。

轮到左丘渊了。

他刚刚走近，才要俯身，地上的瓶子忽然不见了。

他一惊回望。果然，云嵫左手托着瓶子，嘴角噙着一丝讥讽的笑："左丘渊，真有你的。"

左丘渊心沉了下去，脸上却显出惊讶："国师这是何意！这次袭峣计划，在下尽心尽力！"

"你尽心尽力，只为杀掉峣王。"云嵫的桃花眼这时清澈无比，反倒显出了冷酷，"苗敬一直由你看管，你事先故意冷嘲热讽，诱他自尽以保苗氏江山，这才有红角楼之变。否则他动作就是再快，也不能在你眼皮底下成功寻死。"

左丘渊迷惑道："我是恨他入骨，却为何非选在那时杀掉他不可？那不是要连累自己？"峣王死，苗奉先必定不顾一切进攻御花园，左丘渊自己说不定也不能幸免。

云嵫的语气更奇怪了："因为，你要苗奉先亲眼确认峣王之死，他才能全无顾忌地攻打我们。"

左丘渊赶紧道："等一下！你指控我是内贼吗？莫忘了你早就在我身上种下蛊毒，令我不能背叛于你！"

"你不能主动对抗，却可以选择不作为。"云嵫好笑道，"你在峣廷多年，谁能比你更清楚怎样撩拨峣王的脾气，否则他为何被捕两日都不自尽，偏偏选在了红角楼？我听说你每一句都在骂他无能该死，这自然不算违背誓言，不会激发蛊毒。"

"我不服！"峣人的神通几乎在耳边炸响，左丘渊依旧抗声道，"那只是意外！"

"意外？"云嵫嘴角弯起，眼里笑意却很冰冷，"你是跟峣王有不共戴天之仇，但你对我们可没安什么好心。嘿嘿，两面反贼，你做起来还真有天赋！"

话音刚落，左丘渊脸色就变得灰白，血管却根根浮起，看着像海里的红珊瑚。

云嵫一个令下，埋藏在他体中的蛊毒就发作了。

这毒性剧烈无比，左丘渊伸手想抓桌椅却抓了个空，扑通一声倒下，疼得满地打滚。

云嵫边说边缓缓踱到阵法正中："你亲手报了仇，也算求仁得仁。只可惜了梅矶公主对你的一番心意。"

梅矶公主……左丘渊脑海里浮现这个名字，心脏突然收缩。他拼了命想爬过去，却哪里能够？这毒霸道无比，令他浑身不受控制地抽搐、缩紧，脸皮肿胀，但四脚却越来越干瘪，像风干的腊肉。

"啵"的一声，笼罩整个大殿的结界终被攻破。

莫提准奔在最前，恰好见到小搬山阵泛出的光芒。

阵中，云嵫冲他挥了挥手，露齿一笑。

"不！"莫提准一个箭步冲来，刀尖从云嵘身边划过——

云嵘已消失不见，只留下一句话袅袅回荡在殿内："叛徒送还你们，不谢。"

跟他一同离去的，还有六十五名魏国修行者。

四十里外，乌凛镇。

云嵘传送至此，首先改了容貌，变作了一个细眉细眼的普通汉子，换一身粗布短衫，然后盘下一辆驴车，不紧不慢地往东南走。

他身上还带着重伤，实不宜如此颠簸。山路走上十多里，后背衣衫上又渗出了血。

云嵘却浑不当回事儿，拿袍子挡着，又继续走上十多里才进了荻花镇。他发卖了驴车，再次修改容貌，这才推开一户民居的大门，走了进去。

他传送到乌凛镇，莫提准可以从地上残留的小搬山阵判断出他传送的大致方位，因此云嵘即便离开了印兹城，行事也要非常小心。

果然在半天以后，包括乌凛镇在内的七八个城镇都有峣兵入驻盘查，重点搜寻外来客人，尤其是身上带伤的。

等搜到荻花镇时，不仅是客栈挨查了，连镇上的居民也被问讯。不过这里并未出现什么可疑人物，官兵没有找到有用的线索。

很快，他们就去搜查其他地方了。

去应门的年轻人是陆茗。

危机过去，云嵘也从方寸瓶中出来。裂开的伤口重新经过了妥善处理，已经不再渗血。不过他原就是大战过后的重伤之身，又强撑着赶了二十余里山路，这会儿脸色苍白如纸，身形也是摇摇欲坠。

吃过了血树花蜜酒，他简单擦了擦头面就躺平睡觉去了。

这一睡，就是整整二十二个时辰。

……

云嵘再度醒来时，精神已经恢复不少，能一口气吃下半斤牛肉，六个黄面大馍馍。全国战乱，在这种小镇上，陆茗自然不好去买什么大鱼大肉，不过他顺手也带回了两个苹果。

他一边削苹果一边问云嵘："大人，左丘渊到底意欲何为？"左丘渊的确带着魏军突破眠沙岭的三百里流沙阵，助魏军一路高歌东进，甚至他还逼死了峣王……这样一个人，将自己退路都斩得一干二净了，为什么突然又转头背叛魏国？陆茗想不明白。

"苗敬下令杀他全家，因此左丘渊恨的是峣王，也只有峣王而已。"云嵘喝了一口清水，"但他还把自己当作峣人，甚至也不恨苗奉先。"

"这也就是说……"听起来有些复杂，陆茗微一迟疑，"他只想找峣王报仇而已？"

"但凭他一己之力根本办不到。"云崾罕见地叹了口气，"以左丘渊的本事，想要隐姓埋名再干一番事业原也不难，只是他一门心思只想着复仇，最后只能找上我们。在都城、在东征途中表现得鞠躬尽瘁，只不过为了争取我们的信任罢了。"他冷笑一声，"恐怕他最完美的构想，就是在借我们之势杀掉峣王以后，转头就将我们卖给苗奉先。"

"我们要是败了，他不也跟着倒霉？"这是陆茗最想不明白的地方。

"他带着我们过流沙阵一路东征，又亲手杀掉了峣王，那就是将一己私欲凌驾于全民福祉之上，是峣国的千古罪人。"云崾好笑道，"这一点，你以为他不知道自个儿罪该万死？他这趟来只为报仇，恐怕没想过要活着回去。"

"他祸害了峣国，心中又有愧疚，想将我们卖给苗奉先当作新王加冕的第一笔政绩。可惜，事情哪有他想的那么顺遂？"云崾拿起一片苹果，慢慢嚼着，"苗奉先之死，说起来难道不是由他而起……呸，真酸！"他怒视陆茗。

陆茗打了个哈哈："这已是镇上最贵的苹果了。"见国师大人皱眉，他赶紧转移话题，"照这般说来，如果我们传送去了宗庙，恐怕也讨不到好？左丘渊就是看准这点才想让我们传送过去？"

"我伤得太重，返回御花园已经误了时辰，峣人派重军将宗庙团团围起，想如原先那般出其不意地偷袭，已不可能。"云崾笑道，"一说事在人为，一说顺应天意，只看如何取舍了。我倒觉得，退一步海阔天空。"

陆茗想了想，也是恍然："峣国被我们抽掉了主心骨，离它散架的日子恐也不远了，的确不必急于一时。"现在魏军打下印兹城的胜算已经大了许多。

云崾问陆茗："你知道怎样做了？"

"在您沉睡期间，我已经发讯给前线大军，我王应该很快就能收到这条吉讯。"陆茗答道，"您只管休息，我会安排人手，将峣王父子皆亡的消息传出去，为我王助力。"

"去吧。"云崾合目，说了这么久的话，他也有些不济，"近期，要注意燕国动向。"

时间悄然过去了三日。

冯妙君正在顺东风酒楼吃羊肉古董羹。

一盘羊肉吃了小半，就有人匆匆上楼，坐在她对面。

冯妙君唤伙计再添一副碗箸酒杯，可这人只是端起酒水一饮而尽。

这人正是陈大昌。

那日御花园变故之前，她派陈大昌去做接应工作，随时准备撤退，哪知事情到最后也不明朗，所以她留了下来，陈大昌自然要奉陪到底。

看女王板着脸，眼角还带着煞气，陈大昌心底也有两分惴惴。自接到苗奉先被暗算致死的消息后，冯妙君就俏脸铁青，好半晌才嘿嘿冷笑了两声："怪不得他向我保证，马上出城！原来是这么一回事，原来都用不着他再去动手！好，很好！"

她说出来的每个字都像在寒冰地狱里滚过一遍，听得人连连冷战。

"小姐。"这是他在外对冯妙君的称呼，"刚刚接到消息，燕国攻打熙国，阳山君出手，使燕军渡过了牛姆河，已经向熙国都城进发。"

阳山君？那就不是燕王吗？燕王竟随军出征了？

冯妙君果然动容，牛姆河中最强大的水族蠄龙族，一直受熙国国师玉还真驱策而兴风作浪，防止外敌渡河，此次竟被燕王一举剿灭。这也就意味着，燕国拿下熙国的时间也会大大缩短。

这对于魏国来说，可不是什么好消息。

冯妙君叹了口气："峣国要遭灾了。"这么一来，魏国势必要加快灭峣的脚步。

熙国位于燕国与魏国之间，是燕国向魏发兵的首要障碍，燕国结果了熙国之后，就会对魏国下手了。

所以魏国方面想要快速干脆地拿下印兹城，不给燕国偷袭自己的时间，方式也就可想而知的粗暴简便。

想到这里，冯妙君心里有些烦躁。

她发了好一会儿呆，才问陈大昌："国内呢？"

"国内平稳无灾，王廷运行如常。"

也是，才离开几天工夫，能有多少变故？不过冯妙君倒是多了几分安心。她推测云崄并未远离印兹城，一来这家伙伤势太重需要好好疗养，不宜再长途奔波；二来，魏军马上要打进峣都了，他等在那里就行。

陈大昌又道："另外，燕国王子赵允来了。"

"赵允？"冯妙君倒是怔了一下，"他来作甚？"

"或是吊唁。"陈大昌答得很实诚，"赵允一行六七人今晨从西门大道进来，赵汝山派人护送他进宫，路上不少人都看见了。"

这个节骨眼儿上，燕国还来横插一脚，只会让战争的结局越来越扑朔。

她思忖良久，直到满桌子菜都吃光才站起来走人。

陈大昌赶紧去会了钞，再跟着女主人下楼。

冯妙君的住处离顺东风酒家很近，也不须雇车，信步就能走到，但是中间要经过三条巷子。第二条巷子挨着小河，往日蹲在青石板上浣衣的仆妇，现在一个也没有了。她沿河岸往寓所漫步时，前后突然窜出四人："站住！"

这四个或胖或瘦，满脸痞气，见着冯妙君倒先把自己惊住了，愣了几息才道："女人留下，男的杀了丢河里！"

冯妙君身后还跟着一个陈大昌，他脸上涌出来的就是杀气了。不过冯妙君摆了摆手："干吗杀人，钱都给你不行吗？"

这几人对视一眼，哈哈大笑："钱有什么用！"魏军就要攻城，大伙儿就是坐拥金山银山，不还是等死的命？

陈大昌捏了捏指关节，发出咔啦一声。冯妙君从这几人脸上看出了残忍和戾气，遂打了个响指："杀了。"

她年纪不大，识人心却久。大祸临城，法纪松弛，这几个家伙就想着胡乱发泄，这种趁火打劫的暴徒实在该杀。

陈大昌走上前去，四人瞬间被扭断脖子，丢下河喂鱼。

陈大昌身上还杀气腾腾的，忽然转头向街角看了一眼："那边还有个。"

"不用管他。"冯妙君头也不回，"走吧，我知道那是谁。"

那人坐在顺东风一楼，见到她以后就跟了出来，一直追踪到这里。他生得眉清目秀、一表人才，也是少见的翩翩少年。

他认得她，她也认得他。这位就是鲁太师之子，曾经代峣出使新夏，却又被云嵝冒充过的鲁平。

这个人不必杀。

燕国王子赵允在峣军的重重围护下，进宫觐见。

峣王廷立世多年，从未遇上这样尴尬的局面：御花园发生那等变故，国君和太子都死在里面，这处是再不能当王宫用了，峣王廷却也没办法搬回只有苗氏血脉才能驱动的黄金城。

所以峣王廷只好将王室名下另一处产业岩湖山庄暂定为王宫，这里面积不到御花园的三分之一，但建筑集中更好管理。

虽然此地草木也一直经过精心打理，走进来的赵允依旧嗅到了一股子颓败的气息，连花树都像是没了精神。

江山危倾，草木含悲。

强敌近在咫尺，这个曾经强大的国家却已经失去斗志。他不觉皱了皱眉。

太子妃和当廷几位老臣一同接见燕国王子，这是外事上给予的最高规格接待了。

那位美貌的太子妃一身素黑，眼还有些红肿，看起来我见犹怜。赵允知道她是晋国公主、峣国太子妃，无论哪个身份都很显赫，因此脸色也格外沉重："请太子妃节哀。"

他去灵堂吊唁逝者，这里停着两具棺木，里面躺着的是曾经整个峣国最尊贵的两个人。

如今，也不过等着与草木同朽。

走完礼数，又回大殿，赵允才对太子妃与众臣道："魏贼不日迫近，各位有何打算？"

众人都是默然，只有几个武将横眉怒目："唯死战耳！"

赵汝山冷冷道："魏贼想吞掉印兹城，自己得先噎个半死！"

"各位忠勇，允佩服。"赵允拊掌道，"如此一来，必可保住峣国江山、王室血脉。"

这是什么意思？晗月公主细眉一轩："燕王子有话请讲！"

赵允开口之前，先看了看周围。

晗月公主抬了抬下巴："十九王子但说无妨。"

附近人都是信得过的。赵允于是正色道："允受父王叮嘱，此来便是要传个好消息予峣国。燕、熙战争行将结束，我军马上便可以抽出手来对付魏国。待到那时，燕、峣两国一齐出兵，左右夹击，必可使魏焦头烂额！"

消息一出，闻者无不动容。赵汝山满面凝重："燕军打下熙国首都了？"

"快了。"赵允满面自信，"我军已经挺进老箪山，离他的都城不到二百里之遥。"

"所以，你的提议是，让我们死扛到底？"

"是！"赵允斩钉截铁。

"我们要拖住魏军多久？"

"至多三十五日。"赵允坚决道，"三十五日内，我们就能强攻魏国，迫使它放开印兹城。"

三十五日！几个老臣互望一眼，脸上神色变幻。

"印兹城经历百余年修养，防御坚厚，想来粮食储备亦很充足，城里又不缺水源，在几位大人布置下，顶上一个月不成问题。"

赵允接着道："其实，恐怕还不需一个月。我军一旦伐魏，萧衍身为国君立即要返回魏国坐镇，从印兹城到魏都路途遥远，他必须提早启程。这般算下来——"

他每个字都重逾千钧："坚持不到十五日即可。"

峣人不一定打得过魏军，但依托城池之险固守上半个月还是没有问题的。晗月公主见到众臣神情，知道他们已经动心。她适时开口道："燕王子提议甚好，我们需要详加商议。"

赵允点头，站了起来："那我就不占用各位时间。"对现在的峣王廷来说，每一息时间都很宝贵，而燕王的提议就值得商讨。

他施施然走出议事殿不到二百丈，后头即有一名使女追出来道："殿下请留步，太子妃有一事相询。"

哦？赵允站定，回头望向她："说吧。"

"太子妃想请问，可有法子使新亡之魂长留世间？"使女低声道，"倘有秘法能行，太子妃愿以重宝易之。"

赵允目光为之一凝："峣太子？"

使女垂首，把话头避过："燕王是当世第一高人，知人所不知，能人所不能，必有法子。"

看来太子妃希望将丈夫留在人间，哪怕只是一幽魂魄。

赵允缓缓摇头："巧了，我来之前才问过父王此事。"

使女全神贯注："请殿下示下。"

赵允倒真没说谎，他原想过以此法为手段，在太子妃这里获得更多筹码："要令太子妃失望了，我父王道，天行有常，纲纪不能坏，亡魂七日下地府、入轮回，这已成世间铁律，即便是他也动摇不得。"

使女又开了口，赵允仿佛透过她看到了晗月公主不甘的神情："可是世间还有许多孤魂野鬼，甚至有些鬼修也存在了很久，地府并未将他们强行拘走！"

"天地曾有剧变，地府同样震荡，这过程中就有许多孤鬼阴魂失了阴籍，从此只能永世游荡在轮回之外。然而那情况毕竟太特殊，其后地府秩序就重新建立并且大幅加强，鬼吏抱籍拿人，新亡之魂哪一个没有阴籍？想逃过轮回之力已不可能，你看现在，几乎无人再养小鬼。要知道两千年前，连下九流的天师也能豢养几只小鬼做五鬼搬运呢。"

使女还不死心："果真无法可想？"

"世间无绝对。我父王道，这世间或许当真有人能完满太子妃心愿，可惜时间紧迫，断然是寻不到了。"

"那是谁！"

赵允把声音压得低了又低："天魔。"

然后他叹了口气："此事，我们也无计可施，请向太子妃转达歉意。"言罢大步走了。

当天，赵允就离开了印兹城。君子不立于危墙之下，何况是一座即将迎来战乱的城池？

后花园中，晗月公主听过使女的传话，面色微变。她自幼生长在王室之中，对这个名字远比普通人熟悉，无论是千年前的世界还是三百年前浩黎帝国的覆灭，都与天魔脱不了干系。可是燕王说得没错，天魔行踪诡秘，多年不曾面世，现下也不知道藏在哪里。

从御花园事变算起，苗奉先的头七快到了，她根本没有时间去寻找天魔。何况峣国强敌压境，她脱身不得。

难道丈夫就这样离开她？天地之大，竟无丈夫的容身之所？

她忍不住又取出养魂木摩挲。

晗月公主站在树下的阴影里，苗奉先的神魂出来就能免受太阳真火的伤害。

她望着丈夫魂体，悲声道："麟儿还小，群狼环伺，即便这次侥幸打退了魏国，下回……唉，你要我们孤儿寡母如何是好？"

苗奉先已死四天，渐渐习惯了魂身，也能与她交流。他从养魂木上飞起，轻轻抚着妻子面庞。

生前苗奉先高大威猛，然而眼下他只有巴掌大，还是无形无质的魂体，虽没有触感，但这个动作依旧给她慰藉。她实是舍不得："不若我跟你去了吧。"

苗奉先轻声道："我们孩儿怎么办，你忍心留他一人吗？"

晗月公主眼一眨，泪珠就滚了下来。她依旧贪婪他给的温柔，可是头七已经过去四天了，丈夫留在世间的时间，越来越少。

苗奉先温言安慰了几句才道："燕国的提议，我听见了。"他待在养魂木里，对外界的动静有知有觉。

她依旧将他当作主心骨："真可以办到？"

"燕国只希望我们能拖住魏军，他们并不打算理会峣国死活。"

晗月公主点了点头。燕、峣两国原是邦交，关系还不错。可峣国一夕破落，现在更是连国君也没了，无人可以掌控元力，这种情况下燕国怎还会将它放在心上？它想利用的，无非就是峣国最后一点对魏牵制的作用。

"赵允的话不可信？"

"赵允整套说辞的基础，必有一个前提——燕国能及时拿下熙国。"苗奉先落在她掌心，"就算赵允言之凿凿，可是战场瞬息万变，或许一点风吹草动就能改写战局。如果它灭不掉熙国，或者用时远远大于一个月，这边苦苦抵抗入侵的印兹城又能怎么办？"

晗月公主想了想，苦笑道："那就只有咬牙苦撑下去。"倘真如此，峣国和魏国连议和的可能也无，必定要不死不休了。

"熙王虽然昏庸无能，麾下却有良将，国师玉还真亦很强大。燕国想在半个月内灭之，难度不比魏国想打下印兹城更低。"苗奉先微微冷笑，"燕王害怕魏军提前班师回朝，陷他于被动，这才怂恿我们死战到底，替他拖住魏军！"

"还有其他选择吗，除了投降？"这话不仅为她自己问，更是为了整个印兹城、整个峣国。

苗奉先望着她憔悴的面容，十分愧疚。这原是太子才应该操心的事，却落到她的头上，只因他太过大意，为暗探所刺。

"都非良策。但是，或许比仰仗燕国可靠些。"这一次，他犹豫了更久才道，"我们可向晋国求助。"

"求助？"晗月公主想了想，"我父王确是已经派军绕过白象湖，往印兹城而来，但最快也要十来天才能到。"她呼出一口气，"或许我们再坚持上半个月，燕军和晋军都能给我们好消息？"

"如今时局与从前不同了，魏、燕两强争霸格局初显，峣人没有东山再起的机会。"

苗奉先凝视着她，缓缓摇头，"即便这回能打退魏人，可是孩儿太小，君弱则臣强，朝局不能自持，峣国复兴仍是无望。"

晗月公主低声道："那我们也与魏国订立协议，言不互犯，像新夏那般？"

苗奉先苦笑："新夏一穷二白，早被魏国榨得油水都干了，魏国才跟它立下协议。峣国富足，萧衍都快打到印兹城了，怎么肯放过嘴边的肥肉不吃？何必养虎为患。"

他深叹一口气，接下来的话令他自己心情也很是晦涩："我说的是，干脆就……"

话未说完，外头就有人大声通禀。城防军有情报传来，十万火急：魏王萧衍亲率大军，已攻到都城西北辅城郓阳城下！

晗月公主花容变色，伸手扶住了身边的桂树。

郓阳距离印兹城，已经不到十七里路。说魏军兵临印兹城下，也不为过了。

魏军的速度，居然迅快如斯！

内侍紧接着又道："赵将军请您前往主厅商议。"

第
二
十
九
章

坐
收
渔
利

站在中庭仰望，但见星河漫天，璀璨生光。

一年当中，印兹城景致以当下最美，可现在还有多少人有心欣赏？冯妙君下意识叹了口气。上方有个声音悠悠响起："安安为谁叹气？"

身后空无一人。冯妙君皱了皱眉，纵身而起，跃到屋顶上，果然见到一人躺坐于此，双手枕在脑后，也不知在这里看星星看了多久。

微光照不清他的脸庞，只能勾勒出她熟悉无比的轮廓，可他眼里倒映着点滴星光，闪烁跳跃。

冯妙君没漏看他身下垫着的灰氅，心想洁癖是种病，得治，口中却道："为你。"

云嵥侧头，笑吟吟地望着她："别担心，我伤势恢复得不错。"

"我知道你死不了。"冯妙君神情冷淡，"只是后悔救了你。"

他脸上笑容慢慢消失，落寞道："安安这样说，我会伤心的。印兹城守卫森严，我带这一身伤混进来见你一面，可是很不容易。"

冯妙君微微一哂："你还有心？"她的确嗅到了一丝药味儿。

"怎么没有？"他支起半边身子，由倚改坐。只这一个动作，看起来就有两分吃力。"这不是赶着来赔罪？"

别心软！冯妙君强迫自己无视他的伤情，然后正色道："有话直说，这趟进城又要使什么伎俩？"

在她心目中，他的任何行动都带着鬼祟不可告人的目的？云嵥苦笑，也不知这算不算自作自受？

"真的便只是赔礼。"他面色转为肃然，"你冒险救我一命，我当时就应该跟你说实话。"可是当时他不敢。晗月公主是她好友，他不清楚冯妙君知悉他的计划后，会不会回去救苗奉先一命。兹事体大，魏国成败全系于这一击，他仍选择了以大局为重。

"马后炮有什么用？"哪怕知道他理由充分，可她就是气恼，"我不想再见你，你滚吧。晚上几息，我就报官！"

心比女人还细，心眼比筛子还多的男人，就该敬而远之！

"报官"这两字从她口中说出来，真有两分好笑，不过云嵘可笑不出来。他咳了两声才道："听过我的补偿，你再决定报不报官好吗？"

冯妙君板着脸不吭声，云嵘拄着下巴道："我知道你与晗月公主交情匪浅。不若这样，拿下峣国之后，我保她性命无忧，再派人将她送回晋国。"

她微微冷笑："还用你来担保？"

"女王大人亲自出马，我手下人必定是拦不住的。"他的眼睛在昏暗的夜色中都闪着微光，"可这样一来，晗月公主的安全才算是十拿九稳。别忘了，魏夏协议。"

受协议约束，她是不能亲自出手解救晗月母子的。

"就这样？也太没诚意了。"冯妙君斜睨他一眼，"至少要把她儿子也算上，你保他们母子平安。"

云嵘听罢，沉吟一会儿才道："你可知道，我魏军已经杀到辅城郓阳，而峣王廷多半要选择顽抗到底。我保一个晗月公主已是对抗军令，再多一个峣王孙的话……"

晗月公主说到底是晋国人，留与不留都无大碍。然而她与苗奉先所生的儿子，乃是峣国王室在世上的唯一继承人，在峣地有深远的号召力。哪怕这次魏国灭峣，只要他不死，其他峣人复国的心也就不死。新夏和眼前这位女王，不就是前车之鉴？

他轻轻摇头："你也明白，他不可能永远隐姓埋名。"

冯妙君却不为所动："事情要是好办，还能显出什么诚意？"她微微一哂，"晗月公主是大晋的王女。魏国打下峣国之后还有一大堆麻烦要处理，还会再接着撩拨晋国吗？放回晗月公主本就是个合理的决定，不能拿来当作送我的人情用。"

云嵘目光微闪，嘴角微弯："若能办到，安安便不生我的气了？"

"……嗯。"

"好。"他笑意加深，"一言为定。"

冯妙君明白，峣、魏之间的大战不可避免。魏国对峣志在必得，几乎没有什么能阻挠萧衍和云嵘的决心。她能做的，也就是想办法保晗月公主母子性命，以全昔日情谊。

云嵘抬腕去牵她的小手："女王可否纡尊就座？"他的声音格外柔和。

冯妙君下意识让开了。

云嵘咳嗽两声，换了个姿势："不生气了，嗯？"

冯妙君听他声音很紧，想起他身上伤势仍重，心里不由得一软，腰板儿也没那么硬了。云嵘来捉她的手，她终是顺着他的手劲坐到了氅上去。

初夏的屋顶还挺凉，灰甍铺就的面积不大，她这么坐下来，跟他就只有一拳之隔。

男子身体的热力，好像隔着两重衣裳都能传递到她这边来。

她有些不自在，想往外坐去，他却紧握着她的手不放，笑眯眯道："我的安安不愧是女王，就是有国君的大度！"

冯妙君气得笑出声来，转头去盯他伤口："笑得这么欢，是好了伤疤忘了疼吗？"

"啊。"他像是才想起来，"确是在合拢了，痒得很，也不知会不会留疤痕。你帮我看看？"说着就要去解自己襟口。

冯妙君倒不去拦，眼巴巴等着。直到他露出匀称而肌理分明的上半身，她才凑过去细看两眼，这才点头："的确恢复得很好，再有几天又是活蹦乱跳的了。"接着她伸指在他心脏部位按了两下，"这里呢？那东西取出来没？"

她的动作如此自然，可是力道不轻。云嶂不疼，就是痒，从她触着的地方一直痒到心里去。他又想去抓她小手，可是被她躲开了。

他遗憾地撇了撇嘴："取出了，但心伤还要养上一阵子。"

冯妙君看他嘴唇还是欠缺些血色，当然知道他心疾未愈，赶紧叮嘱道："魏军不日即到，此地再没有你出手的必要了。你好好养着，别再牵动伤势！"

别玩儿脱，别挂了，她还活得有滋有味哪，不想陪葬！

"放心吧。"云嶂桃花眼中有异彩闪动，"安安的关心，我自会记在心里！"

冯妙君半个身子都麻了，她无从反驳，只得艰难应一句"你知道就好"。

云嶂侧过身来，目光炯炯："那我们来谈正事。"

"嗯？"

"你何时嫁我？"

冯妙君"噗"的笑了："你是魏国国师，我是新夏女王，我们两国有世仇，你还杀掉了我朋友的家人——就这样，你还盘算让我嫁给你？"

云嶂一字不漏地细细听完，最后才认真点了一下头："对！"

面对这个不能以常理揣度的家伙，她也是没脾气了："想得倒美，另外，难道不是你嫁给我？"她可是一国之君，想成婚也是招个王夫来"嫁"给她。

云嶂长眉掀起，闷哼一声："细节暂且不提，只说如何办到。"

冯妙君定定看着他，不觉收起脸上笑容："我性子不好，脾气不好，心眼儿还多，实非良伴。"

云嶂哦了一声："照这样说，世上好性子好脾气、心地又实诚的女子，我都该喜欢？"

"常有人说我恶毒又矫情。"

"那更好了，旁人好似也是这般说我。"云嶂笑吟吟的，"你看咱俩是不是天生一对？"

她板着的俏脸终于绽出一丝笑意。

的确，这人比她更恶毒、更矫情。

"你还有满肚子坏水，你的心还是黑的。"

云嶂凑得更近，一低头就能亲上她的唇："女王大人是不是该替天行道，将我收了去，以免为祸世间？"

她扯了扯嘴角："照这样说，收了你还是造福天地，功德无量？"

"谁说不是呢？"今晚没有月色，否则真要被他的温柔比下去了。

她到底该喜欢这个人，还是讨厌这个人？冯妙君也有两分迷茫，没避开的结果就是被他亲了个正着。

他的吻很轻柔，却乱了她的思绪。冯妙君下意识闭上眼，听见墙缝里的蛐蛐和后边儿水塘里的青蛙都叫得很欢，还有他二人的心跳。

跳动的频率都加快了，似乎很合拍。

这男人就像罂粟，你明知道他有毒有害，明知道该避而远之，却还被诱着，情不自禁要靠近他。

不知道是不是今晚星光太好，他没有再进一步举动，只在她唇间流连忘返，像采蜜的蜂儿。

冯妙君伸手轻抚他的面庞，暗中感叹这人皮肤比女人还好："待你卸去国师之职。"

云嶂从旖旎中清醒过来，微微一怔："什么？"

"我说，"冯妙君在他耳边吐气如兰，"只要你卸去魏国国师之职，我们就能成婚。"她笑了笑，认真道，"这是唯一条件。"

卸任国师。云嶂瞬也不瞬地盯着她，温柔和星光渐渐从那双桃花眼里褪去，取而代之的，变得了清明与冷静。无论哪一种眼神，他都俊得不可方物，冯妙君心下却是微黯。

只听云嶂说："可是我曾对魏王立誓，要助他夺取天下。誓言不可违，否则——"他指了指自己心脏，"要穿心烂腹而死。"

冯妙君道："那么，你动作可要快一点了。"

她脸上的满不在乎，让云嶂握紧了拳头："换一个条件，我们可以商量。"

她嘴角一扯："不若你将萧衍干掉，扶我做天下共主？"

云嶂抚掌："也是个好办法。"

知道他同样在胡扯，冯妙君敛起笑容："魏夏之间仇深似海，我嫁给魏国国师，就不能给臣民交代。"

他眼里闪着幽幽的光："他们比我更重要吗？"

他布的这个陷阱，她才不会傻乎乎地一头撞进去："你和萧衍的宏图霸业，比我更重要？"

话到这里，基本就陷入了僵局。

云嶂沉默不语，冯妙君从他眼中看到了自己的倒影，那是和他同样倔强的神情。

两人都明白，对方不会让步。

接下来，就是一阵长久的无言。

冯妙君干脆像他那样半躺下来，仰望天上的星辰。

从这个角度去看天空，果然辽阔壮美，让人感叹自身的渺小。

人间的钩心斗角，王朝的兴衰更替，在它面前都那般微不足道。

"云嶂。"冯妙君又悠悠开了口，她忽然想起一事。

"嗯。"他的声音听着还有几分懊恼。

"你是不是天魔？"这问题盘踞在她心头好久了，今天不知怎的，毫无修饰地问了出来。

云嶂似乎也因这冷不丁冒出来的问题而意外，好一会儿他才道："你猜？"

"我猜你是。"冯妙君偏头望着他，"所以，到底是不是？"

这回，他沉默了更久，才侧身对着她。这动作挡去了天上的光，让他半张脸都隐在黑暗里，只露出一只桃花眼，带着说不出的魅惑之意，似乎能把人的神志都吸进去："不是。"

星沉之前，云嶂就准备离开了。

他才刚刚站起，边上伸过来白嫩嫩的小手抓着他的袖角："去哪儿？"

"找个地方睡觉。"他的声音暗沉，让冯妙君突然想起他是个病人。他伸了个懒腰，"吹风吹久了，骨头有点酸。"语气听着像撒娇，可是病人本来就不该长久吹风吧？

"你在哪儿落脚？"

"这个时候，客栈全是空房。"

印兹城早就关紧大门，全城戒严。百姓都在自家猫着，这时候哪里还有客人往印兹城来？

冯妙君看着他的眼神更怀疑了："你真是回去睡觉？"

云嶂冒险潜进城，到底做什么来了？

云嶂眨了眨眼，一脸无辜："那我还能做什么？"

他上一次施计，就做掉了峣王父子。这一回，他是不是又打算冒险劫掠晗月公主母子？想到这一点，冯妙君后背都沁出冷汗。经历连番变故，峣人一定加强戒备，将晗月公主护得无比周全，再说大晋国师莫提准也还未离开，他守护本国公主必定不遗余力。无论云嶂如何谋划，这么做也是风险太高，万一被捕……

冯妙君暗暗打了个寒噤，表面上却冲他一笑："外头不安全，我这院里还有厢房……"

话未说完，云嶂就瞪大了眼："你肯收留我？"

冯妙君一噎："客栈是峣人筛查的重点，你睡不安稳……"

话未说完，云嵖就打断了她的话："我住！"说罢从屋顶跳下地面，登堂入室。

冯妙君也回到庭中，一转头就见他推开了左边房间的门："这间物什一应俱全，我就睡这里吧。"他嗅觉出众，推门即嗅到一缕淡香，与她身上如出一辙。

"这房间是……"是她的，可是话到嘴边又咽了下去。她本想将他丢到西厢房，可是他来去无声，她想盯住他并不容易，何不放在眼皮子底下看牢？反正她又不睡觉。

再说，当他侍女那段时间里，两人同屋住了不知多少天，现在再纠结这些有什么意义？

"归你了。"她悻悻道，跟了进来。

"还是安安心疼我。"云嵖很配合地打了个哈欠，"好困。"解掉外衣和靴子，爬上了床，转眼就将自己埋进了被子里。

冯妙君："……"

云嵖还很好心地往里挪了挪，然后拍拍身边的空位："来，夜深了，不要客气。"

他笑得那么和气，她相信自己真的凑过去，后半夜两人都别想睡了。

"谢谢了啊。"冯妙君皮笑肉不笑，"你睡吧，我不困。"说罢坐到椅上，盘膝调息。

云嵖侧了个身正对着她，托着脑袋看过来，目光炯炯。

那眼神如有实质，她闭着眼都能感受得到。

她忍，只作不知。

可是他瞬也不瞬地盯着她，居然能这样看上整整一刻钟。

无论是谁，面对他的目光都不可能无动于衷。冯妙君只觉皮肤上如同有蚂蚁乱爬，痒得紧，心里也乱了，睁开眼微怒道："你看什么？"

他微微一笑："好看。"

他的笑容能溺死人。冯妙君不知道自己脸红没有，只得瞪着他："再不睡，我就把你撵出去。"

"睡，睡。"他把被子拉高，"敢不从命！"言罢，闭上了眼。

一合目，周围的淡香更加清晰，被褥绵软，仿佛是她温柔地将他包围。

他悄悄深吸一口气，全副身心终于放松下来。

冯妙君也觉得轻松些许。方才进来时，她已经悄悄激活了四下里布置的结界，这东西当然拦不住云嵖，但他如想离开，她会知道的。

云嵖说到做到，闭上眼不到几十息的工夫就睡着了。

冯妙君见状并不多么惊讶。但听他呼吸依旧沉滞，就知他病体未愈，实需好好调养。

满室皆静，连户外的虫鸣似乎都消失了。

不多时，冯妙君也调息入定，开始了今晚的功课。

东边天亮之前，西边忽然传来了嘹亮的号角声。只一声，就让人气血翻涌，几欲长啸而起。这是以大妖的长角制成。最关键的是，冯妙君对这声音很熟悉——

这是魏军的冲锋号！

辅城没能阻拦他们的脚步。仅仅过了一个晚上，魏军就压到了印兹城下！

号角声方歇，左邻右舍立刻骚动起来，冯妙君还听到有人哭泣。不过离她四步之远，床上的云嶂还睡得安稳，那一声长号不过让他换了个姿势。

冯妙君想摸一摸他的额头，探探他的体温，但终究不想吵醒他。

她轻轻走出房间，对推门进院的陈大昌道："取饭来，要丰盛些。接下去可没有安生饭吃了。"

"是。"陈大昌犹豫一下，才道，"王上，我们何时离开？"这里即将有血光之灾。

冯妙君很认真地想了想："快了。"

小半个时辰后，陈大昌拎着食盒走进厅中。

云嶂刚好推门而出，两人打了个照面。陈大昌狠狠吃了一惊，云嶂却伸了个懒腰，在桌边坐下，散漫道："有甚好吃的？"他是真不拿自己当外人。

陈大昌将食盒放到桌上，看看房门，再看看他，又忍不住看向冯妙君，脸上的神情一言难尽。

天才刚亮，这人居然从女王的房间走出来，还衣衫不整！

望见属下的眼神，冯妙君莫名脸红，挥了挥手道："你们自去用饭吧，观顾一下外头情况。"

陈大昌收起异样神色，答了声"是"就转身退出去了。

他退得很急。

冯妙君送云嶂一记眼神杀，他若无所觉，打开食盒看了一眼，然后皱眉。

"怎么？"她凑过来一看，没看出什么特别的，顺手就取上桌来。很普通的早饭，葱香油渣饼，乳白的浆子，满满一屉蒸饺，还有六个比她拳头都大的肉包。

云嶂指着油渣饼："用的油太次，一股子熟腥味。"又指了指浆子，"浆子没起皮，连一层也没有。"

挑剔也分一下时间场合好不？她一翻白眼："你到底吃不吃？"

"吃。"他大剌剌地坐下来，夹起一个包子就啃。

才吃了一口，他又道："这馅儿……"馅儿太少，调味也不好，皮还厚得可以打狗。

冯妙君瞪他。

云嶂顺溜儿改了口："凑合吧。"委委屈屈接着啃，好在包子皮倒是很软。

"委屈你凑合吃了，云大国师。"她夹起一个油渣饼，"这时候能弄到一口吃的，已经很不容易了。"大难临头，城里哀鸿遍野，谁还有心思鼓捣吃的？

他兀自摇摇头，换了个话题："峣国战争结束后，你有何打算？"

"回国理政。"冯妙君头也不抬，"怎么？"

"我接到消息，赵允前些天又去过一次浩黎国废都，这回带去的人手更多，足有数千之众。你要不要同去看个究竟？"

她微微一惊："赵允带了数千人去我的地盘？"废都即是应水城，那地方在新夏国内，偏近西南地区。

"是。"他很肯定地答复她，"情报可靠，那些人都驻扎在废都。不过不是燕人，而是从附近招募来的新夏人。"

燕国这两年频频造访应水城，派出的还是得力的王子，冯妙君不好奇是不可能的。

"找这么多人去，这厮难道要献祭？"

他微微摇头，表示不知。

"你可知他要找什么？"

"他不说，我怎能知？"他目光在她脸上流连，"去吗？"

"去看看。"那几千人可是她的子民！赵允要是敢抱有献祭的打算，就别怪她心狠手辣。

再说应水城里藏着许多秘密，身为新夏之主，倒是有责任将那里的谜团弄个清楚。

吃过早饭，冯妙君将餐具收拾清洗。出门在外，她就不是十指不沾阳春水的国君了。她正要将病人赶去睡觉，云嶂却对她道："丹田当中的印记，你仍未参透？"

"没有。"她闻言精神大振，"你可有头绪？"

"将它画出来。"云嶂递了纸笔给她。

冯妙君揩干手上的水珠，提笔画了起来。

随着她手起笔落，云嶂的眉毛也越挑越高。

他的神情，也像方才的陈大昌那样一言难尽。冯妙君抬头见了，没好气道："怎么，我于此道不通！"别说丹青圣手，她连个圆都画不好。

丹田印记被她画成一个圆，里面有条……大头蝌蚪？头上还顶着树杈，还长着个抽象的鱼身子。云嶂指着它，修长的手指都抖了："这，这个难道是……"

"是。"她从牙缝里迸出一字，重逾千钧！

是鳌鱼，至少她想画鳌鱼来着，可是心里想得明白，手上画出来却不听使唤。

"你就不能将就着看？"

"待我好好参悟。"云嶂的脸飞快变红，收起这张画纸，三步并两步进了屋子。

门才刚刚关起，冯妙君就听到了他抑制不住的笑声。

印兹城的局势越来越紧张，城里的平民虽然没有多少战斗力，官方也组织青年男子去做后勤搬运，防御工事加做了一层又一层。

只从这一点，冯妙君就隐隐有了不好的预感。峣王廷做下的决定，看来是抵抗到底？

近午时分，印兹城外数个方向同时传来了魏国修行者的喊话，大意是投降可活命，顽抗到底就会举家遇屠。

这类喊话都用上了灵力，声音几乎渗透到印兹城各个角落。

平民骤然听到这样的威胁，有人痛骂之，有人惊恐之，有人唾弃之，有人哭泣之。

谁不想活命？

魏军就是以这种方式，向峣王廷施加强大压力。

冯妙君居住的这间小院，外头的嘈杂声一下增大了三四倍不止。

就在这时，房门打开，云崱走了出来。

"怎样？"她也不掩脸上急切。这些年来她心心念念之事，就是解除鳌鱼诅咒。

这神情落在云崱眼中，却令他有些不悦。不过是灵力互享，她就那么迫不及待要斩断跟他的联系？

"不是诅咒。"他俊脸阴沉下来，"尽管与诅咒极其相似。"

冯妙君点头："我喝过金枝玉露，那圣水能解一切咒厄，却解不掉鳌鱼诅咒。"

云崱意外地看了她一眼："燕王竟肯给你？"

冯妙君点头："那时我和傅灵川还没得罪他。"

她把自己和傅灵川并列，云崱脸色更黑了。

"你这图画得有些……"他措辞老半天，"难懂。就像阵法，线条不在其位，我不能算其中因果。不过嘛，我倒觉得是……"话没说完，他自己都犹豫了。

"是什么？"别吊她胃口啊。

"罢了，不可能。"他转身就往后厨里走。

"喂！"冯妙君戳了戳他硬实的肩膀，"有话好好说！"

"先烧火。"他指了指灶头，"我就告诉你。"

"作甚？"这家伙又想指使她。

"做饭。"

"我不干。"冯妙君睥睨他，"都什么时候了，谁还有心做饭？"

"我。"

"哈？"她还以为自己听错，却见他不紧不慢挽起袖子。云崱居然要下厨，在强敌环绕、大战将启的峣国首都？

偏他还一本正经："你那手下送来的吃食太差。"

"你的脑子里成天装的到底是什么？"

云嵫一笑，露出白牙："食色，性也。"

她没脾气了。

这人取出方寸瓶递给她："去泉里摸条大鱼出来，檐下有风干的腊肉，其他的，你看着喜欢就拣出来。"

冯妙君也不知为什么会接过瓶子，好一会儿才找到自己的声音："何必费这功夫，陈大昌一会儿送饭……"再说他们可是修行者啊，一个月不吃饭都没问题。

他截口道："我告诉他不必送了。"

"啥？什么时候！"她怎么不知道？

"他早上离开之前。"他答得理所当然。

冯妙君神情一下变得深沉。跟云嵫怄气，能活活呕出血来，关键是最后如愿以偿的一定是他，这是她从前就学得的教训。所以冯妙君不与他一般见识，乖乖进方寸瓶里找食材了。

她已经很久没进方寸瓶了，望见这里排列得整齐又壮观的调味料，才想起这人对吃从来一点也不肯将就。

冯妙君很快就出来了，手里拎着一尾黑鱼，一条腊肉，两截鲜笋。

将这些都丢给他，她就自顾生火去了。

云大国师居然要亲自下厨，这一幕真是百年一见，冯妙君不想错过，一边鼓动风箱，一边偏头去看。

云嵫一刀剁下鱼头，不管鱼身还在跳动，接着就横过刀锋去片鱼，动作干脆利索如行云流水。

这般熟练的刀功，绝不是只练神通修为就能练出来的，冯妙君看得一瞬不瞬。

云嵫将鱼片切好、调味、腌上，转头又去洗剥竹笋，刨切腊肉。

至少在这个时刻，他像个普普通通的居家男子，为喜欢的女人洗手做羹汤。只看他做这些杂事的一丝不苟，谁能料想他曾经做过哪些惊天动地的大事？

在这个时候，她决意暂时忘掉彼此的身份，彼此的隔阂。

转眼间，黑鱼就进了砂锅坐上了火。冯妙君啧啧称奇："云国师常做饭给别人吃吗？"

云嵫揩了揩手，微微一笑："很少，你是第二个。"

饭菜上桌。

两个人，两道菜，乌鱼煲和竹笋炒腊肉。

冯妙君夹起一片腊肉吹气："好吃！"

对于美味，她从来也不吝于夸奖，然后才掏出一坛子美酒，给两人满上。

"桃花酒？"

云崕还记得这酒的来历，也记得她坐在桃花树下，巧笑嫣然的模样。冯妙君总给他一种错觉，似乎自己离她已经很近很近，一伸手就能将她揽在身边。可是他有的她不屑，她要的，他又给不起。

至少现在还不能。

她千里迢迢从乌塞尔赶来印兹城，又冒着生命危险与政治风险从莫提准手里救下他来，应该对他也是真有情意吧？可是这女人就像猫，上一秒还能跟你撒娇示好，下一秒就可以弃你于不顾。

适逢冯妙君问他："第一个人是谁？"

云崕自有所思，一时未反应过来："什么？"

"你说，我是第二个。"好奇心占了上风，她还是想问。

"哦。"他笑了，"在你之前，我只给娘亲做饭。"

娘亲？冷不防是这个答案，冯妙君微微一怔。

"啊，她，她老人家可好？"她忽然口齿不利索。

云崕夹了一箸鱼片："我七岁时，她就过世了。"

他的声音平淡，像是不掺杂任何感情。事实上，对他来说那的确是很久远的往事了，久远得他时常以为自己已经忘却。

"啊，抱歉。"

"我自幼被人伤了心脏，那人本想要我的命，是母亲拼死护住，这才没被他得逞。"云崕指了指自己心口，"但她也因此受了重伤，在接下去几年里又将内丹传给我保命，她自己油尽灯枯，没熬到第八年就过世了。"

冯妙君轻轻啊了一声，不知说什么好。说到安慰人，她一向嘴笨，只得干巴巴道："可惜了，她对你可是真好。"

"娘亲好食天下美味，尤爱吃鱼。房后的水塘就是挖来储鱼的。但她厨艺太臭，连做饭都能烧掉厨室，因此在我六岁以后，这些活儿都落到我身上了。"

冯妙君听出门道了："房后的水塘……等一下，你说的是方寸瓶里的水塘？"

"是。"

"那方寸瓶里的房子，莫不是……"那可是好普通的一所山中小院，简朴得不像云崕这等身份的大国师寓所。她一直奇怪方寸瓶里怎会放进这个，原来里面还有因由。

"是我幼年居所。"云崕微微一哂，"母亲过世后，我就将它放进方寸瓶，留个纪念。"

冯妙君低头扒了两口饭。三言两语，就能听出云崕自幼懂事，与母亲的感情极深。

眼前这人神通绝世，但心疾直到现在都未能痊愈，可见其厉害。他幼时可没有今日这等修为，心疾一定将他折磨得死去活来。想起这样一个病弱孩子还要承受丧母之痛，后面都孤苦伶仃，她心里难免生出一点怜惜。

云嶂等了几息，没听到冯妙君接话，转头就见到她眼睛湿润，似有一点水光，赶紧凑近道："怎么这副神情，可是对我更喜欢了些？"

虽然嬉皮笑脸，可是他的桃花眸太亮，冯妙君很不自在，下意识移开目光："早些说出这些，我还能觉得你没那么惹厌。"

云嶂叹息："我在你眼里，只有惹厌？"

冯妙君赶紧换了个话题："来来，说回你八岁以后。你是怎么过日子的？"

云嶂道："母亲过世一年后，恩师收留我，传授道艺，对抗心疾。"

"你还拜了师傅！"冯妙君羡慕，"那是哪位大能，看看我可曾听过。"

"我师父隐在人间不理世事，说出名号也无用，你必不曾闻。他与我娘亲有些渊源，才肯收我为徒，至我艺成后又再离去。"云嶂漫不经心道，"算起来我也许多年未再见到他了。"

"你这一身本事，都是他教的？"

"嗯。"他指了指碟子里最后一块笋片，"还吃吗？"

"你来。"她很大方地推到他面前。

饭毕，冯妙君站起来收盘子："去休息，这里没你的事了。"出门没带侍女，眼前又是病人，残局只得自己收拾。

冯妙君取了水，在后厨把碗盘连洗了两遍，才幽幽叹了口气。这时后头的木门吱呀一声，她不回头都知道是云嶂进来了。

后面伸出一双手，将她拦腰抱住。

冯妙君挣了一下："放手。"心乱如麻，根本不想见到他。

他不放，反而把下巴抵在她肩膀低语："你说过，只要我不当魏国国师，你就嫁给我？"

她嗯了一声。

"说话算话？"

"君子一言。"热力从身后紧贴的那具男子身躯传递过来，烫得她有些口干舌燥。

他轻笑："你我都算不得君子。"

她哼了一声："我言出必行。"

云嶂忽然将她转了过来，深深望进她眼底："安安，你心悦我吗？"

他的眼神太专注也太执拗，冯妙君呆呆张了张嘴，不知怎样回答。

他问得很认真："若无喜欢，今次你何必来救我？"

"这个……"有误会啊，可她又不能直说。冯妙君咬住下唇，忽然想起，"你想娶我，是因为我救了你？"

"乌涪雪山之后，我时常会想起你。"他抵着她的额头，"恨得牙根都痒，想着再见面一定要将你如何如何。呵，结果你给了我好大惊喜。"

他声音里透着怨艾，冯妙君想笑，但是笑不出。这后厨太小了，空气又憋闷，她有些儿昏沉。唔，方才喝了不少酒呢。

他依旧咬牙切齿："想知道我要将你怎生法办？"

"不……"后面那个"想"字还未说出来，就被他堵回了口中。

云嵝又在亲她了，口中非常清新，像是刚刚嚼过了薄荷叶。

他抱得很紧，这个吻就透出了渴迫的意味。冯妙君下意识推了两下，引出他两下闷哼，状甚痛苦，她才记起他身上有伤，不敢再用力了。

然后，他就越发缠人。她分明知道这人在她身上大逞手足之欲，可是自个儿就像泡在热水里，四肢绵软使不出劲儿。

情之一物最是有瘾，沾着了，就欲罢不能。

身心好似一分为二，明明神志大敲警钟，可是身体就是不肯听从，只愿一味沉沦下去。

正在半沉半浮间，外头忽然传来呜呜的声响，浑厚、嘹亮，撕裂夜空。最重要的是，将冯妙君的魂儿唤了回来。随军数月，她太清楚那是什么动静了：三声三响，魏军吹响了进攻的号角！

她一个激灵，瞬间清醒，按着男人的脑袋往外推："开战了！"

他八爪鱼一般箍住她，还要找地方下嘴："打不到这里来。"

"那也不成。"她声音还带着娇软，却伸手将他俊面夹住，"起开！"

她的态度坚决，让云嵝知道这回又没戏了。他手一松，直接瘫倒在她身上，喑哑地抱怨："小祖宗，你要我命是不？"

"谁……"她话未说完，云嵝就恶劣地顶了她两下。然后她就知道，他是哪里要命了。

她红着脸："荒唐，别闹了。"

云嵝的眼神，幽怨中带着火气。

"没那么容易攻破。"他紧盯着她不放，"我们还有大把时间。"

他动了情，面色绯红，桃花眼中像笼着一层薄雾。

冯妙君用力戳了戳他肩膀："你伤在哪里，自己不记得了？"

他后腰中了一刀，才没有这么快就痊愈！

云嵝啊了一声，脸上有些颓然："你记得这样清楚。"的确，他还什么都不能做。

冯妙君推开他，快步冲去小院，取缸中清水拍脸，这才迅速冷静下来。

胸前微凉，她一低头才发现襟前的排组全被解开，小衣都歪歪扭扭，露出风光无限。

可恶啊，这家伙剥她衣裳是不是剥出了心得，为什么动作越来越娴熟？

冯妙君飞快地整好衣物，一转头见到云嵝抱臂倚在门口，脸上写满遗憾。他的领子也敞开着，露出紧实的胸膛，肤色如玉。这好像是她方才意乱情迷时亲手解开的，来而不往非礼也。

云嵂顺着她的目光低头一看，而后给她一个了然的眼神："要不，我们继续？"

他舔唇的样子，就好像她是美味的小糕点。

回想他方才是怎么吃她的，冯妙君脸有些发烫。她暗运心法，默默在心里从一数到十，才低声道："正经些儿，外面打仗呢。"

"与我们何干？"云嵂伸了个懒腰，坐到院中的青石椅上。

"与你无关？"她满眼都是怀疑。这是最关键之战，他怎会轻描淡写？

云嵂轻哼一声："我重伤在身，眼下最该做的事是好好养伤。莫非你以为，我还要找莫提准他们玩命不成？"

她的确有此顾虑。不过看他眼神，大概早知道她留下他的用意了，正好借机来占她便宜。冯妙君正觉气闷，就听云嵂接着道："再说，战争进行到这里，应该也用不着我出手了。"

像是验证他的话，下一秒，东、西、北三个方向同时传来了震耳欲聋的炮响！

魏国对峣都的强攻开始了，一上来就采取了狂轰滥炸的手段。冯妙君皱起眉："魏军准备了多少炮弹？"

"很多。"云嵂笑道，"够用了。"

冯妙君看着他的笑容，心里有不祥的预感。

这时，门外响起了急促的敲门声，却是官兵来催促各家壮丁上战场。冯妙君向着云嵂一瞪眼："快去躲好！"作为全印兹城第一通缉犯，他就没一点躲藏的觉悟？

官兵进来时，云嵂已经不见了，他们在院中只见到一个女人。

眼下还未到妇孺也上战场的境地，所以他们很快退了出去。隔壁陈大昌一行躲了几个起来，就留两个开门的被抓了壮丁。

果然如冯妙君所料，峣王廷并没有选择妥协投降。

攻城之战，灭国之战，就此拉开序幕！

送走那几个峣兵，冯妙君才发现一桩麻烦：云嵂不见了。

方才放峣人进来搜查，她少不得要撤掉结界，以免惹上是非。云嵂大概就是趁着那个机会偷溜掉了。这家伙属泥鳅的吧？

炮声持续了一个昼夜，印兹城无眠。

她足不出户就能嗅到空气中弥漫着紧张而绝望的气氛。敌军一路打到自家门口，峣国的掌舵人又都死了，印兹人的心脏也不是铁打的，这时候难免悲观失望。可是冯妙君知道，印兹城的防御非常坚固，只要它顶住魏人的进攻，几天之后印兹人的士气还会回来。

可隔日清晨，鸡鸣时分刚过，魏军就给出了答案——城外响起了进军的号角。

峣军的布防在魏军的攻势下全面崩溃，前方没有了高墙，没有了阵法，没有了神通，甚至连半个敌人都没有。魏军将从这个城市的伤口钻进去，直扑峣王廷！

冯妙君站在屋顶上，长长吐出一口气，只觉胸肺间冰凉一片。

没有什么能阻住魏人冲入印兹城的脚步了。

冯妙君听到周围杂乱的脚步声响起，除了平民惊恐的尖叫和哭泣以外，还有峣军飞快奔赴前线的声响。她揉了揉眼，却揉不去涩意。

紧接着，陈大昌奔了过来，询问她是否撤离。印兹城破，峣人殊死抵抗，魏军很有可能有屠城之举，到时候这里不会留一个活口。

冯妙君这才低声道："或许还有机会。"

陈大昌："什么机会？"

冯妙君摇了摇头，不说话了。碍于魏夏协议，她不能亲自出手救走晗月公主，甚至不能主动开口要求帮忙，可是再怎样无望的绝境当中，也该有一线生机的。

她既不吭声，陈大昌也不敢再问。

又过小半个时辰，来自各方的喊杀声越来越近了。

难道天意如此？冯妙君眼中光芒暗淡，这才叹了口气，对陈大昌道："撤退。"罢了，或是天意。

"咚咚咚！"就在这时，小院外头响起了敲门声，带着两分急迫。

几乎门响同时，冯妙君就跃到地上。她拉开门，外头站着一人，见到她即露出狂喜之色："女王大人！"

峣王廷之中，晗月公主望着远处黑烟蒸腾的天空，半晌无语。

苗奉先的神魂也被惊动，从养魂木中飘了出来，见状即道："唤赵汝山来，他会带你们母子杀出重围。今后……"到得这时，他的话音也自生涩，"今后回到晋国隐姓埋名，莫思复国之事。"

晗月公主又红了眼眶，想伸出手，却得不到丈夫的抚慰。过了今晚，丈夫的魂魄就要归于黄泉，夫妇再不能相见了。这些天，她已不知哭了多少次。

临时行宫里也是一片混乱，但依旧有宫人来禀：鲁太师之子鲁平，有急务求见。

鲁平只是礼监部官员，这当口能有什么要事觐见？

晗月公主本不想见，苗奉先却道："听他有何话说。"

鲁平就候在外头，这时匆匆走进来，向晗月公主行礼后就开门见山："微臣前日在顺东风遇见了新夏女王。"

"什么！"晗月公主失声道，"你可是看错了？"冯妙君理应坐在数千里外的庙堂之中，怎会在此时此地出现？

一直沉思的苗奉先也霍然抬头。

"必定是她。"鲁平斩钉截铁，"她身边跟着的男子我也认得，名为陈大昌，如今是新夏廷尉。"

以冯妙君的美貌，寻常人很难错认，何况她身边还跟着陈大昌。此事就是再荒谬，晗月公主也信了，下意识走了两步："她在哪里！她……"话到嘴边，忽然打住。

这个节骨眼儿上，冯妙君来印兹城做什么呢？

倒是苗奉先低声道："请她进宫。"

晗月公主惊疑一声："啊？"

苗奉先急切道："印兹城还有一线生机，全系乎新夏女王身上！或许你和麟儿也不必走了。将她请来，快！"

冯妙君是被鲁平请来的。

岩湖山庄这地方，她从前也来过，风景不错，却不适合作为宫殿。偌大的峣王廷居然安置于此，实在有些破落的凄凉。

她心里感叹，面上却不露半点，只笑着去迎对面奔过来的晗月公主。

晗月公主眼眶都红了，不由分说，张臂一把抱住了她。

抱得很紧很用劲。

冯妙君轻轻拍着她的后背，低声道："一切都会好的。"

只这一句，就让晗月公主心如火烧，失声痛哭。

足足四五十息，晗月公主的哭声才小了下去，转作细小的呜咽。冯妙君拍拍她的肩膀："时间宝贵。"

这四个字立刻让晗月公主清醒过来。她赶紧拿巾子擦了擦脸，不好意思道："见笑了……你怎会跑到印兹城来？"

"办些公务，听闻这里大乱，顺道过来。"冯妙君随口扯了个谎，"也看看你。"

"我都要老了。"晗月公主摇头。她这几天劳心劳力，看着真像老了几岁。

冯妙君目光微闪："我听说燕王子赵允也来了？"

"是。"

"偏在这个节骨眼儿上，他是来劝战不劝降？"

"正是。"晗月公主低声道，"他保证，只要印兹城再坚持一个月，燕国就能灭熙北上，定能迫得魏王萧衍班师回廷，解峣国危局。"她恨恨道，"王廷采信了他的话，否则我们怎会落到如此境地！"

燕王只将峣国当作拖延魏人的工具，又怎会真正理会他们的死活？

冯妙君问她："接下来打算怎么办？"

晗月公主还未开口，就有个声音接过来道："接下来，印兹城百万生灵性命都系于新夏女王之手。"

这声音很怪,从外头传入,反像是在心头响起。冯妙君微微一惊,定睛看去,晗月公主怀中冒出一缕金光,化作小人坐在她肩上。

看他形貌,冯妙君一眼就认出来了:"原来是太子。"语气并无多少惊讶,接着道,"我受契约所限,不能出手搭救峣人,否则……"她苦笑一声,"天雷轰顶。"

晗月公主闻言不语,苗奉先向她点头作礼:"我并非恳求女王出手救走他们母子。"

"太子之意?"

苗奉先的神情越来越凝重:"其实,峣国还有一条路可走,既不死战到底,也不必献降——至少不用向魏国投降。只是这般做来,要被后世唾骂。"

他苦笑一声:"幸好,我已经死了,麟儿还小,晗月又只是女流。所有骂名,都由我一力承担便好。"

晗月公主静静旁听,却越听越不对劲儿,忍不住道:"你,你说的是什么办法?"

苗奉先新死不久,还保有生前习惯,这时就长长吸了一口气:"并入新夏。"

"什么!"晗月公主蓦地瞪圆了眼。

冯妙君同样动容:"你真的舍得?"

"舍不得。"苗奉先一声苦笑,"可我已经死了,别无他法。"

就在此时,外面又有消息传入:魏人已经攻破五枫亭,往此地而来!

"晗月的性子与你不同,不能独自撑起偌大的峣国。偏偏王室伶仃,只剩这一对孤儿寡母。"苗奉先先将战事放到一边。他轻轻抚了抚爱妻的秀发,哪怕毫无触感,"我观满廷文武尽显悲观,只有小半犹存战意。燕国靠不住,印兹城这一战即便能打退魏人,江山已经破败,日后峣国也是举步维艰。"

此时的峣国已经风雨飘摇,急需找一个强大靠山。如是燕国最好,可惜它实在太远,远水怎能救得了近渴?

晗月公主看看他,再看看冯妙君:"为什么!"

苗奉先低声道:"魏夏协议。"

"魏国不得攻击新夏国土?"

"是啊。"苗奉先已是魂体,旁人也看不出脸色好坏,"如果峣国变作了新夏的一部分,魏国就必须从这片土地上撤走。"

可是如此一来,大峣也不再是个独立国家。晗月公主想到那后果,揉了揉额角:"过后,满廷又要吵得不可开交。"毕竟峣国立世多年,打下的基业要是说没就没,要那一帮子臣子去忠谁的君,爱谁的国?

"不错。"冯妙君摇头,"兹事体大,太子还是先知会众臣,否则今后遗患无穷。"

"来不及了。"苗奉先苦笑。

正说话间，外头响起震天的炮响，众人所立殿堂地面都在颤抖。

冯妙君都倒抽一口冷气："魏军这是下狠手了。"

炮轰印兹内城！魏人失去了耐性，不愿再跟峣人巷战，只想速战速决。

反正，这满城人也不打算留下活口，不如大炮轰平了事。

简单、粗暴，但是直接、有效！

防御力再如何强大的猛兽，一旦被撕开肚皮，五脏六腑同样脆弱。这就是印兹城当下的写照。再这样下去，峣人是坚持不到援军到来了。

晗月公主将下唇咬得发白，看向冯妙君："求你助我。"

孰料冯妙君当即摆了摆手："我是新夏女王，断不会帮助魏国的对手，这一点你们首先就要明白。"

不是她绝情，而是魏夏契约有言在先，无论她心里怎么想，至少表面行动上不能流露出来这点意思。苗奉先和晗月公主互视一眼，均看到对方眼中的苦涩。

苗奉先已料到她会这样说，点了点头："正是。我今次邀新夏女王来，并不为求助，而是讨论归降事宜。"

峣国若是主动向新夏"投降"，那就不算违反魏夏协议，冯妙君甚至都可以厚着脸皮说是新夏帮着魏国消灭了峣国。

苗奉先既说"讨论"，就是双方要谈条件了。冯妙君喜欢和聪明人谈判，话都不必说尽："峣王廷仍在，你绕过他们将峣国归并于新夏，将臣必定不满。"

苗奉先轻声道："纵有不满，木已成舟。"

冯妙君正色道："你们要明白，我若接受峣国的归降，那就是彻底得罪了萧衍。"

"峣国既然归并入新夏，廷臣便也是新夏的子民，理应听从王令。"苗奉先声音中带着无奈。以他立场而言，当然希望峣国度过眼前危机之后还能重新复立，但国与国之间的整合可不是过家家，峣国今日并入新夏，难道明日就可以拆伙出来单过了？就算长乐同意，新夏人也不肯啊。他们又不是专做慈善的，能由得峣人这么折腾。"如有人抗命不遵，以下犯上，女王尽管处置便是。"

冯妙君深深看了他一眼："你一片苦心，只望其他峣人也能领会。"

"此祸皆因我失误而起。"苗奉先摇头，"我能为他们做的，也只有这么多了。"

他深切明白，印兹城扛不住了，哪怕援军只在几百里之外。既然大峣已经无力回天，是归降于新夏还是被并于魏，真有那么重要吗？可是大峣虽亡，他献峣于冯妙君，所有印兹人立刻就得了生机，免做魏人的刀下亡魂。

苗奉先已死，这是他能为印兹人所做的最后一件事了。

晗月公主垂泪不已，哽咽难言。

苗奉先又道："长乐女王若肯为之，我献黄金城以为酬谢。"国之重器，儿子还年幼，横竖也是保不住，不如大方些献将出来。

不提黄金城的种种妙用，只说它装载军队的能力就会令所有君王垂涎不已。冯妙君的确心动，却摇了摇头："免了，我可没有那么厚的脸皮，去抢小娃娃的东西。"

苗奉先苦笑，终于实话实说："即便不献与你，麟儿也保不住它。"

黄金城须有峣王室血脉方能驱动，苗敬、苗奉先父子死后，就只有小王孙才有能力使唤它——前提是他得到懂事的年纪。

当然此题并不是无解。旁人若对黄金城有意，只要杀掉小王孙，令它真正变成无主的宝物再设法夺之。

黄金城可是连燕王都眼红不已的宝贝，哪个修行者能不动心？就算冯妙君有高风亮节，不觊觎它，也会有别人蠢蠢欲动。这么一来，晗月母子就是怀璧其罪。

算来算去，能庇佑儿子的只有新夏女王了。与其这般，他还不如大方些。

冯妙君微微动容，惊讶于他的心思缜密，到了此刻还能想得通透。这样的人才从世间消失，的确是太可惜了些。时间宝贵，她没有再犹豫，点头道："好，我接受峣国的归降。"

当下，晗月公主即在丈夫亡魂的授意下代写了国降诏书，而后去抱来儿子，取他手上一点鲜血为墨，用传国玉玺郑重盖印。

然后，她将诏书与玉玺一并交予冯妙君。峣王廷几度搬迁，这件宝玺也是几易其所，最后干脆就由晗月公主藏匿了。

孩子原在熟睡，被扎破指尖后哇哇大哭，哭得晗月公主眼眶都红了，苗奉先也是缓缓合眼，心中无限酸楚。

冯妙君暗叹一声，伸手轻抚孩子顶发。

她还是头一次见到他国玉玺，不由得多看两眼。峣国玉玺的形状奇特，玉钮居然是个小鼎的模样，样式古朴，但与礼器不同。

"这是何物？"

"传说这是仿照上古神物之形而造……"苗奉先话未说完，外间有兵甲摩擦之声响起，往这里而来，而后是奴婢急急阻拦，"赵将军，太子妃不便，您、您不能……"

话未说完，赵汝山已经迈步走了进来，一边道："魏贼已开始屠城，不消多久就会杀到这里，太子妃快带上……"说到这里一抬头，望见晗月公主身边还站着一女，像是待客，不由得一怔，"这位是？"

晗月公主开声道："此乃新夏女王。"又向冯妙君介绍了赵汝山的身份。

时间紧迫，她也是三言两语。

赵汝山这回才真是吃了一惊。印兹城遭逢变故，新夏女王怎会在这个节骨眼儿上突然出现？他嗅觉敏锐，立刻觉出了异样。

晗月公主咬了咬牙，清声道："太子指示，我峣国归并于新夏，便从……此时起。"说话间，苗奉先的神魂从她身后徐徐浮现出来。

赵汝山目眦尽裂："什么！太子，此事万万不可！归并入新夏，大峣从此就没了，这与被魏国吞灭有何区别！"

"当然有区别。"晗月公主杏眼圆睁，"印兹人不必死，赵将军你也不必死，更不必费心将我母子二人送出城去。"

赵汝山高声道："我等战死，大峣还有东山再起之日；可要是认降归并，那、那……"可他话未说完，眼角余光瞥见新夏女王手中托起一物，白中带青，光泽柔润，正是峣国玉玺！

赵汝山一下失声，额角青筋突突直跳。

太子妃竟已将传国玉玺交了出去！

冯妙君和声道："赵将军忠义，长乐感佩，但不知赵将军以何身份发声？若是峣臣，当遵太子夫妇之命，行分内之职。"她说到这里，冷笑一声，"若非峣臣，怎有脸面替峣都百万平民求死？"

峣国的臣子忠烈节义样样都有，就一个毛病：太喜欢越俎代庖，替主上拿主意。

赵汝山像是被兜头打了一记闷棍，脸色涨得通红。

冯妙君不再理会，收起玉玺，对太子妃夫妇道："时不我待，去宗庙吧。"颁发国诏、交出玉玺还不算完事，认降归并的程序还缺最重要的一道——那便是进入峣国宗庙，取出基石！

但现下的问题是，峣王室宗庙在印兹城北部，而通往北门的道路已经被魏人截断。

"想要冲过去，莫不得杀出一条血路？"冯妙君用膝盖也能想到，宗庙必定也是魏人强攻的目标，这时候不知道被多少路大军围守，他们现在想要突围而入，算不算送羊入虎口？

"不必。"苗奉先摇头，"有个更简便的办法。"

他居然带着冯妙君走入一个小小的水榭，水榭的地面以当地特有的青纹方砖铺就，薄而耐用，正中央一个圆形的凤凰图案。

"传送阵法？"

"这是个定向阵法。"苗奉先解释道，"只要在印兹城内的特定地点启动，就能将我们直接传送到宗庙去。"

"我们？"看来不止能传送一人。

当下苗奉先传了口诀，冯妙君照念不误，而后运转神力到掌中，小鼎足底顿时透出一道强光！这光芒，比正午的艳阳还要强烈十倍以上。

这阵法定地定向，耗能明显比小搬山阵要小得多，几枚红色灵石足矣，其口诀也简短得多。冯妙君投入灵石，又默诵完口诀，外间忽有人影一闪，仅仅一个起落的工夫就站到了水榭里、阵法前，而后长长咦了一声。

数十名禁卫军呼啦啦上前，将他与晗月公主等人重重隔开。

冯妙君眼力极佳，一个照面的工夫就看清他的模样，刚提起的心稍稍放了下去，轻声道："莫国师，好久不见。"

奔来这人身形高大、面貌英朗，不是莫提准还能有谁？他一双虎目精光四射，望望众人足下阵法，再望望冯妙君，惊奇中带着疑虑："你怎会在此，这是传向何方？"

"我们要去……"晗月公主正要开口，冯妙君已伸手拦着她道，"吃过一次亏还不学乖？你知道他是莫国师还是魏国师？"

晗月公主悚然一惊。

莫提准浓眉扬起，一个闪身向前，脸上怒道："由不得你插手。冯妙君，带着晗月下来！"

眼前护卫虽多，但他何等修为，挡在他面前的连他衣角都未摸着，就被打横着丢了出去。

"抱歉，这事我管定了。"冯妙君向他露齿一笑，"无论你是谁。"

话音刚落，阵中人即化作几道流光，投向远方。

传送阵法生效了。

莫提准已经欺到传送阵前，却抓了个空，气得狠狠跺了一脚："该死！"

第
三
十
章

举
重
若
轻

　　眼前一花，冯妙君就发现自己已经置身另一座殿堂。

　　这是她第二次使用传送阵法，但这个阵法比起搬山阵差远了，虽然人是传过来了，但脑中犹存眩晕之感。

　　冯妙君举目四望。

　　这里的屋舍结构与她先前在云嵯梦中见过的神庙很像，只是远没有那般宏大，想来宗祠都是这般模样。传送阵将他们送到了正殿里来，透过木窗往下望去，可以看出宗庙依着小山而建。

　　山很小，庙门开在半山腰，依次往上，大殿则位于山尖。

　　整个建筑上方，都笼罩着淡金色的结界，外人无法进入。大量峣军集结在庙门，依托结界与魏人对抗。

　　苗奉先往大殿正中一指："基石就在那里。"

　　冯妙君循他所指方向看去，果然见到一座石制神龛，里面供着一具石槽，槽中却空无一物。供奉它的案台上，静静立着一只小鼎——稷器。

　　苗奉先是国师，后继无人。因此在他身故之后，稷器化为光影，重新回归宗庙，在这里等待下一任国师的出现。

　　这时晗月公主走了过来，从怀里取出一个水晶小瓶，在苗奉先的指点下将里面的一滴鲜血倒在石槽中，而后将降国诏大声朗诵一遍。

　　最后一个字念完，槽中即有微光闪过。不待众人眨眼，石槽中就多了一枚鸡蛋大小的圆石。这石头圆头钝脑，几近透明，颜色微微发紫，其中布满青色筋络，如同人的血管神经。

　　这就是基石！

冯妙君头一次见识此物，连呼吸都放轻了。

她在烟海楼里阅过，基石此物不难获得，人们经常能从上古遗迹中拣到。可是基石一旦埋下，就与国家命理相连，国家的兴衰都能反映在基石的成色上。

峣国的基石发紫，可见国运兴隆，其国势原本蒸蒸日上，若无印兹城之变，原本它很可能迎来欣荣盛世。

可惜了啊。

冯妙君伸掌，捉住这块基石。入手微温，此物外壳甚至柔软如皮肤。

看到这一幕，晗月公主心有戚戚。她虽非峣人，但嫁来这里后对峣国的感情与日俱增。

苗奉先更是闭上双目，不忍视之。

冯妙君一扬手，将归降诏书铺在神龛前，一字一句道："新夏长乐女王接受峣国归降，自即时起，峣国领土亦为新夏领土，峣国子民亦为吾之子民！犯峣地者，新夏逐之。"字字句句，掷地有声。

认降诏书的血印章也焕发着淡淡红光。

从她吐气开声说出来第一个字开始，她的声音就响彻整个印兹城上空，直至余音袅袅，数息未散。无人不闻，无人不知。正在殊死搏杀的魏、峣双方，皆是愕然。

冯妙君说罢，深深吸了一口气，而后一缩手，将基石直接从石槽中扯了出来！

咔嚓——神龛四分五裂，几息之后，化作齑粉。

曾经强盛繁华的峣国，从此不复存。

就在她夺下基石之后，案台上的小鼎忽然闪过几缕幽光，飞快地变成了另一样物事。

稷器变形了？

冯妙君大讶。她倒是知道稷器在国家灭亡之后就卸去重任，会重新变回原形。可在她原本想来，能被峣国的开国先祖指为稷器的，至少也是神器之流，那才能承载一国之气运，历千百年之兴衰，怎会是眼前这个——连个正形都没有，只是一块金属残具。

冯妙君顺手将这东西拾了起来，反复端详，发现它摸着手感都有些古怪，似金非金，似玉非玉，颜色像铜锈。从本身的弧度判断，它的原形应该是个浑圆的容器，这只是四分五裂之后的一块碎片罢了，其下还附有一足，造型古朴而不夸张。

碎片上绘着不少图案，里头有植物、有人类、有妖怪、有野兽。所有有智慧的生灵神态各异，但都望向同一个方向。

冯妙君不清楚它们看的是什么，因为这块残片上并没有绘出。

她推断图案的内容似乎能够连成完整的故事。当然，只是推断。

除此之外，这块残片就没有甚特殊之处。她往其中贯注灵力，其结果就是石沉大海，一点儿音讯也没有。

古怪的是，它看起来、摸起来都有些熟悉。

冯妙君越想越觉古怪："这东西物性不明、用途不明，峣国先祖怎么会选择它而非黄金城来当作稷器呢？"

苗奉先夫妇也是不错眼地盯着它瞧。峣国前太子当然也没见过稷器的本来面貌，只是丧国的悲痛盖过了惊奇，让他整个人都有些麻木。

"不知。"他也没有多想，只随口道，"此物源自浩黎帝国旧藏，只说它还要远胜神器。"

宗庙前的战斗，在青光泛起的同时就已经停止了。

从此刻开始，这里已是隶属于新夏的领地，协议即刻生效！

而根据协议，魏国不得入侵新夏领土。因此，每一个魏兵都收到了来自冥冥中那个浩大意志的警告。

这场不死不休的战斗，竟然短短几息内就已经偃旗息鼓。

过不多时，冯妙君和晗月公主自宗庙中走下山来，将领当即上前行礼："拜见太子妃！"

晗月公主望了冯妙君一眼，大声道："这位便是新夏长乐女王，自今日起，她也是我们的君王。"

在场数千人大惊，齐刷刷抬头，目光一齐聚焦到冯妙君身上。

冯妙君手中金光闪过，黄金杵已然在握。她举着黄金杵往地上轻轻一敲，当的一声，悠远如皇钟大吕，也将众人慑得心头一震，失了言语。

"各位戍卫有功，为百万城民赢得生机。"冯妙君缓缓道，"现在，我们要将魏人赶出印兹城。"

就在此时，外头传来一声清喝："长乐女王，何不出来与孤叙旧？"

这个声音，冯妙君识得。魏王萧衍来了。

她轻抬莲步，眼前的峣军就沉默着给她让了条路出来。

冯妙君走出山门。

门外的地面，已经被阵法、神通和炮火轰出了深坑，几无立足之地。她微微一哂，依旧如履平地般走了过去，步伐从容。

魏军望着新夏女王一步步走来，鸦雀无声。

冯妙君行到近前，魏军也从中分开，有一人策马而出，正是萧衍。

她上一次见到萧衍还是在乌涪雪山。那时他只是个平易近人的王子，远没有今日头戴金冠的威势深重。

"安安姑娘这一招釜底抽薪，萧某深感佩服。"萧衍清俊的面庞绷得很紧，没有一丝笑容，"只是这般作为，太不厚道！"不独是印兹城，连峣国都唾手可得，偏偏被新夏截了和，他自然不甘心。

冯妙君淡淡道："屠灭满城百万生灵，难道就厚道了？"

萧衍目光幽深："这样说来，长乐女王是为救下整个印兹城，才不得已接受峣国归降？"

冯妙君摇了摇头："凡事不可做绝，须留一线生机。若非魏军步步紧逼，峣国又怎会来寻我认降？"

萧衍微微一窒。

他自认不是穷凶极恶之辈，大举攻峣也是迫不得已，为的就是速战速决。

峣、魏相争，最后得利的反而是新夏。最令人憋气的是，偏偏从头到尾它什么也未做呢！

冯妙君紧接着又道："眼前这局面，于魏国来说未尝没有好处。"

萧衍倒要气得笑了："哦？这么说来，长乐女王是煞费苦心为我着想了？"

冯妙君不理他话中讥讽之意，平直道："即便你攻破王宫，也未必能逮到太子妃母子。"黄金杵在地面上轻敲一下，"那么你就是破开结界杀入宗庙，也要等够七日才能取出基石。可是峣王廷的援军，最迟两天后一定会赶到，届时魏军必定还要陷入苦战。"她目光微闪，"挨到那时，魏军要花多少力气才能结束这场战争，那就是未知之数。"

印兹城事变太过突然，峣国各地勤王的军队都往这里赶来，并且晋王派出的援军也在翻山越岭之后即将抵达。到时两边成合围之势，魏军要是仍留在印兹城等着挖取基石，那可就是一番舍生忘死的大战！

萧衍自然也明白这一点，沉默不语。

冯妙君又道："峣国并入新夏，各位足下所立已是新夏领土。根据协议，魏、夏不得入侵对方疆域，否则必遭天谴。不过念在今回局势特殊，只要魏军立即西返，我不追究各位责任，也不会派遣大军追击。"她凝视萧衍，一字一句道，"魏王何不领军回返？若是明日启程，或许还能早燕军一步，从容布置。"

她意味深长地说了一句话："毕竟根据魏夏协议，我们两国要秋毫无犯呢。"

萧衍紧皱的眉头微松，哼了一声："长乐女王巧舌如簧，萧某领教了。"说罢很干脆地转头吩咐一声，"传令下去，退兵。"

冯妙君满面微笑："魏王真是爽快人，长乐不送了。"

她这副笑容，倒和那人好像，真不愧是一路货色。萧衍斜睨着她道："先莫得意，后头自会有人找你。"

冯妙君的笑意顿时收敛了几分。

魏军从印兹城内退走了。

他们来时如海啸，抱定毁灭一切的决心，离开时也如同退潮，干脆利落但是留下了满目疮痍。战后的印兹城伤痕累累。

宗庙里，冯妙君见晗月公主眼角发红，不由得微微一怔："怎么了？"

"天快亮了。奉先……他要走了。"

到今日晌午，苗奉先的头七就过了。在当今世道，即便是他这样元神可以出窍的修行者也躲不过轮回之力，要被拘回地府去。

对晗月公主而言，这才叫天人永隔。她慢慢坐到椅中，哽咽着哀求道："安安，你已经是只手遮天的人物，能不能想想办法，将奉先留在我的身边？"

生离死别，人间至苦。冯妙君能够体会，遂沉默不语。

将苗奉先留在世上的办法……

外人都已退下，苗奉先从养魂木中现出身形，在她额上印下一吻，柔声道："危机已去，你且宽心。今后悉心教导麟儿，莫教他为宵小所乘。"顿了一顿，终是声音低暗，"你我缘尽，这是天意，只望来生再续。"

晗月公主失声痛哭。

冯妙君闭起眼，心中暗暗做了一个决定。

她启唇轻声说："我听闻，黄金城还缺一个器灵？"

器灵？这两个字说出来，苗奉先原本凝实的魂体都闪动两下，可见其惊诧至极。

轮回之力再强大，也只对亡魂起作用。如果他脱离了"亡魂"这个范畴呢？

轮回之力，还能把他拘回去吗？

冯妙君说得没错，黄金城的确没有器灵。

这世上法器千千万万，没有器灵的占据了绝大多数。器灵的来历可以粗略归作两类，一类是器成之日先天自成，另一类则是取强大的妖、人之魂，迫而附之为器灵。但是，魂魄变作器灵后再也不具备三魂七魄的完整结构，再也不可称为"魂"，同时失去转生投胎的机会，永远只能附着于法器之上，器灭则魂灭。因此，但凡还有一点灵智的魂魄都不愿为之。

苗奉先涩声道："我只听说铸器时才可加入魂魄作为器灵。"

黄金城早已成器，难不成现在要回炉重铸？

冯妙君摇了摇头："你错了，器灵的诞生实则与铸器无关，只看附灵过程。"

苗奉先奇道："附灵？"这个词他从未听闻。

"即是将生魂附到法器中去，只有生魂方可。"

所谓"生魂"，即是指肉身还未死亡的魂魄。

苗奉先听出了不对劲："可我六日前就已死了。"

"按理说来，你的魂体逸出，躯体也早就失掉活性，不能用于炼器。"智慧生灵死掉之后，魂魄与身体的纽带就已断裂，"不过凡事总有例外。黄金城本身就有非苗氏后裔无法使用的特性，这是一大优势，再说你与它的关联其实并未完全断去。"

关联！苗奉先若有所悟，下意识转头看向晗月公主怀里的儿子。晗月公主不知他们所言何意，但觉心底寒意升起，不觉退出一步："谁也不能伤我儿子一根汗毛！"

冯妙君轻咳一声："恐怕还真要动到他。"

晗月公主柳眉倒竖时，冯妙君已经转向苗奉先："他是你在这世上留下的、与黄金城唯一的联系了。以孩子的鲜血为引，方有些许希望。"

夫妻俩松了口气："只要取血即可？"

冯妙君点头："有言在先，附灵过程极度痛苦，失败则灰飞烟灭，连投入轮回的机会都不再有；即便成功，器灵从此也只能守着黄金城，一存俱存，一亡俱亡，没有再世为人的希望。"她轻轻吸了一口气，"凡人寿数有限，仔细想想，值得吗？"

晗月公主这回是听明白了，脸上闪过不舍，却开口道："不值当！我要奉先下轮回转生！"她转头望向苗奉先，"就算你留下来陪我，可我最多只能再活数十年；儿子若不能修行，也最多百年寿命。等我们都作古了，你却要如何是好？"

丈夫若是选择留下来当黄金城的器灵，那么当所有亲人都离世了，等待他的就只有永恒的孤寂，她舍不得。还不如舍了这一世的夫妻情分，让他正常投入轮回，以后还有生生世世。

苗奉先轻轻抚着她的面庞，哪怕全无触感："无妨。"这才问冯妙君，"有多大把握做成？"

"四成。"冯妙君据实以告，"这过程中要撕扯魂魄，不再保留原有的三魂七魄。我看你魂体坚韧，应该能承受撕裂之苦，不至于像普通修行者那样魂飞魄散，否则连一成也没有。"

晗月公主听得手脚冰凉，苗奉先却欣然道："好，那就麻烦你了。"

晗月公主大急："我不允！"

苗奉先冷静道："没我护持，你母子二人处世多艰。"

晗月公主转向冯妙君："施这等神术，于你也有损伤，对不对？"

"这个嘛，你不必考虑。"冯妙君轻轻道，"你们还有半个时辰可以自行商量，只需告诉我结果便好。"说罢走出神殿，将时间与场地留给这一对命途多舛的夫妻。

身后传来晗月公主的抽泣声，冯妙君微微摇头，将注意力投向别处。

不到半个时辰，苗奉先夫妇就商议出了结果。冯妙君走回殿内时，晗月公主双目红肿如桃，却将养魂木和一只金色印章一起递了过来，神色复杂："请你护他平安。"

成功率只有四成，足够让她心惊肉跳的了。

苗奉先的魂魄就栖在养魂木中，那只金色印章就是黄金城。

冯妙君望着她憔悴的神色："做好决定，不再更改了？"

晗月公主低低应了一声"是"，手却抓紧了袖角。

冯妙君遂正色道："我必竭尽所能。"

晗月公主恋恋不舍地望着养魂木，一步三回头地退出了大殿。

殿门缓缓关上，冯妙君转过身来，挽起袖子，手指纤细而灵活，一把抓着苗奉先的魂魄，如握实物："开始吧。"

在晗月公主的焦急等待中，日头渐渐走高，大殿的殿门却仍紧闭。

她的状态很不好，近臣和侍女几度请她休息，都被她直接挥退。莫提准赶到，听她说了始末，忽然道："你以为真是附灵那么简单？"

晗月公主大惊："怎么，有甚不妥？"

"若真只是附灵便可，我和苗奉先都想不到吗？"

"可是……"晗月公主不懂修行，只能听得着急。

"她必然另有秘术。"莫提准凝思半晌，摆了摆手，"罢了，她既有把握就由她去吧，你夫君也未作反对。"苗奉先想必也看出了端倪，只是心急留在世间没有说破而已。

随即长叹一声，坐下来陪晗月公主一起等候。

无论怎样度时如年，晌午也终是到了，只听吱呀一声，晗月公主一直紧盯不放的大门从中分开。她打了个激灵，站起来紧走两步，忽然又有些害怕。

害怕听到噩耗。

冯妙君走了出来，面容也带上几分疲惫，但她笑了笑，然后说："幸不辱命。"

晗月公主一把捂着嘴，泪珠子滴滴答答淌了下来。

冯妙君摊开掌，手中黄金印章表面流光溢彩，比原先更多两分神气。她鼓励晗月公主道："他等着你呢。"

晗月公主抱起孩儿，毫不犹豫地伸手，指尖刚触及金色印章，一大一小都化作流光，被吸入城中去了。

冯妙君不能令黄金城展现宏伟身姿，但它拥有器灵之后就衍生出自主意识，可以邀请他人进入其中。

那一家三口在黄金城中怎样团聚，冯妙君并不想窥看。她一垂手，黄金印章就不见了。

莫提准一直死死盯着它，这时目光移动到她脸上，沉声道："女王真是好算计！"

他目光如针，冯妙君却心平气和地直视回去："莫国师真君子也。"

她方才施术在紧要关头，莫提准若是硬闯进去，她可就不好办了。莫大国师不会不明白这一点，无论他因为魏敌环伺城外而没有动手，抑或别的原因，她都佩服他的胸襟。

莫提准眼神更加阴沉，忽然哼了一声："你和云崖，倒真是半斤八两。"说罢，头也不回大步离开。

此时天光正好，暖阳直射下来，将宗庙前这片空地的阴冷驱得一干二净。冯妙君仰首合目，慢慢感受温暖的阳光。

事情进展至此，所有人身心俱疲，她也不例外。

不过晌午已到，她该去主持峣国的最后一次廷议了。

岩湖山庄被指为临时行宫，在魏人袭城中遭受重创，但核心主殿依旧完好，廷议就是在这里举行。

大将赵汝山带领百官向她参拜。大殿之上窸窸窣窣跪倒了一大片人，蔚为壮观。

冯妙君落座之后才伸手，虚虚一抬："平身吧。"

待百官起立，她才不紧不慢道："想来众卿都接到天谕，于细节却不清楚。孤在这里明言，彼时魏军破城而入，满城生灵涂炭，峣太子苗奉先元神出窍，求孤接手大峣，以免印兹城招致弥天大祸。因魏、夏之间定有协议，这里变作新夏领土后，魏人即不可再犯。孤在印兹城住过多时，对本地风物甚是喜欢，不忍百年雄城因而破灭，这才答允。"

许多官员眼中果然露出明了之色。

冯妙君道："这是孤在峣地首度主持廷议，众卿有话，尽可提出。"

她这么直接，半个弯子也不绕，官员中就有一人站出，仰着脖子道："请问王上，魏人可会退兵，战争可是结束？"

冯妙君给出了直接答案："是，魏人今起就会撤军，从哪里来，就回哪里去。"

印兹城既成新夏领地，那么魏人就必须从此撤走。只是先前被魏人占去的土地已经要不回来了，她能挽回的，也就是余下还未被侵占的领土。

听到这个确定的答案，大家都松了一口气。这里多数官员的全家老小都在印兹城，能免一死，皆大欢喜。又有人问："那么先前被魏国强占的土地呢？"

冯妙君面露遗憾之色："被占走的峣地，在今日之前已归魏国所有。根据协议，那也变作了魏国领土，我们同样不能进犯。"

协议是把双刃剑，不独是对新夏有利。峣臣脸上露出愤恨之色，却也明白这个道理，纵有追讨之心，也不便立刻提出。

赵汝山站出来，朗声道："未知太子妃母子何在？"

冯妙君亮出黄金印章："苗奉先神魂自愿留在人间，为黄金城器灵，此刻晗月母子都在城中。待晚些出来，你们还可以去拜会。"

此言一出，众臣骇然。

谁都知道苗奉先头七已过，这会儿都该在黄泉路上，哪知竟变成了黄金城的器灵！这么一来，太子妃母子就不算是孤存于世。最重要的是，黄金城从此归这位新夏女王所有了！

苗氏夫妇情深，太子妃怎肯舍苗奉先魂魄而去，纵使他变作了器灵？这样一来，至少在小王孙成年有主见之前，晗月公主都会主动投靠在冯妙君身边，恐怕谁来游说她都不肯离开。

对某些人来说，这可绝不是好消息。

底下人神色各异，冯妙君看在眼里也不点破，只发话道："好，闲叙时间结束。战后事宜千头万绪，这就开始审议吧。"

战后的第一次廷议，就从晌午持续到了子时。

子时一到，她小手一挥："今日廷议就到这里，众卿回去歇息，明日廷议同样改到午后进行。"

众臣告退，各怀心思地离开了。

新上任的女王自然不能住在苗氏曾经住过的地方，宫人给她备的是文心阁。这是一处精舍，外头草木葱郁，内里清幽静寂，很适合休养。

冯妙君走进这里挥退下人，才问陈大昌："消息送回国了？"

"每隔两个时辰就送一条飞讯回去。"陈大昌办事仔细，"最近的一则战报，半个时辰前才送走。"

四下无人，冯妙君才跌坐进软椅里，揉着眉心，面露疲敝之色，疲惫感排山倒海而来，几乎要将她压垮。

陈大昌忍不住道："横竖事情也处理不完，王上何妨先歇上一歇？"

"歇一歇？"冯妙君喃喃自语，"的确是该睡上一觉了。"

她又问陈大昌："魏军的情况呢？"

"魏王萧衍已经率军退出印兹城以西二十里外，入夜后才安营扎寨。"

看来，魏人的确在撤军了，只望不要节外生枝。她犹豫一会儿，才将那个不愿提及的名字说出口："国师云嵝呢？"

"并未露面。"

她只觉脑门儿更疼了。陈大昌又道："红将军已经率军抵达边境，将由峣北部赶来这里。"

她在印兹城是光杆司令，充其量加上陈大昌一票手下。即便她成为峣人女王，终究与本土居民还有一层隔阂在，只有自己的大军赶到，她腰杆子才硬。

"知道了。接下来着人盯紧南陆的熙、燕之战。"

陈大昌退下,她召人打来热水,舒舒服服泡了个澡,换过一身松软衣物,这才登床入眠。

是该好好睡上一觉了。

时间就在所有人的忙碌中飞快地过去了许多天。

魏军忙着西撤,探子的情报一天天送来,都显示魏人离印兹城越来越远,每一天都是大几十里的赶路距离,峣人的心才真正放下。

出乎意料,云嵫并没有来寻她晦气。

他被她摆了一道,却连入梦找她斥责一番都不曾。

这家伙,转性子了?

当然冯妙君自个儿也忙得没空去多想。战后的印兹城乃至整个峣国都是千疮百孔,亟待休养,冯妙君在政务上忙得天昏地暗。幸好就在这个时候,红将军带着大队人马赶到,这支足有五万人的军队里不仅有精兵悍将,也有人数过二百的施政人才,有他们相助,冯妙君终于可以松口气了。

未过几日,冯妙君宣布将小王孙认作义子,典礼隆重。

此事在市井中引为美谈,却让峣廷旧臣挠破了头。他们自然有心拥戴旧主,可是晗月公主母子和新夏女王走得这么近,对于这些老臣的求见是装聋作哑,能避就避,他们暂时也无计可施。

外地赶来的五支勤王大军,最后有三支交了权,被打乱了编制重新调派,还有两位大将百般推诿。

一般来说,这种遗民情结至少要过两代人才能渐渐消退,目前还有无数人心怀故主,只是晗月公主母子都坚定地站队冯妙君,魏军又还没走远,所以眼下还未有人敢起来造反。

政局还未平稳。

月光如水,照在印兹城中的小院里,给方砖表面的青苔都打上了一层柔光。

冯妙君轻吸一口气,往池塘里扔了一颗小石子儿:"还不出来?"

"咚——"水花儿四溅。

池塘很小,涟漪很快平复下来,这时就见到依旧晃动的水面上不知何时倒映着一个人的影子。面貌还看不清楚,但那轮廓早就刻在她心里了。

云嵫。

他就倚在大树下,双手抱胸看向她,表情有些僵硬:"萧衍大怒。从老魏王死后,我还未见过他发那么大火。"

她撇了撇嘴:"很可怕吗?"

他居然想了想才道:"还好。恭喜你,你成了所有魏人的眼中钉。"他眼中露出玩味神色，"安安，你真有本事，原来我还是小看了你。"

冯妙君留意到他下巴始终绷紧，显然压着满腔怒火。

也是，他费尽周折，甚至不惜以身犯险突入印兹城也要拿下峣国，结果千算万算没算到最后捡了大漏的人是她。

她耍弄了所有人。他一番苦心，到头来全为她作嫁衣裳。

"彼此彼此。"她昂首看向他，月光在她眼中照出一点璀璨，"算人者，人恒算之。云崦，我们扯平了。"

他算计苗氏父子，瞒过了所有人包括她；她在他眼皮子底下捞走魏国垂涎的战利品，给这场战争一锤定音。魏国的努力，云崦的努力，都成了一场笑话。

从她决定接手峣国开始，就预料到今日的局面。她和云崦之间，原本错综复杂的关系必然变得更加扑朔。谁也不知道，未来会怎样。

云崦从暗影中一步一步走出来，在她面前站定，居高临下俯视她："然后呢？"

冯妙君一挑眉："嗯？"

"然后，你打算做什么？"那对桃花眼如今清清朗朗，其中深思比怒火更多。

"不做什么。"冯妙君平静对视，"遵守魏夏协议，太太平平当好我的新夏女王。"

云崦眼中却露出一点讥讽之色："太平？你今日拿下峣国，后头还打算太平？"

她笑了笑，露出标准的八颗小白牙："我看不出有什么问题。"

云崦嘴角也是一弯，眼中却无笑意："你助峣人逃过杀身之祸，他们却未必领你的情。我敢打赌，现在赵汝山这帮人必定暗怀鬼胎。他们想什么，你大概也知道吧？"

冯妙君当然明白："你担心我治理不好峣地？"

"眼下魏军还未离境，他们会很老实。不过——"云崦拖长了语音，"长此以往，你觉得新入手的峣地能太平？"

冯妙君来了兴趣："这般说来，魏国师有法子解决？"

"简单得很。"云崦看她看得目不转睛，"我可以让魏军驻扎在峣地边境，向他们施加足够压力。"如此，峣人就不敢闹独立，否则一旦脱离新夏，魏军立刻就可以讨伐他们。这就像在鸡笼边上放了一头猛虎。

"这般过上几年，以你手段，想必峣人也已慢慢分化归顺。赢了民心，自然就不虞这些旧臣再动心思。"

冯妙君很是吃惊："我今回在萧衍眼皮底下夺过峣地，魏人居然还肯帮我？"

"他被你截了和，自然恼怒。"云崦轻描淡写，"但峣地为新夏所得，同样不能再反过来对付魏国，至少这次大战消除东患的主要目的已经达到。"接下来，魏人就可以全力对付燕国了。

冯妙君佩服他盛怒之下还能想通这个道理，但对他的话半点儿不信："你可不是这般大度之人。"

云嵼平静道："自然，魏国也有一个条件。"

她露出"果然如此"的神情："洗耳恭听。"

"他日对付燕国，新夏要与大魏站在同一战线。"

冯妙君挑了挑眉："魏夏有协议，我们本来就不能帮着燕国。"

偷奸耍滑！云嵼耐心道："你明白我的意思。"

冯妙君这才沉下脸："魏国和新夏之间还有账没算，我要是派遣新夏军队与曾经的仇人并肩作战，你道他们会有什么反应？"

"你也说了，那是'曾经'的仇人。"云嵼接着道，"这两年来，魏夏之间的关系岂非大有缓和？等到新夏人重新厌憎魏国，想要誓不两立，那至少也是十余年后的事了。"

冯妙君一怔："为何？"为何是十余年后？

"衣食足而知荣辱。"云嵼淡淡道，"哪有什么永世的仇恨，饿肚皮时满心只想着能吃饱，只有等到安逸富足，人才有闲心去捡回原来的仇恨大肆渲染。"

冯妙君觑着他笑道："云国师对人心倒是钻研得好生透彻。"

云嵼扯了扯嘴角："试过一两次，你就知道我说的都是实话。"

树梢有叶子飘下，随风打了个旋儿。冯妙君将它接在手心："你就这样笃定，魏国与燕国的大战就在这十几年间？"

"谁知道呢？"那双桃花眼像是比平时更朦胧了，里面藏着她看不透的深意，"或许要十余年，或许要上百年……又或许根本不需要那么久，数年之间就能分出胜败。"

然而这场仗不可避免，早晚都会打响。到时，人间又是一片炼狱，新夏国该何去何从呢？冯妙君暗暗吸了一口气："谁胜谁负？"

"不清楚。"云嵼实事求是，"所以我们才要新夏协同作战。"

"如果我不同意呢？"她抱臂在前，"得罪燕国，对我又没什么好处。"

云嵼幽幽道："你已经得罪了。"

冯妙君嘿了一声："若你指的是我签订魏夏协议、打乱燕王原有计划的话，他当时纵然气恼，开战以后多半也就不放在心上了。他掌管泱泱大国，要是连这点度量都没有，怎能长久坐在那宝座上？"

云嵼望着她，脸上的笑意渐渐扩大。她见了，忽觉心里七上八下，似乎有甚不妙的事就要发生。

"恐怕不止这一桩。"云嵼慢条斯理道，"他和你还有一笔账要算呢。"

她满面警惕："什么账？"

"杀子之仇！"她骇然变色，云嵼一边欣赏她的脸色一边道，"燕十九王子赵允，死在印兹城外了呢。"

冯妙君失声道："什么时候！你怎么知道……"

她也是人精，说到这里忽然反应过来，脸色一下变得阴沉："是你！你杀了他？"

最后这几字，都是从牙缝里挤出来的。

云嵲露齿一笑。月光下，冯妙君觉得他白牙都闪着寒光："当然是我。否则你以为我这些天都去了哪里？赵允这小子算盘打得倒好，在印兹城挑唆峣人顽抗到底，自己还想置身事外。可惜，他也没跑出多远就被我截住了。"

冯妙君的脸色难看。怪不得她收并峣地之后的几天里，他都没有露面，想来是在调查赵允的下落以杀之。

他温声细语："魏军早早就已西退，他却死在印兹城外十里。你猜，燕王会怎么想？"

冯妙君气得手都抖了，她一把揪住这人的衣襟，几乎贴着他耳边咆哮："卑鄙无耻！"

云嵲倒是一点都没被她吓着，只笑吟吟地拍了拍她的肩膀："谢谢夸奖，礼尚往来。"

呼，终于把这句话说出来了，舒坦！

冯妙君将后槽牙磨得咯吱作响："我真不该救你！"想起自己和他的性命绑定在一起，她就郁闷得要吐血。

"安安怎么舍得下我？"想起她在印兹城里的冒险相救，他心里一软，眼中也闪过一抹柔光。无论她怎样算计魏国、顺走了胜利果实，至少她在乎他的安危。"从今以后，你和我、魏国和新夏，就是绑在一条线上的蚂蚱了。"

他和她早就是了，即便他不动这一次手脚！冯妙君眼中的火光之炙热，几乎能在他身上烧出两个洞来。

她戴着那副云淡风轻的面具很久了，难得看她这样气急败坏，云嵲还是没忍住在她额上落下一吻："以后，请多指教。"

冯妙君一下就放开他，后退两步，眼里满是怀疑："你真的杀了赵允？"

"不是我，是刚刚归顺于你的赵汝山赵将军带人截杀了他。"云嵲笑吟吟的，"至少，赵允身边那几条漏网之鱼能看到的也能指认的就是他。现在，他们应该快到海边了，带着赵允的尸首回去见他老子。"

今回这家伙假扮的是赵汝山吗？

冯妙君送他一记死亡凝视："你可以滚了！"

"天快亮了呢。"云嵲伸了个懒腰，"睡个好觉，回头我们还有其他账要算呢。"

冯妙君恨恨地伸手一挥，好似划开了一片幕布。

四周渐成虚影，紧接着眼前一暗。

梦醒了。

她已经学会自由进出梦境之法，这花招再不止有云嵲一个人能用。

冯妙君缓缓睁开眼，天边刚好翻出了鱼肚白。

待冯妙君分着轻重缓急，将手上这些大小事务基本处理完毕，已经又过了两月有余。

印兹城还能揪着一个夏天的尾巴，树上的叶片却悄然转黄，傍晚的风带着沁人的凉意，给这座劫后余生的古城平添两分闲适。

最忙最累的时候已经过去，冯妙君坐在养心楼最高层的软榻上饮一杯暖酒。这里建在小山上，凭栏可以俯视小半个印兹城，放眼望去满目金红，仿佛接去了天边，那是她的乌塞尔城里见不着的美景。

她用了两个多月的时间平稳政局，将峣地掌握在自己手里。现在，无论是峣地旧臣还是傅灵川从新夏派来的官员，都已经定岗上位。经过了混编的军队重新派遣出去，不仅驻扎在峣地，也有相当一部分去了新夏，就等待打上几场硬仗，让峣夏军人快速消除隔阂。

在峣地，庞大的地方机构开始运行，需要她费心的事项越来越少。

冯妙君明白，她该离开了。

陈大昌大步走进来时，她正拄着蟏首在秋日的暖阳里打盹。陈大昌不敢直视，规规矩矩地低头行礼："南陆战报来了。"

她动都未动："还是老样子？"

"不，恐怕熙国的都城快要失守。"陈大昌沉声道，"情报上说，城里疫疾横行，有三成士兵感染，失掉了战斗能力。平民更不用说，西边整个棉城都成了鬼城，除了死人，就是沾染了重疾等死的。"

"只在熙国的城池里流行？"冯妙君动容，"是燕国的手段？"

"目前看来，燕国未受多少影响。"

"他们投放的，自己当然有些措施。"冯妙君脑筋开动，"魏军如何了？"

"也受了好大影响，军中甚至有将领病倒。又有两个大城失守，熙魏联军后退。"陈大昌说完，将战报双手呈上。

冯妙君接过来细细看了，秀眉蹙起："魏军有回撤迹象，这是准备放弃熙国了？"

这两个月间送来的战报显示，熙人被逼入绝路之前，魏军赶到，解了其燃眉之急。两国联手共抗燕国，令燕国一度损失惨重，甚至阵亡了几名大将。

陈大昌不语。

冯妙君就接着道："大灾之后常有大疫，难道两位国师都无法可解吗？"

陈大昌如实回禀："这封情报送出来，疫疾正是大爆发时，距现在至少也过去大半个月了。或许熙魏已有应对之策？"

冯妙君心底隐觉不安。

两个多月前，就在萧衍从印兹城撤军的同时，魏国大将赫连甲率领的七万大军就从魏地开拔，赶赴熙国前线。熙国原本摇摇欲坠，可是魏峣战争提前结束，这就使得魏军能够及时支援。熙军与魏军配合得天衣无缝，在这次疫疾之前居然生生夺回了几个大城！

这里面的局势错综复杂，冯妙君没有亲历，只凭十几封战报不可能分析透彻。但是她对参战的各路首脑感兴趣，这场旷世大战里名将如云，只看人家的行军布战、巧用时局，她就获益良多。

当然，除了这许多用兵如神的大将之外，三位国师更是熠熠闪光。

大陆上已经很久没有这般激烈的国师大乱斗了。云峣的性格和本事她都了解，暂且不提，燕王尽显当世霸主的雄浑大气，玉还真则是将防御的绵密周到都推到了极限。

冯妙君也下了命令，要重点关注这三个人。

陈大昌还带来一封密报。

既是密报，他就没有权力拆开，只能径直送到她手中。

这是一沓厚厚的信纸，比起冯妙君拿到的前线战报要更详尽，因为它来自燕国内部。

它由徐陵海秘密送出。

新夏内乱结束时，她曾派徐陵海打入燕国内部，去做她的耳目。

一字不漏地看完所有情报，冯妙君才拣起酒杯喝了一口。

徐陵海送来的密报里，格外详尽地分析了燕国现在的情况，从王廷权力布局、军队制度、王令特点和国计民生多个角度细剖燕国。

这个当世第一强国身上的光环太耀眼，连魏国都自愧不如，冯妙君想到今后极可能要直面它的威胁，心头难免沉重。从徐陵海给出的描述来看，燕国盛名非虚，国库一年收入能抵上新夏二十年营收所得，当然这是以现阶段两国的情况做对比，其他军队战力、运输能力、修行者数量就更不必说了。

徐陵海的剖析还有诸多方面，冯妙君看完也觉获益良多，对南陆上的局势了解加深。

他还提到了燕国十九王子归国下葬一事。

赵允在峣地印兹城外遇袭身亡，被部曲抢回尸身，远渡重洋送至国内。燕王抚尸大哭，哀祭数日，最后亲自扶棺而出。

燕国乃举世霸主，何曾受过这种欺凌？从王廷到民间，群情激愤。廷中大臣分作两派，一派要求严惩新夏，为赵允报仇，另一派则忧虑燕国战事缠身，不宜再多结仇。

经此一事，燕人对新夏的态度已从轻蔑不满转作了愤恨。虽然冯妙君早就修书送予燕国，言明是魏人假扮峣将刺杀赵允、嫁祸新夏，可是这文书送过去就如泥牛入海，没了音讯。徐陵海说，面对日益高涨的请战之声，燕王却只道此仇必报。

她看到这里，心头也是一沉。

燕王不信。

或者说，他信与不信并没有甚区别。这个仇，燕国与新夏结下了。

最后，徐陵海附上了玉还真的一点资料。

每个国师的人生都是一段传奇，玉还真也不例外。作为女子，她确实做过许多惊天动地的大事，但真正吸引冯妙君的，却是徐陵海自行绘制的一件手链。这是玉还真所戴，很长，色作赤金，亦可作为项链使用。它没有什么夸张的款式，只是链坠形状正圆，如同一枚印章。

冯妙君看到图纸时，凤眼都要瞪圆了，良久吱声不得。

这形如印章的链坠上，其实刻着异常繁复的图案。偏偏这图案在冯妙君看来竟然好生眼熟！那线条、那纹理，竟然与她丹田气海中的鳌鱼印记格外相似！

她强压下心头悸动，继续看了下去。燕国人才济济，能把许多陈年旧事都挖出来拼接。这上面就考证，玉还真的祖上其实并不姓玉，而是姓杨，其源远流长可以追溯到上古时期。据说杨家人和神明都打过交道，甚至受其青睐，习得许多道术。

那时的妖族异常强大，而杨家与妖族一向保持良好关系。

后头天地剧变，这家人有幸逃过大劫。神明虽然消失，他们家却是人才辈出，直至经历了浩黎帝国建立、天魔乱世又被封印等一系列大事件，才最终没落下去。

又过许多年，杨家女嫁与浩黎帝国大将为妻，这位就是被尊为战神的重渊将军。可惜重渊将军后来指挥不力，被国君明升实贬。他也是心高气傲，一怒之下挂印自去，携妻隐去了江湖。

燕人考证，玉还真或为重渊与杨氏后人，即便不是，也有密切关联。燕国藏史中记载过杨家代代相传的宝物，其形制与她的手链吻合，燕人推断，这不仅是杨氏的传家宝，或许也是威力强大的法器。

冯妙君看得心潮澎湃，她来回踱步十几圈，才对陈大昌道："我们该走了。"

陈大昌见她眼里冒光，心中忽然有了不祥的预感："去、去哪儿？"

冯妙君摇着手中厚厚一摞信纸："喏！"

陈大昌下意识脱口而出："为何？"上回女王赶着来印兹城，他还能理解她或许是心系好友晗月的安危，现下又往南陆跑是为了什么！"您这般万金之躯受了伤可怎么是好！"

"去，收拾行囊。"她听若不闻，自顾自拍板，"明日就动身。"熙国岌岌可危，玉还真要是也死了，上哪里再找人给她解开这个天大谜团？

陈大昌垂头要往外走，冯妙君却又叫住了他："对了，这趟恐怕要耗去不少时间。那么临行前还有一事要办。"

只看女王大人眼中焕发的光，陈大昌就知道她又要使甚阴谋诡计了。

她细细与他交代几句，然后取出了黄金城。

骑鹤上青天，直往南陆而去。

飞抵熙国西北部这一片崇山峻岭时，就已经要到冬季，山里气温更低，许多山路都覆上了皑皑白雪，天地间一片肃杀之气。

冯妙君抵达时，满山都飘着鹅毛大雪。这样的天气，连飞在天上的妖怪都受了影响，无疑对远道而来的燕军更不友好。

现在，他们已经攻到了颖公城下，离胜利只有一步之遥。

颖公城就是熙国的都城，面积很大，冯妙君骑鹤在高空盘旋许久，才将整座城池看了个全貌。

她再想去看前线战况，底下忽然飞起好几只妖怪，往这里而来。

两头鹤妖被发现了。

无论是熙、燕、魏哪一方，她都不想招惹，于是扯上陈大昌躲入云端，找了个契机甩掉跟踪而来的飞哨。

他们盘旋了好几圈，半径越来越大，冯妙君也顺便搜寻了方圆数十里。

嗯，没有发现魏军的影子，但她倒是在颖公城东北部二十五里的城镇附近找到了军队留下的驻扎痕迹，随后她在这里发现了魏军丢弃的部分残破军甲。

雪地上还残留着地桩及埋锅造饭的遗痕，但覆着积雪，看起来魏军已经离开多日。

魏军撤走了？冯妙君大感意外，可是想一想，这又在情理之中。

看来魏国已然明白熙国的覆灭只是时间问题。他们的战略意图已经达到，再长留于此也没有意义，干脆提前撤离止损。

冯妙君抬头望天。

瘟疫和严寒，这大概也是促使魏人撤退的重要原因？

连援军都已经撤离，熙人现在只能孤军奋战了，这对士气会是个致命打击。

两人在颖公城后方二十里的山峰上降落，而后徒步往这座大城的方向走去。

其实，她本想以女王身份公开约见玉还真的，这样最省事。并且这份邀请早就通过驻熙的使者向上传达。可是直到冯妙君抵达颖公城，都没有收到熙国官方的正式回复。

这也从侧面表明，熙国空有一个国家的架子，内政却已经极度混乱，连正常的上传下达都不能够。只这一件小事，冯妙君就嗅到了衰亡的气息。

官方渠道走不通，她就只能用自己的办法潜进去找玉还真了。

第三十一章　燕熙之战

他们路过一个空寂的小镇。

这镇子的规模不小，至少也能容纳四五千居民，然而道路上空无一人，所有房门紧闭，几个商铺破旧的招牌被风吹得吱嘎作响。往这镇上一站，只能感受到寒冷与破败。

冯妙君低声道："屋里有人。"

不仅有人，并且人很多，甚至到了有些拥挤的程度。

尽管有屋舍阻隔，但她神念扩展开来，立刻就能感觉到镇里拥挤的生魂。

再往镇后走，原本的田地现在全是小鼓包，密密麻麻——坟冢！

冯妙君和陈大昌互视一眼，下意识屏住了呼吸。

他们已经意识到，这里是什么地方了。

"王……小姐，这里是瘟疫镇。"

冯妙君点头，虽说修行者应是不畏疫疾，但保险起见，她还是迅速取了两粒防瘴气的丹药，给自己和陈大昌各服一颗。

"看来，瘟疫还未被完全压制下去。"冯妙君低声道，"这样的镇子，颖公城附近应该有好几个。"

陈大昌道："即便研究出解药，城民太多，解药或许短缺。"

正说话间，山路尽头忽然传出铃声。

丁零零，丁零零。

荒寂的山中，这清脆的声响听起来反而透着诡异。

两人往声音来处望去，几十息后，风雪中驶出一辆黑漆漆的马车，往镇子行来。

未几，车停稳了，同样一身黑衣的两个车夫跳下来，从车厢里拖出两只沉甸甸的麻袋，扔到镇前的空地上，喝了一声："拖进去，埋起来！"

喊完，他们就跳上马车，急不可待地调转方向原路返回。这地方，哪有正常人敢逗留？

镇子里一片安静。

好一会儿，才有两扇房门打开，几个男人手持锹镐走出来，将麻袋拖去了后山。

他们的脸色苍白，身上却穿着士兵的中衣。冯妙君见到他们身上的脓包发黑发胀，有个人脓包就长在脖子后面，破了，流出浅黑色的液体。

这的确不是普通疫疾。

原来镇后空地上的坟冢是这么来的。镇里的病民虽然只有等死一途，却愿意让先去的同伴入土为安，因为自己很快也要走上这条路。他们不希望轮到自己时，只能曝尸荒野。看着这一幕，谁心里没有一丝酸意？

绝望，才是最可怕的毒药。

可是两人无计可施，这些病民，他们救不了。

冯妙君和陈大昌绕过了小镇，后者才沉重道："燕军都攻到了家门口，又有疫疾肆虐，城里一定管控严格，恐怕不容易混进去。"

这种时候，熙人必定实施坚壁清野之策，外面的人甭想进去，里面的人也别想出来。

可是冯妙君的目标在城里。

她指了指崎岖的山路，耳中还能听到丁零零之声："那不就有现成的办法？"

小镇和颖公城之间，还隔着一道裂谷，相隔一百三十丈，两处以索桥相连。

桥头上有几名卫兵站岗，先听到铃声，后见到黑马车，他们拿长枪的枪尖挑起车厢帷帘，见里面空无一物，这才转回前头比了个手势，两名车夫就摘下面罩，露出真容。

荒郊天寒地冻，没有面罩，人的脸都会冻裂掉。

黑马车每天都要经过这里多趟，卫兵也只是例行检查，目光从他们脸上扫过，当即挥手放行。

车子经过时，他们下意识往外退开几丈，不想沾染瘟疫的晦气。

黑马车不疾不徐驶过了索桥，继续往颖公城进发。

一路上守卫森严，五步即有一哨。

到了城西大门，守门的兵卫也是这般，看上两眼就放行了，只有兵头子道："城南柳丁巷还有一户，快去！"

车夫低低应了一声"是"，就抖缰催动马车进城了。

这两人自然就是冯妙君和陈大昌。他们改扮作原先的车夫，再驾着这人人敬而远之的黑马车，堂而皇之地走进城来。黑马车在颖公城就是专门收拣病人和疫尸之用，配上响铃就是提醒所有人：收尸人来了。这样晦气不祥的马车，谁见着都要退避三舍。

进城之后，马车走得不慌不忙，两人却忙着观察周围的一切。

敌人都攻到家门口了，颖公城里当然戒严，平民一律不得上街，只能待在家中，被发派调遣的另算。所以街道其实相当空旷，两边的商铺营生也都大门紧闭。站在街心往前看，除了倾倒一地的杂物和紧张来往的兵员、苦力，什么也没有。

当然，黑马车在这里通行无阻，冯妙君也需要这样的身份，才能寻找自己的目标。死神一般的铃声响起，蜷在屋中的人都要捂紧耳朵簌簌发抖。

颖公下城两面环山，两面临壁，只有一处天生的陆地桥与外相接，燕军只能从这里强攻。而相应的，熙国的兵力防守也主要布置在这片区域。

这里一共设有四个营区、六大兵团。冯妙君与陈大昌事先商量过，玉还真着力督战，留在下城营区的可能性最大，因此他们首先来了这里。

两人驾着马车往南边儿走，不及半个时辰，东边巷子深处就传来喧哗之声，他们能分辨出那里有尖叫、哭喊声，还有阵阵哀求。

一扇临街的窗户打开，有个孩童往声音传来的方向探头，后面的大人一把将他揪回来，咣当一下闭紧窗子。冯妙君听到屋子里大人的呵斥："别瞎看，不关你的事！"

黑马车往前走，丁零零，响铃声惊动了巷子里的人。那里头奔出个兵卫，直接拦着黑马车道："就是这户！"

巷子不深，冯妙君坐在马车上往里探首，就能看见巷底有两个兵丁架着一名少女往外走，其父母不舍追出，却被其他兵卫死死拦住。

两边都哭成了泪人儿。

柳丁巷里有感染的病人需要被送走隔离。

女孩也知自己要被抓去送死，极力挣扎，甚至伸手去抠兵卫的眼珠。走在最前方的兵头子大怒，回头想抽她一巴掌，手都抬了起来，忽然想起疫者不能随便接触，于是改用剑柄狠狠去砸她的脑袋。反正她也是要死的，染病而死或者被他打死，能有多大区别？

他没有收敛力道，少女一下被打晕过去，人事不省。

冯妙君调整咽部肌肉，压低了声音道："确诊了吗？"

兵头子脚步一顿，用眼白斜睨她："什么意思？"

"她两颊发红，眼角却还是白的，脖颈和双手没有黑点，好像只是普通风寒。"

这小姑娘要是没病，被送去隔离镇就真要染病死了。

"你能懂？你是大夫？"

冯妙君赶紧道："不懂，我就是接过的病人多。"

兵头子切了一声："少啰唆，驾好你的车！"

她遂不再言语。

不过就在此时，外头忽然有人道："慢着。"

声音柔软，低沉中带着两分磁性，恰如幽泉漫过青石，却分明无误是个女声。

很好听的女声。

冯妙君就见到兵头子脸上闪过一抹讶色，随即就被敬畏取代。他和身后的手下一起向来人行了个礼："国师大人！"

国师？不会这么巧吧？冯妙君和陈大昌都循声瞥去一眼。

只见这女子衣着利落，劲装箭袖，头上也只简单地绾了个男式的发髻，面上不施半点脂粉。发如春云，眼同秋水，眼角还微微上挑，却不显轻浮。瑶鼻挺而直，樱唇略宽但是丰润光泽，微噘的唇形在冯妙君看来格外性感。

她蹙起眉，就有不怒自威之势。这番独特气质，冯妙君只看了一眼，基本就能断定这位就是玉还真。

当今列国中，唯有新夏、熙国的国师是女性。

玉还真身后还跟着一大堆将领文臣，像是刚好路过这里。冯妙君知道，这里离南门不远，也即是离军营不远了。

这位女国师上前两步，伸手按在被抓住的女子额上，又检查了她的眼皮和舌苔，再看看脖颈和胳膊，遂挥了挥手："没染疫，普通风寒罢了，放她走。"

国师发话，兵头子哪敢不从？立即向手下打了个眼色放人。少女悠悠醒来，其父母从后头冲出，抱着她喜极而泣。

死里逃生，莫过如此。

但在玉还真这里，只是件微不足道的小事。她脚步不停，继续往前行去，面带匆忙，只是路过黑马车时，倒是瞥了冯妙君一眼。

这车夫方才的判断有理有据，说得很对。

当然这念头只是一闪而过。她现在有多少棘手的大事要处理，哪还会在无名小卒身上多花心思？

冯妙君抿了抿唇，现在人多眼杂，并不是跟上去表明身份的好时机。但目力极佳，方才一转眼就发现玉还真隐藏得极好的疲惫。她皮肤细白，旁人不大会注意到她脸色的苍白。

望着玉还真离去的方向，她隐约还能听见这位大国师的发问："当真没人见到燕王？"

"我们的探哨，包括飞骑都未见到。"

不待冯妙君多听几句，这边的兵头已经向他二人呵斥道："愣着干什么，还不快走！"

陈大昌赶紧应道："是，是！"扬起鞭子，马儿拖着车子跑出几丈远。

无人发现，他衣摆上悄无声息地附着一只芝麻粒儿大小的蜘蛛。

黑马车转向东行去，专挑人烟稀少之处，很快就在一处土地庙前停了下来。

高山上建材运输不便，颖公城的建筑以低矮为主，这所谓的庙更是石壁上凿了个大洞、磨了个穹顶，里面就供上神明了。这种地方上的小神，官方说法叫"山泽水灵"，这里是群山围绕，那么敬的自然是山泽了，俗称山神或者土地公。

两人抬头看，发现这所谓的"山神"神像瘪脸鼓腮，自带雷公嘴，纵然身穿银甲也不能掩去它是个猴子的事实。陈大昌忍俊不禁："这倒让我想起四字来。"

"嗯？"冯妙君顺口一问。

"沐猴而冠。"

"小心祸从口出。"冯妙君笑了，指着石雕的供桌道，"山神恐怕还在位，否则这里不会有人供奉。"

陈大昌笑着应了声"是"，把案前一块石台子打扫干净了，才取了吃食和酒水出来。

陈大昌跟在冯妙君身边太久了，也不太在意形象，就着烧鸡，转眼就是两个大馒头下肚。待要去拿第三个，忽然咦了一声："不对，怎的只剩四个馒头了？我记得原本一共是八个。"

他吃了两个，冯妙君捧在手里一个，那就该还余五个馒头。

冯妙君微微一笑："兴许是你开头数错了。"

陈大昌办事仔细，心道自己不会数错，但女主人开口，他也就重数了一遍。

咦？又是五个馒头了。果然是自己数错了吗？

他心中一动，默默进食。

第四个馒头，他拿起来正要入口，可是凑到嘴边又停了下来，双手一掰，将它分作两半。

米黄色的馒头当中，赫然藏着一只蚰蜒，长不及半寸，然而黑红相间，正在冲着陈大昌摇头摆尾！

只看一眼，两人就知道这东西毒得很。好好的馒头里怎么会有这种东西？

陈大昌取树枝将这毒虫挑出来，抬起下颔看了看："剧毒，被咬一口就死人。馒头铺的伙计难道因为我少给了两文怀恨在心？"

两人对了下眼色，都知这里有蹊跷了，馒头是距此五百里外的小城买的，可不该有甚问题。

冯妙君慢条斯理道："扔了吧。"说着挑起毒虫随手一甩，凑巧落到了供桌上。

她吃到六分饱，才拿起一串葡萄摘了几颗，顺手将它放到石台边缘。

陈大昌注意到她的举动，目光一闪。

果然下一秒，石台底下响起尖锐的叽叽叫声。陈大昌低头看去，却见地面上露出一对儿毛手毛脚，都被一条捆仙索缚住了，绳索另一端被冯妙君拽住。

他一下就瞧明白了，地底有东西冒出来，趁着天黑偷了点葡萄又想逃走，结果被女王以法器捆住了。

这东西居然有遁地之能，方才大概就是它偷走了馒头且夹藏毒虫。

这东西力气好似不小，挣得捆仙索绷直。冯妙君见这东西还敢顽抗，手上掐了几个诀，捆仙索一下用力收紧，险些把此物勒死。

"住手，住手！"绳索那一端也不挣扎了，任由冯妙君将它拖出地面。

两人定睛一看，却是好袖珍的一只小猴子，只有巴掌那么大，红眼睛，软白毛，浑身干净得一尘不染，看起来像个玩偶。

陈大昌冷冷道："好歹毒的心肠。"

不等两人说话，这猴子首先开了口："放开我，否则你们大祸临头！"

"哦？"冯妙君好笑，"我还以为你是山神，不是瘟神。"

"黑车夫怎么能认得我？"小猴子瞪圆了眼，"你是燕国派进来的奸细！"

陈大昌接道："我们不是燕国人。"

"那也不怀好意。"小猴子吱吱道，"识相就快放了我，否则必定有人来取你们狗命！"

冯妙君了然："是了，你是山泽，必然经过了国师的册封。不过你是堂堂山神，享受人间香火供奉，居然来偷我们的馒头害我们的命，也不怕掉身份？"

小猴子不服气，一指陈大昌："他先骂我，就该受惩！"

陈大昌挠了挠后脑，想起自己方才笑它的雕像沐猴而冠，的确不是好话。

冯妙君冷笑一声："即便如此，他也罪不至死。你这猴子睚眦必报，谁会让你当这山神？"

陈大昌在一边道："那雕像若是老实照着你的模样刻，哪会有这种误会？"

这小猴子样貌可爱，庙中的雕像却是个凶恶壮硕的大猿，也不知造像的人是怎样的神奇脑回路，还给它穿了一件怪模怪样的比甲。二者的相似之处，大概只有小猴子也套着一对黄金护腕。

"你知道什么！"小猴子张了张嘴，欲言又止，瞅瞅这个，望望那个，忽然冷笑，"你们想套我的话，对不对？"

它满身白毛细软又干净，陈大昌忍不住摸了摸它的脑袋。小猴怒道："别碰我，你还没资格！"

冯妙君笑道："那谁有资格，玉还真吗？"

"当然……"小猴子说了这两字立知失言，赶紧闭嘴。

冯妙君明白了："你和她果然有些关联。"

小猴子眼珠子转来转去："这城里的妖怪，都与她有关联。"

"我想见她，并无恶意，只是有事相询。"冯妙君直截了当，"你可否代为引见？"

"能。"小猴子点头如捣蒜，"你放开我，我去通报。"

放走它，这里很快就会被围住吧？冯妙君并不上当："你和她之间没有远距离传讯之法？"

"没有。"

冯妙君弹指在它护腕上轻轻一敲，发出清脆响声："这个呢？"

"你打开它，也能惊动国师大人。"

"打开？"冯妙君看看它再看看庙里的雕像，懂了，"看来，它是一套枷锁，你的力量被禁锢了吧？"

小猴子又被她套出了话，气得腮帮子鼓鼓的："没有恶意，为何不正大光明地求见？"

"几次官方邀约，都得不到回应，我只好按自己的办法来。"说完冯妙君将它递给陈大昌，"收好。稍晚会有人找我们过去。"既然是只偷奸耍滑的猴子，她就用不上，还是照原定计划行事吧。现下都快月过中天了，她看看天色，"时间差不多了。"

陈大昌将猴子倒提在手里，见它兀自放话威胁，干脆拿馒头将它嘴巴堵住，再将它塞进酒坛里。然后在坛身贴了张隔音符，这样无论猴子怎样闹腾，外头的人都听不着。

冯妙君对这小东西倒没什么恶感，但不想它打乱了自己的计划。等她从玉还真那里问到自己想要的情报，自会放它离开。

收拾妥当，两名黑车夫重新上路，径直往南。

那是军营的方向。

越往南走，炮火声越发清晰，连地面都跟着震颤。

战场，已经近得触手可及。

对军队来说，这又是一个不眠之夜。大营里人头攒动，到处都是紧急调派的兵员和劳力奔行。营区门口车水马龙，运送物资的车队进进出出，一派忙碌。

通常情况下，黑马车只能在平民区活动，连靠近军事重地都不能。不过当陈大昌径直驱车到大军驻地外头时，不仅无人驱赶他，反而从卡哨里奔出两名熙兵，口里还抱怨道："怎么来得这样慢！"望了望车夫，"咦，怎么就你一人，另一个呢？"

因为要搬运重物，黑马车的车夫都是配定两人。

陈大昌点头哈腰："他吃坏肚子，蹲坑起不来。我力气大，什么都搬得动！"

熙兵撩开车帘看了一眼。

这时前方又传来一记炮响，车厢里有只小酒坛应声翻倒，滚了几下。但除此之外，车里只简单几样细小杂物，看起来绝藏不下大活人。

于是他不再多问，直接打开了营门。

陈大昌驱车往里走，这时外头又传来一阵铃声，紧接着马蹄嘚嘚。

又有一辆黑马车驶了过来。

熙兵喊了一声："传唤半天，要不是不来，要不一下来俩。"挥手让远处的黑车走人。

那车夫接了命令，转身就走。

"跟我来！"有个小兵走在前头领路，离马车远远的，陈大昌不紧不慢跟了上去。

九拐十八弯，黑马车停在一个帐篷前。

帐篷边上一个人也没有，最近的士兵也站在三丈开外，没被派上战场的人指着帐里窃窃私语。带路人说："去吧，在里面了。"

陈大昌钻进帐里，果然见到一人躺在床上有气无力，面色惨白，冷汗涔涔，脖颈和手背上却有黑色的斑点！

这人听到动静睁开眼，涣散的目光对焦了好一会儿才看清陈大昌的模样，不由得微惊："是你！"

陈大昌冲他露齿一笑："军爷，好巧，我们又见面了！"

这染疫的倒霉蛋，赫然就是下午要抓着无辜的姑娘丢去城外的兵头子！他吃惊之下，神志都恢复了些许，这时就指着陈大昌的鼻子骂道："是你，是你们将疫病传染给我！"

"这就叫天道好轮回。"

陈大昌上前两步，拎小鸡一般将他提起，快出帐外才换了个姿势，像是拖着他很吃力。

这兵头子放声大呼："这是奸细，潜进来打探情报的。来人，快把他拿下审问！"

可他重病之下声音都很孱弱，陈大昌将他扔到后车厢里，拿麻绳绑了，再四下扫顾一眼，这才回前座坐好，驾着马车缓缓前行，按着士兵给出的路线往外去。

陈大昌驾车离开，冯妙君却留了下来。车夫进营时，她用芥子阵法将自己缩小了身形，躲在后车厢里。车停在营地里，陈大昌去搬病人，她就借着马车的阴影溜出去，跳上一旁的大树。

潜入军营，计划第一步就已达成。接下来，就是找到玉还真本尊。

这里驻有数万大军，帐篷像海洋，轻易就能让人迷失其中。如果今夜风平浪静，她是不好找到自己的目标的，不过现在……冯妙君抚了抚下巴，又闻一声炮响。

她循声往南看去。

那里是最前线，玉还真尽职尽责，多半就在那里督战。

这里是后勤大营，前方炮火连天，后头车水马龙，往来运送物资的大车一辆接着一辆。冯妙君等不多会儿就溜进一辆车厢里藏好，搭个顺风车。

越往前线走，外头的景象就越混乱。她趁乱将路边一个女兵逮进车厢，居然未被发觉。

国师是女子，营中就需要女性亲卫队。冯妙君将她外甲剥下来穿在自己身上，又改了容貌，看起来就是个平凡无奇的女兵了。

忙碌间，车也到地方了。她跳下车，转眼无踪。

熙军主帐。

接连不断的炮火，将前线照得亮如白昼。

玉还真刚刚布置完一系列任务，望着众将离去，她不由得揉了揉眉头。

连着多少天不曾合眼了，就算是铁打的人也挨不住。

她灌下一口冰冷的茶水，外头忽然传来急乱的脚步声："报！"

"进来，说。"又有事儿上门了。

"六鳌大阵巽位阵眼空了。"

"怎么回事！"玉还真吃了一惊，转身质问，"胡天呢，怎么不在阵眼里镇守！"

"胡大人不知何时离去，放了个替身在阵眼。阵法师刚刚发现，才看见替身背后写着'戌时即回'。"

戌时？玉还真脸都黑了。现在都到子时了！这家伙耍起性子真是不分时间、场合。

就在此时，外头忽然响起一连串炮声。

密如滚珠，前后一共七响，每一响都是地动山摇。

每一响，都好似炸在同一个地方。

燕军从未这样进攻。

玉还真花容变色："不好！"一边说一边飞掠出帐，手里掐了个法诀，正要召唤新的妖怪前来阵眼里镇守，却发觉脚下地面一阵震动。

即便在炮火连天的前线，这种震动也远远超过了从前任何一回。

咔啦！地底传来奇异的闷响，像裂帛声，但是放大了千百倍，也厚重了千百倍。

紧接着，地面晃动起来，像是风暴里的小船，颖公下城所在的整个高山平台，南部边缘突然全线崩塌！这里也是两军交战的最前线，熙国抵抗敌人入侵的最前线！原本立于其上的掩体、武械和足足三万多人……

天崩地裂，不过如此。

玉还真眼前一黑，身形都晃了两下。

她额上都是冷汗，指甲狠狠刺入掌心才勉强定住心神："后退，全员后退二十丈！"

得令之后，站在悬崖边的熙军快速回撤，开始重新制造掩体工事。

玉还真的决定也是无奈之举，崖边依旧有断石崩裂、滚落，不能站人。

可是这会儿熙王站在颖公上城的高台上望见这一切，气得连连跳脚。他的命令很快传到玉还真这里来："上去，都上桥口给我堵着！燕军进来我们必死无疑！"

不是才说前线都交给她打理，这会儿又来指手画脚？玉还真冷笑一声，见崖边暂时没有新的断裂，遂指挥军队继续前进。

"传令石、齐二位将军，让他们带人上去守住陆桥。"

燕军也回过神来，这会儿士气大振，呐喊着往前冲。

他们一旦打下了桥头，熙国就算真的玩完了。哪怕这时再来一次天崩地裂，玉还真也不能让大军退缩半步。

残留下来的几截城墙再也抵不住洪水一般涌入的燕军，顷刻间被冲垮。于是，熙、燕两国的先遣部队终于是结结实实、毫无花哨地撞在了一起，贴身肉搏。

越往前走，战争的悲壮和忙乱越发清晰。

冯妙君总有一种错觉，似乎自己又回到了三个月前的印兹城，魏人攻破峣都那天。她心底突然生出一种不祥的预兆。

那是笼罩在军营中、笼罩在这片战场上浓厚的愤懑和绝望。

前方突然传来了几声连珠炮响，而后沉沉而古怪的声音像是从地心响起，整片土地都跟着簌簌发抖，就像人被砍了一刀，疼痛不已。

她从未听过这种动静，一颗心却难受得很，像是被用力挤压，连呼吸都有些困难。

只有天地之威，才能对修行者产生压迫至此！

这一系列声响过后，偌大的军营一片静谧，天地间也好似没有了半点声响。

冯妙君循声发力疾奔。大变骤起，不消说，是燕军搞的鬼。玉还真却还留在最前线，她得抓紧了！

以她的脚程，越过复杂地形与无数障碍物之后，终于抵达前线。

眼前豁然开朗，冯妙君见到这里地形的异变，也不由得倒抽一口冷气。

原有的防御工事全部倒塌，两支大军正面绞杀在一起，燕人努力往前推进，要抢占桥头堡的位置。只要越过这道天堑，整个颖公下城就袒露在他们面前。

熙军不知道利害吗？可是他们的战力、士气、军武铠甲与敌人相比，实是差了不止一筹。

老实说，这支穷途末路的军队到现在还有战力，还没有溃散，已经是个奇迹了。这会儿指挥战争的应该是玉还真。这个女人真是不简单，能让熙人虽败而不溃。冯妙君对她的好奇心，又上了一个台阶。

再靠近些儿，她就发现熙军当中还有两头妖兽。这两头妖兽受玉还真之命，死死扼守桥头堡，燕军一时居然占不到上风，战线居然隐隐有回撤的趋势。

站在高地上的玉还真脸上却无喜色，只是频频观顾战场，眼中有焦急之色："还未找到胡天？"

派出去的人一波又一波，但回复无一不是："不曾。"

那家伙就是再顽劣，前线都快天翻地覆了，它总不可能丁点儿都未察觉吧，莫不是遇上了什么麻烦？玉还真樱唇微抿，静下心来默念一段口诀。

虽然口中无声，但她手上的链坠却跟着焕发出了淡淡金光。

黑马车刚出营地大门，后头就传来了天崩地裂的巨响。接踵而来的天摇地动，让拉车的马儿前蹄上扬，长声嘶鸣。

人员、车马、物资，四下里陡生混乱，陈大昌忙着安抚马匹，目光朝远处看去，是发生了什么变故吗？

横竖黑马车的任务已经完成，他目光一闪，趁乱弃了马车，脱了黑袍，混在惊慌失措的人群里往外疾奔，不多时就远离了营门。

不过就在此时，身后突然传来咔啦一声，紧接着是震天的怒吼！

这声线狂暴、低沉而雄浑，陈大昌回头一看，目光顿时凝住。

他驾驶了大半天的黑马车车厢被顶破了，里面钻出个怪物，双手拍胸，正在仰天长啸。此物高三丈有余，形如巨猿，浑身肌肉偾张，咆哮时咧开一张血盆大口，露出的獠牙比车辕还粗。它的大臂上佩戴着的两只护臂，仿佛纯金打造。那颜色、那款式都有些眼熟……

被他关在酒坛里的白毛小猴，好像就戴着这样一对护臂？

恰在这时，巨猿向人群投来杀气腾腾的眼神，陈大昌赶紧转过头，不敢与它对视。

幸好这头巨猿像是受到召唤，没有打算先寻他的晦气，它喷了两口气，四肢展开，往前线奔去。

陈大昌呼出一口凉气，悄悄潜出人群，很快消失在夜色中。

玉还真站在高处，手中一口小鼎冒着红色烟气。随着她的调派，红烟飘散出来，落到每个前线的熙国修行者和士兵身上。鼎中烟气越来越少，很快就见了底。这是熙国现存的元力，眼看到最后一战了，她再无保留。

得元力加持，熙人个个精神一振，气力都凭空涨了两成，对前线的抵抗越发卖力。

燕军的潮水，一时间竟然不再前涌。

众将看在眼里，都感振奋。玉还真嘴角也弯起一点弧度，却是阴郁的一点笑意，心思早就沉了下去。

仗打到现在，让她犹存一线希望的，就是西北山区严酷的自然环境。

要知道燕军早在三四个月前就杀到这里，那时只不过是初秋，天气刚要转凉。大军携带的衣物被褥都比较应景。可是现在呢？

现在是初冬时节，山间时常刮起白毛风，大雪一下就是三天三夜，用滴水成冰来形容这里的气温，那都是极尽温柔了。燕军进入熙国境内，面临的考验不仅是生死搏杀，不仅是复杂地形，还有即将到来的严冬！

熙人应付这样的气候有经验，燕人远道而来，少食也就罢了，若再缺衣，基本就是等死。

所以熙国眼下能翻盘的唯一机会，就是个"拖"字。

拖到凛冬来袭，燕军八成会退兵，熙国也至少能得到大半年休养生息的机会。

至于明年的局势，明年再说呗，哪一个国家形势不是瞬息万变？

这都是玉还真精算过无数遍才找出来的一线生机，原本她布下六鳌大阵护住颖公下城的陆桥。这阵法为家族秘传，乃是取六大妖兽之力，结合战阵布局，可将城池护得固若金汤。

哪知今日其中一头妖兽顽皮出游未归，那缺角还被燕军发现，集火攻之，六鳌大阵因而被破，才引出了高山崩解这样的惨状，也让熙国的一线生机化为泡影。

六大妖兽，有三只被千万斤巨石压在深渊，未再出现，赤狰和巨犰狳逃出来，仍为她奋战。还有一个胡天，此刻仍然不知去向。

可是燕军……燕军那里，也不是好相与的。

她才刚想到这里，燕军里面忽然有个身影纵马跃出，直往巨犰狳而去。巨犰狳刚好抱团冲了过来，这个身影也不正面迎击，一闪身避其风头。

待巨犰狳再站起来，形势就变了。那个横枪立马的身影早就虎视眈眈，它才刚刚舒展身形，他就欺身而近，向它尾部攻来！

这人生得再高大，比起十余米高的巨犰狳也是无足轻重。它长尾一扫，鞭子一般抽来，方才就有两名修行者中了这招，一下就被抽得骨骼尽碎。

这人动作却很灵巧，虚晃一下躲过妖兽扫击，反而钻到它尾下去了。

玉还真目光正好扫向这里，抓着栏杆的手忽然一紧："不好！"

果然这人紧接着就是一猫腰、一甩手——掌中长枪如离弦之箭，带着一抹冷光，直直射入巨犰狳尾部，巨犰狳顿时放声长嘶。

这时先前击伤它的那身影又出现了，抓着露在巨犰狳尾外的一截枪柄，狠狠拽了出来！

他刚一现身，立在高处的玉还真再也按捺不住，往战场飘身而下，不顾身后手下惊呼："国师大人！"

眼前战局危急又复杂，可是底下这人大有横扫整个战场之势，她不去迎战，这桥头堡多半就保不住了。

这个人，就是燕王！

"啪！"一声震响，清脆得像冯妙君听过的枪声。

燕王身随枪走，转瞬已在十余丈开外。巨犰狳哀号声中，鲜血如泼，肠子居然被长枪拽出来十余丈远！

旁人这才发现，枪尖上带着倒钩，不仅钩出来鲜血淋漓的肠子，还有内脏碎片，甚至还有两截森森白骨。

巨犰狳承受剧痛，但它生命力也极顽强，接连重创之下依旧不死。

玉还真胸前的链坠这时又在发光，似是她驱动神通想要安抚于它。

　　可惜，巨犰狳此时正好冲撞到悬崖边，完全被盛怒和痛楚控制的妖兽并未意识到处境危险。燕王却抓住这个契机，掠到它身边，长枪顺势一顶。巨犰狳被他的巨力一推就打了个趔趄，直接掉入了身后的万丈深渊！

　　燕王刚刚收回武器，忽觉脑后生风，却是赤狰杀到了。

　　这头妖兽动作极尽灵活，虽在二百余丈开外，也只几个纵跳就能冲来援助同伴。只可惜，终归是慢了一步。燕王不假思索，长枪探出，格开攻击。噌嚓两声，赤狰的利爪在枪尖上磨出几个火星子。

　　可他劲道奇大无比，只这一格之力，赤狰竟然被他甩出去数丈之远。

　　玉还真还未落地，天上即滑下一只苍鹭，载着她往燕王方向飞去。

　　燕王望一眼就知赤狰的天赋独特，他退开两步，周身有黑气闪过，躯体陡然间暴涨数倍有余，变作了身高近三丈的巨人，身披坚甲。

　　这也是元力的妙用。

　　再与妖兽斗上两个回合，他故意露出胸前空门，那赤狰果然扑了上来，血盆大口朝他咽喉咬去。燕王果断抬臂，这一记就咬在了他的胳膊上。

　　它咬合力奇大，即便那黑气缠在燕王腕上变成了臂甲，也经不起一咬之力，咔嚓一声变成了碎片。

　　燕王前臂上留下了上下两排深深的牙洞，紧接着赤狰就拼命晃动脑袋，撕裂敌人肌腱。若非燕王筋骨实在强韧，赤狰这一下都可以直接将他胳膊扯断。

　　骑在苍鹭上的玉还真却觉大事不好，抓着链坠默念一声："快退！"

　　赤狰接收到了她的指令，可是它在战场上杀红了眼，口中又尝到燕王鲜血的甜味，实不愿就此松口后退。

　　说时迟那时快，燕王手里暗光一闪，长枪在握，直接捅入它胸口中去！

　　竟将赤狰的心脏捅了个对穿！

　　赤狰放声咆哮，声震十里，剧痛之下巨爪拍出，在燕王颧骨上留下深可见骨的伤痕。若非他脑袋也有头盔护着，这一下能把他的脸都拍烂。

　　但是，差一点终究是差一点。燕王用力拔枪，鲜血即从赤狰胸口猛溅出一丈多远！

　　短短四五息工夫，燕王就凭一己之力重伤了玉还真手下两头巨妖。

　　这几下快得令人目不暇接，待回过神来，战局早定。

　　这便是当世最强国的国师实力。

　　几头妖怪生命力强大，赤狰被捅穿了心脏都未必立死，但行动力却顿时大打折扣，燕王正要朝它脑袋再狠狠补上一记，前方微风拂动，一缕寒芒直取他的眼睛。

　　却是玉还真赶到，见事态危急，直接从苍鹭上化光扑下。

　　叮叮几声轻响，两人在眨眼间就交手了十余回合。玉还真冷冷道："既然来了，就留下吧。"

许多人将燕王奉为修行界第一强者，但这人在战场上其实鲜少出手，多半缩在大后方操控元力，左右局势。燕熙战争已经持续数月，玉还真和他动手的次数也不会超过两次，算上今日是第三回。这场战争历时之久、燕军损失之大，已经远远超过燕王预期，所以胜利曙光就在前方之时，燕王终于忍不住自己出手了。

玉还真方才就盘算过，今日战场上若还有一丝丝打退燕军的希望，那就要着落在燕王身上。只有打败这人，熙国才能免于覆灭。

可恨她手下几大妖兽都折损在山崩之时，否则此刻围攻燕王，说不定真有些希望将他拿下。然而现在，她和熙国都没有退路，只能奋勇一搏！

燕王大笑道："熙国气数已尽，熙王那小儿又是个孬种软蛋。你不若到孤身边来，孤可将你捧在掌心，万般宠爱！"

没多少人敢当着她的面大放厥词，玉还真呸了一声："真可惜，我瞧不上你这般败类！"她反唇相讥，却不动气，神通施出来依旧有条不紊。

可是周围的环境变了。

巨狼狳掉下悬崖、赤狰重伤，扎入敌军的两柄尖刀都失去了效用，光凭熙人自己，无力与敌人抗衡。燕军很快就补全阵形，重新向前压进。

这情形就像涨潮，玉还真若不随着熙军后退的话，自己很快就会陷在敌人的包围圈中，再加上燕王这等大能的进攻，她下场堪忧。

她战场经验丰富，转眼间就看清局面，这时哪怕再不甘愿，也只能一步一退。

反之，燕王却展开身法，死死纠缠住她。

玉还真秀眉蹙起，忽然反手在自己掌心划了一剑，很深。

鲜血淌出的同时，她从怀中抓出一把种子，抖手向四周洒了出去。

这些种子颜色有青有褐，每颗比绿豆略大一点，原本看起来平凡无奇，然而被她血气一激，在半空中就蠕动起来。待得落地，每颗种子一阵疯长，只用了几息的工夫就变出十来根碗口粗的藤蔓。每根蔓足上都附有吸盘和锋利的锯齿，只要往人身上勒紧，撕下皮肉的同时就能大口吸血。

燕军毫无防备，突然被这些怪藤缠上，一时间竟不知如何是好。藤蔓看似柔软，其实坚逾精钢，寻常刀剑基本砍不动它。这些东西又很贪婪，一次就能抓住好几个士兵大快朵颐。

玉还真把种子布在桥头，受地形限制，冲进来的燕人数量有限，疯狂舞动的怪藤就能将他们进攻的脚步堵住。

燕王面色铁青，运力大喝道："这是噬妖藤，火攻！"

燕国修行者听闻纷纷以真火灼烧，这些东西的蔓足被烧断，吱吱尖叫着后退，果然对真火畏惧不已。

但玉还真要争取的也就是一点时间。噬妖藤受她控制，对着燕王群起攻之，那情景就像十几人同时扑上去，抱大腿的抱大腿，拽胳膊的拽胳膊，要把他控得动弹不得。

燕王吐气开声，臂上肌肉高高鼓起，这些能生生捆住大象的藤蔓居然被他的蛮力一下拽断！

然而就这么一耽搁的工夫，玉还真欺身而上，神剑的锋芒激得他颈间寒毛都竖了起来。

若能一剑斩首，熙国之险尽去。

眼看大功即将告成，玉还真眼中终于显出急切。

她太需要胜利，熙国太需要续命了。

然而就在此时，她斜后方蓦地冒出一个影子，五指如刀，一下扎入她的后背！

与燕王相比，这影子又小又细长，混在人群中很不起眼，可它伤人竟不需要武器，只凭自己的指爪就可以了——它的指甲乌黑锋锐，长两寸有余，在月下都闪着浅淡的乌光。

最可怕的是，它的速度竟然还在先前的赤狰之上，连玉还真都未察觉到它的存在。

她身上光芒闪动两下，竟是自动护主的防御法器都被打爆！

幸好玉还真身经百战，心头突发警兆，在间不容发之际强行扭转身形，于是对方这掏心一爪失了准头，扎穿了她的肺部。

玉还真顾不得涌上来的剧痛，倒转剑尖去刺背后那人腹部，迫其自救。

"当——"一声如金铁交鸣，那人的确格开了这一剑，然而玉还真感受到的劲道奇大无比，震得她虎口都有些发麻——这人气力竟不在燕王之下。

当世还有哪位大家具备如此修为，她怎会不知？

前方燕王大喝一声，已然脱缚而出，一枪朝她心窝戳来！

他耐性有限，在前线缠斗了这么久，现下就只想着速战速决。

玉还真身受重伤，又腹背受敌，这时催动噬妖藤再去缠住燕王，已是来不及了。两大高手一齐出手，将她四面退路都封死。莫说燕王，就连她自己都想不到逃生的法子。

大能之间的战斗，有时结束得让人猝不及防。玉还真想到最坏的下场不过一死，心中反而生出解脱之感。至少，她完成了对熙国的承诺。

不过燕王这一枪刚刺出，心中忽觉不对。

周围都是吃人的噬妖藤挥舞，带起风声呼呼，再说这里是桥头的风口位置，常年大风不绝，燕王也未察觉到任何人靠近。

然而他千锤百炼的灵识却在这时疯狂报警，就好似敌人已经近身，即将发动致命一击。他固然可以击杀玉还真，可自己必然也要遭受重创！

以伤换命，还是保全自己？电光石火之间，燕王没有任何犹豫，出手留住了两分力道。

果然也就在这一刹那，他背后的空气中冉冉现出一个身影，纤细苗条，手中锥尖般的法器对准他颅后玉枕穴喂了过去。

　　动作精准，角度刁钻，最难得不带起一点风声，不露出半丝儿杀气。

　　螳螂搏蝉，后面还跟了一只黄雀？

　　对方动作飞快，燕王也不敢托大，身形嗒一下缩小如常人。

　　他变幻出来的形体原本高达三丈，缩回原体型，燕王后颅上甚至都还隐隐刺痛，对方锥尖虽然还未扎中目标，但上头的罡气森寒，比周遭的低温还要可怕。

　　最古怪的是，这种罡气，他居然有些儿熟悉。这个人，值得他全力以赴对待。

　　终于出现了吗？燕王不怒反喜，低吼一声："云……"

　　不过他再抬眼，看清偷袭者的模样，不禁一怔。

高手交锋

这厢玉还真以为在劫难逃，哪知燕王忽然收手退缩。少了他大山一般的身形阻拦，她目光上抬，恰好与新来者对视了一眼。

那是个身着熙军服制的女兵，个头不矮，身材纤细，但面貌看着却平庸得很，只一双眼睛亮得惊人。

这女子鹰隼般扑向她后方，只对她说了一个字："走！"

少了燕王凌厉的气机压迫，玉还真反而"噗"的吐了口血，但她毫不理会，立时向侧前一个大步，挥击燕王面门，同时催动噬妖藤拼命缠绕两个对头。

赶来救她的，自然就是冯妙君了。她一眼瞥见玉还真吐出来的竟是黑血，暗中就道一声不好，这位大国师不仅伤了心肺，还中了剧毒。

可她抽不出手去救玉还真。此时她也看清背后击伤玉还真的偷袭者了，黑衣裹出细瘦身材，面色却惨白如纸，眼角吊起含煞，赫然也是个女人！

其指甲乌黑尖利如鹰爪，上面还有血珠子淌落，冯妙君扑下，她也毫无畏惧地迎了上去。叮叮几下轻响，眨眼间两人竟然交手十余回合。

两人身法都以轻灵见长，旁边观战者只能望见两条虚影倏忽交替，飘移不定。于冯妙君而言，这对手的力气大得惊人，若是闭眼不看，她还以为自己在和方才那只巨犰狳角力。更古怪的是，对方利爪与星天锥相扣时，真气鼓荡过来，竟能销蚀冯妙君的灵力！

这是什么怪物！

冯妙君蓦地瞪圆了眼，提自丹田的寒火二气同时出击，对方猝然被两极属性的灵力狙击，也是骇了一跳，有些吃不消，这才后退几步，上下打量新敌人。

冯妙君这才注意到，她眸仁小，眼白部分多，并且瞳孔放大从不变化，犹如死物，这令她的眼神看起来幽深得很。

　　这时噬妖藤接令扑来，燕王身上忽然黑气萦绕，也不知他又动什么手脚，藤蔓碰到这些黑气突然萎缩，直接就失去了战力。紧接着，黑烟向四面八方扩展，要将藤蔓全部杀死。

　　燕王与玉还真对战，本人却紧盯着冯妙君，一字一句道："你是谁！"

　　这女子修为不凡，绝非寻常之辈。

　　冯妙君上次与他正面接触还在燕都，当时借用了伪长乐公主的面貌。不过那会儿她修为不足，体会不到燕王的恐怖。今日与他正面对峙，才觉这人气概如渊如岳，令人生出面对大山难以撼动之感。道行浅的，怕不被他一眼就瞪死了。

　　冯妙君张口，却非答话，而是对玉还真道了一声："当心！"同时一支星天锥脱手而出，直取玉还真面门！

　　玉还真兀自咬牙与燕王缠斗，黑衣女下毒甚剧，她又伤在心肺，虽然勉强闭了经脉，也觉眼前阵阵发黑，力不从心。可是眼下这情形，哪里允许她退缩？她眼角余光瞥见冯妙君法器飞来，也只微一侧头，锥尖就紧贴着她的鬓发擦过，然后就是叮的一声。

　　身后还有活物！

　　玉还真一惊，勉力避过燕王一击才回头看去，后背顿时沁出冷汗。

　　原来身后不知何时潜来一条黑色巨蟒，腰身快赶上神殿的大柱那么粗。此物最擅伏击，它扑咬玉还真时连一点预兆都无，她中毒后六感不复先前敏锐，注意力又都集中在燕王身上，险些被它得手！

　　幸好冯妙君料敌奇准，这一锥子正好撞在它张开的大蛇牙上，顿时将这牙打作两段，巨蟒也被这力道震得往后一掀，玉还真这才避过一劫。

　　它一击失利，弹回来继续寻玉还真晦气，其身形柔韧，可以从任何角度发起进攻。玉还真同时应付它和燕王，顿时险象环生。

　　冯妙君原与黑衣女近身相搏，不知从何处变出一根银鞭，咻咻两记将黑衣女迫退三步，她自己晃到巨蟒身边，对准它眼睛刺去，同时怒喝道："还不快走！"

　　眼见对方大能一个接一个冒头，己方的却还未赶到，玉还真也知今日大势已去，自己逗留此地再无意义，于是抽身回撤。

　　燕王哪容她们想来便来，想走便走，嘿了一声："都留下吧！"忽然甩开长枪，抽出一条锁链，照准玉还真锁去。他的近身缠斗都带着狂猛霸道之意，玉还真只觉他力量忽然又暴涨两成，自己就像挨着风暴中心，竟觉站立不稳。

　　从未有人摸清燕王的修为，因为他藏得深。今日看来，他的道行还远在她之上。

　　勉力接下两记攻击，玉还真喉咙腥甜，终于忍不住又呕了两口血。在这等惊天大战中气血运行太快，她已经无法以修为压制剧毒。

　　这两口血一出，她眼前一黑，毒素伺机攻入了心脉！

　　不妙。冯妙君独斗黑衣女与巨蟒，这时也感到吃力，尤其黑衣女有遁地之能，配合巨蟒进攻神出鬼没,实是不好对付。

眼看燕王又再出手,玉还真终于漏过一招,被锁链重重抽过右肩,当即闷哼一声,后退两步。燕王长笑一声,链子兜头套下。要是被捆实了,她纤细的脖颈必是咔嚓一声了断。

事态危急,冯妙君正要将星天锥丢出去对敌,燕王身后的烟尘中忽然有个身影扑了上来,虎虎生风。

燕王耳聪目明,临时转身,却见方才那头赤狰张着血盆大口来咬他。

它被燕王开膛破腹、洞穿了心脏,血还淌得像小溪,这时竟然拖着残躯要来救玉还真一命。只可惜,它重伤之下动作已不复先前灵活。

玉还真眼中湿润,咬了咬牙,果断转身往来路奔去。赤狰豁出命来救她,至少不能让它死得毫无价值。

果然身后很快传来这头猛兽的最后一声嘶吼,随后它就再也没了声息。

巨蟒见状,忽然舍下冯妙君,掉头就向玉还真追去。

恰在此时,不远处忽然响起一声震天的咆哮!

这声音比狮子吼还要强烈十倍,又在二十丈开外发出,在众人听来就像突然间炸了个响雷,连耳膜都嗡鸣不已。附近修为较弱的或者凡人士兵,要么当场被震晕,要么捂着耳朵一下跪到地上去,大声呻吟。

这是一头壮硕的白毛巨猿,拱背而站都有三丈多高,立在当场就是山一般的体形。它刚落地,长臂一捞,就向着燕王狠狠挥击过去。

还未打个正着,扑面的劲风就令人窒息。那般沉重的劲道,连天生神力的燕王都不愿轻撄其锋,脚步一错让开去。

紧接着那头巨猿一转头,就和冯妙君对上了眼。

双方都是一怔。

紧接着,那对茶褐色的巨眼中迅速爆出满格怒气,巨猿握拳,比门板还大的拳头对准冯妙君就砸了下来。

拳头未至,劲风呼呼,速度还奇快无比。冯妙君不假思索,乘着拳风直退出几步开外,不意右臂一疼,竟是黑衣女从地底潜出,伺机抓了一把。

这女人形如鬼魅,实难捕捉其轨迹。

望见这一幕的众人都有些愣怔,不知这新加入战圈的妖兽到底犯什么浑,竟然两边都揍。只有冯妙君叫苦不迭,这巨猿就是那只白毛小猴子。她和陈大昌当时对付小猴可不太友善,也难怪它现在见了她火冒三丈。

巨猿还想再出气,玉还真却已叱道:“住手,她是友非敌!”

这白猿似是很听她的话,闻言对冯妙君瞪了两眼,虽然还是满脸不甘,但到底罢了手。

玉还真勉强跃到巨猿肩上，指着陆桥道："将桥打断，今日记你头功！"

巨猿应声大跳而起，跃到石桥上，自身体重再加上落下来的力道，将整座陆桥都震得摇摇欲坠，一大片燕人都成了滚地葫芦。

坐在它肩头的玉还真也生生受了骇人的反震之力。她嘴角跟着溢出一点鲜血，却没有吱声——这家伙的莽撞一如既往，但她现在正需要它的鲁莽与勇猛。

紧接着巨猿双拳频出，砰砰砰，每一下都砸得人心浮动，陆桥跟着咔啦作响，无数细石滚落深渊。

众人这才记起，打断天生的陆桥的确是阻止燕军的唯一办法了。此桥原本是牢不可破，对垒双军也从未动过这个念头。可是围绕颖公城的战争毕竟已经持续了数月有余，长年的炮火早令石台结构变得松动，最后今日突破了六鳌大阵的那几记连珠炮更是接连轰在颖公城南侧！

陆桥也不可避免地受到影响，变得格外脆弱。事实上，燕王必定也洞彻了这个问题，否则燕军强攻陆桥可没再往前方打出一发炮弹，就是害怕打坏了陆桥，打沉了自己进攻颖公城的唯一通道。

当然陆桥断裂之后，颖公城也会彻底变作进出断绝的死地，可是对于眼下的熙国来说，这就是止渴的鸩酒，只有仰头喝下，才能继续苟延残喘，才能免于今日就国灭的命运！

附近的噬妖藤都已经枯萎，燕军也知生死系于一线，飞矢和巨弩纷纷往白猿身上招呼。黑衣女一声不吭舍下冯妙君，直接遁入地底去了。

冯妙君转头，恰好见到燕王的身影消失在人群中。白猿的举动已成众矢之的，修行者们都在飞快赶去。

不仅是燕国，熙国的修行者也明白此举意义，从战场各处纷纷赶去支援。

现下怎生是好？冯妙君眼珠一转，恰好看见巨蟒在地上翻了个身，晃了晃脑袋，似是还有两分晕眩。

她就是个帮架的，这会儿燕人注意力都被巨猿吸引，没几个关注她。冯妙君一跃而起，跳到黑蟒的大头上。

头上忽然多了点重量，黑蟒微怔，正要将她掀下去，冯妙君双手却都按在它颅后的软骨上，口齿微动，竟然低声说起话来。

黑蟒本不欲听，并且战场上那般混乱，然而每个字都长了脚一般往它脑海里钻。它拼命想振作精神，神志反而越来越昏沉迷乱，好像陷入了冬眠状态……

白猿每一击，都打在陆桥最薄弱之处。陆桥原本就开了缝，再被它这么疯狂砸击几十下，缝隙当即以肉眼可见的速度扩张和变宽，同时伴随着咔啦的碎裂声。

熙国修行者也知国师之意，这会儿很干脆地挡住敌人，给白猿争取更多时间。

白猿拳头再一次落下之前，身畔的地面突然冒出黑衣女的身影，一出来就往它脚跟筋腱划去。只要挑断了足跟部大筋，这头猛兽就失去了纵跳跑动的能力。

玉还真身上流下的血都染黑了巨猿的白毛，这会儿却奋力一跃，伸剑挡住了黑衣女。换作别个修行者，身负重伤若此，恐怕直接要瘫倒床上。可玉还真实在坚强，右臂抬不起来遂剑交左手，依旧死死抵住黑衣女鬼魅般的进攻。

人群中的燕王已经奔到陆桥上方，身上黑气蒸腾，几乎凝成实质。他深深地、深深地吸了一口气，低喝一声："慢！"

说来也怪，这一字吐出，以他为中心，方圆百丈内所有人的行动忽然就慢了下来。

无论是普通人还是修行者。

每个人都觉自己像在水中游泳，阻力来自四面八方，无处不入。尤其抬手迈腿，比原先可慢了不止一筹，似乎空气变得格外黏稠，让人如陷泥沼。

身处其中的白猿、玉还真和黑衣女，自然也免不了受影响，动作比原先慢上了半息左右。他们道行精深，受这莫名力量牵引的效果较小。

然而它出现得突兀，即便再小也终是令众人受到了制约。

燕王却不受影响，身形一闪，即已站到白猿面前，对着它胸口一枪刺去！

这一枪杀气腾腾，枪尖凶焰暴涨，显然是铁了心要取它性命。燕王对胜利志在必得，绝不允许一头白毛畜生坏自己好事。

不过白猿毕竟道行匪浅，受限时间更短，这时就挣扎着挪动身体，于是长枪依旧穿胸而过，却没有扎中心脏。

白猿痛得嘶吼一声，反手就是一记铁拳，可惜速度比原来慢上不少，燕王一闪身就躲过了，接下来又是一击，这回对准它眼珠捅去，要掼个前额进、后颅出。

像这样刺穿头部的话，连神魂也可以搅个稀烂，再强大的妖兽也不可能继续顽抗。

就在此时，巨蟒也已赶到，二话不说扑了上来。

它是燕王手下，后者自然没有防备，哪知巨蟒游到身后时突然一个转头，张开血盆大嘴要将他一口吞下！

腥风扑面。燕王一惊，险些被它咬中，不得不反身退开两步，见它不依不饶继续袭击自己，气得一拳打在它鼻子上，叱一声："你疯了吗！"

黑蟒被击中要害，疼得在地上打滚一圈，好半天才爬起来。它先是呆了数息，而后口吐人言："吾王恕罪，那女子操控了我的心神！"

也就在这时，空气中无形的束缚突然消失，所有人同时恢复了行动力。

黑衣女侧了侧头，突然闪身去刺白猿。她也看得清楚，玉还真重伤后破坏力有限，真正妨碍燕军大胜的只有眼前的白猿，只要除掉它，今日战斗就算结束。

白猿倒挂在陆桥底部，闪过这一击却被她再出一脚踢在脑门儿上，砰的一声闷响，连数十丈外的冯妙君都听得清清楚楚。

她暗道一声"不好"。

白猿不曾和黑衣女正面交锋，不知她力量比起燕王也不遑多让，这下子就觉脑袋像是被星石砸中，天旋地转。

冯妙君掠到陆桥边，恰好见到白猿从空中掉落，一手还护着玉还真，而底下就是万丈深渊！夜色深重，一人一猿掉下百丈就被黑暗吞噬，谁也见不着他们了。

冯妙君懊恼，跺了跺脚正要追着下山，然而从她奔到这里，数丈外就有个燕国修行者死死盯着她手中的武器，眼中露出思索之色，这时忽然放声大呼："星天锥！这法器是星天锥，你是新夏女王！"

冯妙君微惊，转眸望见说话这人是个生面孔，当即赏了他一锥。这时有柄战刀呼一声从旁掷到，正好砸在星天锥上。

"叮——"，金铁交鸣之声响起。

战刀虽然不敌星天锥坚硬，一碰之下裂成碎片，但它的确完成自己任务，带歪了星天锥的准头。

紧接着，有个魁梧的身影挡在了那人面前。其目光灼热，像是能在冯妙君身上烧出两个洞来——燕王。

千钧一发掷刀救人的，居然是燕王本人。冯妙君顿觉奇怪，认出她的那人到底是什么身份，在混乱至此的战场上居然值得燕王亲自出手来救。

此人名为潘实多，修为虽然普通，但见识广博，眼光精到，很得燕王器重，被他视作心腹。

星天锥在她这里日日都以灵力温养，逐渐恢复从前的风采，锥尖上常带一点蓝光。潘实多研究过各国首脑人物资料背景。燕人情报系统强大，最后挖出她的法器得自晋国宝库，称作星天锥。潘实多阅历匪浅，对这件记载于秘录中的上古遗宝是有印象的，哪怕冯妙君这时易容而来，他也能凭着她所用的武器指认其身份。

冯妙君一抬头对上燕王的视线，忽然毛骨悚然。

以燕王之身份气度，无论是从前在燕都待客还是此时杀敌，哪怕形势紧急如斯，他都不曾失去绝顶高手的风范。可是现在——他一瞬不瞬地盯住冯妙君，那眼神竟是毫不掩饰的渴望和贪婪，就像饿狼盯上了羊羔！

燕王忽然放开大步，向她追了过来，那脚步比起先前阻止白猿撼山还要来得急切三分。

冯妙君被他盯住时就觉出不好，虽不知燕王为何突然针对她，但好汉不吃眼前亏，对方身形甫动，她就一个转身，果断钻入熙军当中，溜之大吉！

燕王也蓦地加速追去，提起灵力舌绽春雷："玉还真已死！儿郎们拿下颍公下城，天明之前，孤要在上城开庆功宴！"

他的声音响彻群山之巅，在天地间袅袅不绝。

连国师都已经身殒！熙人闻之如丧考妣，士气降至冰点；燕人则是军威大振，从陆桥上一路强攻过去，势如破竹！

冯妙君随着熙人往回撤退，见着他们溃不成军的模样，心下不由得喟叹一声熙国完了。

这场战争的结果大概从一开始就注定了，只不过众有志之士将它一延再延，今日随着玉还真身殒，熙国的大限也终于到来。

身后，燕王越追越近。

冯妙君鱼儿一般在溃退的人群中游走。

燕王不去攻颖公下城，反而揪着她不放，恐怕是要找她算十九王子的账？这里马上要被燕人占领，她可不能久留。再说燕王和"背信弃义"的傅灵川兄妹也还有一笔账要算，加上她方才出手相助玉还真，燕王也不想放过她吧？

她得努力跑快些。

颖公城的平民区就在前方。

燕王声震九霄，颖公城的居民又不是聋子，怎会听不见？既闻噩耗，又见外头兵败如山倒，整个颖公城也是一片颓乱，乱哄哄的，到处是狂奔的人群。熙军都垮了，这里谁还会遵守不能上街的禁令？

好在燕王强煞也不过是一人，她又在乱军中穿花蝴蝶一般前进，四面八方的熙人就是最好的掩体，燕王想追上她可是太不容易。

两刻钟后，冯妙君随逃兵入城，当即窜入城中穿街走巷，在这过程中她已借着夜色和巷道的掩护改换了容貌，又丢掉两件外衣，此刻走入寻常百姓家，一直追逐她的敌人应该认不出来才是。

身后的确没人了，她放慢了脚步，准备寻个机会与陈大昌会合。熙国即将沦陷，他们必须赶快撤离。

然而这条暗巷快要走到尽头时，前方大树的阴影蓦地一动。

那一下颤动极是轻微，旁人不当自己眼花也会以为是风吹树摇，冯妙君却停了下来，面色凝重地望了过去。

想是知道她不会再凑近了，阴影里慢慢走出一人，正是方才与她对战多时的黑衣女！

"你逃不了！"黑衣女一字一句，声音喑哑，像是很久不开嗓，连口音也很奇特。

她是怎样识破易形蛊伪装的？与此同时，冯妙君又有了那种被猛兽盯视的感觉。

她一回头，就看见了燕王，他的眼神虎视眈眈。

被两大高手堵截，冯妙君反而冷静下来，甚至对燕王笑了笑："赵允的事与我无关。"

燕王点了点头，那种眼神却未改变："是吗？"

他说这话有几分心不在焉，令冯妙君生出一种错觉，似乎他对赵允的安危甚至生死并未如她想象中的在意。

所以，燕王到底为何亲自追来？

话音未落，燕王就迈步向她走来，像是已经急不可待。

他身形一动，冯妙君就足尖轻点，燕子般掠过墙头往西而去，动作轻快已极。一个燕王她都应付不来，莫说再加一个来历不明的黑衣女。

燕王哼了一声，迈步追了过去，可是才踏出两步，黑衣女就道："错了，往这里！"

她也动了起来，所取的方向却是东边，正好与冯妙君所向背道而驰。

"她的魂火很美。"

燕王挑了挑眉，竟是毫不犹豫地转向东边，追了过去。鲜少有人胆敢愚弄他，眼前那新夏女王却是一而再再而三，也不晓得她是何时布下的幻阵，若他径直追向西边只会着了她的道，与她本尊越离越远。

一人逃，两人追，不知不觉就行出去二十余里路。

在这期间，冯妙君至少用出三次障眼法，竟然都被黑衣女识破。然而她身手实是敏锐，反追踪之法又刁钻，燕王明明有几回都快要撵上她了，结果间不容发之际却又被她逃走。要不是黑衣女的追踪之能神异，恐怕这会儿早就跟丢了。

若论逃命的身法与神通，比冯妙君通晓更多的人恐怕是寥寥了。

这么几回下来，燕王的脸色越来越不好看——原本他的脾气就不太好，这会儿眼看前方已是下城尽头的崖壁，往那里逃亡的军民也是越来越多，她若汇入人流，这趟追赶就算失败。

燕王浓眉竖起，眼里凶光闪动，忽然咬破舌尖喷出一口血雾，又道一声："慢！"

冯妙君离他尚有一百七八十丈，竟觉浑身一滞，像是在尚未凝固的水泥中行走，举手投足都有莫大阻力，不由得大惊，再看周围平民，每一个动作也都更加僵硬。

冯妙君喃喃道："领域？"她声音中满满都是不可思议。

领域是只存在于传说中的神通。上古之前，仙人可以释放领域，从而改变指定范围内的天地规则，无论单挑还是群战都是不二杀器。

可是今人几乎不可能拥有领域，理由也很简单：天梯消失，天劫也跟着消失。没有天劫就成不了仙，修行者也就悟不出自己的领域了。

依照此理，燕王再强大也是修不出领域的。那么，现在这是怎么回事？

冯妙君心念电转，也焦急得很，可惜手脚就是不听使唤。以她的修为，若再给她盏茶的工夫，说不定就能慢慢适应这个领域中的法则，从而让自己的行动重新利索起来。

可是很明显，燕王不会给她这个机会了。

他大步径直向前，但凡挡住去路的人都会立刻飞跌出去。眨眼工夫，他就离她越来越近。

怎生是好？冯妙君急得眼珠乱转。

她不知燕王为什么打了鸡血般撵她好几条街，可是照这架势，她若是落在他手里可有苦头吃了。

就在此时，有个声音忽然在耳边响起："那女子可以追踪你的神魂。外貌再怎样伪装，也瞒不过她。"

这声音是那般熟悉，冯妙君第一时间感受到的，竟是无尽的狂喜。

云嵋！他居然来了，居然就潜在近前！他偷偷观战多久了？

她也不知道自己怎么回事，明明跟云嵋之间还有那许多芥蒂，这会儿听到他的声音却又好生欢喜。那是下意识的反应，不容她思索对错。

眼下她的危急还没有过去，她迅速拉回自己的念头：他所说的"追踪神魂"是什么意思？

"每人身上的气味独一无二，魂魄也一样。狗可以凭着气味追踪，她却能感应到生魂的特质。除非你做出改变，否则甩不脱她。"云嵋像是知道她心中所思，解答得格外利索，"我救你，听到响声就左拐进人群，做好准备就眨两下眼。"

眨眼的确是冯妙君眼下能做出的最快动作。她毫不犹豫地眨了两下眼，都未发现自己如释重负。而后，她就听见身后传来巨大的爆炸声。

那声音离她近极了，最多在她身后十丈内爆开，瞬间产生的狂暴气浪直接推背，将她顶出了十余丈远。

而后，冯妙君就发现自己又恢复了原先的灵活身手！她也来不及细思其中机理，在空中一个轻盈转身，就往左边拐去。

按照云嵋的说法，她必须改变自己神魂的特质，否则那黑衣女还能再一次找到她。想到这里，她深深吸了一口气。

不过还未等她迈出两步，边上就闪出一人，径直抓着她的小手："来。"

人未至，声先到，是云嵋。

冯妙君也不抵抗，任他牵着自己没入了奔忙的人群当中。

云嵋借用的面貌很普通，身上的黑袍质料更普通，乍看之下就是普通的城民装束。他紧紧牵着她的手，用了好大的力气，像是怕她挣脱。他的掌心温度还是那么高，冯妙君都觉得有些烫手了。

她不晓得这人在颖公城里隐藏了多久，但看到他熟悉的背影，感受到他手上传来的热力，她心中忽然就安定下来。

仿佛只要有他在，千难万险都只是等闲。

她知道自己不该有这种念想，然而此时此刻，实是生不出抗拒心理。

爆炸来得突兀，恰在燕王和冯妙君之间，离前者不到十步之远。

狂暴的气浪来袭，燕王没有后退，但下意识地抬起胳膊，挡住相对脆弱的双眼。

等他再放下手，眼前的冯妙君已经不见了。

四下里一片狼藉，地上被炸出一个大土坑，溃逃的人群惊声尖叫，更加用力往前推搡。

最重要的是，除了被震倒的几个倒霉蛋瘫地昏迷不醒，其他人都恢复了行动能力。

燕王面色黑如锅底，每个字都像从牙缝里挤出来："她在哪儿！"

黑衣女忽然换了个方向，往前掠去，站定。

然后，又换了个方向。

燕王看着她不寻常的举动，双眉蹙起。

果然，黑衣女转过身来，刻板道："追丢了，她的神魂不见了。"

"怎会不见！"功败垂成，燕王已经很久不曾这样气恼。

"要么她改变了自己的神魂。"黑衣女却不畏他的怒火，面色平淡，"要么，她进入了空间法器，隔绝了我的感应。"

"她有随身空间？"燕王脸色阴晴不定，"不对，她应该不知你的本事。那么，是有人帮她！"

黑衣女不置可否："你现在要怎么办？"

燕王眼中凶光闪动，往附近扫视几眼。他不死心，然而追丢了就是追丢了，后面要想在偌大的颍公城找出一个冯妙君，难度堪比大海捞针。

他只能长长透一口气，摆了摆手："走吧，去找熙王。这场战争该结束了。"

黑衣女转头走了，留下燕王站在原地，若有所思。

燕王料得不错，冯妙君的确躲进了云崚的方寸瓶中。

她先处理了自己的伤口，而后四处细细巡视一番，才发现时隔数年，方寸瓶里的摆设基本维持原样，小院依旧干净得纤尘不染。

只是篱笆上的藤蔓结出了一个个青玉般的小葫芦，后山上放养的野鸡也多出了一大群，其中还包括两对句芽，也就是她与云崚最初相遇时，从方寸瓶里抓来烤着吃的漂亮大鸟。

冯妙君在屋子里走动几个来回。多数东西都在原来的位置上，仿佛这么多年来她根本不曾离开过。她随云崚行走世间时买过的小玩意儿，一样样都还摆在客厅里。

冯妙君随手拣起一只青陶小壶，发现它被养得锃亮，显然平时也被主人使用。

这是她从魏军路过的小镇上买来的，看着小巧可爱，云崚见了却一脸嫌弃："成色不好。”

　　以他的品位，自然看不上一只乡下匠人手造的粗陶茶壶，冯妙君当时自是不理他的，自顾自烧茶喝。

　　现在看来，他偷偷用她的壶了？

　　冯妙君抚着壶身，发现它变得更加光滑圆润，显然时常被人摩挲。

　　不知怎的，她忽觉脸上有点烫，赶紧放下小壶，嘴角却翘了起来。

　　外面兵荒马乱，后头还有追兵，她为何反而有些……莫名的愉悦呢？

　　不合时宜，真是不合时宜！

　　她一边念叨一边给自己烧了一壶水，沏了两三次茶，眼皮越来越重，打了几个哈欠后竟然趴在桌上睡着了。

　　恍惚中颈中微暖，像是有人抚着她的脖子。冯妙君一惊，立时转醒，却见云嵝立在她面前，手掌从她颈中移到了额上。

　　“我无妨。”话刚出口，喑哑的声音就将她自个儿也吓了一跳。

　　先前她明明喝了那么多水！

　　她以手按桌打算爬起，哪知手臂酸软无力，竟然撑不起身子，这才觉出不妙。

　　额上好烫，她这是……发高烧了？

　　以她修为，早都是寒暑不侵了，这会儿竟能生病！

　　云嵝按着她的肩膀，不让她乱动：“你毒发了，必须尽快拔除。”

　　他板着脸，满面严肃，冯妙君听出这人连声音都有些硬邦邦的，不复从前柔和。经过印兹城事变，想来他的怒气还未消退吧？

　　话毕，他随手在她眼前化出一面水镜。

　　冯妙君自照，不由得吓了一跳。有几缕黑线从颈下攀起，都快越过下巴了。

　　这是从伤口处延伸上来的？

　　她手臂上有三道半指长的伤口，虽然不深，但全部浮肿。

　　“方才被那黑衣女抓伤了。我服丹敷药，仍不见好。这毒好生奇特，与瘟疫好像。”

　　“那是药不对症。”云嵝走到柜边，打开第三个格子，“寻常药物解不了尸毒。”

　　她一下被最后两字拉回了注意力：“什么？”

　　“你中了尸毒。”云嵝拿着几个瓶子走回来。

　　冯妙君微惊：“那黑衣女人是僵尸？”

　　“僵尸倒好对付了。”云嵝仔细调配药物，一边道，“她是魃，不知燕王从哪里将她寻来，道行高深。”

　　能被他评价为“高深”的，那修为必定是惊世骇俗。冯妙君盯着他，见他调制药物的手法熟练，不由得道：“你怎会有尸毒解药，先前就同她交过手？”

"不是她。"

"嗯？"冯妙君的好奇不减反增。

"这世上还有过其他魃。"云崤头也不抬，"我从师傅那里得过药方——把手伸过来。"

她老老实实伸胳膊，将袖子挽起以方便他行事。

云崤将她原本敷在伤口上的药物轻轻擦掉，而后取法器割破自己指尖，在伤口两指开外挤了两滴鲜血。

血液颜色很深，微带赤金之色。冯妙君看得出，那是他运力凝结的精血，滴下后伤口里立生异样。原本缩在创口里的淡淡黑气像是嗅到香味儿，急不可待往云崤的鲜血冲去，连带着冯妙君颈部的黑线也以肉眼可见的速度飞快褪了下去。

它们溜出伤口，将云崤的血液也染黑了。

云崤取出玉瓶，趁这机会将它吸了进去，这才轻轻嘘出一口气："接下来就简单了。"将配好的药物细细给她敷上，同时将受伤的手指伸到她唇边，"吸血。"

她瞪着他："为何？"

"尸毒乃是死气，女子体质属阴，更不易祛。"他简单说明，"以我血液为辅，可以助你化去残余毒素。"

冯妙君只得红着脸将他手指含入口中，轻轻吮吸。

舌尖传来血锈的味道，居然还带着淡淡甘香。是她的错觉吗，这血液的味道尝起来居然有些熟悉，她一下就联想起自己曾经喝过的鳖鱼之血。

那一点鲜血入喉，即化作暖流落入腹中，紧接着四肢百骸隐隐发热，身体当中纵然还存留有一丝阴寒，在这股热力配合下也很快会被驱赶出去，不再作怪。

这过程中，云崤一瞬不瞬盯着她，感受指尖传来的湿润暖意。丁香小舌无意拂过指腹，若有若无地撩拨着他。

他喉结上下动了动，眸色加深。

这动作太暧昧，冯妙君刚想将他指头拨开，他已经自行缩回了手。

"好了，唔……"她才松了口气，眼前光线忽然一暗，紧接着唇就被他堵住了。

他俯下身，急不可待地亲她。冯妙君想扭头，被他一把摁住了小巧的下颌。他再微微使力，就将她牙关也打开，令自己可以肆无忌惮进去扫荡。

鲜血的甜腥在两人口中晕开，她慢慢软了身子，放弃挣扎，说不上为什么，大概因为她能从这个吻中感受到他的怒气？

待这个长吻结束，她头脑都有些昏沉了，只听他恶狠狠道："我们的账，该好好算一算了！"他将她抱起，放入内室的床上继续亲吻，从脸蛋到脖颈，还有继续往下的趋势。那种急切，就仿佛猫儿仔细舔刷自己的猎物，这才方便把她一口吞下。

冯妙君一把捂着他的嘴："外面怎样了，你进来这样久，不会被人发现吧？"

她高烧渐退，小脸晕红，声音还是虚弱无力，凤眼中又含烟带雾，云嵝少见她这般任人欺凌的模样，只觉小腹更加燥热，忍不住在她手上咬了一口。

她一惊缩手，他就扯开她的衣襟，手口并用。

冯妙君想推开他，可哪里能够？求了几句，挡不住异样的感受，趾尖都蜷了起来，她突然轻叫一声。

他使出吃奶的力气也就算了，为什么还用上了牙？

"疼。"她只能使出撒手锏，推了推他的脑袋，见他不为所动，不由得气急，"你在药里加了什么！"她浑身酸软无力，头脑还晕陶陶的，这可不只是两人亲热引起的吧？

他口中正忙，说话就有些含糊："黑色曼陀罗的药效，提纯了十倍。"

冯妙君气急："你！"

"这东西万金难求，于你毒伤也极有好处，相比之下头晕手软只是不值一提的副作用罢了。"他总算抬起头来。

冯妙君红着脸："你起开。"他像个大火炉，热力惊人，烫得她口干舌燥。不过他虽紧贴着她，却还记得撑起自己，没将重量都压到她这病人身上。

即便此时此境，他还是很细心。

"不起。"他埋着脑袋，声音从她胸口传出，闷闷的，"我们先来算算账。"

"你从我手中抢走了峣国。"他咬牙切齿，"打算怎么补偿我？"

冯妙君扯了扯他的头发，这人死活不肯挪地方，她又没力气硬拽："不是说好了，新夏也会帮着魏国抗燕？"

"今日燕王已经认出你的身份，就算我不提这要求，你也不得不为之。"

冯妙君忍不住叹了口气。云嵝说得对，今日过后，燕国与新夏怕是誓不两立了。

"我怎知燕国有人居然认得出我的武器？"

"星天锥原是晋国的宝贝，由晋王亲赠予你，外形其实好认。"云嵝冷笑，"新夏女王现今在南北大陆都有好大的名气，你以为其他国君不会仔细搜集你的资料？"

冯妙君眨了眨眼。她上位已有两三年，足够引起各方注意，彻查她的底细背景了。

冯妙君换了个话题："外面怎样了，熙国国师当真死了？"

"从她落崖后，再未见过她。"云嵝这才恋恋不舍地抬起头来，"她应是未再出现了，否则熙王也不会投降得那么干脆。"

冯妙君吃了一惊："熙王投降了？"

"不错。"云嵝毫不掩饰脸上的讥讽，"燕王宣布玉还真身殒，熙王就全无斗志，连上城也不守了，干脆开城门投降。"

说着，他摇了摇头，给这场混乱盖棺定论："熙燕之战，结束了。"

"结束了啊。"冯妙君喃喃道，有些沮丧，这一趟还是没有达成目标。其实熙国的落败早在所有人意料中，就连魏王也不认为自己出兵援熙就能改写这个国家的命运。

"换个角度看，熙王没有负隅顽抗，倒是免去将士许多牺牲。"

云嵯好笑道："你道他是为了百姓？只不过燕王告诉他投降不杀，还可保他下半生荣华。"

冯妙君撇了撇嘴，实是看不上这样的小人。

云嵯却伸手轻抚她的面庞，问出了关键问题："你跑来颍公城做什么？"他见着她的时候也吓了一跳，她不在新夏或者峣地当她的女王，跑来这里跟燕人拼什么命！

"亲眼评估燕国的实力。"她睁眼说瞎话，"毕竟很快就要与燕国为敌了，光看情报那两张纸可远远不够。"

云嵯却不是那么好糊弄的："你冲入阵前与燕王和魁尸交手，也是为了评估他俩的修为？"

当然不是了，冯妙君咬唇。

见她不答，云嵯眯起眼："我怎么觉得，你对玉还真特别上心？"

"我挺喜欢她的。"这话不是虚言，虽然从前和玉还真没有交集，但看到这位女国师为了国家浴血而战的模样，她也是很敬佩的。

喜欢？云嵯脸色一下阴沉，捏着她的下巴："说实话，否则我现在就办了你！"

只看两人的姿势，的确随时可能擦枪走火。冯妙君大骇，想也不想即道："我想招揽她！"

云嵯怔住，没想到是这个答案："什么？"

话刚出口，冯妙君自己也是一呆。但她反应极快，脑海中有灵光闪过，即顺势往下道："横竖熙国是保不住了，玉还真修为深厚、一心为国，我为何不能招揽她来做新夏的国师？"

不过是一时兴起的念头，这会儿她却越想越觉有理："你也知道，自从卸了傅灵川的国师之位，我身兼两职打理新夏好生辛苦。今后要是再跟燕国对杠，新夏当真需要一个可靠的国师来辅助我。"

人才难得啊。略过鳌鱼印记不提，只玉还真本人也值得她奔走这么一回。

云嵯望着她的目光却越来越奇异。

"怎么？"她的心虚不能表现在脸上，"不行吗？"

"你从萧衍那里抢走峣国也就罢了。"云嵯一瞬不瞬盯着她，像是要直接看到她心底去，"现在连他想要的女人也抢？"

冯妙君脸色微红，啐了一口："这是什么话？英才人人得而争之。"她看着云嵯，忽然明白了，"你也是来救她的？"

云嵯懒洋洋道："萧衍那小子求我救玉还真一命，我只好来碰碰运气。可是我还未动手，就见到了你。"

她面露同情："萧衍真是所托非人。"

云嵝气结，一低头在她肩头狠狠咬了一口："笨！"

他属狼的？冯妙君疼得险些飙泪，可是人在他身下敢怒不敢言，只得委屈道："玉还真未必就死，但魏国这么一撤军，放任熙国孤军奋战直至灭亡，恐怕玉还真对萧衍不会留有好感。"她目光又扫回云嵝身上，"再说魏国已有国师，她去了魏国能作甚？"

玉还真这样的女人，性子未必清傲，眼光却一定很高，自己又曾贵为国师，萧衍能给一般女子的荣宠，她恐怕是不稀罕的。

"她本来就对萧衍无意。"说到这里，云嵝轻咳一声，"有传闻道，她对任何男人都是无意。"

言下之意是……冯妙君瞪圆了眼："不会吧，玉还真喜欢女人？！"

云嵝避重就轻："她对男子从来不假辞色，这倒是事实。因此你莫要想着拖她去当国师，小心引狼入室。"言罢，拍拍她花儿一样漂亮的脸蛋。

冯妙君哼了一声："空穴来风罢了，又是那些男人的酸葡萄心理吧！"

云嵝微微一笑，不跟她争辩这种话题："我怎么知道？"他语气里满满都是优越感。

就在这时，外头传来了叮叮两声，格外清脆。

那是从屋外传来的，确切说，是从方寸瓶外传来的。

有人在轻敲瓶身！

她和云嵝都在瓶中，那即是外头还有第三者了！冯妙君一惊，不过随即明白："你还带了其他人来颖公城？"

"你不会以为，我是只身前来吧？"云嵝起身走出草屋，像是和瓶外的人联络，但很快就又走了回来，对她道，"我得出去了，外头有事要处理。你睡会儿吧。"

尸毒会侵蚀肌体，修行者亦难以避免，何况这只魃尸道行很深。美美睡一觉才是休养元气的最好办法，对凡人、对修行者来说都是。

云嵝退开，她的压力立刻减小，下意识打了个哈欠："也不知燕王何处寻来这么厉害的怪物。"

"上古之时的魃尸更加厉害，一出世就是赤地千里，比起神明亦不逊色。"云嵝缓缓道，"就有魃尸杀掉了神明的先例。"

"她和僵尸截然不同，若非见她瞳孔有异，我都未觉出她不是活物。"

"僵尸修成了魃，也会重开灵智，聪慧不逊于人。"云嵝将她小手包在掌心，轻轻捏了捏，动作中无意流露出一点温柔，"睡吧。"

两人是不是还在颖公城，是不是彻底甩掉了燕王的追捕？这些明明都是麻烦，可是他不提，冯妙君也没有问，似乎一切都可以放心交给他。

　　她轻轻叹了口气，忽又想起一事："对了，陈大昌也跟我来熙，你可否带个消息给他，免得他寻不着我担忧。"当下说出与陈大昌约好的联络之法。

　　云嵂哼了一声，似有不悦。但她实在太困了，没听见他的答复就睡着了。

【中册完】

风行水云间 著

FENG
XING
SHUI
YUN
JIAN
—
WORKS

保卫
国师大人

[叁]

浙江文艺出版社
Zhejiang Literature & Art Publishing House

目录

这个时候，陈大昌也忙得很。

燕军放炮打烂六鳌大阵、白猿变回原形支援前线之后，颖公城已经变了天，燕军全面接管了这个曾经的都城，所有百姓被勒令留在家中以便燕军清点，凡违禁外出者一律杀无赦。

陈大昌相信自家女王并未遭难，但城里已不好再待下去，他只得趁着最后一波混乱潜出颖公城，往北郊而行。

两只鹤妖并不习惯这里的严寒环境，他要尽快前去安抚，否则这俩家伙若是自顾自飞走了，待他联系上冯妙君，两人都不好离开。

不过他才走到鹤妖藏身的那处枯涧，就见到前方有些异状。

两头怕冷怕得要死的大鹤居然走出来，站在岩上一动不动。在它们面前，一头巨猿半蹲在地，右臂弯里倚着个女人。她好似连坐也坐不住，却对两只鹤妖柔声细语，鹤妖微微低头，好似很吃她这一套，平日的高傲和慵懒不知去了哪里。

陈大昌一下就看出门道了：这一人一猿想偷他的坐骑！

他抿了抿唇：有他在，休想！

主人正在试图收服鹤妖，巨猿就一动也不动，连大气也不敢喘，唯恐惊扰了这两个长翅膀的家伙。他们得赶紧离开这里。

不过女子纤细的指尖快要触到鹤妖的白羽时，树林里忽然传来一声呼哨！

尖锐、简短，然而在两面的石壁上反射几次，带出了回音。

两头鹤妖摆了摆头，如梦方醒，眼中怒气鼓胀，匕首般的尖喙闪电般探出，往女子手上啄去！

巨猿火速收手，怀中人才未被击伤。

可还未待它反击，两只大鹤已经扑棱棱扇着翅膀，飞到了树林上空，而后发出两声不满的长鸣。

山谷当中，回响着它们的声音。

巨猿大怒，往哨声方向偏头，想看看是谁坏了他们的好事，可是怀里的女子紧声道："不好，它们太吵了，快走！"

巨猿立刻抱起她往外奔去，不过似乎是太晚了。

鹤妖唳声刚过，即有人声传来："在这里了！"

随后林中蹿出四人，阻住了巨猿的去路："玉国师，您再违抗王命，我们就不保证您见王上时能安然无恙了。"

听见"玉国师"三字，潜在暗处的陈大昌眉尖一动。

另一人像是听见莫大笑话，放声大笑："玉国师？哪来的国师？"

巨猿的眼睛红了。

就在这人笑得最猖狂时，眼前风声呼呼，竟有一块至少一吨重的大石对准他砸来。

他一惊躲过，视野却被庞大的身影占满——

巨猿跟着大石一起过来了，他躲得过石头，却没躲过巨猿的钢拳。

只听叭一声，比磨盘还大的拳头直接砸在他脸上，将他直接轰出去十余丈远，落下时动也不动了。

另外三人吃了一惊，未料到这巨猿满身落魄却还暴躁如斯，竟敢抢先发动进攻。他们以三对一却也不惧，当下尽量使出小巧身法，游斗于巨猿身边。

这巨猿看起来实是乏了，气力愈显不济，连身形都不再灵活，盏茶工夫身上就添了三四道伤口。若非它皮糙肉厚抗击打能力强，这会儿早就倒地不起。

最麻烦的是，它一手抱着主人，只剩下单手可以对敌，威力大减。

这样斗下去不是办法。

巨猿在右肋下再多添一道伤口之后终于下定决心，将玉还真往石壁上一放！

它自己则挡在玉还真面前，转身应付那几个敌人。

放开了手脚的巨猿，一下变得极为可怕。有个燕人修行者不察，被它伸拳如大锤般击在胸口，立刻吐血三尺远。

巨猿恨极了这帮追兵，双拳快速砸下，三息时间，这人就被捶成了一摊肉泥。

莫说旁人，陈大昌也看得眼皮直跳。

场中活人剩下两个，目光游离已生去意，打算搬回救兵再来收拾这只难搞的猴子。

眼看巨猿又扑上来，他们不约而同一个转身，往林中逃去。

巨猿显然明白杀人灭口的重要性，当下忍着伤一跃而起，跳过二十余丈距离，直接拦在其中一人面前，不管他怎样挣扎，一伸手将他塞进血盆大口，用力嚼了两下。

这人的惨呼声戛然而止。

不过巨猿早就到强弩之末，吃人时又被捅伤了下颌，这时呼哧呼哧直喘气，鲜血沿颈而下，却是坐在地上再没有余力站起。

它只能看着最后一名燕国修行者越奔越远，很快在它视野中变作一个小点，再然后……

再然后有一支长箭飞来，咻一下射在这人腿上，让他摔了个狗啃泥。

有援军？

不对！巨猿忽然瞪大了眼。这支箭是从石坳里射出来的，也就是女主人所在的方向。

它刚转过头，就见第二支长箭也到了。地上那人惨呼未毕，已被一箭封喉！

场中燕人全灭，巨猿却没能松一口气：女主人身后，竟然多了一人出来！

它还是大意了，追燕人多追出了十几丈，竟然就被这个家伙乘虚而入。

待看清这人面貌，它又暴怒起来，咆哮着露出满嘴獠牙："是你！你害我赶不回前线，你害六鳌大阵被击破！"

先前就是这个家伙，拿馒头堵它的嘴，又将它塞进酒坛里去！对堂堂山神来说，这真是奇耻大辱！

这个捡漏的人，当然就是陈大昌。

陈大昌听得懂猴子头一句话，却不知所谓的"六鳌大阵"是什么，眼下也来不及细想，见它摇摇晃晃往这里走来，当即按着玉还真的肩膀："退后，否则我不客气了！"

主人落在他手里，巨猿虽然恨不得把他脑瓜子也捶扁，这会儿却只能遵言退后两步，巨眼死死盯着他，露出愤怒的光芒。

玉还真转头望着陈大昌，声音虚弱："你也跑不远，燕人追我追得紧。"与猴子不同，她一开口就指出了症结所在，"你放我们离去，我保证胡天不会找你麻烦。"

陈大昌闻言看向巨猿。原来这猴子名为胡天？

胡天果然很听话，立刻闭起血盆大口，不再嘴脸狰狞。

"不麻烦。"陈大昌忽然笑了笑，"你先让它变回小猴子。"

玉还真低声道："它变回去了，燕人若是追来，我们会更危险。"

陈大昌料想胡天要变回巨猿形态恐怕不是那么容易，当下也不理她，径直将手掌移到她天灵盖上，对胡天道："你也听不见吗？"

女主人现在很脆弱，可经不起这一拍了。胡天恨恨盯他一眼，嘭一声变回了原形。

巴掌大的小猴坐在地上，满身脏兮兮的。

陈大昌这才满意地打了个呼哨。

停在崖上的大鹤敛翅冲下来，带起几片雪花，然后停在他身边。

胡天一下瞪圆了眼："原来这鹤是你的！"

"不错，是我的。"陈大昌点头，"多亏我回来得及时，没被贼人顺走。"

"贼人"之一闻言抬头，见陈大昌正盯着她看，不由得抿了抿唇。她身为国师向来清矜高贵，现今偷人家的坐骑却被逮个现行，心里也有两分难堪。

可是不乘鹤飞起，她就逃不脱眼下的险境。这几天赶来支援她的手下都被燕人杀了，她也不想再唤人过来送死。颖公城所在的石地四面陡峭，唯一通往外界的陆桥又被燕军把守，她和胡天难以通过，再留于此只会被瓮中捉鳖。

陈大昌丢出一副捆仙索绑住玉还真双手，这才将她一把抱起，跳到白鹤背上。玉还真动了动手腕，眼里写着气恼。她悄悄积蓄了好一阵子的力气，现下是用不出来了。

胡天急了，一蹦三尺高："也带我走，我不跟你作对！"没它在一边照顾，主人怎么办！

"玉还真被我带走，燕人也不会再追你不放。"对它的话，陈大昌是一个字也不信，随手一拍白鹤长颈，后者振翅而起，直入九霄云外。

小猴子忍着伤冲上来，只抓着了一团空气。天上掉下一个药瓶，还有陈大昌飘飘荡荡留下来的一句话："这灵丹专治内伤，用不用随你。"

鹤妖在高空中飞行了小半个时辰，才缓缓降落。

它们还未飞出大山范围，但已经远离颖公城所在的石台，离颖公城至少有一百多里了。

陈大昌选择一片溪地降落。他和冯妙君来时就在这里落过脚，眼下凭着记忆找到一个宽敞的洞穴，将玉还真和两只鹤妖带了进去。

陈大昌点起火堆，又从储物戒里找出一口大锅，身后就传来一个冷淡的女声："你到底想做什么？"

他不必回头也知玉还真躺在干草堆上看着他："救你的命，至少要保你不死。"

玉还真声音中带着倦意和不屑："你有那本事？"

听出她的咄咄逼人，陈大昌没接茬。有没有本事自然不靠嘴上说说。他去溪里挖了几块坚冰，顺便消除了一人两鹤在雪地上留下的痕迹，才走回来生火烧水。

两只鹤妖已经把自己蓬成松软的毛球，正偎在一起取暖。

陈大昌见玉还真露在外头的双手、脖子和面庞都爬满黑气，遂走过去，在她手背上按了两下，发现凹下去的坑很久才平复。

"好厉害的毒。"这种毒素有些奇特，不在他已知的范畴中，"给自己诊断过没？"

玉还真忍不住嗤笑一声："你不是能救我的命吗，怎么连我中了什么毒都分辨不出？"

陈大昌看她一眼，莫名其妙："你要拿自己的命来置气？"

玉还真的脸色更不好看了。

"还是你自己也不清楚？"陈大昌越想越觉得有理，辨不出毒理就下不了对症的药，这就说得通了。

玉还真扯了扯嘴角："清楚也无用，这是尸毒。"

陈大昌挑起眉，眼中闪过惊讶："你服过药物了吧？"原来是这样偏门的奇毒，难怪玉还真手里没有解药。但她应该也用过了各种法子，否则不能支撑到现在。

他沉吟几息，取出两枚丹药递到玉还真嘴边。她偏开头，不吃。

陈大昌看出她眼中一闪而过的嫌弃："我若想弄死你，何必浪费丹药？"见她依旧小嘴紧闭，干脆一把抓着她下颌，指尖一捏就撬开了她的牙关，将丹药塞了进去，而后在她喉间轻轻一抚。他也有些不悦，毕竟这些丹药都出自女王大人之手。

上乘丹药都是入喉即化的，这是考虑到病人也许已经咽肌无力，吞不下药物。玉还真来不及吐出，药物就顺喉而下，化作一股暖流。

她正要对他怒目而视，腹中就升起一股舒适之意。

咦，好似真有些用处？她闭上眼，默默运气。

陈大昌候着，见她服药之后仅仅过了半盏茶的工夫，脸上黑气就稍微退却，甚至浮肿都消退少许。他这才低声道："尸毒会侵蚀命灶本源。这两颗药可以茁壮生机，材料皆是万金难求。"

过了好一会儿，玉还真才睁眼看向他："药是好药，却解不了尸毒。"

"我说过，保你不死。"陈大昌将手一摊，"说到就能做到，但我可没说能治好你。"

他的确是这样说的，玉还真一口气噎在喉间，好一会儿才缓缓道："多谢。"

石洞内安静下来，两人互相看了看，都觉无话可说。锅里的水还未烧开，偶有柴火的噼啪声响起，更显单调。

玉还真以重伤之身颠沛两天，中间几次休憩亦很短暂，早就筋疲力尽。塘火将石洞内烘得温暖如春，她又服了丹药，这时倚着岩壁眼皮渐沉，不觉昏昏睡去。

也不知云嵼离开了多久，冯妙君的身体快速好转。但她试过两次都出不去，显然云嵼给这法器下了命令，不许她自由进出方寸瓶。

等他再出现时，冯妙君正在吃面，见了他就丢下面碗质问："你还知道回来？"

云嵼径自坐下，轻轻叹了口气："在外打探消息回家，连口饭都没得吃就要遭埋怨，你说我是为谁辛苦为谁忙？"

家？冯妙君冷不防从他口中听见这个字眼，微微一怔。见他一对桃花眼直勾勾盯着自己，她板着脸掩饰心下的微妙情绪："辛不辛苦，要看你带回的消息价值。"

"饿了。"云嵼说完，就将她的面碗和竹箸直接夺到面前，自顾自享用起来。

"喂……"她想阻止，已经来不及了，这家伙连吃好几大口，看起来果然像饿死鬼投胎。

竹箸是她刚刚用过的。冯妙君脸上微烫，换了个话题："现在熙燕战争已经结束，魏国后头打算怎么办？"

无论魏国怎样百般阻挠，燕王终于灭掉了熙国。颖公城战役之后，燕、魏两国从此接壤，中间再也没有了缓冲的国家。接下来会擦枪走火还是各自隐忍？

"燕王虽然灭掉了熙国，可是失了先机，至今付出的代价惨重。"云嵼又吃了一口面才道，"我大魏近来战事频繁，也需要时间休养元气。依我之见，纵然魏燕之间或有一战，战火也不该是现在燃起。"

对峥战争结束得太早，魏国大军抢先挺入熙国大西北，力援熙军。虽然最终没能使这场战争的结果改写，但这过程中燕人也付出了远超预估的惨烈代价，无论是军队还是高端战力都有严重损耗。从这个角度来说，魏人的目的达到了。

接下来两国之间大概会维持一个微妙的平衡。

那么新夏呢？冯妙君想，新夏又该扮演一个什么样的角色？

云崿像是看穿了她的想法，规劝道："此间事了，你就回新夏去吧，避开燕王，少惹麻烦。"

是了，她还有个好大的疑团。冯妙君皱眉道："燕王在战场上对我穷追猛打，连燕军都能扔下不管，这是为何？"

云崿抚着下巴："莫不是跟我一般，见色起意？"

"这一点也不好笑。"冯妙君沉下脸，"为何我总觉得，你知道原因？"

"他要峥国的稷器。"

冯妙君呆住，是他说错还是自己听错了："什么？"

稷器？燕王要的居然是前峥国的稷器，那块来历不明的金属残块？

云崿面色肃然，没有一点玩笑的痕迹："你取下峥国基石之后，应该就看见了稷器的本来面貌吧？"

她点头："你知道那是什么？"

"是浩黎帝国旧物，说起来，我有责任将它取回。"

"有何妙用？"冯妙君心底还是有些好奇的，"峥国为何会用它来当作镇国稷器？"

"安安。"云崿声音转作低沉，带着劝导之意，"此物于你半点儿用处也没有。"

"你不说，怎知道它于我无用？"冯妙君抱臂在前，听出他声音里隐含的一点不情愿，"还是说，我还未够资格知道此事？"

云崿定定看着她，眼神诡谲莫测，刚要开口，冯妙君一字一句道："云崿，你说过自己从未对我撒谎，现在我要知道此物的来龙去脉！"

云崿抿了抿唇，过了好久才开口："还记得我跟你说过的，界神与天魔的往事？"

冯妙君不意他话题切换到此，一怔之后点头。天魔为祸世间，兴风作浪，最后居然想冲击天梯前往上界，这就惹动了界神出手。那一场大战之后，天魔被封印，界神也无影无踪，通往上界之路从此关闭，人间灵气日益稀薄。

云崿低声道："界神栖身于天梯之下的祭坛当中，此物可汲天地灵气来温养它。结果与天魔的战斗激烈，祭坛也被打碎，掉落红尘，浩黎帝国花费许多年时间才搜集到一半碎片。后来浩黎帝国解体，王都被洗劫多次，这些宫中旧藏也流落世间。"

碎片？冯妙君想也不想道："峥国的稷器，就是界神祭坛的碎片？"

云崿点了点头："峥国先祖也曾侍奉王廷，知道此乃神物，可以承载国家气运，遂趁着国灭时悄然携出。"

"这样的碎片一共有几块？"

"当年的祭坛，碎成了大小十余块。"云嵑轻轻道，"这么多年，我一直在寻访它们的下落。每次快要到手，都会有人来阻止。"说到这里止住了，叹了口气。

冯妙君觑他一眼："说不定是天意，上苍都不待见你为祸世间。"

"不是天意。"云嵑说这话时，难得满面严肃。

"峣国将它当作了稷器啊。"冯妙君喃喃自语，心头忽有灵光一闪，"慢着！我旧国是为魏人所灭，那么安夏的稷器难不成也是……"

云嵑点了点头："同为祭坛的碎片之一。"

她按着桌子，深吸了一口气："你是为了碎片，才去当这魏国国师？"

云嵑微一侧首："这样说，亦无不可。"

她心头豁然开朗："剩下的碎片，你已探明位置？"

"我搜集到多数碎片，还剩下几块而已。"云嵑苦笑，"这几块，却都不易到手。"

因为不易到手，他才要借用国家之力去获取。冯妙君了然："还有哪几个国家拿去当了稷器？"

"除去魏、峣和安夏，就只剩下熙国和燕国了。"云嵑接着往下说，"燕王也没闲着，我估算，他手里应该也不止一块。"

冯妙君皱眉："他也知道此物来历？"

"当然。"云嵑倒没有嫌弃，"否则蒲国和桃源境离燕国更近，物产也丰饶，他为什么撇开这两个地方不理，只攻伐熙国？那便是看到魏国先灭安夏再犯峣国，速度太快，他坐不住了。"

冯妙君恍然大悟，终于又解开一个谜团。原来那两处地方看似肥美，却没有燕王需求的祭坛碎片，因此不在燕国进攻的第一序列选择当中。

"凑齐祭坛碎片有什么用？"冯妙君满心好奇，"可以重新召唤界神？"云嵑和燕王，当世两大高手都争夺的宝物，怎么说也该有翻天覆地的效果吧？

"正是。"云嵑离她更近一点，"通往上界的天梯关闭，世界灵气凋敝，长此以往，这世间恐怕不会再有修行者了。到得那时……"他沉沉道，"也就是你我末日。"

此界若是没有灵气，修行者也就不复存在，它会彻彻底底变作凡人的世界。见识了神通的便利，见识了术法的奇妙，也见识到这世界的无穷瑰丽与壮阔，修行者又怎甘于退回凡人的视角，怎甘于庸庸碌碌过完一生？

冯妙君也是不愿的。

"若是灵气消耗殆尽，这个世界迟早也会消亡。你知道的，它还远未从上古的大战中恢复过来。就如重伤的病人，若不给予良好救治，他多半还是要死。"云嵑抬手，将她鬓角的落发拂去脑后，"现在你知晓了它的用途，可愿将它交给我？"

若真如他所言，这东西在她这里单留一块确实无用，反不如送去云嵥或者燕王手中凑数。

冯妙君眯起了眼："我还有一问。既然你和燕王的目标一致，何不联手施为？"

两强联手，必定能更快一步达成目标。可眼下的情形，却是两人互相角力，抢夺所剩无几的祭坛碎片，并且冯妙君毫不怀疑这两人之间必有一战。

"迎回界神的那个人有重开天地之功，芳名万古，天道也会赐下最丰厚的奖赏。"云嵥轻笑，"换了你，你会拱手让人？再说——

"谁说我和他目标一致？我搜集祭坛碎片的目的，在于唤回界神，重开天梯。"云嵥目光深幽，"可是燕王就不一定了。据我所知，过去百余年间他与天魔有多次接触，近年来更是四处寻找天魔下落。鉴于天魔与界神的过节，他夺取祭坛碎片的原因就值得商榷了，说不定就是要阻挠我等。"他顿了一顿，"你不若将稷器碎片交予我保管。至少我会令燕王知道，峣国的稷器碎片已在我手里，你就免了这重麻烦。"

这些旧事他本不想说，可是冯妙君眼下已在这里，已经介入他和燕王的纷争之中。他不把利害澄清，她就不知自己正面对什么，不能提前应对。

冯妙君听完，反而挪得离他更远："你呢，你和天魔打过交道吗？"

云嵥抿了抿唇。

冯妙君又追问一句，他才慢吞吞道："有过。"

"多少次？"

"不计其数了。"他眉头蹙起，俊面上有些不悦，"它总是千方百计，阻拦于我。"

"那么你岂非也是和天魔多次接触，近年来四处寻找它的下落？那与燕王有何不同？"冯妙君笑了，"抱歉，祭坛碎片我要自己收着。"

"留着无益，徒惹困扰。"云嵥盯着她一瞬不瞬，"我说过这东西也是燕王所需，新夏立国所用的稷器是螺蟹而非祭坛碎片，本不会成为燕国首先攻伐的目标。你将此物带回，恐怕是带回一个天大的麻烦！"

"倘真如此，魏国更该高兴才是。新夏被迫要跟它并肩对抗燕国了。再说，你怎知它不会变作我和燕王谈判的筹码呢？"

云嵥的目光那么专注，冯妙君都有些恍惚了。她暗中一叹，敲了敲桌子："你已经离开颖公城了吧，我该出去了。再在瓶子里待下去，我身上都快长蘑菇了。"

云嵥笑意晏晏："你久未回返，何不多盘桓一段时间？这里是静心养性的好地方。"

言下之意？冯妙君恍然，怒瞪着他："你想将我困在这里？"

这是他的储物空间，法器只听主人的话，所以他若不想让她出去的话，她恐怕真的出不去——除非她力量已经强大到足以突破空间限制。

"怎能叫'困'？"云嵥走近两步，高大的身形将她笼在自己的阴影里，"印兹城一别，又是三月未见。我只是请你多住些时日，以慰我相思之苦。"他望着她，幽幽叹了口气，

"这百来天里，你想过我吗？"

"少转移话题。"她却不上当，戳戳他的胸口，"快放我出去。稷器碎片我没带在身边，你强留下我也是无用。"

云嵫顺势捉着她的小手，放到嘴边亲了一口："新夏太平得很，横竖你接下来也没要紧事待办，不若在这里好好养伤。"他将"养伤"两字咬得很重，而后道，"再说，印兹事变之后，你还未补偿我呢。"

她抢走了峣国，拿走了稷器，让他白忙活一场，这笔账该好好算一算。

冯妙君想起自己伤势初愈，灵力未复，这会儿跟他打架并没有什么胜算："你要什么？"

"乖乖留在这里多陪我一点时日，我就既往不咎。"云嵫低声笑道，"否则莫怪我对新夏不客气。你知道的，什么协议都有漏洞。"

这威胁从他口中说出来，分量十足。冯妙君气结，却知自己这时没有办法："国不可一日无君……"

"傅灵川会代你打理好的。"云嵫将她拉到自己怀里抱住，"你离开新夏那么久，也未见它有甚问题。"她从云嵫奇袭印兹城时就离开了新夏，到现在也有三个多月，新夏运行平稳，无风无浪。

冯妙君要再开口，却被他乘虚而入，吮住了唇舌。而后她腰间微暖，却是他指尖轻轻摩挲。云嵫声音低哑，透着一股渴望："伤好了吗？"

冯妙君本能地察觉到威胁，赶紧道："没、还没。"

云嵫停下来，叹了口气。

一觉香甜。

玉还真睁眼时，看到的就是这样一个场景：陈大昌跪在她身前，把她衣襟都解开一半，目光直勾勾地盯着她胸口看。这一惊非同小可，她反手就是一个巴掌挥了过去！

以她平时劲道，就算是头大象都能被她当场打飞出去，不过现在嘛，陈大昌只是轻轻松松一手就挡下了这一击，顺便轻描淡写道："水烧开了，敷药。"这药得用滚水化开，五十息内敷好。

玉还真一抬手就感觉气虚体弱，立刻忆起昏睡前的种种，厉声道："你不知道唤醒我吗！"

"怎么没有？"陈大昌一脸无辜，"我唤过你两回，你恍若未闻，我便想着悄悄敷药就好。不信，你问问它们。"说罢一指鹤妖。

大黑不待她开口，就晃着长长的脖子连连点头。

"你……"玉还真胸口一阵气闷，见他还盯着自己，更加郁怒，"你还要看多久？"

她的身材姣好，陈大昌确实下意识多看了两眼，这时摸了摸鼻子，小心翼翼将她翻了过去，让她背部朝上。

玉还真的外袍也是法器，他不能像撕扯寻常衣物般将它撕下。好在衣料柔顺，哪怕沾染了血迹也不会贴紧肌肤，否则她还有苦头要吃。

掉崖之后，小猴子曾帮玉还真处理过伤势，当时就将她的小衣丢弃，所以陈大昌此刻不用再费劲了。他轻轻拨开猴子给她敷过的药物，底下即露出五个狰狞的指洞！

陈大昌不由得倒抽一口凉气："好厉害的尸毒。"只见伤口已经溃烂，高高肿起，他擦了两遍，依旧向外渗着黑血。

猴子敷上的药，显然并没有什么作用。但是肩膀的断骨已被它接好，他看了看，点头道："接得不错，若是拖到现在才处理，说不定要打断了重新再接。"

陈大昌端来一盘化开的雪水，掏出随身的巾子正要动手，玉还真忽然道："用我的。"说着取出一方绢帕，是漂亮的鹅黄色，上面绣着一丛海棠，针脚细密。

帕子又细又软，还很香。陈大昌鼻子微动，下意识地嗅了两下。玉还真怒道："你做什么！"

"没什么。"陈大昌也反应过来自己这动作不妥。

他刚把帕子放进水中，玉还真又道："让鹤妖来。"她生性喜洁，又独身多年，不愿被异性碰触。方才陈大昌在她背上按了两下，指头很烫，她已觉不适。

陈大昌回头看了看两只羽毛蓬松的鹤妖："它们还未到化形期。"所以变不出人形，光靠一张尖嘴两条腿，怎么给她敷药？

玉还真郁结。

末了，陈大昌又补了一句："它们也是公的。"

玉还真："……"

所以最后还是由陈大昌给她上药。

"你的药物不错。"她还是十分客观中肯，"主药是什么？"能拿出这种药的也非常人，值得她高看他一眼。

"血树花粉。"

玉还真挑了挑眉，有两分惊讶。要候到血树开花，那年头可是以五百年起算，它还非要生长在人迹罕至之处，这东西的珍贵程度难以估量。

"我不占你便宜，待伤愈后，我会付三块红灵石作为医资。"

陈大昌本想说不必了，但话到嘴边就换了一句："方才还喂了你两粒丹药，应该可以保你七日伤情不再恶化。"

玉还真呼吸一顿，眼神有些不善："六块！够了吗？"

陈大昌看不到她的眼神，含糊应了一声。药物已经敷好，他将她翻了个身，仰面向上，又替她拢好前衣。玉还真就当他同意了，心下暗松一口气。这人肯收她的钱，那就好办了。她毫不客气道："现在，劳驾你转头，莫要再盯着我！"

陈大昌哦了一声，抓起宝刀站起来就往外走。

玉还真的声音立刻从背后传来："你去哪儿？"

"找点吃的。"陈大昌答道，没有回头。

用过饭后，玉还真有了些精神，便开口问陈大昌："你的同伴何时回来？"

"不好说。"陈大昌面色凝重，"城池突然被破，兵荒马乱的，也不知道还能不能找到她。"他们原本要找的是玉还真，现在玉还真人在这里，冯妙君却不知所终，也不晓得她是不是在颖公城。

"你在新夏从伍还是为官？"知己知彼，她应该探一探眼前人的底细。

陈大昌一顿："后者。"

"你不是世家出身吧？"他身上有草莽之气，金马玉堂的贵族子弟她见得多了，没有这样的。

"不是。"

"你的修为不弱，却也不像宗门中人……"

"我姓陈，叫陈大昌，供职于新夏王廷。"陈大昌望着她，心平气和道，"不用拐弯抹角地套话，我告诉你便是。"

玉还真语塞，心下有些难堪，好一会儿才道："新夏的官儿，为什么跑到熙国来找我？公干，还是私务？"

陈大昌沉默了几息，玉还真就恍然："原来是公务。新夏立国不久，傅灵川兄妹与我、与熙国素无瓜葛，怎会派人来找我？"

于陈大昌来说，陪女王走这趟行程当然算是公务了。陈大昌心里默默道，哪里是"派人"？女王亲自来找你了。

他只能说："我也是奉命行事。"

"你在等你的同伴，她回来之前，你都不敢说出寻我的原因。"玉还真目光闪动，"这样看来，她的位阶比你更高。你供职于新夏王廷，唔，陈大昌……"

她努力思索，于是将他的名字念得悠远缥缈。

从来没有人能将他的名字唤得这样好听，陈大昌拨弄了一下柴火。

玉还真问他："新夏王廷上有几个陈大昌？"

"一个。"

火光将她的美眸照得微亮："我记得，长乐女王曾经倚赖一帮重臣卸下傅灵川的国师之职，这才能手握大权。当时围击傅灵川的人，好像就有一个陈大昌。"她一字一句，像是要敲在他心口上，"该不会就是你吧？"

陈大昌不答，掏出一只杯子："喝水吗？"

这等同于默认了，玉还真终于露出一点笑容："果然是你！"

他的同伴官职比他还高，又是个女子。玉还真在官场沉浮十余载，怎不知女人想爬上高位有多艰难？那么他的同伴在新夏王廷就该是举足轻重的人物。

可是她在脑海里搜遍了，也没寻到哪一个女人在新夏当了大官儿。

她还想再问，陈大昌举着热水凑到她唇边，冷热适宜。

她顺口喝了。

"你休息吧。"陈大昌站了起来，"我出去了。"

比起其他僵尸，女魃的尸毒难缠十倍不止，云嶂说过，这头魃尸吸收的煞气之浓厚超乎寻常，而煞气乃是天地暗生的污秽阴浊之气，于修行者最是有害。即便是潜伏在身体当中的那一丝残余，冯妙君也费了好大的力气才将它们全部驱出体外。

功成之时，她长长嘘了一口气，只觉浑身都松快下来。

这时小院门吱呀一声开了，冯妙君信步而出，见到来人却轻咦一声。

不是云嶂，而是他的心腹陆茗。

陆茗也是她的老相识，她在云嶂身边当侍女时，跟这人在魏军大营里天天低头不见抬头见。

这时虽有两分惊讶，冯妙君还是笑着打了个招呼。

陆茗也回以一笑，却有几分心事重重的模样。他将手中瓷瓶放到桌上："国师交代，这里有两颗灵丹，以海王鲸的血肉精华炼成，您每日服用一粒，肌体精力尽复。"

海王鲸？冯妙君微微动容。那是远洋中的庞大鲸鱼，身体中蕴含的生命之力丰沛得惊人。这两枚药丸，且不论海王鲸血肉的成分有多少，若是丢去发卖行，分分钟就能卖出天价。

将这瓶子接过来，冯妙君都觉得有些烫手了："云嶂人呢？"

"国师大人很忙。"陆茗突然压低了声音，"安……不，我该称您女王了。您收走印兹城和峣国，我们国君怒火中烧，几次想要设计报复，都被国师大人拦下，以顾全大局劝之。次数一多，王上对国师大人也有些不满。"

嘴唇有些儿干，她下意识舔了舔："他俩之间，没有闹翻吧？"

"君上与国师的关系非同一般，不会轻易闹翻。"陆茗低声道，"然而廷中已经传开，国师为女王美色所迷，这才令魏国轻失了峣地。国师在廷中本就树敌不少，这几月来更是被接连参奏。再这么下去，君心怕有偏颇。"

萧衍也是一国之君，要纳百官劝谏。即便他和云嶂的交情再好，若是成天有人在他耳边念叨云嶂的不是，参国师的本子又是一摞接着一摞，就算本来对云嶂没成见，这会儿都该有了。更何况云嶂为人桀骜孤高，人缘本来就不佳，素来又有妖言惑主、暗控朝政的恶名。廷里愿意落井下石的人，一定不在少数。

陆茗望了望窗外，准确地说，是望向方寸瓶外："这次国师带我们前来颖公城搭救玉还真，就是应吾王要求，不得不为。如若失败，王上必定恼怒。"

萧衍喜欢玉还真，甚至不惜让自己的国师以身犯险，如果云崃的营救行动失败，萧衍心中会不会生出罅隙？那可真不好说。

冯妙君目光闪动，继而望向陆茗："为何告诉我这些？"

"国师游戏人间多年，我从未见他用心至此，无论是权势还是女人，还请女王体恤他。"

冯妙君不语，好一会儿才细声呢喃："用心吗？"

陆茗又朝外看了一眼才低声道："魏军撤离后，国师反而带着我们重新潜回颖公城做了些布置。虽未明言，但我能察觉他的目的不仅是为救回玉还真。可是……"他轻吸一口气，"可是无论国师原本意图如何，从女王您出现在战场之后，他似乎就放弃了原有计划。现今只打算最后搜寻几次玉还真的下落，就要打道回魏。"

他说得轻描淡写，冯妙君脑海里却是嗡的一声响，豁然开朗——是了，稷器！

云崃说过，界神至宝的碎片遗落人间，其中几片被人类国度拣去做了稷器，其中就有熙国！燕王攻打熙国的理由是稷器，那么云崃呢？

云崃甘冒奇险留在颖公城的原因，当然不仅仅是为了萧衍的要求，不仅仅为了带回玉还真。他的目光，一直都放在熙国的稷器上！

冯妙君点了点头，涩声道："他是为了救我。"他原打算抢先一步从熙王那里拿走稷器，令它不致落入燕王之手。偏在这个节骨眼儿上，她出现了，还被燕王和女魃追赶，处境危急。

云崃还是忍不住出手救了她，然而顾此失彼，失去了潜入上城、夺取稷器最好的时机。

现在，这东西已经落到燕王手里，云崃想夺回来已没有那般容易。

冯妙君咬唇道："云崃此刻人在何处？"

"所有人都被派出去了，除了我。"陆茗面色凝重，"燕王似是有所怀疑，命人在城墙和城门上布置了神通阵法，想悄无声息潜出去还得费一番手脚。另外燕国已要求颖公城内的修行者加入元籍，这几日就必须前去报到，否则抓到了一律以奸细论处。也就是说……"

"我们这几天就必须离开。"冯妙君打断了他的话，"燕王怀疑什么？"

"据国师所言，燕王能放出类似于领域的神通，称作'闲庭信步'，但这是他压箱底的绝技之一，很少公开显露，旁人想破解更是无从下手。"

"云崃就破解了。"冯妙君没忘记云崃带自己逃离燕王追捕时所用的手法，那分明就是破开了"闲庭信步"神通的作用，两人才能飞快撤退。

"即便是真正领域，也并非不可破解，只要打破其中法则就好。"陆茗继续道，"那日国师救您离开，燕王或也猜到国师出手，一反常规地遣出大批爪牙，满城不知疲倦地搜捕，搅得人心惶惶，连往常鲜少露面的黑衣女魃都频频游走全城。我们的人不幸被逮到一个，已然自爆元神而亡。国师推测，燕王本人也没闲着。"

燕王要是能逮到冯妙君和云嵧，那么一下就能进账许多稷器碎片，再将剩下的收入囊中也只是时间问题。难怪他打了鸡血般亢奋。

"离开颍公城的方法呢？"这里已非久留之地，以云嵧脾性，应该准备好了撤离路线。

"已备妥。"陆茗急促道，"国师应该快要回来了，我先出去。今日与女王的对话，还请您保密。"

冯妙君挑了挑眉："怎么？"

陆茗苦笑："我怕国师嫌我多嘴，割了我的舌头。"

冯妙君心事重重，有气无力地挥了挥手，他就赶紧离开了。云嵧容许他进出方寸瓶，但他可没有放人的权限。

待到这人身影消失，冯妙君才缓步走进小院，在青石椅上坐了下来。

头顶上的大树正在掉叶子，把地面都铺得金灿灿地。这棵树和她几年前进来第一眼见到时，并没有什么两样。

可惜物是人非，她和云嵧之间发生过那么多变故。

脑海中似是突然涌入千百种声音，将原本平静的心湖全部扰乱。冯妙君活了这么多年，第一次感觉到茫然无措，无从借力。

她该不该信他？

两人之间明明还隔着那许多天堑一般的阻碍，不仅是国仇家恨，还有各自兜着藏着的无数秘密。可是……她能不能任性一次？

冯妙君顺手扯碎了一片树叶："多嘴的陆茗。"

想了想，又扯烂了另一片树叶，咬牙切齿："浑蛋云嵧！"

陈大昌离开了很久。

玉还真美美地睡了一觉，醒来时正好见他回来，带着满身的冰雪寒气。

玉还真轻声问："现在是什么时辰了？"山洞里看不见天色，上头似乎有几条小缝，烟升得出去，但光透不进来。

"子时。"陈大昌答道。

沉默了好一会儿，陈大昌又道："陆桥之战，你跌入深渊，随后熙王就举城献降了，当天夜里燕王就拔出了熙国基石。"

玉还真嗤的一下，笑了。

陈大昌没料到她会是这个反应，惊讶地看她一眼，却听她声音渐低，带出满面嘲弄之色："燕王饶他小命不杀吧？"

"燕王许他荣华如从前。"

"也好。"玉还真低低呵了一声，"大势已去，不如投降，还能少伤些人命。"说完缓缓合目，倚在岩壁上，好半晌都未说话。

她面色平淡，陈大昌却觉得她此刻心底大概很不好受。可是她不吭声，他也不便安慰。

也不知过了多久，玉还真的声音幽幽响起："燕王对颖公城百姓如何，发布了什么政令？"

她唯一关心的，只剩下这一项了。

陈大昌如实道："燕王下了严令，禁止军队烧杀淫掳，全城范围内分发防治瘟疫的解药，又要求平民加入燕籍、成为燕人；此外，限修行者七日内前去燕人刚刚设立的府衙报到，加入燕国元籍，否则今后抓到了视同奸细，杀无赦。

"其他细则尚未出台。我今日骑鹤飞过颖公城，看到主街上有商铺已经开门做买卖了。"

聊完形势，陈大昌便取了血树花蜜让玉还真服下，又烧了水供她沐浴，两人的关系在不知不觉间拉近了许多。

　　相比玉还真，冯妙君的伤势可算好得飞快，不久就恢复到面色红润、能跑能跳的状态，也更不耐烦待在方寸瓶里了。

　　陆茗给她带回来的消息称，燕国修行者，包括黑衣女魃都在满城搜捕她和云崟，这应该是燕王下达的命令。

　　现在她已明白燕王的动机，也知道自己离这位强国霸主越远越好。

　　那块稷器碎片的存在，无形中将她推到了魏国的阵营里。

　　这天她调息收功，赫然见到云崟就靠坐在对面的椅子上。他不知何时又进了方寸瓶，正在直勾勾地盯着她瞧。

　　他没预料到她会突然睁眼，目光里的探究就来不及收起，被她捕捉到了。

　　那眸光深沉而冷酷，从前冯妙君只有在他算计旁人时才能看见。

　　这家伙又在盘算些什么呢？

　　"怎么了？"

　　云崟眨眨眼，那种奇怪的目光顿时不见，他又笑得情意绵绵，递过来一个油纸包："趁热吃。"

　　冯妙君打开一看，竟然是糖炒栗子。这家伙是怎么知道她好这一口的？

　　"好吃？"

　　她点了点头。

　　"我也要。"他挨着她坐下，伸手搂着她的细腰，目光却盯着她手里刚剥好的栗子。

　　"自己剥。"

　　他幽幽道："没良心的，我刚救了你的命，连颗栗子都不给？"

　　冯妙君咬了咬唇，明知道他在卖惨，却忍不住将栗子递了过去。

　　香喷喷的栗子，骨肉匀停的小手。

云嵘不肯伸手，低头噙走了栗子，顺便在她掌心亲了一口。

他的唇很软也很暖，她心里一颤，然而随后就想起云嵘方才看她的眼神。

那里面，藏着太多未知。

冯妙君这时已没了彷徨，只是暗叹一口气。

"从颖公城买回来的？"

"嗯，昨日起就有店铺陆续开门做生意了。"

"熙国的修行者呢，难道都投靠了燕国？"这才是她真正关注的话题。燕国原就强大，要是再得到熙国的修行者，那就是如虎添翼了。

"燕王下令他们前来登记入籍，但是就我所知，应者寥寥。"云嵘眯着眼，"人皆有故土情怀，愿意改投到灭国对头那里去的修行者从来不多。"

她轻咳一声："恭喜你，捡漏了。"

熙国修行者若不愿意投到燕王麾下，改投魏国的可能性自然大增。明眼人都看得出魏、燕之间必有一战，那许多心怀国恨的熙人自然愿意加盟魏国。

冯妙君忽然想起什么，换了个话题："对了，诅咒的事，我心里不安，总觉得这诅咒留着必酿大患。必须尽快解去！"

"印记在你丹田中，不在我这里。"云嵘沉吟良久，才正色道，"我要仔细观察，方能给出论断。"

的确是这样，那印记就好像大坝泄洪的开关，但被定在了她的气海之中。云嵘根本无从观察起，又怎么能深入了解？

"我原想让你将它画出来。"他一摊手，"不过……"

不过她的画工太差，所以此路不通。冯妙君也知这个道理，面色一红："那要怎么办才好？丹田气海，旁人灵力都无法进入。难道我现在开始学习丹青技法？"

这是修行者力量的源泉与核心，当然禁绝一切外力进入。云嵘的神念可以随着灵力探明她全身状况，只有两处地方去不得，一是头部的识海，另一处就是气海，即是丹田。

那印记的精微处，人言难以诠释，最好亲眼得见。

"还有一法，简洁明了。"他忽然向她看来，眼里神色古怪，"当你我灵力融作一体，不分彼此时，我可以借机附一缕神念进去察看，但那时机也是稍纵即逝。"

她不明白："你我灵力本就同源同质。"

"终有些微不同。"云嵘轻咳一声，"你借用我的灵力时，能够轻易区分吗？"

"那倒是。"他的就是他的，她不会认错，"可是你的灵力被我借来时，不也在丹田里吗？"

"那是通过印记由丹田流向经脉。"他不厌其烦地指正，"我要附进神念，就必须反着来，指使灵力自外向内流入丹田，再原路返回。"顿了一顿，"简单来说，即是我的灵力不能经由印记进出，却又要通行于丹田之间。"否则他的神念就不能走一个来回。

"不能通过印记呀？"冯妙君听出了难度，"那什么神通能办到？"

云嵫望着她，目光闪动。

冯妙君心急，没去细究他的眼神，又催促了一次。

云嵫这才慢吞吞地说了四个字："合修之法。"

"合……"

冯妙君一愣，突然咂摸过味儿来，顺手抓起桌上酒坛，呼的一声砸了过去："无耻之徒！"

所谓合修，指的是阴阳相合的修行之术，云嵫这是变着法子来占她便宜？

云嵫舒臂接过，将坛子轻轻放回桌上，赶紧摆手："莫恼，只是研习探讨。决定权在你，你可以选择不用。"

冯妙君凤眼圆睁，气得胸口起伏："当然不用，你想得美！"

云嵫摸了摸鼻子："是，不用。共享灵力罢了，你把它放着不解也算不得什么大事。"

确实，放到现在来看，这诅咒的效果对他们二人来说都是无关痛痒了，她百般设法想要解除，必定另有玄机。他也不多问，待他将那印记仔细研究，多半就能明白了。

她俏面依旧红得快要滴血："你想了几个月，只想得出这么个馊主意？"

云嵫倒是一本正经，仿佛真的就事论事："这印记要是种在别处都好办，偏生是在丹田，外力无法进入，只有合修之法固本培元，能令你我灵力相融，渗入各自丹田。"

"合修之法从来都是正经法门，普天之下的道侣都这么做。"云嵫眼里写满无辜，"我能想到的，也只有这个办法。"

问题在于，他俩根本不是道侣！

冯妙君板着脸道："搁置，再议。"这事儿不能再聊下去了，她和云嵫之间已是极危险的状态，她都不知道自己怎么能把持到现在的。

云嵫怨艾地叹了口气："可窥诅咒全貌，又能享世间极乐，此谓双全之法。我都不介意劳心劳力……"看她目光杀气腾腾，他赶紧改了口，"好好，再议，再议。"

冯妙君见他笑眯眯的仿佛偷吃了小母鸡的狐狸，心头就来气，不过这时候云嵫下一句话就引开了她的注意力："对了，陈大昌那里有消息了，他好像找到了你要的东西。"

她要的东西？陈大昌在暗语中当然只会含糊其词，可他知道女主人的目标！冯妙君凤眼圆睁，简直不敢相信自己的好运。陈大昌找到玉还真了？

"送我出去。"冯妙君暗吸一口气，强压下满心兴奋，"该办正事了。"

"且慢。"云嵫好整以暇，"你要的'东西'，是玉还真？"

冯妙君一怔，才想起先前敷衍过他。不过从这个角度来说，他的判断没错。

不等她点头，云嵫就道："也就是说，玉还真还活着喽？可是，我舍不得放你出去怎么办？"他笑得人畜无害，冯妙君心里却是一凉，因为他说，"不若我代替你去？"

她就知道这家伙不会轻易放她出去。冯妙君在心底迅速评估双方力量，她的修为比起云嵝还有差距，并且这里是方寸瓶，在他的地盘作战劣势明显。

动手不是个明智的选择。冯妙君再着急，这会儿也只能冷静："你又想怎样？"

云嵝在她唇上亲了一口，才笑吟吟地道："首先，我要跟你一起去。"

"哦。"拒绝不了，否则他也能自己去。

"再来嘛，我们讨论一下你对我个人的补偿问题。"

冯妙君瞪着他道："你先前说，我在这里住上几日，就可以……"

"我说，多住些时日。"云嵝嘴角勾起，那一抹笑容不怀好意，"本想着你我都不忙，不若生个孩子来玩玩。"

"云嵝！"冯妙君一张小脸涨得通红，他是打算长久将她软禁在这里？

"现在你想提前出去，我们当然要另算条件。"云嵝抬手轻抚她的面庞，"把稷器碎片给我。"

"不在我手里。"

"那就做个约定，或者我陪你回新夏去取？"他哪有那么容易打发？

冯妙君干笑一声，跟他拉开距离："假设魏国战败……所以碎片还是放在我这里吧，至少有个缓冲。"

云嵝不悦道："你觉得我会输？"

"方才你也说了，魏燕争霸胜负难料。"冯妙君拍了拍他的肩膀，神情特别无辜，"不若就由我当你的最后一道底线，免得被燕王一锅端了。他若与天魔勾结，一旦集全所有碎片，这天下岂非就要完蛋。"

云嵝的桃花眼眯了起来。

她一气说成，都不带停顿的："这样吧，我可以向你保证，绝不将碎片以任何形式交给燕王。碎片在我在，碎片亡我……"

最后一个"亡"字还未说出口，云嵝已经一把捂住她的嘴，斥一声："胡闹！"

冯妙君眨眨眼："如何？"

嘴被他捂着，话音就很含糊。

云嵝定定地望着她，似在心中暗自权衡许久，才抿了抿薄唇，语气不甘："罢了，但要再加一个条件。"

她眉开眼笑："你说。"

他将她鬓边的碎发撩去耳后，脸色变得郑重："我要你立誓，此生除我之外不嫁与别人，不得对别个男子假以辞色。"

冯妙君将这条件在心里默念两遍，细眉蹙起："若不能嫁你，我岂非要当一辈子的老姑婆？"

"你还想嫁给别人？"云嵝沉下脸，"你若不同意，我们就先在方寸瓶里成了亲再出去。"

冯妙君呆滞。眼前这男人的眼神认真得可怕。

"快些点头，否则玉还真要跑了。"云嵝揪了揪她的秀发催促，"反正你找不着比我更好的男人，也不吃亏。"

冯妙君悻悻道："这条件太苛刻，不若我把碎片给你算了。"

云嵝的脸色却更难看了："你宁可交出碎片也不想嫁给我？"

"方才不是说只要拿出碎片……"

"方才是方才。"云嵝打断她，"方才的条件已经更改并且成立，我们正在讨论的是第三个条件，二者不可混为一谈。"

他是怎么做到这么不讲理的？冯妙君气极，正要开口，眼前这家伙突然就变脸了，笑嘻嘻道："安安，你是打定主意要拒绝了，嗯？"

他都将她逼到角落了，这笑容让她浑身发毛。他眼里还闪动两分期待，是不是只要她一摇头，他就会扑上来将她给办了？

她顺势挺了挺胸助长气势："你是要先跟我拼个两败俱伤吗？"

"不若这样。"云嵝目光也顺势下移，盯得一瞬不瞬，"公平起见，我亦如此。"

"哪样？"冯妙君侧了侧头，"也是此生除我之外不嫁与别人，不得对别个男子假以辞色？"

他脸色转黑，一把捏着她的细腰，威胁之意不言自明。

冯妙君却目不转睛地看着他，慢慢敛去了脸上的笑容。她看得那般认真，仿佛要一直窥到他心底去。

云嵝也下意识收起了嬉戏的态度，忽然有些担忧。

他想了想，决定让步："不若这样……"

就在这时，冯妙君忽然叹了一口气："好吧。"

"嗯？"这一下峰回路转，云嵝也是一呆，以为自己听错，"什么？"

她在他胸口上戳了两下："看在你牺牲这般巨大的分上，我同意就是。"

云嵝兀自不敢相信："你同意了？"

"嗯哼。"冯妙君扭开头，"不信拉倒。"刚才开口答应的同时，她心底就像是有某物啵的一声破裂了。惶恐，但不后悔。

"真乖！"他笑逐颜开，紧紧抱着她亲了一口，很响很响，"发个誓来听听。"

冯妙君无语："你从前可不信誓言。"以前她想发誓，他都不听，还说誓言不可信。现在要打自己的脸吗？

他不以为意："人都会变的。"

她无奈地发了个誓，很毒的那种，心里却莫名地安定。只是最后一个字刚出口，云嵝就堵着她的小嘴亲得天昏地暗，毫不吝于表现自己的狂喜。

她的味道还是一如既往的好，然而这回根本没有抗拒，甚至丁香暗渡，还有些许主动。

云崎被她的出奇顺从撩得血脉偾张，几乎想将她就地正法。

他正亲到她耳后，冯妙君忍着后背上泛起的一阵阵酥麻颤声道："是不是该……尽快离城！"

云崎压着软玉温香，哪里肯起："再给我一个时辰就好！"

"大局为重！"她强行捧住他的脸，不让他再使坏，"先逃出城去再说。"

最后两字细若蚊蚋。云崎盯着她，眼里的火焰像是能把她点燃："先出城，然后呢？"

她红着脸，把小嘴闭得像蚌壳。

可是云崎自然有办法撬开她。

正如胶似漆，方寸瓶外又响起了敲击声，这回是陆茗的声音也一并传了进来："大人，燕兵快要搜到这里。"

颖公城面积不大，不似印兹城那样幅员辽阔，即便是挨家挨户细搜也用不了几天时间就能搜遍。魏人在这里藏了些东西，既打算离去，自不愿意再冒险了。

云崎一下瘫在她身上，喘了几口粗气。

他脸上就写着"欲求不满"四个大字，冯妙君忍着笑，在他面颊上轻拍两下："快起来带我们逃命，也不想想多少人命系于你手。"

"待我们出去了……"他声音喑哑，但没说下去，只在她鼻尖上重重啃了一口。

日子越来越难过了，他暗中发誓，一定不让她逃过下次！

日子过得平静无波。

这段时间，玉还真的伤情反反复复，血树花蜜的药效衰减得越来越快，她时常陷入昏迷，一两个时辰都醒不过来。

陈大昌的面色和她的病情一样，越发沉重。

玉还真看不下去了，道："我也快死了，你费了这么大力气，到头来恐怕是竹篮打水。"

陈大昌喉底有些苦涩，他将她困在这里，为的是助女王大人完成此行目标。可是这么多天过去了，冯妙君音讯全无，玉还真却又日渐衰弱，最后一滴血树花蜜也给她吃掉了，其药效再有十来个时辰就会散尽，她只有死路一条。这个时候，他忽然不知如何是好。

"熙国的修行者，他们也救不了你吗？"

玉还真轻笑一声，不无讥讽："你舍得放我走了？"

陈大昌低声道："若能救你，我必尽力。"

他的语气十分真挚，玉还真斜睨了他一眼，道："尸毒需要纯阳之力方可驱散。离此六千里外有一座火山，时常喷发，其中火元之力十分活跃，可以克制魃尸毒素的阴祟。不过就算我能赶到也是无用，地火的灵力过于狂暴，我乃水灵体质，与它属性相反，又是重伤之躯，强行汲入只会摧毁经脉，与尸毒同归于尽罢了。"说完懒懒地打了个哈欠，眉宇间倒不见对死亡到来的恐惧。

不过她一转头就见到陈大昌目光亮得惊人，直勾勾地盯着她，喃喃道："纯阳之力，纯阳之力……"

她被他看得有些发毛，不悦道："对，并且要温和的。"

陈大昌舔了舔唇，急切道："或许还有个办法。"说完忽然伸手去拽自己腰带。

玉还真大惊失色："住手！"

拼尽全力抽取丹田中最后一点灵力，打算出其不意将他制住。

然而陈大昌并没有将腰带解开，而是从中取出一个匣子，放在玉还真手边："打开。"

匣子以冰晶制成，通体奇寒，入手便知不凡。玉还真下意识地依言行事，发现匣子里面是一颗炽光灼灼的圆珠。

她难得失声道："火灵心核！"

"可是你要的纯阳之力？"

"这力量已足够，但是……"

陈大昌正眼都不看她，接了一句"但是不够温和"，而后从储物袋中取出第二样东西。

这是个小小的盆子，宽沿三足，像脸盆也像花盆。陈大昌将它拿在手里，却认认真真对她道："若能医好你的伤，你我两方从前的过节就一笔勾销，不再追究如何？"

玉还真想也不想就答应了。眼下既有治愈的希望，她便不会再跟他们过不去。

陈大昌让玉还真将火灵心核扔进这盆子里，什么也不必做，盆底就微微发红。紧接着，盆壁开始渗出青色的水珠。

一滴、两滴……越来越多，像蒸汽附着于其上。陈大昌和玉还真都嗅到一点芳馥气息，顿生头脑清明、心旷神怡之感。

玉还真见多识广，立刻道："灵液！"

灵气过分凝稠就会变作液体，称灵液。上古时这片大陆曾有过许多灵液池，现今都不得见了，可这么个平平无奇的小盆子，竟然就能炼化出灵液来！

镇定如玉还真，脸上也忍不住露出了大喜之色。

这就是活命的希望啊！

她目光下移，望见盆上刻着两字："洪炉？"而且还是天魔语，或者说是异族语镌就。

她瞧着陈大昌，上下又打量了一番："想不到你手里恁多宝贝。"

这是冯妙君的聚灵盆，之前就用妖血开过光，能将放进盆里的东西都析出灵液，用它修行可比灵石省钱多了。不过冯妙君一直没开发出它的更大用途，她身为女王又不缺灵石，这次出门就将聚灵盆和其他杂物一起放在了陈大昌这里。

想不到，此时此境能派上用场。

他也不多说，待盆底聚起厚厚一层灵液就拨出火灵心核，心核明显缩小了两圈。

而后他取杯子装起灵液，递给玉还真："希望有用。"

她接过来，凝视着杯中的灵液，半晌才低声道："多谢。"

她原本做好了慷慨赴死的准备，没料到这一回柳暗花明，竟然又能绝处逢生。

"不必。"陈大昌摇头，"你放过我就好。"

喝下灵液之后，玉还真要及时运功行法，一鼓作气将尸毒驱出体外。陈大昌明白这一点，遂交代鹤妖替玉还真护法，他自去外面猎了一只狍子回来。却不想才走到溪畔的兽径上，忽然遇到了雪熊的袭击，幸好他还算警觉，头也不回地向前跃出数丈，忽见林中有暗光一闪，陈大昌心道不好，抬起左臂挡在脸前。紧接着剧痛传来，两根钢针齐刷刷扎在臂上，入肉三分。

与此同时，他也听到了一个熟悉的声音："逮住他，逼他交出国师大人！"胡天？

陈大昌一怔，抬头就望见小猴子坐在松树枝头。从它身后，冒出了一个又一个身影，形态各异，却都是修行者。连雪熊在内，至少有二十来名。

毫无疑问，这些都是猴子搬来的救兵。

"且慢……"陈大昌才说了两字，却觉臂上一阵酸麻，连带身体都麻了半边。他低头看去，伤口竟已发黑。

"玉还真她……"话未说完，雪熊一巴掌挥来，陈大昌闪身要躲，头脑却有些晕眩，遂被熊掌扫过手臂，鲜血顿时涌出。

"玉还真无恙！"陈大昌快速说完，知道自己只有靠着这句话才能活命。

胡天却要狠狠出一口恶气，指挥众人欲将他四肢都扯下来。

就在这时，众人头顶忽然狂风大作，紧接着胡天就被人拎着颈后的软毛提了起来，一个懒洋洋的声音从树上传来："都住手，否则我捏死这只猴子。"

众人抬头望去，只见松枝上立着一个男子，修长五指捏住小猴的脖颈。

胡天地位特殊，众熙国修行者未免投鼠忌器。小猴子却咧着嘴尖叫："莫管我，做掉这几人去救国师！"熙国修行者皆是目光闪动。

不过此时，林子深处冒出一个又一个人影，同样是十余人不等。

陈大昌见着领头之人，当即唤了一声："小姐！"

冯妙君第一时间按住他颈脉探了探，又抓着他的胳膊将银针拔出，细细看了两眼，忽然冷笑："好厉害的毒，是谁暗算你？"

陈大昌伸手一指，她也将毒针对准那人甩了回去。

眼见银光闪闪，这人当即举起兵刃来挡，料想中的撞击声却未响起，反倒是他腰间一痛、一麻，险些跪倒！这人大惊，立刻掏取解药。

就在这时，身后忽有一股巨力重重撞来。他猝不及防，被撞得向前飞出两丈，解药也脱手飞出，恰被冯妙君接住，一转手递给了陈大昌："吞下。"

就在这时候，附近突然有个女声响了起来："我在这里。"

胡天和众人循声望去，皆是大喜："国师大人！"

来人正是玉还真。

陈大昌关切道："你身上的毒解尽了吗？"

"托你的福。"她顺手摘下面纱，露出苍白的面容，像是重伤初愈，然而颜色不减，在隽丽绝尘之外又多了两分楚楚动人。

陈大昌心里一松——总算保住了她的命，又完成了女王大人的任务。

玉还真打量了冯妙君两眼，发现冯妙君也在细细端详她，两人目光交汇，彼此心里都有些计较。

玉还真这才转头，看向提着小猴子的那人："云国师，怎么有空来这里跟我的手下过不去？"

她一来，众熙人修行者和妖兽都有了主心骨，心中却道一声"好险"。好几人都认得这丰神如玉的男子就是魏国师云嶂，此人手段诡谲莫测，杀人都不见血。若是依胡天之言前去围攻，己方不知要死多少人。

"听闻熙人有气节，不肯归降于燕，特来接应。"云嶂踏着虚空一步步走了下来，"哪知到这里一看，诸位却在以众凌寡。"

他言辞锋利，熙国修行者脸色都有些不好看。胡天指着陈大昌怒道："国师重伤，还被他抢走！"它搬来救兵，何错之有？

玉还真摇了摇头："都是误会，若非他替我解毒，三天前我就死了。"说完向云嶂道，"可否将胡天还我？"

云嶂目光一扫冯妙君，然后掂了掂手里的猴子："你要问苦主肯不肯放。"

冯妙君挑了挑眉："这猴子恩将仇报，打伤了我廷中大员，这笔账恐怕得好好算。"

玉还真转向冯妙君，暗暗深吸一口气才微笑道："陆桥之战中，多谢你援手抗燕。猴子胡闹，我代它致歉，也必有补偿，请问尊号大名？"

陈大昌适时引见："这位即是新夏之主，长乐女王。"

此言一出，众熙人瞪大了眼，面面相觑。

玉还真不掩惊讶，望过来的眼神带上更多探究之色。冯妙君望向陈大昌："你看呢？"他才是苦主。

陈大昌望了玉还真一眼，正色道："全凭王上为我做主。"

冯妙君红唇扬起，道了一声"好"。

玉还真则是深深看了他一眼，才道："这里夜寒露重，到洞里说吧。"

既有和谈意向，云嶂也就将胡天扔还给玉还真。小猴子一到玉还真手里就缩成了球，软毛都耷拉下去，只敢偷眼去看主人脸色。

几人走入山洞坐下，其余的守在洞口。玉还真一指陈大昌，对胡天道："你打伤人家，现在去替他处理伤口！"

小猴子叽叽两声，脸上写满不甘愿，可是玉还真脸色一沉，它就举着伤药，委委屈屈地挪了过去。

玉还真还补了一句："不许耍花样！"

玉还真收回视线，却见冯妙君笑吟吟地看着自己，那目光雪亮得令她居然有两分不自在。

她轻咳一声才道："魏国师和长乐女王千里来访，不知有何贵干？"

云崱一进来就找着了最舒服的位置，靠坐下来，这时就笑道："奉吾王之命前来。熙国气数已尽，吾王担心瑜公主白白给它陪葬。"玉还真被熙王室收养后送入国师门下，也被封作公主，号"瑜"。她现在不是国师了，云崱就唤回了她的封号。他说到这里话锋一转，"熙国既灭，你今后打算怎么办？"

"我已不是国师。"玉还真说这话时，免不了还有两分伤感。

云崱一字一句："你若肯随我返回大魏，吾王以后位相迎！"

此言一出，莫说是玉还真了，连冯妙君都凤眼微睁，暗道萧衍下了好大的血本，竟想立玉还真为后！荣尊为后，天下有几个女人能抵抗住这种诱惑？

玉还真也怔了片刻，才举杯喝了一口清水："我嫁过人，也早就当了寡妇。"

她十几岁就嫁给了前廷大将，几年后丈夫战死沙场。

"瑜公主无须烦恼。"云崱像是早料到她的回复，"吾王说得出，办得到。"

"我知道了。"玉还真声音平淡如水，透不出一点情绪，"长乐女王呢，又是所为何来？"

冯妙君叹了口气："我也很想大方一把，怎奈给不出后位。"

玉还真眼里闪过一丝笑意，嘴角也微微扬起。她看看云崱，再看看冯妙君："我本以为你们是一起的。"

冯妙君想都不想即道："不过是顺路结伴而来。"

她撇得倒是干净，云崱支着下巴补充一句："顺了三五天的路。"

冯妙君接着道："所以，我只能许以国师之位，不知玉夫人有没有兴趣？"

新夏要邀她去当国师？玉还真目光微微一凝。

"我若未记错，新夏前不久才撤去国师。"傅灵川兄妹夺权之事闹得南北大陆皆知，她虽然忙于熙国内务，却也有所耳闻。

"傅灵川擅辅政之职，更能发挥所长。"冯妙君双手在胸前交叉，面色安详，"我真正卸下的，不是他的国师之位，而是他的野心。"她望着玉还真微微一笑，"由来权势渐迷人眼。玉夫人任国师十余载，看着熙王自幼年长大成人，竟然从来不生贰心。这一点，长乐很是佩服哪。"

玉还真代政指战，熙王无能，她却始终没有生出贰心，始终谨守自己与王权之间的界限，履行国师之职直到最后一刻。

这样坚持本心的人，冯妙君真正是佩服的，所以她的态度也格外诚恳："长乐加冕以来，内政日益繁重，疆域又在扩大，无力包揽国师之职。若能得玉夫人相助，打理新夏气运，此乃长乐之幸。"

邀玉还真为国师，这话本是敷衍云嵫，结果她越想越觉可行。无论从哪个角度考量，玉还真的确都是新夏国师的不二人选。

云嵫听到这里，又补了一句："你若为魏国王后，可以自由进出前朝，不须镇守深宫。"

玉还真沉默，似在权衡两国开出的条件。

这时胡天给陈大昌包扎好了，退后两步，拍了拍手："好了！"

它纵然再讨厌这人，于眼下场合也得精细做事，所以伤口处理得无可挑剔。

陈大昌冲它点了一下头，面无表情，目光却移过来，恰好和玉还真对了一眼。

只一眼，两人都移开了目光。

冯妙君指尖在石头上轻敲两下："条件随便你开。只要你来新夏当国师，还有一桩实实在在的好处。"

玉还真美眸中有光亮闪过，明显很感兴趣。

冯妙君这才接着道："在我这里，你可以不必理会任何男人。"

云嵫忍不住笑了："这算什么好处？"

然而他笑容还未敛起，玉还真居然就转向他道："请回去转告萧衍，我知他心意，但玉还真不愿嫁入帝王家。"

云嵫沉默几息，才点了点头："好，我不强求，但要一个理由。"

玉还真嘴角微弯："我不跟其他女子共用一个男人。"

云嵫挑眉，冯妙君鼓掌，一连赞了三个"好"字才笑道："说得妙极，玉国师果然非同一般。"

玉还真接着对她道："女王之邀，我很心动。然，须再仔细定夺。"

"事关重大，是该三思而后行。"冯妙君毫不意外她的答复，"玉夫人眼下可有什么要紧事务？"

玉还真微笑道："玉某现在再无红尘纷扰，正好当个散人，逍遥天涯。"

她说得洒脱，而冯妙君也不会漏看这女人眼中的心灰意冷，抚掌笑道："正好，不如与我做伴，同回新夏散心？乌塞尔城风物与南陆截然不同，很值得一观。"顿了顿，又补充一句，"燕王在颍公城里布下天罗地网搜捕你我，很快整个熙国也非安身之处，不若尽早离开。"

玉还真沉吟。她自幼生长于熙国，师长亲朋都在国内，现在故国沦陷，天地之大，她竟然也不知何处可去。只有一点可知，留在旧地，徒增伤感。这么想着，她眉间凝重稍去。

另外几个也都看出了她的心理变化，云嵫即笑道："这般说来，魏都更繁华些，瑜公主可愿前去玩玩？"

玉还真还未开口，冯妙君已经凉凉跟上一句："不仅繁华，还有好些个臭男人。"

想截和吗？没门儿，女人最了解女人了。

果然玉还真对这三个字很敏感，也不知她想起的是萧衍还是熙王，眼里有嫌恶之色一闪而过。冯妙君不会错看她的神情，这时就指着陈大昌道："陈大昌因你而受伤，于情于理，你都要卖他个面子不是？"

玉还真目光移向陈大昌，后者冷不丁听到自己名字，下意识抬头，正好与她视线对上。

他的面色平静。玉还真在他胳膊上盯了两眼，才点了点头："好，我还从未去过新夏，风传那里日新月异，这趟倒要开开眼。"

冯妙君顿时喜上眉梢。玉还真点头同意去新夏，哪怕只是做客，自己都有把握最后劝动她来接下国师之位。

云嵯望着她脸上的笑容，嘴角轻轻扬起。

玉还真接着向洞外的熙国修行者们一指："故国已亡，他们不必再跟着我；云国师舌灿莲花，若能劝他们归降，玉还真不会阻拦。"随即又对小猴子道，"胡天，将此事告知其他人，让他们自行决定去向。"说罢，在它臂上轻拍一下。

这就是解除了封印，胡天立刻变作了巨猿形象，低吼一声，一头扎入了地底去。

它去通知其他熙国修行者了。

冯妙君看了看天色："大家稍事休整，我们明晨出发。"

将众人安顿好后，冯妙君腰上就多了一双手，直接将她揽入一个温暖而坚实的怀抱。

云嵯问她："你怎有把握，玉还真不会来魏国当王后？"

冯妙君轻嗤一声："她那样的女人，不会让自己困守后宫。再说，她应该也厌倦了王权。"

云嵯把玩着她的小手，不予置评。

冯妙君定定看了他几眼，忽然道："你本来也不想带玉还真回国，是吗？"

"哦？"他漫不经心，"为何？"

"玉还真曾是国师，眼界比一般女人不知宽上几倍，若她前往魏国，必不甘心只给萧衍打理后宫。可是国师之位又被你占了，她能有什么作为呢？再说萧衍自幼就喜欢她，玉还真对他的影响力恐怕比廷臣还大。她若在他耳旁煽风点火针对你，你也觉得难办吧？"她侧了侧头，"与其在魏国给你添堵，不若让她来当我新夏的国师，岂非两全其美？"

云嵯笑而不语。

冯妙君又道："明日分道扬镳，你可要……"

话未说完，云嵯已经打断了她："谁说要分道扬镳？"

冯妙君奇道："新收这些熙国修行者，你不打算带他们返魏？"

云嵯冷笑一声："若连这种事还要我亲力亲为，陆茗是做什么的？"

冯妙君心里有不祥的预感："不回魏，你还能去哪儿？"

"横竖燕魏之间暂时风平浪静。天下之大，哪里不能去得？"他笑吟吟道，"比如，跟着安安回新夏也不错呢。"

冯妙君吓了一跳："你要跟我同去新夏！"

"不可以吗？"他微微沉了脸色，"玉还真都能去，我为何去不得？"

"玉还真是我的客人，日后可能还是我的国师。"

他在她耳朵上咬了一口："我就不是你的客人了？日后还是你的良人！"

疼啊，冯妙君一把捂着耳朵，就差眼泪汪汪："就算我同意，你以什么身份跟我回去？我出入宫廷，被多少双眼睛盯着！无论你用什么面貌跟在我身边，旁人最后都要说我水性杨花。除非……"她眼珠子转了转。

"除非什么？"

"除非你能变作宠物。"说到这里，她忍不住笑出声来，"你看玉还真带着胡天，一点儿也不违和啊。"

"你想将我当作宠物养着？"他低头凑近她，声音轻得像呢喃，眼中仿佛有春水流转，带着某种说不出的危险，"想对我做什么，嗯？"

把他当宠物养？想想就好禁忌啊。冯妙君一把掐灭心底冒出来的邪恶念头，一本正经道："哪能呢？这不过是提供一种可行性。"

"唔，这个嘛……"他沉吟几息，似乎真在考虑可能性。

冯妙君的心没来由地提了起来。

云嶵摇了摇头："很可惜，我变不成。"

他声音里带着遗憾，冯妙君却暗地里长舒一口气。

"那便折中一下。"云嶵退而求其次，"我们结伴走一段，待进入乌塞尔地界，我回魏国，你去王城，如何？"

冯妙君私下有话要问玉还真，只恐他发现了自己的秘密。不过她也明白，云嶵这种人拒绝不得，否则他就要按照自己的方式行事，届时更是防不胜防。

这会儿，她只得点点头，乖乖从了。

入夜后山洞里燃起了塘火，暖洋洋的，众人席地而坐，聊得热烈。

火上，温着好酒。

跳跃的火光照亮了冯妙君脸上的笑容，边上，云嶵正忙着给她剥花生，那温柔体贴的模样，叫玉还真小小吃了一惊。

玉还真在冯妙君身边坐下，后者递了一杯温酒过来。

她婉拒了："我不喝酒。"

冯妙君眨了眨眼，大致想起她拒酒的原因，也不勉强，把酒碗抬了起来，递向她肩头的胡天。小猴子闻得酒香，进洞时就咂巴了一下嘴，却被她看在了眼里。

酒是好酒，它馋。但它自觉和冯妙君的"宿怨"未了，又怕喝人的嘴短，遂犹豫不决。

玉还真看得一阵好笑，将酒碗接过来递给它："喝吧，但不许喝醉，不许撒酒疯！"

征得主人同意，胡天大喜，接过酒碗咕噜一口就喝干了，眼巴巴地四下扫顾，只想再多来几碗。

冯妙君干脆自储物戒中取出一小坛老酒，推到它面前："喏。"

一碗都喝了，也不差再来一坛。胡天一把夺过酒坛，抱起来就往嘴里灌，体形虽小，但饮酒的模样却有几分巨猿的豪爽。

陈大昌走进来就落座洞口，那是警戒位置。冯妙君看了他一眼才笑问玉还真："胡天喝醉过？"

"何止？"玉还真给自己剥了一颗花生，"它偷喝了酒窖里的所有好酒，奔不出几里就开始撒酒疯，埋掉了两座小镇。从那之后，我就不许它多饮。"

云嵫插了句嘴："这猴子叫胡天，那岂非还该有个胡地？"

冯妙君在他臂上狠狠一拧："你就该改名叫胡闹！"

玉还真轻咳一声："它原本还真有个兄弟叫胡地，可惜太过瘦弱，幼年期未过就夭折了。"

冯妙君："……"这些妖怪的父母怎么取名都这么不走心？

云嵫勾勾嘴角，做出个"看吧，果然如此"的神情。

这一晚，胡天果然没有喝醉，因为天未亮时它就巡山回来，低声咆哮："燕人追来了！都是修行者，此刻已到七十里外。"

外头到处都是悬崖峭壁，普通士兵断不可能在两天之内赶到这个地方。

众人警觉而起，冯妙君沉声道："有人走漏消息。"

玉还真也道："投靠燕王的人，或许出卖了我们。"胡天将她的决定通知了熙国修行者，其中或许就有人去告密。如果玉还真等人因此被擒，这份投名状就是那人的晋升之梯了。

熙国已不存在，她也不是国师，从前的交情哪有往后的前途重要？

人走茶凉，世情如此。

好在众人早就收拾妥当，胡天发现得又及时，这就快速撤退。追兵赶到时，此处早就人去洞空。

消息传到颖公城，燕王并未勃然作色，只在桌上轻轻敲了几记，每一记都在坚硬的黑檀木桌上留下个深深的指洞。

燕王冷笑："一个也抓不回来，嗯？"这话是对着不远处的黑衣女魃说的。

女魃面无表情道："我探查过那个洞穴，几个时辰前有人在那里盘桓，连魂魄的波动都未完全消失。除了玉还真，还有那个你追个不休的新夏女王。"

燕王眯起了眼。

"对了，你的老朋友也出现了。"

"谁？"

"魏国国师，云嵯。"黑衣女魃道，"他不加掩饰时，魂火就很美也很特殊。"

"新夏女王和云嵯！"燕王声如寒冰，"这两人居然汇作一处！新夏和魏国，嘿嘿，真是好极。"他终于忍不住，重重一拍木桌，哗啦一声，桌子化作齑粉。

"看来当日在颖公城救走新夏女王的就是魏国国师了。"黑衣女魃淡淡道，"你打算怎么办？"

"新夏与魏定下协议不说，还跟萧衍瓜分了峣国。嘿嘿，现在竟敢跑到我的地头来撒野。"燕王阴冷道，"新夏背叛了我！正好，给它的女王送一份礼物，聊表心意！"

第
三
十
五
章

耳
鬓
厮
磨

冯妙君和云嵯等人走出熙国北部的十万大山，继续北上，很快就越过边关，进入了魏国地界。

走到这里，大队人马就兵分两路，分道扬镳，一路由陆茗带队北上返回魏国，另一路跟着冯妙君往东北方向，也就是新夏而去。本该带领新加入的修行者去见魏王的国师，将这担子直接甩给了陆茗，自己厚着脸皮去了冯妙君的队伍。

大家走陆路返回新夏，不过好消息是不用另外买马，因为玉还真手下，超过三分之一都是跑得比马还快、力气比象还大的妖兽，轻松载起三五人不在话下。

不过冯妙君好奇的是，玉还真是如何聚拢这许多妖怪的呢？

路过一个名叫掾香城的乡下小城，冯妙君忍不住抛出了这个疑问。此时已然入夜，天上还飘着细雪，两人撑开结界，在这样私密的空间里，冯妙君不会放过打破砂锅问到底的好机会。

玉还真听完她的问题，抬起皓腕，露出那条赤金链子。

冯妙君不错眼地盯着它看，耳中听到玉还真道："这是我家祖上传下来的秘宝，链坠就代表了一份契约。"

"契约？"

"上古末期有一次天崩地裂，能渡过那场浩劫的生灵百不存一，我杨姓始祖彼时已是仙人，收救了许多重伤和无处可逃的妖怪，直至浩劫过去。可惜在这过程中，他自己反而损失了两个儿子。"

玉还真捻了捻链坠子："天地重开之后，天神念他有好大功德，又怜他丧子之痛，于是赐予他这枚纹章，命令昔日得他救助的妖怪要懂得报恩。事后这些大妖虽然返回山川大泽，可是杨氏后人如有请求，它们及后代还要出山相助，这便是纹章的效用。"

冯妙君听到"天神"二字时，瞳孔不由得微微一缩。

她是真没想到，这纹章竟会和虚无缥缈的天神扯上关系！

玉还真接着道："从那以后，杨氏就保持着与妖族的良好关系，即便是动荡时期。这么千余年下来，与杨家结有善缘的妖怪反而更多。"

"动荡时期。"冯妙君反复揣摩这几个字。

"不错。"玉还真叹了口气，"王上可知浩黎帝国立世以来，最大的敌人是谁？"

冯妙君点头："先是天魔，天魔被封印之后，就变成了妖族。"

"正是。原本天魔强横无匹，人类和妖族只能联手对付它，以求生存。等到天魔消失以后，人类与妖族各自发展，很快又起了争端。不过这时天地灵气已经减弱，而人类已经找到了结成王国、借用元力的办法，以一国之力对付妖怪。后者很快不敌，幸存者都潜入深山大渊或者远海，总之都是人类罕至之地。到了浩黎帝国后期，多数妖怪已将最富饶的土地让给人类，但其中少数对浩黎帝国怀有刻骨仇恨，时常就要出来兴风作浪。"

玉还真掬起一捧泉水，水流自指缝间泄下："浩黎帝国对妖怪从不客气，后来只要打听到妖族聚集之地，无论它们是否为祸人间，都要发兵前去讨伐。您可知为何？"

冯妙君摇了摇头。

玉还真扬起一抹讥讽的笑意："因为浩黎帝国缺钱。"

冯妙君何等聪明，玉还真轻轻一点，她就明白了："是了。我听闻浩黎帝国末期，天灾人祸不断，绵延千年的太平滋生出贪腐和内斗，将偌大帝国蛀得只剩一个空壳。国库年年亏空，浩黎帝国必要想办法填补，否则撑不起那样的开销。"

物必先腐，而后虫生。所谓的天魔降世，不过是压垮浩黎帝国的最后一根稻草。

"雁过拔毛。浩黎帝国给百姓层层加税的同时，也把目光盯向妖怪的巢穴。许多大妖经年累月积攒下来的家底很是可观，浩黎帝国清剿了几个之后食髓知味，此后就欲罢不能了。"

冯妙君适时提出疑问："这与你手上的坠子有何关系？"

"我杨家与妖族世代交好，自不忍看它们被屠杀殆尽，于是暗中通风报信，令许多妖怪避过了杀身之祸。浩黎帝国几回无功而返，也怀疑内部出了奸细。后来帝国战神重渊将军率军再一次奉令征伐妖怪，这回进攻的对象，世人罕有知闻。"

"那时候还有道行精深的大妖怪吗？"

"有。"玉还真一字一句，"那是住在白象湖中的一条真龙。"

"真龙！"冯妙君失声道，"竟然还有真龙在世！"

"上古之时，天神驭神兽与异族决战，载于史册。战后，龙门现世，从此鲤鱼就有跃过龙门变成真龙的机会，尽管微乎其微，世间总算有了真龙一族。"玉还真感慨道，"不过在天魔乱世时，龙族作为对抗天魔的主力，损失惨重，后面在人类与妖族反目时又遭屠戮，至浩黎帝国后期已经所剩无几。这个时候，天地灵气衰微，已经没有鲤鱼能够跃过龙门了。因此有人说，重渊将军征伐的那条白龙就是世上最后一条真龙。"

冯妙君也跟着低叹一声。

"重渊夫人杨氏也是我族先人，在大战前就将机密传出，是以重渊将军铩羽而返，白龙及其手下水族得以保全。重渊将军后来也发现了杨夫人的秘密，唯恐帝王事后降罪，因此主动离开官场，置身是非之外。"

冯妙君听得入神，下意识问道："白龙呢？"

"此役不久，老王过世、新君继位，这事就不了了之。此后，也没人再见过那条白龙。这位新君对于清剿妖族并没有什么兴趣，而是集中力气处理国内的麻烦。"玉还真说到这里，顿了一顿，"除了开国大帝，他几乎比浩黎帝国此前的历代皇帝都出名。"

冯妙君接口，说出了那个无人不晓的名号："黎厉帝。"

"对，就是他。"玉还真轻声道，"这人谥号里虽然有个'厉'字，但对妖族还算和善，甚至曾在野外放生妖怪。这是那妖怪亲口对我所述，应是属实。"

冯妙君望着坠子："可否借我一观？"

玉还真很大方地解了下来，递给她道："只管看。"

拿在手里，才觉此物沉甸甸的，很有分量。冯妙君掂了掂，非金非铜，说不出是什么材质："纹章上的纹路，你可研究过？"

"自然。女王对它很感兴趣吗？只管拿去玩耍。"

"不妥吧，这可是至宝，弄丢了恐怕我也赔不起。"

玉还真却笑道："这确是家传至宝，虽然极尽呵护，兵荒马乱时也丢过两次，都是被人窃走。但无论是谁偷去，这纹章第二天还会回到家主身边。你现在借去看，明日正午之前，它自会来找我。"

还有自动寻主功能？冯妙君倒不觉得多奇异，想想自己丹田里的印记，连生命都能强制共享。她正色道："实不相瞒，我也有一处印记，与这纹章上的纹饰仿佛同源。我苦寻多年而不得，只能寄望于你寻到有用线索。"

玉还真吃了一惊："你也有天神印记，所在何处？请取出来一观。"

"只是线条章法与你这坠子太相似，却说不好跟天神有没有关联。"冯妙君苦笑一声，"我取不出，它在这里边儿。"指了指自己小腹。

玉还真面色古怪："那印记在……气海之中？"

"正是。"冯妙君低声道，"数年前我还是凡人时吃了鳌龙一枚龙珠，它的死魂飘出来说，在我身体当中种下诅咒。待我修行有成可以内视时，就在气海中发现了印记。可是后来我觉出，那效果与诅咒好似毫无关系。"

"或许当真没有关系。"玉还真啼笑皆非，"如果你的印记与我的纹章同源，那么它根本不是诅咒，而是赐福。"

什么？冯妙君一下坐正，失声道："什么，赐福？！"把她的命和云嵷的缠在一起，算什么赐福了？"那鳌鱼恨云……恨我入骨，巴不得我快些死了，还能祝福我？"

"没有亲见，无法论断。"玉还真也很好奇，"请你将它绘出，我再仔细琢磨。"

"我……"冯妙君面色一红，"不擅丹青。这线条过于柔曲复杂，我绘不出。"说完又换了个角度问，"你可能破解这些纹路内蕴的含义？"

玉还真伸出白嫩的指尖，摩挲圆坠上的纹路："太过玄奥，至少要穷极世间道理才能窥得一二。最重要的是，可供研究和揣摩的资料太少了。过了这么多年，我们都未见过第三枚纹章图案，无法进行对比。很遗憾，我不信当世有人能够解出……"

冯妙君的心一下就凉了，不过沉思片刻，黛眉忽又皱起："第三枚？你的意思是，杨家人曾经见过两枚！"

玉还真点了点头："正是。杨氏先人在浩黎帝国从政，任过枢密使，就曾在一份文书上见过这种图案。你说得无错，虽然纹路不尽相同，但能让人一眼看出，它们同源而出。"

冯妙君凝神道："什么文书？"

"浩黎大帝的开国诏书。"

此话一出，冯妙君心念电转，一瞬间就有无穷联想。是了，浩黎帝国的诞生，似乎与传说中的天神也有关系呢。

"就是那份号称要'为万世开太平'的开国诏书，自此之后，浩黎大帝首立人国，平民不再任妖怪和人修鱼肉。"玉还真缓缓道，"浩黎大帝首开先河，为生民立命，也因此得到了上苍的赐福，在百年之后可以直入上界。怎样，听起来耳熟吗？"

冯妙君目光闪动："原来天神赠予浩黎大帝的福祉是以这种形式派发的？"

"也正因为有了这世间唯一的对照品，杨家人最终才能确认，这份赐福是以契约的形式固定在纹章上的，因此可以反复发挥作用。你也知道，祖传的东西总有许多夸大附会的传说，许多人曾怀疑它的来历是不是真由天神所赐，又或者是我家祖先得自哪一个上古神明或者大能之手，传到后世成了如今的传说。不过获知这段历史之后，杨家后人才觉得祖上好似并没有夸大其词。"

能在浩黎大帝的开国诏书上戳下这个纹章的人，就算不是天神也相差无几了吧？

玉还真闷声笑道："不愧是新夏的传奇女王，看来继浩黎大帝之后，又有了一个上天的宠儿。"

冯妙君脸上却没有半点喜色。给她和云嶂暗中盖戳这人背景越深远，她解除这份羁绊的可能性就越小。她叹了口气："八字还没一撇呢，说不定跟你的纹章根本风马牛不相及，说不定就是有人算计于我，只不过借用了这种符文。我日思夜想的都是如何将它解去。"

算计？玉还真不掩自己的好奇："印记的效果，很糟糕吗？"

冯妙君捂着脸，点了点头，任热水滑过面颊。

这就是她的隐私了，玉还真不再打探，而是沉吟了一会儿道："我至少可以确认两件事，其一，赐福与诅咒的渊源差别，其实并未有世人想象的那么大。"

冯妙君忙着收拾心情："请说。"

"要达成诅咒的效果，施术人就必须付出代价。这一点，想必你早就知道。"

冯妙君点头。

"赐福亦然。"

对于"赐福"这种神术，世间的记载太少，冯妙君也是今日才头一回听说，当即追问："何意，给人好运气也要付出代价吗？"

"有得必然有失，这一点不变。也即是说，无论你气海中的印记是谁施放，这个……生物必定要付出代价。"玉还真又补充一句，"当然了，这种代价因人而异，对你而言重如泰山的，在别人那里或许就只是轻如鸿毛，主要视其修为境界而定。"

冯妙君心下了然，然后道："第二件事呢？"

"既然这种赐福通过契约完成，那么根据契约本身的原理，它是可以解除的。"

冯妙君的呼吸一下顿住。随即又沮丧起来，她得看得懂纹章上的符文才行！

兜兜转转，难道又回到原点了？

看她这模样，玉还真都有些于心不忍，想了好一会儿才道："这毕竟是千年前的物事，从浩黎开国到现在又经过数百年战乱，今人能够解读它的怕是没有。"

冯妙君不语。

"……但不代表前人不能。"玉还真接下去道，"浩黎帝国曾与天神、与上古神明有过千丝万缕的联系，或许得过他们的奖赏，又或者学过他们的神术。这个千古帝国曾经英才辈出，谁知道有没有人做过此类研究。"

冯妙君心中一动："你是说……"

"我建议你搜寻一些浩黎帝国的秘藏。"

冯妙君摇了摇头："浩黎王室专用的藏书楼名作烟海楼，我在那里读过数年，从未见过这方面的论著。"

"这知识太过偏门，未必能收在烟海楼里。"玉还真往后倒去，任泉水漫过纤细的脖颈，"不若到应水城碰碰运气吧，那里恰好也在女王治下。"

冯妙君苦笑道："浩黎帝国的旧都已经荒废三百多年，这期间有多少人去淘宝？莫说黄金珠宝史典，就连完整的瓦当都被偷光了。"

"是吗？"玉还真悠悠道，"那里若真是一无所有，为什么燕王还派人频频偷挖？"

冯妙君凤眼微眯，向她看过来。

"不必惊讶。"玉还真微微一笑，"这事已经是公开的秘密，很多人都知道了。我还听说，燕国十九王子赵允就死在印兹城外，是被投靠于你的峧国大将亲手所杀。"

冯妙君哼了一声："不是我！"提起这事，她就胸闷不已。

"是不是你都不重要。"玉还真拧起一块软巾放到自己额上，"唯一重要的是，这笔账一定要有个着落。"

冯妙君从魏国手上偷走峣地，云嵲也反过来摆了她一道，把她和新夏绑上了魏国的战车。冯妙君叹了口气，压下心乱如麻："我先回了。"

冯妙君回到自己的住处就重新打散了头发，任夜风吹干青丝。她想拿起傍晚在坊间买来的闲书再看两眼，可是手指还未触到封皮就收了回来，低声道："出来！"

内室缓缓踱出一人，绯红袍，桃花眼。

冯妙君下意识看向门窗："你怎么进来的？"

"你布下的阵法还是我教的，只做了少许改动。"云嵲走过来，从后头将她拦腰抱住，"安安，你在等我，是吗？"

"等在这里的人，可不是我。"

云嵲的声音里全是控诉："你在结界里泡汤泡了两个时辰！拿下玉还真了？"

"还没有。"她轻声笑了，"但我能觉出，她喜欢我。"

"这有什么稀奇？"他嗤之以鼻，"我也喜欢你，怎不见你愉悦至此？"

这家伙吃起醋来，已经不管对方是男是女了？她把全身重量都交给他："她会是我的国师。"

他哼了一声："我还会是你的丈夫。"挥了挥手，四面窗户齐刷刷关闭，顺便屋子里还多了一个结界。

冯妙君下意识睁眼："你做什么！"

他一把将她抱起，大步往内室走去："颖公城里的账还没算。堂堂女王，可不能欠债不还。"

她耳朵恰好贴在他胸膛上，能听到这人心跳也怦怦加快，远不如往常平静。

他将佳人放在床上，自己俯下身，她就被困在他的臂弯之中，哪里也去不得了。

她秀发如云泻在枕上，凤眸中有春水流波，每一个眼神都像在鼓励他。

冯妙君纤细的指尖从他眉心落下，拂过挺直的鼻梁，再到性感的薄唇："对女王意行不轨，可是要杀头的大罪！"

他一张口含住了春葱般的玉指，她就觉指腹有暖湿撩动，连心都痒了。

云嵲的声音含糊，却不妨碍她听懂："掉脑袋之前，先让我坐实了这项罪名再说！"言罢，低头去吃她的红唇。

内室的温度，像是骤然升高了。

纵被亲得气喘吁吁，她也还是揪着他的头发，抬高了下巴道："自今晚以后，你会对我从一而终？"

云嵲失笑，眼里的深情却不会教她错认："会！"

冯妙君一伸手就拔掉了他的发簪。

墨发披散而下时，她已经顺势抱住他的脖颈，主动献吻。

衣物一件件减少，终至不着寸缕。曼妙的身躯暴露在微凉的空气里，也暴露在眼前人的视野中。

云嵯倒吸一口气。

她真是美极，每一寸肌肤、每一点曲线都恰到好处，足以让他血脉偾张。

偏她还微微噘着嘴，抱怨一声："好冷。"

下一瞬，她就不冷了，有一具光滑而坚硬的男子身躯紧贴上来，热力十足。

夜晚的寒凉比起他的温度，实在微不足道，冯妙君却在发抖。平日她能自如控制每一寸肌肉，现在却止不住浑身的轻颤。

是愉悦，也是害怕。

就连云嵯也轻易察觉到她的颤抖，从下方移了上来，抚着她的俏面："实在不适，我便停下？"

他面色很红，声音嘶哑，冯妙君也发现他身体绷得很紧，像满弓的弦。

可他依旧这样问了。

她摇了摇头。

云嵯笑了，低头轻咬她敏感的耳郭："想要我吗？"

冯妙君合上眼，点头，带着自己都未发觉的一丝绝望。

她曾经筑起心防，要守住自己的感情，把他的一切都屏蔽在高墙之外。

一年又一年，他如影随形。她提醒自己远离他、提防他，甚至她主动算计他、惹怒他。

可是这个人的影子，早就长在她心田里了，牢不可破。他只用几个吻，就能一次又一次解除她的抗拒，卸下她的心防。

她也想要他，疯狂地想要。

哪怕她和他之间还隔着国仇家恨，还隔着无数不能启齿的秘密。

哪怕他们是天底下最不应该在一起的两个人。

哪怕这是一段聪明人都应该远离的孽缘。

她也愿意沉沦，她也想任性一把。

"好女孩，真乖。"云嵯语带怜惜，极尽温柔地吻住她，一手抬起她光滑修长的腿，身体沉了下去。

扑簌。

枝头积雪掉落地面，将冯妙君从熟睡中唤醒。

天色很亮，塘里的火早就熄灭，屋里空气清冷，却透着一股子旖旎。

看样子时辰不早了。很久不曾这般疲惫，也就很久不曾这般好眠。

她睁眼好几息，才慢慢回过神来，而后发现有人从背后抱着自己，手精准地抓在胸口的柔软上。两人曲线贴合，亲密无间。

昨晚抵死缠绵的细节，走马灯一般在她脑海中回放。冯妙君下意识捂住嘴，不敢相信自己竟能那般癫狂。

她这里才有动作，身后人就察觉到了，将脑袋埋在她颈窝里，对着她耳朵呵气："醒了？"

后颈传来一股麻痒，她缩了缩头："该起了，什么时辰了！"居然睡到这样晚，众人都在等他们上路吧！

"不急，晚两天赶到又无妨。"

云嵯更加用力地贴紧她。

她这才发现自己身体当中的异样，忍不住低吟一声。

"出去，我不要了！"和回忆一起返回的，是身体的酸痛和不适。她气苦，推了他两把，却被按着雪背压到他身下。

"乖，听话，很快便好。"这具娇躯的每次扭动都能将他本能唤醒，他毫无诚意地安抚着她，被折腾了一夜的床又开始吱呀作响。

他想听她哭着求饶，就像昨晚那样。

冯妙君再次悠悠醒转之时，首先看到雪中几点红梅，不由得微怔。凝神一看，才发现云嵯抱着自己靠在软榻上，正对着窗外的小院。

窗开得很大，她身上只覆一层薄被，却不觉冷，只因倚着的那人源源不绝在给她提供无尽热力。

云嵯敞着中衣，她将俏面在他紧实的胸膛上蹭了蹭，说不出的惬意。到了冬天，这家伙比汤婆子管用多了，能熨得她浑身暖洋洋。

云嵯抬手，轻抚她柔顺的青丝："舒服吗？"

她下意识点了点头。

他声音里带上了笑意："我是说，昨晚和今晨。"

哪壶不开提哪壶！冯妙君飞快地在他小腹上捏了一把："疼死了！"说完又补两记，在他腹肌上划下歪七扭八好几道红印子。

云嵯一把抓着她小手，倒不怕她逞凶，就是挠得他又痒了，身上痒，心里更痒："替你上药了，现在该不疼了吧？"

药？冯妙君一怔，才隐约嗅到一点药物的清香。不得不说云嵯拿出手的都是好药，她暗自感觉一番，确已平复如初。顺便往床上看了一眼，被褥整洁，都换过新的了。

冯妙君哼了一声，翻过来趴在他身上，目光灼灼望过去："随身带着这种药，你早就不安好心吧！"

这种秘药的材料都与众不同，绝不是刀头舐血的修行者手里握有的必备药品。

"为夫体贴吧？"她眼神虽凶，云嵯却不怕，伸手揉着她后颈，喟然一叹，"装配许久了，还好，终于赶在药效过期前用上了。"

冯妙君给他的回应，就是一口咬在他肩膀上，恶狠狠的。

然后才发现，他精巧的锁骨上已经红肿一片，看样子都是她的杰作。

云嵘疼得轻咝一声，伸指在她腰间轻挠两下，她就咯咯笑着松了口。

两人在软榻上笑闹一阵，薄被滑到了地上，云嵘的眸光也慢慢变深。

他不笑了。

两人紧挨在一起，冯妙君当然第一时间察觉到他的异状，赶紧捡起被子将自己严严实实裹好："不许再胡闹！"

"正是。"云嵘正色道，"天还没黑呢。"

这浑蛋！冯妙君用力捶了他一记，才低声道："有人来敲门没？"

"你那忠心耿耿的侍卫来过两次，第二回玉还真也来了，还把你的鸭油烧饼和酒酿点心拿去吃了。"

所以，果然是所有人都知道了吗？

云嵘望着她脸上神情，好笑道："怕什么，以你的身份何须在意旁人目光？"

"说得也是。"她横了他一眼，本着破罐子破摔的想法抚着下巴沉思，"哪个君王不是正大光明召嫔妃侍寝？也没有藏着掖着。"

话未说完，云嵘就来拽她身上的薄被，一边咬着牙冷笑："看来不必等天黑了！"

"住手，住手，说正事要紧！"她抓着被子飞快地切换话题，"你看清我丹田当中那个印记的纹路没有？"

丹田中的……印记？云嵘心里咯噔一声，才想起来这件事。自己对她说过，唯有双修之法可以输送灵力进入丹田，他将神念附于其上，就可以窥探气海中的印记全貌。

可问题是，他在极乐时都恨不得死在她身上，哪里还想得起那个印记？

不过云嵘的反应也是快极，很自然道："还不曾。那印记太过复杂，须得慢慢参悟。"

那岂不是说，她还得跟这家伙反复地……冯妙君咬了咬红唇，倒不疑有他。

云嵘却捏着她的脸蛋倒打一耙："你愿意委身于我，不过是想解开那道诅咒，嗯？"

"胡说八道！"她凤眼圆睁，注意力果然被引开，"别得了便宜还卖乖！"

"说到便宜。"他唉了一声，把脑袋埋在她颈窝，"人家守身如玉多年，一朝失身于你。说吧，你要怎样负责？"

她把玩着他的长发："莫怕，孤不会亏待你的。有空必定传唤你来侍寝。"

他抬头，桃花眼里写满委屈："竟然不给个名分吗？"

冯妙君抚着他的脸庞，故意叹了口气："暂时要委屈美人儿了，孤也是迫不得已。"

云嵘发现她藏在眼底的沮丧，遂抵着她的额头道："放心，必有转机。到时你想不嫁我都不成。"

冯妙君还他以一笑，而后推开他翻身下榻："饿死了，连点心都没了……"话尾变作一声轻呼。足尖踩地，双腿就蹿上来一阵酸软，虚不受力。她一个趔趄，竟然没能站稳。

云嶂适时抬臂，将她的细腰一把抱住。

她运力才能站定，脸上红晕未褪："放开，我要出去用饭。"

他笑了，露出一口白牙："一起。"

云嶂对于侍寝这种事积极主动又热情，几乎每晚都要溜进她房间。

事实证明，男女之间的奸情是瞒不过人的，队伍当中其他修行者看过来的眼神中都带着了然。

不过云嶂说得对，时人将男欢女爱看作天经地义，他二人身份又是队伍里最高的，修行者们并不诧异。

冯妙君向来不太在意别人的目光，最初的羞涩过去之后，也就享受得心安理得。白日游山玩水，夜里相偎相依，做些两人都爱做的事。

快活的日子总是过得飞快。

仿佛一转眼间，他们就越过了边界，进入峣地。

走到这里，队伍已经放慢了脚步。进入云嶂曾经待过的乌凛镇后，他更是驾轻就熟领着冯妙君去镇上最大的茶楼吃茶，美中不足的是她还邀了玉还真。既然有外人同行，那么陈大昌理所当然也要跟随过来守护女王大人的安危。

云嶂皮笑肉不笑地看着两人，把情绪都写在脸上，玉还真端起茶盏，轻吹一口气："云国师何不定居新夏？从此也免了相思之苦。"

这话说出来，冯妙君面色微红，云嶂却哼了一声："正有此意，不过我怕抢了你的饭碗。"

玉还真正要回上一句，不过听到附近茶桌上传来客人的低声议论，不由得微微侧头，将注意力移了过去。

其他几人也都换上了凝重的神色，只因他们听到的内容也太惊人了些："我们峣国血脉，真的丢失了？"

"这都是大半个月前的事了，峣地传得沸沸扬扬，你今日才问起？"

"这不是今日才从山中回来？消息是假的吧？"

"不不，这回很可能是真的。我姑娘才从印兹城回来，听说那里已经戒严，军队上路一趟一趟地巡逻，平民想出城都要先报备再等上三天呢。想来城里真发生了大事。"

苗奉先的儿子失踪了！

冯妙君眉头一皱，就听玉还真问云嶂："这事跟魏国有无关联？"

魏国在冯妙君手里吃过大亏，想借机报复也不无可能。就连陈大昌都表露出关注的神情，只见云嶂摇了摇头："至少我不知情。"

但云嶂并没有把话说死，因为过去几个月，他一直都在燕熙交战的前线，不像从前那样待在魏廷把持朝政。

冯妙君面沉如水："加快脚步，今日之内就要赶到印兹城。"说罢转头向着玉还真抱歉道，"真不好意思，让贵客看笑话了。"

玉还真摇了摇头："国事纷扰，谁能例外？"心里却明白，这种突发意外的出现，正好是她考察冯妙君和新夏的良机。

说到做到，冯妙君和陈大昌、玉还真果然在太阳下山之前赶到了印兹城。

至于云嶂，她拗不过这人的死皮赖脸，只得把他也一并带上。

入夜，印兹城岩湖山庄。

冯妙君返回这里，并没有惊动其他人，而是径直去找晗月公主。

这会儿也才刚到戌时，晗月公主的寝殿却已经黑灯瞎火。领路的使女道："公主最近以泪洗面、神思忧劳，很早就睡下了。"

冯妙君站在黑沉沉的寝殿门口叹了口气，挥了挥手："下去吧。"

待左右都退下，她才伸手推开殿门。

晗月公主的声音从殿中传来，果然低沉而嘶哑："谁？"

"是我。"冯妙君说完，缓步走了进去。

门在她身后关上，外面的人什么动静也听不见了。

只用了一个晚上，冯妙君就弄清楚了事情的来龙去脉。

大半个月前，苗奉先和晗月公主的儿子苗涵声突然失踪，跟他一起失踪的还有乳娘。

次日清晨，下人赶紧上禀，晗月公主当场晕厥过去，州府立刻组织调查。

当天晚上，人们就在河边发现了乳娘的尸首，是被一剑抹了脖子。

岩湖山庄变作州府后，警戒力量并未减弱，外人纵使能潜入也做不到悄无声息、熟门熟路地抱走孩子，所以此事被断定为内鬼所为。

冯妙君听完了汇报之后，才按着额头道："没有线索？"

负责此案的小司寇在她面前战战兢兢："对方手脚很干净，没留下线索。那个乳娘全家都被灭门，连大人带孩子七口不存。"

"她怎么会被选作孩子的乳娘，是谁举荐的？"

"是原将军府的赵家二夫人举荐的，身家清白，祖上三代都是印兹城人。"小司寇顿了一顿，补充道，"赵家二夫人在城破时就已经不幸遇难了。"

"乳娘平时在宫中和谁走得最近？"

"两个女官，一个在王宫被攻破时死了，另一个已被我们控制盘查。她说乳娘老实，人缘不错，平素也没有异样举动。"

"这是本分人会做出来的事？"冯妙君嗤之以鼻，"她替别人偷出孩子，就遇上了卸磨杀驴。"

她转头对使女道："孤要小睡片刻，旁人一律不见。今晚请晗月公主过来用饭。"

冯妙君回到自己殿内，先四处检查一番，确定没有被某些神通或生物窃听，这才布下结界，再掏出方寸瓶，让云嵂出来。

此刻他脸上满是幽怨："我这一世光明磊落，何曾这样见不得光？"

"你光明磊落……过？"

云嵂主动替她卸去繁复的发饰。最后一根钗子解开，青丝如云般披泄而下，威严的国君立刻变作千娇百媚的小女人。

云嵂看得微微一窒，这才捡梳替她篦发，道："偷走那小鬼的人是谁，你心里有数没？"

"怎么？"他的手劲不轻不重，拿捏得极好，冯妙君合目享受他的体贴，倒不显得焦躁。

"我可以替你弄死他，悄无声息。"他声音温柔，仿佛要送出去讨好佳人的不是一条人命，而是一捧鲜花而已，"只要你喜欢。"

"很可惜，我还不清楚这人是谁。"冯妙君悠悠叹了口气，"或者说，不清楚这伙人具体是谁。"

"人数很多？"

"至少不是单兵作战。"冯妙君卸下外袍，正要加披一件轻软的纱衣，云嵂却夺了过去："穿这作甚，多此一举，反正一会儿也要脱掉。"说罢将她拦腰抱了起来。

冯妙君乖乖任他将自己放到高床之上，状甚温驯。结果这人紧接着就脱掉了她的软袜，剥出一双骨肉匀亭的嫩白小脚。云嵂一把抓住，再不愿放开。

他轻轻揉捏几下，她身子就酥了，却还是集中精神道："岩湖山庄有内鬼，否则乳娘半夜怎么能出得了庄门？整个印兹城也有内鬼，否则孩子丢失一事怎能传出去，还传得人尽皆知？州府明明下令封锁消息，不可走漏风声。"她顿了顿，"内鬼多了，就不叫内鬼了。那是叛乱。"

云嵂凉凉一笑："我早说过，这些峣人喜欢恩将仇报。你保他们性命，他们回头就忘了。"

"时过境迁，人心如此。"冯妙君摇头道，"他们更认同于自己的地缘和身份。想要稀释这一点，需要时间。"

"这半个月里，印兹城及附近乱象已现。民众议论纷纷，城守军却在镇压禁言，有几个镇子已经出现抗税不交的情况；前日夜里，有一支新夏商队路过距此七十里的明月山，结果遭到洗劫，货物被抢光，伤亡七八人。"

云嵂很是好奇："你打算怎么办？"

冯妙君的回答很简单，就一个字："等。"

云嵝挑了挑眉："不怕夜长梦多？"

"正要它多。"冯妙君伸指挑起他下巴，望着他俊美的容颜咻咻笑道，"好像还有点儿时间。"

云嵝知道，这代表她不想再继续这个话题。也罢，后面就知道她葫芦里卖的什么药了。

"你这昏君，竟然白日宣淫。"

"美人儿，乖乖从了孤，自有你的好处。"她自储物戒中随手扯出一件狐裘铺床，才用力将他扑倒，急不可待地宣布，"今回我在上面。"

云嵝看看按在自己胸膛上的纤纤玉指，只能同意。

一晃眼，又一个月过去了。嵝王孙就像从人间蒸发，没了下落。

嵝地的贵族无人不知新夏女王重返印兹城，不过这位以手段见长的新夏女王除了派人继续搜寻苗涵声的下落之外，并无任何出彩的举动，民怨由此疯长。

冯妙君就在印兹城，能轻易感受到嵝人的焦灼、暴躁，以及对于新夏、对于魏国的不满正在急剧攀升。可她好像什么也没有做。

就在这个微妙的时局里，新年到了。

每年此时，嵝国都要举办盛大的祭祀和庆典。新夏女王表示要尊重本地传统，因此今年的祭天仪式就换作女王亲自操持，规模之隆重还要超过以往。

在嵝地官员的注目下，典礼进行得很顺利。

这是换过新君之后，印兹城迎来的头一个新年，深刻又难忘。女王希望新年要有新气象，所以庙会、游园、花火大会样样不缺，印兹城的这个新年过得相当热闹，人人脸上都有笑容。

除了丢失的前嵝王孙还未找到，其他看起来一切都好。

正月初三，顺东风酒楼。

玉还真就坐在二楼的角落里，要了个古董羹。这里是拐角，旁人视线少及，窗外又有大片蜡梅可赏，闹中取静。

用到一半，只见一人向她这边来，玉还真撇了撇嘴："廷尉大人不得忙着捉拿内奸吗？怎么有空来顺东风用饭？"

陈大昌落座："女王仁厚，特许我今日过来……"

话未说完，玉还真就摆了摆手："好了好了，知道女王让你出来吃饭，你感恩戴德。马屁精！"

陈大昌也不以为意："玉夫人怎么一个人用饭，胡天呢？"

"它好几日未进血食，这会儿去城外猎几嘴吃的。我们那里有初三食羊肉进补的习惯。"

"年夜饭呢？"

"我的人到了几个。"

这时伙计将碗箸送到桌上摆好，玉还真注意到，陈大昌并不动箸。

"你呢？"

陈大昌忍不住叹了口气："除夕，北城门外大祭。"女王忙碌，他哪还有空闲吃年夜饭？

"没吃上？"

"没有。"

玉还真咬着箸，给了他一个同情的眼神。就听他接着道："无妨，习惯便好。"

"家人呢？"

"都不在了。"陈大昌平淡道，"只剩一个姑婆，不在新夏。我已经跟女王请了假，过几个月回去看看她。"

玉还真接着道："说到偷孩子，你猜幕后人是谁？"

陈大昌眼都不眨："猜不到。"这不在他权责范围之内，不需要他操心。

"能在守卫森严的岩湖山庄偷走孩子的，我好像认得几个。"玉还真夹了一块青笋，凑在唇边吹气，"恰巧，有一个当下就在印兹城。"玉还真笑吟吟的，"你猜是谁？"

陈大昌想也不想就道："你。"

玉还真箸头一翘，直指他膻中大穴："喂，饭可以乱吃，话不可以乱说。"

陈大昌低头看了看："玉夫人知道便好。"

也即是说，他明白她指的是谁了？玉还真慢慢嚼着青笋，想着这是不是冯妙君布下的一盘棋："这里的事情好像有些棘手，我看女王一时半会儿走不开吧？"

"比眼下这要棘手百倍的情况，我们也遇过。"她与冯妙君交情不深，陈大昌却知道自家女主人的本事，"放心，必能摆平。"

玉还真摇头轻笑："你是真不知还是假不知，从前再乱也只是新夏内部的麻烦，可要是峣王孙失踪案处理不当，不仅是峣地，恐怕连魏国都要被牵扯进来。"

峣地就和从前的安夏一样，是北陆最不安定的因素和地区。一个处理不好，可不是新夏的家务事，而是牵连整个大陆的麻烦！魏国正忙着休整、备战，要是峣地事故频发影响到它，它必然要向新夏施压，要求其尽快解决。

陈大昌望着她没说话。

玉还真以为他正在思考，谁知他过了一会儿却问："如果女王最终妥善解决此事，玉夫人会当我新夏的国师吗？"

话锋转得太快，玉还真一愣之下才道："这……"玉还真被陈大昌死死盯着，下意识缩了一缩，"我好不容易得了清闲。"

"以玉夫人的本事，就此放旷于江湖，太可惜了。"陈大昌当然不会死心，"我王求贤若渴。"

"你的心可真大。"玉还真斜睨他一眼，"你得罪过我，就不怕我当上国师之后，先剜了你的眼？"这话本是调侃，可是说出来之后，她自己也呆住了，恨不得扇自己一耳光。

陈大昌立刻联想到山洞当中，他每日替她换药的那几幕场景，让他血脉偾张……他脸色慢慢变得古怪，只得轻咳一声来掩饰："玉夫人不当国师，也能剜了我的眼。"

玉还真赶紧借坡下驴："你知道就好！"

"所以？"

玉还真无法，只得道："只要新夏女王确有治国之能，我愿当这个国师。"

陈大昌松了一口气，笑道："一言为定。"

玉还真从未见他笑得这样开怀，正要再说话，楼下忽然走上来一名少女，十五六岁模样，站在梯口四处张望。

陈大昌立刻站了起来，歉意道："玉夫人慢用，我等的人到了。"

入夜，陈大昌被宣至国君的书房。

见他走进，冯妙君将手中的奏本一丢，笑吟吟道："怎样，谢家的女儿可能入得陈廷尉法眼？"

今日陈大昌在酒楼邀约之人，正是本国祭酒之女谢霜绫，也是冯妙君特意为他物色的娶亲人选。

陈大昌低了低头："挺好。"

只是挺好？她对这手下太了解了："哪里不满意？"

"没、没有。"

"没有不满意，也就是没有觉得满意。"冯妙君捻着狼毫笔，"说说看，谢家千金哪里不好？"

陈大昌果然仔细思索，良久才摇头："属下不知。"

谢霜绫看起来集美貌温淑于一身，谈吐有度知进退，是个有教养的官家小姐，适宜娶回去做当家的主母。可是陈大昌总觉得，她身上缺了点什么。但是冯妙君追问，他也说不出。

冯妙君叹了口气："既如此，再处一处好了，岂不闻日久生情？"

陈大昌应了一声"是"。

"还有什么见闻？"

陈大昌想了想才道："玉夫人中午也去顺东风用餐。"

冯妙君拈起一块莲蓉饼正要入口，闻言手上一顿："这么巧，她也去了。你和玉夫人聊上了？"

"是。"陈大昌回答，"她明确道，只要您能妥善解决印兹城最近的风波，她愿意出任新夏国师。"

冯妙君霍然起身，在书房里快步走了两个来回，才折到陈大昌面前，在他肩膀重重拍了一记："干得好！"说完顺手拾起狼毫，重新运笔如飞，"去，孤要诏告天下！"

陈大昌就立在她身侧，待一字一字看清内容，目光越来越亮。

印兹城人次日醒来，就接到一记重磅消息——前峣王孙苗涵声已被找到，安然无恙，已送晗月公主母子团聚！

印兹城平民都是又惊又喜，这诏告由新夏女王亲笔所书，国君说话都叫金口玉言，总不至于扯谎。

玉还真听说此事以后，去向陈大昌求证："那孩子真救回来了？"

"安然无恙。"

玉还真不疑有他，只是好奇："劫匪是谁，如何处置？"

"还是机密。"陈大昌很认真地问她，"孩子也救回来了，民怨不再沸腾，此事算不算妥善处理完毕？"

玉还真知道，他说的是她该履约了。这人心心念念的只有替女王尽忠办事吗？

她哼了一声："不算，还未水落石出。"在她看来，这事还有后续。

陈大昌信心满满："快了。"

玉还真看他两眼，忽然道："谢家千金怎样？"

这个"怎样"的问法太笼统了，陈大昌不知道她具体所指，只能含糊道："还好。"

玉还真笑了笑："恭喜。"说罢抬高下巴，转身走了。

第三十六章　智擒反叛

印兹城西北角有一条小巷，名作担水巷。巷子原本就不起眼，又在魏人入侵中损毁，住户死伤过半，侥幸活下来的居民也纷纷搬走，所以只过了几个月时间，这里就没了人气，只有虫蚁狐獾和顽童偶尔造访。

不过担水巷中段的大槐树依旧活了下来，枝繁叶茂。

正是午后，有个穿着粗布衣裳的小厮走进这里，坐到树下，掏出了白肉火烧才抬头。

树干上刻着一道又一道划痕，长短如一，都是半寸，从上到下排列得好生整齐，倒不像顽童的手笔。

他一边啃火烧一边数划痕，一二三四五……

数到第四十八道，没了。

他怔住，肥肉堵在嘴里没下咽，就急着从头再数一遍。

还是四十八道。

这小厮的脸色一下变得凝重，将火烧丢到一边，伸手抚着划痕以免自己看错，再细细地数了第三遍。

四十八，而不是四十九。

他转头就往巷外跑去。

城里群情激昂，冯妙君却待在印兹城南郊的千星小筑，享受难得的安宁。

此处原是峣国权贵建于矮山上的小楼，远离人烟，在晴天夜里可以仰望星河美景，不过在魏人入侵之后就成了无主之物，被送去发卖。冯妙君效仿燕王以化名买下，作为自己的私产修葺一新。除了陈大昌之外，几乎无人知道这小楼的主人是新夏女王。

千星小筑建有暖房，外头风雪连天，里面姹紫嫣红。冯妙君俯下身去，望见两株被重点照顾的兰花好似快要绽放。

远处传来砰砰几声。

正月还没过完呢，不少人家里还有烟花，这时就纷纷放上天去以兹庆贺。她正拿着花铲除草，就有一双手自背后伸来，环住了她的细腰。

敢在这里对她动手脚步的人，只有一个。

冯妙君头也不回道："回来了？"

云嵂在她颊上亲了一口："你真帮晗月公主找回儿子了？"

"如假包换。"冯妙君干脆把铲子递给他，"你消息很灵通嘛。"

云嵂也有几分好奇："他被人藏在哪里？"接过铲子，继续她未完成的工作。

冯妙君笑嘻嘻道："藏在哪里重要吗？反正已经找回。"

云嵂捏了捏她的鼻尖："跟我卖关子？"

"说破就不好玩了。"冯妙君拍掉他的爪子，"这事儿还有后续，你等着看就是。对了，你上哪儿去了？"一连二十天都不见人影。

云嵂听出她的抱怨之意，偏头看着她笑："想我了？"

那双桃花眼里，满满的都是情意。

冯妙君有点脸红，双手环胸道："你这人满肚子坏水，二十天时间，够你完成好几套阴谋诡计了。"

"冤枉啊女王大人。"云嵂连连叫屈，"这一次，我是回魏办正经事去了。"

冯妙君微微一憬："燕国有动作了？"

"目前来说，还没有。刚刚吃下熙国不足两个月，都未来得及消化，燕王没那么蠢。"云嵂笑道，"不过燕军已经在原本的熙魏边界设营屯兵，加强了军防。"

冯妙君抚额长叹："都是新得领地，怎么我拿到的最棘手？"

"因为那原本就不是新夏该得的。"云嵂轻笑，一铲子挖掉半棵杂草，"拿了别人的东西，总该付出一点代价。"

冯妙君斜睨着他："还在生气？"

他嘴角一翘："就当作是我提前送出的聘礼吧。"

冯妙君呸了一声。两人此刻虽然好得像蜜里调油，各自立场却不会改变。他维护他的大魏，她考虑她的新夏。

云嵂收敛了笑容："言归正传，我有个消息给你。"

她洗耳恭听。

"有动作的不是燕国，而是西峣。"

"什么？"冯妙君皱起黛眉。

"西峣境内、靠近魏夏边界，这几月来有些异动。"云嵂沉吟道，"你也知道，我们将峣军拆散打乱，混入魏国军队当中，尤其归降的将领要与手下原有的兵员分开编配，以免反抗哗变。"

冯妙君点头。新夏也是这般处理，此为南北陆对待降兵的通用惯例。

"但我接到消息，部分州郡的峣人官员正在私募乡兵，人数异常偏多。"云嵘道，"仅是现在已知，就有十六郡如此。虽然每地增收乡兵都不算明目张胆，可是十六郡相加，也达到了三万之数。"

冯妙君听到这里，目光闪动。对于"乡兵"这两个字，她是极度敏锐。从前她平定新夏内乱，收剿军权，地方上的门阀就以招募乡兵的名义来培养自己的武装力量，可谓上有政策下有对策。西峣出现这种情况，她第一个反应就是：这些家伙想造反。

"所以？"她等着云嵘的下文，"这跟我有什么关系？"

"现在还跟我要心眼？"云嵘在她软嫩的面颊上掐了一把，"这些州郡离东峣和西峣的交界不远，绝非孤立现象。我就不信，你在东峣内没有接到类似的报告。"

被他发现了呀？冯妙君悻悻道："好吧，我这里的情况还要更密集些，看来他们所谋者甚大。"

"他们还互相联络。在他们秘密会晤时，我这里就抓到几人。"

冯妙君挑眉："供出幕后主使了？"

"本来视死如归，不过我当着他们的面，把最有骨气的那人整条脊椎都抽了出来，所以他们也没有坚持太久。"云嵘说了一个人名，"主谋不是他，但也相差不远了。"

以云嵘的手段，能在他手下坚持说谎的人不多，冯妙君信了："若再结合苗涵声失踪一案来看，他们想复国！"

手里的活都完成了，云嵘放下花铲："那可要选择恰当的时机。"

冯妙君眼中有戾气一闪而过："魏燕大战！"

从前傅灵川也正是抓住了魏峣交战、无暇旁顾的机会，才收复安夏，重新立国，现在这群人想要抓着苗涵声重走他的老路？

"新夏的建立让许多人都不安分了。唉，这给我们增加了许多麻烦啊。"云嵘叹了口气，"你要怎么补偿我？"

"我将幕后人抓出来，你的麻烦不就迎刃而解？"

"不够。"他伸出手，将她打横抱了起来，"我这些天为了情报四处奔波，女王大人不该论功行赏吗？"

"成。"冯妙君抱着他的脖子，在他下巴上咬了一口，大方道，"想要什么赏赐？"

云嵘不答，径直将她抱去了旁边的草地。

接下来的两个夜晚，却有人寝食难安，因为担水巷老槐树树干上的刻痕，一直就维持在四十八这个数字上，没多一画，也没少一画。

"一定要弄清楚，那里到底出了什么问题，为什么接连两天没有报平安的讯号！"

他的威望无人能及，手下办事也很得力，一道又一道密令催发出去，所以当天入夜就有消息传了回来：孩子不见了。

他一拳砸在桌上："怎会不见！四个大人看管一个两岁幼儿，还能让他走丢了？"

巧的是，此前一天，新夏女王刚刚发布了前峣王孙苗涵声被救回的消息。难道……他这么想着，就起身要换衣物，被手下苦苦阻拦："城门已经下钥，现在出城必然要惊动他人！"

的确就是这个道理，眼下正是风口浪尖，不宜异动。

幸好，第二天清晨就有好消息传了进来：孩子找到了，原来是掉进河里，随水漂到了十里外的下游，被河边的居民给救起，现在已经安然带回。

接到消息，这人终于长长嘘了一口气："果然是虎父无犬子啊。"而后下令要求彻查孩子落水之事。

就这一点差池，险些断送了所有人的前程。

人民最是纯朴，苗涵声既已归来，笼在印兹城的低气压就一扫而尽。

不过这个时候，坊市间又有一种传言开始蔓延——峣王孙根本没被救回。陪在晗月公主身边的，只是个来历不明的孩子，新夏女王欺骗了所有峣人。

冯妙君并不理会。

又过几日，在岩湖山庄的议政厅中，冯妙君宣布元宵后返回新夏，晗月公主母子随行。

终于有臣子忍不住提出疑问："王上，未知太……未知晗月公主近况如何？"

从女王宣布救回苗涵声之后，晗月公主就未再公开露过面。

"她前段时间积郁成疾，这些天要好生调理。"冯妙君淡淡道，"怎么？"

"我等求见她多次，都未能成。"

"哦？"冯妙君笑道，"荀卿有什么急事要找她？孤可以代为转达。"

这人一噎："并、并无急事，只想问候。"

"行了，你们的心意，她自会知晓。"冯妙君挥了挥手，状甚随意，"没事就别总往前廷太子妃那里跑，落人口实不好。"

众臣面面相觑，皆有不豫之色。冯妙君将他们神情看在眼里，不疾不徐道："苗涵声案可还未结案，众卿少安毋躁，以后自有交代。"

以后自有交代？您老人家都快要回新夏了，还是带着太子妃母子同去！众臣心底暗自吐槽，那里可是女王地盘，就算她喜欢指鹿为马，旁人都不敢进出半个"不"字，因此暂时也无人敢顶撞她。

王廷上有什么风吹草动，很快就能传遍整个峣地的贵族圈。

而在绑匪这里，有几人按捺不住躁动，纷纷冷笑："新夏女王囚禁太子妃不许人见，就真当我们见不着了？"

这时已然入夜，他们换上装束正要出门，身后却传来一声冷喝："站住！做什么去？"

这几人转身先行了礼，才恭敬道："我们去寻太子妃。您必定也想知道那孩子是真是假？"

"这是陷阱。"后来人冷笑，"人家就等着你们偷偷摸摸潜进去，才好当场抓一个现行。怎么，你们生怕人家不能一网打尽吗？"

"可是……"

"都换回衣服，该做什么就做什么去，不许打草惊蛇！"后来者厉声道，"一切有我！"

众人立刻应了声"是"，便作鸟兽散。

苗涵声失踪是大事，印兹城内当然要大肆搜捕嫌疑人。历时月余，冯妙君已经追查出一点线索，却不愿打草惊蛇。想将那许多人同时一网成擒，就需要一个正大光明的理由。更妙的是，冯妙君相准的未必是嫌疑人群，而是他们的家眷。

这些天来，嫌犯在牢里受尽酷刑，昨日甚至还有人被刑囚至死。于是今天夜里，就有峨国旧臣前来自投，涕泪交加下说出了主使者的名字：赵汝山。

连旁边的陈大昌眉心都微微一跳，不过冯妙君倒是老神在在："指认赵汝山？把他给我带上来。"

被带到她面前这位，曾是赵汝山手下的指挥使，姓齐。明日要处决的犯人当中，就有他最疼爱的小儿子。

冯妙君挥退了左右，只留下陈大昌。

"这么说，你要揭发自己的老上司？"

天威迫人，齐指挥使满脸是汗："为女王尽瘁！"

冯妙君指尖在桌上轻叩两下："赵汝山不在印兹城，甚至离这里还有百里之遥。他怎么会掳走苗涵声？"

"赵汝山自峨地易主后，对新夏心存不满，遂密谋带走小王孙，以待日后另立新国之用。"齐指挥使小心翼翼道，"他在旧廷中党羽遍布，乳娘也出自他府中。"

冯妙君又问当日作案细节，齐指挥使也能一一对答得上，最后自伏于地："臣该死，受妖人蛊惑，辜负圣恩。然此事家人都不知情……"

他也参与其中，自知罪责难免。

不待他说完，冯妙君就冲他勾了勾手指："过来。"

齐指挥使躬着身小心靠近。

"再过来点。"

齐指挥使走到她跟前二尺处才站定。

"你说得很好，不过……"冯妙君悠悠道，"我不信！"

齐指挥使骇然变色，正要开口申辩，不意女王皓腕抬起，拇指、中指翻开，一下按在他两侧太阳穴上！一阵剧痛来袭，紧接着就是头晕目眩。齐指挥使抬头，却见天旋地转，连壁上的明灯都像是变出了好几盏幻影。

女王正在说话，但声音仿佛从极遥远的地方传来，变得压抑绵长又沉重。

"好好想想，掳走苗涵声的主事者，到底是谁？"

齐指挥使张了张嘴，没说话，身躯却微微发抖。

冯妙君知道，他正在天人交战，一方面受了她秘术驱使，潜意识里又知兹事体大、本能地想要保守秘密。于是她将问题又重复一遍，而后重重叱了一声："说！"

这最后一字如刀如剑，直刺入齐指挥使脑海，让他冷不防一个哆嗦，心底那层戒备瞬间就被扎破。他也不抖了，目光慢慢涣散，终于说出了一个名字。

站在边上旁听的陈大昌，露出了惊讶的神色。

冯妙君面沉如水，沉吟了好一会儿，才在齐指挥使耳边打了个响指。

"嗒。"他应声醒来，满脸茫然，不记得方才这短短几息之内发生过什么。

冯妙君挥了挥手："代替你儿子，坐牢去吧。"

待他被押走，陈大昌低声问道："这就前去捉拿？"

"不急。"冯妙君十指在胸前交叉，"连我都觉意外，你觉得百姓能信？纵然有齐指挥使这个人证。"

"苗涵声被寻回的消息一发布，他就坐不住了，指使姓齐的来混淆我的视听，想栽赃到赵汝山身上，嘿！"她眯起了眼，"他在这里仍是树大根深，想抓到他、杀掉他不难，难的是让旁人没有异议！"

陈大昌明白："我们需要更多证据。"

"何止？"她淡淡道，"要铁证如山！"

晗月公主刚喂儿子吃过饭，先前出庄的使女就回来了，手里提着一个捂得严严实实的篮子："公主，这是您要的枣泥茯苓糕，还热乎着呢。"

篮子揭开，里面是个小小的暖盒，盒里的茯苓糕仍热气腾腾，刚刚出笼似的。

晗月公主从小就爱吃这一味，拈了一块送进口里，满意地点了点头，顺手打赏外出买点心的使女。不过她吃到第三块时忽觉有异，皱了皱眉，从口中取出一张指头粗细的字条。

这字条是叠成小块塞在茯苓糕里的，边上的使女见了大惊，当即跪下请罪。晗月公主不理她，顺手打开看了两眼，上面只有一行小字：臣鲁闻达求见，候于锦棠厅外。

晗月公主眉心微动，微微吃惊：前峣廷的鲁太师求见她？

对于这位前廷的老人，晗月公主由来尊重，并不细想就道："请进来说话。"

侍从很快将鲁太师领了进来。

晗月公主出门来迎，鲁太师躬身就要行礼，前者一把架住他的胳膊："莫要多礼，我已经不是太子妃了。"

鲁太师这才抬起头来，细细打量着她，而后长长嘘一口气："还好，还好。"

他年近九旬，背板还挺得笔直，精神更是矍铄，面色红润，中气依旧十足，依稀见得到青壮年时叱咤沙场的影子。

晗月公主笑道："出了什么事？"

鲁太师摇了摇头，任她扶着自己往厅内走去："许久不见太子……许久不见公主你露面，臣等实是担忧得紧。"

"有劳太师挂怀了。"晗月公主面带愧疚，"晗月很好。"

鲁太师方才细看她神情，眉心舒展，气色好转，嘴角常含笑意，果然不似月余前那般愁容满面。"看来公主和……和小公子都安然无恙，老臣也放心了。"

晗月奇道："太师何出此言？"

"公主不知。"鲁太师叹了口气，"女王下了严令，不许臣等前来打扰。可是从小公子被救回至今，竟无外臣见到，我们都有些、都有些担忧。"

晗月公主不以为意："安安也是一番好意，我替她向太师赔个不是。唉，过去月余，晗月提心吊胆。前日那小子被抱回我身边，我一觉睡了十几个时辰还不知醒呢。"

"女王体恤公主，却也该怜我等忧思难安啊。你看，这么多人都拜托我来探个虚实，老头子能不豁出这把骨头吗？"

这人上了年纪，就和孩子一般固执。晗月公主如今心情大好，细声细气哄了他好久。

鲁太师怒气稍敛，喝了两口茶，抬头望向轩内："对了，小公子何在？臣请一见。"虽说晗月公主笑容满面就足以证明新夏女王没有欺骗峣人，可是他好不容易来上一趟，仍想着眼见为实。

"刚刚才喂饱，也不知睡了没。"晗月公主还是站了起来，"请太师随我来吧。"

两人往轩内走去，绕过了前厅就是晗月母子居处。

走入小王孙的房里，鲁太师果然见到一张锦床，纱帐放下来挡住了视线，他们只能看见里面有个小小的身影躺在床上。

晗月公主走上几步，钻进纱帐里瞅了两眼就笑道："又偷偷玩耍不睡觉了？正好，有人要见你呢。"说着一把将孩子抱起来，走出纱帐，递到鲁太师面前道，"看，还是白白胖胖的吧？"

鲁太师看清她抱着的"孩子"，瞳孔蓦地收缩，失声道："这、这……"

他身体原本健朗，这时却忍不住后退两步。

晗月公主抱在手中的，哪里是什么苗涵声？那分明就是一只猴子！

偏在这时，晗月公主还抓着猴子的爪子当孩儿的小手晃了晃，对着鲁太师道："来，唤一声太师，人家大老远赶来看你呢。"

那瘪脸鼓腮的猴子冲他咧了咧嘴，吱的一声尖叫。鲁太师有些耳背都嫌刺耳，晗月公主却夸赞道："咦，竟然这么字正腔圆！"

鲁太师目瞪口呆："这，小公子？"

"怎么？"晗月公主奇道，"两月前您才见过他哩，这小子面貌变化很大吗？"

她竟然将一只猴子当作是亲生儿子！鲁太师毕竟见多识广，暗道晗月公主莫不是忧伤过度、失心疯了，遂转头望向一边的使女："你呢，你看小公子呢？"

使女含笑道："小公子吃睡得香，比起两月前还重了少许呢。"

鲁太师看人的眼力还是有的，这会儿能瞧出使女眼中笑意真切，虽有讨好的成分，却不见得在撒谎。这对主仆，不，难道锦棠厅里所有人都将猴子当作了苗涵声？

鲁太师下意识随着晗月公主往外走，看她将猴子放在地上。猴子满屋子乱跑，叽叽喳喳叫个不休，她却用慈爱的眼神追随，时常还要提醒："慢些，慢些，莫要磕坏了！"

鲁太师只觉天下滑稽莫过于此，可他笑不出来。

看向周围站立的侍从，他好半天才从喉咙里挤出几个字，干涩无比："臣先告退……"

晗月公主唤侍从领他离去。

一路上，鲁太师边走边隐隐担忧。

那猴子必定是新夏女王塞给晗月公主的，她又施了法术，令整座锦棠厅的人都中邪一般指猴为人。现在他见过晗月公主，也就撞破了她的伎俩，新夏女王会不会杀掉他灭口？

鲁太师回到自己的太师府，在忐忑中度过了两天。

到第三日上午，新夏女王突然发话——晗月公主休养多日，身心已然好转，可以会见外客了。

鲁太师闻讯愕然。

果然，安阳侯府的大夫人首先代表丈夫和侯府拜访锦棠厅，看望了晗月公主母子。

既然女王金口已开，前峣臣子循官职、地位由高到低一一进行拜见，一切风平浪静。

鲁太师很快发现，整个印兹城的贵族圈气氛都缓和下来了，不再剑拔弩张，不再忧心忡忡。也就是说，见过晗月公主母子的人都放下心来，觉得新夏女王没有欺骗他们。

也就是说，他们都"见"到了前峣王孙苗涵声，并且不觉得有甚古怪之处。

这怎么可能？到底是众人被蒙蔽，还是他老眼昏花，硬是将好好的奶娃子看成了猴？

时间一点一点推移，离女王和晗月公主动身返回新夏的期限越来越近，鲁太师越发焦躁不安。如果所有人都被蒙在鼓里，那么真正的苗涵声又在哪儿，是不是仍然流落在外、在劫匪手里？

新夏女王一旦离开，真相大概就永无出头之日。

接下来几天里，鲁太师坐立难安。后辈们见他吃睡不香，都建议他到郊区庄子上散心，曾幺孙女更是建议他去灯会玩耍："明晚就是元宵灯会了。去年湖里掉了人，据说今年戏台子也不敢再搭在湖边，而是选了薛家的大院，布置得那叫一个漂亮。"

鲁太师哪有什么心思逛灯会？随口就拒绝了。

越明日，正月十五。

天色渐晚，印兹城华灯初上，大街小巷都是穿新衣、举灯笼的人。年味儿依旧十足，大家都明白，过了今日，这个年也就算过完了，所以加倍珍惜。

鲁太师却有些心不在焉，尤其从回府的小厮那里听到一条消息之后，更坐不住了。他看看天色，吩咐道："备马车。"想了想又补充一句，"把玉花驳兽套上。"

上古有异兽名为"驳"，疾行如风能飞翔。

闻声赶来的孙子鲁宏远吃惊道："祖父，您这是要出远门？"

"我心里不安。"鲁太师低声道，"今天报讯的又迟了，傍晚才来。"

鲁宏远不解："可好歹是来了。"

"不，必然有些变故，否则怎会一而再……"鲁太师暴躁道，"好了，让开！"

鲁宏远看他眼里布满血丝，显然好些天没睡好。老人家毕竟年事已高，身体再健朗也扛不住这样煎熬。鲁宏远还想再劝，老头子抢先道："今晚印兹城人都忙着玩耍游园，女王和她的得力干将都要出席，雷打不动的宵禁也会一并取消。我至多明晨就回来，谁也不会起疑。好了——"拐杖在地上重重一敲，"都滚开，别挡我的路！"

下人们飞快地配好了马车，鲁宏远扶着鲁太师坐进车厢，又派十余人登上另一辆马车。车夫挽了个鞭花，玉花驳就嘚嘚跑了起来。

这时的印兹城里处处是人，街道上拥堵得很，马车行进很慢。

鲁太师等了许久都未出城，马车摇晃，连日来的疲惫一齐涌上，他毕竟是个九十岁的老人，精力不济，很快就在车里打起了盹。

也不知睡了多久，边上的孙儿鲁宏远轻轻摇醒他："祖父，到了。"

被孙子搀下马车，他望见眼前是一排农舍，只有一间亮着昏黄的灯。房子后头就是山林，这个夜里竟然没有风，僻静得连养在笼子里的鸡都没舍得扇一下翅膀。

鲁太师往前走了几步，忽然停下来问道："人呢？"

屋里亮着灯，他们到来的动静也不小，为何没人出来迎接？

这安静的景象，在夜晚的寒风中无端让人心里发毛。

鲁宏远也觉不好，对祖父道："您先回车上，待孙儿带人去看看……"

鲁太师哼了一声："都走到这里了，还有得跑？"大步迈出，反而走在前头。

鲁宏远对这倔强的老祖宗实是无可奈何，往后挥了挥手，一路跟来的十余名手下就奔到两人前面探路，分散去了每间农舍。

鲁太师脾气虽硬却不至于糊涂，这时放慢了脚步。果然十几息后，搜索屋子的人纷纷露头，打了个安全的手势。

那几间黑屋子里都没有人。

相反，有灯光的那一间，有四名手下进去后就没再出来。

没有打斗，没有喝骂，就是静悄悄的，什么都没有。

这种无声的诡异，才最让人提心吊胆。

鲁宏远侧了侧头，余下的人就往那里移动，脚步谨慎了很多。

不过最前一人还未触到门板，居然有个声音从里面传了出来："鲁太师，相逢不如偶遇，进来喝杯茶如何？"

这人的声音悠扬、清朗，如珠玉相击，煞是好听。可是鲁太师一听之下就目眦尽裂，厉喝一声："是你，竟然是你！"

在鲁宏远看来，祖父脸上的肌肉突然扭曲，连眼睛都布满血丝。

鲁宏远想伸手去扶，鲁太师却挥膀甩开，大步往屋里走去。

"祖父！"

众人一拥而上，将鲁太师护在中央，就这样进了屋子。

这里满地都是尸体，横七竖八，几乎占掉了所有空间。鲁宏远一眼扫过就数出一共八具，除了方才抢进屋里的那四名手下，还有另外四人也早就断了气。

屋里空间小，陈列也简单，除了一张小床之外，就只有一张桌子，两把木椅。

现在就有个人坐在椅子上，还跷起了腿，神情惬意。他长得很俊，像画里走出来的谪仙，不沾凡尘俗事的那种，放在这杀人现场一百个不协调。

他身边的桌上坐着一个胖娃娃，虎头虎脑，眼睛很大很亮，鼻子很挺，正抓着他的袖子玩耍。

鲁宏远瞳孔骤缩，提起全副警戒："你是谁！"

他正想将祖父带出门去，鲁太师却哼了一声："你不认得他？他是魏国国师！"

鲁宏远脑中顿时嗡的一响。

云嵂笑道："慕名多时，今日有幸一会，云某以茶代酒，敬太师一杯如何？"言罢端起桌上茶杯，一弹指推了过来。

他奉来的茶，鲁太师哪里敢喝，伸拐一把打掉，怒喝道："这一切都是你捣的鬼！"

"敬酒不吃吃罚酒。"云嵂端起身边的杯子轻啜一口，"可惜了这样的好茶。"

鲁宏远抢上两步，云嵂却伸手抚着孩子的顶发："再上前，我可就不客气了。绕到窗下那两人，也撤回去。"

鲁家人立刻停下动作，鲁太师却目光闪烁："笑话，这又不是真正的小王孙！苗家血脉早被女王救回了岩湖山庄。"

"你不知道？"云嵂似是听到了天大的笑话，"苗涵声岂非一直都在你手里？你不知道，那这世上还有何人能知？"

鲁太师沉着脸道："老夫不知你在说什么！"

云嵂啧啧两声："罢了，他既不是苗涵声，留着也无用。"说罢扣在孩子头上的五指屈起，就要用力捏下。

"住手，快住手！"鲁太师急喝。

云嵲笑了："现在，你确定他是苗涵声了？"

鲁太师长叹一声，捺下满肚子火气，终是道："你要作甚！"

"还要感谢你将孩子从岩湖山庄里偷出来，在这里杀掉他可容易多了。"云嵲淡淡道，"你瞧，我忽然想到，只要杀掉苗涵声，苗峣的血脉从此断绝，你心心念念的复国大业也就打了水漂呢。"

这个两岁大的奶娃子是峣王室存世的唯一血脉，有天然的号召力。他在，峣国才有复国的希望；他要是死了，峣地贵族就是一片散沙，再也凝聚不起来。这是鲁太师最害怕看到的。

他死死盯着云嵲道："魏国想要什么！"

"你们在魏国布下的反抗据点，一个个说与我听。"云嵲淡淡道，"别想造伪，我已掌握得八九不离十，只需要你来印证而已。"

要是全盘托出，鲁太师知道魏境内的手下和友军就会面临极尽血腥的大清洗。说不定西峣的反抗势力从此会一蹶不振，再也没有余力反抗暴魏。

可是苗涵声要是现在就死了，复国的希望也就彻底破碎了，鲁太师的目光游移不定。

云嵲等了一小会儿，也见到他眼底的煎熬，干脆笑道："这样，我换个问题好了。你和燕王约定，什么时候动手？"

突然扯上燕王，鲁太师一怔："什么意思？"

云嵲懒洋洋道："东西两片峣地有不少州郡暗中操练乡兵，扩充军备，虽然你们做得隐蔽，每营人数不多，但加在一起也超过三万之众。可是三万人的吃喝、药物、武器，每天都是一大笔开销，要没旁人资助，你们哪来的钱？"

鲁太师沉着脸，不吭声。

云嵲接着轻笑道："现在肯慷慨解囊的，大概也只有燕王了，他倒是打得一手好算盘。"他摇了摇头，"所以，燕王给了你多少钱，让你什么时候举事？"说完手上微一用力，小娃吃痛，顿时放声大哭。

"住手！每季三百万两！燕国何时开战，我怎会知，你何不问燕王去！"鲁太师额上冒汗，不敢停顿，"莫伤孩子性命，别忘了你们和新夏有协议！"

"这时候，你倒想得到新夏的庇护了？"云嵲轻笑，"可惜协议内容只规定了两国互不侵犯，没说我不能在这里杀人。再说……"他拖长了语音，"杀掉这小东西就能解决内患，你们女王还应该感谢我。"

鲁太师颓然道："我认栽就是。你将他安安全全还予新夏女王，我鲁闻达立刻前去自首！"

正说话间，趴在桌子边缘的苗涵声立了起来，可是一个没站稳，倒栽葱掉落。

　　眼看他就要脑瓜着地，云嵋抢先抓住他的小腿，倒提起来。

　　机会！一直默不作声的鲁宏远打了个手势，隐在窗边的修行者早就掐好了诀，闻讯催动，云嵋足下的地面立刻变作泥淖。另外两人飞扑上前，一个抢孩子，一个挥刀向他斩去，一时间陋室内尽是雪亮刀光。

　　云嵋做出来的举动却让所有人大吃一惊——他想也不想便将手中的苗涵声甩向对手的刀锋！

　　这么个小嫩娃子，一剖可就成两半了。对面那人骇然收刀，好不容易将他抱在怀里，一低头竟然见到苗涵声向他咧嘴一笑。那笑容可没有娃娃的天真无邪，反而充满了奇诡味道。

　　他直觉不好，可还未来得及将孩子甩开，胸口已然传来爆炸般的剧痛。

　　紧接着他眼前一黑，就什么也不知道了。

　　异变骤起，鲁家人立知不对。鲁宏远大声道："是陷阱，撤退！"

　　这孩子既是假的，他们就没必要停留于此。

　　云嵋一掌将边上那人打飞出去数丈远，微笑道："几位留步，戏演完了还得谢幕呢。"说罢，手上打了个响指。

　　"嗒。"声音刚落，周围的景色忽然模糊，就像海市蜃楼突然解体。房子不见了，忽然有强光照进眼里。

　　鲁家人怔神不过两息，此地仿佛换了人间。哪还有夜色深沉，哪还有简陋农舍，哪还有远山和谷地！

　　大家都站在一片宽敞的广场上，准确来说，是站在一块土台上方，比地面高出些许。

　　广场上张灯结彩，土台周围水泄不通，挤满了人。

　　有大人、有孩子、有妇孺，相似点是多数人手里都提着灯笼，瞬也不瞬地望向土台。

　　他们的眼神，一言难尽。

　　偌大的广场上鸦雀无声，仿佛落针可闻。

　　鲁家人震惊之余，仿佛还听到不远处有水流的潺潺之音。

　　鲁太师喃喃道："这里是、是……"他目光一转，就与台下的新夏女王四目相对。

　　她就坐在那里，不须言语，眼神就说明了一切：你输了。

　　兜兜转转，他们竟然从未出城，而是被马车送到了这里来、送到了幻境中，在无数印兹人面前上演了这一幕！

　　台下，冯妙君缓缓站了起来，和声道："绑架苗涵声、犯上谋反、私练武装、暗通外国。鲁闻达，你还有什么话说？"

　　这几项罪名，他方才几乎都亲口承认，台下观众也亲耳听见，还需要什么证据吗？

　　四周灯笼将这里照得犹如白昼，鲁太师从未觉得灯光可以这样刺眼。他额头冷汗滚滚而下，目光一转，却指着云嵋道："女王差矣。您说我暗通外国，那么您跟魏国国师联手对付老臣，难道便不算是背叛峣人、背叛新夏吗！"

"不算啊。"冯妙君笑吟吟道，"你哪只眼睛望见魏国国师在这里了？"

她妙目一扫，台上的"云嵋"当即从脸上撕下一张面具，露出一张普通男子的面庞。

那平凡无奇的五官，与魏国师的风华绝代实是差得太远。

这人还向冯妙君微微低头行了一礼："愿为女王效劳！"

连魏国师都是假的。鲁太师呆若木鸡，一向挺直的背板终于佝偻下去。他一连说了几个"好"字："论手段，鲁闻达不及女王，只想死前见上小王孙一面，否则九泉之下也不瞑目！"

死到临头了，还不忘将最后一军吗？冯妙君笑了笑："新夏在峣国临危之际援手，救了印兹城所有人，也救下你鲁家。你不感恩便罢，还要图谋造反、脱夏自立。鲁闻达，你这样的人活该死不瞑目。"

鲁太师紧紧抿嘴，目光却带倔强。

说到这里，冯妙君话锋一转："不过念在你对峣劳苦功高，孤还会满足你的最后遗愿。"抬起左手向侧边一指，"你看看，那是谁。"

鲁太师顺着她手指方向看去，见到晗月公主就坐在两丈开外，手里还抱着孩子，正不错眼地盯着他瞧，眼神复杂，说不出是怜是怨。

鲁太师目光顺势下移，落在她怀中孩子的脸上。

那眉、那眼、那脸型，的的确确就是苗涵声。孩子似乎感觉到他的目光，还冲他张嘴笑了，一派天真无邪。

"怎么会？"鲁太师喃喃自语，"这是怎么回事！"

冯妙君淡淡道："如你所见，孩子就在晗月公主身边。鲁太师，你可以放心去了。"

"祖父！"这时台下又有几声呼喊，状甚惶恐。

鲁太师闻声看去，竟然见到鲁氏满门都在台下，女眷涕泪交加，眼里写满恐惧，男子们俱面如死灰，沉默不语。

他犯的，是株连九族的大罪。家人都要跟着他一起倒霉。

鲁太师张了张口想要求情，却又不知该说些什么，头脑里只有一片空白。

完了。

冯妙君也不打算听他多言，挥了挥手："都带下去。"

台上的鲁家人知大势已去，这里四周又被挤得水泄不通，也都失了斗志，被城守军反剪双手捆了下去。

台下的峣人沉默着，给他们让开一条路。

冯妙君鼓了两下掌，将在场所有人的注意力都吸引过来，这才含笑道："这不过是个小小插曲，给灯会助兴罢了。台上节目才刚要开始，孤也有利是赠予。灯塔西侧将给今夜所有大人派发一两银子的利是红封，孩子也有糖果可领。"

边上的官员打了几个手势，丝竹之声再起，鞭炮也噼里啪啦放个不停。土台子被清理之后，戏班子快步奔上来放置家什，不一会儿就咿咿呀呀唱将起来。

肃杀之气消解于无形，印兹城居民站在原地看了一会儿戏，又哄了一会儿孩子，目光就悄悄往西边投去。

那里有银子可领。

孩子们记性都好，这时就指着那里对父母撒娇："要吃糖！"

印兹城灯会又恢复了热闹，好似方才什么也未发生过。

元宵一直热闹到次晨天明，百姓这才尽兴散去。

女王中途就悄悄退场。

换过外衣、覆了头面，她就只是个普通的姑娘了，身后还跟着一人。

她潜出城门，前往南郊的千星小筑，反正今晚没有宵禁。

依靠特殊的阵法，小楼里温暖如春。

冯妙君刚合上门，身后那人就凑上来，一把将她紧紧抱住："外头真冷！"

这是方才扮作云嵝的男人。

她捏着他的脸皮用力一扯："还顶着这张脸？"

他哎哟一声，把脑袋埋在她颈窝里。等再抬头时，五官又变了，变得精致而完美。

"还是中意我的本来面貌，对吗？"他大言不惭。

冯妙君戳了戳他的肩膀："什么人会藏一张面具，跟自己的脸一模一样！"

没错，方才在薛家大院假扮云嵝的，就是他本人。

魏国国师本人是不可以出现在这里的，否则印兹城人必定群起攻之。原本冯妙君想另外找人来扮他，可云嵝当时振振有词："除了我自己，还有谁能模仿我来骗过那个老头子？"

云嵝笑嘻嘻道："成竹在胸的人。"

冯妙君呸了一声："满肚子坏水！"

他抱起她放到黄花梨木圆桌上，一边动手去剥她的衣裳，一边笑道："除了坏水还有别的，你一会儿便知。"

冯妙君抬腿去踢他，却被他一手捉住，褪去鞋袜，露出莹白如雪的莲足。

他在她足心轻挠两下，她就咯咯笑着缩起了腿。

"乖，就这样别动。"然后趁机掀起了她的裙子。

……

琉璃花室中。

冯妙君从云嵝手中接过热茶，低啜一口，颊上红晕未褪。透过几近透明的穹顶，能望见天上一轮圆月，皎洁明亮。然而就在这样的月光下，有许多人要丢掉性命，冯妙君叹了口气。

云嶂在她身边坐下："你这是欢喜得叹气？"

莫看她在这里安享宁和，莫看百姓们在印兹城内赏灯游园，一派和乐融融的模样，红将军和手下们却已经在印兹全城抓捕鲁家余党和其他反叛者。很快，这一波抓捕计划还要扩展到整个东峣地区。

新夏女王花了一个多月时间将他们调查起底，只是不愿打草惊蛇。今晚主犯鲁氏已经伏法，整个计划也到了收网见成效的时候。

当然，这势必会引起整个新夏廷野震动。

"这次拔掉的是鲁家，下回不知道又会有哪一家冒头。"她眼里并不见轻松，"只要燕王肯资助，这些一心复国的峣人就会动作不断。"

"你就是他们眼中的明灯。有你成功复国的先例在前，他们必定要前仆后继的。"云嶂低笑道，"除非，你杀掉苗涵声。"

"杀掉他，这些峣人就是一盘散沙。"

冯妙君沉默。她知道云嶂说得有理，换作是他必定想也不想就这样做了。

"你若下不了手，就让我来吧。"云嶂抚着她的秀发，"其实今晚就应该做局，让他死在鲁家人手里。当场有无数人证，事后谁也怨不到你头上。"

冯妙君回头怔怔看着他。月光自顶上洒下，在他脸上勾出俊美却又妖异的轮廓。

他的眼睛在幽暗中闪着光。

是了，她的情郎心狠手辣，行事只讲结果，从来没有多余的同情心。

她轻哼一声："你在蛊惑我杀个不到三岁的孩子？"

"今天过后，整个东峣不知道要死多少人。比起换得的安定，这一条人命算什么？"云嶂低了低头，笑容里有些无法形容的意味，"他的血统、他的身份，就是原罪。"

这办法虽然粗暴残忍，却是最简便有效。冯妙君低声道："即便我杀了他，峣人短时间内不再举事，但他们对新夏依旧抗拒。他们已是我的子民，却有贰心，这一点是杀掉苗涵声也无法解决的。"

"那需要时间。"云嶂并不反驳。魏国侵占西峣之后，也头疼于那里此起彼伏的起义，不到半年就镇压过数回地方反抗。

至少要几代人的努力，才能将这种地域隔阂慢慢消解。

冯妙君在他手背上用力一捏，正色道："不许动苗涵声，我自有主张。"

妇人之仁。云嶂笑了笑，换了个话题："给鲁家的资助，一年就是一千二百万两，燕王还是一如既往的大方啊。"

"解决了鲁太师，我们和他的过节才算告一段落。"冯妙君头脑清醒，"可是他要报复你我，断不会就此收手。"

说到这里，她觑了他一眼："你是不是该回魏了？燕国吞并熙国，发生这么大的事情，你不用回去跟萧衍商量对策吗？"

"熙国结局不出意料，我和萧衍早就讨论过无数回了。"云嵷抬起她的小手亲了一口，"但你说得不错，我是该回去了。"

"对了，有样东西要给你。"他从储物戒中取出一张牛皮卷，塞到她手里，"花了半月有余，终于做好了。"

冯妙君展开来一看，凤眼顿时瞪圆了："鳌鱼印记！"

这就是刻在她丹田当中的鳌鱼印记，云嵷放大到磨盘大小，但其中最细的线条比蛛丝还精微，可见绘制难度之大。

他还是完全复刻，一丝一毫都不能有错，其中花去的心血可想而知。

"我绘了两卷，留一卷与你，方便跟玉还真的手链图案对比。"经过两人一个多月来的艰苦"努力"，他终于将印记看清、记牢，这才能将它原版绘出。

冯妙君轻抚着纸上线条，爱不释手："可有心得？"

"确认了不是诅咒，也不是封印。"云嵷下巴靠在她头顶，"但是线条太繁复，参照物太少，难释其义。我需要更多时间。"

冯妙君叹了口气，不无失望："玉还真也是这样说的。"

"这不是通行于人间的文字，没有现成的经验可以套用。"云嵷安慰她道，"如果它是神语，就一定遵循天地之理。经年累月，或许终有一天可以悟得。"

"玉还真说过，这是契约。既是契约，就有打破之法。"冯妙君苦思冥想，"达成契约的先决条件，是我们都吃下了鳌鱼的珠子。"区别只在于，他吞下的是内丹，她吃下的是元珠。

这应该就是定契的条件了。她苦着脸道："这可怎么打破，元珠早都消化掉了，我又不能把它吐出来。"

"也就是说，这份契约以鳌鱼的血肉为引，利用内丹与元珠的关联为纽带。"云嵷缓缓道，"如果我们想办法斩断这种关联呢？"

冯妙君眼神一下子亮了："有办法？"

"这不是还在想吗？"云嵷在她挺翘的鼻尖刮了一下，"再说我们没读懂印记内容，万一这里规定，强行破坏契约者要受惩罚呢？"

"还有这种规定？"

"有。"云嵷轻声细语，"许多上古契约都有。我的建议是，看清楚条款再动手，以免弄巧成拙。"

她长叹一声，干脆瘫在这人身上。

云嵷捏了捏她的细腰，怨艾道："一个好脸都不给。我是为谁辛苦为谁忙，嗯？"

过去大半个月，他都忙这个了。现在拿出来邀功，她是不是该论功行赏？

冯妙君可是知道得罪他的下场，平复一下心境才道："我在乌塞尔城有一处私宅，比这里还小些，藏在市井之中。附近的居民，没人知道我的真实身份……"她说了地址，摸出一把钥匙塞给他，"别跳窗进去，难看得紧。"

云嵝毫不在乎："有床就好。"

冯妙君忍不住在他胸口捶了一记，笑道："你来了，我就在门楣上挂起'金屋'二字。"

云嵝倚着她的肩膀，对着她耳朵吹气："冤家，由得你予取予求，今后莫要负了侬就好。"

出了正月十五，这个年就算过完了。

在太阳升起时，新夏女王发布的第一份旨意就是斩立决。

行刑之前，冯妙君特地去天牢里看望鲁太师。

"孤给你最后一个机会。说出你在地方上的其他共谋者。一个地方、一个名字，"她目光扫过关押鲁家人的牢房，"就可以换鲁家一条命。并且由你来指定，谁能活下去。"

此话一出，鲁太师呆坐原地，面前摆着纸笔，耳中尽是亲人的哭号。

说罢，冯妙君施施然走出天牢。

时间一点一点过去，日头也越升越高，很快就要照不进窄小的窗子。

鲁太师望着眼前的白纸，眨了眨眼，忽然流下两行老泪。

　　午宴，冯妙君请玉还真用餐，不在宫里，而是在朱雀大街上的一家酒馆。

　　待到酒过三轮，菜品也上得七七八八，冯妙君取了软巾揩净手指，直奔主题道："大昌今晨与我说，夫人已有决断？"

　　玉还真慢慢坐直，抬眼与她对视："是。"

　　"夫人之意？"冯妙君难得有几分紧张。

　　玉还真一笑："此刻坐在这里，便是回复了。"

　　冯妙君长舒一口气，抚掌道："妙，伙计，加菜！"说完举杯，"这一杯，敬玉国师！"

　　玉还真不能推拒，仰头干了。

　　"爽气！"冯妙君又斟一杯酒，"这一杯，敬我新夏繁荣昌盛。"

　　玉还真也只得接下。

　　冯妙君再度满上："这一杯……"杯子举了半天，她才笑嘻嘻道，"敬你我如愿以偿！喝了这杯酒，大家便是好姐妹。"

　　"……"玉还真无语。不过两杯都喝尽，倒也不差这一杯。

　　玉还真放下杯子，唯恐她再敬，抢先道："苗涵声失踪案水落石出，但还真仍不明白，小公子到底在何时被救回？"

　　冯妙君笑了，往窗外看了一眼。此时，日正当中。

　　"其实，苗涵声从未被绑架过。"

　　玉还真这才惊讶："什么？可是你我返回时，苗小公子明明为乳娘所劫，送入鲁家人手里……"

　　"那是假的。"冯妙君道，"是我留在晗月公主身边的替身。"

　　"替身？那也不是其他婴儿吧？否则早就露馅了。难道这也是个妖怪？"

　　她思辨敏锐，冯妙君赞赏地点了点头："正是。"

这时窗外有小风吹来，拂动她鬓边的龙形耳环微微晃动。

伪装成苗涵声留在晗月公主身边的，当然就是液金妖怪了。按理说，幻术很难模仿原身达数月之久而不被周围的熟人发现。不过事有特例，苗涵声只是个两岁出头的小娃，这个年纪的孩子行为并没有定式，脾气也是喜怒无常，并且一天还要睡够八个时辰。所以液金妖怪这一次的伪装相当顺利，不仅瞒过了乳娘，也瞒过了对苗涵声更不熟悉的鲁家人，从头到尾都没有露馅。

玉还真更感兴趣了："你上一次离开峣地之前，就知道有人会对苗涵声不利？"

"那时距新夏收取东峣已经过去两个月，我颁下新政，但还未接到州郡私练乡兵的情报。不过峣人恋旧，无论是官员还是平民，常显故国情深。你要知道，这里官员时常有越俎代庖之举，我不得不防。"

玉还真点了点头："那么真正的苗涵声在哪儿？"

"一直不离我左右。"冯妙君笑道，"你可知，苗峣有一件宝物名为黄金城？"

"如雷贯耳。"

"我上一次离开印兹城，把苗涵声带在黄金城里一同上路，替身则留在晗月公主那里。"

"虽然不知这些峣国旧臣会施出什么手段，我却不得不防。"冯妙君微微一哂，"那会儿时间又紧，不容细想，我干脆把苗涵声带走，他们就算有千般手段也算计不到我头上来。否则，峣地局势还未安全稳定，我怎会放心将晗月公主母子都留在这里？"

玉还真不由得摇头失笑。

原来如此。

其实，鲁太师那晚连夜求见晗月公主，在她殿中见到的苗涵声就是真身，被蒙蔽的只有他一人。因此随后文武官员探访晗月公主母子，都对苗涵声的真实性确信不疑。

冯妙君倒出最后一点美酒，随手盖上了塞子："回到新夏你就要走马上任，堂堂国师可不能弱了行头。你要配备哪些人手，我这里尽可调派。"

玉还真神色微动："我可以随便要人？"

冯妙君笑吟吟地："当然。"

玉还真随口点了几人，都是道行高深的修行者。冯妙君一一记了，半天没听见她再吭声："就这样？"

"就这样。"

冯妙君抚着下巴："你确定没漏了谁？"

"没，这样便好。"

玉还真的神情认真，冯妙君也只得叹了口气："行吧，都依你。"

她看着好似有些失望，玉还真不解，正要再问，街心传来一阵骚乱。

两人低头一看，原来是众差役押着六七十人往菜场口方向走去，哭喊和尖叫声就是从囚徒中传出来的。还有人破口大骂，不过刚骂上两声就被破麻团堵住了嘴。

街道两侧有无数人立足旁观，都是不发一言，那种沉默令人窒息。

玉还真也看着，眼中却无怜悯之色："这是哪一家？"

"前峣赞相侍郎，鲍同合。"

冯妙君往街心看了一眼，只见阳光明媚，遍洒人间。她悠悠一叹："今天可真是个杀人的好天气。"

印兹城里的大清洗，一直持续了三日。冯妙君不敢说自己处置了所有暗通鲁太师、意图谋反的贵族，但这几日过后，东峣能安生很长一段时间了。

峣人这还是头一次见识到新夏女王的雷霆之怒。

与此同时，新夏开始查证和抓捕东峣各地的反叛力量。女王手里有鲁太师提供的名单，按理说抓起来事半功倍，可实际上困难重重。

这些人得到了本地居民的同情和庇护。东峣并入新夏不到一年，在城镇里，尤其在偏僻的乡野，恢复旧国的呼声仍然很高。毕竟峣国灭亡不久，多数峣人还抹不去对它的认同。

而在印兹城，曾经门庭若市的鲁太师府已被抄封。

依照女王的要求，鲁家的库房无人敢动，贴上的封条只有等到冯妙君亲至才敢揭开。

她只带了包括陈大昌在内的几个心腹进去，逐样清点。

出乎意料，鲁府的家底有点"瘦"，并未像她原先想象的那样积宝成山。一门权贵的花销也是相当惊人，如果不好好打理，光是人情往来就能掏空金山银海。

可见鲁太师律下很严，否则各路孝敬早都吃不完了。

想想他风光几十年都有善名在外，原本可以安享天年，结果晚节不保，冯妙君不由得唏嘘。

不过库房东西少，搜起来也就容易。

这里并没有她想要的东西。

在确认库房里没有其他机关之后，冯妙君想了想："去鲁太师的住处。"

鲁太师的屋子和一般老人的并没有什么不同，即便外头阳光明媚，这里也透着一股子阴冷。

那是陈腐老朽之气。

冯妙君取出一个血核桃大小的蚁巢放在地上，轻敲几下："去，把这屋子里的机关都找出来。"

话音刚落，蚁巢里就钻出无数火红细蚁，往四面八方蔓延，连最隐蔽的角落也不放过。

果然没过多久，就有一小团蚂蚁抱团，提示冯妙君有异，位置就在她所坐的椅子上！

她挑眉站起，抓过这张檀木椅仔细打量，果然发现坐板底下还有一个夹层，厚度只有一寸。鲁太师的心思也很细腻，知道外贼进来行窃，最多找一找床下、桌底、墙上的机关暗格，却很少有人会注意到一张普普通通的椅子也能暗藏机关。

冯妙君拉开夹层，发现里面铺满了棉花，以防有人挪动椅子，导致这里藏着的东西磕碰出声。

夹层不大，里面也只摆着一样东西，却让冯妙君一下瞪圆了眼——一块残破的金属片，非金非铜，表面绘有图案和符文。

去平民区走一圈，这种破烂到处都是。然而看在冯妙君眼里，此物却比什么至宝都来得珍贵！与之相仿的碎片，她手里就有一块，乃是峣国消亡时取出来的稷器。

此物乃是界神祭坛的碎片，虽非神器，也没有别的特异之处，却可以承载一国气运，能当稷器。

她轻轻拈起碎片，收藏起来。难怪鲁太师对于恢复峣国信心满满，原来除了打算打着苗涵声的旗号起义之外，还私藏了一块祭坛碎片。只要有这个东西，他就能重立峣国，生产元力。

就如今日之新夏。

冯妙君抚着碎片，暗叹自己的推测果然准确，实在是运气好。

鲁太师已死，他弄来此物的途径成谜，最后却便宜了她。

该抄的抄，该斩的斩，该追查的还在追查。但她在印兹城的事儿都办完了。

次日，新夏女王启程返回乌塞尔。

女王归来，整个乌塞尔都轰动了，热闹得如同过节。王廷很应景地宣布大庆三日，因此朝野皆大欢喜。

除此之外，还有一个好消息——傅灵川快要成婚了。

王宫中，傅灵川自怀里取出请柬，双手递上："还望女王不吝赏光。"

冯妙君接过来仔细看了看，笑道："放心，孤定要备下厚礼才敢前往。"

傅灵川微微一笑："臣必倒履相迎。不过离二月二的婚期还有三日，公文却要连侧殿都堆满了，现在还请王上速速前去批阅！"

冯妙君干笑一声："这就去。"她走出两步才回头道，"对了，熙国的前国师玉还真也随我回来了。今后，她就是新夏的国师。"

说话间她盯紧傅灵川，要将他神情一点不漏看在眼里。

傅灵川果然挑了挑眉，而后就恢复了正常："国事繁忙，王上分身乏术，的确要找可靠之人来打理国运才行。玉还真是个好人选。"

他神色平和，冯妙君看不出他是佯装无事还是真正放下，只说道："麻烦表哥，在宫廷附近给她配置一所大宅。最好，唔，在南边儿。"

傅灵川点了点头："包在我身上。"

冯妙君看他半晌，才轻声叹了一口气："孤很抱歉。"

她招揽玉还真当然是为新夏着想。可是两位国师，难免会被众人放在一起比较。

短时间内，傅灵川怕是要承受别人的指指点点和背地里的评头论足。

傅灵川顿了一顿，才摇头道："无妨。"

交出国师之位时，他就想到了会有今日这一番境况。

三日后，傅灵川大婚。他明媒正娶的，是当廷重臣、大司空柳闻正的次女柳清如。大司空柳闻正是女王拥趸，两家的联姻必定会让王权更加巩固。

傅灵川的婚典很圆满。柳清如回门见父母时容光焕发，傅灵川陪在她身边亦轻声细语、笑容不绝，夫妻都是恩爱模样。

不过冯妙君不会被表象蒙蔽。她想知道的消息，自有人去给她打听。

新婚月余，傅灵川改了秉烛夜读的习惯，都宿在妻子那里。主人房时常要水，有时一晚要上两三次。

傅灵川没有高堂在世，所以柳清如早晨都起得晚。

听到这里，冯妙君才微微一笑。看来，表哥选对了人。

两日后，新夏女王下诏，规定东嵘权贵每两年须进都面圣一次，并送发妻与长子进入新夏首都乌塞尔城定居，陪伴晗月公主母子。明眼人一看便知，这是对嵘国旧臣暗谋造反的惩罚，并且女王为了斩断祸根，要将他们的妻儿都收到乌塞尔城来当人质。陪伴苗嵘血裔云云，只是个借口罢了。

几天后，女王的案头上又多了一封密信。这是她的私人信件，来自桃源境。

经过几年打拼，养母在桃源境不仅站稳了脚跟，生意规模也越做越大。由于冯妙君树敌越来越多，个个都不好招惹，所以冯记在移到桃源境之后就改名为"天顺行"。

有蓬拜的人手、卢传影的头脑，加上徐氏自己的敏锐，天顺行很快打通了上下关系，经营的品类五花八门。于是天顺行顺理成章地成立了许多分号、分标。

没过多久，桃源境就往新夏派来了使者。

桃源境原本在嵘国南部海岸开辟埠头和商港，可不巧的是嵘国被新夏吞并，所以这份协议就换了东家，桃源境要重新过来洽谈合作事宜。

新夏女王热情地接待了他们。

不过让王廷有些失望的是，桃源境对新夏的合作趋于保守，许多条件都谈不拢。其实想想也能明白，桃源境与霸主燕国为邻，为了自身着想也要多看看这个恶邻的脸色。

送走了桃源境使者，冯妙君想起留在桃源境的人手，于是提笔给养母写了一封信。

忙碌了好几个月，她终于将大小政务都处理完毕，可以长嘘一口气了。

这些天她果然忙得没工夫去想念云嵂。好不容易得闲，冯妙君终于想起还有一个地方迟迟未去，那就是浩黎帝国的旧都——应水城。她作为女王，这块土地的现任拥有者，居然一直没能拨出时间前去探访。

因此在一个风和日丽的天气，女王带着国师和十余人出发了。

从乌塞尔西行至应水城，也不过是两三天的车程。

平心而论，昔年浩黎大帝选择的建都位置极佳，应水城坐落在水网交织的平原上，然两面环山，东侧则是一望无际的沃土。

冯妙君立在矮山上俯视不远处的应水城，第一印象就是"大"。

一直望到天边，都没有尽头，都在城墙范围之内。

乌塞尔城已成为北陆排名前三的大城，可是单论规模，应水城的面积至少要比它再大一倍！这可是了不起的成就。

冯妙君关于它的第二个印象，就是"破败"。

这是一座死城，倒下来的城门木板还未完全腐烂，其厚达七尺，也不知在哪一次攻城战中四分五裂，如今和残破的城墙一起，爬满了青苔与藤蔓。漫步城中，屋舍多已垮塌，但依稀能辨出昔日旧颜。

冯妙君换了个方向，往王城而去。这是整个应水城的内城，也是浩黎王族和权贵的住所。

过去三百年间，那也是所有外来的寻宝者搜查的重点。

饶是站在矮山上已经看到王城内的建筑，如今走近瞻仰，那建筑群的巍峨壮丽还是教人赞叹不已。

多数建筑都已经倒塌，可是残留下来的大殿和宫阙风骨犹存。冯妙君抬头，望见顶楼的彩色琉璃反光，照出来的是千年雄城的最后一丝余韵。

见冯妙君屏息以赏，玉还真笑道："头一次来？"

"是。"

"我头一次来只有十三岁，也站在这里发呆许久。"玉还真轻轻一叹，"如今，更要叹一句世事无常，人间无情。"

冯妙君走入宫城之中。

玉还真知道她想找什么，出言建议道："去御书库看看。"

冯妙君泡了三年的烟海楼，只不过是专供浩黎王室阅览的私家书阁。浩黎帝国的真正书库占地五顷，建有楼阁数十栋，藏书室六百间！

想想当年这里的琳琅满目，书海泛波，又是何等壮观景象。可是众人走来，也只能感叹一声：俱往矣。

再怎样的海量藏书，也抵不过时间，顶不住强盗。众人分头去看，回来都道藏书楼十室九空，剩下的不是被蛀空就是被撕烂，除了拿来烧火，没有别的价值。

可是它必然还有隐藏价值，否则燕王为何总派人过来搜查？

要搜查这么大的书库，光自己这点人手是不够的。因此冯妙君修书一封，盖上新夏女王的私印，派人送去地方官那里。

应水城太大，从外围走到王城，天都快黑了。

冯妙君本来就不打算出城："去神庙里过夜吧。"

浩黎帝国初期存在各式各样的神庙，供奉的神明五花八门，香火鼎盛。不过上界关闭、灵气衰微以后，浩黎帝国有意引导人间不再信仰神明，于是神庙要么被推倒，要么在漫长岁月里慢慢荒颓，至今留存的实是少之又少。

到浩黎帝国消亡前，应水城里也只剩下一座神庙。那是浩黎大帝亲自督造，王室后代不敢妄动，这才得以保存。

这是一座完全由巨木长成的神殿群，见不到一点人力修建的痕迹，可是构造却异常优美。

尽管天色已晚，林中漆黑一片，可众人立在庙门外，感受到的并不是未知和可怖，反而有莫名的亲切感油然而生，仿佛这森林里的每一片叶子都格外温柔。

冯妙君率众走了进去。

和宫城里一样，这儿遍地狼藉，触目所及都是废旧的物件杂碎，无一不被翻动过。

往正殿走去，四进的中庭宽阔直挺，恢宏与破败交融在一处，令人心生感慨。

然后，就到了供奉天神的正殿。

这是整座神殿群落中最壮观的一座。尽管辉煌不再，可是这宏伟的结构和格局却是似曾相识。

冯妙君一走进去，就知道自己来过——在云嵋的梦里。

云嵋梦见的，大概是神庙被攻破前夕的场景；她今日所见，则承袭了三百年的破败。

然而那都是同一个地方，她第一眼就能确定。

可是今日走进这里，她才知道昔日入梦所见，不过都在偏殿，而眼下众人首先走进的却是正殿。

大殿正中央供着一尊神像，呈端正坐姿，但只剩下半截身，上半身不知去了哪里。冯妙君只能看出这是个女子，因为雕作裙装，并且神像如果完好，体积至少比她昔日所见的界神要大上一倍。

她下意识抬手，但很快按捺住向前一指的冲动："这位就是天神？"

玉还真轻声道："这便是创世神，但不是一位，而是两位。相传，是一对夫妇。"

冯妙君又依次游览了其他偏殿。

这么走了一个时辰，众人又回到主殿里，升起了篝火。

随女王前来的侍卫们开始坐锅烧水煮食，冯妙君则在殿里随处走动，希望能找见与鳌鱼印记相关的线索。

这里实是太大了，即便她将神念扩展到极致，也不是一时半会儿能查得清楚的。

陈大昌突然道："这里没有生物。"

玉还真一怔："什么？"

"破败之所，难免虫豸遍地，但这里没有。"陈大昌随手一指周围，"这里连蛛网都没一张。"

众人面面相觑，而后悉心观察，才发现他所言非虚。

别说蝎子、蜈蚣、青蛇这些毒虫，就连蛾子、蚂蚁等普通农家都有的小生物，这里统统不见！

出了天神的正殿，却又随处可捉了。

冯妙君沉声问玉还真："可有所感？"

玉还真缓缓睁开眼，摇了摇头。

冯妙君想了想，自怀里取出一个核桃大小的蚁巢，放在地上轻拍两下。

巢里立刻奔出血红色的蚂蚁来，每只都只有针头大小，却长着骇人的大嘴。

噬心蚁在地面转了两个圈，好像发了一会儿呆，顺便抓了抓头上的触须，然后就急不可耐地退回巢穴，速度比出巢还要快得多。无论冯妙君怎样催动，它们都不出来了。

众人看着，都觉大奇。

冯妙君想了想，又取出一只鬼面巢蛛放在地上。

这一只母蛛身上带着上百只小蜘蛛，冯妙君有意用它们来搜查殿内，可是蜘蛛落到地上就像被施了定身术，一动不动。

待冯妙君再去碰它，鬼面巢母蛛立刻顺着她的手指爬回了袖里。

冯妙君轻吸一口气："这两种灵宠都觉殿内有无形威压，令它们不敢妄动，甚至不敢直面。"

陈大昌低声道："不若我们换个地方？"

"不必。"冯妙君脚尖拨开地上一小簇余烬，"在这里升火过夜的人类不在少数，就算举头三尺有神明，它也不会独独降罪我等。"

陈大昌却指了指神像下方的石台："那里有血渍。"

当下有侍卫走去，搬开台前乱七八糟的杂物，于是众人见到了更多血渍。

那血渍并非从动物颈内直接喷溅染上，而是很有目的性地东沾一点、西沾一片。石台也并非空白一片，而是以极精细的手法雕作一幅画卷。

画中有人有兽有妖怪，还有旁人根本叫不出名字的古怪生物。可他们都在顶礼膜拜，目光全部朝向画面正中央一株大树。

这雕绘实在太传神了，甚至连生物脸上的神情都细刻了出来。那种敬畏、崇拜和臣服发自内心。

冯妙君轻轻咦了一声，玉还真立刻道："怎么？"

"没什么。"冯妙君摇了摇头,心下却觉震撼。这幅画卷她也觉得眼熟——在她从峣国宗祠里收取的稷器碎片上,就有这样的人物绘像。只不过那碎片里表现的内容有限,她只知所有人像都朝着某物看去,却不知那物是什么。

现在她大概猜到了,是石台中央绘着的那株大树。

界神祭坛如果完整,是不是也绘着这个图案呢?

"只是觉得,这石台雕塑没有着色,很是奇怪。"冯妙君举目四望,"你们看看周围。"

经她这么一说,众人才觉出异常。莫说天神主殿了,神庙里所有建筑群的内饰色彩都非常鲜艳,并且殿内处处还有挖凿的痕迹,那是镏上的真金在后世被寻宝者硬生生撬掉了。

石台就在神像足下,在整个大殿居于正中位置,其重要性不言自明,却保留了原本的灰白底质,竟然不着半点颜色。它的雕绘也不知凝聚了多少能工巧匠的心血,当年的建造者怎么可能疏忽大意,忘了给它上色?

唯一的解释,只能是故意这样"留白"。

再结合血渍的位置,玉还真恍然:"有人用血迹来寻找机关。"

如果往后退开数十步,就会发现血渍沾染的位置有讲究,多半是在画中生物的眼部,以及他们膜拜的那株大树的叶片上。

说是"染",更像是"拓"。

录取碑文、器纹,时常要用到拓片的方式,蘸上墨汁,以纸蒙覆。这里用鲜血代替了墨汁,在它们的指引下,众人发现,但凡沾上了血迹的雕刻,都有往外鼓起的特质,像是按钮。

也即是说,寻宝者中有人和冯妙君一样,留意到这块石台的特殊之处,并且想得比她更深远,尝试用血液染拓的办法来寻找藏在石台里的机关。

那人笃信石台里面有东西。

陈大昌摸着石台道:"也不知什么材料制成,好似很坚固。"

冯妙君更干脆,取出星天锥,直接刺在石壁上。

叮——几个火花冒出来,石壁完好无损。

她逐渐加大力道,但结果并没有什么不一样,灰白色的石面上连个白点都留不下。

"难怪那人要费力气找机关,原来这东西硬得离谱,不能被暴力开启。"冯妙君说到这里,忽然明白过来,"是了,赵允!"

"那个浑蛋!"她喃喃骂道。

旁人都不明所以,只有陈大昌知道她以这种咬牙切齿的语气说话,指骂的对象大概是云嵑。

昔日云嵑杀掉赵允前,不仅从他口中获知燕王意图,必定也弄清了他在应水城里的收获。可恨这家伙始终将她蒙在鼓里,两人同行那么久,他只字不提!

这时忽然有个侍卫低呼一声："有缝隙！"

众人顺他手指方向看去，果然见到石台边缘下方露出半块布片。

布片也是灰白色，上面布满灰尘，这里杂物又多，众人方才竟未注意到它。陈大昌蹲下来轻轻一扯，没扯动："下半截被夹在石台里了。"

冯妙君和玉还真面面相觑，都看到了对方眼里的讶异——竟然已经有人打开石台，进去过了！

当下众人在血渍处轻轻敲击，挨个儿试换，最后也不知按对了哪个组合，那一组浮雕在沉闷响声中向两边分开，露出了里面的石室。

众人没有前进，反而一阵掩鼻后退。

石室当中，横七竖八倒着几具尸首，还未完全化作枯骨，然而皮肉在狭小的空间中慢慢腐化，石室又几近于密封，因此样貌恐怖，奇臭冲天。

当下众人在外头等了好一会儿，至尸臭稍散，侍卫才进去挨个儿检查。

石室内部是空的，除了这几具尸首之外，连一张多余的纸片都没有。只是有个死人的半截衣角被夹在石室门外，这才让他们发现了端倪。

陈大昌轻声道："莫不是已经被人搬空？"

冯妙君却直勾勾地盯住墙面，一瞬不瞬。

对她来说，这里并非空无所有——石室最内侧的墙面上，赫然雕着一个圆形图案。

那线条、那笔法……冯妙君蓦地闭起了眼，才能稍稍抑制住激动的心情。

玉还真也看到了这个图案，轻呼出声："天神印记？"

她和冯妙君一样，都精研天神印记多年，甚至这也是杨家历代先祖的功课，只一眼就能看出它的特殊和相似之处。

天神印记怎么会出现在一个空荡荡的石室里？

进入石室检查尸首的陈大昌突然道："这些好似都是燕人。"说着抬起手，掌上挂着三枚令牌，"这是燕王廷赐给修行者的识牌。"

冯妙君回过神来："死因？"

"有两个伤在后心和脖颈，应该是被背后偷袭。"陈大昌挨个检查，"这三个被扭断颈骨而亡，还有两人被锐器刺死。"

"扭断脖颈啊？"冯妙君沉吟。这么巧，她刚好认得一人，对扭断别人脖子有格外偏好。

"从指甲和头发的生长来推断，这些人死了不到一年。"

"燕人，死了不到一年……"冯妙君轻轻吸了一口气，"他们是赵允的手下。"

光从配置来看，这支燕人小队的战力很强，不可能是普通寻宝者，又有王廷的赐牌。凑巧的是，她知道大半年前赵允恰好就带人在这里活动。

赵允的下场，她是知道的——被云嵯所杀。那么推导可知，这些人八成也是死在云嵯手里。

"那么从现在来看，进过密室的人至少有赵允，有云嵋。"

玉还真喃喃道："却不知他们在这里发现了什么。"

冯妙君摇了摇头："赵允是发现了密室，却没找到自己想要的东西。"

陈大昌也投来关注的眼神。

"否则，这里就不值得他一再逗留。他也不会等来云嵋下杀手。"冯妙君走到死人面前蹲下，"再说这些死人，从击杀手法来看，如果都是云嵋一人所为，那么他当时的脾气可不小。"

玉还真望了冯妙君一眼，笑道："你何不问问魏国师？"

冯妙君盯着那枚天神印记，顺口答道："他不会说的。"

为什么身为国师的云嵋，明知道魏燕终有一战却怒杀赵允？

除了当时要嫁祸给她之外，或许有两种可能，要么云嵋很清楚自己和燕王的矛盾已经不可调和，不死不休，要么赵允在这里找到了不该被发现的秘密！

既然是秘密，云嵋会告诉她吗？

"休息吧。"冯妙君也知道这事急不来，"明日一早，将壁上的图案拓下来，孤要带回去研究。"

夜半，玉还真调息完毕睁眼，发现冯妙君正襟危坐，面对着石壁上的印记出神。

玉还真走了过去："何必急在一时？"

冯妙君答非所问："我在想，这石台的打开方式也太容易了些。"

"这还容易？"

冯妙君伸手抚着雕塑："普通人自然瞧不出端倪，但在行家眼里，这组雕塑就大有问题。像赵允这样的有心人做足了功课，最终才能打开石台。"说到这里顿了一顿，"你看我们按照一定顺序敲打血渍的位置就能打开，虽然有赵允提示在先，可如果这里就有燕王想要的东西，那么得来未免容易了些。"

玉还真沉默片刻，然后道："无论如何，你也得到最想要的了。"

冯妙君嘴角微翘："连它在内，我们有三个印记可以研究了。"

玉还真足尖在地上划了两下，拨开几片败叶："这里有个坑洞。"

冯妙君低头看去，地上果然有个圆洞，约莫有小酒杯底那么宽，边缘打磨得异常平整。先前众人未注意到它，只是因为洞口被圆形的石条严丝合缝地塞住了，地面又有厚树叶挡住。若非玉还真眼力极佳，大概谁也不会注意到。

冯妙君小心地将石塞拔开，发现里面深不及两寸即到底部，有一丁点积水。

"用途不明。"她看了看圆洞，再看看神像。它位于石台正前方一丈三尺之处，看起来并没有什么特别之处。

一夜无话。

次晨,地方官亲率数百人的队伍迎接女王。冯妙君命他小心拓印壁上的印记,而后开始搜查宫城里的书库。这里地方太大,只能靠着人海战术来完成这项工作。

两个月后,浩黎书库的搜索才算完成。书库里还有那么一两个机关不曾被寻宝者发现,今回也重见天日。因此新夏还是搜集到不少前朝资料,包括上古秘史。

冯妙君有些苦恼,这里头并没有关于天神印记的任何线索。不过她的搜查倒是无心插柳,从故纸堆中翻出了支离破碎的一点记录。

这是关于天魔的只言片语。

浩黎帝国有人专修内史,记载不为人知的朝野秘事,称作《讳知录》。此书每十年筛编一次,千余年来可是积攒了好大的体量。可惜应水城破之后,它们也和其他书籍一样被抢的抢、烧的烧,至今只余零星几卷,还是因被蛀得千疮百孔、残破不已,已经失去了偷盗的价值,这才被留在原地。

这次搜索过后,就有专人将它们拣出来,呈到冯妙君面前。

这里面内容杂乱,但有数条提到,在历代帝王执政期间,天魔虽然已被封印,但人间信徒众多。甚至许多修行者、妖兽受其蛊惑,站出来对抗王权,想要寻找天魔封印之地,研究救出天魔的办法。

浩黎帝国对这种行为当然是零容忍,发现一次就剿灭一次,但仍屡禁不绝。

《讳知录》里记载,有帝王明确指出,随着天地灵气的衰变,施加于天魔的封印越来越薄弱,这也是浩黎帝国执政后期,天魔信众数量越来越多的重要原因之一。

只有寻到新的办法,才能继续镇压天魔。否则它们一旦破开封印而出,没有了神灵的世间再无人是他们的对手!

或许,这就是后世天魔入侵的前奏。

毕竟资料不全,冯妙君命人继续搜集来的,也不过就是史海里的几朵浪花罢了。

她有预感,历史中潜藏着更深沉的黑暗。

就好似她离开应水城的最后一次回眸,总觉得这个古老又破败的城市里还埋着一个巨大的秘密,她却发现不了。

好日子总是过得飞快。一转眼,三年过去。

南北大陆风平浪静,不仅没有人祸,甚至老天也很赏脸,大范围的天灾一个都没有。

不过接下来就有一条消息震动各国——蒲国国君薨了。

蒲国居于南大陆中部偏北位置,毗邻桃源境与燕国。燕王挥军西征,一路上打下众多小国,最后吞并了熙国,但对蒲国一直没有动作。

不过现在,局势变了。

国君无嗣,最后一个儿子也死在了燕都。蒲国境内的大小势力谁也不服气谁,一时大打出手，内战开篇。

坐看蒲国分裂下去，也就是在自己的大后方留了一个不安定因素，所以燕王就在此时动手了。

而魏国方面怎会坐视不理？

因此继熙国之后，两大强国又拿别人的领土当棋盘来一分高下。

由于外力介入，蒲国的内战足足打了三年之久，才最终按照燕王的意图结束。

在此之后，南陆上只剩下燕国、桃源境和其他小国；北陆面积比南陆广袤，国家也更多些，自西向东分别为魏国、新夏和晋国。而在三国交界及沿海，同样也有无数小国、小势力盘踞。

南北对峙的格局，基本成型。

这一日下朝，燕王眉心紧皱，刚刚走进自己书房，主簿许恪就递上一封文书。

燕王展开来看了两眼，勃然大怒："新夏拒绝了我的要求！"将信纸撕成了碎片！

半年前他遣使新夏，要新夏人在未来的两国大战里保持中立。这已经是燕国的底线，要知燕王最初资助傅灵川兄妹，是要立国后的新夏参战，帮助燕国攻袭魏东地区。如今新夏女王的回复虽然措辞委婉，意思却很清楚：新夏将自主行动，不受他人限制。

的确，新夏这几年崛起太快，首都乌塞尔比起六年前面积扩大了三倍，人口增加了七十万。除此之外，新夏还整修水利、鼓励垦殖，大规模修造路桥。玉还真作为国师，调配元力得当，新夏整体上无灾无荒，地有丰产，仓有陈糜，粮食充足又带动人口增长，因此国力早已不容小觑，行动和立场完全无须受旁人左右。

燕王站定，浮躁之气逐渐消退，眼神变得冷戾。许恪知道，这是他做下重要决断的神情，从前攻熙，三年前伐蒲，都是如此。

果然，燕王沉声道："既然如此，传令下去，准备进攻。"

许恪动容："王上，现在进攻实是有些……"

"三年前就该动手了，若无蒲国之乱。"燕王冷冷道，"再等下去，是巴不得魏夏羽翼更丰吗？"

他目光似要择人而噬，许恪不敢与之对视，只能垂下眼帘："是。"

新夏，乌塞尔。

廷议刚刚结束，冯妙君回自己殿中换过一身衣裳就悄然出宫，同时没忘了换一张脸。

她只作平民装束，面庞也是平凡无奇，混入主街的人群里就像水滴汇入大海，瞬间无踪。

冯妙君曾经住过的一片矮楼，早就被推挖成了人工小湖，现在杨柳垂岸，莲叶接天。

她沿着湖边绕了小半圈，买了点东西，然后转向小巷中去。

巷子很深。人走在青石板路面，屐底嘎嘎作响，一天当中只能被阳光照见一次的矮墙因为爬满了青苔而斑驳，有一股潮湿的味道。

她在一扇红木门前停下。门上斜插着一枝茉莉，新鲜、清香，显然刚从枝头摘下不久。

冯妙君看着它，嘴角不禁弯起，这才推门而入。

门里门外，赫然是两片天地。

庭院不大，宽不过十步，然而芳菲满园，引来蜂飞蝶绕。杏树长得高壮，滤过了阳光，只从叶片间漏下丝丝缕缕的金线，照在底下怒绽的牡丹上。

门边就是桃树，正有一人白衣胜雪，翩若花神，立在树下等着她。

三月桃花最盛最美，比起他的笑容竟还黯然失色。

他就这样笑着走过来，朝她伸出手："这回是什么好吃的？"

冯妙君毫不客气翻了个白眼，才取出厚厚一个荷叶包砸在他手心里："喏！"

他到底是来会她还是来吃东西的？

荷叶包很烫也很重，至少有三两。云嵯掂了掂："八宝芋泥？"

冯妙君点了点头。

莲塘湖边的八宝芋泥在这一带很出名，那是用最上等的芋头打成泥，再加白糖和猪油慢蒸。做法简单，却也是一家一个味道。

云嵯解开荷叶，取出银匙，舀起来的芋泥还热气翻滚就往嘴里送。

好在他不怕烫，吃一口就赞道："好吃，女王亲手送来的更好吃！"

冯妙君支着下巴看他："吃慢些，没人跟你抢。"

云嵯进食的姿势虽然优雅，速度却称得上风卷残云，边吃边道："不赶紧吃饱，一会儿怎有力气喂饱你？"

冯妙君动了动手指，好想抽起这块石桌板，一下朝他脑袋砸去！

天很快就黑了。

今晚无云，有星河烂漫。冯妙君坐在院里，倚在那人身上，仰头看天幕上群星闪烁。

她当她的女王，他当他的国师，只是每隔一段时间，云嵯都会悄悄溜到乌塞尔找她。藏在莲塘湖边的小楼就是他们隐秘的据点。

只有在这里，他们才能卸下各自身份，过得像普通爱侣。

冯妙君手里抱着一只硕大的金杯，里面装着的并不是葡萄美酒。飘出来的气味很香，像茶又像奶。

她抿了一口，凤眼就眯了起来，云嵯见状即问："好喝？"

她将金杯递来："你尝尝？"

云嵯不接，伸指将她红唇上沾着的奶沫刮走，放进自己嘴里品尝。

"甜茶，加了奶？"

"嗯，我以前很喜欢喝。"她咕嘟又灌了一口，"不过这是用普灵国的茶砖烧制，加了一点牛乳和桂花糖，据说是去年冬天才开始流行的。"

她喝第三口时，云嵝忽然抬起她的下巴亲了上去。

"我也喜欢。"他低声道。

冯妙君伸手抚着他胸口，那上头还有横七竖八好几道红印子，是她方才抓出来的痕迹："你这回能待多久？"

"明晨即回。"

"嗯？"她有些惊讶，居然只过一夜就走？不过她很快反应过来，"发生什么事了？"

"开战了。"云嵝脸色一点一点变得凝重，"我抵达乌塞尔之前方知，燕国七日前跨过边界，一口气夺下大魏三城，百顷土地。至多两三天后，你也会接到消息。"

最担心的事，终于发生了，冯妙君一下坐直："七日前？那不是魏国的祝火节？"

这节日对魏国来说，重要性仅次于过年。那时魏人应该都在庆祝，放松了警惕，燕国乘虚而入。云嵝淡淡道："时机选得不错。"

燕魏对峙六年之久，大家都知道早晚要掐架，但具体是什么时候却不晓得，终不可能全天全年都保持剑拔弩张之势。

"燕国进攻，找了什么借口？"

"这一次没有。"云嵝脸上露出一点嘲讽，"因为不需要。"

"怎会突然进攻？现在对燕国来说并不是最好时机。"冯妙君面色凝重，"我前些时日才接到密报，燕廷的反战情绪高涨，燕王的重臣们都反对当下就与魏国开战。"

"显然是他一意孤行。"云嵝抚着下巴道，"你我等得起，燕廷等得起，但是燕王大概不想再等下去了，他今年已经一百六十四岁了。"

"蒲国内战拖了三年之久，已经超出他的预期。对燕王来说，再拖下去，这场战争只会越来越难打。"

一百六十四岁的修行者，那就相当于凡人八十多岁，也到了耄耋之年。

修行者大限两百岁，而燕王的对手云嵝所在的大魏几乎是与燕国势均力敌的强国，也不晓得要花多少年才能将它打下来。

何况魏国身后还有个新夏，燕王知道新夏女王手里也拿着他想要的东西呢。所以，留给他完成心愿的时间真的不多了。

燕王既然付出这么多时间、耐力与金钱，就是对祭坛碎片志在必得。

云嵝捏了捏她的脸蛋："我明日一早就走，后头恐怕有段时间不能来了。"

冯妙君抓着他的手，叹了口气："要仔细自己的小命，别往危险处去，也别和燕王正面冲突。"相处多年，她深知云嵝这人看似不羁，实则太爱冒险，无论是炸崖山还是突袭印兹城，都选择孤军深入。

这也是她最害怕的。

云嵫在她纤细的指尖亲上一口，低声笑道："燕王急不可待地出击，也跟你脱不了干系。"

"我？"冯妙君挑眉，"我是无辜的。"

"新夏发展迅猛得出乎燕国预料，燕王又知魏夏有意联手。"云嵫徐徐道来，"再等下去，新夏越发膨胀，他面对的阻力也就越大。"

"谁膨胀了？"

"新夏国力如果只是三五年前的水准，燕王不会放在心上，主要敌人也只是魏国而已，不过现在……"现在的新夏，谁也不敢小觑。

"也不知何时能将你正大光明地娶回去。"想到即将分离，云嵫的语气里有些不舍。

冯妙君忍不住笑了："你敢娶我，只怕新夏人立刻就要反戈倒击。"这些年经过她的有意引导，新夏与魏国的关系大为和缓，但这并不代表夏魏两国之间就没有隔阂了，可以坐视自己的女王嫁与对方国师。仇恨可以暂时放下，但是过去那无数年的战争在人们心口留下的创伤还远未愈合。

"还需要契机。"云嵫突发奇想，"不若我们生个娃儿吧，你可以将王位丢给他，我们自去逍遥天下。"

冯妙君在他额上用力一戳："想得挺美！你要我怎么跟臣民交代孩子的生父？"

这确实是症结所在，连云嵫都没什么好办法，只得抓着她的细腰要赖："不管，反正你最后要嫁给我！"

冯妙君想起硝烟再起，两人下次再见面不知要挨到何时，心下就软了，被他趁势压到身下，恣意妄为。

分离在即，何以解忧？

三天后，新夏王廷果然接到了来自燕魏前线的战报。

这场惊天动地的大战，终于打响了第一炮。燕军在祝火节当晚乘着夜色悍然越界，一个晚上就推进了二十里，拿下前线三个哨卡。

而后，就遇到了两军交战的真正前线——雄城潼明关。

燕国继承自前熙的边界，在南北大陆交接的大陆桥上。这块大陆桥地形细而狭长，将两片海洋隔开。可是大陆桥再细再长，面积也有三个乌塞尔城那么大，因此想要像当年玉还真炸断颖公城外的陆桥那样弄断它，绝不可能。

好在，这块桥陆上还有拱起的山脉，在悬崖峭壁之间真正能容人通行的道路只有一条，宽不过百丈，易守难攻。

魏国就在这里建立了潼明关。

又过半个月，新的战报传来，新夏廷臣心里都是一沉。

想要正面攻下潼明关，燕军就算最后能办到也必须付出惨重代价。更莫说出师第一战就失利，对军心的影响会有多大。所以燕军还派出了另外几支队伍，由大陆桥东侧的飘沙群岛入侵，希望采取迂回之术，从后方包抄潼明关，令它失去抵抗力量。

自然魏人也不傻，对此早有预见。东狭湾沿岸都是陡峭怪崖，只有少数几片缓滩可以登陆，都被守方重兵把守。

抢滩登陆战的残酷，比起潼明关下也不遑多让，甫一交战就是尸横遍野。

按理说，抢滩战一般是守方更占据优势，然而谁也没料到，燕军居然在这场战役中就祭出了秘密武器——海妖大军。

也不知燕国如何说动妖军首领助战，这支数千人的海妖冲击飘沙群岛前线，为燕军撕开了一个缺口，一举就逆转了形势。

紧接着东峡湾失守，燕军从背后奇袭潼明关，大捷。

守在这里的魏军损失惨重，不得已后撤。

占下潼明关，燕军就打开了通向北陆的运兵通道，可以源源不绝将大军送上前线，送进魏国的领土。燕魏两国首度交锋，燕国占了上风。

接到这个消息，冯妙君虽然心情沉重，但并不慌乱。潼明关的溃败在预料之中，它是两军对垒的桥头堡，燕军要是连它都攻不下来，这场战争就是个笑话了。

现在的问题是，新夏要做何反应？

冯妙君私下与云嵫谈好的守望互助约定，新夏人民并不知晓。现在的燕魏大战与新夏人并没有直接关联，她如果强硬要求参战，必然激起新夏乃至峣地的反对。

对于女王的倾向和意图，许多老臣都能领会。她召来几名重臣，相国王渊就道："燕王此时袭魏不得军心民心，所幸潼明关之战尚称顺利，后面若是到了攻坚克难之时，国内必生非议。我王要引以为鉴啊。"

"也即是说，要得民心才行。"冯妙君指尖在扶手上轻敲几下，"果然，需要一个契机。"

王渊低声道："好在，平民普遍对燕国抱有厌憎之情，未尝不可利用。"

冯妙君既有联魏抗燕之心，王廷在过去几年里自然会逐步引导舆论，是以普罗大众对于燕国的印象就是"没有血海深仇，但是惹厌已极"。

但是魏夏联合出兵的基础，是普通民众对于燕国的厌恶必须压过对魏人的痛恨。这一点，有可能吗？在未寻到突破口之前，冯妙君不打算轻举妄动。

第
三
十
八
章

关心则乱

北陆西部战火连天，中部和东部却风平浪静。诸国的目光都聚焦在魏国战场上，然而除了魏、燕两国之外，其他国家和势力都冷眼旁观。

时间就在这种诡异的格局中一点一点走过了六个月。

初期势如破竹的燕军，在进入广袤的魏国中南部腹地之后，开始举步维艰。

这几乎是所有大国交战绕不过去的必经阶段。为了避免这种人员、金钱、武备和时间的海量消耗，魏国曾经想出了奇袭印兹城、杀掉峣王父子来结束战争的办法并付诸实施，现在燕军却无法依样画葫芦——萧衍为了防止同样的意外发生在自己身上，事先就做好了万全准备，王城更是防备森严有如铁桶，燕人刺客找不到任何机会。

这种情况下，燕军的行进就只能是一步一个脚印，在双方几乎势均力敌的情况下，这样的损耗空前巨大。

与此同时，冯妙君接到来自燕廷的密报，燕国国内反对攻魏的情绪高涨。这一回，燕国权贵们也表示了反对，认为进攻过于仓促，大燕还未做好准备。燕王在一片反对声中坚持己见，步履艰难的燕军在深入敌国领土之后，士气略显低落。

反观魏军，本就占据着反抗侵略、保家卫国的道义制高点，又是主场作战，本身有天时、地利、人和的优势，所以前线还往南压回百余里，收复许多失地。

冯妙君看到战报，微松了一口气。红将军也点头道："想要吞魏，燕国至少应强于它五倍以上。也不知燕王为何这样着急？现在燕军过早陷入僵持，长期这般，对它更加不利。"

冯妙君这些年提拔了不少年轻廷臣委以重任，梁玉就接下辅政侍郎一职，为傅灵川副手。此人心志灵敏，有触类旁通之能，但时年只有二十八岁，这时忍不住求教道："上回燕攻熙，举国好战；今次燕国侵魏，国内一片反对，此缘熙弱而魏强？"

"柿子当然要挑软的捏，但这不是主因。"冯妙君向傅灵川点了点头，"傅卿来说吧。"

　　这其中利害，确该说与众臣知晓，傅灵川遂道："各位可知，燕国侵熙之前，有多久不曾吞并别国了？"

　　众臣心里计算，才有人道："似有十年了。"

　　"足足十五年。"傅灵川道，"修行者在燕国身居高位者，比比皆是，光是将军就有十二位修行者，其资历最深、官位最高，历年得来的奖赏也最丰厚。所谓一人得道鸡犬升天，他们的族人、门生甚至是故交也都得了好处，要么身居高位，要么富甲一方。以我们所得统计，燕国七成以上的财富，都掌握在这一小簇豪门权贵手中。"

　　他稍事停顿，就接着道："燕王和手下都是修行者，寿命悠长，王位、官位长久不曾更替。日积月累，强者恒强。如此一来，新人想要崭露头角，可就不容易了。"

　　大家都是官场上的老油子，闻之心领神会。

　　最大的权力、最好的资源、最多的财富，都被这些长寿的修行者家族垄断，蛋糕就那么大，后来者即便再有才、再有本事，也难分到一块。

　　除非这块蛋糕突然变大。

　　"新晋的文臣武将想得官职、获封赏，就非有功劳不可。而在太平盛世，想拿功劳可不容易。最直接粗暴的办法只有一个。"

　　梁玉明白了："战争。"

　　打赢了战争，就有军功，拿到军功，才可以平步青云，去国君那里赚封赏。

　　燕国侵熙之前，已经有整整十五年不曾对外扩张，贵族们对此有强烈渴望，当然支持打仗。

　　"同理，燕国从熙国、蒲国获利丰厚，可还未消化完毕就要发动下一场战争，人们自然不愿。"

　　熙国虽然在灭亡前就已经腐朽，蒲国虽然在被吞并前就已经分裂，然而它们毕竟还是南北大陆上有数的大国。瘦死的骆驼比马大，本身物产又很丰饶，燕国吞掉它们之后，贵族们迅速分赃，很快就拿到了自己想要的东西，意愿暂时得以满足。

　　哪怕是燕国，六年间接连吃下两个大国，也是要好好消化一段时间的。

　　就在此时，燕王急不可待地发动下一场战争，自然不得人心。

　　傅灵川已经说完退下，冯妙君叹了口气："孤也不愿新夏插手燕魏之战，最好便是燕国知难而退，双方维持势均力敌。可惜未来不会尽如人愿，我们要做好准备。如若新夏并不参战，以众卿看来，这场战争谁会胜出？"

　　说是"众卿"，她着意看向的却是傅灵川和王渊，还有一个玉还真。

　　王渊上前一步："燕国已然是当世第一强国，几乎独霸南陆，疆域比起魏国更大，良田、矿山、人口更多，修行者数量亦占优势。然此次双方力量不似燕侵熙时那么悬殊，战斗又在魏国进行。强魏吞并西峣后也在北陆称雄，是个强劲对手。燕军如今初显疲态，最后怕是要铩羽而归。"

冯妙君轻声道："新夏这几年虽然蓬勃，魏国也没闲着，吞下西嵝后，国力大涨。"

面对王渊的有理有据，傅灵川只说了一句："若无变数，燕胜。"就住口不言。

两大心腹各持己见，冯妙君就看向了玉还真。这位国师笑道："女王问的是燕侵魏，还是魏侵燕？"

冯妙君大感兴趣："你说起魏侵燕，是指魏国不仅能击败燕国，还能向南反攻？"

玉还真点点头，道："如果魏打退燕国进攻，算胜算败？"

"自然是胜了。"

玉还真又问："如果魏国趁胜大举南侵，却铩羽而归，那算是胜了还是败了？"

众臣互望一眼，冯妙君沉吟不语。

廷议结束后，冯妙君走出殿外，一抬眼就望见了玉还真。

两人顺着花园中的小路并肩而行，一路都闻鸟语花香。

玉还真问她："女王若有意出兵援魏，我就要先做准备。"

冯妙君掸去头上一片落叶："不必，且按兵不动。"

玉还真偏头看着她："我还道王上着急了。"

"魏军不露败象，我急什么？"

玉还真一笑，露出齿如瓠犀："西部战火连天，云国师必定日夜操劳，王上难道不心疼？"

燕魏双方打得火热，云嵂身为魏国国师，当然要奋战在第一线。

冯妙君已经有大半年没见到他了，心里当然挂念。她知道云嵂心疾从来未愈，这两年还偶有发作，的确不可过于劳累。但是国事和私事，她向来分得清界限，轻哼一声："疼什么，他那叫得偿所愿，兴奋还来不及。"

魏燕之战，其实是云嵂和燕王较劲，战利品即是祭坛碎片。两人都筹划了这么多年，终于要分个高下出来，能不激动吗？

冯妙君眼珠子一转："再说，我要是发兵助魏，恐怕要请你一同动身。你舍得离开乌塞尔？"

玉还真奇道："为何舍不得？这些年我也时常云游四方。"

冯妙君抿了抿唇，懒得再说，打了个呵欠："孤困了，要回去歇着了。"

玉还真笑着行了一礼，正要退下，却听冯妙君又道："差点忘了，今晨还接到一条消息，熙王死了。"

玉还真嘴角的笑容微微凝固："怎么死的？"

"被人杀了。"冯妙君平淡道，"据说是一剑穿心，死前还拥着几个美妾。"

昔年玉还真坠崖、熙王献国，燕王也信守承诺，并没有杀掉熙王，只是赠他一笔可观的财宝就放他离开。结果这人本性不改，不当国君也照样吃喝玩乐，生活奢靡。

玉还真呼吸顿住，良久才道：“好，死得好。”

冯妙君知道她的过往，拍了拍她的肩膀后，施施然走了。

玉还真在原地怔立良久，直到树上的枇杷吧嗒一声落地，这才举步走出花园。

新夏王宫经过两轮扩建，很大也很气派，一时半会儿可走不出去。她拐了几个弯，正好遇见辅政侍郎梁玉。后者见到她即目光一亮，迎上来道：“国师大人，下官有事请教。”

玉还真已经收拾好心情，这时微一颔首：“请说。”

梁玉要请教的，正是玉还真对于魏燕大战的看法，并且打听女王的态度。

两人边走边聊，很快到了宫门外头。

梁玉意犹未尽，见到接玉还真的马车还没来，当即道：“我送国师一程吧。”

从傅灵川之后，国师就不可住在宫内，这是规矩。女王赐给玉还真的国师府在宫城以南，路程不远不近，可见傅灵川当时替她选这地方是当真用心。

玉还真正要开口，边上就有一个声音插了进来：“玉国师。”

玉还真听声音就知来人是谁，梁玉也颔首为礼：“陈大人。”

“你回来了？”玉还真还未想好怎样应对，话居然就已溜出了口。

她知道陈大昌这趟外出又是替女王办差去了。

“梁大人。”陈大昌先向梁玉打了个招呼，才对玉还真道，“女王交代我来……”

又是奉命而来！这几字，玉还真就不爱听，当下俏脸一板：“是十万火急的要紧事？”

陈大昌想了想，老老实实道：“不算。”

“那就延后再说。”玉还真转身就走，“午后我还有事。”

她走了两步，看梁玉没跟上来，遂向他微微一笑：“梁侍郎，你的车呢？”

梁玉大喜，引着她道：“这里，这里！”

玉还真登上他的马车，头都不回一下。

傍晚，漫天红霞，国师府有客上门。

小婢来报：“陈大人到！”

玉还真嗯了一声：“让他进来。”

陈大昌被引到府内的小湖边，见到国师府的女主人坐在藤编的软椅上，白色的软袍被余晖染成了淡红色。她手边一盅金杯，里面盛满了红艳艳的石榴籽儿。

许是吃了石榴，微噘的红唇鲜艳欲滴。

陈大昌下意识盯着那张红唇好一会儿，才移开了目光：“玉国师好生惬意。”

玉还真斜睨他道：“中午忙，晚上可未必。”

陈大昌举目四顾：“胡天呢？”

“苗涵声又找胡天去玩耍，这会儿应该在黄金城里。”晗月公主的儿子九岁了，精力无限，和贪玩好闹的猴子胡天正好凑成胡闹二人组。

陈大昌走近，高大的身影将阳光都挡住了。玉还真还未表示不满，他就从储物戒中取出瓶瓶罐罐，在她身边的小几上一列摆开："我顺道去了红鼎发卖会，这些都是你点名要的东西，毒龙涎、蜂尾针、白花蛇舌草……"

东西真不少，有十五六样。玉还真挨个儿拿起来仔细检查："劳烦你了，替我买这么多材料。"她拿起白花蛇舌草，将它连根刨起，翻过来给陈大昌看，"不过这株是病草，早就烂了根，救不活了。"

陈大昌呆住了："这……"

玉还真目光灼灼等着他的下文，陈大昌只得挠了挠头："下次再去买？"

"白花蛇舌草哪有那么容易弄到？去十趟你都未必能找见一株。"玉还真挥了挥手，"罢了罢了，没有它，药效差一些。"

见她满面惋惜，陈大昌心里也有些不舒服，足尖微动，却没有转身。

玉还真把材料都收起来，脸色又变得淡漠："东西也送到了，陈廷尉还有事？"

陈大昌迟疑了一下才道："没了。"

"那就慢走不送了！"

陈大昌道了一声"告辞"，果然往外就走。

还是一如既往的油盐不进。玉还真强忍着问他："陈大昌，问你件事！"

陈大昌本已走上石径，闻声回望。

"当年你和谢祭酒的女儿不是好得很吗？"她斜睨着他拖长了语调，"后来为什么不娶她？"

他和谢家千金什么时候"好得很"了？陈大昌皱了皱眉。他对风吹杨柳般柔弱的姑娘实是无感，谢家千金百折不挠地追了他很长一段时间，他始终严词拒绝，最后谢祭酒给她另觅良配，这段纠葛才告结束。

陈大昌本待辩解，可是话到嘴边就成了："梁侍郎最近对国师很殷勤。"

"是吗？"玉还真眼波流转，自有淡淡媚意横生，"那又如何？"

陈大昌沉声道："梁侍郎是廷官，你是国师。"

"所以？"玉还真又忍不住想冷笑了。

"国师不与官家通婚，这是新夏国令。"陈大昌深吸一口气，"请自重。"

听到最后三个字，玉还真噌地站起，俏面变得通红："你！"

陈大昌惊觉失言，喉结上下一动，正要解释，却听玉还真冷笑着开口："你以为梁玉也和你一样孬、和你一样胆小如鼠？"她胸口微微起伏，恨不得一掌拍在他天灵盖上，"陈大昌，你管得太宽了！"

孬？陈大昌一下就握紧了拳头，并不接话，直接转身，三步并作两步就消失在园子尽头。

咣当！玉还真忍不住，一把抓起金杯砸在花柱上："王八蛋！"

她在园里来回踱了两圈，才想起自己本来有正事要求证于他，一气之下竟然忘了，于是又恨恨再加一句："胆小鬼！"

就连她自己都未注意到，今日盘旋在心头那一点伤感，已经无影无踪了。

翌日，陈大昌当差。

他走进书房，女王正在研究他昨日提交的报告，闻声头也不抬："国师府的晚膳如何？"

女王对他的行踪了若指掌，陈大昌一点也不惊讶："没尝过。"

冯妙君惊奇道："你花了两年俸禄，好不容易替国师买齐了材料，她竟然不留你吃饭？"

陈大昌板着脸道："话不投机。"

冯妙君更觉奇怪："怎么可能？哪个女人收了礼物会不高兴？"

"这个……"陈大昌讪讪道，"没送出去。"

冯妙君这才转头，仔细盯了他几眼，随即转了个话题，笑道："你这趟出门，好像不是孤身回来。"

陈大昌据实以告："我将姑婆从魏地接来了，那儿已不安全，燕军离她居住的寿平乡不到五百里。"

冯妙君点了点头："好极，她终于肯跟你回来了。待她歇息两日，就带来与我说说话吧。"

陈大昌面露难色："这个……"

"有什么问题？"

陈大昌挠了挠头："姑婆从来不轻离故土，这回跟我回来，是我撒了个谎。我想待她住久一些，再跟她坦白。"

这倒有趣了，冯妙君终于放下笔，看了他一眼："你谎称要成婚了？"

陈大昌一呆："王上神算。"

前几趟回去见姑婆，她年事已高，抱着他涕泪交加。老人独居，他不放心，想带她移居新夏，姑婆却道故土难离，除非他娶妻生子，那么她就算断了腿也要爬过来。

眼看战祸将至，他只得撒谎先将她诓过来，后面再慢慢设法赔罪。

冯妙君明白了："要我帮你圆谎吗？"

他连连摆手："大昌不敢。"国君金口玉言，他哪敢让冯妙君替他撒谎？"只求王上这几个月内暂不召她来见。"否则姑婆张口就要冯妙君替她做主，这事情可就难办了。

冯妙君像是听到他的心声，嘿嘿道："这有何难？要不我助你一臂之力？我可以赐婚！"

"不，不必！"陈大昌吓了一跳，连连摆手。

冯妙君唏嘘道："当年你要是乖乖从了谢家多好。谢霜绫另许了人，现在儿子都三岁半了！"

陈大昌紧紧闭上嘴。他跟在女王身边太久了，知道这个时候坚决不能接话。

果然冯妙君说了两句就转回正题："红鼎发卖会上出现的那柄分水戟，最后让谁买走了？"

"没打探出来。"红鼎发卖会在南陆的一个海滨岛国举办，新夏在那里并无人手。陈大昌去了那里就是异乡客，行事多有不便。"只知势力不小。"

冯妙君知道陈大昌的本事，连他都探不着对方的底，买家可真有些来头。

"我对这东西有点印象，昨晚又去找了些古籍。分水戟是仙人遗宝，有诸般妙用，但见诸史册的一例就是仙人用它破开来袭的海啸，救下满城生灵性命。"她轻轻揉着太阳穴，"分水戟在这个当口出现又被拍走，我有不祥预感。"

可是接下来的燕魏战场，居然也风平浪静了。理由很简单，冬天到了。

燕军如今攻入了魏国南部的平原地区，这里虽然不像原熙西北部群山之巅的酷寒，但至少也是滴水成冰的天气，并且眼下已进入十一月下旬，草木不生，寒风凛冽。加上平原上水网和沼泽纵横，原本水面冻成坚冰是可以让军队如履平地的，怎奈本地山泽水灵都听从魏国师云嵋之命，将平原上的冰块弄得稀碎。这种情况下，燕王即便再心急，也不得不考虑军队面临的困境。

相国王渊也在新夏廷议时说道："天公不作美，燕军战线无法再往前推进，最明智的选择就是缩回要塞，等待开春再战。"

这一次连傅灵川都赞同他的观点，冯妙君却摇了摇头，面色凝重："恐怕众卿都料错了。燕王如果这样保守，早在秋季时就该后撤了。"

大家口头应了，心里却都不以为然。

然而不久之后就有新的战报递来，证实了冯妙君的推断。燕王不听百官之言，强令大军入驻已经攻下的前线城池，等待来年开春再战。

大军在敌方领土的前线上一待就是三个月。北风呼啸的平原上，时间飞快地过去了四十天，正式进入一年中最冷的腊月。

这种天气，连修行者都懒得动弹，平原上对峙的两国大军更是吃尽了苦头，只得成日紧闭城门，躲避严寒。

这种局势下，燕国的后勤队伍更加吃亏，无数辎重损失在半路上。前线的燕军城池，粮食开始短缺。

魏燕前线，就在风雪中迎来了短暂的休战期。

只是就在众人都以为可以获得短暂的安宁之时，前线的战局却瞬息万变。

王廷之中，冯妙君接过战报，展开来看了两眼，黛眉不由得皱了起来。

此时晗月公主恰与她在一处，瞧她脸色不好，低声道："怎么，出事了？"

"有一支燕军绕到魏人后面，与前线的同伴内外夹击，夺下了几个城池。"冯妙君摇头，"规模不小，初步估计超过三万人。这是怎么做到的呢？"

不提平原的地形和水泽，那支燕军怎可能绕过前线，突袭魏人后方大营？那可得绕远路了，足足有七百里路程，且不说燕军能不能绕过去，这一路上就没魏人见过他们然后上报吗？

这可是战争时期，所有斥候都活跃于前线和后方。

"怪不得燕王力压众议也要留下军队在前线，原来是准备了这一后手。"冯妙君沉吟道，"这种天气里，魏人也想不到燕军胆敢出击，并且还成功了。前线的形势，恐怕要颠倒过来了。"

事实证明，女王的第六感很灵验。又过不久，更详尽的军情送过来了，形势严峻。

原来这支燕军队伍是突然出现在魏国东部、西峣地区的沧澜平原尽头，而后自北往南，从魏军后方奇袭前线。

这地方靠近森林边缘，人迹罕至，只有零星几个小镇。因此燕军出现在这里，基本躲过了魏人的视线。

这一场里外夹击，燕军一口气拿下了沧澜平原上最重要的四座城池。这时魏人也反应过来，不顾风雪出击，终于抢回一座。

这几场战役打得那叫一个惨烈，燕国两名大将折殒当场，魏国修行者都死了七八个。双方死伤的兵员合计超过了五万余人。

最后，是先发制人的燕国宣告了这个冬天的胜利。遭受重创的魏军只能放弃平原往北退缩，大部分都撤回丘陵地带。

战争至此进入了新的拐点。

沧澜平原是魏国南部相当肥沃的产粮地，燕军一旦拿下，只要挨过了春、夏两季，就有源源不断的粮食供给，为燕军的继续北侵提供有力支撑。

此地将变作补给充足的大后方，燕军的行动成本会大幅度降低。这对整场战争的进程将有深远影响。

这一战扭转战局，在燕国国内也改变了民议的风向。原本指责燕王刚愎自用、随意挥霍人命的声音被压了下去，颂其用兵如神、大杀四方的赞歌开始唱了起来。

军队士气也跟着高涨。

"幸好现在还是隆冬。"燕军不能乘胜追入大雪覆盖的山区。等到开春还有个把月，士气又会重新变得平缓。冯妙君皱眉，始终有一点想不通，"燕军是如何飞过数百里的障碍，直接抵达平原北部的呢？这事蹊跷，甚至都无人看见。"难不成是插上翅膀飞过去的？

如果她不是女王，恐怕现在已经要奔过去亲眼看个究竟了。

魏都，宫城。

萧衍正在用膳。

阳光灿烂，他脸色却不好，面对偌大一桌子山珍海味，竟有食难下咽之感。他并没有召嫔妃侍候在旁。有时候，国君需要一个人静静。

"国师到！"

通报声还未结束，云嶂就走了进来，白衣翩翩，丰神俊秀。

他的镇定从容让萧衍很不爽，冷哼一声："你来作甚！"

"听说今天的食单上有脆皮鸭子。"云嶂指了指桌子，"我府上的厨子总做不好，只得进宫来吃。"

萧衍满面不快："平时找你商量军机，也没见你这般积极。"话虽如此，还是吩咐宫人再取一副碗箸来。

萧衍："你说过新夏会助魏抗燕，现在它怎还是按兵不动？"

"那你恐怕得问新夏国师了，君子一诺千金，但安安什么时候履行就非我所能把控。"云嶂道，"不然，你让我跑一趟新夏，我亲自催一催她？"

听到"新夏国师"这四个字，萧衍脸色更臭了。那新夏女王是不是跟他有仇？把他的国师迷得神魂颠倒也就罢了，连他萧衍心爱的女人也要抢！

"你去了，谁替我调配元力？"萧衍每个字都像从牙缝里挤出来的，"这都快要开战了！"

云嶂遗憾地叹了口气。快一年没见到她了，也不知她有没有想起他，有没有对别的男人巧笑嫣然。

"云嶂，还记得你我的约定吗？"

"当然，否则你以为我在作甚？"云嶂眯了眯眼，"打开地图看清楚，现在，你不就是在争霸天下吗？"

天下原有七个大国，安夏被魏国吞并，后又成立新夏；峣国被魏夏瓜分；蒲、熙都被燕国所灭。所以到现在为止，南北大陆各有一个霸主，即是燕和魏。

这两强相斗，争的就是最后的霸权。

云嶂早就说过，会助魏国争霸天下，如今已在履约。

当然萧衍也明白，这其实是云嶂和燕王之间的战争。他正色道："尽快让新夏出兵。"

云嶂轻轻道："新夏和峣人跟我们都有仇，不愿女王出兵。"

"那是她的事。"萧衍面沉如水，"君无戏言，说到自然就要做到。"

云嶂又夹了一箸银芽炒蟹肉，慢慢咀嚼："会的。"

不久以后，云嵫联系冯妙君，才揭开了燕军奇袭获胜的谜底。

原来燕军并非空降，而是走了水路遁过去的。确切来说，是从水底过去的。

沧澜平原和森林的交界处没有人类常住，这也是燕人选择此地冒头、集结的原因。不过他们还是留下了目击者，只是非人而已。

依云嵫的说法，居住在森林里的几只妖怪来报，四十余天前有大量人类军队从月神湖的底部走了上来，一队接一队，有四五万人，在湖边集结了小半天就开始往南走，竟是连过夜都不曾。

它们没敢露面，只能暗中观察。那几万人类当然不可能直接从前线游到这里来，他们是"走"过来的。

妖怪信誓旦旦道，月神湖水被无形的力量从中间分开，露出底下湿漉漉的湖床。直到所有人类上岸，这异象才结束，湖水重新填满所有空间，整个月神湖归于平静，好似什么也未发生过。

冯妙君瞬间联想到红鼎发卖会上被神秘买家拍走的分水戟了。现在看来那买家也不咋神秘，无非就是燕王或者燕王手下。他们拿分水戟在手，引导大军走水路绕过前线，直接从魏人背后杀了个回马枪。

但是问题就来了——月神湖底通往哪里？

这个问题，云嵫当然也问过了。出乎意料，森林里的妖怪原住民给出的答案居然是：禁忌之海。

沧澜平原上虽然水网纵横，但月神湖底的溶洞联通的却是另一套水体。它和三条地面江河、无数地底暗河都有交汇，最后通往峣地最南端的禁忌之海。

这条路线，也是不少鱼类和水妖的回游线路，这些大鱼在海里生长成熟，最后还要通过回游返回自己的出生地，也就是淡水的河、溪中去产卵繁殖。

可是对魏军来说，这条水路上的截点太多，燕人是从哪一段下水的呢？最重要的是，燕军根本还未攻打到峣地呢，又怎么能在这里行走如入无人之境？

这个谜团，云嵫和魏人是不会费大力气去解开的，毕竟现在燕人已经抢占了沧澜平原，魏国要全力准备开春之后的战斗。

不过随后冯妙君就在另一封私人信件中找到了答案——它来自徐陵海。

这人现在正在燕军驻熙地的大本营中。由于才干出众，数年来兢兢业业如一日，他已经被提拔作枢密副使，掌管大量军机。

根据徐陵海送来的密信，燕军并没有直接踏上峣地，而是从它南边的鹰嘴湾口潜入。

冯妙君看到这里，凤眼不由得眯了起来，面上闪过恚怒之色。

鹰嘴湾与其南部的系列群岛从来不归从前的峣国、现在的新夏所有，而是邻国的领土。这个国家很小，但是疆域一半在陆地，一半在海上，群岛提供了很好的战略缓冲，如峣国这样的大国想要吞并它就得花很大力气。

可它又没有甚特别的价值，值得大国攻占，除了丰富的渔获。另有一点，这样的小国、小势力在禁忌之海的沿海地区星罗棋布，哪个大国都放任它们自生自灭。

邹国地盘不大，不可能对几万燕军的到来毫不知情。可见，双方是勾结在一起了。

徐陵海的信中也提到，海边通往月神湖的水底秘道，也是邹国提供的情报。燕国赠予邹国黄金千两、白银二百万两、法器若干，就得到了在鹰嘴湾行动的单次特权。

配合分水戟自带的分水特效，数万大军就能循水路绕去魏军后方，悄然来一次神兵天降！

在两军对垒的局面陷入僵持时，一方想要胜出就需要奇谋。冯妙君也佩服燕王和他身边智囊的高招，想使出这种办法不仅得特别有钱，能砸得人家头昏脑涨，还得有强大的想象力。

不过令她恼怒的是，邹国明明就是新夏的附属国，从她当上女王不久，这个小国就向她称臣纳贡了。燕国和新夏之间的过节，以及新夏对于燕国的态度，邹国一清二楚。

作为附属国，甚至在宗主国打仗时也要协同出兵。现在，它却向燕国示好，那即是插手燕魏之争，也让新夏卷入了避之唯恐不及的麻烦之中。

这是置它的宗主国于何地？

不仅如此，邹国的领地离新夏很近，如果燕国今后以此为跳板，是不是也能深入新夏内陆？这是冯妙君最不愿见到的局面。

傅灵川听说始末，皱了皱眉："是该给邹国一个教训。新夏的军队许久没有出战，正需要热身。"

冯妙君摆了摆手："知道邹国和燕国相互勾结的人太少，现在处理了邹国，燕王一定会发现己方有我们安插的奸细。"徐陵海很重要，不能暴露，"将邹国的资料都找出来，看看有甚可利用之处，我们需要一个借口。"

"这样一来，耗时颇长。"

"无妨，我们有的是时间。"冯妙君不疾不徐，"魏燕过招仍旧很有章法，这两方都还游刃有余。"为了终极一战，两大强国筹备了多久啊。都是家底丰厚的，才打上一年时间，哪里会捉襟见肘？

傅灵川望着她的背影，眼中有奇异之色。

他不仅清楚冯妙君和云嵘的关系，也知道女王答应过魏国师，新夏会援魏抗燕。现在两国开战近一年，燕国还抓到了扭转战局的契机，她不该急着参战吗，为什么依旧是老神在在的模样？看来她不仅对他这个表哥狠，对情郎也是铁石心肠呢。

不过他也明白，眼下的局面对新夏才是最好，如果女王始终能保持理智的话。

转眼又过去一个月。

沧澜平原上依旧天寒地冻，可这会儿毕竟快到春水节气，风雪明显减弱。两军对垒的前线已经安静了两个月，可所有人都明白，这不过是山雨欲来的前兆。

这个时候，却出了一桩大事。

正月十五，整个新夏都在欢庆元宵佳节，邹国六王子却在这一天抵达乌塞尔，求见新夏女王，而后在百官面前揭发了邹国的不义之举。

要知道，早在魏燕战争刚开始，新夏就通告所有附属国少安毋躁，不得卷入两国战争。邹国此举就是阳奉阴违。因此女王勃然大怒，着呼延隆领兵四万，务必要给邹国一个教训！

新夏发兵来攻的消息传入邹国，上下大惊，国君修书发往乌塞尔，辩称邹国从未让燕国借道，纯属六王子血口喷人、挟报私仇。

新夏当然不理，邹国六神无主，最后只能将目光转向燕国，求它解救自己。

燕王接到求助，也觉棘手。眼下他全力进攻魏国，好不容易迎来战场上的小小转机，正打算开春之后继续发威，这当口是万万不想招惹新夏的。

新夏不出兵，他在魏国战场上就能占据更多主动权。

邹国是新夏附属，他若出手解救，那就是直接和新夏杠上了。新夏女王是不是就等着这个机会，才好堂而皇之地遣军参加西部战场？

可是邹国之难毕竟是由燕军借道水路而起，他若置之不理，不仅自己丢脸，燕国也要跟着信誉扫地。周边还有那许多小国，若有邹国的前车之鉴，今后谁还敢跟燕国合作？

冯妙君切实理解燕王的难处，毕竟同为一国之君，对"世事难两全"这句话深有体会，时常就要做出许多艰难的抉择。

这会儿她正跟国师手谈，玉还真拾一子下在目外："燕王会怎么选？救邹国呢，还是不救？"

"倘若是平时，燕王不会让我出题，他喜欢当出题的那个人。"冯妙君以手支颐，她和燕王明里暗里过招许多回了，"不过现在，燕军忙着对付魏国，他抽不出精力来应付我。所以……"她笑了笑，"燕王要放弃邹国了，这叫两害相权取其轻。"

对邹国见死不救，的确会影响燕国未来的战略方针，但是即刻引动新夏援魏抗燕，才是燕王最不愿看到的局面。

冯妙君以手支颐："说到这里，今年的元宵灯会如何？"

"很美。今年还多了水上花灯。"

"今年的花灯匠人，有一部分是魏国逃难过来的。魏燕打仗，流入新夏的难民不少啊。"冯妙君目光微微一瞥玉还真，叹了口气，"陈大昌也将他的亲眷从魏国接来乌塞尔定居。"

"是他的……姑婆？"

冯妙君笑道："是。你已经见过了？"

"元宵晚上，他扶着老人家逛灯会。"玉还真顺手下了一子，"我敢说王廷百官都看见了，对她也热情得很。"

"我还打算年后召她入宫觐见。"冯妙君漫不经心道,"你也见过了,说说,这老太太如何?如若只是小家子气的普通农妇,我打发了便是,也不再召见。"

对于平民而言,面圣可是无上荣耀。如是眼皮子浅的妇人,觐见女王之后四处去吹嘘,反倒要给陈大昌落笑柄了。

女王这样重视她的意见,玉还真也只得道:"甚是开朗风趣。"

"还有呢?"果然,玉国师和老太太会过面了。

玉还真轻咳一声:"她初去灯会,似有些不悦,但逛了几盏灯之后就欢喜了,看起来并无城府。"

冯妙君好笑道:"陈大昌骗她道自个儿要成婚了,否则老太太死活要留在魏国老家,不肯移居新夏。因此她来到乌塞尔之后,咳,陈大昌的日子就不太好过。"

玉还真扯了扯嘴角:"看不出,那傻子也会骗人。"

想到这里,她脸色微红。

那一晚陈大昌将她介绍给姑婆时,老人家笑眯眯的,格外热情。不过玉还真寒暄完,转头离开不到十丈,就听见老太太对陈大昌道:"这闺女真不错,天仙似的,这满场姑娘里就数她最好看!"

玉还真当天梳的是朝云近香髻,未出阁的少女也常用。

陈大昌模糊地应了一声。姑婆哎呀一声道:"屁股又大,一定好生养!"

陈大昌吓得魂飞魄散,一把制止道:"嘘,那是国师,不可妄言!"

果然,他看到玉还真脚步一顿。

姑婆失望道:"啊,傻小子,她要是能看上你就好了。"

玉还真忽然很想看看陈大昌的脸色,却还是等了好一会儿才转身。

他还立在原地未动,盯着她的背影发呆,被她抓个现行,他满脸窘迫,耳根都红了。

呵,傻小子。

不久之后,南方战报传来,果然验证了冯妙君的话。

呼延隆带军横扫邹国,双方在滨海激战仅仅两个昼夜,邹国就投降了。

呼延隆扫平了邹国之后并没有即刻北返,而是领兵往西北方向行进,并在距离魏夏交界不足三十里的乌凛镇驻下不走了。

从这里到魏燕前线,不足二百里。以军队脚程,不需急行军也至多四天时间就走到了。

新夏的意图,昭然若揭。

只要燕国再敢把主意打到新夏和新夏的附属国上,女王必定出兵。

燕王当然不爽,从来敢这样威胁别人的都只有燕国。不过现在他也无暇去教训不知天高地厚的新夏,因为沧澜平原上的风雪已停,进攻的号角再一次吹响!

就在这样的攻伐角力之中,时间又飞快地过去了一年。

发生在魏国国内的争霸战还在继续，魏、燕就像两头角力的公牛，在亢奋中顶红了眼，不计成本、不计后果地将军队、物资和财富都扔进了不见底的旋涡里。

不过随着时间的推移，明眼人都能分析出来，战局在僵持中还是慢慢倾向了燕军。

因为，燕王参战了。

他是国君，又兼任国师，按理说应该缩在安全的大后方指挥调度，如今竟然身先士卒，可见他对于胜利的渴望。

有国师加持的军队势如猛虎，一下就打破了持续两月有余的僵局，开始向北压进，把魏军打得节节败退。

这种情况下，魏军当然也只好出动国师。

而在相对稳定的新夏，廷臣发现女王最近心绪不定，有时甚至在廷议时发呆。

到了这年夏末，蝉鸣最凄厉的时候，傅灵川携三岁半的女儿进宫觐圣，前一瞬明明笑眯眯发下赏赐的女王忽然脸色大变，竟然连身体都摇晃一下，似乎就要不支倒地。

她俏面苍白如纸。

傅灵川吃了一惊，下意识伸手要扶。可是指尖还未触到她袖袍，忽然反应过来，不成。

立在女王身后的陈大昌也是眼疾手快，上前一步扶住了她的胳膊，紧声道："王上！"

冯妙君眼中神光都已经泯去，身形更是摇摇欲坠，连站都站不稳。

在这瞬间，她好像变回了那个娇娇怯怯的姑娘，哪里还是道行精深的修行者，哪里还是威严无边的大国女王？

出了什么事？没听过她有旧疾。傅灵川心里一紧，眼看她慢慢落座，担忧道："哪里不适？"

冯妙君勉强定了定神，向他女儿扯出一抹笑容道："今日先到这里吧，孤身体不适，改天再找你进宫玩耍可好？"

三岁半的孩儿乖巧点头。冯妙君这才对傅灵川道："无妨，歇息便好。"

傅灵川自有眼力，关心几句就适可而止，带着女儿告退。

冯妙君又坐了一小会儿，脸色才慢慢正常，可是神情却阴晴不定。陈大昌低声道："王上可要回寝殿休息？"

"不必，寡人无疾。"冯妙君似是有些心神不宁，并不想就寝，"发讯，着人盯紧魏西北的战报，第一时间给我传消息回来。"

陈大昌不明所以，还是应了声是。

冯妙君却明白，大事不好了。

就在方才那一瞬间，丹田里沉寂已久的鳌鱼印记忽然扰动，而后一股庞大的吸力传来，如长鲸吸水，要将她的灵力抽得一干二净！

自她和云嵘互证心迹以后，鳌鱼印记基本就成了摆设。冯妙君的修为日益深厚，这几年又操持国事，日子过得风平浪静，哪有什么急需灵力的地方？可是现在，云嵘却毫无预兆地疯狂抽取她的灵力，并且还要一口闷干！

这只能说明他遇上了突发事件，十万火急又难对付，仅凭自身的力量还搞不定，必须动用她的！是以冯妙君想都未多想，催动丹田灵力往鳌鱼印记涌去，要给云嵂提供更多便利。

直至丹田里一丝灵力都未剩下。

她修为再深厚，也经不起这么剧烈的输送，那一刹那当然站也站不稳。

然后，就没有然后了。

最后一点灵力送过去也如泥牛入海，半晌都没有得到任何回应。

云嵂在做什么，是否还安好？联想到他正投身于西北前线，与燕军对峙中，她心里当然七上八下。

几个时辰之后，鳌鱼印记才吐出一丝灵力，回归她的丹田之中。

是云嵂猜到她的担忧，以这种方式表明自己还活着吗？冯妙君并不乐观，因为印记送返的灵力只有一星半点，这证明云嵂眼下没有余力。

也就是说，他的麻烦还未过去。

可是在此之后的几天里，鳌鱼印记又回归了平静，那一头宛如死水，波澜不惊。

冯妙君夜里回寝殿休息时，必要引着床边的红头鹦哥说两句话。倒不是她喜欢养鸟或者闲得发慌，而是这种鹦哥被称作"同心鸟"，雌雄一对结成连理之后，无论相隔多远，都能听到彼此发出的声音。

"同心鸟"是上古珍兽，存世量已经很少。这一对儿是玉还真不知自何处觅来送给女王的，美其名曰"解她相思之苦"。冯妙君将雌鸟留在自己身边，雄鸟送给了云嵂，这样彼此就算天各一方，也能让鹦哥代为传话。

可冯妙君眼下的麻烦在于，鹦哥已经好几天没有说话了。也即是说，云嵂一连数日没有通过雄鸟传音。

他那里出事了，并且还是大事。

冯妙君每日勤于调息，恢复灵力。可是前后几次输送灵力都是有去无回，云嵂沉默着照单全收，却不给个回执。

这可太不正常了。

日子就在冯妙君的忐忑中一天又一天过去。

大半个月后，燕魏前线的战报才送到她手里，这回是一记重磅。冯妙君才看几眼，心肝儿都为之一颤。

　　　　魏西北，红魔山之战，魏国师云嵂施术引动地底熔岩喷发，将燕军的军营
　　毁去大半。燕王与之战，负伤而返。

原来云嵝再次引动地火喷发，毁去燕人营地，又打伤了燕王，从而一举扭转战局。这可是不世功绩，冯妙君听说以后却无喜色，只有满面凝重。

他现今到底怎样？

冯妙君也知道他还活着，毕竟自个儿的心脏还在平稳跳动。

可是随着时间推移，她心中不安和不祥的阴影越发扩大，似乎有祸事就要降临。作为一名资深修行者，她决不会轻视自己的第六感。

很快，红魔山之战的战报传来。燕军伤亡惨重。红魔山原是死火山，已经有近千年不曾喷发，因此燕军驻营时就选择了地势最平坦的红魔山脚。结果火山喷发时撤退不及，有十三万将士被岩浆、落石和火山灰夺走性命，其他设施、辎重的损毁更不必说。

战报将当时的场面描述得极为惨烈，仿佛人间地狱。

在这种天灾面前，燕人就是再强悍也吓得心神俱裂。

魏军却不打算放过他们。红魔火山喷发，方圆百里生灵难逃，更有无尽的火山灰遮天蔽日，凡人无法正常呼吸。不过魏人提早埋伏在燕军的撤退路线上，等到敌人丢盔弃甲、仓皇而逃时，他们就冲出来痛打落水狗。

彼此都是生死大敌，哪有什么穷寇莫追的说法？

所以等燕军逃到安全地区再集结清点，确认死亡人数超过了十六万，还有几千人失踪。

消息传回燕境，举国哗然，连燕国都城都随处可见灵棚和哭丧。燕王迫于压力，不得不把军队从魏西北回撤——这条线路原本就是易守难攻，不适宜长距离、长时间孤军深入，因而被王廷诟病深重。

很显然，这个回合是魏国大胜，国内一片欢欣鼓舞。

在雪片般发来的战报里，冯妙君仔细搜集关于云嵝的线索，然而，太少了。

从西北前线返回，他也只在随军凯旋入都时公开露面过一次，随后就宣布闭关，谁也不见。他引动火山喷发有功，但魏王的赏赐也是直接送到他府邸上，他并未入廷觐见。

冯妙君再也坐不住了，正想着是否亲自走一趟，红头鹦哥却飞进书房，扑扇着翅膀大叫道："新夏女王，新夏女王！"

冯妙君手里的诏书才写了十来个字，闻声笔锋轻颤，在上好的笺纸上晕开了一个墨点。

她想也不想甩开狼毫抬臂，红头鹦哥就停在她胳膊上，放小了音量，又呼唤一声："新夏女王？"

也就是说，万里之外的雄鸟身边，有人正要通过它与冯妙君对话。

她定了定神："你是何人？"

云嵝对她的称呼时常变着花样来，但怎么也不会是官方称谓。

鹦哥口吐人言，忠诚地传递数万里外的人声："陆茗。"

她等候这么多时日，等来的竟然只是陆茗？

冯妙君的呼吸都放轻了，但她紧接着就道："云嵝呢？"

"事关机密。"

她不假思索挥退了左右，再顺手设下结界才道："好了，说吧。"

"国师大人在红魔山大战中身负重伤，勉强回到军中就不支倒下，至今都未醒来。"

云嵂果然受伤了！哪怕早有准备，冯妙君心中依旧一沉："怎么回事？"

陆茗低声道："国师引动红魔山喷发在先，已经透支力量，又与燕王恶战在后，这才受伤。"

"大战之后，我听说他还公开露过面，不止一次。"

陆茗苦笑："那是我。"

冯妙君恍然。原来是陆茗利用易形蛊扮成云嵂，在军中走两圈去稳定军心。她心里全是气恼："他为什么要去引动地心真火？"她明明千叮嘱万交代，要那家伙保证自身安全！

陆茗道："女王您不在此地，不知战局艰难。国师大人也是想以此奇兵打开局面……"

冯妙君摆了摆手，才想起他看不见这个动作："燕王发现没有？"

"燕王也伤得不轻，据说回营之后长久休息，也很少露面。"陆茗如实以告，"接下来的战斗，他一场也未出现。"

"瞒得过一时而已。"冯妙君心乱如麻，"云嵂在哪儿，可有召集能人会诊？"

"就安顿在都城。此事隐秘，连同女王您在内，知情者不过五人。"陆茗顿了一顿，"国师伤情很重，生机恢复缓慢，然而最棘手的还是诊不出昏迷的原因，他颅上并无损伤。"

冯妙君再也掩不住声音里的担忧："可是在火山中神魂受损？"她坐不住了，站起来走动两圈，心里越发浮躁。

"不无可能。"陆茗苦笑道，"我们已经试过各种办法，均无法将他唤醒。唯一值得安慰的，就是国师三魂七魄俱在，并无缺失。"

人的三魂七魄哪怕走丢或者遗失了其中之一，那才真叫麻烦。就算身体的主人能活下来，要么智力缺损，要么终日消沉，甚至可能活得如同行尸走肉，只会喘气。

冯妙君沉吟道："他与燕王恶斗之后还清醒吗？"

"当晚国师虽然负伤归来，但神志清楚，交代我替他护法之后就调息入定。此后，他就再未醒来。"

冯妙君走到窗边，这会儿花园里没有半丝儿凉风，憋闷得让人透不过气来。

她做了两次深呼吸，才问出最后一个问题："为何今日才联系我？"

面对这个问题，陆茗沉默了。

冯妙君呵呵冷笑："是萧衍的意思？"

她又等了几息，才听见陆茗道："西北大战还未结束前，国师重伤昏迷的消息是最高军机，与他有关的物件都被封存起来，包括同心鸟。"

只有严格保密，红魔山大战的胜利才有意义，燕王才会退兵。冯妙君明知这一点，也还是满心不忿："战后呢？云嵫被送回魏都很久了吧？"

陆茗沉默。

冯妙君顺手折断几枝牡丹，才冷冷道："你今日使用同心鸟，也是得了魏王授意吧？"说不定萧衍眼下就在他边上听着，"他怎不亲自来跟我谈？"

那一头又没了声响。

这几个问题，以陆茗的身份都答不上。冯妙君当然明白，说上这几句只不过是气郁难消。她长长嘘出一口气："说吧，萧衍意欲何为？"

陆茗老老实实道："王上只命我转达国师伤情，并无其他指示。"

话到这里，已不必多说。冯妙君拍了拍红头鹦哥，让它收起神通，起身往寝殿走去。

方才鹦哥一路飞来，惊动了几个宫人。陈大昌循声而来，就候在书房外，见状迎了上去："王上？"

冯妙君摆了摆手："跟我来。"

一路上宫人众多，不是说话的地方。

她快步走进湖中的水榭，勒令左右退下，这才沉声道："云嵫在红魔山重伤昏迷，至今未醒。"

陈大昌忍不住啊了一声，大为吃惊。以魏国师修为还负了这样的重伤，红魔山大战的惨烈可见一斑。

"可有性命危险？"

"不清楚。"在他面前，冯妙君就不必掩饰了，抓起桌上棋子，咚一声扔进水里，"你回去准备下，我们明天动身。"

她和云嵫分别太久了，平日的思念加上眼下的担忧，让她恨不得插翅飞去他身边。

陈大昌不像平时答应得那么爽快，反而问道："目的地呢？"

"魏都。"她轻快而急促道，"我们潜入魏都，去找陆茗。"

"找到以后呢？"陈大昌沉声道，"云国师既然昏迷，陆茗就要听命于魏王。恕属下直言，您现在赶去魏国，实是……实在称不上明智之举。"

冯妙君盯着水面上的涟漪，知道自己的心早就乱了。

陈大昌紧接着又道："魏王几次三番催您发兵援魏，新夏一直按兵不动。您现在赶去魏都，就是自投罗网！"

"当我不知道吗？"她凤眼中都快喷出火来，"那你来说说，该怎么办是好！"

陈大昌所言，她如何不知？萧衍是魏国天子，云嵫既然昏迷，那么众多修行者包括陆茗就要首先听命于他。可明知那是个陷阱又如何，有云嵫在手，萧衍不愁她不往坑里跳。

在云嵫的问题上，这一次萧衍掌握了主动权。

"云国师对魏国太重要，重伤不醒的消息又不能外传，魏王必定将他藏在深宫，重兵把守。"陈大昌冷静分析，"您想潜进去，只有找陆茗帮忙，然他现在已不可信。"

冯妙君双手抱胸，兀自怒气难消："那么依你之见？"

陈大昌低下头："属下不知。"

冯妙君一拍桌子，连声音都罕见的尖锐："你想拦着我，却给不出实用的办法？"

陈大昌单膝着地，却抬头看她，目光澄清："王上，您的安危为重，新夏大局为重！至于云国师，他修为强大，生机旺盛，既已拖得四五十日，想来朝夕之内未必就……"

有几个字讳而不言，陈大昌快速道："只要您平心静气，必有良策。过去这许多年，您都是这样过来的。"

知道女王与魏国师之间羁绊太深，这一回是关心则乱。

可她是整个新夏、是数百万子民的掌舵人，她不能有闪失！

陈大昌言语真挚，冯妙君望见他眼底写满了对她的信任。

冯妙君盯着他，许久，才慢慢敛起怒容。她闭上眼，缓缓调匀气息，迫使混乱的思绪暂时停摆。

终于有晓风吹过，浅淡的花香隔水飘来，充满胸臆之间。

萧衍要的，是让她自乱阵脚，她偏就不能让他如意。

所以，她该怎么办呢？

好半晌，冯妙君才拂手道："退下吧，我想静一静。"

她的声音平静而威严，陈大昌知道她很快就有决断，遂不再言语，行了一礼就退出水榭。

离开前最后一眼，他发现女王倚在美人靠上，托腮面向湖水。柔和的光给她周身镀上一层漂亮的淡金。

谁也看不见她面上的神情，然而斜照的夕阳将她的影子在地上拖得瘦长细削，仿佛轻轻一折就会断却。

这一晚，冯妙君在湖中水榭流连不去，直到东方既白。

随后的廷议照常进行，如傅灵川、王渊这样的老臣，能敏锐发觉女王的不同。比起前些日子的急躁与严厉，她似是淡定许多，冷静睿智一如从前。

晨议结束之后，陈大昌特意跟去冯妙君后头。

她一语不发，走了大半程才问他："你昨晚睡得可好？"

"很、很好。"其实他做了一个尴尬的梦，是关于从前的。

冯妙君哼了一声："一个个的，都这样没心没肺。"

陈大昌压低了音量："属下已将行囊收拾妥当。"

冯妙君一下站定，转头瞥了他一眼才道："先放回去吧，原定计划推迟。"

陈大昌应了声"是"。女王大人既然恢复冷静，后面的事就不必他再操心了。

"只是推迟。"

陈大昌看着她的侧影，终是忍不住问："您、您接下来打算怎么办？"

"按兵不动。"冯妙君缓缓道，"我需要一个转机。"

世上再无第二人知道她做出这决定有多艰难。放弃魏都之行，可不仅仅事关云嵫性命，也置她自己于莫大危险之中。毕竟他们两人性命相连。

可她必须让萧衍明白，主动权并非掌握在他手里，她也并非只有一条路可走。

无论冯妙君和魏王哪一个度日如年，三个月的时间也终于过去了。

魏王宫悄悄加强了警戒，萧衍唯恐她在新夏王廷扔个替身，自己潜入宫廷寻找云嵫。毕竟这二人的感情笃深。

然而，并没有。

新夏女王老神在在地住在她的乌塞尔城里，根本没打算西行。

红头鹦哥几度开口，都是那一头在试探她，冯妙君均不予回应。

魏王既然试图与她对话，就说明云嵝还没有醒转，但他也没有死。这一点，她最清楚不过。

她也相信，云嵝那厮的生命力强过九命猫，绝不会轻易就交待掉。不过神魂的损伤有时是不可逆的——听陆茗的描述，云嵝很可能神魂受伤，导致昏迷不醒。

然而在这个当口，她也不能像从前那样，抛下一切去找他。

很快，就有大事发生。距离冯妙君通过红头鹦哥与陆茗的首度谈话不过七日，魏国境内就发生了格外猛烈的地龙翻身。

所谓地龙翻身是民间敬称，其实就是人人谈之色变的地震。

它发生于魏国东南部，直接将大地撕出两个巨大的豁口，江水倒灌进去，瞬间变出了两条大河。好好的道路被砍头，南来北往的交通运输一下子全被阻断。

七座城市在地震中被夷为平地，数十万平民流离失所。前后不过一个昼夜，东南七城变作了人间炼狱。

而对魏国来说，更致命的问题是地龙翻身之处就在魏军大后方，好死不死，距离前线还不到四十里之远！

这一下，魏军就被阻断了后援。并且遭灾的城市囤有军备粮仓，原本可以源源不绝向魏军输送粮食、军械、人员和医药，结果地震发生之后，这些一下子都泡了汤。

前后也就是几个时辰的工夫，前线的魏军突然发现自己被孤立起来，后勤补给和援军全部断绝，他们要独自面对燕国的数十万大军！

恐惧在军中蔓延，士气低迷不振。

与之相对的，是燕人的狂喜，似乎一觉醒来，老天就选择站在自己这一边了。

消息传回燕廷，积攒了大半年的低气压被一扫而空，身在沧澜平原大本营的燕王哈哈大笑，只觉得空气都变得清新。他下达的第一道命令简洁明了：进攻！

面对军心低落、孤立无援的魏军，燕人发动了强有力的攻势。

这时犹在前线的魏军不得不背水一战。并且他们正后方还有几个遭灾的城池，不仅粮仓军库都没了，甚至还向他们发来求援，有数万平民亟待拯救。

救，还是不救呢？

不救，那都是一国同胞；救，魏军尚且自身难保。

冯妙君接到战报，只瞄了两眼就微微颔首："魏人这次要吃大败仗了。"

地龙翻身的出现并非全是偶然。没有国师调度气运、消减天灾，这种事迟早会发生。

红头鹦哥又开声了。这回是萧衍亲自传话。他一字一句问她："以如今局势，新夏兀自按兵不动。女王可是打算失约？"

冯妙君终于回复了："你将云嵝送来，其他事情都好商量。"

萧衍冷冷道："他是我大魏国师，至关重要，此时又无自保之力，哪有送他前去险地之理？"

"我会护他周全。"冯妙君好笑道，"云嵝往来魏夏不知几回，哪一次我害过他？"

萧衍哼了一声，音讯断去。

这一回，又谈崩了。说到底，萧衍舍不得放弃这个筹码。不过冯妙君并不在意。往后日子越来越难过的是魏人，又不是她。

果然半个月后军讯再至，魏人前线失守，死伤七万余员，又有两万人做了俘虏。

这次胜利对燕国意义重大。打退魏军，燕人得以突入花巢高原，此处地势相对平坦，侵略者能够像蝗虫一般散开，攻城略地，如蚂蚁筑巢，互相守望。

而对魏人来说，这里若是也被拿下，东部又少一大块粮仓，并且从这里通往西边的道路四通八达，还能走水路，因此整个魏国中部都会受到威胁。

说得严重些，接下来的战役若是打输了，魏国就算交出了战争的主动权。

魏王萧衍在增兵驰援的同时，也发讯向新夏求助。毕竟，新夏的军队就驻扎在峣地最西边的乌凛镇，距离前线也不过是六天的急行军路程。

接到这消息，玉还真就问陈大昌："女王可会出兵？"

陈大昌摇了摇头："我不知道。"态度非常诚恳，因为他的确不清楚冯妙君的算盘。按理说，这应该就是女王苦等的"转机"，她会不会以出兵为筹码，换取看望云嵝的机会呢？

这时廷议刚刚结束，玉还真望着冯妙君的背影消失在宫殿后方，也不由得叹道："若我与她易地而处，恐怕也不知如何是好。"

一边是与情郎的约定，一边是国家利益，女王要如何权衡？

说到这里，她突然又道："魏国师可是出了什么问题？"

陈大昌与她并肩而行，目光微动："何出此言？"

"魏国出现那么严重的地龙翻身，恐怕一多半原因要归咎于元力失调。"

"云国师经验何等老到，即便在魏燕战争中也不该有此疏忽。"玉还真自己就是国师，况且她对云嵝的手腕了解甚深，"说得过去的理由，就是他自己出了问题。"

她顿了一顿："我记得云国师似乎从西北大战之后就闭关了，据说之前还负过伤。"一双妙目转过来，在陈大昌脸上逡巡，"你不知道？"

他是女王心腹，得的是第一手资料。说他半点风声都没有，她才不信。

这件事，冯妙君没跟第二个人说过，陈大昌也只能低沉道："但愿他莫要有甚三长两短，否则女王要伤心欲绝。"

在这之后的两天里，他发现女王的神情越发松快，甚至有了笑容。他将玉还真的推论说了，冯妙君睃着他，意味深长道："这不是你想到的吧？"

"是玉国师所言。"

"说得好。"四下无人，冯妙君眼中终于露出一点跃跃欲试，"我们等待的转机，也许很快就要到来。"

花巢高原，魏军迎来了史无前例的大溃败。

消息传出，举世哗然。

燕魏战争进行了三年，无论武器军备、战术战略、兵员素质和修行者数量，双方的表现几乎不相上下。

但发生在花巢高原上的十余场大小战役，魏军凭借主场优势却依旧败多胜少。昔日势均力敌的对手，今回好像变得格外强大，将战线频繁往北、往西推进。

地龙翻身后的阻击战，还能说是天灾导致士气低沉、军队孤立无援因而落败，可花巢高原上的战役，那几乎都是双方军队毫无花俏的正面硬仗。魏军败得那样干脆，无论魏王廷派出多少大将，使用了多少计策，花巢高原还是失守了。

仅仅用了两个月。

这足以说明，双方在军力上的巨大差距。

魏国底蕴深厚，地龙翻身带来的影响虽然深远，却不至于撼动它的根本。所以，到底是哪里出了问题？

其实，这十来场战斗才进行了一半，来自前线的报告就飞入各国高层手里，并且直接就指出了症结所在：元力。

发生在地龙翻身以后的所有战役，魏军身上都少了元力的加持。

少了元力的加持，魏军的战力至少要削减两成。这点差距放到战场上，那就是良将与计谋都无法弥补的鸿沟。

燕王得讯，一掌将身边的檀木矮几拍成了两半，纵声长笑："看来云嵯非死即伤！痛快，当真痛快！传我令下，明年开春，孤要在魏都过年！"

没了云嵯的魏国，就是没牙的老虎，他何惧之有？燕王还未走出大殿，忽然又驻足道："派去魏都的人，还没传回消息吗？"

许恪就跟在他身后："没有魏国师的消息。"

"废物！"燕王哼了一声，"他有个长随，唔，叫什么名字来着？"

许恪赶紧提醒："陆茗。"

"对，陆茗，此人现在何处？"

许恪顿了顿："魏都。"

"怎不从他身上下手？"燕王虎目微眯，掠过一丝厉色，"他一定知道云嵯下落。"

已经盯紧了，但许恪知道，国君不喜欢旁人过多解释，只能应了声"是"。

而此时的魏廷，还要面临流言满天飞的窘境。

国内从来不乏聪明人，一眼就能看出屡次大战元力缺席。因此"国师已死"的论调甚嚣尘上，哪怕魏廷着力镇压，也抑制不住流言借助人们的恐惧在街头巷尾肆意传播。

　　这些消息传到新夏，女王的心情却日渐好转，甚至有闲情带着晗月公主母子到郊外的庄园去散心。

　　宫人陪着苗涵声去采樱桃和杏子时，晗月公主就好奇道："魏国被打得快要吐血，云嵝好似生死不知，怎么你反倒眉飞色舞？"

　　桌上的金盘里，洗得干净剔透的樱桃堆成了小山。冯妙君拈起一枚放进口中慢慢品尝，好一会儿才道："乌鸦嘴！他又没死。"

　　晗月公主撇了撇嘴："你怎么知道？"

　　"云嵝要是死了，魏国立刻就会有新国师上位。"冯妙君好整以暇，"眼下可是战争时期，对手又是燕国，魏王哪里能容许元力缺失？"

　　晗月公主长长哦了一声，心道也是。

　　冯妙君却明白，云嵝眼下情况特殊，且不说萧衍能不能找到旁人来顶替国师之位，元力的交接只有两种途径，要么由于国师让位或死亡而导致稷器回归宗庙，要么新人打败老国师成功上岗。可是云嵝目前处于昏迷不醒的状态，这两种办法都不适用，萧衍又不能狠下心弄死他，也就只得暂且这样僵持下去。

　　"你要出兵帮助魏国吗？"晗月公主问出这句话，也不知是多少人的心声。

　　"援助魏国的方式有很多，出兵是下下之策。"冯妙君微微一笑，"我等待的转机，终于来了。"

　　晗月公主不明白："什么转机？"

　　话音刚落，苗涵声抱着一个大西瓜，兴冲冲地奔了回来："娘，这个送你！"

　　这瓜大得他双手都快合不拢，目测至少有四十来斤重。晗月公主惊笑道："我儿这么厉害了？"想掏手绢给他擦汗，却发现儿子额上干爽，小脸都不红。

　　苗涵声今年不过十岁出头，力气却超过成年男子。他测过根骨，修行禀赋很不错，冯妙君为他请来名师，悉心教导。

　　这么一打岔，晗月公主就把话题忘了。冯妙君也不会提醒她，起身道："我还有公务，先回宫了。你们慢慢玩耍。"算算时间，差不多了。

　　小半个月后的深夜，萧衍再度通过红头鹦哥传声。

　　他开口就很直接："你能救醒云嵝？"

　　"姑且一试。"冯妙君的回答很实诚。

　　"你……"

　　"接连数月，你手下的庸医都救不醒他，何妨让我一试？"冯妙君也知道自己该表现出诚意了，她接着道，"你放心，无论我是否能令他醒转，新夏随后都会出手，助你对抗燕国。"

她终于开口了，萧衍全副注意力顿时被吸引过来："你肯出兵了？"

"你明白，我要令新夏援魏必须寻个合适理由。"冯妙君卖他一个关子，"届时，还要你与我配合。"

她肯出兵，那就万事好商量，萧衍答应了，于是接下来就要商量双方的会面地点——萧衍决定亲自出马。

冯妙君提议："不若就定在汀沅镇碰面吧。"

汀沅镇？萧衍对这地名陌生得很，冯妙君笑道："那是安夏故地，如今归属于魏，就在魏夏交界北线，靠近黄松森林。地方偏，人又少，很适合我们会面呢。"

汀沅镇就在七州最东部，毗邻魏夏两国边界线。

这个选址毕竟还在魏国境内，萧衍当然没有异议。而对冯妙君来说，那里原本就是安夏的土地，栖居在汀沅镇的也是安夏人，从地缘上就有亲近感。

最重要的是，这地方离魏都不远，也就是相隔千里。在这片广袤的大陆上，两三千里距离对修行者来说，都不算事儿。

约好会面日期，冯妙君笑道："我先行一步，在汀沅镇恭候大驾。我听说陆茗遇刺，不知他此刻如何了？"

她刚接到消息，陆茗深夜遇刺，道侣不幸身亡。

"受了伤，死不了，刺客也被逮住了。"萧衍森然道，"在我的地盘捣鬼，燕王太天真了！"

"你也要小心些。"冯妙君立刻表示了关注，"将云嵋平安给我送到。"

汀沅镇，东郊。

镇子东边就是横亘魏夏边界的黄松森林。萧衍披星戴月赶到这里，此刻正在数千衣甲鲜明的兵卫簇拥下等候新夏女王。

兵贵神速，国君也一样。萧衍有修为在身，直接跨着禽妖就来了，三天之内飞越千里。

不过萧衍现在望着越升越高的日头，咕哝一声："女人真是等不起，无论什么女人都一样！"

冯妙君与他约在辰时会晤，可是现在太阳都升起老高了，她还没露面。

话音刚落，天空传来一声清唳。

众人抬头，只见晴天当中有两个白影翩然飞下，落在魏人眼前的一大片空地上。

两头浑身雪白的大鹤降落在地，鹤背上跃下两人，站定。

当先那人青丝如云，明眸善睐，虽然素着一张脸，却不减半分颜色。她立在晨光里，真像是飘落凡间的仙人。萧衍一眼看出她正是新夏女王，那么后头那个高壮男子就是她的心腹陈大昌了。

萧衍从军中慢慢走出来，背着手道："女王倒是胆大，敢孤身前来。"

她只带了一个长随，在这数千人大军面前和孤身并没甚两样了。

冯妙君顺手拢了拢秀发，笑道："魏王谬赞了，我单枪匹马前来，对你岂非大不敬？"

萧衍嘴角一扯，正要说话，却见冯妙君摆了摆手，似是召唤某物上前。

她身边的陈大昌，却是动也不动。

萧衍面对的黄松森林忽然传来咔啦啦巨响，大片林木同时折断。紧接着，一座雄城从空气中缓缓浮现，就矗立在冯妙君身后。

建筑巍峨雄浑，每一座大殿屋顶、每一段城墙都在阳光下闪烁着世间最灿烂的光芒。

它是那么耀眼，以至于直面它的魏人下意识抬手，纷纷挡住了自己的眼睛。

萧衍眯起了眼："黄金城！"

黄金城刚刚具现出来，几个城门就一起洞开，数千兵马奔腾而出，搅出一片飞沙走石。

奔到冯妙君身后，一马当先的将领抬起拳头，后方军队忽然就停住了脚步。

那数千人齐齐勒缰、顿足，一下从极动变作了极静，胯下的马儿居然没有长嘶没有人立，甚至连个响鼻都没有。

唯马蹄扬起的烟尘飘荡在空气中，冯妙君伸手招来清风，将它们快速吹散。

魏人的脸色变了。

为赶时间，萧衍只带了几人乘飞禽而来，这数千魏兵直接调自边界驻军；而黄金城里奔出来的新夏人，个头更高壮，铠甲更精良，一看就是京畿的守卫之师，是特别挑选过的人马，又在黄金城里以逸待劳，一副龙马精神，比起魏军更有气派。

一照面，双方各自显摆兵力，新夏略胜一筹。

萧衍没好气道："新夏果然财大气粗。"每动用一次黄金城，消耗的灵石都以千斤计算。

冯妙君笑吟吟道："要见魏王，他们自当盛装而来。"

她面上笑得灿烂，心里却有自己的小算盘。其实黄金城自从有器灵入驻之后，运行起来就高效又节能，比起从前峣国战争时期，每动用一次，消耗的灵石数量下降了一半。

萧衍脸上的异色已经收了起来，专注道："我们该好好谈谈了，长话短说。"

冯妙君颔首。

萧衍向不远处的农庄一指："请。"

那是最靠近黄松森林的一处农庄，原本已经废弃，但守兵在魏王的指示下日夜赶工，已然将它修葺一新。

两位国君都将军队留在身后，只带了心腹往那里走去。

萧衍与她并肩行了一小段路，忽然叹了口气："你没邀玉国师同来吗？"

陈大昌步伐、神态不变，却捏紧了拳头。

冯妙君不着痕迹地往他那里瞥去一眼，口中微笑道："我还想着，不带她来对魏王更公平些。你若真想见她，早该通过红头鹦哥告诉我。"

"女王可真是好心。"萧衍知道，自己喜欢玉还真之事必然被云嵂透露给了新夏女王，她今回若是邀玉还真同来，就可能搅乱他的心境，令他在谈判时做不出冷静的决断。

冯妙君微讶："我期待的，是魏夏双赢，怎会希望你吃亏呢？"

说的比唱的还好听。萧衍玩味道："既然如此，女王不妨开出条件，让我听听有多厚道？"

"不急在一时。"冯妙君距离农庄越近，心跳也就越快，恨不得一步跨到院里推门而入，"我先看过云嵂的情况，出来再与你商量。"

两人走进院子，萧衍一指正对面的屋舍："我将他移到那里了，你推门就可以看到。"

冯妙君点了点头，他就在院子里坐了下来，随从立刻奉上茶果点心。

萧衍知道冯妙君身具修为，又精通药理，这次诊疗恐怕费时费事，他也做好了奉陪到底的准备。

随后魏、夏两军都往这里调动，拨出了均等兵力，既看守农庄，又互相提防，彼此虎视眈眈，不敢稍有懈怠。

这荒僻了许多年的地方突然被重兵把守，一只苍蝇都飞不进去了。

屋子很新，她能嗅见木料的味道。地面一尘不染，本该在时光中暗淡的榉木桌椅和柜子被修补过，又擦得锃亮。

垂下的帷帐里有人。冯妙君心里雀跃不已，这时居然有两分怯场。

她定了定神，才走了过去，掀起纱帘。

云嵂果然就躺在床上，身上覆着薄被，一动不动。

有人进来了，他依旧双目紧闭，冯妙君下意识屏息，悄然走近，见他面色平和恍若沉睡。

她忍不住伸手，轻轻抚上这人冠玉般的面颊。美人睡颜，她见得多了，但哪一回也不似今日这般令她心疼。

云嵂脸色苍白，连嘴唇都没有一丝血色。两人肌肤相触，他的身体凉得像冰块，寒气像要透过指尖漫到她心底去。

这可太不正常了，他的体温一向烫人。

"云嵂？"冯妙君俯身在他耳边低低唤了两声。

只有亲自碰触到他，她才知道自己有多记挂他。

还好，她终于见到他了。过去百余次日夜煎熬，都值了。

冯妙君在他唇间印下软软一吻。

他的唇很凉，也没有任何反应。

她伸手探进被窝。

果然，这里面也很寒冷，仿佛躺着的不是活物。冯妙君揭开被子，解开他衣裳，替他检查全身，发现他身上大小伤口基本已经愈合，听说最严重的一道曾经贯穿小腹右侧，右腿还被大面积灼伤，现在都还有浅浅的痕迹。

距离红魔山之战，已经过去了快半年，是该愈合了。可是冯妙君清楚这人生命力何等强大。伤势虽重，放在平时不到半月也该愈合。拖到现在还留有痕迹，只能说明他生机被极大抑制。

她深吸一口气，伸掌轻轻按在他丹田气海，柔和纯正的灵力传递过去。

两人既然面对面，也不必再通过鳌鱼印记传输灵力了，这还方便她察看内情。

果然灵力刚刚传入就被吸收、分解，拆得一滴不剩。冯妙君甚至能感受到他丹田里透出的极度渴望，就像沙漠里缺水多日的旅人。

看来他在大战中伤及本源，否则自我恢复不会如此缓慢。

她将神念附在灵力里，检查他全身的经脉，发现堵塞情况并不严重，然而大量灵力都被输送去了心脏位置。

心脏？

她侧头贴在他胸口上，听见他的心跳微弱，候了数十息才传来那么若有若无的一声。

这就棘手了。他的心疾从来没能好全，这是云嶂最薄弱的位置，燕王必然知晓，搞不好这次交手还刻意关照过。

冯妙君将自己的灵力传送大半过去，他也依旧没有起色。她想了想，干脆从怀里取出一只透明的琉璃瓶，将里面两滴液体喂给云嶂喝下。

仅有两滴，然而生效飞快。

也不过是十几息工夫，这人脸色就以肉眼可见的速度开始转好，甚至两颊还浮上了很薄一层晕红。两人肌肤相亲，冯妙君能察觉他身体也有些许回暖。

她这才轻嘘一口气。自己喂给云嶂服下的，是极其珍贵的血肉精华，是将整头庞大的海王鲸生命力全部浓缩为几滴而成。即便是垂死之人，服下之后必定也是容光焕发。

冯妙君安安静静地等了好一会儿。

云嶂的脸色的确好转，心跳、体温都稍有恢复。

但是，仅此而已。

她又渡过去一丝灵力，探察到血肉精华的效力已经发散。这对他的身体来说，应是久旱逢甘霖，效果立竿见影才是。

但是云嶂的生机虽然开始恢复，速度却远比她想象的更慢。尤其胸腔里那颗心脏就像个无底洞，每一次跳动都会汲取大量精华之力。

这两滴血肉精华的药效，倒有八成以上会被它吞吃掉。

还好，在全部效力行开之前，来自心脉的需索渐渐减少了。

窗外光线渐暗，冯妙君知道，外头快要天黑了，但是云嶂并没有醒过来。

"云嶂？"她紧紧贴着他的身体，见他毫无反应，遂拍了拍他的脸。

太轻了？她手上又加了点劲儿。

这回，他的长眉微微蹙起，似是不适，又像被某事困扰着。但只这么一下，他的面容又恢复了沉静。

"这下糟了。"冯妙君喃喃自语。如他们这样的修行者，意识绝无可能像普通人那么涣散。伤重不支可能陷入昏迷，但身体生机恢复之后，也应该醒过来了。

也就是说，云嵝现今还不能醒转，恐怕要归咎于他的神魂出现了问题。然而修行者普遍对于魂伤并没有很好的治疗手段，常用的办法就是长眠不醒，令它自然康复。

幸好，冯妙君还不至于束手无策。她修行的天魔秘卷里，超过一半篇幅都讲解如何打熬自己的神魂，并附上各类奇巧术法。

转眼间，她就有了个主意。可是这念头太疯狂，正常的修行者决不会采用。

可是除此之外，似乎已是别无他法。

冯妙君沉吟几息就下定决心，于是走回院子，向魏王等人好一番交代，要他们务必做好安保工作，这才返回来脱了衣履，与云嵝面对面躺下，将他紧紧抱住："我来帮你了，云嵝。"她附在他耳边低语，"你若能听见，可别太为难我。"

头一次施行这样的神通，她还有些忐忑，深吸了一口气才闭上双目。

未几，有几缕白烟从她七窍流出，迅速汇作一处，变作了小小人儿。那五官身形都与冯妙君一模一样，只是缩小到原来的数十分之一。

元神出窍。

她也不再迟疑，一溜烟儿钻入了云嵝耳中。

既然云嵝的神识沉在意识最深处，那么她能想到的最直接而有效的法子，就是亲入云嵝识海去唤醒他，然而这么做可是修行大忌。

修行者的识海千差万别，都是主人根据自己悟得的天地至理而演化出来的虚幻世界，即便只是一汪海水，里面蕴含的法则也与现世截然不同。贸然闯入别人识海，轻则迷失，重则消亡，很难有什么好下场。除非死到临头想要夺舍，否则现今几乎没有哪个修行者胆敢为之。

可是冯妙君别无他法，唯有勉力一试。

再说，她也有自己的凭恃。

云嵝的识海世界，会是什么模样？

既然下决心强行闯关，她也感好奇。不过神魂才钻进去，却没望见任何可以称作"海"的部分，反而发现自己身处昏暗的巷子里。她举目四顾，也不知自己从哪里进去，因为前后左右都是路——这是个岔道口。

巷子很窄，最多能容三人通过，墙体是黑色的，材质不明。冯妙君顺着巷子往前走，二百五十步就到了下一个十字路口。

她想了想，决定遵循"逢路必右"的原则走下去。但在迈步之前，她顺手在墙上画了一道记号。

一个路口，又一个路口，接着又一个……

她走了足足有一刻钟之久，眉头微蹙，速度也越来越慢——每两个路口之间的距离完全相同，都是二百五十步。

每个路口都是"十"字，没有第二种形状。她每经过一个路口，都会画下痕迹。

按理说，迷宫既然这么方正，她每次都顺右走，那么最多十来次就能走回起始位置。

然而，并没有。

这是个无限延展的迷宫！

冯妙君蹲下来，在地面摸索半天，而后取出水壶，将大半壶清水都倒在地上，形成浅浅的一摊。在她的注视下，清水落地，而后开始往前流动！

果然，她轻轻点头。

水流速度不快，但足以说明地面并非水平，甚至坡度不小。所谓的"平地"，只是她的错觉罢了。

恐怕，这就是云嶷的识海抵御外来入侵者的关卡！

看来云嶷并没有在自己的识海竖起大门，反而是用无尽迷宫的方式来隔绝里外。走到这里，她也不得不佩服此人手段。

只不过现在，他难倒的是冯妙君。

成功通过这道关卡，她才能真正进入云嶷的识海世界。

现在如何是好？云嶷的神魂不知道缩去了哪里，她都没法子将他叫来开门。

她边走边想，正寻不到甚好办法，忽然见到前方有黑影一闪而过。有人！

她想也不想，立刻运起身法飞快地往前奔去。

这里是云嶷的识海入口，会出现在这里的，除了他还能有谁？

转眼又是一个路口，她转过矮墙终于见着了前方的人，正要出口的那一声呼唤硬生生憋了回去。

不是云嶷！

那是个黑乎乎的影子，即便这里是识海，那颜色也略显透明了，并且具象出来的身体远没有她这样凝实，时而凝出四肢，时而又还原成一团灰烟。

冯妙君赶上来，对方也有所感，猛一回头，两边都把对方看了个清楚。

尽管五官不清晰，冯妙君依旧能分辨出这是一张男人的脸，不过额上还长有一只血红色的竖瞳，嘴里獠牙交错，哪里是个正常人类？

冯妙君呆住了。云嶷的识海里，为什么会出现这种怪物？

那怪物看到她好似也同样吃惊，上上下下打量她好几眼："我怎么没见过……"

它竟然会说话，并且声音低沉，带着某种奇特的共鸣。冯妙君这个念头还未转完，它忽然变了脸色，嘶吼一声："不对！"而后猛地扑上前来！

冯妙君闪身避过，顺手抓住它的胳膊用力一扯。

这东西身形如云雾，她只作试探，以便后续进攻。哪知这么一拽，竟然就将它胳膊给生生撕了下来！

怪物哀号一声，尽管伤口没有鲜血流出，但它显然能感受到痛苦，扑过来的动作更迅疾，神情也更加愤怒了。

在识海当中，冯妙君的速度比现实世界还快得多，怎会惧怕这种东西？星天锥翻腕刺出，后发而先至，轻轻送入怪物的肩膀，咚一声将它钉在墙上！

任这怪物长嘶，她只冷静问道："你从哪里进来？打算怎么出去？"

弄清这怪物进入识海的办法，她也就能找到出去的路了。

怪物本是满面怒色，听完这句话，神情忽然变得很奇异。它再度打量着冯妙君，低声道："你竟然不是……不对！"

它说了两次"不对"，这是何意？冯妙君正要再追问，却见这黑影的身形慢慢淡去，越来越透明。她心觉不妙，刚拔出星天锥，这东西竟然就消失了。

这来历不明的黑影，竟然就在她眼皮底下蒸发了？她现在该怎么办？

不过就在这时，巷道外头忽然又传来几声低呼，而后有三条影子从黑暗中缓缓浮现。

冯妙君只看一眼，就知道它们是先前那位的同伴，至少是同类。尽管外形不同，但魂体特征却很像。

冯妙君心底生出一种奇异的感觉——黑暗里，隐藏着更多这样的怪物！

虽还未看见，但她该死地笃定。

先前她担心这里空无一人，现在却转而要烦恼敌人太多。

正思忖间，那三条黑影已经冲了上来。两人扑面而至，另一个身形高挑，面貌如女子，看着还挺正常，然而一张嘴就吐出蛇信子。

宜速战速决！

冯妙君手里化出长鞭，嗖的一下劲风扑面，直接将一个黑影抽成两半。它连哀号一声都来不及，就消失于无形。她正要收拾另一个，神魂忽然波动，顿生晕眩之感。

百忙中回头，她就发现蛇信女站在最远，口中喃喃有词，显然正在念咒。

冯妙君顺手一掷，星天锥飞出数丈远，直接从这女子前额扎进！

她消失时，目光兀自难以置信。

声音骤止，冯妙君的晕眩感立减，这才好对付最后一个。

这人扑到近前，双手被冯妙君锁死，忽然自肋下又伸出两只手，长长的指甲闪着寒光，飞快地向她胸口抓来！

这家伙居然生有六肢？她不假思索，一抬腿就将它踹了出去！

腿比手长，怪物的爪子还没够着她，肚皮上就先多出个大洞。她的气力大得惊人，怪物身躯打横飞出去了，可是胳膊没有，还被她抓在手中。它的两只胳膊都断了，痛得放声大吼。

这些家伙不难对付，但冯妙君最烦它们呼朋引伴，因此在它吼声未歇时就欺近前去，咔嚓一把拧断了它的脑袋。

四通八达的巷子深处，似乎影影绰绰隐藏着无数敌人。杀一个招来仨，杀三个得招来多少麻烦？

尽管它们还未露面，但冯妙君能感受到这些东西正在急速靠近。此时她已经怀疑这些来路不明的怪物是燕王的手段，否则云嵀怎会一直都醒不过来？

现在要怎么办是好？自己进来的目的是寻人，不是在一个无尽迷宫里打怪。

唔，怪物？她仔细回想方才遇见的怪物特征。这里并非现世，只是云嵀的识海入口，能潜入这里的生物，从本质来说也是魂体？

是魂体，那就好办了。旁人不能改变自己魂体的形貌，但她可以呀。

冯妙君默默运起神通，原本清晰的身形慢慢变得模糊起来，莫说是五官了，就连四肢的界限也不再分明，果然就与形体时聚时散的怪物有几分相似。

她快步走向下一个路口，果然一拐过弯就遇到了二三十个黑影。

不过这些东西从她身边径直冲过去，没多看她一眼，甚至连一刻都未停顿。

就这样？她瞒过这些家伙了？

冯妙君简直不敢相信自己的好运气，这些怪物未免也太粗枝大叶了。

她等到黑影们基本过完才转了个身，吊在最后跟了上去。

这些家伙溜进云嵀识海总不会是来观光的，她也好搭个顺风车。

每经过几个路口，都会有黑影出现，然后加入进来。很快，这支队伍就变成了二三百人。

冯妙君发现，这些东西目标非常明确，似是得到了来自前方的指引，在每个十字岔道选取方向时都毫不犹豫。

队伍奔过了几十个路口，前方传来尖啸声，此起彼伏，这支队伍最前方的黑影立刻发啸以应之，同时加快了脚步。

饶是做好了心理准备，转过两个拐角后，冯妙君还是为眼前那一幕暗抽一口冷气。

这里当然还是迷宫，只不过墙上被腐蚀出一个大洞，黑影从四面八方赶来，然后一头扎进洞里，消失不见。

这就是迷宫的出口？

冯妙君有些吃惊，这个大洞与其说是出口，倒不如说是缺口——这些怪物，竟然在云嵀的守御迷宫中破开了一条路。

不消说，洞口那一头，就是毫无防备的识海了！

她眼力极好，注意到洞口其实一直在动，像是一直力图自我修复，可破口附近有无数黑烟萦绕，一刻不停地腐蚀着它，不让它闭合。

黑影当中还有一个声音回响不已："快，他的身体机能已在恢复。我们的时间不多！"

冯妙君一个箭步，和其他无数黑影一样，毫不犹豫地穿过了黑洞。

眼前一片漆黑，身体蓦地传来下坠感。

按理说，她现在也是魂身，在识海世界应该感受不到自身的重量才是。可她现在体会到的重力，至少是人间的十倍不止！

冯妙君毫无防备，身子被拖得下坠两丈，直到指尖下意识用力抠住了冰壁，这才止住了下落之势。

一同跨进来的许多黑影猝不及防，根本来不及固定身形就被拖进了下方的无底深渊！

她壁虎一般牢牢贴住粗糙的巨石表面，才四下张望。

这深渊呈"口"字形，对角距离至少在十里以上。周围的冰壁垂直如刀削，也不知有多厚。按理说冰雪的颜色纯白，可她触目所及，却是一片灰黑，甚至还在蠕蠕向上而动。

冯妙君定睛细看，不由得头皮发麻。那竟是一个又一个趴在冰面上的黑影，像出窝的蚂蚁，密密麻麻，完全覆盖了每一个角落！

黑影源源不绝从迷宫的破口钻进来，将峭壁都挂满。

这么多恶物，云嵝应付得来才怪！

冯妙君暗骂一声该死，见缝插针往上爬去，一路上也不知踩掉了多少黑影。旁人也不是好脾气的，正要喝骂，可是抬头看到她之后，多半把不满咽了回去。

她猜想，是自己魂体颜色较深之故。在这些黑影当中待得越久，越发现这奇异的生物层级分明，有如人间。

她用了三四十息时间才爬到断崖上方，站稳、抬头，然后怔住。

这是她第一次望见别人的识海，竟然是一片冰天雪地，地面见不到本来颜色，树木上挂着霜棱，天空还有细雪飘落。

云嵝的世界，竟然连一丝绿意都没有。

到处都是大山和巨岩，冰雪和山石共同构筑了一个毫无温度的世界。

如在平时，冯妙君骤见此景应该惊叹不已。识海存在于每个智慧生灵脑中，可是凡人的识海里只有一片混沌，只有踏上修行之路，那里才可能开辟出汪洋，才能真正称作"识海"。

而要在汪洋中再开拓陆地，那就需要绝高的修为；想在识海里创生出生命，那就非仙人不可为也。

云嵝的世界虽然看起来冷冰冰的，可大山都被森林覆盖，她还在雪地里发现了地衣。

这些，的的确确就是生命。在上升通道都被关闭的前提下，云嵝还能百尺竿头再进一步，比任何人走得都远，这是何等了得？

不过她现在可没空赞叹，周围的怪物太多了。它们从深渊中爬上来之后就如受指引，一言不发往山巅而去。

　　不远处，最巍峨的山峰高耸入云。怪物们以最快速度爬到山顶，然后纵身一跃，躯体化作灰雾，飞快地飘向天穹正中！

　　天空中，一块硕大的黑云已经成形。

　　冯妙君轻吸一口气。随后，她就望见了乌云周围镀上的金边。

　　天上有太阳。

　　这些黑影怪物拼命想挡住的，难不成是阳光？

　　冯妙君不着痕迹地左顾右盼，然后飞快跟上。

第四十章

力挽狂澜

绕过一片林地，前方赫然出现一栋民宅。

冯妙君足下一顿，恍惚间竟然走神。

她看见了什么？那砖、那瓦，还有屋边的大树……那不是方寸瓶里的小院吗！

云嵝到底有多喜欢自己的屋子，才会在识海里也具象出来，分毫不差！

她这么一停顿，后面的黑影就大不满："快走，没时间了！"

"时间"这个概念，在识海世界里最是模糊。现实里过上千年，这里也许只有一瞬；这里过完千年，现实里同样可能也只过了盏茶工夫。这头怪物为何要着急于时间？

是不是她喂给云嵝的血肉精华，让他的身体加快恢复，已经开始影响这一方天地了？

这对她来说，倒真是个好消息。

她当即加快脚步，往小院奔去。

越是接近，她就越是惊讶。世上绝无第三人能比她更了解这个院子了，不过它现在孤立在悬崖边上，后头没有她习以为常的小山，旁边也没有潺潺流淌的小溪。

可是院子里的大树依旧枝繁叶茂，攀缘在篱笆上的小白花羞答答地绽放，似乎以这道篱笆为界限，院子里春意盎然，院子外冰天雪地。

风雪侵不进篱笆，外头的怪物也不能。篱笆孔眼疏大，看似只能挡住空气，却严守住这一方天地。

恰好路过一棵挺拔的松树，冯妙君顺势挪去，三两下攀到树冠上想要俯视全局，目光却被院中一个身影吸引，久久不能回神。

那是个稚龄童子，看起来最多只有五六岁，一张小脸白里透红。冯妙君从未见过这样漂亮的孩子，五官精致又可爱。

桃花如果有灵，也不外如是。

虽然他还没长开，却可以想见今后俘获万千芳心的巨大潜力。尤其是那双眼睛黑白分明，眼尾微微斜起，不难看出日后要长成一双桃花眼。

冯妙君瞪着他，久久无语。

只看这一眼，她基本就认定这孩子和云嵘有关系，他们几乎是一个模子里刻出来的。他就站在院墙后头，与外界只隔着一堵小木门。

可是外头的黑烟尽管蠢蠢欲动，却怎么也越不过这条看似脆弱的边界。

院子里，是个安全的庇护所。

冯妙君也留意到，院门外头还站着一个女人。从她现在的角度俯视下去，刚好能望见一个侧脸。眉目如画，连颔颈曲线都很柔美，青丝如瀑，到肩后才用丝绦简单绑起。

冯妙君注意到她的发式不似今人所用。

她的目光也很温柔，红唇一张一合，似是正与小院里的童子说话，然而手掌几度触到木门，门上即有金光闪过，将她指尖弹开。

冯妙君眼中闪过一丝冷意。这女子虽然貌美，可是跟无数黑影站在一起，又能是什么好货色？这里是云嵘的识海，想来那小院就是他心中坚守之地。小院抗拒她的推入，就是云嵘还未对她放下最后的警惕。

这里的怪物好似无穷无尽，她孤身一人，该怎么做才能将它们击退？

就在这时，她听到黑影当中传来若有若无的低语："快些，天要亮了。"

这声音近得像在耳边说出，场中的女子也听见了，蛾眉扬起，脸上的神情却变得更加柔和，对着童子絮絮几句，杏眼中流下晶莹泪水。

童子原本呆若木鸡，也不知听进她的话没有，可是望见她颊上滑落的泪珠，他目光忽然闪动一下，脸上露出挣扎之色。

有戏！

周围的黑影一阵翻腾，女子更是露出了哀恳的神色。

冯妙君大急。

不过童子的神情也只有那么一瞬的变化，随后又恢复了木讷。

还好这家伙铁石心肠。云嵘的脾性，冯妙君早就了解透彻，知道此人从来紧闭心扉，就算她与他相知多年，云嵘依旧保守着自己的小秘密。也不知这些怪物对他做了什么，让他魂体退化回五六岁模样，神志蒙蔽，但人的本质可不会轻易改变。

也不知是不是错觉，天空好似比方才透亮了些。

黑烟翻滚，冯妙君听到它们窃窃私语，尽是狠命催促："赌一把，快！"

于是从悬崖边爬上来的一缕黑影开始变形，五官和身板都越来越清晰，等走到小院门外时，它已经变作了年二十四五岁、高大俊美的男子！

这人面如美玉，修眉薄唇，五官比女子还要漂亮。冯妙君见到他，下意识咬紧牙关才未惊呼出来。

他的面貌居然与云嵘有六七分相似！尤其那双眼睛的形状，她伸手描绘过无数次了，怎样也不会认错。

只可惜他眼中不再蕴一段风流，而是充满了无尽的杀意与怒火，面颊扭曲，绣金的黑袍上都沾着鲜血。

他手里握着长剑，一步一步走了过来，仿佛身体重逾千斤。

透过篱笆缝隙看到他，小云嶂脸上闪过惊惧之色，一下后退两步。

他认得这个人。

树上的冯妙君捏紧了拳头。这些怪物花样可真多，现在是打算恐吓他吗？

那女子却转身挡在小院门前，惊惶道："你做什么！"

这一句声音很高，才传入冯妙君耳中。

黑袍男人停了下来。

他正好背对着冯妙君，她听不见男人的话也看不见他的口型，却能见到他对面的女子语速很快，又猛力摇头，披肩的青丝仿佛要飞起。

她在拒绝什么。

男子不耐烦了，伸手要将她拨到一边去。不意她蓦地拔出一柄分水刺，照准他胸口捅来。

转眼间，两人就交上手了。

再看院子里的小云嶂，已经一改先前懵懂木讷状态，双手扒在篱笆上，一瞬不瞬盯紧了外头的战斗，脸上挂满担忧之色。他的注意力，已经被吸引过去了。

外面的战斗，电光石火之间就分出了胜负。黑袍人荡开分水刺，一剑扎穿女子右肩！

她一声惨呼，鲜血从剑尖掉落，点点滴滴，落在篱笆和地面上，也落在小云嶂眼前。

他一直咬着嘴唇，这时终忍不住喊了一声："娘亲！"

童音又尖又厉，穿过十余丈远送到冯妙君耳中，让她瞳孔微微一缩。

不出所料。

女子却回头给了他一个安慰的笑容，口齿微动。

黑袍人拔出凶器，长剑高高举起，剑身在昏暗的天色中兀自闪动冰冷的光，而后，对准她颈部划去。

若是斩实了，就是一剑断头！

在冯妙君看来，这速度特意放慢了些许，可是小云嶂没有成人的冷静和阅历，这时就骇得面色发白，突然踮起脚尖，抬手去抓门上的横闩！

他看不得娘亲在自己眼前被斩首。这一瞬间，什么犹豫、什么疑虑，都被他心中的亲情和恐惧悉数盖过，他只想护住娘亲，将她从死神手里拖出来。

冯妙君全副注意力都放在小云嶂身上，他才刚踮脚，她立知不好。这小院是云嶂识海世界里的最后阵地，若是他开门将怪物放了进去，这场战役就算是他输了！

那下场真是令人不寒而栗。

冯妙君低咒一声，足尖在树梢借力一弹，箭一般冲了出去！

这里的怪物无穷无尽，云嶷灵识又被蒙蔽，很可能根本帮不上她。放在平时，这种敌众我寡的自杀式营救任务，她压根儿不会考虑。可是现在，形势危急，她的脑海里只剩下这么一个念头，简单又纯粹——救他！

小云嶷刚刚拉动门闩，十余丈外就有一道银练般的光芒倏忽而至，抢先削下了黑袍男子的脑袋！

寒光如雪，照亮了周围的昏黄。

院门外多了一个女子，手中弯刀还未收起就急急向他喝了一声道："云嶷，娘亲已死，她是假的！"当前只有给他来一记当头棒喝。

果然云嶷听见"娘亲已死"这几个字，惊惶的神色消退，眉心微动。此时被冯妙君斩首的黑袍人脑袋在地上滚了两下，却不见半滴鲜血，紧接着身首同时化作黑烟，袅袅飘散。

见到这一幕，小云嶷脸上竟然露出思索之色。

院门口的女子尖厉道："她才是假的。娘亲受伤了，乖云儿快开门！"说话间，已朝冯妙君扑了过来。

甫一交手，冯妙君就知这女子道行精深，在怪物中的能力与等阶都应该很高。

女子的攻击游移不定，打法格外新奇，一时让冯妙君都有些手足无措。

糟糕的是，眼看胜利在望，周围的黑影怎容许她来坏了好事？当下烟雾涌动，都向她飘来，临到身前就变作各式各样的怪物，一语不发地进攻。

冯妙君就是再厉害，双拳亦难敌四手，何况这里的怪物看起来有千千万。她避过女子一记掏心爪，向云嶷疾声道："我是安安！你引动红魔山地火喷发，与燕王在地底恶斗，还记得吗？"

小云嶷眨了眨眼，露出迷茫之色，好似没有听懂。

女子不客气地尖笑一声。陷入迷障之人，听不得太复杂的言语。

平时的机灵劲儿哪里去了？冯妙君暗骂一声，依旧努力道："你我灵力相通！"

这下，小云嶷连眼珠子都不动一下了。

这个负心郎，连听到她的小名都没一点儿反应，平时是不是太不把她放在心上了？这念头刚刚闪出，女子尖爪从她肋下划过，冯妙君还要应付其他影子，躲闪不及，咝一下疼得叫出声来。

这里虽非现实，她也只是灵体，但受伤的痛感与外界毫无二致。

小云嶷的手始终放在门后，所以谁也没发现他的手忽然一紧，抓住了门闩。

那女子目光也落在她伤口上，忽然长嘶道："你是修行者！"

冯妙君忍痛道："你不是！"女子向她当胸撞来时，她竟然不躲也不闪，反而左手向背后一抄！

她的虎口合拢，抓住了实物。

原来女子这一次瞬移，转到了她身后去。冯妙君这一下出手精准无比，倒好似对方特地将脖子送进了她虎口。

女子被她捏紧了脖颈，连发声都吃力："你、你怎么……"怎么能看出她的行动轨迹？

冯妙君不愿与她多费口舌，掌心燃起真火，作势要将她烧个干净。

那女子吃痛，呜呜大哭道："云儿救我，快救我！"

小云嵝不再迟疑，拉开了门闩。

在冯妙君的惊恐、怪物们的大喜中，他向外迈出一步。

只一步，就走出了小院正门！

而后，他向缠斗中的二人伸出了手："放开她。"

刹那间，地面上所有黑影呼啸着冲了过来。天地变色！

这片天地的主人已经走出了最后的庇护所，只要按倒他，吞噬他，这场旷日持久的战争就算是胜利了。它们的力量合在一起，甚至能令这个世界换了主人！

冯妙君浑身寒毛直立，心头疯狂示警，在这片黑色的汪洋前只觉孤舟难撑。但她没忘掉眼下最大的麻烦。那女子身躯如有实物，比精钢还硬。冯妙君手上屡次用劲，终于喀喇一声扭断了女人的脖子。

与先前被她杀掉的那几个黑影一样，女子身躯立刻散开，变作一缕烟雾。不过它在空中扭了两圈，却有重新聚合之势——只是扭断她的脖子，竟然还无法杀掉它。

但冯妙君紧接着就打了个响指。

"喀！"这团烟雾突然炸成了满天的火星！

气浪向前掀出，对面冲来的大团黑影本能地停顿一下。

冯妙君趁机去抱小云嵝。可是他小小的身躯竟有千钧之重，以她的巨力竟然都不能撼动其分毫。

无论外表如何可爱无害，他也是这里的主人。

他瞪大了眼，漆黑如子夜的瞳孔里倒映出漫天火光，反而亮得惊人，冯妙君看不出他是怒是哀。

而后他的目光才转到她身上，忽然说了一声："安安。"

他认出她了？冯妙君大喜过望，迭声道："是我是我！祖宗哪，你快跟我进去！"

周围的黑影再度拢来，这一回，它们前进的步伐坚定不移。

小云嵝不错眼地望着冯妙君，目光挣扎又犹豫，像是正在思索她的真正身份。

再不进院子里去，他俩要共赴黄泉，真正的同年同月同日同时死了！

冲在最前方的黑影已经化出了狞笑的头颅，冯妙君提起全身劲道，对着还未完全消散的星火猛力吹出一口气！

呼的一声，火星吹向四面八方，但凡碰到它的黑影都发出尖厉的惨叫声，似是被烧灼得不轻。

好不容易挣来的生机，转眼即逝。冯妙君想起云嵽每次和她幽会都要反复纠缠的一个问题，咬了咬牙，伸手指着院内对他大吼一声："乖乖进去，安安就嫁给你！说话算话！"

她是豁出去了，要是连这话也不能触动他，两人就一起死在这里好啦！

小云嵽依旧一瞬不瞬盯着她，但是目光一闪，而后点了点头。他同意了！

冯妙君喜出望外，一把抄起他，回头扑向院内。

生死关头，她迸发出最大潜能，那速度快得人眼都跟不上。

身后，密密麻麻的黑影如影随形，奔在最前面的，离她的秀发不过二指距离！

但冯妙君终是快了一步。

就这么一步，抢先跨过了院门。

她丢下怀里的童子，第一时间就反手去关木门。

黑影哪里肯让她如愿，疯狂推搡，拼了命想钻进来。

冯妙君用出吃奶的力气，仍未能将门完全推上，不得已转头喝道："快来落闩！"她单枪匹马可挡不住这么多怪物！

小云嵽这回倒是很听话，乖乖走过来，重新踮起脚尖，拨动门闩。

冯妙君强行聚拢所有魂力，身边的小云嵽都能见到她体表泛出淡淡的荧光，身形却变得愈发不稳定。

紧接着她长啸出声，双手往前狠命一推！

门扉合拢了。

但在闭紧前一瞬，黑影当中突然传出一声尖鸣，声音虽非响彻天地，却径直穿透她的脑海，震得她晕头转向。

幸好，就在她松手的同时，只听啪嗒一声，木闩安安稳稳地落下。

院门被气急败坏的黑影撞得砰砰作响，外头传来了震天的嘶吼和怒骂，声浪大得快要抵得上飓风。

冯妙君顺着木门慢慢滑坐到地上，大口大口喘气，额上沁着冷汗。

方才硬抗无尽黑影，却几乎要耗尽她全部魂力。

现在她只觉全身软得像面条，四肢打战，仿佛搬动了数万斤的重物。

冯妙君从不知道，蕴藏在自己神魂中的力量竟然丰沛如斯，竟可与海量的黑影直接对抗。

尽管只有短短几瞬。

她一坐下来，就与小云嵽一般高了。他瞬也不瞬盯着她，而后走了过来，就站在她身边。

冯妙君一把将他搂进怀里，抱得紧紧的，而后在他嫩生生的脸蛋上"吧嗒""吧嗒"接连亲了好几口，欢喜道："幸好，幸好还不晚！"

抱着这具温热的身躯，她的心里才有了着落。

　　直到现在，她满满都是后怕。要是云嵫的心志不够坚强，在她拖延萧衍的那段时间里，他或许早就被这些影子所乘了吧？

　　她不晓得他的处境竟然凶险至此，否则她就是偷也要将他偷出魏都！

　　小云嵫平视着她，忽然伸手来抚她面庞。孩子的手，很细很嫩，与成年的他截然不同，然而掌心传来的热度依旧，熨帖了她的面颊。

　　这个时候，她感觉到脸上传来湿意，才发现自己落泪不止。

　　她轻轻抓着他的小手，垂首抵着他的额头："记起我了吗？"

　　小云嵫依旧面无表情，却唤她道："安安。"

　　"你到底怎么了？"

　　小云嵫呆呆望着她，没吭声。大概这问题太复杂，他现在还答不上来。

　　冯妙君浑身酸软，但还是勉强打起精神："怎么才能打退外头那些怪物？"

　　对着这么小的孩子说话，她下意识地将声音放软，带上几分哄劝的味道。

　　小云嵫站在原地，像是在消化她的问题，好一会儿才抬头向上。

　　冯妙君顺着他的目光往上看，望见了天空中那片体积惊人的乌云。

　　她抚了抚小云嵫的顶发，问他："这里是你的地盘，你总该有办法对付它们吧？"

　　小云嵫望着她不眨眼，好像她脸上有花。

　　她把话说太深奥，他听不懂吗？冯妙君抚额长叹，她猜测燕王大概用了什么法子将云嵫的灵识打入封闭，让他心智回到懵懂时期，只能凭着最简单的本能判断和行事。

　　可她实是不知，怎样才能跟这样的云嵫沟通。

　　小云嵫好似看懂了她脸上的沮丧，忽然抓着她的手道："安安嫁给我。"

　　冯妙君张了张嘴，一时间找不着自己的声音。

　　"好，一定嫁！可是你太小了，要长大才能娶我。"过了一会儿，她答道，然后一本正经地捏了捏他的小脸。

　　小娃娃乖乖的，一动不动。冯妙君心里感叹，等他长大后，就没有这样乖了。

　　"打散那团乌云，你就能长大了。"她捉着他的下巴抬头，让他去看遮蔽天空的云团。

　　哄孩子，她不在行。可这话也不全是胡说八道。那些怪物紧着什么，她就破坏掉什么，只要跟它们对着干，救醒云嵫的机会就很大。

　　现在它们还在院子外头徘徊，一边冷笑，一边低声诅咒，但说得最多的却是一句话："你到底是谁！"

　　小云嵫果然认真盯着天空，喃喃重复一句："打散。"

　　"对，打散。我余下的力量已经不多，你得好好想个法子。"冯妙君凑近过去，在他额头印下一吻，"我累了。云嵫，带我出去好不好？"

　　她的声音，温柔中透着疲惫。

　　她是真的累了，神魂深处透出来的疲惫让她一闭眼就能睡着，何况方才她还被怪物打伤了。在这里受伤，也就是魂体受了伤，即便回到自己本来的身体也很难愈合。

小云嵂面色微动。这样的声音，似乎在很久很久之前就曾听过。

"娘亲……"这一声咕哝在嘴里，含糊不清，连冯妙君也听不明白。

她抬头正要细问，小云嵂已经抓住她的手，有一物冰冷而坚硬，同时滑进她的掌心。

冯妙君微惊低头，却见手心躺着一支小小箭矢。

小箭不过半尺长，通体乌黑，只有箭尾缀着白羽，品相极佳。这是？

小云嵂指了指天上的乌云，只说了两个字："破魔。"

冯妙君懂了，揉了揉他的脑袋："真乖。"说罢暗吸几口气，搜遍全身，好不容易才凝起最后一丝魂力。

她手边有清风环绕，旋即变作一把精弓。

挽弓，搭箭，瞄准。

刚搭上弓，黑箭立刻变作了三尺长短，恰好能让她拉个满弓。

冯妙君这辈子射箭御敌的次数屈指可数，她不敢吹嘘自己如何精准，不过天上这么宽广一块乌云可是前所未有的巨大靶子，她还有射不中的道理？

她能感觉到黑箭在疯狂汲取着她的魂力。箭身上乌光四射，直至灼灼迫人。随着她传输的魂力越来越多，箭体铭刻的符文甚至浮出表面，围绕黑箭缓缓转动。

那都是上古异族文字，光以目力视之，都有锋锐之感。

冯妙君都有些站不住了，但她明白这一箭至关重要，云嵂能不能活下去、她能不能走出识海世界，成败都在此一举。

她屏除一切杂念，稳住双手。而后，黑箭离弦而出！

天地间有乌光一闪，直入云团中心，从那里劈出一道树杈状的闪电，照亮了整片天空。

然后是两道、三道……

冯妙君抬头，望见云团里电光闪耀，银蛇飞舞。紧接着，无风无雨的天气里突然响起一记惊雷，连地面都被震得一阵颤动。原本厚重的云层被生生撕出几个缺口，然后四分五裂。

她目力极好，能辨出云团里有无数黑烟正在四下逃逸。

云团既开，就再也挡不住阳光了。无数道金光突破阴云的笼罩，照亮山河。

第一道阳光笔直打下来，覆盖了这个小小院落，令院子里的两人都沐浴在金光之中。

这个昏暗阴霾的世界，突然又有了光明。

冯妙君下意识抬掌，挡住了直射眼底的强光。她相信，在阳光照耀之下，阴影就不敢作祟。他们安全了。

这个时候，忽然有人捉住她纤细的腕部。那双手修长、白皙，指节突出，并且暖意融融，能将她柔荑完全包住。

虽然莹泽如玉，但这绝不是孩童的手！

冯妙君笑了，终于如释重负。

紧接着，这人将她转了过来，一把抱进怀里。

他抱得很紧很紧，像是要将她嵌入自己身体当中去。

这个怀抱，宽阔、温暖，熟悉得一如既往。冯妙君嘴角翘起，无尽喜悦从心底升起："你醒了。"

那一瞬间照在身上的阳光，果然唤醒了她的爱人。

直到这时，她心底还是无尽的后怕。要是自己晚来一些，要是冲进小院的速度再慢上一丝，她就要永远地失去他了。

云嵝抚着她的秀发，心底有不知名的情愫翻涌。纵他平时巧舌如簧，这时千言万语也都噎在喉间，最后只化作一声叹息："辛苦你了。"

冯妙君不说话，一把将他拉低，咬住了他的唇。

他的回应热情如火，并且转眼就掌握了主动权。

阳光之下，两人相拥而吻，心中只有欢喜。院子外还有魑魅魍魉张牙舞爪，却没人再将它们放在心上。

直到彼此都有些气喘，冯妙君才将下巴搁在他胸口上，伸手去捏他俊美如仙的脸："报答我，直到我满意为止！"

"好。"云嵝想也不想即道，"但要先解决这些东西。"说罢，顺势从她手里接过精弓。

冯妙君退开两步。

等他再度挽开时，弓上又搭着一支长箭，其色鲜艳如血。

这时天空中的乌云已经缩小，大量奔逃的黑烟令天空变得昏沉，冯妙君能看出它们逃去的方向，是来时的深渊。

但阳光下依旧有一团黑云牢牢踞守，将整个深渊都遮在阴影之中——它要给同伴争取更多逃走的时间。

云嵝瞄准的就是它。

他弯弓射箭，眼里绽放出前所未见的冰冷和杀意。

在这一片群魔乱舞、鬼哭狼嚎中，血箭离弦飞出，扎入乌云之中。

整个云团突然着了火，一下由灰黑转成了赤红。

冯妙君立在地面上，似乎还能听见半空中被灼烧的黑影传来的垂死尖啸声。

她得承认，云嵝这一箭的威力比她要大上许多倍，竟是直接以黑影为燃料，催生了巨大的爆炸。

这一刻，世界的阴冷被火光驱得一干二净，空气变得滚烫，冯妙君似乎身处一个巨大的蒸屉之中。

半空中的云团一下散尽，阳光普照山川，再也不留一丝死角。

但还是有一部分黑影逃进深渊里，沉进无底的大洞。

即便直射下来的阳光猛烈，也依旧照不透那里的黑暗。

随着它们的逃逸，天地间安静下来，寂然无声。

朗朗乾坤下，已经没有一丝阴霾。阳光明媚，照亮了红花绿树和这个质朴的小院，还大地一片生机。

冯妙君推开院门，慢慢走到悬崖边上往下探头。云嵝一把将她拉了回来："小心这些家伙拼死反扑，它们并没有走远。"

底下的黑暗里，有阴影在蠢蠢欲动。冯妙君甚至能感觉到，其中有目光审视着她，除了怨毒之外还带着探究。耳边似乎还有一个声音总在喁喁低语，带着仇恨和不解："为什么要帮他！"

"现在要怎么办？"她累了，往后靠在这人怀里，"总不能放任这个破洞不管吧？小洞不补，大洞吃苦。"

"别担心。"云嵝指了指悬崖对面，"它们休想再踏出这里一步。"

他是这片识海的主人，不被外邪所侵时，他可以掌握这里的一切。

果然，冯妙君再抬头时，这个世界重新寂静，坚冰和岩石，再度成为这里的主旋律。迷宫通往这里的缺口，已被坚硬的冰层封住。怪物们的入侵由此被阻隔。

云嵝挽着她的手，往小院里走："这里的麻烦已经解决，我们外面见吧？"

她点了点头。

这时两人已经回到院子，云嵝指着屋里的灯光道："从这里出去吧，我在外面等你。"

这居然是出口？出人意料。

冯妙君站在屋子门口轻吸一口气，才推门往里走。

门里，黑暗一片。

冯妙君缓缓睁眼，只觉眼皮涩重、头脑昏沉、四肢无力，她想翻个身，可躯体每个零件好像都锈掉了。脑部发出来的指令，似乎延时好几息才能被身体接收到。

这就是神魂受到的损伤在现实里的折射。

还好，云嵝放大的俊脸就在她面前，离她不到巴掌远。

他正直勾勾盯着她，面露关切："怎样？"

"难受得紧。"她嘟哝两句，发现自己声音都哑了，于是顺手招出一面水镜照了照，"啊！"镜子里那个眼眶深陷、容颜憔悴的女人是她？！

冯妙君下意识抚了抚自己的脸，赶紧去挡云嵝的视线："别看！"

云嵝笑着拉下她的手，亲了一口："我的安安无论何时都漂亮。"

她定定看着他，忽然扑进他怀里，紧紧抱着他。

云嵝受宠若惊，轻轻拍着她的后背，能感觉到她情绪的激动。

在他昏睡期间，发生了什么事？

"我来晚了。"她的声音又细又轻，连他都险些听不清楚，"对不住。"

此刻与他互相依偎，感受来自他的温度，她心里止不住一阵又一阵自责。如果她没赶上最后一波怪物袭击，如果他真被怪物侵蚀了心志……

她熟悉的云崤，很可能就已经不在了。

"为什么道歉？"他的低笑从上方传来，"你本不必来，萧衍可有为难你？"

"他嘛，还未来得及。"冯妙君心中一动，突然想起这回云崤的躯体并无性命之忧，她本不必冒着巨大风险潜入识海去救他。

只要他的心跳不停止，她也不会死。

可是那个时候，她压根儿都未考虑到这个问题呢。

再说，她也不后悔，一点儿也不。

云崤往屋外看了几眼，发现这里并不是自己熟悉的地方："我们现在何处？"

"汀沅镇，魏夏边境的一个小镇。"冯妙君打了个哈欠，"萧衍就在外头坐着，等我把你救醒。"

"辛苦夫人了。"他在她唇上印下一吻，不见欲望，只有感激。

一旦放松下来，倦意就阵阵来袭。她得努力睁眼，以免自己陷入沉沉的黑暗中："你身体如何？"

"好多了。"云崤稍微坐直，于是她看到他的腹部一片光滑，重伤过后的最后一点痕迹也消失不见，"血肉精华很管用。"

"那就好。"她放下心来，睡意翻滚，忍不住打了个呵欠。"萧衍在外头。"她又重复一遍。

"安心睡吧。"云崤在她耳边低语，"我会守着你。"

他说到就能做到，冯妙君闭上眼，不忘抱怨一句："今后别再这样冒险。"

"是，一定。"云崤向她保证，却听她声音里带着浓浓睡意："下次未必……护得住你。"

话音越来越弱，不待说完就睡着了。

她实在太累了，在识海中的战斗耗费的是魂力。对多数修行者来说，这是无法通过调息来恢复的力量，冯妙君虽然精于魂术，可以快速恢复，但鉴于神魂这回是重伤状态，她同样需要安安生生睡上几觉，才能寻回自己的精气神。

天底下，大概只有她会一而再再而三地救他护他吧？云崤在她脸上轻啄一口，神情慢慢变作若有所思。

他的吻轻如鸿羽，吵不醒沉睡中的心上人。

待她呼吸变得悠长均匀，云崤才下了床，替她掖好被角。

他整好衣裳，推门走了出去，面色虽还有几分苍白，腰背却挺得笔直。

周围顿时响起魏兵震天响的欢呼。另一间屋门吱呀打开，萧衍大步冲了出来，面带狂喜。他衣衫还有些不整，却望着云嵑大笑道："你醒了，她居然真能把你救醒！"

冯妙君是被一阵香气唤醒的。

帘子一动，云嵑端着一只锅子走了进来，恰与她四目相对，桃花眼顿时弯起："醒了？感觉怎样？"

"饿！"她小嘴嘟起，"饿得爬不起来。"

云嵑将东西放去桌面，转身将她从床上抱起，让她脚不沾地就坐到了椅子上。

她乖乖蜷在他怀里，享受云嵑的细心服务，一边不忘了问："外头情况如何？"

"好得很，魏夏两军都在，井水不犯河水。"

冯妙君这才放下心来。

吃了些东西补充体力，她才感觉自己回了魂。云嵑收拾碗箸，她也一起跟进后厨："我睡了多久？"

"不久，五日。"听完云嵑的回答，她才松了口气，哪知云嵑又点了点自己太阳穴，"但是你之前潜入识海，前后用掉了三天。"

她吃了一惊："我进去最多不到三个时辰！"

"识海的时间流速与外界不同，并无固定规律可循。"云嵑一边洗碗一边道，"除了主人自己，谁进去也摸不准时间。这一点，难道你不清楚？"

"知道啊。"她下意识摸了摸鼻子，"可是自己亲历才觉得离谱。"原来她前后睡了八天，难怪浑身关节都僵了，还饿得前胸贴后背。

她顺便往窗外看了一眼，发现光线更暗了，于是道："外头是夜晚了？"

"是。"云嵑揩净手上的水珠，"山区天黑得早。"

"萧衍呢？"

云嵑笑了笑："他公务缠身，这会儿正忙。"

"也就是说，今晚你有时间了。"冯妙君双手按住他的脸颊，将他转过来正对自己，迫不及待，"给我从头交代，识海里的怪物到底怎么回事！"

通常来说，识海是修行者的绝密之地，除了自身之外都不会有第二个生命。云嵑倒好，识海里密密麻麻全是入侵者，连他这主人都被打压了下去，她更不用说了，险些跟他死在一起。

云嵑也听出她的气恼，捉着她的小手道："聪明如你，多半也猜到了它们的身份吧？"

冯妙君心底的确隐约有个结论，犹豫了几息才试探他："唔，天魔？"

有本事潜入他的识海，险些将他这正主也吞噬掉的怪物，除了天魔之外真是不做其他推想了。她顿了一顿又道："可是它们力量不强，我潜入迷宫时就杀掉了好几只，不似能与界神作对的种族。"

还有一点最是古怪：天魔既然出现，为什么没去为祸世间，反而跑到云嵂的识海里兴风作浪？

"正是天魔，却非天魔本尊。"云嵂给了她一个肯定的答案，"你觉得弱小，因为它们不过是天魔在我识海里的投影罢了，其实力不及本尊一成。"

"投影？"冯妙君皱了皱眉，立刻抓到了关键，"它们的本体被封印了？"

"否则这个世界哪里能像现在这样？"

"它们本体在哪儿，为何非要跟你过不去？"

云嵂沉默许久，才低声道："它们本体还在封印之地。潜入我的识海，是想寻出解除封印之法。"

冯妙君凤眼圆睁："你知道天魔封印之地！"

"嘘……"他竖指在唇前，"法不传六耳。"

她没好气道："说来听听。"

"你若问我别的，我必定知无不言。"云嵂轻咳一声，"但这个嘛……"

她小嘴一撇："我也不想知道别的。"

云嵂苦笑道："我也想说与你听。可惜，我在师父面前曾经发过毒誓，要是对人说出封印天魔的秘密，哪怕只言片语，也会心脏爆裂而亡。"

"你师父管得倒宽。"她气呼呼道，"大陆动荡三百多年，他既然这么能耐，怎不出来扶危济世？"云嵂不曾对她扯谎。他既然言之凿凿，那么她就相信确有其事。

"说得极对！"云嵂一本正经附和她，"他素来不问世事，我也觉得他矫情得很！"

冯妙君怀疑地瞪他一眼："你和天魔怎会扯上关系？"

云嵂笑容当即一滞。

见他正要开口，冯妙君两手往胸前一抱："你总要说些实在的出来，否则咱们以后桥归桥，路归路！唔，就从你的……娘亲开始说起。"

这次的事，关乎天魔和大陆，还有两人性命，她不能再装聋作哑。

云嵂脸上笑容慢慢消失，好一会儿才握起她的手道："我在这个院子长大，它原本位于白象湖畔，人迹罕至。从小，我见过的妖怪就比人类更多。"

白象湖？这是峣地和晋国的交界，莫提带她去过。当然更重要的是，冯妙君脑海里随之响起玉还真说过的话，白象山脉和水系中生活着大量妖族。

妖族和人族国家的领地有交叉，但妖怪与平民从来划地而居、不相往来。云嵂住在人迹罕至的白象湖边，又常年与妖怪为伍，那就意味着——

"她是妖怪？"

云嵂抚了抚她的秀发："对。浩黎帝国中后期时常围剿妖族，结果导致剩下的大小妖怪都聚拢起来，形成可与人类军队抗衡的妖族宗派。这些宗派分布在浩黎帝国的边远地区，其中最强大的一个就是白象湖妖族。"说到这里，他顿了一下，"三百多年前，我娘亲就是白象湖水妖的首领。"

"三百多年前？"冯妙君掐指算了算，不由得失声道，"白龙！"

那个时段，白象湖最强大的妖怪就是白龙。

云嵯笑了笑："浩黎帝国集中全力进行最后一次围剿，白象湖妖宗事先得了暗中报信，反败为胜，此事对老皇帝打击很大。他穷兵黩武多年，强撑着打完这一仗，人财两空。皇帝驾崩，国库空乏，朝野俱是怨声载道。"

冯妙君点了点头："我听玉还真说过，杨氏先祖暗中给白象湖通风报信。"

"其实，暗中报信的不止她一个。"

"咦？"这倒新鲜了，冯妙君好奇，"还有谁？"

云嵯缓缓道："还有一人，郝明桓。"

冯妙君这回当真大吃一惊："黎厉帝！"

云嵯冷笑一声："那时他只是老皇帝的第三子，无论怎么算，王位都轮不到他头上。浩黎帝国内部已经朽乱，老皇帝发兵攻打白象湖，除了垂涎妖族财宝之外，也要彰显自己武力。如若成功，他的统治便可稳固。"

"所以他把军情泄露给白象湖妖宗知晓，致老皇帝和军队落败？"

"不止。"云嵯给两人各斟了一杯热茶，"太子早年夭折，老皇帝没有再立新太子，按照王位继承制，郝明桓眼前的障碍只有一个二哥，也是修行者。趁着老皇帝御驾亲征白象湖，他在应水城设下埋伏，杀掉了二王子。老皇帝兵败之后回都，本就灰心丧气，再接此噩耗急攻心，立刻就病倒了。"

他低沉道："他缠绵病榻，不到半年即撒手人寰。后世人对他的死因存疑。随后，郝明桓顺利登基。"

"除了通联白象湖，这段历史我倒是知晓。所以他和白龙的关系是？"其实她心里已经有个念头呼之欲出。

"那一次暗递军情，就在郝明桓和我娘亲之间结下了孽缘。"云嵯喝了一口茶，"郝明桓时常潜到白象湖，与她幽会。"

冯妙君闻言盯了他好几眼："果然有其父必有其子。"云嵯也喜欢潜入乌塞尔与她私会。

话都说到这分上了，她怎么会猜不出云嵯的父亲就是黎厉帝。

云嵯脸上却流露出少见的厌恶："他是他，我是我，不可混为一谈。"

冯妙君从来都能感受到他对生身父亲的痛恨，这时很乖觉地转移话题："你竟是不折不扣的龙子帝孙，怎么从未见诸浩黎帝国史册？"

"浩黎帝国追捕妖族数百年，怎会让我这妖种混入宗庙族谱，玷污了王室血脉的纯净？不过郝明桓掌权后，浩黎国和妖族的关系有所缓和，娘亲自有孕起就不想再招惹是非，为了保守这个秘密，隐藏身份住进了应水城，安心待产。因此，连白象湖的妖怪都不知我父亲是谁。"云嵂冷冷道，"最重要的是，我出生时正好遇上天魔袭城。那一场变故之后，浩黎帝国穷途末路，也就无人再来关心郝明桓的情史。"

冯妙君轻轻握着他的手，感受到他体温再度升高，显然心绪不似表面这样平静。即使他为了母亲怨恨生父，毕竟也是三百年前的旧事了，为何至今还在纠结？

"天魔袭城。"冯妙君看过的史书不计其数，但凡提到浩黎帝国的，一定不会漏掉天魔袭击应水城这段历史，"等一下，黎厉帝在天魔袭城之后就发布了'屠婴令'，难道他，难道你……"

应水城成功阻住了天魔入侵，这真是了不起的成就。但黎厉帝随后就下令屠杀帝都当晚出生的所有婴儿！

"是。"云嵂幽幽道，"浩黎历六百二十七年腊月十五，天魔袭城，我恰好就在这一晚出生，也在城守卫的杀戮名单里。"

冯妙君心里泛起寒气："你说过，出生后有人偷袭，要害你性命，却被娘亲阻止。这个人，难道就是黎厉帝？"

"郝明桓追杀天魔，自己也入了魔。他认定天魔余孽一定会附在刚出生的孩子身上，为绝后患，竟然连亲生骨肉都不放过。"云嵂在自己胸口上轻轻一点，"娘亲拼命阻止，可是产后虚弱，还是被他举刀刺中了我的心脏。"

即便他眼下就好端端站在这里，冯妙君还是屏住呼吸，紧张道："然后呢？"

"或许他还顾念与母亲的情意，这一刀没有刺尽。"云嵂讥讽道，"也或许是城守军来报，在另一个方向发现了天魔行踪，他才放过了我。总之，娘亲带我离开应水城，返回白象湖住下，直到她去世。"

冯妙君倚进他怀里，抱着他的脖子以示安慰。蟠首就贴在他胸口上，感受那里缓慢的心跳。这是他的弱点，也是他从不肯让旁人碰触的地方。

"你的心疾，也和天魔有关？"否则为何迟迟不能痊愈，为何天魔在他的识海里会有投影？

"是。应水城之变以后，郝明桓成功将它们再次封印。时至今日，知道这个秘密的人只剩下我了。"他的情绪很快平复，又变作了古井不波，仿佛说的是别人的麻烦，"它们总有办法找上我。"

"这些年它们一直潜在暗处，伺机待发。只要我变得软弱、脆弱，它们就会一拥而上，试图获取封印的秘密。"

冯妙君立刻想起迷宫和深渊，想起那个冰雪呼啸的识海世界。原来他的世界以寒冰为坚甲，就是为了抵御天魔。只要他变得软弱，天魔就会大举入侵，深渊就代表了它们的突破口。将自己的内心冰封，这是多么无奈的选择。这种情况，又持续了多少年？

她在他唇上印下心疼一吻。

这个吻又香又软，云嵂自然不会放过。两人纠缠几息，周围的温度都升高了。

他立刻就有下一步动作，冯妙君抓着他的手："你元气还未尽复。"

他舔了舔薄唇："正是元气未复，才要行合修之法。"这么多个夜晚想到她，总是辗转难眠。好不容易重逢，现在就是山崩地裂也阻不住他！

素了太久，她也意动，半推半就地从了。

次日清晨，冯妙君看见萧衍从隔壁屋舍走了出来。

这人神情委顿，刚一照面就打了个哈欠："一晚不睡，女王还能这般精神奕奕，果然道行精深！"

轰一下，她脸上像着了火，滚烫滚烫。偏偏萧衍左顾右盼："我的国师呢？"

她从牙缝里勉强挤出几个字："他元气未复，还要调养。"

"元气未复？"萧衍喃喃自语，"不像呀。"

冯妙君决定转移这个尴尬的话题："前线情况如何了？"

萧衍躲到这里来，也没忘了每日的公务。他闻声果然收敛了不怀好意的笑容："有点麻烦。燕人占掉花巢高原以后像蝗虫一样扩散，即便云嵋醒来，想将他们往南赶也要费很大工夫。"他哼了一声，"现在，该谈谈你我的约定了吧？"

"援魏抗燕吗？"冯妙君早有腹案，"关于这个，我倒有些想法。"她往树下的青石桌一指，"何妨坐下来谈谈？"

两人坐定，自有随从递上来酒水瓜果。

可是聊不到两句，萧衍就勃然作色，一拍桌子："什么，你不出兵！"他抛下战局，抛下王廷，亲自带着云嵋横跨千山万水，来这穷乡僻壤见她是为了什么？除了救醒云嵋，他还希望冯妙君履行约定，援助魏国。现在她却说，新夏不出兵！亏得萧衍涵养不错，这才没有爆粗，只是气得额上青筋直冒："不出兵你出什么，出钱吗！"

"也不出钱。"冯妙君笑吟吟道，"只出钱能买下来的东西。"

萧衍呆怔一下："什么？"

"这便是要商量的地方了。"冯妙君轻声道，"云嵋既已清醒，元力的调配就不是问题，魏军的战力会随之大增。再说，魏国的前线，缺的难道是人吗？"

萧衍怫然不悦："怎么不缺？"

冯妙君低声道："目前魏国派驻花巢高原及周边的军团有七支，兵员不下四十七万，都是魏国精锐。而从情报来看，燕军人数总共不到三十二万。以人数计，你方占些优势。

"何况魏人是在自己的土地上作战，新夏军队就算被我派过去，又哪里比得上魏军对山川地形了若指掌、进退自如？"

萧衍听到这里，面色稍有和缓，凝声道："依你之见？"

他肯平心静气，这事情就成功了一半。冯妙君微微一笑，抿茶水润了润嗓子，这才娓娓道来。

萧衍的脸色随着她的话语而变换，不久就进入了讨价还价模式。

时间过得很快，双方达成协议时，太阳也已经偏西了。

坐这么久，浑身骨头都僵了，可是协商如博弈，寸土不能丢。冯妙君扶着腰站了起来："那就这样办吧，我会下令明日开始。"

萧衍哼了一声，不打算找她共进晚膳了。

冯妙君掩口打了个呵欠，转身就往屋里走。

萧衍望着屋舍撇了撇嘴，那木门一天都未打开。

他暗暗骂了一声："吃里爬外！"

冯妙君信步回屋，关好房门，见云嵯就坐在窗边晒太阳。他眯着眼，胸襟微敞，乌发披散如缎，一派慵懒。听见了开门声，他才微微侧头："谈妥了？"

冯妙君踱到他身边，轻轻嗯了一声，知道他不想出面影响两国商议。

他精神一振："那来商量我们的事。"

"啊？"她凤眼眨呀眨的，只装不懂，"什么事？"

云嵯立起，高大的身形挡住了窗外照进的斜阳，将她笼在自己阴影之中："在识海里，你亲口答应嫁给我，不会这就忘了吧？"

"呃。"那是权宜之计，也不看看当时的情形有多危急！但这几字不能说出口，否则云嵯会当场吃了她。

"哪能呢？我自然记得。"说到这里，冯妙君话锋一转，"可是这要怎么置办？咱俩还……见不得光。"

云嵯的脸色有点臭："还要藏头露尾？"他是有多拿不出手啊？

"我也是为救你性命才说出口的。"她用力戳了戳他的胸膛，"你好歹知恩图报吧！"

他撇了撇嘴："那么我们先成婚，日后再公布于众。"

冯妙君悻悻道："聘礼呢？"

云嵯将一个圆溜溜的瓶子塞进她手里。

"方寸瓶？"她挑了挑细眉，"你舍得？"

"这只是信物。"他在她额上印下一吻，"这些年我还攒下了不少身家，你若喜欢就都拿去。"

冯妙君窃窃低笑。

云嵯说到这里叹了口气："只是现在比不上你了。"整个新夏都是她的，这世间能比冯妙君更有钱的人，屈指也算不出两个。至少他是甘拜下风了。

她笑嘻嘻道："你赚大了。"把方寸瓶塞回他手里，"先寄放在你这里，战场上或有用时。"

他在她滑嫩嫩的脸蛋上捏了两下，才低声道："你我高堂都不在了，要另寻主婚之人。"

冯妙君想了想："我有养母呢，只是她有孕在身，短时间内赶不来乌塞尔。"

"甚好。"云嵯轻声道，"我这里原也有个合适人选，可惜不知他下落。"

冯妙君一点就透："你师父还在世？"

"他死不了，只是我实无把握能找到他。"他低哼一声，"他找上我还更快些。"

冯妙君笑了："不过我养母行动不便，耐不住舟车劳顿。等孩子满周岁再过来新夏，至少也要一年多。"

"一年？！"

"是一年多！"她说道，"如果不要证婚人，现在拜天地我也没意见。"

云嵯薄唇紧抿，显然很不愉快，但他最后仍是道："未能给女王一个盛大婚典，已是委屈你了，如果连这一环都省了，那比乡野小民都不如！"他抚着她的鬓发，轻声道，"就等上年余，到时再请她为我们主婚吧。"

"好。"

对云嵯来说，她现在就是他的妻子。

日落月升，两人有说不完的话，也要做些都爱做的事。不过这一晚，她是坚决不肯折腾那张破木床了，云嵯当然不会死心，想出不少古怪花样。

明日又要分别，他得抓紧时间。

第
四
十
一
章

天魔疑踪

协约谈定，萧衍和云崅启程返都。

冯妙君也返回都城乌塞尔，才知道自己离开的短短几天当中居然发生了怪事。

廷尉府遇袭。

陈大昌十年前就跟在冯妙君身边，政敌不多，自她巩固王权之后，敢惹他的人就更少了。谁能料到，这回居然有人偷袭廷尉府。国师赶来述报案情，冯妙君才知道这凶手来头不小，竟然还是她的老相识——就是熙国最终一战中出尽风头的女魃！

这头古怪的魃尸潜入乌塞尔城，寻到陈大昌府上。廷尉府里人口不多，她轻易就抓起陈大昌的姑婆陈红恩，准备将她炼成尸傀。幸好居此不远的玉国师听到府里异响，赶来照看，间不容发之际救下人质，并与女魃大战一场。

陈红恩惊吓过度，这几日都是夜不能寐，陈大昌闻讯连连向玉还真行礼称谢，而后赶回府去安抚。

听闻此讯，冯妙君抚着下巴道："现在这头女魃何在？"

玉还真冷着一张俏脸："被她逃了，她有遁地之能。"

这种怪物受大地青睐，可以由地下行走，来去无踪。女魃和玉还真的修为几乎不相上下，她若真心想逃，即便这里是玉还真的地盘也很难将她留下。

"依你之见，她的意图何在？"

"她的目标是陈大昌。"玉还真不假思索，"只是陈大昌随你去了汀沅镇，她找不着人，只好抓老太太来问。不过陈大昌那厮的口风一向很紧，陈红恩也不清楚他的去向，女魃就想将她炼作尸傀，方便日后向自己通风报信传消息。"

"陈大昌从未与她正面冲突。"冯妙君了然，"她想找的人，是我。"

冯妙君缓缓道："如今我已经回到乌塞尔，她自然更不会离开。"

玉还真漂亮的眼里全是杀气："准备怎么逮住她？"

"我住在宫中，她想见我不易，否则也不会找上陈大昌。"冯妙君沉吟道，"何妨直接给她一个机会？"

她召来内侍："孤要去白马湖小住几日，着人前去准备吧。"

"是。"

白马湖风景秀丽，有天然地热和后天屏障，因此四季如春，是权贵们秋冬季游玩的好地方。不过女王若是住去那里的湖畔宫殿散心度假，白马湖就会封闭，通常不容外人进入。

夕阳下，冯妙君斜倚在湖边的美人榻上，伴着湖水荡漾之声看书。

湖边花团锦簇，恰好将她与外界隔开，造就一方私密天地。

手里的书翻页过半，就有侍卫来报："外头有人求见女王，说是燕国特使。"

她摘一枚葡萄入口："带进来。"

不一会儿，侍卫就领着一个女人走了过来，冯妙君看着她的脸微微皱眉。

不是女魃。

这女人年岁四十开外，脸皮泛黄浮肿，目光还有些呆滞。她的衣物上，还沾有一点污渍。

这人看起来不过一介平民，冯妙君望着她问："你是谁？"

这女子却冲着她露出一个诡异的笑容："你知道我是谁，这不过是个傀儡，能够转述我的话。"

"尸傀。"看来女魃并未亲自上门，只是找了个传声筒过来，"我还道你有多大胆量，不过如此。"这头古魃的道行比她原先预想的更高，竟能将尸傀炼作分身来行事，不过这术法一定有距离限制，恐怕古魃真身此刻离白马湖不远。

尸傀侧了侧头，没有反驳，看来并不在意。

"你偷袭廷尉府，不就为了见孤一面？"冯妙君绕回正题，"说吧，何事？"

尸傀的声音平板："赵回找你。"

赵回就是燕王。

"洗耳恭听。"

女魃缓缓扫视四周："此事绝密，只能说与你一人听。"她目光忽然集中到一个方向，"她必须离开。"

那里只有两块湖石、一丛竹子，沙子又细又白。

"哦？"冯妙君漫不经心，"谁？"

"你的国师。"

冯妙君笑了笑，对着那方向道："她发现你了。"

话音刚落，湖石边上袅袅浮现一个倩影，望向女魃的面色不善。

冯妙君道："她对生魂敏感，即便这里有幻阵，她也能感知到你的存在。"在熙国，她被女魃追捕时就吃了这个大亏，幸好云嶂那时赶来救她。

玉还真双手环胸："拿下她？"

"我想听听燕王说什么。"冯妙君笑吟吟道，"无妨，我应付得来。"

这不过是个傀儡而已，应该不具备威胁冯妙君安危的本事。玉还真盯了它一眼，这才往外走。

她走出几十丈，就停在精舍边。

按冯妙君的要求，这里的仆役都被挥退，四周寂静无人，但不远处有个熟悉的身影顺着林间小道走了过来，停在她面前，目光灼灼。

玉还真看他一眼就望向湖水："女魃差了个傀儡过来，正与王上在湖边谈话。"

陈大昌低声道："多谢。若非你及时赶到，此刻站在那里的说不定就是我姑婆了。"

他站得很近，与她不过一拳，玉还真不惯与人亲近，这会儿却没有退开，只是侧头看向他："她怎么样？"问的是陈大昌的姑婆。

"前几日夜里惊寐，总不能睡。我煎了些镇静宁神的汤药给她，至昨晚才终于睡熟。今早起来，就精神多了。"陈大昌挠了挠头，"她一直念着，要我过来寻你谢恩。"

玉还真抱臂在胸前："真的？那可是救命之恩，你打算怎么感谢我？"

这问题困扰陈大昌好几天了。

他也算久混官场，知道什么礼轻意义重都是说着玩儿的。可是玉还真贵为国师，想要什么奇珍异宝没有？他该送什么礼物出去，才不会显得寒碜，才能表现出感激？

所以他诚恳道："但凭玉国师吩咐。"

玉还真却没有这么好糊弄："你是想不出来？"

陈大昌腼腆一笑，默认了。

她拽了拽身边的柳枝，做思索状："不用送礼了，我也不想让你破费。这样吧，我家厨子做的饭菜，我已经吃腻了，想换个口味。在熙国时我就见识过你的手艺，不若你就替他三十日，如何？"

让他去府上做饭？陈大昌望回她，皱了皱眉："我白日有公务在身。"

"那么，你料理晚膳即可。"说到这里，玉还真敛起笑容，淡淡道，"若是为难，这事儿就算了吧。我还道陈廷尉一门心思想着报恩。"

算了？她能就这么算了？陈大昌心里明镜似的："不为难，我明日下午就过去。"

"好极。"她笑靥如花，"我要吃烤羊腿。"

"好。"她可真不客气。陈大昌目光盯着湖畔方向，直到女王的身影慢慢从花丛后方踱出，他才松了口气。

玉还真离开后，湖边就只剩下两个人了。

冯妙君顺手布下结界，才向傀儡道："说吧。"

尸傀面无表情，伸手取了面小镜子，直直照向水面。

"水月镜。"她的解说也很简短，"能联通天涯海角。"

这是上古的宝物，冯妙君早知它的妙处。陆地广袤，通讯不便，水月镜却是即时通信的宝物，它在战争中能起到的作用不必多说。冯妙君派出手下在南北大陆各个发卖会都没能找到，燕王果然是财大气粗，连这等宝物都有。

水面忽然变得平静，倒影不见了，取而代之的是一个人像逐渐成形。

很快，水面就映出了燕王的面貌。冯妙君先见他开口，而后就听见了他的声音："新夏女王。"

冯妙君点了点头："燕王。"

"你的人潜进陈大昌府中，胁迫一个年近六旬的老太太，就为了替你传话，不觉小题大做吗？"冯妙君淡淡道，"说吧，现在我倒想听一听了。"

燕王不理会她的讽刺，低沉的声音从镜中传出："我找你做一桩交易。"

冯妙君眉尖一动："什么交易？"

"你要的东西在我这里。"燕王目光炯炯，"你要办的事，我也能办到。我们各得所需。"

冯妙君沉默了好一会儿，才问他："我要的……是什么？"

其实她想问，燕王把她当作了谁？以他的本事和心计，本不该认错人才是。

燕王不答，只是将镜子换了个角度。冯妙君就从水幕上看到，立在他身边的是一根长杖，杖身材质不明但异常华丽，杖头有些古怪，形似双叉戟，但两个叉头，一个雕作了蟠龙，另一个却是飞凤。

雕工非常精细，她能见到龙凤的眼珠都是红宝石制成，每一块龙鳞、每一片凤羽的形状都清晰可辨。别的暂且不提，这对龙凤的身价就不菲。

不过，这根杖的寓意大概就是龙凤呈祥吧？虽然看起来威风，但老实说这东西没有任何实战价值，属于……仪杖？

燕王低沉的声音持续从水月镜中传出："我花了许多年时间，几乎找遍世上所有发卖会，才将这东西买回来。"

冯妙君以手托腮："你想交换什么？要新夏在大战中束手旁观吗？"

燕王哈哈一笑，像是听见了荒谬绝伦的笑话："哪有那般简单，你还以为我是百多年前和你做交易的燕国小王子？"

一百年前？和他做过交易？

冯妙君皱起眉，心里隐隐有了猜测："那你要什么？"

"两个交易。"燕王竖起一指，"你想要这根龙凤杖，就用新夏的中立来换，燕魏之战全程不可插手、不可阳奉阴违、不可以任何形式或途径来支援魏国。"

这根杖有那么重要？她不动声色："第二个交易呢？"

"我助你破开封印。"燕王身子微微前倾，"作为交换，你要替我寻到延寿之法！"

延寿，当然是延寿。冯妙君凤眸微眯。

她一直知道燕王东征西讨，乃至最后决战魏国的最终目的就是要取得祭坛碎片，重新召回界神，从而升入长生界，打破修行者二百岁的寿数上限，不过就目前的战局来看，燕灭魏的计划在短期内怕是难以实现，而燕王的岁数也大了，所以他不得不另做打算。

"是吗，怎么破开？"冯妙君双手一摊，"你怎知自己一定能成功？"

"光有龙凤杖可不够。"燕王慢条斯理，"它的用法，当世之中只有我清楚。"

冯妙君笑了，反手指了指自己："看清楚些，你到底将我认成了谁？"

燕王是老糊涂了还是病急乱投医，居然能认错她？

"你我心知肚明。"燕王不理会她笑容中的讥讽，"我不能直接指认你，否则天地立刻知晓，此后你要行事就加倍艰难。"

他说得无错，那物的确惹天地憎厌。冯妙君只觉匪夷所思："你怎知我就是它？"

燕王呵呵一笑："和我了解的长乐公主不同，我还听过另一个版本的故事，晋国师莫提准从魏国带回来的安夏亡国公主，几番周折终于当上女王。并且有人告诉我，长乐公主原本内敛胆小，可是去了晋国之后性情大变，不仅冰雪聪明，城府与手段都迥异常人。"

"只凭这个？"冯妙君嘴角轻扬，"我倒不知燕王想象力也能那般丰富。"

燕王挑了挑眉："你让苗奉先留在人间了。"

"那又如何？"她淡然道，"只是让他作为黄金城的器灵罢了。难道燕王你也希望以这种方式延寿？"

"只有生魂才能炼成器灵。"燕王盯着她道，"苗奉先那时已经死去多日。能行此逆天之举，我知道当世只有一人才能办到！"

"你太小看天下的神通了。"

燕王又道："许久之前，我遇到过曹卜道，斯人卜卦之术独步天下，他告诉我九十年后有机会得偿所愿，要我去他那里解一支签子。"

曹卜道？冯妙君拧眉苦思，终于从记忆里翻出一个地名："黄岗，落芽庄？"

"看来你也找过他了。"燕王微微一笑，"我从他那里得来的签子上写着'风云初际会，波澜此中兴'。"

"所以？"这和指认她是天魔有什么关联？

"这里的'风'和'云'，约莫是指代你和云嵯。我知道你以侍女身份接近过他，正好符合签上所述。"他顿了一顿，"曹卜道认为我能够如愿，也就是寻到签子里暗指的人。云嵯我早就认得，所以答案就是你了。"

"原来如此。"冯妙君微笑着坐直了身体，而后道，"抱歉，我不是你要找的人。"

燕王一怔："什么？"

"我说，你认错人了。"冯妙君摊了摊手，"我是长乐女王，仅此而已！"

燕王不怒反笑："别忙着否认，这交易可以商榷。"

冯妙君也没了耐性，收起笑容道："我不是天魔，就这么简单。你的交易得找别人去做。"

燕王面容如寒霜："怎可能不是你！"

"安夏原本都被魏国吞并，是你硬生生将它重新独立出来！魏国灭峣，你横插一脚，直接将峣国撕裂成东、西两半。我大燕快要消灭熙国，你又来阻挠！就连魏燕之战，你都是几度插手。"燕王声音越来越凌厉，"除了它，谁还堪当这样的混乱之源？"

冯妙君定定望着他："这是何意？"

"这几百年间的天魔乱世，也不过如此。"燕王凝声道，"你从前就对我说过，混乱和苦难就是'它们'的力量之源，只要天下不曾归一，它们即便在被封印状态也能留世长存、不至消亡！自长乐女王横空出世，你所作所为哪一样不朝向这个目标？"

冯妙君自觉听到了一个惊天秘密，但她对燕王的固执也是啼笑皆非："如果我是天魔，为何还与云崦、与魏国为伍？"

"这是你的事，我怎知道？想来不过是为了取得碎片，寻找封印。"燕王想也不想即道，"你和他争斗了那么多年也没占到上风，这回不过换一种方式而已。

"你的族人被封印三百多年，此时就算还未魂飞魄散也是很虚弱了。云崦集齐了祭坛碎片可不会交给你，只要召出界神，它们的死期就会提前到来。"他放缓了声调，"我知道你选择他而非我来筹集碎片，但是你我合作，才能各得所需。解除封印的办法，我已经寻到，你再也不需要他。"

"解除封印的办法……"冯妙君微微一哂，"我先问你，我的族人被封印在哪里？"

"还有哪儿？"燕王低沉道，"这也是你在新夏为王的好处之一，不是吗？"

"好处？嗯，我知道了。"冯妙君笑得欢快，"不过我再重复一遍，我不是天魔，你认错人了。"说罢不待燕王回复，她顺手捡起地上的石子儿，冲着尸傀手里举着的镜子弹出。

叮的一声，正中镜面。镜子里的画面顿时消散，水幕也跟着落回湖中，哗啦一声，溅起阵阵涟漪。

万里之外，燕王望着镜面捏紧了拳头。

新夏女王为何否认到底，难道他认错了，她当真不是天魔？

这一端，冯妙君笑吟吟地指了指水月镜："这宝贝不错，我要了。"女魁跑到乌塞尔城来逞威风，她就扣下这面镜子当作补偿吧。

尸傀不吱声，只是缓缓坐下，眼神越发空洞。无论冯妙君和燕王交谈的结果如何，她的任务都算是完成了。

冯妙君看出，这是躲在他处的古魁准备放弃这具临时造出的尸傀了，赶紧道："等等，我问你一事！"

尸傀转头，看她一眼。

"你为何要帮着燕王？"

魃尸不同于普通修行者，既用不了灵力也用不了元力，燕王用了什么法子将她招揽过来？

古魃缓缓道："他说过，会帮我找人。"

"谁？"

"我丈夫。"

就这样？

"魃也可以合修？"否则本就是死物，为何还要再找道侣？

"我生前的丈夫。"尸傀咧了咧嘴，结果看起来更加古怪，"是他将我做成了魃。"

"有什么线索？说不定我也可以帮忙。"实话实说，冯妙君真不想与这样的绝顶高手为敌，能化解一个是一个吧。

尸傀摇了摇头："他千余年前就已经死了，你找不到的。"

冯妙君大奇："死去千年，这中间轮回不知几世，你从何找起？"

"我找过曹卜道，他指点我投靠赵回。"

冯妙君更奇怪了："那么燕王打算怎么帮你？"

"寻到天魔，只有它可以看透青冥，辨析因果。"

她眼珠子一转："那姓曹的为何不直接指点你去找天魔？"

"天魔善于匿踪，又能混淆因果，曹卜道也很难算出它的下落，只能让我跟在赵回身边。他位高权重，也和天魔打过交道。"

"为何不让你去找云嵫？"云嵫也是位高权重，还和天魔打过不止一次交道。

女魃的回答更简单了："我不知道。"

这古魃要找的是一缕转世不知几次的幽魂，说起来好像的确只有天魔才能帮得上她。冯妙君眼珠子转了一下："你何不改投新夏？你也看到了，燕王认定我就是天魔。他的判断至少有几分道理吧？"

尸傀面无表情："你否认了。"

冯妙君抿了抿唇："你丈夫为何将你做成魃？"

尸傀没有反应。

冯妙君转头，发现尸傀垂目不语，仿佛坏掉的木偶。

古魃切断了与这个傀偶的联系，抛弃了它。

看来，这个问题没有答案，冯妙君叹了口气。

回头再想想燕王，她心里泛起荒谬之感。

居然将她认作了天魔，可是换个角度来看，如果燕王都有此念，那么云嵫呢？

云嵘是不是也有过这样的怀疑？毕竟燕王列举出那许多巧合，不知就里的人只会觉得他的证据已经格外充分。而云嵘对她的了解，还要远在燕王之上。

不过，她并没有拿着这个问题去问云嵘。

在她离开乌塞尔、前往汀沅镇的这段时间，魏国以西有一个滨海小国涂余国忽然滋扰魏国边境，酿成流血冲突，并且以共同开发的矿脉分配不均为由，抢走了一批矿石。

在地龙翻身中严重受损的城池和平民还未赈济完毕，从花巢高原蔓延到王国中部的战斗节节败退，军心动摇，魏国在面临天灾和战祸的同时，又多了个突然翻脸相向的恶邻。

用膝盖想都知道，涂余国的侵扰是燕国授意。燕王是打算三管齐下，快速瓦解对手的防御。他也明白，魏国根基雄厚，短时间内在正面战场上不易拖垮，反而要从人心、士气方面入手，才可能加速这个过程。

不过就在这时，一直在旷世大战中作壁上观的新夏突然宣布，将从魏国手里买回安夏故地西北七州。

消息传出，魏、夏两国人民均感振奋。

此时距离安夏覆灭不到二十年，新夏成立也仅十余年，多数人还有故土情结。只要新夏能够收复失地，无论是抢回来也好、买回来也好，总归是扬眉吐气、振奋人心之举。

而对魏人尤其是魏廷而言，西北七州土地贫瘠，多戈壁，多盐沼，又有洪荒莽林，是许多妖怪的乐土。放弃一小片贫瘠之地不痛不痒，却能换来大量战争资材，这笔买卖很划算了。

新夏王廷支付的"购地款"并非金银，而是大量粮食、铠甲、药品、军械、马匹，以及魏人在战争和赈灾中急需的其他物资！

援助魏国，却又不招致本国人民的强烈反对，新夏女王居然做到了两面讨巧。只凭这一点，她就让大陆各国老练的政治家们再一次刮目相看。

新夏运输的物资，飞快地送到魏军前线。

在燕人的强力冲击下，魏军在花巢高原的据点变得零碎而分散，加上地龙翻身引起的山川变形、河流改道，其实在敌中、敌后有大量魏军游窜，但苦于粮食、武器、药品不足，西部和北部的援军又不能跨过燕人的阻挠将物资送到，是以一直苦苦挣扎。

这也就是冯妙君当日分析的，魏国前线其实根本不缺人，缺的只是战争的手段和物资罢了。而新夏补给自东向西而来，少了燕军的阻隔，直接送到这些魏人手里。

东南魏军吃上饭，拿上武器，重新焕发战力，立刻让燕人有了后顾之忧。

魏燕两国也惊讶地发现，新夏提供的铠甲和军械居然相当精良。

一场战役结束之后，有两套沾血的内甲被送到燕王面前。他拿起翻看两下，脸上微微变色："这是新夏援魏的装备？"

"是。我们在不少魏兵身上都发现了这样的内甲，开战以来从未见到过。"许恪肃声道，"它在前后胸、腹部、裆部都用上了精金，延展手法类似云锻。"

燕王沉着脸："桃源境！"

精金的确是相当昂贵的金属，但新夏的工匠将它打磨，延展到极致，只要米粒大小这么一点精金，就能嵌装整件内甲，从而使它的防御能力直接跃上两个等级，寻常刀剑都劈不断。

最重要的是，这打造工艺疑似云锻，这是只有桃源境才掌握的锻造秘法。燕国的锻造水平虽不差，但依旧会花费重金从桃源境大量购入这种战甲。新夏居然也办得到，这就太让人惊讶了。

桃源境和新夏，莫不是私底下做了交易？

他把手上的内甲一扔："发问桃源境，要它告诉我，隔着一个禁忌之海的新夏怎么会掌握它的制甲术！"

面对这样的质问，桃源境当然一力否认。不过他在北陆前线作战，桃源境却在南陆最东侧，消息传递一来一回耗时太久，北陆战场又有了新的变化。

燕军主力攻下花巢高原后继续往西进攻，一路高歌猛进，沿途将魏人修理得鼻青脸肿，己方士气如虹，达到了极盛。随后，它就与魏国大将赫连甲率领的精锐之师迎头撞上，大战了两天两夜。双方都杀红了眼，血流成河。

这也是燕军攻下花巢高原后，遇到的最强劲敌人。

幸好凭借着燕王高超的元力调度与加持，燕军最后还是打败了魏人。这一仗打得格外惨烈，赫连甲损失三万余人，情知不敌，终于转头逃走。

魏军奔逃的方向，正是号称景色秀绝天下的天门峡。此地大山如巨门、如屏风，一道道险直陡峭，矗立于平地之上。地形复杂，视野狭窄，就是藏进几万人也能神鬼不知。

换在从前，燕军并不愿深入这等险地。可是燕王不顾几位大将的反对，发令奋起直追！

这一追，就进了圈套。

天门峡入口突然涌出大队魏兵，直扑驻扎在此的燕军后勤大营。

两边很快战成一团，血染天门峡。

按理说，在燕王加持下的燕国大军，以二十万之数对战魏军毫无惧色。即便被埋伏，至少也能全身而退。不过就在双方短兵相接的瞬间，魏军身上也泛出了淡淡的光芒！

元力！

就在这光芒的笼罩下，每一个魏兵精神抖擞，气力见长，震天的呐喊声中都带着狂喜："国师回来了！"

只有国师，才能调度元力，加持战争。

对面的燕人大惊，连燕王都是瞳孔骤缩。但他立刻运起神通大喝一声："赫连甲，你们萧衍小儿又找来哪个杂碎当国师？"

云嵲久未露面，连魏国元力都无法调配。燕王又和他在火山里交过手，此刻下意识地以为魏国丢卒保车，启用了新的国师！

不过就在这时，魏军中传出一记长笑："赵回，红魔山一别，你还是那般畏首畏尾！"

那声音清朗悠扬，听在燕王耳中更是该死的熟悉。

云嵲，居然真是云嵲！

就在下一瞬，左前方正厮打作一处的魏燕士兵突然被撞开。猎猎劲风中，一头健壮的飞廉对准燕王扑来。

这怪物长着豹身鹿角，脑袋却像鸟类，天生有御风之能，行动速度十分之快，在空中带出一道残影，真身就已经扑到燕王面前，鹰钩般的尖嘴猛啄他骑乘的灵兽。

飞廉背上还有骑士，人未到，戟先至，对准他咽喉直戳过来。

这人一身淡红战甲，长得十二分俊俏，此刻桃花眼里全是凌厉杀意。

老对手相见，分外眼红。

两人相斗多年，甫一交手，燕王就知道云嵲又恢复了盛时修为。

事实上，云嵲在天门峡露面，就是要缠住燕王，令他不能自由指挥军队。

魏国师都下场了，魏国的军队和修行者自然响应如云，流水般往这里聚拢。燕军不甘示弱，很快这里就变作了整片天门峡战场的中心旋涡，源源不绝地将兵员都吸引进来。

燕王总算醒悟过来，今日是自己刚愎，冒进埋伏。

有了国师加持，魏军的战力再度恢复到从前水准，又有新夏送来的精甲锐兵，实力与燕人基本不相上下。

顾忌地形劣势，燕王再不甘也只得大声下令撤退。

云嵲却笑道："急什么？既然来了，那就都留下吧！"

话音未落，紧接着几声轰隆炮响，却没落在人群里，反而是上方传来异声。燕军抬头一看，竟是数里外魏人发炮，整整齐齐都轰在山壁一侧！

这里的大山如屏风，小山如风帆，都是长而薄的形态。而魏军的炮弹基本都砸在三五座小山的西侧，连发一两轮之后，山体再也抵不住巨大推力，往东倒伏。

倒下来的方向，正是燕军大部队所在！

燕人再强悍，这会儿也是发一声喊，四下奔逃。长胜多月积攒下来的勇气，顷刻间烟消云散。

燕王亲睹这一幕，虎目都泛红了，不顾自己正与云嵲厮杀，抖手扔出一具雕像。

此物触地之后，砰一声变出个硕大的巨灵神虚像。其身高十五丈，双臂箍着金环，赤膊袒胸，浑身肌肉高高鼓起。受燕王驱动，它甫一出现就仰天无声咆哮，同时双手托举，抵住了砸下来的最大一面山壁。

虽是个透明的虚影，但它的力量却是实实在在，给底下的燕人争取到更多时间。

被山影笼罩的燕人吓得胆肝俱裂，却也没忘了要抓紧逃生，纷纷作鸟兽散。

二十息后，巨灵神虚像持续时间已过，重化虚无。这面巨大的山壁和其他同伴一起，先后砸向地面。

伴随着巨响，扬起的尘土遮天蔽日，令天地无光。

这厢魏军却欢呼起来，敌人的溃逃让他们士气大振，这时就大步冲来，绝不会放过乘胜追击的机会。

天门峡大战的情报，雪片般飞向南北大陆。

燕军中计大败，溃逃东返，而殒在天门峡的人数赫然超过了十二万。这也是两国争霸以来，燕国损失最惨重的第二战，死亡人数过半，并且多数是被山崩压死的。

剩下的燕军丧失斗志，望风而逃，而魏军就紧随其后，举起屠刀。

等到最后盘点，伤者反而不到三万人，却又有六千人成了俘虏。

魏军终于扬眉吐气，事后对待俘虏的态度也是格外狠辣——不留活口，就地坑杀！

冯妙君看到这里，不由得轻轻叹了口气。云嵝还是云嵝，一点儿都没变呢。

当然她明白魏人此举意图，就是要对燕国形成强大的威慑力，摧毁燕人的斗志。

相比之下，她更关心的是："燕王呢？"

"随军东撤，不知是否受伤。"相国王渊知道女王想听什么，"魏国师亲自率军追击，看起来也不像受伤模样。"

"那就好。"冯妙君轻嘘一口气，"云嵝既然返军，就该轮到燕人头疼了。"

冯妙君说到这里，左右顾盼："陈大昌呢？"

陈大昌是廷尉，每日都要当差。平日里辰时不到就会进宫，出勤之稳定堪称楷模。可是这会儿辰时都过半了，怎的还未见他人影？

边上内侍进前小半步道："陈廷尉今日微恙，请假一日望批准。"

"准了。"冯妙君抚着下巴，"难得他生病一回，怎好不批？"

次日，陈大昌果然又在辰时之前进宫。

冯妙君见他精神奕奕，不禁奇道："你身体康复了？"

"劳烦王上记挂，已好。"

冯妙君正要开口，瑶鼻忽然轻嗅两下，妙目就向陈大昌瞥了过来："咦？"

陈大昌不明所以。

冯妙君掩口打了个呵欠："起得太早了，困得慌。是了，你可要多歇几日，养好身体？"

陈大昌赶紧道不必。

"去做准备吧，要晨议了。"

又过几日，玉还真也来参加廷议。按规定，每过十天，国师要定期汇报元力的调配情况，以配合国策。玉还真于公务上一板一眼，勤勉认真，态度不输陈大昌。

和激战中的魏国不同，新夏国内依旧风调雨顺。冯妙君甚至觉得，邻居成天打生打死，自家却成日无事，这安宁实是奢侈。

廷议结束，冯妙君叫上玉还真同去御花园中散心。

新夏得国师七年有余，国君与国师相处甚欢，在民间也是美谈。

冯妙君漫不经心赞她一句："你用的香调得真好，闻之心悦。"

玉还真大方道："这是瑞龙香，祖上传下来的方子，王上若是喜欢，我抄一份献上。"

"原来是国师的独门秘方。"冯妙君笑眯眯的，"君子不夺人所好，这香不应与外人分享才是。"

她侧头看向玉还真，国师这几日容光焕发，更添娇艳呢。

不与外人分享？玉还真何等剔透，一听即知话里有话，不由得脚步一顿，面色微红。

女王看出来了啊。

清晨一场大雨，随后太阳就出来了，园中花草如洗。此刻玉还真身边就探出一枝火红玫瑰向阳而开，柔嫩的花瓣上却承着晶莹的露珠。

冯妙君伸手，轻轻巧巧将这枝玫瑰折下："孤还有事，国师自便吧。"说罢向玉还真一笑，在众人簇拥下而去。

入夜，廷尉府迎来客人一名。

陈大昌是王前红人，难得冯妙君对他的宠信十年不变，廷尉府本该是门庭若市的，可惜陈大昌从不邀友设宴，即便有贵客上门，在府也不能超过半个时辰。

这辆不起眼的灰马车停在后门，灰袍客人戴着帷帽走下来推门而入，马车就嘚嘚跑开了，无人注意。

进了院子，客人脱去帽袍，露出娇美的面庞，正是玉还真。

旁边伸出一只大手，将衣帽接了过去。有个人就倚在门后，月光将他的眸子照得很亮。

玉还真还记得，初次见他时，他的目光也是这样有神，让人印象深刻。

只不过，那时她恨不得将他眼珠子剜下来。

府里静悄悄的。"其他人呢？"

"姑婆去找柳府老夫人拉家常未回，前厅的侍女从不到精舍和后院来。"

陈大昌素来不喜所谓的被人伺候，不料这时倒得了方便，掩人耳目。

玉还真才走进厅中，那人就从背后抱过来，男子体温透过薄软的衣物传递到她身上，在微凉的夜里格外熨帖。

他的气息有些粗重。在他怀里，她显得格外娇小。

玉还真后背蹿上一点麻痒，让她很想往后软倒，不过她拍拍他的胳膊："我饿了，有吃的吗？"

"还未用饭？"天都这么黑了，他等了好久。

"用过了。"她就是不想让他马上得逞，微微嘟唇道，"没吃饱。"

陈大昌立刻放开了她："有。"

那个温暖的怀抱急速撤离，玉还真脸色微黑。

不过陈大昌下一瞬就捉住她嫩生生的手，牵着去后厨了。

路过厅堂，她见到案上多了个木头花瓶，瓶里养着一枝玫瑰，鲜艳如火，花瓣上的露珠好似还未消失。

"那玫瑰有些眼熟……"她顺手指了指，"哪儿来的？"

"女王差人送来的。"说起这个，陈大昌也觉得莫名其妙，"说是御花园中最美的花，交代我一定要好好养着。"

女王真是有心了，玉还真嘴角微扬："这瓶子呢？"

"我下午现削的。"

厨房里，他端出来的是一碗热气腾腾的藕粉圆子，还洒了糖桂花。玉还真眼尖，见到灶台一直是小火慢热，保它温度适宜。

原来他的心思还有细腻的时候呢。

她慢慢吃着圆子，很香，里面的馅料配比也是刚刚好，甜而不腻。偌大的乌塞尔城里，大概只有她知道陈大昌还有这等手艺吧？谢霜绫没嫁给他，真是少了许多乐子。

陈大昌看着她水润润的红唇噘起，喉结下意识动了动。

玉还真边吃还要边问他："燕国吃了大败仗，一役就死了十来万人，你看燕王接下来作何打算？"

陈大昌想也不想道："我不知道。"

她眼皮都不抬一下："那就想一想。"

"他该改变策略吧。"陈大昌果然低头思考了两息，"魏国师苏醒，燕军就不再是战无不胜，这几个月来大开大阖的打法该不适用了。"

"燕国会退兵吗？"

陈大昌沉吟道："应该不会。这时候退走，连好不容易打下来的南部平原都要一并还给魏国。"

玉还真点了点头："我也是这样想的。"

她还在吃圆子，一个接着一个，很慢很大家闺秀。昏暗的光线下，女人的皮肤依旧白得发光，秀颔微收，脖颈曲线优美如天鹅。陈大昌就坐在她对面看着，心里似乎有一股无名火，闷闷的，越烧越旺。

她终于吃完了，放下碗满足地叹了口气。陈大昌身体前倾，正想来抱她，玉还真却道："我方才听见前厅有动静，似是姑婆回来了。"

陈大昌没听见。但他知道玉还真修为比他更高，耳目确是更灵敏，于是站起来道："我去看看。"

前厅没人。

陈大昌在门口站了几息，才大步往回走。

"没人？"玉还真面露惊讶，"难不成是我听错了？不可能呀！"

话未说完化作一声轻呼，却是陈大昌一把将她抱起："没人，我也闩好门了。"

他朝自己卧房走去。玉还真也不挣扎，伸指戳了戳他坚实的胸肌："喂，你先去沐浴，白天才风尘仆仆赶了一个来回。"

"洗过了。"

她眼珠子一转："那你放我下来，我也要洗，身上可不舒服了。"话是这样说，她躺在他臂弯里，动也不动。

"你很香。"

"那……"

陈大昌不愿再听，一低头堵住了她的话。

很快，月儿都已西斜。

玉还真蜷在男人怀里，呼吸依旧急促，连动弹一下的力气都没有了。偏偏陈大昌还咬着她耳朵问："好吗？"

她翻了个白眼，哼了一声，避而不答："你姑婆回来了，此刻憩在她房里。"

"嗯。"他声音里有几分不满，"你分心了。"

没有分心，只是那时她五感比平时灵敏。不过玉还真道："女王知道了。"

他此刻头脑远不如平时灵活："知道什么？"

"你和我，这样。"她提示道，"她必定从你身边嗅到了我用的瑞龙香。"

玉还真能感觉到他浑身肌肉蓦地一紧，然后又放松下来："哦。"

"就这样？"她在他脖子上咬了一口以示不满，还以为这个男人会惊慌失措。

"事无巨细，瞒不过她。"他没以为自己和玉还真的暧昧，能瞒过女王多久。他将玉还真抱转过来，正色道："我明日就上府提亲。"

"啊？"玉还真怔了几息，见他满面严肃，嘴角不由得扬起，"我是国师你是官儿，似乎咱俩不能成婚。这还是你耳提面命无数次的规矩，陈廷尉！"

最后三字，她是戳着他的胸口一字一顿说出来的，带着咬牙切齿。这家伙就是根千年的海底沉木，又臭又硬，认死了官家的规矩。就连先前她抛下脸面主动求欢，他都拒绝了！

"依你之见？"陈大昌也知道如何对付她，把难题又抛还给她。

"反正女王也知道了。"玉还真道，"不若就维持原状，省得给你的女王添堵。"

陈大昌脸色一黑。她这是打算跟他保持面上相安无事、私下夜里偷情的状态吗？

"不成！"无论从前如何，现在两人有了这一重关系，他就要负责。

玉还真斜睨着他："你敢坏了规矩？"她才不信。

陈大昌沉吟两息，才郑重道："给我一点时间，待燕魏之战止歇，我便公开求娶。"

"你敢？"玉还真心跳怦怦加快，却咬着红唇，"即便女王有心通融，你也不好正大光明地娶我。"

"可以的。"陈大昌温声道，"只要我不再为官，一切矛盾迎刃而解。"

玉还真睁圆了眼，不敢置信："你、你要辞官？"

"是，然北陆局势不稳，女王还需要我的辅助。"陈大昌斩钉截铁，"只要战事告一段落，我就自请辞官，再娶你进门。"

哪个男人的梦想不是列土封疆？他倒好，愿意当回平头百姓。玉还真一瞬不瞬望着他，心底有喜悦油然而生。终于有个男人愿意为了她，舍弃一切荣华。

她长在帝王家，知道这有多不容易。

她咽喉有些哽住，可是费力说出来的话却变成了："你舍得你的女王？"

"我更舍不得你。"陈大昌深深望进她眼底，"只要你到时不嫌我身份卑微，无权无职。"他叹了口气，"这些年，我也没攒下什么钱。"

玉还真扑哧一声笑了，偏头看着他，窗外照进来的微光将他面庞的轮廓勾勒得更加坚毅。

"别怕。"她伸手轻抚他的脸，软软道，"我养你。"

陈大昌忍不住皱住了皱眉，她却凑过来，在他脸上亲了一口又一口。

魏国战场，瞬息万变。

天门峡之战以后，燕军元气大伤，军心浮动。加上魏国师云嵋重掌元力，指挥修行者参战，燕军入侵中部严重受挫。

魏军稳住阵脚，一点一点扳回劣势，逼得对手步步倒退，成功将燕军打回了南部。

战争进行至此，已经足足三年有余，双方的大军都已经筋疲力尽，尤其燕国接二连三遭遇大败，军士早已不复从前的精锐生猛。

有人盘点过，燕国在魏境损失的人马超过四十万。

那可都是壮年男子。

而魏国能够支撑下来，越战越勇的原因，除了萧衍和云嵋的调配有方之外，还跟它开启的边界交易有关——八个月内，魏国向新夏购进了三次战略物资，每一宗都是大生意。

对于新夏来说，不到八个月时间里，国库进账两亿三千万两白银，这抵得上整个国家一年的财政收入。

当然，这里面有一部分是魏国打的欠条，由于战争和运输，魏国一时也掏不出这么多银子。双方约定，战后十年内还清本息。

新夏摇身一变，成了魏国最大的债主。

可它们的对手却没这么舒坦。

燕国大后方出了问题。最糟糕的不是物资供应不上，而是燕国内部矛盾重重。

燕国在异地征战，物资消耗量至少是对手的三倍之多。为了支援战争，国内频频加税，加上物资奇缺导致的物价猛涨，百姓苦不堪言，燕都大米的价格，已经是战前的三倍了。

战时条令又从富豪和权贵手里征用大量钱银物资，于是贵族们也是怨声载道。

头一回，平民和权贵的反战声浪空前统一，消极怠战的情绪蔓延到前线去，兵败如山倒。

很快地，沧澜平原也要守不住了。当初燕国可是花掉九牛二虎之力才拿下这块肥沃的平原，它一旦失守，燕军就失去了最重要的根据地，再也无力北上。

这一回若是失败，想吞并魏国又不知要到猴年马月。

因此当将领们谏言撤退时，燕王暴跳如雷，当场斩杀一名大将！

迫于他的威势，众人都是敢怒不敢言。

这十年来，国君脾气日渐暴虐，百官无不知晓，都道这是他年事已高之故。

只有冯妙君和云嵝明白，留给燕王的时间越来越少，完成目标的希望反而越来越渺茫。任他修为盖世，这时也感受到了生命将逝的惶恐。

愤怒的来源，其实是恐惧。

人死了，一身修为，半生英名，尽化虚无。

云嵝在与冯妙君传讯时，就千叮咛万嘱咐："燕王绝不会轻易放弃，打不赢魏国，他定要另寻生路。"

联想燕王上次派女魁潜入乌塞尔城来找她做交易，冯妙君知道，云嵝的顾虑有道理。

这一年开春，魏人终于将燕军赶出南部边界，收复了所有失地。

举国欢庆，魏廷大宴三日。

冯妙君当然第一时间就接到了这个好消息，整个新夏王廷同样长长嘘出一口气。

燕国退兵，太好了。它对新夏的危险也暂时解除了。

整个乌塞尔城，同样热闹喜庆得犹如过节。

陈大昌来找她时就问道："依王上之见，魏王接下去会做何打算？"

冯妙君正坐在湖心小岛上，对着满湖春水自饮桃花酒："如果我是萧衍，必然见好就收。

"燕国的气焰已被打掉，精锐大军减员四十余万，国库更是挥霍一空，至少需要十年时间来舔舐伤口。再说魏国在战争中损耗也很巨大，国内亟需休养生息。"

打仗嘛，杀敌一千自损八百，魏国作为战胜国也好不到哪里去。

说到这里，她话锋一拐："不过萧衍不是我，他有争霸天下的野心。难得燕国显出颓势，正是趁乱攻之的好机会。再考虑到魏夏协议时效只剩下不到十年，他会更急于打败燕国。"

新夏是正在崛起的大国，魏、燕却在战争中受到极大削弱。此消彼长，萧衍有理由忌惮新夏，也就想彻底了结与燕国的纠葛。

冯妙君做出推断："在我看来，萧衍挥军侵燕的可能性很大，理由也是正常又充分。"

这次战争是燕国首先发动，萧衍想要打进燕国，只需要以复仇为口号就行了。两边死伤无数，早就结下了滔天的仇恨。

师出有名，就有内在动因。

说罢，她斜睨陈大昌一眼："我怎觉得，你话外有话？"

女王的敏锐，一如既往啊。陈大昌单膝跪下，凝声道："臣有一请。"

他自称"臣"，冯妙君就知道他的请求应该是很有分量了，也肃容道："说。"

"如今北陆战乱止歇，乌塞尔风平浪静，您修为又臻化境，臣便想、想辞去廷尉之职。"

冯妙君没料到他突然提出这个要求，一时怔忡无语。

陈大昌静静等了好一会儿，见她眼望湖水发呆，也就默不出声。

也不知过了多久，冯妙君才回过神来，轻轻吸了一口气："陈大昌，你跟在我身边多久了？"

"十五年。"他顿了一顿，"十五年又……六个月零七天。"

冯妙君喃喃道："竟已这样久了吗？"从她跟随莫提准离开魏国乡下、前往摘星城，陈大昌就陪在她身边，从无贰心，从不畏难退缩。

"是。"

"不当官儿了，你要做什么？"

陈大昌脸上终于显出两分晕红，他轻轻咳了一声："我，我要去提亲……"

"提亲？"冯妙君有两分惊讶，出声打断了他的话，"向国师府吗？"

陈大昌嗓子眼里有些干，竟然说不出话，只得点头两下。

冯妙君叹了口气："难怪你急不可待要辞官，原来是想早日抱得美人归。"她知道陈大昌和玉还真的关系在潜移默化中突飞猛进，但这两人如想名正言顺在一起，必然有一个要做出适度的牺牲。

她声调不阴不阳，陈大昌低着头："姑婆、姑婆催得紧……"

女王一双美目写满调侃："催成婚，还是催生娃？"

陈大昌手心冒汗，勉强说了个"都"字就说不下去了。

感情这种事纸包不住火，陈红恩知道他和玉国师走在一起，欢喜得几个晚上都睡不着觉，成日对他耳提面命，又唉声叹气自己岁数大了活不久了，就盼着这辈子能见到陈家有后，自己死而无憾云云。

　　"去吧，挑个良辰吉日，我来主婚。"冯妙君站起来，拍了拍他的肩膀，"你不做官，也可以继续当我的幕僚。要让天下人都知道，你的靠山仍然很硬。"

　　陈大昌面色通红，应了一声谢，拿起桌上美酒一饮而尽。

　　冯妙君叹了口气。连陈大昌这根木头都要成婚了，她自己呢？

　　"最后替我做件事。"她毫不客气地指派任务给他，"发讯去桃源境，问我娘亲何时启程。"半年前，徐氏顺利产下一子，不过娃娃年纪太小，经不住路上颠簸。养了这几个月工夫，徐氏也打算带着丈夫孩子启程返回新夏，给女儿主婚。

第
四
十
二
章

引蛇出洞

陈大昌和玉国师的婚事定在三月三，于水边开宴。

新夏女王亲自主婚，水陆妖怪同来庆贺，那场面盛大一时，轰动了整个乌塞尔城。

据说这消息传去魏国，魏王关起门来，喝了一晚上的闷酒。

不久，西边儿又传来消息：魏国挥军南进，征讨燕国！

新夏女王说中了。

军民才休养了数月，萧衍就急不可耐地发动了对燕战争，对外打响的名号果然是复仇。

他的决定，早在冯妙君预料之中。因此当魏国邀请新夏联合出兵、共同讨燕时，她毫不犹豫地拒绝了。

萧衍对新夏的推拒既不意外也不愤怒，只是退而求其次，要求继续从新夏这里购入大批军用物资。

打了四年多的仗，魏国即便原本准备得再充分，这时也感到捉襟见肘。可是魏王有把握，燕国遭的罪一定远比魏人更重，只要这时咬牙坚持下来，把燕国打得再无翻身之力，他就是横跨南北两陆的真正霸主！

冯妙君接到这请求就笑了，很快同意。

魏军携大胜之威，在接下来的三个月里高歌猛进，将燕军打得节节败退。

说起来这二者的实力可没有天壤之别，作为抗击入侵者的一方，燕军原本不该败得这样干脆。

"是何缘由？"

这时的苗涵声已经十三岁，唇红齿白，英气勃勃。更难得这小子文武双全，冯妙君在书房考校他的功课时就特地问到这一点。

他反问道："我若答对，可有奖赏？"

"你跟太傅学学问，也这般讨价还价吗？"冯妙君看着他从小长大，很是疼爱，笑骂一句，"你要什么奖赏？"

"桃花酒。"他咂了咂嘴，"据说那是御厨私酿，我也想尝一尝。"

"小孩儿不能饮酒。"她抚了抚他的顶发。

"我不小了！"他梗着脖子，"昨儿娘亲还跟爹爹念叨，明年就要给我寻一门亲事！"

孩子长大就如雨后春笋，一发不可遏止。冯妙君看着他有些失神，想起自己就在十三岁那年随着莫提准离开魏国乡间，前往晋都摘星城，从此开启一次又一次奇遇。

"王上？"

的确是不小了，她收手笑道："是吗，涵声看中了哪家的千金？"

"没看中，这天下精彩，我还不想成婚！"苗涵声侧头看着她，"再说，王上也没成亲呢。可见成亲不好玩！"

冯妙君无言以对。

她不成亲是因为不想吗？非不愿也，是不能也！

好一会儿，她才吩咐边上的内侍："取一小坛桃花酒来。"

苗涵声大喜："燕国亏在失道寡助。"

冯妙君好笑："难道魏人就得'道'了？"

"非也。"他一本正经道，"燕国向魏宣战的三年前才打下熙国，刮走许多民脂民膏，熙人恨透他们了。现在魏国入侵，先踏上原来熙国的土地，熙人肯定帮着他们。我不知道魏人得不得'道'，反正燕国是失'道'了。"

冯妙君轻轻鼓掌："说得好！还有呢？"

"我们新夏也卖给魏国好多物资。可是燕国已经打穷了。"说罢，苗涵声就拿黑白分明的眼睛望着她，渴望得到肯定。

冯妙君也不吝于夸奖："你可比你娘亲聪明多了。"

这还用说？苗涵声撇了撇嘴。

"再依你看来，这场战争要持续多久，最后谁赢谁输？"

苗涵声小脸垮了下去："不知道！"

桃花酒取来了，冯妙君也不再逗他，笑吟吟地将坛子往他面前一推："拿稳了，藏起来，可别让娘亲发现。要是她来我这里告状，今年夏天我就不带你去庄子上玩耍了。"

苗涵声眨了眨眼："王上不说，我也不说。"说罢谢了恩，喜滋滋地提着酒告退了。

冯妙君走回侧殿里休息。

她才刚刚挥退了所有宫女，后边就有人贴了上来，帮她打开发髻："那小子看你的眼神，我不喜欢。"

他的手法灵活。冯妙君闭着眼享受他的服务，顺口问："哪个人看我的眼神，你喜欢过？"

云嵮哼了一声,取下发饰,而后将她打横抱起,放到软榻上,迫不及待宣示自己的主权。

"魏军在南陆打得难解难分,国师竟然在这儿荒淫度日。"冯妙君在他热情的攻势下缩起身子,"你惭不惭愧?"

"大军气势如虹,有没有国师在场都一样。"他剥笋一般剥出一副软玉温香,覆上去就如身在云端,舒坦得叹息一声,"反倒是这里更需要我。"

聚少离多,在一起的每一瞬都值得好好珍惜、完美利用。

火热厮磨中,冯妙君险些忘了自己身处何方。她趴在榻上恍惚睁眼,见他紧紧抓着她的手,十指交叠,都是修长如玉,煞是好看。

至黄昏,雨收云散。

新夏女王披起软袍,松松绾发,颊上晕红犹存,却伸出纤纤玉指戳着他的胸口:"萧衍真想把燕国吞了?"

"嗯。"他蹙起长眉有些不满,他还没温存够呢。

"我怕他吃不下,还要崩坏自己满口牙。"冯妙君嘟起小嘴,"燕军撤回南陆,燕王颜面扫地,原本内乱隐生苗头,魏人这么打过去,又把他们拧成了一股绳。"

"燕王治国百余年,有的是手段。"云嵮捉着她的小手把玩,"王廷过半都是他的人。朝野即便对他不满,最终也难撼动他。岂不闻打蛇不死,反受其害?魏国如想息事宁人,就是给燕王整肃的时机,又给燕国休养生息的间隙。"

他顿了一顿:"燕王吞并魏国的计划破灭,并且短时间内也难东山再起。他求长生的路只有两条,一条既然已经被我堵死,只能走另一条路了。"

她给他一个疑问的眼神。

云嵮一字一句:"找到天魔。"

冯妙君垂下眼帘:"我曾以为燕王就是天魔。"

"他与我作对那些年,我也曾将他认作天魔。"云嵮摇头,"从过往手段看,不像。天魔很少与我正面冲突。"燕王却是他的宿敌。"再说,他如是天魔,也没必要孜孜以求长生。"

"这些年,他应是什么方法都尝试过了,依旧无效。"他目光微动,"依你看来,他果然无法活过二百岁吗?"

冯妙君心中一跳,面上却没好气:"为何问我?"

"能将死魂铸成器灵的,当世能有几个?"云嵮笑道,"你习过天魔秘术,比我研究得更加精深,这问题不问你还能问谁?"

冯妙君潜入他的识海,从天魔手中救下他的神魂。他固然感动,却也同时意识到,她的魂法修为竟然还要远高于他!

神魂的进阶比起修为道行提升得更慢,没有捷径可走。她是怎么办到的呢?

看他笑得漫不经心，冯妙君反而谨慎："天魔秘术，你也学过吧？"

"略有涉猎，但天赋远不如你。"他据实以告，"你以为谁得了天魔秘术都能练成吗？"

冯妙君白了他一眼："燕王的烦恼，我设身处地想过，但没有头绪。人的寿数受限于天地法则，他没有打破规则的力量，就不可能延寿到二百〇一岁。"

云嵝沉吟道："我曾想过，如果他脱离肉身的桎梏呢？"

"夺舍？"

所谓夺舍，就是夺走别人的躯体寄居神魂，如鸠占鹊巢。她从前也想过，人的寿限远不如妖怪，燕王要是能夺舍妖怪的身躯，轻而易举就能活上好几百年。

可是看燕王如今情态，就知道事情没那么简单。

"夺舍得来的躯体与自己的神魂不合，即便能用也有隔阂，而且神魂强度与身体机能也会快速衰减。更不要说夺舍只是神魂搬家，原本辛苦修行百余年得来的道行会荡然无存。"

她继续道："当然，如果八字契合又拥有自己的血脉，这样的身躯衰减和神魂削弱的速度能放慢一点。我想，不到无路可走，燕王不会选择这样的下下之策。毕竟天地规则摆在那里，除了天魔之外，不论谁的神魂离开自己的原身太久，最后都会消亡。"

如今看燕王寻求不死的几条路子，上上之选是集齐所有祭坛碎片，召唤界神重启登天之路。晋入长生界者，寿数可破二百之限，并且作为开天之人，必得厚赏。

不过被魏国和云嵝挡路，上策很难再走得通，燕王或许转而求其次，那就是找到或者放出天魔，与它们做交易而求长生。

云嵝沉思了更久，才问她："你认为，天魔真能助他延寿吗？"

"寿命是不可能了。"冯妙君伸指点在他胸口上，"神魂上却可能动点手脚。"

他一下来了精神："怎么说？"

"你还记得曹卜道留给我们的遗书吗？"

云嵝点了点头。

"曹卜道知道妻子阳寿已尽，魂魄该归入地府，却和天魔做了交易，强行将她的魂魄留在人间。"冯妙君咬了咬唇，"当时天魔所为，就是混淆天机，偷偷改掉她的魂籍。如果它同样愿意为燕王施术的话，他或许就可以留在人间了。"

她顿了一顿又道："你我都知道，天魔可以让魂身长存的原因，是诸神之战导致天地法则紊乱，许多生灵死亡时丢失了魂籍，从此不受六道所拘，地府对它们失去了管束力。如果天魔借此原理帮助燕王，或有成功的可能。毕竟这世上每时每刻都有无数人生灭，燕王只不过是其中小小一个变数，只要他们手脚隐蔽些，天道未必就能察觉。"

"我的安安果然了不起。"云嵝亲了冯妙君一口才道，"这般说来，他正在想法子去找天魔。"

冯妙君略做犹豫，这才将一年前燕王私下通过水月镜寻她交易的事情说了。

她紧紧盯着云崲的脸色，一瞬不瞬。

这件事，她要当着他的面、看清他的表情来说，而不能通过红头鹦哥的转述。

不过云崲神情淡然，从头至尾都没有多大波澜，最后也只是点了点头："原来如此。他既有所图，你一定要小心提防。"

有句话在她心头萦绕许久，她斟酌再三，还是问出了口："燕王认定我是天魔。你呢？"

云崲笑了："他说得有道理。他和天魔打过交道，对它的了解远超一般修行者。"

冯妙君心跳都停了半拍："你也这样认为？"

"曾经想过。毕竟天魔秘术不是谁都能修成的。"云崲笑了，在她手上亲了一口，"可是天魔恨不得我死，绝不该像你这样着紧我的性命，三番五次舍己救我。"

是，天魔恨不得他死了，可她却比任何人都希望他好好活着。不过，她私底下有个不能说出口的理由……

冯妙君将脑袋埋到他怀里，紧紧闭上眼，忽然觉得言语苍白。

好半晌，她才收拾心情，有气无力道："既然燕王也不是，那么在世上活动的天魔到底藏在什么地方？"

对她而言，天魔就是个传说，她无缘亲睹真身，只在云崲识海里见过天魔投影。

她研习天魔秘术越久，对这种奇特的生命也就越加好奇。

"我不知道。"云崲答道，似是已经见怪不怪，"它喜欢隐在暗处，破坏一切。通常来说，只有水落石出时，你才会望见它的真面目。"

她撇了撇嘴："照这样说来，身边任何人都可能是天魔了？"

"正是。"

话毕，云崲见她呆呆出神，不由得抚了抚她的秀发："想到什么了？"

"没什么。"她目光闪了闪，有些闷闷不乐。如果燕王这样的大能在"夺舍"一事上都困难重重，那么长久以来萦绕在她心头上的那个困惑……

这时有内侍轻叩殿门，恭声道："相国求见！"

冯妙君拿起方寸瓶敲了两下，对云崲一晃："还不进来？"

两人这夫妇做得鬼鬼祟祟，还不如平民光明正大。云崲板着脸跳进了方寸瓶。

冯妙君只当没看见他的脸色。

云崲离开的第二天，冯妙君就接到意外消息，洋城及其周围三个县城，遭遇地龙翻身。

虽然名字里带个"城"，但洋城实是新夏本土西南部的小镇，以盛产各种香料闻名。它因为邻近黄金商道而富足，人口超过了普通镇子的规模，居民近万。

这次地震在傍晚发生，直接把洋城从中间"撕"成两半，死伤三百余人，百来栋房屋完全坍塌，六百余栋不同程度受损。

其他几个县城的情况，只比洋城稍好些许。

最糟糕的是，大震之后还跟着一系列的余震，强弱不一，仅仅三个时辰，洋城又塌掉了十几栋屋子。

那地点离乌塞尔不远，好在都城并未受到波及。冯妙君立即批示赈灾，笔还未放下，玉还真就匆匆赶来。

她的脸色有些苍白："地龙翻身？"

冯妙君点头："就发生在洋城。余震未歇，陆续还有情况传过来。"

玉还真行了一礼："怪我监察不力，请王上责罚！"

冯妙君摆了摆手："国师有调配元力之职，却不能完全遏止天灾发生。若没有你，说不定地龙翻身都会把乌塞尔的主街切开。"

尽管能够体谅，但冯妙君还是降下小罚，以堵众臣之口。

"那几个县镇不能住人了，得给住民找个避难所。"接着她又道，"国师身体可有不适？"

玉还真修为高深，邪毒难侵，这会儿脸色却有点儿不好看。

"少许。"

冯妙君面露关切："怎么，最近跟人打架了？"

玉还真哭笑不得："王上说笑了，我最近都未出过乌塞尔，能与谁动手？"

"那你这是？"

玉还真脸上难得露出两分忸怩，左右望了一眼，才咬唇道："我，我好似有身孕了。"

冯妙君吃了一惊，目光就往她小腹落去："几个月了？怎未听陈大昌提起？"

玉还真下意识捂着依旧平坦的小腹，轻咳一声："月余吧。我也是刚刚才确定，他前日出城，我还未来得及告诉他。"她晕生双颊，目光柔和，冯妙君从未见她这般，也是满心欢欣，连道恭喜。

随即又和她聊了几句，就请她回去歇息。

次日清晨，傅灵川单独来寻冯妙君密议一事。

"魏燕之战，如今魏国占了上风，昨日前线战报传来，它又攻下燕国两城。"傅灵川低声道，"照此下去，魏国的脚步势不可挡。"

冯妙君点了点头。魏国从跨过边界之后几乎就没吃过败仗，如今已经收取大片熙地，一直攻到了燕国本土。

"臣以为，新夏与魏国的交易也该暂停了。"

冯妙君挑了挑眉："与魏国做交易，这可是新夏目前头等赚钱的买卖。"

这世上哪还有比军火生意更赚钱的买卖？魏军打入燕境之后，虽然不需要新夏再运粮过去，可是对铠甲、军械、丹药和其他各类战略物资的需求从未停止。

先前魏燕战争已经持续了四年有余，再富庶的国家也经不起这种损耗，所以魏国需要新夏提供军备，宁可花上大价钱。

财富，就从魏国流向了新夏。

冯妙君沉吟，十指交叠按在桌上。

"萧衍野心不下于乃父。"傅灵川见她不说话，又继续说服道，"臣知王上与魏国有些……"

冯妙君目光扫过来，傅灵川顿觉遍体生寒。

"有些亲近。"傅灵川虽然惊讶于她的修为又再精进，却还面不改色地道，"但此时确不宜再养虎为患。"

冯妙君敛目沉思，片刻后才缓缓道："傅卿所言……"

傅灵川等着她的下文，同时做好了力谏、苦谏的准备。

可是冯妙君忽然眉头翚蹙，目光闪动，而后对傅灵川道："有理，孤要三思。傅卿先退下吧。"

傅灵川微愕，不知道她这是赞同还是不赞同。但他觉出女王目下有些心不在焉，再杵下去也不会有结果，于是知机告退。

他这里一转身，冯妙君就顺手挥退了书房里所有人："都出去！"

宫人鱼贯而出，关上了门。冯妙君还要顺手布下结界，这才从储物戒中取出一面明晃晃的镜子。

黄铜把手，镜边的纹饰都磨得泛白，乍一看并没甚特别之处，不过镜子里映出来的影像不是冯妙君本人，而是浓眉大眼络腮胡子，只消一瞪眼就极有气势。

燕王！

这便是她从女魃那里得来的水月镜。一副镜子当然有两面，这才能令相隔数万里的两个人即时见面对话，一面在她手里，另一面当然由燕王把持。

继上回谈崩之后，这一年多来燕王从未找过她。方才却有所感，取出镜子一看，果然是燕王主动联系了。

忽然见到这人影像，她心里隐隐有些不祥的预感，面上却微笑道："许久不见了！燕王日理万机，今日怎得空闲来找我说话？"

镜里显示，燕王并不在金碧辉煌的大殿里，反而背后是一堵破旧的矮墙，镜面里还出现了一角屋檐，她看到了……茅草？

这么看来，他身处一户平民家中？

燕军在大战中接连失利，难免焦头烂额，但冯妙君并未从他脸上看出一丝气急败坏的神情，他反倒微笑起来："新夏女王光彩照人，更胜往昔了。"

两人各怀鬼胎，寒暄了几句。

他的话里埋了几次试探，冯妙君都只作不知。最后他才语带钦佩："南北陆陷于战事，各国都是战战兢兢，唯恐牵连已身，只有新夏急流弄潮，一兵一炮不出，反倒赚得钵满盆满。这样的本事，我也是佩服得紧！"他顿了一顿，"依我看，魏国之富庶已经不如新夏了。"

冯妙君微微一笑："和气才能生财，我只做生意，不爱打仗。"

燕王嘿了一声："这就好办了，我今日找你，也是想跟你做一桩交易！"

冯妙君不动声色："愿闻其详。"

"如今魏人攻燕，近三成军备都从新夏购得；我还知道，萧衍给你打了不少欠条了。"燕王沉声道，"我要你立刻中止交易！"

没了新夏的支援，魏人的战力立刻大减。只看燕国侵魏时的举步维艰就知道，在敌国的土地上作战可没有想象中容易。如今魏燕攻守之势互易，但战争的规律依旧在起作用。

只要新夏停止援魏，燕国就有很大概率破开敌人攻势，想办法翻盘。

冯妙君以手支颐，玩味道："我为何要那么做？"

"因为，我手上有你想要的东西。"燕王话音刚落，冯妙君就听到一阵婴儿的啼哭声。

那哭声洪亮又有力，很大概率是个健康的男孩。可是燕王身边出现这样的声音，满满都是诡异。

燕王笑道："那小玩意儿饿醒了呢，要找娘亲讨奶吃。"说罢，将镜子对准另一个方向照去。

下一瞬，冯妙君脸色就变了。

镜中照出另外一男一女，还有一个十来岁的孩子，都靠坐在木栅前，双手被缚身后，嘴里塞着麻团，瞪圆了眼望向这边。

那两张面庞她都熟悉已极，尽管已经多年未见。

她的养母徐氏，以及徐氏的丈夫蓬拜。

分离十余载，徐氏的容貌也只如三十许人，肌肤饱满莹润，没有一丝皱纹。这是冯妙君赠予她的灵药加上自身保养得宜之功。不过现下徐氏面色苍白憔悴，显然落在燕王手里吃了不少苦头。

再看蓬拜，他有修为在身，看起来和从前并没有多大变化，但是面如金纸，显然受过重伤。

至于那个男孩，冯妙君是眼生的，但能从他五官中看到徐氏的影子，想来就是她和蓬拜所生的长子。

冯妙君只觉浑身血液一下全涌向头部，下意识就想起身。但她还是死死按捺住这样的冲动，只挑眉道："这是作甚？"

难怪养母明明数月前就发讯告诉自己启程赴夏了，却迟迟未至，原来都落在了燕王手里！

"还有一个奶娃娃，扔在小屋了。"燕王笑吟吟道，"女王可认得这四人？"

冯妙君的拳头在袖中捏紧，脸上淡淡道："你抓四个素昧平生的人给我看，是什么意思？"

燕王顺手扯掉了徐氏和蓬拜口中的麻团，指了指镜子："你认得她吗？"

徐氏用力摇头，眼里有泪珠滴落："不认得，不认得！"

镜子里是她朝思暮想的女儿，尽管容颜越发娇艳，她也依旧可以一眼认出。可是眼前这坏人明显就是要拿她威胁女儿，她怎会配合！

"那你知道，我是谁吗？"

徐氏眼带惧色，小声道："你是燕国的国君。"

"我事先跟你说过，不配合就要吃苦。君无戏言！"燕王微微一哂，忽然手起刀落，砍下了蓬拜的右臂！

血珠飞溅，手臂吧嗒落地。蓬拜猝不及防，发出长长一声惨呼！

冯妙君额上青筋为之一跳。

随后蓬拜就反应过来，闭上嘴咬紧牙关，纵疼得浑身颤抖也不再吭声。

徐氏尖叫得撕心裂肺："蓬郎！"心疼得几欲晕厥。

却见燕王走到她面前，再次举刀，朝她肩头落下。

徐氏绝望地闭眼，咬住了牙关，绝不愿在女儿面前惨呼出声。然而身上却无疼痛传来，只有肩膀感受到长刀的沉重与冰冷。

她秀眸睁开一条细缝，见到雪亮长刀的确落下，却是刀背着肩，上面残留的血珠流下来，染红了她的衣裳。

那是蓬拜的血。

燕王淡淡道："女王既然不认得这四个人，我将他们千刀万剐也无妨了。"

冯妙君原本都快把座椅扶手捏碎，这时暗中出了一口长气，身躯反而放松下来。燕王肯谈条件，说明徐氏这几口人就有生还的可能。她现在就该平心静气，不让忧虑影响自己接下来的判断。

蓬拜疼得面容扭曲，满头汗珠，却还是鼓励妻子道："别、别怕。"

冯妙君冷着脸道："你先给他止血！"

燕王这点儿耐性还是有的，随手封了蓬拜几个穴道，取出良药给他止血。

冯妙君也借机调整好心态，才问燕王："我和他们相隔十万里，平素又无来往，你怎知他们与我的关系？"

她和养母在螺浮岛分别，自己随傅灵川前往新夏，而徐氏依照原定路线渡过禁忌之海，抵达桃源境，在那里重新开起了商行。她自认双方的互相通联格外谨慎，也有多重保密手段。连云嵋都未发现端倪，燕王又是怎么扒出徐氏和新夏女王关系的呢？

燕王答道："你卖给魏国的铠甲，锻造手法像极桃源境的云锻，尽管有了改进，仍然逃不过行家的眼力。这点，你清楚吧？"

冯妙君点了点头。

"这就好办了，我发讯诘问桃源境，它当然否认支援魏国。我料它也没有这样大的胆子，并且桃源境和魏国相隔整整一片禁忌之海，平素来往又少，机密怎会泄露出去？"燕王顿了一下，"云锻术在本地匠人当中不算什么大秘密，但从未流去境外。过了不久，桃源境那里就来消息了。有个城邦领主的女儿名作檀青霜，指认桃源境天顺行的老板娘徐氏非常可疑。她在印兹城的药铺子'仁和堂'先后见过你和徐氏，后来徐氏去了桃源境，生意做得顺风顺水，资金异常雄厚，一手带起来的天顺行将其他老字号都打压了下去。"

檀青霜！冯妙君暗暗咬牙。她都快将这人忘干净了，哪知世事那般凑巧，居然被一个局外人发现了端倪。

"说这其中没有猫腻，谁能相信？"燕王笑了笑，"看过檀青霜的信，我才发现你出现的时间不对劲儿。那会儿长乐公主与傅灵川都不在印兹城，你却在云嵫身边做侍女。可见，你和寄居燕国多年的长乐公主，根本不是同一个人！"

纸包不住火。冯妙君挑了挑眉："明说吧，你要什么？"

"很简单。"燕王笑道，"新夏中止对魏交易，只要涉及丹药、粮食、军械和其他战争物资，无论以何种方式，官方或者民间，一律停下！"

"狮子大开口。"冯妙君面色不变，"你知道新夏会因中止交易损失多少钱？"

"那就是你的事了。"燕王长笑，只觉很久不曾这样畅快了，"你可以置之不理，但这几位必定人头落地。"

徐氏着急道："安安别理这疯子……"

话未说完，燕王反过刀背，一下将她拍晕过去。

冯妙君哪怕知道他的力道拿捏极准，见状也心中一跳，却缓缓靠去椅背，脸上浑不在意："我还道燕王称得上一代雄主，哪知是高看你了。你真以为拿住这四个人就可以威胁我？"

燕王目光微动："你会置养母于不顾？"

"区区四条人命比起江山社稷吗？"冯妙君托腮想了想，"会！"

燕王阴沉道："你不怕我将他们切成碎片，送到乌塞尔城？"

"记得挑个漂亮的礼盒。"冯妙君笑了笑，眼中却有厉色一闪而过，"回头还能留给你和你的王子们用。

"你记着，他们随你发落，不过……"她身体微微前倾，"他们若有三长两短，教我知道了，新夏会立刻发兵入燕，协魏作战！"

这一番话掷地有声，哪怕通过水月镜也是回音袅袅。

蓬拜呆呆看着她，眼中神色复杂，既有难过，又感欣慰。

"言尽于此。"冯妙君坐直了身子，俏面凝威，"后会有期。"

"且慢！"燕王终于出声，目光在她脸上逡巡，"这才商量一半，新夏女王何必着急？"

冯妙君冷冷道："你都磨刀霍霍了，原来才讲到一半吗？"

话虽如此，她面色也稍有缓和，微微坐直了身体，很巧妙地将自己打算听下去的意图传递给对方。毕竟，她方才那一番做派，目的也不是激他将养母一家剁成碎片。

夺回部分主动权，才有资格继续谈判。

"魏国入侵南部，你不觉太顺了吗？"燕王果然收敛了自己的怒气，进入劝说模式，"萧衍那里一路高歌猛进，你难道能高枕无忧？"

冯妙君微微一笑："我这是驱虎吞狼。"

"然后呢？"燕王没有说下去，而是道，"我若未算错，魏国已经在你这里打了一大堆白条，即便它最后在魏燕之战中胜出，战利品一半都偿还给新夏，它也还要再拿六七年时间还钱，才能将欠款连本带利都还清。

"换作是我，可不愿背上这么沉重的负担。"他指了指地上的徐氏，"你看，我把最好的理由都送给你了。新夏女王重情义，为了养母要中止交易，魏国可没话说。"

冯妙君脸上显出了阴晴不定，似在凝神思考，燕王也不催促。

是她指派天顺行留在桃源境，并且向新夏互通有无的，徐氏一直将秘密保守得很好。说到底，是她连累了养母。何况，燕王的话也有道理。

许久，她才长长吐出一口气："倒是言之有理。"

蓬拜重伤之下脸色苍白，仍旧强提精神，闻言大惊："王上，不可！"

冯妙君不理他，只对燕王道："这事好办。但我也有条件，你要保证他们安全归来。"

燕王大悦："可以！"

冯妙君嘴角一弯："我是说，你要亲自将他们送到我手中！"

亲自？燕王挑了挑眉。

"否则，前面的要求就不作数。"冯妙君笑了，"想想此刻正在水深火热当中的燕国军民。"

这条件当然将他自己置于险地，可是燕王道行高绝，来去如风，只要谨慎些，天下哪里不可去得？

他沉吟了好一会儿，冯妙君也不催促。

半晌，燕王才算想好："我可以亲自护送，但会面地点由我来挑。"

冯妙君很爽快地答应了："行，何时，何地？"

"你明日正式颁令，我就将他们送去。"燕王想了想，"就在应水城交接，如何？"

浩黎帝国的旧都？冯妙君心里转过念头，面上却沉吟道："好。"

冯妙君毫不怀疑廷中有他的耳目，否则新夏颁下政令，他哪能当天就知晓？

她淡淡道："别耍花样，放我养母平安归来，否则就是给燕国再树强敌！"

燕王笑道："别这样不甘愿，我也是帮你一把。"当下和冯妙君各立毒誓，定实了这桩交易。

既已谈妥，燕王心情大好，望着冯妙君笑得轻松："现在我倒真有些相信，你不是天魔了。"

冯妙君面无表情地看着他。

燕王自顾自接下去道："真正的天魔，怎会为了一个凡人让步？"

看到镜面变暗，冯妙君才将它收起，而后踱到屋角，推开窗户。

园子里的冷风沁进来，她深深吸了口气，平复心中的躁动和不安。

随后，她就径直往自己寝殿走去。

红头鹦哥立在高高的树枝上，见她返回，扑扇着翅膀飞下来，向她连连点头致意。冯妙君亲手喂它吃了几颗松子，才抚着它的脑袋道："给我叫醒云嵂。"

于是红头鹦哥摇头晃脑，喃喃念着云嵂的名字。

过不一会儿，它突然停下所有动作，侧头看着她，格外深沉地说了一句："想我了？这么早？"

哪怕冯妙君心事重重，也忍不住扑哧一声笑了。

"我有正事找你。"

魏军在南陆的攻势终于放缓了。

他们已经越过熙国故土，走入燕国本来地界。

攻坚克难的战役，从这里才真正打响。魏和燕就像两匹杀红眼的恶狼，哪怕伤痕累累也绝不退缩。

就在这时，新夏突然宣布，中止与魏国的军贸交易，不再往前线输送军用物资。

新夏已经是两片大陆最大的军火商，消息传出，交战前线不免受了波及。魏军人心有些浮动，燕国则是提振了精神，对于打退入侵者更加坚定。

新夏这一举动的影响有多么深远，冯妙君暂时无暇考虑。颁令当天，她就接到了燕王的来讯："三日之后，应水城见。"燕王笑道，"对了，我还有个条件，前次忘了说。"

冯妙君怫然不悦："岂不知君无戏言！"

"莫恼，莫恼。这事儿对你而言，简单得很。"燕王摆手道，"我听说洋城前几日遭遇地龙翻身，百姓流离失所，你何不将他们暂且安顿在应水城？"

冯妙君无语。

她打量燕王许久，才冷冷道："与阁下何干？"

燕王咧嘴一笑："这便是我的条件了，将他们迁去应水城。我没有强人所难吧？"

冯妙君不得不承认，她最近也在动这个念头。受灾最重的洋城距离应水城太近了，仅有不到三十里，路程又平坦好走。应水城同样受地震波及，却几乎没有损毁，可见其建筑质量过硬，历经三百年风霜，抗灾能力仍是一流。

尽管已经破败，但这座城市的基础设施仍在，只要辟出一小块居民区清扫干净，洋城等地的灾民就可以入住。

燕王提出这个条件，冯妙君不由得猜测，他人已经到了废都附近："我的子民，自然由我照料。你想做什么？"

燕王搓了搓手："我可是孤身去应水城交人，也要给自己谋条后路，不是吗？有他们在，我才好安全撤离。"

应水城是冯妙君的地盘。他可不想自送虎口，有洋城平民在，他才好浑水摸鱼，遁入人群溜走。

冯妙君又静静看了他半晌，才缓缓点头："好，这个要求简单。"

燕王笑了笑，就撤掉了水月镜的神通。

洋城早就不能住人，灾民已经迁出，临时居点离应水城反而更近，不到十五里。从燕王给出的期限来看，他事先已经做过精心的评估，三天时间，的确足够拖家带口的平民搬去应水城。

最后这个条件绝不是燕王临时起意，他应是盘算很久了。恐怕在今回交易中，这才是重点！燕王葫芦里卖的什么药，三日后就见分晓！

两日后，应水城。

在地方官的协调下，已有七千余名地震灾民搬入废都西南角的居民区，还有三千余人仍在路上，会陆续迁入。更令平民兴奋的是，至高无上的女王居然驾临本地！

国君可不是谁想见就能见的，何况从王城近郊调集过来的四千御林军三步一岗、五步一哨，把这里拱卫得如同铁桶一般。

天气很好，城中军民抬头，都能望见残阳如血。

自地龙翻身后，这一带常常就有卷积云堆在天顶。日出日落时赤霞漫空，仿佛整片天穹都着了火。

距离应水城南中门最近的一栋宅邸被清理出来，当作女王临时下榻的行宫。陈大昌就跟在冯妙君身边，这时望了望天色："还有一天时间。"

明日此时，就是燕王交人的时刻了。

冯妙君沉吟不语。

在过去两天中，她变得沉默寡言。陈大昌知道，女王在反复揣度对手的意图。

入夜不久，冯妙君将陈大昌唤来座前。周围的宫人已经退下，他看见女王放下两个结界，才对他道："这次会晤燕王，恐怕会有变数。"

陈大昌微怔："我们有数千人马，难道还对付不了一个燕王？"说完这句话，他才觉出语气有些不恭，赶紧改口，"我，我是说……"

冯妙君摆了摆手，并不计较："不能被他牵着鼻子走。他说明天才交易，难道我们真就老老实实等到明天？那才叫处处被动。"

陈大昌奇道："您能提前找到燕王？"

"能。"冯妙君的回答毫不犹豫，"如果他在应水城里。"

陈大昌当即抖擞了精神："属下这就去做准备。"

冯妙君却笑道："大昌，这回你留下。"

陈大昌一呆，过了几息才反应过来："您万万不可孤身犯险！"

"我要去的地方，你去不了。"冯妙君手中执起一物，闪亮亮的。

陈大昌一看，识得是女王与燕王通讯所用的水月镜。

他不明白，除了通联之外这面镜子还有什么用处。难道能追踪燕王的下落？

冯妙君却没有再详细解说，只是抬头看了看窗外的天空："这是命令！另外，我也有重任交给你。"态度不容置喙。

"在宫里，我真正信任的只有你一人。因此，我要你代为保管此物。"她从储物戒中取出一只匣子，交到陈大昌手中，"如果我回不来，你就将它藏好，永远不可让人知道它的下落。"

陈大昌急道："王上，这……"她这么说，他更不放心了！

冯妙君板起脸："你道孤是在征询你的意见吗？"

她凤目含威，俏面凝霜，自有女王的无上威严。陈大昌从来不会忤逆她，闻言迟疑一下，才低头道："不敢。"

冯妙君又叹了口气："孤改变主意了。"陈大昌脸上刚露出喜色，她接着道，"如果我回不来，你把匣子交给云崾，他知道怎么处置这东西。"

她不给陈大昌插话的机会，望着窗外的天色道："很晚了，你退下吧。"

月儿已经东升。

陈大昌回到自己住处，玉还真见他脸色难看，不由得出声询问。

获知缘由后，她就笑道："你放心，女王必定无恙。以她的修为，这天下能威胁到她的人已经很少。再说她精明胜你百倍，若连她都涉险，你去又有何用？"

她顿了一顿："放心吧，我会尽力助她。"

陈大昌伸手抚着她的面颊，声音低沉："你道我只担心她？"

玉还真不笑了，盯着他好半晌才问："你还担心谁？我，还是我肚子里的孩子？"

陈大昌不知道这二者有什么区别，孩子在她肚子里，和她不是一体吗，为什么要区别对待？可是看着妻子美眸里隐含的期盼，他想也不想脱口而出："你。"

玉还真将螓首埋在他厚实的胸膛，嘴角微翘："总算不是朽木。"

"求你……"他心底泛出一阵苦涩，"平安归来。"

她是国师，走这一趟本就是义不容辞。玉还真笑道："放心吧，我会把你女儿平安送回来。"

陈大昌一呆："女儿？"

"就是女儿。"她哼了一声，"我喜欢女儿，不可以吗？"

"可以，可以。女儿很好！"

玉还真抬头白了他一眼，又把脑袋扎回去，嫌弃道："就知道傻笑！"

陈大昌笑了一会儿，又想起女王临行前的交代：把匣子交给云嵂，如果她回不来……

他无意中瞥过窗外，见到天边飘来一片乌云，掩住了明月的光辉。

他心底忽然有些忐忑。

第
四
十
三
章

神庙斗法

转眼，就到了亥时。

宫人都以为女王又要像昨日那般，埋在公务堆里废寝忘食，他们甚至做好了劝歇的准备。哪知冯妙君打了个呵欠，唤人整理好软床。

女王终于要歇息了，所有人都自觉退走。

黑暗笼罩下的临时行宫，悄然陷入一片宁静之中。

冯妙君推门而出，一抬眼望见天上的乌云。再往前看，应水城的破败都被隐在黑暗当中，徒留一片巍楼高台的轮廓。

在墨黑的背景里，这个城市依旧气宇轩昂。

冯妙君凝神看了好一会儿，才轻声道："果然如此。"

她身上已换过一套夜行衣，当下足尖轻点，燕子般掠过高高的门墙，往北去了。

夜里的应水城并不安静。

这个荒芜的城市临时被辟作避难所，又迎新夏女王入住，于是街上常见衣甲鲜明的卫兵来回穿梭巡逻，力保不留死角。

入夜之后就有宵禁，这时还在主街上行走的平民，都会被抓起来细细盘问。可奇怪的是，无论街边的屋子里出现怎样的异常响动，街上的卫兵都不理会。

冯妙君溜过一排民宅，就听见下方传来撕心裂肺的尖叫和呼救声。

房上破了几块瓦，她伏低身子从漏洞里看去，地面轰隆隆裂开一个口子，不到两三息的工夫就变成了宽达一丈的豁口，有个男人就趴在豁口边缘，脚下深不见底，他双手死死扒住地面，口中大声呼救。

另有个妇人则倒在豁口的另外一侧，怀里还抱着个孩子，不停地哭泣。

地面颤抖不已，屋里的东西东倒西歪，有大半都掉进了突然出现的深渊里，却没听见回音——这裂口也太深了。

从衣着上，冯妙君看出这应是一家三口。骤然遭难，妻儿被隔在深渊另一侧，深渊越来越宽，她与丈夫的距离也越来越远，她跳不过去，救不了丈夫。

更加剧烈的地颤来了。

这回，男子抱住的地方突然塌陷，他和碎石一起掉了下去。只听得凄厉的惨呼声响起，在深渊里长长久久地回荡。

地面的妻子一声尖叫，却抱着孩子闭起双眼，泪水流得更急了。

屋顶上的冯妙君看到这里低叹一声，却不现身，只是站起来继续前进。

她不走主街，因此这一路上看到的情状奇奇怪怪，挨家挨户都不如表面看上去那么正常，几个屋子里甚至有怪物游荡，外貌和她在云崓识海里见到的天魔竟然有几分相似。

不多时，她就离开了平民聚集的南区，径直往北去了。

女王带来的军队有四千人，但放在偌大的应水城就像水滴汇入湖泊。他们只巡视居民住下的南部一角，其他地界就都巡守不到了。

冯妙君现在所走的，就是这样的路。没了火把照明，天上乌云又厚，这里的巷道就是伸手不见五指，路边处处是荒园废屋，仿佛随时会从中跳出怪物来。

她也不理会，随手干掉了两个路上游荡的怪物，又将气势外放，所以接下去一路都是太太平平的，再也没有东西敢来找她晦气。

不多时，前方出现一个庞硕的黑影，仿佛摩天高台。并且她走得越近，越觉出此物巍峨入云，气势非凡。

这便是应水城里唯一的神庙。

冯妙君走到正门口，望见夜风簌簌拨动地上的黄叶，一派凄清景象。

除此，殿外空无一人。

应该就是这里了。饶是她事先准备周全，也下意识地深深吸了一口气，才跨过门槛，走了进去。

这都是她曾经走过的路。

穿过一个又一个回廊和中庭，天神主庙到了。

不出所料，殿里有光亮。

冯妙君眸光暗沉，身形一闪，已然站在殿中。

这里和她上一次驾临时并没有什么不同，四周依旧是一片残破，只不过神殿正中央多出了一个人。他身材高大，伫立在原地就像半尊铁塔，目光如鹰，其中尽是锋锐。

冯妙君从未在第二个人身上见识过这种眼神——燕王！

她轻轻吐气开声："你果然在这里！"

燕王面朝大门，她一进来，这人的气机就牢牢锁定她。冯妙君感受到他的恶念，握紧拳头却不敢轻举妄动，否则她怕自己忍不住出手。

这种被饿虎盯住的感觉，并不好受。

　　她和燕王约定交人的时间，是明天傍晚。可是冯妙君知道这人未雨绸缪，必定要提早赶来这里。

　　果然，她今晚就在这里截住他了。

　　燕王笑了，露出森然一口白牙："算算时间，你也该来了。"

　　他的眼睛反射着壁上火把的光芒，却还要灼热十倍，仿佛能在人身上烧出个大洞。

　　冯妙君皱眉："你将一万多人都骗来这里给你开启梦中世界，就为了这个？"说罢，指了指神像前面的石台。

　　上一次来应水城，这石台就是她和玉还真的重点研究对象，甚至她也打开来察看过，还在里面发现了古怪的符文。

　　但她记得众人离开时，这个石台明明是开启状态，现在却紧紧关闭，严丝合缝。

　　"梦中世界本来就不是寻常人能自由进出的，你还能追到我这里来。"燕王呵呵一笑，"你不用再伪装了。"

　　"入梦搜魂是好了不起的神通吗？"冯妙君淡淡道，"水月镜原本是你的宝物，用它定踪，要找到你可不算什么难事。"

　　没错，这个夜晚的应水城看起来如此诡异，只因它本来就不存在于现世——这是人们梦中的应水城。

　　凡人入睡之后，周围的一切，包括自己的意识就会投射到梦境里来。这里的一切基本都能和现实一一对照，却不受现实世界规律的影响。所以人在这里能经历许多荒诞离奇之事，比如冯妙君最开始从屋顶往下看见的那一家三口的惨剧，就是在洋城地震中活下来的女人重新梦见地龙翻身时的场景。

　　许多人忘不掉自己悲惨的经历，还会一遍又一遍在梦中重温。

　　而街上和宅子里游荡的许多不成人形的怪物，就是梦魇了。

　　冯妙君原本就认定，燕王已经赶到应水城，只不过以他的能耐，想藏起来，世间真没几人有本事找到他。

　　但她是个例外。

　　和云崪一样，她有梦中寻人的本事。只要燕王在应水城，只要她握有燕王的随身物品，以此为定位，就能悄悄闯入他的梦境。

　　巧的是，她手里还真有一件原属于燕王的宝物——水月镜。

　　她以水月镜来寻梦，结果发现自己还在应水城，一步都没离开过。那也即是说，燕王就在这里！

　　至此，燕王的目的也就昭然若揭，先前和冯妙君谈成的交易，不过是为了让她引来更多人前往应水城。

　　梦中世界并不存在于现世，因此想重新召唤出梦中的应水城就得有人气，至少要一万人以上的聚落才能形成这样的效应。在洋城地震中遭灾的平民有数千人之多，迁到这里来还是不够。

但是没关系，燕王笃定冯妙君绝不可能只身前来应水城。新夏女王出行，要会晤的又是他这个等级的高手，随行的至少也得有个几千人的护卫队。

在这个时代，人数会带来安全感。

这么一来，形成梦中应水城的条件就具备了。

因为灾民今日才大量迁入，所以梦中城应该在今晚才出现。燕王和她都把时机掐得很准。

再想想燕王的动机，冯妙君也不难推断这人的目标就在神庙里。

并且燕王的手段也是高明。废都在她的地盘上，现实里的冯妙君前呼后拥，身边俱是好手，燕王想与她见面做交易，那就是送上门的菜。他一个人再有本事，也不可能以一挡千，更何况新夏玉还真国师也在这里，恐怕正等着跟他清算熙国灭亡的旧账。

可是梦中城就不一样了。人在梦里是不能自主的，甚至不清楚自己身在梦中。到了梦中世界，冯妙君和燕王一样都是孤家寡人。即便强如燕王、如云嵝，了不起再额外多携一人入梦，绝不可能带着那几千人的队伍。

只有在这梦中世界，燕王在人数上才不算吃亏。

燕王笑道："你见过其他人能用？"

冯妙君不吱声了。显然云嵝也能，但她没必要说出来。

她转移话题道："这就是龙凤杖？"

燕王身边还立着一根法杖，杖身的浮雕格外精美，并且原本应该是嵌了宝石的，因为她望见了许多凹槽。当然，宝石早都被挖走了，只剩下鸡蛋粗的杖身。并且杖顶的形状也很奇特，像个分叉戟，但两只叉子上分别铸成了蟠龙与飞凤的形状。

不用燕王说，她也能猜出这是什么东西了。上次燕王找她谈判时就得意扬扬地说过，他找到龙凤杖了，想必就是此物。

以她的眼力，还能望见法杖是竖直插在地面上的，靠的却不是燕王本人的蛮劲。事实上，这里的地面硬得连她的法器都扎不破，她也不信燕王有那个本事。

法杖底部是嵌在地面上的，若她没记错，那里原先就有一个小小的凹洞。上回她还和玉还真讨论过，看起来燕王已经发现了它的实际用途。

"这杖，原本就立在神殿里？"

这是唯一合理的解释，否则地面怎会有个这么适配龙凤杖的小洞？何况杖身华丽，看起来更适宜摆设和仪仗，反倒不像战场所用。

燕王踩了踩脚下："当年应水城的平民都不能走近这里，你觉得谁能用它？"说到这里已经有几分不耐烦，"你既然赶来，我先前的提议就仍然有效，我将你的族人放出，你们要替我延长寿数！或者……"

他顿了一顿："将我变作天魔亦可。"

他果然还想着长生不老。这个执念，大概已经渗入他的筋血骨髓，变成了他的心魔。

不止燕王，这千余年来有多少惊才绝艳之辈，明明有百尺竿头更进一步的机会，却被天地法则所限，再不甘心也只能二百岁时身埋黄土。冯妙君心里有些唏嘘，口中却淡淡道："恐怕你要失望了。所有生灵的寿数早有限定，天魔也不能打破天条，否则怎会至今被封印不出？退一万步来说，就算我是天魔，也没法子替你延寿或者将你变成同类。"

她不待燕王插话就接下去道："天魔一族的人数在天地剧变之后达到顶峰，此后逐年递减，除掉力量不足自然消亡的、互相吞噬的、在战争中身殒的，直到被浩黎大帝封印时，种族数量已经不及鼎盛时期三成。你仔细想想天魔的来历，如果它们有繁衍和转化其他种族的能力，会坐看自己逐渐式微吗？"

这是记载在天魔秘卷上的一小段秘辛。天魔是什么来头？天地剧变导致一瞬间死去的生灵太多，法则又已错乱，地府根本无法接纳，它们才能留在世间，靠着庞大的数量飞快蜕变为全新的种族。它们是地府的黑户，名头都不在生死簿上，地狱也管不着它们。

可是在那以后，世界在天神的引导下重新建立了秩序，六道轮回的法则比起从前更加强大。自从魂籍健全之后，几乎没有什么死魂能逃过地府的征召。

于是从那时起，天魔就不能再从死魂转化而来。可它本就没有肉身，不能像普通生灵那样，将生命的种子代代传递；它甚至不像僵尸或者旱魃，能够以吸血的方式扩充自己的同伴数量。

它失去了来源。

简单来说，天魔这一个奇特种族的诞生，不仅是空前，甚至是绝后。

它无比强大，却又无比悲哀。

燕王没看过这段秘史，但他研究天魔百余年，也知道她说的是实话。不过，他依旧有自己的信仰："世事无绝对。你指的是整个天魔族的繁衍，但我相信，它有令个人长生的本事！"他面色转为狰狞，"你食言，但其他天魔可以办到！"

冯妙君望着石台叹了口气："你真的相信，它们就在里面？"

虽是这样问，她也信了几分。

将天魔封印在梦中城，这是哪个天才想出来的主意？梦中城和现实相对应，却又独立存在。无论天魔从前的信徒怎样卖力，都不可能从应水城的神庙中救出他们的主人，只因天魔已经不存在于现世。

难怪自浩黎帝国之后，几乎无人亲眼见过天魔，难怪燕王要想方设法将平民迁到废都来，就是为了重现梦中城！

"必然！"燕王想也不想，眼中透出狠辣的光，"是你亲口对我说过，天魔一族就被困在神庙当中！也是你对我说，无论谁带着龙凤杖来到这里，你也一定会如期而至！数百年来你都苦寻解救它们脱困之法，为何此时又临阵退缩，难道天魔族里也会有叛徒？"

冯妙君心里一震。原来如此。燕王这么坚定不移地相信长生，相信那个邪族被困于此，就是早年受了天魔的蛊惑。

是了，在别人心头播下一粒种子，等到时机恰当时自会萌芽。这是天魔最擅长之事，它一定也煽动过其他修行者来解救自己的族人。燕王年轻时或许当作笑谈，但是死期将至的时候，这就是他能抓住的最重要的线索。

他上下打量冯妙君，脸上尽是怀疑之色："莫不是你对云嵝……"

说到这里，他突然住口。厚厚的乌云不知从何时开始消散，今儿正逢十五，明亮的月光从天穿照下，银辉洒遍整个梦境世界。

月光同样从大殿上方的圆顶射入，穿过透明的琉璃窗洒落地面。

"等待这么久，终于月出了！"燕王抬头看了一眼，伸手按在龙凤杖上，往左扭动两下。

冯妙君身形微动，下一瞬星天锥已经斩在龙凤杖上，叮的一声，溅起火花无数。

她自然不能坐看燕王放出天魔，这个险她冒不起。

在星天锥的锋锐面前，龙凤杖也是分毫无损。

冯妙君不觉惊讶，能供奉在神庙里的物事，自有其神异之处。与此同时，另一只锥尖直取燕王眼珠，迫得他后退一步。

抓着这机会，她伸手去拔龙凤杖。

此杖长度不过七尺，即便用最沉重的陨铁铸就，重量应该也不会超过七千斤。冯妙君身形虽然纤巧，这一拔却至少有万斤之力！

然而，龙凤杖纹丝未动。

她皱了皱眉，手上加了力气，再狠狠一拔，还是不动。

这杖就像长在地面，与整座神庙融为一体。

燕王大笑道："这杖重逾八万斤，转动之后就铰死在地面上，除非将剩下的机关走完，否则任何人也难以将它提起！"这也是他痛快松手的原因。

说到这里，他从怀里取出一只水晶球托在掌心："退后，否则她必死无疑！"

水晶球中有一人跌坐，面色惶惶，看见冯妙君即站了起来，似是张口呼唤，但声音却困在球中传不出来。

她的面貌，冯妙君是熟悉的，正是养母徐氏！

待冯妙君看清球中之人，燕王就收紧了五指："她若死在梦境里，后果你一定比我清楚。"

人在梦中死去，魂魄就无法回归肉身，现实里从此变作行尸走肉。是以人类在梦境里很少直面自己的死相，一般在遇见危险时就会自主回魂，比如梦到高空坠落，下一瞬多半是看不到自己的凄惨死法，而是尖叫着在现实里醒来，并将之归结为"噩梦"！

可是在燕王手里，徐氏的魂魄无法逃生，只有消亡一途。

话虽如此，燕王心底也有两分忐忑。手底下这条魂魄不过是新夏女王的养母，怎能和新夏社稷、天下安危相提并论？他不过姑且一试，毕竟换作他自己，是绝不会接受这项要挟的。

冯妙君冷冷道："你敢毁约？"她和燕王有言在先。

燕王漫不经心道："我们约在明天傍晚交人，你今天就来堵我，也不知是谁先毁约？"他轻轻一捏，水晶球上就出现了裂纹。

"住手！"冯妙君下颌紧绷，目光冰冷，"我不动这权杖，但你要将她交还予我，立刻！"说罢，往后退开两大步。

燕王道了一声"好"，踱上前去握法杖，随即抓着法杖飞快地再往右转动三下。这杖本身重量惊人，然而借助机关之力，要转动它却不费什么力气。

冯妙君果然依言并未上前阻止，然而目光微动，指尖轻弹，将一个黑色圆珠弹向庙顶。

她动作快极，圆珠又比葡萄还小，燕王看在眼里也知不是好物。他自然不能放开法杖去截，只得甩手丢出一枚袖箭阻挠。

只听噗的一声轻响，圆珠很干脆就被袖箭扎破，爆成一团黑雾，颜色堪比墨汁。

它正好位于神殿穹顶的琉璃窗正下方，挡住了天上照下来的月光！

于是大殿里光线忽然变暗。

燕王暗道一声不好。

冯妙君的确没有上来抢夺法杖，她只是换了个办法阻止他开启石台而已。显然他方才执杖在这里等待月光的意图被她看破了。她想从燕王手下抢走或者破坏法杖并不容易，那么就换个更简便的办法——直接挡住月光！

她采取的策略也很简单：利用烟幕球。只要对一样物事足够了解，就可以在梦中世界具现出来，神兵利器如此，这些称手的小道具也是如此。

这法子还是借鉴了云嵫识海里的天魔投影。当初它们就是化烟结霾去挡住阳光，这才好对小云嵫下手。如今冯妙君不过是依样画葫芦，挡住了月光而已。

这么一分神的工夫，她已从燕王视野里消失，紧接着他就觉出身后似有微风拂动。

好快！这女子在梦境里的行动竟比现实更快，连他都捕捉不到她的移动轨迹。

燕王一手牢牢握杖，铁定是不能松开。另一只手却捧着水晶球，无法对敌。他甚至连先捏死徐氏、再化出武器对敌的工夫都没有——冯妙君的星天锥，离他后脑不到三尺。

这么点儿距离对于她这样的高手来说，刹那即至。

间不容发之际，燕王五指一松，任水晶球自由落体，同时抬腕转身，手上乌光一闪。

冯妙君锥尖离他后颅不及三寸，燕王强健的身躯已经转过一半，手中刀光如雪，从下往上直撩她面门！

一寸长，一寸强。星天锥的长度比起对手差远了，她若执意贸然前进，很可能还未刺中燕王就先被他从下颌往上对半切开。

好在冯妙君本就没打算跟他死磕，刀锋堪堪要触及面庞，她足尖往前一踮，身子立刻矮了半截，从燕王刀下"滑"了过去。

燕王反应也是快极，抬腿就踹。他的脚力能开山裂石，冯妙君要真被踹实了，哪还有好果子吃？

可是他腿才伸出去，就发现对方蓦地变作了一缕轻烟，从他足面飘过！

那只是极短的一刹那，随后冯妙君又变回了原身，换作旁人必定以为自己眼花，燕王额角青筋却连跳两下。

她抢回水晶球后还未站定，就将其一把捏碎，反手往身后高处抛去！

这是天神主殿，空间异常宽广，穹顶横梁距离地面超过了三十丈，是会摔死人的高度。

冯妙君手劲奇巧，球体扔到半空中正好粉碎爆开。没了这层束缚，徐氏立刻就变回了原身大小，上升之势也同时止住。

然后，她从半空中摔落下去！

就算离地十丈，也足够摔她一个骨碎筋折的。

冯妙君却连回头看一眼都不曾，径直攻向了燕王。他离成功只有一步之遥，怎会让穹顶区区一片烟幕阻碍自己？

甚至他使用的方法也和当时的冯妙君如出一辙——火攻。

燕王一抬手，两枚袖箭直取穹顶，箭头上带着熊熊烈焰。

冯妙君一甩手就是两枚星斗天锥阻截，自己则扑到燕王近前。眼前这人被尊为大陆第一强者，她也夷然不惧，手里化出长鞭，照他兜头就是一记鞭尾，气势汹汹。

半空中的徐氏忍不住发出一声尖叫，脑海里却响起女儿的低语：醒来发讯号，自有人救你！

口述这句话要两息时间，可在她这里不过一个念头的工夫。

随后，徐氏就被可怕的下坠感主导了。

下一瞬，她的身影自半空中消失，尖叫也戛然而止。

战斗中的两人都未做理会。徐氏被高空坠落的场景吓醒，这会儿应该回到现实了，冯妙君暂时不需要去担心她。

瞬息之间，两人就交手数十回合。

一过上手，燕王就吃惊不已。上一次与冯妙君动手，那时她悄临熙国前线救下玉还真，她的修为就着实了得，对他却还构不成威胁。然而才过了十年，她的路数就判若两人，除了保留原有的凌厉之外，还多出无端的诡谲。

从来刁钻难登大雅之堂，可是观新夏女王出手，不见鬼祟之意，竟然还有正大光明之感。这两种奇特而又矛盾的特质同时出现在一个人身上，让她的对手难受已极。

冯妙君修行天魔秘术，本是奇诡无俦的路线，偏偏修为基底却是步仙诀，根正苗红的仙家法诀。最重要的是，她身居王位多年，睥睨天下的眼界和胸怀反促本心。

世间几人能有这般机缘？种种交织酝酿，终令她寻到了独具一格的"道"。

就连燕王也不得不提起全副注意力来打这场硬仗。第六感告诉他：身在梦中世界的新夏女王，似乎比现实里更难对付。

冯妙君一记鞭子搭在他刀背上用力后夺，另一只手打了个响指。

咔嗒声方落，四下的黑暗中忽然窜出几个幽暗的影子，朝着燕王扑了过去。他一抬腿先踩爆一个，这才往前瞭了一眼。

窜出来的都是些怪物，有的生具三臂，有的却只有一只眼睛，有的张着血盆大口，其相貌只能用丑恶来形容。他识得，这是只在噩梦最深处才会出现的东西——梦魇！

梦魇的来历复杂，有些是由人心的恐惧、愤怒、嫉恨所化，有些则干脆是由入魔的人类魂魄直接变化而成。简言之，他们在现实中都是活生生的人。

后者在现实里还有肉身，也可能一切正常，但进入这个虚幻世界就会释放本我，变作这样可怖可惧的模样，此谓相由心生。

这些怪物只能藏在阴影当中，但每一个梦境中都有它们的身影。可是燕王不知道，这东西居然还能听命于人？

他不禁冷笑："还敢说你不是天魔？"

趁着数十只梦魇牢牢将他缠住，星天锥重新入手，冯妙君对准他的眼珠子扎了过去："小伎俩而已。"这些年她对于魂魄的控制越来越得心应手，不过这虚幻世界的梦魇也听她使唤倒真是意外之喜。

追根究底，梦魇本来就生于人心。对于精擅魂术的冯妙君来说，操纵人心原本也是她的强项。

受召唤而来的梦魇都挂在燕王身上。这些怪物原本最是欺善怕恶，对一路走来这里的燕王视而不见，现在被冯妙君驱使着，却像跟他有灭门之仇夺妻之恨，一旦抱上来就死都不撒手，尖爪獠牙更是一个劲儿往他身上招呼。

这些东西从不被燕王放在眼里，怎奈扑上来的有数十只之多，他只觉得浑身都像戴着沉重镣铐，连抬手都很吃力。

冯妙君的星天锥又已刺到眼前。

他面容微微狰狞，立刻咬破舌尖，噀唇喷了出去。

这一口喷出去的血触到空气，立刻变作了熊熊火焰！

烈焰直冲面门，冯妙君不敢前冲，矮身躲了过去。这也是缠住燕王的梦魇最惧怕之物，他的真火纯净无比，亮光一起，众怪物长嚎一声，放手退走。

火焰化出凤凰形状，一个振翅直飞穿顶。

不能让这东西触到穿顶。冯妙君反应也是快极，手中星天锥掷出，后发先至，直接令火凤身首异处。

燕王这时重得自由，长啸一声，又举刀来攻："你将心思都放在云嵝身上，这等关键时刻，怎不见他替你出头？"

冯妙君不发一语，攻势比先前还要凌厉三分。

然而就在这时，半空中已经黑暗的火凤突然又爆出亮光。冯妙君忙中抬眼，发现只剩一个身子的火凤又长出脑袋，只不过体形比原来缩小了许多，速度反倒更快，以迅雷不及掩耳之势，笔直冲进了遮挡琉璃窗的那片阴霾！

它由真火聚成，这一下很干脆就驱散了阴影，于是月光重新照了进来。

明亮，并且毫无遮挡。

糟了！冯妙君心里只有这个念头，却无力再去阻挡，耳中只听到燕王哈哈大笑："你不知道凤凰有涅槃之能？"他用心头血聚出的火凤，同样有三次不死之身。

不过魂体吐出的"心头血"，实则由神魂的本源力量构成，每一滴都极尽金贵。施行此术，燕王自身损耗极大，一时脸色泛白，连魂体都虚化两分，不如先前凝实。

他已有多年不曾受伤，但心中并不在意，因为目的已经达到！

月光照下来时，他正好手扶龙凤杖，重重往下一按！

咔啦一声，也不知触动了什么机关，琉璃窗竟然变成了血红色！与此同时，穿过琉璃的月光竟变成窄窄一束，垂直照射在龙凤杖上，半点儿也不浪费去其他地方。

皓洁清冷的月光变作了暗红色，冯妙君甚至都嗅到了淡淡的血腥气味。

紧接着，杖上的龙头凤首如有生命，忽然同时转向，面对石台张开了嘴，射出一道拇指粗细的光束。

那光束纤细但集中，几乎不曾发散。于是石台的雕绘上多了两个暗红色的小点。

其中一个点，正好就定在人类妇女头上顶着的水罐口中；另一个点，则在绘版最右侧孔雀的尾翎上。

总而言之，两个红点的位置风马牛不相及，任谁也不会将它们联想在一起，这时却同时被红光分别打中。

一弹指的工夫，红光在石台上游移，并且留下了自己的烙印。

在冯妙君眼中看来，石台上雕绘的每一根线条都泛出了鲜艳夺目的红光。她忽然就想起第一次来应水城见到的石台，每个雕像的眼睛上都被血点红。想来那时赵允就得了指示，要试探机关的用法，可惜他试错了地方。

"该死！"看样子石台已被开启，她却不知如何是好。有重新关闭它的办法吗？趁燕王凑近前去观察石台，冯妙君一把抓着龙凤杖，想将它拽歪。

这根杖只有角度正好才能映射出红光。只要她将它带偏，麻烦是不是就能解决？

可惜，她那一身巨力对上这根古怪的仪杖，竟然就像泥牛入海，半丝儿也撼动不得。

燕王观察石台上的异状，不忘分神关照她的举动，这时就冷笑道："不必白费力气，除了神明，这时谁也不能将它挪走……"

话未说完，石台上四下游弋的光芒如受召唤，突然一齐掉头往上汇去。

在整版雕绘中，位于最上方的并不是太阳，而是大树的树冠。所有红光就汇聚到树冠正中央一点，而后爆发出耀眼的强光！

仅有一点，然而那红芒之强烈，远胜正午阳光百倍。冯妙君和燕王此刻又是魂身，本能地闭目低头，不愿直视。

耳畔似有风声飕飕。

可是天神主殿空气并不流通，哪里来的风？

冯妙君心知有异，蓦地睁眼，而后就呆住了。

燕王就站在她三丈之外，却没对她发起攻击，而是举目四望，面色怪异："这、这里是……"

两人目光所及，上下、左右、前后都是方方正正的石壁，打磨得滑不留手，哪里还是那个处处颓败的天神主殿？

"我们在石台里面。"冯妙君声音微哑。

上一次探寻应水城，她和玉还真就打开过神像足下的石台，进入里头的石室，对那结构了然于胸。

石室里，也像这样空荡。

不错，就是空空荡荡，没有半个活物。

"这就是天魔被封印之地，是你挤破脑袋也想钻进来的地方。"冯妙君伸手在石壁上敲了几下，"恭喜你，得偿所愿。"她一直以为石室门能打开，哪料到反而是他们被吸了进来。

这下可麻烦了。

"不对，不应该是……"燕王一阵张望之后却呆住了，喃喃道，"天魔呢，天魔呢？"

他蓦地转头朝向冯妙君，虎目圆睁，透着骇人的猩红："天魔呢，天魔在哪里！"

"这该问你了。"冯妙君答道，"一辈子研究天魔行踪的人是你，不是我。"这空荡荡的地方透着一层诡异，让她一时也没心思对付燕王。

燕王在室内快速游走。

石室内部并不大，他眨眼工夫就绕了十来圈，寻找石壁上的机关或者薄弱之处。

然而，一无所获。

冯妙君抽出星天锥往石壁上凿去，叮的一声火花四溅，石壁分毫无损。

好吧，真硬。这结果并不出她意料，能困住天魔的地方必有非凡之处。

"天魔一定关在这里！"燕王厉声道，"否则为何要建这石室，为何要铸龙凤杖，为何……"说到这里一股怒气澎湃，将胸口撑得几乎裂开。

神庙的建造者费恁大力气去铸一根数万斤重的龙凤杖，设计巧妙的石台雕绘，甚至连天神庙顶的琉璃窗都经过了精心的测算，以便月光照下来的位置准确无误……

冯妙君一语就捅在他要害上："那你找一个出来让我看看。"眼看燕王目光如利刃，直向她刺来，她一摊手，"除我之外。"至少燕王始终固执地将她当作天魔看待。

燕王狠狠盯着她，像是溺水者捞住最后一根稻草："你故意的！"

闻言，冯妙君只想抚额。

"每一步，我都严格按照你从前的嘱咐来办！"燕王低声咆哮，"你设计我，让我带你进来！说，它们在哪儿！"

他花费大半生时间来办成此事，甚至将南北大陆都搅入一片腥风血雨当中，结果却是竹篮打水一场空吗？

他手握刀柄，向冯妙君步步紧逼，饿狼一般。

"我怎知道？"冯妙君不惧他，却不愿跟他在这种情况下拼个你死我活，"冷静！不该想想怎么出去吗？"

燕王理都不理。他千方百计寻到梦中城，想的都是怎样找到天魔，怎样完成自己的心愿。至于返回，他暂未放在心上。

那就找个他关心的议题，冯妙君摆了摆手："我不知这里发生过甚事，这间石室已经很久很久都不曾有过灵魂波动了。"

燕王脸上肌肉跳动了一下。

凡存在，必留痕迹。如果这石室里住过天魔，以冯妙君对魂体的敏感自能察觉，这就像犬类的嗅觉对于气味的超凡把控。

冯妙君紧接着又道："但我相信，天魔原本的确被封印在此。"

石室、龙凤杖、梦中城、从来无人见过的天魔……不怪燕王深信不疑，这里的确是藏匿和封印天魔的完美之地。

否则，天神主庙为何要凿出这么大一个空荡的石室？要知道浩黎大帝时期，人类对于天神的敬仰达到前所未有的高度，这石室就建在神像脚下，说明时人坚信里面的物事必由无所不能的天神方可镇压。

结合神庙建造的年代与史实，冯妙君有理由相信，被封在这里的东西九成九就是天魔！

只有打败了人类与妖族的天魔，才有资格令浩黎人如此恐惧。

她的话语坚定，声音里也有别样的铿锵，极具说服力。燕王立刻驻足，连怒气都稍稍收敛。

他是人中枭雄，方才一股热血都冲上脑门才失了分寸，这么一冷静，理智就尽数回笼："现在呢？"

"它们应是离开很久了。"冯妙君的眼睛在昏暗中闪动微光，即便在燕王看来也是妖异而美丽的，"或许它们找到了别的出路。"

燕王沉默了一小会儿，才道："但它们并未重返人间。"

否则人间哪能太平这么多年？

他指了指最远端的墙面："那个印记，你已经见过了吧？"

先前两人进来时，这里还是一片黑暗。直到此时，墙上才慢慢亮起一个印记，有车轮大小，在密室中散发着淡而幽暗的绿光。

冯妙君嗯了一声："从前来应水城就见过了。"

她头一回带人来应水城打开石台，就见过这个印记。那时它镌在石室最里边的墙壁正中，被玉还真认定为天神印记，也与她丹田里的鳌鱼同源。当然，那时候它可没有发光。

提到这个，她目光微动："你也研究过吧？"

"是。"燕王目不转睛地盯着它，"这便是困住天魔的封印。"

冯妙君一下握紧了拳头。即便她和云嶂这些年对印记的研究越见成果，也基本断定了它的效用，可是听燕王亲自说出口，仍觉心头一紧。"你确定？"

燕王回头望她一眼，面色阴沉："当年从这里逃走的天魔亲自告诉我的。你说，我敢不敢确定？"

是了，他年轻时和天魔做过交易。那东西三百年前逃出封印之地，对这个印记的了解应该超过世上任何人。

冯妙君走过去，伸手按住墙壁，用力推了几下。

石壁岿然不动。

再看石室，确是严丝合缝，半点儿空隙都没有。

她在封印上来回敲打，也没见它有什么破绽。

"没用的。"燕王随手在壁上劈了一刀，"这印记靠着汲取石室里的神魂之力来维持，神魂数量越多、质量越好，它的效力也就越强大，反之则变弱。这是浩黎大帝借用封印控制天魔的手段，我们在这里待得越久，神魂也就会越虚弱。"

不必他明言，冯妙君也能感觉到身上的力量正一点一点流失。他们以神魂入梦，这印记汲取的自然是他们的神魂之力了。只不过石室也不知空了多久，印记一直没有工作，直到两人进来才重新启动。

冯妙君低声道："当真是好算计。浩黎帝国灭不掉天魔，然而它们在这里待上几百年，力量也会被印记慢慢抽干。如果不寻到逃脱之法，最后的下场只有灰飞烟灭。"

说话间，她瞥见墙上似有东西，被印记的微光照亮。

呼的一声，冯妙君身边突然亮起十余盏火焰，俱是幽蓝中包裹着明亮的白光。

这是魂火。

她心意一动，魂火就飞向四周，将整间石室照得亮如白昼。

一般人类可用不出这样的术法，燕王下意识看她一眼，却见她瞳孔骤缩，面上露出讶色，也不由得举目四望。

于是两人就望见了石壁上的涂鸦，密密麻麻，几乎占据了六壁的每一个角落。

燕王低低咦了一声："这是……天魔手书？"

赵允多次潜入应水城，也走进这个石台，却从未向他报告过壁上还有这些划痕。显然，它们不存在于现世。

它们是梦中人写下的痕迹，当然也只会留在梦中。

醒了之后，就是大梦了无痕。

每一道线条都是锐器刮刻，入石半分。然而冯妙君方才用星天锥刺过石壁，它岿然无伤。可见能在这里留下痕迹，本身就是件多了不得的事。

它的身份，早就呼之欲出。

两人却顾不得这个，只盯着划痕目不转睛，只因这上头分明刻着两种语言：

天神符文和天魔语。

在五面墙壁上，每一处天神符文边上，必定跟着一行天魔语。

冯妙君出神半晌，才下意识低喃："天魔在此解析封印。"

天神的语言，凡人难解。她和云嵝、玉还真努力这么多年，也不过解出了几个印记里的微小片段，距离大功告成依旧是遥遥无期。

她一度都死心了，认定鳌鱼印记在未来百年之内都是无解，并且做好了和云嵝同生共死的准备。可是在这面墙上，却留下了天魔关于印记的所有注解！

他们看不懂天神符文，却可以看懂天魔语。

一个个复杂玄奥的图案被破译为天魔语，并且还有清晰的论证过程，从复杂到简单，从错误到正确……冯妙君看得目眩神移，连动一动眼珠子都不能了。

她和燕王的心神，已经全部为墙上符文所夺，压根儿不能再留意到其他任何事物。

哪怕燕王进入这里的目的是寻天魔、问长生，哪怕他满腹忧急，在见到墙上的推导之后，那些目标暂时也都放到一边去了。

天神符文，它阐释了万物因果，蕴含了无上大道，是任何一个修行者都拒绝不了的诱惑。

石室里一时安静下来，燕王的愤怒、冯妙君的机警都不见了，他们的脸上只有孜孜以求。

这些痕迹对冯妙君的意义尤其重大。它们是天魔推演封印所做的功课，显然被关进这里之后，天魔一刻不停地在寻找破除封印的办法。

想破除，首先要能解读。可是印记上的线条巨万，天魔要做的就是每一根都鞭辟入里。这也是她和云嵝多年来的研究态度。

亲睹这些推演，她只有一种感觉，茅塞顿开。

原先研习鳌鱼印记当中种种复杂难懂、艰深晦奥之处，在墙上天魔语的注解下突然融会贯通，变作了一个又一个可以解开的魔咒。

就像大河冲开了淤堵，一路奔流向前。

天神印记之所以难懂，是因为它将世间最复杂的道理，用最简单的符文线条表现出来。

此谓大道至简，而本界生灵境界不足，难以体察。

可是天魔手书又将这过程逆向还原出来，冯妙君终于可以看懂了。

看懂，才有资格领会，推敲，乃至于……破解。

这里就是她的宝库！莫说一步也挪不动了，她此刻是一眼也不想移开。

徐氏尖叫而起，惊醒了。

她脑海里最后一个画面，是自己被抛到几十丈高的半空中。大殿上方的横梁交错如阡陌，四壁都是繁复的花纹和装饰，宏伟却颓败。

然后，她就突然下坠！

从这里掉下去，非得摔个稀巴烂不可。

所以徐氏尖叫着醒了过来，拳头紧攥，额上冷汗涔涔。边上传来一连串的低唤："娘，娘！"

她一低头，儿子睁着黑白分明的眼睛，担忧地望着她。耳边又传来蓬拜的温声安慰："没事，莫怕，只是个噩梦。"

徐氏大口喘气、身体微颤的同时举目四望，发现自己好端端躺在床上。这房间很小，摆设也简陋，屋角倒掉的盆架无人扶起，地面积着厚厚一层灰尘。

蓬拜用完好的那只手将她揽在怀里，低声安慰道："醒了就好，醒了就好，我们都在这里。"

她才想起，自己一家四口俱落入燕王手里，被带到这个废弃的都城。后面的事她记不太清楚，只知道梦里自己不知怎的被关在一个瓶子里，外面的世界看起来都变了形。

徐氏抚着儿子脑门，犹豫道："我、我在梦中看见……"

话未说完，房门嘎吱一声响，有个黑衣女人走了进来，徐氏的下半截话就咽回了肚子里。

她方才在梦中看见安安了。

可是直觉告诉她，这事儿最好别说出来。

黑衣女人身形枯瘦，面无表情，若非脸色白得吓人，其实五官并不难看。她目光从一家人脸上扫过，才凝声问道："什么事？"

她也听见了徐氏的尖叫。

徐氏目光和她对上，忍不住打了个寒噤。对方看她的眼神，就好像看着死人一样，瘆得慌。她小声嗫嚅："我、我做了噩梦。"

这个女人和燕王是一道儿的，并且那个可怕的燕王对她礼遇有加，所以应该也是个厉害的角色吧？

黑衣女人眼珠都不转一下："什么梦？"

徐氏张了张口，不知怎样描述，好一会儿才道："我，我梦见自己在一个大庙里，然后就从半空中掉了下去……"

"燕王呢？"

徐氏一呆："什么？"

"燕王在你梦里做什么？"

这问话太奇怪了，黑衣女人为什么关心她的梦境？徐氏一脸茫然："好像在和人说话，我记不清了，然后我就从半空中掉下去了……"

有关于安安，她一个字也不敢说。

凡人梦醒，多半只能保留支离破碎的记忆。黑衣女人知道多问也是无用，嗯了一声，转身就要离开。

徐氏却想起梦中下坠时女儿在她耳边说过的话，赶紧出声："请、请等一下！"

她记得的，安安要她醒来就发讯号。女儿从不骗她，哪怕在梦里，所以她真可以请来援兵吗？

黑衣女人脚步一顿，微微侧首。

蓬拜握着妻子的手一紧。毕竟夫妻多年，他敏锐察觉到徐氏与平时不同。

徐氏在他手背上轻拍两下，以示安慰，才对黑衣女人赧然道："我的庆儿呢？今晚风凉，怕他冻着了。"

庆儿就是她和蓬拜的小儿子，才几个月大，今晚并未和他们关在一起。她好久没听到婴孩的哭声了，心里不踏实。

徐氏当然不知道，燕王这回要把她带入梦里，因此不会允许小孩子的哭声吵醒了她。

黑衣女人走了出去。

也就是两个呼吸的工夫，徐氏等人眼前一花，发现她又站回屋里，怀中抱着小娃娃。

"给你。"女魃知道，这女子既然醒了，说明燕王那里用不上她了。

孩子咬着手指睡得很香，也被包裹得很严实。徐氏放心了，这一路上，黑衣女人对奶娃娃倒挺和善的，至少比对待他们三人要好得多。

徐氏示意蓬拜接过孩子，见黑衣女子又要走，赶紧道："我、我内急，可否请你……"

他们的行动被限制在这个小屋里，不能随意走出去。

凡人有五谷轮回，不比修行者，这是大罗金仙也改变不了的事实。黑衣女人并没有犹豫："出来。"

徐氏慢慢走出屋子，黑衣女人随手往身后放了个结界，不许其他人偷溜。蓬拜被禁住修为，行动等若凡人，她不虞他带着儿子偷跑。

黑衣女人走得不快，徐氏跟得上。此时夜风簌簌，吹过破屋残檐带起呜呜之声，仿若鬼哭。她紧紧握着拳头，小声道："明天，我们真能回到安安……新夏女王身边吗？"

女魃面无表情："也许。"燕王的交易内容不关她的事，她这几日有自己的任务。

徐氏心里微微一沉。果然，不能将希望寄托在安安的敌人身上。她想换个话题，找来找去也没什么由头，最后不知怎的蹦出一句："你有孩子吗？"

女魃回头看她一眼："没有。"

她的眼神比夜风还凉，徐氏缩起肩膀，哦了一声。

她已经不是十几年前的乡下小妇人了，在桃源境摸爬滚打这么多年，见识大增。她听过这女人和燕王的对话，里面提过好几次"魃"字。

魃嘛，她知道，就是更强大的僵尸。

走了两步，女魃的声音忽然又传进耳里："本来应该有的。"

徐氏一怔，小心翼翼道："后来呢，发生了什么事？"

"我死了。"

"……"徐氏不知道该说什么好了，"那你怎么变成了现在这样子？"

"我相公把我炼成了魃，让我继续陪着他。但我们不会有孩子。"

徐氏忍不住偏头看她，女魃的眼睛黑黝黝的，当然不会有任何情绪，看起来格外空洞。

她本来就不是活物。

徐氏的声音更轻了："你相公也是神仙吗？他人在哪里？"

"不是，他一千多年前就已经死了。"女魃声音平淡如水，好像说着别人的故事，"我被天神抓去镇压地煞，直到他死，我也没能见着他最后一面。后来天崩地裂、山川变形，我也从镇压之地逃了出来。

"如果他死后进入地狱轮回，我希望天魔帮我找到他。"女魃轻轻道，"我是魃，进不了地府。"

"一千年……"徐氏喃喃低语，不知道这是怎样的执念。凡人寿数不过一百，她却等自己丈夫等了一千年，"天神也真狠心。"

这回女魃没有接话，只是指着前方十丈外的茅房："你去。"

这设施已经有几百年没人用过了，倒是没有异味儿。徐氏走进去，心思就活络了：女魃就守在外面，她的道行一定很高，自己一个凡人，真的能在她眼皮底下做手脚吗？

她知道这些厉害的陆地神仙，不用眼睛就能看住一个人。不过谁也不想看别人出恭的模样，女魃此刻想必也不会特地盯着她。

徐氏没有犹豫，悄悄松开了拳头。

她的掌心，躺着一枚淡红色的哨子。

它只有半指长，造型扁长，最奇特的是它居然若隐若现，可是徐氏捏在手里又分明觉出它是实物。

不错，这是她从梦里带出来的玩意儿，水晶球破裂的同时，冯妙君就将此物弹进了她的掌心。只是她动作太快，准头惊人，当时水晶球的碎片又溅得满天都是，全心全意想着打开石室的燕王居然都未发现。

当时徐氏下意识攥在掌心，坠醒后就发现手里有东西，遂不动声色地带到了这里来。

　　安安谋事周全，必然考虑到她只凭一己之力瞒不过女魃来发讯，所以才塞给她这么一件法器吧？

　　能从梦里带出来的宝贝，她真是头一次见，真是大开眼界。

　　这么想着，徐氏也不耽误时间，轻吸一口气吹起了哨子。

　　她格外卖力，但哨声并没有响起。

　　事实上，周围静悄悄的，依旧只有夜风簌簌。

　　徐氏又用力吹了两三回，这才收起哨子走了出去。

　　不能再多耽搁了，否则外头的人要起疑。

　　女魃倚着一株小树，见她出来即道："回吧。"

　　徐氏暗松一口气的同时也心存疑虑：

　　吹起一个不响的哨子，援兵真的会来吗？

第
四
十
四
章

封印之地

徐氏回到屋中就提心吊胆地等着，结果一夜无事。

是哨子没响，还是援军没听见？她胡思乱想了大半夜，给孩子喂奶好几次，自己也是乏了，不觉倚在丈夫怀里沉沉睡去。

直到外头传来轰隆一声巨响！

徐氏被震醒，抓着丈夫的手道："那是什么？"

话音未落，屋顶忽然被掀开，紧接着一个巨大的黑影出现在几人面前。

徐氏和两个孩子放声尖叫，蓬拜第一时间将他们护在身后，却听那黑影声若洪钟："跟我走！"

蓬拜定睛一看，竟是一头硕大的白猿，体形如山，拆掉这屋子就跟拆玩具似的。

他飞快记起，新夏国师手下就有一头妖兽白猿，力大无穷。

因此胡天伸开巨掌来捞他们四人时，蓬拜并不躲闪，反而揽住妻子迎了上去。

不过黑光一闪，女魃已经凌空扑下，尖利的爪子直取巨猿颅后。

这要是被扎个正着，以胡天的脑壳硬度，恐怕也要被插出五个圆窟窿来。

不过斜刺里递出一柄长剑，照她双手劈下。

剑刃与利爪相击，火花四溅。

只这么一耽搁的工夫，胡天已经把屋子撞成一片废墟——

但同时也捞起了屋里的四个人！

它头也不回，大步流星往南部奔去。女魃想追上去，却有一人挡在她面前，微笑道："好久不见，你我之间有一笔账要好好算一算了。"

黑色劲装显出婀娜身姿，一张俏面倾国倾城。

女魃一向木讷的脸上难得露出凝重之色。

当前这劲敌，正是新夏国师玉还真！

当初她在熙国前线重伤玉还真，直接导致熙都沦陷，两人之间结下国仇家恨，是以玉还真的笑容中都带着腾腾杀气。

那时身在万军之中，玉还真同时面对几大强敌，这才被女魃偷袭重伤。眼下在荒城中冤家重聚头，正好将这笔账算清楚。

眨眼间，两人就攻守数十回合，徐氏趴在巨猿肩头，只见到两道黑光倏忽离合，在视野里越来越远。

女魃拨空才能问道："你怎么找到这里的？"

玉还真冷哼一声："你的尸臭飘扬十里，自己不知吗？"

女魃不语。

玉还真当然是信口胡诌。僵尸晋成了魃，已经可以锁住全身气息不致外泄，不仅外观与正常人无异，更不会有半点气味流出。真正指引玉还真追踪而来的，是徐氏昨晚吹响的哨子。

那东西唤作"惊蛰哨"，只有虫类可以听见。

玉还真手下本来就有积年的虫妖，数量惊人，用来搜城寻人最好不过。可是应水城实在太大了，哪怕将这些生物都派出去挨个区域细搜，也要大半个月才能够完工。徐氏吹响哨子，虫妖很快就能锁定声源位置，带着玉还真等人赶到。

之所以拖到今晚才动手，就是为了细作布置，力求万无一失！

玉还真手上攻势凌厉，心里却暗暗佩服冯妙君。旁人和燕王做交易，只会将注意力放在交易内容本身，冯妙君想到的却是燕王入梦之后，身躯必然同样藏在应水城里，并且多半就和蓬拜夫妇置在一起，由手下看守！

也就是说，只要找到了徐氏，也就找到了燕王的肉身。最妙的是，因为神魂要入梦，燕王的身躯就不能放进储物空间当中。

将他搜出来，这场席卷两块大陆的战祸也许很快就可以结束了！

她布置给玉还真的任务，就是留在现实中救徐氏、抓燕王！

这一石二鸟之计，也不知冯妙君在被动情况下怎样筹划出来的。玉还真猜想，大概其中也有魏国师的功劳。

女魃一爪将她击退两步，头也不回向底下射出几枚梭子。

黑暗中传出两声闷哼。

那是玉还真带来的修行者。

敌众我寡，女魃神色没有波动，心下却在急速盘算。行踪既已暴露，徐氏也被对方救走，再留于此好似没甚必要。再说徐氏本是无足轻重的小人物，被夺走也无妨，她最重要的任务，乃是保住燕王的身躯不致落入敌手。

强敌环伺，她居然越战越勇，可是修行者毕竟离她守卫的小屋越来越近了。

女魃再不迟疑，转身扑了下去，把后背卖给了玉还真。

玉还真当然不会放过这个机会，剑尖上泛起一点金光，而后就重重戳进她后心！

女魈原是铜皮铁骨，刀枪不入，却没拦住玉还真这一剑。众人就听得哧的一声，伤口处还冒起一缕黑烟。

女魈低哼了一声，似是有些痛苦。

玉还真把她视为燕王阵营的主力，筹谋对付她很久了。那一剑上附有强大的生之力，对人来说是大补，对她这种死物来说反而是剧毒了。

不过她终是以重伤换来了机会，赶在新夏修行者包围之前冲入屋中。

此物凶悍，世所罕见。玉还真面寒如霜，轻叱一声："追！"

这时空中又有一个身影翩然而至，落在屋脊上。

玉还真看去一眼，不悦道："你来晚了！"

也不知过了多久，好像就是一辈子那么漫长，冯妙君才轻轻呼出一口气，目光重新又灵动起来。

这时她才发现自己竟然满身冷汗，四肢百骸都透出疲惫。不用照镜子，她也知道自个儿的脸色该是疲惫而苍白的。

她终于将壁上的天魔手书都看完了。

其实与其说看完，倒不如说是囫囵硬背下来。其中至深至艰之处，还得留着今后慢慢去参透。她也对比了自己丹田里的鳌鱼印记，确有许多可以对照的部分，心下不由得振奋。

将心神从石壁收回，冯妙君就悄悄观察不远处的燕王。他还在全神贯注观摩天魔手书，并未注意到她的清醒。

她知道，自己是因为多年研究天神符文，早有心得，这才能快速阅遍墙上奥秘。燕王修为虽然比她精深，见闻比她广博，但在这个专项上反不如她，因此到现在依旧沉浸。

他心无旁骛，是千载难逢的机会！

冯妙君目光微动，不敢将眼神凝注在他身上，只装作继续观看石壁，慢慢往他身边挪动。到他们这个等阶，神识敏锐得惊人，只怕她再多看燕王两眼，这人就会醒转过来。

六丈、五丈、三丈……

双方距离越来越近了。

冯妙君提起魂力，同时调匀呼吸，收敛杀意。

两丈！

只要再移动两步，她就可以发起攻击！

除掉燕王，新夏和魏国从此高枕无忧矣。以冯妙君的心性，这时都难免感觉到紧张。

而后，她就发现燕王的眼珠动了一下。

没有直接看过来，可是眼角的余光恐怕是扫到她了。

她低低一叹，这家伙老奸巨猾，对危险的感应比女人的第六感还准。

可惜，可惜了啊，空有这么好的机会，却不容她把握。

果然她这里才叹气，燕王就呵了一声："怎么，长乐不该是无限欢喜吗？"若能悟懂墙上这些天书，他们今后的修行就会一切顺利。修行者哪个不为它欣喜若狂，冯妙君为什么反而叹气？

他果然清醒了。冯妙君轻轻摇头："悟得再透彻，能出去才是正理。"她指了指发光的印记，"这玩意儿吸取魂力太狠，我们的魂体又比不上天魔凝实，不可久困于此，否则连尝试出去的力气都没有了。"

"天魔尝试了几百年，应该也寻到了破解之法。"燕王赞同她的说法，"你看石壁上的字迹，应该都是一人所书！"

这一点，冯妙君早就发现了。石壁上这些密密麻麻的划痕显然都出自同一人之手，或者说，同一位天魔之手。这可是无比浩繁的工程，涉及的算法和体量不计其数，连天魔都无法凭空记住，这才会写到墙上去。

可是两人明明知道，石室里关着的可是整整一个种族！难道其他天魔只负责旁观吗？

冯妙君伸手抚着石壁："它很强大。"指尖摁上去，她就知道这都是指甲划出来的痕迹。只用指甲就能达到神兵利器都无法企及的效果，书写者的强大自不必言，"它也并非一个人破解封印。"

燕王微怔："什么意思？"

"天魔是共感灵体。"冯妙君轻轻道，"只要它们愿意放开心灵，这里的所有天魔都能感应到其他族人的思绪和情感。"

也就是说，每一个天魔都可以参与到这项任务中来。墙上的法则运算是所有天魔集体智慧的结晶，却可以通过其中一位的手去刻写出来！

不需要争执，不需要解释，也不需要小心翼翼地措辞就能互相理解，也不需要终身学习就能获取其他人的知识，真正做到"人人为我，我为人人"。只要它们聚在一起，就能变作一个思维共体，以常人无法想象的速度自行推演。

这是何等诡异却奇妙的存在？

"不过，有资格在这里手写天书的人，在天魔一族的地位必定很高。"冯妙君指了指最后一面墙壁，"看那里。"

发光的印记边上，还有几个不起眼的图案，缩小了很多倍。

可是两人望见它们，却都抿紧了嘴唇。

这几个图案都与印记很像。

其他五面墙上，是将印记的每一部分细节拆开来演算，可是这面墙上的图案，却是将它们重又整合起来。

"并非一模一样。"冯妙君凝神看了好一会儿，突然失声道，"这是天魔自创的印记！它们破解了天神符文的意义，重新进行了组合！"

是的，正如鳌鱼印记、玉还真的链坠、石室封印这三者都归属同样语系，墙上这几个由天魔刻绘出来的图案也拥有相同的神韵，然而细部却不相同。

不同的细节，就代表了完全不同的意义。

燕王的声音因为兴奋而略显嘶哑："这就是它们逃脱的关键？"

三百多年前发生了天魔袭城事件，后人都以为是浩黎帝国国力衰减，才镇不住这群邪魔。如今看来，关键因素又多了一个。

"恐怕是的。"冯妙君头也不抬，一个一个细看下去，"这里的印记其实都不健全。"

燕王微愕："什么？"

冯妙君却不答话，只是看得更加仔细，甚至连刻在地缝上头的也弯下腰去检查。

燕王负手立在一边，并没打算偷袭，只是目光闪烁，不知在思索什么。

又过了很久很久，她才挺直腰板，长长嘘出一口气："天魔所绘的印记，多数都是残次品，并不完全。"从"看懂"到"应用"有很长一段路要走，即便聪颖如天魔也是绕不过去的。它的尝试，多半都以失败告终。

"只有这个……"她伸手指着右上方一个印记，声音朗朗，"堪称完美无缺！"

她的确还未能通晓所有天魔符文，却可以判断印记的完整度。天魔绘了三百年符文，只有这一个成品。冯妙君喃喃自语："为什么没有再绘出第二个、第三个？"

"因为已经不需要了，这个印记就能帮助它们逃脱！"燕王接口道，"我们也该试一试，趁着封印还未变强之前。"

这便叫作以其人之道还治其人之身。天神以符文封住天魔，天魔也绘起神之符文来对应破解。

封印的光芒的确越来越亮了，也不晓得之前是不是停用太久的缘故，启动起来需要一段时间。但这也证明了它从两人身上抽取的魂力越来越多，令它自身越来越强大。

在这里再站下去，两人会虚弱到死吧？

冯妙君难得没有异议，点头道："一起。"说罢和燕王各出一掌，按在天魔绘就的印记上。

双方原本打生打死，在这困境之中却也只好同舟共济。两人互视一眼，均是轻吸一口气，同时将自己的魂力传输出去。

果然，天魔印记一下就焕发出了暗红色的光芒。

红绿两种光芒交加映衬，两人才发现六面墙上竟然都布满绿色的细纹，每一根都比血管更加细小，密密麻麻排列起来，就如同人身上的脉络，还散发着浅淡的微光。

燕王皱眉："网？"

"天网。这个封印的名字就叫'天网'。"冯妙君一边解释一边加大了魂力的传输，

"天网恢恢的'天网'。"封印效力覆盖了整个石室,令它坚不可摧。

天网恢恢,疏而不漏。用来困住这些天魔正是再好不过。

不过天魔印记亮起之后,两人才发现它就坐落在天网的细线上,微弱的红光向着四面八方延伸,侵入绿色的网络当中,一点一点将它"染红"。

燕王也是如法炮制:"天魔印记在腐蚀'天网'吗?"

他也是本界大拿,尽管魂术不如冯妙君精通,但稍一推敲也能看出其中窍门。

"正是。"冯妙君看他一眼,"加把劲!至少要弄出一个我们能通过的漏洞!"

找对了印记,她就由衷佩服天魔的办法。对于无微不至的"天网",它采取的措施是集中力量,专攻一点。

她毫不怀疑浩黎大帝封住邪魔时借用了天神的力量,否则何必将石室修在天神雕像足下?彼时天魔已被重创,无法与神明正面交锋,其力量必定远不如天神。可是要破开"天网",其实根本不需要拥有与天神同样强大的力量。

为了困住所有天魔,天网的力量不得不均匀分布于整个石室,可是天魔想逃出去,并不需要像它这样大面积撒网,只要想办法在网上开个小洞就行了。

是全局布网花的力气大,还是凿网钻漏洞花的力气大?哪怕天魔一族的力量不能与天神相抗衡,但逃出去却未必不能,何况同时镇压天魔的浩黎国元力已经越来越稀薄。

果然由天魔印记腐蚀出的红丝范围很迷你,只到鸡蛋大小就不再扩散,然而颜色越来越红,最后鲜艳如血,完全覆盖了原本的绿色。

天神印记如有感应,亮度突然增加,也从冯妙君二人身上抽取大量魂力!

同时供应两端,以两人修为也是加倍吃力。燕王低吼一声:"快些,快些!"浑身魂力如洪水般泄了出去,额上汗珠滚滚而下。

冯妙君瞥他一眼,心下不无触动。

被困在这里的两人虽然都向天魔印记供应魂力,但不约而同有所保留,谁都要为出去之后打算。可是现在不将最后的力量用出来,两人也走不出石室。

虽然天神印记有遇弱则弱的特性,可这毕竟是用来封印天魔的宝贝,他们不拼尽全力,怎能破封而出?

再考虑留手,那谁也甭想出去了。

燕王不愧枭雄,转眼间就把这问题想通了,真正不留余力。

冯妙君暗自吸一口气,终于调动起全身魂力,同时贯进了天魔印记当中!

只见天魔印记霍然大亮,满室生辉,将石室中的两人都染成了满身的血红!

下一瞬,印记不见了。

留在原位的,只有一个黑漆漆的小洞。

那里面没有红线,没有绿线,只有虚无一片。

燕王大喜:"出口!"

天魔印记的作用，居然真是在"天网"上打出一个漏洞，以供人逃生。

活路既现，他就不顾三七二十一，往洞口撞去。

还未触及石壁，他就化成一个黑色小球溜进了黑洞。

迟则生变，谁知道天魔印记少了他供能会不会直接关闭？

自然他心底同样忐忑。黑洞通向何方？天魔分明逃出了封印，为什么最后没有出现在世上？

眼前一黑，下一瞬，燕王就脚踏实地了。

他全程不敢闭眼，因此第一时间就发觉自己所处的空间反而更狭窄，似是一条昏暗的甬道，上下左右前后六面全是凹凸不平的石壁。

是的，背后也是一整面石壁。他随手探了探，找不到半点缝隙。

来路不见了。

或者说，打破封印之后，天魔印记就将他送到了这里来。

这是什么地方？

他心里这么想着，冷不防边上有人就说了出来。

声音清脆而熟悉。

燕王一转头，就看见了冯妙君。

她也出来了啊，燕王有些可惜。这新夏女王修为高深，很不好对付，要是方才那一下子能将她留在石室里就好了，兵不血刃地解决一个强敌，以及她背后的新夏；不过他同时也有两分庆幸，眼前场景看着还有些诡异，不像是返回应水城的，她魂术高强，说不定后面还用得上。

冯妙君像是看不清他心中所想，一边打量四周一边道："传你道艺的那只天魔，从来没跟你提过逃跑的细节吗？"

"相处时间太短，它可没有机会给我讲故事。"燕王在这一点上没必要撒谎，"我那时才十一岁，对这些都不感兴趣，只想学一身惊天动地的本事。"

冯妙君指了指前方："那顺着光走吧，我好像听到一点声音。"

巷子拐弯处，透出一点红光。

燕王看向她的眼神变得很复杂：自己刚才是昏头了吗，怎么认为她会慢上半拍，会被留在石室里？

先前两人同时往天魔印记灌注魂力，他就能察觉出新夏女王贡献出的海量魂力才是激发印记的制胜因素。

她的魂力之充沛，太过惊人。一个二十多岁的女娃子，怎可能修炼出比他这当世霸主还要精深的魂力？

就拿眼下来说，他待在甬道里只感觉到死一般的沉寂，她却能听见声音。

这是不是说明，她在魂术上的修为比他要高？

这又绕回那个原点：在他看来，冯妙君的所有行为，都在证明她就是天魔本尊！

然而她的神态、言语和信念又很真挚，就差在浑身上下都写着"我不是天魔"，这又让燕王很纠结，不知该对她采取什么态度。

如果她真是天魔，那么装模作样在石室里研究天书有什么目的呢，那些分明就是她从前就精通的东西！

难道是要借助他的力量，再突破封印一次？

眼看冯妙君抬手说了个"请"字，甚至还对他笑了笑，燕王冷哼一声迈开步，却不走到前头，只与她并肩而行。

他绝不会把自己的后背，卖给这个女人。

并行无话。

甬道并不长，比起冯妙君在云嵬的识海世界里经历的无尽迷宫简直不堪一提。

但她走不多时就停下脚步。

她停，燕王当然也跟着驻足："怎么？"

"我听到天魔的声音。"冯妙君面色说不出的凝重，"就在前面！"

燕王一惊，跟着就是大喜！

真在这里？他真的找到天魔了？！

与他的兴奋不同，冯妙君却是提起了十二分小心，这才一步一步往前走。

她"听见"的天魔，可不止一只！

前方的光芒越来越亮，直到跨过最后一个拐角，两人突然下坠！

从这里开始，重力突然变了，变得垂直向前。

幸好两人应变极快，一把抓住了墙体，这才自由落体。

等到定睛往脚下看去，无论冯妙君还是燕王都倒抽一口冷气。

甬道外的空间，竟然是黑暗的虚无。

没有植物，没有水，也没有尽头。

唯一的例外，在两人正下方，有一片广阔的陆地。

严格来说，那应该是个城市，因为纵然两人高悬上空，也依旧能望见底下宫殿和高墙的轮廓。

然而整个城市都被一层半圆形的结界保护着。

结界反射出红光，可是凝神细看，那是无数流窜的红色魂影。

它们沿着结界边缘来回穿梭，有时还会一头撞上去。冯妙君甚至听到了它们的尖啸声，频次很高，振动极快。

燕王嗓子都哑了，急促而简短道："天魔！"

他的声音很低，显然正竭力压住狂喜。

冯妙君点了点头："的确是天魔。"

这些红影偶尔停顿下来，就露出本来面貌，哪一个不像人类噩梦里的怪物？她还有两分眼熟呢，毕竟大家在云嶂识海里已经打过照面了。

从密度来看，这底下的天魔怕不有十万之数！

找到了，终于找到了！

百余年来孜孜以求的目标就在眼前，燕王毫不犹豫地放开手，任自己垂直下坠。

过了十余息，他才降落到结界上。

他也通晓些许秘术，落下时也将自己的魂身变得模糊。身边经过的天魔很多，却没有一只正眼看他。

燕王过了最初大喜若狂的劲儿，这会儿沉下心来扫视周围，自言自语道："不对！"哪怕他依旧心情激荡，这会儿也觉出了异常。且不提冯妙君，天魔不可能认不出他是外来者，为什么不做反应？

他们的空降，就像狼群里多出两只猛虎，怎可能被直接忽视？

可是天魔我行我素，该游走的游走，该攻击结界的攻击结界，就好像……

好像他们并不存在。

燕王五指张开，突然抓向一只天魔。

他这举动大胆已极。要知道天魔是共感的灵体，他在这里抓住一只，其他天魔也会同时知晓，很可能立刻翻脸。

可是下一瞬，他的手从红影中掠过，掌下竟然毫无实感。

燕王一怔，脸色大变！

天魔本来只有魂体，凡人赤手空拳当然抓不住。可是在梦境世界，燕王与它们都是魂身，相互都应该可以触摸、可以感知才对。

他也是一方大能，见识非凡。此刻看看眼前自顾自忙碌的天魔，再低头看看空荡荡的掌心，突然明白过来，脸色就越发难看：

天魔一族根本不在这里！

留下来的，不过只是虚像！

燕王呆怔半天，忽然怒吼出声："不！"

啸声中充满了愤怒和不甘。

费尽周折走到这儿，却发现自己离目标还有十万八千里。

这口气，他怎么能咽得下去？

他下意识看向结界里的城市。如果天魔是虚像的话，那么这里面呢？

天魔不在结界外，却又去了哪里？

想到这里，他霍然抬头，四处去找冯妙君的身影。他的目标没能达成，那么她呢，她潜入这里是否完成了自己的预期?

不过四周红影憧憧,他可没见着新夏女王的影子。结界范围惊人,底下的城市有多大,这结界就有多宽广,想在其中找个女人无异于大海捞针,何况她还能改变自己的魂体。

强如燕王,一时都未想出怎样寻到冯妙君的办法。

他呆立原地半晌,忽然选定一个方向,飞驰而去。

冯妙君的确也跳下来了。

留在这甬道口也解决不了任何问题。冯妙君将身形慢慢变作一团红影,同样往下飘去。

她降得快而稳。

离地面越近,城池的轮廓和线条在她视野里也越发清晰和立体起来。

宫殿、城郭、街道、湖泊和水道……

冯妙君凤眼却越睁越圆,不敢相信自己见到的一切。

这个城市,她太熟悉了。

纵然它规整、大气、蓬勃又干净,与她所见到的破落与颓败截然不同,可她还是下意识唤出了它的名字:应水城!

这座结界保护下的城池,这座被无数天魔包围并且攻击着的城市,赫然就是应水城!

如今的应水城已经是废都、是死城,可是呈现在她眼前的这座浩黎国都灯火通明,却还保有着自己的繁华。那许多建筑笔直向天,不惧风霜欺凌。即便是平民屋舍,也被拾掇得整洁干净,灯光从窗里映出,温暖人心。

且不提无比显眼的天神庙,她甚至在街上看到无数士兵来回巡视,也透过民宅的窗户望见里面惴惴不安的凡人。街巷的墙头偶有野猫跳过,平民家中的院子里,母鸡带着崽儿到处撒欢。

每一个个体,都鲜活而生动。

这到底是怎么回事?冯妙君的思绪乱成一团。

很快,她就降到了结界上。

此物如有实质,落在上面的感觉像棉花,还能将人反弹起来。冯妙君不敢托大,并未化出原身,她举目四顾,并未看见燕王的身影。

结界这么大,他降在哪里也未可知。

冯妙君却没空理会他的下落。事实上,她自从落地之后就按住脑袋,蹲下身去。

还未落到结界上,她就听到了无数声音。

就好像有几万人同时说话,毫不间断。冯妙君只觉颅中一阵尖锐的疼痛,像是被人用匕首硬生生钻了个洞出来!

猝不及防,她忍不住低吟出声。

她下意识地伸手堵住耳朵,想封闭听觉,才发现这些声音压根不在她耳边,而是在脑海中回响！

这是怎么回事！

疼痛过后，紧接着就是头晕目眩，仿佛要站起来都无比艰难。若有人在边上看着，当会发现她的魂体都变得若隐若现，仿佛下一瞬就要散开。

她知道，这是自己灵识无法同时处理这么多讯息之故。也多亏她精研魂术多年，换一个人来经历这些，恐怕当场就要魂体炸裂而亡！

冯妙君面色苍白，额上淌汗，却要努力放松自己。

也不知过了多久，她脑海里传来咔一声轻响，像是有物破碎。而后痛感迅速消失，回响在她脑海的声音则是越来越清晰。

更古怪的是，虽然好像嘈杂无章，可是每句话她都能在第一时间听清、听懂，压根儿没有理解上的障碍！

这些声音的交流根本不需要语言，仿佛是以意念的形式而存在。只要对方有一个念头产生，她这里自然也就明白了。

有一个最贴切的名词浮现出来：心声。

她听见的，是这里所有天魔的心声。

对冯妙君来说，这是全新又诡异的体验。甚至她不需要花大力气仔细分辨，就能自如地接洽每段心声，将它们分门别类，按照轻重缓急来做优先排序。

就好像出于本能。

只站了几息，她就听见了无数情报，都是来自各个方位的天魔汇报攻打结界的情况，包括对于结界的分析、尝试过的进攻方式，以及应水城的军力部署、阵法情况、城中动态，五花八门。

所有人都在分享情报，有汇报工作的，有分析情况的，甚至还有谩骂诅咒发泄情绪的。

没错，这些心声里甚至还包括了浓烈的个人情绪倾向，并且因为不需要语言上的任何修辞而显得更加直接而自然。

在此之前，她还以为天魔都是冰冷理智的存在呢。

冯妙君轻嘘一口气。

这不是她头一回遇见天魔，在云嵋识海里就打过交道。当时天魔对着她嘶吼可不止一声半声，它们之间必定也在紧密交流，否则行动不可能那般整齐划一。

那个时候，为何她就听不见对方的心声呢？

冯妙君想来想去，只记得一件事：方才头脑的疼痛似曾相识。

在云嵋的识海世界里，当她抱着小云嵋冲入院子、反身关门的时候，不甘失败的天魔最后一次狠狠抵着院门，冲着她尖啸。

她和天魔只隔着一堵门的距离，那尖啸声等若就在她耳边响起，当时就刺得她如遭重锤殴击，心神震荡。只是那会儿生死攸关，她强忍住不撒手，这一记尖啸就硬生生受了。

她的神魂也因此受伤甚剧，事后休养了很久才慢慢恢复。

此后她偶觉心神有异，空落落的，像是心底撕开了一个缺口，但每次细查都未查出问题。

莫不是留下了什么后遗症？可也不应该啊，她精擅魂术，这些小问题也难逃她法眼。

琢磨了半天也没有太合理的解释，冯妙君索性不想了。

方才落下来时，她就觉出周围的异常：这里的天魔看似多得数不胜数，可在她的感知当中，周围连一朵魂火都没有。

也就是说，这些天魔只是虚像，它们根本不存在！

那么结界里头那座灯火通明、人声鼎沸的应水城，就说得通了。

冯妙君蹲到地上，望着城中的景象发呆半晌，忽然轻轻吐出一口气。

原来如此。

难以置信，却又不得不信。

如果她没料错的话，眼前的一切，包括应水城和天魔，都存在于"过去"，而非"当下"。

出于某种原因，她和燕王从石室脱身出来以后并未回到原本的梦境，而是掉进了这个不知名的空间。

可以想见，当年的天魔也是一样。

所以现下她正在见证的，正是三百多年前，天魔袭城的那一幕！

这一晚在无数野史逸闻中流传不休，后人也提出过千奇百怪的观点。然而有幸历亲证的，世间能有几人？

从此，又多了她一个。

为什么这一幕会被保留下来？她不晓得。可是走入这个空间，见到了应水城、结界和天魔，她反倒解开了另一个千古谜题——为什么天魔要攻打应水城？

她在烟海楼翻看史书时就不止一次想过，如果天魔的确逃出封印之地，为什么不遁入人间休养生息，反而要强攻浩黎帝国的都城？

除非铁了心要消灭浩黎帝国，否则这么做对它们可是一点儿好处都没有。帝国幅员辽阔，当时除了应水城，可没听说过还有哪个城市也遭到过天魔的大规模集体入侵。

明明攻打其他城市更容易，损伤更小。

围绕这个谜团，后来人发展出数十种观点争论。直到冯妙君今日站在这里，才有证据盖棺定论——应水城挡人家道儿了。

当初封印天魔之人应该是做好了两手准备：先以天神印记封之，如果天魔破印而出，就会被传送到这个空间来。

这个空间恐怕是什么都没有，却又无边无际，唯一的出口，就在应水城！

天魔若想再逃出去，首先就要破掉结界，打入应水城。

如果站在天魔的角度去看，应水城就是堵住了逃生通道的那堵门，还上了铁锁。天魔又没有钥匙，当然别无他法，只得硬闯了。

站在结界之外观察这次绝无仅有的天魔袭城，冯妙君感受到的只有"壮观"二字。无数红影在结界表面逡巡，时而集结起来，如炮弹一般砸下。她经历过那么多人间战争，加在一起也没有它声势浩大、壮观绝伦。

她又静静站了一会儿，听取了更多情报，才知道这层护住应水城的结界实在韧性十足，无论天魔怎样攻击都戳不破它。天上又有黑白两道光芒闪动，冯妙君能看出它们长成了蛟的模样。

她从天魔那里知晓，这是浩黎王室的守护神，原本得自神赐，已经拱卫应水城数百年之久。

虽然是神的镜像，也没有实体，但吞吃天魔却异常厉害。事实上，这原本就是专为了对付天魔而生的物事。

黑白两道光与红烟搅在一起，大有不死不休的狠辣。她听到天魔纷纷道：

"古怪、古怪！浩黎国力衰微，又听说人间灵力减弱，它怎有本事支起这样牢固的结界！"

"不只是浩黎国衰弱了，该死的天神印记七百年来一直在抽取我们的力量。"

"我的力量，比起全盛时不足一成，逃出封印又用掉了大半！"

"我们的时间不多，怎生是好！"

诸如此类的讯息，充斥着她的脑海。

的确，当年的天魔被封印七百年在先，破印逃出过程中又耗掉了绝大部分力量在后，待抵达这里时，已经是强弩之末。

当然冯妙君知道，这场保守战的最终胜利者是浩黎帝国，而天魔以黯然退却收场。

又过不久，她就发现万千声音当中，有一道心声格外突出。

它最是威严，并且只发布命令。只要它响起，周围所有声浪都会暂时平息下去，仿佛所有人都在仔细聆听。

当然，意识这种东西传输的速度比语言快上不知多少倍，这种静默也是转瞬即逝。但冯妙君到底是注意到了。

她想，这个声音应该便是天魔的首领。

群居的生物，只要有自主意识，多半就会诞生首领，天魔自然也不会例外。

这样重要的一场战役，当然需要领导者。

冯妙君在现场观察片刻，就朝着天魔最集中的区域走去。

和她在云崒识海中观察到的规律相同，天魔的修为越高，魂体就越凝实，五官、身形与人更加接近。

那么，越是道行高深的天魔扎堆的地方，找到首领的可能性就越大。

这片结界范围广袤，与地面上的应水城相等。冯妙君在这里行走，就像小蚂蚁爬在八仙桌上，大有苍茫之感。

幸好冥冥中有种直觉牵引着她往南而去。

越往南走，心里的悸动就越强，甚至她都不知自己为何有些急不可待。

这一路上望见的天魔冲撞结界是越发激烈了，甚至有越来越多的天魔咆哮着鼓起全身劲道，不惜在结界上撞个粉身碎骨；飞出结界外的两条蛟灵虽然作战英勇，却被越来越多的天魔缠上，到最后冯妙君都快看不清它们的体色了。

就在这时，远处忽然有一团红云升起，比起其他天魔来，颜色鲜艳得像夕阳映红的晚霞，居然是火红中带一点赤金，令人不觉诡异，反而瑰丽无方。

随后，它就在冯妙君的视野中变成了一个女子。

那身高与人类相仿，柳眉樱唇，身披白色战袍，一头红发如火。

好漂亮的女人。

她刚一现身就直扑蛟灵而去，后者张开血盆大口咬来，被她轻灵闪过。那瞬移的方式看得冯妙君眼睛一眯：这也是她的拿手神通。

不过那女子躲过蛟口，手里寒光一闪，竟然顺势执起一把斩马刀！

冯妙君亲眼见着这柄长刀，才知道所谓的"十尺长大刀"竟然不是一句笑话。它的长度至少是女子身高的两倍以上，也亏得是在这虚无世界，现实里的人根本不可能将这种长刀挥舞自如。

刀光漫天，一时连红烟的光芒都压了下去。站在应水城的凡人如果仰头看天，大概会望见的就是银蛇乱舞，如霹雳雷霆吧。

一刀光寒十四州，她便是有这样的通天气势。

蛟灵被生生劈下脑袋，顷刻间化为虚无。

这女子似似鬼魅，比寻常天魔还要可怕十倍，与另一头蛟灵以硬碰硬，竟然很快也将它制服。

冯妙君瞬也不瞬盯着她，盯着她美貌却邪气的外貌，盯着她冷漠的双眼，只觉越发熟悉。

而后，屠蛟的女子才向着南部缓缓飘落。

少了这个碍事的家伙，天魔攻城的速度至少能快上一倍不止。

冯妙君收起震惊，朝着它落下的方向快速跟去。

一出手就仿佛有破碎山河之力，这女子的身份地位必定很高。

且说其他天魔。

它们燃烧了全部魂力，那是真正的灰飞烟灭，却没有一头天魔退缩。它们往往汇聚成巨大的红色风暴，拍击出来的力量也是一次更胜一次。

那层无色而透明的结界，在它们舍生忘死的撼动下颤抖得越发激烈。

哪怕仅仅是作为观众，哪怕知道真实事件已经过去了数百年之久，冯妙君看到这里依旧握紧双拳，热血澎湃。

结界已经摇摇欲坠，看来天魔就快要成功了！这的确是个可怕的种族，七百年来被抽取魂力不提，又费尽力气逃到这里，明明已快要油尽灯枯，却依然可以压制浩黎帝国，打得它没有挣扎之力——黎厉帝乃是动用了举国元力来支援结界，从这角度上来说，这的确能算是浩黎帝国与天魔的生死角力了。

她都有这样的感受，身处局中的天魔族自然更加兴奋。冯妙君耳中充斥着大声疾呼，都是天魔在提前欢庆胜利的到来。

可她分明知道这场抗争的最后胜利者是谁，这又是怎么一回事？

眼看结界越来越薄，在它快要像个蛋壳般被碾碎时，表面突然泛起一层青光。

这光芒微弱已极，又只有一闪，在漫天红光的遮挡下太不起眼。若非冯妙君站在结界上，险些就漏看它了。

可是下一瞬，结界就稳定了。

原本它像个风里的肥皂泡，被吹圆又吹扁，随时都会爆开，可是从这一刻起，它突然就被硬化、加固，虽然还是透明的，却像个琉璃罩子，在天魔玩命的进攻中岿然不动。

形势突然逆转。

莫说冯妙君愕然，天魔们也不干了，纷纷破口大骂。哪个饥肠辘辘的看到煮熟的鸭子突然变成了炖不烂的石头，大概都会是这样的反应。

紧接着有一道心声响起，冯妙君辨得出，是天魔首领开声了："神力！"

加固应水城结界的，居然是神力！

冯妙君也结结实实吃了一惊，在这神明早就消失、天地灵力衰微的时代，浩黎帝国竟然还得神力庇护，是不是太逆天了？

并且她没忘记，浩黎帝国后期四处摧毁神庙，斩断凡人对于神明的信仰，这等渎神大不敬之举，怎么会换来天神在关键时刻还肯出手相助？

这一回其他天魔没有噤若寒蝉，而是在短暂的沉默之后爆发出排山倒海的咒骂：

"说好了天神不能干预人间，这算怎么回事！"

"天神真不要脸！"

……

群情激愤中，天魔首领的声音响起，平淡如水："神力不是那么好借的。无论结界为何被护持，郝明桓一定付出了代价。封印很快会恢复，我们时间不多，还是想想怎样突破结界。"

她只说了这么两句，天魔族立刻沉默下来，好一会儿才有个声音弱弱道："神加持的结界，我们击不破。"

这不是灭自己威风，这是事实。被困七百年的天魔族再托大，也不敢将自己与神明相提并论。

这时冯妙君已经走到了应水城的南三门上方，只见结界外围聚着数十人，周身虽有红光缠绕，但只看面貌与普通人类并没有什么区别——当然了，人类可不会站在结界外。

先前斩断蛟灵的白衣女子被簇在人群正中，其他天魔离她至少有一丈开外，面上都带着恭敬之色。

冯妙君自己也是君临天下的王者，只一眼就能断定她的身份在这里最为崇高。

"那就不要击破，只要设法潜入就好。"白衣女子一瞬不瞬盯着城门，"我有办法，但要你们相助。"

身边的天魔都微微低头："谨遵法旨。"

"郝家和天神阴险，我料到他们不止设下一层樊笼，所以事先做了些准备。"她往城中一指，"这城里就有我们的信徒，我派给他们几个任务，这会儿该完成了。"

冯妙君听懂了，所谓的"樊笼"应该就是指神庙中的石室。天魔首领居然早就料到除了天神印记之外，族人的逃亡路上还会面临其他阻碍，因此事先指使自己的信徒暗中行动。

人的天性是崇拜力量、强者和神秘。天魔与界神决战之前纵横天下，又擅于蛊惑人心，自然累积无数信徒。纵使它们被关入绝域数百年，也没有完全断去与人间的联系。

她纤细的指尖，指向立在南门内的十八个精壮汉子。

这是结界大阵的一处阵脚。

除了城门上要封铜符、城门土里要埋镇魂剑之外，还需要生辰过硬的壮年汉子执法器，以气血帮助镇压，才能保住这一处阵脚不破不漏不乱。

像这样的阵脚，全城共分布有八十一处，天魔首领所指的不过其中一处，有什么特别的？

"这里有个壮丁，其妻被引动了胎气，提前生产，他又找不到稳婆。"天魔首领顿了一下，"所以他只能亲自接生，再来守城。"

边上的天魔喜道："他沾了秽物，己身气血不纯，这处阵脚就有破绽！"

冯妙君看着那十几个守门的壮汉，没瞧出哪个沾过秽物，但想必天魔首领不会在这件大事上弄错。

"正是。"天魔首领在指尖一划，运指如飞，蘸着血在结界上刻绘起来，"然而天神居然厚着脸皮来加持结界，就算我们有这后手也未必能越界。"她的血凝固极快，不到两息工夫。

"如何是好？"

"以子之矛，攻子之盾。"她指甲刻出的划痕带出鲜红的色泽，"我们被困石室数百年，可没有浪费时间。"

层层叠叠的纹路从她手下流出，冯妙君瞪圆了凤眼，认出她的"笔迹"与石室上的天书完全一致！

果然，这位族长的确是最有资格在石室中亲手解密天神符文的天魔呢。

这门技巧她不知道练过几千几万遍，此时做起来驾轻就熟，甚至连冯妙君都看不清她的手部动作，只知行云流水，宛如天成。

不过两个时辰，她就绘好了一个印记。

完美、流畅，即便是天神本人来，大概也不能做得更好了吧？

想当年云嵷第一次成功试绘出鳌鱼印记，可是足足用了月余时间呢。

天魔首领刻下最后一笔，族人立刻爆出一阵欢呼。她观顾再三也自觉满意，这才拍了拍手，宣告大功告成。

看到这里，冯妙君忍不住要拍案叫绝了。天魔首领果然天纵奇才，一转眼就想到了以这新学到手的符文来攻破结界的办法。

符文是神的语言，用来对付神明加固的结界，岂非再好不过？

天魔首领挥了挥手："来！"

她的声音不大，却带着无尽威严。原本还在各处冲撞结界的天魔族人如聆圣音，纷纷丢下手头的任务，飞快地往这里聚拢而来。

就像结界表面突然刮起了红色的沙尘暴，声势骇人。

天魔首领指着画好的符文道："成败在此一举。"

顿时，飞沙走石的场景消失不见，铺天盖地的红尘凝成了一只独角巨犀，对准符文正中央，一低头撞了上去！

冯妙君大开眼界。原来天魔如此奇异，竟然能将全族的魂体暂时融合起来，变作更加强大的怪物。只这一点特质，就甩世上其他生灵几十条街，莫怪乎当年人类和妖怪加在一起都不是它们的对手，甚至连界神也吃了亏。

不过她再想想倒也释然了。天魔原本就是不入阴籍的死魂互相吞噬而生，可塑性极强。

它们聚合而成的犀牛长得并不庞硕，身高不过六尺，显然要集中力量办事，不在无谓的体形上浪费能量。不过那个大脑袋上的钝角就有三尺，又粗又长，像个攻城杵。

这不是单纯的撞击，甚至也将天魔的力量源源不绝输送给符文。

它撞一回，结界就像先前那样颤抖一下，符文也变得更加红艳。

终于不是固若金汤了。

显然，集中攻击南门的做法有效。这是举全族之力，攻击结界最薄弱一点。

所有天魔为之振奋，驱使犀牛一个旋身跑出五丈外，再度冲锋过来！

一次、两次、三次……

也不知撞击了多少次，红犀身形都消瘦了一大圈，显然天魔一族的魂力消耗剧烈。

可是结界还在，还没有破裂。

神力的强大，实是出乎所有人意料。

就在此时，冯妙君身边有一头天魔突然惊叫起来："天边，看天边！"

冯妙君抬头，望见方才她和燕王掉出来的圆形甬道口正在闪着青光。

距离太远，她看不清楚，可是天魔首领只抬首瞄了一眼就变色道："不好，时间不够了！"

然而她绘成的印记还没能钻入结界，打开通道，结界太坚固了。

"至少还要再撞击三百余下，才有希望。"

然而它们没有时间了。

怎么办？

冯妙君"听见"了所有天魔焦急的心声，她却盯紧天魔首领一瞬不瞬。

天魔袭城的结局后人尽知，她好奇的是，结界如此强大，竟得神明护持，最后又怎会有天魔能够溜进去？

事已至此，这位族长又能想出甚办法来？

天魔首领果然沉默下来，像是在细细思忖。但她这一回封闭了心神，其他天魔都感知不到她的思路。

无人敢有异议。

她并没有静默太久。事实上，时间也不允许她再沉默下去。

"再多撞几下，结界或许会有一丝松动，却不足以让我们通过，如想强行挤进去，恐怕会被空间碾碎。"她轻抚着印记，"有个折中之法。"

众天魔凝神看去，果然印记中心微微内凹，线条也有些飘忽，仿佛被风吹动的蛛网。可是与它们逃出石室时通过的那个鸡蛋大小的孔洞相比，这条通道根本都还未成型！

首领说得没错，它们时间不足。

"应该能撞开一条缝隙，但我们力量太强，反而过不去。就如渔网，网眼如果太密，就只有最小的鱼儿才能逃出。"

听到这里，即有两头天魔显出身形道："请容我一试！"

它们的面貌最凶恶，本体也最模糊，下肢甚至只是一缕红烟。天魔的道行也分三六九等，这俩货的魂魄强度不高。不过首领的话意已经很明确，修为最低的天魔，反而最有机会通过那一丝缝隙，突入人间界！

"这不是逞能的时候，机会只有一次。"天魔首领声音转厉，所有人噤若寒蝉，"我会卸去全部道行，从那缝隙里钻过，再伺机回来解救尔等。"

她竟要亲自尝试！冯妙君吃了一惊，即便在人类世界，君王身先士卒的例子都很少，下场一般也不怎么好。不过天魔首领的修为冠绝全族，穿过结界裂隙、躲避时空乱流也需要丰富的经验，更遑论进入人间以后还要躲避浩黎帝国追杀，积极筹划解救族人，智谋、应变、阅历和城府，缺一不可。

她的确是最合适的人选。

"我王，不可！"众天魔大惊，连红犀都险些解体，"卸去修为，那与寻死何异！"

"如果缝隙并未通往应水城，您连掉头回到这里的机会都不再有！"

"那就只好说一句天意如此，算我输给了天神。"天魔首领眉目冷峻，却呵呵一笑，"我们和自由只有一层结界的距离。机不可失，时不再来！"

族人仍然反对。

可是天魔首领的命令不容置喙："我意已决，你们替我争取那一线生机就好。"说罢伸指敲了敲印记，"来，继续。"最后这几字声威赫赫，得令者无人胆敢忤逆她的意志。

她在族中威严深重，尽管其他天魔反对，却依旧忠诚地执行她的命令。

在独角红犀接二连三的撞击声中，有高阶天魔凑近前来，低声道："卸去修为，您就比凡人的亡魂强不了多少，如何能对付这些！"

这一回它用的不是心语，而是吐字开声，直接从口中说出来。

只这一项，就能看出它是首领的心腹了。它手指的方向，正是城门前严阵以待的队列。

就算首领能顺利通过裂隙，可是这里面还有无数人类严阵以待，连只苍蝇都飞不进去。

"我已经传唤内应，引开它们的注意力。"天魔首领摆了摆手，同样轻启檀口，"无须担忧，我自有主张。"

这等关头，她决不会无的放矢。果然小半刻钟后，城内主街就驶出一辆马车，飞快地冲到南门。

正是全城戒严的时候，寻常百姓上街都要被杀头，何况是这么显眼的一辆马车？只瞧它那目中无人的模样，就知后台硬气得很。

很快，马车在南门前被拦下来，城门郎上前交涉。车帘一掀，里面坐着个锦衣少年，眉清目秀，但是眼眶红肿，指着他便骂，手里还晃出一枚黑色令牌。

显然他急着出城。

不过有结界的阻隔，天上的人听不见他俩的对话。天魔首领解释道："那是相府的小公子，赵太君在城外庄子里暴毙，他就急着出城给曾祖母奔丧。"

看起来此时的相国得势，因为小公子指着城门郎破口大骂，对方连还口也不敢，只是一个劲儿地摇头，显然不肯通融。

城门守卫的注意力，都被他的吵闹吸引过去。

天魔都道："甚好，我王可以趁乱而入。"

话音未落，天上忽然青光大作。

天魔首领第一次变了脸色，焦急道："快！"

时间不等人。

独角红犀一个转身，再度朝着符文狠狠撞去。与此同时，天魔首领的身形也再度模糊起来，变作了赤红的烟雾。

在众天魔翘首以待中，烟雾忽然分开，有个小女孩走了出来。

这孩子不过五六岁年纪，漂亮得像年画上的小玉女，只是一张小脸苍白得没有一丝血色，连嘴唇都泛着乌青。

这是……天魔首领的缩小版？

她身后还余下大团赤红色的烟雾。小姑娘挥了挥手，它们就聚合起来化作一枚戒指，掉在她右手中。

冯妙君深谙魂术，知道她这是舍掉了自己的大部分魂力，强行将魂魄强度降下来，也就相当于修行者的自废修为。

这么做就是变相自杀，换作普通天魔，一个操作不慎就烟消云散。

即便她是对魂力把控入微的天魔首领，此刻娇小的身躯也是摇摇欲坠，几乎连形体都不能维持，时常就散作一团红雾。

那团雾的颜色也浅淡，与之前艳若赤霞实是不能同日而语，显然此举令她遭受重创。

目睹这一切，哪怕冯妙君站在人类立场，对她也要竖起大拇指，赞一声："了不起！"

神魂修炼的难度远超肉身道行，这天魔首领也不知道经历了怎样的千难万险才能站到这个奇特种族的巅峰，如今却肯为了族人的自由而将手中拥有的一切全都舍去！

什么是英雄？

民族危亡之际，英雄不仅仅是最后力挽狂澜的那个。为他人利益甘愿牺牲所有，任自己直面恐惧与未知，才是这个伟大称号的真谛。

女孩蹒跚往前两步，边上的天魔要来扶她，被她一把挥开："不必！"

这时应水城南门前的局势陡然又生变化。

有个内侍带着大队人马赶到，与相府小公子对话，各自都有些倨傲，像是谁也没打算让着谁。

"不好！这阉人是郝明桓的走狗，必定要来检查结界。"也不知谁说了一句。

"未必。"天魔首领嘴角绽出一丝冷笑，"焉知非福？"

她转身面对所有族人，吐气开声，一字一句道："以此身立誓。只要我今回能逃出生天，日后必定带尔等重返人间。浩黎帝国无义无信，我必令它四分五裂，并教郝家江山再无一统之日。"

她稚嫩的声音中偏偏带出了无人能比的狠戾，回荡在这片空间当中："若违此誓，定教我灰飞烟灭！"

周围的天魔一起跪下。

冯妙君却是站着的。天魔首领目光扫过，似乎直勾勾地看向她。

那目光深邃，似有无穷意味。

她忽然捂住了胸口，这种下意识发自灵魂深处的战栗是怎么回事？

天魔首领嘴角泛起一丝笑意，旋又淡去，忽然伸手向东北方向一指。旁人都不明其意，她已经收回目光，盯着底下南城门前的动静："时机正好！"

冯妙君就看着南门前那个太监忽然挥出一剑，斩落了相国公子的首级！

原本还要分神管顾城门阵法的兵头子，这下惊得瞠目结舌，和手下士兵一起呆若木鸡，哪里还会再往城门上多看一眼？

几乎就在同时，红犀一头撞在了印记上，劲道是史无前例的巨大！

轰的一撞，整个结界为之剧震，红犀也再维持不住体形，砰一下爆成了红雾。

印记正中央跟着塌陷了一小块。

也就是一颗芝麻粒儿大小，若非冯妙君一直盯住它不放，险些漏看过去。

天魔首领却不会放过全族人拼尽全力才给她创造出来的机会。这条缝隙才刚刚出现，她就抓着手中戒指，一把摁了进去！

咔嚓——魂力化成的戒指嵌了进去，裂隙一下被撑大。结界如有生命，极力想要收缩，却被戒指牢牢抵住。

这是在以天魔首领的全部修为对抗结界上附着的天神之力。

它的主人自然不会浪费这样的机会，身化一缕轻烟，干脆利落地钻了进去。

她的身影才消失不见，另一头天魔依样画葫芦，也凝作红烟往里钻。其他人都是大惊："你疯了！"

它的加入，很可能让本就不稳定的裂隙变得更加难以捉摸。

果然，这缕红烟才挤进去一小半就被弹了回来，连带整个结界都颤抖了一下。其他天魔强行将它拉回，然后才发现印记居然已经碎了。

哪怕这头天魔再弱小，对印记上的小孔来说依旧是太强大了，正如巨象穿不过渔网上的空隙，普通天魔也无法从这里钻进去——它们对力量的把控，远不如自己的首领。

冯妙君捏紧了拳头。

她知道天魔首领接下来要面对什么。通道根本没有打开，缝隙里是两界壁垒之间的时空乱流，就算是神仙进去了，最糟糕的下场是被挤成齑粉，最大的可能是迷失方向，永远流浪。即便天魔首领魂力健在，也是千难万险，何况她现下不过是一缕孤魂而已。

可是这件事的结局，冯妙君早就知道了——她顺利穿过了缝隙。

果然不出几息，应水城南门上有张铜符无风微动，而后一缕淡得几乎肉眼难见的魂魄钻了出去，沿着墙角飞快消失在黑暗当中。

尽管它的魂体比起之前还要暗淡，显然在穿过结界的过程中又有巨大损耗，可是它毕竟是顺利过关了。

　　而这个时候，城门前众人还沉浸在内侍杀掉了相国公子的劲爆场面中，久久都没能回过神来，自然也未见到这一幕。

　　南门外的天魔情不自禁欢呼起来，随后化出身形，向着首领离去的方向一起拜倒。

　　它们对自己的族长又敬又佩，从来深信不疑。

　　不过她还未来得及深思，高处忽然有滢滢青光绽出，在这一瞬间播洒整片结界。

　　她头一次发现，青光竟然也能这样耀眼，迫得她合目不能直视。

　　不过就在闭眼前一瞬，冯妙君却留意到一道红光朝着东北方向落去。

　　周围突然安静。

　　她缓缓睁眼，发现四下里空无一物。

　　天魔不见了，应水城的上空清荡荡一片真干净，只留下她形单影只。

　　她站在原地，轻轻嘘出一口长气。

　　原来，这才是当年天魔袭城的真相，不知为什么被保留在这个莫名的时空当中。

　　冯妙君心里蓦地一动：斩杀相国公子那一幕，是意外，还是天魔首领有意安排的呢？

　　恐怕，这个谜团无人可以揭开了。

　　她俯下身，伸手一摸，结界还在，但无论是天魔首领刻绘的印记，还是血色戒指都已消失不见。天魔倾全族之力才在结界上撕开那么一小条口子，完成任务之后不再输送魂力，结界也就自动复原了。

　　显然天魔们都清楚这一点，否则不会认定她一旦失败就再也回不来了。

第
四
十
五
章

共
生
之
体

冯妙君伸手按了按结界，又想了好一会儿，就抬腿往东北方向奔去。

底下爆发出阵阵喧哗。

她低头看去，发现应水城人从住处涌入街道，欢呼雀跃，许多大宅子里点起鞭炮，噼噼啪啪，比过年还要热闹。

看来，浩黎帝国已经宣布天魔袭城的危机过去，王城成功渡劫，人们才会冲出来庆祝劫后余生。

冯妙君望着底下的平民，怜悯地摇了摇头。这些欣喜若狂的人大概不知道，亡国是既定的宿命，一定会到来，无论他们怎样努力抗拒，也不过推迟了十余年而已。

无情的命运早在前面等着这个耄耋老矣的帝国。

她轻轻叹了口气，想起方才与天魔首领四目相对的瞬间。这一切都发生在数百年前，她们交错于不同的时空，对方真能看见她吗？

接着，她路过巍峨的王城。

三百多年前的浩黎王城就是琼楼玉宇的代名词，恢宏、庄严、气象万千。除了黄金城，冯妙君从未见过能与它一较高下的建筑群。

新夏王城也不能。

现在的浩黎王城灯火通明，又有巍楼高耸入云，离结界最近，曰摘星塔。

冯妙君的脚步慢了下来，只因她见着摘星塔顶的朱门忽然打开，有一人疾步而出。

这人身材高大，两鬓微白，虽然形容枯槁，望之如五十许人，但五官依旧出众，是能让姑娘们看一眼就揪心不止的俊朗出尘。

慕名已久，不意今晚终于有幸一见。冯妙君站定，细细打量着他。

他年轻时有多么颠倒众生，她早就从另一个人身上见识过了。

只凭他的五官和云崿有六七分相似，冯妙君就能确定他的身份，更不要说他身着金袍，一走出来就前呼后拥，有无数宫人环绕周围。

黎厉帝，郝明桓。

冯妙君当真没料到，自己会在此情此境见到他，再多细看两眼，心里微惊。

她从云嵫那里听过他父母的过往。此时的郝明桓修为精深，本该意气风发、青春长驻才是，为什么看起来已有老相？

再看他现在面带戾气，脸色铁青，显然是极不痛快的模样。

有几个老奴见到他就扑通跪下，痛哭流涕："王上，您这是怎么了！"

郝明桓面容憔悴，眼底却有红丝，闻言大袖一挥："滚开，都别跟来！"

他大步向前，身周气机萦绕，把挡道的人都给弹到一边去了。

众奴仆见他行色匆匆、气势汹汹，不知发生了什么事，只得一起跪在后头，再不敢寸进。

冯妙君心里一动，想起方才天魔首领说过的话：

"神力不是那么好借的……郝明桓一定付出了代价。"

郝明桓付出了什么代价呢？

他接下来要去哪里，冯妙君早就知道了。对她来说，这是千载难逢的机会，能够亲眼见证那一段云嵫自述的公案。

可是她现在还有事要办，急事。

是跟着郝明桓看完整个全程，还是先去寻那件至关重要的宝物呢？

她纠结了。

冯妙君站在原地，只犹豫几息，就迈开步伐继续往东北方向而去。

天魔袭城的历史到这里已经告一段落，黎厉帝和白龙的故事虽然牵动人心，到底是过去式了。冯妙君眼前最该做的，是为"现在"而努力。

没过多久，结界里忽然暗下来。

她低头一看，底下的应水城居然从灯火通明变作了漆黑一片。

只在一瞬间。

这也太诡异了。要知道击退天魔这种大事攸关全城人民性命，又是值得传唱无数年的荣耀，应水城居民怎么可能在这么短的时间内就蒙起头来睡大觉？

再说，连中心大街都没亮起一束火把，哪个正常的城市会这样？

又过上十来息，冯妙君的目力渐渐适应黑暗，反而发现底下的城市蒙上了一层淡淡的银辉。

借着月光，她再一次看清了这个城市，不由得驻足。

破漏的屋顶、塌了半边的房子，到处是断壁残垣，死气沉沉的街道上偶尔有一两只鬼祟的野狐出没。

那个破败不堪、死气沉沉的应水城又回来了，先前她进入这个未知空间经历的一切，反而像是大梦一场了无痕迹。

和喧嚣、光明一起消失的，还有这个城市的繁华。

冯妙君霍然站起身来，就要迈步。她的时间，也不多了。

正在这时，有个声音忽然在侧边响起，带着几多唏嘘，几多不甘，又有几多自嘲："原来天魔早就不在这里了。"

冯妙君一转身，就看到了燕王。

"方才不过一场幻境，记录下了天魔袭城的过程。"她望着燕王，目光闪烁，"你在这里作甚？"从天魔首领现身斩蛟灵，一直到天魔举全族之力撞击神符印记，哪一个不是声势浩大？燕王不可能无知无觉，为何没有跟去南门察看，反而留在东北方向？

燕王不答，反问她："你又在这里作甚？"

他的语气耐人寻味。事实上，本该同舟共济的两人再度会面，却像两匹孤狼狭路相逢，彼此都是虎视眈眈。

"来找你。"冯妙君轻抬莲足，在结界上踩了两脚，"天魔逃不出这片空间，我们也一样。这就是我们的麻烦。"

燕王皱眉："这东西不会消失？"

"恐怕不会。"冯妙君暗中打量他的神情，脸上却露出两分忧色，"幻境里的所有东西都是虚的，唯有它是现实；幻境里所有东西都会消失，只有它依旧存在。"

这个"它"，指的是结界，两人当下所站立的这层结界。

是的，方才两人在这个未知空间里所看见的一切都发生在三百多年前，都是过去式。只有这层结界真实存在。

"过去它挡住的是天魔，现在挡住的是我们。"

燕王也在低头俯瞰脚下那个废旧都城的模样："你觉得，我们如今所在何处？"

"不确定，但可以推导。"冯妙君不假思索，"我们首先进入梦境，又被吸进天神的封印之地，而后被扔到这个莫名的空间里来。三百多年前，天魔拼尽全族之力也想打破这个结界，综上可以推断……"

她顿了一顿："这里，应该就是梦境与现实的交汇之地！"

梦境基于现实而生，就像万物在水中都有倒影，那么这二者之间的交汇，可能只有薄薄的一线——可是，这就足够了。梦境与现实的有限重合区域也被称作隔绝之地，它实在太不起眼，冯妙君每次入梦都不曾重视过它，却未料到天魔的封印者能有这样的天才构想，将这个不可一世的种族给送到隔绝之地来。

"交汇？"燕王将这两个字在口里反复回味，末了才指着底下的景观道，"如此说来，结界之下就是现实？"

"对！"冯妙君斩钉截铁，"我有七成把握，只要打破结界，我们就能返回现实！"

这就是天魔袭城的真正目的——返回现实。

　　它们被困在梦中的应水城里数百年，只要冲破最后这层阻碍就能回归现世，重得自由，这么巨大的诱惑当前，哪只天魔敢不卖力？

　　它们的根本目标不在于攻下应水城，而是打破结界，返回人间。只可惜浩黎先祖早有先见之明，干脆拿整个王都，举全国气运，堵住它们逃生的唯一通道。

　　燕王沉默了，半晌才苦笑一声："天魔都打不破这层结界，你我就可以吗？"在现实里，他当然对自己的修为有信心；可是在这种虚幻之地，魂力才决定一切。天魔的魂力之强大，世间谁能匹敌？它们举全族之力都冲不破的结界，难道他和冯妙君就有戏？

　　"不试一试怎知不行？"

　　燕王挑眉望着她："你想怎么办？"

　　"依样画葫芦。天魔首领利用天神印，在结界上撬开一条缝隙，我们也可尝试……"

　　燕王突然出声打断："当年潜入应水城的，是天魔一族的首领？"

　　"是。我亲眼所见。"冯妙君低声道，"她绘过的印记，我也记住了，可以如法炮制。但以我一人之力，恐怕还破不开这个结界。"

　　"所以你找我帮忙。"

　　"是。"冯妙君语速很快，"并且我们的动作要再快些。再过不久……"

　　话未说完，燕王突然打断她："恐怕，你这一路过来要找的不是我。"

　　他忽然笑了，笑容有两分诡异，冯妙君看着他，心底泛起一点不安："唔？"

　　"是这个吧？"他翻起左手，摊开，掌心躺着一枚小小戒指，色泽鲜红如血，但款式简单，就是个红圈。

　　竟然落在他的手中！冯妙君心头一跳，面上却露出迷茫之色："这是什么？"

　　"无论这是什么，我能感应到里面魂力澎湃。"燕王悠悠道，"你方才说过，幻境里一切东西都是虚假的，只有结界是真的，那么这东西又是怎么留下来的？"

　　他不待冯妙君开口就接下去道："我进来之后倒是记起一事。天魔曾经跟我说过，它在逃出封印之地时，遗落了一样重要东西，日后有机会，必定还要取回。"

　　"我原以为此物落在石室里，可是遍寻不着。"他轻轻嘘了一口气，像是如释重负，"哪里料到，在结界上找着了这么个小东西。你说，天魔肯为得回它付出什么代价？"

　　"珠子里头既然魂力澎湃，就有助于破开结界。"冯妙君眉头微皱，"否则合你我之力，也是希望渺茫。废话少说，拿过来用吧。"

　　燕王的反应是直接后退一步，竖起一根食指摇了摇："不成。你想拿回去，就得给我长生之法。"

　　怎么又绕回这个原点了！冯妙君板着脸："我可不知什么长生之法！"

　　燕王阴沉道："交换，或者强抢，你自选一个。"

　　局面一下又变得剑拔弩张。

　　强者最了解强者，冯妙君的确动过强抢的念头。她笃信自己的魂力比燕王还要强大一些，然而想打破结界返回现世，至少要集合两个人的力量。

因此她努力压住火气："你就不好奇天魔为什么从这里消失？"

燕王从善如流地问了一句："为什么？"

"石室的封印有自我修复之能。"她咬牙道，"天魔逃进这里也并没有真正离开封印的范围，或者说，这只不过是浩黎大帝或者天神留下的第二重封印而已，毕竟任何禁制、阵法和困局都不能设为死路，必须留有一线生机。所以，天魔在石室的封印修复完毕之前如能打破结界，就能逃回现世。反之……"

燕王也是聪明人："就被重新关入石室？"

"正是。"她声音陡然转厉，"你再耗下去，下场就是被重新抓回石室，步天魔的后尘！我们耗费多少力气才冲进这里，你想重来几遍？"他们的魂力有限，还比不上天魔，再那么走一回必定要被困住！

燕王却满不在乎："出不去就出不去吧，反正我老了，又寻不到长生之法，本就没几年可活。"他甚至嘿嘿一笑，"有一个如花似玉的新夏女王给我陪葬，我不亏！"

冯妙君念头转得飞快，并不计较他的语气："或者这东西由你来启用也可，我只负责绘制破界印记！"

燕王嘴一扯，咧开一个阴沉的笑容："长生之法，我只要这个！"

冯妙君看着他眼里不加掩饰的偏执与疯狂，知道这人对于长生的执念已经走火入魔，再说什么道理也是无用。偏偏事到如今，她最迫切的问题就是怎样逃出这处绝境。

"好。"她终于点头，"我给你长生之法。"

话音刚落，燕王就长长吸了一口气，目光灼灼："要怎么做？"

"第一步，在寿元将尽时，你必须换个身躯。我可以传你天魔秘术，令你在夺舍时不致身魂相斥。"

她果然有这门秘艺，燕王目光一亮。

随即死死盯着她："那我的魂籍怎么办？"

人在阳世有户牒，在地府就有魂籍，或称阴籍，只要记录在册，哪个新死的亡魂能逃过轮回之力？燕王也不能。无论他生前多么强大，死后都要魂归黄泉。

"李代桃僵！"这却不是冯妙君仓促间想起的，而是当年天魔教给曹卜道的方法。这些年，她也反复琢磨过，认为它当真有些可行，"阴籍不能抹去，却还有一线机会可以替换。何妨另选一个亡魂，由它顶替你的阴籍再入轮回，也承担你所有罪业与福报。不过从此之后，你就是没有阴籍的野魂了，与天魔相类。"

燕王盯着她一瞬不瞬："你可以办到？"

"可以一试。"

她身负天魔所学，天魔首领能办到的事，她不妨也来试一试？为了让他安心，冯妙君狠狠立了个毒誓，称一定替他解决长生之苦，而后说道："其实最简单的法子就是重开天路，你我都能晋入长生界，寿数之难即可迎刃而解。"

血誓不可违，燕王阴鸷的脸色立刻和缓下来："一言为定。"

目的已经达到，他也就不再为难冯妙君，说到底他也不想待在这里："你先告诉我，这是什么？"

"是天魔首领遗落在隔绝之地的全副修为。"冯妙君轻吸一口气，"当年它只有舍掉所有道行，变得足够弱小，才能钻过结界上的裂隙进入应水城。"

"这东西怎么用？"燕王摇了摇头，"我能觉出其中魂力鼓胀，可是根本吸收不了。"

"不清楚。"冯妙君答道，随即取星天锥刺破指尖，蘸着血在结界上绘制印记，"我们只能想法子开启其中蕴含的魂力。"

"天魔举全族之力都冲不进结界，我们难道可以办到？"

"这个结界已经不是三百多年前拦住天魔的那个了。"她手上不停，话理分明，"当时的应水城生活着近三百万人口，他们鼎盛的生机，还有浩黎国的元力，都汇在一处加持结界，才使它牢不可破，甚至可以抵御天魔的攻击，这即是所谓的举一国之力镇压之。现在应水城里的活人只有区区万余。我们面对的这个结界，早不像从前困住天魔的那么难对付了。"

说到这里，她话锋一转："不过虚幻与现实之间本来就壁垒森严，就算在上古时期也非仙人以下所能打破。集你我之力都未必能成，我们还需要它。"说着随手指了指那枚血红戒指。

燕王不语，只是双手抱臂，看她在结界上绘制印记。

眼下冯妙君绘制的几乎是当世第一等复杂的符文，错综复杂的线条成千上万，倘有一根出错就要重来。两人都损耗过大量魂力，她现在再做这样精细的活计，坚持了几个时辰之后，也难免累得头晕眼花，连身形都隐隐虚化。

她收手时看东西都有重影了，当下退开几步闭目养神，好一会儿才重新检查自己绘制的印记。

"好了，天魔首领当初借此逃生，希望今日我们同样顺利。"冯妙君抬头望天，只见远处闪动的青光越来越明亮了。

"石室中的封印快要补全了，我们要抓紧时间。"

这时血液已经干涸，两人各伸一掌，按住小半边印记，将魂力悉数灌入。

下一瞬，印记就亮起了淡淡红光。

"不足。"冯妙君是见过天魔触发的印记，那光芒鲜艳如血，比现下要强上几倍，"给我戒指。"

燕王将戒指递了过去。

戒指才刚触到冯妙君白嫩嫩的掌心，就陡然发出一片强光，刺得人睁不开眼。

那是绚烂的赤金，就仿佛夕阳突然照进这个闭塞而又昏暗的空间，然而那光却又让人感觉不到一丝暖意。

变故骤起，燕王也是下意识退开两步，眯起了眼。

光芒只在一瞬。

等到看清眼前，以他君王心性，这时都忍不住骇然变色："你！"

谁也没料到秋雨来得这样缠绵，一下就是三十来个时辰不停。整个应水城笼罩在一片烟雨朦胧之中，云嵯凭栏远眺，只望见了无边萧瑟。

天色渐渐暗了，城南百姓家的灯火一盏接一盏地亮起来，给这个雨夜增添了一点点温柔，可是倒映在云嵯漆黑的眸中，就连一点儿光都透不出。

他一动不动，已经这样站了几个时辰。下人早被打发出去，这处宽敞却寂静的大屋只剩下他和躺在床上的女王大人。

一阵小风吹进。

云嵯似有所觉，蓦地回头，看见床上那人已然睁开了眼，目光直勾勾地落在他身上！

不同于一般人方醒未艾的迷糊劲儿，她的眼神清冷，像是能直接看到人心底去。

"你醒了。"云嵯快步走回床边，脸上难掩关切之色。

冯妙君点了点头，没忽略他眼中一闪而过的复杂情绪："我睡了多久？"

"四日三夜了。"他在床边的酸枝木椅上坐了下来，指了指窗外的天空，"这是第四个晚上。"

"竟然去了这么久。"

她用的"去"字，而非"睡"字。

原本，她这一趟入梦也是为了救回养母，会一会燕王，原以为就是一晚上的工夫，哪里知道这其中变故横生。

冯妙君只觉关节都躺僵了，下意识想翻个身，结果——

四肢竟然动弹不得。

她怔住，又挣扎一下，竟然还是无力起身，这才吃惊："这是怎么回事？"

她开口的同时，云嵯的目光也落在她手上，见到她指尖动了两下，于是伸手按着她额头："你病了，要多养养。"声音很温柔。

"我病了？"冯妙君啼笑皆非，"我怎么不知道？"到她如今修为，会随便生病吗？"莫要玩闹了，云嵯，将我解开。"

她浑身上下都僵得跟木头似的，必定是云嵯手笔！

这厮离应水城本来就远，三四天内能赶来都是披星戴月了，冯妙君知道他多半赶不及自己和燕王的见面，却不想他居然会趁着她昏睡时在她身上动手脚！

两人相拥而眠不是一两天了，过去几千个日夜，他有的是机会，为什么偏偏选了今日下手？

“不用挣扎了。”他在她太阳穴上轻轻敲了两下，没用上劲儿，却让她微觉刺痛，“我在你颅上扎入了一十三枚挽魂钉。你魂术了得，必定知道那是什么，对吧？”

“挽魂钉！”冯妙君瞪圆了眼，不敢相信他居然将这东西用在她身上，“你疯了！”

挽魂钉是一种很特殊的法器，最早是用来治疗离魂症的。患了这种毛病的人，夜里容易走失魂魄，所以需要这东西将魂魄牢牢定在身躯当中。后来，人类发现它更适宜禁锢魂魄，尤其用来对付天魔最好不过。

云崕幽幽道：“不必费心挣脱了。用在你身上这一套，乃是浩黎大帝得自神赐，据说从前用来对付比天魔更强大的怪物。加了此钉的躯体，魂魄许进不许出。”

的确强大。她只觉脖子以下的部位都是木然一片，什么感觉也没有。对云崕这样的大能来说，轻易就能用挽魂钉直接截断脑部对于躯体的控制。至于她的神魂，更是被牢牢摁在识海当中，再不像从前那样可以轻易离体而出。

冯妙君眯起眼，俏面上终显出薄怒：“这是什么意思！”云崕花样百出，平时也爱和她玩耍，像这样制住她再为所欲为的时候也不是没有。

但这一回显然不同。

他背光坐着，面庞都隐在黑暗里，只伸手抚着她的面容：“你到底是谁，是冯妙君，还是天魔？”

云崕的话像一道惊雷，震得冯妙君凤眼圆睁，难以置信道：“你以为我是天魔？！”

她忍不住冷笑：“我这几日都在应水城中与燕王周旋，你不出现便罢了，怎敢说出这种话来！”

云崕目光微动：“此刻燕王何在？”

“不知道。”她气呼呼的，但还是补上一句，“他与我合力破开结界，重返现世，这会儿应该还在应水城里。”人要入梦，神魂离躯体就不能太远。

她刚刚醒来，燕王应该也是一样的。云崕当即站起来，踱去外间吩咐几句，当即有人将这重要情报传递出去。

燕王苏醒了，搜捕难度直线上升。

转眼，云崕又走了回来，重新坐回椅子上，轻声道：“我在你们约定交易的那天赶到应水城，才知道你已经睡了一整天都未醒来。这一晚，我就入梦找你去了。”他轻轻拍了拍床板，“就躺在这张床上。”

他紧赶慢赶，结果还是没赶上她的步伐。

云崕入梦找她了？冯妙君红唇微抿，怒气稍稍平复些许。

“按照事先商量的，我一路找进梦中城的神庙，人是未见着一个，反倒是龙凤宝杖孤零零立在殿中。”云崕的目光未有一刻从她脸上移开，似乎要把她每个表情都看个清楚，“它立着的位置，很特别。”

“你知道那根杖，是吗？”

云崝沉默了好一会儿，才轻声道："当然。那本就是天神庙中的仪杖，从前去庙里拜神的平民都能见着。但就连浩黎帝国内部都鲜少人知，它还是开启天魔封印的钥匙。"说到这里，顿了一顿，"重达八万斤的钥匙。燕王找了它许多年，几年前赵允才终于替他父亲寻到了。"

冯妙君何等精乖，一听之下就道："从前燕王反复派人探查应水城，就因为没寻到龙凤宝杖的正确用法？"

"是。"云崝点了点头，"这宝贝是可以带入梦中的，也只在梦中才能开启关押天魔的石室。"

"可是燕王后来又知道了……"冯妙君眯起了眼，"唔，是你告诉他的？"

云崝嘴角微弯，笑意却未达到眼中。于是冯妙君知道，果然是他。

燕王拿到了龙凤宝杖，却不知真正用法。也不知云崝用了什么法子传到他耳中，并且令他深信不疑。

原本燕王对于求长生之事就是两手准备，一方面收集祭坛碎片，想要重升天界，另一方面四处寻找天魔。平定天下、集齐碎片本来就不是一件容易的事，何况魏夏联手反而打进燕人家里来，这也迫得燕王不得不走上第二条路。

他想解开封印、救出天魔，面临的首要难题就是进不了梦中城。

应水城早变成了一片废墟，连个人影都没有，哪还能生成梦境？偏这地方在新夏地界，不归燕国所管，燕王手再长，也不可能调集上万人搬到这里住。

有这本事的，只有新夏女王！

冯妙君目光转凉："这是你布下的局！"

对云崝来说，当应水城变得喧哗热闹时，也就意味着燕王上门了。他只要选在这个节点赶到废都，就有很大概率能抓住燕王！

这老家伙从来惜命，云崝与他多次交手都在战场上，有众多强者前呼后拥，他要置燕王于死地可太不容易了。

可是以天魔、以梦中城为饵，燕王一定会赶来应水城。

燕王对于长生的念头有多偏执，当世应该再没几人能像云崝那么了解。

洋城的地龙翻身，应该就是云崝一直等待的机会。只要抓住燕王，南陆上的战争就很可能提前结束，他的夙愿也终于可以完成。

"这个局，不仅仅是梦中应水城。"云崝拣起她一缕发丝，在手中把玩，"神庙里的石室也是个陷阱。"

冯妙君看着他，眼眶微微发红，却忍不住冷笑："好，云崝，你好得很。"

他瞒得她好苦！

他低下头，与她双目对视："昔年天魔攻城以后，郝明桓就知道原先的封印再也不能长久困住这些东西，于是更弦易辙，另外设法。但这些封印禁制却被他保留下来，布成了陷阱。在他想来，逃出去的天魔必定还要回来解救同类，可它已经变得弱小，而天魔全族也不再被困于石室之中，于是入彀却不能出，再一次被封印起来，天下祸乱根源从此消弭。"

"好深沉的算计。"对黎厉帝了解得越多，冯妙君对他其实越是佩服，"可惜人算不如天算，浩黎帝国也苟延残喘不了几年。"通透如郝明桓，也料不到浩黎帝国就算打败了来袭的天魔，也只有十余年寿命了。

"虽然时过境迁，今日废弃的虚实壁垒远不如三百多年前强大，然而依旧不应有修行者能破界逃出，那已是超越人力所及。"云嵂目露精光，一字一句，"能冲破壁垒，再度返回人间的，只有天魔！"

三百多年前，天魔办到了；三百多年后，也只有天魔可以再一次办到！

一言以概之："能从那里出来，就证明了你是天魔。"

这才是他制住她的唯一理由！

"你试探我？"冯妙君眼中露出鄙薄之色，"你布下这个局，不只为了困住燕王，是吗？你的心计，可是半点不输给郝明桓。"只要燕王被困不得出，那跟死了有什么分别？魏国同样可以快速取得南陆的胜利。她咬着牙，眼中却泛出一层薄薄的水光，"如果我出不来呢，你又打算怎么办，将我和燕王一起困在那里吗？"

"我也想潜入石室，可是这几个晚上的梦中城都下雨，等不来月光，无法启动龙凤杖。"云嵂握在身侧的拳头突然收紧，"我早就想好，只要等到月出就进入石室，无论你是不是天魔，我都不会任你坐困愁城！可是今晚，你就出来了。"他长长喟叹，声音里有数不清的烦乱，"谁能说这不是天意？"

方才望见冯妙君苏醒，他不喜反惊，正是因为摸透了这段因果。

冯妙君红唇弯起，不无讥讽："燕王也逃了出来，你怎知他不是天魔？说不定天魔就附在他身上逃走了。"

"你我都知道，那不可能。"云嵂说得又轻又慢，"直到半个月前，我终于将你丹田里的印记读懂了十之七八。"

冯妙君一下子连呼吸都顿住了。他解开了？

"难怪你那么着紧我的性命，三番四次赶来救我。"云嵂忽然放声长笑，声音里满是自嘲，"哈哈哈哈，原来我们生死与共！"

在崖山火海，在魏国前线，在……

他曾以为世上除了她之外，再没有人能为他舍生忘死，不顾一切。

他错了，其实连她也不能。

她想拯救的，一直只是她自己的性命！

他眼里同时蕴着怒火与冰寒，看得冯妙君心里满满都是不适。她张了张口，却说不出一个字，只能咬唇。是啊，最初她将这秘密隐而不宣，是为了自己的自由和前程着想。

可是她也明白，只要她让云崕继续研究鳌鱼印记，早晚有真相大白那一天！

好一会儿，她才悠悠叹了口气：“一开始，我的确怕你知道秘密后将我囚禁起来。后来……”

云崕挑了挑眉，轻嗤一声：“后来？”

“后来，我又说不出口。”不知道从什么时候起，这个秘密成了她心中沉重无比的负担。

她不错眼地望着他，正色道：“云崕，我对你真心诚意，日月可鉴！”

真心诚意？云崕呵呵一声，把涌到嘴边的许多话又咽了回去。他移开目光，望着窗外道：“那印记上还有一点内容，我花了许多年才解出来。除了与我共享灵力与生命力之外，它还单方向限定，令你不得夺舍！”

冯妙君大吃一惊：“不能夺舍？”

“不错。”云崕淡淡道，“会被特地限制了夺舍的，除了天魔还能有谁？”

夺舍原就是天魔的看家本领，给她种下这个印记的人可以说是煞费苦心。

云崕望向她的眼神一言难尽：“难怪这么多年来，你从未换过躯壳。”

冯妙君感受到他的目光，忽然笑了，笑得花枝乱颤，一时竟然停不下来。

她的笑声中充满悲怆和自嘲。他就这样判定她是天魔了？

云崕也不出声，只是伸手握住她的脖颈，慢慢收紧。

雪颈纤细，好像他一只手就能折断。

“对不起。”他的眼睛也红了，手上微微颤抖，“我冒不起这个险！”

既然确定她就是天魔，那么浩黎王室和天魔的纠葛，这个世界和天魔的纠葛，也该做个了断了。她不能夺舍，又被挽魂钉镇在躯体当中，只要扭断她的脖颈，她很快就会死去，从此再不能为祸世间。这是他的使命，也该是她的宿命！

云崕越勒越紧，冯妙君的笑声不得不停下，小脸涨得通红：“你想跟我同归于尽？”

她死了，他也不能独活。

“有何不可？”他深深凝视着她，“我杀了你，再把命赔给她。”

她开始咳嗽：“你我相恋十三年，多少次朝夕相处！我若是天魔，早就取走你的性命，夺走你的祭坛碎片，为何迟迟没有动手？”

云崕定定看着她：“我不知道。”

他二人相拥而眠，已有无数个夜晚。按照天魔对浩黎王室血脉的仇恨，她早该下手了。

可是回看过往种种，桩桩件件都指向了“她是天魔”这个事实。

她修习天魔秘术几乎没有遇上阻碍，她的神魂修为一日千里。从她入世开始，整片大陆动荡不安，战祸频发，连新夏都是死灰复燃，亿万人口卷入战争之中……

喉管被扼，冯妙君连说话都越发困难了：“我若是天魔，何必潜入你的识海救你？只需看天魔投影将你吞噬就好！”

她的声音，破碎中带上一点哽咽。云崕立刻想起自己在红魔山大战后遭遇天魔投影反噬之事。是她置生死于度外，从万千天魔手中救下他，唤回他的神志。

要是没有安安，他早就不是云嵊了。

她的决定，可真不像天魔啊。

云嵊依旧扼着她的脖子，自己额上却有青筋暴起。分明只要轻轻一拧，就能了结这个千古大患，他却觉得虎口僵住，动弹不得。

他的身体似乎有自己的意志，不肯听从于理智。

"既然认定，怎不动手？"她一双妙目瞬也不瞬望着他，眼角慢慢有泪珠滑落，"云嵊，我不怪你，也不后悔！"

砰的一声，云嵊重重一拳击出，打在她枕边的床板上。

木屑横飞，床板被打出一个大洞，扼住她脖子的手却松开了。

他霍地长身而起，站去窗边，冯妙君重新吸进新鲜空气，咳个不停。

缠绵了几宿的雨不知何时停了，乌云还未散尽，天穹正中却透出一点明亮，那是月儿再也不甘寂寞。晚风吹起他的发袂飞扬，平添了无尽萧瑟。

云嵊抓着窗棂的手不知不觉使了力气。上好的木料经得起三百年的风吹雨打，却架不住他的劲道，咔嚓一声断了。

冯妙君轻嗤一声，低笑道："你已经下定决心，又何必这番作态？早些杀了我，你就可以早些达成使命，不是吗？"

云嵊没有接话，似是天人交战，拳头也紧紧握起。

房里一时安静下来，只有窗外草丛里传来细细切切的虫鸣。

也不知过了多久，冯妙君悠悠叹了一口气："云嵊……"

云嵊的身形忽然一动："不用再伪装了，你不是安安。"

"什么？"她眉心微蹙，见他侧首望着自己，面庞有一半隐在黑暗里，却不减半分俊美。

他脸上的迷茫和悲伤已收了起来，目光在阴沉中还带一点讥讽。

"我了解安安。"云嵊的嗓音恢复了清润，"我若要杀她，她不是气急败坏、把我大骂一通，就是小意讨好、软磨硬泡要我打消这个念头，绝不会像你那般故作慷慨体贴，骗我心软！"他声音里带着笑意，桃花眼中却越发冰冷，"她怕死得很，绝不放过一线生机。无论你怎样伪装，也只学到一个皮毛。"

云嵊终于转身正对着她，眼中精光四射："你是天魔，不是安安！"

冯妙君嘟起了嘴，正要反驳，他却接下去道："过去三百年，我认出过你多少次？"

因为笃定，他的声音变得寒意十足："现在占据这具躯体的神魂，已经不是安安了。"

一阵凉风吹进来，把帐帷都拨开。云嵊看着床上那人，依旧是雪肤花貌，美得惊心动魄。

每一寸曲线，他都无比熟悉，无比想念。

可她眼里的光，由怔忡到愕然，再从愕然到清明，慢慢地变成了无情。

而后，她才笑了，先是嘴角弯出一个弧度，然后瑶鼻轻皱。这是冯妙君的习惯，云嵘瞧在眼里，一颗心却像浸到了冰水里。

然后他就听见她说："你错了。"

她的声音悦耳如丝竹，却充斥着不加掩饰的恶意："我是天魔，但也是安安。"

云嵘下巴蓦地绷紧。他大步走到床边，厉声道："她呢！"

冯妙君的笑意扩大，越发娇美："抱歉，从今往后，只有我了。"

云嵘如受重锤击中，身形一晃，脸色一下变得苍白："这是何意，她不在了吗？"

她的目光在他脸上流连，好笑道："郝明桓大概料不到自己儿子居然是个痴情种。除了这张脸，你和你那个爹竟然一点儿也不像！"

云嵘只作未闻，突然揪着她的衣襟将她提了起来，怒喝一声："安安呢，她还在不在？"

"你猜？"她挑了挑细眉，"我若说不在，你敢杀了我吗？"

云嵘下巴绷紧。

"你不敢。"她幽幽地下了个结论，"好了，都不要演戏了，怪累的。"

冯妙君轻嗤一声："你我性命相连，我死了，你也不能独活。"

"再说了，无论我是不是你的安安，我现下还是新夏女王。你无论杀了我还是带走我，新夏必定出兵伐魏。届时魏国就要在南北陆同时作战，面对燕夏两国的攻击，恐怕形势要立刻逆转了。"

她笑了笑："你费尽千辛万苦，才把燕国逼进死角。现在杀掉我，是打算功败垂成吗？"

云嵘的眼神森冷。

冯妙君夷然不惧，甚至笑得更加欢快了："别冲动呀，想想你辛苦了三百年的目标，我若是死了，后果你承受得起？"

她的目光，在他胸口上转了两圈，露出一点灼热之意。

云嵘抿了抿唇。

是，如果现在杀了她，他也一并死去。最可怕的是，灾难也会一并降临。

"你只有一条路可选——放了我。"她眼珠子转了转，"更何况，你心底还有一线希望吧？希望你的安安还能回来。现在杀了我，可就万事休矣。"

云嵘眼底不知翻过了多少思绪，他的声音低喑："你以为，我会放掉你？"

他追缉天魔数百年，一朝得擒，最该做的事难道不是扶本清源，将这祸害直接扼杀，创不世之功劳吗？

"于公于私，于情于理……会！"她撇了撇嘴，"夫妻一场，你真舍得杀了我？"

"你是你，她是她，我恨不得杀你而后快。"云嵘深吸一口气，重拾那个问题，"我只问你，她还在不在？"

冯妙君慢慢敛去脸上笑容，望着他不语。

天魔最擅巧言令色、蛊惑人心，但它鲜少说谎。云嵂见状，心里当即亮起一丝曙光："将她还给我，条件你开。"

"好呀。"冯妙君眨了眨眼，"拿我的族人，来换你的心上人。"

她要他放出天魔一族！

云嵂想都未想就拒绝了："换一个。"

"那便算了。"冯妙君的眼神在他胸膛上停顿了两瞬，懒洋洋道，"有朝一日，我会亲自动手。"

她的目光如有实质，云嵂面色凝重，并不意外。

她去梦中城里解救同类，结果扑了个空。到现在，她大概也明白天魔被封印在哪里了。

想到这里，云嵂目光微动。

冯妙君许久之前就去过他的识海，也见过那里的种种异象，却能不顾一切帮助他打败天魔投影。这么做的理由只有一个——那时，她还不是天魔，不清楚自己在他识海里的见闻意味着什么！可是现在，吞噬掉她的天魔知道了。

在梦中应水城的石室里，到底发生了什么变故？

思忖间，外头传来脚步声，而后门扉被敲响，陈大昌的声音传了进来："云大人。"

云嵂没有反应。

过了几息，陈大昌又唤了一次，看来是有要事。

房间里的两个人，面面相觑。

云嵂如果应声，恐怕冯妙君已经醒转的事实就瞒不住了，他也不得不放人；他如果不应，陈大昌必然知道里面有事发生。

留给云嵂做决定的时间太少了，也就那么两三息的工夫。

冯妙君紧紧盯住他，脸上终于露出一丝紧张。

云嵂闭目，伫立当场，万千思绪从他心头掠过。

他的决定，不仅仅关乎他和冯妙君，也关乎南北两片大陆，关乎亿万人口的命运。

等他再睁目时，脸上已经恢复了平静。

他顺手撤去了结界，扬声道："什么事？"

云嵂终是做出了选择。他一出声，就意味着再也不可能秘密处理天魔了。

因此她一下子就笑了，笑得志得意满。

门外，陈大昌快速道："发现燕王和女魃踪迹。红将军率兵，与玉国师前去围捕。"

"这就来。"云嵂看了冯妙君一眼，转身开门。

陈大昌迎上去正要说话，却听门内传来一道女声："陈大昌。"

女王醒了！陈大昌身体一震，擦肩而过的云嵂就留下一句低语："仔细些。你的女主人，已经变成了天魔。"

陈大昌脸上刚刚露出的喜色顿时变成了惊愕。

云嵂拍了拍他的肩膀，反手一招，冯妙君身上飞出十余道毫光，落入他的掌心。

"只留下最后一枚在百会穴，凭你的本事，三个时辰内一定可以自行逼出。"他收回挽魂针，定定看她一眼，而后大步走了出去。那一眼，包含了万千思绪。

陈大昌站在原地，心乱如麻，直到冯妙君再度出声，他才走了进去。

"传令给赵红印，让他回来，我们回乌塞尔！"

陈大昌应了一声，又道："红将军正在追捕燕王……"

"在应水城里三天都追不着燕王，出去就能逮到了？"冯妙君黛眉掀起，面凝寒霜，"还不快去！"

陈大昌想起云嵂方才说的话来。他张了张口，可是话到嘴边又缩了回去，最后仍然只得应了一声："是！"

他离开时关上了门，冯妙君望着帐顶。四下里静悄悄的，她的眼神也渐渐涣散，忽然轻而又轻地呢喃一声，仿佛叹息："云嵂！"

就在这时，外头忽然有风刮过，吹过檐上的破瓦，发出咻咻的尖厉响声，如同鬼哭。

冯妙君忽然睁大了眼，仿佛清醒过来，目光重新又变得冰冷。

第四十六章

寻觅转机

在过去的两天里，女魃一直忙于躲避新夏的搜查。燕王的神魂还未从梦中城归来，她再怎样兜兜转转也不能离开应水城的范围。

玉还真领着麾下最强大的修行者，同数千新夏精锐之师一起展开全城搜捕，撵得女魃东躲西藏，更不用说魏国师云崿也赶来凑热闹，就算魃尸铜皮铁骨、从不疲倦，苦苦挨到燕王醒来时，她也几乎快要支撑不住。

燕王的情况也未比她好多少，身躯虽然没有伤痕，可是神魂在梦中城消耗严重，先是和冯妙君大战一场，又进入石室和虚实结界，把魂力都花在了助阵封印上了。回到现实之后手足酥软，神魂困顿，随时都想一头栽倒在地，睡他个三百六十五天。

都是油尽灯枯的两人，飞也似的逃走了。

身后，云崿和玉还真率众穷追不舍。

玉还真和燕王原本就有灭国之仇，好不容易将他撵到这个地步，绝不善罢甘休。

云崿的心思却要复杂得多：冯妙君变作天魔之后，这是他快速结束南陆战争的最后机会！只要现在拿下燕王，集齐所有祭坛碎片，那么他就能重新抓回主动权。

新夏女王的命令传过来时，双方已在兰香河边分出了胜负，女魃被擒，燕王负伤逃离。

这时新夏女王的命令也发了过来："停战，回城！"

玉还真和众将都是一怔，不敢相信冯妙君会放过这个机会。不过国君下令，将士莫敢不从，众人再惋惜也只得放弃燕王。

也就是小半个时辰后，又有第二道王令送达：着全军掉转矛头，追击魏国师！

红将军和玉还真面面相觑，不知道冯妙君这回玩的什么花样，可是当她掉转枪口朝向云崿，这人已经见机溜了。与天魔交手数百年，彼此套路心知肚明。

王令之下，玉还真就该领着众多修行者前去追击，不过这个时候，她忽然抱紧肚子弯下腰，冷汗涔涔。

赵红印还是头一回见识到国师有恙，不由得吃了一惊："玉国师怎么了？"

"许是、许是动了胎气。"玉还真脸都白了，手心里却攥着一张字条。

胡天赶紧变出原身来扶。

是了，他们怎么忘了国师还是名孕妇！一众大男人都呆住，不知如何是好。

最后赵红印请她去就近的村落稍事歇息，自己带人继续追了下去。

不过，没有玉还真坐镇，那些妖怪可不会老老实实再卖力气了。

两个时辰后，天又要黑了。

玉还真歇在一户农家里，准备等身体好转一些就启程返回乌塞尔。

她慢慢啜着热水，就听见窗上传来剥啄之声。

小猴子胡天露出尖牙，浑身白毛都竖了起来。它若是变出真身，怕不得把屋子压塌。

玉还真却拍了拍它的脑袋以示无妨，而后清声道："进来吧。"

木窗微动，屋中就多出一个人，丰神俊秀，然而面沉如水——云崱。

他走过来，找了个杯子给自己倒水："你竟然抵抗王令？"

玉还真将一张字条扔在桌上："大昌说，女王那里出了变故，似是在梦中城遭遇意外，让我找你弄个清楚。"除了明令，陈大昌还传了暗讯过来，只给她一个人。

云崱眸光微沉，终是将来龙去脉说与她听。

发生在冯妙君身上这一系列变故匪夷所思，玉还真将信将疑。

道行精深如她，对自己的直觉已经极有信心。这事情，太蹊跷了。

等女王的命令传到，玉还真反而更信云崱一点。冯妙君理解大陆格局至深，怎么可能中止追击燕王？

相处多年，她更知女王对云崱的心意，绝不致挥戈相向。这一回冯妙君的行为太反常，并且毫不避讳旁人知道。

如果女王已经变成了天魔，那就说得通了。她的确也不需再有顾虑，反正地位已经无人可以撼动。

"你想如何行事？"胡天变回小猴子坐在她肩上，抓耳挠腮，也是一派烦恼模样。

"心有余而力不足。"云崱摇了摇头，"新夏已成庞然大物，现下谁也动不了天魔。"

安安这几年苦心经营，把新夏变作了强盛富庶之邦，常年征战的魏燕两国已经远不及它国力昌盛。而她自己更是将江山打造得铁桶一般，声望无两，再无旁人能够与她争权。

"我是新夏国师，帮不了你。"玉还真面色凝重，"再说，'女王就是天魔'这说法实在太癫狂，谁敢说出口，必被群起而攻，绝不会有申辩的机会。"

在如今的新夏境内，女王是天神一般的人物，百姓们认为她无所不能，甚至为她建立生祠，一天两回顶礼膜拜，狂热地赞美颂扬。

她复兴新夏，带着人民从支离破裂走向团结统一，带着这个国家从弱小走向富强。

在这种局面下，任何人敢说出真相，只会被当作是诋毁。甚至不须女王出手，千夫所指就能让他举步维艰。

玉还真顿了一顿："如果你说的都是真的，你能救回她吗？"

这个"她"是谁，两人心知肚明。

云嵮不语。即便他能对付天魔，可是天魔现在和冯妙君本人已是一体，他要怎样才能将她剥离出来？

至少到目前为止，他还没有头绪。

"如我未料错，她回到乌塞尔之后就会设法对付魏国。魏夏两国之间有协议，她不能公然对魏出兵，只能在其他方面动手脚。"云嵮沉吟道，"玉国师不能公然反对，却可以尽力拖延。"如今的魏国深陷战争泥淖，再经不起两面夹击。再说，在他和冯妙君过去多年的努力之下，新夏和魏国的宿怨已经快要翻篇，这个时候决不可再添新仇。

"她是不是天魔，从这件事上就能定论。"他满面郑重，"届时，请你为我争取更多时间！"

玉还真凝思许久，才点了点头。

赵红印领兵返回，献上一头魈尸，却没逮着魏国的国师。

对这结果，冯妙君早有预料，纵然不悦也没有发火。云嵮这人奸似鬼，就算她亲自出手都未必对付得了，何况是这些兵将？

她花了几个时辰才将扎在头上的挽魂针给驱出，恢复行动时就问陈大昌："出发前，我交给你的东西呢？"

陈大昌老老实实道："转交给云国师了。"

冯妙君目光微眯，怒上带出薄怒："什么？"

陈大昌低了低头："您昏迷三日不醒，我以为那物能派上用场，再说您原本就打算交给云国师……"

话未说完，冯妙君轻叱一声"胡闹"，闪电般扣住了他的脉门！

她出手如风，陈大昌往后一缩，依旧没逃出她的掌控，但觉手腕一麻，浑身劲道都提不起来。

冯妙君下个动作，就是一指按在他太阳穴上！

陈大昌立觉头痛欲裂，似乎有千百根钢针直往脑子里钻，并且她的指尖还萌生一股强大吸力，似乎要将某些东西从他识海里都吸出去！

猝不及防之下，即便铁骨铮铮，他也忍不住疼得低吼出声。

就在这时，他身后有人影闪过，另一只纤纤素手递来，就去戳冯妙君虎口。后者见机得早，抢先一步收了手，微微一哂："玉国师。"

玉还真脸色苍白，身形微微佝起，妙目却紧盯着她："王上这是？"陈大昌见她额上冒汗，也是大惊，伸手扶住了她。

这时外头传来一点喧哗，是玉还真手下的妖怪一同返回。

"大昌好似忘了点事，我助他想一想罢了。"冯妙君笑得十分温和，"玉国师既有不适，就该好生休息。大昌，扶你家夫人下去吧。"

陈大昌后退两步，恭敬应了一声，果然扶着玉还真就走，毫不迟疑。

"可是难受得紧？"他听到消息时，吓得满手冷汗。

玉还真笑了："莫怕，动了胎气而已，养上两天就好，并无危险。"

陈大昌这才放心。

两人头也不回，走到下榻之处，玉还真顺手放了个结界，才问他："她方才对你作甚？"

"王上精擅魂术。"陈大昌下意识压低了声音，"许是对我起了疑心，想亲自查探我的记忆，看看我是否撒谎。"

"云嵝对你说过他的计划吗？"

"没有。"

"好极，那即是说，她也查不出什么来。"玉还真舒了一口气，"你也相信云国师所言？"

陈大昌满面阴郁："王上不对劲。"他跟在冯妙君身边十多年了，她有一个眼色不对，他都能察觉出来。

这位女王，现在像是换了个芯子。尽管云嵝手里没有可视的证据，但陈大昌还是偏向他了。

一行人返回乌塞尔。

应水城的围猎战从头到尾都打得紧张惨烈，国师玉还真和其他修行者不同程度负伤，最糟糕的是，玉还真还动了胎气，被送回国师府养胎。

女子胎孕，就算修为再高也不能保证平安无事。玉还真怀孕不到两个月就带着修行者满城搜人，先后又和女魃、燕王动手，诸般劳累下来，身子立刻就不好了。

为了保胎，她好长一段时日要卧床不起。

此事惊动朝野，新夏女王亲自上府慰问，准她病休在家；其他廷臣不好亲至，唯恐打扰她休息，于是陆续送了许多礼物过来。

除了参加过两次廷议，陈大昌这几天几乎寸步不离守在妻子身边。玉还真脸色不好，他也寝食难安。

干呕几声，她才摆了摆手："我没事。"陈大昌取热巾子替她擦了脸，又将她抱到榻上去休息。她才动了动，他立刻换了个姿势，方便她舒舒服服倚着他。

其实，应水城之行还真让她动了胎气，只是没有表现出来的那般严重。陈大昌就算清楚这一点，担心也没有减少。

看他那老母鸡护雏的模样，玉还真翻了翻眼皮："你到底是着紧我还是着紧孩子？"

"自然是你。"陈大昌叹息一声，"眼下正值多事之秋，我只希望你平平安安，孩子反而是小事。"

她心里喜滋滋的，偏要给他一个白眼："最近嘴上涂蜜糖了，这么甜？"

甜的一直都是她。陈大昌喉间微干，想低头尝尝，可是见她樱唇泛白，终是心疼不过，只在她额上印下一吻。

他定了定神，取出一张洒金红笺："看看这个。"

"礼单？"国师府的管家，这两天收礼单都收到手软。这一张有什么特别之处？

陈大昌下意识布了个结界，又压低音量："辅政大臣送来的。"

傅灵川？玉还真挑了挑细眉，这才低头去看。

原来礼单里还夹了一封短信，专门是递给她和陈大昌的。

信里写道，这几天来，女王召集重臣多次商议，竟然有援助燕国的意向！

哪怕傅灵川曾经劝告国君暂停援魏，也依旧为她的重大转变而吃惊不已。比起一般廷臣，傅灵川对女王和魏国师的感情纠葛知之甚深，她实在没有突然反水的道理。

陈大昌又道："这两天廷议，都有人出来重提旧恨，要给魏国一个教训。"

能站在廷上的哪个不是人精？女王只透出一点口风，底下立刻就有臣子附和了。这时候的新夏已是富庶强盛，远非十年前可比。人们吃饱穿暖后，和钱袋子一起鼓胀起来的不仅有自信，还有从前魏国带给安夏的仇恨和屈辱。

玉还真冷笑一声，不屑道："他们总算逮着机会兴风作浪了。"王廷当中有一小派激进臣子，但凡有机会必定鼓吹寻魏复仇立威，以慰先人之灵。这几年随着国势蒸蒸日上，不少新夏人空前膨胀，越发不把魏国放在眼里，是以复仇论大有市场。

陈大昌皱眉："傅灵川私下写信给我们，意有所指？"信上只写了这么寥寥几句，并没有暴露他的意图。

傅灵川也是人精，把私信夹带在礼单里送进来，谁都不能说什么。毕竟这两天国师府收到的礼物也太多了，多他一个不显。

但这也从侧面反映，他对国君深深的忌惮。

玉还真在他怀里换了个姿势倚着："他还不知道来龙去脉，但是大概也觉出不对，因此来我们这里试探。"

他们返回乌塞尔后，并未将应水城之行的前因后果都传与傅灵川知晓。云嵯的话，真假尚不可定论。再说，傅灵川对女王的复杂感情，他一直都心知肚明。

说到这里，她又叹了口气："站在新夏角度，此时无论是出兵魏国还是援助燕国，确实都有好处，都符合'均衡'之策。"新夏王廷对于魏燕之战高度关注，就是担忧最后胜出的一方集天下权势于一身，转过头来对付新夏。为了避免这种局面出现，最好的办法就是维持魏、燕两国各自存在又互相争斗，最后筋疲力尽，再也无能与新夏争锋。

此谓均衡，也只有这样最符合新夏的利益。所以冯妙君此时改变立场虽然突兀，支持者却是很多的。

夫妇对望，均看到对方眼底的沉重。

这太反常了。冯妙君原本即便理清其中关系，在情感上也更倾向于魏国，表现出来的国策就是与魏更亲近。

如今，她的态度来了一百八十度的大拐弯。

政策方针一旦制定、实施，带出的效果就是不可逆的。没有哪一个睿智的君王会因为自己一时的喜怒憎厌而改变策令，何况是这么宏观的施政纲领。

如果附在冯妙君身上的真是天魔，它对于天下大势的把控精微入厘，对人心的利用也是好生了得。当然，知情者都清楚，分裂天下本来就是天魔的拿手好戏，再任它这么挑拨下去，整片大陆都见不着战争结束的一线曙光了。

他们更可以看出，天魔虽然放弃了伪装，毕竟她要转头对付云嵝和魏国，但如玉还真、傅灵川这样熟知内情的人，一定会觉出不对劲。

可是时至今日，她已经根本不在乎旁人辨出她的身份。即便国师夫妇指认她是天魔又如何？她依旧是这个国家至高无上的女王。

她的身份地位，根本无人可以撼动。过去三百年里，天魔东躲西藏的历史已经一去不复返。

陈大昌凝声道："你说，傅灵川得知真相后会怎么做？"

"不知。"玉还真摇了摇头，关于应水城里发生的一切，太过匪夷所思。关键是又没人拿得出证据来佐证事实，所以傅灵川的想法，她是真不好揣摩。"但他若是支持国君所为，何必给我们发来消息？"

她将礼单翻过一页："昨日还抓到几个潜入新夏的奸细，严刑拷问一晚，今晨招了，据说是罗越国派来的。女王大怒，立刻下令中止与罗越国等几个小国的边贸，关掉榷场，同时发讯责问。"

陈大昌皱眉："罗越国？"

罗越国和从前的普灵国一样，都在魏、夏两国的边缘生存。只是它位置更靠北。严格来说，它也是游牧部落的联盟，有马背民族来去如风的特点，同样精擅游击。

玉还真指尖冒出一小撮真火，礼单顷刻化为飞灰："今年冬天发往榷场的货物都已经整装待发了，就因女王一道命令，现在全都按下不提；有些已经在路上的，现在接了命令要全部召回。"

榷场就是官办的贸易站，主要走大宗货物，一般设在边境。

"奸细？这个时候发现奸细，傅灵川也觉不对劲吧？"陈大昌皱眉。

"傅灵川说了，今年罗越国大量需求的货物，主要是粮食、布匹和药物。"玉还真是国师，主抓元力，对这些琐事并不精通。碍于身份，她平时也很少打听这些。"罗越国往年也是依赖新夏进口这些吗？"

"多半都从新夏购进。"陈大昌跟在女王身边多年，对国内外政务了如指掌，这时低咒一声，"罗越国的剑湖草原今年夏天遭遇鼠害，受灾面积几万亩。据说鼠洞多到人都不敢骑马，否则马蹄陷进去，人就要摔伤。

"是以今年草原上牧草和粮食严重减产。"陈大昌和玉还真互视一眼，都变了脸色，"要是再少了新夏的粮食和布料，罗越国今年冬天可不好挨，莫说牲畜越冬了，恐怕连人都要饿死一大片！"

"往年女王慈悲，愿意在夏秋时节拿粮食和药物换取他们的马匹、毛料和生金。可是今年……"

眼看快到秋末了，新夏突然断供，这是要断罗越国的活路！

玉还真拍了拍陈大昌的手背："明日我就参加廷议，弄清状况。"

陈大昌并不掩饰自己的忧心忡忡："魏国师那里，真有法子将女王救回？"本次"救援"实施难度实在太大，这又不像一般挟持案，只要击毙劫匪、救回人质就可以了。现下天魔和女王可是一体的，他想破脑袋也想不明白，怎样才能将这二位分开，并且将女王安全带回。

这也是他和玉还真明明心急如焚却迟迟不动手的原因——实是无从下手。再说，冯妙君现在所做的决定，每一个都有利于新夏，让人无话可说。

"无论他有多大把握，都得尽快了。女王在新夏威信深重，她想对付魏国，我们无法替他拖延太久。"玉还真苦笑一声，"最好是趁着天魔虚弱将它斩了。多拖一日，它元气就多恢复一日，恐怕最后我们都要倒霉。"

云嵘说过，天魔才苏醒不久，魂力远不及巅峰时。有战争，就有仇恨、怨愤、恐惧和悲伤，这些负面情绪都有助于它快速恢复力量。到得那时……

陈大昌不寒而栗。

玉还真目光微转，心里暗下决定。

六日后，云嵘在魏国境内的桃李县迎来稀客。

他暂住在富商家里，这里的下人只知当天各式稀罕瓜果流水一般送进来。

正厅中，云嵘递去一只八月瓜，才笑道："玉国师竟然把你派来了。"

胡天翻了翻眼皮，只顾着吃东西。

八月瓜也有别称"八月炸"，长得有点像香蕉，却要更肥硕些。胡天吃的这只已经熟透，果皮自发绽裂开来，露出里面晶莹剔透的果肉。咬一口，就得满嘴的软糯香甜。

吃完一只八月瓜，它才揩了揩手，自储物戒中取出一物："主人让我带给你的，是女王大人随身珍藏的宝贝。"

安安的？云嵘心里蓦地一疼，如同针刺。他定了定神，双手接了过来。

这是一只方方正正的匣子，没有任何纹饰。

"玉国师相信我了？"

猴子接着说："这是我们追着燕王离开应水城之前，陈大昌悄悄托人转给主人的物事。女王在入梦之前说过，如果她遇上不测，此物就交给你。"

至于为什么先送到玉还真手里，显然陈大昌依旧心存疑虑，让妻子一路上暗中观察再作决断。

现在嘛，玉还真基本能确定自家国君是鬼上身了。

胡天看得很清楚，匣子开启的那一瞬间，云嵘瞳孔骤缩，手上一紧，险些将匣子都捏碎了。

"是这个！"他的声音里，有压制不住的喜悦，甚至还有极轻微的颤抖。

胡天却是一脸茫然："这是什么？"没见出有甚特别的。

云嵘深深吸了一口气，目中精光四射："是这天底下最重要的宝贝！有了它，我才有救回安安的本钱！"

胡天大讶，也自欢喜："有几分把握？"女王这些年好吃好喝把它供着，它也不是一只白眼猴儿。

云嵘精神奕奕，先前的颓唐一扫而空："至少也有六分。"

"你打算怎么做？"它熟知魏国师品性，这人虽然骄狂放旷，可是智计百出，说到必定就能做到。六分把握，那也不低了，对手可是天魔。

云嵘低着头，瞥了自己胸口一眼："想钓上大鱼，首先就得准备它最喜欢的饵料。"

胡天又道："主人还托我转告你，女王有意援助燕国。另外，乌塞尔城抓到几个混进来的罗越国奸细，女王已经下令断供运往罗越国的粮食药物。"

"罗越国？这个时候？"云嵘何等心窍，微一沉吟即冷笑道，"好毒的伎俩，这是要祸水西引？"

罗越国今年才遭了大灾，饥荒蔓延，原本一直稳定从新夏输入的粮食突然又不给了，眼看快要过冬，还不知道会饿死多少人，罗越国能怎么办？

所谓饥寒起盗心。人都要想尽办法活下去，既然不能光明正大买来粮食，那就只能去偷、去抢！

偏巧周围都是和它一样苦哈哈的兄弟，地主家也没有余粮。真正称得上肥硕的只有东边的新夏、西边的魏国。

新夏是不用想了，如今厉兵秣马成关，就算能抢成，难度和代价都很大。

可是魏国就不一样了。魏燕战争打了这么多年，乡野民间都不知道动员了几轮，现在青年子弟大半都填进了军队，魏国东北部的边境可就空荡得多。

再说前几年燕国攻入魏国，把南部、中部都犁了一遍，打得山河破碎，可是魏国东北部未受战火荼毒，民间还有小富。罗越国要是去那里打打秋风，还是能劫出不少物资的。

云嵯也不得不佩服"冯妙君"。碍于魏夏协议，新夏女王不能直接出兵攻打，于是就拐了个弯，挑动罗越去骚扰魏国。

罗越骑兵来去如风，从前就给魏国带来边患之苦。单纯一个罗越国还兴不起什么风浪，可是如今的魏国把大部分精力都放在南陆战场上了，从南到北的跨度实在太大，实在很难两头兼顾，同时跟两个国家开战。

新夏这波动作太意外，但是的确没有触动协议。最麻烦的是，魏夏协议再有几年就到期了。如不解决天魔，那时它会更加肆无忌惮。

"对了。"胡天剥开一只猕猴桃吃了起来，"主人要我问你，那件事进度如何？"

别问它是哪件事，它也不晓得，只是复述了玉还真的原话。

"快了。"云嵯目光闪动，"你方才说，新夏有意援燕？"

小猴子叽叽两声。

"让玉还真不要拦着。"他把最后两只雪莲果递给胡天，"天魔应该对她起了怀疑，为了安全起见，你后面不要再来找我。"

胡天性子野，经常一消失就是三五个月，玉还真从不拦着，冯妙君也知晓。不过正值非常时期，天魔多疑，利用胡天来通讯的办法也只能用这么一次。

胡天吃完了瓜果，就告别云嵯，返回新夏去找玉还真了。

这个秋天，魏军在南陆受阻，不再势如破竹。

燕军据着潆江这道天险，阻住了魏军的脚步。这是横亘燕国中部平原的一条大江，其中水族众多，有大修为者，都听从燕王号令参战。

从前燕军在熙国吃过的苦，魏人重蹈覆辙了。

两次渡江不济，战争的进程就切切实实慢了下来，正式进入了阵地战。

萧衍早就离开魏都，御驾寒江关，将这里当作了后方的大本营。

寒江关位于熙地与燕地交界，离前线还有数百里之远，却已经是魏王的最优选择了。

接到新夏的最新通牒，萧衍一张俊脸都黑了。好不容易等到云嵯返回前线，他将公文甩在国师身前，怒气冲冲道："新夏开始催债了。这是怎么回事，你没安抚好那个女人吗！"

新夏女王不仅"断供"，不再向魏国提供物资，甚至反过来催讨魏国赊下的债款。

云嵯没有接话，只望了他一眼，目光森冷。

他眼中的怒气如同正在酝酿的风暴，还是卷着冰雹的那种。萧衍看得一怔，声音就小了："咳，我不是那个意思。"

云嵯声音微凉："她已不是安安，而是天魔。"而后将应水城里的变故都说了。

萧衍一字不漏听完，半晌作声不得，最后才如梦方醒："啊，这么说来你不是天魔？"

"我不是。"

"大事不妙。"萧衍按着自己额头，"如今战局已到举步维艰之时，万不可让新夏再拖后腿。"

"以眼下纵深，恐怕两年之内都打不下燕国。"云嵝眼中怒气退去，"就算新夏不出手。"

再没人比他们两个更清楚魏国眼下的困局。昔年燕国北伐，攻击魏国南部也是轻易之极，可是越往北越艰难，等到打下中部了，那之后也是步履艰难，几乎停滞不前。彼时无论什么奇谋策略都掀不起水花，更遑论改变战局，要不是云嵝恰巧被天魔投影反噬了心志，魏国元力无人调配，燕人的脚步也必定寸步难行。

说到底，原因也只有一个：战线拖得太长了。

这就导致物资供应不上，讯息往来堵滞，并且深入敌后必定要面临敌人四面施压的窘境。

风水轮流转，如今这些问题一条不少，全落回了魏军身上。谁让他们现在也已经杀进了燕国中部呢？

毕竟两国的国力与军队并没有质的差距，那就注定了这场战争不可能像燕国攻下熙国那么摧枯拉朽。

这种情况下，"冯妙君"还要断掉供应魏国的物资，那就是给它雪上加霜。

萧衍也知道不妙："天魔接手了新夏女王，停供物资只是第一步。恐怕它会找理由插手战争。"他可怜兮兮地望向云嵝，"你就没什么法子对付她？"

云嵝沉默许久，才道出一个字："有。"

萧衍精神为之大振，却听他声音都变得凝重："不过此法凶险，后果难卜，往后的路，我怕是不能再陪着大魏走下去了。"

萧衍霍然起身，变了脸色："这是何意！你有几分把握？"

"对上天魔，谁都不会有把握。"云嵝反而笑了，径自走到桌边斟了两杯酒，递一杯与萧衍，"我曾说过，会助萧氏争夺天下。魏国至今已灭八国，收服番国四十一个，放眼南北陆只有燕、夏可堪一战，已算履约。"

"我知道，你没有食言。"萧衍重重呼出一口气，"就没别的稳妥一点的法子？对付天魔还可以从长计议，新夏女王手下就没有明白人吗？我们找他们联手，把她……"

云嵝低着头，从杯中酒望见自己的倒影，也望见自己眼中的坚定："这一次，势在必行。"

萧衍话未说完就被他打断，嘴张了又闭，终没能再说出什么来。

他看过黎厉帝的画像，知道云嵝是浩黎王室血脉，那么他与天魔之间就有一笔陈年旧账要清算。这桩事里夹杂着国仇家恨，萧衍既无立场也无办法去反对。

哪怕身为国君，他也再一次体验到了无力感。

萧衍长叹一声，接过杯子，同他敬了酒："小心为上。"

“从此事之后，你好自为之。”云崕一饮而尽，长笑一声，转身走了。

园子里没有别人，萧衍总觉得那个玉树临风的身影有些寂寥。这时秋风送爽，一朵桂花随风飘下，正好落在云崕宽阔的肩头，就稳稳地陪在那里。

萧衍一动未动，目送他背影消失在远墙之后，才伏案提笔，亲自写了两封文书。

第一封写给新夏女王，称魏国将筹集银钱，尽快还款。

措辞语气十分温和，甚至还有几分诚恳味道。那个窃占了新夏女王宝座的天魔就算想发作，也挑不出理儿。

第二封嘛，则是安抚罗越国的文书。所谓“安抚”，无非就是出资买罗越国一个冬天的安分守己。对于国库空乏的魏国来说，这是雪上加霜。

然而，不得不为。

从前他不会把这种小国放在眼里，但现在它就是梗在喉间的骨刺，如不妥善处理，恐怕反酿大祸。

为了魏国，为了云崕，他都要设法争取更多时间。

云崕回到自己下榻之处，屏退左右，设下结界，这才从储物戒中取出一物。

款式简洁，有长柄，只不过是一面镜子。

冯妙君如在这里，当会发现这就是她得自女魃的水月镜。只不过云崕在她昏睡入梦期间又取了过来。

他反复翻看这面镜子，又沉吟许久，像是下定了决心，这才在镜框四周轻敲几下，灌入一点灵力。

镜面有微光闪动，很快就像水波一般荡漾起来。

好一会儿，波纹止歇，镜中人的模样又重新清晰起来，却不是云崕本人。

只见那人浓眉虎目，不怒自威。

燕王挑高眉毛，并不掩饰自己的惊讶。他可没料到候在镜边的不是冯妙君，而是云崕。不过冯妙君性子大变之前与魏国师行止亲密，云崕从她那里得了水月镜也不奇怪。

自然，他不知道这东西是云崕趁她熟睡时自取的。

两人以水月镜连通千里，却互相打量着，并不说话。

彼此，都是心事重重。

好一会儿，燕王才从鼻子里哼出一声：“有何贵干？”

他二人太熟悉了，前不久又在兰香河打过一场架，云崕不甘心被他逃走，而燕王也不服气对方以多凌寡，撵得自己如丧家之犬，这时就连敬辞都懒得用。

“梦中城里发生过什么事？”云崕倒是平心静气，“新夏女王醒来之后，性情大变。”这事情疑点重重，自冯妙君苏醒后情形就急转直下，超乎他的想象。

燕王嗤之以鼻：“你二人最是亲密，她发生了什么事，你会不知道？”

"她变成了天魔。"云嵯没有拐弯抹角，而是直接道，"我想知道诱因。"

燕王举起手边金杯，轻品美酒："我为何要告诉你？"

这厮也有求到他的一天！这种拿乔的感觉可真爽气。

"她既是天魔，断不会坐看你我二人召回界神，重开天界。"云嵯淡淡道，"还是说，你和她又做了交易？"

燕王面无表情，对云嵯的话不置可否。

"和天魔做交易的，都没有好下场，你还记得曹卜道吗？他也想对抗轮回之力，将妻子留在身边。"云嵯将曹卜道的遭遇说了，而后道，"法则之力，世间无人可以扭曲逃避。即便天魔帮得了你一时，焉知你今后不会自食恶果？"

"那是我的事。"燕王眼里闪过一抹戾色，紧接着就道，"不过我今日心情不错，说与你知也无不可。"当下将梦中城里种种匪夷所思，都一一道来。

云嵯一字不漏地听着，中间也不插话，只是到了最后才问一句："你是说，凝聚天魔修为的戒指在你手里并无异状，她一碰着却变了模样？"

"不错，我拿天月刀劈过它，纹丝不坏。不过，交到新夏女王手中一下就解体了，变作红烟笼罩她全身。"燕王举杯啜了一口，"等到红烟消散，我见着的人就不是新夏女王了，而是另一个女人。很明显，天魔的力量都被她吸收了。"

云嵯早有准备，随手举起一幅画像："可是这个模样？"

画中是个美人。因为画功实在了得，燕王隔着水月镜还觉得画中人一双眸子紧紧盯住自己，美到惊心动魄，也妖异到惊心动魄。

"对，就是她！"这张脸，这对眸子，在红烟收起的那一瞬间就给他留下了不可磨灭的印象，"这女人魂力强大无匹。她告诉我，原本的约定都还有效，只要我们逃回现世就可以通力合作。"

就连燕王也不得不承认，单论魂力，他不是对手。在梦中世界，神魂的强弱代表了一切。

"果然。"云嵯缓缓闭目，"难怪安安会栽在她手里。"从燕王的叙述中可知，曾经去过虚实之界的天魔那么多，魂力强大的不知凡几，偏偏将全副修为凝成戒指，留在那片空间里的是她！

"她是天魔一族的首领。"

燕王脸色变了："逃进人间的也是她？"从前和他做交易时，天魔附在别人身上，他那时年纪又小，道行尚浅，根本没见过她的真面目，也不知她的真实来头。

云嵯点了点头，一脸凝重："过去三百年里，她没了道行尚且能搅得两块大陆天翻地覆，如今得回修为，人间危矣！"他转换话题，"你和天魔达成了什么交易？"

燕王挑了挑眉，并不打算回答这个问题。

云嵯没有再追问："罢了，你不说我也明白，不过是长生。"

不过？燕王脸色转黑，眼前这个妖怪寿数悠长，怎么能体会他恨不得向天再借五百年的痛苦？

站着说话不腰疼。

云崾却道："既如此，我们也来做一桩交易如何？"

燕王皱眉，有些意外："你？"他也要学天魔那一套？

"天魔教给人的法子，都是火中取栗。即便能成，也后患无穷。"在他一瞬不瞬的注视下，云崾居然笑了，如清风朗月，"何不试试我的办法？"

他的声音里，满满都是劝诱之意。

燕王呵了一声，心里只觉滑稽已极。这人与天魔作对一辈子，行事怎么反而越来越向死对头靠拢了？

不过他心底也是好奇的，云崾从来不会无的放矢。

"有趣。说来听听。"

当下，两个死对头关起门来密议。

这一番直谈到东方既白，才算告一段落。

燕王的脸色，已经是一言难尽。

他和云崾不对付了一百多年，自以为了解眼前这人，哪知今天还是匪夷所思。

关闭水月镜之前，他突然道："说起来，新夏女王被红戒附身时，脸上的神情又是惊讶又是愤怒，并不像处心积虑想拿到这东西。"

云崾不语，笼在袖中的拳头却已捏紧。今日听过燕王复述梦中城遭遇，才知安安突然变作天魔的缘由。她想借用天魔的魂力冲出虚实界，燕王也一直拿着戒指而安然无恙，她才放心去碰这东西，结果却被附体。

想到这里，他才明白天魔首领当年的筹划有多深沉。她必然想到自己有朝一日还要回来解救同类，才想尽办法将戒指留在虚实界，而不是和其他天魔一起被送回石室里去。

她只要弄垮浩黎帝国，虚实界的这层结界必定随着国运的衰退而减弱下去。日后，她重临此地，取回修为，就可以带着族人破界而出，重返人间。

那么说到这里，她就要笃定自己的魂力不能被他人，甚至其他天魔使用。

恰好燕王说到这里也是话锋一转："可是戒指只对她起作用。无论她看起来有多无辜，那也只能说明，她原本就是天魔。你……"

云崾直接打断了他的话："废话少说，干不干？"

燕王咧嘴笑了，露出森森白牙："当然。我只问你，值得吗？"

语音刚落，水月镜的镜面就黑了。对面的云崾收起神通，中断了这次对话，也不知听到最后这句没有。

燕国中西部降下第一场秋雨的时候，这里的战场已经打成了一片泥泞。

在僵持了大半年后，魏军不得已且战且撤，至今已经回撤二百多里。

虽然还未将他们压回边境线上，甚至连熙地都还在人家手里，燕国却已松了一大口气，人心振奋。

战线拉得太长，就容易断供，如今这已是魏国的突出问题。天气冷了，前线的战士却缺衣少食，药物匮乏，士气不免低迷下去。再者，魏燕战争前后已经打了六年多，魏国第一次将燕人赶出自己国土时，军民便已疲惫不堪，还要被魏王强行驱策来攻燕国，那是何等无奈。

平民向往的，永远是和平、稳定、安康。

一路高歌猛进时犹未觉得，战争一旦陷入泥泞，人心底这些负面情绪就通通涌现出来。更糟糕的是，魏国为了向新夏提前偿还借款，几乎搬空了国库，连国君都节衣缩食。尽管王廷尽力保证前线军队的供给，但它还是受到了很大影响。

与此同时，魏国边界又发生多起冲突事件，罗越国悍然进犯，烧杀劫掠，事态迅速升级、恶化。消息传入魏国，王廷哗然，众臣联系前后因果，都知道新夏这是借故撩拨魏国，寻找重燃战争的导火索。臣子怒斥新夏不仁不义、落井下石的同时，也慷慨陈词，请求国君出兵，教训不知天高地厚的罗越国。

面对这样的提请，萧衍只是轻哼一声，甚至懒得敷衍。这帮子文臣安坐家中太久了，不知"前线不利"这四个字是什么意思吗？魏国和燕国已经杀得筋疲力尽了，这时候就该竭尽所能地稳固后方！

好在这时候他的文书终于送到罗越国那里。萧衍听取云嵘之言，对罗越国几个大部落的首领先行安抚，加上出手大方，罗越国倒也没有狮子大开口，只是要求魏国在凛冬到来之前将物资送达。

这个麻烦，暂时解决了。

次日，有股肱重臣悄悄前来面圣，奏请向燕休战议和。

其实早在一个多月前，燕国就已经向魏发来了停战的申请，要求坐下来和谈。不过萧衍明白，魏军的脚步离燕都还有老长一段距离，虽说现下是自己欺到人家地盘上，可是燕人还有再战之力，至少还能再奉陪个两三年之久。

所以，就算是和谈，能争得的利益也是有限。

面圣的大臣当中，有两位是跟着萧平章数十年的老人了，平时萧衍对他们也很客气，这回却一反常态变了脸色，雷霆震怒一番，再将他们都赶了出去："不议，就是不议。谁敢再提，小心自己脑袋搬家！"

消息第二天不胫而走，廷中都道国君已经杀红了眼，非要和燕王最后见个输赢不可。只有寥寥几人知道，萧衍发作一通将人赶跑以后，就吃掉了整整一屉金丝枣泥糕，又喝光两壶美酒，然后才长长叹了一口气。

他能怎么办？他也很无奈啊，现在要是停战，那人的计划还怎么进行？

"云大国师你倒是快点儿。"他喃喃自语，"每多拖过一瞬，都是用我大魏儿郎的性命填来的！"

新夏一切如故，不过臣子都能感知王廷最近的新动向：女王想拿魏国开刀的意向，越发明显了。

罗越国本来都快变成草原上的强盗了，也开始劫掠魏国边境，结果萧衍安抚及时，虽然付出不少代价，但到底把这桩麻烦硬生生填平了。

这一日傅灵川与两名激进的大臣当廷激辩，力陈当下乃是新夏千载难逢的发展良机，与魏国交恶反而有碍国体云云。

"冯妙君"静静听了小半个时辰，才笑道："孤原以为傅卿厌憎魏国，哪知……"

话未说完，脸色忽然变了。

傅灵川等了几息都未见下文，不由得开口："王上？"

"冯妙君"抬起了手。

她威严深重，这么一个动作，满廷文武就没人敢再开口说出半个字来打扰国君思路。

"冯妙君"的面色不好看，因为丹田里又有动静了。

鳌鱼印记如长鲸吸水，疯狂抽吸她的灵力！

她自然不愿再渡灵力给云嶷，下意识去阻拦，结果印记的吸力更大了，隐隐还透出一点疯狂之意！

云嶷已经知道她的真面目，也明白她再不愿让渡灵力，却依旧挪用得这么坚决。以他脾性，不到万不得已也不会使出这一招。

她立刻想起云嶷上次这般反常的原因：引发红魔山喷发，恶战燕王。

那都是生死攸关的大事，所以他才需要借用她的力量。今回是不是也这样呢？

如果是，她就不该阻拦。毕竟两人性命相连，他要是死了，她也不能独活。

对了，云嶷这时在燕国前线。

所以鳌鱼印记第三次异动时，"冯妙君"终于让步了，任凭云嶷快速抽取她的灵力。

自然她不可能像从前的冯妙君那么大公无私，这回坚决要自留一半。结果云嶷也没有再来抢夺。

"冯妙君"默默等了好一会儿，丹田里都没有动静。

万里之外，又是什么情况呢？她心里有些浮躁，冷不丁开口："南陆战事如何，魏军现在打到哪儿了？"

这问题跨度有点大，傅灵川也是微愕之下才回道："今晨才送到的情报显示，魏国连吃了几场败仗，已经快要退回显龙山了。"

"冯妙君"抚着下巴。她希望看见的理想局面，是魏国节节败退而云嶷性命无忧。不过战争这码子事，谁能说得准？

毕竟当世最想要云崕性命的，不是她，而是燕王。

手边放着几封文书，她取出最底下那封，展开来再仔细看了几眼。这是燕王的亲笔信，他希望新夏出手相助。

“原定最后一批交予魏国的援助物资，还在吗？”

给魏国的？相国王渊赶紧作答：“两月前整理完毕，收在库房里还未拆分。”最后一次物资筹集完毕，结果女王突然指示与魏交易中止，所以这批打包好的物资就堆在库房，等候发落。

她沉吟道：“费好大工夫才筹集起来，最好是变现，莫要浪费那许多人力物力。”

变现？众人面面相觑。的确这批物资收来的成本高昂，魏燕战争打了六七年，新夏国内早就出现大批商人专做军资生意。不变现，堆在库房里实是可惜。

“冯妙君”拍了拍巴掌：“这样吧，找个新买家。”

“新买家？”王渊大讶，“王上是说，燕、燕国？”他心思活络，大陆上急缺物资并且能吃下这么大宗货物的，除了魏国之外就只有它的对手燕国了。

女王竟然想援助燕国！

“冯妙君”笑吟吟地：“有何不可？”

王渊想擦汗：“没，没甚不可，王上英明。”

不只是他，众人都吱声不得。

新夏既不希望大陆上出现强魏，也不希望出现强燕，所以最好的办法是平衡这二者之间的关系。如今魏国入侵的脚步停滞，只要在燕国那里添两把薪火，确有可能助他们打退入侵者。这样魏、燕两国各自存在，新夏继续过自己的好日子。

账是算得明白，她也是为了新夏着想，可是大伙儿总觉得哪里不对劲。女王执政多年，一直是走亲魏路线，现在突然转了作风，人人都不习惯。

过了许久，还是傅灵川打破了沉默：“此计甚好，只是……怎么运输？”

新夏和燕国之间可是隔着一整片禁忌之海！走水路吗？大洋上风云诡谲，十件货物出去，能平安走到几件也不晓得。

“冯妙君”好整以暇：“孤自有妙计。”说到这里，看了立在殿角的陈大昌一眼。

他微微低头，避开与她对视。但“冯妙君”还是望见他眼底的深沉。

魏国解决罗越这个大麻烦的速度太快了，快得好似早有预判。草原上刮起白毛风不久，罗越国就入侵魏国边境，要知道萧衍彼时人在南陆，传讯哪有那么快捷？可是罗越成患才半个多月工夫，魏国就安抚议和成功。

唯一的可能，是新夏这里提前走漏了消息。

“冯妙君”何等精明，第一时间就锁定了几个人选。然而她每次盘算对付这几人，心底就本能地抗拒。有个意念强烈反对，坚决不允许她做出这样的决定，并很清晰地表达出鱼死网破的决心。

罢了，大势面前人力难挽，何况无论陈大昌还是玉还真，都没有再明确地针对她。
这几人成不了气候，她不出手就是。

廷议结束后，"冯妙君"抛下议论纷纷的臣子，转出大殿就遁入了黄金城。

和所有宫殿一样，外表再怎样富丽巍峨，地牢也不会干净整洁得如同套房。黄金城的天牢也很暗，"冯妙君"走下来，沿途的壁灯才一盏接一盏打亮。

天牢最底部的石室里，有一人静坐如枯木。这个抬头仰望铁窗的姿势，她一保持就是十几个时辰，不见半点生气。

当然，她本来也不是活人。

"冯妙君"走到铁栏前站定，轻声道："转投到我麾下效力，我就放你出来。"

黄金城是独属于她的法器，被关押在这里的人由器灵镇守，除非道行通神，否则谁也无法逃脱。

女魃望过来的眼神本是阴沉，可是瞧见她之后忽然咦了一声，苍白的面庞上罕见地露出两分惊讶："你的魂魄……换了个人？"

她身为魃尸，却对他人魂魄格外敏感，虽不能像天魔那样直接望见魂魄的模样，但对于魂火的强弱和特性有天然的洞察力。

新夏女王的外表没变，但她的魂火……怎么说呢，且不论比原来强大数倍不止，连魂力的特质都变了，变得连旱魃都感觉格外阴冷。

"冯妙君"嘴角微翘，绝美的容颜在昏黄灯光的晕染下，带上三分妖异："你跟在赵回身边多年，无非是为找我。现在正主儿站在眼前，还不知道投靠吗？"

女魃惊疑不定："天魔？"

她下意识往前走了两步，挨到栅边。新夏女王看着还是新夏女王，可前后分明就是两个人！

"冯妙君"侧了侧头，忽然问她："丈夫的模样，你还记得吗？"

"记得……"自她恢复灵智起过去了十万个日夜，何曾有一日敢忘？

话音未落，"冯妙君"伸出一指，点在她眉心上。

"你做什么？"女魃显然也知道魂术的不少秘密，并不避让，"我没有识海，你读取不了我的记忆。"

"魃尸的识海早就枯涸，却留下一颗豆珀，它不过豌豆大小，容量也是有限，只能存住生前最重要的一点记忆。你修出灵识之后以脑液润沁，就会析出过往种种。"

"冯妙君"不疾不徐说到这里，轻轻哦了一声："我看见了，虽然不过几个片段。"

她看见了女魃和丈夫的前尘往事，虽然只是支离破碎的一点记忆。

她伸出手，指尖冒出一小簇幽幽红火。

"魂火？"女魃的声音干巴巴的，"这是作甚？"她能感受到这团魂火很是微弱，不可能对她造成伤害。

"看好了……"

"冯妙君"拖长了语调，魂火在她指尖跳动着，像是真正的火焰。但是很快它就分出了形状来，渐渐拉长，变得细瘦，然后分出了脖颈和四肢。

女魃不错眼地看着，神情越来越专注。

在"冯妙君"的控制下，火焰化出了一个男子的身形，接着五官渐渐变得清晰……这过程就好像老工匠捏泥人，形神兼备。

"你心心念念的，是不是这个人？"

当那张栩栩如生的面庞出现，女魃蓦地瞪大了眼，下意识伸手去抚。

像，太像了，简直完全复原了刻在她心尖尖上的那个人！

"冯妙君"一缩指尖，那魂火凝成的小人聚而不散，居然踱到了女魃手上！

女魃在怔忡中将它举到面前，与自己视线齐平，它甚至向她一笑，而后伸手抚在了她的面庞上。

魂火无形无质，自然不会有真实触感。

然而紧接着就有一滴眼泪从她苍白的面颊滑落。

女魃痴痴盯着魂火，也不再看女王一眼，却道："你替我找到他，我就听你差遣！"

能读出她的心声，能将魂术使得这般出神入化的，除了天魔还能有谁？

"冯妙君"似是早知道她会这样说，双手轻拍，牢门就自动开了："出来吧。"

女魃捧着手心里的小人儿，缓缓走了出来。

"冯妙君"看在眼里，微微一笑："就让它陪着你吧。"指尖又捻出一点红烟，凑在唇边轻轻一吹，它就飘到小人身上，填了进去。

魂火的颜色立刻就明艳了几分，连小人衣衫上的褶皱都勾勒出来。

女魃微一咧嘴，像是很欢喜。

出了黄金城，园中恰好一阵秋风扫过，吹动国君的宽袍大袖，吹动她云鬟上精细的步摇。

她看起来就像要羽化而登仙。

女魃跟在"冯妙君"身后默默走了一会儿，看着前面这个曼妙绰约的背影，忽然出声："你心里，也有这么一个人吗？"

声音依旧冰冷，听似无心，可是"冯妙君"的脚步却一下顿住。

她已经走过一株木芙蓉，可是丰艳的落英随风飘来，就有一瓣恰巧掉在她高高盘起的发鬓上。

她没有回头，女魃也看不见她的表情，只能听到若有若无的几个字："或许吧。"

第
四
十
七
章

以
爱
为
饵

禁忌之海往南，有几条江河横贯半个大陆，最后连通了大海。从这里坐船往南，是可以溯流而上，进入内陆的。

桃源境与燕国边界以南二百里处，河边立起一座半岛，如刀锋般扎入河心，被称作风暴岛。

这么得天独厚的地理优势，却没有发展出繁华一时的大港，甚至连定居于此的人类都是寥寥，原因很简单：风暴岛周围海底暗流无数，船只难行，全岛只有两三个海滩可以停靠，其他都是犬牙交错的悬崖峭壁。

这会儿已到深秋，大批候鸟自北向南，跨越禁忌之海到温暖的桃源境来过冬，这儿也是理想的栖息地。平时寂寞的河滩和高崖上熙熙攘攘，住着成千上万的各色鸟类。

这个时候，风暴岛上却多了一个兵营。

严格来说，那是由原有村落加盖起来的营地，里面走动的除了衣甲鲜明的士兵之外，还有功力精湛的修行者，总人数超过了四千。营地里秩序井然，摆放着许多特制的大车，周围还临时搭起兽栏，放养着数十头巨大的摩隆多。

这种巨兽身形庞大，但性子温和耐力好，气力也大得惊人，是理想的驮兽。

没有人知道，军队为何要驻扎在这么荒僻的地方，直到——

最后一批越冬的候鸟抵达风暴岛。

这个群落的主体是蓑羽鹤，数量超过七百多头，飞起来呼啦啦一片，很是壮观。不过鹤群长途到这里已经筋疲力尽，见到海滩都忙不迭降落下去，于是脱颖而出的那两头巨大的白鹤就很是显眼了。

它们在空中盘旋几圈，将底下的场景尽收眼底，这才重新飞到岛屿北端的陆桥底部，敛翅落下。

当前一头大鹤恭恭敬敬地伏低，背上走下一人，青衣帷帽，身材婀娜。

四周静悄悄的，除了猎猎风声。

海边，风一向很大。

她摘了帷帽，露出倾国倾城的容颜，黛眉红唇，眼若春水，是要命的娇娆。

另一头鹤上也跳下来一名黑衣女子，面容在阳光下依旧苍白。

她们站定不久，不远处的矮灌木丛后方就转出来几十人。走在最前面的是个身披轻甲的男子，眉目俊朗有英气，个子很高，却不是料想中的那一位。

他太年轻了，看向"冯妙君"的眼神饱含惊艳，连脚步都微微放缓。

所谓伊人，不外如是。

他喉结上下动了动，声音掩饰了自己的紧张："新夏女王？"他见过贵女无数，雍容者有之，华美者有之，却没有一个女人能美得这么具有侵略性，只是含笑翩然上前，就让周遭一切都黯然失色。

"二十二王子？"

"冯妙君"的目光从众人脸上扫过，最后还是回到他这里来："燕王何在？"

眼前这青年男子，乃是燕王的第二十二个儿子，赵棠。

"父王原本在此恭候女王大驾，不过五日前，前线传来急讯，他又赶去处理，特交代棠留下，好生接待女王！"

赵回赶回前线了？"冯妙君"面现不愉。自己漂洋过海抵达这里，燕王该要亲自来接才对，此乃国礼。

她秀眉才刚刚蹙起，赵棠即有所感，立刻接下去道："女王体谅，非父王托大，而是前线十万火急——"

自赵允死后，赵棠就是燕王膝下年纪最大的儿子了，如今已成为国君最倚重的左右手。燕王派他在这里接待冯妙君，从礼节上来说倒也过得去。

他顿了一下："我们已经将魏国师等人逼入了死角！"

"冯妙君"凤眼微睁，不敢相信自己一落地就接到这个好消息："云嶂？"

"是！"赵棠肃声道，"我军已经将他困在了显龙山！"

"冯妙君"驻足，与身边的女魅对视一眼。

从这里飞去显龙山，也用不了几个时辰。

女魅能看出她眼中的跃跃欲试，赵棠自然也能，赶紧从背后唤出几人："女王远道而来，必然疲惫，请允许棠代为接风洗尘。另，这几位度支部的梳令使都是精挑细选，女王尽管放心。"

"冯妙君"何等精明，一听便知他这是提起正事了，当下按捺住心急，指了指两头鹤妖道："接风就不必了，但两头禽妖需要妥善休养。"

都赶到这里了，也不差几个时辰的工夫。再说两头鹤妖披星戴月赶到这里，中间只歇息了三次，现在已经筋疲力尽，身形都瘦了两圈，怕是很难再飞动了。

"冯妙君"在赵棠的陪同下又往前走出五里，才挥了挥手道："来。"

下一瞬，身后一马平川的空地上即有雄城拔地而起！

黄金城现。

望着太阳底下熠熠闪光的传奇城池，燕军都看直了眼。

这时城门洞开，有千人鱼贯而出，衣甲鲜明，都站到了"冯妙君"身后去。

"冯妙君"指了指敞开的城门："物资都在城里，把你的人派进去，一起搬运吧，速度能快些。"

赵棠见惯了大场面，转眼就从震惊中回过神来，吩咐驻军开始搬运物资。

这几千燕军候在这里，就是为了迎接来自新夏的军备！这也是新夏女王和燕国的贸易之始。

原先卖给魏国的军资，现在转卖给了燕国。不过燕夏之间千里迢迢，走陆路是不现实的，军备数量又太惊人，所以"冯妙君"能想到的最简便办法，就是动用黄金城！

有这至宝在手，她何物不可运送？

再说，运送物资也只是顺便而已，她来这里另有目的。

两边的军员都开始忙碌，将黄金城里的物资搬出来，直接放到燕军军营里的大车上装好，只待几个梳令使最后清点完毕，再与"冯妙君"的手下核算对账，就由摩隆多巨兽直接拉去前线后勤。

眼看手下忙碌，"冯妙君"自然不会放过这么好的机会。赵棠请她入帐歇息，她只饮了半盏清茶："前线战事如何？"

有数千新夏精兵助阵，赵棠对她的态度立刻就恭敬起来。他和"新夏女王"的上一次见面还要追溯到十多年前，那时伪长乐公主寄寓燕都，他即便见过也不会放在心上。可是如今的新夏女王，不仅面貌与过去截然不同，声威也是赫赫，他怎敢不刮目相看？

"魏人失道寡助，已经被我们打得节节败退，二十五日前弃守显龙山，如今往西南缩回燕支山脉。"

"冯妙君"闻言微微动容："竟然这么快！"

新夏到燕国路途遥远，哪怕空乘至此也要耗时甚久，因此她竟然不知道南陆发生了这样的大事。

显龙山在灞水之畔，离这里不到二百里。它可以看作是燕国中部和西部的分界点。前年魏军拼死攻下这里，从而掌控了中部的大片平原；同理，它一旦放弃显龙山，燕国立刻就能夺回大片领地，将敌人往边境线再压进一步！

她有些不解："魏军怎会退得这样干脆？"以她对魏人、对魏国国君和国师的了解，魏军就算无力伐进，但至少可以做到"缓退"，总不至于一溃百里。

赵棠笑了，眼里闪过嘚瑟："魏军连吃了几次败仗，国君就红了眼御驾亲征，结果在显龙山冒进，中了我大燕的埋伏。我们把显龙山主峰炸掉半座下来，险些要了萧衍的命。

嘿嘿，这是以其人之道还治其人之身。"当年云嶂在天门峡大败燕军，今回燕人也用的这一招。

她听得入神，顺口问："后来呢？"

赵棠叹了口气："可惜魏国师拼命相救，萧衍没死，随军撤出几十里。不过魏国师自己受了重伤，显龙山倾倒时恰好将他与魏军隔开，父王就趁着这千载难逢的机会去追捕他了。"

云嶂重伤！"冯妙君"眼角微跳，胸口竟然隐隐有些疼痛。她暗啐一声，脸上却是大喜过望："确认他受了重伤？"

难怪他来抽取她的灵力，果然又遇上了十万火急的险情。

"父王亲自搜捕，屡次险些追上。只是这厮实在狡猾，险而又险逃过三回了，但他受伤之事是铁板钉钉，父王不会看错！"

"显龙山……"她的心里如有细蚁爬动，痒得很，恨不得现在就插翅飞去。

"在我们的拦截之下，他想返回魏军是千难万难了。父王每过半天都会发来讯息。"赵棠笑道，"显龙山太大，女王自行追去恐怕也是大海捞针。下一次讯报该在四个时辰后，女王何不在此等候佳音再做决断？"

他说得在理。"冯妙君"望了望黄金城，觉得自己倒不必急在一时。

来都来了，她还怕那家伙跑了吗？

日头西斜，照得树影斜长，时间就在树叶婆娑中跑得飞快。

转眼就是三个时辰。

几千人一起动手，又是军纪严明的军人，效率自是极高，只这小半天的工夫，黄金城里的物资装卸工作就到了尾声。

赵棠早就知机离开，以便二女休息。女魃此刻立在帐中，问道："何时动身？"

"冯妙君"一直都是若有所思的模样："很快，等大黑恢复精神。"

"赵回真能抓到云嶂？"

"冯妙君"轻嗤一声："就凭他？绝无可能，否则过去二十来天了，赵回为什么还没得手？"她顿了一顿，"不过他将云嶂迫得无暇疗养，这倒是件好事。"

"轰！"

正说话间，外头突然传来一声爆炸，惊天动地。

二女离得甚远，也觉地面晃动不止，帐内的仙鹤香炉都被震倒。这爆炸，居然是接二连三！

"袭营，敌军袭营！"外头传进来的呼喊，声嘶力竭。

"冯妙君"大步奔了出去，居高俯视，居然见到营地边缘浓烟滚滚。

"不好。"她秀眉微蹙，"物资被炸了！"

她带来的物资已被搬运到几十辆大车上，整装待发。结果爆炸就发生在车阵当中，粮食和衣物当中的棉絮被炸得漫天飞扬。更糟糕的是，有一辆装载火药的大车也被引爆，引发了更可怕的连锁反应。

那真叫炸得满地开花。

有六头摩隆多巨兽被当场炸死，剩下的受了惊吓，一边哼哼号叫，一边拖着大车没头没脑地往外头就跑。

燕人手忙脚乱。

"冯妙君"目光一转，望见赵棠也奔出了大帐，铁青着脸指挥调度。有几头摩隆多巨兽不辨方向，径直带着大车往崖边去了。这要是失足落下，车上的东西可就真是打了水漂。

可是以摩隆多小山似的体形，一旦全力奔跑起来，人力弗以挡之。赵棠在仓促间能调动拦截的，只有修行者。

敢来炸燕军营地的，还能有谁？"冯妙君"目光转动，想在底下看出一个端倪，可是现场到处人仰马翻，人员奔忙往来，能看出什么？

女魃正想跃下去探个究竟，"冯妙君"却伸手拦住了她："不必。"说罢，闭起了眼。

这会儿没到傍晚，天色还亮着。"冯妙君"合目之后，眼前的景象就变了模样。

山、树、营地全都不见，方圆二十里内只有一片漆黑。而在这样纯色的背景板上，亮起了一盏又一盏颜色、强弱各不相同的火焰。

那是智慧生灵的魂火！

在她的灵觉中，她滤去了所有外在景象，只捕捉活物的行踪。

在场所有生灵的躯体都被她略过，她专注的，只是他们的魂魄动向。

现场数量最多又奔忙不停的，是苍白得几近透明的魂火，它们属于底下的士兵。凡人外表再怎样强壮，魂魄也很弱小。

而后又有几朵魂火追着摩隆多去了，它们的颜色浅深不一，代表着魂魄的韧性不一。

那是修行者的魂魄。

唔，她同时也感应到了赵棠。他看起来不像燕王那么有侵略性，然而在她"看"来，他的魂火颜色很深，强度也是相当可观，足见此人道行颇为精深，比起昔年的赵允犹有过之。

自然，这些都不是她关注的。

"冯妙君"想了想，灵觉进一步扩大，将方圆五十里内的动静都囊括进去。

她方才一眼就辨出，炸翻燕军营地的是爆破蛊。这东西她用得多了，知道爆破蛊被培育出了许多种类，最便捷的一种甚至有定时功能，所以凶手可能早就离开了营地现场。

不过她抵达风暴岛不久，燕军装卸物资也就是几个时辰的工夫。为了效果最大化，对方还要等物资基本搬运完毕才放置爆破蛊，这就说明他离开不久。

最重要的是，花了这么大力气潜入燕军营地动手脚，事后必定要躲在不远处欣赏自己的杰作、察看成果吧？

她蓦地睁开了眼："在那里了！"说着伸手往西南方向一指。

风暴岛上人烟稀少，她指向的是苍莽丛林。

她看见的数千个魂魄都在营地附近奔忙，只有这一朵魂火是孤零零停在几里之外，站不多时就头也不回朝着远处奔去！

"他们？"女魆看了赵棠等人一眼。

"不管。"言罢回身点了几名新夏修行者跟随，就迈开步子往西南而去。她来南陆的目的，当然不只是运送物资给燕国这么简单。

现场混乱不堪，他们的行动并未引人注目。等到赵棠将局面控制住，回头再来找她，哪里还能见到女王大人？

"冯妙君"和女魆的脚程岂是其他人能比？不过几个起落就在数里之外，新夏修行者望尘莫及。

前方的山林空无一人，并无夜鸟惊起。

"冯妙君"嘴角绽出一丝冷笑。若非自己以魂术辨之，根本不会发现前面有人疾行。

好家伙，那厮根本不在地面奔跑，而是遁在地下！

这样的土遁之术好生了得，倒不似后天修成的神通。对方大概也发觉了后有追兵，在地底走出来的路径扑朔迷离，想将他们甩掉。

对修行者来说，单凭五感难以追踪。只可惜在她看来，此人魂火炽亮如黑夜里的明灯，耀眼得很，哪有跟错的可能？

她忽然翻跃而起，落在一株小树上，同时自储物戒中抓出一盘锁链枪，轻轻一抖，这条链子就绷得像柄直挺挺的缨枪。

锁链两端都带着弯曲的倒钩，寒光闪闪。

她把链枪当作杆枪顺手一掷，连破空之声都不曾有，链枪就直直扎入土里。

紧接着就是"啊"的一声惨叫。

链枪扎着人了。

她嘴角轻扬，手上用力一拽，不顾土里的人怎生挣扎，硬生生将他扯上地面，按在树梢！

渔夫扎鱼也不会比她更利落了。

被她扎上来这人五短身材，头大如斗，眼睛却小。链枪的倒钩穿透他的肩膀，牢牢钉进肌肉里。

他疼得龇牙咧嘴，"冯妙君"却笑得开怀："宴青，好久不见。"

这只妖怪她是认得的，为魏国效力。昔年她跟在云嶂身边为侍时，跟他打过几次照面，知道这男子的原形是只二百年道行的隐鼠，又称鼹妖，但最擅打洞，又能隐匿自身气息。

他战力平平，打架不在行，但做些偷鸡摸狗的勾当，比如安放爆破蛊在燕人营地里，倒是神鬼不知。"冯妙君"目光扫过眼前的黑暗丛林，暗道这厮进了大山就是如鱼得水，来去无踪。

"你，安……新夏女王！"宴青疼得直打战，一边咬牙切齿，"新夏暗中勾结燕国，只恨当年国师为何没将你杀……"

话未说完，"冯妙君"就截断他的话："云嶂何在？"

她眼里的光令人不敢直视，宴青避而不视，冷笑道："国师大人安全得很，要教你失望了！"

"冯妙君"也不着恼，只道："你知道就好。"说完五指箕张，突然按在他脑门儿上。

宴青顿觉奇痛攻心，像是她扎穿了他的脑袋，又伸手搅和半天。这回他连惨叫都不能了，嗓子眼里嗬嗬几声就晕了过去。

女魃站在树下："找到了？"鼹妖有钻地之能，"冯妙君"审讯时当然不会让他碰着地面，以免其逃脱。

"冯妙君"微微一笑："云大国师果然就在附近呢。"她收回了嫩生生的小手，指尖并没有染上一点血渍。方才她使出搜魂之术读取了宴青的记忆，只是她的手法过于粗暴直接，对于受术者来说，过程不太愉快。

之所以还要跟宴青废话两句，乃是因为妖怪活过的年头久，记忆比人类还要庞杂。她先提起云嶂，宴青脑海里难免就会想起与他相关之事，这时再下手，翻出此类记忆可就容易得多。

"附近？"女魃一呆，"他不在显龙山吗？"燕王为了追捕云嶂赶去显龙山，结果正主儿反而在这附近？

说起来，显龙山离这里确实不远。

"冯妙君"熟知云嶂脾性，并不惊讶："要养伤，敌人眼皮底下才最安全。云嶂如果潜在附近，还能监视燕人动向。"她晃了晃手上的妖怪，"只是这家伙太蠢，居然敢炸燕人营地。"

她抓着鼹妖跳下树来，对女魃道："我先过去，你莫要离我太近。"说罢抓着鼹妖的大脑袋，上上下下打量个不停。

不久之后，燕军营地以西三十七里处的榕树林迎来一个鬼祟的人影。

这林子里布满大大小小的榕树，地面更是盘根错节，很不好走。不过细看之下，几乎所有榕树的根须都是连在一起的——

一木成林。

最中央的老树已有千年寿命，身围要十余人合抱，枝叶参天，郁郁葱葱。

那个矮小身影就在树前停下，左右观顾，确定附近没人才嗖嗖两下爬了上去。

老榕的树冠极美，层次跌宕，他的身影很快消失在叶片的掩映当中。

往上再爬十余丈，拂开浓密的枝叶，眼前赫然出现一个树洞！

洞口宽达五尺，边缘黑黝黝的，有烟焦痕迹，明眼人一看就知道，这树从前被雷轰过，是标准的雷击木。不过它的生命力也真顽强，被劈过之后又继续生长，如今洞口被繁枝茂叶全部掩盖，除非这样爬上来细细搜寻，否则无论站在地面还是飞在空中，都不可能发现这个隐蔽的洞口。

人影正想一头扎进去，边上忽然传来沙沙声，紧接着一头豹子从树冠跳下来，朝它咧开满嘴獠牙，低沉的咆哮像锯子锯木：

"宴青！你死哪儿去了？"

声音里是饱满的怒气。

这矮胖的身影，就是鼹妖宴青。他缩了缩脑袋："我去燕人营地，炸掉了一些物资。"

"东边的爆炸，是你搞的鬼？"豹子吃了一惊。燕人营地的爆炸惊天动地，三十里开外都能清晰感知，"大人只让你去监视营地！"

"是。"宴青眯着眼得意扬扬，"你不知道他们多可恨……"

豹子却一把按住他的脑袋，眼冒绿光："给你爆破蛊是保命用的，不是让你去挑事！"

宴青有些畏它，把身子都缩了起来："可、可是新夏给燕人送物资。我寻思燕军要是得了，我们可就……干脆瞅准机会，把物资全给炸了。"

豹子声音中流露出几分气急败坏："你要害死大伙儿吗！营地爆炸，燕人很快就会搜到这里来！"

"呃……"宴青呆住，"大、大人呢？"

"方才听到爆炸声，大人就说，九成是你干的好事！陆茗随大人先转移了，着我留下来等你。"豹子当先跳下大树，"燕国的禽妖刚从天上飞过，半刻钟内应该不会再回来。"他们要趁着对方巡逻的间隙溜走。

宴青看了看树洞，有点可惜，但还是跟着它走了。

洞口很窄，里面却是越走越宽敞。当年被雷劈中以后，树心就空了，后面又遭虫蛀水蚀，树心的空洞越来越大，可是树皮却出奇完整，从外头根本看不出端倪。

宴青曾在这里筑巢，它将树洞重新修整过，分作几个洞室，至少可以容纳十余人。

过去两天，这里面只住了区区四人而已。

显龙山大战横生波折，只有三名修行者跟在云嵝身边。燕军占据了显龙山再往前推进，这里就变成了燕人的大后方。燕王全力搜捕云嵝，后者重伤未愈，只能避其锋芒，与主力部队的联系又被切断，很是麻烦。

宴青小声道："大人什么时候能康复啊？"

"再有两三天就差不多了，燕王这一路上撵得太紧，大人且战且退又添新伤，否则早该恢复了。"豹子随口骂了一句，"你这蠢货！"

燕军既然在风暴岛扎营，当然要将附近地形都勘探几遍，甚至连大小山洞都做了编号，定时派人巡检。看似荒野，然而想在这里找个栖身之所其实很不容易。

众人已经在这里待了两天，终有机会调息疗养，云嵅才有空料理自己的伤势。若不是宴青手欠，一时起念去炸掉燕军营地，他们也不用挪地方。

宴青赔笑道："我们现在去哪儿？"

"先走远再说。"豹妖没好气道，"至少要西挪五十里，中间还隔着一个燕军驻守的卡哨。"

两人就在夜间掩映下，飞快地往西而去。

太阳还未落山，林间的白雾就迫不及待弥漫开来。湖边多水汽，只待气温降低就开始结雾。

这样的天气，无疑对他们撤退有利。

再走几十步就是一片河谷，不过旱季缺水，河变成了溪。

前方突然一阵爆炸声传来，惊天动地。

脚下的地面同样蓦地大震，让人立不住脚。

宴青干巴巴道："爆破蛊！这是爆破蛊的威力。"

什么人会在这种荒山郊野用上爆破蛊？答案呼之欲出。

爆炸声从水边传来，其实还有些远。前方景象被浓雾遮挡，看不清楚。

两人足下一顿，均变了脸色。

紧接着眼前的雾被扰动，有两个身影冒了出来。他们的速度很快，一眨眼就奔到两人面前，熟悉的声音传了过来："有埋伏，走！"

冲过来的是云嵅和陆茗，两人跟着一起转身就跑。

他们识破了燕人的埋伏，很干脆地放了个爆破蛊转移对手注意，借机突围而出。

浓雾中传出一声长笑，声若洪钟，带着满满的傲气和自得："云大国师，我看这回你往哪里逃！"

豹妖和宴青的脸色一起变了——燕王！他居然这么快就追过来了？

云嵅衣衫整齐，不见半点血渍，要不是他脸色苍白，宴青都看不出他负了伤，但是离得这么近，能嗅到很淡很淡的血腥气味。

他往云嵅腹部看了一眼，知道他伤在那里。这么发力奔跑，伤口又裂开了吧？过去的一个月时间里，燕王就死死缀在他们后面，想尽一切办法迫得国师没有时间调息愈合。若非他体质特殊，这会儿早就溃烂出洞了。

云嵅一边奔跑，一边还有空问他们："燕人营地的爆炸是怎么回事？"

问话时，目光落在宴青身上。他的眼神在昏暗的光线下看来，有些晦暗不明。

宴青挠了挠头："新夏给燕国送物资，我气不过，用爆破蛊炸掉了他们的营地。"

陆茗身上也挂了彩，听着两人说话就暗暗着急，这时忍不住插口："宴青，你先带大人离开，我们断后。"

三个人六只眼睛，一齐看向宴青。

这家伙遁地的本事了得，在地下溜得比修行者陆行还快得多，在荒山野岭有大用。

宴青一怔，立刻应道："是、好！大人跟我来吧。"就要去扶云嵯的胳膊。

要带人遁地，当然要有身体接触了。

云嵯神色如常，甚至主动伸臂。

不过就在宴青快要触到他时，他手腕一翻，突然去按宴青的脉门！

他出手快极，跟在身边的陆茗甚至压根儿没有留意到。

可是宴青手腕一缩，快得跟触电似的。紧接着身躯后仰，对准他腹部伤口一脚踢出。

这一下用了至少七成力道，极尽凶狠，要是真的踹实了，就算对方没受伤都能被踹得肚破肠流。

两人动作都是快极，陆茗和豹妖注意到时，眼前已经是寒光闪动！

异变陡生。

豹妖离宴青最近，骇了一跳，正要本能地后退，可是身体忽然一轻，竟然被人抓着后颈丢向前去！

那人手法极巧，直接按在它大椎穴上，接着就是狂暴的灵力一齐涌上，将它的经脉直接封死。任它空负一身修为，这时竟然半点力道也用不出，只能张牙舞爪往前扑出！

前方两尺，就是云嵯！

剑气纵横。这一剑，是国师大人刺出的，目标直取——

豹妖想起来了，身后只有一个宴青。

这个又胖又矬的家伙，竟然变成了敌人？

不待它脑海里的念头转完，后背忽然一痛。

陆茗在一边见着异状陡起，云嵯突然翻脸刺向宴青，剑光如雷霆，而后者反应更快，居然抄起身边的豹妖掷了过来。

"大人当……"陆茗一个"心"字还未说出口，云嵯突然伸手抓着他的领子，倒退一丈。那速度极快，就好似被人一拳打飞。

下一瞬，被掷过来的豹妖就在半空中爆成一团血雾！

那雾团血红之中还带着淡淡的绿色，显是额外加了料的。它拂过之处，青绿色的枝叶发出哧哧两声，消融于无形！

毒雾？陆茗的脸色惊疑不定。

宴青啧啧两声："云国师好狠的心肠，这样对付自己手下吗？"

云嵯脸色更白了，沉静如水："你我都知，你只要出现在我面前，就一定瞒不过我。"

宴青已经挡住了去路，云崦干脆停下脚步，立在原地。

宴青撇了撇嘴："这我倒不知道。"话刚说完，身形就微微扭曲，仿佛平滑如镜的水面泛起涟漪。

待涟漪消失，立在陆茗眼前的人已换了一个。

正是他一直以为，与自家国师乃无双璧人的那位。

"新夏女王！"

"冯妙君"的目光却落在云崦腹部。那里虽然没有沁出血迹，但他方才发力，身上的血腥气味又浓烈一点，看来伤口是裂开了。

她脑海里突然涌起一阵尖锐的疼痛。

这种痛楚，越发强烈了。她不动声色压下去，轻轻叹了口气："我找你找得好苦。"

云崦仿若未闻，只盯着她道："为什么要缠上安安？梦中城里，当时还有个燕王也在。"如是天魔，为什么不附身去燕王身上？

"你是真不知，还是假不知？"她轻笑出声，"我们天魔的魂力，可是没办法过继给别人呢。"否则当年她在虚实之界舍下的一身修为，早被其他天魔继承了，怎会轮到三百多年后才进入梦中城的"冯妙君"？

果然是这样，云崦心里一沉。哪怕早有揣测，现下得她亲口证实，他胸口还是像压上一块大石，又闷又堵。

"我就是安安，安安就是我，从来都是。"她望向云崦，笑容完美精致，"我只不过从梦中城里，拿回了本应属于我的魂力而已。"

陆茗望望她，再望望云崦，只觉她这话里信息量大得惊人。新夏女王这是坦承自己的天魔身份，坦承过去多年一直在欺瞒国师大人？

云崦开口，每个字仿佛都凝着寒冰："为什么我从安安身上，一直感应不到你的存在？"

她侧了侧首："这就是我的小秘密了。"

她眼波流转，真个叫作巧笑倩兮，美目盼兮，和云崦站在一起就是天造一双，地设一对。

可是云崦分明看清了她盈盈眼波之下的诡谲和阴冷，就仿佛自己正与一条毒蛇对视。

这种感觉，他太熟悉了，那是无数次对战天魔才养成的直觉。

只要天魔接近，他一定可以凭着本能感应出来。

忽然之间，云崦明白了过去几十年里天魔为什么会消失，为什么会换成冯妙君走到他的身边。

只有从身躯到神魂都完完全全、彻彻底底地换新，连属于天魔的烙印都摘掉，他才不会识破她的真正身份！

她才能走近他，实施她的计划。

可她做得这么完美，不仅仅是瞒过了他而已……

就像萧衍在他背后反复嘀咕的那句话：

真是段孽缘！

耽误了这么一段时间，雾气中忽然走出一个又一个身影，将这里包围起来。最前面那人龙行虎步，身材高大，正是燕王赶到了。

他望着云崪的眼神如鹰隼，又带着腾腾杀气。

"云崪。"他放缓了脚步，得意扬扬，"你也有这一天！"

这个死对头受了重伤，又被他的手下包围，就连天魔都赶到了。这阵仗实在华丽已极，他都看不出云崪还有一丁点逃生的希望。

胜利近在咫尺的滋味太好，他要多享受一会儿。

他深吸一口气，淡淡的水雾沁润肺部，真是心旷神怡。

云崪微微喘气，连嘴唇都泛了青："你敢和天魔联手？会遭天谴的。"

"遭天谴"这三个字，他说得轻描淡写，燕王却一下敛起笑意。旁人这样说只是气急败坏的咒骂，无力得很，可是从云崪口中说出来，就别有深意。

天魔为天地所不容，燕王作为修行者反帮天魔，就是与存身立世的这方天地作对！

和上苍作对的人，能有什么好下场？天魔一族就是血淋淋的例证。

"你顺天行事，可天道也救不了你。"他嘿嘿冷笑，"还想负隅顽抗吗？"

"冯妙君"适时踏出一步："燕王。"

燕王把手一摊，将忌惮深藏在眼里："行，你先来。"

"叙旧完毕。"她上前两步，对云崪微笑道，"我说过，族人由我亲手放出。只要你乖乖就擒，我可以不伤你性命。"

任谁都能看出，他山穷水尽了。她看向他的眼神，已经带上了不加掩饰的热切之意。

离自己的目标，越来越近了。

"换了神魂，还是这么怕死。"云崪面上泛出嘲弄之色，忽然伸手点了点自己心脏位置，"放出天魔一族和保住你自己的性命，你选哪个？"

"冯妙君"皱了皱眉："不能两全其美？"

"能，但我不会令你如愿。"云崪道，"别忘了，我们性命相连。我若不想独活，你就得给我陪葬！"

他扯出一抹淡漠的笑意："那么天魔一族降世的景象，你这个族长可没机会亲眼见着了。"说着，执着长剑挽了个剑花，寒气森森。

这把神剑跟着他快要三百年了，不知饮过多少人的喉间血，如今再来一个也不嫌多。

哪怕是它的主人。

"冯妙君"脸色微沉，这厮的确抓住了她的要害。

"堂堂七尺男儿，好意思自尽？"在己方全面占上风的形势下，她才不想死！

"生有何欢？为了你，值得。"他倒是笑了，看了看周围的人。暗林中又钻出许多人，这回是新夏修行者赶到了，打头的是女魃。

在场两拨人马互相审视，脸上都写着谨慎。云崕视若无睹："或者，我们来做一笔交易如何？"

"哦？"横竖他插翅难飞，"冯妙君"心里松快，闻言双手抱胸，被挑起一点兴致，"听起来有趣得很。你能开出什么条件？"找人做交易是她的本行，这家伙也敢在她面前卖弄？

"安安还在吗？"云崕紧盯着她，不放过她脸上最细微的神情，"实话！"

这家伙还真是执着。"冯妙君"叹了口气："在。"

她果然还在，还未被完全吞噬！云崕心底微微一暖，脸色却没变："这里……"他指了指自己太阳穴，"可以放开给你，但你要将安安原封不动地留下。"

陆茗大惊失色："国师大人！"

"闭嘴。"云崕冷冷看他一眼，继续对"冯妙君"道，"这么多年，你心心念念都想释放天魔一族，却又不能杀我。眼下有这样的好机会，你不想把握吗？"

"冯妙君"的目光落到他的胸口上："你舍得？"

"舍不得。"云崕的脸上却没有什么表情，仿佛事不关己，"反正我今天也逃不出去了，不如拿这条命来做笔交易……"

夜色已经降临，站立着数十人的林子里却安静得落针可闻，似乎连风声都凝固了，只有云崕清朗而空洞的声音回荡："把安安还给我，不然你立刻就得给我陪葬！"

"冯妙君"轻笑出声，银铃一般清亮，银铃一般冰冷："你们郝家的男人可真有趣。郝明桓对亲生儿子狠心，不惜把你的心都挖了，拿来封印我族；你呢，你是对自己狠心，愿意为了一个虚无缥缈的神魂送命。"

云崕不答，只盯着她道："你知道了，那就省得我再费唇舌。"

是的，从梦中城出来以后，她就知道族人真正被封印在什么地方了。石室里早就空了，这就说明当年郝明桓在她逃入应水城以后，担心她再杀个回马枪回来解救族人，同时又明白天神封印对这些囚徒来说再也不是牢不可破，于是就将天魔族转去了别的地方封印起来，而将原本的神庙石室布置成了捉拿天魔首领的陷阱。

可惜人算不如天算，浩黎帝国灭亡的速度比他预料的更早，后手都用不上了。

可是天魔这么多年来一直被封印着，并且与世人都断绝了联系，再也不能安排自己的使徒做事，这足以说明，新的封印之地更加牢固。

她重回人间，在读取了冯妙君的记忆之后，当然一下就明白族人被藏在哪里了——

郝明桓胆大心黑，居然将天魔一族封印在自己儿子心口！

否则，云崕的识海里为什么会出现天魔的投影？他的心疾为什么历经三百多年还不能痊愈！

只是这事太骇人听闻，连天魔首领都不曾往这方面联想。

可它又很合理，毕竟云崝的血脉注定了他生命力强大，寿命悠长。作为一个极度隐秘的活动牢笼，他有足够的时间和天魔死磕到底。

最重要的是，他一开始就能得到包括白龙在内的白象湖大妖的庇护，在乱世之中不会轻易送命。

这位所谓的黎厉帝真是机关算尽，连她也甘拜下风。

"冯妙君"抿了抿红唇，笑得更开心了："安安只不过是我的一段记忆，你还非她不可了？"

云崝望见她眼底的警惕，知道她还在怀疑，不确信他会将自己拼命守卫的东西拱手献上，于是后退两步："不肯就罢了，能抓着你同归于尽也不错。"

"哎，哎，别呀！"看他眼里寒光闪烁，"冯妙君"赶紧摆手，"谁说我不肯？"

这人面白如纸，一副视死如归的模样，倒真像随时要慷慨就义。他重伤之下逃不出这里也打不过她，可是他若想要自尽，恐怕还是没人能拦得住。

人被逼到绝路上，什么事做不出来？这也是她最忌惮云崝之处。

该死的鳌鱼印记！

她在心里暗暗咒骂一声，口中却道："就这么定了。"朝着云崝勾了勾手指，"过来吧，我们该履行约定了。"

陆茗忍不住上前一步，拦在云崝身前："大人，万万不可……"

话未说完，云崝一把抓住他，往远处掷去。

腾云驾雾中，陆茗只听他的声音在自己耳边响起："去找萧衍，路上再不会有人拦你。"

他哪里肯听，落地之后就要往这里冲来，两名魏国修行者齐齐上前，阻住了他的去路。

"走！"云崝看也不看他一眼，但陆茗知道他正在对自己说话，"回禀国君任务已经完成，我和大魏萧氏从此两清了。"

陆茗看看周围，也知道云崝这一次插翅难飞。想起云崝此前和自己深谈过的内容，他没有再矫情留下，而是咬了咬牙，躬身对云崝行了一记大礼，道一声"国师保重"，而后飞快遁入林中。

果然没人追赶他。

云崝收起长剑，一步一步走到"冯妙君"面前，低头凝视着她。

这么多天来，他想她想得心口都疼，想念她的轻颦浅笑，想念她的嗔怒和无情，甚至想念她发怒和别扭的模样。

无论如何，他一定要把她找回来。

他的衣衫已经染上血渍，面色也苍白如纸，可是那双桃花眼依旧电力十足，哪个女人被他这么深情凝视，身子都要酥麻半边。"冯妙君"也怔住了，脑海里却紧跟着一阵轻微的刺痛。

那个"她"在心疼了，并且还很愤怒。

要强行压下这样的感觉越来越难，不过她面上不露异色，一边伸手去抚他的胸膛。这个独属于爱人之间的亲密动作，过去不知做过多少次了，云嵘对那温柔触感还记忆犹新，下意识抓住了对方伸过来的纤纤玉指。

入手软腻，他心中却没有荡漾。这白嫩嫩的小爪子，掏人心窝可是毫不含糊。

许是失血太多，他的手不似从前温暖。"冯妙君"任他抓着，轻挑黛眉，给他一个不怀好意的笑："反悔了？"

他不语，眸色深沉，终究放开了她的手。两人性命相连，她不会傻到直接对他心脏下手。

她皓腕轻抬，抱住了他的脖子，另一只手摩挲他的面庞，一声叹息："这副皮相真是百看不厌，以后我让它长长久久陪伴我，好不好？"

男俊女靓，这幅画面明明该让人心旷神怡，可她说出来的话却让在场所有人不寒而栗。

云嵘脸上却没什么表情，甚至低低应了声："好。"

"冯妙君"一笑，把他拉低下来，微微仰首吻住了他的唇。

他的唇瓣没有血色，甚至还有两分凉意，可是温柔绵软，一如既往。

她心底一阵强烈悸动，撕扯得胸膛都隐隐作痛。

"冯妙君"不作理会，加深了这个吻，而后顶开他的牙关。

云嵘果然没有抵抗，反而吮得好生用力，连她都有些透不过气。

这般缠绵中，一缕红烟从她口中渡了过去。

燕王站在一边，脸色都变了。在旁观者角度看来，"冯妙君"的七窍也漫出红烟，如受指引般钻入了云嵘的耳中。

这个旖旎的画面，充满了让人透不过气的诡异感。

烟雾色作赤金，燕王看起来已经好生眼熟了，上一次所见是在虚实幻境。

那头天魔在现实世界都这样强大？

云嵘后退一步，目光一下就落到燕王身上，神情也不再淡漠，像是在苦苦忍耐。

仿佛千辛万苦，他才能从牙缝里挤出一个字："快！"

云嵘识海。

那一缕红烟闯入迷宫，并不像冯妙君上次进入时那样老老实实地找出口，而是一头撞在了墙上。

只听哧哧几声轻响，墙上冒出白烟，而后开始内陷……不出几息工夫，竟然就被蚀出一个洞来。

红烟这才不慌不忙，从洞里钻了过去。

迷宫是云嵫设下的心防，如果按着他定下的规则走，也不知猴年马月才能走出这里。红烟没有那种耐心，采取的方法简单粗暴又节省时间。

强者的力量，原本就是用来突破极限和规则的。

穿过黑沉沉的迷宫，眼前就有光明。

云嵫的识海与她上次进来所见并没有多大不同，只是这会儿正飘着鹅毛大雪，整个世界弥漫着刺骨的冰寒。

比起上回，更冷了。

红烟飘在半空中，这片识海的主人就立在山坡上，背着手仰头看她。

这里的云嵫自然不是孩童模样，简单的一袭白衣，就勾出了丰神俊朗。就连红烟也不得不承认，他好看到犯规。

满山满谷飘着大雪，他好似和山雪融成了一体。

原本，他就是这片天地的主宰。

云嵫的元神和他本人一样，面色有些苍白，神情却很从容："既然已到这里，何不现出本来模样？"

修行者魂身密不可分。他身负重伤，神魂当然也疲惫不堪，这一点瞒不过红烟。

很快，它就在半空中凝出一个人像。

是个女人，然而看不清五官，只知身材窈窕，长发披散下来。这么影影绰绰的，连线条都不清晰。

可是燕王分明说过，他在梦里见过的天魔是个魂身凝实的大美人。云嵫蹙起的眉头终于舒展，忽然道："果然，你算不上天魔，甚至连魂魄都不是！"

那红影像是低头看向他，没有开口，但话音在天地间响起："你以为，我是什么？"

她的声音悦耳、清冷，带着睥睨天下的傲慢，但与冯妙君截然不同。

云嵫笑了，带着淡淡讥讽："你不过是一缕执念罢了，连一个普通魂魄都比不上！"

他不待红影接口就径自说了下去："我一直便觉得奇怪，魂魄如果闯不出虚实幻界，都会被天神封印吸回石室。其他天魔都抗拒不得，为什么你偏偏就能留在虚实界里？"

答案就在这里了——

她不是魂魄，她只是天魔首领留下的、夹杂着一缕执念的魂力而已！

从本质上来说，她没有真实存在的自我意志，因此不被虚实界的法则判定为独立的灵魂，从而能够作为一个"物件"留下，静静等待昔日旧主再度光临，把它拣回。

在虚实界，它再强大也只是个死物。只有和冯妙君的神魂相结合，她才能具化出形貌来。

他的猜想被证实，心里更加笃定，也放心了。

安安果然没有被她带进来，而是完完整整留在了现实里。

"有什么区别？"红影嘿嘿冷笑，"你的一切，很快就要为我所有！"

"你？"云嵂不露惧色，"你以为自己算个什么东西？天魔首领早就消失不见，如今立在外间的，只有安安！"

"住口！"红影尖啸一声，"想拖延时间吗？天真！侵占你的识海实是易如反掌。"

自她进入这个世界，身上的魂力就丝丝消解开来，融入空气当中。天幕变得昏沉，连光线都从原来的幽白变作了暗绛，识海内所有景物表面都镀上了一层红，黏稠如同血光。

最可怕的是气温急剧上升，也就这几句对话的工夫，整个山谷就变成一个大蒸笼，热气腾腾。

天空飘下来的雪，还未落地就化成了水。

云嵂的世界原本被坚冰覆盖，可这么一来，到处都有融化的迹象。

啸声未尽，红影就化作一道流光，重重轰进了巨大的深渊当中！

它飞行时，表面都亮起赤金色，带着无尽光炙，身后还拖着长长的焰尾，仿佛砸向地面的流星。

这一刹那的光辉，反而将整个世界映成不祥的末世。

在撞击的那一瞬间，云嵂闭上眼，知道自己无力阻止。从虚实界取回力量之后，天魔首领的魂力之强大，宇内已无对手。

就算云嵂是识海的造物主，也依旧难以匹敌。也正因坐拥这样的力量，天魔首领的执念才敢肆无忌惮闯入他的世界，喧宾夺主。

这结果，早在他预料之中。

震荡波如同海啸，眨眼间卷席四面八方。他衣袂翻飞，不必睁眼也知其猛烈。

整个识海世界为之剧震，郁郁葱葱的森林被拦腰折断一半。

一片摧枯拉朽。

而在撞击的中心点，深渊最底部，被撞出一个方圆数里的巨大凹陷，深度达到惊人的数十丈。

这里原本被最坚厚的冰层覆盖。然而经过这么毁天灭地的大冲撞，凹陷中心的冰面已经四分五裂。

裂缝如有生命，飞快向着周围的冰层蔓延。伴随而来的，是巨大的爆裂之声。

深沉、不祥。

云嵂并未站到悬崖边去，就知道深渊底部发生了什么事。他霍然转身，大步向自己的小院中走去。

路途行至一半，深渊底部的冰层就已龟裂。

不等它完全碎开，一个又一个黑色的影子就迫不及待从裂隙中钻了出来，沿着碎冰爬向四周峭壁。

它们的数量如此密集，就仿佛蚁群出巢。从高处看下去，像是黑色的潮水从泉眼里汩汩涌出，迅速填满了整个深渊。

不过是眨眼工夫，渊底和四壁就爬满了黑色的身影，到处都在蠕蠕而动，见不到一点岩壁本来的色泽。

骤然脱困，又见到深渊正中的红影，它们再抑制不住心中的狂喜，放声嘶吼。

这片识海世界里，顿时回荡着群魔呼啸，往日的平静都被撕得粉碎。

天魔重现！

黑影爬到深渊边上，就能够化雾飞行。于是天空和陆地都被黑色占满，昏天暗地。

云崛走到小院门口，这才回头，望见丛丛黑影飞快地冲向这里，甚至领头那几张狰狞的面孔都很熟悉。

这些恶邻，他已经交手了三百多年，彼此都是知根知底。

可是云崛明白，这一回不同了。

天魔首领方才那一记威力无伦的撞击，直接将他辛苦巩固的寒冰屏障打碎，被堵在底下的天魔投影一下就找到了突破口，得以重新窜入他的世界，重新为非作歹！

天魔首领这么做，无非是因为自己返回冯妙君的身躯之后，就受到她丹田当中鳌鱼印记的限制，不能夺舍他人。也就是说，她可以尽情在云崛识海中大肆破坏，却不能真正占据这方天地，不能将他完全吞噬。

又或者，她本来就不是完整的魂魄，只不过是原主人留下的执念和魂力而已，自然不能投灌到他人身上。

要控制住他，她就必须假手于冰渊之下的天魔投影。

这些东西和云崛的纠葛，她再清楚不过。

望着黑红光影交错而来，云崛后退一步踏入小院，回身关上了院门。

这院子就是他识海中的最后净土，只要守住这里，天魔投影就不能占据他的躯体。

他昂首站立，一手按住了院门。

紧接着，黑色的大潮自远处奔涌而来，直接冲撞到篱笆上。

门后的云崛，清晰无比地感受到门板和地面的震动。

这个小小的院落就仿佛湍流当中的礁岩，每时每刻都承受着巨大的冲力。

红影自远处飘来。

她的行动漫不经心，但所到之处，黑潮都自动避开，让出一条通道来。

它们对于首领的敬畏历经三百年不变，那是发自灵魂深处的本能。

"何必垂死挣扎？"天魔首领与云崛隔门对话，"打开这道门，否则我让你永世煎熬。"她的声音阴沉，令身边的天魔不寒而栗，"我可以保证，十八层地狱的酷刑都比不过我的手段。"

她是玩弄灵魂的大拿，云嵯的神魂要是落到她手上，那真真叫作生不如死。她有的是办法令他痛苦无边，却又不会魂飞魄散。相比之下，地府的刑罚都是一板一眼的死教条，哪有她的花招来得那么有想象力？

云嵯和她的距离不过三尺，中间只隔着薄薄一道木门，甚至可以隔着缝隙看见那一抹赤红。

"是吗？"他的神情却是云淡风轻，"倒想领教一二。"

这家伙真是不见棺材不落泪。天魔首领冷笑一声，只吐出一个字："上！"

话音未落，周围的天魔重新化作大潮，冲撞小院。

小小的院落仿佛是洪水中的孤岛，随时都会被吞没。

可它到底坚持下来了，哪怕摇摇欲坠。

这样的冲击，从前也发生过多回，云嵯都能坚守。三百年的砥砺磨合，令他的心志坚如磐石，轻易不会动摇。

若只是这样持续下去，天魔投影恐怕还是未能竟功。毕竟它们只是投影，真正能带入这里的修为，十不足一。

天魔首领旁观几十息，忍不住骂了一声："没用的东西！"

她挥了挥手，就有几缕红雾掺入黑色的潮水当中。看起来微不足道，却能在几息内将黑水染成了红潮。

再仔细看去，那根本不像红色水流，反倒如同岩浆，扑到院子的篱笆上就哧哧作响，泛出白烟。

就这么几息的工夫，她就将云嵯的识海变作了熔岩世界！

云嵯的脸色终于变了，按着木门的手掌一紧，魂力输送过去，院门和篱笆上顿时泛出淡淡的光华。

他在竭尽全力抵御天魔的侵蚀。

这片最后的空间如果也沦落，天魔就会长驱直入，吞噬他的神魂，掌控他的身躯。

只可惜，以他一人之力实难与天魔全族抗衡，何况这次还有天魔首领亲自加持。即便他是这片识海原先的主人，看起来也难以逆转乾坤。

识海世界变作一片熔岩火海，云嵯即便站在门后都觉出热焰扑人，连发丝都要烧焦。而这座小院，就是火海中的孤岛，随时都会被吞没。木门上飘出袅袅青烟，篱笆也被蚀出了千疮百孔。在强大而纯粹的力量面前，云嵯坚持不了多久。

它们赢定了！

天魔首领终于放下心，重重一拳砸在了木门上。冯妙君和云嵯性命相连，哪怕知道族人就被封印在他的胸膛里，她也不能直接将他的心脏剜出来，她又不能鸠占鹊巢，亲自夺舍云嵯，所以最可行的法子，就是放出深渊里的天魔投影，助它们夺占云嵯的识海。

只要这具身躯变作它们的囊中之物，安全解开封印，释放出天魔全族本体岂非再容易不过？

她的力量无与伦比，门板本就是薄薄一层，又快被蚀烂，哪里还挡得住她？

咔嚓一声，院门四分五裂。

木屑横飞，甚至在云嶂脸上划出淡淡血痕。

在他和天魔之间，已经再也没了阻碍。

一朝夙愿得偿，天魔首领放声长笑："拿下他！"

她信手一挥，身后的黑影就狞笑着冲进小院！

这一刻，它们已经等待了太久。争先恐后的结果，就是黑潮的颜色深如子夜，呼啸着朝云嶂扑了过去。

扑倒他、吞噬他，这场漫长而不见硝烟的战争就结束了。

"冯妙君"站在众魔身后，只觉心旷神怡。

院门被撞破刹那，云嶂大步后退，一直站到了院中去。自然这点儿距离对天魔来说，不过是一步之遥。

真就只是一步而已。

可就在这时，云嶂嘴角轻扬，竟然露出一抹松快。

天魔首领看在眼里，心中莫名一跳，却找不出到底是哪里不妙。

黑潮的涌入，在院中刮起一阵疾风。冲在最前头的天魔尖啸着，长而尖锐的指甲都快要触到云嶂眼皮，也就是半寸距离而已。

一旦得手，它们不介意活撕了他。对付魂魄，天魔有一千种法子让其生不如死。

云嶂并没有抵抗，甚至桃花眼瞬也不瞬，因为就在下一瞬，天魔忽然消失了！

不错，就是消失。

这漫天飞舞、遮天蔽日的数万天魔，竟然从云嶂和"冯妙君"的视野里化为乌有，毫无预兆。

那五根已经伸到云嶂眼前的尖爪，在这一刹那重新变作了几缕黑烟，轻飘飘的，没有任何攻击力。紧接着大风吹来，它就像普通的烟尘一样随风而散。

纵观周围天魔，莫不如是。黑色烟雾顷刻间淡去，还天地一片朗朗乾坤。

只差半寸，它们就得手了。

偌大的识海世界里，似乎还回荡着它们不甘的尖啸声，却只剩下两个人相对而立。

"冯妙君"难以置信，忽然站到云嶂面前，用力攥向他领口："你做了什么！"

她的族人怎可能凭空消失！

她离他原本还有两丈距离，这一倾身就瞬移到他身前。

云嶂也动了，神剑对准她脖颈削去，口中却道："你猜？"

"冯妙君"用力抓着他的长剑。他具现出来的神刃拥有现实里的全部特性，也不知饱饮过多少大能的颈上鲜血，可是在她手里就是纹丝不动，甚至被她抓住的剑身还快速转黑，再不复从前光华寒冽。

照这般下去，它很快就会被蚀尽。

天魔首领的魂力，可怖如斯！

哪怕她面貌不清，云嵯也能轻易感受到她身上暴涨的杀气。他后退两步，眉目沉静："你的族人离开了。"

天魔首领一怔："什么！"

"我说……"他一字一句，"它们已经不在我身上了。"

"这是何意！"她瞪圆了眼，心底却冒出一个疯狂又荒谬的推测。

方才她看得清楚明白，天魔全族不是退却，而是径直消失不见。过去三百年间，她的族人被封印在云嵯心脏里，云嵯以自己全部的生命力、灵力，以及后来的国家元力镇压之，他们是一存俱存的关系。

天魔的存在，对云嵯来说就像一颗不定时的爆破蛊，他一定也很想卸下这个重任，但是多年来都未竟功，可见此事难比登天。

为什么偏偏就在这个时候，他有本事将天魔都弄走？

就这么几息工夫，云嵯的身形就变得浅淡，人似乎也摇摇欲坠，嘴角的笑容却很畅快："你何不亲眼看看？"

难道……眼见他魂身都变得透明，再联想起他先前向自己开出的条件，她满心骇然，突然身化红烟，飞快地冲向院中的小屋。

那里，是识海世界的出口。

她走得那样急，竟然连云嵯都顾不得了。

在她离开以后，识海世界的大火也跟着一起消失，温度快速下降。云嵯将篱笆上最后一小簇火星也摁灭，缓缓坐到树下的青石上。

难以言述的疲惫席卷而来，他举目四顾，只望见一片焦黑废土。

郁郁葱葱的森林已付之一炬，但远处的瀑布飞流直下，在深渊底部砸出了雷鸣般的水响。

他微笑着闭上眼。至少，识海世界再也不需要被坚冰覆盖。

现实世界。

山林里的雾越来越浓了，三丈开外的景物都看不清楚。

天魔首领化作红雾钻入云崷识海，后者当即退后一步，向燕王低喝一声："快！"

识海与现实世界的时间流速不同，他并没有把握能拖延天魔首领多久。

机会转瞬即逝。

燕王收起看戏的神情，大步走来。

女魃立刻站直身体，警戒地望着他。

但他并没有动手，只是自储物戒中小心翼翼地取出一样东西，置于地面。

众人的目光都被它吸引，不是因为它太奇特、太稀罕，而是因为这玩意儿实在其貌不扬。

它的材质仿佛是青铜，初看像镬又像鼎，底部有三足。更重要的是，它在平民家里太常见了，乃是煲汤煮肉的器具。不过款式看起来有些古早，不像今人所用之物。

可是能被燕王珍而重之拿出来的，又怎么会是凡品？

这只青铜镬表面还布满了裂纹。或者说，它是由碎片一块一块拼接起来的，也不知费了燕王多少工夫，怎么看都是随便一推就要散架的模样，并且镬沿上还缺了个口子。

若说不凡，大概就是它看起来年代久远，连铜片都微微发绿，并且镬身上绘有许多古怪的纹路和图案。

这种时候，燕王拿它出来作甚？

谁也未注意到，僵立在原地的冯妙君忽然眨了眨眼，涣散的目光渐渐有神。

女魃难得被挑起好奇心，问出了所有人的心声："这是什么？"

"最后一片呢？"燕王没理会她，只是追问云崷，"拿来！"

自天魔入侵后，云崷连面容都有些僵硬，指尖却向他弹来一小块铜片。

这东西也不知何时被他攥在掌心，眼看铜片疾射出去，站在近前的女魃身形一动，就要去接。

燕王抽出宝刃，唰的一声向她胳膊剁去，又狠又快，竟然毫不顾及从前的情面。

他早就蓄势待发，这一下凶威赫赫，仿佛猛虎扑食，连女魃也不敢轻撄其锋。她身形一晃，脚步微顿，只这么一迟滞的工夫，燕王就将碎片接在手里，毫不犹豫地安在了青铜镬的缺口上！

任谁都看懂了，云嵝给出的就是这只镬缺失的最后一片。有了它，这只奇怪的青铜器终于完整。

下一瞬，它的表面泛出荧荧青光。

那光芒如水波流动，在青铜器表面荡漾，给人生机无限之感。被光芒笼罩的几人都觉身心为之一畅，只有女魃退开几步，面露厌恶之色。

她已是死人，反而不喜这样蓬勃的生气。

青光只持续了不到两息工夫。它消失之后，众人眼前只剩下一个完完整整的青铜镬，通体光滑，莫说裂纹了，就连一丝划痕都没有。

这东西居然有自我修复的能力？

旁人心里大讶。所谓破镜难重圆，哪怕是件神器，莫说碎成一地渣，就是被拗成两半也要报废。

可眼前这只古怪的鼎镬拼全了碎片，却可以修复如初。

镬身上的铜绿已经掉了，露出原来暗金的色泽，即便在这样昏暗的夜里也焕发出淡淡的微光。那样古朴的味道，只有经历了时光淬洗、风霜打磨的古物才配拥有。

燕王将这铜镬紧紧攥在手里，欣喜若狂："果然，果然可以修复！"

随他而来的修行者忍不住问道："王上，这是什么？"

"界神祭坛！"燕王笑逐颜开，哪里还有平时的半分阴沉，"只要它恢复如初，我们就能召唤界神重临人间！"

此话一出，在场众人无不动容。能站在这里的，都是国内顶尖的修行者，自然知道"界神祭坛"对自己，对所有修行者，乃至对整个世界意味着什么。

界神如果回归，天梯就能打开，灵气重新充沛此界，修行者眼前又是坦坦荡荡的一条通天大道！

这个世界已经沉寂千年，这个世界已经无望千年。

界神的归来，会给这个世界全新的开始！

"冯妙君"身后的新夏修行者，有几个忍不住咕咚咽了下口水。如果这话出自旁人之口，他们只会笑他是痴人说梦。可是同样的话从燕王嘴里说出来，那分量就全然不同了。

燕王却不理会别人怎么想，他只盯住云嵝，眼神兴奋又狂热。几乎是话音刚落，就大步跨出，手中再度寒光闪动。

长刀所指，赫然是云嵝的胸腔。

燕王大喜之下劈出的这一刀如银河倒挂，神完气足，仿佛前面是座大山也能劈开。即便云嵝在全盛时期也不愿正面接下。更何况他此时站在原地，动也不动一下。明眼人都知他正集中全副心神与识海里的天魔搏斗，举步维艰，更不要想躲过这一击。

女魃不假思索，一边抽出自己的八棱铜迎击而上，一边怒喝道："你做什么！"

她的任务是给冯妙君保驾护航，现在燕王突然偷袭云嵝，谁知会牵连出什么变故，她自是不允。

锵的一声，金铁交鸣，燕王开山裂地的一击被女魃生生扛下，可她也受不住这样巨大的力道，一下被抽出五丈远！

"上！"燕国修行者从变故中回过神来，纷纷上前替国君护法。燕王低吼一声，再出一刀，依旧直劈云嵝。

从云嵝丢出碎片，到燕王突然反戈，前后还不到七息时间。旁人还在讶异于这两个死对头怎么突然有了默契，燕王就拔刀向云嵝了。

真是翻脸比翻书还快。

燕王面色通红，提起全副修为出击，只觉过去一百年来心从未跳得这样快过。

只要这一刀功成，他就能圆满多年夙愿！

可惜，好事多磨。

云嵝面前突然又多了个人，正好就挡在燕王刀锋之下，手中一对短锥翻上来，叮的一声扎出刀身上，口中清晰吐出两个字："敢尔！"

她用力奇巧，虽然正面迎击，却不像女魃那样与燕王硬碰硬，而是一记侧击卸开燕王力道，荡其中路，紧接着就往燕王怀中扑来！

她身形小巧，动作轻灵，乍一看如乳燕投怀，可是手里一对武器寒光闪烁，这要真扑实了，燕王胸口上就要多出两个大洞。

他沉声道："让开，我要重召界神！"

那身影不听，倏忽而至。

燕王冷笑一声，砂钵大的拳头抢下来，直接砸向她的天灵盖。

势大力沉，就算是千年灵龟的背甲也会被打烂。

然而拳头重重砸在她身上，轻飘飘的，又穿了过去。

居然是幻象！燕王微微一愕，心道不妙。

前一刻还接下他的挥击，下一瞬就生成了幻象？

最重要的是，眼前若是幻象，她的真人又在哪里？

燕王一个激灵，反身扑了回去，恰好望见他原先站立之处现出一个纤细的影子，低头去抄留在地上的界神祭坛!

这东西要是被抢走,他再对云嵂下手也没有任何意义。

那人对于局势的把握,实是精妙难言。

"长乐女王!"燕王怒吼一声,长刀化作飞虹,朝她射了过去,同时右手虚抓,地上即冒出一个人形的土傀,一下扑在祭坛上!"云嵂缠住天魔,我们要将界神石心放入祭坛,否则万事休矣!"

他的对手身似鬼魅,轻灵飘忽,偶然才被如雪刀光映出一张倾国倾城的面庞,不是冯妙君又是谁?

她面凝寒霜,对燕王的怒吼充耳不闻,只是抽空挥了挥手:"拦下他们!"

她这回带来前线的新夏修行者都是精锐,女王有令,当即冲上前去,与燕人战作一团。

冯妙君眼神清明,视线扫过地上的祭坛:"你怎可能集齐祭坛碎片?"

自从在虚实界被天魔执念侵占以来,她对发生的一切都了若指掌,可是一股晦暗的心力作祟,将她的意志全盘扭曲,变作了目标为先,不惜施展种种手段。

那便是执念的力量,能在道心种魔,让人变得不再是自己。

不过天魔执念与云嵂有约在先,他放任其冲入自己的识海,可是天魔也要将冯妙君本人的意识留下。那日夜压迫着自己的强大执念一去,就像身上搬走了一整座大山,冯妙君的心性立见空明,神思运转无碍,飞快地夺回了身体的主控权!

燕王要对云嵂动手,她第一反应就是回身相救!

援护云嵂,已经变作了刻在她骨子里的本能。对方说得再怎样大义凛然,冯妙君也无动于衷。

燕王怒气冲冲:"还能怎么得来,云嵂赠予我的!"边说边伸手将祭坛收了起来。

战场混乱,他可不敢将这宝贝置于野地上。

冯妙君嗤之以鼻:"胡说八道。"

云嵂心心念念夺取燕王珍藏的祭坛碎片,又怎可能把自己手上的交出去?

就这么几句对话的工夫,两人交手数十记,旁人只见刀光剑影,而后就发现新夏女王并未落在下风。

这可太了不得。

"他找我做个交易。"胜利唾手可得,偏偏这拦路虎不是好打发的,燕王只得尽力劝服她,"只要我和他联手对付天魔,他就将碎片交出!不信你自己问他。"

他的声音不响,却像在冯妙君心头炸开了一声闷雷。

云嵂竟然和燕王做交易?

这时女魅也加入了战斗,目标直取燕王,冯妙君下意识看向云嵂。

他轻轻点了点头。

天魔在识海中神魂与他争斗，抢夺身体的控制权，云嵝连说话都费力，但依旧向她扯开一抹微笑。

那笑容还有两分僵硬，不若从前的灵动轻佻，冯妙君心里涌起酸甜苦涩，不知到底是什么滋味。

从虚实界脱身出来后，她的种种言行虽非出自本意，但外界的一切变化尽入眼底。云嵝布下了局，又那般对她，她心底其实有怨。

相知相伴十余载，这个男人怎能那么狠心？

可是今日燕王告诉她，云嵝主动寻他做交易，为了对付天魔，甘愿把祭坛碎片拱手让出！

以冯妙君之聪慧，转眼就能将这前因后果联系在一起——

燕王和她有约在先，她须替他寻得长生之法。天魔执念掌权以后，延续了这个约定。不过说起来天魔施展的都是邪术，燕王即便得以长生，也要不断置换躯壳，这就意味着辛苦修炼的近二百年道行一朝打了水漂，并且还有神魂虚弱的风险。

此为无奈之举，下下之策。

这个时候，云嵝找上门来了。

白猿胡天把冯妙君的珍藏转交给他以后，他就掌握了大部分祭坛碎片。原本只要打下燕国、打败燕王，他就能拼凑碎片，还原祭坛。

这是他的使命，也是最后的任务。

可他临时改变主意，居然要把机会让给燕王——为了她！

她都想不出燕王拒绝的理由：只要召出界神，重开天门，修行者寿数上限的死结就迎刃而解。燕王都不需要再置换身体，折损道行。

这才是燕王向往的上上之策。对他这样的人来说，从前种种过节，都可以在最现实的利益面前无视。

"你当他用什么能封印天魔一族？界神遗留的石心就在他胸口！"燕工声音里蕴着焦急，"我们花了多大工夫才将附在你身上那东西骗进他的识海，再不动手可就晚了！"

界神？石心？

前因后果如电光石火，终在脑海中串联起来，冯妙君恍然。

她目睹天魔袭城的经过，然而这故事还有世人不知的下半段。云嵝说过，黎厉帝曾以为溜进城里的天魔附到了刚刚出生的云嵝身上，因而扎伤了自己亲生儿子的心脏。

而从那以后，没逃出虚实界的天魔族就被转移了，不再封印于梦中石室。

这世上哪里还有那么强大的囚牢，可以将这个逆天的种族关押？唯一还能与它们抗衡，确保它们不会逃出生天的，当然只有天魔最强劲的对手——界神！

所以当时黎厉帝不仅是刺伤云嵝，还趁机将封印住天魔的石心也一并放入了亲生儿子的胸膛，用他的血脉、精气和生命力来供养石心，囚困天魔！

这个皇帝真是好狠的心!

而云崞……也继承了乃父的机狡多智,从显龙山大战、燕国求援到今日种种,都是他和燕王设计好的陷阱!天魔百密一疏,未料到这两个不死不休的对头居然会在背地里联手算计她。

并且魏军战败是真的,云崞受伤是真的,燕王拼尽全力追捕他也是真的。

只有这样逼真,才能骗过多疑的天魔。况且燕王本来就视云崞如眼中钉,如果能在追逃过程中直接将他杀掉,何乐而不为?

他的确往死里下狠手。

可是云崞花了这么大力气,只是为了将她完完整整地换回来。

"云崞。"她心头转过千言万语,可最后只是低喃一声,反手甩出星天锥,刺入一名燕人咽喉。后者已经潜行到云崞附近,正想发难,转眼就被她终结。

百忙之中,她兀自抽空抓住了云崞的手:"我回来了。"

他的掌心仍然温暖。

云崞面色发青,目光都有些涣散。冯妙君知道他识海里正天翻地覆,恐怕顾不上自己。哪知他忽然抓起她的手,按在自己心口:"动手!"

冯妙君结结实实吓了一跳:"什么!"

这家伙疯了吗,竟要她动手剜心?明知道她下不了这个手,无论是为他还是为己!

有天魔作祟,云崞连说话都很艰难,每一字都像从牙缝里挤出来:"动手……我能解掉诅咒!"

最后这几字如响雷,重重砸在她心头。

虽然在旁人听来是没头没尾,但冯妙君一下就明白了。他说,有法子解掉她丹田里的鳌鱼印记!

两人都明白,跟着她十多年的鳌鱼印记,一直是冯妙君舍命搭救他的真正理由。现在只要解去两人性命相连的契约,他就算被剜了心也不会连累她。

从石室归来,冯妙君就读懂了天神符文的秘密,当然知道如何解开这份契约,可是那条件过于苛刻。这会儿听他提起,只觉心口像是被石磨狠狠碾过一遍又一遍,痛得呼吸都不畅快了。

她猛地抽回自己的手,啐了一口:"不干!"

燕王一刀逼退女魅,黑着脸大步朝这里冲来:"你磨蹭什么!等天魔吞噬掉他的心志,他人也不在了,我们还召不回界神!"

天魔首领此刻就在云崞的识海里,燕王很清楚她的目的。反正云崞的神魂必被吞噬,被她再拖延下去,等天魔族真正掌控了云崞的躯体,他们召出界神的最后一丝希望也会随之泯灭,那才叫蛋打鸡飞。

"横竖他必死无疑，你要整个世界给他陪葬吗！"

冯妙君冷笑，不待他冲近就抽出长剑，照着他眼珠子捅了过去："谁说他必死无疑！"

两人这一挨上，又是一番缠斗。时间一分一秒过去，燕王心急如焚。

这女人疯魔了！

偏生己方的人都被新夏修行者拦下，再加上女魅从旁助攻，在他身上已经开出几条血口子。想穿过这重障碍扑击云嵯，短时间内怕是无法完成。

冯妙君面色阴沉，同样反复盘算。燕王说出的利害关系，她怎会听不懂？可无论如何，她都不能让云嵯被人掏了心去。

谁都不行！

她抽空看了云嵯一眼，正好和他四目相对。这人脸色更白了，额上沁着冷汗，显然识海里的战斗正到紧要关头。天魔不是善茬，不知道在他识海当中搞出多少破坏。这些破坏转化为对他的伤害，都要他来一力承担。

可是云嵯望向她的眼神一瞬不瞬，不复先前涣散，反而透出一点古怪的专注和幽深。

就好像，他已经下定了某种决心。

这种眼神，莫名地令冯妙君心惊肉跳。她一边应付燕王势若猛虎的进攻，一边思索对策。怎样才能护住云嵯神魂不被吞噬？天魔执念有多强大，当世没人比她更了解，即便识海是他的主场，恐怕他也不是这东西的对手。

要不，她再度神魂出窍，到他识海里助他一臂之力？

对上那种惊世骇俗的怪物，虽说她也没甚把握，但总好过见不着识海里的情景干着急吧？不过眼下最大的麻烦还是燕王。她若是神魂出窍了，谁能拦住他对云嵯下死手？

转念间主意已定，她即唤动女魅一声："这里交给你，务必坚持到我出……"

可是一个"来"字还含在口中，心口突有一阵剧痛来袭，撕心裂肺！

冯妙君本来一剑刺向燕王血海穴，这一下痛得她连长剑都拿不稳，娇躯佝偻下去，露出好大破绽。

短短一瞬间，她就感觉头晕眼花，竟是连站都要站不稳了。

燕王哪会放过这等良机，反手一刀，直取她项上人头。女魅看得清楚，抢过来挡在她面前，硬吃了这一记进攻。

糟糕，必定是云嵯出事！冯妙君只道又有敌袭，无暇再战，急急转头去看，那一幕却险些教她魂飞魄散——

云嵯右手五指成钩，狠狠扎入自己胸膛！

"住手！"她大骇回奔，什么都顾不得了。

他分明是直勾勾地盯着她，却置若罔闻，手上用力，竟然硬生生将自己心脏剜了出来！

旁人看得清楚，这颗心脏缺了一小半，不如常人完整。缺失的部分以石头嵌替之，它与心房完全长在一起，甚至被心肌包裹起来大半，色泽原本应是暗淡如石灰岩，然而现在已被鲜血染作赤红。

随着这个狠辣动作，满腔热血一涌而出，甚至喷溅出六尺开外！

全场一下肃静，人人难以置信，只有女魃视若无睹，依旧缠斗燕王不休。

她不是活人，也就缺失了活人的多数情绪。

冯妙君眼前一黑，双腿一软，直接栽倒在地，喉底一片腥甜。

她一生征战无数，受过大小伤痛无数，这般疼痛却从未尝过，就好似胸口被撕开一个无底大洞，生命力从此一泻千里。

他们同生共死，所以云崱此刻的剜心之苦，她也感同身受。

但此时她什么也顾不上了。顾不上撕心裂肺的疼痛，顾不上疯狂进攻的燕王，顾不上纷乱的战局，也顾不上山林里步步逼近的燕人大军。

她好像把一切都隔绝在外，连耳边都是一片寂静，只用尽全力去扶眼前那人："云崱，云崱！"

生命力的快速流失，让她也跟着迅速虚弱下去。

云崱缓缓坐倒，修长如玉的手指抓着兀自跳动的心脏，染上刺眼的鲜红。

"别哭。"他抬起另一只手，去抚冯妙君面庞，声音低弱，"这是宿命。"

"狗屁的宿命。"她抓着他的手腕，拼命要把心脏按回胸腔里去。云崱是强大的妖怪，就算失了心，一时半会儿未必就死。"放回去！"

她脑海里一片混乱，平日的冷静机敏早不知被抛去了哪里，只觉现在把他的心脏接放回去，或许还来得及。

"放回去，我就会、会被天魔所噬。"识海里千钧一发，他若不将心脏摘出，天魔方才就已经全盘侵蚀神志，夺取躯体；即便现在再安放回去，他也难逃这个下场。

云崱却不知哪里来的力气，死死抓着她的手："天道在上，我取心为证，解除与长乐的生死……"

左右都是死，他早就坦然，却不能连累她。

"契约"两字还未说出，他就被冯妙君一把捂住了嘴。

"不解除，我不解除！"她声色俱厉，面上却泪水长流。解除鳌鱼印记的唯一办法，即是双方有一人心甘情愿以命抵之。

一命还一命，契约自解。

十余年来她身背这个契约，从梦中应水城返回之后明明已经通晓天神符文，却还是解不开印记，理由就在这里——被天魔执念附体的她，怎么可能心甘情愿把命抵给云崱？

可是他做得到。

原来他先后与燕王、与天魔交易，是为了将她完整换回；他知道剜出心脏、唤回界神是自己的使命，却还念着解除生死与共的契约，让她好好儿活下去。

两人分离的这段时间，他到底暗中筹划了多少？

冯妙君却不能任他将最后的祷词说完。鳌鱼印记让他们共享灵力，也共享生命力。如今云崿失了心脏，契约就会从她这里强制抽取生命力送予他。如果反向理解这个契约，那就是她不死，他也不会死。

然而契约一旦解除，少掉了她的生命力供给，云崿转眼就会油尽灯枯。

即便他是强大的妖怪，少了心脏也活不下去。

但思及此，翻涌上来的恐慌和悲恸甚至超过了剜心之痛。

饶她平素智计百出，此时此境脑海里只有一片空白，唯一个念头坚不可破：这浑蛋可万万不能死！

没了心，他就活不了；可是即便把心脏安回去，天魔会将他的神志吞噬，真正的云崿也是死了。

进退都是死路一条，怎生是好！

云崿瞬也不瞬望着她，舍不得少看她一眼。嘴被捂住，他念不完祷词最后几字，同生共死的契约自然还解不掉。

古怪了，虽然整颗心都没了，但他竟不觉得胸膛里空空荡荡。

这丫头，是打定主意陪他一起去了？

冯妙君这里思绪千回百转，不远处燕王急得怒发冲冠。祭坛已经复原，石心也已经被剜出，他距离天界重开只差一步之遥！

夺过石心，放入祭坛，即是成功。偏偏新夏女王疯魔了。

正是争分夺秒的重要关头，他身前的女魁却如附骨之疽。燕王与她为伍多年，知道这怪物铜皮铁骨，人间的神通几乎对她无效。她打不过他，但这么豁出命地纠缠，他是真脱不开手去。

燕王再顾不得了，空门大露，反身扑向云崿。女魁一爪子戳在他肋下，五根尖甲一起刺入血肉，甚至伤及内脏。

燕王痛得大吼一声，却终于奔到相拥的两人身边，伸手去夺。

冯妙君头脑都有些浑噩，却把云崿手里的东西看得比性命还重要，见到燕王出手，她本能地抽出星天锥，刺了过去。

虽然气力不够，但她角度十足刁钻，锥尖蕴着一点红光。

她被天魔执念附身这段时间以来，星天锥终于成长出最后一个特性——魂毒。

只要刺中指定对象，星天锥就能施放魂毒。此物直接作用于对手神魂，若是表现于外，起初昏昏欲睡，接着就是神志浑噩，最后长睡不醒。

虽说每三十六个时辰只能使用一次，并且对于神魂越强大的个体效果越弱，但这已经是连天魔自己都很满意的必杀技了。

燕王自然不知，然而下意识觉出这点红光狞厉已极，仿佛沾上了就会万劫不复。即便他再着急，这会儿也按捺性子避让过去。

身后女魃如影随形。

燕国修行者拼了命地缠住她，也不过只能给燕王多争取几息罢了。

最糟糕的是，他分明看到那颗心脏跳动得越来越慢！

一旦它停止跳动，那么……

冯妙君迫退燕王，就觉左手微凉，却是云崤抓着她的手从唇边挪开，艰难吐出几个字："给他，唤出界神。"

许久之前，他就知道自己的下场，知道早晚会有这么一天。

他准备好了。

但眼下不是矫情的时候，安安既然不愿解除生死同契，他就要想尽办法令她也活下去。

云崤面覆死灰，眸光反而沉静如水，透不出一点畏惧。冯妙君与他四目相对，不觉受了感染。心上人危在旦夕，她心里原本是两面煎熬。然而惶恐到极致，灵台反而划过一线清明。

对了，界神！

界神也是神明，拥有不属于这个世界的力量。如果它被成功召唤，能不能救回云崤一命？

这个念头就像深渊里透出的一线光明，尽管微弱却也足够穿透阴霾。

理智悉数回笼，冯妙君手上不由得一顿，燕王瞅准机会，自储物戒取出修复完好的祭坛递去，云崤手一松，心脏连同石心一起掉入。

两人动作利索，一气呵成。

召唤界神的两件宝物，终于被他集齐！以燕王的镇定，这时也噔噔退开几个大步，心头怦怦直跳。

周围的打斗不知何时停下，众人目光炯炯，都聚焦过来。

时隔千年重开天界，有幸观瞻这一幕是何等荣耀。在场的修行者，哪一个愿意错过？

冯妙君不管他人，只挨着云崤慢慢坐下。

她快要连站立的力气都没有了，犹不忘冲他瞪眼："不许解约，听到没有！"

"……好。"云崤垂眼看着两人十指交拢，紧握一起，低低应了一声，在心底暗下主意，定要抢在最后一刻来临之前解掉契约，令她活下去。

和她的命相比，一个小小承诺算什么？

两息过去了。

在众人翘首以盼中，时间过得格外漫长。

然而什么都未发生。

又过了三息、五息……

祭坛静静仃在地上，莫说惊天动地的变化，就连一声异响都不曾有。

说好的界神现世呢，重开天梯呢，怎么不出来？

燕王身后一名心腹忍不住上前半步，低声道："王上，该不会是漏了哪些……"

该不会是漏了哪些步骤吧？这也是所有人的心声。

不过就在这时，祭坛里的心脏停止了跳动。

离开躯体的供养，再强壮的心脏也会变得死寂，它亦不能例外。

在场众人眼皮一跳，都觉出了大祸临头的恐惧。

果然就在下一瞬，大团黑烟从石心当中滚滚涌出，凝而不散，那颜色深如子夜。

它溢向四面八方，顷刻间就占满了这片空间，白雾都不知被驱去了哪里。

黑烟偶有停下，露出一张又一张五官神态各异，却同样狰狞的面庞。它们的尖啸声如鬼哭，然而在场每一个人都能听出蕴藏其中的大喜若狂！

黑影幢幢，遮天蔽日。

刹那工夫，这里就变成了阴曹地府。

天魔！

天魔冲出封印，回到了人间！

众修行者脸色大变。从前石心被温养在云嵥胸膛，将汲取来的力量转化为镇压之力，这才能牢牢封住天魔。如今这个男人的心脏停止跳动，也就停止了对石心的供养。

即便那是界神的本体，也再镇不住天魔了！

旁人只能听到天魔的尖啸凄厉，冯妙君的耳边却充斥着这群邪魔的纵情欢呼。

那是被囚禁千年，一朝得回自由的如释重负，那是重见天日的狂喜。

同样的，那也是刻骨仇恨的宣泄。

它们被封印了太久，也虚弱了太久，一出来就迫不及待想要做点什么了。

眨眼间，黑烟就在半空中凝住，而后集结为一个巨大的人影，缓缓低下头。尽管它没有五官，但每个人都能察觉到，它紧盯着摆在地面的祭坛。

"交出来！"声音洪大，在修行者心头响起。

看清眼前景象，天魔就明白这群活人的意图了。自由诚可贵，只有从他们手里夺走石心，阻止界神降临，天魔一族才可以从此高枕无忧！

黑影从石心冒出那一刻，燕王就知不妙，一抖手打出九张铜符，各取一个方向，尽都埋入了泥土当中，只留下小半截露在外头。

铜符一律以精铜打造，上面镌满了血红色的篆文，一进土就焕出淡淡微光。

紧接着以燕王为中心，九张铜符共同筑起一个结界，看起来若有若无，却将这里头的天魔一下都推了出去。

冯妙君看在眼里，低低赞了一声："拒魔阵。"

这赫然就是当年应水城抵御天魔入侵的拒魔阵。只是她见识过的那个阵法覆盖范围太大了，阵脚多达八十一处。燕王只搬用了其中一个阵脚，堪称小而美，却可以更好地集中力量，抵御天魔。

那些铜符都是燕王压箱底的宝贝，也不知花了多大力气搜集来，显然专为对付天魔之用。可见他先前虽与天魔首领达成协议，却始终心怀忌惮，要做两手准备。

集结起来的天魔重重嘿了一声："交出来，否则尽杀无赦！"说罢如同人般攥起拳头，重重砸在结界上！

它体形巨大，力量又强，这动作做起来就像巨锤。藏身阵法里的人顿觉地面震动，几乎难以站立，结界更像风中的肥皂泡，好一阵乱颤。

但它终究没破。

事发突然，还有十余人来不及逃入结界。这里有新夏人也有燕人，他们还未冲入拒魔阵的范围，游散在空中的黑烟就纠缠上来，从七窍钻了进去。

这些倒霉蛋的脚步立刻停顿，神情变得呆滞。

过不了几息，他们就拔出随身法器，疯狂攻打结界。

天魔附体。

望见天魔的拿手绝活，站在结界里的修行者，脸色都是要多难看就有多难看。

那可是披靡宇内的怪物，当年人族和妖怪联手都搞不定它们。这区区九张铜符布成的阵法，当真可以扛住天魔进攻吗？

燕王脸色铁青，大声喝令："站好了，不许动！"

这阵法的站位也有讲究，当年浩黎帝国倾一国之力来抵御天魔，而现在他能动用的，只有燕国的灵力和在场所有人的精力气血。即便站在这里的都是新夏和燕国修行者中的精锐，他也没有几分把握。

原本这阵法也只是为了应付突发情况而备，没想过能从头扛到尾。燕王的目光落到地面上的祭坛，差点咬碎一口钢牙。

到底出了什么纰漏，为什么祭坛没有启动，界神没有苏醒？

真是可恶，他能感觉到成功近在眼前，只隔着一层窗户纸了，可他偏就不知道该如何捅破！

他要怎么做，才能从眼前的困境中挣脱出去？这回他和云嵝联手算计天魔首领，等那怪物出现，断然不会再放过他。

他已经没有退路了！

冯妙君和云嵝并未待在结界里。

云嵝手里不知何时擎出一根小小的树枝，长度不及三寸。枝条是金色的，上面还缀着一片叶子。

叶子原本的底色是碧玉一般的莹翠，然而枯卷了大半，只留下最后一丁点绿意。

大部分天魔都把注意力放在拒魔阵上，偶尔蹭过两人身边，他们身上发出淡淡青光，于是天魔就像被抽了鞭子的羊，一下窜得很远，竟然不敢靠近。

冯妙君垂首，望见两人相握的双手，知道绿光是从云嵯那里绵延到自己身上的。

她有躯体相护，不惧这青光。但有什么东西，能抵御孤魂乃至天魔的靠近呢？

云嵯能对抗天魔首领三百余年，当然有些凭仗。

过去的每分每秒，她身体当中的生命力都在飞快流逝，空气好像越来越稀薄，呼吸越来越困难，她听见自己的喘息，响得像不停拉动的风箱。

从未有过的虚弱感席卷全身，冯妙君正要合目，却觉自己的手被云嵯握得更紧了。

两道黑烟停在他们面前，露出来的面庞倒是和气，似乎与普通人无异。

天魔的道行越深厚，面庞越像人类。

这两头天魔并不狰狞，甚至表露出复杂的神情："我王！"

这话自是对冯妙君说的。她关闭了自己的心声，不允许其他天魔窃听，它们只好出言交流。

冯妙君挥了挥手，有气无力："退下。"

天魔瑟缩一下，注意到两人双手交握。它们仇恨的目光却放在云嵯身上："这人囚困我族三百年，我们恨不得生啖其魂，请王上成全！"

若说石心是监狱，云嵯大概就是狱长了。朝夕相对三百年，哪个犯人不想杀之而后快？

"尔敢违令不遵？"冯妙君声音转厉，"退下，不要让我说第三遍！"

她中气不足，两头天魔对视一眼，又道："他与我们不共戴天！"

她能感受到对方对她打量个不停。天魔一方面忌惮于她的身份，另一方面却又不甘心放过云嵯的魂魄，不想让他死后安安稳稳投入轮回。

冯妙君招出星天锥按在膝上，其通体雪亮，唯锥尖一点红芒摇曳如烛火，像是随时会熄灭，却成功阻住了天魔试探的靠近。

它们比普通魂魄更敏感，觉出了魂毒的可怕。

往这里聚集来的天魔越来越多，很快形成了黑雾，绕着他们缓缓旋转，像嗜血的鲨鱼。

天昏地暗，生路渺茫。

云嵯低声道："你还有机会。"

她还有机会逃出生天，天魔也不会为难她。

冯妙君侧首看着云嵯。明明光线这样昏暗，她却发现他的眸光很亮很温柔，像破晓时分地平线上的星辰。

呵，她曾不顾一切逃离，想尽一切办法斩断他们之间的联系。可是兜兜转转，到头来命运还是将他们牢牢缚在了一起。

其实，这样也很好。

"不必。"她莞尔一笑，苍白的面庞染上一点晕红，如昙花夜开，美得热烈而决绝，

"我习惯了，要护你周全。"

原来和一个人生死相依，最后竟然也能变成习惯。

石心放入祭坛十几息，这里头依旧没有半点动静。

绝望的不仅是燕王，还有拒魔阵内所有修行者。

阵法持续的时间毕竟有限，他们早晚要被盘旋在外的天魔吞噬。更糟糕的是，这个可怕的种族脱离禁锢重返现世，人间从此要平添无数腥风血雨。

所有人都很焦灼，这焦灼中又掺入了绝望。

冯妙君也有几分无望。燕王都做到这一步了，界神还不现身，她拿什么来救云嵘？

和这男人同赴黄泉，她没有怨言。然而但凡有一线生机，她也绝不想错过！

冯妙君目视前方，下意识看向拒魔阵。那个精巧的祭坛在一片昏暗中还能映出浅淡的微光，原本该是柔亮的暗黄，却被云嵘的血染红了一大片。

鲜血还在缓缓流淌而下，因此镕身镂刻的图案和符文也被晕染出来，格外刺眼。

图案！冯妙君盯了两眼，心里一震，蓦然坐直身躯。

她真是糊涂。

云嵘也就罢了，这时全副心神还要留与脑海里的天魔首领做斗争，无暇分心；她呢，她则是被焦虑和恐惧蒙蔽了双眼，脑筋也远不如平时灵活。

既然燕王的办法不能生效，她为什么不把云嵘的心脏抢回来？

这时候安回去，说不定还来得及？

不过，拒魔阵法并非只抗拒天魔而已，此刻活物也靠近不得，她怎么才能抢到那只祭坛？阵法里有一堆燕人，燕王更不会容许。她转眸看了云嵘一眼，天魔恨他入骨，没有她守护在旁必会卖力冲撞他，恐怕比花在拒魔阵那里的力气还大。这厮怀里那根小小树枝虽然神异，却能顶用多久？

转眼间，她心间蹿过了无数念头，正要开口说话，却见云嵘口耳中突然漫出了赤红的烟雾！

它的颜色绚烂，甚至带上了一点金光，在昏暗的环境下格外耀眼，连拒魔阵里的修行者也是一眼就注意到了它。

"天魔族长！"不知是谁喃喃说了一句，声音里充斥着绝望。

先前红烟是怎样从冯妙君身上转移到云嵘那里的，他们都看得清楚，这会儿自然知道是怎么一回事。

天魔族长也出来了！

眼前的局势已经糟糕至这般境地，竟然还能进一步恶化吗？

燕王脸色同样阴晴不定。组成拒魔阵的铜符都是黎厉帝的旧藏，他花了好大工夫才搜集来。这东西再好用，平时养护得再精心，毕竟时间也过去太久了，效力一直都在减退中。对上天魔，它只能是权宜之计。如今再加一个强大无伦的天魔族长，拒魔阵还能再撑多久？

冒出来的红烟在半空中凝成了一团人影，模模糊糊，没有化出形貌。

紧接着，所有人心头都响起它的长笑。那笑声得意又畅快，清脆如银铃，在修行者耳中听起来不啻丧钟。

只有云崿知道它为什么笑得这样欢快。

是的，红烟飘出的同时，他就完全清醒过来了，也得回了身体的完全控制权。此前他集中心力阻挠它脱离识海，延长这个天魔族首领重返现世的时刻，为燕王和冯妙君争取更多时间。

可现在来看，不需要了。

界神并没有被召唤出来，这计划当中最重要的一环，已经失败！

云崿机关算尽，还要搭上自己一条命。三百年斗法，天魔终于成为最后的赢家。

这一刻的志得意满，怎是"酣畅淋漓"四字可以形容的？

其他天魔也停下攻势，看看冯妙君，再看看红影，一时不清楚族长怎会变成了两个。不过红影的力量更加强大，它们没有过多犹豫就飘到了它身后去站队。

"别笑得太早。"云崿气若游丝，声音中却有淡淡讥诮，"其他天魔自由了，你却难逃一死！"

天魔族长的笑声，戛然而止。

它一出来就见黑影漫天，修行者苦苦支撑，即知己方已经大获全胜，竟未注意云崿两人的境况。他语音刚落，它便一道神念扫了过来。

天魔首领看到了云崿胸口的血肉模糊，再一转头，又看到了燕王脚下拼好的祭坛里放置的石心兀自滴血……

转眼间，它就明白了事件经过，明白这两人正在死去。如果有脸，这时它大概要大惊失色："解除契约，快些解除契约！"

它是从冯妙君身上分离出来的，就要受到她丹田里鳌鱼印记的制约！既然不能夺舍，那么冯妙君只要一断气，它也得跟着下阴曹。

冯妙君只回了它一个字："不！"

她的眼神坚定无波。红影再看向他们交握的双手，立刻明白这两人已经达成默契，不由得向着云崿阴恻恻道："死在这里是你的宿命，却不是她的！你舍得让她给你陪葬？"

云崿捂着自己的胸口，稍微坐正："只要你还在，她就宁可陪我一起去。这道理，你不明白？"

两人眼前一花，红影扑向冯妙君。它通晓天神符文，当然知道只要有一人诚心抵命即可解除生死契。冯妙君是万万不能死的，那么只有让云崿献身。

它和云崿先前的约定，只说留下冯妙君原本的意识，却未规定它自己不能再附回去，掌控一切。

只要它重新控制冯妙君的心神，软语相求，云崿能不同意吗？

可是云嵝怀里的金枝上，叶片微微一颤，两人身上顿时光华大作，直接将红影弹了开去。

云嵝胸口都流不出多少血了，面如金纸，笑容却很惬意："这是天神留下的宝物，专御魂法，从前用来对付比你更厉害的怪物。"

红影冷笑："它还能坚持多久？"

云嵝浑不在意："不久，也就是到我们身故为止吧。"

红影怒极，又冲撞两次，都被弹开。它指挥其他天魔也来消磨神力，收效却甚微。

云嵝千辛万苦把它诱出冯妙君躯体，怎么会让它轻易回去？

冯妙君却不看它，反而盯着拒魔阵一瞬不瞬，这时突然道："你还有什么心愿未了？"

红影身形一顿："什么？"

冯妙君这才将目光移回它身上，深深凝视："我族脱困，界神也未出现，这天下还是四分五裂，从此任我族纵横。当年誓言已然兑现，如今你还有什么执念要守？"

她说，我族。

红影沉默下来。

当年天魔首领卸去全部修为，潜入应水城时曾经立誓，要带天魔一族重返人间，要浩黎帝国永远四分五裂。她带着仇恨与坚忍说出这个誓言，那三分执念就随同修为一起凝成戒指，留了虚实戒里。

魂力与修行者的灵力不同，天生就带着原身的记忆。它既是执念，也就执着推动天魔首领留下的愿望。

然而它并不是一条独立完整的生命。

冯妙君一字一句都打在它的要害上："你不过是一缕执念，如今愿景已然成真，你还有什么存在的理由？"

是啊，眼前的一切都说明，天魔首领已经应誓。她留下的执念，也应该消解了。

红影依旧不发一语，身形却散开了些，不复先前凝实。

"我活不了多久，除非拥有你的力量。"她看起来确是像正在枯萎的玫瑰，眼神渐渐涣散，生机飞快散逸。云嵝没有撒谎，即便两人生命力均分，也活不了多久了。

红影断不能坐看她死去。

冯妙君声音放得温柔："你我本是一体，我保证，我们一定能好好活下去。"

求生的本能，也是一种执念。她对于"活下去"这件事太执着了，相信从前的自己也是一样。若没有这种执着，天魔首领当年怎可能穿越时空乱流，成功潜入应水城？

她们之间，有共鸣，即便只是这样隔空对望，心里都只有熟悉感油然而生。

这世上，本就是自己最熟悉自己，自己最相信自己。

红影在空中盘旋了两圈，长长叹息一声："活下去。"

冯妙君坚定点头："活下去！"

话音刚落，红影就俯身向她冲下，来势汹汹。

冯妙君却放开了云嵯的手，两人没有肢体接触，体表的青光立即消失。同时，她向着红影伸出手腕。

上一回在虚实界，她们就是这样接触，结果红影一下就占了上风。

可是冯妙君脸上毫无惧色。

果然即将一头撞上时，它就聚拢身形，重新变作一枚戒指掉了下来，精准落在她的掌心。

众人望见这一幕，都是脸色微变。云嵯不错眼地盯着她，想从她脸上看出端倪。

毕竟这一缕执念太过强大，曾在虚实界压制了冯妙君的本来意识。

嫩白的手掌，鲜艳的戒指。

众目睽睽之下，冯妙君将戒指戴到了无名指上，做了几个深呼吸，苍白的脸色恢复了正常，连樱唇都重新变得红润。

而后，她站了起来，迈步走向拒魔阵。

第
四
十
九
章

界神降世

天魔当即退开，以示对她的尊敬。

看她步履稳健，面色安然，连燕王都忍不住道："你现在是长乐女王，还是天魔？"明眼人一看就知，她用上了天魔之力才能行动如常。就不知此刻操纵这副身躯的，是长乐本人还是天魔执念？

"有什么分别？"冯妙君微微一笑，"我们本来就是同一个人。"

这不是大家想听见的答案，可是旁人也无从分辨。

只有云崖嘴角微微一弯，笑容浅淡。

冯妙君指了指地上的祭坛："交出来，我饶你们不死。"

众人默然，燕王目光闪动。

尽管它没动静，可只要留在手里再加参研，总归还有希望。就这样交出祭坛，是不是斩断了重开天梯的最后一丝可能？

冯妙君好整以暇："反正你们也唤不出界神，何必垂死挣扎，不如将它献出，换自己一条活路。"

话音未落，燕王眼中有精光一闪，喃喃道："献出……献？"

冯妙君说出的这两个字，似是令他茅塞顿开。

下一瞬，他握刀、回身。

旁人只见刀光如雪，随后燕王左侧就有两颗人头落地！

他修为甚高，动作太快，这两人竟然毫无反手之力。

变故陡起，人群大骇，新夏修行者纷纷喝道："你做什么！"就连燕人都下意识退开两步，和他拉开距离。

只有燕国修行者，会离自己的国君这么近。燕王所杀的，都是他平时倚重的手下！

他失心疯了！所有人心里都是一寒。拒魔阵外有天魔乱舞，大家性命已是岌岌可危，拒魔阵里头偏又有个燕王开始撒疯杀人！

这是要把大家往死路上逼吗？

"站在原地不许动，稳住阵法！"燕王大喝一声，"这东西既然叫作祭坛，当然是用来献祭的！想召出界神，就要献上祭品！"

他说这话时，脸上肌肉一阵扭曲，实是激动得狰狞起来。

还原祭坛，放入石心，他们都未做错，只是少掉最后一个启动祭坛的步骤而已！

祭坛碎裂了那么久，沉睡了那么久，重新开坛当然需要祭品。

一定是这样！

冯妙君也被这突发情况惊动，停下了脚步，眼里若有所思。

燕王话未说完，挥刀劈开了地上的头颅，然后伸手翻找。

他杀的都是妖怪，一头是虎妖，一头是蛇妖。老实说，人杀妖怪并不是稀罕事，可是这两头妖怪许久之前就归附于燕，对赵家始终忠心耿耿。在场的燕人望见自己的同僚身首异处，国君还伸手在人家脑袋里一顿摸索，心底都是一片冰寒。

忠君爱国，也不过落得如此下场吗？

燕王却管不了这么多，三下五除二就从妖怪的颅里摸出两枚珠子，颜色和个头不同，但都是圆溜溜的，表面还有淡淡雾气萦绕。

这是内丹，成了气候的妖怪都会自行结出，乃是一身灵魄精华凝成。

他不顾珠子表面还附着红白黏腻之物，捧起祭坛，径直将它们丢了进去！

旁人心底虽然战栗诟病，这时也是不错眼地瞧着，希望见到这异想天开之举生效。

说到底，谁都不想死！

三息过去了，五息过去了

祭坛里安安静静，一如既往。

显然这次献祭没有生效。

"还道你能翻出什么花样。"冯妙君嗤笑一声，挥了挥手，"上！"

身后的天魔如闻纶音，聚成了一股黑烟，再度冲击拒魔阵。

从远处看，此处就像刮起了黑色龙卷风，飞沙走石，天地变色。

"怎会这样，怎会这样！我知道了……"这厢燕王自言自语两句，霍然抬头，别人就见到他眼珠子都红了，脸上却露出恍然，"祭品不够！"

众修行者哗啦一声，全散开了，不想变作下一个祭品。

他心腹忍不住劝道："王上，这法子或许……"

话未说完，燕王已经反手一刀劈了过去。

他出手太快，那人即便早有预判、飞身跳开，依旧是慢了半步，半边脸被削了下来，连鼻子带嘴唇都掉了，只见一片血肉模糊。

这人长号声中，燕王又毫不犹豫攻出第二刀。事已至此，所有人都看得明白：燕王走火入魔了！

另外两名燕国修行者冲出来，挡下他的刀。然而他气力惊人、神通了得，举手投足间就撞飞一个，斩杀一个！

并且他每杀一人，还记得剜出内丹放进祭坛当中。

他现在听不进也看不见，脑海里只有一个念头——献足祭品，召唤界神！

这动作令所有人毛骨悚然，实际上却也拖慢了燕王杀人的速度。新夏修行者咬牙道："杀了他，否则我们必死无疑！"

拒魔阵外虽有天魔虎视眈眈，至少它们还未进来；阵里却是有个杀人魔头横行无忌，死在他手里和死在天魔手里，又有什么分别？

转眼又有两人倒在燕王屠刀之下。

这等绝境之下，燕国修行者根本没有时间犹豫就倒戈了。若不是女魃被拒在阵外，他们的力量还能更强大。

修行者和军队不同，大家为国为君效劳，只是为了获取更多元力以助自身修行而已，这是修行者与国家不成文的约定。现在燕王拿他们当肉猪砍，燕国修行者怎么会坐以待毙？

转眼间，拒魔阵里战作一团。燕王虽然强大无匹，可是对上几十名修行者，终落下风。

不过场中众人都忘了一点：这阵法不独是铜符生效，还得有活人的气血之力来镇压。原本修行者都规规矩矩站着，这才能压住阵脚不乱。

现在被燕王势若疯虎这么一闹，所有人都跑动起来，哪里还能供应阵法所需？

冯妙君满意地笑了，伸出白皙的柔荑按在结界上。

于是，结界表面立刻泛出一层莹白，像是过年结在窗上的霜花儿，但是越来越厚。仅仅几个呼吸的工夫，阵法里的人都快看不清了。

与此同时，天魔再次集结，但这回化作一头黑色的披毛犀，头上长着三尺多长的尖角。

它一个加速，低着脑袋就朝结界撞了过去。

哗啦一声脆响，结界应声而碎，像是被打破以后散落一地的琉璃。巨犀直冲过去，又化作了漫天飞舞的魔影。

拒魔阵破！

冯妙君眼里露出淡淡不屑。燕王布下什么阵不好，非要用上拒魔阵？三百年前黎厉帝就用这阵法挡住了天魔一族入世的脚步，后者反复研究最多的也就是拒魔阵，如今怎么会再受困于它？

阵法被打破，众修行者都惊得作鸟兽散，四下而去。天魔临世，燕王发疯，新夏女王变作天魔头子还打破结界，人间最后的希望也没有了，这里还有什么待下去的必要？

天魔们却兴奋得很，常常三四条黑烟缠入同一人口鼻，呆怔十余息后，这人就被天魔控制，反身去攻击从前的同僚。

冯妙君大步前行。

方才用起的神通耗能巨大，她脸上这时有不正常的潮红，看起来靡丽娇艳，眼底也隐隐有些血丝。只看她行动如风、神通广大的模样，谁能想到她几十个呼吸前还奄奄一息，连爬起来的力气都没有？

女魃一直盯着她若有所思，这时突然道："你在燃烧魂力。"

和枯坐地面的云崟一样，冯妙君的生命力和灵力都快流干了。她从哪里借来力量，驱动这副行将就木的身躯？

只能是魂力。

她以燃烧自己的魂力为代价，换来了行动和施术的能量。

冯妙君的身躯已经衰败，属于天魔首领的魂力却格外旺盛。

女魃又道一句："你为何不出窍？"天魔可以随意离体，何必拖着这具残躯？

"我怕出窍之后，就回不去了。"冯妙君的声音轻淡。

留给她和云崟的时间不多了。天魔再神通广大，也不能钻附于生机过分衰败的身体上。

她从地上抄起那只青铜祭坛。

人间多少混乱，都由它而起？现在，它终于落到了她的手中。

在天魔肆虐的现场，几乎没人分神注意她的行为。

它鲜血淋漓，装进了各式各样的内丹。冯妙君摇了摇头，将云崟的心脏小心地握在手里，而后翻过这只鼎镬，将里面的东西一股脑儿全倒了。

紧接着眼前风声扰动，燕王怒吼一声，红着眼扑了过来："放下，让你放下！"

冯妙君动这只祭坛，就是要他的命！

不等冯妙君有动作，立在一侧的女魃抢先两步拦下，与他缠斗在一起。

冯妙君却返身走回云崟身边，把心脏还给他："心跳已经停止。"

生机已经泯灭。

如果按照她先前计划，就算把心脏给他安回去都未必有用。

云崟并不惊恐，甚至还能一笑："你又想使什么花招？"

她向天魔执念做出的保证，他一字不漏都听见了。

她有把握活下去。

冯妙君没有回答，只是做了一个与此情此境毫不相干的动作：她居然取出水囊，用清水冲洗祭坛！

莫说见着这一幕的人惊呆了，就连云崟都挑了挑眉，不知其意。

镬身非常光滑，血珠难附其上，一冲就掉了。清水汩汩，三下五除二就将它洗濯如新。

这厢燕王却在步步紧逼。

他修为原就比女魃更高，这时又使尽浑身解数，终是把对手往这里压近。

冯妙君皱了皱眉，抽空指了指燕王："都回来，拦住他。"

话音刚落，盘旋在半空中的黑影都是一顿，而后掉转方向，对着燕王俯冲直下！

燕王本能地挥刀去劈。

他手里的神刀也有斩魂伤魄之能，眨眼间就杀灭了十余头天魔。

危急关头，他心间灵光一闪，蓦地清醒过来，大喝道："住手，快住手！"怎奈扑下来的天魔密密麻麻，像平地刮起的飓风。他一身法器护符尽出，也不过拦住几下，终是被天魔抓住机会，从耳鼻钻了进去！

那画面无比诡异，黑色的风暴凝成一线，钻入了燕王七窍。

他眼神迅速变得呆滞，连手上的动作也放缓了，最后伫立当场不言不动，仿佛木雕。

就算他道心通明坚定，也挡不住这么多天魔同时入体。何况他现在已经走火入魔，心志失守。天魔乘虚而入，飞快地抢夺这具躯体的控制权。

他的脑海好像要炸开，偏能清清楚楚听到冯妙君说出的每个字："我说过，要教会你长生。这就是最便捷的法子。"

燕王张口，艰难地挤出几个字："不，不要了！"

"被天魔吞噬，变作我们的一部分，你就能永存不灭了。"冯妙君的笑容在他眼里看来，毛骨悚然，"你看，交易就是交易，我说到做到。"

燕王一个字也说不出来了，神志彻底消失之前，他突然记起曹卜道对他说过的一句话："和天魔做交易的，都没有好下场。"

见他突然伫立不动，女魃舒了口气，站开两步。

要拦住入魔的燕王并不容易，饶是她铜皮铁骨，浑身上下也平添无数伤痕。

就在这时，云嵝怀里那根树枝，叶片上最后一点绿意也消失不见。

它终于耗尽了蕴含的全部神力。

紧接着，枝叶都化为齑粉。

本非人间之物，不应长留于世。

冯妙君没有再多看燕王一眼。她抬高右腕，袖子就滑落下来，露出粉嫩嫩一截藕臂，以及腕上戴着的一只手链。

这链子稀松平常，材质虽好，看起来却配不上堂堂一国之君。

她的身份，值得更好、更华贵的饰品。

但它跟随冯妙君的年头太长了，从逃亡禁忌之海到登基为王，她一直戴到了现在。

这是养母徐氏所赠。

多少年来结发而眠，云嵝也见过这条手链，正中间那颗圆珠上有个古怪的图案，像一棵树，然而很抽象。如果这么孤立地看，没有多少人能认出它是什么东西。

然而这个图案，其实现场还有一个，就镂在祭坛的镂身上。

这只祭坛上绘有繁复的画卷和符文，如果全拓下来看，那是包括了花鸟虫鱼人兽在内的世间万物，都面向中央顶礼膜拜的画卷。

被供在正中央的，就是那棵树，只不过它更大、更完整，线条更多也更生动。

方才，这个图案被云嵫的血染红，那棵树的轮廓被勾勒得清晰无比。

冯妙君取下手链，一把拽掉圆珠，将它丢进了祭坛里去！

这颗珠子有古怪，她琢磨很多年了，也没研究出它到底是个什么材质。徐氏只说自己是从发卖会上买来，瞧着有眼缘而已，再具体便不知了。

身为新夏女王，冯妙君接触过的奇珍异宝和古怪材料也不知有多少，甚至新夏也网罗无数能人巧匠，但从来没人能告诉她，这珠子是个什么玩意儿。

修成天魔秘术后，她也曾经往里面探入神念，然而触目所及只有一片青翠。

这里面饱蕴力量，磅礴、柔和，可她根本无从解析起。

对大道了解越深，她就越发觉得，这不该是属于世间之物。

直到今日此时，燕王的做法给了她启发。

冯妙君用真火灼过，用神通炼过，用星天锥刺过，可它没有一丁点损伤。然而珠子甫一入镬，忽然就融掉了，就像是一枚小小的雪球被丢入烧得滚烫的烙板，飞快地受热解体，甚至还发出了哧哧两声。

它释放出来的，是碧绿透亮的液体，看起来像是上好的绿翡溶解在镬里，还咕噜冒泡。冯妙君和云嵫离得近，甚至还能闻到凛冽的清香。

那气味令人心旷神怡，头脑清醒。

云嵫动容，低声道："这是灵液！"

灵气可以滋养万物，当它浓郁到一定程度就会液化，称灵液，又唤作琼浆，对人体天然就有洗髓易筋的妙用。

妖怪得上一滴灵液就增长道行，凡人得上一滴，立刻就是补不胜补，爆体而亡。可这玩意儿金贵得要命，就算天地剧变之前的灵气充裕时代都极罕见，更不要说现在了。

绿珠转眼消融完毕。它个头很小，然而释出的青液越发上涨，一直注满了半镬才停下来。

一直呆呆立在原地的燕王，忽然转头望来，眼神空洞。

冯妙君看了他一眼，忽然将祭坛塞到云嵫怀里："既然是祭坛，那就要献上足够的祭品才能启动，这一点说得无错。"

"可是……"她笑了笑，看向镬身的图案，"这位天神掌管生灵之力，拿活物去血祭，压根儿不能讨人家欢心。"

这颗玉珠，才是打开祭坛的正确方式。她取回天魔记忆之后，对天神的了解比燕王要深刻得多。

说话间，云嵫已经将自己的心脏，连同那颗嵌入的石心一并放入祭坛之中。

只这一下，石心自动与人心脱离，在青液当中翻滚起来。

每滚过一圈，它的体积好像就胀大一点。

长了眼睛的人都能看出，它正在灵液的滋养下快速生长，或者说，自我修复。

众人狂喜，连云嵝都一瞬不瞬盯着，可是冯妙君的关注点却不全在这里。

与此同时，那颗沉寂已久的心脏忽然收缩。

尽管跳动的幅度极其微弱，然而在冯妙君的屏息以待中，这一下就有若春雷！

它又有了活气。

冯妙君眼前突然变得朦胧，鼻子发酸，连声音都哽住，费了好大力气才吐出几个字："有救了！"

它能复苏，云嵝和她的性命就还有救！

她能感受到自个儿心跳怦怦，那种快活撞得整个胸腔都疼。

是了，它是因为生机都被石心夺取才停止跳动的。可是祭坛里的灵液效力何等强大，滋养石心的同时，也将充沛无匹的生机灌入云嵝的心脏当中。

和石心相比，它吸取的灵力简直不值一提。

冯妙君勉力定了定神，小声道："我们需要一点时间。"

云嵝握住了她的手，两人都从对方眼里望见了无边的喜悦。

绝处逢生，不外如是。

燕王忽然大步冲了过来，又惊又怒："你做什么！决不可放出界神！"

他的声音有两分尖细，与燕王的雄浑截然不同。女魆恪尽职守拦住他，知道现在怒而发声的是天魔。

天魔族恢复了自由，正希望以后大展拳脚，断不愿界神苏醒制约它们。

女魆出手拦截，它们就任她狠狠一拳打在胸口。

燕王吐血后退时，天魔却从他七窍逸出，重新化作浓比墨汁的一团阴影扑向云嵝，速度快如闪电！

当年界神出手，虽然最后成功将天魔族降服并封印，但自己也受到极大伤害，作为生命本源的石心只剩下枇杷大小的一块内核。如今在祭坛的作用下，它吸收灵液起效的时间被缩短为原来的十分之一，然而现在毕竟还未痊愈。

现在阻止它重现世间，还来得及！

就在这时，云嵝抓着冯妙君的手道："随我来！"

阴影扑面而至，都快碰着两人。云嵝挽着冯妙君，突然往后一仰。

只一仰。

天魔就扑到了，黑烟袅袅，然后从他们的身影当中穿透过去，轻如无物。

他们明明站在这里，却没有肉身，只剩下两个影像徐徐消失。

"幻境？"天魔也吃了一惊，"不对，不是幻境！"

平时这样透体如无物是它们的专长，今日却在两具血肉之躯上看见了，煞是古怪。

女魃看了两眼，忽然侧了侧头："遁入青冥。"她拿这个数量的天魔也没甚办法，干脆站停下来。

方才四散奔逃的修行者发现天魔和燕王都未再追来，心下稍安，这时也返身来看。

遁入青冥，即不为现世所伤。她听说过这种天赋，但也只是天赋而已，并非神通。

云嵂为何能遁入青冥，他天生就有这样的禀赋吗？

"这神通好生了得。"冯妙君也只是惊叹一声，顾不上多想，一把将他按倒，而后伸手捞起某人心脏，重新填入他胸腔当中。

时间太紧迫了。

此时二人仿佛置身一处虚空之中，将女魃、天魔和修行者的作为窥得一清二楚，却分明知道自己与他们泾渭分明。就好似人通过镜子，看到里面的一切。

他们与现世之间，隔着一层无形的薄薄"镜面"，天魔却钻不进这里来。

"不是神通。"云嵂动了动手指，冯妙君才发现他指尖挟着一根三寸多长的白毛，正在袅袅冒出青烟，"是借来的天赋。"

经历识海中一场翻天覆地的大乱，云嵂的神魂和身体一样颓败，俊面都白得有些儿透明："这是神兽谛听的尾毛，在它燃尽之前，可以将遁入青冥的天赋暂时借与我。"

不愧是龙族，积攒了好多宝贝。她知道谛听乃是上古时期最奇特的妖怪，明明是神通广大堪比神明，却不插手世间任何争斗，反而喜欢化解怨仇，上达天听，因此也被称作仁兽，有祥瑞之名。

冯妙君来不及羡慕也没心思盘问，白毛燃烧的速度也太快了，得抓紧。她手上忙活不停："当初怎不多要两根来？"他们也能坚持得更久一些。

把云嵂的心脏安回去，这手术精密、复杂，不容出错。

但他们时间少得可怜。

冯妙君连麻药都没时间用上，就开始上手操作。

幸好，祭坛里的灵液数量充沛，她可以随意挥霍。此物有生死人肉白骨之效，对云嵂来说比强心针还管用；也幸好，取回天魔记忆之后，她的阅历与经验比从前不知丰厚几许，才有自信挑战限时高难度手术。

来自天魔首领的强大神念，帮助她精确掌控伤处的每一点细微变化，那是全方面三百六十度不留死角的全局把握，细致到连每一滴血液分子的流向都清晰无误。

人间的大夫，可万万办不到这一点。

她得确保每一步都迅速而正确。

她错不起了。

对时刻保持清醒的云嵂来说，那痛苦比起剐心也差不了多少。以他耐性，也疼得额上青筋暴起，嘴角隐隐抽搐。

"说得是。"他浑身都在簌簌发抖，却强忍着不敢动弹，几乎把一口钢牙咬碎，"就该、就该多要两根来！"

她集中精力，不发一语。

这也亏得云崎的生命力实在顽强，在高浓度灵液的帮助下，血管刚刚接上就有愈合的迹象。

也不过半炷香时间，谛听白毛就燃得只剩毫厘。

"好了！"冯妙君将他胸口上最后一针缝好，长长嘘出一口气，"少动多休息，绝对不能出力！"

方才精神高度集中，她将下唇都咬出了一排牙印，笑容却很灿烂。不须去问云崎，她能感受到自身生命力通过鳌鱼印记泄出去的趋势已经大大减缓，若说先前是开启了泄洪闸，现在便只是小水管排量了。

这家伙的心脏正在跳动，频率倒是比从前还快些，也更有力了。毕竟原本他要分出大半生命力给石心，现在都可以自己留用。

心脏康复还要一段时间，可是灵液太强大，龙族的心脏也顽强得惊人。只须假以时日，或许等时间充裕后还要再做一两次矫正，但他一定会好的。

他们不会死了，他不会，她也不会！他们终于在绝境中找到了活路。

哪怕身处不知名的虚空，这个认知也令她心情明媚。云崎伸手抚过她唇上的牙印，道不尽心中感激："你又救我一回。"

这是许多许多年前就定下的宿命，他只道自己今回必死，也做好了准备。哪知这丫头真有本事，硬生生把他从黄泉路上又拽了回来。

"回头你再报答我。"她揩了揩手上的血，快言快语，"石心还得修补多久？"

祭坛里的石心，体积正在不断膨胀，已经从枇杷变作了柑橘大小，颜色也由浅灰转成深黑，并且散发出越来越强烈的神威波动。

"至少还要十息。"

若没有云崎"借"来的这一手遁入青冥的天赋，他们想在外头顶住天魔进攻、挨到石心复原可不容易。

"把我的身体收好。"冯妙君吐气的同时，几缕红烟从口鼻溢出。

云崎坚持了二十余息，手段已经用尽，剩下这点时间，她无论如何也要挺过去。

话音方落，白毛尽数化为灰烬。

空间仿佛有水波荡漾，下一瞬，两人现身，还在原来位置。

天魔早就团团包围。从外头看去，这里鬼影幢幢，以两人所立之处为中心，几乎形成了黑色的旋涡，密不透风，连里面的人影都看不见了。

冯妙君二人刚刚回到现世，天魔二话不说扑了上去，往这里奔来的修行者还能听见它们的怒吼响彻天地："叛徒！"

首领要召唤界神，就是背叛了自己的种族！

天魔不计人情，在全族的福祉面前，它们对冯妙君并没有愚忠可讲。

望着场中风雷云动，女魃抬腿就往里冲。她不是活物，不能被附体操纵，天魔也拿她无法。

其他修行者同样咬了咬牙，擎出法器大步而来。

先前燕王入魔，阵法破裂，他们没了半点希望，只能明哲保身逃命去也；现在祭坛已被顺利启动，召唤界神的重任争分夺秒，大家心底又有了盼头。

重开天界，这是多少代修行者的终极梦想？哪怕只是尽绵薄之力，也是与有荣焉！

还有六息。

不过众人还未靠近，黑色的旋涡正中就冒出一点火光。

那光芒虽只一点，却亮得炽目，红艳中带着赤金的色泽。

呼的一声，它像是借着风势，飞快扩展到整个旋涡。

从外头看去，整片旋涡就是个巨大的风火龙卷，黑红二色紧紧交织纠缠，谁也逃不开谁了。

成败就在这几息之中。

女魃一下站稳了脚步，仰头望去，木讷的眼中终于露出尊敬之意。

魂力的较量最是质朴，直接短兵相接就是，不需要任何花哨，不似神通有千变万化。然而这也是最粗暴、最凶险之举，一旦纠缠上了，非要分出胜负不可。

天魔女王真是好气魄，竟敢以一人意志来对峙全族之力。只看黑红两道烟雾的对抗，她居然还未完全落在下风！

风暴正中心的弹丸之地，却是清净之所，半缕黑影都潜不进来。

她以己身为屏障，将所有天魔牢牢隔绝在外，包括自己。

终于，云嵫手中的祭坛里，石心膨胀为椰子大小。

紧接着，它竟像活人的心脏那般，轻微收缩一下。

看着只是微不足道的一下，发出来的声响却贯彻寰宇——

"扑通！"

所有人的心脏仿佛都被牢牢攥紧，跟着一跳。

云嵫肃容，将祭坛放到地上。

紧接着，它就沉了下去，仿佛底下不是坚实的土地，而是无以载物的水面。

空中的天魔大喝一声："不！"

对抗首领的力量分出大半，就要钻入地底攫取石心。

然而黑影几度钻营，却处处碰壁——对它们来说，地面突然硬得像金刚石，无论花费多大的力气都难以穿透。

　　紧接着，众人脚下的地面突然动摇。

　　不，严格来说，是众人所处的这座大山骤然摇晃，无尽岩土簌簌而下，一时间予人天崩地裂之感。

　　这地方不适合站人了。

　　修行者们一声呐喊，转身就跑，比兔子还快。

　　若从极远处往这里眺望，当会望见大山"站"了起来，并在短短几息时间内就分化出了头颅、身躯和四肢。

　　它就像个放大了无数倍的石头傀儡，通体覆着淡淡黑光，脑门儿上甚至还长着好几棵大树。

　　人类在它面前，渺小得仿佛蝼蚁。

　　众修行者逃至一半反身看去，都是目瞪口呆。

　　这就是界神？

　　自己何等荣幸，有生之年竟能亲睹界神降世？

　　有学闻广博之士，知道界神的真身是极北之地的一块石心，机缘巧合之下得了灵性，从此步入无上大道。千余年前天神之战结束，它被封作本界界神，镇守天下。这回它重新苏醒，石心就攫取大山，顷刻间为自己再造躯体。

　　而后，这庞硕的石头人仰头长啸。

　　那啸声悠长、沉闷、震慑人心，比黄钟大吕还要响亮十倍。

　　最重要的是，它传遍天下，传遍这世界的每一个角落，无论是深海还是大漠，无论是荒原废土还是城池里的地牢。

　　万千生灵都聆听它庄严的宣告：吾怀柔上神重司本界，不日再塑天梯！

　　山脚下的修行者呆怔了很久，才蓦地欢呼出声。

　　一千年了，他们终于重新迎来登天之路！

　　女魃却盯着巨石人的肩膀——云嵋屈膝坐在那里，一手按着胸口，神情却很放松。

　　他的任务，已经完成了。

　　飘在空中的黑红两色烟气已经分开，红烟已经变得黯淡，这时往云嵋飘来，黑烟则四下逸散，显然是要化整为零。

　　界神已出，己方是败了。今日才脱困的天魔们相比他更显虚弱不堪，没必要在这里硬碰硬。

　　三十六计，选上上之计。

　　见红烟飘来，石头人浑身神威赫赫，待要出手对付，云嵋赶紧拍了拍他的肩膀："切莫动手，这是我夫人，半丝儿也不能打伤！"

石头人大手一下子顿在半空，声音罕见地带出几分惊讶："嗯？"

他与云嵁相伴三百多年，得他血肉灵气滋养，这点儿面子还是要给的。不过他也认得，那明明就是天魔族族长！

云嵁的第二句话，紧跟着又到了："一言难尽，今日是她救了你我。"

界神这才摁下了杀气。

红烟就轻轻巧巧绕了过来，飞快钻入云嵁袖底。

他长长松了口气。

眼见空中烟气纵横，都是群魔乱舞的身影，石头人低低哼了一声。他的声音洪亮，哪怕压低了嗓门也是传遍百里。

天顶上不知何时阴云密布，沉沉压低下来，仿佛转眼落掉地面。

他在臂上一抹，居然抽出一根降魔杵来，也不知什么材质制成，通体雷电闪耀，噼啪作响。

石巨人振臂一挥，将降魔杵掷进了天上的云团。

巨杵顿时不见，也未再见它掉下来，可是厚厚的云层中间开始有电蛇游动，波纹一般往外扩展。

仅仅是几个呼吸的工夫，天穹上银光闪烁，乌云中竟然饱蕴雷电。

然后，石头人右手握拳，击在左手手心。

人间顿现银蛇狂舞。

每道电光当空劈下，都精确打中一头天魔，任它们怎样疯狂流窜，都逃不出这片雷云范畴。

九天雷霆之力，专破魑魅魍魉。

雷霆霹雳之声，混合着天魔痛楚的尖啸，充斥于天地之间。

这便是不折不扣的雷狱。

众人呆立原地，为眼前这片无边壮阔的奇景目眩神移，一字也说不出来了。

只手唤惊雷，转眼定乾坤，神明之力竟至如斯。

原来自己蝇营狗苟大半辈子，还只不过站在无上大道的入口处。

前路迢迢啊。

天魔一族遭了重创，不愿再暴露于光天化日，要么下沉河川，遁入了水底，要么扑向底下的修行者，想借他们的躯壳一用。

界神却不打算放过它们。他直起身体，从天空扯下一团乌云，就好似扯下一团棉花那么惬意。

而后，他将云团按在手里反复揉捏，等到再放手时，云团已经变作了一张大网，网眼密布，雷光森然游走。

他做了一个很标准的渔夫撒网的姿势，雷网顷刻间覆盖万物，无论是鸟树虫鱼还是人类，一下尽入网中。

而后，他就开始收网。

这网很是奇特，有实体的物事偏偏都从网眼里漏出去了，只有天魔这样无质无形的魂体反而逃不出雷网的包抄。

任它们左突右冲，雷网仍是越收越紧。

山脚下严阵以待的修行者，都长长地松了口气。天魔即将伏法，再也不会危害人间了。

界神将网扯到眼前，横眉怒目。

对它来说，这网只有包袱大小了。

他招了招手，方才那根降魔杵不知从哪里钻出来，又返回他的掌心。其表面雷电闪烁，照亮夜空，甚至数百丈外的修行者都能感觉到发肤和衣料上有弱电滋滋流窜。

界神高高举起了降魔杵。

这一下若是落实了，数万天魔不晓得还能存活几头。

不过他才要挥臂，眼前忽然飘出一缕红烟，凝成一个美貌佳人的模样，紧接着就是一声清喝："杵下留情！"

她的身影并不十分凝练，显然在方才的战斗中消耗巨大。可她依旧挡在了雷网上方。

界神的巨杵停在半空，然而冯妙君能感受到强大而澎湃的威压扑面而来，能把凡人活活逼疯。

这便是神威，人力弗以御之。

界神声音低沉，百十里内尽可听闻："你曾带领天魔冲击天梯，带给人间无尽苦难。今天饶你不杀，已是网开一面，还敢替它们求情？"

她是天魔之首，天魔一族犯下的罪孽，有厚厚一笔都要归咎在她身上。

"天魔族冲击天梯固然有错，但被镇压千年，罪与罚也该两相抵消了。"人间和地府，都承认坐牢和受罚是可以抵罪的，也称消减罪业，否则地府为何要建十八层地狱？将罪人直接判一个神魂俱灭岂不是更省事。同理，天魔被关押千年，该受的苦也都受了，该赎的罪也都赎了，"您是界神，职守天地秩序，本不该插手凡间事物，更不该直接出手杀灭生灵。"

界神静默几息，才不屑开口："天魔不为天地所容，也敢将自己归入世间生灵？"

冯妙君的神情更是不卑不亢："我们诞生于这片天地之间，为何不能有容身之所？追溯因果，如果没有神明，又哪来的天魔？"

千余年前的神明战争导致天地异变，也导致生灵涂炭。从这点而言，天魔的出现的确是神明行为导致的后果。

凡存在，必合理。天道既然讲因果，那么神明对于眼下的局面也有责任。

"你是我和云嵝救出来的，否则这会儿早被丢进海里。现在我便拿着这份恩情，换它们一条活路！"冯妙君往下一指，"你我都明白，若非天魔被封印千年，虚弱不堪，今日你也不会轻易取胜。”

他们千年之前是劲敌，千年之后见面就分出胜负，说来说去，还不是天魔太虚弱而界神吃饱了灵液有力气打架？这便叫作以强凌弱了。

界神偏头去问云崕：“你意如何？”既是她和云崕合力修复了石心，那么这份恩情就该由两人共同支配。

冯妙君咬着唇，望向云崕。

他和天魔是生死大敌，过去三百年来，她的族人也不知算计他多少回了。这厮会不会怀恨在心？

云崕脸色仍然泛白，这时却微微一笑：“夫妻同心，她的决定也就是我的决定。”

他的眸光温暖，冯妙君只看了一眼，心中就安定了。

“好，就免了它们的死罪，以还你三百年供养之恩。”界神的回答也没有拖泥带水，“至于如何发落，等重建起天梯再说吧。”

这就要重开天梯了？众修行者都是一惊，继而大喜。

说话间，界神已经收起雷网，转了个方向往东北而去。他身高腿长，每跨出一步就是数百丈远，踩得地面轰隆作响。

看起来，他是打算这样一路走过去了。

正往此地奔来的燕军，冷不防撞见这样的庞然大物，一时茫然失措。许多人返身就逃，却还有傻大胆架起巨炮准备来上一发。幸好燕王子赵棠是个有见识的，拼了命地拦下来。

这样的怪物，人力根本对抗不了，他们就别招惹人家了。

界神虽然走得豪迈，却对周围变化了然于胸。下一步稳稳踏下去，看起来像泰山压顶，其实人兽都未伤着。

迈步几次之后，他就将这片山谷远远地甩在后头。

燕人看着他的背影远去，这才后知后觉感到腿肚子发抖。

冯妙君一缕神魂溜回方寸瓶，换回自己的身躯，又好好整理衣鬟，这才钻出来坐到云崕身边。

她刚挨过去，云崕就伸过手来，一把将她搂进自己怀里。

“仔细伤口。”她很顺从，伸指在他伤口周围轻轻按了两下，“至少还要再休养半个月。”

他脸色还是不好，但鳌鱼印记不再夺取她的生命力了，可见这家伙不太可能有性命之险。冯妙君也就放心了，从怀里掏出一只小小的琉璃瓶晃了晃：“乖乖把这个喝了。”

瓶子装得很满，里面是莹绿剔透的液体。

灵液。

云崕捏了捏她小巧的鼻尖，失笑：“你可真不客气。”

灵液可是万金难求的好东西呀，她怎么能放过？方才抢救云崕虽然紧张，她也没忘了顺手分一杯羹，直接把瓶子灌满。

这小妞可真不把自己当外人。她从界神的祭坛里取走灵液，又当着界神的面拿给云嵝用，也不怕这大石头人生气？

不过界神的修养当真不错，很干脆地听若不闻，专心走路。

云嵝更不客气，拿过灵液，直接喝了半瓶才放开手："够了，再喝就要炸了。"

灵液妙用无穷，威力更大。若不是几近油尽灯枯，他也不敢喝得这么豪爽。

灵液入喉见效，他的脸色很快红润起来，伤口处一片麻痒，那是肌肉和皮肤快速生长带出的副作用。冯妙君这才收好瓶子，倚在他肩头，找了个舒舒服服的姿势。

她的脸色疲乏。

以一人之力对抗整个天魔族，这活儿真不是人干的。她几乎将所有魂力都搭进去，现在还没闭眼直接睡去，都要归功于她强大的意志力。

云嵝低头凝视她："现在，你是安安，还是天魔？"

"安安就是天魔，天魔也是安安。"

他捏了捏她的脸蛋："你知道我想问什么。"

她取回原属于天魔的记忆之后，躯体当中就相当于拥有了两副记忆。

"夙愿未了，我是天魔；执念既去，我便是安安了。"冯妙君微微抬首，眸子被微曦照得几近透明，"过往种种，我都记得，然不过是镜花水月，看一场别人的生死悲欢罢了。"她抓起云嵝的手，"从今以后，我仍是我，我是冯妙君。"

云嵝设计驱走了附在她身上的执念之后，冯妙君虽然依旧记得天魔往事，然而那些记忆对她来说，就像看过一场戏，体验虽然深刻，感悟虽然沉重，到底描写的是别人的人生，可以唏嘘，可以叹惘，却不该套用在自己身上。

她要以冯妙君的人格活下去。

她神色庄严，云嵝却笑得随性："都好，只要是我妻子就成。"

两人正对着东边的天空，那里泛出一丝鱼肚白。

云嵝痴痴看着这一点亮光，声音很轻："从前我一直以为，这天过后再也见不到日出。"他以为，界神的回归，就意味着自己生命的终结。

他矛盾过，他挣扎过，他也反抗过，独独没想到最后会是这个结果。

冯妙君抬眸，望着他完美的侧颜。两人看起来都有点儿狼狈。"想得美。"她轻哼一声，"我会那么轻易就放过你？"同生共死的契约，到底还是没解除。

"是。"他抓着她软绵绵的小手，放在唇边一根一根亲，眼波温柔，一如过去那许多个春风沉醉的晚上，"娘子威武！"

"我又救了你一次。"冯妙君却没这么好哄，黛眉蹙起，"三番五次，不许再赊账了！说吧，你要怎么报答？"

"大恩不言谢，必得以身相许！"他沉吟道，"今次事了，我们就成亲。正好你的养母也在新夏，就请她为我们主婚。"

她冷笑一声："就这样？"为何听着还是她吃亏？

"当然不止！"他满面肃容，"为显诚意，我再送你一个娃娃怎样？那可要花好大力气……"

冯妙君大窘，用力掐住他的掌心："闭嘴！怎么整日就没个正形？"坐在界神肩上讨论这种事，算不算渎神？

"一个不够吗？"他还是一本正经，心底却热辣得有些儿发痛，"那就两个、三个……反正我们有的是时间。"

冯妙君本想扯他脸皮，看看到底有多厚，不过听完最后一句，反倒是沉默了，心底漾起丝丝涟漪，泛起来的都是甜。

是呵，甩开了沉重的宿命，从今以后，他们有的是时间。

界神的速度快极，二人说话这会儿工夫，他已经赶到了海边。

自此往北，就是广袤的禁忌之海了。

修行者一路跟了过来，驻扎在风暴岛上的燕营早被惊动，将士倾巢而出，都挤到崖边观看千年难得一见的奇观。

许多人惊呼出声："快，快，看天上！"

冯妙君似有所感，忽然抬头，却见东边的天空出现一个金色的圆点。阳光还未升起，天色仍然昏暗，它的出现太瞩目了。

圆点在她的视野里越来越大，显见得速度很快，体积也……

也大得惊人！

不过十几息工夫，修行者就看清了，自天穿垂下来的赫然是一截硕大无朋的树干！

它是华美的金色，最纯正的黄金也不过是这个颜色。属于古木的皴裂和纹理，同样清晰可见。

任谁都能一眼看出，这棵树应该是很老了。

它一头扎入了禁忌之海，庞大的体积能占去整个海面的三分之一。

然而古怪的是，海平面并没有上升，岸边的土地也并未因为海水倒灌而遭灾。

就好像海水都被巨木吸走了一般。

紧接着，树上开枝，枝上散叶，很快就形成了一个又一个繁茂的树冠。那里每一片叶子都剔透得如同帝王绿，美不胜收。

"这便是世界之树。"冯妙君觉得丈夫的手更加暖和了，她转过头，望见云嵝目不转睛地盯着这株巨木，神情复杂。

"是的，这便是天梯。"她未察觉自己声音里也透出无尽的喜悦，"天梯的尽头，就是长生界！"

昔年天魔妄图击败界神，冲入长生界，飞升法则因此被打破。于是天神收起天梯，掐灭了众生的登天之路。

浩黎王室的命运，其实和这株神树联系得最为紧密。时隔千年，郝氏留在人间的唯一血脉，居然携手天魔将它重新请回。

这时有风不知从何而来，吹得神木枝叶簌簌作响，仿佛夜曲，又像是无数精灵低吟浅唱，让人心旷神怡。

万千生灵沉醉，不发一语。

界神一只脚已经踏上了巨木的树干，忽然停了下来，像是也在出神聆听。

许久，乐声才渐渐消失。

界神回过神来，继续大步往树上行走。

他走过了大半路程后，众修行者才突然清醒，想步他的后尘。

巨木明明伫在那里，可无论他们怎样卖力奔行，都不能再拉近一分距离。

这样徒劳奔波了数十里后，终于有人颓然放弃，长叹一声："还是道行不足啊！"

这可是天梯，本界修行者唯一的登天之路，哪是那么好上的？

攀登天梯的资格，就从能够接近它开始。

众人再抬头，巨木巍燃屹立，枝叶繁茂似锦，哪里还有界神的影子？

可是大家心里都安定了。

界神既已问世，天梯既然重现，他们登上天梯的那一天，还会远吗？

冯妙君和云崿坐在石巨人肩头，随他一路向上。

也不知走了多久，身边都是流云雾霭，脚下只余一片苍茫。

这里离地面应该是很远很远了，就像天与地的距离。

两人只管着观看沿途风景，毕竟坐在界神的肩膀爬天梯，这种待遇再无第三个人可以享受。不过到了这里，冯妙君忽然说了一句："到了。"

"嗯？"

她往前一指，那里是天梯的尽头，没有树冠了，只有厚重得神念都无法穿透的云雾，闪动着青金二色："一千年前，天魔族攻到了这里。只差一步，就能登天。"

她的声音平铺直叙。云崿转头，看见她的面色淡然，既不激动，也不懊恼，好像说的都是别人身上发生的事。

她当然记得了，她是天魔首领，一千年前的那场惊天动地的大战，就由她亲手指挥。

"只差一步？"界神却嘿了一声，"你们还差得远！"

冯妙君这才惊讶："云墙后面，难道不是长生界？"

界神让他二人落了地："眼见为实，何不亲自去看？"

云崿与冯妙君都吃了一惊，正待再问，却见界神的身形突然缩小，从庞大如山岳飞快缩成了……正常人体型。

他一袭灰衣，个头很高，身材壮硕，谈不上英俊，但是面容冷漠如坚岩。

"这就能过去了？"云嵯挑了挑眉，"不必经历天劫考验？"

"你二人有护界开天之功，可免去劫数，直升上界。"形体缩小了，界神的声音也像个正常人，只是从里到外都透着冷硬，"我是界神，轻易不得离界。这就要再开天劫了。"

说到这里，他面上的神情终是缓了下来，对云嵯道了一声："多谢你三百年来护持之功。去吧，前路有人等着你们。"

有人……等着他们？

二人怔忡，待要细问，界神身影已经缓缓虚化，最后消失不见。

与此同时，他的声音却再一次响彻寰宇：

"自即时起，本界重开天劫。凡妖族、人族，道行大圆满者，皆可攀登天梯应试三七天劫。失败灰飞烟灭，成功则飞升长生界！三七劫，每一重含三小劫，总计二十一重，仍循福报罪业减增劫数及威力。"

界神果然重开天劫，这一方天地的规则得以补全。从此，不甘于平凡的人类和妖怪都有了晋升之路。

天地之间回荡着界神的宣告，回音袅袅，不曾散去。世间无数生灵对着神木方向跪倒，泪流满面。

他们终于有出路了。

就在这时，东边绽出了第一缕金光，就打在神木身上。

于是神木在清晨苏醒，伸枝展叶，突然就释出了丰沛无匹的灵气！

那灵气太浓稠了，冯妙君和云嵯甚至能看到丝丝缕缕的青气从叶片中析出，向着四面八方逸去，飘出好远才渐渐散在空气里。

深吸一口气，沁入心脾的全是清新香甜，能将过去一整夜的疲惫洗涤一空。

好浓郁的灵气！冯妙君赞了一声，回眸恰好见到身旁的叶片上垂下一滴朝露，也是透绿晶莹的色泽。

她伸指接过来，尝了一口，露出震撼之色："灵液！"

在神木顶端，凝结出来的露珠竟然就是灵液。

云嵯却是长叹一声："怪不得天梯关闭之后，世间的灵气就日渐稀薄。"原来是失掉了源头。

想到这里，冯妙君抿了抿红唇，面色微黯。云嵯见她凤眼中划过一缕愁思，正想细问，她却指着足下的山河道："从今往后，这片天地的灵气又会充足起来。"

这是世间万物的福音。有了充足的灵气，人间修行者和妖怪的道行，才能迅猛精进。

旭日东升，云消雾散，天地一片清明。

二人往下眺望，只见乾坤朗朗，山川璀璨。

从此，要换了人间。

他们相视一笑，挽起手来，一步踏进了云墙之中。

听说，前方还有千山万水。

第五十章

长生眷侣

云墙很薄，穿过去时只是身体微凉，似乎与穿过普通云层没什么区别。

眼前的景致没有太大变化，冯妙君与云嵂脚下仍是宽阔得如同平地的金色树干，高高低低的枝条比山岳还庞大，尽头是郁郁葱葱的叶簇。

传说中的长生界呢，是不是在树干的尽头？

两人往前走不出几步，上方密不透风的树冠簌簌作响，有一青一白两头大鸟翩跹而至，缓缓在两人面前敛翅落下。

它们身高都超过了两丈，长颈长腿，金喙铁爪，头上还顶着凤冠，周身没有一丝杂色，看起来神骏已极，品类却有不同。

冯妙君注意到白鸟目生双瞳，不由得脱口而出："重明鸟！"

重明鸟是难得一见的强大珍兽，擅御风雷，一目双瞳是标志性特征，但在人间几乎绝迹。冯妙君拥有天魔记忆，也只见过两头，最高不过一丈，远不如眼前这只威风凛凛。何况她知道重明鸟都是浑身赤红，这头却是雪白，那更是珍罕已极。

另一头青鸟形体流畅优美，尾翼很长，层次分明。

"凤鸾？"

云嵂和冯妙君互视一眼，未料到穿过云墙之后一下就遇上两种上古珍禽。在人间，它们曾经出现在庙宇之中，接受凡人磕拜。

"我们是接引使者。"白色重明鸟开口，声音清琅，"天神有请，随我们来吧。"

想见他们的人，是天神！

两人面色一动，却不显震惊。方才界神提及，他们就明白了：能让他代为传话的，能在上界等候的，还会有谁呢？

甚至冯妙君心底还有几分跃跃欲试。那么多谜团，或许只有在天神那里找答案。

两头神鸟矮了矮身子，低下了高贵的头颅。

云崕的心伤严重，冯妙君先扶他攀上重明鸟背部，自己才坐去青鸟后背。两头大鸟呼地一振翅，往高处飞去。

人间的禽妖，再快也不过像大黑三花那样。这两头神鸟却不须同风而起，就能扶摇直上几万里。

周围的景致往后倒退得让人目不暇接，神鸟越飞越高，待两人再回首，都是目眩神移，半晌回不了神。

他们已经飞出很远很远了，再回首，竟然就望见枝繁叶茂间衬着一个大千世界。

那是人间，是他们的来处！

冯妙君犹认得那几块陆地的轮廓，它们浮在蔚蓝的海洋上，表面覆着鲜绿，天空中还有白云飘荡。

她也望见天梯了，可是在人间无比宏伟的天梯并不是一株神木。

它只不过是神木的一段分枝而已。

这段分枝从神木身上延伸出来，穿入了大千世界的禁忌之海，直达底部，稳稳当当托起了整个世界。

云崕喃喃道："原来，我们的世界归于神木。"

天魔袭击界神之前，天梯还在。也就是说，他们出生的大千世界，原本就被神木托举着。而天梯……天梯就是桥梁与通道，连接大千世界与神木树身。

不妨就将他们的世界，看作神木的一片树冠。

难怪界神会说，即便当年天魔穿透了大千世界的云墙也到不了长生界，原来是这一重原因。

"天神开辟了七重界，以神木相连。"白色重明鸟解说道，"你们所在的南赡部洲，是第一重界，经过了三七天劫的就可以升入第二重界，即长生界。往上，还有五重天界。"

神鸟飞了这么久，原来不过是离开了第一重界而已，它们正顺着主树干往上飞行，从头到尾都不曾离开神木的范围，就好像鱼儿遨游在珊瑚丛中。

这已不是用震撼可以形容的了，人间的言语在神木面前苍白无力。

后来，神鸟终于敛翅停了下来，尖喙朝着绿叶掩映的一个树洞点了点："从这里进去吧。"

树洞很黑，但是走不出几步就有光。

循光而去，洞就到了尽头。

外面，春光明媚。他们踏出去的步伐，甚至惊起一只憩在球菊上的蝴蝶。

云崕发现，眼前赫然是个天井，四面都是两层小楼的回廊，抬头就是蓝天白云。地上铺着青石板，在光不常照见的壁角和缝隙里爬着苔藓。

他回头，没有望见来时的路，只看到身后立着一株老榕树，得有三人合抱那么粗。

老树的枝头抽出了嫩芽，但是树身上却破开一个大洞，成人猫着腰可以走进去。

方才，他们就是从这洞里出来的？云嵘伸手摸了摸，实心的，没有通道。

他见识过的怪事太多了，也不太当回事，然而一转头却望见冯妙君怔立当场，脸上全是迷茫。

她鲜少露出这种表情。

"怎么，此地有何不妥？"

"这地方，我挺熟的。"她脸上露出啼笑皆非的神情，而后长长吐出一口气，像是胸口憋闷得狠了，"这是我养母在淄县聚萍乡的庄子。"她拍了拍身后的大榕树，"每到过年，我都在这里量一量身高，然后画道线。"

树身上，果然留有几道黑线，有些儿歪扭。

云嵘也呆住了。安安绝不会看错，可他们离开大千世界，又骑着神鸟飞了那么久，为什么最后反而回到了这里？

最后他指了指眼前的红木门："推开门，或许就有答案了。"

两人都有预感，这门背后就藏着一切谜团的真相。

"这里通往花园，当季开的花儿是含笑。"冯妙君稳了稳心神，才伸手去推门。

"吱呀。"

红木门后头，果然是个园子。

庄外就是大片农田，徐氏在这里种养的，是各式娇贵的鲜花。除了冬天之外，每个季节隔着院墙都能嗅到花香。

方才她站在天井里，都嗅到了含笑花的香气。

花园里姹紫嫣红，蜂飞蝶绕，到处都是团团锦簇，仿佛春天永不落幕。而后，两人的目光都落到了假山边上的凉亭里。

凉亭里坐着一人，桌上摆着一水儿清瓷。这人拈着又细又薄的碗盖轻轻碰了一下瓷碗，发出叮的一声轻响，在这个春光明媚的园子里有余音袅袅的效果。

亭里传出的声音几乎也同样清脆悦耳："请坐。"

冯妙君和云嵘对视一眼，都将惊异之色收起，迈步走入亭中，并排而坐。

眼前人是个女子，着一身云裳，青丝拢得随意，头上只戴一支金鱼簪。古怪的是，以冯妙君和云嵘的修为眼力，方才进园时居然并未第一时间注意到她。

她的存在太自然、太温柔，好似和这个园子融为一体。

红泥小炉烧开了，她不紧不慢地沏茶，动作流利写意，仿佛饮茶的双方已是多年至交。

冯妙君只觉得这女子很美，尤其那双杏眼里的温润通透，自己从未在第二个人身上见过。可若是提笔作画，那张面庞又是模糊的，明明彼此相距不过三尺，她却怎么也勾勒不出对方的五官。

这位就是天神吗，有开天辟地之功的那位？

"请。"女子亲手将热茶端到两人面前，那碗中汤色明黄，香气却是冯妙君久违了的熟悉。

这茶碗，并不是大千世界常用的盖碗。

冯妙君不禁愕然："铁观音？"

这女子笑了："正是。"

大千世界当然有茶，品类上千，但绝不可能有铁观音！

冯妙君喉间微堵。她捏紧了拳头，好半晌才低声问："为何接见我们？"

他们刚刚穿过云墙，天神就派两头灵禽来接应，显然是对他们的行踪了若指掌。

呵，其实这有什么奇怪？神明岂非就该无所不知？

云嵘感受到她的紧张，在桌下悄悄握住了她的手。

天神递过一纸文书："这是我们立下的契约，如今条件达成，可以履约了，请你过目。"

纸张材质不明，冯妙君和云嵘展开来看了两眼，脸色就变了，变得格外奇异。云嵘终是忍不住惊讶："这契约是何时定下的？"

文书上有条文，有落款，就是没有时间！

"唔。"天神做沉思状，"按人间历来算，九十九年前。"

九十九年前，她和天神订立过契约？冯妙君呆怔半天，最后苦笑："我不知道。"

无论是冯妙君还是天魔的记忆，对此都没有一点印象。

"并不奇怪。你关于天魔的所有记忆，都截止在虚实界。此后种种，你都不记得了。"昔年天魔首领将自己的魂力凝成戒指存在虚实界，留下来的记忆也只截至天魔袭城那一天为止。此后的三百多年，对现在的冯妙君来说是一段空白。

天神优哉游哉地抿了一口清茶："九十九年前，曹卜道想给寿元将尽的妻子延命。此为天规所不允，所以你自动找上门去，顶替他妻子的生辰八字，随着鬼差来到了阴曹找我。"

原来昔年代替曹卜道妻子进入地府的魂魄，是天魔首领！莫说云嵘眼里写满意外，就连冯妙君自己也吃惊不小："找你？"

地狱道有别于大千世界，并不存在于现世。它本身就由神明镇守，天神在那里自然是来去无碍。

可冯妙君不明白，当年的自己去找天神做什么？

她率领天魔一族袭击界神，导致人间晋入长生界的唯一通道消失，天神应该很恼火吧？自己那个时候送上门去，不是找死吗？

"是的，找我。"天神悠悠道，"彼时浩黎帝国已经覆灭两百多年，你和云嵘也争斗了两百多年，却始终无法救出天魔族，最后终于大彻大悟，天魔一族为天道所不容，如想接着逆天而为，再纠缠两百年、两千年也不会成功。"她的声音带着感慨，"我很佩服你，居然能想起来跟我做交易。"

文书里的条款写得很清楚：天魔首领不惜一切代价帮助人间重开天路，而作为报偿，天道不追究天魔族闯下的泼天祸事，并且承认它们在南赡部洲有一席之地，允许天魔族拥有按序晋入上六界的权利！

"原来如此。"冯妙君闭了闭眼，只觉世事荒诞莫过于此，"你不能直接插手人间，不能直接唤醒界神。"

天神微微一笑，拂了拂手，周遭的景致就变了，从繁花似锦一下就进入了万物肃杀的秋天。云嶂伸手摘下一朵小花，见它在掌心凋零。

这可不是幻境。

又一转眼，满园都是枯枝败叶，天上开始飘雪了。

"在七界之外，万物由我心意。但是在七界之中，天地已有法则，我不能轻涉。"天神伸手敲敲桌面，残雪突然褪尽，草木复苏，不到二十息的时间里，这园子里又是一片欣欣向荣，每朵花都开得绚烂奔放。

与此同时，假山上一小块石头却长出四肢，脑门儿上长出了两朵小花。它跳到亭子里飞快地向天神行了个礼，而后不知溜去了哪里。

天神幽幽地叹了口气："从前我也行走南赡部洲，快意恩仇，可是晋为天道之后，反倒不能随心所欲了。"

修为到如今这等火候，冯妙君当然知道眼前的天神和驻守天梯的那位界神，都不能轻易干涉人间事务，此谓天行有常。

天地法则从它诞生那一日起，就不容胡乱篡改，连天神自己也不能。

因此无论天神再怎样希望界神回归、天梯复原，也不能直接下手摁死天魔族。即便在她眼里，它们真的如同蝼蚁，也只能假手于大千世界里的生灵自行完成。

这才是天魔首领敢于和天神谈判的筹码，她知道，天神一定会同意。

天魔族诞生于天地混乱，历来不为六道承认，也没有晋入长生界的权利，哪怕它们的力量曾经远超世间生灵。用另一个世界的话来说，这就是黑户。昔年天魔首领率众冲击天梯，不就是为了给族人找出通天之法？

寻天神订立这样的契约，也出于同一目的。

兜兜转转，她从未放弃自己的理想与目标，她一定要给天魔族找到出路。

冯妙君指尖从文书上每一个字滑过，心里渐渐安定。

"我当然会同意，这份契约就以黄泉水写就。浩黎国覆灭之后，你怂恿世人争夺界神祭坛的碎片，当作镇国的稷器，以此阻止界神回归。"天神也在看着她，"解铃还须系铃人，这场纷乱由你而起，也该由你而终。"

冯妙君正视她的双眼，从容道："这上头的条件，我已经办到，天神也该履约了。"

"当然。"天神微微一笑，将文书卷起，凑在红唇边低语一声，"去找怀柔，让他照办。"

说罢一松手，文书嗖的一下就不见了。

天神摊了摊手："好了，界神会放回天魔。自即刻起，天魔也是人间一员，同样拥有上天梯的资格。天劫要考量功德，今后你要好生约束族人。"

冯妙君站了起来，向她恭恭敬敬行了一礼，肃声道："多谢！"

从诞生之日起，天魔为这个资格奋斗了一千多年，直到如今终于梦圆，从此得到天道承认，不再是人人喊打。其中艰辛，实是不足为外人道也。

天神含笑受了这一礼。

"你们都完成了，却不仅止于当初的誓言。"她话里意味深长，"突破了宿命的桎梏，最终改写了自己的命运。"

两人心头都升起一点明悟，若有所思。

冯妙君完成了天魔誓言，的确放出了天魔，阻止了人间统一，却又不止步于此；云嶂背负石心三百多年，曾以为界神重回世间之日就是自己的死期，然而他活下来了，并且前方是一片金光大道。

尘埃落定再回首，心中就会升起无数感慨。这些感慨，今后都会化作境界上的提升。

毕竟，这样的遭遇、这样的感悟、这样的执着，并不是人人都有的。

云嶂终于开声："郝明桓何在？为何我会背负这样的宿命？"他的目光幽深，"我师父从来不告诉我这些。"

他声音平淡，可是冯妙君了解他至深，终是能觉察到他心底并不平静。都说虎毒尚不食子，无论黎厉帝出于什么目的，他对这个亲生儿子做出来的事实是令人发指。

"那都是天机，你师父谛听自然不会泄露，此时说来倒也无妨。"天神并不介意他的态度，"天魔被封印之后，浩黎国与妖族的战争又持续百年。当时天地灵气仍然充足，妖怪可不好对付，浩黎国被拖得劳民伤财，于是皇帝终于想出一个馊主意：借用被封印的天魔力量！"

"天魔知道自己被封印之后，魂力会越来越衰微。为了避免这个恶果，它们同意与浩黎帝国合作，出借部分力量，代价就是浩黎帝国要在民间为其培养信徒。信仰之力的好处，天魔当然是知道的。"

云嶂听到这里，忍不住去看冯妙君，只见后者点了点头，接下去道："确是如此。不过浩黎国言而无信，斗垮了妖族之后就毁约。作为代价，在那以后浩黎国每一任皇帝的寿命都不会超过四十岁。当初，这一条毁约惩罚可是明确写在契约里的。"

四十岁？云嶂想了想，脸色微变："天魔袭城那年，郝明桓已经三十七岁！"

"浩黎国皇帝知道天魔的厉害，唯恐它在民间广开信坛，力量暴涨。毕竟那时候天地衰变，修行者神通大不如前，若是天魔自解封印逃出，世间再无敌手。因此战胜妖族之后，他反悔了，最后还是以子孙短命为代价，坚决毁掉了与天魔的协约。"

"天魔袭城之后，郝明桓自知没有几年好活，浩黎江山又动荡飘摇，恐怕再也镇不住天魔，这才将它们都转移到石心，封印到你胸口去。"天神目光也从云嵋胸腔扫过，"你要问他的下落？"

她指了指云嵋。

"这是何意？"反而是冯妙君问出了这句话。

"你原是半妖，不过还在娘亲肚里时，白龙就为你换血，将你变作了纯血的龙身。即便如此，你刚刚出生就被刺伤心房，命灶格外柔弱，就像烛火，一吹就熄，怎可能供养封印了整个天魔族的石心？"

哪怕是龙族，刚刚出生的幼崽也是格外脆弱。

云嵋的声音干涩："所以？"

"所以你每隔十日必须服用一枚保命丹，它能给你提供丰沛的生命供养。这就一直服至七岁，直到你拜谛听为师，能以修行增强己身。"天神看向他的眼神，带有一丝怜悯，"你可曾想过，保命丹是怎么来的？"

云嵋不说话了，薄唇紧抿，失了血色。

"保命丹以强者的血肉或者内丹炼成，效力惊人却不霸道，不会反伤你的身体。当世，不会有比郝明桓更强大的修行者了。"天神也叹息出声，"给你换进石心不久，郝明桓交托了国事就自刎身亡，临终前嘱咐白龙，将他的血肉和神魂一起炼成灵丹，这样药效更好，才能助你存活于世。"

云嵋后背依旧挺直，却坐成一尊木雕。

真相竟然是这样，他吃掉了自己的父亲？难怪自有记忆开始，他就从来没见过郝明桓。

心口忽然一阵剧痛，云嵋闷哼一声，嘴角重新沁出血丝。

"云嵋！"冯妙君大惊。他心伤根本还未好全，这时哪经得起大喜大悲？

云嵋伸出双手，捂住了自己的脸，许久都不再动弹一下。

冯妙君伸手轻抚他坚实的背部，希望能给他一点慰藉。云嵋心底的疼痛，因着生死相契的关系，她也感同身受。

上天对她的男人，实在太不公平。

天神静静等了好一会儿，才重新斟过一杯热茶，推到云嵋面前："再饮一杯，这可是好茶。"

这杯茶与先前的铁观音不同，汤色青碧，带着沁人的芬芳。

云嵋放下手，端起茶杯一饮而尽，那架势像是一口闷尽老酒。

杯子还未放回桌面，他的脸色就红润起来。

云嵋咦了一声，伸手在自己胸口按了两下。那力道很大，冯妙君看得眼皮直跳，就怕他伤口再度绷开，皮开肉绽。

哪知他呼吸都不曾错乱一下，肃容对天神道："多谢，心伤已愈。"

一杯茶水，就治好了他的伤口？冯妙君看向天神，记起她掌管生命之力，予生予死都在翻掌之间。

天神摆了摆手："无妨，我只是成全这一段因果。"

心里种种思绪，就像泥炉里的沸水，翻腾不休。云嵯又出神许久，直到亭角有一朵木棉花被风吹下，啪嗒一声落在地面，他才突然惊醒。

他漂亮的桃花眼里血丝未褪："这件事，为何娘亲从来不说？"

"云嵯。"开口的不是天神，而是冯妙君。她的声音低柔，像是害怕说出来的话会变作伤人的箭，"她希望你摆脱那样的宿命。只要你还恨着郝明桓，就会憎恨和反抗他带给你的使命。"

郝明桓的心里装着天下，可是白龙的眼里只能看见儿子。

那是一个母亲对孩子的忧思和执念，她宁可他好好活着，不要去管这天下兴亡，不要以自己的性命去拯救天下苍生。

这样的心情和企盼，只有女人能懂。

冯妙君轻轻握住云嵯的手："都过去了。郝明桓和白龙的夙愿，你都已经完成。他们可称无憾。"

云嵯不语，只是反握住她的手，更加用力，好一会儿才长长叹息。

三百年红尘浊世的历练，让他的心性坚如磐石，这时只是感慨良多，情绪却不会崩溃。何况冯妙君说得对，再怎样的恩怨纠葛，也是三百多年前的往事。

他该放下了，未来他有她，有无上大道。

冯妙君问出了困扰自己最深的话题："我丹田里的鳌鱼印记是怎么回事？"

天神轻咳一声："你的魂魄自异界归来后，就投胎去了安夏王室，成了长乐公主。然而我推算你的命运之线，发现天魔的烙印竟然还未完全消除。这时候再做其他补救已来不及，只有将你和云嵯以契约相连，才能让你时时牵着紧他的性命，不至于与他作对。"她顿了一顿，"何况云嵯的确厌憎自己的宿命，有你在侧，才能确保他忠实履行。"

冯妙君垂首不语。

天神不仅知悉万物，也洞察人心。

云嵯一方面明确自己背负的使命，也为天下苍生奔走，另一方面却憎恨最终的宿命。

对活下去的渴望，烙在每个生物的本能最深处。

"现在这样……"天神望着他们两人，笑吟吟的，"倒是意外之喜。"

"就这样？"冯妙君还是觉得哪里不对劲。

"就是这样。"

天神的回答斩钉截铁，冯妙君只得点了点头："对了，我失足滑落小搬山阵之前，在湖里见到安夏王后。她？"

"的确就是安夏王后。"天神轻笑，"那时她已经身在地府，却还挂念着你。我算出她与你之间还有一丝因果未了，才安排你们在湖边见面。你那时年纪小，只听安夏王后的话，这才有机会踩进搬山阵，去往升龙潭。"

冯妙君问得有些小心翼翼："她在哪里？"

"转生去了。"天神看出她的心事，"仍投在富贵权柄之家，你也见过的。"

冯妙君又是欢喜又是惊讶："我也见过？！"

洗去前尘旧忆，才会有新的开端，安夏王后也不例外，冯妙君心里微微有些酸楚，更多的却是替她高兴。可是……她见过安夏王后的转世？

阴魂在地府轮回，也需要花掉不少时间。也就是说，安夏王后投生至今，最多是几岁到十几岁的孩子，又在勋贵家中，又是冯妙君自己曾经见过的？

那会是谁！

新夏女王见过的臣民子孙太多了，她一时可想不起来。

"还有什么要问？"天神倒是好脾气，"下一次见面，大概又要等许久以后了。"

冯妙君倒真是突然想起一事："对了，养母买来给我的那枚玉珠……"怎会恰好就是启动祭坛需要的祭品？

天神笑而不语。

于是冯妙君懂了，转头问心上人："云嵘？"

云嵘脑海里思绪万千，犹未平静，这时也无心再问别的，只道："前方可是长生界？我二人还有尘缘未了。"

天神哦了一声，语调拖得很长："成亲？"

冯妙君面色一红，云嵘郑重点头。

"你二人有开天之功，可以晋入第六重天界。"天神很是爽快，"我给你们两年时间料理俗务，再去找界神吧。此后是前往长生界，还是直升第六重天界，就由你们自行决定。"

她给两人斟上最后一杯茶："正好，谛听也想当个主婚人，你们意下如何？"

冯妙君看向云嵘，她从他眼中望见了感慨万千，他从她眼中望见了柔情似水。

"如此甚好。"

"一事不烦二主。"冯妙君忽然想起，"我曾答应女魃，要帮她寻到丈夫的转世……"

"可以。"天神点了点头，"前世因，后世果，他们还有一点因缘。"

半年后。

晋国扶郎城太守七岁的独生子到河边游玩，失足落水，幸得过路女子相救。

孩子死死揪着女子的手，上岸吐完了水，仍不肯放。

太守夫人赶到，千恩万谢。她见到救命恩人衣着朴素，谈吐有礼，再细问，对方是渡海逃难过来的，不由心生怜悯，想接应她到府中住下。

女魅不答，反问小小少爷："你想让我留下吗？"

她眼神里的专注，连七岁的孩子都懂了。他拼命点头，对她有说不上来的亲近感。

"好。"她露出了修炼有成以来最温柔的笑容，"我留下，陪着你。"

界神回归、天门重开的这一年，被尊为启圣元年。

之后，天地间的灵气日渐浓郁，风调雨顺，地见丰产，生灵兴旺。

妖族开始繁荣，天空中也多了修行者御剑飞行的身影。

已经持续了八年有余的魏燕战争，因为燕王的过世而偃旗息鼓。

燕二十二王子赵棠继位为王，颁下的第一道圣令就是与魏和谈，最后以付出十二州的代价换来了珍贵的和平。

无论是魏是燕，最后都没能吞并对方。这就是新夏最希望看见的局面。

云嵘辞去魏国国师一职，轰动诸国。

新夏国师玉还真顺利产下一子，因此决定与丈夫在人间多停留十五年，再去应试天劫。

启圣二年，也即是战争结束次年，新夏女王不顾群臣挽留，禅位于辅政大臣傅灵川，交割了军政大权。

"我身份特殊，已经不再适任国君之位。"她身负新夏王室的正统血脉，却也是天魔第一人。让天魔当国君，眼下仍不合适。

傅灵川从她手中接过玉玺，犹是难以置信，只疑身在梦中。冯妙君拍了拍他的肩膀："恭喜表哥，我许久前就说过，你早晚能够如愿。"

傅灵川定定望着她，眼里不知掠过多少情绪，有惊喜，有佩服，有感叹，或者还有那么一丝不舍。最后他郑重道："也恭喜女王，得偿所愿。"他知道，她一直就想嫁与云嵘，只是先前碍于两国世仇。如今，这层障碍不复存在。

冯妙君微微一笑："我已不是女王了。"

两人又说了一会儿话，傅灵川笑着感慨："安夏先祖也曾有过一统天下的壮志，如今看来是不能了。"魏燕都有雄才大略之主，这梦想却从未实现过。

冯妙君却肃容道："新夏的疆域不小了，表哥好好经营，为万世开太平即可功德无量，不要再像赵回和萧衍那样，想要一统天下。浩黎帝国就是前车之鉴，何况那时它已经占据南赡部洲四分之三的土地，最后还是黯淡收场。"

傅灵川忍不住笑了："真不愧是天魔。"

冯妙君道："自己发下的誓言，拼了命也要完成。"

当年她作为天魔首领潜入应水城之前发下的分裂天下的誓言，可没有加注期限呢。

二月二，也就是"龙抬头"这一天，云嵘与冯妙君在白象湖畔成亲，云嵘的师父谛听居然亲来现场，与长乐公主的养母徐氏一同主婚。

包括冯妙君在内，人们还是头一次见到传说中的神兽。不过谛听这会儿是人形，身材清瘦，五官并不出众，只是脾气十分温和，看起来没有一点神兽的架子。

婚典隐秘而隆重，但是天现祥瑞，实谓普天同庆。冯妙君不再是新夏女王，云嵲也卸任魏国师之职，他们终可名正言顺地携手。

婚后第三天，冯妙君将黄金城归还于晗月公主。苗奉先的儿子长大了，道行日渐精深，又有莫提准和整个晋国为后盾，有能力守护母亲与黄金城了。

又过不久，湖畔有真龙迤逦升天，腾云驾雾飞向神木，引来众多平民顶礼膜拜。

从那之后，南赡部洲上再也无人见过云嵲夫妇。

据说，长生界里多了一对神仙眷侣。

【全书完】

图书在版编目（CIP）数据

保卫国师大人 / 风行水云间著 . — 杭州：浙江文艺出
版社，2020.11

ISBN 978-7-5339-6276-0

Ⅰ . ①保… Ⅱ . ①风… Ⅲ . ①长篇小说－中国－当代
Ⅳ . ① I247.5

中国版本图书馆 CIP 数据核字（2020）第 206663 号

保卫国师大人

风行水云间　著

责任编辑　瞿昌林
封面设计　@ 设计装帧粉粉猫
版式设计　笛卡特
封面绘图　容　境

出版发行　浙江文艺出版社
网　　址　www.zjwycbs.cn
联系电话　0571-85152727（发行部）
经　　销　浙江省新华书店集团有限公司
印　　刷　三河市嘉科万达彩色印刷有限公司
开　　本　710 毫米 ×1000 毫米　1/16
字　　数　1202 千字
印　　张　58
版　　次　2020 年 11 月第 1 版
印　　次　2020 年 11 月第 1 次印刷
书　　号　ISBN 978-7-5339-6276-0
定　　价　118.00 元（全三册）